昭明文選

下

梁 蕭統◎編
唐 李善◎注
清 胡克家◎考異

第二版

五南圖書出版公司 印行

弁言

《文選》是南朝梁昭明太子蕭統（五〇一—五三一）主持下一些著名文人共同編選的，也稱《昭明文選》。它選錄了先秦至梁八九百年間、一百多個作者、七百餘篇各種體裁的文學作品，是我國現存編選最早的詩文總集。

蕭統，字德施，南蘭陵（今江蘇常州西北）人，武帝蕭衍長子。武帝天監元年（五〇二），立為太子。著有《文集》二十卷、《正序》十卷、《文章英華》二十卷，都已失傳，後人輯有《昭明太子集》。他是一個很淵博的學者，招集著名文士，商榷古今，聚書近三萬卷，研讀不倦。《梁書．昭明太子傳》記述當時盛況說：「名才並集，文學之盛，晉、宋以來未之有也。」《文選》就是在這種情況下依靠集體力量編成的。這部書選錄詩文辭賦，除了史書中少數贊、論、序、述被蕭統認為是文學作品以外，一般不收經、史、子等學術著作。作品入選的標準是「事出於沈思，義歸乎翰藻」（蕭統〈文選序〉），就是說，入選的作品必須情義與辭采內外並茂，偏於一面的概不錄取。蕭統有意識地把文學作品和學術著作區別開來，給文學作品和非文學作品之間劃出了一條界線。這反映了當時對文學作品的特色和範圍認識日趨明確，是有其進步意義的。

正由於當時具備如此有利的編著條件和明確的選擇標準，才能夠使《文選》成為一部規模宏大、選擇嚴格的詩文總集，使蕭統以前正統派的文章精華，基本上總結在這部書裡。其中比較精審地選錄了在思想上和藝術上各種有代表性的文學作品，同時能夠兼顧到各種體裁，各種流派，各種內容，在一定程度上反映了梁以前各個封建朝代的文學面貌，為以後文學研究提供了重要的資料。

如班固的〈兩都賦〉、張衡的〈兩京賦〉以及王延壽的〈魯靈光殿賦〉等，保存了古代都市建築規模的資料。左思〈三都賦〉、木華〈海賦〉、郭璞〈江賦〉，等於三部自然、人文及經濟地理著作。潘岳〈西征賦〉、孫綽〈遊天台山賦〉，則是韻文的遊記。幾篇關於音樂舞蹈的賦，就是古代音樂舞蹈的寫實。陸機〈文賦〉是極精湛的文學批評作品。其他不少的賦，寫景抒情，各有獨特的造詣，很少雷同。因此可以說，《文選》的前半部等於梁以前具有代表性的賦的結集，除了時間稍後、不及選入的名篇庾信〈哀江南賦〉以外，幾乎使人無遺珠可採。此外，它所選雖以辭賦和駢體文為主，但同時也選錄了其他文體，在詩歌方面，較多入選了漢魏以來如曹氏父子及阮籍、嵇康、左思、顏延之、鮑照、謝靈運、謝朓等代表作家的名篇；散文方面，有賈誼〈過秦論〉、司馬遷〈報任少卿書〉、諸葛亮〈出師表〉等名篇；學術和歷史論文方面，有卜子夏〈毛詩序〉、孔安國〈尚書序〉、杜預〈春秋左氏經傳集解序〉、干寶〈晉紀總論〉等代表作。就連歷來為人所傳誦的陶潛〈歸去來辭〉，也是《文選》最早選入才被後世的古文選家所重視的。

由於《文選》是一部具有代表性的大型詩文總集，其中選錄了很多辭藻華美的文章，因而後代文人學習前代作品時都要經過閱讀《文選》的階段，它對唐代及以後的文學產生了深遠的影響。唐、宋之世的學者，幾於人手一編，大詩人杜甫教導兒子說要「熟精《文選》理」（杜甫〈宗武生日〉），甚至流傳有「《文選》爛，秀才半」的諺語（陸游《老學菴筆記》）。所謂「選學」既見重於時，於是訓注家先後繼起。最早始於蕭統姪子蕭該的《文選音》，陳、隋以後的注家大都失傳，唐顯應年間，李善為之作注，改分原書三十卷為六十卷。唐開元六年（七一八），呂延祚將五臣（呂延濟、劉良、張銑、呂向、李周翰）注《文選》進表呈上，從此《文選》就有兩種不同的注釋本流傳下來。後人又將兩注合為一書，並加刪編，稱「六臣注」。李善注釋《文選》經多次易稿方才完成，搜集材料最多，徵引古籍達數百種，其中有的今已失傳。他的注釋，不僅有助於理解詞義典故，而且是文字訓詁和校勘輯佚的重要參考資料。後人對它評價很高，是一部和《文選》本書不可分割的集大成的學術著作。其缺點是偏重於釋事和辭藻的溯源，而忽略對文意的析解。

自《文選》六臣注盛行以後，李善注原書被埋沒了，令天所見到的《文選》李善注，都是後人從六臣注中輯錄出來的。李注和五臣注經過合而又分，使輯錄出來的李注，有的地方羼入了其他注釋，有的又被誤認為其他注釋而刪去了。我們細讀清人的校記和用敦煌石室發現的舊抄本《文選》殘卷相校，就不難理解這種錯亂複雜的情況。就是李善注本身，原來也存在著不少引書和注釋的錯誤。這一方面，清乾、嘉以後治「選學」的學者，做了大量的考證工作，並取得了顯著的成績。

清嘉慶年間，胡克家據南宋尤袤所刻《文選》李善注本覆刻，改正了尤刻本明顯的錯誤數百處之多（胡刻《文選考異》所糾正的還不包括在內），並根據幾種不同的版本作成《文選考異》十卷，成為校刊較好和最通行的《文選》李善注本。現即以胡克家重刊本為底本標點整理出版。胡克家的《考異》十卷，則分別附在所屬篇章之後，以便讀者查考。在整理過程中，並參校尤袤原刊本，改正了胡刻本的一些明顯錯誤。

本書卷末另附篇目及著者索引，以備查檢。

文選序

梁昭明太子　撰

式觀元始，眇覿玄風。冬穴夏巢之時，茹毛飲血之世，世質民淳，斯文未作。逮乎伏羲氏之王去聲天下也，始畫八卦，造書契，以代結繩之政，由是文籍生焉。易曰：「觀乎天文，以察時變；觀乎人文，以化成天下。」文之時義遠矣哉！若夫椎直追輪為大輅音路之始，大輅寧有椎輪之質；增冰為積水所成，積水曾作能微增冰之凜力錦。何哉？蓋踵音腫其事而增華，變其本而加厲；物既有之，文亦宜然。隨時變改，難可詳悉。

嘗試論之曰：詩序云：「詩有六義焉：一曰風，二曰賦，三曰比，四曰興去聲，五曰雅，六曰頌。」至於今之作者，異乎古昔，古詩之體，今則全取賦名。荀宋表之於前，賈馬繼之於末。自茲以降，源流寔繁。述邑居則有「憑虛」、「亡音無是」之作，戒畋遊則有長楊羽獵之制。若其紀一事，詠一物，風雲草木之興去聲，魚蟲禽獸之流，推而廣之，不可勝載矣！又楚人屈原，含忠履潔，君匪從流，臣進逆耳，深思遠慮，遂放湘南。耿介之意既傷，壹鬱之懷靡愬。臨淵有懷沙之志，吟澤有憔悴之容。騷人之文，自茲而作。

詩者，蓋志之所之也，情動於中而形於言。關雎七余麟趾音止，正始之道著；桑間濮音卜上，亡國之音表。故風雅之道，粲然可觀。自炎漢中葉，厥塗漸異。退傅有「在鄒」之作，降下江將著「河梁」之篇；四言五言，區以別入聲矣。又少則三字，多則九言，各體互興，分鑣彼嬌並驅丘遇。頌者，所以游揚德業，褒讚成功。吉甫有「穆音目若」之談，季子有「至矣」之歎。舒布為詩，既言如彼；總成為頌，又亦若此。次則箴音針興於補闕，戒出於弼匡。論去聲則析洗激反理精微，銘則序事清潤。美終則誄發，圖像則讚興。又詔誥教令之流，表奏牋記之列，書誓符檄胡激之品，弔祭悲哀之作，答客指事之制，三言八字之文，篇辭引以進反序，碑碣誌狀，眾制鋒起，源流間去聲出。譬陶匏蒲包異器，並為入耳之娛；黼黻不同，俱為悅目之玩。作者之致，蓋云備矣！

余監音緘撫餘閑，居多暇日，歷觀文囿，泛覽辭林，未嘗不心遊目想，移晷音軌忘倦。自姬漢以來，眇焉悠邈，時更平聲七代，數去聲逾千祀。詞人才子，則名溢於縹匹沼囊；飛文染翰，則卷盈乎緗音相帙。自非略其蕪穢，集其清英，蓋欲兼功，太半難矣！若夫姬公之籍，孔父之書，與日月俱懸，鬼神爭奧，孝敬之准式，人倫之師友，豈可重去聲以芟音衫夷，加之剪截？老莊之作，管孟之流，蓋以立意為宗，不以能文為本，今之所撰，又以略諸。若賢人之美辭，忠臣之抗直，謀夫之話下快反，辨士之端，冰釋泉涌，金相玉振。所謂坐狙七余丘，議稷下，仲連之却秦軍，食音異其音饑之下齊國，留侯之發八難，曲逆之吐六奇，蓋乃事美一時，語流千載。概古害見墳籍，旁出子史，若斯之流，又亦繁博，雖傳之簡牘，而事異篇章，今之所集，亦所不取。至於記事之史，繫年之書，所以褒貶是非，紀別入聲異同，方之篇翰，亦已不同。若其讚論去聲之綜作宋緝此立辭采，序述之錯比文華，事出於沈思，義歸乎翰藻，故與夫篇什，雜而集之。遠自周室，迄于聖代，都為三十卷，名曰文選云耳。

凡次文之體，各以彙于貴聚。詩賦體既不一，又以類分；類分之中，各以時代相次。

唐李崇賢上文選注表

文林郎守太子右內率府錄事參軍崇賢館直學士臣　李善

臣善言：竊以道光九野，縟景緯以照臨；德載八埏，麗山川以錯峙。垂象之文斯著，含章之義聿宣。協人靈以取則，基化成而自遠。故羲繩之前，飛葛天之浩唱；媯簧之後，掞叢雲之奧詞。步驟分途，星躔殊建；球鍾愈暢，舞詠方滋。楚國詞人，御蘭芬於絕代；漢朝才子，綜鞶帨於遙年。虛玄流正始之音，氣質馳建安之體。長離北度，騰雅詠於圭陰；化龍東騖，煽風流於江左。爰逮有梁，宏材彌劭。昭明太子，業膺守器，譽貞問寢。居肅成而講藝，開博望以招賢。搴中葉之詞林，酌前修之筆海。周巡緜嶠，品盈尺之珍；楚望長瀾，搜徑寸之寶。故撰斯一集，名曰文選。後進英髦，咸資準的。

伏惟陛下，經緯成德，文思垂風。則大居尊，耀三辰之珠璧；希聲應物，宣六代之雲英。孰可撮壤崇山，導涓宗海。臣蓬衡蕞品，樗散陋姿。汾河委筴，夙非成誦；崇山墜簡，未議澄心。握玩斯文，載移涼燠；有欣永日，實昧通津。故勉十舍之勞，寄三餘之暇，弋釣書部，願言注緝，合成六十卷。殺青甫就，輕用上聞。享帚自珍，緘石知謬。敢有塵於廣內，庶無遺於小說。謹詣闕奉進，伏願鴻慈，曲垂照覽。謹言。顯慶三年九月日上表。

宋刻原序

貴池在蕭梁時寔為昭明太子封邑，血食千載，威靈赫然，水旱疾疫，無禱不應。廟有文選閣，宏麗壯偉，而獨無是書之板，蓋缺典也。往歲邦人嘗欲募眾力為之，不成。今是書流傳於世，皆是五臣注本。五臣特訓釋旨意，多不原用事所出。獨李善淹貫該洽，號為精詳。雖四明贛上各嘗刊勒，往往裁節語句，可恨。袤因以俸餘鋟木，會池陽袁史君助其費，郡文學周之綱督其役，踰年乃克成。既摹本藏之閣上，以其板寘之學宮，以慰邦人所以尊事昭明之意云。淳熙辛丑上巳日晉陵尤袤題。

重刻宋淳熙本文選序

賜進士出身通奉大夫江南蘇松常鎮太等處承宣布政使司布政使　胡克家　撰

文選於孟蜀時，毋昭裔已為鏤板，載五代史補。然其所刻何本，不可考也。宋代大都盛行五臣，又幷善為六臣，而善注反微矣。淳熙中，尤延之在貴池倉使，取善注讎校鋟木。厥後單行之本，咸從之出。經數百年轉展之手，譌舛日滋，將不可讀。恭逢國家文運昭回，聖學高深，苞函藝府。受書之士，均思熟精選理，以潤色鴻業。而佳本罕覯，誦習為難，寧非缺事歟？往歲顧千里、彭甘亭見語，以吳下有得尤槧者，因即屬兩君遴手影摹，校刊行世。踰年工成，雕造精緻，勘對嚴審，雖尤氏真本，殆不是過焉。從此讀者開卷快然，非敢云是舉即崇賢功臣，抑亦學海文林之一助已。

其善注之幷合五臣者，與尤殊別。凡資參訂，既所不廢；又尋究尤本，輒有致疑。鉤稽探索，頗具要領，宜諗來者。撰次為考異十卷，詳著義例，附列於後，而別為之敘云。嘉慶十四年二月既望序。

文選考異序

賜進士出身通奉大夫江南蘇松常鎮太等處承宣布政使司布政使　胡克家　撰

文選之異，起於五臣。然使有五臣而不與善注合并，若合并矣，而未經合并者具在，即任其異而勿考，當無不可也。

今世間所存，僅有袁本，有茶陵本，及此次重刻之淳熙辛丑尤延之本。夫袁本、茶陵本固合并者，而尤本仍非未經合并也。何以言之？觀其正文，則善與五臣已相羼雜，或沿前而有譌，或改舊而成誤，悉心推究，莫不顯然也。觀其注，則題下篇中，各嘗闌入呂向、劉良，頗得指名，非特意主增加，他多誤取也。觀其音，則當句每未刊五臣，注內間兩存善讀，割裂既時有之，刪削殊復不少。崇賢舊觀，失之彌遠也。然則數百年來徒據後出單行之善注，便云顯慶勒成，已為如此，豈非大誤？即何義門、陳少章齗齗於片言隻字，不能挈其綱維，皆繇有異而弗知考也。

余夙昔鑽研，近始有悟，參而會之，徵驗不爽。又訪於知交之通此學者，元和顧君廣圻、鎮洋彭君兆蓀，深相剖晰，僉謂無疑。遂迺條舉件繫，編撰十卷，諸凡義例，反覆詳論，幾於二十萬言。苟非體要，均在所略。不敢祕諸篋衍，用貽海內好學深思之士，庶其有取於斯。嘉慶十四年二月下旬序。

目錄

詩庚

卷第四十

卷第四十一

卷第四十二

卷第五十八

哀下

碑文上

卷第五十九

碑文下

墓誌

卷第六十

行狀

弔文

祭文

卷第三十

雜詩下

時興 五言

盧子諒 諶

亹亹圓象運，悠悠方儀廓。楚辭曰：歲亹亹而過中。曾子曰：天道曰圓，地道曰方。在天成象，故曰圓象。天地曰兩儀，故曰方儀也。賈逵國語注曰：悠悠，長也。爾雅曰：廓，大也。忽忽歲云暮，游原采蕭藿。楚辭曰：歲忽忽而遒盡。毛詩曰：歲聿云暮，采蕭穫菽。毛萇曰：云，言也。又曰：蕭，蒿也。菽，藿也。北踰芒與河，南臨伊與洛。芒，山名也。河及伊、洛皆水名。凝霜霑蔓草，悲風振林薄。楚辭曰：激凝霜之紛紛。又曰：哀江介之悲風。摵摵芳葉零，橤橤芬華落。摵，已見射雉賦。字書曰：橤，垂也，如捶切。下泉激冽清，曠野增遼索。毛詩曰：冽彼下泉。毛萇曰：冽，寒也。司馬彪莊子注曰：流急曰激。毛詩曰：率彼曠野。毛萇曰：曠，空也。登高眺遐荒，極望無崖崿。文字集略曰：崿，崖也。形變隨時化，神感因物作。莊子曰：形變而有生。又曰：一龍一蛇，與時俱化。爾雅曰：感，動也。莊子曰：萬物並作[1]，吾以觀其復。王弼曰：作，生長也。子曰：以虛靜[2]觀其反

---

1 注「莊子曰萬物並作」　袁本、茶陵本「莊」作「老」，是也。

2 注「子曰以虛靜」　案：「子」當作「又」。各本皆誤。

覆者也。**澹乎至人心，恬然存玄漠。**言己澹乎同彼至人，意存玄漠而已。莊子曰：澹而靜乎，莫而清乎[3]。王逸楚辭注曰：憺，安也。憺與澹同。莊子曰：不離於真，謂之至人。又曰：至人之用心若鏡。淮南子曰：恬然則縱之。廣雅曰：恬，靜也。張華勵志詩曰：大猷玄漠。廣雅曰：玄，道也。又曰：漠，泊也。說文曰：泊，無也[4]。

雜詩二首

陶淵明

結廬在人境，而無車馬喧。結，猶構也。**問君何能爾？心遠地自偏。**鄭玄禮記注曰：爾，助語也。琴賦曰：體清心遠邈難極。**采菊東籬下，悠然望南山。山氣日夕佳，飛鳥相與還。**管子曰：夫鳥之飛，必還山集谷也。**此還有眞意，欲辯已忘言。**楚辭曰：狐死必首丘，夫人孰能反其真情。王逸注曰：真，本心也。莊子曰：言者所以在意也，得意而忘言。

秋菊有佳色，裛露掇其英。文字集略曰：裛，坌衣香也。然露坌花亦謂之裛也。毛萇詩傳曰：掇，拾也。**汎此忘憂物，遠我達世情。**毛詩曰：微我無酒，以遨以遊。毛萇曰：非我無酒，可以忘憂也。潘岳秋菊賦曰：汎流英於清醴，似浮萍之隨波。纏子，董無心曰：無心，鄙人也，不識世情。**一觴雖獨進，杯盡壺自傾。日入羣動息，歸鳥趨林鳴。**莊子，善卷曰：余日出而作，日入而息。尸子曰：晝動而夜息，天之道也。杜育詩曰：臨下覽羣動。曹子建贈白馬王彪詩曰：歸鳥赴喬林。**嘯傲東軒下，聊復得此生。**郭璞遊仙詩曰：嘯傲遺俗，羅得此生。劉瓛易注曰：自無出有曰生。生，得性之始也。

---

3 注「莫而清乎」 茶陵本「莫」作「漠」，是也。袁本亦誤「莫」。此引知北遊文。

4 注「泊無也」 案：「無」下當有「為」字。各本皆脫。子虛賦注引「怕無為也」，可證。又案：「怕」，說文在心部，或此及上引廣雅皆本是「怕」字。

詠貧士詩　五言　陶淵明

萬族各有託，孤雲獨無依。孤雲，喻貧士也。陸機鼈賦曰：揔美惡而兼融，播萬族乎一區。楚辭曰：憐浮雲之相佯。王逸注曰：相佯，無依據之貌也。曖曖虛中滅，何時見餘輝。王逸楚辭注曰：曖曖，昏昧貌。陸機擬古詩曰：照之有餘輝。朝霞開宿霧，眾鳥相與飛。喻眾人也。遲遲出林翮，未夕復來歸。亦喻貧士。量力守故轍，豈不寒與飢。左氏傳，晉荀吳曰：量力而行。又向戌曰：飢寒之不恤，誰能恤楚也。知音苟不存，已矣何所悲！古詩曰：不惜歌者苦，但傷知音稀。楚辭曰：已矣，國無人兮莫我知。

讀山海經詩　五言　陶淵明

孟夏草木長，繞屋樹扶疎。上林賦曰：垂條扶疎。眾鳥欣有托，吾亦愛吾廬。既耕亦已種，且還讀我書。窮巷隔深轍，頗迴故人車。漢書曰：張負隨陳平至其家，乃負郭窮巷，以席為門，門外多長者車轍。韓詩外傳，楚狂接輿妻曰：門外車轍何其深。歡言酌春酒，摘我園中蔬。張協歸舊賦曰：苦辭既接，歡言乃周。毛詩曰：為此春酒。微雨從東來，好風與之俱。閑居賦曰：微雨新晴。汎覽周王傳，流觀山海圖。周王傳，穆天子傳也。山海圖，山海經也。俛仰終宇宙，不樂復何如。莊子，老聃曰：其疾也，俛仰之間，再撫四海之外。又善卷曰：余立於宇宙之中。毛詩曰：既見君子，云何不樂。

七月七日夜詠牛女　五言

齊諧記曰：桂陽城武丁，有仙道，常在人間，忽謂其弟曰：七月七日織女渡河，諸仙悉還宮，吾向以被召不得停，與爾別矣。弟問織女何事渡河？兄何當還？答曰：織女暫詣牽牛，吾去後三千年當還耳。明旦，失武丁所在。世人至今猶云：七月七日，織女嫁牽牛。

謝惠連

落日隱櫚楹，升月照簾櫳。毛詩曰：如月之升。說文曰：櫳，房室之疏也。團團滿葉露，析析振條風。毛詩曰：野有蔓草，零露團兮。楚辭曰：秋風兮蕭蕭，舒芳兮振條。蹀足循廣除，瞬目矚曾穹。呂氏春秋曰：惠盎見宋康王，康王蹀足謦欬。聲類曰：蹀，躡也，徒頰切[5]。登樓賦曰：循階除而下降。說文曰：除，殿階也。又曰：瞬，開闔目也。蒼頡篇曰：矚，索視之貌也。穹，天也。雲漢有靈匹，彌年闕相從。毛詩曰：倬彼雲漢。曹植九詠注曰：牛、女為夫婦[6]，七月七日得一會同也。毛萇詩傳曰：彌，終也。遐川阻昵愛，脩渚曠清容。曹植九詠注曰：織女牽牛之星，各處河之旁。爾雅曰：昵，近也。孫炎曰：親之近也。蒼頡篇曰：曠，疎曠也。弄杼不成藻，聳轡騖前蹤。古詩曰：纖纖擢素手，札札弄機杼。終日不成章，泣涕零如雨。王逸楚辭注曰：蹤，軌也。昔離秋已兩，今聚夕無雙。昔離迄今會而秋已兩。今聚便別，故夕無雙也。傾河易迴斡，款顏難久悰。傾河，天漢也。陸機擬古詩曰：天漢東南傾。邊讓章華臺賦曰：天河既迴，歡樂未終。如淳漢書注曰：斡，轉也。字林曰：款，誠也，意有所欲。廣雅曰：悰，樂也。沃若靈駕旋，寂寥雲幄空。毛詩曰：我馬維駱，六轡沃若。陸機雲賦曰：藻帟高舒，長帷虹繞。留情顧華寢，遙心逐奔龍。龍，仙者所駕，故遙心以逐之。莊子曰：神人，承雲氣，御飛龍也。沈吟爲爾感，

---

5 注「徒頰切」　袁本、茶陵本無此三字。案：一本非也。此亦善音刪削僅存者。凡尤有，一本無，皆倣此。

6 注「牛女為夫婦」　袁本作「牽牛為婦」。案：當是「為」下脫「夫織女為」四字。洛神賦、燕歌行注引可證，此所改非。茶陵本誤與尤同。

情深意彌重。古詩曰：馳情整中帶，沈吟聊躑躅。鄭玄毛詩箋曰：爾，汝也。廣雅曰：慼，傷也。鄭玄儀禮注曰：彌，盡也[7]。

擣衣 五言

謝惠連

衡紀無淹度，晷運倏如催。漢書曰：用昏建者杓，夜半建者衡。晉灼曰：衡，斗之中央也。爾雅曰：星紀斗，牽牛也。漢書音義曰：二十八舍，列在四方，日月行焉，起於星紀也。說文曰：晷，日景也。周易曰：日月運行。白露滋園菊，秋風落庭槐。肅肅莎雞羽，烈烈寒螿啼。毛詩曰：六月莎雞振羽。一名促織，一名絡緯，一名蟋蟀。論衡曰：夏末寒，蜻蛚鳴，將感陰氣也。許慎淮南子注曰：寒螿，蟬屬也，子羊切。夕陰結空幙，霄月皓中閨。美人戒裳服，端飾相招攜。楚辭曰：美人皓齒嫮以姱。左氏傳曰：招攜以禮。何休公羊傳注曰：攜，提將也。簪玉出北房，鳴金步南階。魏臺訪議曰：以玉為笄也。古曰笄，今曰簪。繁欽定情詩曰：何以致拳拳，綰臂雙金環。櫩高砧響發，楹長杵聲哀。郭璞曰：砧，木質也，然此砧為擣帛之質也。文字集略曰：砧，杵之質也，猪金切。爾雅曰：砧謂之虔。微芳起兩袖，輕汗染雙題。說文曰：題，額也。紈素既已成，君子行未歸。君子，謂夫也。毛詩曰：未見君子。裁用笥中刀，縫爲萬里衣。古詩曰：相去萬餘里。盈篋自余手，幽緘候君開。說文曰：篋，笥也。又曰：緘，束篋也，古咸切。腰帶準疇昔，不知今是非。左氏傳，羊斟曰：疇昔之羊，子為政。

7 注「彌盡也」 案：「盡」當作「益」，此所引士冠注也。各本皆譌。

南樓中望所遲客　五言

謝靈運遊名山志曰：始寧又北轉一汀七里，直指舍下園南門樓，自南樓百許步，對橫山。

謝靈運

杳杳日西頹，漫漫長路迫。楚辭云：日杳杳以西頹，路長遠而窘迫。王逸注曰：言道路長遠，不得復還，憂心迫窘，無所舒志也。登樓爲誰思？臨江遲來客。楚辭曰：吹參差兮誰思？遲，猶思也。與我別所期，期在三五夕。陸機贈馮文羆詩曰：問子別所期，耀靈緣扶木。三五，謂十五日也。禮記曰：月者，三五而盈也。圓景早已滿，佳人猶未適[8]。曹子建贈徐幹詩曰：圓景光未滿，眾星粲已繁。魏文帝秋胡行曰：朝與佳人期，日夕殊不來。杜預左氏傳注曰：適，歸也。卽事怨睽攜，感物方悽戚。卽事，卽此離別之意也。列子，周之尹氏有老役夫，晝則呻呼旣事，夜則昏憊而熟寐。周易曰：睽，乖也。賈逵國語注曰：攜，離也。古詩曰：感物懷所思。鄭玄論語注曰：方，常也。孟夏非長夜，晦明如歲隔。楚辭曰：望孟夏之短夜，何晦明兮若歲。瑤華未堪折，蘭苕已屢擿。楚辭曰：折疏麻兮瑤華，將以遺乎離居。又曰：被石蘭兮帶杜衡，折芳馨兮遺所思。路阻莫贈問，云何慰離析？楚辭曰：媒絕路阻。言不可結而贈也。毛萇詩傳曰：問，遺也。又曰：慰，安也。杜育金谷詩曰：旣而慨爾，感此離析。搔首訪行人，引領冀良覿。毛詩曰：愛而不見，搔首踟躕。爾雅曰：覿，見也。良覿，謂見良人也。

田南樹園激流植援　五言

謝靈運

樵隱俱在山，由來事不同。臧榮緒晉書曰：何琦曰：胡孔明有言，隱者在山，樵者亦在山，在山則同，所以在山則異，豈不信乎？不同非一事，養痾亦園中。高彪與馬融書曰：公今養痾傲士。說文曰：痾，病也。中園屏氛雜，清曠招遠風。范曄後漢書，仲長統曰：欲卜居清曠，以樂其志。廣雅曰：曠，遠也。卜室倚北阜，

---

8 「佳人猶未適」　茶陵本「猶」作「殊」，有校語云五臣作「猶」。袁本作「猶」。案：袁用五臣也。尤以亂善，非。

啓扉面南江。西都賦曰：臨峻路而啓扉。激澗代汲井，插槿當列墉。羣木既羅戶，眾山亦對牕。靡迤趨下田，迢遞瞰高峯。西京賦曰：澶漫靡迤。寡欲不期勞，即事罕人功。老子曰：少私寡欲。即事，即此營室之事也，已見上文。唯開蔣生逕，永懷求羊蹤。三輔決錄曰：蔣詡，字元卿，隱於杜陵。舍中三逕，惟羊仲、求仲從之遊。二仲皆挫廉逃名。毛萇詩傳曰：懷，思也。賞心不可忘，妙善冀能同。莊子曰：顏成子遊謂東郭子綦曰：自吾聞子之言也，八年而不知死生，九年大妙。郭象曰：妙善同，故無往而不冥也。

齋中讀書 五言 永嘉郡齋也。

謝靈運

昔余遊京華，未嘗廢丘壑。郭璞遊仙詩曰：京華遊俠窟。漢書，班嗣書曰：夫嚴子者，漁釣於一壑，萬物不干其志，棲遲於一丘，天下不易其樂也。矧迺歸山川，心跡雙寂漠。爾雅曰：矧，況也。楚辭曰：野寂漠兮無人。虛館絕諍訟，空庭來鳥雀。張衡四愁詩序曰：諍訟息。鬻子曰：禹治天下，朝廷之間，可以羅雀也。臥疾豐暇豫，翰墨時間作。國語，優施曰：我教暇豫之事君幸之[9]。韋昭曰：暇，閑也。豫，樂也。歸田賦曰：揮翰墨以奮藻。兩都賦序曰：時時間作。懷抱觀古今，寢食展戲謔。文賦曰：觀古今於須臾。毛詩曰：善戲謔兮，不為虐兮。既笑沮溺苦，又哂子雲閣。執戟亦以疲，耕稼豈云樂。論語曰：長沮、桀溺耦而耕。漢書曰：王莽既以符命自立，即位之後，欲絕其源，以神前事。而甄豐子尋、劉歆子棻復獻之。莽誅豐父子，投棻四裔。辭所連及，便收不請。時楊雄校書天祿閣上，理獄使者來，欲收雄，雄恐不能自免，乃從閣上自投，幾死。京師為之語曰：惟寂惟漠，自投于閣。潘安仁夏侯湛誄曰：執戟疲楊。萬事難並歡，達生幸可託。莊子曰：達生之情者傀。司馬彪曰：傀，大也。情在無，故曰大。傀音瑰。

---

9 注「我教暇豫之事君幸之」 茶陵本「教」下有「茲」字，無「幸之」二字，是也。袁本亦誤脫衍。

石門新營所住四面高山迴溪石瀨脩竹茂林詩 五言

謝靈運

躋險築幽居，披雲臥石門。方言曰：躋，登也。論衡曰：幽居靜處，恬澹自守。莊子曰：雲者風起北方，一西一東，孰居無事，而披拂是。苔滑誰能步，葛弱豈可捫？遊天台山賦曰：踐莓苔之滑石。又曰：援葛藟之飛莖。毛萇詩傳曰：捫，持也。嫋嫋秋風過，萋萋春草繁。楚辭曰：嫋嫋兮秋風。王逸注曰：嫋嫋，風搖木貌也。楚辭曰：春草生兮萋萋。美人遊不還，佳期何由敦？楚辭曰：望美人兮未來。又曰：與佳期兮夕張。方言曰：敦，信也。芳塵凝瑤席，清醑滿金樽。庾闡楊都賦曰：結芳塵於綺疎。楚辭曰：瑤席兮玉瑱。毛詩曰：飲此醑矣。埤蒼曰：滑，美貌也[10]。曹子建樂府詩曰：金樽玉杯，不能使薄酒更厚。洞庭空波瀾，桂枝徒攀翻。楚辭曰：洞庭波兮木葉下。又曰：攀桂枝兮聊淹留。結念屬霄漢，孤景莫與諼。言所思念，邈若霄漢，孤影獨處，莫與忘憂。蔡琰詩曰：煢煢對孤影，怛咤糜肝肺。毛萇詩傳曰：諼，忘也。張翰詩曰：單形依孤影。俯濯石下潭，仰看條上猿。早聞夕飈急，晚見朝日暾。楚辭曰：暾將出兮東方。王逸注曰：始出，其形暾暾而盛大也。崖傾光難留，林深響易奔。感往慮有復，理來情無存。言悲感已往，而夭壽紛錯，故慮有迴復；妙理若來，而物我俱喪，故情無所存。往，謂適彼可悲之境也。庶持乘日車[11]，得以慰營魂。莊子，牧馬童子謂黃帝曰：有長者教予曰：若乘

---

10 注「滑美貌也」 何校「滑」改「醑」，陳同。各本皆譌。案：此疑作「湑」，善仍有「湑」「醑」異同之注而未全也。「胥」，「胥」之別體字。

11 「庶持乘日車」 茶陵本「持」作「特」，云五臣作「持」。袁本云善作「特」。又袁本、茶陵本「車」作「用」。案：此句當云「庶持乘日用」。袁、茶陵二本所見「持」傳寫誤「特」。尤校改是矣。其「用」字不誤，尤改為「車」，則非也。「乘日」二字連文，乘日用者，乘日之用。靈運所作擬王粲詩云「豈顧乘日養」，句例正同，亦言乘日之養也。善注云「乘日已見上」。又此注云「車或為居」者，乃說所引之莊子，非謝詩有「車」字。莊子釋文云「元嘉本作居」，最為明證。尤延之失考，遽改正文，大失謝及善意。又案：五臣向注，讀「日用」連文，其義雖謬，而文非譌。二本皆不云與善有異，可知所見未改，亦可借證矣。

日之車而遊襄城之野。郭象曰：日出而遊，日入而息也。車或為居。楚辭曰：載營魂而升霞。鍾會老子注曰：經護為營也。**匪為衆人說，冀與智者論。**司馬遷書曰：可為智者說，難為俗人言。

雜詩　五言

王景玄　沈約宋書曰：王微，字景玄，少好學，無不通覽。年十六，舉秀才，除南平王鑠右軍咨議。微素無宦情，並陳疾不就。江湛舉為吏部郎中。

思婦臨高臺，長想憑華軒。陸機為顧彥先贈婦詩曰：東南有思婦。舞賦曰：遠思長想。登樓賦曰：憑軒檻以遙望。潘岳為賈謐贈陸機詩曰：珥筆華軒。韋昭漢書注曰：軒，檻上板也。**弄絃不成曲，哀歌送苦言。**左太沖詠史詩曰：哀歌和漸離。張平子書曰：酸者不能不苦於言也。**箕箒留江介，良人處鴈門。**箕箒，婦人所執也。國語曰：吳王夫差伐越，越王勾踐乃命諸稽郢行成於吳，曰：勾踐請盟，一介適女執箕箒，以備姓於王宮。說文曰：箕，簸也。箒，糞也。楚辭曰：哀江介之悲風。孟子曰：齊人一妻一妾而處室者，其良人出必厭酒肉。劉渠曰[12]：婦人稱夫曰良人。漢書有鴈門郡。**詎憶無衣苦，但知狐白温。**曹植贈丁儀詩曰：狐白足禦冬，焉念無衣客？**日闇牛羊下，野雀滿空園。**毛詩曰：日之夕矣，羊牛下來。古猛虎行曰：日暮不從野雀棲[13]。**孟冬寒風起，東壁正中昏。**禮記曰：仲冬之月，昏東壁中。**朱火獨照人，抱景自愁怨。**古詩曰：朱火然其中。楚辭曰：廓抱景而獨倚。**誰知心曲亂，所思不可論。**毛詩曰：亂我心曲。古詩曰：所思在遠道。

---

12 注「劉渠曰」　何校「渠」改「熙」，陳同，是也。各本皆譌。案：餘屢引，可證。

13 注「日暮不從野雀棲」　案：「日」字不當有。各本皆衍。

數詩　五言

鮑明遠

一身仕關西，家族滿山東。家語，孔子曰：恭敬忠信，四者可以正國，豈特一身？漢書，王衛尉曰：蕭何守關中，搖足則關西非陛下所有。又曰：高帝問羣臣，羣臣皆山東人也。二年從車駕，齋祭甘泉宮。漢書曰：元延二年，行幸甘泉。賦曰[14]：正月，從上甘泉。蔡邕獨斷曰：不敢指斥天子，故但言車駕。漢書曰：武帝作甘泉宮，中為臺，置祭具以致天神也。三朝國慶畢，休沐還舊邦。漢書，谷永上書曰：食於三朝之會。周禮曰：國有福事，即慶賀之。漢書曰：張安世休沐未嘗出。王粲贈蔡子篤詩曰：戾舊邦也[15]。四牡曜長路，輕蓋若飛鴻。毛詩曰：駕彼四牡。石崇還京詩曰：迅風翼華蓋，飄颻若鴻飛。五侯相餞送，高會集新豐。漢書曰：成帝悉封舅王譚、王立、王根、王逢、王商時為列侯，五人同日封，故世謂之五侯。又曰：漢王置酒高會。三輔舊事曰：太上皇思慕鄉里，高祖徙豐、沛商人，立為新豐也。六樂陳廣坐，組帳揚春風。周禮曰：凡六樂者，文之以五聲。鄭玄曰：此固所以存六代之樂。史記，侯嬴曰：公子自迎嬴羣衆廣坐之中。嵇康贈秀才詩曰：組帳高褰。七盤起長袖，庭下列歌鍾。張衡舞賦曰：歷七盤而屣躡[16]。七盤，已見陸機羅敷歌。韓子曰：長袖善舞。國語曰：鄭伯納女樂二八[17]。歌鍾，已見魏都賦。八珍盈彫俎，綺肴紛錯重。周禮，食醫掌和王八珍之齊。莊子曰：祝宗人說彘曰：汝奚惡死？吾將加汝肩尻乎彫俎之上。應璩與公琰書曰：繁俎綺錯，羽爵飛騰。九族共瞻遲，賓友仰徽容。尚書曰：敦敘九族。孔安國曰：九族，高祖玄孫之親也。張載送鍾參軍詩曰：善見理不拔[18]，闡道播徽容。十載學無就，善宦一朝通。漢書曰：張釋之事文帝，十年不得調。又曰：

14 注「行幸甘泉賦曰」　案：「甘泉」當重。各本皆脫。

15 注「戾舊邦也」　陳云「戾」上當有「言」字。各本皆脫。

16 注「張衡舞賦曰歷七盤而屣躡」　案：此十一字誤衍。下云「七盤已見陸機羅敷歌」，茶陵本複出之如此。尤、袁兩有者非。

17 注「國語曰鄭伯納女樂二八」　案：此十字誤衍。下云「歌鍾已見魏都賦」，茶陵本複出之如此。尤、袁兩有者非。

18 注「善見理不拔」　袁本、茶陵本「見」作「建」，是也。

司馬安巧善宦，四至九卿。

翫月城西門解中　五言

鮑明遠

始見西南樓，纖纖如玉鉤。西京雜記，公孫乘月賦曰：値圓巖而似鉤，蔽脩堞如分鏡。王逸楚辭注曰：曲瓊，玉鉤也。末映東北墀，娟娟似蛾眉。說文曰：墀，塗地也。禮，天子赤墀。上林賦曰：長眉連娟。毛詩曰：螓首蛾眉。蛾眉蔽珠櫳，玉鉤隔瑣窗。珠櫳，以珠飾疏也。瑣窗，窗為瑣文也。范曄後漢書曰：梁冀第舍，窗牖皆有綺疏青瑣也。三五二八時，千里與君同。二八，十六日也。釋名曰：望，滿之名。月大十六日，月小十五日。淮南子曰：道德之論，譬如日月，馳騖千里，不能改其處。夜移衡漢落，徘徊帷戶中。衡，斗中央也。漢，天漢也。已見上文。曹植七哀詩曰：明月照高樓，流光正徘徊。歸華先委露，別葉早辭風。言歸華先委，為露所墮，別葉早辭，為風所隕。華落向本，故曰歸本[19]；葉下離枝，故云別葉。王逸楚辭注曰：委，弃也。翼氏風角曰：木落歸本，水流歸末。客游厭苦辛，仕子倦飄塵。陸機答張士然詩曰：飄飄冒風塵。休澣自公日，宴慰及私辰。禮記曰：晏子澣衣以朝。字林曰：醧，私宴飲也。方言曰：慰，居也。蜀琴抽白雪，郢曲發陽春。相如工琴而處蜀，故曰蜀琴；客歌郢中，故稱郢曲也。宋玉笛賦曰：師曠將為白雪之曲也。又對問曰：客有歌於郢中者，其為陽春白雪，國中屬而和者不過數人。肴乾酒未缺，金壺啓夕淪[20]。肴雖乾而酒未止，金壺之漏，已啓夕波。杜預左氏傳注曰：肴乾而不食。爾雅曰：小波為淪。陸機漏賦曰：伏陰蟲以承波，吞恒流其如揖。迴軒駐輕蓋，留酌待情人。

---

19 注「故曰歸本」　案：「本」當為「華」，各本皆誤。

20 「金壺啓夕淪」　袁本云善作「臺」。茶陵本作「臺」，云五臣作「壺」。案：二本所見非也。尤依注校改正之矣。

始出尚書省　五言

謝玄暉　蕭子顯齊書曰：眺兼尚書殿中郎。高宗輔政，以眺為諮議，領記室。高宗，明帝也。

惟昔逢休明，十載朝雲陛。休明，謂齊武皇帝也。左氏傳曰：王孫滿曰：德之休明。蕭子顯齊書曰：眺解褐豫章王行參軍。然王故朝也。左思七牧曰：開甲第之廣袤，建雲陛之嵯峨。**既通金閨籍，復酌瓊筵醴。**金閨，即金門也。解嘲曰：歷金門，上玉堂。應劭漢書注曰：籍者，為二尺竹牒，記其年紀、名字、物色，懸之宮門，案省相應，乃得入也。袁宏夜酣賦曰：開金扉，坐瓊筵。漢書，楚元王敬禮穆生等，穆生不嗜酒，王每置酒，常為穆生設醴也。**宸景厭照臨，昏風淪繼體。**宸，北辰，以喻帝位也。厭照臨，謂武帝崩也。繼體，謂鬱林王昭業也。蕭子顯齊書曰：鬱林王，文惠太子長子，武帝崩，王即位。毛詩曰：明明上天，照臨下土。尚書曰：遠耆德，比頑童，時謂亂風。廣雅曰：昏，亂也。又曰：淪，沒也。公羊傳曰：繼文王之體[21]，守文王之法度。**紛虹亂朝日，濁河穢清濟。**漢書，息夫躬絕命辭曰：虹霓耀兮日微。張晏曰：虹蜺，邪陰之氣也，而有照耀以蔽日月，方讒言流行，忠良浸微也。戰國策，張儀說秦王曰：清濟濁河，足以為阻。孔安國尚書注曰：濟水入河，並流十數里，清濁異色，混為一流。亦喻讒邪之穢忠正也。**防口猶寬政，餐茶更如薺。**言防眾口，實由寬政，雖遇餐茶之苦，更同如薺之甘。時明帝輔政，故曰寬也。國語，召公諫厲王曰：防人之口，甚於防川。左氏傳，陳公子完謂齊侯曰：臣幸若獲宥，及於寬政，君之惠也。仲長子昌言曰：有軍興之大役焉，有凶荒之殺用焉，如此則清脩絜皎之士，固當食茶臨膽，枕籍菁棘。毛詩曰：誰為茶苦[22]？其甘如薺。**英衮暢人謀，文明固天啓。**英衮，謂明帝也。初為尚書令，故曰英衮。蕭子顯齊書曰：明帝以太后令，廢鬱林王及海陵王而即帝位。周禮曰：三公自衮冕而下。漢書音義曰：暢，通也。周易曰：人謀鬼謀，百姓與能。又曰：見龍在田，天下文明。左氏傳曰：晉侯賜畢萬魏，卜偃曰：以是始賞，天

---

21 注「繼文王之體」　袁本、茶陵本「繼」上有「是子也」三字，無「王」字。案：當補「王」字耳。「是子也」，尤誤刪。

22 注「誰為茶苦」　案：「為」當作「謂」。各本皆誤。

啓之矣。青精翼紫軑，黃旗映朱邸。春秋元命苞曰：殷紂之時，五星聚房。房者，蒼神之精，周據而興。然青即蒼也。齊，木德，故蒼精翼之。孔安國尚書傳曰：翼，輔也。方言曰：韓、楚之間，輪謂之軑，徒計切。天子之車，以紫為蓋，故曰紫軑。司馬德操與劉恭嗣書曰：黃旗紫蓋，恆見東南，終成天下者，揚州之君子。史記曰：諸侯朝天子，於天子之所立宅舍曰邸。漢書曰：代王入代邸。諸王朱戶，故曰朱邸。還覩司隸章，復見東都禮。東觀漢記曰：更始欲北之雒陽，以上為司隸校尉。三輔官府吏東迎雒陽，見更始諸將過者數十輩，皆冠幘而衣婦人之衣，大為長安所笑；見司隸官屬，皆相指視之，極望，老吏或垂涕，粲然復見官府儀體，賢者蟻附也。中區咸已泰，輕生諒昭洒。文賦曰：佇中區以玄覽。說文曰：洒，滌也，桑禮切。趨事辭宮闕，載筆陪旌棨。謂出殿中而為記室也。漢書曰：朱博夜寢早起，妻希見面，趨事如是。慎子曰：趨事之有司，賤也。禮記曰：史載筆，士載言。司馬彪續漢書曰，公以下至二千石，騎吏四人，皆帶劍棨戟為前行。韋昭漢書注曰：棨，戟也，音啓。邑里向疎蕪，寒流自清泚。鶡冠子曰：士之居邑里。賈逵國語注曰：蕪，薉也。說文曰：泚，清也，且禮切。衰柳尚沈沈，凝露方泥泥。沈沈，茂盛之貌也。毛詩曰：蓼彼蕭斯，零露泥泥。廣雅曰：方，正也。毛萇曰：泥泥，沾濡也。零落悲友朋，歡虞讌兄弟。孔融與曹操書曰：海內知識，零落殆盡。虞與娛通。毛詩序曰：常棣，燕兄弟也。既秉丹石心，寧流素絲涕。丹石，言不移也。呂氏春秋曰：石可破而不可奪其堅，丹可磨而不可奪其赤。韓子曰：上下相德，守道者皆懷金石之心。素絲隨染涕，墨子所悲也。淮南子曰：墨子見練絲而泣之，為其可以黃可以黑。高誘曰：閔其化也。曹顏遠感時詩曰[23]：素絲與路歧。乘此終蕭散，垂竿深澗底。孫惠龜賦曰：汎舟於清泠之淵，垂竿於巖澗之下。如淳漢書注曰：乘，因也。

[23] 注「曹顏遠感時詩曰」 陳云「時」當作「舊」。各本皆誤。

直中書省　五言　謝玄暉

蕭子顯齊書曰：朓轉中書郎。

紫殿肅陰陰，彤庭赫弘敞。紫殿，紫宮也。漢書成紀曰：神光降集紫殿。莊子曰：至陰肅肅，至陽赫赫。西都賓曰：玉階彤庭。西京賦曰：赫昈昈以弘敞。風動萬年枝，日華承露掌。晉宮闕名曰：華林園有萬年樹十四株。漢書曰：日華曜宣明。又曰：武帝作栢梁銅柱、承露盤、僊人掌也。玲瓏結綺錢，深沈映朱網。晉灼甘泉賦注曰：玲瓏，明見貌也。東宮舊事曰：窗有四面，綾綺連錢。楚辭曰：網戶朱綴刻方連。王逸注曰：網，綺文縷也。綴，緣也。網與罔同而義異也。紅藥當階飜，蒼苔依砌上。淮南子曰：窮谷之污，生以蒼苔。茲言翔鳳池，鳴珮多清響。晉中興書曰：荀勗徙中書監為尚書令，人賀之，乃發恚云：奪我鳳凰池，卿諸人何賀我邪？禮記曰：君子行則鳴佩玉。信美非吾室，中園思偃仰。登樓賦曰：雖信美而非吾土兮。毛詩曰：或棲遲偃仰。朋情以鬱陶，春物方駘蕩。尚書曰：鬱陶乎予心，顏厚有忸怩。莊子曰：惠施之材，駘蕩而不得，逐物不反。司馬彪曰：駘蕩，猶施散也。安得凌風翰，聊恣山泉賞。莊子曰：鵲巢於高榆之顛，巢折，凌風而起。毛詩曰：如飛如翰。鄭玄曰：如鳥之飛翰也。

觀朝雨　五言　謝玄暉

朔風吹飛雨，蕭條江上來。既灑百常觀，復集九成臺。張景陽七命曰：表以百常之闕。西京賦曰：通天眇以竦峙，勁百常而莖擢。薛綜曰：臺名也。爾雅曰：觀謂之闕。呂氏春秋曰：有蛾氏[24]有二佚女，為九成臺，飲食必以鼓。空濛如薄霧，散漫似輕埃。平明振衣坐，重門猶未開。楚辭曰：平明發兮蒼梧。新序曰：老古振衣而起。周易曰：重門擊柝。耳目暫無擾，懷古信悠哉。東京賦曰：慨長思而懷古。毛詩曰：悠哉悠哉。毛萇曰：悠，思也。戢翼希驤首，乘流畏曝鰓。成公綏慰情賦曰：惟潛龍之勿用，戢鱗翼以匿影。鄒陽上書曰：鮫龍驤

---

24 注「有蛾氏」何校「蛾」改「娀」，是也。各本皆譌。

首奮翼，則浮雲出流。鵩鳥賦曰：乘流則逝。三秦記曰：河津，一名龍門，兩傍有山，水陸不通，龜魚莫能上。江海大魚，薄集龍門下，上則為龍，不得上，曝鰓水次也。**動息無兼遂，歧路多徘徊。**動息，猶出處，言出處之情有疑，譬臨歧路而多惑也。淮南子曰：楊子見逵路而哭之，謂其可以南可以北。**方同戰勝者，去翦北山萊。**言隱勝仕也。方，猶將也。韓子，子夏曰：吾入見先王之義則榮之，出見富貴又榮之，二者戰於胸臆，故臞也。今見先王之義戰勝，故肥也。毛詩曰：南山有臺，北山有萊。毛萇曰：萊，草也。

郡內登望 五言 蕭子顯齊書曰：眺出為宣城太守。

謝玄暉

借問下車日，匪直望舒圓。張景陽詩曰：下車如昨日，望舒四五圓。**寒城一以眺，平楚正蒼然。**毛詩曰：翹翹錯薪，言刈其楚。說文曰：楚，叢木也。鄭玄毛詩箋曰：蒹葭在眾草之中，蒼蒼然也。**山積陵陽阻，溪流春穀泉。**江賦曰：幽澗積阻。沈約宋書曰：宣城郡，太康中分丹陽立。陵陽子明得仙於廣陽縣山。戰國策曰：飲茹溪之流。漢書曰：丹陽郡有春穀縣。水經注曰：江連春穀縣北，又合春穀水。**威紆距遙甸，巉喦帶遠天。**威紆，威夷紆餘，流長之貌也。孔安國尚書傳曰：距，至也。廣雅曰：巉喦，高也。**切切陰風暮，桑柘起寒煙。悵望心已極，惝怳魂屢遷。**悵望，已見上文。楚辭曰：招惝怳而永懷。招，勑驕切。惝，況壤切。怳，況往切。**結髮倦為旅，平生早事邊。**漢書，霍光結髮內侍。論語，子曰：久要不忘平生之言。**誰規鼎食盛，寧要狐白鮮。**家語曰：子路南游於楚，列鼎而食。晏子春秋曰：景公被狐白之裘，坐於堂側。**方棄汝南諾，言稅遼東田。**續漢書曰：汝南太守南陽宗資任用范滂，時人謠曰：汝南太守范孟博，南陽宗資主畫諾。魏志曰：管寧聞公孫度令行海外，遂至于遼東。皇甫謐高士傳曰：人或牛暴寧田者，寧為牽牛著涼處，自飲食也[25]。

---

[25] 注「自飲食也」 案：「飲」當作「飤」。各本皆譌。

和伏武昌登孫權故城　五言　謝玄暉

徐勉伏曼容墓誌序曰：曼容為大司馬諮議參軍，出為武昌太守。

炎靈遺劍璽，當塗駭龍戰。炎靈，謂漢也。典引曰：蓄炎上之烈精。漢儀禮志曰[26]：皇太子即位，中黃門以斬蛇寶劍授。異苑曰：晉惠帝元康三年，武庫火，燒漢高斬白蛇劍。吳書曰：初，黃門張讓等作亂，劫天子出奔，尚璽投井中。春秋保乾圖曰：漢以魏徵當塗在世，名行四方。獻帝紀，太史丞許芝奏故白馬令李雲上事曰：許昌氣見於當塗高者，魏也。象魏者，兩觀闕是也。當道而高大者，魏也，當代漢。周易曰：龍戰于野，其血玄黃。**聖期缺中壤，霸功興寓縣。**論衡曰：孟子云：五百年有王者興。五百年者，以為天出聖期也。桓譚陳便宜曰：所謂霸功者，法度明正，百官脩治，威令流行者也。蒼頡篇曰：宇，邊也。說文曰：寓，籀文宇字也。**鵲起登吳山，鳳翔陵楚甸。**莊子曰：鵲上城之垝，巢於高榆之顛，城壞巢折，陵風而起。故君子之居時也，得時則義行，失時則鵲起。司馬彪曰：垝，最高危限之處也。起，飛也。東都賦曰：龍飛白水，鳳翔參墟。孫氏初基武昌，後都建鄴，故云吳山楚甸也。垝，居毀切。**衿帶窮巖險，帷帟盡謀選。**西京賦曰：巖險周固，衿帶易守。漢書，高祖曰：運籌策於帷帳之中。左氏傳，薳啓彊曰：趙成、中行吳，皆諸侯之選也。鄭玄毛詩箋曰：選者，謂於倫等之中最上也。**北拒溺驂鑣，西龕收組練。**北拒，謂禦曹操；西龕，謂敗劉備也。春秋感精符曰：強傑並侵，戰兵雷合，龍門溺驂。宋均曰：龍門，魯地名也。時齊與宋鄭戰敗相殺[27]，血溺驂馬。尚書序曰：西伯戡黎。孔安國曰：戡，勝也。龕與戡音義同。左氏傳曰：組甲三百，被練三千。馬融曰：組甲，以組為甲，被練為甲裏也。**江海既無**

26 注「漢儀禮志曰」　案：「儀禮」當作「禮儀」。各本皆倒。此所引司馬彪志文。「漢」上疑尚脫「續」字。

27 注「戰敗相殺」　何校「敗」改「攻」，是也，各本皆譌。

波，俯仰流英盼[28]。禮斗威儀曰：其君乘木而王，其政象平，則江海不揚波。好色賦曰：竊視盼[29]。袞冕類禋郊，卜揆崇離殿。周禮曰：王祀昊天上帝，則服大裘而冕，祀五帝亦如之。又曰：兆五帝於四郊，四類亦如之。孔安國尚書傳曰：類，事類也。又曰：精意以享曰禋。毛詩曰：卜云其吉，終然允臧。毛萇曰：凡建國必卜之。毛詩曰：揆之以日，作為楚室。毛萇曰：揆，度也。度日出日入以知西東，視定北準極[30]以正南北。毛萇詩傳曰：崇，立也。西都賦曰：外則離殿別寢。釣臺臨講閱，樊山開廣讌。吳志曰：孫權於武昌臨釣臺飲酒，大歡。國語，虢文公曰：一時講武。公羊傳曰：大閱者何？簡車馬也。水經曰：武昌郡治城南有袁山，即樊山也，北背大江，江上有釣臺。顏延年釋奠詩曰：即宮廣讌。文物共葳蕤，聲明且葱蒨。左氏傳，臧哀伯曰：夫德儉而有度，文物以紀之，聲明以發之。三光厭分景，書軌欲同薦。三國名臣頌曰：三光參分，宇宙暫隔。禮記，子曰：今天下車同軌，書同文。杜預左氏傳注曰：薦，獻也。參差世祀忽，寂漠市朝變。魏都賦曰：非有期乎世祀。忽，謂忽忽然而去也。古出夏北門行曰：市朝易人，千載墓平。舞館識餘基，歌梁想遺轉。蕪城賦曰：歌堂舞閣之基。西征賦曰：夤陛殿之餘基。歌有繞梁，故曰歌梁。淮南子曰：秦、楚、燕、趙之歌也，異轉而皆樂。高誘曰：轉，音聲也。故林衰木平，荒池秋草徧。雄圖悵若茲，茂宰深遐睠。茂宰，謂伏武昌也。言孫氏雄圖，悵然如此，伏氏感之而深遠睠。幽客滯江皐，從賞乖纓弁。幽客，眺自謂也。言從賞而乖纓弁遊也。楚辭曰：朝馳騁兮江皐。王逸注曰：澤曲曰皐。清巵阻獻酬，良書限聞見。良書，謂伏詩也。鄭玄禮記注曰：巵，酒器也。毛詩曰：獻酬交錯。墨子曰：墨子獻書惠王，王受而讀之，曰：良書也。幸籍芳音

---

28 「俯仰流英盼」　案：「盼」當作「眄」。袁本作「眄」，云善作「盼」。茶陵本云五臣作「眄」。各本所見皆非也，善引好色賦注「流眄」，其本不作「盼」，明甚。傳寫正文及注皆誤，校語遂謂善、五臣之異，而讀者莫察矣。「眄」即「眄」別體，凡此字多譌為「盼」。

29 注「竊視盼」　案：「視」下脫「流」字，「盼」當作「眄」，見上。各本皆誤。賦在第十九卷也。

30 注「視定北準極」　陳云「視」上脫「南」字，是也。各本皆脫。

多[31]，承風采餘絢。楚辭曰：聞赤松之清塵，願承風之遺則。馬融論語注曰：絢，文貌也。于役儻有期，鄂渚同游衍。毛詩曰：君子于役，不知其期。楚辭曰：乘鄂渚而反顧兮。王逸注曰：鄂渚，地名也。毛詩曰：昊天曰旦，及爾遊衍。毛萇曰：遊，行也。衍，溢也。鄭玄曰：常與汝入往[32]遊溢相從也。

和王著作八公山　五言　謝玄暉

淮南子曰：淮南王安養士數千人，中有高才八人：蘇非、李上、左吳、陳由、伍被、雷被、毛被、晉昌，為八公。神仙傳曰：雷被誣告安謀反，人告公曰：安可以去矣。乃與登山，即日升天。八公與安所踐石上之馬跡存焉。

二別阻漢坻，雙崤望河澳。左氏傳曰：吳子伐楚，子常乃濟漢而陣，自小別至于大別。殽有二陵，已見西征賦。爾雅曰：小沚曰坻。又曰：澳，隈也。茲嶺復巑岏，分區奠淮服。字林曰：巑岏，銳山也。潘岳贈陸機詩曰：區域以分。孔安國尚書傳曰：奠，定也。東限琅邪臺，西距孟諸陸。山海經曰：琅邪臺在渤海間，琅邪之東。孔安國尚書傳曰：距，至也。周禮曰：正東曰青州，其藪曰孟諸。爾雅曰：宋有孟諸。郭璞曰：今在梁國睢陽縣東北。然孟諸澤在八公山東，而云西距者，謂澤西距山，以避上文耳。謂山在澤東是也[33]。仟眠起雜樹，檀欒蔭脩竹。楚辭曰：遠望兮仟眠。枚乘兔園賦曰：脩竹檀欒夾池水。日隱澗凝空[34]，雲聚岫如複。出沒眺樓雉，遠近送春目。王

31　「幸籍芳音多」　袁本「籍」作「藉」，是也。茶陵本亦誤「籍」。

32　注「常與汝入往」　陳云「女」下脫「出」字，「往」下脫「來」字，是也。各本皆誤。

33　注「謂山在澤東是也」　案：此七字不可通，蓋後來駁善注之語而誤錯入耳。各本皆衍。否則當作「非謂山在澤東也」而誤。

34　「日隱澗凝空」　案：「凝」當作「疑」。宋本謝集正作「疑」，此「疑空」與「如複」偶句。各本作「凝」，但傳寫誤耳。袁、茶陵二本所載五臣翰注云「澗暗如空也」，詳其意，亦不作「凝」。凡諸家集中異同，非可畫一，故每不稱說。此條不同其例，所謂言各有當者矣。

肅家語注曰：高丈長曰堵[35]，三堵曰雉。呂氏春秋曰：客出，田駢送之以目。**戎州昔亂華，素景淪伊穀。**亂華，謂苻堅也。左氏傳曰：衛侯登城以望見戎州，公曰：我姬姓也，何戎之有焉！又，孔子曰：裔不謀夏，夷不亂華。素景，謂晉也。干寶搜神記曰：金者，晉之行也。漢書曰：穀水出穀陽谷，東北入洛也。伊水已見上文。**阽危賴宗袞，微管寄明牧。**宗袞，謝安也。明牧，謝玄也。晉中興書曰：時盜賊強盛[36]，浸寇無已。朝議求文武良將可以鎮北方者，衛將軍謝安曰：唯兄子玄可堪此任。於是拜建武將軍，兗州刺史，領廣陵相，監江北諸軍事。漢書，賈誼上書曰：安有天下阽危者若是。臣瓚曰：臨危曰阽。或曰：阽，屋檐也。論語，子曰：微管仲，吾其被髮左衽矣。**長蛇固能翦，奔鯨自此曝。**八公山，謝玄敗苻堅之處也。長蛇，喻融；奔鯨，喻堅也。羣謝錄[37]曰：玄領徐州，苻堅傾國大出，玄為前鋒，射傷苻堅，陣殺苻融。左氏傳，申苞胥如秦乞師，曰：吳為封豕長蛇，以荐食上國。又楚子曰：古者明王伐不敬，取其鯨鯢而封，以為大戮。杜預曰：鯨鯢，大魚名，以喻不義之人，吞食小國也。**道峻芳塵流，業遙年運倏。**陸機大暮賦曰：播芳塵之馥馥。莊子，老聃曰：予年運而往矣，將何以戒我乎？**平生仰令圖，吁嗟命不淑。**平生，朓自謂也。左氏傳，汝叔齊曰：君子能知其過，必有令圖。令圖，天贊也。薛君韓詩章句曰：吁嗟，歎辭也。毛詩曰：子之不淑。楊泉五湖賦曰：底功定績，蓋寓令圖。不淑，已見嵇康幽憤詩。**浩蕩別親知，連翩戒征軸。**楚辭曰：志浩蕩而傷懷。思玄賦曰：繽連翩兮紛暗曖。**再遠館娃宮，兩去河陽谷。**方言曰：吳有館娃之宮。石崇思歸引序曰：肥遯於河陽別業。**風煙四時犯，霜雨朝夜沐。**曹植亟出行曰：蒙霧犯風塵。淮南子曰：禹沐滛雨，櫛疾風。高誘曰：以雨為沐浴也，以疾風為梳篦也。魏書，公令曰：沐浴霜露，二十餘年。**春秀良已凋，秋場庶能築。**孫子曰：秋霜被不凋其秀。毛詩曰：九月築場圃。

---

35 注「高丈長曰堵」 茶陵本「長」下有「丈」字，是也。袁本亦脫。

36 注「時盜賊強盛」 陳云「盜」，「氐」誤。案：所校最是。氐，苻秦也。不知者改之。各本皆作「盜」，其誤久矣。

37 注「羣謝錄」 何校「羣」改「陳」，「陳郡」二字，陳同，是也。各本皆誤。述祖德詩注引可證。

和徐都曹　五言　集云：和徐都曹勉昧旦出新渚[38]。　謝玄暉

宛洛佳遨游，春色滿皇州。古詩曰：驅車策駑馬，游戲宛與洛。鮑昭結客少年場曰：表裏望皇州。結軫青郊路，迴瞰蒼江流。楚辭曰：結余軫於西山。周禮曰：東方謂之青。蜀都賦曰：列綺疎以瞰江。日華川上動，風光草際浮。日華，已見上文。楚辭曰：光風轉蕙汎崇蘭。王逸注曰：光風，謂日出而風，草木有光色也。桃李成蹊逕，桑榆陰道周。班固漢書贊曰：諺曰：桃李不言，下自成蹊。楚辭曰：鳴鳩棲於桑榆。毛詩曰：有杕之杜，生于道周。毛萇曰：周，曲也。東都已俶載，言歸望綠疇。毛詩曰：以我覃耜，俶載南畝。毛萇曰：覃，利也。王肅曰：俶，始也。載，事也。言用我之利[39]，始事於南畝也。毛詩曰：言旋言歸。賈逵國語注曰：一井為疇。

和王主簿怨情　五言　集云：王主簿，名季哲。　謝玄暉

掖庭聘絕國，長門失歡宴。漢書元紀曰：賜單于待詔掖庭王嬙為閼氏。應劭曰：名嬙，小字昭君。娶女曰聘，據單于而言也。琴道，雍門周曰：一赴絕國。掖庭，王昭君所居也。長門，陳皇后所居也。南都賦曰：接歡宴於日夜。相逢詠蘼蕪，辭寵悲班扇。古樂府詩曰：上山採蘼蕪[40]，下山逢故夫。班婕妤怨詩曰：新製齊紈素，鮮絜如霜雪，裁為合歡扇，團團似明月。花叢亂數蝶，風簾入雙燕。徒使春帶賒，坐惜紅粧變。賒，緩也。生平一顧重，宿昔千金賤。鄭玄毛詩箋曰：顧，迴首也。列女傳曰：楚成鄭子瞀者，楚成王之夫人也。初，成王登臺，子瞀不

---

38 注「昧旦出新渚」　案：「新」下當有「亭」字。各本皆脫。謝集有。

39 注「言用我之利」　陳云「利」下脫「耜」字，是也。各本皆脫。

40 注「上山采蘼蕪」　案：「蘼」當作「蘪」，正文「蘪」。袁、茶陵二本校語皆云善作「蘪」，可見注中自是「蘪」字也。尤、袁注作「蘼」，乃涉五臣而誤。茶陵注幷入五臣，更不可別。「蘼」、「蘪」同字耳。凡善、五臣有異，雖同字亦必較，然不可混，其例有如此。

顧，王曰：顧，吾與女千金。子胥遂行不顧。曹植詩曰：一顧千金重，何必珠玉錢？阮籍詠懷詩曰：宿昔同衾裳。故人心尚爾，故人心不見[41]。古樂府曰：相去萬餘里，故人心尚爾。鄭玄毛詩箋曰：尚，猶也。字書曰：爾，詞也。

和謝宣城 五言 集云：謝宣城朓臥疾。

沈休文

王喬飛鳬舄，東方金馬門。從宦非宦侶，避世不避喧。范曄後漢書曰：王喬者，河東人也，顯宗時為葉令。喬有神術，每月朔望自縣詣臺朝。帝怪其來數而不見車騎，密令太史伺望之。言其臨至，輒有雙鳬東南飛來。於是伺鳬至，舉羅張之，但得一雙舄焉。乃詔尚方診視，則四年中所賜尚書官屬履也。史記曰：武帝時，齊人有東方生，名朔，時坐席中，酒酣，據地歌曰：陸沈於俗，避世金馬門。揆余發皇鑒[42]，短翮屢飛飜。楚辭曰：皇鑒揆予于初度。丁儀周成王論曰：振短翮與鸞鳳並翔。晨趨朝建禮，晚沐臥郊園。漢書典職曰[43]：尚書郎晝夜更直於建禮門內。沐，休沐也。賓至下塵榻，憂來命綠樽。謝承後漢書曰：徐稚，字孺子，豫章人，屢辟公府不起。時陳蕃為太守，以禮請署功曹，稚不免之，既謁而退，蕃在郡不接賓，唯稚來特設一榻，去則懸之。應休璉與曹長思書曰：紅塵蔽於机榻。傅玄雜詩曰：机榻委塵埃。漢書，東方朔曰：臣聞銷憂者莫若酒也。昔賢侔時雨，今守馥蘭蒸。字林曰：侔，齊等也。孟子曰：

---

41 「故人心不見」 案：「人心」當作「心人」。袁本、茶陵本作「心人」，云善作「人心」。各本所見皆非也。上句「故人心尚爾」，承「生平一顧重」言之，謂辭寵之未嘗易操也。此句「故心人不見」，承「宿昔千金賤」言之，謂相逢之遠已貶價也，此情之所為怨也。傳寫下句涉上倒兩字，絕不可通，非善如此。五臣之注，其義甚謬，而文未誤，可借為證。謝集「故心人不見」注云「一作故人心不見」，取六臣合并本文選而云然耳。

42 「揆余發皇鑒」 何校「鑒」改「覽」，注同。案：所校是也。離騷，善作「覽」，五臣作「鑒」。袁、茶陵二本有明文，此善引彼為注，作「覽」甚明。蓋亦五臣作「鑒」，自與其離騷同，各本以亂善又并改注，非也。西征賦「皇鑒」及注同此。

43 注「漢書典職曰」 何校「書」改「官」，陳同，是也。各本皆譌。

君子之所以教者五，有如時雨化之者。今守，即眺也。潘正叔贈河陽詩曰：流聲馥秋蘭。王逸楚辭注曰：蓀，香草名也[44]。**神交疲夢寐，路遠隔思存。**列子曰：夢有六候，此六者皆魂神所交也[45]。莊子曰：子綦曰：其寐也魂交，其覺也形開。說文曰：交，會也。毛詩曰：雖則如雲，匪我思存。**牽拙謬東汜，浮惰及西崐。**梁書曰：隆昌中，約出為東陽太守。明帝即位，徵為五兵尚書。以日之早晏，喻年之少老也。牽拙，牽率庸拙也。東汜，謂湯谷，日之所出也。浮惰，浮名惰懈也。西崐，謂崦嵫，日之所入也。**顧循良菲薄，何以儷璵璠。**鄭玄毛詩箋曰：顧，念也。楚辭曰：質菲薄而無由。馬融論語注曰：菲，薄也。廣雅曰：儷，偶也。左氏傳曰：季平子卒，陽虎將以璵璠斂。杜預曰：璵璠，美玉也。**將隨渤澥去，刷羽汎清源。**解嘲曰：若江湖之雀，渤澥之鳥。吳都賦曰：刷盪漪瀾。說文曰：刷，刮也。劉公幹詩曰：方塘含清源。

應王中丞思遠詠月　五言

蕭子顯齊書曰：王思遠為御史中丞。

沈休文

月華臨靜夜，夜靜滅氛埃。魏明帝詩曰：靜夜不能寐。楚辭曰：辟氛埃而清涼。**方暉竟戶入，圓影隙中來。**淮南子曰：受光於隙，照一隅；受光於戶，照室中無遺物；況受光於宇宙乎？說文曰：隙，壁際也。**高樓切思婦，西園游上才。**曹子建七哀詩曰：明月照高樓，流光正徘徊，上有愁思婦，悲歎有餘哀。魏文帝芙蓉池詩曰：乘輦夜行游，逍遙步西園，丹霞夾明月，華星出雲間。**網軒映珠綴[46]，應門照綠苔。**楚辭曰：網戶朱綴刻方連。下云綠

---

44 注「香草名也」　袁本、茶陵本無「名」字，是也。

45 注「皆魂神所交也」　袁本無「皆魂」二字。案：無者是也。所引周穆王文。五臣向注乃有此二字，尤延之誤取耳。茶陵本注幷入五臣，更不可別。

46 「網軒映珠綴」　茶陵本有校語云善作「朱」。袁本無校語。案：二本非也。善作「珠」，故云「此當為朱綴」，今並為「珠」，五臣因此改為「朱」，故云「以網及朱綴而飾之」。茶陵本大例當作「珠」，而云五臣作「朱」。袁本大例當作「朱」，而云善作「珠」。今皆錯誤，唯尤本為是。又案：五臣注中字袁本作「朱」，不誤。重刻茶陵者幷改成「珠」，幾莫可辨矣，此更誤中之誤也。

苔，此當為朱綴，今並為珠，疑傳寫之誤。漢書曰：班婕妤自傷賦曰：潛玄宮兮幽以清，應門閉兮楚闈扃[47]，華殿塵兮玉陛苔[48]，中庭萋兮綠草生。**洞房殊未曉，清光信悠哉。**楚辭曰：姱容脩態亘洞房。毛萇詩傳曰：悠，遠貌也。

冬節後至丞相第詣世子車中　五言　沈休文

蕭子顯齊書曰：豫章王嶷，太祖第二子也。薨贈丞相、揚州牧。長子廉，字景藹，為世子。蔡邕獨斷曰：諸侯適子稱世子。

廉公失權勢，門館有虛盈。史記曰：廉頗失勢之時，故客盡去，及復為將，又復至。王符潛夫論曰：昔魏其之客，流於武安；長平之利，移於冠軍。廉頗翟公，再盈再虛。**貴賤猶如此，況乃曲池平。**漢書曰：下邽翟公為廷尉，賓客亦填門。及廢，門外可設雀羅。後為廷尉，客欲往，翟公大署其門曰：一貴一賤，交情乃見。桓子新論，雍門周說孟嘗君曰：千秋萬歲後，高臺既已傾，曲池又以平。**高車塵未滅，珠履故餘聲。**漢書曰：于定國父于公，閭門壞，父老方共治之，于公謂之曰：少高大閭門，令容駟馬高蓋。說文曰：高車[49]，其蓋高，立載之車也。史記曰：春申君上客，皆躡珠履。**賓階綠錢滿，客位紫苔生。**家語曰：公自阼階，孔子由賓階升堂立侍。又曰：醮於客位，加其有成也。崔豹古今注曰：空室無人行，則生苔蘚，或青或紫，一名綠錢。禮記曰：主人就東階，客就西階。又曰：殯於客位，祖於庭。**誰當九原上，鬱鬱望佳城。**禮記，趙文子曰：以從先大夫於九原。鄭玄曰：晉卿大夫之墓地在九原。西京雜記曰：滕公駕至東都門，馬鳴，跼不肯前，以前脚跼地，久之，滕公懼，使卒掘馬所跼地，入三尺所，得石槨，有銘焉。銘曰：佳城鬱鬱，三千年，見白日，吁嗟滕公居此室。滕公曰：嗟乎，天也！吾其卽安此乎！遂葬焉。漢書曰：夏侯嬰，號滕公也。

---

47 注「楚闈扃」　案：「楚」當作「禁」。各本皆譌。所引外戚傳文。
48 注「玉陛苔」　案：「陛」當作「階」。各本皆譌。所引外戚傳文。
49 注「說文曰高車」　案：「說文」當作「釋名」。各本皆誤。所引在其釋車篇中也。

學省愁臥 五言 沈休文

學省，國學也。梁書曰：齊明帝即位，約遷國子祭酒。

秋風吹廣陌，蕭瑟入南闈。廣雅曰：陌，道也。愁人掩軒臥，高牕時動扉。楚辭曰：愁人兮奈何！掩，猶閉也。軒，長廊也。虛館清陰滿，神宇曖微微。謝靈運齋中詩曰：虛館絕諍訟。曹植九詠曰：蔓葛滋兮冒神宇。王逸楚辭注曰：曖曖，暗昧貌。南都賦曰：清廟肅以微微。網蟲垂戶織，夕鳥傍櫩飛。張景陽雜詩曰：蜘蛛網戶屋。魏文帝詩曰：蜘蛛繞戶牖。纓佩空爲忝，江海事多違。爾雅曰：忝，辱也。莊子曰：就藪澤，處閑曠，此江海之士，避世之人也。廣雅曰：違，異也，謂乖異也。山中有桂樹，歲暮可言歸。山中有桂樹，即攀桂枝而聊淹留也。韓詩曰：蟋蟀在堂，歲聿其莫。薛君曰：莫，晚也。言君之年歲已晚也。

詠湖中鴈 五言 沈休文

白水滿春塘，旅鴈每迴翔。劉公幹雜詠詩曰：方塘含白水，中有鳧與鴈。謝靈運戲馬臺集詩曰：旅鴈違霜雪。楚辭曰：孔雀兮迴翔。穀梁傳曰：掩禽旅。范甯曰：眾禽也。唼流牽弱藻，斂翮帶餘霜。楚辭曰：鳧鴈皆唼夫梁藻。應瑒建章臺集詩曰：遠行蒙霜雪。羣浮動輕浪，單汎逐孤光。上林賦曰：鴻鷫鵠鴇，浮乎其上。懸飛竟不下，亂起未成行。呂氏春秋曰：羣鳥翔而不下。白虎通曰：鴈飛則乃成行[50]。刷羽同搖漾，一舉還故鄉。搖漾，飛貌也。韓詩外傳，田饒曰，黃鵠一舉千里。烏孫公主歌曰：願為黃鵠兮歸故鄉。

三月三日率爾成篇 五言 沈休文

麗日屬元巳，年芳具在斯。南都賦曰：暮春之禊，元巳之辰。開花已匝樹，流嚶復滿枝。洛

50 注「鴈飛則乃成行」 袁本、茶陵本無「乃」字，是也。

陽繁華子，長安輕薄兒。阮籍詠懷詩曰：昔日繁華子，安陵與龍陽。范曄後漢書曰：李寶勸劉嘉且觀成敗，光武聞，告于鄧禹曰：孝孫素謹，當是長安輕薄兒誤之耳。嘉字孝孫。嚶，於耕切。東出千金堰，西臨鴈鶩陂。楊佺期洛陽記曰：千金堰在洛陽城西，去城三十五里，堰上有穀水塢。朱超石與兄書曰：千金堤舊堰穀水，魏時更脩，謂之千金塢。廣雅曰：堰，潛堰也，謂潛築土以壅水也，一作堨，音謁。塢，烏古切。堰，一建切。然三字義同而音則異也。漢宮殿疏曰：長安有鴈鶩陂，承昆明下流也。游絲映空轉，高楊拂地垂。綠幘文照耀，紫燕光陸離。漢書曰：董偃與母以賣珠為事，隨母入館陶公主家，因留第中。偃謁上，綠幘傅韝。毛萇詩傳曰：日出照耀。紫燕，已見赭白馬賦。楚辭曰：玉珮兮陸離。清晨戲伊水，薄暮宿蘭池。曹子建名都篇曰：清晨復來還。楚辭曰：薄暮雷電歸何憂。廣雅曰：薄，至也。漢書曰：渭城有蘭池宮。象筵鳴寶瑟，金瓶泛羽巵。吳都賦曰：桃笙象簟，韜於筒中。漢書曰：莽何羅行觸寶瑟。瓶，酒器也。古樂府詞曰：金瓶素綆汲寒漿。羽巵，即羽觴也。楚辭曰：瑤漿密勺實羽觴。寧憶春蠶起，日暮桑欲萎。枚乘兔園賦曰：桑萎蠶飢中人望奈何！長袂屢以拂，彫胡方自炊。楚辭曰：長袂拂面善留客。宋玉諷賦曰：主人之女，為臣炊彫胡之飯，露葵之羹，來勸臣食。鄭玄毛詩箋曰：方，且也。愛而不可見，宿昔減容儀。毛詩曰：愛而不見。且當忘情去，歎息獨何爲？公孫尼子曰：眾人役物而忘情。郭象論曰：忘情於無有之域。曹子建贈白馬王詩曰：太息將何為？

詩庚

雜擬上

擬古詩十二首

陸士衡

擬行行重行行

悠悠行邁遠，戚戚憂思深。此思亦何思，思君徽與音。音徽日夜離，緬邈若飛沈。王鮪懷河岫，晨風思北林。王鮪，已見東京賦。晨風，已見上文。遊子眇天末，還期不可尋。驚飆褰反信，歸雲難寄音。楚辭曰：願寄言於浮雲兮，遇豐隆而不將。佇立想萬里，沈憂萃我心。攬衣有餘帶，循形不盈衿。去去遺情累，安處撫清琴。

擬今日良宴會

閑夜命歡友，置酒迎風館。迎風，已見西京賦。齊僮梁甫吟，秦娥張女彈。南都賦曰：齊僮唱兮列趙女。蔡邕琴頌曰：梁甫悲吟，周公越裳。琴操曰：曾子耕泰山之下，天雨雪凍，旬月不得歸，思其父母，作梁山歌。應瑒神女賦曰：夏姬曾不足以供妾御，況秦娥與吳娃。方言曰：秦俗，美皃謂之娥。張女彈，已見笙賦。哀音繞棟宇，遺響入雲漢。列子，秦青曰：昔韓娥東之齊，鬻歌假食。既去，而餘響繞梁，三日不絕。又曰：薛談學謳於秦青，辭歸，青餞於郊衢，撫節悲歌，聲振林木，響遏行雲。張湛曰：三人，薛、秦、韓之善歌者也。四坐咸同志，羽觴不可筭。高談一何綺？蔚若朝霞爛。霞或為華。人生無幾何，爲樂常苦晏。秦嘉答婦詩曰：憂艱常早至，為樂常苦晚。譬彼伺晨鳥，揚聲當及旦。尸子曰：使雞伺晨。春秋考異郵曰：鶴知夜半，雞應且明。明與鳴同，古字通。曷爲恆憂苦，守此貧與賤。列子曰：卑辱則憂苦。

擬迢迢牽牛星

昭昭清漢暉，粲粲光天步。晏子春秋曰：星之昭昭，不如月之曖曖。毛萇詩傳曰：粲粲，鮮盛也。步，行也。言行止之盛，微步而光耀於天。牽牛西北迴，織女東南顧。大戴禮夏小正曰：七月初昏，織女正東而向。華容一何冶，揮手如振素。冶或為綺，非也。怨彼河無梁，悲此年歲暮。跂彼無良緣，睆焉不得度。跂彼，已見上。毛詩曰：睆彼牽牛。引領望大川，雙涕如霑露。

擬涉江采芙蓉

上山采瓊蘂，穹谷饒芳蘭。采采不盈掬，悠悠懷所歡。毛詩曰：終朝采綠，不盈一掬。故鄉一何曠？山川阻且難。沈思鍾萬里，躑躅獨吟歎。

擬青青河畔草

靡靡江離草[51]，熠燿生河側。江離，已見子虛賦。皎皎彼姝女，阿那當軒織。粲粲妖容姿，灼灼美顏色。良人游不歸，偏棲獨隻翼。空房來悲風，中夜起歎息。

51 「靡靡江離草」 茶陵本校語云五臣作「離」。袁本校語云善作「離」。案：尤所見與袁同。考史記、漢書、子虛賦「離」字皆不從「艹」，楚辭章句及補注亦然。必善「離」、五臣「蘺」也。前第七卷及後卅二卷諸「蘺」字，疑各本以五臣亂善矣。

擬明月何皎皎

安寢北堂上，明月入我牖。照之有餘暉，攬之不盈手。淮南子曰：天地之間，巧歷不能舉其數，手微惚怳，不能攬其光也。高誘曰：天道廣大，手雖能微，其惚怳無形者，不能攬得日月之光也。涼風繞曲房，寒蟬鳴高柳。踟躕感節物，我行永已久。游宦會無成，離思難常守。

擬蘭若生朝陽

嘉樹生朝陽，凝霜封其條。執心守時信，歲寒終不彫。美人何其曠？灼灼在雲霄。枚乘樂府詩曰：美人在雲端，天路隔無期。隆想彌年月，長嘯入飛飈。引領望天末，譬彼向陽翹。

擬青青陵上柏

冉冉高陵蘋，習習隨風翰。山海經曰：崐崙之丘有草，名曰蕡，如葵。字書曰：蕡，亦蘋字也。人生當幾何？譬彼濁水瀾。言濁水之波易竭也。戚戚多滯念，置酒宴所歡。方駕振飛轡，遠遊入長安。名都一何綺？城闕鬱盤桓。史記曰：公仲謂韓王曰：不如和秦，賂以一名都。飛閣纓虹帶，曾臺冒雲冠。虹帶，已見吳都賦。虹或為垂，非也。高門羅北闕，甲第椒與蘭。西京賦曰：北闕甲第，當道直啓。椒蘭，蓋取其嘉名，且芬香也。俠客控絕景，都人驂玉軒。列子曰：晉范氏有子曰子華，善養私名，使其俠客以鄙相攻。魏書曰：張繡降而復反，上所乘馬名絕景，為流矢所中。都人，已見上。國語，叔向曰：絳之富商，而能金玉其車。遨遊放情願，慷慨為誰歎？

擬東城一何高

西山何其峻？曾曲鬱崔嵬。零露彌天墜，蕙葉憑林衰。尚書五行傳曰：雲起於山，彌於天。寒暑相因襲，時逝忽如頹。三閭結飛轡，大耋嗟落暉。離騷引曰：屈原者，為三閭大夫。離騷曰：飲余馬乎咸池，揔余轡於扶桑。周易曰：日昃之離，不鼓缶而歌，則大耋之嗟凶。曷爲牽世務，中心若有違？毛詩曰：行道遲遲，中心有違。京洛多妖麗，玉顏侔瓊蕤。古詩曰：燕、趙多佳人，美者顏如玉。閑夜撫鳴琴，惠音清且悲。長歌赴促節，哀響逐高徽。一唱萬夫歎，再唱梁塵飛。七略曰：漢興，魯人虞公善雅歌，發聲盡動梁上塵。思爲河曲鳥，雙游豐水湄。

擬西北有高樓

高樓一何峻？苕苕峻而安。綺窗出塵冥，飛陛躡雲端。綺窗飛陛，已見上文。佳人撫琴瑟，纖手清且閑。芳氣隨風結，哀響馥若蘭。玉容誰得顧？傾城在一彈。玉容、傾城，並已見上。佇立望日昃，躑躅再三歎；不怨佇立久，但願歌者歡。思駕歸鴻羽，比翼雙飛翰。

擬庭中有奇樹

歡友蘭時往，苕苕匿音徽。虞淵引絕景，四節逝若飛。虞淵，已見上文。芳草久已茂，佳人竟不歸。躑躅遵林渚，惠風入我懷。感物戀所歡，采此欲貽誰？

擬明月皎夜光

歲暮涼風發，昊天肅明明。招搖西北指，天漢東南傾。呂氏春秋曰：季秋之月，招搖指戌。大戴禮夏小正曰：七月漢案戶。漢，天漢也。漢案戶者，直戶也。李陵詩曰：招搖西北馳，天漢東南流。朗月照閑房，蟋蟀吟戶庭。翩翩歸鴈集，嘒嘒寒蟬鳴。歸鴈，已見鵾鷄賦。嘒嘒，已見秋興賦。寒蟬，已見上文。疇昔同宴友，翰飛戾高冥。毛詩曰：匪鶉匪鳶，翰飛戾天。高冥，已見齊謳行。服美改聲聽，居愉遺舊情。織女無機杼，大梁不架楹。言有名無實也。織女，已見上。爾雅曰：大梁，昴也。

擬四愁詩　七言

張孟陽

我所思兮在營州，欲往從之路阻修。登崖遠望涕泗流，我之懷矣心傷憂。佳人遺我綠綺琴，何以贈之雙南金。傅玄琴賦序曰：齊桓公有鳴琴曰號鍾，楚莊有鳴琴曰繞梁，中世司馬相如有綠綺，蔡邕有燋尾，皆名琴也[52]。願因流波超重深，終然莫致增永吟。

擬古詩　五言

陶淵明

日暮天無雲，春風扇微和。佳人美清夜，達曙酣且歌。尚書曰：酣歌于室。歌竟長歎息，持此感人多。明明雲間月，灼灼葉中花。豈無一時好，不久當如何？

---

52 注「皆名琴也」　袁本、茶陵本「琴」作「器」，是也。

擬魏太子鄴中集詩八首 五言 并序

謝靈運

建安末，余時在鄴宮，朝遊夕讌，究歡愉之極。天下良辰美景，賞心樂事，四者難并。今昆弟友朋，二三諸彥，共盡之矣。古來此娛，書籍未見，何者？楚襄王時有宋玉、唐景，梁孝王時有鄒、枚、嚴、馬，遊者美矣，而其主不文；漢書曰：梁孝王來朝，從遊說之士：齊人鄒陽，淮陰枚乘，吳莊忌夫子之徒。司馬相如見而悅之，客游梁。漢武帝[53]徐樂諸才，徐樂，已見別賦。備應對之能，而雄猜多忌，豈獲晤言之適？晤言，已見上文。不誣方將，庶必賢於今日爾。歲月如流，零落將盡，撰文懷人，感往增愴。魏文帝與吳質書曰：撰其遺文，却為一集[54]。其辭曰：

魏太子

百川赴巨海，眾星環北辰。百川、北辰，已見上文。照灼爛霄漢，遙裔起長津。天地中橫潰，家王拯生民。橫潰，以水喻亂也。家王，謂魏太祖也。陳思行女哀辭曰：家王征蜀漢。司馬相如難蜀文曰：拯生民於沉溺。說文曰：出溺為拯。區宇既滌蕩，羣英必來臻。東京賦曰：區寓乂寧。謝承後漢書曰：黃向對策為羣英之表。忝此欽賢性，由來常懷仁。況值眾君子，傾心隆日新。論物靡浮說，析理實敷陳。莊子曰：判天地之美，析萬物之理。羅縷豈闕辭？窈窕究天人。王延壽王孫賦曰：羌難得而羅縷。羅或為

---

53 「漢武帝」 陳云「帝」下脫「時」字。今案：所說非也。袁本云善無「時」字。茶陵本云五臣有「時」。此非善傳寫脫，句例自不與上同，無煩依五臣添。

54 注「却為一集」 何校「却」改「都」，陳同，是也。各本皆譌。

覿。天人，已見應吉甫華林園詩。澄觴滿金罍，連榻設華茵。急絃動飛聽，清歌拂梁塵。侯瑾箏賦曰：急絃促柱，變詞改曲。抱朴子曰：瓠巴操琴，翔禽為之下聽。梁塵，已見陸機擬東城一何高詩。何言相遇易，此歡信可珍。

王粲

家本秦川，貴公子孫，遭亂流寓，自傷情多。

幽厲昔崩亂，桓靈今板蕩。幽、厲，周二王也。桓、靈，後漢二帝也，已見上。毛詩曰：上帝版版。鄭玄曰：版，反也，反先王之道也。毛詩曰：蕩蕩上帝。鄭玄曰：蕩蕩，法度廢壞之貌。伊洛既燎煙，函崤沒無像。曹子建送應氏詩曰：洛陽何寂寞，宮室盡燒焚。王粲七哀詩曰：西京亂無像。整裝辭秦川，秣馬赴楚壤。王粲七哀詩曰：復弃中國去，遠身適荊蠻。魏明帝自惜薄祜行曰：出身秦川，爰居伊、洛。沮漳自可美，客心非外獎。沮、漳，已見登樓賦。小雅曰：獎，勸也。常歎詩人言，式微何由往。式微，已見曹子建情詩。上宰奉皇靈，侯伯咸宗長。上宰，魏太祖也。棗道彥雜詩曰：天子命上宰。雲騎亂漢南，紀郢皆掃蕩。王肅格虎賦曰：羽騎雲布，蘭車星陳。漢書曰：郢，楚別邑。紀，見下文。排霧屬盛明，披雲對清朗。盛明、清朗，喻太祖也。王隱晉書曰：樂廣為尚書令，衛瓘見而奇之，命諸子造焉，曰：每見此人，瑩然若開雲霧之覩青天。阮瑀謝太祖牋曰：一得披玄雲，望白日，唯力是視，敢有二心。慶泰欲重疊，公子特先賞。公子，謂曹植也。不謂息肩願，一旦值明兩。息肩，已見東京賦。明兩，謂文帝也。明兩，已見謝宣遠張子房詩。並載遊鄴京，方舟汎河廣。魏文帝與吳質書曰：同乘並載，以遊後園。綢繆清讌娛，寂寥梁棟響。陸機集有皇太子清宴詩。梁棟響，則歌聲繞也，已見陸機擬今日良宴會詩。既作長夜飲，豈顧乘日養！史記曰：紂為長夜之飲。乘日，已見上。廣雅曰：養，樂也。

陳琳

袁本初書記之士，故述喪亂事多。

皇漢逢屯邅，天下遭氛慝。西都賓曰：皇漢之初經營也。屯如邅如，已見上。董氏淪關西，袁家擁河北。董卓、袁紹，並已見上文。單民易周章，窘身就羈勒。豈意事乖己，永懷戀故國。相公實勤王，信能定蝥賊。相公，魏太祖也。王仲宣從軍戎詩曰[55]：相公征關右。勤王，已見西征賦。左氏傳，王使富辛如晉，曰：諸侯用寧，蝥賊遠屏，晉之力也。杜預曰：蝥賊，喻災害也。食根曰蝥，食節曰賊。復覩東都輝，重見漢朝則。已見謝玄暉始出尚書省詩。餘生幸已多，矧迺值明德。愛客不告疲，飲讌遺景刻。曹子建公燕詩曰：公子敬愛客，終讌不知疲。刻，漏刻也。夜聽極星闌，朝遊窮曛黑。毛詩曰：子興視夜，明星有爛。曛，已見上。哀哇動梁埃，急觴盪幽默。法言曰：哇則鄭。李軌曰：哇，邪也。梁塵，已見上。張敏神女賦曰：既澹泊於幽默，楊覺寐而中驚[56]。且盡一日娛，莫知古來惑。范曄後漢書曰：楊秉嘗從容言曰：我有三不惑：酒、色、財也。

徐幹

少無宦情，有箕潁之心事，故仕世多素辭。國語，桓公問於史伯曰：王室多故，余懼及焉。

伊昔家臨淄，提攜弄齊瑟。臨淄，已見魏都賦。置酒飲膠東，淹留憩高密。漢書，膠東國，

---

55 注「王仲宣從軍戎詩曰」 案：「戎」字不當有。各本皆衍。

56 注「楊覺寐而中驚」 茶陵本「楊」作「揚」。袁本亦作「楊」。案：皆非也，當作「惕」。長門賦「惕寤覺而無是兮」句略相似，可借為證。

故齊高帝別為國。又曰：高密國，故齊宣帝更為高密國。此歡謂可終，外物始難畢[57]。莊子曰：外物不可必，故龍逢比干僇焉。搖蕩箕濮情，窮年迫憂慄。箕山，許由所隱也。濮，濮水，莊周所釣也。莊子，季徹曰：搖蕩人心。又曰：憂慄乎廟堂之上。末塗幸休明，棲集建薄質[58]。已免負薪苦，仍游椒蘭室。禮記曰：君使士射，不能，則辭以疾。言曰：某有負薪之憂。大戴禮曰：與君子遊，苾乎如入蘭芷之室，久而不聞，則與之化矣。陸機詩曰：甲第椒與蘭。清論事究萬，美話信非一。曹植四言詩曰：高談虛論，問彼道原。話，已見秋興賦。行觴奏悲歌，永夜繫白日[59]。魏文帝與吳質書曰：白日既匿，繼以朗月。華屋非蓬居，時髦豈余匹？華屋，已見陸韓卿贈顧希叔詩。髦士，已見上文。中飲顧昔心，悵焉若有失。說苑曰：晉靈公欲殺趙宣孟而飲之酒，宣孟知之，中飲而出。淮南子曰：悵然有喪。漢書曰：戴良見黃憲，及歸，罔然若有失。

劉楨

卓犖偏人，而文最有氣，所得頗經奇。潘勗玄達賦曰：匪偏人之自躓，訴諸衷於來哲。

貧居晏里閈，少小長東平。漢書，泰山郡有東平縣。音義曰：泰山郡屬兗州。河兗當衝要，淪飄薄許京。謝承後漢書，李燮曰：涼州，天下要衝。廣川無逆流，招納厠羣英。管子曰：善為君者，宜法江海，

57 「外物始難畢」　案：「畢」當作「必」，善引莊子「外物不可必」為注，作「必」明甚。其五臣向注云「不畢所願」，是五臣乃作「畢」，各本以亂善而失著校語。

58 「棲集建薄質」　何校云呂周翰注中有「延及」之語，則「建」者，「逮」字之訛耳。案：此疑善「建」、五臣「逮」，而失著校語。但善既不注，無以考之。

59 「永夜繫白日」　何校云以注觀之「繫」當為「繼」。案：茶陵本云五臣作「繼」，袁本云善作「繫」。蓋各本皆傳寫譌，否則善當有「繫，繼也」之注，而刪削不全。

江海不逆細流，故為百谷長。羣英，已見擬太子詩。北渡黎陽津，南登紀郢城。漢書音義，臣瓚曰：黎陽在魏郡。伏滔北征記曰：黎陽，津名也。杜預左氏傳注曰：楚國，今南郡江陵縣北紀南城也。既覽古今事，頗識治亂情。歡友相解達，敷奏究平生。解達，言相談說而進達也。方言曰：解，說也。矧荷明哲顧，知深覺命輕。王逸晉書[60]，孔坦表曰：士死知遇，恩令命輕。朝遊牛羊下，暮坐括揭鳴。毛詩曰：雞棲于桀，日之夕矣，牛羊下括。毛萇曰：雞棲於杙為桀。括，至也。桀與揭音義同。終歲非一日，傳巵弄新聲。辰事既難諧，歡願如今并。唯羨肅肅翰，繽紛戾高冥。

應瑒

汝潁之士，流離世故，頗有飄薄之歎。

嗷嗷雲中鴈，舉翮自委羽。毛詩曰：鴻鴈于飛，哀鳴嗷嗷。淮南子曰：燭龍，在鴈門北，第于委羽之山，不見日。高誘曰：第，至也。委羽，北方山名也。求涼弱水湄，違寒長沙渚。成公綏鴈賦曰：濱弱水之陰岸。弱水，已見上。列子曰：禽獸之智，違寒就溫。漢書曰：長沙國，屬荊州。然則彭蠡之所在。顧我梁川時，緩步集潁許。漢書曰：汝南、潁川、許，皆魏分也。魏徙大梁，故魏一號為梁。一旦逢世難，淪薄恆羈旅。天下昔未定，託身早得所。官度厠一卒，烏林預艱阻。魏志曰：公還軍官渡[61]，袁紹進臨官渡，公斬淳于瓊等，紹眾大潰。漢書音義，文穎曰：於滎陽下，引河東為鴻溝，即今官渡水也。盛弘之荊州記曰：薄沂縣，沿江一百里，南岸名赤壁，周瑜、

60 注「王逸晉書」 陳云「逸」，「隱」誤，是也。各本皆誤。

61 注「公還軍官渡」 案：「渡」當作「度」，下同。各本皆譌。說詳後九錫文下。

黃蓋此乘大艦上[62]破魏武兵於烏林。烏林、赤壁，其東西一百六十里。晚節值眾賢，會同庇天宇。列坐廕華榱，金樽盈清醑。馬融樗蒲賦曰：坐華榱之高殿，臨激水之清流。金樽、清醑，並已見上。始奏延露曲，繼以闌夕語。延露，已見上[63]。調笑輒酬答，嘲謔無慙沮。傾軀無遺慮，在心良已敘。

阮瑀

管書記之任，有優渥之言[64]。

河洲多沙塵，風悲黃雲起。繁欽述行賦曰：芒芒河濱，實多沙塵。古詩曰：白楊多悲風。淮南子曰：黃泉之埃，上為黃雲。金羈相馳逐，聯翩何窮已。說文曰：羈，馬絡頭也。慶雲惠優渥，微薄攀多士。慶雲，喻太祖也。王逸楚辭注曰：慶雲，喻尊顯也。念昔渤海時，南皮戲清沚。漢書，渤海郡南皮縣。魏文帝與吳質書曰：每念昔日南皮之遊，誠不可忘。今復河曲游，鳴葭泛蘭汜[65]。魏文帝與吳質書曰：時駕而遊，北遵河曲，從者鳴笳以啓路，文學託乘於後車。躧步陵丹梯，並坐侍君子。躧步、並坐，並已見上。丹梯，丹墀也。妍談既愉心，哀弄信睦耳。魏文帝與吳質書曰：高談娛心，哀箏順耳。傾酤係芳醑，酌言豈終始。毛詩曰：君子有酒，酌言嘗之。自從食蓱來，唯見今日美。毛詩曰：呦呦鹿鳴，食野之蘋。毛萇曰：蘋，萍也。

---

62 注「此乘大艦上」 何校「此」上添「於」字，是也。各本皆脫。

63 注「延露已見上」 袁本此下有「說文曰闌閑也」六字。茶陵本無。蓋幷入五臣注而脫之。

64 「有優渥之言」 袁本、茶陵本「有」上有「故」字。案：此所見不同，今無以考之。

65 「鳴葭泛蘭汜」 袁本、茶陵本「葭」作「⿱竹叚」。案：二本非也。善引「鳴笳」為注，是「葭」即「笳」之假借字，或末後尚有「葭」「笳」異同之注，今刪削不全。五臣乃作「⿱竹叚」，向注「⿱竹叚，笛也」，別造此解，而改字從「竹」，最不足憑。二本以亂善，非。又案：西京賦校「鳴葭」，王元長曲水詩序「揚葭振木」，答蘇武書注「說文作葭」，可以彼此互證。

平原侯植

公子不及世事，但美遨游，然頗有憂生之嗟。

朝游登鳳閣，日暮集華沼。傾柯引弱枝，攀條摘蕙草。徙倚窮騁望，目極盡所討。楚辭曰：白蘋兮騁望。又曰：目極千里。西顧太行山，北眺邯鄲道。太行，已見上。漢書曰：文帝指慎夫人新豐道曰：此走邯鄲道也。平衢脩且直，白楊信褭褭。褭褭，風搖木貌。副君命飲宴，歡娛寫懷抱。副君，謂文帝也。漢書，疏廣曰：太子，國儲副君也。良游匪晝夜，豈云晚與早。衆賓悉精妙，清辭灑蘭藻。哀音下迴鵠，餘哇徹清昊。下迴鵠，謂師曠也。徹清昊，謂秦青也，並已見上文。中山不知醉，飲德方覺飽。中山有美酒，已見魏都賦。毛詩曰：既醉以酒，既飽以德。願以黃髮期，養生念將老。左氏傳，隱公曰：使營菟裘，吾將老焉。菟音塗。

卷第三十一

雜擬下

効曹子建樂府白馬篇 五言

袁陽源 孫巖宋書曰[1]：袁淑，字陽源，陳郡人，少好屬文。彭城王起為祭酒，後遷至左衛率。凶劭當行簒逆，淑諫見害。

劍騎何翩翩！長安五陵間。史記曰：游閑公子，飾冠劍，連車騎。西京賦曰：南望杜、灞，北眺五陵。秦地天下樞，八方湊才賢。戰國策，范子見秦王曰：今韓、魏天下之樞也。高誘曰：樞，要也。河圖龍文曰：鎮星光明，八方歸德。賈逵國語注曰：湊，聚也。荊魏多壯士，宛洛富少年。呂氏春秋，客有語周昭文君曰：魏氏人張儀，壯士也。王逸茘支賦曰：宛洛少年，邯鄲遊士。意氣深自負，肯事郡邑權。謝承後漢書曰：楊喬曰：侯生為意氣刎頸。漢書曰：郭解姊子負解之勢。應劭曰：負，恃也。班固漢書游俠傳贊曰：郡國豪傑，處處各有。又，郭解曰：奈何從他縣奪人邑賢大夫權也？籍籍關外來，車徒傾國鄽。籍籍關外來，謂被徙關中也。車徒傾國鄽，從者之多也。漢書，武帝曰：事籍籍如此。鄭玄禮記注曰：鄽，市物邸舍也。今云鄽，以明市也。五侯競書幣，羣公亟為言。漢書曰：

---

[1] 注「孫巖宋書曰」 何校「孫巖」改「沈約」，陳同。案：濟注引沈約，茶陵本幷善入五臣，何、陳皆據彼改，其實非也。隋志載孫嚴宋書六十五卷，唐志亦載之，「巖」即「嚴」也。袁本與此正同。

樓護，字君卿，為京兆史。王氏五侯，兄弟爭名；護盡入其門，咸得懽心。五侯，已見鮑明遠數詩。古人相遺幣，必書之於剌，故曰書幣。戰國策，秦王謂趙使涼毅曰：吾所使趙國者，小大皆聽吾言，則受書幣。漢書曰：郭解，河內軹人，自喜為俠。及從豪茂陵，衛將軍為言解家貧不中徙。上曰：布衣權至使將軍，此其家不貧。解徙，諸公送出者千餘。**義分明於霜，信行直如弦。**義分，則分義也。孫卿子曰：禮樂則脩，分義則明。仲長子昌言曰：潔若清冰，嚴若秋霜。應劭風俗通曰：順帝之末，京師謠曰：直如弦，死道邊；曲如鈎，反封侯。**交歡池陽下，留宴汾陰西。**漢書曰：郭解入關中，賢豪爭交歡。又曰：左馮翊有池陽縣，河東郡有汾陰縣。漢書曰：酤，留飲食也。西音先，協韻也。**一朝許人諾，何能坐相捐？**諾，相然許之辭也。老子曰：輕諾者必寡信。廣雅曰：諾，應也。**彯節去函谷，投珮出甘泉。**公羊傳曰：曹子摽劍而去之。劉兆曰：摽，辟也。彯與摽字同，孚堯切。**嗟此務遠圖，心爲四海懸。**左氏傳，榮成伯曰：遠圖者忠也。莊子曰：心若懸於天地之間。郭象曰：所希企者高而闊也。**但營身意遂，豈校耳目前？**列子，楊朱曰：慎耳目之觀聽，惜身意之是非；失當年之至樂，不得自肆於一時。聲類曰：遂，從意也。嵇康養生論曰：嗜好常在耳目之前也。**俠烈良有聞，古來共知然。**漢書曰：楚田仲以俠聞。傳暢晉諸公贊曰：劉希彭俠烈有才用也。

効古　五言

袁陽源

訊此倦遊士，本家自遼東。訊，猶問也。漢書曰：司馬長卿故倦游。又曰：有遼東郡也。**昔隸李將軍，十載事西戎。**將軍，李廣也。西戎，匈奴也。毛詩序曰：備其兵甲，以討西戎也。**結車高闕下，極望見雲中。**莊子曰：車軌結於千里之外。高誘呂氏春秋注曰：結，交也。漢書曰：將軍衛青至高闕。臣瓚注曰：山名也。七發曰：極望成林。漢書有雲中郡，秦置也。**四面各千里，從橫起嚴風。**陸機從軍行曰：涼風嚴且苛。**寒燠豈如節，**

霜雨多異同。毛詩傳曰[2]：燠，煖也。夕寐北河陰，夢還甘泉宮。史記曰：秦惠王遊至北河。徐廣曰：戎地之河上。穀梁傳曰：水南曰陰。勤役未云已，壯年徒爲空。迺知古時人，所以悲轉蓬。曹植雜誌曰：轉蓬離本根，飄颻隨長風，類此客遊子，捐軀遠從戎。

擬古二首

劉休玄　五言　沈約宋書曰：南平穆王鑠，字休玄，文帝第四子也。少好學。有文才。元兇弒立，以為中軍將軍。世祖入討，歸世祖，進侍中司空。後以藥內食中毒殺之。

擬行行重行行

眇眇陵長道，遙遙行遠之。楚詞曰：路眇眇以默默。廣雅曰：眇眇，遠也。左氏傳，童謠曰：遠哉遙遙。迴車背京里，揮手從此辭。古詩曰：迴車駕言邁。劉越石扶風歌曰：揮手長相謝。說文曰：揮，奮也。蘇武詩曰：去去從此辭。堂上流塵生，庭中綠草滋。曹植曹仲雍誄曰：流塵飄蕩魂安歸。寒螿翔水曲，秋兔依山基。淮南子曰：兔走歸窟，寒螿翔水，各哀其所生。高誘曰：寒螿，水鳥。哀，猶愛也。芳年有華月，佳人無還期。魏文秋胡行曰[3]：朝與佳人期，日夕殊不來。日夕涼風起，對酒長相思。李陵贈蘇武詩曰：遠望悲風至，對酒不能酬。悲發江南調，憂委子襟詩。古樂府江南辭曰：江南可採蓮。毛詩曰：青青子襟，悠悠我心。臥覺明燈晦，坐見輕紈緇。陸機為顧彥先贈婦詩曰：京洛多風塵，素衣化為緇。淚容不可飾，幽鏡難復治。曹

---

2 注「毛詩傳曰」　案：「毛」下當有「萇」字。各本皆脫。

3 注「魏文秋胡行曰」　案：「文」下當有「帝」字。各本皆脫。

植七哀詩曰：膏沐誰為容？明鏡闇不治。願垂薄暮景，照妾桑榆時。陸機塘上行曰：願君廣末光，照妾薄暮年。曰在桑榆，以喻人之將老。東觀漢記，光武曰：失之東隅，收之桑榆。

擬明月何皎皎

落宿半遙城，浮雲藹曾闕。鄭玄詩箋曰：曾，重也。玉宇來清風，羅帳延秋月。曹植芙蓉賦曰：退潤玉宇，進文帝庭。羅帳，羅帷也。桓子新論，雍門周說孟嘗君曰：今君下羅帳來清風。古詩曰：明月何皎皎，照我羅牀帷。結思想伊人，沈憂懷明發。毛詩曰：所謂伊人。宋玉笛賦曰：武毅發，沈憂結。毛詩曰：明發不寐。誰爲客行久，屢見流芳歇。潘岳悼亡詩曰：流芳未及歇。河廣川無梁，山高路難越。楚辭曰：江河廣而無梁。秦嘉妻徐氏答嘉書曰：高山巖巖，而君是越，斯亦難矣！

和琅邪王依古 五言

王僧達

少年好馳俠，旅宦遊關源。既踐終古跡，聊訊興亡言。楚辭曰：長無絕兮終古。訊與信通。易乾鑿度曰：興亡殊方，各有其祥。隆周爲藪澤，皇漢成山樊。漢書，楊雄河東賦曰：眽隆周之大寧。難蜀父老曰：羅者猶視乎藪澤。西都賓曰：皇漢之初經營也。莊子曰：彭陽曰：公閱休夏，則休乎山樊者也。毛萇詩傳曰：樊，藩也。久沒離宮地，安識壽陵園？甘泉賦曰：往往離宮[4]，般以相燭。張晏漢書注曰：景帝作壽陵也。又，元帝詔曰：徙民以奉園陵。仲秋邊風起，孤蓬卷霜根。白日無精景，黃沙千里昏。顯軌莫殊轍，幽塗豈異

---

4 注「往往離宮」 袁本、茶陵本「往往」作「遙遙」。案：當作「迢迢」，形近之誤，尤改未是。

魂？郭象注莊子曰[5]：待隱謂之死，待顯謂之生。廣雅曰：軌，道也。陸機泰山吟曰：幽塗延萬鬼，神房集百靈。聖賢良已矣，抱命復何怨！桓範世要論曰：聖哲之人，知有終之命，必至之理，不可以智力避。列子曰：怨年我逝，不知命也。

擬古三首　五言

鮑明遠

幽并重騎射，少年好馳逐。史記曰：趙武靈王胡服以習騎射也。七發曰：馳騁角逐。氈帶佩雙鞬，象弧插彫服。搜神記曰：太康中，以氈為貊頭及帶身袴口。魏志曰：董卓有武力，雙帶兩鞬，左右馳射。方言曰：所以藏箭謂之服，所以盛弓謂之鞬[6]。毛詩曰：四牡翼翼，象弭魚服。鄭玄曰：弭，弓之末警者，以象骨為之。服，矢服也。鞬，居言切。獸肥春草短，飛鞚越平陸。魏文帝典論曰：弓燥手柔，草淺獸肥。埤蒼曰：鞚馬勒鞚。孫子曰：平陸平處。鞚，口送切。朝遊鴈門上，暮還樓煩宿。漢書曰：鴈門郡有樓煩縣。石梁有餘勁，驚雀無全目。闞子曰：宋景公使工人為弓，九年乃成。公曰：何其遲也？工人對曰：臣不復見君矣！臣之精盡於此弓矣！獻弓而歸，三日而死。景公登虎圈之臺，援弓東面而射之，矢踰於西霜之山，集于彭城之東，其餘力逸勁，猶飲羽于石梁。帝王世紀曰：帝羿有窮氏與吳賀北遊，賀使羿射雀，羿曰：生之乎？殺之乎？賀曰：射其左目。羿引弓射之，誤中右目。羿抑首而媿，終身不忘。故羿之善射，至今稱之。漢虜方未和，邊城屢翻覆。留我一白羽，將以分虎竹。白羽，矢名。國語曰：吳素甲白羽之矰，望之如荼。漢舊儀曰：郡國銅虎符三，竹使符五也。魯客事楚王，懷金襲丹素。魯客，假言。楊子法言，或曰：使我紆朱懷金，其樂可量也[7]。李軌曰：金，金

---

[5] 注「郭象注莊子曰」　袁本、茶陵本「注」字在「子」字下，是也。

[6] 注「所以藏箭謂之服所以盛弓謂之鞬」　袁本、茶陵本「箭」下有「弩」字，「弓」上無「所以盛」三字。案：二本是也。今方言正如此，「弓謂之鞬」，蒙上「所以藏」為文。

[7] 注「其樂可量也」　茶陵本「可」上有「不」字，是也。袁本亦脫。

印也。司馬彪上林賦注曰：襲，服也。毛詩曰：素衣朱襮。毛萇曰：丹朱，中衣也。既荷主人恩，又蒙令尹顧。主人，謂君也。王仲宣公讌詩曰：顧我賢主人。臣瓚漢書注曰：諸侯之卿，唯楚稱令尹，其餘國稱相也。日晏罷朝歸，鞍馬塞衢路。宗黨生光華，賓僕遠傾慕。富貴人所欲，道德亦何懼[8]？論語曰：富與貴，是人之所欲，不以其道得之，不處也。南國有儒生，迷方獨淪誤。儒生，自謂也。漢書，叔孫通曰：弟子儒生，隨臣久矣。莊子曰：小惑易方。郭象曰：東西易方，於禮未虧。孔安國尚書傳曰：誤，謬也。沈淪謬誤也。伐木青江湄[9]，設罝守毚兔。毛詩曰：坎坎伐檀兮，寘之河之干兮，河水之清且漣猗兮[10]。又曰：肅肅兔罝，椓之丁丁。又曰：躍躍毚兔，遇犬獲之。

十五諷詩書，篇翰靡不通。論語曰：吾十有五而志於學。韋昭漢書注曰：翰，筆也。弱冠參多士，飛步遊秦宮。華覈與薛瑩詩曰：存者今惟三，飛步有匹特。側覩君子論，預見古人風。魏志，太祖謂毛玠曰：君有古人之風。兩說窮舌端，五車摧筆鋒。兩說，謂魯連說新垣衍及下聊城。史記曰：秦東圍邯鄲，魏王使新垣衍入邯鄲，說平原君尊秦昭王為帝，秦必罷兵去。魯連聞之，乃責垣衍。新垣衍請出，不敢言帝秦。秦將聞之，為却五十里。又曰：田單攻聊城不下，魯連乃為書，約之矢以射聊城中。燕將得書自殺。韓詩外傳曰：避文士之筆端，避武士之鋒端，避辯士之舌端。莊子曰：惠施，其書五車，道蹐駁也。羞當白璧貺，耻受聊城功。韓詩外傳曰：楚襄王遣使者持金千斤，白璧百雙，聘莊子以為相，莊子不許。史記，田單屠聊城，歸而言魯連欲爵之，魯連逃隱於海上也。晚節從世務，乘障遠和戎。鄒陽上書曰：至其晚節末路。漢書曰：嚴安上書言世務。又曰：帝使博士狄山乘鄣，李奇曰：乘，守也。左氏傳，晉侯

---

8 「道德亦何懼」　袁本、茶陵本「德」作「得」，云善作「德」。案：各本所見皆非也。善引「不以其道得之」為注，作「得」甚明，「德」但傳寫誤。

9 「伐木青江湄」　袁本、茶陵本「青」作「清」，是也。

10 注「河水之清且漣猗兮」　茶陵本無「之」字、「兮」字，是也。袁本亦衍。

謂魏絳曰：子教寡人和諸戎狄。解佩襲犀渠，卷袠奉盧弓。國語曰：奉文犀之渠。尚書曰：平王錫晉文侯盧弓十。始願力不及，安知今所終？左氏傳，周子曰：孤始願不及此。莊子曰：苟為不知其然也，孰知其所終？司馬彪曰：誰知禍之所終者也。

學劉公幹體　五言　鮑明遠

胡風吹朔雪，千里度龍山。范曄後漢書，蔡琰詩曰：處所多霜雪，胡風春夏起。楚辭曰：增冰峨峨，飛雪千里。又曰：北有寒山，逴龍絶然。王逸曰：逴龍，山名。集君瑤臺裏，飛舞兩楹前。楚辭曰：望瑤臺之偃蹇兮。鄭玄禮記注曰：兩楹之間，人君聽治正坐之處。茲辰自為美，當避豔陽年。神農本草曰：春夏為陽。豔陽桃李節，皎潔不成妍。呂氏春秋曰：仲春之月，桃李華。

代君子有所思　五言　鮑明遠

西出登雀臺，東下望雲闕。鄴中記曰：鄴城西北立臺，名銅雀臺。劉歆甘泉賦曰：雲闕蔚之巖巖，眾星接之皚皚。層閣肅天居，馳道直如髮。王逸楚辭注曰：層，重也。蔡雍述征賦曰：皇家赫而天居。漢書曰：太子不敢絶馳道。應劭曰：天子之道。毛詩曰：彼君子女，綢直如髮。繡甍結飛霞，琁題納行月。西京賦曰：雕楹玉碣，繡栭雲楣。甘泉賦曰：珍臺閒館，琁題玉英。築山擬蓬壺，穿池類溟渤。蓬、壺，二山名。溟、渤，二海名。選色遍齊代，徵聲帀邛越。齊、代、邛、越，四地名。陳鍾陪夕讌，笙歌待明發。楚辭曰：陳鍾桉鼓造新歌。魏文帝東門行曰：朝遊高臺觀，夕宴華池陰。儀禮曰：歌魚麗，笙由庚。明發，已見上文。年貌不可還，身意會盈歇。列子，西門子謂東郭先生曰：北宮子年貌言行與子並。身意，已見上文。蟻壤漏山河，絲淚毀金骨。傳玄口銘曰：勿謂不然，變出無聞[11]，蟻孔潰河，溜穴傾山。絲淚，淚之微者。金骨之堅，喻親之篤者。言讒邪之人，但下如絲之淚，而金骨為之傷毀也。張叔及論[12]曰：煩寃俯仰，淚如絲兮。鄒陽上書曰：眾口鑠金，積毀消骨。器惡含滿欹，物忌厚生沒。家語曰：孔子觀於魯桓公之廟，有欹器焉。孔子問於守廟者曰：此為何器？對曰：此蓋為宥坐之器。孔子曰：吾聞宥坐之器，虛則欹，中則正，滿則覆，明君以為至誡，故常置於坐側。顧謂弟子曰：試注水實之。中而正，滿則覆。夫子喟然而歎曰：嗚呼！夫物惡有滿而不覆者哉？老子曰：人之生生之厚，動皆之死地十有三，夫何故？以其生生之厚也。智哉眾多士，服理辯昭昧。莊子，冉求問於仲尼曰：未有天地，可知乎？夫子曰：古猶今也。昔日吾昭然，今日吾昧然，敢問何謂也？仲尼曰：昔之昭然也，神者先受之；今昧然也，且又為不神者求耶？郭象曰：思求更致不了。

效古　五言

范彥龍

寒沙四面平，飛雪千里驚。雪千里，已見上文。風斷陰山樹，霧失交河城。漢書，侯應上書曰：臣聞陰山草木茂盛。又曰：車師前國王，治交河城，河水分流繞城下，故號交河。朝馳左賢陣，夜薄休屠營。漢書，李將軍廣出右北平擊匈奴左賢王陣。又曰：驃騎將軍霍去病將萬騎出隴西，得休屠祭天金人。昔事前軍幕，今逐嫖姚兵。漢書曰：大將軍大擊匈奴，李廣數自請行，上以為老，不許。良久，乃許之，以為前將軍。又曰：霍去病善騎射，再從大將軍，受詔，予壯士，為嫖姚校尉。失道刑既重，遲留法未輕。漢書曰：李廣與右將軍食其合軍出東道。

---

11 注「變出無聞」案：「聞」當作「閒」。各本皆譌。

12 注「張叔及論」案：「叔及」當作「升反」。各本皆譌。張升，字彥真，范蔚宗書有傳在文苑。前魏都賦、後與山巨源絕交書注皆引「反論」不誤，可證也。左傳疏所引「賓爵下革」云云，今本或作「皮」，皆「反」之譌。

或失道[13]，大將軍問廣失道狀。廣曰：校尉無罪，乃我者自失道[14]。引刀自剄。又曰：宣帝命虎牙將軍田順出五原。虜去塞八百餘里，不進。上以虎牙不至期，逗留不進，下吏，自殺。音義曰：律語也，謂軍行頓止，稽留不進。遲或作逗，音豆。**所賴今天子，漢道日休明。**太史公自序曰：作今上本紀，其述事皆云今天子。班固漢書文紀述曰：登我漢道。左氏傳，王孫滿曰：德之休明也。

雜體詩三十首

五言　雜體詩序曰[15]：關西、鄴下，既已罕同；河外、江南，頗為異法。今作三十首詩，斆其文體，雖不足品藻淵流，庶亦無乖商榷。

江文通

古離別

遠與君別者，乃至鴈門關。鴈門郡，已見上。以其邊塞，故曰關。**黃雲蔽千里，遊子何時還？**黃雲，已見謝靈運擬鄴中詩。古詩曰：浮雲蔽白日，遊子不顧反。江之此製，非直學其體，而亦兼用其文。故各自引文而為之證，其無文者乃他說。**送君如昨日，簷前露已團。**張景陽雜詩曰：下車如昨日，望舒四五圓。毛詩曰：野有蔓草，零露團兮。**不惜蕙草晚，所悲道里寒。**古詩曰：香風難久居，空令蕙草殘。**君在天一涯，妾身長別離。**古詩曰：各在天一涯。又曰：與君生別離。**願一見顏色，不異瓊樹枝。**李陵贈蘇武詩曰：思得瓊樹枝，以解

---

13 注「或失道」　陳云「或」，「惑」誤。是也，各本皆譌。

14 注「乃我者自失道」　案：「者」字不當有，今漢書無。各本皆衍。

15 注「雜體詩序曰」　袁本、茶陵本有「幷序」二字在前「雜體詩三十首」下，無此五字，其以下全載序作正文，乃五臣從文通集取之添入耳。袁本有校語云「善序與此同，仍簡略，更不錄」，可為顯證。茶陵本不著校語，大誤。尤所見得善注之真，最是。

長饑渴。兔絲及水萍，所寄終不移。爾雅曰：女蘿，兔絲也。毛詩曰：蔦與女蘿，施於松柏。淮南子曰：夫萍樹根於水，木樹根於土，天地性也。曹植雜詩曰：寄松為女蘿，依水如浮萍。

李都尉 從軍 陵

樽酒送征人，踟躕在親宴。蘇武詩曰：我有一樽酒，欲以贈遠人。日暮浮雲滋，握手淚如霰。悠悠清川水，嘉魴得所薦。言魚處水而得所，我萬里而離鄉，歎魚之不若也。毛詩曰：河水悠悠。釋名曰：薦，藉也。而我在萬里，結髮不相見。古詩曰：相去萬餘里。蘇武詩曰：結髮為夫妻，恩愛兩不疑。袖中有短書，願寄雙飛燕。桓子新論曰：若其小說家合叢殘小語，近取譬論，以作短書，治身理家，有可觀之辭。陳琳止欲賦曰：欲語言於玄鳥，玄鳥逝以差池。古詩曰：願為雙飛鸞。雙或為南。淮南子曰：燕鴈代飛。許慎曰：鷰春南而鴈北。虞義送別詩曰[16]：唯有一字書，寄之南飛燕。文與此同。

班婕妤 詠扇

紈扇如圓月，出自機中素。班婕妤怨詩曰：新製齊紈素，鮮潔如霜雪。裁為合歡扇，團團似明月。畫作秦王女，乘鸞向煙霧。列仙傳曰：簫史者，秦繆公時人，善吹簫。繆公有女，字弄玉，好之，公遂以妻焉。一旦皆隨鳳皇飛去。楚辭曰：駕鸞鳳而上游。采色世所重，雖新不代故。竊愁涼風至，吹我玉階樹。班婕妤怨詩曰：常恐秋節至，涼風奪炎熱。又自傷賦曰：華殿塵兮玉階苔。君子恩未畢，零落在中路。班婕妤怨詩曰：棄捐篋笥中，恩情中道絕。

---

16 注「虞義送別詩曰」 陳云「義」當作「羲」，是也。各本皆誤。

魏文帝 遊宴 曹丕

置酒坐飛閣，逍遙臨華池。曹子建詩曰：置酒高殿上。西都賓曰：脩途飛閣。魏文帝東門行曰：朝遊高臺側，夕宴華池陰。神飆自遠至，左右芙蓉披。曹子建公讌詩曰：神飆接丹轂。魏文帝詩曰：蘭芷生兮芙蓉披。綠竹夾清水，秋蘭被幽涯。枚乘兔園賦曰：脩竹檀欒，夾池水，旋兔園。曹植公讌詩曰：秋蘭被長坂，朱華冒淥池。月出照園中，冠珮相追隨。曹植公讌詩曰：清夜遊西園，飛蓋相追隨。客從南楚來，爲我吹參差。古詩曰：客從遠方來。楚辭曰：望夫君兮未來，吹參差兮誰思？淵魚猶伏浦，聽者未云疲。淵魚，鱗魚也[17]。韓詩外傳曰：昔伯牙鼓琴，而淵魚出聽。高文一何綺，小儒安足爲？陸機今日良宴會詩曰：高談一何綺？孫卿子曰：小儒者，謂大夫士。肅肅廣殿陰，雀聲愁北林。莊子曰：至陰肅肅。眾賓還城邑，何以慰吾心？曹子建名都篇曰：雲散還城邑，清晨復來還。李陵詩曰：何以慰我心？

陳思王 贈友 曹植

君王禮英賢，不恡千金璧。孔安國尚書傳曰：恡，惜也。史記曰：虞卿說趙孝成王，一見賜金百鎰，白璧一雙。莊子曰：林回棄千金之璧，負赤子而趨。雙闕指馳道，朱宮羅第宅。古詩曰：兩宮遙相望，雙闕百餘尺。馳道，已見上文。傅玄西都賦曰：彤彤朱宮。古詩曰：長衢羅夾巷，王侯多第宅。從容冰井臺。清池映華薄。鄴中記曰：銅雀臺北則冰井臺。陸機君子有所思曰：曲池何湛湛，清川帶華薄。涼風蕩芳氣，碧樹先秋落。論衡曰：物至秋而死，先榮後落。朝與佳人期，日夕望青閣。魏文帝秋胡行曰：朝與佳人期，日夕殊不來。曹子建美女篇曰：青樓臨大路。褰裳摘明珠，徙倚拾蕙若。毛詩曰：褰裳涉溱。洛神賦曰：或采明珠，或拾翠羽。謝靈運鄴中集曰：攀

---

17 注「淵魚鱗魚也」袁本、茶陵本「鱗」作「鱏」，是也。

條摘蕙草。楚辭曰：連蕙若以為佩。**眷我二三子，辭義麗金雘。**曹子建贈丁翼詩曰：吾與二三子。楊雄解嘲曰：昔人之辭，乃玉乃金。王仲宣誄曰：吾與夫子，義貴丹青。說文曰：雘，善丹也。**延陵輕寶劍，季布重然諾。**延陵，已見上。漢書曰：季布，楚人也。楚諺曰：得黃金百，不如得季布諾。又曰：貫高，趙國立名義，不侵為然諾者也。**處富不忘貧，有道在葵藿。**何敬祖贈張華詩曰：既貴不忘儉，處有能存無。莊子，東郭子問於莊子曰：所謂道惡乎在？莊子曰：無所不在。陸機君子有所思曰：無以肉食資，取笑葵與藿。

劉文學 感遇 楨

蒼蒼中山桂，團圓霜露色。言桂霑霜露而色不渝，身經夷險而操不易也。劉楨贈徐幹詩曰：亭亭山上松，瑟瑟谷中風。**霜露一何緊？桂枝生自直。**劉楨贈徐幹詩曰：風聲一何盛？松枝一何勁？廣雅曰：緊，急也。**橘柚在南國，因君爲羽翼。**橘柚在南雖珍，須君羽翼乃貴也。楚辭曰：后皇嘉樹橘來服，受命不遷生南國。古詩曰：人儻欲我知，因君為羽翼。**謬蒙聖主私，託身文墨職。**洞簫賦曰：蒙聖主之渥恩。鄭玄禮記注曰：私之猶言恩也。劉楨雜詩曰：職事相填委，文墨紛消散。**丹采既已過，敢不自彫飾。**古詩曰：橘柚垂華實，乃在深山側，聞君好我甘，竊獨自彫飾。**華月照方池，列坐金殿側。**古歌辭曰：上金殿，酌玉樽。**微臣固受賜，鴻恩良未測。**曹植天地篇曰：復為時所拘，羈紲作微臣。東京賦曰：洪恩素畜，人心罔結[18]。

王侍中 懷德 粲

伊昔值世亂，秣馬辭帝京。王粲七哀詩曰：西京辭無象。又曰：遠身適荊蠻。**既傷蔓草別，方知**

---

18 注「人心罔結」 袁本、茶陵本「罔」作「同」。案：皆非也，當作「固」。

杕杜情。毛詩序曰：野有蔓草，思遇時也。君之澤末流[19]，民窮於兵革，男女失時，不期而會焉。毛詩曰：有杕之杜，其葉萋萋。王事靡盬，我心傷悲。崤函復丘墟，冀闕緬縱橫。崤、函，崤谷及函谷也。呂氏春秋，燭過曰：吳為丘墟。西征賦曰：冀闕緬其堙盡。倚棹汎涇渭，日暮山河清。方言曰：楫謂之櫂。棹與櫂同。蟋蟀依桑野，嚴風吹若莖。毛詩曰：七月在野，八月在宇。鄭玄曰：謂蟋蟀。毛詩曰：蜎蜎者蜀，烝在桑野。賈逵國語注曰：若木晚矣。鸛鵠在幽草，客子淚已零。鸛鵠在幽草，謂鸛鳴于垤。鵠亦水鳥，故連言之。王仲宣從軍詩曰：哀彼東山人，喟然感鸛鳴。毛詩曰：有芃者狐，率彼幽草。去鄉三十載[20]，幸遭天下平。楚辭曰：去鄉離家來遠客。鮑昭結客少年場曰：去鄉三十載。禮記曰：國治而天下平。賢主降嘉賞，金貂服玄纓。賢主，魏太祖也。時粲為侍中，故云金貂。漢書，谷永對詔曰：戴金貂之飾，執常伯之職。尉繚子曰：天子玄冠玄纓也。侍宴出河曲，飛蓋遊鄴城。魏文帝與吳質書曰：時駕而遊，北遵河曲。曹子建公讌詩曰：飛蓋相追隨。朝露竟幾何，忽如水上萍。漢書，李陵謂蘇武曰：人生如朝露。楚辭曰：竊哀兮浮萍，汎濫兮無根。王逸注曰：自比蘋隨水浮汎，乍東乍西。君子篤惠義，柯葉終不傾。新語曰：君子篤義於惠。禮記曰：其在人也，如竹箭之有筠，如松柏之有心。二者雖貫四時，而不改柯易葉。福履既所綏，千載垂令名。王粲公宴詩曰：古人有遺言，君子福所綏。左氏傳，子產曰：令名，德之輿也。

嵇中散 言志 康

曰余不師訓，潛志去世塵。嵇康幽憤詩曰：恃愛肆姐，不訓不師。楚辭，屈原曰：蒙世俗之塵埃。遠

---

19 注「君之澤末流」　茶陵本「末」作「不下」二字，是也。袁本亦誤「末」。

20 「去鄉三十載」　袁本、茶陵本「三」作「二」，有校語云善作「三」。案：各本所見非也。考仲宣以初平西遷後之荊州，至建安十三年劉琮以荊州降，垂二十年，故云爾。至注所引「去鄉三十載」，但取語意相同為證，不限「二」「三」互異也。或因此改正文作「三」，遂與仲宣去鄉年數弗符，非善如此，其五臣無說，反存詩舊，今借以正之。

想出宏域，高步超常倫。左太沖詠史詩曰：高步追許由。靈鳳振羽儀，戢景西海濱。朝食琅玕實，夕飲玉池津。莊子，老子歎曰：吾聞南方有鳥，其名為鳳，居積石千里，河海出下，鳳皇居上。天為生樹名瓊枝，高百二十仞，大三十圍，以琳琅為實。周易曰：鴻漸于陸，其羽可用為儀。阮籍詩曰：朝食琅玕實，夕宿丹山際。衡山記曰：空青崗有天津玉池。傅玄擬楚篇曰：登崑崙，漱玉池。處順故無累，養德乃入神。莊子曰：夫得者時也，失者順也，安時處順，哀樂不能入也，此古之所謂懸解也。又曰：欲勉為形者，莫如棄世，棄世則無累。又曰：堯觀乎華，華封人請祝聖人使壽、使富、使多男子。堯曰：多男子則多懼，富則多事，壽則多辱，是三者非所養德也，故辭。周易曰：精義入神，以致用也。曠哉宇宙惠，雲羅更四陳。文子曰：四方上下謂之寓。說文曰：宙，舟輿所極覆也。鸚鵡賦曰：冠雲霓而張羅。哲人貴識義，大雅明庇身。毛詩大雅曰：既明且哲，以保其身。左氏傳曰：子反曰：信以守禮，禮以庇身也。莊生悟無為，老氏守其眞。莊子曰：夫虛靜恬淡，寂寞無為者，天地之平，而道德之至也。老子曰：見素抱璞。河上公曰：見素者當抱素。守真，不文飾也。天下皆得一，名實久相賓。老子曰：昔之得一者，天得一以清，地得一以寧，王侯得一以為天下正。莊子曰：堯讓許由以天下，許由曰：而我猶代子，吾將為名乎？名者實之賓也，吾將為賓乎？咸池饗爰居，鍾鼓或愁辛。樂動聲儀曰：黃帝樂曰咸池。莊子曰：海鳥止於魯郊，魯侯觴之於廟，奏九韶以為樂，具太牢以為膳。鳥眩視憂悲，不敢食一臠，不飲一杯，三日而死。此以己養養鳥也。司馬彪曰：海鳥，爰居也。柳惠善直道，孫登庶知人。柳下惠，已見西征賦。孫登，已見嵇康幽憤詩。寫懷良未遠，感贈以書紳。論語曰：子張問行。子曰：言忠信，行篤敬。子張書諸紳。

阮步兵 詠懷 籍

青鳥海上遊，鸒斯蒿下飛。阮籍詠懷詩曰：雖云不可知，青鳥明我心。呂氏春秋曰：海上有人好青者，朝至海上而從青遊，青至者前後數百。其父曰：聞汝從青遊，盍取來，吾欲觀之。其子明旦至海上，羣青翔而不下。莊子曰：北溟有魚，化為鳥，其名曰鵬。齊諧曰：鵬之徙南溟，摶扶搖而上者九萬里。蜩與鷽鳩笑之[21]，我決起而飛，搶榆枋而止，不至控地而已，奚以之九萬里而圖南為？北溟有鳥焉，其名為鵬，摶扶搖羊角而上者行九萬里。尺鷃笑之曰：彼且奚適？我騰躍而上，不過數仞，而下翱翔蓬蒿之間，此亦飛之至也，而彼且奚適也？此小大之辯也。司馬彪曰：蜩，蟬也。鷽鳩，小鳥。毛萇詩傳曰：鸒斯鶋居。鶋居，雅烏也，音豫。沈浮不相宜，羽翼各有歸。曹子建七哀詩曰：沈浮各異世。阮籍詠懷詩曰：鸒斯飛桑榆，海鳥運天池，豈不識宏大，羽翼不相宜。飄颻可終年，沆瀁安是非？阮籍詠懷詩曰：逍遙可終生。又曰：蕩漾焉可能？列子曰：信理者亡是非。莊子曰：彼一是非也，此一是非也。飄颻蒿下，沆瀁海上，逍遙一也。朝雲乘變化，光耀世所希。阮籍詠懷詩曰：三楚多秀士，朝雲進荒淫。高唐賦曰：須臾之間，變化無窮。陸雲詩曰：知音世所希。精衛銜木石，誰能測幽微？阮籍清思賦曰：女娃榮於東海之濱，而翩飄於西山之傍。山海經曰：發鳩之山有鳥，名精衛。赤帝之女娃，女娃游於東海，溺而死，不反，化為精衛，常取西山木石以填東海也。

張司空 離情 華

秋月照簾籠，懸光入丹墀。張華情詩曰：清風動帷簾，晨月燭幽房。班婕妤自傷賦曰：俯視兮丹墀。佳人撫鳴琴，清夜守空帷。陸機擬古詩曰：佳人撫鳴瑟。又曰：閑夜撫鳴琴。曹子建雜詩曰：妾身守空閨。蘭逕少行迹，玉臺生網絲。楚詞曰：皐蘭被徑斯路漸。張景陽雜詩曰：房櫳無行迹。西京賦曰：西有玉臺。張景陽雜詩曰：蜘蛛網四屋。論衡曰：蜘蛛經絲以網飛蟲。庭樹發紅彩，閨草含碧滋。張景陽雜詩曰：寒花發黃彩，秋草含綠滋。延

[21] 注「蜩與鷽鳩笑之」　茶陵本「鷽」作「鸒」，下同。袁本作「鸒」，與此同。案：作「鸒」者是也。莊子有兩本，一作「鷽」，音於角反；一作「鸒」，音預，俱見釋文。此引作「鸒」之本為注，不知者以「鷽」改之。又案：下注引詠懷詩「鸒斯飛桑榆，海鳥運天池」云云，是嗣宗讀莊子從「鸒」，文通擬之亦然，無疑矣。

佇整綾綺，萬里贈所思。楚詞曰：結幽蘭而延佇。古詩曰：客從遠方來，遺我一端綺，相去萬餘里，故人心尚爾。又曰：欲以遺所思。願垂湛露惠，信我皎日期。毛詩曰：湛湛露斯，匪陽不晞。又曰：謂予不信，有如皎日。

潘黃門 悼亡[22] 岳

青春速天機，素秋馳白日。楚詩曰：青春爰謝[23]。潘岳悼亡詩曰：曜靈運天機，四節代遷逝。劉楨與臨淄侯書曰：肅以素秋則落也。美人歸重泉，悽愴無終畢。潘岳悼亡詩曰：之子歸窮泉，重壤永幽隔。殯宮已肅清，松柏轉蕭瑟。陸機挽歌曰：殯宮何嘈嘈。寡婦賦曰：虛坐兮肅清。仲長子昌言曰：古之葬者，松柏梧桐以識其墳。楚詞曰：蕭瑟兮草木搖落而變衰。俯仰未能弭，尋念非但一。楚詞曰：聊抑志而自弭。賈逵國語注曰：弭，忘也。魏文帝詩曰：所憂非但一。撫襟悼寂寞，怳然若有失。潘岳悼亡詩曰：撫襟長歎息。王逸楚詞注曰：怳，失意也。後漢書曰：戴良見黃憲，及歸，罔然若有失也。明月入綺窗，髣髴想蕙質。潘岳悼亡詩曰：歲寒無與同，朗月何朧朧，獨無李氏靈，髣髴覩爾容。古詩曰：交疏結綺窗，左九嬪武帝納皇后頌曰：如蘭之茂。蕙，蘭類，故變之耳。消憂非萱草，永懷寧夢寐。毛詩曰：焉得諼草，言樹之背。毛萇曰：諼草，令人忘憂。毛詩曰：終其永懷。寡婦賦曰：願假夢以通靈。夢寐復冥冥，何由覿爾形。潘岳哀永逝賦曰：既目遇兮無兆，曾寤寐兮不夢。冥冥，幽昧也。文子曰：慮患於冥冥之外。我慚北海術，爾無帝女靈。列異傳曰：北海營陵有道人，能使人與死人相見。同郡人婦死已數年，聞而往見之曰：願令我一見死人不恨。遂教其見之，於是與婦人相見，言語悲喜，恩情如生。良久，乃聞鼓聲，悵悵不能出戶，掩門

---

22 「潘黃門悼亡」 袁本、茶陵本「悼亡」作「述哀」。案：二本是也。後擬郭璞遊仙注云「已見擬潘黃門述哀詩」，可證。此蓋尤誤改。

23 注「楚詩曰青春爰謝」 何校「詩」改「詞」，陳同，是也。「爰」當作「受」。各本皆譌。

乃走，其裾為戶所閉，掣絕而去。後歲餘，此人死，家葬之，開見婦棺蓋下有衣裾。宋玉集云：楚襄王與宋玉遊於雲夢之野，望朝雲之館，有氣焉，須臾之間，變化無窮。王問此是何氣也？玉對曰：昔先王遊於高唐，怠而晝寢，夢見一婦人，自云我帝之季女，名曰瑤姬，未行而亡，封於巫山之臺。聞王來遊，願薦枕席。王因幸之。去，乃言妾在巫山之陽，高丘之阻，旦為朝雲，暮為行雨，朝朝暮暮，陽臺之下。旦而視之，果如其言。為之立館，名曰朝雲。**駕言出遠山，徘徊泣松銘。**毛詩曰：駕言出遊。**雨絕無還雲，華落豈留英。**鸚鵡賦曰：何今日之雨絕。**日月方代序，寢興何時平！**潘岳悼亡詩曰：四節代遷逝。又曰：寢興自存形。

陸平原 羈宦 機

儲后降嘉命，恩紀被微身。漢書，疏廣曰：太子國儲副君。琴操，史魚曰：思竭愚志以報塞恩紀。潘岳河陽詩曰：微身輕蟬翼。**明發眷桑梓，永歎懷密親。**陸機贈顧彥先曰：眷言懷桑梓。又赴洛道中作詩曰：嗚咽辭密親。永歎，見下注。**流念辭南澨，銜怨別西津。**陸機赴洛道中詩曰：永歎遵北渚，遺思結南津。杜預左氏傳曰：澨，水涯也。**馳馬遵淮泗[24]，旦夕見梁陳。**毛詩曰：驅馬悠悠。陸機從梁陳詩曰：夙駕尋清軌，遠遊越梁、陳。**服義追上列，矯迹廁宮臣。**楚辭曰：身服義而未沫。陸機從梁陳詩曰：在昔蒙嘉運，矯迹入崇賢。**朱黻咸髦士，長纓皆俊人。**毛詩曰：朱茀斯皇，室家君王。鄭玄曰：茀者，諸侯黃朱。又曰：茀，太古蔽膝之象。黻與茀古字通。毛詩曰：蒸我髦士。又曰：髦士攸宜。陸機從梁陳詩曰：長纓麗且鮮。尚書曰：俊民用章。**契闊承華內，綢繆踰歲年。**陸機從梁陳詩曰：契闊踰三年。又赴洛詩曰：託身承華側。李陵詩曰：與子結綢繆。**日暮聊揔駕，逍遙觀洛川。**陸機答

---

24 「馳馬遵淮泗」 袁本「馳」作「驅」，云善作「馳」。茶陵本云五臣作「驅」。案：各本所見皆非也。善引「驅馬悠悠」為注，「馳」但傳寫誤。

張士然詩曰：余固水鄉士，揔轡臨清川。徂沒多拱木，宿草淩寒煙。公羊傳曰：秦伯謂蹇叔曰：爾之年，塚上之木拱矣。禮記，曾子曰：朋友之墓，有宿草而不哭焉。遊子易感愾，躑躅還自憐。劉公幹詩曰：乖人易感慟。陸機道中詩曰：佇立望故鄉，顧影淒自憐。願言寄三鳥，離思非徒然。楚詞曰：三鳥飛以自南，覽其志而欲北，願寄言於三鳥兮，去飈疾而不得。陸機赴洛詩曰：感物戀堂室，離思一何深！

左記室 詠史 思

韓公淪賣藥，梅生隱市門。范曄後漢書曰：韓康，字伯休，一名恬休，京兆人也。常采名藥賣於長安市，口不二價，三十餘年。梅生，梅福也。漢書曰：梅福一朝棄妻子去，其後人見於會稽者，變名姓為吳市門卒。百年信荏苒，何用苦心魂？張華勵志詩曰：荏苒代謝。漢書，廣陵王胥歌曰：人生要死，何為苦心？當學衛霍將，建功在河源。衛，衛青；霍，霍去病。陸賈新語曰：以義建功。河源，匈奴之境。山海經曰：崑崙之東北隅，實河海源也[25]。珪組賢君眄，青紫明主恩。漢書，夏侯勝曰：士病不明經術，苟明，其取青紫，如俛拾地芥。終軍才始達，賈誼位方尊。漢書曰：終軍至長安上書，武帝異其文，拜為謁者給事中。又曰：賈誼為博士，文帝悅之，超遷，歲中至太中大夫也。金張服貂冕，許史乘華軒。左思詠史詩曰：金、張籍舊業，七葉珥漢貂。又曰：朝集金、張館，暮宿許、史廬。漢書，劉向曰：王氏乘朱輪華轂。王侯貴片議，公卿重一言。太平多歡娛，飛蓋東都門。張景陽詠史詩曰：昔在西京時，朝野多歡娛。藹藹東都門，羣公祖二疏。顧念張仲蔚，蓬蒿滿中園。曹子建贈徐幹詩曰：顧念蓬室士。趙岐三輔決錄注曰：張仲蔚，扶風人也。少與同郡魏景卿隱身不仕。明天官，博學，好為詩賦。所居蓬蒿沒人也。

---

25 注「實河海源也」 袁本、茶陵本「河」作「唯」。何校「唯」改「河」，去「海」字。案：此尤改「海」為「河」，而誤當「唯」字處耳。「唯」「河」當兩有。

張黃門 苦雨 協

丹霞蔽陽景，綠泉涌陰渚。曹子建情詩曰：微陰翳陽景。張景陽雜詩曰：丹霊啓陰期。又詩曰：階下伏泉涌。水鸛巢層甍，山雲潤柱礎。鄭玄毛詩箋曰：鸛，水鳥，將陰雨而鳴。巢層甍，未詳。淮南子曰：山雲蒸而柱礎潤。廣雅曰：礎，礩也，音楚。有弇興春節，愁霖貫秋序。張景陽雜詩曰：有弇興南岑。王仲宣有愁霖賦。燮燮涼葉奪，戾戾飈風舉。楚辭曰：溘飈風余上征。高談玩四時，索居慕儔侶。曹子建求通親表曰[26]：高談無所與陳。禮記，子夏曰：吾離羣索居，亦已久矣。張華雜詩曰：安知慕儔侶？青苔日夜黃，芳蕤成宿楚。張景陽雜詩曰：青苔依空牆。又詩曰：密葉日夜疎。又詩曰：芳蕤豈再馥。又詩曰：荒楚鬱蕭森。說文曰：芳蕤，草木華盛貌。歲暮百慮交，無以慰延佇。仲長統詩曰：百慮何為至？安在我延佇。

劉太尉 傷亂 琨

臧榮緒晉書曰：琨卒後贈太尉。

皇晉遘陽九，天下橫雰霧。劉琨答盧諶詩曰：厄運初遘，陽爻在六。哀我皇晉，痛心在目。班固漢書曰：陽九日[27]初入，百六陽九。音義曰：易傳所謂陽九日厄會也[28]。郭璞山海經注曰：橫，塞也。楚詞曰：望時風之清激，愈雰霧其如塵。秦趙值薄蝕，幽并逢虎據。薄蝕、虎據，喻羣盜也。京房易飛候占曰：凡日蝕皆於晦朔，不於晦朔蝕者名曰薄。戰國策曰：蘇秦說楚威王曰：王興師襲秦，戰於藍田，此所謂兩虎相據也。伊余荷寵靈，感激殉馳騖。劉琨勸

---

26 注「曹子建求通親表曰」 袁本、茶陵本「通」作「親」。案：此尤添「通」字而誤改去上「親」字耳。當兩有，作「求通親親」。

27 注「陽九日」 案：「九」下當有「厄」字，「日」當作「曰」。各本皆脫誤。

28 注「易傳所謂陽九日厄會也」 袁本、茶陵本「日」作「之」，是也。「會」上當有「百六之」三字，所引即孟康注。各本皆脫。

進表曰：荀寵三世。左氏傳曰：薳啓彊曰：寵靈楚國。劉琨詩曰：鄧生何感激。解嘲曰：世亂則聖哲馳騖而不足。雖無六奇術，冀與張韓遇。漢書曰：陳平自初從至天下定後，常以護軍中尉從擊臧荼、陳豨，凡六出奇計，輒益邑封。奇計或頗秘，世莫得聞也。張，張良；韓，韓信也。甯戚扣角歌，桓公遭乃舉。淮南子曰：甯戚擊牛角而歌，桓公舉以為大田。高誘曰：大田，官也。荀息冒險難，實以忠貞故。左氏傳曰：初，獻公使荀息傅奚齊。公疾，召之曰：其若之何？稽首而對曰：臣竭其股肱之力，加之以忠貞。其濟，君之靈也；不濟，則以死繼之。公曰：何謂忠貞？對曰：公家之利，知無不為，忠也；送往事居，耦俱無猜，貞也。空令日月逝，愧無古人度。論語，陽虎曰：日月逝矣。盧諶贈崔溫詩曰：古人非所希。飲馬出城濠，北望沙漠路。古有飲馬長城窟行。盧諶贈崔溫詩曰：北眺沙漠垂，南望舊京路。千里何蕭條，白日隱寒樹。投袂既憤懣，撫枕懷百慮。左氏傳曰：楚子投袂而起。白虎通曰：天子崩，哀痛憤懣。劉琨重贈盧諶詩曰：中夜撫枕歎，想與數子遊。百慮，已見上文。功名惜未立，玄髮已改素。劉琨重贈盧諶詩曰：功業未及建，夕陽忽西流。陸機東宮詩曰：柔顏收紅藻，玄髮吐素華。時或苟有會[29]，治亂惟冥數。劉琨重贈盧諶詩曰：時哉不我與。陶淵明經曲阿詩曰：時來苟冥會。冥，幽冥也。數，歷數也。孫子兵法曰：治亂數也。范曄後漢書烏丸論曰：天之冥數，以至於是乎！

盧中郎 感交 諶

大廈須異材，廊廟非庸器。盧諶答魏子悌詩曰：崇臺非一幹，珍裘非一腋。潘岳在懷縣詩曰：器非廊廟姿。爾雅曰：庸，常也。謂非凡常之器也。英俊著世功，多士濟斯位。左氏傳，眾仲曰：官有世功，則有官族。盧諶答魏子悌詩曰：多士成大業，羣賢濟弘績。眷顧成綢繆，迺與時髦匹。毛詩曰：眷言顧之。盧諶答魏子悌詩曰：愚蒙

29 「時或苟有會」 袁本、茶陵本「或」作「哉」，是也。

時來會，敢齊朝彥跡？**姻媾久不虛，契闊豈但一？**盧諶贈劉琨詩曰：申以婚姻。又答魏子悌詩曰：恩由契闊生。但一，已見上文。**逢厄既已同，處危非所恤。**盧諶答魏子悌詩曰：共更飛狐厄。又曰：在厄每同險。**常慕先達槩，觀古論得失。**槩，志節也。馮衍顯志序曰[30]：追觀往古得失之跡。**馬服爲趙將，疆埸得清謐。**史記曰：趙奢大破秦軍，秦軍解而走，遂解閼與圍而歸，趙惠文王賜奢號為馬服君。左氏傳，魯公曰：疆埸之事。慎守其一而備其不虞。爾雅曰：謐，靜也。**信陵佩魏印，秦兵不敢出。**史記曰：魏公子毋忌為信陵君。秦昭王進兵圍邯鄲，公子進兵擊秦軍，秦軍解去，遂救邯戰存趙。公子留趙，十年不歸。秦聞公子在趙，日夜出軍東伐魏，魏王患之，使使請公子歸救魏，魏王以上將軍印授公子，公子遂將，破秦軍於河外，乘勝逐秦至函谷關，抑秦兵不敢出。**慨無幄中策，徒慙素絲質。**范曄後漢書，詔曰：前將軍鄧禹與朕謀謨帷幄，決勝千里。淮南子曰：墨子見練絲而泣之，為其可以黃，可以黑。高誘曰：閔其化也。**羇旅去舊鄉，感遇喻琴瑟。**盧諶贈崔溫詩曰：羇旅及寬政，委質與時遇。毛詩曰：妻子好合，如鼓琴瑟[31]。**自顧非杞梓，勉力在無逸。**杞梓，已見陸韓卿贈內兄希叔詩。無逸，已見景福殿賦。**更以畏友朋，濫吹乖名實。**左氏傳，陳敬仲曰：詩曰：翹翹車乘，招我以弓。豈不欲往，畏我友朋。韓子曰：齊宣王使人吹竽，南郭處士請為王吹竽，粟食與三百人等。宣王死，文王即位，一一聽之，處士乃逃。一曰：韓昭侯曰：吹竽者眾，吾無以知其善者。田嚴對曰：一一聽之，乃知濫也。名實，已見上。

郭弘農 遊仙 璞

臧榮緒晉書曰：璞卒後，贈弘農太守。

崦山多靈草，海濱饒奇石。郭璞遊仙詩曰：圓丘有奇草，鍾山出靈液。楚詞曰：吾令羲和弭節兮，望崦嵫而

---

30 注「馮衍顯志序曰」　案：「志」下當有「賦」字。各本皆脫。

31 注「如鼓琴瑟」　茶陵本「琴瑟」作「瑟琴」，是也。袁本亦誤順正文。案：善注例不拘語倒，已詳前。

勿迫。王逸曰：崦嵫，山也。海濱，即海中三山也。偃蹇尋青雲，隱淪駐精魄。江賦曰：納隱淪之列真，挺異人之精魄。抱朴子曰：人無賢愚，皆知身之有魂魄。魂魄分去則人病，盡去則人死。道人讀丹經，方士鍊玉液。道人，方術之士，已見擬潘黃門述哀詩。神仙傳曰：淮南王好道術之士，於是八公乃往，遂授以丹經。漢書曰：燕、齊之方士。傅玄求仙篇曰：玉液涌出華泉。楚詞曰：吮玉液兮止渴。朱霞入窗牖，曜靈照空隙。十洲記曰：朱霞九光。廣雅曰：曜靈，日也。說文曰：隙，壁縫也。傲睨摘木芝，凌波采水碧。江賦曰：冰夷倚浪以傲睨。本草經曰：紫芝一名木芝。洛神賦曰：凌波微步。江賦曰：水碧潛瑨。山海經曰：耿山多水碧。郭璞曰：碧亦玉也。眇然萬里遊，矯掌望煙客。神仙傳曰：若士謂盧敖曰：吾一舉千里。說文曰：矯，舉也。郭璞遊仙詩曰：駕鴻乘紫煙。永得安期術，豈愁濛汜迫。列仙傳曰：安期先生自言千歲。楚辭曰：出於暘谷[32]，次于濛汜。

張廷尉[33] 雜述 綽

太素既已分，吹萬著形兆。列子曰：太素者，質之始也。莊子，南郭子綦曰：夫吹萬不同而使自已也。司馬彪曰：言天氣吹煦，生養萬物，形氣不同。已，止也，使各得其性而止。潛夫論曰：太素之時，元氣窈冥，未有形兆也。寂動苟有源，因謂殤子夭。言大道之要，動寂無源。今誠以有源，即壽夭異轍，故以殤子為夭也。呂氏春秋曰：一也者，

32 注「出於暘谷」 案：「暘」當作「湯」。各本皆譌。餘屢引可證。

33 「張廷尉」 案：「張」當作「孫」。茶陵本有校語云「張」五臣作「孫」。袁本亦作「張」，無校語。考此三十首，善於其人之不見選中者，必為之注。如許徵君、休上人是也。其劉琨、郭璞稱贈官，亦必為之注。善例精密乃爾，倘果別有張廷尉綽，不當反不注，可見善自作「孫」，因遊天臺山賦下注其「尋轉廷尉卿」訖，故不須注也。袁本所用正文，係五臣，「而」字作「張」，疑五臣乃誤為「張」。茶陵本校語恐倒錯。何校云五臣作「孫」，是，陳同，誤認茶陵校語為善真作「張」、五臣真作「孫」，雖知江題之作「孫」，而未得善理也。

至貴也，莫知其源，莫知其端，莫知其始，莫知其終，而萬物以為宗。高誘曰：道無匹敵，故曰至貴。莊子，南郭子綦曰：莫壽乎殤子，而彭祖為夭。道喪涉千載，津梁誰能了？莊子曰：世喪道矣，道喪世矣，世與道交相喪也。司馬彪曰：世皆異端，喪道，道不好世，故曰喪耳。思乘扶搖翰，卓然淩風矯。莊子，齊諧之言曰：鵬之徙於南溟也，水擊三千里，摶扶搖而上者九萬里。司馬彪曰：齊諧，人姓名也。摶，團也。扶搖，上行風也，圜飛而上者若扶搖也。毛詩曰：如飛如翰。鄭玄曰：如鳥之飛也，翰，其中豪俊也。廣雅曰：矯，飛也。靜觀尺棰義，理足未常少。莊子曰：一尺之棰，日取其半，萬世不竭。辯者以此與惠施相應，於身無窮[34]。司馬彪曰：若其可折[35]，則常有兩；若其不可折，其一常存。故曰萬世不竭。冏冏秋月明，憑軒詠堯老。蒼頡篇曰：冏，大明也，俱永切。登樓賦曰：憑軒檻以遙望。堯、老，堯及老子，玄宗之太師，故莊生稱之。浪迹無蚩妍，然後君子道。浪，猶放也。妍蚩，猶美惡也。戴逵栖林賦曰：浪跡潁湄，棲景箕岑。文賦序曰：妍蚩，好惡也。領略歸一致，南山有綺皓。王文度贈許詢詩曰：吾生挺奇幹，領略摠玄標。鄭玄禮記注曰：領，理也。廣雅曰：略，要也。周易，子曰：一致而百慮。漢書曰：園公、綺季、夏黃公、角里先生[36]，當秦之世，避而入商雒深山。范曄後漢書，孔融曰：南山四皓，潛光隱曜。交臂久變化，傳火迺薪草。莊子，仲尼謂顏回曰：吾終身與汝交一臂而失之，可不哀與？郭象曰：夫變化不可執而留也，故雖交臂相守，而不能令停。若哀死，則此亦可哀者也。今人未嘗以此為哀，奚獨哀死邪？莊子，秦失曰：指窮於為薪，火傳也，不知其盡。郭象曰：窮，盡也。為薪，猶前薪也。前

34 注「於身無窮」 陳云「於」，「終」誤，是也。各本皆譌。所引天下篇文。

35 注「若其可折」 案：「折」當作「析」，下同。各本皆譌。

36 注「角里先生」 袁本「角」作「甪」。案：「角」是，「甪」非也。廣韻一屋云角里先生，漢書四皓，又音覺，可見。宋時尤別無「甪」字。袁本係後改耳。茶陵本不誤，與此同，前入華子崗詩注「載山居圖」作「禄」，史記索隱引孔安國秘記亦作「禄」，「禄」、「角」古字通。今漢書索隱以及法言等每為人改成「角」，而王震澤刻史記未譌，隸釋「四皓神祚機」字影宋本作「角」，極其明畫，近亦改「甪」，恐讀者習見誤本，附訂之如此。

薪以指，指盡前薪之理，故火傳而不滅。心得納養之中，故命續而不絕，明盡生也。**亹亹玄思清，胸中去機巧。**許詢農里詩曰：亹亹玄思得，濯濯情累除。莊子曰：子貢南遊於楚，反於晉，過漢陰，見一丈夫[37]方將為圃畦，鑿隧而入井，抱甕而出灌，搰搰然力用甚多而見功寡。子貢曰：有械於此，一日浸百畦，用力甚寡，而見功多，夫子不欲乎？為圃者仰而視之曰：柰何？曰：鑿木為機，後重前輕，挈水若抽數，如泆湯，名曰桔槔。為圃者忿然作色而笑曰：吾聞之吾師：有機械者必有機事，有機事者必有機心，機心存於胸中，則純白不備；純白不備，則神生不定；神生不定者，道之所不載。子貢俯而不對也。**物我俱忘懷，可以狎鷗鳥。**莊子曰：吾喪我。郭象曰：吾喪我，我自忘矣。我自忘，天下何物足識哉！又曰：海上有人好鷗鳥者，旦而之海上，從鷗鳥遊，鷗鳥至者百數。其父曰：吾聞鷗從汝遊，試取來，吾從玩之，曰：諾。明旦之海上，鷗鳥舞而不下。

許徵君 自序 詢

晉中興書曰：高陽許詢，字玄度，寓居會稽，司徒蔡謨辟不起。詢有才藻，善屬文，時人皆欽愛之[38]。

張子闇內機，單生蔽外像。張毅、單豹，並已見幽通賦。**一時排冥筌，泠然空中賞。**筌，捕魚之器。言魚之在筌，猶人之處塵俗；今既排而去之，超在埃塵之外，故泠然涉空，得中而留也。莊子曰：列子御風而行，泠然而善，旬有五日而反。司馬彪曰：泠然，涼貌也。郭象莊子注曰：天下莫不自是而相非，故一是一非，兩行無窮；唯涉空得中，曠然無懷，乘之以遊也。**遣此弱喪情，資神任獨往。**莊子曰：予惡乎知悅生之非惑耶？予惡乎知惡死之非惑耶？非夫弱喪而不知歸者耶？郭象曰：少失其故居為弱喪者，遂於彼之所在而不知歸於故鄉。淮南王莊子略要曰：江海之士，山谷之人，輕天下細萬物而獨往者也。司馬彪曰：獨往，任自然，不復顧世。**採藥白雲隈，聊以肆所養。**隈，曲也。賈逵國語注曰：肆，恣也。**丹葩耀芳蕤，綠竹蔭閑敞。**廣雅曰：葩，華也。洞簫賦曰：又足樂乎其閑敞。西征賦曰：厭紫極之

---

37 注「見一丈夫」 何校「夫」改「人」，是也。各本皆譌。所引天地篇文。

38 注「時人皆欽愛之」 袁本、茶陵本「人」下有「士」字，是也。

閑敞。苕苕寄意勝，不覺陵虛上。曲櫺激鮮飈，石室有幽響。櫺，窗間孔也。陸機吳趨行曰：泠泠鮮風過。列仙傳曰：赤松子常止西王母石室中也。去矣從所欲，得失非外獎。陸機招隱詩曰：稅駕從所欲。李蕭遠運命論曰：得與失孰賢？謝靈運擬鄴中詩曰：客心非外獎。小雅曰：獎，勸也。至哉操斤客，重明固已朗。莊子曰：莊子送葬，過惠子之墓，顧謂從者曰：郢人堊漫其鼻端若蠅翼，使匠石運斤成風，聽而斲之，盡堊而鼻不傷。郢人立不失容。宋元君聞之，召匠石曰：嘗試為寡人為之。匠石曰：臣則嘗能斲之。雖然，臣質死久矣。自夫子之死，吾無以為質矣！吾無與言也。五難既灑落，超迹絕塵網。向秀難嵇康養生論曰：養生有五難，名利不滅，此一難；喜怒不除，此二難；聲色不去，此三難；滋味不絕，此四難；神慮消散，此五難。

殷東陽 興矚 仲文

晨遊任所萃，悠悠蘊眞趣。毛萇詩傳曰：萃，集也。方言曰：蘊，積也。莊子曰：道之真以持身。謝靈運登江中孤嶼詩曰：蘊真誰為傳。雲天亦遼亮，時與賞心遇。莊子曰：黃帝得之以登雲天。謝靈運田南樹園詩曰：賞心不可忘。青松挺秀蕚，惠色出喬樹。廣雅曰：秀，美也。鄭玄詩箋曰：承花者曰鄂。鄂與蕚同。極眺清波深，緬映石壁素。韋昭國語注曰：緬，邈也。瑩情無餘滓，拂衣釋塵務。廣雅曰：瑩，磨也。說文曰：滓，澱也。謂鄙穢。左氏傳曰：叔向拂衣從之。求仁既自我，玄風豈外慕？論語曰：求仁而得仁，又何怨乎？漢書，灌嬰曰：侯自我得之。玄風，謂道也。李充玄宗賦曰：慕玄風之遐裔，余皇祖曰伯陽。謝靈運憶山中詩曰：得性非外求。直置忘所宰，蕭散得遺慮。淮南子曰：成化象而弗宰。高誘曰：宰，主也，謝靈運越嶺溪行詩曰：觀此遺物慮，一悟得所遺。

謝僕射 遊覽 混

信矣勞物化，憂襟未能整。左氏傳，商臣曰：信矣。莊子曰：天不產而萬物化。又曰：既化而生，又化而死也。薄言遵郊衢，揔轡出臺省。毛詩曰：薄言旋歸。家語，子曰：善御者，正身揔轡也。淒淒節序高，寥寥心悟永。毛詩曰：秋日淒淒。楚詞曰：天高而氣清。莊子曰：寥已吾志。郭象曰：寥然，空虛也。聲類曰：悟，心解也。時菊耀巖阿，雲霞冠秋嶺。潘安仁河陽詩曰：時菊耀秋華。眷然惜良辰，徘徊踐落景。孔叢子，歌曰：眷然顧之。東征賦曰：撰良辰而將行。卷舒雖萬緒，動復歸有靜。淮南子曰：至道無為，盈縮卷舒，與時變化。莊子曰：虛則靜，靜則動者，得矣。老子曰：夫物云云，復歸其根；歸根曰靜，是謂復命。王弼曰：凡有起於虛，動於靜；故萬物離並動作[39]，卒復歸於虛靜。各反其始，歸根則靜也。曾是迫桑榆，歲暮從所秉。毛詩曰：曾是在位。桑榆，日所沒，以喻人年老，已見上文。韓詩曰：歲聿其暮。薛君曰：言年歲已晚也。所秉，謂心所執也。毛詩曰：君子秉心。鄭玄曰：秉，執也。舟壑不可攀，忘懷寄匠郢。莊子曰：夫藏舟於壑，藏山於澤，謂之固矣。然而夜半有力者負之而走，昧者不知。司馬彪曰：舟，水物。山，陸居者也。藏之壑澤，非人意所求，謂之固。有力者或能取之。郢人，已見上文。

陶徵君 田居 潛

種苗在東皐，苗生滿阡陌。歸去來曰：登東皐以舒嘯。風俗通曰：南北曰阡，東西曰陌。雖有荷鋤倦，濁酒聊自適。陶潛詩曰：晨興理荒穢，帶月荷鋤歸。又曰：雖欲揮手歸，濁酒聊自持。莊子曰：智不知論極妙之言，而自適一時之利者，非埳井之蛙與？又郭象注曰：自適其志者也。日暮巾柴車，路闇光已夕。歸去來曰：或巾柴車。鄭玄周禮注曰：巾，猶衣也。歸人望煙火，稚子候檐隙。歸去來曰：稚子候門。問君亦何為？百

---

39 注「動於靜故萬物離並動作」何校於上添「起」字，「離」改「雖」，陳同，是也。各本皆脫誤。

年會有役。莊子，盜跖曰：人上壽百歲。陶潛夜行塗口詩曰：懷役不遑寐。但願桑麻成，蠶月得紡績。陶潛詩曰：相見無雜言，但道桑麻長。毛詩曰：蠶月條桑。家語曰：公父文伯之母，紡績不懈。素心正如此，開逕望三益。方言曰：素，本也。謝靈運田南詩曰：唯開蔣生逕，永懷求羊蹤。論語曰：益者三友，友直，友諒，友多聞，益矣。

謝臨川 遊山 靈運

江海經邅迴，山嶠備盈缺。楚辭曰：入漵浦兮邅迴。爾雅曰：山銳而高曰嶠。謝靈運登廬山詩曰：山行非前期，彌遠不能輟；但欲淹昏旦，遂復經盈缺。春秋元命包曰：月盈而缺者詘鄉尊。宋均曰：詘，還也。尊，君也。靈境信淹留，賞心非徒設。賞心，已見上文。平明登雲峯，杳與廬霍絕。楚詞曰：平明發兮蒼梧。謝靈運謝惠連詩曰：滅跡入雲峯。又初發石首城詩曰：息必廬、霍期。碧鄣長周流[40]，金潭恆澄澈。碧鄣，出碧之鄣，即玉山也，已見上文。思玄賦曰：歷眾山以周流。上林賦曰：步櫩周流。臨海記曰：白石山下有金潭，金光煥然也。桐林帶晨霞，石壁映初晰。說文曰：昭晰，明也，之逝切。今協韻，以為之舌切。乳竇既滴瀝，丹井復寥泬。謝靈運山居賦曰：訪銅乳於洞穴，訊丹砂於經泉。鮑昭過銅山詩曰：乳竇夜涓滴。說文曰：滴瀝，水下滴瀝也。抱朴子曰：武陵舞陽有丹砂井。王逸楚詞注曰：泬寥，曠蕩空虛，靜也。嵒崿奇秀，岑崟還相蔽。說文曰：嵒，山巖也，五咸切。文字集略曰：崿，崖也。郭璞方言注曰：岑崟，峻貌。赤玉隱瑤溪，雲錦被沙汭。子虛賦曰：石則赤玉玫瑰[41]。思玄賦曰：

---

40 「碧鄣長周流」 茶陵本「鄣」作「障」。袁本云善作「障」。案：此所見不同。靈運晚出西射堂詩作「鄣」。注引上正「鄣」。丘希範旦發漁浦潭詩作「障」，注同。此擬謝似宜為「鄣」也。五臣改作「嶂」，蓋不知「鄣」、「障」皆與爾雅釋山之「章」通用。

41 注「子虛賦曰石則赤玉玫瑰」 袁本、茶陵本作「上林賦曰赤玉玫瑰也」。案：此尤延之檢本篇而改，其實善誤記，亦每有之。

瞰瑤溪之赤岸。海賦曰：雲錦散文於沙汭之際。夜聞猩猩啼，朝見鼯鼠逝。蜀都賦曰：猩猩夜啼。郭璞爾雅注曰：鼯鼠，狀如小狐，亦謂之飛生，聲如人呼。南中氣候暖，朱華凌白雪。謝靈運入華子崗詩曰：南州實炎德，桂樹凌寒山。王逸楚詞注曰：南方冬溫，草木常華。幸遊建德鄉，觀奇經禹穴。莊子，市南宜僚謂魯侯曰：南越有邑焉，名為建德之國。其民愚朴，少私寡欲，其生可樂，其死可葬。吾願君去國捐俗，與道相輔而行。漢書曰：司馬遷南遊江淮，上會稽，探禹穴也。身名竟誰辯？圖史終磨滅。謝靈運入華子崗詩曰：莫辯百世後。又曰：圖諜復磨滅。且汎桂水潮，映月遊海澨。楚詞曰：桂水兮潺湲。謝靈運入華子崗詩曰：乘月弄潺湲。攝生貴處順，將爲智者說。謝靈運還湖中詩曰：寄言攝生客。又登石門詩曰：處順故安排。又石門詩曰：匪為眾人說，莫與智者論[42]。

顏特進 侍宴 延之

太微凝帝宇，瑤光正神縣。淮南子曰：太微者，天一之廷。孔安國尚書傳曰：凝，成也。魏都賦曰：眈眈帝宇。周禮曰：匠人建國，晝參諸日中之景，夜考之極星，以正朝夕。鄭玄曰：極星，謂北斗也。廣雅曰：北斗第七星為瑤光。地理書曰：崑崙東南，地方五千里，名神州。史記，鄒衍曰：中國名赤縣神州，赤縣神州內自有九州，禹之所敘九州是也，不得為州數。中國外若赤縣神州者九，所謂九州也。揆日粲書史，相都麗聞見。毛詩曰：揆之以日，作為楚室。尚書序曰：成王在豐，欲宅洛邑，使召公先相宅。孔安國曰：欲以為都也。列漢構仙宮，開天制寶殿。毛萇詩傳曰：漢，天河。桂棟留夏颷，蘭橑停冬霰。楚詞曰：桂棟兮蘭橑。青林結冥蒙，丹巘被蔥蒨。吳都賦曰：迴眺冥蒙。毛萇詩傳曰：巘，小山別於大山也。山雲備卿藹，池卉具靈變。尚書大傳曰：百工相和而歌卿雲。鄭玄曰：卿

---

42 注「莫與智者論」 案：「莫」當作「冀」。各本皆誤。

當為慶。魏文帝東閣詩曰：高山吐慶雲。西京賦曰：濯靈芝之朱柯。陳思王靈芝篇曰：靈芝生玉池。重陽集清氣[43]，下輦降玄宴。楚詞曰：集重陽入帝宮兮，造旬始而觀清都。西京賦曰：恣意所幸，下輦成宴。尚書曰：玄德升聞。玄，猶聖也。鶩望分寰隧，矖目盡都甸。寰，猶畿也。穀梁傳曰：寰內諸侯。周禮有六鄉六隧。倉頡篇曰：矖，曠視之貌也。氣生川岳陰，煙滅淮海見。中坐溢朱組，步櫩簉瓊弁。魯靈光殿賦曰：中坐乘景。禮記曰：侯伯佩玄玉而朱組綬。上林賦曰：步櫩周流，長途中宿。說文曰：簉，雜字如此。左氏傳曰：楚子玉為瓊弁玉纓，未之服也。禮登竚睿情，樂闋延皇眄。爾雅曰：登，成也。又曰：竚，久也，謂久留也。禮記曰：有司告以樂闋。鄭玄曰：闋，終也。延，引也。測恩躋踰逸[44]，沿牒懵浮賤。爾雅曰：測，深也。愉逸，耽樂縱逸也。漢書，長安令楊興說將軍史高曰：匡衡無階朝廷，隨牒在遠方。說文曰：懵，不明也。浮賤，浮名微賤也。禮記曰：恥名浮於行也。榮重餽兼金[45]，巡華過盈瑱。孟子曰：齊王餽兼金一百而不受。盈瑱，盈尺之玉也。說文曰：田父得寶玉至尺。魏都賦曰：尺璧有盈。淮南子曰：崑山之玉。瑱，天見切。敢飾輿人詠，方慙綠水薦。左氏傳曰：晉侯聽輿人之誦曰：原田每每，舍其舊而新是謀。淮南子曰：手會淥水。已見上文。

---

43 「重陽集清氣」　袁本、茶陵本「氣」作「氛」，云善作「氣」。案：詳下云「氣生川岳陰」文必相避，蓋善自作「氛」，與五臣非有異，但傳寫譌「氣」。各本所見皆非。

44 「測恩躋踰逸」　袁本「踰」作「愉」，云善作「踰」。茶陵本云五臣作「愉」。案：善以「耽樂」注之，是自作「愉」，非與五臣有異，但傳寫譌「踰」。各本所見皆非。陳云「踰」，「愉」誤，得之。

45 「榮重餽兼金」　茶陵本云五臣作「承榮重兼金」。袁本云善作「榮重餽兼金」。案：各本所見皆非也。「承榮」與「巡華」儷，「兼金」與「盈瑱」儷，「重」、「過」同意。善不容與五臣有異，作「榮重餽兼金」，金非句例，必傳寫誤也。

謝法曹 贈別 惠連

昨發赤亭渚，今宿浦陽汭。謝靈運富春渚詩曰：赤亭無淹薄。獻康樂詩曰：昨發浦陽汭，今宿浙江湄。方作雲峯異，豈伊千里別。雲峯，已見上文。芳塵未歇席，涔淚猶在袂。庾闡楊都賦曰：結芳塵於綺席。楚詞曰：泣沾襟而濡袂。停艫望極浦，弭棹阻風雪。說文曰：艫，船頭也。楚詞曰：望涔陽兮極浦。謝惠連獻康樂詩曰[46]：停楫阻風波。毛萇詩傳曰：弭，止也。風雪既經時，夜永起懷思。汎濫北湖遊，岧亭南樓期[47]。謝靈運詩序曰：於南山往北山，經湖中。又序曰：南樓中望所遲客。點翰詠新賞，開袠瑩所疑。謝靈運答惠連詩曰：陵澗尋我室，散帙問所知。擿芳愛氣馥，拾蘂憐色滋。色滋畏沃若，人事亦銷鑠。毛詩曰：桑之未落，其葉沃若。楚辭曰：質銷鑠以汋約。賈逵國語注曰：鑠，銷也。子襟怨勿往，谷風誚輕薄。毛詩曰：青青子襟，悠悠我心，縱我不往，子寧不嗣音？又詩序曰[48]：谷風，刺幽王也。天下俗薄，朋友道絕焉。共秉延州信，無慙仲路諾。延州信，謂挂劍也，已見謝靈運廬陵墓下詩。論語，子曰：子路無宿諾。靈芝望三秀，孤筠情所託。楚詞曰：采三秀於山間。王逸云：秀，謂芝草也。竹箭之有筠，已見上注。韋昭漢書注曰：竹皮，筠也，于貧切。所託已慇懃，祇足攪懷人。謝靈運詩曰：猶復惠來章，祇足攪余思。毛詩曰：嗟我懷人。今行嶀嵊外，衜思至海濱。孔曄會稽記曰：始寧縣西南有嶀山，剡縣有嵊山。陸機赴洛道中詩曰：朝徂衜思往。尚書曰：海濱廣斥。嶀，他乎切。

---

46 注「獻康樂詩曰」 案：「獻」上當有「謝惠連」三字。各本皆脫。

47 「岧亭南樓期」 案：「岧」當作「苕」。苕亭，即西京賦所謂「狀亭亭以苕苕」，彼注云「高貌也」。蓋單言之則曰「苕亭」，重言之則曰「苕苕亭亭」，字義全同，不煩更注。又「苕苕」屢見，俱不作「岧」，但傳寫形近譌耳。袁本、茶陵本皆作「苕」，云善作「岧」，五臣於重言者多改為「迢迢」，而此以單言不改，正與善同。各本所見皆非。

48 注「又詩序曰」 袁本、茶陵本無「詩」字，是也。

崍，食證切。**覿子杳未僝，款睇在何辰？**孔安國尚書曰[49]：僝，見也，士簡切。字林曰：款，誠也，意有所欲也。廣雅曰：睇，見也。**雜珮雖可贈，疏華竟無陳。**毛詩曰：知子之來之，雜珮以贈之。疏華，瑤華也，已見謝靈運越嶺溪行及南樓望所遲客詩。**無陳心悁勞，旅人豈遊遨？**毛詩曰：中心悁悁。**幸及風雪霽，青春滿江皐。**說文曰：霽，雨止也。楚詞曰：青春爰謝。又曰：馳騖乎江皐。**解纜候前侶，還望方鬱陶。**謝靈運相送方山詩曰：解纜及流潮。又訓謝惠連詩曰[50]：幽居復鬱陶。**煙景若離遠，末響寄瓊瑤。**瓊瑤，謂玉音也。

王徵君 養疾 微

窈藹瀟湘空，翠涧澹無滋。窈藹，深遠之貌。杜育荈賦曰：懷豐穰之滋潤。**寂歷百草晦，欻吸鶗雞悲。**寂歷，彫疎貌。說文曰：晦，盡也，謂彫盡也。一曰：毛萇詩傳曰：晦，昧也。凡草木華實榮茂謂之明，枝葉彫傷謂之晦，欻吸，疾貌。楚詞曰：鶗雞啁哳而悲鳴。**清陰往來遠，月華散前墀。**前墀，已見上文。**鍊藥矚虛幌[51]，汎瑟臥遙帷。**說文曰：鍊，化金也。鍊與練古字通。又集略曰[52]：幌，以帛萌窗也[53]。文賦曰：同朱弦之清汎。朱弦，瑟絃也。**水碧驗未黷，金膏靈詎緇。**水碧，已見上文。蒼頡篇曰：黷，垢黷也。穆天子傳，河伯曰：示汝黃金之膏。毛

---

49 注「孔安國尚書曰」 案：「書」下當有「傳」字。各本皆脫。

50 注「又訓謝惠連詩曰」 袁本、茶陵本無「謝」字，是也。

51 「鍊藥矚虛幌」 案：「鍊」當作「練」，注云「鍊與練古字通」，謂詩之「練」與所引說文金部之「鍊」通也。若正文先已作「鍊」，無煩此注矣。必五臣改為「鍊」，各本所見亂之，而失著校語。凡五臣每以注改正文也。又四子講德論「精練藏於鑛朴」，五臣作「鍊」，正與此同。

52 注「又集略曰」 案：「又」當作「文字」二字。各本皆誤。隋志云文字集略六卷，梁文貞處士阮孝緒撰。七命注亦引此，正作「文」字，可證。

53 注「以帛萌窗也」 陳云「萌」，「明」誤，是也。各本皆誤。案：七命注引作「明」，可證。

萇詩傳曰：緇，黑色也。北渚有帝子，蕩瀁不可期。楚詞曰：帝子降兮北渚，目眇眇兮愁予。阮籍詠懷詩曰：蕩瀁焉可能。悵然山中暮，懷痾屬此詩。淮南子曰：悵然若有所亡。楚辭曰：幽獨處乎山中。又曰：抒中情而屬詩。

袁太尉 從駕 淑

宮廟禮哀敬，枌邑道嚴玄。顏延年拜陵廟詩曰：哀敬隆祖廟。枌，枌榆社也。漢書曰：高祖禱豐枌榆社。說文曰：玄，幽遠也，謂神道幽遠也。恭絜由明祀，肅駕在祈年。毛詩曰：敬恭明祀[54]。又曰：祈年孔夙。詔徒登季月，戒鳳藻行川。孔安國尚書傳曰：登，升也。羽獵賦曰：玄冬季月。鳳皇，車名。甘泉賦曰：乃登鳳皇兮翳華芝。行川，所行之川也。行，猶道也。雲斾象漢徙，宸網擬星懸。高唐賦曰：建雲斾。宸網，天畢也。西京賦曰：天畢前驅。薛綜曰：畢，網也，象畢星。魯靈光殿賦曰：浮柱岹嵽以星懸。朱棹麗寒渚，金鍐映秋山。朱櫂，以朱漆飾櫂也。蔡邕獨斷曰：金鍐者，馬冠也，高廣各五寸。羽衛藹流景，綵吹震沈淵。羽衛，負羽侍衛也。綵，發吹也。淮南子曰：浮吹以虞。沈川，鱗介也。辯詩測京國，履籍鑒都壥。禮記曰：天子五年一巡狩，命太師陳詩以觀民風。孫卿子曰：履天子之籍，聽天下之斷。甿謠響玉律[55]，邑頌被丹絃。沈約宋書曰：調樂金石，有一定之聲。故造鍾磬者，先律調之，然後施之於箱懸。司馬彪續漢書曰：候氣之法，殿中候用玉律十二，唯二至乃候靈臺，用竹律六十。顏延年曲水詩序曰：途歌邑頌。尚書大傳曰：大琴朱弦。蔡邕琴賦曰：丹絃既張，八音既平。文軫薄桂海，聲教燭冰天。禮記曰：書同文，車同軌。尚書曰：外薄四海。孔安國曰：薄，迫也，言至海也。南海有桂，故云桂海。上林賦曰：經乎桂林之

---

54 注「敬恭明祀」案：「祀」當作「神」。各本皆誤。

55 「甿謠響玉律」案：「甿」當作「萌」。茶陵本作「萌」，云五臣作「甿」，袁本云善作「萌」。尤本以五臣亂善，失之。說已見前長楊賦「遐萌」下，可互證也。

中，過乎泱漭之野。尚書曰：朔南暨聲教。蒼頡篇曰：燭，照也。淮南子曰：八紘，北方曰積冰。高誘曰：北方寒冰所積，因以為名積冰也。和惠頒上笏，恩渥浹下筵。禮記曰：笏，諸侯以象。顏延年觀北湖田牧詩曰[56]：溫渥浹輿隸，和惠屬後筵。幸侍觀洛後，豈慕巡河前？尚書中候曰：天乙在亳，東觀乎雒，黃魚雙躍，出躋于壇，化為黑玉。孝經鉤命決曰：舜即位，巡省中河，錄圖授文。服義方無沫，展歌殊未宣。服義，已見上文。沫，亡貝切。廣雅曰：沫，已也。楚詞曰：展詩兮會舞。王逸曰：展，舒也。言舒展詩曲，作為雅樂者也。

謝光祿　郊遊　莊

肅舲出郊際，徙樂逗江陰[57]。楚詞曰：乘舲船余上沅兮，齊吳榜以擊汰。王逸曰：舲，船窗牖也。徙樂，行樂也。說文曰：逗，止也。翠山方藹藹，青浦正沈沈。廣雅曰：藹藹，盛貌[58]。上林賦曰：沈沈隱隱。涼葉照沙嶼，秋榮冒水潯。劉淵林吳都賦注曰：嶼，海中洲，上有山石也。說文曰：潯，傍深也。風散松架險，雲鬱石道深。松枝可以為架，故因謂之架焉。靜默鏡緜野，四睇亂曾岑。莊子曰：靜默可以補病。穀梁傳曰：緜地千里。氣清知鴈引，露華識猿音。雲裝信解黻，煙駕可辭金。雲裝，雲衣也。蒼頡篇曰：紱，綬也。黻與紱通。煙駕，煙車也。金，金印也。始整丹泉術，終覿紫芳心。抱朴子曰：黃帝南到員隴，采若乾之華，

---

56 注「觀北湖田牧詩曰」　何校「牧」改「收」，陳同，是也。各本皆譌。

57 「徙樂逗江陰」　茶陵本云「樂」五臣作「藥」。袁本作「藥」，云善作「樂」。案：各本所見皆非也。下有「丹泉術」「紫芳心」之云，此言「藥」無疑。袁本載五臣翰注云「徙藥，行藥也」，又載善注「徙樂，行樂也」。茶陵但載善「徙樂，行樂也」，五臣刪此一句，當是。正文善自作「藥」，與五臣不異，其五臣之注為全襲善語，傳寫誤善正文及注作「樂」，據之作校語者不辨，尤亦同其誤也。鮑明遠有行藥至城東橋詩，在二十二卷。

58 注「廣雅曰藹藹盛貌」　袁本、茶陵本無此七字。

飲丹巒之泉。外國圖曰：員丘有赤泉，飲之不老。紫芳，紫芝也。郭璞甫遊仙詩曰：紫芝列紅敷，丹泉漱陽瀆。**行光自容裒，無使弱思侵**。楚辭曰：雲旗兮電鶩，儵忽兮容裒。

鮑參軍 戎行 昭

豪士枉尺璧，宵人重恩光。呂氏春秋，傳曰：文王飾其辭令，幣帛以禮豪士，以璧禮賢。已見上文。淮南子曰：聖人不貴尺璧。春秋孔演圖曰：宵人之世多飢寒。宋均曰：宵，猶小也。鄭玄毛詩箋曰：為龍為光。言天子恩澤光曜被及者也。**殉義非為利，執羈輕去鄉**。莊子曰：彼所殉仁義，則俗謂之君子。又曰：小人則以身殉利，士則以身殉名。禮記曰：執羈靮而從。靮音的。去鄉，已見上文。**孟冬郊祀月，殺氣起嚴霜**。禮記曰：孟冬之月，天子迎冬於北郊。又曰：仲秋之月，殺氣浸盛，陽氣日衰。楚詞曰：冬又申之以嚴霜。**戎馬粟不煖，軍士冰為漿**。陸機苦寒行曰：渴飲堅冰漿。**晨上成皐坂，磧礫皆羊腸**。薛綜東京賦注曰：旋門坂在成皐。上林賦曰：下磧礫之坻。高誘呂氏春秋注曰：羊腸，其山盤紆似羊腸。**寒陰籠白日，太谷晦蒼蒼**。夏侯湛歎秋賦曰：陰籠景而下翳。曹植贈白馬王詩曰：太谷何寥廓，山樹鬱蒼蒼。爾雅曰：霧謂之晦。郭璞曰：蒼蒼[59]，昏冥也。**息徒稅征駕，倚劍臨八荒**。嵇康贈秀才詩曰：息徒蘭圃。法言曰：仲尼之駕稅矣。宋玉大言賦曰：方地為輿，員天為蓋，長劍耿介，倚天之外。甘泉賦曰：八荒協兮萬國諧。**鵾鵬不能飛，玄武伏川梁**。樂緯曰：鵾鵬狀似鳳皇，身禮，戴信，嬰仁，膺智，負義。宋均曰：身禮，質赤色。思玄賦曰：玄武縮於殼中兮，騰蛇蜿而自糾。**鎩翮由時至，感物聊自傷**。淮南子曰：飛鳥鎩羽。許慎曰：鎩，殘羽也。古詩曰：感物懷所思。**豎儒守一經，未足識行藏**。漢書，高祖曰：豎儒，幾敗乃公事。韋昭曰：豎，猶小也。論衡曰：能說一經為儒生。論語，子謂顏淵曰：用之則行，捨之則藏，唯我與爾有是夫。

---

59 注「郭璞曰蒼蒼」 案：「蒼蒼」二字不當有。各本皆衍。

休上人 別怨[60] 沈約宋書曰：沙門惠休，善屬文，徐湛之與之甚厚，世祖命使還俗。本姓湯，位至楊州從事也。

西北秋風至，楚客心悠哉。日暮碧雲合，佳人殊未來。魏文帝秋胡行曰：朝與佳人期，日夕殊不來。**露采方汎豔，月華始徘徊。**曹子建七哀詩曰：明月照高樓，流光正徘徊。**寶書爲君掩，瑤琴詎能開？**道學傳曰：夏禹撰真靈之玄要，集天官之寶書。書以南和丹繒，封以金英之函，檢以玄都之印。瑤琴，已見上文。**相思巫山渚，悵望陽雲臺**[61]。高唐賦曰：妾在巫山之陽。蔡邕詩序曰：暮宿河南悵望。子虛賦曰：楚王乃登雲陽之臺。**膏鑪絕沈燎，綺席生浮埃。**鑪，熏鑪也。取其芬香，故加之膏；煙而無燄，故謂之沈。西京雜記，鄒陽酒賦曰：綃綺為席，犀璩為鎮。**桂水日千里，因之平生懷。**言因桂水以通情也。桂水，已見上文。李陵詩曰：浮雲日千里。洛神賦曰：託微波而通辭。鍾會懷士賦曰：記遠念於興波。

---

60 「休上人別怨」 袁本、茶陵本「別怨」作「怨別」，是也。

61 「悵望陽雲臺」 陳云「陽雲」二字當乙。今案：陳所說非也。注引「楚王乃登雲陽之臺」，善例既不拘語倒，難以據改。又子虛賦茶陵本作「雲陽」，有校語云五臣作「陽雲」。袁本作「陽雲」，無校語。考史記、漢書皆作「陽雲」，恐茶陵及尤所見未必非，傳寫誤，此注亦然，其不當輒改決然矣。

卷第三十二

騷上

離騷經

序曰：離騷經者，屈原之所作也。屈與楚同姓，仕於懷王，為三閭大夫。同列大夫上官、靳尚妬害其能，共譖毀之。王乃流屈原。原乃作離騷經，不忍以清白久居濁世，遂赴汨淵自投而死也。

屈平　王逸注

帝高陽之苗裔兮，苗，胤也。裔，末也。高陽，顓頊有天下之號也。帝繫曰：顓頊娶于滕隍氏女而生老僮，是楚先。其後熊繹事周成王，封為楚子，居於丹陽。其孫武王，求尊爵於周，周不與，遂僭號稱王，始都於郢。是時生子瑕，受屈為客卿，因胤末之子孫，恩深而義厚也。朕皇考曰伯庸。朕，我也。皇，美也。父死稱考。詩曰：既右烈考。伯庸，字也。屈原言：我父伯庸，體有美德，以忠輔楚，世有令名，以及於己。攝提貞于孟陬兮，太歲在寅曰攝提。孟，始也。貞，正也。于，於也。正月為陬。惟庚寅吾以降。惟，辭也。庚寅日降下也。寅為陽正，庚為陰正。言己以太歲在寅，正月始春，庚寅之日，下母之體。皇覽揆余于初度兮，皇，皇考也。覽，覩也。揆，度也。肇錫余以嘉名。肇，始也。錫，賜也。嘉，善也。言己美父伯庸，觀我始生年時，度其日月皆合天地正中，故始錫我以美善之名。名余曰正則兮，正，平也。則，法也。字余曰靈均。靈，神也。均，調也。言平正可法則者，莫過於天；養物均調者，莫神於地。

高平曰原，故伯庸名我為平以法天，字我曰原以法地。夫人非名不榮，非字不彰。故子生，父思善應而名字之，以表其德，觀其志也。

紛吾既有此內美兮，紛，盛貌。**又重之以脩能。**脩，遠也。言己之生，內含天地之美氣，又重有絕遠之能，與眾異也。**扈江離與辟芷兮，**扈，披也。楚人名披為扈。江離、芷，皆香草也。辟，為幽也[1]。芷，幽而香。**紐秋蘭以為佩**[2]**。**紐，索也。蘭，香草也，秋而芳。佩，飾也，所以象德。言己脩身清潔[3]，乃取江離、辟芷以為衣被，紐索秋蘭以為佩飾，博采眾善以自約束。**汩余若將不及兮，**汩，去貌，疾若水流也。**恐年歲之不吾與。**言我念年命汩然流去，誠欲輔君，心汲汲常若不及。又恐年忽過，不與我相待而身老。**朝搴阰**音毗**之木蘭兮，**搴，取也。阰，山名。**夕攬洲之宿莽。**攬，采也。水中可居者曰洲。草冬生不死者，楚人名曰宿莽。言己旦起升山采木蘭，上事太陽，承天度也。夕入洲澤採取宿莽，下奉太陰，順地數也。動以神祇，自勑誨也。木蘭去皮不死，宿莽遇冬不枯。屈原以喻讒人雖欲困己，己受天性，終不可變易。**日月忽其不淹兮，**淹，久也。**春與秋其代序。**代，更也。序，次也。言日月晝夜常行，忽然不久，春往秋來，以次相代。言天時易過，人年易老。**惟草木之零落兮，**零，落，皆墮也。草曰零，木曰落。**恐美人之遲暮。**遲，晚也。美人，謂懷王也。言天時運轉，春生秋殺，草木零落，歲復盡矣。而君不建立道德，舉賢用士，則年老暮晚，而功不成。**不撫壯而棄穢兮，**年德盛曰壯。棄，去也。穢，行之惡也，以喻讒佞。百草為稼穡之穢，讒佞亦為忠

---

1 注「辟為幽也」　案：「為」字不當有，各本皆衍。楚辭注無。

2 「紐秋蘭以為佩」　袁本云逸作「紐」。茶陵本云五臣作「紉」，下「豈惟紐夫蕙茝」校語同。案：各本所見皆非也。此「紐」楚辭作「紉」，下載「舊音女陳反」，洪興祖補注「女鄰切」。又下文「矯菌桂以紉蕙兮」，各本盡作「紉」，蓋「紐」但傳寫譌耳。凡楚辭及善引逸注，不必全同。而文選今本傳寫之誤，或失文義，仍當相正。下倣此。

3 注「言己脩身清潔」　案：「潔」當作「絜」，各本皆誤。注多作「絜」，必逸自用「絜」，後改之，而「絜」、「潔」錯出，非。餘不更出。

直之害也。**何不改此度也**[4]**？**改，更也。言願君務及年德盛壯之時，脩明政教，棄遠讒佞，無令害賢。改此惑誤之度，脩先王之法也。**乘騏驥以馳騁兮，**騏驥，駿馬也，以喻賢智。言乘駿馬，一日可致千里，以言任賢智，即可至於治也。**來吾導夫先路！**言己如得任用，將驅先行，願來隨我，遂為君導入聖王之道。

昔三后之純粹兮，昔，往也。后，君也，謂湯、禹、文王也。至美曰純。齊同曰粹。**固眾芳之所在。**眾芳，喻羣賢也。言往古夏禹、殷湯、周王，所以能純美其德，而有聲明之稱者，皆舉用眾賢，使在顯職，故道化興而萬國寧也。**雜申椒與菌桂兮，**申，重也。椒，香木。其芳小，重之乃香。菌，熏也。葉曰蕙，根曰熏也。**豈維紉夫蕙茝？**紉，索也。蕙、茝，皆香草也，以喻賢者。言禹、湯、文王雖有聖德，猶雜用眾賢，以致於化，非獨索蕙茝，任一人也。**彼堯舜之耿介兮，**耿，光也。介，大也。**既遵道而得路。**遵，循也。路，正也。言堯、舜所以能有光明大德之稱者，以脩用天地之道[5]，舉賢任能，使得萬事之正也。**何桀紂之昌披兮，**昌披，衣不帶貌。**夫唯捷徑以窘步！**捷，疾也。徑，邪道。窘，急也。言桀、紂愚惑，違背天道，施行惶遽，衣不及帶，欲涉邪徑，急疾為治，故身觸陷阱，至於滅亡。**惟黨人之偷樂兮，**黨，朋也。論語曰：羣而不黨。偷，苟也。**路幽昧以險隘。**幽昧，不明也。險隘，諭傾危也[6]。言己念彼讒人相與朋黨，嫉妒忠直，苟且偷樂，不知君道不明，國將傾危，以及其身。**豈余身之憚殃兮，**憚，難也。殃，咎也。**恐皇輿之敗績。**皇，君也。輿，君之所乘也。以諭國也。績，功也。言我欲諫爭者，非難身之被殃咎也，

---

4 「何不改此度也」　袁本、茶陵本「改」下有「其」字。案：袁用五臣也。校語云逸作「何不改此度也」，與尤正同。茶陵本以五臣亂之，非。楚辭「何不改乎此度也」，洪興祖本「何不改此度」，當各依其舊。讀者易惑，故詳出之。

5 注「以脩用天地之道」　何校「脩」改「循」，陳同。楚辭注作「循」。案：上云「遵循也」，「循」字是也，「循」、「脩」二字，羣書多混。前人論之詳矣。

6 注「諭傾危也」　陳云「諭」，「喻」誤。又「風為號令，以諭君命，行媒諭左右之臣也」，同。案：「喻」「諭」通用，或逸自用「諭」，下「以喻國也」，「以諭君也」，「故以香為諭」，「故以諭君」，袁本皆作「諭」，茶陵本皆作「喻」。楚辭注亦「喻」、「諭」錯出。

但恐君國傾危，以敗先王之功。忽奔走以先後兮，及前王之踵武。踵，繼也。武，迹也。詩曰：履帝武敏歆。言己急欲奔走先後，以輔翼君者，冀及先王之德，繼續其迹，而廣其基也。奔走先後，四輔之職也。詩曰：予聿有奔走，予聿有先後。是之謂也。荃不察余之忠情兮，荃，香草也，以諭君也。人君被服芬香，故以香為諭。惡數指斥尊者，故變言荃也。反信讒而齊怒。齊，疾也。言懷王不徐察我忠信之情，反信讒言而疾怒。余固知謇謇之爲患兮，謇謇，忠言貌也。易曰：王臣謇謇，匪躬之故。忍而不能舍也。舍，止也。言己忠言謇謇，諫君之過，必為身患，然中心不能自止而不言也。指九天以爲正兮，指，語也。九天，謂中央八方也。正，平也。夫唯靈脩之故也。靈，神也。脩，遠也。能神明遠見者君德，故以諭君。言己將陳忠策內慮之心，上指九天，告語神明，使平正之。唯用懷王之故，欲自盡也。初既與余成言兮，後悔遁而有他。遁，隱也。言懷王始信任己，與我平議國政，後用讒言，中道悔恨，隱遁其情，而有他志。余既不難離別兮，近曰離，遠曰別。傷靈脩之數化。化，變也。言我竭忠見過，非難與君離別也；傷念君信用讒言，志數變易，無常操也。

余既滋蘭之九畹兮，滋，蒔也。十二畝為畹。又樹蕙之百畝。樹，種也。二百四十步為畝。言己雖見放流，猶種蒔眾香，脩行仁義，勤身自勉，朝暮不倦。畦留夷與揭車兮，留夷，香草也。揭車，亦香草，一名芞輿。五十畝為畦。雜杜衡與芳芷。杜衡、芳芷，皆香草名也。言己積累眾善，以自絜飾，復植留夷、杜衡，雜以芳芷，芬香益暢，德行彌盛也。冀枝葉之峻茂兮，冀，幸也。峻，長也。願竢時乎吾將刈。刈，獲也。言己種植眾芳，幸其枝葉盛長，實核成熟，願待天時，吾將獲取收藏而成其功也。以言君亦宜畜養眾賢，以時進用，而待仰其治也。雖萎絕其亦何傷兮，萎，病也。絕，落也。哀眾芳之蕪穢。言己所種芳草，當刈未刈，蚤有霜雪，枝葉雖蚤萎病絕落，何能傷我乎？哀惜眾芳摧折，枝葉蕪穢而不成也。以言己脩行忠信，冀君任用，而遂斥棄，則使眾賢志士，失其行也。

眾皆競進以貪婪兮，競，並也。愛財曰貪，愛食曰婪。憑不猒乎求索。憑，滿也。楚人名滿為憑。言在位之人，無有清絜之志，皆並進取貪婪於財利，中心雖滿，猶復求索不知猒飽。羌內恕己以量人兮，羌，楚人語詞也。

以心揆心為恕。量，度也。各興心而嫉妒。害賢為嫉，害色為妒。言在位之臣，心皆貪婪。內以其志恕度他人，謂與己不同，則各生嫉妒之心，推棄清絜，使不得用也。忽馳騖以追逐兮，非余心之所急。言眾人所以馳騖惶遽者，追逐權貴求財利也，故非我心之所急務。眾急於利，我獨急於義者也。老冉冉其將至兮，冉冉，行貌。恐脩名之不立。立，成也。言人年命冉冉而行，我之衰老將以速至，恐脩身建德，而功不成名不立也。朝飲木蘭之墜露兮，墜，墮也。夕飡秋菊之落英。言己旦飲香木之墜露，吸正陽之津液；暮食芳菊之落英。言吞陰陽之精蘂[7]，動以香淨自潤澤。苟余情其信姱以練要兮，苟，誠也。練，簡也。長顑頷亦何傷。顑頷，不飽貌也。言己飲食好美，中心簡練而合道要，雖長顑頷，飢而不飽，亦無所傷病也。擥木根以結茝兮，擥，持也。貫薜荔之落蘂。貫，累也。薜荔，香草也。緣木而生。落，墮也。蘂，實貌。言己施行，常擥木引堅，據持根本；又貫累香草之實，執持忠信，不為華飾之行也。矯菌桂以紉蕙兮，矯，直也。索胡繩之纚纚。胡繩，香草也。纚纚，索好貌。言己行雖據根本，猶復矯直菌桂芬芳之性，紉索胡繩，令之澤好，以善自約束，終無懈已。謇吾法夫前脩兮，非時俗之所服。言我忠信謇謇者，乃上法前代遠賢，固非今時俗之人所可服行也。雖不周於今之人兮，周，合也。願依彭咸之遺則。彭咸，殷賢大夫，諫其君不聽，自投水而死。遺，餘也。則，法也。言己所行忠信，雖不合於今之人，欲願依古之賢者彭咸餘法，以自率厲也。長太息以掩涕兮，哀人生之多艱。言己自傷施行不合於俗，將效彭咸沈身於淵。乃太息長悲，哀念萬民[8]，受命而生，遭遇多艱，以隕其身也。余雖好脩姱以鞿羈兮，鞿羈，以馬自喻也。韁在口曰鞿，革絡頭曰羈。言為人所係累也。謇朝誶而夕替。誶，諫也。詩云：誶予不顧。替，廢也。言己雖有絕遠之智，姱好之姿，然以

7 注「言吞陰陽之精蘂」　案：洪興祖本楚辭注無「言」字，「陰陽」作「正陰」，是也。各本及單行楚辭注皆誤。

8 注「哀念萬民」　袁本、茶陵本「民」作「人」，下注「終不見省察萬民善惡之心」，又「觀萬民之中」，又「足以觀察萬民忠佞之謀」，同。案：「人」字是也。正文「人」亦善避諱改字，不得注作「民」。

為讒人所繫羈而係絫矣。故朝諫謇謇於君，夕暮而身廢棄也。**既替余以蕙纕兮，**纕，佩帶也。**又申之以攬茝。**又，復也。言君所以廢弃己者，以余帶佩眾香，行以忠正之故也。然猶復重引芳茝以自結束，執志彌篤也。**亦余心之所善兮，雖九死其猶未悔。**悔，恨也。言己履行忠信，執守清白，亦我心中之所美善也。雖以見過支解，九死終不悔恨也。**怨靈脩之浩蕩兮，**靈脩，謂懷王也。浩，猶浩浩。蕩，猶蕩蕩。無思慮貌也。**終不察夫人心。**言己所以怨恨於懷王者，以其用心浩蕩，驕敖放恣，無有思慮，終不見省察萬民善惡之心。故朱紫相亂，國將傾危也。**眾女嫉余之娥眉兮，**[9] 眾女，謂臣眾也。娥眉，好貌。**謠諑謂余以善淫。**謠，謂毀也。諑音啄，猶譖也。淫，邪也。言眾女嫉妬娥眉美好之人，譖而毀之，謂之善淫，不可信也。猶眾臣妬嫉中正，言己淫邪不可任也。**固時俗之工巧兮，偭規矩而改錯。**偭，背也。圓曰規，方曰矩。錯，置也。言今時之工，才知彊巧，背去規矩，更造方圓，必不堅固，敗材木也。以言佞臣巧於言語，背違先聖之法，以意妄造，必亂政化危君國也。**背繩墨以追曲兮，**追，隨也。繩墨所以正曲者。**競周容以爲度。**周，合也。度，法也。言百工不隨繩墨之直道，隨從曲木，屋必傾危而不可居也。以言人臣不脩仁義之道，背弃忠直，隨從枉佞，苟合於世，以求容媚，以為常法，身必傾危而被刑戮。**忳鬱邑余侘傺兮，**忳，徒昆切，憂貌也。侘傺，失志貌也。侘，丑加切，猶堂堂立貌也。傺，丑世切，住也。楚人名住曰傺。**吾獨窮困乎此時也！**言我所忳忳而憂，中心鬱邑，悵然住立而失志者，以不能隨從時俗，屈求容媚，故獨為時人所窮困也。**寧溘死以流亡兮，**溘，猶奄也。**余不忍爲此態也！**言我寧奄然而死，形體流亡，不忍以忠正之性，為邪淫之態也。**鷙鳥之不羣兮，**鷙，執也。謂能執服眾鳥，鷹鸇之類也。以諭忠正。**自前代而固然。**言鷙鳥執志剛厲，特處不羣，以言忠正之士，亦執分守節，不隨俗人。自前代固然，非獨於今。**何方圓之能周兮，夫孰異道而相安！**言何所有圓鑿受方柄而能合者，誰有異道而相安邪？言忠佞不相為謀也。**屈心而抑志兮，**抑，案也。**忍尤而攘詬。**尤，過也。攘，除也。詬，恥也。言己所以

---

9 「眾女嫉余之娥眉兮」 袁本、茶陵本「娥」作「蛾」，注同。案：楚辭作「蛾」。

能屈案心志，含忍罪過而不去者，欲以除去恥辱，誅讒佞之人，如孔子誅少正卯也。**伏清白以死直兮，固前聖之所厚。**言士有伏清白之志，以死忠直之節者，固乃前代聖王所厚哀也。故武王伐紂，封比干之墓，表商容之閭也。

悔相道之不察兮[10]**，**悔，恨也。相，視也。察，審也。**延佇乎吾將反。**延，長也。佇，立貌也。詩云：佇立以泣。言己自恨視事君之道不明察，當若比干仗節死義。故長立而望，將欲還反終己之志也。**迴朕車以復路兮，**迴，旋也。**及行迷之未遠。**迷，誤也。言及旋我之車[11]以反故道，反迷己誤欲去之路[12]，尚未甚遠也。同姓無相去之義，故欲還也。**步余馬於蘭皐兮，**步，徐行也。澤曲曰皐。**馳椒丘且焉止息。**土高曰丘，四墮曰椒丘。言己欲還，則徐徐行，步我之馬於芳澤之中，以觀聽懷王，遂馳高丘而止息，以須君命。**進不入以離尤兮，退將復脩吾初服。**退，去也。言己誠欲遂進竭其忠誠，君不肯納，恐重遇禍，將復去脩吾初始清絜之服。**製芰荷以爲衣兮，**製，裁也。芰，蔆也。荷，扶蕖也。**集芙蓉以爲裳。**芙蓉，蓮華也。上曰衣，下曰裳。言己進不見納，猶復製裁芰荷，集合芙蓉，以為衣裳。被服愈絜，脩善益明。**不吾知其亦已兮，苟余情其信芳。高余冠之岌岌兮，**岌岌，高貌。**長余佩之陸離。**陸離，參差眾貌也。言己懷德不用，復高我之冠，長我之佩，尊其威儀，整其服飾，以異於眾也。**芳與澤其雜糅兮，**芳，德之臭也。澤，質之潤也。玉堅而有澤。糅，雜也。**唯昭質其猶未虧。**唯，獨也。昭，明也。虧，歇也。言我外有芬芳之德，外有玉澤之質[13]，二美雜會，兼在於己，而不得施用，故獨保明身，無有虧失而已。所謂道行則兼善天下，不用則獨善其身。**忽反顧以遊目兮，將往觀乎四荒。**荒，遠也。言己欲進忠信以輔事君，而不見省，故忽

---

10 「悔相道之不察兮」　袁本云逸無「兮」字，茶陵本云五臣有「兮」字。案：二本非也。校語言逸本，猶其言善本，皆但據所見。楚辭有「兮」字。此尤延之校改正之。

11 注「言及旋我之車」　案：「及」當依楚辭注作「乃」。各本皆譌。

12 注「反迷己誤欲去之路」　案：「反迷己」當依楚辭注作「及己迷」。各本皆誤。

13 注「外有玉澤之質」　袁本、茶陵本「外」作「內」。案：此尤本誤字。

然反顧而去，將遊目往觀四遠之外，以求賢君也。佩繽紛其繁飾兮，繽紛，盛貌。芳菲菲其彌章。菲菲，猶勃勃也。芳，香貌也。章，明也。言己雖欲之四荒，猶整飾儀容，佩玉繽紛而眾盛，忠信勃勃而愈明，不以遠故改其行。人生各有所樂兮，余獨好脩以爲常。言萬人稟天命而生，各有所樂，或樂諂佞，或樂貪淫，我獨好脩正直以為常行。雖體解吾猶未變兮，豈余心之可懲。懲，艾也。言己好脩忠信以為常行，雖獲罪支解，志猶不艾也。

女嬃之嬋媛兮，女嬃，屈原姊也。嬋媛，猶牽引也。申申其詈予。申，重也。言女嬃見己施行不與眾合，以見放流。故來牽引數怒，重詈我也。曰鮌婞直以亡身兮，曰，女嬃詞也。鮌，堯臣也。帝繫曰：顓頊後五葉而生鮌。婞音脛，很也。終然夭乎羽之野。蚤死曰夭。言堯使鮌治洪水，婞很自用，不順堯命，乃殛之於羽山，死於中野。女嬃比屈原於鮌，不承君意，亦將遇害。汝何博謇而好脩兮，紛獨有此姱節？女嬃數諫屈原，言汝何為獨博采往古，好脩謇謇姱異之節，不與眾同，而見憎惡於世。薋菉葹以盈室兮，薋，蒺藜也。菉，王芻也。葹，枲耳也。詩曰：楚楚者薋。又曰：終朝采菉。三者皆惡草也，以喻讒佞盈滿也。判獨離而不服。判，別貌也。女嬃言眾人皆佩薋菉枲耳，為讒佞之行，滿於朝廷，而獲富貴；汝獨服蘭蕙，守忠直，判然離別，不與眾同，故斥棄也。眾不可戶說兮，孰云察余之中情！屈原外困羣佞，內被姊詈，知時莫識。言己心志所執，不可戶說人告，誰當察我中情之善否？世並舉而好朋兮，夫何煢獨而不予聽！煢，孤也。詩曰：哀此煢獨。予，我也。言時俗之人，皆行佞偽，相朋黨，並相薦舉；忠直之士，孤煢特獨，何肯聽用我言而納之也。

依前聖之節中兮，節，度也。喟憑心而歷茲。歷，數也。言己所言皆依前代聖王之法，節其中和，喟然舒憤懣之心，歷前代成敗之道，而作此詞者也。濟沅湘以南征兮，沅、湘，水名也。就重華而陳詞。重華，舜名也。帝繫曰：瞽叟生重華，是為帝舜，葬於九疑山，在於沅、湘之南。言己依聖王法，而行不容於俗，故欲度沅、湘之水南行，就舜陳詞。自說稽疑聖帝，冀聞秘要，以自開悟。啓九辯與九歌兮，啓，禹子也。九辯、九歌，禹樂也。言禹平治水土以有天下。啓能承志，續敘其業，育養品類。故九州之物，皆可辯數；九功之德，皆有次敘而可歌也。左傳曰：六府三事，謂之九功。九功之德，皆可歌也，謂之九歌。水、火、金、木、土、穀，謂之六府。正德、利用、厚生，謂之三事。夏康娛以自縱。夏康，啓子太康也。娛，樂也。縱，放也。不顧難以圖後兮，五子用失乎家巷。圖，謀也。言夏太康不遵禹、啓之樂，而更作淫聲，放縱情欲以自娛樂。不顧患難，不謀後葉，卒以失國。兄弟五人，家居閭巷，失尊位也。書序曰：太康失國，昆弟五人，須于洛汭，作五子之歌。此逸篇也。羿淫游以佚田兮，羿，諸侯也。田，獵也。又好射夫封狐。封狐，大狐也。言羿為諸侯，荒淫遊戲，以佚田獵，又射殺大狐。固亂流其鮮終兮，鮮，少也。浞又貪夫厥家。浞，寒浞，羿相也。厥，其也。婦謂之家。言羿因夏衰亂，代之為政，娛樂田獵，不恤人事，信任寒浞，使為國相。浞行媚於內，施賂於外，樹之詐慝，而專其權勢。羿田將歸，使家臣眾逄蒙[14]射而殺之，貪取其家以為妻也。羿以亂得政，身即滅亡，故言鮮終也。澆身被服強圉兮，澆，寒浞子也。強圉，多力也。縱欲而不忍。縱，放也。言浞取羿妻而生澆，強梁多力，縱放其情，不忍其欲，以殺夏后相也。日康娛而自忘兮，康，安也。厥首用夫顛隕。首，頭也。自上下曰顛。隕，墮也。言澆既殺夏后相，安居無憂，日作淫樂，忘其過惡，卒為相子少康所誅，其首顛隕而墮也。論語曰：羿善射，奡蕩舟，俱不得其死然。自此以上，羿、澆、寒浞事，皆見於左傳。夏桀之常違兮。乃遂焉而逢殃。殃，咎也。言夏桀上背於天道，下逆於人理，乃遂以逢殃咎，為殷湯所誅滅。后辛之菹醢兮，辛，殷之亡王紂名也。藏菜曰菹，肉醬曰醢。殷宗用而不長。言紂為無道，殺比干，醢梅伯。武王把黃鉞，行天罰，殷宗遂絕，不得久長也[15]。湯禹嚴而祗敬兮，嚴，畏也。祗，敬也。周論道而莫差。周，周家也。差，過也。言殷湯、夏禹、周之文王，受命之君，皆畏天敬賢，論議道德，無有過差，故能獲神人之助，子孫蒙福也。舉賢而授能兮，循繩墨而不陂[16]。陂，傾也。言三王選士不遺幽陋，舉賢用能，不顧左右；循用先聖法度，無有傾失。故能綏萬國、安天下也。易曰：無

14 注「使家臣眾逄蒙」　案：當依楚辭注去「眾」字。各本皆衍。
15 注「殷宗遂絕不得久長也」　袁本、茶陵本無「絕」字。案：楚辭注有。
16 「循繩墨而不陂」　袁本、茶陵本「陂」作「頗」，注同。案：此尤延之改也，楚辭正作「頗」。洪興祖云「頗」一作

平不陂。皇天無私阿兮。竊愛為私，所祐為阿。覽人德焉錯輔。錯，置也。輔，佐也。言皇天明神，無所私阿。觀萬民之中有道德之者[17]，因置以為君，使賢輔佐，成其志也。故桀為無道，傳與湯；紂為淫虐，傳與文王。夫維聖哲以茂行兮，哲，智也。茂，盛也。苟得用此下土。苟，誠也。下土，謂天下也。言天下之所立者，獨有聖明之知，盛德之行，故得用事天下，而為萬人之主。瞻前而顧後兮，顧，視也。相觀人之計極。相，視也。計，謀也。極，窮也。言前觀禹、湯之所以興，顧視桀、紂之所以亡，足以觀察萬民忠佞之謀，窮其真偽。夫孰非義而可用兮，孰非善而可服。服，服事也。言人臣誰有行仁義而不可任用，誰有不行信義而可服事者乎？言人非義則德不立，非善則行不成。阽余身而危死兮，阽，猶危也。覽余初其猶未悔。言己正言危行，身將危亡。上觀初代伏節之士，我志所樂，終不悔恨。不量鑿而正枘兮，量，度也。正，方也。固前脩以菹醢。言工不度其鑿，而方正其枘，則物不固而木破矣。臣不量君賢愚，竭其忠信，則被罪過而身殆也。自前代脩名之人以獲菹醢，龍逢、梅伯是也。曾歔欷余鬱邑兮，曾，累也。歔欷，懼貌也。哀朕時之不當。言我累息而懼，鬱邑而憂者，自哀生不當舉賢之時，而值菹醢之日。攬茹蕙以掩涕兮，茹，柔耎也。霑余襟之浪浪。霑，濡也。衣皆謂之襟[18]。浪浪，流貌也。言自傷放在山澤，心悲泣下，霑濡我衣，浪浪而流，猶引取柔耎香草以自掩拭，不以悲故失仁義也。

跪敷衽以陳詞兮，敷，布也。耿吾既得此中正。耿，明也。言己覩禹、湯、文王脩德以興天[19]下，見

「陂」，為尤所據，謂引易曰「無平不頗」，其字宜作「陂」耳。詳逸引羣經不必與今同，改者未是。「脩」當作「循」，袁本云逸作「脩」，茶陵本云五臣作「循」，詳逸注「循用先聖法度」，各本皆同，是逸作「循」，不作「脩」，校語所見，實傳寫譌也。單行楚辭注亦譌。洪興祖本作「循」，云「循」一作「脩」。

17 注「有道德之者」　何校「之」改「人」，陳同。茶陵本作「人」，袁本作「之」，楚辭注無此字。案：疑無者是也。

18 注「衣皆謂之襟」　案：「皆」當依楚辭注作「眥」。各本皆誤。文出爾雅釋器。考釋文「眥，才細反」，又「子移反」，不得作「皆」。詩鄭風正義引作「皆」，其誤正與此同。

19 注「言己覩禹湯文王脩德以興天」　案：當依楚辭注「己」下添「上」字，「興」下去「天」字。各本皆誤。

羿、澆、桀、紂行惡以亡，中知龍逄、比干執履忠直，身以葅醢。乃長跪布衽，俛首自省念，仰訴於天，中心曉明，得此中正之道，情合真人[20]，神與化游。故得乘雲駕龍，周歷天下，以慰己情，緩憂思也。**駟玉虬以乘鷖兮，**有角曰龍，無角曰虬。鷖，鳳皇別名也。山海經曰：鷖，身有五采。**溘埃風余上征。**溘，猶奄也。埃，塵也。言我設往行游，將乘玉虬，駕鳳車，淹塵埃而上征[21]，去離時俗，遠羣小也。**朝發軔於蒼梧兮，**軔，支輪木也。蒼梧，舜所居。**夕余至乎縣圃。**縣圃，神山。淮南子曰：縣圃，在崑崙閶闔之中[22]，乃維上天[23]。言己朝發帝舜之居，夕至縣圃之山。受道聖王，而登神明之山。**欲少留此靈瑣兮，**靈以喻君。瑣，門鏤也。文如連瑣，楚王之省閤也。**日忽忽其將暮。**言己誠欲少留於君之省閤，以須政教，日又忽去，時將欲暮，年歲且盡。言己衰老也。**吾令羲和弭節兮，**羲和，日御也。弭，按也。**望崦嵫而勿迫。**崦嵫，日所入之山也。迫，附也。言我恐日暮年老，道德不施，欲令日御按節徐行，望日所入之山，且勿附近，冀及盛時遇賢君也。**路曼曼其脩遠兮[24]，**脩，長也。**吾將上下而求索。**言天地廣大，其路曼曼，遠而且長，不可卒徧。吾方上下左右以求索賢人，與己合志者也。**飲余馬於咸池兮，**咸池，日所浴也。**總余轡乎扶桑。**總，結也。扶桑，日所拂木也。淮南子言：日出暘谷[25]，浴於咸池，拂于扶桑，爰始將行，是謂朏明。我乃往至東極之野，飲馬於咸

20 注「情合真人」　袁本、茶陵本「情」作「精」。案：此尤本誤字。

21 注「淹塵埃而上征」　袁本、茶陵本「淹」作「掩」。案：上「溘猶奄也」，各本皆同。疑此亦作「奄」，與楚辭注皆作「掩」者不同。

22 注「神山淮南子曰縣圃在崑崙閶闔之中」　袁本、茶陵本作「神山也在崑崙之上淮南言崑崙縣圃」。案：二本是也，尤延之所校改，非，楚辭注可證。「南」下彼有「子」字，非。

23 注「乃維上天」　袁本、茶陵本作「雖乃通天」。案：今楚辭注作「維絕通天」，洪興祖本作「維絕乃通天」。補注云一無「絕」字，一本乃作「絕」。尤延之據淮南天文訓云「乃維上天」以校改，不知逸所引不必與今同也。

24 注「路曼曼其脩遠兮」　袁本、茶陵本「曼曼」作「漫漫」，注同。案：楚辭作「曼」。洪興祖云釋文「曼」作「漫」云云，此蓋善「曼」，五臣「漫」，二本所見以五臣亂善，而失著校語。

25 注「淮南子言日出暘谷」　案：「暘」當作「湯」，各本皆譌。楚辭注作「湯」，此天文訓文，史記索隱引之，以明「湯谷」

池，與日俱浴，以絜己身。結我車轡於扶桑，以留日行，幸得不老延年壽。**折若木以拂日兮，**若木，在崑崙西極，其華照下地。拂，擊也。**聊須臾以相羊。**聊，且也。須臾、相羊，皆游也。言己總結日轡，恐不能制，年時卒過，故復轉之西極，折取若木，以拂擊日，使之還去。且相羊而游，以俟君命也。或謂拂，蔽也。以若木蔽日，使不得過。**前望舒使先驅兮，**望舒，月御也。月體光明，以喻臣清白。**後飛廉使奔屬。**飛廉，風伯也。風為號令，以諭君命。言己使清白之臣，如望舒先驅求賢，使風伯奉君命於後，以告百姓。**鸞皇爲余先戒兮，**鸞，俊鳥也。皇，雌鳳。以喻明知之士也。**雷師告余以未具。**雷為諸侯以興君。言己使仁知之士如鸞皇，先戒百官將往適道，而君怠惶，告我嚴裝未具。**吾令鳳皇飛騰兮，又繼之以日夜。**言我使鳳皇明知之士，飛行天下，以求同志，續以日夜，冀逢遇之。**飄風屯其相離兮，帥雲霓而來御。**飄風，無常之風，以興邪惡。雲霓，惡氣。以喻佞人。御，迎也。言己使鳳皇往求同志之士，欲與俱共事君；反見邪惡之人相與屯聚，謀欲離己。又遇佞人相帥來迎，欲使我變節以隨之。**紛總總其離合兮，**總總，猶僔僔，聚貌也。**班陸離其上下。**班，亂貌也。陸離，分散也。言己游觀天下，但見俗人競為讒佞，僔僔相聚，乍離乍合，上下之義，班然散亂而不可知之也。**吾令帝閽開關兮，**帝，謂天帝也。閽，主門者。**倚閶闔而望予。**閶闔，天門也。言己求賢不得，嫉惡讒佞，將上愬天帝，使閽人開關。又倚天門望而距我，使我不得入也。**時曖曖其將罷兮，**曖曖，昏貌。罷，極也。**結幽蘭而延佇。**言時世昏昧，無有明君。周行罷極，不愚賢士。故結芳草而長立，有還意也。**世溷濁而不分兮，**溷，亂也。濁，貪也。**好蔽美而嫉妬。**言時世君亂臣貪，不別善惡，好蔽美德，而嫉妬忠信。

之有證，淮南不作「暘」也。天問云「出自湯谷」，楚辭亦不作「暘」也。吳都賦「包湯谷之滂沛」，歎逝賦「望湯谷以企予」，文選亦不作「暘」也。唯五臣不知有「湯谷」，凡遇此字，必用古文堯典改為「暘」，袁、茶陵二本校語可考。善注中「湯」字亦間為所亂，猶今本淮南之為後人改作「暘」矣。又袁本、茶陵本無「子」字，是也。楚辭注有，與此同衍。

朝吾將濟於白水兮，濟，度也。淮南子曰：白水出崐崘之源，飲之不死。**登閬風而緤馬。**閬風，山名，在崑崙上。緤，繫也。言我見中國溷濁，則欲度白水，登神山，屯車繫馬而留止。白水絜淨，閬風清明。言己脩絜白之行，不懈怠也。**忽反顧以流涕兮，哀高丘之無女。**楚有高丘之山。女以喻臣。言己雖去意不能已，猶復顧念楚國無有賢臣，心為之悲而流涕。**溘吾遊此春宮兮，**溘，奄也。春宮，東方青帝舍。**折瓊枝以繼佩。**繼，續也。言我遊奄然至于青帝宮，觀萬物始生，皆出仁義[26]，復折瓊枝以續佩，守行仁義，志彌固也。**及榮華之未落兮，**榮華，喻顏色也。落，墮也。**相下女之可貽。**相，視也。貽，遺也。言己既脩行仁義，思得同志，願及年德盛時，顏貌未老，視天下賢人，將持玉帛聘而遺之，與俱事君也。**吾令豐隆乘雲兮，**豐隆，雲師。**求宓妃之所在。**宓妃，神女也，以喻隱士。言我令雲師豐隆乘雲周行，求隱士清絜若宓妃者，欲與并力也。**解佩纕以結言兮，**纕，佩帶也。**吾令蹇脩以爲理。**蹇脩，伏羲氏之臣也。理，分理，述禮意也。言既見宓妃，則解我佩帶之玉，以結言語，使古賢蹇脩而為媒理也。伏羲時淳朴，故使其臣。**紛總總其離合兮，忽緯繣其難遷。**緯繣，乖戾也，呼麥切。遷，徙也。言蹇脩既持其佩帶通言，而讒人復相聚毀敗，令其意一合一離，遂以乖戾而見距絕。言所居深僻，難遷徙也。**夕歸次於窮石兮，**次，舍也。再宿為信，過信為次。淮南曰：弱水[27]出于窮石，入于流沙。**朝濯髮乎洧盤。**洧盤，水名也。[28]禹大傳曰：洧盤之水，出崦嵫之山。言宓妃體好清絜，暮所歸舍窮石之室，朝沐洧盤之水，遁世隱居，而不肯仕。**保厥美以驕傲兮，**倨簡曰驕，侮慢曰傲。**日康娛以淫遊。**康，安也。言宓妃用志高遠，保守美德，驕傲侮慢，日自娛樂以遊戲，無事君之意也。**雖信**

---

26 注「皆出仁義」　袁本、茶陵本「仁義」作「於仁」。案：二本是也。楚辭注作「於仁義」，亦衍「義」字。

27 注「淮南曰弱水」　袁本、茶陵本「曰」作「言」。案：二本是也。以此例之，上注「淮南子曰白水」云云，「子曰」二字，亦當作「言」。各本皆誤。楚辭注二處皆作「子言」，亦衍「子」字。

28 注「洧盤水名也」　袁本、茶陵本「盤」作「槃」，是也。案：此因正文五臣作「盤」誤混善注。楚辭作「盤」。洪興祖曰「盤」一作「槃」。

美而無禮兮，來違弃而改求。違，去也。改，更也。言宓妃雖有美德，驕傲無禮，不可與共事君；來去相弃[29]，而更求賢也。**覽相觀於四極兮，周流乎天余乃下。**言我乃復往，觀視四極，周流求賢，然後乃來下。**望瑤臺之偃蹇兮，**偃蹇，高意[30]。**見有娀之佚女。**有娀，國名也。佚，美也。謂帝嚳之妃契母簡狄也。簡狄配聖帝，生賢子，以喻貞賢也。詩曰：有娀方將，帝立子生商。呂氏春秋曰：有娀氏有美女，為之高臺而飲食之。言己望瑤臺高峻，睹有娀氏美女，思得與共事君也。**吾令鴆為媒兮，**鴆，惡鳥也。明有毒殺人[31]，以喻讒賊。**鴆告余以不好。**言我使鴆鳥為媒以求簡狄，其性讒賊，不可信用。還詐告我言不好。**雄鳩之鳴逝兮，**逝，往也。余猶惡其佻巧。言又使雄鳩銜命而往，其性輕佻巧利，多語而無要實，復不可信也。**心猶豫而狐疑兮，欲自適而不可。**適，往也。言己令鴆為媒，其心讒賊，以善為惡。又使雄鳩，多言少實，故中心狐疑猶豫。意欲自往，禮又不可也。**鳳皇既受詒兮，恐高辛之先我。**高辛，嚳有天下號也。帝繫曰：高辛氏為帝嚳，次妃有娀氏女，生契。言己既得賢智之人若鳳皇，受禮遺，將[32]恐帝嚳以先我得簡狄也。**欲遠集而無所止兮，聊浮遊以逍遙。**言己既求簡狄，復後高辛。欲遠集他方，又無所之。故且遊戲觀望，以忘憂也。**及少康之未家兮，留有虞之二姚。**少康，夏后相之子也。有虞，國名也。姓姚氏，舜後也。昔寒浞使澆殺夏后相，少康逃奔有虞。虞因妻以二女，而邑於綸，有田一成，有眾一旅，能布其德以收夏眾，遂誅滅澆，復禹舊績。屈原放至遠方之外，博求眾賢，索宓妃則不肯見，求簡狄又後高辛。少康留止有虞[33]而得二妃，以成顯功也。是不欲遠

---

29 注「來去相弃」　案：當依楚辭注「來」下有「違」字。各本皆脫。洪興祖本作「來復弃去」，殊誤。

30 注「偃蹇高意」　袁本、茶陵本「意」作「貌」。案：此尤本誤字。

31 注「鴆惡鳥也明有毒殺人」　案：「惡鳥」當依楚辭注作「運日」，此因五臣向注作「惡鳥」，不知者誤混善注。又「明」當依楚辭注作「羽」，亦不知者因形近誤之。各本誤皆同。

32 注「受禮遺將」　案：「將」下當依楚辭注有「行」字。各本皆脫。

33 注「少康留止有虞」　案：「少」上當依楚辭注有「幸若」二字。各本皆脫。

去貌[34]。**理弱而媒拙兮，**拙，鈍。**恐導言之不固。**言己欲效少康，留而不去，又恐媒人弱鈍，達言於君，不能堅固，復使回移。**時溷濁而嫉賢兮，好蔽美而稱惡。**再言時溷濁者，懷、襄二世不明[35]，故羣下好蔽中正之士，而舉邪惡之人。**閨中既邃遠兮，**小門謂之閨。邃，深也。**哲王又不寤。**哲，知也。寤，覺也。言君處宮殿之中，其閨邃遠，忠言難通，指語不達。自明智之王，尚不覺善惡之情，高宗殺孝己是已。何況不智之君，而以闇蔽，固其宜也。**懷朕情而不發兮，余焉能忍與此終古！**言我懷忠信之情，不得發用，安能久與此闇亂之君終古居乎？意欲復去也。

索瓊茅以筳篿兮，索，取也。瓊茅，靈草也。筳，小破竹也。楚人名結草折竹卜曰篿。筳音廷。篿音專。**命靈氛爲余占之。**靈氛，古明占吉凶者也。言己欲去則無所集，欲止則又不見用，憂懣不知所從，乃取神草竹筳結而折之，以卜去留，使明知靈氛，占其吉凶。**曰：兩美其必合兮，孰信脩而慕之？**靈氛言以忠臣而就明君，兩美必合。楚國誰能信明善惡，脩行忠直，欲相慕及者乎？己宜以時去之也。**思九州之博大兮，豈唯是其有女？**言我思念天下博大，豈獨楚國有君臣可止乎？**曰：勉遠逝而無疑兮，孰求美而釋女？何所獨無芳草兮，爾何懷乎故宇？**爾，女也。懷，思也。宇，居也。言何所獨無賢芳之君，何必思故居而不去也？此皆靈氛之詞。**時幽昧以眩曜兮，**眩曜，惑亂貌。**孰云察余之美惡？**屈原答靈氛曰：當時之君，皆暗昧惑亂，不知善惡。誰當察我之善情而用己乎？是難去之意。**人好惡其不同兮，惟此黨人其獨異。**黨，鄉黨，謂楚國也。言天下萬人之所好惡，其性不同，此楚國尤獨異也。**戶服艾以盈要兮，**艾，白蒿也。盈，滿也。**謂幽蘭其不可佩。**言楚人戶服白蒿，滿其要帶，以為芬芳；反謂幽蘭臭惡，為不可佩也。以言君親愛讒佞，憎遠忠直而不近也。**覽察草木其獨未得兮，**察，視也。**豈珵美之能當？**珵，美玉也。相玉書言：珵大六寸，其曜自照。言時人無能識臧否，觀視眾草尚不能別其香臭，豈

34 注「是不欲遠去貌」　案：「貌」當依楚辭注作「意」。各本皆誤。

35 注「懷襄二世不明」　袁本、茶陵本「世」作「葉」。案：二本是也。此亦善避諱改字。

當知玉之美惡乎？以為草木易別於禽獸，禽獸易別於珠玉，珠玉易別於忠佞。知人最難。**蘇糞壤以充幃兮**，蘇，取也。充，滿也。壤，土也。幃謂之幐。幐，香囊也。**謂申椒其不芳。**言取糞土以滿香囊，佩而帶之，反謂申椒臭而不香。言近小人而遠君子也。

欲從靈氛之吉占兮，心猶豫而狐疑。言己欲從靈氛勸去之占，則心狐疑。念楚國也。**巫咸將夕降兮**，巫咸，古神巫也，當殷中宗之世降下也。**懷椒糈而要之。**椒，香物，所以降神。糈，精美[36]，所以享神。言巫咸將夕從天上下來，願懷椒糈要之，使筮吉凶。**百神翳其備降兮，九疑繽其並迎。**翳，蔽也。繽，盛貌也。九疑，舜所葬也。言巫咸得己椒糈，則將百神蔽日來下，舜又使九疑之神紛然近我[37]。知己之意[38]。**皇剡剡其揚靈兮**，皇，皇天也。剡剡，光貌。**告余以吉故。**言皇天揚其光靈，使百神告我當去，尤吉善也[39]。**曰：勉升降以上下兮**，勉，強也。上謂君，下謂臣也。**求矩矱之所同。**矩，法也。矱，於縛切，度也。言當自勉，上求明君，下索賢臣，與己合法度者，因與同志，共為化也。**湯禹儼而求合兮**，儼，敬也。合，匹也。**摯咎繇而能調。**摯，伊尹名，湯臣也。咎繇，禹臣也。調，和。言湯、禹至聖，猶敬承天道，求其匹合，得伊尹、咎繇，力能調和陰陽[40]，而安天下。**苟中情其好脩兮，何必用夫行媒。**行媒，諭左右之臣也。言臣能中心常好善[41]，則精感神明，賢君自舉用之，不必須左右薦達之。**說操築於傅巖兮**，說，傅說也。傅巖，地名。**武丁用而不疑。**武丁，殷之高宗也。言傅說抱懷道德而遇刑罰，操築

---

36 注「糈精美」　袁本、茶陵本「美」作「米」。案：此尤本誤字。

37 注「紛然近我」　茶陵本「近」作「迎」，是也。袁本亦誤「近」。案：楚辭注作「迎」。

38 注「知己之意」　袁本、茶陵本「意」作「志」。案：此尤本誤字。

39 注「告我當去尤吉善也」　何校改「尤」作「就」。陳云楚辭注作「就」為是。各本皆譌。

40 注「力能調和陰陽」　陳云「力」，「乃」誤，是也。楚辭注作「乃」。各本皆譌。

41 注「言臣能中心常好善」　袁本、茶陵本「臣」作「誠」。案：此尤本誤字。

作於傅巖。武丁思想賢者，夢得聖人，以其形像使求之，因得說，登以為公，道用大興，為殷高宗。呂望之鼓刀兮。呂，太公之氏姓也。鼓，鳴也。遭周文而得舉。言太公避紂，居東海之濱，聞文王作興，盍往歸之，至於朝歌，道窮困，自鼓刀而屠，遂西釣於渭濱。文王夢得聖人，於是出獵而遇之，遂載以歸，用為師。甯戚之謳歌兮，甯戚，衛人。齊桓聞以該輔。該，備也。甯戚脩德不用，退而商賈，宿齊東門外。桓公夜出，甯戚方飲牛[42]，叩角而歌。桓公聞之，知其賢，舉用為卿，備輔佐也。及年歲之未晏兮，晏，晚也。時亦猶其未央。央，盡也。言己所以汲汲欲輔佐君者，冀及年未晏晚，以成德化。然年時亦未盡若三賢之遭遇也。恐鷤鴂之先鳴兮，鷤鴂，一名買鵤，常以春分鳴也。鷤，弟。鴂，桂[43]。使百草爲之不芳。言我恐鷤鴂以先春分鳴，使百草華英摧落，芬芳不成。以喻讒言先，使忠直之士被罪過也。

何瓊佩之偃蹇兮，偃蹇，眾盛貌。眾薆然而蔽之。言我佩瓊玉，懷美德偃蹇，而眾人薆然而蔽之。傷不得施用也。惟此黨人之不亮兮，信，亮也。恐嫉妬而折之。言楚國之人，不尚忠信之行，恐妬我正直，欲必折挫而敗也。時繽紛其變易兮，又何可以淹留！言時俗溷濁，善惡變易，不可以久留，宜速去也。蘭芷變而不芳兮，荃蕙化而爲茅。荃、蕙，皆香草也。言蘭芷之草，變其體而不復香；荃蕙化而為茅，失其本性也。以言君子更為小人，忠信更為佞偽。何昔日之芳草兮，今直爲此蕭艾也。言往昔芬芳之草，今皆直為蕭艾而已。以言往日明智之士，今皆佯愚。豈其有他故兮，莫好脩之害也。言士人所以變直為曲者，以上不好用忠正之人，害其善士之故。余以蘭爲可恃兮，蘭，懷王少弟司馬子蘭也。恃，怙也。羌無實而容長。實，誠也。言我以子蘭能進賢達能。可怙而進。不意內無誠信之實，但有長大之貌，浮華而已。委厥美以從俗兮，委，弃也。苟得引乎眾

42 注「甯戚方飲牛」 茶陵本「飲」作「飯」，是也。袁本亦誤「飲」。案：楚辭注作「飯」。

43 注「鷤弟鴂桂」 袁本、茶陵本無此四字，有「弟」、「桂」二字音在正文下。案：二本乃五臣音也，詳此篇注中諸音切。蓋善既載王注，兼載舊音，今本改易刪削，多失其真，無以正之。此四字或善所有，恐當如「筳音廷」、「篿音專」之例，單行楚辭「鷤」作「鶗」，下載「舊音云，鶗，題音；鴂，決音」，文既互異，難以為證矣。

芳。言子蘭弃其美質正直之性，隨從諂佞，苟欲引於衆賢之位，而無進賢之心也。椒專佞以慢慆兮，椒，楚大夫子椒也。慆，淫也。榝又欲充其佩幃。榝，茱萸也，似椒而非。以喻子椒似賢而非賢也。幃，盛香之囊也。以喻親近。言子椒為楚大夫，處蘭芷之間，而行淫慢諂諛之志。又欲援引面從不賢之類，皆使居親近，無有憂國之心。責之也。既干進而務入兮，干，求也。又何芳之能祗？祗，敬也。言子蘭、子椒苟欲求進，自入於君，身得爵祿而已，復何能敬愛賢者而舉之乎。固時俗之從流兮，又孰能無變化？言時世俗人隨從上化，若水之流。二子復以諂諛之行，衆人誰有不變節而從之者乎？疾之甚也。覽椒蘭其若茲兮，又況揭車與江蘺[44]。言覽子椒、子蘭變節若此，豈況朝廷衆臣，而不為佞媚以容其身邪。惟茲佩之可貴兮，委厥美而歷茲。歷，逢也。茲，此也。言己內行忠正，外佩衆芳，此誠可貴，茲[45]不遭明君，棄其至美而逢此咎也。芳菲菲而難虧兮，虧，歇也。芬至今猶未沬。沬，已也。言己所行芬芳，誠難虧歇，至今猶未已也。和調度以自娛兮，聊浮游而求女。言我雖不見用，猶和調己之行度，執守忠貞以自娛樂，且徐浮游以求同志。及余飾之方壯兮，周流觀乎上下。上謂君，下謂臣也。言我願及年德方盛壯之時，周流四方，觀君臣之賢，欲往就之[46]。

靈氛既告余以吉占兮，歷吉日乎吾將行。言靈氛既告我以吉占，歷善日，吾將去君而遠行。折瓊枝以爲羞兮，羞，脯也。精瓊爢音糜以爲粻音張。精，鑿也。爢，屑也。粻，粮也。言我將行，乃折瓊枝以為脯腊，精鑿玉屑以為儲粻，飲食香絜，冀以延年也。爲余駕飛龍兮，雜瑤象以爲車。象，象牙也。言我駕飛龍，乘

---

44 「又況揭車與江蘺」 案：「蘺」當作「離」，上「扈江離」無「艹」，似不當歧異也。楚辭二字皆作「離」。洪興祖補注云文選「離」作「蘺」，謂五臣也。袁、茶陵二本正如此，但皆不著校語，蓋非。

45 注「此誠可貴茲」 袁本、茶陵本「茲」作「重」，是也。案：此尤本誤字。

46 注「言我願及年德方盛壯之時周流四方觀君臣之賢欲往就之」 袁本、茶陵本無此二十四字。案：此尤延之據楚辭注添之，詳文義，當是二本脫也。

明知之獸，載象玉之車，文章雜錯。以言德似龍玉而世俗莫識也。何離心之可同兮，吾將遠逝以自疏。言賢愚異心，何可合同。知君與己殊志，故將遠去，自疏而流遁也。邅吾道夫崑崙兮，邅，轉也。楚人名轉為邅。路脩遠以周流。言己設去楚國遠行，乃轉至崑崙神明之山。其路長遠，周流天下，以求同志。揚雲霓之晻藹兮[47]，揚，披也。晻藹，蓊鬱陰貌。鳴玉鸞之啾啾。鸞，鸞鳥也。以玉作之，著於衡，和著於軾。啾啾，鳴聲。言從崑崙將遂升天，披雲霓之蓊鬱，排羣佞之黨羣，鳴玉鸞之啾啾，而有節度也。朝發軔於天津兮，天津，東極箕斗之間，漢津也。夕余至乎西極。言己朝發天之東津，萬物所生；夕至地之西極，萬物所成。動順陰陽之道，且亟疾也。鳳皇翼其乘旂兮，翼，敬也。旂，旗也。畫龍蛇為旂。高翱翔之翼翼。翼翼，和貌也。言己動順天道，則鳳皇來隨我車。敬乘旂旗，高飛翱翔，翼翼而和。嘉忠正，懷有德也。忽吾行此流沙兮，流沙，沙流如水也。尚書曰：餘波入於流沙。遵赤水而容與。遵，循也。赤水，出崑崙。容與，遊戲貌也。言吾行忽然過此流沙，遂循赤水而遊戲。雖行遠方，動以清潔自洒飾也。麾蛟龍使梁津兮，舉手曰麾。小曰蛟，大曰龍。詔西皇使涉予。詔，告也。西皇，帝少皞也。涉，渡也。言我乃麾蛟龍以橋西海，使少皞渡我，動與神獸聖王相接。言能渡萬人之厄。路脩遠以多艱兮，艱，難也。騰眾車使徑待。騰，過也。言崑崙之路險阻多難，非人所能由。故令眾車先，使從邪徑以相待也。以言己所行車，遠莫能及。路不周以左轉兮，不周，山名，在崑崙山西北。轉，行也。指西海以為期。指，語也。期，會也。言己使語眾車，我所行之道，當過不周山而左行，俱會西海之上也。過不周者，言道不合於俗也。左轉者，言君行左乖，不與己同志也。屯余車其千乘兮，屯，陳也。齊玉軑音大而並馳。軑，轄也。言乃屯陳我車，前後千乘，齊以玉為車轄，並馳左右，從己者眾，皆有玉德，宜輔千乘之君。駕八龍之婉婉兮，婉婉，龍貌。載雲旗之委移。言己駕八龍神智之獸，其狀

---

47 「揚雲霓之晻藹兮」 茶陵本「揚」下有「志」字，校語云五臣無。袁本校語云逸有。案：二本非也，楚辭無，此尤延之校改正之。洪興祖云一本「揚」下有「志」字，即指袁、茶陵校語所見而言，實誤本也。

婉婉；又載雲旗，委移而長也。駕八龍者，言己德如龍，可制御八方也。載雲旗者，言己德如雲雨，能潤施。**抑志而弭節兮，神高馳之邈邈。**邈邈，遠貌也。言己雖乘雲龍，猶自抑案，弭節徐行，高抗志行，邈邈而遠，莫能逮及。**奏九歌而舞韶兮，**九歌，九德之歌，禹樂也。九韶，舜樂也。尚書曰：簫韶九成。是也。**聊假日以媮樂。**言己德高智明，宜輔舜、禹以致太平，奏九德之歌、九韶之舞。而不遇其時，故假日游戲媮樂而已。**陟升皇之赫戲**平聲[48]**兮，**皇，皇天也。赫戲，光明之貌。**忽臨睨**五計**夫舊鄉。**睨，視也。舊鄉，楚國也。言己雖陟崑崙，過不周，度西海，舞九韶，升天庭，據光曜，不足以解憂；猶復顧楚國，愁且思也。**僕夫悲余馬懷兮，**僕，御也。懷，思也。**蜷**奇員**局顧而不行。**蜷局，詰屈不行貌也。屈原設去時離俗，周天帀地，意不忘舊鄉。望見楚國，僕御悲感，我馬思歸，蜷局詰屈而不肯行。此終志不失，以辭自見，以義自明也。

亂曰：亂，理也，所以發理詞指，總撮行要也。屈原舒肆憤懣，極意陳詞，或去或留，文采紛華，然後結括一言，以明所趣。**已矣哉！國無人莫我知兮，**已矣，絕望之詞也。無人，謂無賢人也。屈原言已矣者，我懷德不見用，以楚國無有賢人知我忠信之故也。自傷之詞也。**又何懷乎故都！**言眾人無有知己，己復何為思故鄉，念楚國也。**既莫足與為美政兮，吾將從彭咸之所居。**言時世人君無道，不足與共行美德善政，我將自沈汨淵，從彭咸而居處也。

---

48 注「平聲」　袁本、茶陵本無「聲」字。案：此疑是五臣音，單行楚辭亦不載。凡音之在正文下者，均非善舊。蓋合併六家，每因正文下已有五臣刪削注中之善，而善與五臣始糾錯不分。逮後單行善本，又於正文下音多所刪削，於是或真善音以改易其處而被去，或非善音而刪削不及則仍存，均難以一一考之矣。全書袁、茶陵音與尤每不同者，此其大概也。為之舉例，不更悉論云。

九歌四首

序曰：九歌者，屈原之所作也。昔楚南郢之邑，其俗信鬼而好祠。其祠必作樂鼓舞，因為作九歌之曲，託之以諷諫也。

屈平　王逸注

東皇太一

吉日兮辰良，日，謂甲乙；辰，謂寅卯也。**穆將愉兮上皇。**穆，敬也。愉，樂也。上皇，謂東皇太一也。言己將脩祭祀，必擇吉辰之日[49]，齊戒恭敬，以宴樂天神。**撫長劍兮玉珥，**撫，持也。珥，謂劍鐔也。劍者，所以威不服，衛有德，故撫持之也。**璆鏘鳴兮琳琅。**璆、琳琅，皆美玉名也。鏘，佩聲也。詩曰：佩玉鏘鏘。言己供神有道，乃使靈巫佩持好劍，以辟邪惡；垂眾佩，周旋而舞動，鳴五玉，鏘五音而和，且有節度。**瑤席兮玉瑱，盍將把兮瓊芳？**盍，何不也。把，持也。瓊，玉枝也。言己脩飾清潔，以瑤玉為席，美玉為瑱。靈巫何不持乎？乃把玉枝以為香。**蕙肴蒸兮蘭藉，**蕙肴，以蕙草蒸肉也。藉，所以藉飯食也。易曰：藉用白茅。**奠桂酒兮椒漿。**桂酒，切桂以置酒中也。椒漿，以椒置漿中也。言己供待彌敬，及以蕙蒸肴，芳蘭為藉，進桂酒椒漿，以備五味也。**揚枹兮拊鼓，**拊，擊也。**疏緩節兮安歌，**疏，希也。言膳既具，不敢寧處，親舉枹擊鼓，使靈巫緩節而舞，徐歌相和，以樂神也。**陳竽瑟兮浩倡。**浩，大也。言己陳列竽瑟，大倡作樂，以自竭盡也。**靈偃蹇兮姣服，**靈，謂巫也。偃蹇，舞貌也。姣，好也。服，飾也。**芳菲菲兮滿堂。**菲菲，芳貌也。言乃使姣好之巫，被服盛飾，舉足奮袂，偃蹇而舞，芬芳菲菲，盈滿堂室也。**五音紛兮繁會，**五音，宮、商、角、徵、羽也。紛，盛貌也。繁，眾也。**君欣欣兮樂康。**欣欣，喜貌。康，樂也。言己重作眾樂，合會五音，紛然盛美，神以歡欣，猒飽喜樂，則身蒙慶祐，家受多福也。屈原以為神無形聲，難事易失。然人竭心盡禮，則歆其祀而惠降以祉，自傷履行忠誠，以事於君，不見信任，而身放逐，以危殆也。

---

[49] 注「必擇吉辰之日」　何校「辰」改「良」。案：楚辭注作「良」，何據之，是也。各本皆譌。

雲中君

浴蘭湯兮沐芳，華采衣兮若英。華采，五色也。若，杜若也。言己將脩饗祭以事靈神，乃先使靈巫先浴蘭湯，沐香芷，衣五采華衣，飾以杜若之英，以自絜飾。靈連蜷巨員反兮既留，靈，巫也。楚人名巫為靈子。連蜷，巫迎神道引貌也。既，已也。留，止也。爛昭昭兮未央。爛，光貌也。昭昭，明貌也。未央，未已也。巫執事肅敬，奉迎導引神，顏貌矜莊，形體連蜷。神則歡喜，安留見止。見其光容，爛然昭明，長無極已。蹇將憺兮壽宮，蹇，詞也。憺，安也。壽宮，供神之處也。祠祀皆欲得壽，故名為壽宮也。言雲神既至，在於壽宮，歆饗酒食，憺然安樂，無有去意也。與日月兮齊光。齊，同也。光，明也。言雲神豐隆，爵位尊高，乃與日月同光明也。夫雲興而日月暗，雲藏而日月明，故言齊光也。龍駕兮帝服，龍駕，言雲神駕龍。帝，謂五方之帝也。服，飾也。言天尊雲神，使之乘龍。兼衣，言青黃五采之色[50]，與五方帝同服也。聊翺游兮周章。聊，且也。周章，猶周流也。言雲神居無常處，動則翺翔周流往來，且游且翺也。靈皇皇兮既降，靈，謂雲神也。皇皇，美貌也。降，下也。言神來下，其皇皇而美有光文也。猋遠舉兮雲中。猋，去疾貌。雲中，其所居也。言雲神往來急疾，飲食既飽，猋然遠舉，復還其處。覽冀州兮有餘，覽，望也。兩河間曰冀州。餘，猶他方也。言雲神所在高邈，乃望於冀州，尚復見他方也。橫四海兮焉窮。窮，極也。言雲神出入奄忽，須臾之間，橫行四海，安有窮極者也。思夫君兮太息，君，謂雲神。極勞心兮𢥞𢥞。𢥞𢥞，憂心貌也。屈原見雲一動千里，周徧四海，想得隨從，觀望四方以忘己憂。思而念之，終不可得。故太息而歎，中心煩勞而𢥞𢥞。

湘君

君不行兮夷猶，君，謂湘君也。夷猶，猶豫也。言湘君所在，土地肥饒，又有嶮岨，故其神常安，不肯遊蕩。既

50 注「兼衣言青黃五采之色」 案：當依楚辭注去「言」字。各本皆衍。

設祭祀，使巫請呼之，尚復猶豫。**蹇誰留兮中洲？**蹇，詞也。留，待也。中洲，洲中也。水中可居者為洲。言湘君蹇然難行，誰留待於水中之洲乎？以為堯二女妻舜，有苗不服，舜往征之，二女從而不反，道死於沅、湘之中，因為湘夫人也。所留蓋謂此二女。**美要眇兮宜脩，**要眇，好貌也。脩，飾也。言二女之貌，要眇而好，又宜脩飾也。**沛**普賴**吾乘兮桂舟。**沛，行貌也。舟，船也。吾，屈原自謂也。言己雖在湖澤之中，猶乘桂木之船，沛然而行。**令沅湘兮無波，**沅、湘，水名。**使江水兮安流。**言己乘船常恐危殆，願君令沅、湘無波涌，使江順徑徐流，則得安也。**望夫君兮歸來**[51]**，**君，謂湘君。**吹參差兮誰思！**參差，洞簫也。言己瞻望於君而未肯來，則吹簫作樂，君當復誰思念？**駕飛龍兮北征，**屈原思神略垂[52]，意念楚國，駕飛龍北行，還亟歸故居也。**邅吾道兮洞庭。**邅，轉也。洞庭，太湖也。言己欲乘龍而歸，不敢隨從大道，願轉江湖之側，安委曲之徑，欲急至也。**薜荔拍兮蕙綢，**薜荔，香草也。拍，搏壁也。綢，縛束也。詩曰：綢繆束楚。**承荃橈兮蘭旌**[53]**。**荃，香草也。橈，小楫也。屈原言己居家則以薜荔搏飾四壁，蕙草縛屋；乘舟船則以荃為楫櫂，蘭為旌旆，動以香絜自脩飾。**望涔陽兮極浦，**涔陽者，江碕名也。近附郢。極，遠也。浦，涯水也。**橫大江兮揚靈。**靈，精誠也。屈原思念楚國，願乘輕舟，上望江海之遠浦，附郢之碕，以泄憂念。橫度大江，揚己精誠，冀能感寤懷王，使還己也。**揚靈兮未極，**極，已也。**女嬋媛兮爲余太息。**女，謂女嬃也，屈原姊也。嬋媛，猶牽引也。言己遠揚精神，雖欲自竭盡，終無從達。故女嬃牽引責之，數為己太息悲毒，欲使屈原改性易行，隨風俗也。**橫流涕**

---

[51] 「望夫君兮歸來」 袁本「歸」作「未」，云逸作「歸」。茶陵本云五臣作「未」。案：各本所見皆非也。詳逸注「言己瞻望於君而未肯來」，是逸作「未」，不作「歸」，但傳寫誤耳。楚辭作「未」，洪興祖云「未」一作「歸」，亦非。

[52] 注「屈原思神略垂」 案：「垂」當依楚辭注作「畢」，讀於「畢」字句絕。各本皆誤。少司命「悲莫悲兮」句注亦有此語，可證。

[53] 「承荃橈兮蘭旌」 案：「承」，衍字也，楚辭無。洪興祖補注云諸本或去「乘荃橈」，「乘」一作「承」，或云「采」，皆後人增。其說是也。因逸注有「乘舟船」之語，誤添正文耳。後又作「承」，即此本：又作「采」，即五臣本也。袁本云逸作「承」。茶陵本云五臣作「采」。據所見為校語，非。

兮潺湲，潺湲，流貌也。屈原感女嬃之言，亦欲變節，而意不能改，內自悲傷，涕泣橫流。隱思君兮陫符沸側。君，謂懷王也。陫，陋也。言己雖見放弃，隱伏山野，猶從側陋之中，思念君也。桂櫂兮蘭枻，櫂，楫也。枻，船傍板。斲冰兮積雪。斲，斫也。言己乘船，遭天盛寒，舉其楫斲斫冰凍，紛然如積雪。言己勤苦。采薜荔兮水中，搴芙蓉兮木末。搴，手取也。芙蓉，荷華也，生水中。屈原言己執忠信之行，以事於君，其志不合，猶入池涉水而求薜荔，登山緣木而采芙蓉，固不可得。心不同兮媒勞，言婚姻所好，心意不同，則媒人疲勞而無功也。屈原自喻行與君異，終不可合，亦疲勞而已。恩不甚兮輕絕！言人交接初淺，恩不甚篤，則輕相與離絕也。言己與君同姓共祖，無離絕之義。石瀨兮淺淺音棧，瀨，湍也。淺淺，流疾貌。飛龍兮翩翩。屈原憂愁，俯視川水，見石瀨淺淺，疾流而下，將有所至。仰見飛龍翩翩而上，將有所登。自傷弃在草野，終無所登至也。交不忠兮怨長，交，友也。忠，厚也。朋友相與不厚，則長相怨恨也。言己執履忠貞，雖獲罪過，不敢怨恨於眾人。期不信兮告余以不閒。閒，暇也。言君常與己期，欲共為治。後以讒言之故，更告我以不閒暇，遂以疏遠。朝騁騖兮江皋，朝，以喻己盛也。澤曲曰皋。言己願及朝，明己年盛時，任重馳騁，以行道德。夕弭節兮北渚。弭，安也。渚，水涯也。夕以喻衰，言日夕將暮，己已衰老，弭情安意，終於草野。鳥次兮屋上，次，舍也。過信為次。水周兮堂下。周，旋也。言己所居在湖澤之中，眾鳥舍止我之屋上，流水周旋己之堂下。自傷與鳥獸魚為伍。捐余玦兮江中，玦，玉佩也，先王所以命臣之瑞也。故與環卽還，與玦卽去也。遺余佩兮澧浦。遺，離也。佩，瓊琚之屬也。言己雖見放逐，常思念君，設欲遠去，猶捐玦佩置於水涯，冀君求己，示有還意。采芳洲兮杜若，芳洲，香草叢生水中之處。將以遺兮下女。遺，與也。女，陰也，以喻臣。謂己之儔匹也。言己願於芳芬絕異之洲，采取杜若以與貞正之人，思與同志，終不更變。時不可兮再得，言日不再中，年不再盛也。聊逍遙兮容與。逍遙，游戲也。言天時不再至，人年不再盛，己既老矣，不遇於時，聊且逍遙而游，容與而戲，以待天命之至也。

湘夫人

帝子降兮北渚，帝子，謂堯女也。降，下也。言堯二女娥皇、女英，隨帝不反，墮於湘水之渚，因為湘夫人。目眇眇兮愁予。眇眇，好貌也。予，屈原自謂也。堯二女儀德美好，眇然絕異，又配帝舜，而乃沒命水中。屈原自傷，不遭值堯而遇暗君，亦將沈身湘流，故曰愁我也。嫋嫋兮秋風，嫋嫋，秋風搖木貌。洞庭波兮木葉下。言秋風疾則草木搖，湘水波而樹葉落矣。以言君政急則眾人愁而賢者傷矣。登白薠兮騁望，薠，草，秋生。騁，平也。與佳期兮夕張。佳期，謂湘夫人也。不敢指斥尊者，故言佳也。張，施也。言己願以始秋薠草初生望平之時，脩設祭具，夕早洒掃，張施帷帳，與夫人期歆饗之也。鳥萃兮蘋中[54]，萃，集也。罾何爲兮木上？罾，魚網也。夫鳥當集木巔而言草中，罾當在水中而言木上。以喻所願不得，失其所也。沅有芷兮澧有蘭，言沅水之中，有盛茂之芷，澧水之外，有芬芳之蘭，異於眾草。以興湘夫人美好，亦異於眾人。思公子兮未敢言。公子，謂湘夫人也。重以卑說尊，故變言公子也。言己想若舜之遇二女。二女雖死，猶思其神。所以不敢達言者，士當須介，女當須媒也。慌忽兮遠望[55]，觀流水兮潺湲。言神鬼荒忽，往來無形。近而視之，彷佛若存；遠而望之，但見水流潺湲也。麋何爲兮庭中，麋，獸名。蛟何爲兮水裔？蛟，龍類也。言麋當在山林而在庭中，蛟當在深淵而在水涯，以言小人當處野而升朝廷，賢者當居尊官而為僕隸。朝馳余馬兮江皋，夕濟兮西澨。濟，渡也。澨，水涯。自傷驅馳不出湖澤之域。聞佳人兮召予，予，屈原

---

54 「鳥萃兮蘋中」　何校「萃」上添「何」字，陳同。案：楚辭有「何」字。又洪興祖云一本「萃」上有「何」字，何、陳據之也。袁、茶陵本皆無，洪興祖本楚辭亦無。此仍當各依其舊，不必添也。

55 「慌忽兮遠望」　案：「慌」當作「荒」，詳逸注云「言神鬼荒忽」。各本皆作「荒」，是善作「荒」也。袁、茶陵二本正文作「慌」，所載五臣向注字同，是五臣作「慌」也。單行楚辭作「慌惚」，下載「舊校一作荒忽」。洪興祖本作「荒忽」，云「荒一作慌」，「忽一作惚」，「荒」、「慌」同字。但既善「荒」，五臣「慌」，便屬分別，不因同字而可相亂也。凡善、五臣之所謂異，皆準此例矣。

自謂也。**將騰駕兮偕逝。**偕，俱也。逝，往也。屈原幽居草澤，思神念鬼，冀湘夫人有命呼己，則願騰駕而往，不待侶偶也。**築室兮水中，葺之兮以荷蓋。**屈原困於世上，願築室水中，託附神明而居處也。**荃壁兮紫壇，**以荃草飾室壁，累紫貝為壇。**播芳椒兮成堂。**布香椒於堂上。**桂棟兮**以桂木為屋棟。**蘭橑，**以木蘭為榱。**辛夷楣兮**辛夷，香草。以作戶楣。**葯房。**葯，白芷也。房，室也。**罔薜荔兮爲帷，**罔，結也。結薜荔為帷帳。**擗蕙櫋兮既張。**擗，折也[56]。以折蕙覆櫋屋。**白玉兮爲鎭，**以玉鎭坐席。**疏石蘭以爲芳[57]。**石蘭，香草。疏，布陳也。**芷葺兮荷屋，**葺，蓋屋也。**繚之兮杜衡。**繚，縛束也。杜衡，香草也。**合百草兮實庭，**合百草之華以實庭也。**建芳馨兮廡門。**馨，香之遠聞者也。積之以為門廡也。屈原生遭濁世，憂愁困極，意欲隨從鬼神，築室水中，與湘夫人比鄰而處。然猶積眾芳以為殿堂，脩飾彌盛，行善彌高也。**九嶷繽兮並迎，**九嶷，山名。舜所葬也。**靈之來兮如雲。**言舜使九嶷之山神繽然來迎二女，則百神侍送，眾多如雲。**捐余袂兮江中，**袂，衣袖也。**遺余褋兮澧浦。**褋，襜襦也。屈原設託與湘夫人共鄰處，舜復迎之而去。窮困無所依，故欲捐棄衣物，裸身而行，將適九夷也。**搴汀洲兮杜若，**汀，平也。**將以遺兮遠者。**遠者，謂高賢隱士也。言己雖欲之九夷絕域之外，猶求高賢之士，采平洲香草以遺之，共與修道德也。**時不可兮驟得，**驟，數也。**聊逍遙兮容與！**言富貴有命，天時難值，不可數得，聊且游戲，以盡年壽也。

---

56 注「擗折也」 茶陵本「折」作「析」，是也。袁本亦誤「折」，下同。

57 「疏石蘭以為芳」 何校「以」改「兮」。案：楚辭「以」作「兮」，何據之也。袁本「兮」「以」兩有，云逸無「兮」。茶陵本云五臣有「兮」。據所見為校語也。洪興祖云一本「兮」下有「以」字，即五臣本。一云「疏石蘭以為芳」，即此本。

卷第三十三

騷下

九歌二首

屈平　王逸注

少司命

秋蘭兮蘼蕪，羅生兮堂下。言己供神之室，閑而清靜，眾香之草，又環其堂下，羅列而生。誠司命君所宜幸集也。綠葉兮素華，芳菲菲兮襲予。襲，及也。予，我也。言芳草茂盛，吐葉垂華，芳香菲菲，上及我也。夫人自有兮美子，夫人，謂萬民也。蓀何以兮愁苦！蓀，謂司命也。言天下萬民，人人自有子孫，司命何為主握其年命而用思愁苦？秋蘭兮青青，綠葉兮紫莖。言己事神崇敬，重種芳草，莖葉五色，香益暢也。滿堂兮美人，忽獨與余兮目成。言萬民眾多，美人並會，盛滿於堂，而司命獨與我睨而相視，成為親親也。入不言兮出不辭，言神往來奄忽，入不語言，出不訣辭，其志難知也。乘回風兮載雲旗。言司命之去，乘風載雲，其形貌不可得見。悲莫悲兮生別離，屈原思神略畢，憂愁復出，乃長歎曰：人居世悲哀，莫痛與妻子生別離。傷己當之也。樂莫樂兮新相知。言天下之樂，莫大於男女始相知之時也。屈原言己無新相知之樂，而有生離之憂。荷衣兮蕙帶，儵而來兮忽而逝。言司命被服香淨，往來奄忽，難當值也。夕宿兮帝郊，帝，謂天帝。君誰須兮雲之際？言司命之去，暮宿於天帝之郊，誰待於雲之際乎？幸其有意而顧己。與汝遊兮九河，衝飆起兮水揚波[1]。與汝沐兮咸池。咸池，星名也。蓋天池。晞汝髮兮陽之阿。晞，乾也。詩云：匪陽不晞。阿，曲阿。日所行也。言己願託司命，俱沐咸池，乾髮陽阿，齋戒絜己，冀蒙天祐也。望美人兮未來，美人，謂司命也。臨風怳兮浩歌。怳，失意貌也。言己思望司命而未肯來，臨疾風而大歌，冀神聞之而來至也。孔蓋兮翠旌。言司命以孔雀之翅為車蓋，翡翠之羽為旌旗。言殊飾也。登九天兮撫彗星。九天，八方中央也。言司命乃昇九天之上，撫持彗星，欲掃除邪惡輔仁賢也。竦長劍兮擁幼艾，竦，執也。幼，少也。艾，長也。言司命持長劍以誅絕惡，擁護萬人，長少使各得其命。荃獨宜兮爲民正。言司命執心公方，無所阿私，善者佑之，惡者誅之。故宜為萬民之正。

山鬼

若有人兮山之阿，有人，謂山鬼也。阿，曲隅也。被薜荔兮帶女蘿。女蘿，菟絲也。言山鬼彷彿若人，見山之阿，被薜荔之衣，以菟絲為帶也。薜荔、菟絲，皆無根，緣物而生，山鬼亦奄忽無形，故衣之以為飾也。既含睇兮又宜笑，睇，微盻也[2]。言山鬼之狀，體含妙容，美目盻然，又好口齒而宜笑。子慕予兮善窈窕。子，謂山鬼也。窈

---

1 「與汝遊兮九河衝飆起兮水揚波」　何校云洪興祖謂此二句河伯章中語，王逸無注，古本無此二句。陳同。案：其說是也。詳五臣濟有解「九河衝飆」之注，是其本有此二句，各本所見皆以五臣亂善而誤衍，又失著校語也。楚辭亦衍，或即五臣之所本，要以古本無為是。

2 注「睇微盻也」　茶陵本「盻」作「眄」，袁本作「盼」。案：楚辭作「眄」，「眄」字是也。下「美目盻然」，各本及楚辭皆作「盼」，非。洪興祖引說文「南楚謂眄曰睇，眄，眠見切」，可證。逸以「眄」注「睇」，二字俱當作「眄」，與詩「美目盼兮」無涉。洪於下又引詩者，所見已誤下「眄」為「盼」耳。七啓「睇眄流光」注引此，亦其證。

窕，好貌也。詩云：窈窕淑女。言山鬼之貌既以姱麗，亦復慕我有善行好姿，是故來見其容也。乘赤豹兮從文貍，辛夷車兮結桂旗。辛夷，香草也。言山鬼出入乘赤豹，從神貍，結桂與辛夷以為車旗。言有香絜也。被石蘭兮帶杜衡，石蘭、杜衡，皆香草也。折芳馨兮遺所思。所思，謂清絜之士，若屈原者也。言山鬼脩飾眾香以崇其神。屈原履行清絜以厲其身。神人同好，故折香馨相遺，以同其志也。余處幽篁兮終不見天，言山鬼所處，乃在幽昧之內，終不見天地，所以來出，歸有德也。或曰：幽篁，竹林。路險難兮獨後來。言所處既深，其路阻險又難，故來晚暮，後諸神。表獨立兮山之上，表，特也。言山鬼後到，特立於山之上而自異也。雲容容兮而在下。杳冥冥兮羌晝晦，言山鬼所在至高，雲出其下，雖白晝猶冥晦。東風飄兮神靈雨。飄，風貌也。詩云：匪風飄兮。言東風飄然而起，則靈應之而雨。以言陰陽相感，風雨相和。屈原自傷獨無和也。留靈脩兮憺忘歸，靈脩，謂懷王也。歲既晏兮孰華予！晏，晚也。孰，誰也。言己宿留懷王，冀其還己，心中憺然，安而忘歸，年歲晚暮，將欲疲老，誰當復使我榮華也。采三秀兮於山間，三秀，謂芝草也。石磊磊兮葛蔓蔓。言己欲服芝草以延年命，周旋山間，采而求之，終不能得。但見山石磊磊，葛草蔓蔓。或曰：三秀，秀才之士隱處者也。言石葛者，喻所在深也。怨公子兮悵忘歸，公子，謂公子椒也。言所以怨公子椒者，以其知己忠信而不肯達。故我悵然失志而忘歸也。君思我兮不得閒。言懷王時思念我，顧不肯以閒暇之日，召己謀議。山中人兮芳杜若，山中人，屈原自謂也。飲石泉兮蔭松柏。言己雖在山中無人之處，猶取杜若以為芬芳，飲石泉之水，蔭松柏之木。飲食居處，動以香絜自脩飾。君思我兮然疑作。言懷王有思我時，然讒言妄作，故令狐疑者也。雷填填兮雨冥冥，猨啾啾兮狖夜鳴。風颯颯兮木蕭蕭，言己在深山之中，遭雷電暴雨，猨號狖呴[3]，風木搖動，以言恐懼失其所也。或曰：雷為諸侯，以興於君。雲雨冥昧，以興佞臣。猨狖善

[3] 注「猨號狖呴」 案：「號狖」當依楚辭注作「狖號」。袁、茶陵二本作「猴號」。考楚辭「狖夜鳴」。洪興祖本「狖」作「又」，云「又」一作「狖」。然則作「狖」之本，此注則云「猨狖號呴」；作「又」之本，此注則云「猨猴號呴」也。下注「猨狖善鳴」，亦當然。袁本正文作「又」，茶陵本正文作「狖」，蓋善「狖」、五臣「又」而不同，二本失著校語。此及下

鳴，以興讒言。風以喻政，木以喻人。雷填填者，君妄怒也。雨冥冥者，羣佞聚也。猨啾啾者，讒夫弄口也。風颯颯者，政煩擾也。木蕭蕭者，民驚駭也。**思公子兮徒離憂。**言己怨子椒不見達，故遂憂愁。

九章

序曰：九章者，屈原之所作也。屈原放江南之野，故復作九章。章，著也，明也。言己所陳忠信之道甚明著也。

屈平　王逸注

涉江

余幼好此奇服兮，奇，異也。或曰：奇服，好服也。**年既老而不衰。**衰，懈也。己少好奇偉之服，履忠直之行，至老不懈。**帶長鋏之陸離兮，**長鋏，劍名也。其所握長劍，楚人名曰長鋏也。**冠切雲之崔嵬。**崔嵬，高貌也。言己內修忠信之志，外帶長利之劍，戴崔嵬之冠，其高切青雲也。**被明月兮佩寶璐。**在背曰被。寶璐，美玉也。言己背被明月之珠，腰佩美玉，德寶兼備，行度清白。**世溷濁而莫余知兮，**溷，亂也。濁，貪也。**吾方高馳而不顧。**言時世貪亂，遭君蔽闇，無有知我之賢，然猶高行抗志，終不回曲也。**駕青虬兮驂白螭，**言虬螭神獸，宜於駕乘。以喻賢人清白，宜可信任也。**吾與重華遊兮瑤之圃。**重華，舜名也。瑤，石次玉也。圃，園也。言己想侍虞舜遊玉圃，猶言遇聖帝，升清朝也。**登崑崙兮食玉英，**猶言坐明堂，受爵位。**與天地兮比壽，與日月兮齊光。**言己年與天地相敝，名與日月同曜也。**哀南夷之莫吾知兮，**屈原怨毒楚俗嫉害忠貞，乃曰：可哀哉，南夷之人無知我賢者也。**旦余濟兮江湘**[4]**。**旦，明也。濟，度也。言己遭放棄，以明旦時始去，遂渡江、湘之水。言明旦之者[5]，紀

俱作「猴」，非。

4 「旦余濟兮江湘」　案：「兮」當作「乎」，此尤本誤字。袁本、茶陵本、楚辭皆可證。

5 注「言明旦之者」　案：當依楚辭注去「之」字。各本皆衍。

時明，刺君不明也。乘鄂渚而反顧兮，乘，登也。鄂渚，地名也。欸秋冬之緒風。欸，歎也。緒，餘也。言己登鄂渚高岸，還望楚國，嚮秋冬北風，愁而長歎之，中憂思也。步余馬兮山皋，邸余車兮方林[6]。邸，舍也。方林，地名。言我馬壯強，行山皋，無所驅馳；我車堅牢，捨於方林[7]，無所載任也。以言己才德方壯，誠可任用，棄在山野，亦無所施也。乘舲船余上沅兮，舲船，船有窗牖者也。齊吳榜以擊汰。吳榜，船櫂也。汰，水波。言己始去乘窗船西上沅、湘之水，士卒齊舉大櫂而擊水波。自傷去朝堂之上，而入湖澤之中也。或曰：齊悲歌，言愁思也。船容與而不進兮，淹回水而疑滯。疑，惑也。滯，留也。言士眾雖同力引櫂，船猶不進，隨水流，使己疑惑，有意還之者也。朝發枉渚兮，枉渚，地名。夕宿辰陽。辰陽，亦地名。言己乃從枉渚，宿辰陽，自傷去日遠也。或曰：枉，曲也。渚，沚也。辰，時也。陽，明也。言己將去枉曲之俗，而處時明之鄉。苟余心其端直兮[8]，苟，誠也。雖僻遠之何傷！僻，左也。言我惟行正直之心，雖在遠僻之域，猶有善稱。無害疾也。故論語曰：子欲居九夷也。入漵浦余儃佪兮，漵，水名也。迷不知吾之所如。迷，惑也。如，之也。言己思念楚國，雖循水涯，意猶迷惑不知所之。深林杳以冥冥兮，草木茂盛。乃猿狖之所居。非賢士之道徑。山峻高以蔽日兮，言嶮岨危傾也。下幽晦以多雨。言暑濕泥濘也。霰雪紛其無垠兮，涉冰凍之盛寒。雲霏霏而承宇。室屋沈沒，與天連也。或曰：日以喻君，山以喻臣，霰雪以喻殘賊，雲以象佞人。山峻高以蔽日者，謂臣掩君明也。下幽晦以多雨者，羣下專擅施恩惠也。霰雪紛其無

---

6 「邸余車兮方林」　袁本、茶陵本「邸」作「低」。案：楚辭作「低」，洪興祖本作「邸」，云「邸一作低」，補注以為「低」無「舍」義，非也。廣雅釋詁四「宿，次：低，施，舍也」。洪失之未考。袁、茶陵二本無校語。善引逸是「低」字，五臣亦同，尤延之乃改「邸」耳。

7 注「捨於方林」　案：「捨」當依楚辭注作「舍」。各本皆誤。

8 「苟余心其端直兮」　袁本云逸無「心」字。茶陵本五臣有「心」字。案：楚辭有「心」字。二本所見，蓋傳寫脫。此亦初無而尤脩改添之。

垠者，殘賊之政害仁賢也。雲霏霏而承宇者，佞人並進，滿朝廷也。哀吾生之無樂兮，遭遇讒佞，失官祿也。幽獨處乎山中。遠離親戚而斥逐也。吾不能變心而從俗兮，終不易志隨枉曲也。固將愁苦而終窮。愁思無聊，身困極也。接輿髡首兮，桑扈臝行。接輿，楚狂接輿也。髡，剔也。首，頭也。自刑體[9]，避世不仕也。桑扈，隱士也。去衣臝袒，效夷也。言屈原不容於世，引比隱者以自慰。忠不必用兮，賢不必以。以，亦用也。伍子逢殃兮，伍子，伍子胥也。為吳王夫差臣，諫令伐越，夫差不聽，遂賜劍而自殺。後越竟滅吳。故逢殃也。比干菹醢。比干，紂之諸父也。紂淫惑妲己，作糟丘酒池長夜之飲，斮朝涉，剖孕婦，比干正諫，紂怒，妲己曰：聖人之心有七孔。於是乃殺比干，剖其心而觀之。故言菹醢也。與前世而皆然兮，謂行忠直而遇患害，若比干、子胥也。吾又何怨乎今之人！言自古有迷亂之君，若紂、夫差，不用忠信，滅國忘身，當何為復怨今之君乎？余將董道而不豫兮，董，正也。豫，猶豫也。言己雖見先賢執忠被害，猶正身直行，志不猶豫而有狐疑也。固將重昏而終身。昏，亂也。言己不逢明君，思慮交錯，心將重亂以終年命。

卜居

屈平　王逸注

序曰：卜居者，屈原之所作也。原放棄，乃往太卜之家，卜己居俗，何所宜行。

屈原既放三年，違去郢都，處山林也。不得復見，道路僻遠，所在深也。竭智盡忠，建造策謀，披胸心也。蔽鄣於讒。遇諂佞也。心煩意亂，意憒悶也。不知所從。迷瞀眩也。乃往見太卜鄭詹尹，稽神明也。鄭詹尹，工師姓名也。曰：「余有所疑，意惑遑也。願因先生決之。」斷吉凶也。詹尹乃端策拂龜，整儀容也。曰：「君將何以教之？」願聞其要。屈原曰：吐詞情也。「吾寧悃悃款款，志純一也。朴以忠乎？竭誠信也。將送往勞來，追俗人也。斯無窮乎？不困貧也。寧誅鋤草茅，刈蒿菅也。

9 注「自刑體」　案：「體」上當依楚辭添「身」字。各本皆脫。

以力耕乎？耕稼穡也。將遊大人，事貴戚也。以成名乎？榮譽立也。寧正言不諱，諫君惡也。以危身乎？被刑戮也。將從俗富貴，食重祿也。以媮生乎？身安樂也。寧超然高舉，讓官爵也。以保眞乎？守玄默也。將哫訾慄斯，承顏色也。喔咿嚅唲，強笑噱也。以事婦人乎？詘蜷局也。寧廉絜正直，志如玉也。以自清乎？脩絜白也。將突梯滑稽，轉隨俗也。如脂如韋，柔弱曲也。以潔楹乎[10]？順滑澤也。寧昂昂志行高也。若千里之駒乎？才絶殊也。將氾氾普愛眾也。若水中之鳧乎[11]？羣戲遊也。與波上下，隨眾高卑。偷以全吾軀乎？身無憂患。寧與騏驥抗軛乎？沖天驅也。將隨駑馬之迹乎？安步徐也。寧與黃鵠比翼乎？飛雲隅也。將與雞鶩爭食乎？啄糠糟也。此孰吉孰凶？誰喜憂也。何去何從？安所由也。世溷濁而不清，貨賂行也。蟬翼爲重，近讒佞也。千鈞爲輕。遠忠良也。黃鍾毀棄，賢隱藏也。瓦釜雷鳴。愚讙訟也。讒人高張，居朝堂也。賢士無名。身窮困也。吁嗟嘿嘿兮，世莫論也。誰知吾之廉貞？」不別賢也。詹尹乃釋策而謝，愚不能明。曰：「夫尺有所短，騏驥不驟中庭。寸有所長，雞鶴知時而鳴。物有所不足，地虧東南角也。智有所不明，孔子厄陳蔡也。數有所不逮，天不可計量也。神有所不通，日不能夜照也。用君之心，所念慮也。行君之意，遂本操也。龜策誠不能知此事。」不能決君之志。

漁父

序曰：漁父者，屈原之所作。漁父避俗，時遇屈原，怪而問之，遂相應答。

屈平　王逸注

屈原既放，身斥逐也。遊於江潭，戲水側也。行吟澤畔，履荊棘也。顏色憔悴，皯黴黑也。皯，古

10「以潔楹乎」　袁本、茶陵本「潔」作「絜」，是也。案：單行楚辭正作「絜」。洪興祖本作「潔」，非。

11「若水中之鳧乎」　何校去「乎」字。案：洪興祖云一無「乎」字，何據之，是也。各本皆衍。

旱切。黴，力遲切。形容枯槁。癯瘦瘠也。漁父見而問之，怪屈原也。曰：「子非三閭大夫歟？謂其故官。何故至於斯？」曷為遭此患也。屈原曰：「世人皆濁眾貪鄙也。我獨清，忠絜己也。眾人皆醉惑財賄也。我獨醒，廉自守也。是以見放。」棄草野也。漁父曰：隱士言也。「聖人不凝滯於物[12]，不困辱其身也。而能與世推移。隨俗方圜。世皆濁，人貪婪也。何不淈其泥同其風也。而揚其波？與沈浮也。眾人皆醉，巧佞曲也。何不餔其糟從其俗也。而歠其釃？食其祿也。何故深思高舉，獨行忠直。自令放為？」遠在他域。屈原曰：「吾聞之，受聖制也。新沐者必彈冠，拂土坌也。新浴者必振衣，去塵穢也。安能以身之察察，己清絜也。受物之汶汶者乎！蒙垢塵也。寧赴湘流，自沈淵也。葬於江魚腹中，身消爛也。安能以皓皓之白，皓皓，猶皎皎也。蒙世俗之塵埃乎！」被汙點也。漁父莞爾而笑，笑難斷也[13]。鼓枻而去。叩船舷也。乃歌曰：「滄浪之水清兮，喻世昭明。可以濯我纓；沐浴陞朝。滄浪之水濁兮，喻世昏闇。可以濯我足。」宜隱遁也。遂去，不復與言。合道真也。

九辯五首

宋玉　王逸注

序曰：九辯者，楚大夫宋玉之所作也。辯者，變也。九者，陽之數也，道之綱紀也。謂陳說道德，以變說君也。宋玉，屈原弟子。閔惜其師忠而放逐，故作九辯以述其志也。

悲哉秋之為氣也！寒氣聊戾，歲將暮也。蕭瑟兮陰令促急，風疾暴也。草木搖落華葉隕零，肥潤去也。而變衰。形體易色，枝枯槁也。自傷不遇，將與草木俱衰老也。憭慄兮思念暴戾，心自傷也。憭音了。若在遠行，

---

12 「聖人不凝滯於物」　茶陵本「於」下有「萬」字，云五臣無。袁本云逸有。案：楚辭無。洪興祖云一本「物」上有「萬」字。此亦初有而尤脩改去之。何、陳皆云衍，是也。史記亦無。

13 注「笑難斷也」　袁本、茶陵本「難斷」作「離斷」。案：此尤本誤字。

遠客出去之他方也。登山臨水兮升高遠望，視江河也[14]。送將歸。族親別逝還故鄉[15]。泬寥兮泬寥，曠蕩而虛靜也。或曰：泬寥，猶蕭條無雲貌也。泬音血。天高而氣清，秋天高朗，體清明也。言天高朗，照見無形，傷君昏亂，不聰明也。寂漻兮源濆順流，漠無聲也。收潦而水清。溝無溢潦，百川靜也。言川水夏濁而秋清，傷君無有清明之時也。憯悽增欷兮愴痛感動，歎息也[16]。薄寒之中人，傷我肌膚，變顏色也。愴怳懭悢兮中情愴惘，意不得也。去故而就新。初會鉏鋙，志未合也。坎廩兮數遭患禍，身困窮也[17]。貧士失職亡失財物，逢寇賊也。而志不平。心常憤懣，意未明也[18]。廓落兮喪志失耦，塊獨立也。羈旅而無友生。遠客寄居，孤單特也。惆悵兮後黨失輩，惘愁毒也。而私自憐。竊內念己，自閔傷也。燕翩翩其辭歸兮，將入大海，飛徊翔也。蟬寂寞而無聲。螗蜩斂翅而伏藏也。鴈廱廱而南游兮，雄雌和樂，群戲行也。鵾雞啁哳而悲鳴。奮翼呼[19]而低昂也。夫燕、蟬遇秋寒將穴處而懷懼，候鴈、鵾雞喜樂而逸豫，言無有候鴈、鵾雞之喜，而有蟬、燕之憂也。獨申旦而不寐兮，夜坐視瞻而終明也。哀蟋蟀之宵征。見蜻蛚之夜行，自傷放棄，與昆蟲為雙也。或曰：宵征，謂七月在野，八月在宇，九月在戶，十月蟋蟀入我牀下。是其宵征行也。時亹亹而過中兮，年已過半，日進往也。亹亹，進貌。詩曰：亹亹文王。蹇淹留而無成。雖久壽考，無成功也。

悲憂窮蹙兮脩德見過，愁懼惶也。獨處廓，孤立特止，居一方也。有美一人兮位尊服好，謂懷王也。心

14 注「視江河也」案：「江河」當作「河江」。各本皆倒。此以「江」與上「傷」「方」、下「鄉」為韻。楚辭注亦倒。凡此篇逸注用韻，其誤有可以所協推知者，例如此。

15 注「還故鄉」案：「鄉」下當依楚辭注添「也」字。各本皆脫。

16 注「歎息也」案：「歎」下當依楚辭注添「累」字。各本皆脫。

17 注「身困窮也」案：「窮」當依楚辭注作「極」。各本皆誤。

18 注「意未明也」案：「明」當依楚辭注作「服」。各本皆誤。

19 注「奮翼呼」案：「呼」上當依楚辭注添「鳴」字。各本皆脫。

不繹。常念弗解，內結藏也。去鄉離家兮，背違邑里，之他鄉也。來遠客，去郢南征，濟沅、湘也。超逍遙兮遠出游逝，離州域也。今焉薄？欲止無賢，皆讒賊也。專思君兮執心壹意，在胸臆也。不可化，同姓親聯，恩義篤也。君不知兮聰明淺短，志迷惑也。可柰何！頑嚚難啓，長歎息也。蓄怨兮積思，結恨在心，慮憤鬱也。心煩憺兮忘食事。思君念主，忽不食也。願一見兮道余意，舒寫忠誠，自陳列也。君之心兮與余異。方圓殊性，猶白黑也。車駕兮朅而歸，迴逝言還[20]，欲反國也。不得見兮心悲。自傷流離，路隔塞也。倚結軨兮太息，伏車重軨，而涕泣也。涕潺湲兮霑軾。泣下交流，濡茵席也。慷慨絕兮不得，中心恚恨，心剝切也。中瞀亂兮迷惑。思念煩惑，忘南北也。私自憐兮何極？哀祿命薄，常含慼也。心怦怦兮諒直。志行忠正，無所告也。

皇天平分四時兮，何直春生而秋殺也。爾雅曰：四時和為通正[21]。竊獨悲此凜秋。微霜淒愴，寒慄烈也。白露既下降百草兮，萬物羣生將被害也。奄離披此梧楸。痛傷茂木又芟刈也。去白日之昭昭兮，違離天明而湮沒也。襲長夜之悠悠。永處冥冥而覆蔽也。離芳藹之方壯兮，去己盛美之光容也。余委約而悲愁。身體疲病而憂窮也。秋既先戒以白露兮，君不弘德而嚴令也。冬又申之以嚴霜。刑罰刻峻而重深也。收恢炱之孟夏兮[22]，上無仁恩以養民[23]。夫天制四時，春生、夏長，人君則之，以養萬物。秋殺、冬藏，亦順其宜，而行

20 注「迴逝言還」　袁本、茶陵本「還」作「邁」。案：此尤本誤字。
21 注「爾雅曰四時和為通正」　袁本、茶陵本無此九字。案：無者是也。楚辭注正無，尤校添，甚非。
22 「收恢炱之孟夏兮」　袁本、茶陵本「炱」作「台」。案：「台」字是也。善注舞賦「恢炱」，引此作「台」，而云「炱與台古字通」。可見善自作「台」，甚明。尤延之校改作「炱」，非是。楚辭作「炱」，洪興祖本作「台」，云「台」一作「炱」，一作「炱」。雖自有據，然不容以之改善也。
23 注「以養民」　案：「民」下當依楚辭注添「也」字。各本皆脫。

刑罰。故君賢臣忠，政合大中，則品庶安寧，萬物豐茂；上闇下偽，用法殘虐，則貞良被害，草木枯落。故宋玉援引天時，託譬草木，以茂美樹[24]，興於仁賢，早遇霜露，懷德君子，忠而被害也。然坎傺而沈藏。民無住足，竄巖藪也[25]。楚人謂住曰傺。葉菸邑而無色兮，顏容變易而蒼黑也。枝煩挐而交橫。柯條糾錯而崩嶷也。顏淫溢而將罷兮，形貌羸瘦，無潤澤也。柯彷佛而萎黃。腹内空虛，皮乾腊也。萷櫹槮之可哀兮，華葉已落，莖獨立也。形銷鑠而瘀傷。身體燋枯，被病久也。惟其紛糅而將落兮，蓬茸僨仆，根蠹朽也。恨其失時而無當。不值聖主而年老也。覽騑轡而下節兮，安步徐馬而勿驅也。聊逍遙以相羊。且徐低佪以遊戲也。歲忽忽而遒盡兮，年歲逝往之若流也。恐余壽之弗將。懼我性命之不長也。悼余生之不時兮，傷己幼少，後三王也。逢此世之俇攘，卒遇譖讒而遽惶也。澹容與而獨倚兮，煢煢獨立，無朋黨也。蟋蟀鳴此西堂。自閔傷己與蟲並也。心怵惕而震盪兮，思慮惕動，沸若湯也。何所憂之多方。内念君父及兄弟也[26]。仰明月而太息兮，上告昊天，愬神靈也。步列星而極明。周覽九天，仰觀星宿，不能臥寐，乃至明也。

竊悲夫蕙華之曾敷兮，蕙草芬芳，以興在位之賢臣也[27]。紛旖旎乎都房。被服盛飾於宮殿也。旖旎，盛貌也。詩云：旖旎其華。何曾華之無實兮[28]，外貌若忠而心佞也。從風雨而飛颺。隨君嗜欲而回傾也。夫風為號令，雨為德惠，故風動而草木搖，雨降而萬物植，故以風雨諭君政。言德惠所由出之也[29]。以爲君獨服此蕙兮，體受正

---

24 注「以茂美樹」　案：「美」下當依楚辭注添「之」字。各本皆脫。

25 注「竄巖藪也」　案：「藪」當依楚辭注作「穴」。各本皆誤。

26 注「及兄弟也」　案：「兄弟」當依單行楚辭注作「弟兄」。各本及洪興祖本楚辭注皆誤倒。

27 注「以興在位之賢臣也」　案：「賢」當依楚辭注作「貴」。各本皆譌。

28 「何曾華之無實兮」　袁本、茶陵本校語云逸無「華」字。案：此亦初無而尤脩改添之。考楚辭有，當是傳寫誤脫，一本據所見為校語耳。

29 注「政言德惠所由出之也」　案：當依楚辭注作「言政令德惠所由出也」。各本皆誤。

氣而高明也。羌無以異於眾芳。乃與佞臣之同情也。閔奇思之不通兮，傷己忠策無由入也。將去君而高翔。適彼樂土，之他域也。心閔憐之慘淒兮，內自哀念，心惻隱也[30]。願一見而有明。分別忠心與偽惑也。重無怨而生離兮，身無罪過而逐放也[31]。中結軫而增傷。肝膽破裂，心剖愊也。普逼切。豈不鬱陶而思君兮，憤念蓄積，盈胸臆也。君之門以九重。門閫扃閉，道路塞也。猛犬狺狺而迎吠兮，讒佞讙呼而在側也。關梁閉而不通。閽人承指，呵問急也。皇天淫溢而秋霖兮，久雨連日，澤深厚也。后土何時而得乾？[32]山皐濡澤，草木茂也。塊獨守此無澤兮，不蒙恩施，獨枯槁也。仰浮雲而永歎。愬天語神，我何咎也。

何時俗之工巧兮，世人辯慧，造詐偽也。背繩墨而改錯！違廢聖典，背仁義也。夫繩墨者，工之法度也；仁義者，民之正路也。繩墨用，則曲木截；仁義進，則讒佞滅。二者殊義，不可不察也。却騏驥而不乘兮，斥逐子胥與比干也。策駑駘而取路。言任豎刀與椒、蘭也。當世豈無騏驥兮？家有稷、契與管、晏也。誠莫之能善御。世無堯、舜及桓、文也。見執轡者非其人兮，遭值桀、紂之亂昏也。故駒跳而遠去。被髮為奴，走橫奔也。鳧鴈皆唼夫粱藻兮，羣小在位，食重祿也。鳳愈飄翔而高舉。賢者伏匿，竄山谷也。圜鑿而方枘兮，正直邪枉，行殊則也。吾固知其鉏鋙而難入。所務不同，若粉墨也。眾鳥皆有所登棲兮，羣佞並進，處官爵也。鳳獨遑遑而無所集。孔子棲棲而困厄也。願銜枚而無言兮，意欲括囊而靜默也。常被君之渥洽。前蒙寵遇，錫祉福也。太公九十乃顯榮兮，呂尚耆老然後貴也。誠未遇其匹合。遭值文王功冠世也。謂騏驥兮安歸？躊躇吳坂，遇伯樂也。謂鳳皇兮安棲。集棲梧桐，食竹實也。變古易俗兮世衰，

30 注「心惻隱也」　案：「惻隱」當依楚辭注作「隱惻」。各本皆倒。

31 注「而逐放也」　袁本、茶陵本「逐放」作「放逐」。案：此尤本誤倒。

32 「后土何時而得乾」　袁本、茶陵本「而」作「兮」。案：楚辭「而」，洪興祖云「而」一作「兮」。此或善「而」、五臣「兮」，否則尤延之校改「兮」作「而」，今無以考之。

以賢為愚，時闇惑也。今之相者兮舉肥。不量才能，視顏色也。騏驥伏匿而不見兮，仁賢幽處而隱藏也。鳳皇高飛而不下。智者遠逝之四方也。鳥獸猶知懷德兮，慕歸堯、舜之明德也[33]。何云賢士之不處？二老，太公歸文王也。驥不驟進而求服兮，干木闔門而辭相也。鳳亦不貪餧而妄食。顏闔鑿培而逃亡也。君棄遠而不察兮，介推割股而自放也。雖願忠其焉得？申生至孝而被謗也。欲寂寞而絕端兮，甯武佯愚而不言也。竊不敢忘初之厚德。常受祿惠，識舊恩也。獨悲愁其傷人兮，思念纏結，摧肺肝也。馮鬱鬱其何極。憤懣盈胸，終年歲也[34]。

招魂

序曰：招魂者，宋玉之所作也。宋玉憐哀屈原厥命將落，作招魂，欲以復其精神，延其年壽也。

宋玉　王逸注

朕幼清以廉絜兮，朕，我也。不求曰清。不受曰廉。不汙曰絜。身服義而未沬。沬，已也。言我少小脩清絜之行，身服仁義，未曾有懈已之時也。沬音昧。主此盛德兮，牽於俗而蕪穢。牽，引也。不治曰蕪。多草曰穢。言己施行常以道德為主，以忠事君，以信結交。為俗人所推引，德能蕪穢，無所用也。上無所考此盛德兮，考，校也。長離殃而愁苦。殃，禍也。言己履行忠信而遇闇主。上則無所考校，己盛德長遭殃禍，愁苦而已。帝告巫陽，帝，謂天也。女曰巫，陽其名也。曰：「有人在下，我欲輔之。人，謂賢人也。則屈原也。宋玉上設天意，祐助貞良，故曰帝告巫陽，有賢人屈原在於下方，我欲輔成其志，以厲黎民也。魂魄離散，汝筮予之！」魂者，身之精，魄者，性之決也。所以經緯五藏，保守形體也。蓍曰筮。尚書曰：決之蓍龜。言天帝哀閔屈原魂魄離散，身將顛沛，使巫陽筮問求索，

33 注「慕歸堯舜之明德也」　案：「明德」當依楚辭注作「聖明」。各本皆誤。
34 注「終年歲也」　案：「年歲」當作「歲年」。各本及楚辭注皆倒。

得而與之，使反其身。**巫陽對曰：「掌夢！**巫陽對天帝言。招魂者，本掌夢之官所主職也。**上帝其命難從！**言天帝難從掌夢之官，欲使巫陽招之也[35]。**若必筮予之，恐後之謝[36]，不能復用巫陽焉。」**謝，去也。巫陽言，如必欲先筮問求魂魄所在，然後與之，恐後世怠懈，必卜筮之法[37]，不能復脩用。但招之可也。**乃下招曰：**巫陽受天帝之命，因下招屈原之魂也。

魂兮來歸！還歸屈原之身。**去君之恒幹，**恒，常也。幹，體也。易曰：貞者，事之幹也。**何爲兮四方些？**言魂靈當扶人養命，何為去君之常體，而遠之四方乎？夫人須魂而生，魂待人而榮，一者別離，命則實零也。或曰：去君之恒閈。閈，里也。楚人名里曰閈也。**舍君之樂處，而離彼不祥些。**舍，置也。祥，善也。言何為舍君楚國饒樂之處，陸離走不善之鄉，以觸眾惡也。**魂兮歸來！東方不可以託些。**託，寄也。論語曰：可以託六尺之孤。言東方之俗，其人無義，不可以託寄身也。**長人千仞，唯魂是索些。**七尺曰仞。索，求也。言東方有長人國，其高千仞，主求人魂而食之也。**十日代出，**代，更也。**流金鑠石些。**鑠，銷也。言東方有扶桑之木，十日並在其上，以次更行，其勢酷烈，金石堅剛皆為銷釋。**彼皆習之，魂往必釋些。**釋，解也。言彼十日之處，自習其熱，魂行到，身必解爛也。**歸來歸來！不可以託些。**言魂宜急來歸，此誠不可託附而居。**魂兮歸來！南方不可以止些。**言南方之俗，其人無信，不可久留也。**雕題黑齒，**雕，畫也。題，額也。**得人肉而祀[38]，以其骨爲醢些。**醢，醬

---

35 注「欲使巫陽招之也」　袁本、茶陵本無「招之」二字。案：無者是也。單行楚辭無，洪興祖本有。尤依之添，非。

36 「恐後之謝」　茶陵本「之謝」作「謝之」，云五臣無「之」字。袁本無「謝」，下校語云逸有「之」。案：楚辭作「之謝」，故尤延之校改，其實非也。洪興祖云一云「謝之」，即袁、茶陵所見本：一無「之」字，即五臣本也。

37 注「必卜筮之法」　袁本、茶陵本「必」下有「去」字。案：此尤本脫。

38 「得人肉而祀」　袁本、茶陵本「而」作「以」。案：楚辭作「而」，洪興祖本作「以」。或尤延之校改「以」作「而」，今亦無以考之。

也。言南極之人雕畫其額，齒牙盡黑。常食蠃蚌[39]，得人之肉，用祭先祖，復以其骨為醢醬。**蝮蛇蓁蓁，**蝮，大蛇。蓁蓁，積聚之貌。**封狐千里些。**封狐，大狐也。言炎土之氣多蝮虺，積聚蓁蓁，爭欲齧人。又有大狐，健走千里求食。不可逢遇也。**雄虺九首，往來倏忽，吞人以益其心些。**倏忽，疾急貌也。言復有雄虺，一身九頭，往來奄忽，常喜吞人魂魄，以益其賊害之心也。**歸來歸來！不可久淫些。**淫，遊也。言其惡如此，不可久遊，必被害也。**魂兮歸來！西方之害，流沙千里些。**流沙，沙流而行也。言西方之地厥土不毛，流沙滑滑，晝夜流行，從橫千里，又無舟航者也。**旋入雷淵[40]，**旋，轉也。淵，室也。**爢散而不可止些。**爢，碎也。言欲涉流沙，則回入雷公之室運轉而行，身雖爢碎，尚不可得休止也。**幸而得脫，其外曠宇些。**曠，大也。宇，野也。言從雷淵雖得免脫，其外復有曠遠之野，無人之土也。**赤蟻若象，**蟻，蚍蜉也。**玄蠭若壺些。**壺，乾瓠也。言曠野之中有赤蟻，其大如象。又有大飛蜂，腹大如壺。皆有蠭毒[41]，能殺人。**五穀不生，叢菅是食些。**柴棘為叢。菅，茅也。言西極之地，不生五穀。其人但食柴草，若羣牛也。**其土爛人，求水無所得些。**言西方之土溫暑而熱，燋爛人身肉，渴欲求水，無有源泉，不可得也。**彷徉無所倚，廣大無所極些。**倚，依也。言欲彷徉東西，無人可依，其野廣大，行不可極也。彷，蒲忙切。**歸來歸來！恐自遺賊些。**賊，害也。魂魄欲往者，自予賊害。**魂兮歸來！北方不可以止些。增冰峨峨，飛雪千里些。**言北方常寒，其冰重累，峩峩如山。涼風急疾，雪隨之飛行千里，乃至地也。**歸來歸來！不可以久些。**言其寒殺人，不可久留也。**魂兮歸來！君無上天些。**天不可得上也。**虎豹九關，啄害下人些。**啄，齧也。天門九重，使神、虎、豹執其開閉。言啄天下欲上之人[42]而殺之。**一夫九首，拔木九千些。**

---

[39] 注「常食蠃蚌」 袁本、茶陵本「蠃」作「龜」。案：楚辭注作「蠃」。此亦尤校改。

[40] 旋入雷淵 袁本、茶陵本「淵」作「泉」，注同。案：楚辭作「淵」。案：此必尤延之校改。

[41] 注「皆有蠭毒」 袁本、茶陵本「蠭」作「蠆」。案：皆非也，當依楚辭注作「蠚」。

[42] 注「言啄天下欲上之人」 何校「言」改「主」，陳同。案：楚辭注作「主」，是也。各本皆誤。

言有丈夫[43]一身九頭，強梁多力。從朝至暮，拔大木九千枚也。豺狼從目，往來侁侁些。侁侁，行聲也。詩曰：侁侁征夫，有豺狼之獸，其目皆從奔走往來，其聲侁侁，爭欲啖人。懸人以嬉，投之深淵些。投，擿也。言豺狼得人不即啗食，先懸其頭，用之嬉戲，疲倦已後，乃擿於深淵之底而棄之。致命於帝，然後得瞑些。瞑，臥也。言投人已訖，上致命於天帝，然後乃得眠臥也。歸來歸來！往恐危身些。往則逢害，身危殆也。魂兮歸來！君無下此幽都些。幽都，地下，后土所治也。地下幽冥，故曰幽都。土伯九約，其角觺觺些。土伯，后土之侯伯也。約，屈也。觺觺，角利貌。言地有土伯執衛門戶。其身九屈，有角觺觺觸害人也。敦脥血拇，敦，厚也。脥，背也。拇，手拇指也。逐人駓駓些。駓駓，走貌也。言土伯之狀，廣肩厚背。逐人駓駓，其走捷疾，以手中血漫污人。參目虎首，其身若牛些。言土伯之頭，其貌如虎而有三目。身又肥大，狀如牛矣。此皆甘人，歸來歸來！恐自遺災些。甘，美也。災，害也。此物食人以為甘美，往必自害不旋踵。

魂兮歸來！入脩門些。脩門，郢城門也。宋玉設呼屈原之魂歸楚都，入郢門。欲以感激懷王，使還之也。工祝招君，背行先些。工，巧也。男巫曰祝。背，倍也。言選擇名工巧辯之巫，使招呼君，倍道先行在前，宜隨也。秦篝齊縷，篝，落也。縷，線也。鄭緜絡些。綿，纏也。絡，縛也。言為君魂作衣，乃使秦人織其篝落，齊人作彩縷，鄭國之工纏而縛之，堅而且好也。招具該備，永嘯呼些。該，亦備也。言撰設甘美，招魂之具靡不畢備。故長嘯大呼以招君也。夫嘯者，陰也；呼者，陽也。陰主魂，陽主魄。故必嘯呼以感之也。魂兮歸來！反故居些。反，還也。故，古也。言宜急來歸，還古昔之處。天地四方，多賊姦些。賊，害。姦，惡也。言天有虎豹，地有土伯，東有長人，西有赤蟻，南有雄虺，北有增冰，皆為姦惡以賊害也。像設君室，像，法也。靜閒安些。無聲曰靜，空寬曰閒，言乃為君造設第室，法像舊廬，所在之處，清靜寬閒，可安樂之。高堂邃宇，邃，深也。宇，屋也。檻層軒些。檻，

---

43 注「言有丈夫」 袁本、茶陵本無「丈」字。案：楚辭注有，尤校添之。

楯也。從曰檻，橫曰楯。軒，樓板也。言所造之室，其堂高顯，屋宇深邃，下有檻楯，上有樓板，形容異制且鮮明也。**層臺累榭**，層、累，皆重也。有木謂之臺。無木謂之榭。**臨高山些**。言復作層重之臺，累石之榭，其顛眇眇，上乃臨於高山也。或曰：臨高山而作臺榭也。**網戶朱綴**，網戶，綺文鏤也。朱，丹也。綴，緣也。**刻方連些**。刻，鏤也。橫木關柱為連。言門戶之楣，皆刻鏤綺文，朱丹其椽，雕鏤綺木，使方好也[44]。**冬有突夏**，突，複室也。夏，大屋也。詩云：於我乎夏，屋渠渠也。突，烏弔切。**夏室寒些**。言隆冬凍寒，則有大屋，複突溫室；盛夏暑熱，則有洞達陰堂，其內寒涼也。**川谷徑復**，流源為川，注谿為谷。徑，過也。復，反也。**流潺湲些**。言所居之舍，激導川水，經過園庭，回通反覆，其流急疾又絜淨也。**光風轉蕙**，光風，謂雨已日出而風，草木有光色。轉，搖也。**氾崇蘭些**。氾，猶汎。汎，搖動貌也。崇，充也。言天霽日明，微風奮發，動搖草木，皆令有光，充實蘭蕙，使之芬芳而益暢。**經堂入奧**，西南隅謂之奧。**朱塵筵些**。朱，丹也。塵，承塵也。筵，席也。詩云：肆筵設机。[45]言升殿過堂，入房至奧處，上則有朱畫承塵，下則有筵簟好席，可以休息也。或曰：朱塵筵，謂承塵薄壁，蔓延相連接也。**砥室翠翹**，砥，石名也。翠，鳥名也。翹，羽也。**絓曲瓊些**。絓，懸也。曲瓊，玉鉤也。言內臥之室，以砥石為壁，平而滑澤，以翠鳥之羽，雕飾玉鉤，以懸衣物也。或曰：儃室，謂儃佪曲房也。**翡翠珠被**，雄曰翡，雌曰翠。被，衾也。**爛齊光些**。齊，同也。言牀上之被，則飾以翡翠之羽，及與珠璣，刻畫眾華，其文爛然而同光明。**蒻阿拂壁**，蒻，蒻席也。阿，曲隅也。拂，薄也。**羅幬**儔**張些**。羅，綺屬也。張，施也。言房內則以蒻席薄牀，四壁及與曲隅施羅幬，輕且涼也。**纂組綺縞**，纂組，綬類也。**結琦璜些**。璜，玉名也。言幃帳之細，皆用綺縞。又以纂組結束玉璜，為幃帳之飾。**室中之觀，多珍怪些**。金玉為珍，詭異為怪。言

---

44 注「雕鏤綺木使方好也」　案：「綺」當依楚辭注作「連」，各本皆誤。

45 注「詩云肆筵設机」　袁本、茶陵本「肆」作「設」。案：「設」字是也。「設筵設机」者，公劉之「俾筵俾几」也。凡叔師所引，皆非今毛詩。單行楚辭作「設」，洪興祖本誤為「肆」。今毛詩仍無「肆筵設机」之文，尤誤取之以校改，非。

從觀房室之中，四方珍琦玩好怪物，無不畢具。**蘭膏明燭，**以蘭香練膏也。**華容備些。**容，貌也。言日暮游宴，然香蘭之膏，張施明燭，以觀其鐙錠，雕鏤百獸，華奇好備也。錠，都定切。**二八侍宿，**二八，二列也。言大夫有二列之樂。左傳曰：晉悼公[46]賜魏絳女樂二八，歌鍾二肆也。**射遞代些。**射，猒也。詩云：服之無射。遞，更也。言使好女十六，侍君宴宿，意有猒倦，則使更相代也。或曰：遞代夕暮也。**九侯淑女，**淑，善也。**多迅眾些。**迅，疾也。言復有九國諸侯好善之女，多才長意，用心齊疾，勝於眾人也。**盛鬋不同制，**鬋，鬢也。制，法也。**實滿宮些。**宮，猶室也。爾雅曰：宮謂之室。言九侯之女，工巧姸雅，裝飾兩結垂鬢下髮[47]，形貌詭異，不與眾同。皆來實滿充後宮也。**容態好比，**態，姿也。比，親也。**順彌代些。**彌，久也。言美女眾多，其貌齊同，姿態好美，自相親比，承順上意，久則相代。**弱顏固植，**固，堅。植，志也。**謇其有意些。**謇，正言貌也。言美女內多廉耻，弱顏易愧，心志堅固，不可侵犯，則謇然發言中禮意者也[48]。**姱容脩態，**姱，好貌也。脩，長也。**絙洞房些。**絙，竟也。房，室也。言復有美好之女，其貌姱好，多意長智，羣聚羅列，竟於洞達滿房室也。**蛾眉曼睩，**曼，澤也。睩，視貌也。**目騰光些。**騰，馳也。言美女之貌，娥眉玉貌，好目曼澤，時睩睩然視，精光騰馳，驚感人心也。**靡顏膩理，**靡，緻也。膩，滑也。**遺視矊些。**遺，竊視。矊，脉也。言美女顏容脂緻，身體夷滑，中心矊脉，時竊視，安詳諦[49]，志不可動也。**離榭脩幕，**離，別也。脩，長也。幕，大帳也。**侍君之閒**閑**些。**閒，靜也。言願令美女於離宮別觀帳幕之中，侍君閒靜而宴游。**翡帷翠幬，飾**

---

46 注「言大夫有二列之樂左傳曰晉悼公」 袁本無「有左傳曰」四字。茶陵本亦無，「樂」作「故」。案：各本皆非也，當依楚辭注作「言大夫有二列之樂故晉悼公」。

47 注「垂鬢下髮」 袁本、茶陵本作「垂髮下鬋」。案：單行楚辭注作「垂髮鬢下鬋」，洪興祖本作「垂鬢鬢下髮」，互有不同，蓋尤以意校改如此，未必是也。

48 注「發言中禮意者也」 袁本、茶陵本無「發」字。案：單行楚辭注無，洪興祖本有，尤校添之。

49 注「時竊視安詳諦」 案：當依楚辭注重「時」字，「諦」上有「審」字。各本皆脫。

高堂些。言復以翡翠之羽，雕飾幬帳之高堂[50]，以樂君也。紅壁沙版，紅，赤貌也。沙，丹沙也。玄玉之梁些。玄，黑也。言堂上四壁皆堊色，令之紅白。又以丹沙盡飾軒版，承以黑玉之梁。五采分別也。仰觀刻桷，畫龍蛇些。言仰視屋之榱橑，皆刻畫龍蛇而有文章也。坐堂伏檻，檻，楯也。臨曲池些。言坐於堂上，前伏楯，下臨曲水清池，可漁釣也。芙蓉始發，芙蓉，蓮華也。雜芰荷些。芰，蔆也。秦人謂之薢茩。言池中有芙蓉始發，其芰蔆雜錯，羅列而生，俱盛茂也。或曰：倚荷，立生特倚也。薢，古買切。茩，古后切。紫莖屏風，屏風，水葵也。文緣波些。言復有水葵生於池中，其莖紫色，風起水動，波緣其葉而生文也。或曰：紫莖，言荷葉紫色也。屏風，謂葉鄣風也。文異豹飾，豹，猶虎豹也。侍陂陀些。陂陀，長陛也。言侍從之人皆衣虎豹之文，異采之飾[51]，侍君堂隅，衛階陛也。或曰：侍陂池，侍從於君，遊陂池之中也。軒輬既低，軒、輬，皆輕車名也。低，屯也。步騎羅些。徒行為步，乘馬為騎。羅，列也。言官屬之車既已屯止，步騎士眾，羅列之陳[52]，竢須君命。蘭薄戶樹，薄，附也。樹，種也。瓊木籬些。柴落為籬。言所造舍，種樹蘭蕙，附於門戶，外以玉木為其籬落，守禦堅重又芬香也。魂兮歸來！何遠爲些。遠為四方而不歸也。

室家遂宗，宗，眾也。食多方些。方，道也。言君九族室家以眾盛，人人曉味，故飲食之和多方道也。稻粢穱麥，稻，稌也。粢，稷也。穱，擇也。擇麥中先熟者。粢，子夷切。穱，側角切。挐黃粱些。挐，糅也。言飯則以稻糅稷，擇新麥糅以黃粱。和而柔濡，且香滑。大苦鹹酸，大苦，豉也。辛甘行些。辛，謂椒薑也，甘，謂飴蜜也。言取豉汁調和以椒薑鹹酢，和以飴蜜，則辛甘之味皆發而行也。肥牛之腱，腱，筋頭也。臑若芳些[53]。臑若，熟爛也。言

---

50 注「飾幬帳之高堂」 陳云「帳」下當有「張」字，是也。楚辭注有。各本皆脫。
51 注「皆衣虎豹之文異采之飾」 袁本、茶陵本無「之文」二字。案：楚辭注有，尤校添之。
52 注「羅列之陳」 案：「之」當依楚辭注作「而」，各本皆誤。
53 「臑若芳些」 袁本作「胹」，校語云逸本作「臑」。茶陵本作「臑」，云五臣作「胹」。案：楚辭作「臑」。洪興祖云「臑」一作「臑」，一作「胹」。此注「臑仁珠切」，似善作「臑」，或袁本校語有譌。否則，音非善舊也。

取肥牛之腱爛熟之，則膜美也[54]。膜，蘇本切。臑，仁珠切。**和酸若苦，陳吳羹些**。言吳人工作羹，和調甘酸，其味若苦而後甘者也。**濡鼈炮羔**，羔，羊子也。**有柘漿些**。柘，諸蔗也[55]。言復以飴蜜濡鼈炮羔，令之爛熟，取諸蔗之汁，以為漿飲也。**鵠酸臇鳧**，臇，小臛也。臇，子兗切。**煎鴻鶬些**。鴻，鴻鴈也[56]。鶬，鶬鶴也。言復以酢醬烹鵠為羹。小臇臛鳧，煎熬鴻鶬，令之肥美也。**露雞臛蠵**，露雞，露栖雞也。有菜曰羹。無菜曰臛。蠵，大龜也。蠵，以規切。**厲而不爽些**。厲，烈也。爽，敗也。楚人名羹曰爽[57]。言乃復烹露棲之肥雞，臛蠵龜之肉，其味清烈不敗也。**粔籹蜜餌，有餦餭些**。餦餭，餳也。以蜜和米麴[58]熬煎作粔籹，擣黍作餌，又有美餳，眾味甘具也。**瑤漿蜜勺**，瑤，玉也。勺，沾也。**實羽觴些**。實，滿也。羽，翠羽也，觴，觚也。言食已，復有玉漿以蜜沾之。滿羽觴以漱口。**挫糟凍飲**，挫，捉也。凍，冰也。**酎清涼些**。酎，醇酒也。言盛夏則為覆蹙乾釀，捉去其糟，但取清醇，居之冰上，然後飲之，酒寒清涼，又長味好飲[59]。**華酌既陳**，酌，酒升也。**有瓊漿些**。言酒尊在前，華酌陳列，復有玉漿，恣意所用者也。**歸來歸來反故室，敬而無妨些**。妨，害也。言若魂急來歸，還反所居故室，子孫承事恭敬，長無禍害也。

肴羞未通，魚肉為肴。羞，進也。**女樂羅些**。言肴膳已具，進舉在前，賓主之禮慇勤未通，則女樂列堂下。**陳鍾桉鼓**，桉，徐也。**造新歌些**。言乃奏樂作音，而撞鍾徐鼓，造為新曲之歌，與眾絕異。**涉江采菱，發揚**

---

54 注「爛熟之則膜美也」　袁本、茶陵本無「爛」字。案：楚辭注有，尤校添之。

55 注「諸蔗也」　袁本、茶陵本「諸」作「謂」。案：當作「諸」，下文可證。楚辭注作「藷」，與善異本，尤校改失之。

56 注「鴻鴈也」　袁本、茶陵本「鴈」作「鸕」。案：洪興祖本作「鴈」，單行本作「鴈鸕」，蓋改「鸕」為「鴈」而兩有。考九思悼亂云「鴻鸕兮振翅」，是作「鸕」未必非也。

57 注「楚人名羹曰爽」　案：「羹」下當依楚辭注有「敗」字。各本皆脫。

58 注「以蜜和米麴」　袁本、茶陵本「麴」作「麵」。案：此尤本誤字。

59 注「又長味好飲」　袁本、茶陵本「好飲」作「也」。案：楚辭注作「好飲也」，尤校改之。

荷些[60]。楚人歌曲也。言己涉彼大江，南入湖池，采取菱芰，發楊荷葉。喻屈原背去朝堂，隱伏草澤，失其所也。美人既醉，朱顏酡些。朱，赤也。酡，著也。言美女飲啗醉飽，則面著赤色而鮮好也。娭光眇視，娭，戲也。眇，眺也。目曾波些。波，華也。言美人醉樂，顧望娭戲，身有光文，眺視曲眄，目采眇然，白黑分明，精若水波而重華也。被文服纖，文，謂綺繡也。纖，謂羅縠也。麗而不奇些。麗，美貌也。不奇，奇也。猶詩云不顯，顯也。言美女被服綺繡，曳羅縠，其容美麗，誠足怪奇也[61]。長髮曼鬋，曼，澤也。豔陸離些。豔，好貌也。左氏傳曰：宋華督見孔父之妻，目逆而送之，曰：美而豔。言美人長髮工結，鬢鬋滑澤，其狀豔美，儀貌陸離而難形也。二八齊容，齊，同也。起鄭舞些。鄭舞，鄭國舞也。言二八美女，其儀容齊一，被服同飾，奮袂俱起而舞也。或曰：鄭重折屈而舞也。衽若交竿，撫案下些。撫，抵也。言舞者便旋，衣衽掉搖，回轉相拘，狀如交竹竿，以抵案而徐行者也。竽瑟狂會，狂，猶並也。搷田鳴鼓些。搷，擊也。言眾樂並會，吹竽彈瑟，又搷擊鼓以進，八音為之節也。宮庭震驚，發激楚些。激，清聲也。言眾樂並會，宮庭之內，莫不震動驚駭，復作激楚之聲，以發其音也。吳歈俞蔡謳，吳、蔡，國名也。歈、謳，皆歌也。奏大呂些。大呂，律名也。周官曰：舞雲門，奏大呂，言乃復使吳人歌謠，蔡人謳吟，進雅樂，奏大呂，五音六律聲和調也。士女雜坐，亂而不分些。言醉飽酣樂，合尊促席，男女雜坐，比肩齊睞，恣意調戲，亂而不分別也。放陳組纓，組，綬也。班其相紛些。紛，亂也。言男女共坐，除其威嚴，放其冠纓，舒陳印綬，班然相亂，不可整理也。鄭衛妖玩，來雜陳些。鄭、衛，國名也。妖玩，好女也。雜，廁也。陳，列也。言鄭、衛二國，復遣妖玩好女，來雜廁俱坐，而陳列之。激楚之結，激，感也。結，頭髻也。結，吉詣切。獨秀先些。秀，異也。言鄭、衛妖女，工於服飾，其結殊形，能感楚人。故秀異獨前而先進也。菎昆蔽象棊，菎，玉。蔽，簙箸。以玉飾之也。或言菎蕗，今之箭囊也。

---

60 「發楊荷些」　案：「楊」當作「揚」。注「發楊荷葉」同。袁、茶陵二本所見亦誤，楚辭俱作「揚」也。

61 注「誠足怪奇也」　袁本、茶陵本「足」作「獨」。案：單行楚辭作「獨」，洪興祖本作「足」，尤校改之。

有六簙些。投六箸，行六棊[62]，故為六簙也。言宴樂既畢，乃設六簙。菎蕗作箸，象牙為棊，妙且好也。分曹並進，曹，偶也。遒相迫些。遒，亦迫也。言分曹列耦，並進伎巧，投箸行棊，轉相遒迫，使不得擇行也。或曰：分曹並進者，謂並用射禮進之。成梟而牟，倍勝為牟。呼五白些。五白，簙齒也。言己棊已梟，當成牟勝，射張食棊，下逃於窟，故呼五白以助投者也。晉制犀比，晉，國名也。制，作也。比，集者也[63]。費白日些。費，光貌也。言晉國工作簙棊箸，比集犀角以為雕飾，投之皜然如日光。鏗鐘搖簴，鏗，撞也。搖，動也。揳梓瑟些。揳，鼓也。言眾賓既集，簙以相樂。堂下復鳴大鐘，左右歌吟，鼓琴瑟。揳，古八切。娛酒不廢，娛，樂也。沈日夜些。言雖以酒相娛樂，不廢政事。晝夜沈湎以忘憂也。或曰：娛酒不發。發，旦也。詩曰：明發不寐。言歡娛日夜湛樂也。又曰：和樂且眈[64]。言晝夜以酒相樂也。蘭膏明燭，華鐙錯些。言鐙錠盡雕琢錯鏤，飾設以禽獸，有英華。結撰至思，撰，猶博也。蘭芳假些。假，至也。書曰：假于上下。言蘭芳以喻賢人[65]。君能結撰博思，至心以思賢人，賢人卽至也。人有所極，同心賦些。賦，誦也。言眾座之人各欲盡情，與己同心者，獨誦忠與道德。酎飲既盡，歡[66]樂先故些。故，舊也。言飲酒作樂，盡己歡欣者，誠欲樂我先祖，及與故舊人。魂兮歸來！反故居些。言魂神宜急來歸還楚國，居舊故之處，安樂無憂。

亂曰：獻歲發春兮，獻，進也。汨吾南征些[67]。征，行也。言歲始來進，春氣奮揚，萬物皆感氣而生。

---

62 注「投六箸行六棊」　袁本、茶陵本「行」下無「六」字。案：楚辭注有，尤校添之。

63 注「比集者也」　案：當依楚辭注去「者」字。各本皆衍。

64 注「又曰和樂且眈」　案：「眈」當依楚辭注作「湛」。各本皆誤。凡逸所引，皆非今毛詩，此必不知者改。

65 注「言蘭芳以喻賢人」　袁本、茶陵本無「言」字。案：楚辭注「言」字在下句首，蓋尤校添而誤其處。

66 「酎飲既盡歡」　何校去「既」字。茶陵本云五臣無「既」字。袁本云逸有「既」字。案：楚辭無。洪興祖云一本「盡」上有「既」字，卽此本也。此不當有，恐傳寫衍。各本所見皆誤。

67 「汨吾南征些」　何校去「些」字。下「白芷生些」同。案：楚辭無。各本皆衍。

自傷放逐，獨南行也。**菉蘋齊葉兮**[68]，爾雅曰[69]：菉，王芻也。**白芷生此**。言屈原放時，菉蘋之草其葉適齊，白芷萌牙，方始欲生。懷所見自傷哀也[70]。猶詩云：昔我往矣，楊柳依依也。**路貫廬江兮，左長薄**，貫，出也。廬江、長薄，地名也。言屈原行，先出廬江，過歷長薄。在江北時東行，故言左者也。**倚沼畦瀛兮**，沼，池也。畦，猶區也。瀛，池中也。楚人名澤中曰瀛。**遙望博**，遙，遠也。博，平也。言循江而行，遂入池澤。其中區瀛遠望，平博無人也。**青驪結駟兮**，純黑為驪。結，連也。四馬為駟也。**齊千乘**。齊，同也。言屈原嘗與君俱獵於此。官屬駕駟馬，或青或黑，連車千乘，皆同服也。**懸火延起兮，玄顏烝**。懸火，懸鐙也。玄，天也。言己時從君夜獵，懸鐙林木之中，其火延起，燒於野澤，煙上蒸于天[71]，使黑色也。**步及驟處兮**，驟，走也。處，止也。**誘騁先**。誘，導也。騁，馳也。言獵時有步行者；有乘馬走驟者；有處止者；分以圍獸，己獨馳騁，為君先導也。**抑騖若通兮**，抑，止也。騖，馳也。若，順也。**引車右還**。還，轉也。言抑止馳騖者，順通共護，引車右轉，以遮獸也。**與王趨夢兮，課後先**。夢，澤中也。楚名澤中為夢中。左氏傳曰：楚大夫鬬伯比與鄖公之女淫而生子，弃諸夢中。言己與懷王俱獵趍於夢澤之中。課第羣臣先至後至也。**君王親發兮**，發，射也。**憚青兕**。憚，驚也。言懷王是時親自射獸，驚青兕牛而不能制也。言嘗侍從君田獵，今乃放

---

68 「菉蘋齊葉兮」　袁本、茶陵本「蘋」作「薠」，下有「煩」音。案：此必善「蘋」，五臣「薠」也。「湘夫人登白蘋以騁望」，二本校語有明文，此正同。彼二本所見以五臣亂善而失著校語，尤所見不誤。袁本所載逸注中字作「蘋」，亦不誤。楚辭作「蘋」，即此本也。洪興祖云「蘋」一作「薠」，即五臣本也。又案：洪興祖補注於湘夫人云「薠」一作「蘋」非是。其說殊誤。逸注上云「蘋草秋生」，其下「鳥萃兮蘋中」注云「鳥當集木巔而言草中」，文自相承，二句既同一草，必同一字，不得如五臣之上一字作「薠」，下一字作「蘋」。或又謂「白蘋」與「蘋」不當一物異稱。獨不見九辯「鳳凰」與「鳳」雜錯稱之乎？逸注本無可疑，洪未達其旨，附正之於此。

69 注「爾雅曰」　袁本、茶陵本無此三字。案：無者是也，楚辭注無。

70 注「懷所見自傷哀也」　何校「懷」改「據」，陳同。案：楚辭注作「據時」二字，是也。何、陳但改「據」字，其「時」字仍不補，未詳所出。袁、茶陵二本亦作「懷」。

71 注「煙上蒸于天」　袁本、茶陵本無「于」字。案：此尤校添之，其實誤也。楚辭注亦無。

逐，歎而自傷閔也。**朱明承夜兮，**朱明，謂日也[72]。承，續也。**時不見淹**[73]**。**淹，淹久也。言歲月逝往，晝夜相續，年命將老，不可久處，當急來歸也。**皐蘭被徑兮，**皐，澤也。被，覆也。徑，路也。**斯路漸。**漸，沒也。言澤中香草茂盛，覆被徑路，人無采取者。水卒增溢，漸沒其道，將棄捐也。以言賢人久處山野，君不事用，亦將隕顛也。**湛湛江水兮，**湛湛，水貌。**上有楓。**楓，木名也。言湛湛江水，浸潤楓木，使之茂盛。傷己不蒙君惠，而身放棄，曾不如樹木得其所也。或曰：水旁林木中[74]，鳥獸所聚，不可居也。**目極千里兮，傷春心。**言湖澤博平，春時草短，望見千里，令人愁思而傷心也。或曰蕩春心。蕩，滌也，言春時平望遠，可以滌蕩愁思之心。**魂兮歸來，哀江南！**言魂魄當急來以歸，江南土地僻遠，山林嶮岨，誠可哀傷，不足處也。

招隱士

序曰：招隱士者，淮南小山之所作也。小山之徒，閔傷屈原身雖沈沒，名德顯聞，與隱處山澤無異。故作招隱士之賦，以彰其志也。

劉安

王逸注

漢書曰：淮南王安，為人好書，招致賓客數千人。後伍被自詣吏，具告與淮南謀反，上使宗正以符節劾王，未至，自刑殺也。

桂樹叢生兮桂樹芬香，以興屈原之忠良也。**山之幽，**遠去朝廷而隱藏也。**偃蹇連卷兮**容貌美好，德茂盛也。**枝相繚。**信義枝結，條理成也。以言才德高明，宜輔賢君楨幹也[75]。**山氣巃嵷兮**岑崟嵾嵯，雲𡑞鬱也。𡑞，鳥孔

---

72 注「謂日也」 袁本、茶陵本無「謂」字。案：此尤校添之，其實誤也。楚辭注亦無。

73 「時不見淹」 袁本、茶陵本「見」作「可」。案：楚辭作「可以」，單行本舊校云一作「時不見淹」。洪興祖本云一云「時不淹」，一云「時不可淹」，一云「時不見淹」，疑善「見」、五臣「可」，二本非而尤是也，但無明文可以考之。

74 注「水旁林木中」 袁本、茶陵本無「木」字。案：楚辭注有，尤校添之。

75 注「楨幹也」 案：句首楚辭注有「為」字。又案：「楨幹」疑當作「幹楨」，以「楨」與「盛」成韻。各本皆脫誤。

切。石嵯峨，嵯峨巀嶭，峻蔽日也。谿谷嶄巖兮崎嶇問寫，險阻窐也。問，呼雅切。寫，于軌切。窐，苦滑切。水曾波。涌躍灃沛，流迅疾也。蝯狖羣嘯兮禽獸所居，志樂佚也。狖，余救切。虎豹嗥，猛獸爭食，欲相齕也。以言山谷之中，幽深險阻，非君子之所處，猿狖虎豹，非賢者之偶也。齕，下沒切。攀援桂枝兮登引山木，遠望愁也。聊淹留。便旋中野，立踟躕也。王孫遊兮隱士避世，在山隅也。不歸，違背舊土，棄室家也。春草生兮萬物蠢動，抽萌芽也。萋萋。垂條吐葉，紛榮華也。歲暮兮年齒已老，壽命衰也。不自聊，中心煩亂，常含憂也。蟪蛄鳴兮蜩蟬得夏，喜呼號也。啾啾。秋節將至，悲嘹噍也。以言物盛則衰，樂極則憂，不宜久隱，失盛時也。坱兮軋，霧氣昧也。山曲弗，盤詰屈也。心淹留兮志望絕也。洞荒忽。亡妃匹也。罔兮沕，精氣失也。憭兮慄。心剝切也。虎豹穴，嵺穿穴也。嵺音料。穴音血。叢薄深林兮攢刺棘也。人上慄。恐變色也。嶔崟碕礒兮山阜崛嵎也。磳磈磳硊。崔巍嵯嵯[76]。樹輪相糾兮交錯扶疎。林木茇骫。枝葉盤紆。茇音跋。青莎雜樹兮草木列居。薠草靃靡。隨風披敷。白鹿麏麚兮眾禽並遊。或騰或倚。走住殊異[77]。狀貌崟崟兮峨峨，頭角甚殊。凄凄兮漇漇。凄凄漇漇，毛衣若濡。獮猴兮熊羆，百獸皆俱也。慕類兮以悲，哀己不遇也。從此已上，皆陳山林傾危，草木茂盛[78]，麋鹿所居，虎兕所聚，不宜育道德，養情性。欲屈原還歸郢也。攀援桂枝兮配託香木，誓同志也。聊淹留。踟躕徘徊，待明時也。虎豹鬭兮殘賊之獸，忿急怒也。熊羆咆，貪殺之獸，跳梁吼也。禽獸駭兮雉菟之羣，驚奔走也。亡其曹。違離鄉黨，失羣偶也。王孫兮歸來，旋反舊邑，入故宇也。山中兮不可以久留。誠多患害，難隱處也。

---

76 注「崔巍嵯嵯」　陳云上「嵯」疑「嵳」。案：「嵳」「嵯」雖可通，但此與上句「山阜崛嵎」不協，恐仍未是。各本皆同，楚辭注亦然，無以考之矣。

77 注「走住殊異」　案：「殊異」當依楚辭注作「異趨」。各本皆誤。「趨」字韻。洪興祖云「一云走跱殊也」，亦非。

78 注「草木茂盛」　案：「茂盛」疑當作「盛茂」，以「茂」與「聚」韻。各本及楚辭注皆誤倒。

卷第三十四

七上

七發八首 七發者，說七事以起發太子也。猶楚詞、七諫之流。

枚叔 漢書曰：枚乘，字叔，淮陰人也。為吳王濞郎中，善屬辭。武帝以安車徵乘，道死也。[1]

楚太子有疾，而吳客往問之，曰：「伏聞太子玉體不安，亦少間乎？」言玉，美之也。史記，新垣衍謂魯連曰：觀先生之玉貌。論語曰：子疾，病間。孔安國曰：少差曰間也。太子曰：「憊！謹謝客。」說文曰：謝，辭也[2]。客因稱曰：「今時天下安寧，四宇和平。太子方富於年，凡人之幼者，將來之歲尚多，故曰富也。意者久耽安樂，日夜無極。邪氣襲逆，中若結轖。言邪氣入內而為逆，其堅若結也。管子曰：邪氣襲內，玉色乃衰。素問，歧伯曰：邪氣內著，絕人長命。說文曰：轖，車籍交革也。轖音色也。紛屯澹淡，噓唏煩酲。紛屯澹淡，憒耄煩悶之貌也。王逸楚辭注曰：歔欷，啼貌。方言曰：哀而不泣曰唏。噓與歔，

---

1 注「漢書曰」下至「乘道死也」 袁本、茶陵本此一節注大異，乃幷善入五臣之誤也。尤所見為是。

2 注「說文曰謝辭也」 袁本、茶陵本無此六字。案：無者是也。袁本所載五臣翰注有「謝辭也」三字，蓋別本又有「說文曰」三字，而尤誤取以增多。

古字通。唏，許冀切。列子曰：季梁病。矯氏曰：病由精慮煩散也。毛萇詩傳曰：病酒曰酲。惕惕怵怵，臥不得瞑。尚書曰：怵惕惟厲，中夜以興。素問，歧伯曰：不得臥者，是陽明之逆。虛中重聽，惡聞人聲。素問曰：何謂虛？答曰：精氣奪則虛。黃帝八十一問曰：陰病惡聞人聲。精神越渫，百病咸生。呂氏春秋曰：精神勞則越。高誘曰：越，散也。鄭玄毛詩箋曰：渫，發也。聰明眩曜，悅怒不平。王逸楚辭注曰：眩曜，惑亂貌也。久執不廢，大命乃傾。太子豈有是乎？」鄭玄禮記注曰：廢，止也。毛萇詩傳曰：廢，猶去也。毛詩曰：曾是莫聽，大命以傾。太子曰：「謹謝客。賴君之力，時時有之，然未至於是也。」言賴君之力，天下太平。故久眈安樂，時有此疾也。客曰：「今夫貴人之子，必宮居而閨處，內有保母，外有傅父，欲交無所。禮記曰：孔子曰：古者男子外有傅父，內有慈母。又曰：其次為保母。鄭玄曰：保母，安其居處者也。飲食則溫淳甘膬，脭醲肥厚。溫淳，謂凡味之厚也。韓子曰：夫香美膬味，甘口病形；厚酒肥肉，曼理皓齒而損精[3]。說文曰：膬，腝易破也。膬，昌芮切。脭，肥肉也。池貞切。說文曰：醲，厚酒也。女龍切。衣裳則雜遝曼煖，燂爍熱暑。曼，輕細也。說文曰：燂，火熱也。詳廉切。爍亦熱也，舒灼切。雖有金石之堅，猶將銷鑠而挺解也。韓子曰：雖與金石相弊，兼天下未有日也。高誘呂氏春秋注曰：挺，猶動也。賈逵國語注曰：鑠，銷也。況其在筋骨之間乎哉？故曰：縱耳目之欲，恣支體之安者，傷血脉之和。且夫出輿入輦，命曰蹷痿之機；呂氏春秋曰：出則以車，入則以輦，務以自佚，命曰佁蹷之機。高誘曰：佁，至也。蹷機，門內之位也。乘輦于宮中，游翔至於蹷機，故曰務以佚也。枚乘引佁蹷而為蹷痿，未詳。乘之謬為好奇而改之。聲類曰：佁，嗣理切。蹷，渠月切。洞房清宮，命曰寒熱之媒；呂氏春秋曰：室大多陰，臺高多陽。多陰則蹷，多陽則痿。此陰陽不適之患也。高誘曰：蹷，逆寒疾也。

3 注「而損精」 案：「而」上當有「悅情」二字，此引韓子揚搉篇文，各本皆脫。

痿，蹷不能行也。皓齒娥眉[4]，命曰伐性之斧；呂氏春秋曰：靡曼皓齒，鄭、衛之音，務以自樂，命曰伐性之斧。高誘曰：靡曼，細理弱肌美色也。皓齒，謂齒如瓠犀也。鄭國淫辟[5]，以其淫辟滅亡。故曰伐性之斧也。甘脆肥膿，命曰腐腸之藥。呂氏春秋曰：肥肉厚酒，務以相強，命曰爛腸之食。高誘注，老子云：五味實口爽傷，故謂之爛腸之食。廣雅曰：脆，弱也，清歲切。膿，厚之味也。今太子膚色靡曼，四支委隨，筋骨挺解，王逸楚詞注曰：靡，細也，曼，澤也。隨，不能屈伸也。血脉淫濯，手足墮窳；淫濯，謂過度而且大也。爾雅曰：淫，過也。又曰：濯，大也。郭璞方言注曰：墮，懈墮也。應劭漢書注曰：窳，弱也，餘乳切。越女侍前，齊姬奉後。越絕書曰：越王飾美女西施鄭巴，使大夫種獻之於吳王，曰：越王勾踐竊有天人之遺西施鄭巴，越不敢當，使獻之大王。吳王大悅。齊姬，齊女也。毛詩曰：豈其取妻，必齊之姜。如淳漢書注曰：姬，衆妾之總稱也。往來游醼，縱恣于曲房隱間之中。此甘餐毒藥，戲猛獸之爪牙也。所從來者至深遠，淹滯永久而不廢；王逸楚詞注曰：淹，久也。雖令扁鵲治內，巫咸治外，尚何及哉！史記曰：扁鵲，渤海鄭人也。姓秦氏，名越人，得長桑君禁方，視病盡見五藏。韓子曰：扁鵲謁晉桓侯曰：君有疾在腠理，猶可湯熨；若在骨髓，司命不能醫也。桓侯初不信，後病，遣召扁鵲，鵲逃之。桓侯遂死。又曰：巫咸雖善祝，不能自祓也。賈逵國語注曰：尚，且也。今如太子之病者，獨宜世之君子，博見強識，禮記曰：博聞強識而讓，謂之君子也。承閒語事，變度易意，楚詞曰：願承閒而自察也。常無離側，以爲羽翼。高誘注呂氏春秋曰：羽翼，佐也。淹沈之樂，浩唐之心，遁佚之志，其奚由至哉！」唐，猶蕩也。太子曰：「諾。病已，請事此言。」

客曰：「今太子之病，可無藥石針刺灸療而已，可以要言妙道說而去也。言可無用

---

4 「皓齒娥眉」　袁本、茶陵本「娥」作「峨」，是也。

5 注「鄭國淫辟」　茶陵本「國」作「衛」，是也。袁本亦誤「國」。

藥石，唯可用要言也。莊子，瞿鵲子問長梧子曰：夫子以為孟浪之言也，而我以為妙道之行也。不欲聞之乎？」太子曰：「僕願聞之。」

客曰：「龍門之桐，高百尺而無枝。周禮曰：龍門之琴瑟。孔安國尚書傳曰：龍門山，在河東之西界。魯連子曰：東方有松樅，高千仞而無枝也。中鬱結之輪菌，根扶疏以分離。鬱結，隆高之貌也。說文曰：扶疏，四布也。張晏漢書注曰：輪菌，委曲也。上有千仞之峯，下臨百丈之谿。包咸論語注曰：七尺曰仞。湍流遡波，又澹淡之。遡波，逆流之波也。澹淡，搖蕩之貌也，其根半死半生。冬則烈風漂霰飛雪之所激也，夏則雷霆霹靂之所感也。感，觸也。莊子曰：異鵲感周之顙也。朝則鸝黃鳱鴠鳴焉，爾雅曰：鶬鶊，黎黃。高唐賦曰：王雎鸝黃。禮記曰：仲冬曷旦不鳴。鄭玄曰：曷旦，求旦鳥也。郭璞方言注曰：鳥似雞，冬無毛，晝夜鳴。鳱與曷，並音渴。鴠音旦也。暮則羈雌迷鳥宿焉。獨鵠晨號乎其上，鵾鷄哀鳴翔乎其下。楚辭曰：鵾鷄啁哳而悲鳴。於是背秋涉冬，使琴摯斫斬以爲琴，野繭之絲以爲絃，論語曰：師摯之始，關雎之亂，洋洋乎盈耳哉。鄭玄曰：師摯，魯太師也。以其工琴，謂之琴摯，猶京房善易，謂之易京。野繭，野蠶之繭也。東觀漢記曰：光武二年，野蠶成繭被山，民收為絮。孤子之鉤以爲隱，九寡之珥以爲約。古樂府有孤子生行。賈逵國語注曰：鉤，帶鉤也。桓子新論曰：琴隱長四十五分，隱以前長八分。列女傳曰：魯之母師，九子之寡母也。不幸早失夫，獨與九子居。蒼頡篇曰：珥，珠在耳也。珥，人志切。字書曰：約，亦的字也。都狄切。的，琴徽也。使師堂操暢，伯子牙爲之歌。師堂，樂師也。韓詩外傳曰：孔子學鼓琴於師堂子京而不進，師堂子京曰：夫子可以進。孔子曰：丘已得其曲，未得其數也。琴道曰：堯暢達則兼善天下，無不通暢，故謂之暢。列子曰：伯牙善鼓琴也。歌曰：『麥秀蔪兮[6]雉朝飛，

---

6 「麥秀蔪兮」　袁本、茶陵本「蔪」作「漸」。案：「漸」字是也。廣韻作「漸」，亦引埤蒼與集韻，皆「蔪」、「漸」同在一紐而分別兩字，他書或用「漸」。射雉賦云「麥漸漸以擢芒」，「漸」與「蔪」古字通也。尤所見別本作「草木蔪苞」之

宋玉笛賦曰：麥秀蘄兮鳥華翼。埤蒼曰：蘄，麥芒也，慈斂切。向虛壑兮背槁槐，說文曰：槀與槁，古字通。依絕區兮臨迴溪。』飛鳥聞之，翕翼而不能去；野獸聞之，垂耳而不能行；蚑蟜螻蟻聞之，拄喙而不能前[7]。周書曰：蚑行喙息。說文曰：蚑，行也。凡生類之行，皆謂之蚑。又曰：蟜，蟲也，居兆切。方言曰：南楚或謂蛄為螻。爾雅曰：蟻，蚍蜉也。拄，陟羽切。此亦天下之至悲也，太子能強起聽之乎？」太子曰：「僕病，未能也。」

客曰：「犓牛之腴，菜以筍蒲。說文曰：犓，以芻莝養國牛也。國語曰：犓豢幾何。犓或為犨，未詳。說文曰：腴，腹下肥者。毛詩曰：其蔌維何，維筍及蒲也。肥狗之和，冒以山膚。楚苗之食，安胡之飰，禮記曰：士無故不殺犬豕。和，謂和羹也。鄭玄禮記注曰：芼，菜也，謂以菜調和之也。冒與芼，古字通。山膚，未詳。楚苗山出禾，可以為食。淮南子曰：苗山之鋌。高誘曰：苗山，楚山也。安胡，未詳。一曰：安胡，彫胡也。宋玉諷賦曰：為臣炊彫胡之飯。摶之不解，一啜而散。禮記曰：無摶飯。徒完切。說文曰：啜，嘗也，穿劣切。於是使伊尹煎熬，易牙調和。呂氏春秋曰：伊尹說湯以至味。又，白公曰：若以水投水，奚若？孔子曰：淄澠之合者，易牙嘗而知之。熊蹯之臑[8]，勺藥之醬。左氏傳曰：宰夫臑熊蹯不熟。方言曰：臑，熟也，音而。韋昭上林賦注曰：勺藥，和齊鹹酸美味也。薄耆之炙，鮮鯉之鱠。薄耆，未詳。一曰：薄切獸耆之肉，而以為炙也。耆，今人謂之耆頭。毛詩曰：炰鱉鱠鯉。秋黃

「蘄」，非。

7 「拄喙而不能前」　茶陵本「拄」作「柱」，注同，云五臣從「才」。袁本作「拄」，用五臣也。案：此尤本以五臣亂善，非。

8 「熊蹯之臑」　茶陵本「臑」作「臑」，注同，有校語云五臣作「臑」。袁本作「臑」，不著校語。案：「臑」即「胹」之別體字，廣韻七之所載從「需」之字凡四，「臑」其一也，云「臑煮熟」下重文，但有「胹」、「烐」、「䎟」三形。集韻於廣韻偏旁用「需」之字皆從「需」。此注音「而」，其所引左傳、方言，彼皆作「胹」，是自作「臑」，不作「臑」。茶陵本尚存善舊，袁本以五臣亂之。

之蘇，白露之茹。茹，菜之總名也。蘭英之酒，酌以滌口。漢書曰：百味旨酒布蘭生。晉灼曰：布列芬芳，若蘭之生。山梁之餐，豢豹之胎。論語，子曰：山梁雌雉，時哉時哉。鄭玄曰：孔子山行，見一雌雉，食其梁粟。杜預左氏傳注曰：豢，養也，音宦。六韜曰：武王伐紂，得二大夫而問之曰：殷國將有妖乎？對曰：有。殷君陳玉杯象箸，不盛菽藿之羹，必將熊蹯豹胎。小飰大歠，如湯沃雪。說文曰：歠，飲也，昌悅切。沃雪，言易也。家語，孔子曰：人之棄惡，如湯之灌雪焉。此亦天下之至美也，太子能彊起嘗之乎？」太子曰：「僕病，未能也。」

客曰：「鍾岱之牡，齒至之車，漢書曰：趙地，鍾、岱石北，迫近胡寇。如淳曰：鍾所在未聞，石，山險之限，在上黨曲陽。呂氏春秋曰：代，故馬郡，宜馬。齒至之車，未詳。或說曰：公羊傳曰：先軫謂晉侯曰：君馬齒至也。言以齒至馬駕車也。戰國策曰：驥之齒至矣，服檻車而上太行也。前似飛鳥，後類距虛。黃子曰：駿馬有晨風、黃鵠，皆取鳥名馬。言走疾若飛也。范子曰：千里馬，必有距虛。呂氏春秋曰：距虛鼠後而兔前。穱麥服處，躁中煩外。以穱麥分劑而食馬，馬肥，故中躁而外煩也。王逸楚詞注曰：稻粢穱麥挐黃粱[9]。左氏傳，慶鄭謂晉侯曰：今乘異產，將與人易，張脉憤興，外強中乾。羈堅轡，附易路。易，平易也。於是伯樂相其前後[10]，王良造父爲之御，秦缺樓季爲之右。呂氏春秋曰：古之善相馬者，若趙之王良，秦之伯樂，尤盡其妙。文子曰：伯樂相之，王良御之。史記曰：周繆王使造父為御，西巡狩。秦缺，未詳，韓子曰：夫獵，託車輿之安，用六駕之足，使王良佐轡，則身不勞而易及輕獸。今捨車輿，則雖樓季之走，無時及獸矣。許慎淮南子注曰：樓季，魏文侯之弟也。此兩人者，馬佚能止之，車覆

---

9 注「王逸楚辭注曰稻粢穱麥挐黃粱」陳云：案此楚辭正文，非注也，當作「穱麥麥中先熟者」。今案：此或衍「王逸注」三字，各本皆同。無以審知之也。

10 「於是伯樂相其前後」袁本云善無「後」，茶陵本云五臣有「後」。案：此本亦初無而脩改添之。蓋尤延之以為善傳寫脫，但注不見明文，無以考也。

能起之。兩人，秦缺、樓季也。家語，顏回曰：東野之御，善則善矣，其馬將必佚也。於是使射千鎰之重，爭千里之逐。史記曰：田忌數與齊公子馳逐重射。孫子見其馬足不甚相遠，有上、中、下輩，於是謂田忌曰：君弟重射，臣能令君勝。忌然之，與射千金。及臨質，孫子曰：今以君之下駟，與彼上駟；取君之上駟，與彼中駟；取君中駟，與彼下駟。既馳三輩，而忌一不勝而再勝，卒得千金。賈逵國語注曰：一鎰，二十四兩。韓子曰：王子期為趙簡子取道[11]，爭千里之發也。此亦天下之至駿也。太子能彊起乘之乎？」太子曰：「僕病，未能也。」

客曰：「既登景夷之臺，南望荊山，北望汝海，左江右湖，其樂無有。景夷，臺名也。孔安國尚書傳曰：荊山在荊州。郭璞山海經注曰：汝水出魯陽山東北，入淮海。汝稱海，大言之也。戰國策，魯君曰：楚王登京臺，南望獵山，左江右湖，其樂之，忘死無有，天下無有。於是使博辯之士，原本山川，極命草木，趙岐孟子注曰：命，名也。比物屬事，離辭連類。禮記，孔子曰：屬辭比事，春秋教也。韓子曰：多言繁稱，連類比物也。浮游覽觀，乃下置酒於虞懷之宮。虞懷，宮名也。連廊四注，鄭玄周禮注曰：四阿若今四注也。臺城層構，紛紜玄綠。輦道邪交，黃池紆曲。黃當為湟。湟，城池也。溷章白鷺，孔鳥鶤鵠，溷章，鳥名，未詳。鵷鶵鵁鶄，翠鬣紫纓。鬣，首毛也。纓，頸毛也。螭龍德牧，邕邕羣鳴。螭龍、德牧，並鳥，形未詳。爾雅曰：邕邕，鳴聲和也。陽魚騰躍，奮翼振鱗。曾子曰：鳥魚皆生於陰，而屬於陽。故鳥魚皆卵生，魚遊於水，鳥飛於雲。漃漻薵蓼，蔓草芳苓。言水清淨之處，生薵、蓼二草也。上林賦曰：悠遠長懷，寂漻無聲。漃與寂，音義同也。字書曰：薵，藸草也，丈尤切。藸音豬。毛萇詩傳曰：蓼，水草也，力鳥切。苓，古蓮字也。女桑河

11 注「為趙簡子取道」 袁本、茶陵本「子」作「王」。案：「王」字譌，當作「主」。韓非子、戰國策皆有「簡主」，所謂大夫稱主也。尤所改，似是實非。

柳，素葉紫莖。毛詩曰：猗彼女桑。毛萇曰：女桑，夷桑也[12]。爾雅曰：檉，河柳。郭璞曰：今河旁赤莖小楊也。苗松豫章，條上造天。苗松，未詳。一曰苗山之松。豫章，木名也。孔安國尚書傳曰：造，至也。梧桐并閭，極望成林。張揖上林賦注曰：并閭，椶也。眾芳芬鬱，亂於五風。遁甲開山圖曰：女媧沒，大庭氏之王有天下。五風，異色也。從容猗靡，消息陽陰。消，滅也。息，生也。林木茂盛，隨風披靡，故或陽或陰也。文子曰：與陰俱閉，與陽佚開[13]。消息，或為須臾也。列坐縱酒，蕩樂娛心。景春佐酒，杜連理音。孟子，景春曰：公孫衍、張儀豈不誠大丈夫哉？孟子曰：是焉得為大丈夫。劉熙曰：景春，孟子時人，為縱橫之術者。史記曰：上召子弟佐酒。如淳漢書注曰：今樂家，五日一習樂，為理樂。杜連，未詳也。滋味雜陳，肴糅錯該。王逸楚詞注曰：該，備也。練色娛目，流聲悅耳。埤蒼曰：練，擇也。爾雅曰：流，擇也。於是乃發激楚之結風，揚鄭衛之皓樂。文穎上林賦注曰：激，衝激，急風也。結風，回風，亦急風也。楚地風氣既漂疾，然歌樂者猶復依激結之急風為節，其樂促迅哀切也。淮南子曰：揚鄭、衛之皓樂，此齊民所以淫泆流湎也。許慎曰：鄭、衛，新聲所出國也。皓樂，善倡也。皓下或有齒字，誤。使先施徵舒陽文段干吳娃閭娵傅予之徒，皆美女也。先施，即西施也。戰國策，魯仲連謂孟嘗君曰：君後宮十妃，皆衣縞紵，食粱肉，豈毛嗇、先施哉？徵舒、段干、傅予，皆未詳。一曰：左氏傳曰：楚莊王欲納夏姬，申公巫臣曰：不可。今納夏姬，貪其色也。史記曰：夏姬，徵舒母也。淮南子曰：不待脂粉，西施、陽文也。許慎曰：陽文，楚之好人也。吳娃，已見上文。孫卿子曰：閭娵、子奢，莫之媒。韋昭漢書注曰：閭娵，梁王魏嬰之美人。雜裾垂髾，目窕心與，司馬彪子虛賦注曰：髾，燕尾也。窕當為挑。史記曰：目挑心招。張晏漢書注曰：挑，嬈也。髾，所交切。揄流波，雜杜若，言引流波以自潔，雜杜若以為芳。杜若，見下注。說文曰：揄，引也。蒙清塵，被蘭澤，列子曰：穆王為中天之臺，

---

12 注「夷桑也」 茶陵本「夷」作「荑」，是也。袁本亦誤「夷」。

13 注「與陽佚開」 袁本、茶陵本「佚」作「迭」，是也。

鄭、衛之處子施芳澤，雜芷若以滿之。神女賦曰：沐蘭澤，含若芳。嫵服而御。尚書大傳曰：古者，后夫人至于房中，釋朝服，襲嫵服，入御于君也。此亦天下之靡麗皓侈廣博之樂也，太子能彊起游乎？」太子曰：「僕病，未能也。」

客曰：「將爲太子馴騏驥之馬，駕飛軨之輿，乘牡駿之乘。廣雅曰：馴，擾也。說文曰：騏，馬驪文如綦也。尚書大傳曰：未命為士，車不得有飛軨。鄭玄曰：如今窗車也。力廷切。右夏服之勁箭，左烏號之彫弓。夏服，已見子虛賦。服，即今步叉也。烏號，已見子虛賦。又，古考史曰[14]：柘樹，枝長而勁，烏集之。將飛，柘起彈烏，烏乃號呼。此枝為弓，快而有力，因名也。游涉乎雲林，周馳乎蘭澤，弭節乎江潯。雲林，雲夢之林。楚詞曰：羲和弭節兮。字林曰：潯，水涯也。掩青蘋，游清風。方言曰：奄，息也。呂氏春秋曰：崑崙之蘋也。張揖子虛賦注曰：青蘋，似莎而大。陶陽氣，蕩春心。薛君韓詩章句曰：陶，暢也。陽氣，春也。神農本草曰：春夏為陽。楚詞曰：目極千里傷春心。王逸曰：蕩春心。蕩，滌也。逐狡獸，集輕禽。言射而矢集於輕禽也。左氏傳曰：楚君親集矢於其目。闕子曰：矢集于彭城之東，並以所止為集也。於是極犬馬之才，困野獸之足[15]，窮相御之智巧。文子曰：無相御之勞，而致千里也。恐虎豹，慴鷙鳥。爾雅曰：慴，恐也。逐馬鳴鑣，魚跨麋角。逐馬，馳逐之馬。鳴鑣，鑾鳴於鑣也。魚跨，跨度魚也。麋角，執麋之角也。履游麕兔，蹈踐麖鹿，汗流沫墜，寃伏陵窘，陵，猶促也。說文曰：窘，迫也。無創而死者，固足充後乘矣。此校獵之至壯也。太子能彊起游乎？」李奇漢書注曰：以五校兵出獵。太子曰：「僕病，未能也。」然陽氣見於眉宇之間，侵淫而上，幾滿大宅。周書曰：民有五氣。喜氣內蓄，雖欲隱之，陽喜必見。大宅，未詳。

---

14 注「又古考史曰」 陳云「考史」當作「史考」，譙周所著。案：所校是也。史記司馬相如傳索隱引古史考可證。

15 「困野獸之足」 袁本云善無「獸」。茶陵本云五臣有「獸」。案：此亦尤延之以為傳寫脫而添之，似是也。

客見太子有悅色，遂推而進之曰：「冥火薄天，兵車雷運。鄭玄詩箋曰：冥，夜也。廣雅曰：薄，至也。王逸楚詞注曰：運，轉也，音旋。旍旗偃蹇，羽毛肅紛，馳騁角逐，慕味爭先。徼墨廣博，觀望之有圻。墨，燒田也。言逐獸於燒田廣博之所，而觀望之有圻堮也。墨或為䆊也。說文曰：圻，地圻堮也，魚斤切。純粹全犧，獻之公門。」尚書，父師曰：乃攘竊神祇之犧全牲。孔安國曰：色純曰牲，體完曰全。應劭漢書注曰：粹，淳也。毛詩曰：獻豜於公。太子曰：「善，願復聞之。」

客曰：「未既。孔安國曰尚書傳曰[16]：既，盡也。於是榛林深澤，煙雲闇莫，兕虎並作。莫，闇貌也。說文曰：莫，日且冥也。毅武孔猛，袒裼身薄。左氏傳曰：致果為毅。毛萇詩傳曰：孔，甚也，毛詩曰：襢裼暴虎。毛萇曰：袒裼，肉袒也。孔安國尚書傳曰：薄，迫也。白刃磑磑，矛戟交錯。莊子，孔子曰：白刃交前，視死若生者，烈士之勇也。六韜書刀銘曰：刀刺磑磑。牛哀切。收穫掌功，賞賜金帛。鄭玄周禮注曰：掌，主也。掩蘋肆若，爲牧人席。張揖上林賦注曰：掩，覆也。毛萇詩傳曰：肆，陳也。旨酒嘉肴，羞炰膾炙，以御賓客。毛詩曰：旨酒思柔。又曰：嘉肴脾臄。又曰：炰鱉鮮魚。鄭玄曰：炰，火熟之。漢書，東方朔曰：生肉為膾。毛詩曰：以御賓客也。涌觸並起，動心驚耳。誠必不悔，決絕以諾。言游獵歡宴，忠誠為之，必不有悔。事之決絕，但以一諾，不俟再三。貞信之色，形于金石。毛詩序曰：貞信之教興。家語，孔子曰：夫鍾鼓之音，憂而擊之，則悲；喜而擊之，則樂。故志誠感之，通于金石，而況人乎哉。高歌陳唱，萬歲無斁。孔安國尚書傳曰：斁，厭也。此眞太子之所喜也，能強起而游乎？」太子曰：「僕甚願從，直恐爲諸大夫累耳。」然而有起色矣。

客曰：「將以八月之望，孔安國尚書傳曰：十五日，日月相望。與諸侯遠方交游兄弟，並往

---

16 注「孔安國曰尚書傳曰」 案：「國」下不當有「曰」字。各本皆衍。

觀濤乎廣陵之曲江。漢書，廣陵國，屬吳也。至則未見濤之形也。徒觀水力之所到，則卹然足以駭矣。卹然，驚恐貌。觀其所駕軼者，所擢拔者，所揚汨者，所温汾者，所滌汔者，小雅曰：駕，陵也。杜預左氏傳注曰：軼，突也。蒼頡篇曰：擢，抽也。孔安國尚書傳曰：汨，亂也。古沒切。温汾，轉之貌也。爾雅曰：饑，汔也。郭璞曰：謂摩近。汔，許乞切。雖有心略辭給，固未能縷形其所由然也。略，智也。縷，辭縷也[17]。怳兮忽兮，聊兮慄兮，混汨汨兮，老子曰：怳兮忽兮，其中有物。聊、慄，恐懼之貌。忽兮慌兮，俶兮儻兮，廣雅曰：俶、儻，卓異也。浩瀇瀁兮，慌曠曠兮[18]。秉意乎南山，通望乎東海。爾雅曰：秉，執也。虹洞兮蒼天，極慮乎崖涘。虹洞，相連貌也。莊子曰：出於厓涘。毛萇詩傳曰：涘，涯也。虹，胡洞切。流攬無窮，歸神日母。言周流觀覽而窮，然後歸神至日所出也。春秋內事云：日者，陽德之母。汨乘流而下降兮，或不知其所止。方言曰：汨，疾貌也，為畢切。或紛紜其流折兮，忽繆往而不來。言衆浪紛紜，其流曲折，或錯繆俱往，而不迴流。臨朱汜而遠逝兮，中虛煩而益怠。朱汜，蓋地名，未詳。莫離散而發曙兮，內存心而自持。莫離散，謂精神不離散也。發曙，發夕至曙也。說文曰：曙，旦明也。於是澡概胸中，灑練五藏，毛萇詩傳曰：溉，滌也。概與溉同。練，猶汰也。莊子曰：愁其五藏也。澹澉手足[19]，頮濯髮齒。澉澹，猶洗滌也。澉，湖敢切。說文，頮，洗面也。頮，呼潰切。揄棄恬怠，輸寫淟濁，方

---

17 注「縷辭縷也」 陳云「辭」恐「覶」誤，是也。各本皆譌。

18 「慌曠曠兮」 案：「慌」當作「超」。袁本云善作「慌」。茶陵本云五臣作「超」。此必欲改上文「怳兮忽兮」之「怳」為「慌」，誤以當此處。各本校語，皆據所見而不察也。善亦作「超」，其上文之「怳」乃當作「慌」。

19 「澹澉手足」 案：「澹澉」當作「澉澹」。善注云「澉澹，猶洗滌也」。各本皆同。其袁、茶陵二本所載，五臣銑注則云「澹澉」。各本所見正文，蓋皆以五臣亂善。

言曰：輸，脫也[20]。王逸楚詞注曰：淟，垢濁也，敕顯切。分決狐疑，發皇耳目。楚詞曰：心猶豫以狐疑。謚法曰：明者曰皇也。風賦曰：發明耳目。當是之時，雖有淹病滯疾，猶將伸傴起躄，發瞽披聾而觀望之也。廣雅曰：傴，曲也，郁禹切。淮南子曰：遺躄者，屨然躄跛，不能行也，必亦切。況直眇小煩懣，酲醲病酒之徒哉！故曰發蒙解惑，不足以言也。」素問，黃帝曰：發蒙解惑，未足以論也。太子曰：「善，然則濤何氣哉？」

客曰：「不記也。然聞於師曰，似神而非者三：疾雷聞百里；言聲似疾雷，而聞百里，一也。江水逆流，海水上潮；言能令二水逆流上潮，二也。山出內雲，日夜不止。山內雲而日夜不止，三也。衍溢漂疾，波涌而濤起。小雅曰：衍，散也。說文曰：漂，浮也。其始起也，洪淋淋焉，若白鷺之下翔。說文曰：淋，山下水也。淋或為汧。聲類曰：汧，漂也，口怜切。其少進也，浩浩溰溰，如素車白馬帷蓋之張。浩浩，深廣之貌也。溰溰，高白之貌也。帷或為幃，音韋。幃，帳也。其波涌而雲亂，擾擾焉如三軍之騰裝。高唐賦曰：奔揚踊而相擊，雲興聲之霈霈。雲亂也。許慎淮南子注曰：裝，束也。其旁作而奔起也，飄飄焉如輕車之勒兵。六駕蛟龍，附從太白。以蛟龍若馬而駕之，其數六也。淮南子曰：昔馮遲太白之御，入雲霓，游微霧，鶩忽荒。許慎曰：馮遲太白，河伯也。純馳浩蜺，前後駱驛。賈逵國語注曰：純，專也。浩蜺，即素蜺也。波濤之勢，若素蜺而馳，言其長也。顒顒卬卬，椐椐彊彊，莘莘將將。顒顒卬卬，波高貌也。椐椐彊彊，相隨之貌。椐，據於切。彊，渠章切。莘莘，多貌也。將將，高貌也。莘，所巾切。莘或為萃。壁壘重堅，沓雜似軍行。太公陰符曰：幷我勇力，重堅壁壘。應劭漢書注曰：沓，合也。行，戶剛切。協韻也。訇隱匈磕，軋盤涌裔，原不可當。軋坱，無垠貌也。盤，謂盤廣大貌。涌裔，行貌也。觀其兩傍，則滂渤

20 注「方言曰輸脫也」 袁本、茶陵本「輸」作「揄」，是也。亦見廣雅釋詁。

佛鬱，闇漠感突，上擊下律。有似勇壯之卒，律當為硉。硉，虜骨切。突怒而無畏。蹈壁衝津，窮曲隨隈，踰岸出追。說文曰：隈，水曲也。上林賦曰：觸穹石，激堆碕。郭璞曰：沙堆也，都迴切。追亦堆字，今為追，古字假借之也。遇者死，當者壞。初發乎或圍之津涯，荄軫谷分。或圍，蓋地名也。言涯如轉，而谷似裂也。一曰：涯如草轉也。方言曰：荄，根也。謂草之根也。一本無荄字。許慎淮南子注曰：軫，轉也。迴翔青篾，銜枚檀桓。青篾、檀桓，蓋並地名也。迴翔，水復流也。銜枚，水無聲也。周禮曰：銜枚氏。鄭玄曰：止言語囂讙也。枚，大如箸，橫銜之也。弭節伍子之山，通厲骨母之場。弭節，已見上文。史記曰：吳王殺子胥，投之于江。吳人立祠於江上，因名胥母山[21]。王逸楚辭注曰：高厲，遠行也。越絕書曰：闔閭旦食䱉山，晝游於胥母。疑骨母字之誤也。凌赤岸，篲扶桑，橫奔似雷行。赤岸，蓋地名也。曹子建表曰：南至赤岸。山謙之南徐州記曰：京江，禹貢北江。春秋分朔，輒有大濤，至江乘，北激赤岸，尤更迅猛。然並以赤岸在廣陵。而此文勢似在遠方，非廣陵也。說文曰：篲，掃竹也。山海經曰：湯谷上有扶木。扶木者，扶桑也。十日所浴之地。誠奮厥武，如振如怒。毛詩曰：王奮厥武，如震如怒。毛萇曰：震，猶威也。沌沌渾渾，狀如奔馬。沌沌渾渾，波相隨之貌也。孫子兵法曰：渾渾沌沌，形圓而不可敗也。越絕書曰：王捐子胥於大江口。勇士之執，乃有遺鄙。發憤馳騰，氣若奔馬。沌，徒本切。渾，胡本切。混混庉庉，聲如雷鼓。混混沌沌[22]，波浪之聲也。越絕書，越王勾踐曰：浩浩之水，聲音若雷霆。庉，徒本切。發怒庢沓，清升踰跇，言初發怒，礙止而涌沸。少選之頃，清者上升，遞相踰跇也。說文曰：庢，礙止也。庢，竹栗切。庢或為底，古字也。杜預左氏傳曰：底，平也。埤蒼曰：沓，釜沸出也，徒答切。如淳漢書注曰：跇，超踰也。侯波奮振，合戰於藉藉之口。楚辭曰：陵陽侯之氾濫兮。王逸曰：陽侯，大波也。藉藉，蓋地名也。鳥不及飛，魚不及迴，獸不

21 注「因名胥母山」 案：此有誤。史記作「因命曰胥山」，命即名也。當本云「因名曰胥山」，涉下文「胥母」而誤改。

22 注「混混沌沌」 案：「沌沌」當作「庉庉」。各本皆誤。

及走。高唐賦曰：飛鳥未及起，走獸未及發。紛紛翼翼，波涌雲亂。廣雅曰：紛紛，眾也。毛萇詩傳曰：翼翼，壯健貌也。蕩取南山，背擊北岸。覆虧丘陵，平夷西畔。言水之勢既蕩南山，又擊北岸。丘陵為之顛覆，然後平夷西畔。險險戲戲，崩壞陂池，決勝乃罷。合戰決勝，而後乃罷。瀄汩潺湲，披揚流灑。瀄，泌瀄，波相楔也。汩，蜜汩，水流疾也。字書曰：潺湲，流貌也。橫暴之極，魚鼈失勢，顛倒偃側，沋沋湲湲，蒲伏連延。沋沋湲湲，魚鼈顛倒之貌也。蒲伏，即匍匐也。連延，相續貌。沋，禹牛切。神物怪疑，不可勝言。直使人踣焉，洄闇悽愴焉。郭璞爾雅曰：踣，覆也[23]，薄北切。洄與回同也。此天下怪異詭觀也，太子能強起觀之乎？」太子曰：「僕病，未能也。」

客曰：「將為太子奏方術之士有資略者，孔安國論語注曰：方，道也。晉灼漢書注曰：資，材量也。若莊周魏牟楊朱墨翟便蜎詹何之倫。呂氏春秋，中山公子牟謂詹何[24]：身在江海之上，心居魏闕之下。高誘曰：子牟，魏公子也。詹子，古得道者也。淮南子曰：雖有鉤鍼芳餌，加以詹何、蜎蠉之數，猶不能與罔罟爭得也。高誘曰：蜎蠉，白公時人。宋玉集曰：宋玉與登徒子偕受釣於玄淵。七略曰：蜎子，名淵，楚人也。然三文雖殊，其一人也[25]。使之論天下之釋微[26]，理萬物之是非。家語曰：卜商好論精微，時人無以尚也。孫卿子曰：是是非非，謂之智也。孔老覽觀，孟子持籌而筭之[27]，萬不失一。漢書，張良曰：臣借前箸以籌之。音義曰：以籌度之也，直流切。史記，蒯

23 注「郭璞爾雅曰踣覆也」 袁本、茶陵本「覆」上有「前」字，是也。陳云「雅」下脫「注」字。二本亦脫。

24 注「中山公子牟謂詹何」 袁本、茶陵本「何」作「子」，是也。

25 注「其一人也」 何校「其」改「共」，是也。各本皆譌。

26 「使之論天下之釋微」 茶陵本云「釋」五臣作「精」。袁本云善作「釋」。案：善引「好論精微」為注，似亦作「精」。各本所見，皆傳寫誤。

27 「孟子持籌而筭之」 茶陵本無「持而筭」三字，云五臣作「持籌而筭之」。袁本用五臣，云善作「孟子籌之」。案：此尤延之誤以五臣亂善。

通曰：以此參之，萬不失一。老或為左也。此亦天下要言妙道也，太子豈欲聞之乎？」於是太子據几而起曰：「渙乎若一聽聖人辯士之言。」涊然汗出，霍然病已。涊，汗貌也。莊子曰：泚然汗出。涊，乃顯切。霍，疾貌也。

七啓八首 并序

曹子建

昔枚乘作七發，傅毅作七激，張衡作七辯，崔駰作七依，辭各美麗。余有慕之焉，遂作七啓。并命王粲作焉。

玄微子隱居大荒之庭，玄微，幽玄精微也。山海經曰：大荒之中有山，名曰大荒之山，日月所入，是謂大荒之野中也。飛遯離俗，澄神定靈。九師道訓曰：遯而能飛，吉孰大焉。淮南子曰：單豹背世離俗，巖居谷飲也。輕祿傲貴，與物無營。莊子曰：夫輕爵祿人者之所託材。司馬彪曰：材，身也。蔡邕釋誨曰：安貧樂賤，與世無營也。耽虛好靜，羨此永生。列子曰：莫如靜，莫如虛。靜也，虛也，得其居。獨馳思於天雲之際，無物象而能傾。舞賦曰：獨馳思乎杳冥。左氏傳，韓簡曰：物生而後有象。於是鏡機子聞而將往說焉。鏡機，鏡照機微也。駕超野之駟，乘追風之輿。超野、追風，言疾也。經迥漠，出幽墟。入乎泱漭之野，遂屆玄微子之所居。子虛賦曰：過乎泱漭之野[28]。其居也，左激水，右高岑。子虛賦曰：其西則激水推移。爾雅曰：山小而高曰岑也。背洞溪，對芳林。冠皮弁，被文裘。儀禮曰：皮弁服素積。鄭玄曰：皮弁者，白鹿皮為冠，象上古也。文裘，文狐之裘也。出山岫之潛穴，倚峻崖而嬉遊。爾雅曰：山有穴為岫。志飄飆

28 注「過乎泱漭之野」　袁本、茶陵本「漭」作「莽」。案：史記、漢書皆是「莽」字，疑前彼賦及此正文作「漭」者，善為五臣所亂。

焉，嶢嶢焉，似若狹六合而隘九州。山海經曰：地之所載，六合之間也。若將飛而未逝，若舉翼而中留。於是鏡機子攀葛藟而登，距巖而立，毛詩曰：南有樛木，葛藟累之。孔安國尚書傳曰：距，至也。順風而稱曰：莊子曰：黃帝聞廣成子在崆峒之上，故往見之。黃帝順風膝行而進。「予聞君子不遯俗而遺名，智士不背世而滅勳。周易曰：遯世無悶。幽通賦曰：保身遺名，民之表兮。鄭玄毛詩箋曰：遺，忘也。又禮記注曰：名，令聞也。背世，已見上注。今吾子棄道藝之華，遺仁義之英。耗精神乎虛廓，廢人事之紀經。韓子曰：精神日耗。蒼頡篇曰：耗，消也。史記，太史公曰：春秋上明三王之道，下辨人事之經紀。耗，呼到切。譬若畫形於無象，造響於無聲。言像因形生，響隨聲發。今欲無聲而造響，圖像而無形，豈有得哉？孫卿子曰：下之和上，譬響之應聲，影之像形。楊雄解難曰：譬若畫者放於無形，絃者放於無聲也。未之思乎，何所規之不通也？」論語，子曰：未之思也。

玄微子俯而應之曰：「譆，有是言乎！鄭玄禮記注曰：譆，悲恨之聲也。譆與嘻，古字通也。嘻，欣碁切。夫太極之初，渾沌未分，萬物紛錯，與道俱隆。漢書曰：太極元氣，分三為一[29]。言元氣初為一，後為天地人也。春秋說題辭曰：元清氣以為天，渾沌無形體。宋均曰：言元氣之初如此也，渾沌未分也。言氣在易為元，在老為道。義不殊也。蓋有形必朽，有跡必窮。列子曰：形必終也。芒芒元氣，誰知其終？春秋命歷序曰：元氣正，則天地八卦孳也。名穢我身，位累我躬。莊子曰：行名失己，非士也。又，魏文侯曰：夫魏，真為我累耳。竊慕古人之所志，仰老莊之遺風。思玄賦曰：慕古人之貞節。毛詩序曰：有堯之遺風。如淳漢書注曰：遺，餘也。假靈龜以託喻，寧掉尾於塗中。」莊子曰：楚王使大夫往聘莊子，莊子曰：吾聞楚有神龜，死已三千歲矣，王巾笥而藏之於廟堂之上。此龜者，寧其死為留骨而貴乎？寧其生而曳尾塗中乎？二大夫曰：寧生曳尾塗中。莊子曰：往矣，吾將曳尾於塗中也。

---

29 注「分三為一」　茶陵本「分」作「函」，是也。袁本亦作「分」，誤與此同。

鏡機子曰：「夫辯言之豔，能使窮澤生流，枯木發榮。庶感靈而激神，況近在乎人情。僕將爲吾子說游觀之至娛，演聲色之妖靡。羽獵賦曰：遊觀侈靡。小雅曰：演，廣也。尚書，仲虺曰：惟王不邇聲色。列子，隰朋曰：妖靡盈庭，忠良滿朝也。論變化之至妙，敷道德之弘麗。願聞之乎？」玄微子曰：「吾子整身倦世，倦世，倦於人間之世也。探隱拯沈。小雅曰：探，取也。難蜀父老曰：拯民於沈溺。說文曰：出溺為拯。不遠遐路，幸見光臨。將敬滌耳，以聽玉音。」尚書大傳曰：天下諸侯受命於周，莫不玉音金聲。

鏡機子曰：「芳菰精粺，霜蓄露葵。張揖上林賦注曰：彫，菰米也。宋玉諷賦曰：主人之女，為臣炊彫胡之飯。說文曰：粺，禾別也。粺與糈古字通，薄懈切。毛詩曰：我行其野，言采其蓫。鄭玄曰：蓫，牛蘈。蓫與蓄，音義通也。宋玉諷賦曰：為臣煮露葵之羹。玄熊素膚，肥豢膿肌。鄭玄周禮注曰：犬豕曰豢。膿，肥貌也，女龍切。蟬翼之割，剖纖析微。蟬翼，言薄也。楚詞曰：蟬翼為重也。累如疊縠，離若散雪。輕隨風飛，刃不轉切。山鵽斥鷃，珠翠之珍。鵽，已見南都賦。莊子曰：鵬摶扶搖而上，斥鷃笑之曰：彼奚適也？許慎淮南子注曰：鷃雀飛不過一尺。言劣弱也。斥與尺，古字通。珠翠，珠柱也。南方異物記曰：採珠人以珠肉作鮓也。寒芳苓之巢龜，膾西海之飛鱗。寒，今胵肉也。鹽鐵論曰：煎魚切肝，羊淹雞寒。劉熙釋名曰：韓雞，本出韓國所為。寒與韓同。史記曰：有神龜在江南嘉林中，常巢於芳蓮之上。苓與蓮同。西海飛鱗，即文鰩也。山海經曰：泰器之山，濩水出焉。是多鰩魚，常行西海，而游於東海，夜飛而行。臛江東之潛鼉，臇漢南之鳴鶉。說文曰：臛，肉羹也。蒼頡解詁曰：臇，少汁臛也，子兗切。糅以芳酸，甘和既醇。鄭玄禮記注曰：糅，雜也。醇，已見上注。玄冥適鹹，蓐收調辛。禮記曰：北方其神玄冥。北方，水也。尚書曰：水曰潤下，潤下作鹹。禮記曰：西方，其神蓐收。西方，金也。尚書曰：金曰從革，從革作辛。紫蘭丹椒，施和必節。禮斗威儀曰：君乘金而王，其政平，則蘭常生。鄭玄曰：主給調和也。張衡七辨曰：芳以薑椒，拂以木蘭。滋味既殊，遺芳射越。上林賦曰：眾香發越。郭璞曰：香氣射散也。乃有春清縹酒，康狄所營。毛詩曰：為此春酒。鄭玄禮記注曰：清酒，今之中山冬釀，接夏而成也。縹，綠色而微白也。博物志曰：杜康作酒。戰國策曰：梁王請為魯君舉觚。魯君曰：昔帝女儀狄作酒而美，進之於禹，禹飲而甘之。遂疏儀狄，乃絕旨酒。應化則變，感氣而成。淮南子曰：物類之相應，故東風至而酒汎溢[30]。高誘曰：東風，木風也。木味酸，入酒故酢，而汎者沸。蓋非類相感也。春秋說題辭曰：黍為酒。陽援陰乃能動，故以麥黍為酒。宋衷曰：麥，陰也。先漬麴，黍後入，故曰陽援陰，相得而沸，是其動也。彈徵則苦發，叩宮則甘生。禮記曰：季夏之月[31]，其音徵，其味苦。又曰：中央土，其音宮，其味甘也。於是盛以翠樽，酌以彫觴。浮蟻鼎沸，酷烈馨香。釋名曰：酒有汎，齊浮蟻在上汎汎然。漢書曰：田延年謂霍光曰：今羣臣鼎沸。上林賦曰：酷烈淑郁也。可以和神，可以娛腸。神，人之精爽也。此肴饌之妙也，子能從我而食之乎？」玄微子曰：「予甘藜藿，未暇此食也。」韓子曰：糲粮之飯，藜藿之羹也。

鏡機子曰：「步光之劍，華藻繁縟。越絕書曰：孔子從弟子七十人往奏，勾踐乃身被賜夷之甲[32]，帶步光之劍。藻，文采也。說文曰：縟，繁采飾也。飾以文犀，彫以翠綠。國語曰：奉文犀之渠。綴以驪龍之珠，錯以荊山之玉。莊子曰：千金之珠在九重之淵，而驪龍頷下。韓子曰：楚人和氏得璞玉於楚山之中也。陸斷犀象，未足稱雋。隨波截鴻，水不漸刃。聖主得賢臣頌曰：巧冶鑄干將之璞，陸剸犀革。戰國策，蘇秦說韓王曰：韓卒之劍，陸斷牛馬，水擊鴻鴈。廣雅曰：漸，漬也。九旒之冕，散耀垂文。劉梁七舉曰：九旒之冕，散

---

30 注「而酒汎溢」 袁本、茶陵本「汎」作「沈」，下「汎者沸」同。案：「沈」字是也。今淮南覽冥訓作「湛」，「湛」、「沈」同字。高誘注云「酒湛，清酒也，米物下湛，故曰湛。」不作「汎」明甚。

31 注「季夏之月」 袁本、茶陵本「季」作「孟」，是也。

32 注「勾踐乃身被賜夷之甲」 案：「賜」當作「賜」。各本皆誤。吳都賦「賜，夷音，以良切」，劉淵林注所引正作「賜」。今越絕書作「賜」，與此皆形近之譌也。

耀垂文。周禮曰：弁師掌王之五冕，諸侯繅九就。鄭玄曰：就，成也。每繅九成，則九旒也。應劭漢官儀曰：冕，公侯九旒者也[33]。**華組之纓，從風紛紜。**禮記曰：玄冠丹組纓，諸侯之齊冠。說文曰：組，綬屬也。小者以為冠纓。又曰：纓，冠系也。**佩則結緑懸黎，寶之妙微。**戰國策：應侯謂秦王曰：梁有懸黎，宋有結緑，而為天下名器也。**符采照爛，流景揚煇。**劉淵林蜀都賦注曰：符采，玉之橫文也。說文曰：景，光也。**黼黻之服，紗縠之裳。**孔安國尚書傳曰：諸侯自龍袞而下至黼黻。漢書曰：江充衣紗縠單衣也。**金華之舄，動趾遺光。**言以金華飾舄，故動足而有餘光也。劉欣期交州記曰：金華出珠崖。如淳漢書注曰：遺，餘也。**繁飾參差，微鮮若霜。緄佩綢繆，或彫或錯。**說文曰：緄，織成帶也，古本切。**薰以幽若，流芳肆布。**說文曰：薰，火煙上出也。若，杜若也。若稱幽若，猶蘭曰幽蘭也。擬古詩曰：屢見流芳歇[34]。毛萇詩傳曰：肆，陳也。**雍容閑步，周旋馳耀。**聖主得賢臣頌曰：雍容垂拱。左氏傳，晉公子謂楚子曰：晉、楚治兵，若不獲命，則與君周旋也。**南威爲之解顏，西施爲之巧笑。**戰國策曰：晉文公得南威，三日不聽朝。遂推而遠之曰：後世必有以色亡其國者。列子曰：列子師老商氏，五年之後，夫子始一解顏而笑。西施，已見上文。毛詩曰：巧笑倩兮。**此容飾之妙也，子能從我而服之乎？」玄微子曰：「予好毛褐，未暇此服也。」**鄭玄毛詩箋曰：褐，毛布也。

鏡機子曰：「馳騁足用蕩思，游獵可以娛情。子虛賦曰：終日馳騁，曾不下輿。又曰：游獵之地，饒樂若此者乎？歸田賦曰：聊以娛情。**僕將爲吾子駕雲龍之飛駟，飾玉路之繁纓。**馬有龍稱，而雲從龍，故曰雲龍也。周禮曰：凡馬八尺已上為龍。又曰：玉路錫樊纓。鄭玄曰：樊讀如鞶，謂今之馬大帶也。纓，今馬鞅。繁與鞶，古字通。**垂宛虹之長緌，抗招搖之華旍。**楚詞曰：建雄虹之彩旄。禮記曰：天子殺則下大綏。鄭玄曰：綏當為緌。

---

33 注「冕公侯九旒者也」　袁本「旒」作「流」。案：「流」字是也。茶陵本作「遊」，亦非。

34 注「擬古詩曰屢見流芳歇」　袁本、茶陵本無此九字。

綏，有虞氏之旌旗也。禮記曰：招搖在上，急繕其怒。鄭玄曰：繕讀為勁。畫招搖星於其上[35]，以起居堅勁軍之威怒也。捷忘歸之矢，秉繁弱之弓。儀禮曰：司射搢三挾一箇。鄭玄曰：搢，插也[36]，楚甲切。新序曰：楚王載繁弱之弓，忘歸之矢，以射隨兕於夢也。忽躡景而輕騖，逸奔驥而超遺風。景，日景也。躡之言疾也。呂氏春秋，伊尹說湯曰：青龍之匹，遺風之乘。高誘曰：皆馬名也。疾若比遺風。於是磎塡谷塞，榛藪平夷。緣山置罝，彌野張罘。鄭玄周禮注曰：彌，遍也。下無滿跡[37]，上無逸飛。鳥集獸屯，然後會圍。廣雅曰：屯，聚也。獠徒雲布，武騎霧散。說文曰：獠，獵也。韓子曰：雲布風動。羽獵賦曰：武騎聿皇。封禪書曰：雲布霧散。丹旗燿野，戈殳晧旰。南都賦曰：曜野暎雲。曳文狐，揜狡兔。禮斗威儀曰：其君乘土而王南海，輸以文狐。史記，李斯曰：牽黃犬，逐狡兔。方言曰：揜，覆也。捎鸝鴺，拂振鷺。鸝鴺、振鷺，皆鳥之名。當軌見藉，值足遇踐。西京賦曰：當足見蹍，值輪被轢也。飛軒電逝，獸隨輪轉。孫該琵琶賦曰：飄風電逝，舒疾無力[38]。翼不暇張，足不及騰。西京賦曰：鳥不暇舉，獸不得發。動觸飛鋒，舉挂輕罾。西都賓曰：鳥驚觸絲，獸駭值鋒。罾，亦罔也。班固漢書序曰：鷹隼未擊，罾弋不施於蹊隧也。搜林索險，探薄窮阻。廣雅曰：草蘩生曰薄。騰山赴壑，風厲焱舉。古詩曰：涼風率已厲。楚辭曰：焱遠舉兮雲中。王逸注云：焱，去疾貌。說文曰：焱，火華也。機不

---

35 注「畫招搖星於其上」 陳云「其」，「旗」誤，是也。各本皆譌。案：今本禮記注作「又畫招搖星於旌旗上」，蓋李節引耳。

36 注「搢插也」 案：「插」當作「捷」。宋潭州本儀禮鄉射釋文「捷，初洽反」，又「士冠捷柶，初洽反」。本又作「插」，此正文作「捷」，善所引儀禮注亦作「捷」。不知者誤依今本作「插」改之，亦如通志堂刻釋文於鄉射改「捷」為「插」也。何校正文「捷」改為「插」，陳亦云「捷」當作「插」，皆據注之誤字。

37 「下無滿跡」 案：「滿」當作「漏」。袁本云善作「滿」。茶陵本云五臣作「漏」。各本所見皆傳寫譌。七命云「外無漏迹」，善引此「下無漏迹」為注，於文義本不得作「滿」也。

38 注「舒疾無力」 案：「力」當作「方」。各本皆譌。

虛發，中必飲羽。孔安國尚書傳曰：機，弩牙也。子虛賦曰：弓不虛發，中必決眥。呂氏春秋曰：養由基射兕中石，矢飲羽。高誘曰：飲羽，飲矢至羽也。於是人稠網密，地逼勢脅。哮闞之獸，張牙奮鬣。毛詩曰：進厥虎臣，闞如虓虎。毛萇曰：虓闞，虎怒也。哮與虓同也。志在觸突，猛氣不慴。慴，已見上文。乃使北宮東郭之疇，孟子曰：北宮黝之養勇也，不膚撓，不目逃，思以一毫挫於人，若撻於市朝。趙岐曰：北宮，姓；黝，名也。呂氏春秋曰：齊有好勇者，一人居東郭，一人居西郭，卒然相遇於塗，曰：姑相飲乎？觴數行曰：姑求肉乎？一人曰：子肉也，我肉也。因抽刀而相噉也。生抽豹尾，分裂貙肩。爾雅曰：貙似狸。形不抗手，骨不隱拳。小雅曰：抗，禦也。服虔漢書注曰：隱，築也，於瑾切。批熊碎掌，拉虎摧斑。掌，熊蹯也。孟子曰：熊掌亦我所欲也。斑，虎文也。上林賦曰：被斑文。野無毛類，林無羽羣。積獸如陵，飛翮成雲。羽獵賦曰：創滛輪夷，丘累陵聚。於是駴鍾鳴鼓，收旌弛旆。周禮曰：鼓皆駴。鄭玄曰：雷擊鼓曰駭。駴，古駭字。杜預左氏傳注曰：弛，解也。頓綱縱網，羆獠回邁[39]。頓猶捨也。說文曰：縱，緩也。駿騄齊驤，揚鑾飛沫。南都賦曰：驥騄齊鑣。舞賦曰：龍驤橫舉，揚鑣飛沫也。俯倚金較，仰撫翠蓋。東京賦曰：戴翠冒，倚金較。說文曰：較，車上曲鉤。高唐賦曰：蜺為旌，翠為蓋。雍容暇豫，娛志方外。國語，優施曰：我教汝暇豫之事君。韋昭曰：暇，閑也。豫，樂也。杜預左氏傳注曰：方，法也。此羽獵之妙也，子能從我而觀之乎？」高唐賦曰：傳言羽獵。玄微子曰：「予樂恬靜，未暇此觀也。」

鏡機子曰：「閑宮顯敞，雲屋皓旰。李充高安館銘曰[40]：增臺顯敞。雲屋，言高若雲也。班婕妤自傷賦

---

39 「羆獠回邁」 案：「羆」當作「罷」。袁本云善作「羆」。茶陵本云五臣作「罷」。各本所見皆傳寫譌，善亦不得作「羆」。

40 注「李充高安館銘曰」 陳云「充」當作「尢」。尢字伯仁，見范史文苑傳，是也。各本皆譌。

曰：仰視兮雲屋，雙洟下兮橫流。崇景山之高基，迎清風而立觀。基若景山，言極高也。毛萇詩傳曰：崇，立也。毛詩曰：陟彼景山。地理書曰：迎風觀在鄴也。彤軒紫柱，文榱華梁。劉梁七舉曰：丹墀縹壁，紫柱紅梁也。綺井含葩，金墀玉箱。金墀，猶金戺也。西京賦曰：金戺玉階。玉箱，猶玉房也。温房則冬服絺，清室則中夏含霜。劉騊駼玄根頌曰：前殿冬絺。李尤函谷關賦曰：盛夏臨漂而含霜也。華閣緣雲，飛陛陵虛。魯靈光殿賦曰：飛陛揭孽，緣雲上征。頫眺流星，仰觀八隅。魯靈光殿賦曰：中坐垂景，頫視流星。頫音俯[41]。升龍攀而不逮，眇天際而高居。崔駰七依曰：升龍於天者，雲也。西京賦曰：翔鶤仰而不逮。周易曰：豐其屋，天際翔也。繁巧神怪，變名異形。班輸無所措其斧斤，離婁爲之失睛。鄭玄禮記注曰：公輸若，匠師也。般、若之族多技巧者也。孟子曰：離婁之明。趙岐曰：古之明目者也。蓋黃帝時人。麗草交植，殊品詭類。綠葉朱榮，熙天曜日。熙，光也。素水盈沼，叢木成林。楚辭曰：含素水而蒙深。飛翮凌高，鱗甲隱深。於是逍遙暇豫，忽若忘歸。楚辭曰：觀者澹予忘歸也[42]。乃使任子垂釣，魏氏發機。莊子曰：任子為大釣巨緇，五十犗以為餌，蹲會稽，投竿東海。旦而釣。朞年不得魚。已而魚大食之[43]，牽巨釣陷沒而下，驚揚而奮鬐，白波若山。吳越春秋曰：越王欲伐吳，范蠡進善射者陳音。越王問其射所起焉。音曰：黃帝作弓以備四方。後有楚狐父以其道傳羿，羿傳逄蒙，蒙傳楚琴氏，琴氏傳大魏，大魏傳楚三侯，麋侯、翼侯、魏侯也。芳餌沈水，輕繳弋飛。吳越春秋，大夫種曰：深川之魚，死於芳餌。落翳雲之翔鳥，援九淵之靈龜。賈誼弔屈原曰：襲九淵之神龍。然後采菱華，擢水蘋。子虛賦曰：外發芙蓉菱華。許慎淮南子注曰：擢，引也。毛萇詩傳曰：蘋，大萍。弄珠蜯，戲鮫人。楊雄蜀

---

41 注「頫音俯」　袁本、茶陵本無此三字。

42 注「觀者澹予忘歸也」　陳云「予」，「兮」誤，是也。各本皆譌。

43 注「已而魚大食之」　袁本、茶陵本「魚大」作「大魚」，是也。

都賦曰：蜯含珠而擘裂。劉淵林吳都賦注曰：鮫人水底居也。諷漢廣之所詠，覿游女於水濱。韓詩序曰：漢廣，悅人也。詩曰：漢有遊女，不可求思。薛君曰：遊女，謂漢神也。燿神景於中沚，被輕縠之纖羅。毛詩曰：宛在水中沚。子虛賦曰：雜纖羅也。遺芳烈而靖步，抗皓手而清歌。廣雅曰：抗，舉也。歌曰：望雲際兮有好仇，天路長兮往無由。楚辭曰：君誰須兮雲之際。毛詩曰：君子好仇。枚乘樂府曰：美人在雲端，天路隔無期。佩蘭蕙兮爲誰脩，宴婉絕兮[44]我心愁。楚辭曰：紉秋蘭為佩[45]。王逸注曰：脩，飾也。毛詩曰：燕婉之求。毛萇曰：燕，安也。婉，順也。鄭玄曰：本求燕婉之人也。此宮館之妙也，子能從我而居之乎？」玄微子曰：「予耽巖穴，未暇此居也。」巖穴，隱者所居。黃石公記曰：主聘巖穴，事乃得實也。

鏡機子曰：「既游觀中原，逍遙閑宮，情放志蕩，淫樂未終。亦將有才人妙妓，遺世越俗。漢書曰：傅昭儀少為才人。韋昭曰：才，伎人也。廣雅曰：遺，離也。揚北里之流聲，紹陽阿之妙曲。史記曰：紂使師涓作新淫之聲，北里之舞，靡靡之樂。淮南子曰：夫歌采菱，發陽阿，鄭人聽之，不若延靈以和[46]。爾乃御文軒，臨洞庭。文，畫飾也。軒，殿檻也[47]。洞庭，廣庭也。尸子曰：文軒無四寸之鍵則車不行。莊子曰：黃帝張咸池之樂於洞庭也。新語曰：高臺百仞，文軒彫窗也[47]。琴瑟交揮，左篪右笙。廣雅曰：揮，動也。毛萇詩傳曰：竹曰篪。鍾鼓俱振，簫管齊鳴。廣雅曰：振，動也。毛詩曰：簫管備舉。然後姣人乃被文縠之華袿，振輕綺之飄颻。毛詩曰：佼人僚兮。劉熙釋名曰：婦人上服謂之袿。戴金搖之熠燿，揚翠羽之雙

---

44 「宴婉絕兮」　陳云「宴」，「燕」誤。今案陳據注引毛詩作「燕」也，西征賦「宴喜」注，亦引毛詩作「燕」。或注有刪削未全耳。

45 注「紉秋蘭為佩」　袁本、茶陵本「為」上有「兮」字。案：「兮」當作「以」，此尤延之欲校改而誤兩去其字也。

46 注「鄭人聽之不若延靈以和」　陳云「鄭」，「鄙」誤；「靈」，「露」誤，是也。各本皆譌。

47 注「軒殿檻也」又「新語曰高臺百仞文軒彫窗也」　陳云「文軒猶彫軒耳」。「殿檻」之釋與「新語」一條，皆屬誤贅。今案：此注與中引尸子「文軒」義乖，陳說近之。但各本盡然，未審所誤果當若何也。

翾。宋玉諷賦曰：主人之女，垂珠步搖，來排臣戶。西京雜記曰：趙飛燕為皇后，其弟上遺黃金步搖。毛萇詩傳曰：熠燿，鮮明也。司馬彪續漢書曰：皇太后入廟，先為花勝，上為鳳皇，以翡翠為毛羽。王逸楚辭注曰：翾，羽名也。揮流芳，燿飛文。韓康伯周易注曰：揮，散也。歷盤鼓，煥繽紛。張衡舞賦曰：般鼓煥以駢羅。長裾隨風，悲歌入雲。列子曰：薛談學謳於秦青，辭歸，青餞於郊，撫節悲歌，響遏行雲也。蹻捷若飛，蹈虛遠蹠。廣雅曰：趫，趨行也。今為蹻，古字無定也。廣雅曰：蹠，履也。凌躍超驤，蜿蟬揮霍。楚辭曰：超驤推阿。西京賦曰：跳丸劍之揮霍也。翔爾鴻翥，濈然鳧沒。爾雅曰：翥，舉也。濈，疾貌也。濈，側立切。縱輕體以迅赴，景追形而不逮。西京賦曰：紛縱體而迅赴。不逮，言疾也。韓子曰：形影相應而生。飛聲激塵，依違厲響。七略曰：漢興，善歌者魯人虞公，發聲動梁上塵。依違，猶徘徊也。楚辭曰：余思舊鄉心依違。才捷若神，形難爲象。舞賦曰：彷佛神動。又曰：不可為象也。於是爲歡未渫，白日西頹。東都賦曰：士怒未渫。方言曰：渫，歇也。楚辭曰：日杳杳以西頹。散樂變飾，微步中閨。玄眉弛兮鉛華落，收亂髮兮拂蘭澤，鉛華，已見洛神賦。蘭澤，已見上文也。形婧服兮揚幽若。說文曰：婧，南楚之外謂好也。婧，湯火切。紅顏宜笑，睇眄流光。楚辭曰：既含睇兮又宜笑。王逸曰：睇，微眄貌。時與吾子，攜手同行。毛詩曰：惠而好我，攜手同行也。踐飛除，即閑房。司馬彪上林賦注曰：除，樓陛也。華燭爛，幄幙張。秦嘉贈婦詩曰：飄飄帷帳，熒熒華燭。左氏傳曰：子產以幄幙行。動朱脣，發清商。舞賦曰：動朱脣。神女賦曰：朱脣的其若丹。宋玉笛賦曰：吟清商，追流徵也。揚羅袂，振華裳。九秋之夕，爲歡未央。九秋之夕，言其長也。古樂府有歷九秋、妾薄相行。蘇武詩曰：懽樂殊未央。此聲色之妙也，子能從我而游之乎？」玄微子曰：「予願清虛，未暇此遊也。」

鏡機子曰：「予聞君子樂奮節以顯義，烈士甘危軀以成仁。張衡應問曰[48]：貴高以端辭顯

---

48 注「張衡應問曰」 陳云「問」，「閒」誤，是也。各本皆譌。

義。論語，子曰：志士仁人有殺身以成仁。是以雄俊之徒，交黨結倫。重氣輕命，感分遺身。西京賦曰：輕死重氣，結黨連羣。分，分義也。鄭玄禮記注曰：遺，亡也。故田光伏劍於北燕，公叔畢命於西秦。史記，燕太子丹謂田光曰：丹所言者，國大事也，願先生勿泄也。光曰：諾。退見荊軻曰：吾聞長者為行，不使人疑己。今太子疑光，非節俠也。欲自殺以激荊卿，遂自剄。公叔，未詳。果毅輕斷，虎步谷風。左氏傳曰：殺敵為果，致果為毅。李陵詩曰：幸託不肖軀，且當猛虎步。春秋元命苞曰：猛虎嘯而谷風起。類相動也。威慴萬乘，華夏稱雄。」漢書曰：天子畿方千里，出兵車萬乘，故稱萬乘之主。尚書曰：華夏蠻貊也。辭未及終，而玄微子曰：「善。」

鏡機子曰：「此乃游俠之徒耳，未足稱妙也。若夫田文無忌之儔，乃上古之俊公子也。田文，孟嘗也。無忌，信陵也。皆飛仁揚義，騰躍道藝。游心無方，抗志雲際。莊子曰：乘物以游心。又曰：應物無方。晉灼漢書注曰：方，常也。楚辭曰：放志游乎雲中也。凌轢諸侯，駈馳當世。呂氏春秋曰：凌轢諸侯。說文曰：轢，車所踐也。揮袂則九野生風，慷慨則氣成虹蜺。說文曰：揮，奮也。淮南子曰：所謂一者，上通九天，下貫九野。劉邵趙郡賦曰：煦氣成虹蜺，揮袖起風塵。文與此同，未詳其本也。吾子若當此之時，能從我而友之乎？」玄微子曰：「子亮願焉。」爾雅曰：亮，信也。然方於大道，有累如何？」

鏡機子曰：「世有聖宰，翼帝霸世。謂魏太祖。孔安國尚書傳曰：翼，輔也。同量乾坤，等曜日月。乾坤，天地也。張超尼父頌曰：合量乾坤，參曜日月也。玄化參神，與靈合契。蔡邕陳留太守頌曰：玄化洽矣，黔首用寧。漢書，伍被說淮南王曰：今陛下令雖未出，化馳如神。劇秦美新曰：與天剖靈符，地合神契。惠澤播於黎苗，威靈震乎無外。國語曰：少昊之衰，九黎亂德。韋昭曰：九黎，黎民九人。尚書，帝曰：禹，惟時有苗不率，汝徂征。孔安國曰：三苗之民，數干王誅。崔駰七依曰：仁臻於行葦，惠及乎黎、苗。四子講德論曰：威靈外覆。公羊傳曰：王者無外也。超隆平於殷周，踵羲皇而齊泰。東都賦曰：卽土之中，有周成隆平之制焉。東京賦曰：踵二皇之遐武。薛綜曰：踵，繼也。顯朝惟清，王道遐均。民望如草，我澤如春。班固漢書文紀述曰：我德如風，民應如草。古長歌行曰：陽春布德澤，萬物生光輝也。河濱無洗耳之士，喬岳無巢居之民。洗耳，許由也。琴操曰：堯大許由之志，禪為天子。由以其不善，乃臨河而洗耳。毛詩曰：嶞山喬岳也。巢居，巢父也。皇甫謐逸士傳曰：巢父者，堯時隱人。常山居，以樹為巢，而寢其上。時人號曰巢父也。是以俊乂來仕，觀國之光。尚書曰：俊乂在官。國語曰：秦后來仕[49]。韋昭曰：仕於晉也。周易曰：觀國之光，利用賓于王。舉不遺才，進各異方。左氏傳曰：楚子囊曰：晉君舉不失選。又曰：不遺德刑。杜預曰：遺，失也。贊典禮於辟雍，講文德於明堂；左氏傳曰：隨武子曰：典禮不易。尚書曰：帝乃誕敷文德。毛詩曰：失其文德，洽此四國。正流俗之華說，綜孔氏之舊章。流俗，已見上。華說，已見文賦。舊章，已見東都主人，王肅周易注曰：綜，理事也。左氏傳曰：舊章不可忘也[50]。散樂移風，國富民康。解嘲曰：散以禮樂，風以詩書。禮記曰：樂行，移風易俗，天下皆寧。春秋說題辭曰：盡精竭思，國富民康也。神應休臻，屢獲嘉祥。尚書曰：休徵。東京賦曰：總集瑞命，備致嘉祥也。故甘靈紛而晨降，景星宵而舒光。禮斗威儀曰：其君乘土而王，其政太平，時則甘靈降[51]。鶡冠子曰：聖人其德上及泰清，下及泰寧，景星光潤。史記曰：天精明時，有赤方氣與青方氣相連。赤方中有兩黃星，青方中有一黃星，凡三星合為景星。其狀無常，出於有道之國也。觀游龍於神淵，聆鳴鳳於高岡。禮斗威儀曰：其君乘水而王，龜龍被文而見。神女賦曰：婉若游龍。周易曰：潛龍勿用。又曰：或躍在淵。樂汁圖徵曰：五音克諧，各得其倫，則鳳皇至。廣雅曰：聆，聽也。毛詩曰：鳳皇鳴矣[52]。此霸道之至

---

49 注「秦后來仕」　案：「后」下當有「子」字。各本皆脫。

50 注「左氏傳曰舊章不可忘也」　案：此十字不當有。上云「舊章已見東都主人」，複出，非也。各本皆衍。

51 注「則甘靈降」　袁本、茶陵本「靈」作「露」。案：二本正文作「露」。袁有校語云善作「靈」，茶陵無。尤所見與袁同，故用正文改注。其實「靈」字未必非傳寫誤，即正文作「甘靈」，注為「甘露」，於善例自通，改者未是。

52 注「鳳皇鳴矣」　陳云下脫「於彼高岡」四字。案：所校是也。此必連引以注「於高岡」。各本皆脫。

隆，而雍熙之盛際。漢書，宣帝曰，漢家自有制度，本霸、王道雜之。東京賦曰：上下共其雍熙。然主上猶以沈恩之未廣，懼聲教之未厲，漢書，司馬相如[53]難蜀父老曰：湛恩汪濊。尚書曰：朔南暨聲教。廣雅曰：厲，高也。采英奇於仄陋，宣皇明於巖穴。邊讓章華臺賦曰：舉英奇於側陋[54]。尚書曰：明明揚側陋。東都賦曰：散皇明以燭幽。巖穴，已見上文。此甯子商歌之秋，而呂望所以投綸而逝也。淮南子曰：甯戚商歌車下，而桓公慨然而悟。秋，猶時也。史記，朱亥謂魏公子曰：此是効命之秋也。尚書中候曰：王至磻溪之水，呂尚釣崖下。趨拜，尚立變名曰望。毛詩曰：之子于釣，言綸之繩。鄭玄曰：以繩為之綸。吾子爲太和之民，不欲仕陶唐之世乎？」法言曰：或問太和曰：其在唐虞成周也。李軌曰：天下太和也。孔安國尚書傳曰：陶唐，帝堯氏也。於是玄微子攘袂而興曰：「韙哉言乎！近者吾子，所述華淫，欲以厲我，祇攪予心。杜預左氏傳注曰：勸，勵也。毛詩曰：胡逝我梁，祇攪我心。至聞天下穆清，明君莅國，史記曰：漢興已來，受命於穆清。蔡邕釋誨曰：生穆清之世，稟淳和之靈。毛萇詩傳曰：莅，臨也。覽盈虛之正義，知頑素之迷惑。周易曰：損益盈虛，與時偕行。薛君韓詩章句曰：素，質也。言人但有質朴，無治人之材也。今予廓爾，身輕若飛。劉梁七舉曰：先生昭然神悟，霍爾體輕。願反初服，從子而歸。」楚詞曰：進不入以離尤，退將復修吾初服。公羊傳，楚莊王謂司馬子反曰：吾亦從子而歸。

53 注「漢書司馬相如」 袁本、茶陵本無此六字。

54 注「舉英奇於側陋」 袁本、茶陵本「側」作「仄」，下同。案：此尤所見與二本異，各本正文皆作「仄」，袁、茶陵不著校語。考東京賦「招有道於側陋」，薛注字同，善注引「明明揚側陋」。袁、茶陵二本正文亦作「仄」，仍不著校語。思玄賦「幽獨守此仄陋兮」，袁、茶陵作「側」，其校語云善作「仄」。善注「仄」，善注引「明明揚仄陋」，恩幸傳論「明敭幽仄」，注及正文皆作「仄」。蓋尚書自有二本，作者或用「仄」，或用「側」，善隨而引之，後人輒有所改，致令正文與注有所歧互。

卷第三十五

七下

七命八首　張景陽

沖漠公子，含華隱曜。沖漠，沖虛恬漠也。范曄後漢書，孔融曰：南山四皓，潛光隱耀，世嘉其高也。嘉遯龍盤，翫世高蹈[1]。周易曰：嘉遯貞吉。尚書大傳曰：盤龍賁信越其藏[2]。鄭玄曰：蟠，屈也。左氏傳，齊人歌曰：魯人之皐，使我高蹈也。游心於浩然，玩志乎眾妙。莊子曰：乘物以游心。孟子曰：我善養吾浩然之氣。敢問何謂浩然之氣？曰：難言也。其為氣也，至大至剛，以直養而無害，則塞于天地之間。老子曰：玄之又玄，眾妙之門。絕景乎大荒

1 「翫世高蹈」　何校云「翫」，晉書作「超」。案：「翫」字非也。茶陵本云五臣作「越」。袁本云善作「翫」。此必欲改下文「玩志乎眾妙」之「玩」為「翫」，誤以當此處。各本校語，皆據所見而不察也。但善作「越」之與作「超」，無明文以決之。

2 注「盤龍賁信越其藏」　袁本、茶陵本「盤」作「蟠」，「越」作「於」。案：二本是也。正文作「盤」，疑注更有「盤」、「蟠」異同之語，刪削不全。三國名臣序贊「初九龍盤」注引方言「蟠龍」，亦如此。蜀都賦「潛龍蟠於沮澤」，用字不同也。晉書作「蟠」，何、陳校改正文。考此篇善未必與晉書同。下「聾其山」，彼作「籠乘鼂」；「舟」，彼作「鷁」，與注不合，最為顯證。今各依其舊，亦不盡出。

之遐阻，呑嚮乎幽山之窮奧。山海經曰：大荒之中，有山名曰大荒之山。日月所入，是謂大荒之野。毛詩曰：幽幽南山。奧，隱處也。於是殉華大夫[3]聞而造焉。殉，營也。華，浮華。乃勑雲輅，駿飛黃。東京賦曰：結飛雲之袷輅。淮南子曰：黃帝治天下，於是飛黃服皁。越奔沙，輾流霜。劉劭七華曰：超重淵，越流沙。凌扶搖之風，躡堅冰之津。莊子曰：摶扶搖而上者九萬里。司馬彪曰：扶搖，上行風也。列子曰：堅冰立散。旌拂霄堮，軌出蒼垠。許慎淮南子注曰：垠堮，端崖也。天清泠而無霞，野曠朗而無塵。臨重岫而攬轡，顧石室而迴輪。仲長子昌言曰：聞上古之隱士，或伏重岫之內，窟窮皐之底。列仙傳曰：赤松子常止西王母石室中。遂適沖漠之所居。爾雅曰：適，之也。其居也，崢嶸幽藹，蕭瑟虛玄。廣雅曰：崢嶸，深冥也。說文曰：玄，幽遠也。溟海渾濩涌其後，嶰谷嶆嶆張其前。十洲記曰：東王所居處，山外有員海，員海水色正黑，謂之溟海。說文曰：渾，流聲也，後袞切。又曰：濩，霤下貌也，胡郭切。漢書曰：取竹之嶰谷。音義曰：嶰谷，崑崙北谷名。嶆嶆，深空之貌也。嶰音解。嶆音牢。嶆音曹。尋竹竦莖蔭其壑，百籟羣鳴聾其山。山海經曰：大荒之中有岳山，尋竹生焉。郭璞曰：尋竹，大竹也。莊子曰：地籟則眾竅是也。聾其山，謂眾聲既喧，山為之聾也。蒼頡篇曰：聾，耳不聞也。衝飈發而迴日，飛礫起而灑天。鹽鐵論曰：衝風飄鹵，沙石凝積。東京賦曰：飛礫雨散。於是登絕巘，遡長風。毛萇詩傳曰：巘，小山，別大山者也。薛綜西京賦注曰：遡，向風也。[4]陳辯惑之辭，命公子於巖中。曰：「蓋聞聖人不卷道而背時，智士不遺身而匿跡。應瑒釋賓曰：聖人不違時而遯迹，賢者不背俗而遺功。七啓曰：感分遺身。楚辭曰：聊竄端匿跡也。生必耀華名於玉牒，沒則勒洪伐於金冊。東觀漢記曰：封禪其玉牒文祕。說文曰：牒，札也。陳琳韋端碑曰：撰勒洪伐，式昭德音。金冊，已見西京賦。

3 「於是殉華大夫」　袁本、茶陵本「殉」作「徇」，注同。案：此蓋尤校改為「殉」。晉書作「殉」，但善未必同彼也。

4 注「遡向風也」　袁本、茶陵本無「風」字，是也。

今公子違世陸沈，避地獨竄。陸沈，已見張景陽雜詩。孔安國尚書傳曰：違，避也。論語，子曰：賢者避世，其次避地。有生之歡滅，資父之義廢。漢書曰：夫人有生之最靈者也。孝經曰：資於事父以事君而敬同。愁洽百年，苦溢千歲。古詩曰：人生不滿百，常懷千歲憂。何異促鱗之游汀濘，短羽之棲翳薈。張升與任彥堅書曰：今將老弱處于窮澤，漸漬汀濘，當何聊賴？汀，吐冷切。說文曰：濘，絕小水也，奴冷切。孫子兵法曰：林木翳薈也。今將榮子以天人之大寶，悅子以縱性之至娛。周易曰：天地之大德曰生，聖人之大寶曰位。列子，楊朱曰：從性而游，不逆萬物所好。七啓曰：說游觀之至娛。窮地而游，中天而居。列子曰：穆王執化人之袪，騰而上者，中天乃止。傾四海之歡，殫九州之腴。說文曰：歡，喜樂也。又曰：腴，腹下肥者。西都賓曰：華實之毛，則九州之上腴焉。鑽屈轂之瓠，解疏屬之拘，子欲之乎？」言屈轂之瓠難鑽，疏屬之拘難解。今欲以辯而鑽解之也。韓子曰：齊有居士田仲者，宋人屈轂往見之，謂仲曰：轂有巨瓠，堅如石，厚而無竅，願效之先生。田仲曰：堅如石，不可剖而斲；厚而無竅，不可以受水漿。吾無用此瓠為也。屈轂曰：然其棄物乎？曰：然。今先生雖不恃人之食，亦無益人之國矣。猶可棄之瓠也。田仲若有所失，慙而不對。山海經曰：二負[5]殺猰貐，帝乃梏之疏屬之山，桎其右足，及縛兩手。公子曰：「大夫不遺，來萃荒外。毛萇詩傳曰：萃，集也。雖在不敏，敬聽嘉話。」孝經曰：參不敏。說文曰：話，會合善言也。

大夫曰：「寒山之桐，出自太冥。楚辭曰：北有寒山，卓龍絶然。北方極陰，故曰太冥。含黃鍾以吐幹，據蒼岑而孤生。禮記曰：季夏之月，中央土，律中黃鍾之宮。尚書曰：嶧陽孤桐。孔安國曰：孤特生桐，中琴也。既乃瓊巘嶒崚，金岸崥崹。瓊巘，玉山也。魯靈光殿賦曰：崱崚嶒而龍鱗[6]。崥崹，漸平貌也。崥，步迷切。

5 注「山海經曰二負」　袁本、茶陵本「二」作「貳」，是也。
6 注「崱崚嶒而龍鱗」　袁本、茶陵本「崚嶒」作「繒綾」。案：二本是也，尤誤改之，說詳前。鍾山詩「崚嶒起青嶂」下晉書

崹，徒奚切。左當風谷，右臨雲谿。上無淩虛之巢，下無跖實之蹊。淮南子曰：鳥排虛而飛，獸蹠實而走。高誘曰：實，地也。廣雅曰：蹠，履也。跖與蹠同。搖刖峻挺，茗邈苕嶢。搖刖，危貌也。茗邈，高貌也。茗，莫泠切。晞三春之溢露，遡九秋之鳴飇[7]。毛萇詩傳曰：晞，乾也。班固終南山賦曰：三春之季，孟夏之初。愬與遡同。已見上文。古樂府有歷九秋、妾薄相行。零雪寫其根[8]，霏霜封其條。毛萇詩傳曰：霏，雪貌也。霜亦雪類，故通言之。木既繁而後綠，草未素而先彫。傅毅七激曰：陽春後榮，涉秋先彫。於是構雲梯，陟崢嶸。墨子曰：公輸般為雲梯，必取宋。長笛賦曰：構雲梯，抗浮柱。郭璞方言注曰：崢嶸，高峻也。剪蕤賓之陽柯，剖大呂之陰莖。禮記曰：仲夏之月，律中蕤賓。又曰：季冬之月，律中大呂。蒼頡篇曰：剖，析也。周禮曰：仲冬斬陽木，仲夏斬陰木。鄭玄曰：陽木生於山南，陰木生於山北也。營匠斲其樸，伶倫均其聲。營匠，未詳。莊子曰：匠石之齊，見櫟杜樹，觀者如市，匠伯不顧。司馬彪曰：石字伯。說文曰：斲，斫也。漢書曰：黃帝使伶倫取嶰谷之竹，斷兩節，間而吹之，以為黃鍾之宮。制十二籥，以聽鳳皇之音，以比黃鍾之宮。器舉樂奏，促調高張。禮記曰：金石絲竹，樂之器也。楊雄解嘲曰[9]：絃者，高張急徽。音朗號鍾，韻清繞梁。楚辭曰：操伯牙之號鍾兮[10]，挾秦箏而彈徵。尸子曰：繞梁之鳴，許史鼓之，非不樂也。墨子以為傷義，故不聽也。追逸響於八風，采奇律於歸昌。風俗通曰：聲所以五者，繫五行也；音所以八者，繫八風也。淮南子曰：律之初生也，寫鳳之音。韓詩外傳曰：鳳舉曰上翔，集鳴曰歸

作「層陵」。

7 「遡九秋之鳴飇」 案：「遡」當作「愬」。注云「愬」與「遡」同。若正文作「遡」，不當有此注。蓋五臣改為「遡」，各本所見亂之。晉書上文「遡長風」及此皆作「愬」，下文「遡惠風於蘅薄」亦然，疑善皆作「愬」也。月賦「愬皓月而長歌」，西京賦「咸遡風而欲翔」，張載魏都賦注引作「愬」，皆可互證。

8 「零雪寫其根」 茶陵本云五臣作「零」。袁本云善作「雲」。案：「雲」但傳寫誤，此尤校改也。晉書作「雱」。

9 注「楊雄解嘲曰」 袁本、茶陵本「嘲」作「難」。案：「難」字是也。解難亦載本傳，與解嘲迴不相涉，不知者誤改耳。

10 注「操伯牙之號鍾兮」 袁本、茶陵本「伯」作「百」。案：此尤校改之也。

昌。啓中黃之少宮，發蓐收之變商。中黃，土色。禮斗威儀曰：少宮主政。宋均曰：聲五而已，必加少宮、少商者，以君臣任重，為設副也。劉向雅琴賦曰：彈少宮之際天，援中徵以及泉。禮記曰：孟秋之月，其神蓐收。淮南子曰：變宮生徵。變商生羽。若乃龍火西頹，暄氣初收。漢書曰：東宮蒼龍房心，心為火，故曰龍火也。左氏傳曰：仲尼曰：火猶西流。禮記曰：仲秋陽氣日衰。飛霜迎節，高風送秋。桓麟七說曰：飛霜厲其末，猋風激其崖。李尤七歎曰：季秋末際，高風猋厲。羈旅懷土之徒，流宕百罹之疇。左氏傳，陳敬仲曰：羈旅之臣。論語曰：小人懷土。謝忱後漢書序曰：士庶流宕，他州異境。毛詩曰：我生之後，逢此百罹。撫促柱則酸鼻，揮危絃則涕流[11]。舞賦曰：若絙瑟促柱。高唐賦曰：寒心酸鼻。廣雅曰：揮，動也。鄭玄論語注曰：危，高也。侯瑾箏賦曰：急絃促柱，變調改曲。陸機前緩歌行曰：大客揮高絃。意與此同也。若乃追清哇，赴嚴節。張衡舞賦曰：含清哇而吟詠。蒼頡曰[12]：哇，謳也。嚴節，急節也。漢書曰：隤銅丸以擿鼓，聲中嚴鼓之節。奏綠水，吐白雪。淮南子曰：手會綠水之趨。高誘曰：淥水，古詩也。宋玉風賦曰[13]：為幽蘭白雪之曲。激楚迴，流風結。上林賦曰：激楚結風。文穎曰：激，衝，急風也。結風，回風，亦急風也。楚地風氣既自漂疾，然歌樂者，猶復依激結之急風為節也。悲蓂莢之朝落，悼望舒之夕缺。田俅子曰：堯為天子，蓂莢生於庭，為帝成歷。鄭玄詩箋曰：悼，傷也。楚辭曰：前望舒使先驅。王逸曰：望舒，月御也。古詩曰：四五占兔缺。煢嫠爲之擗摽，孀老爲之嗚咽。左氏傳，初，莒有婦人，莒子殺其夫，己為嫠婦。杜預曰：寡婦為嫠。毛詩曰：寤擗有摽。毛萇曰：擗，拊心貌。淮南子曰：童子不孤，婦人不孀。高誘曰：寡婦曰孀。王子拂纓而傾耳，六馬噓天而仰秣。列仙傳曰：王子喬，周靈王太子晉也。吹笙則鳳鳴。禮記曰：傾耳而聽之。孫卿子曰：昔者瓠巴鼓瑟，而鱏魚

11 「揮危絃則涕流」　袁本云善作「流涕」。茶陵本云五臣作「涕流」。案：「流涕」但傳寫倒，此尤校改正之也。晉書不誤。

12 注「蒼頡曰」　何校「頡」下添「篇」字，陳同。各本皆脫。

13 注「宋玉風賦曰」　案：「風」當作「諷」。各本皆譌。

出聽。伯牙鼓琴，而六馬仰秣。黃伯仁龍馬賦曰：或有噓天慷慨，骨騰肉飛。說文曰：噓，吹噓，音虛。秣或為蹀也。此蓋音曲之至妙。子豈能從我而聽之乎？」舞賦曰：天下之至妙。公子曰：「余病，未能也。」

大夫曰：「蘭宮祕宇，彫堂綺櫳。楚辭曰：彷徨兮蘭宮。魯靈光殿賦曰：乃立靈光之祕殿。說文曰：櫳，房室之疏也。雲屏爛汗，瓊壁青葱。禮記曰：疏屏，天子廟飾也。鄭玄曰：屏，謂之樹，刻之為雲氣。王褒甘泉賦云：耀照形之玉壁。應門八襲，琁臺九重。毛詩曰：乃立應門。郭璞爾雅注曰：襲，猶重也。汲古文曰[14]：桀作傾宮，飾瑤臺。韓子，箕子曰：紂必為九重高臺也。表以百常之闕，圜以萬雉之墉。表，標也。百常，高也。西京賦曰：徑百常而莖擢。西都賦曰：建金城之萬雉。毛萇詩傳曰：墉，城也。爾乃嶢榭迎風，秀出中天。方言曰：嶢，高也。郭璞爾雅注曰：榭，臺上起屋也。曹子建七啓曰：迎清風而立觀。國語曰：秀出於眾。秀，出貌也。列子曰：周穆王築臺，號曰中天之臺。翠觀岑青，彫閣霞連[15]。長翼臨雲，飛陛凌山。鄭玄禮記注曰：榮，屋翼也。魯靈光殿賦曰：飛陛揭孽，緣雲上征。望玉繩而結極，承倒景而開軒。春秋元命苞曰：玉衡北兩星為玉繩。說文曰：極，棟也。陵陽子明經曰：倒景氣去地四千里，其景皆倒在下。軒，長廊之窗也。赬素炳煥，枌栱嵯峨。毛萇詩傳曰：赬，赤也。說文曰：棼，複屋棟也。棼與枌，古字通。陰虯負檐，陽馬承阿。虯，龍也。楚辭曰：仰觀刻桷畫龍虯[16]。馬融梁將軍西第賦曰：騰極受檐，陽馬承阿。周書曰：明堂咸有四阿。錯以瑤英，鏤以金華。廣雅曰：錯，廁也。范子計然曰：玉英出藍田。劉欣期交州記曰：金華出珠崖。謂金有華彩也。方疏含秀，圓井吐葩。魯靈光殿賦曰：懸棟結阿，天窗綺疏。圓淵方井，反植荷蕖。張載曰：疏，刻鏤也。秀，謂華也。重殿疊起，交綺對幌。西京賦

---

14 注「汲古文曰」　案：「汲」下當有「郡」字。各本皆脫。

15 「彫閣霞連」　案：「彫」當作「彤」。晉書不誤。彤，赤也。故曰「霞連」，與上句「翠觀岑青」，正為一例。此亦如侍遊曲阿後湖作之誤「彤雲」為「彫雲」，皆失其文義，所當訂正。

16 注「畫龍虯」　案：「虯」當作「蛇」，誤用正文中「虯」字改也。上注云「虯龍也」，故復引此以申明之耳。或據此謂招魂別有作「虯」之本，大誤。

曰：交綺豁以疏寮。文字集略曰：幌以帛明窗也。幽堂晝密，明室夜朗。焦螟飛而風生，尺蠖動而成響。晏子春秋，景公問於晏子曰：天下有極細乎？對曰：東海有蟲，名曰焦螟。巢於蚊睫，飛乳去來，而蚊不覺。周易曰：尺蠖之屈，以求伸也。若乃目厭常玩，體倦帷幄。攜公子而雙游，時娛觀於林麓。曹大家列女傳注曰：竹木曰林，山足曰麓。登翠阜，臨丹谷。列子曰：聲色不可常玩聞。華草錦繁，飛采星燭。陽葉春青，陰條秋綠。華實代新，承意恣歡。仰折神藟，俯采朝蘭。本草經曰：白芷，一名藟。許妖切。遡蕙風於衡薄[17]，眷椒塗於瑤壇。邊讓章華臺賦曰：蕙風春施。洛神賦曰：踐椒塗之郁烈，步衡薄而流芳。漢書曰：偏觀此，眺瑤堂。王逸楚辭注曰：壇，猶堂也。爾乃浮三翼，戲中沚。越絕書，伍子胥水戰兵法內經曰：大翼一艘，長十丈；中翼一艘，長九丈六尺；小翼一艘，長九丈。毛詩曰：宛在水中沚。潛鰓駭，驚翰起。蘇林漢書注曰：鰓，音魚鰓。今呼魚謂之鰓，猶呼車以為軫也。鄭玄詩箋曰：翰，鳥中豪俊者也。沈絲結，飛矰理。毛詩曰：其釣維何，維絲伊緡。毛萇曰：緡，綸也。鄭玄曰：以絲為之綸。周禮曰：矰矢用諸弋射。鄭玄曰：結繳於矢，謂之矰也。挂歸翮於赤霄之表，出華鱗於紫淵之裏。歸翮，鴻鴈之屬也。淮南子曰：夫鴻鵠，背負蒼天，膺摩赤霄。上林賦曰：紫淵徑其北。然後縱棹隨風，弭楫乘波。杜預左氏傳曰[18]：縱，放也。毛萇詩傳曰：弭，止也。吹孤竹，拊雲和。周禮曰：孤竹之管，雲和之琴瑟。鄭玄曰：孤竹，竹特生者。雲和，山名。淵客唱淮南之曲，榜人奏采菱之歌。淵客，習水者也。吳都賦，淵客慷慨而泣珠。漢書曰：淮南鼓員四人。子虛賦曰：榜人歌。張揖曰：船長也。淮南子曰：歌采菱，發陽阿也。歌曰：乘鼂舟兮爲水嬉，穆天子傳曰：天子乘鼂舟。郭璞曰：舟為鼂形制。今吳之青

17 「遡蕙風於衡薄」 袁本、茶陵本「蕙」作「惠」，「衡」作「蘅」。案：晉書同此，尤校改也。各本善注中字皆作「蕙」、「衡」，考魏都賦注及洛神賦，乃「惠」、「蘅」之誤。尤所改非。

18 注「杜預左氏傳曰」 何校「傳」下添「注」字，陳同。各本皆脫。

雀舫，此其遺象也。琴道，雍門周曰：水嬉則舫龍舟。臨芳洲兮拔靈芝[19]。楚辭曰：采芳洲兮杜若。西京賦曰：擢靈芝之朱柯。樂以忘戚，游以卒時。論語，子曰：樂以忘憂。家語，孔子歌曰：優哉游哉，聊以卒歲。窮夜爲日，畢歲爲期。此蓋宴居之浩麗，子豈能從我而處之乎？」毛詩曰：或燕燕居息。浩，猶大也。公子曰：「余病，未能也。」

大夫曰：「若乃白商素節，月既授衣。周禮曰：西方白，禮記曰：孟秋之月，其音商。劉楨與臨淄侯書曰：肅以素秋則落。毛詩曰：九月授衣。天凝地閉，風厲霜飛。凝，猶結也。禮記曰：仲冬之月，塗城闕，築囹圄，助天地之閉藏也。柔條夕勁，密葉晨稀。將因氣以效殺，臨金郊而講師。禮記曰：季冬之月，天子乃教於田獵。劉向尚書五行說曰：金，西方。萬物既成，殺氣之始也。故立秋出軍，行師西方為金，故曰金郊也。國語，虢文公曰：三時務農，一時講武。爾乃列輕武，整戎剛。輕、武、戎、剛，四車名也。司馬彪續漢書曰：輕車，古之戰車也。不巾不蓋。韓子曰：管仲之始治也[20]，桓公武車。元戎，已見上文。輕武，卒名也。戎剛，車名也。東京賦總輕武於後陳，奏嚴鼓之嘈囐。[21]漢書曰：衛青令武剛車環為營[22]。張晏曰：兵車也。建雲髦，啓雄芒。雲髦，雲旆竿上施旄也。上林賦曰：連雲旆。髦與旄，古字通。子虛賦曰：建干將之雄戟。芒，鋒刃也。漢書，賈誼曰：解十二牛而芒刃不頓。駕紅陽之飛燕，驂唐公之驌驦。紅陽、飛燕，未詳。或曰：駿馬圖有含陽、侯驃，疑含即紅聲之誤也。左氏傳曰：唐成公有兩

---

19 「拔靈芝」　袁本云善作「雲」。茶陵本云五臣作「靈」。案：此尤校改也。詳善引西京賦以注「靈芝」，「靈」字似是，晉書亦作「靈」。

20 注「管仲之始治也」　袁本、茶陵本「治」作「化」，是也。

21 注「輕武卒名也」下至「奏嚴鼓之嘈囐」　袁本、茶陵本無此二十五字。案：無者最是。此或記於旁，以駁善「輕武戎剛四車名」之解。尤延之不察，誤取以增多。

22 注「環為營」　袁本、茶陵本「環」上有「自」字，是也。

驌驦馬。馬融曰：驌驦，鴈也，馬似之。屯羽隊於外林，縱輕翼於中荒。羽隊，士負羽而為隊也。羽獵賦曰：蒙盾負羽而羅者以萬計。翼，左右甄也。越絕書曰：子胥兵分為兩翼，夜火相望。爾乃布飛羉。或云，飛羅[23]，盧端切。張脩罠。爾雅曰：彘罟謂之羉。或作罠，音旻。夫[24]然羉、罠一以為對，恐互體。廣雅曰：罠，兔罟也[25]。劉逵吳都賦注曰：罠，麋網也。然張氏之意，蓋同劉說。羉或為羅。陵黃岑，挂青巒。爾雅曰：巒，隋也。郭璞曰：山隋長者，荊州謂之巒。畫長豁以為限[26]，帶流谿以為關。既乃內無疏蹊，外無漏迹。廣雅曰：疏，通也。七啓曰：下無漏迹，上無逸飛。叩鉦數校[27]，舉麾旌獲。周禮曰：鼓鉦鳴鐲車皆行。鄭玄曰：鐲，鉦也。散為陣列而行也。漢書曰：大校獵。如淳曰：合軍聚眾，有幡校也。周禮曰：建大麾以田。鄭玄曰：不在九旗之中。周禮曰：服不氏，射則贊張侯，以旌居乏而待獲。鄭玄曰：待獲射者[28]，舉旌以獲也。彀金機，馳鳴鏑。說文曰：彀，張弓弩。機，弩牙也，以金為之。漢書曰：冒頓乃作為鳴鏑。音義曰：箭，鏑也。如今鳴箭是也。剪剛豪，落勁翮。車騎競騖，駢武齊轍。說文曰：騖，亂馳也。駢，並也。毛萇詩傳曰：武，迹也。杜預左氏傳注曰：轍，車迹也。翕忽揮霍，雲迴風烈[29]。孫卿子曰：下之和上，譬猶響之應聲，影之隨形。舉戈林竦，揮鋒電滅。東京賦曰：戈矛若林。廣雅曰：竦，立也。仰

23 注「或云飛羅」　案：此四字不當有，各本皆衍。

24 注「音旻夫」　案：「夫」當作「天」。各本皆譌。此必出郭璞音。

25 注「然羅罠一以為對恐互體廣雅曰罠兔罟也」　袁本、茶陵本作「然兔罠也」四字。案：各本皆誤，無以考也。

26 「畫長豁以為限」　袁本、茶陵本「豁」作「壑」，云善作「豁」。案：「豁」字義不可通，恐各本所見傳寫誤。晉書亦作「壑」。

27 「叩鉦數校」　案：晉書「數」作「散」。詳注云「散為陳列而行」，是善自作「散」。袁、茶陵所載五臣向注云「以數立功校之法」，是五臣乃作「數」，各本皆以五臣亂善而失著校語，非。

28 注「待獲射者」　何校「射」上添「待」字，「者」下添「中」字，是也。各本皆脫。

29 「雲迴風烈」　袁本、茶陵本下有「聲動響飛，形移景發」二句，尤本脫去，當補。晉書亦有。

傾雲巢，俯殫地穴。周禮，有穴氏。鄭玄曰：穴，搏蟄獸所藏者也。乃有圓文之豣，班題之豵。毛萇詩傳曰：豕一歲曰豣。又鄭玄曰：豕生三子曰豵。然此豣、豵，指諸獸，不專論豕也。鼓鬣風生，怒目電瞛。瞛，光也，七從切。口齩霜刃，足撥飛鋒。說文曰：齩，齧骨也，胡狡切。廣雅曰：撥，除也，補達切。甗林蹷石[30]，扣跋幽叢。甗，以鼻搖動也，五忽切。郭璞爾雅注曰：蹷，動搖之貌也，居月切。孔安國論語注曰：扣，擊也。毛萇詩傳曰：跋，躐也。扣跋，或謂却伏也。於是飛黃奮銳，賁石逞技。史記曰：蜚廉[31]以材力事殷紂。尸子，中黃伯曰：余左執太行之獶，而右搏雕虎。說苑曰：勇士孟賁，水行不避蛟龍，陸行不避虎狼。吳越春秋曰：夫差使王孫聖占夢，聖曰：占之不吉。王怒，使力士石蕃以鐵椎椎殺聖。張華博物志曰：石蕃，衛臣也。背負千二百斗沙。虒封狶，僨馮豕。淮南子曰：伍胥曰[32]：吳為封狶脩蛇。小雅曰：封，大也。方言曰：南楚人謂豬為狶。爾雅曰：僨，僵也，甫運切。僨或為攢，非也。王逸楚辭注曰：馮，大也。拉甝虪，挫獬廌。爾雅曰：甝，白虎。虪，黑虎。張揖漢書注曰：獬廌，似鹿而一角也。勾爪摧，鋸牙捭。淮南子曰：勾爪、鋸牙，於是摯矣。說文曰：捭，兩手擊也，補買切。瀾漫狼藉，傾榛倒壑。說文曰：草編狼藉也。殞胔挂山，僵踣掩澤。鄭玄周禮注曰：四足死者曰胔。爾雅曰：僵，仆也。郭璞爾雅注曰：踣，前覆也。張揖上林賦注曰：掩，覆也。藪爲毛林，隰爲丹薄。鄭玄周禮注曰：澤無水曰藪也。廣雅曰：草叢生曰薄。於是撤圍頓罔，卷旆收鳶。鄭玄禮儀注曰[33]：撤，除也。頓，猶舍也。禮記曰：前有塵埃，則載鳴鳶。虞人數獸，林衡計鮮。周禮有虞人，又有林衡。孔安國尚書傳曰：鳥獸新殺曰鮮。論最犒勤，息馬韜弦。張晏漢書

---

30 「甗林蹷石」 案：「甗」當作「甗」。各本皆誤。詳善音五忽切，此字從「兀」明甚。集韻十一沒云「甗，獸以鼻搖動」，最可證。晉書亦誤「甗」。音義云音「瓦」。「瓦」即「兀」之誤。

31 注「史記曰蜚廉」 袁本、茶陵本「蜚」作「飛」，是也。

32 注「伍胥曰」 袁本、茶陵本「伍」下有「子」字。案：各本皆誤，當作「申包胥曰」。

33 注「鄭玄禮儀注曰」 茶陵本「禮儀」作「儀禮」，是也。袁本亦誤倒。

注，最，功第一也。西京賦曰：犒勤賞功。杜預左氏傳注曰：犒，勞也。又曰：韜，藏也。肴駟連鑣，酒駕方軒。說文曰：鑣，馬銜也。西京賦曰：酒車酌醴，方駕授饔。千鐘電釂，萬燧星繁。孔叢子曰：堯飲千鐘。西京賦曰：升觴舉燧，既釂鳴鍾。說文曰：釂，飲酒盡也。陵阜霑流膏，谿谷厭芳煙。歡極樂殫，迴節而旋。鄭玄周禮注曰：節，信也。行者所執之信也。此亦田游之壯觀，子豈能從我而爲之乎？」封禪文曰：天下之壯觀。

公子曰：「余病，未能也。」

大夫曰：「楚之陽劍，歐冶所營。越絶書曰：楚王召風胡子而問之曰：寡人聞吳有干將，越有歐冶子，寡人願齎邦之重寶，請此二人作為鐵劍，可乎？於是風胡子之吳，見歐冶、干將，使之作鐵劍三枚，一曰龍淵，二曰太阿，三曰工市。陽劍，見下文。邪谿之鋌，赤山之精。越絶書曰：越王勾踐有寶劍五，聞於天下。客有能相劍者，名曰薛燭，王召而問之，對曰：當造此劍之時，赤菫之山破而出錫，若耶之溪涸而出銅。許慎淮南子注曰：鋌，銅鐵璞也，徒鼎切。精，謂其中尤善者。銷踰羊頭，鏷越鍛成。淮南子曰：苗山之鋌，羊頭之銷，雖水斷龍髯，陸剸兕甲，莫之服帶。許慎曰：銷，生鐵也。高誘曰：苗山利金，所出羊頭之銷，白羊子刀也。鏷，或謂為鍱[34]。廣雅曰：鍱，鋌也。謝承後漢書曰：孝章皇帝賜諸尚書劍，手自署姓名，尚書陳寵濟南鍛成。蒼頡書曰：鍛，椎也。乃鍊乃鑠，萬辟千灌。說文曰：煉，冶金也。賈逵國語注曰：鑠，銷也。說文曰：銷，鑠金也。辟，謂疊之。灌，謂鑄之。典論曰：魏太子丕造百辟寶劍，長四尺。王粲刀銘曰：灌辟以數，質象以呈。豐隆奮椎，飛廉扇炭。越絶書，薛燭曰：當造此劍之時，雨師灑掃，雷公擊橐，蛟龍捧爐，天帝裝炭。思玄賦注曰：豐隆，雷公也。王逸楚辭注曰：飛廉，風伯也。神器化成，陽文陰縵。吳越春秋曰：干將者，吳人。造劍二枚，一曰干將，二曰莫耶。莫耶者，干將之妻名也。干將曰：吾師之作冶也，金鐵之類不銷，夫妻俱入冶爐之中。莫耶曰：先師親爍身以成物，妾何難也。於是干將夫妻乃斷髮揃爪，投之爐中，使童女三百鼓橐裝炭，金鐵乃濡，遂以成劍。陽曰干

---

34 注「鏷或謂為鍱」 案：「謂」字不當有。各本皆衍。

將，而作龜文；陰曰莫耶，而漫理。干將匿其陽，出其陰而獻之闔閭。闔閭甚重之。**流綺星連，浮綵豔發。**綺，光色也。越絕書曰：王取純鈎。薛燭觀其釽爛如列星之行。典論曰：太子丕劍銘曰：流采色，似采虹。釽，鹵掾切。**光如散電，質如耀雪。**莊子曰：此劍一用，如雷霆之震也[35]。魏文帝大牆上蒿行曰：我帶長寶劍，光白如積雪。**霜鍔水凝，冰刃露潔。**典論曰：魏太子丕造素質，堅而似霜。造匕首，理似堅冰。聲類曰：鍔，刀刃也。字書曰：凝，冰之潔也。越絕書曰：王取純鈎，薛燭觀其光，如水之溢於塘；觀其文，煥煥如冰之將釋。**形冠豪曹，名珍巨闕。**越絕書曰：越王取豪曹，薛燭曰：豪曹非寶劍也。夫寶劍五色並見，莫能相勝，曹已擅名矣，非寶劍也。王取巨闕，曰：非寶劍也。夫寶劍者，金錫和銅而不離，今巨闕已離矣，非寶劍也。**指鄭則三軍白首，麾晉則千里流血。**越絕書曰：楚王作鐵劍三枚，晉、鄭聞而求之，不得。興師圍楚之城，三年不解。於是楚引太阿之劍，登城而麾之，三軍破敗，士卒迷惑，流血千里，晉、鄭之軍頭畢白也。**豈徒水截蛟鴻，陸灑奔駟，**韓非子曰：負長劍，赴榛薄，折兕豹，赴深淵，斷蛟龍。戰國策曰：蘇秦曰：韓卒之劍，水擊鴻鴈。越絕書曰：勾踐示薛燭巨闕曰：吾坐露壇之宮，有駟駕白鹿而過者，車奔馬驚，吾引劍而指之，駟駕上飛揚，不知其絕也。**斷浮翮以為工，絕重甲而稱利云爾而已哉！**浮翮，鴻鴈也，已見上注。史記，蘇秦說韓王曰：韓卒之劍，當敵則斬堅甲。**若其靈寶，則舒辟無方，奇鋒異模。**說文曰：舒，申也。晉灼漢書注曰：方，常也。鄭玄毛詩箋曰：模，法也。**形震薛蜀，光駭風胡。**越絕書為燭，吳越春秋為蜀。蓋一人也。**價兼三鄉，聲貴二都。**越絕書：勾踐示薛燭純鈎曰：客有買之者，有市之鄉二，駿馬千匹，千戶之都二，可乎？薛燭曰：雖傾城量金，珠玉滿河，猶不得此一物，況有市之鄉二，駿馬千匹，千戶之都二，何足言哉！然實二鄉，而云三者，避下文也。**或馳名傾秦，或夜飛去吳。**越絕書曰：闔廬無道，湛盧之劍去之入水。行湊楚，楚王臥而設湛盧之劍也。秦王聞而求之，不得，興師擊楚，曰：與我湛盧之劍，還師去汝。楚王不與。**是以功冠萬載，威曜無窮。揮之者無前，**

---

35 注「如雷霆之震也」　袁本、茶陵本作「而雷之震電之霍」。案：此尤延之用今本莊子說劍校改。

擁之者身雄。說文曰：揮，奮也。漢書，元后詔曰：奮無前之威。可以從服九國，横制八戎。過秦曰：秦人開關延敵，九國之師遯逃而不敢進。史記，趙良曰：五羖大夫相秦，施德諸侯，而八戎來服。爪牙景附，函夏承風。毛詩曰：祈父予王之爪牙。崔琰大將軍夫人寇氏誄曰：英雄景附。楊雄河東賦曰：函夏之大漢。家語，孔子曰：舜之為君，四海承風。此蓋希世之神兵，子豈能從我而服之乎？」魯靈光殿賦曰：邈希世而特出。公子曰：「余病，未能也。」

大夫曰：「天驥之駿，逸態超越。天驥，天馬也。驥或為機。傅玄乘輿馬賦曰：九方不能測其天機。列子，伯樂曰：九方皐之所觀天機也。稟氣靈淵，受精皎月。孔安國尚書傳曰：稟，受也。遯甲開山圖曰：隴西神馬山有淵池，龍馬所生。春秋考異郵曰：地生月精為馬。月數十二，故馬十二月而生。眸瞷黑照，玄采紺發。趙岐孟子注曰：眸，目瞳子也。說文曰：瞷，戴目也，音閑。說文曰：紺，深青而赤色。沫如揮紅，汗如振血。漢書，天馬歌曰：霑赤汗，染流赭。應劭曰：大宛馬，汗血霑濡也。流沫如赭也。韓康伯周易注曰：揮，散也。薛君韓詩章句曰：振，猶奮也。秦青不能識其眾尺，方堙不能覩其若滅。呂氏春秋曰：古者善相馬者，管青相脣吻，秦牙相前，皆天下良士也。若趙之王良，秦之伯樂、九方堙，尤盡其妙矣。相馬經曰：夫法千里馬，有三十六尺四寸。列子，伯樂曰：天馬者，若滅若沒，若亡若失。若此者，絕塵弭轍。爾乃巾雲軒，踐朝霧。鄭玄周禮注曰：巾，猶衣也。雲軒，已見上。赴春衢，整秋御。秋御，秋駕也。司馬彪莊子注曰：秋駕，法駕也。虯蛹螭騰，麟超龍翥。甘泉賦曰：駟蒼螭兮六素虯。劉梁七舉曰：天馬之號，出自西域。纖阿為右，御以術儀；攬轡舒節，凌雲先螭。尸子曰：馬有騏驎徑駿。南都賦曰：馬鹿超而龍駿。望山載奔，視林載赴。氣盛怒發，星飛電駭。李尤七歎曰：神奔電驅，星流矢驚，則莫若益野騰駒也。[36] 志凌九州，勢越四海。景不及形，塵不暇起。劉廣世七興曰：駿騆之馬，影不及形，塵不

[36] 注「則莫若益野驣駒也」　袁本、茶陵本「驣」作「騰」。案：「驣」即「騰」別體字。

暇興也。浮箭未移，再踐千里。浮箭，謂漏刻也。爾乃踰天垠，越地隔。過汗漫之所不游，躡章亥之所未迹。淮南子，若士曰：吾與汗漫，期於九垓之上。若士舉臂竦身而遂入雲中。又曰：禹乃使大章步自東極，至於西極，二億三萬三千五百里七十步；使豎亥步自北極，至於南極，二億三萬三千五百七十里。陽烏爲之頓羽，夸父爲之投策。春秋元命苞曰：陽成於三，故日中有三足烏，烏者陽精。山海經曰：夸父與日競走，渴飲河、渭；河、渭不足，北飲大澤。未至，道渴而死。棄其杖為鄧林。斯蓋天下之雋乘，子豈能從我而御之乎[37]？」公子曰：「余病，未能也。」

大夫曰：「大梁之黍，瓊山之禾，大梁黍，未詳。瓊山禾，即崑崙之山木禾。山海經曰：崑崙之上，有木禾，長五尋，大五圍。唐稷播其根，農帝嘗其華。尚書，帝曰：汝后稷，播時百穀。賈誼曰：神農嘗百草之實，教人食穀者也。爾乃六禽殊珍，四膳異肴。周禮曰：庖人掌共六禽。鄭司農注曰：鴈、鶉、鷃、雉、鳩、鴿。禮記曰：孟春食麥與羊，孟夏食菽與鷄，孟秋食麻與犬，孟冬食黍與彘。窮海之錯，極陸之毛。尚書曰：海物惟錯，禮記曰：加豆，陸產也。穀梁傳曰：凡地之所生，謂之毛。伊公爨鼎，庖子揮刀。伊公，伊尹也。韋昭漢書注曰：爨，灼也。庖子，庖丁也。味重九沸，和兼勺藥。呂氏春秋，伊尹說湯曰：凡味之本，水最為始。五味三和，九沸九變，為火之紀。高誘曰：紀，節也。味待火然後成，故曰火為之節也。文穎上林賦注曰：勺藥，五味之和。晨鳧露鵠，霜鵽黃雀。說苑曰：魏文侯嗜晨鳧。霜露降，鵠鵽美。南都賦曰：歸鴈鳴鵽。楚辭曰：煎鯖臛雀[38]。王逸曰：臛，黃雀也。圜案星亂，方丈華錯。鹽鐵論曰：垂拱持案食者，不知蹠耒躬耕者之勤也。墨子曰：美食方丈，目不能徧視，口未能徧味也。

---

37 「子豈能從我而御之乎」 袁本云善無「能」字。茶陵本云五臣有。案：二本所見無者傳寫脫。此尤延之校改添之也。晉書亦有。

38 注「煎鯖臛雀」 案：「鯖」當作「鰿」。各本皆誤。此所引大招文。

列女傳曰：方丈於前，所甘不過一肉也。封熊之蹯，翰音之跖。左氏傳曰：晉靈公宰夫胹熊蹯不熟。禮記曰：雞曰翰音。呂氏春秋曰：善學者，若齊王之食雞也。食其跖數千，而後足也。鷰髀猩脣，髦殘象白。呂氏春秋，伊尹說湯曰：肉之美者，巂燕之髀。孫炎爾雅注曰：巂，胡圭切。說文曰：髀，股外也，裨爾切。呂氏春秋，伊尹曰：肉之美者，猩猩之脣，髦象之約。高誘曰：髦，髦牛也，在西方。象，象獸也，在南方。取其遠方物之美也[39]。髦象之肉美，貴異味也。殘、白，蓋煮肉之異名也。崔駰博徒論曰：鷰臛羊殘，炙鴈煮鳧。靈淵之龜，萊黃之鮐。七啓曰：寒方苓之巢龜[40]。鹽鐵論曰：江湖之魚，萊、黃之鮐，不可勝也。漢書，東萊郡有黃縣。說文曰：鮐，海魚也，待來切。丹穴之鷚，玄豹之胎。山海經曰：丹穴之山有鳥焉，其狀如鶴，五采，名曰鳳。說文曰：鷚，鳥大鴟鷂[41]。列女傳，陶荅子妻曰：南山有玄豹。六韜曰：殷君玉杯象箸，不盛菽藿之羹，必將熊蹯豹胎也。爓以秋橙，酤以春梅。左氏傳，晏子曰：和如羹焉，水火醯醢鹽梅，以烹魚肉，爓之以薪。杜預曰：爓，炊之也。博物志曰：橙，似橘而非，若柚而有芬香。劉梁七舉曰：酤以醯醢，和以密飴。廣雅曰：沾，溢也。酤與沾同也，他兼切。尚書曰：若作和羹。爾惟鹽梅。接以商王之箸，承以帝辛之杯。商王、帝辛，皆謂紂也。史記曰：帝乙崩，子辛立，是為帝辛，天下謂之紂。六韜曰：殷君陳玉杯象箸。韓子曰：紂為象箸。箕子曰：象箸玉杯，不盛菽藿者也。范公之鱗，出自九溪。陶朱公養魚經曰：威王聘朱公，問之曰：公家累億金，何術乎？朱公曰：夫為生之法五，水畜第一。所謂水畜者，魚池也。以六畝地為池，池中有九洲，卽求懷子鯉魚，以二月上旬庚日內池中。養鯉者，鯉不相食，易長又貴也。赬尾丹鰓，紫翼青鬐。毛詩曰：魴魚赬尾。丹鰓，已見上文。上林賦曰：揵鬐掉

---

39 注「取其遠方物之美也」　袁本、茶陵本「取其遠方物之」六字，作「約」一字。案：二本是也。今本味篇注正如此，未悉尤增多何據也。

40 注「寒方苓之巢龜」　案：「方」當作「芳」，各本皆譌。

41 注「鷚鳥大鴟鷂」　袁本、茶陵本無「鴟」字，「鷂」下有「也」字。案：二本是也。此所引「隹」部「雡」，下文善謂「鷚」卽「雡」耳。

尾，振鱗奮翼。爾乃命支離，飛霜鍔。莊子曰：朱泙漫學屠龍於支離益，殫千金之家，三年技成，而無所用其巧。司馬彪曰：朱，姓也；泙漫，名也。益，人名也。泙，普彭切。霜鍔，已見上文。紅肌綺散，素膚雪落。七啓曰：玄熊素膚。又曰：離若散雪。婁子之豪不能廁其細，秋蟬之翼不足擬其薄。孟子曰：離婁者，古明目者也。能視百步之外，見秋毫之末。楚辭曰：蟬翼為重。繁肴既闋，亦有寒羞。蒼頡篇曰：闋，訖也。周禮曰：朝事之籩。鄭司農曰：朝事，謂清朝未食，先進寒具口實之籩也。商山之果，漢皐之榛。漢書曰：四人者，秦之世，避而入商雒深山。已見西都賦。漢皐，已見南都賦。韓詩外傳曰：鄭交甫遵彼漢皐臺下。[42]郭璞上林賦注曰：榛，亦橘之類也，音溱，或曰榛[43]。析龍眼之房，剖椰子之殼。劉淵林吳都賦注曰：龍眼如荔枝而小，味甘。又曰：椰樹似檳榔，實大如瓠，裏有汁，美如蜜，核可作飲器，殼即核也。凡物內盛者皆謂之殼，苦角切，協韻，苦豆切。芳旨萬選，承意代奏。鄭玄周禮注曰：選，擇也。孔安國尚書傳曰：奏，進也。乃有荊南烏程，豫北竹葉。盛弘之荊州記曰：淥水出豫章康樂縣，其間烏程鄉，有酒官取水為酒，酒極甘美，與湘東酃湖酒，年常獻之，世稱酃淥酒。吳地理志曰[44]：吳興烏程縣，酒有名。張華輕薄篇曰：蒼梧竹葉清，宜城九醖酒。浮蟻星沸，飛華蓱接。南都賦曰：醪敷徑寸，浮蟻如蓱。玄石嘗其味，儀氏進其法。博物志曰：玄石從中山酒家酤酒，酒家與之千日之酒。戰國策，魯君曰：昔帝女儀狄作酒而美，進之於禹也。傾罍一朝，可以流湎千日。薛君韓詩章句曰：齊顏色，均眾寡，謂之流。閉門不出客，謂之湎。漢書，谷永曰：流湎媟嫚。千日，已見上文。單醪投川，可使三軍告捷。黃石公記曰：昔良將之用兵也，人有饋一簞之醪，投河，令眾迎流而飲之。夫一簞之醪，不味一河，而三軍思為致死者，以滋味及之也。斯人神之所歆羨，觀聽之所

42 注「韓詩外傳曰鄭交甫遵彼漢皐臺下」 案：此十四字不當有。上云「漢皐已見南都賦」，複出，非也。各本皆衍。

43 注「或曰榛」 案：此文當有脫文。各本皆同，無以補之。

44 注「吳地理志曰」 何校「吳」下添「録」字，陳同，是也。各本皆脫。

煒曄也。毛詩曰：帝謂文王，無然歆羨，說文曰：歆，神食氣也。方言曰：煒，盛也。郭璞曰：暐曄，盛貌也。子豈能強起而御之乎？」公子曰：「耽口爽之饌[45]，甘腊毒之味。老子曰：五味令人口爽。廣雅曰：爽，傷也。國語，單襄公謂魯成公曰：高位寔疾顛；厚味寔腊毒。賈逵曰：顛，隕也。腊，久也。言味厚者，其毒久。服腐腸之藥，御亡國之器。呂氏春秋曰：肥肉厚酒，以務相彊，命曰爛腸之食，亡國之器。象箸、玉杯，已見上文。雖子大夫之所榮，故亦吾人之所畏。余病，未能也。」

大夫曰：「蓋有晉之融皇風也，金華啓徵，大人有作。杜預左氏傳注曰：融，朗也。晉為金德，故曰金華。周易曰：利見大人。又曰：聖人作，而萬物覩。繼明代照，配天光宅。周易曰：明兩作離，大人以繼明照于四方。毛詩序曰：思文后稷，配天也。尚書序曰：昔在帝堯，光宅天下。其基德也，隆於姬公之處岐。姬公，文王也。國語曰：太上基德，十五王而始平之。孟子曰：昔文王之治岐也，仕者世祿。[46]王處岐，已見思玄賦。其垂仁也，富乎有殷之在亳。尚書，仲虺曰：惟王克寬克仁，彰信兆民。孔安國曰：言湯有寬仁之德。尚書曰：湯既黜夏命[47]，復歸於亳。南箕之風，不能暢其化。離畢之雲，無以豐其澤。尚書曰：星有好風，星有好雨。春秋緯曰：月失其行，離於箕者風；離於畢者雨。皇道煥炳，帝載緝熙。景福殿賦曰：樂我皇道。尚書，舜曰：有能奮庸，熙帝之載。詩曰：維清緝熙，文王之典。導氣以樂，宣德以詩。呂氏春秋曰：陶唐氏之化，陰多滯伏，陽道壅塞，人氣鬱閼，筋骨攣縮，作舞宣導之。國語曰：王將鑄無射，問律於泠州鳩，對曰：律，所以立均度，所以宣布哲人之令德，

---

45 「耽口爽之饌」　案：「口爽」當作「爽口」。袁本云善作「口爽」。茶陵本云五臣作「爽口」。各本所見皆傳寫誤。善注引「五味令人口爽」以注「爽口」，即但取義同，不拘語倒之例。不知者泥之，改正文以順注，失之甚矣。晉書亦作「爽口」。又案：下文「誘我以聾耳之樂」，善引「五音令人耳聾」，更例之可知者也。

46 注「國語曰」下至「仕者世祿」　袁本、茶陵本無此二十八字，有「文」字，屬下「王處岐」為句，是也。

47 注「尚書曰湯既黜夏命」　陳云「書」下脫「序」字，是也。各本皆脫。

示民軌儀也。教清於雲官之世，治穆乎鳥紀之時。左氏傳曰：郯子來朝，公與之宴。昭子問焉，曰：少皞氏鳥名，何故也？郯子曰：昔者黃帝氏以雲紀，故為雲師而雲名。我高祖少皞，摯之立也，鳳鳥適至，故以鳥紀，為鳥師而鳥名也。王猷四塞，函夏謐寧。毛詩曰：王猶允塞。猶與猷同，已見上文。爾雅曰：謐，寧也。丹冥投烽，青徼釋警。丹，南方朱冥也。楚辭曰：歷祝融於朱冥。王逸曰：朱冥之野也。青徼，東方也。呂氏春秋曰：禹東至青羌之野，南至交址、丹粟。范曄後漢書，遼東徼外貊人寇右北平。張揖漢書注曰：徼，塞也。以木柵水中，為夷狄之界也。却馬於糞車之轅，銘德於昆吳之鼎。老子曰：天下之道，却走馬以糞。王弼曰：天下有道，脩於內而已。故却走馬以糞田。東京賦曰：却走馬以糞車。墨子曰：昔夏開使飛廉採金於山，以鑄鼎於昆吳。蔡邕銘論曰：呂尚作周太師而封齊，其功銘於昆吾之冶也。羣萌反素，時文載郁。素，樸素也。東京賦曰：遵節儉，尚素樸。論語，子曰：周監於二代，郁郁乎文哉。耕父推畔，魚豎讓陸。文子曰：黃帝之化天下，田者讓畔。淮南子曰：黃帝化天下，漁者不爭坻。樵夫恥危冠之飾，輿臺笑短後之服。長楊賦曰：士有不談王道者，即樵夫笑之。韓非子曰：解其長劍，免其危冠。左氏傳曰：人有十等，皁臣僕，僕臣臺。莊子，魏太子謂莊周曰：吾王所見，唯劍士短後之服。王乃說之也。六合時邕，巍巍蕩蕩。呂氏春秋曰：神通乎六合。尚書曰：黎民於變時雍。論語，子曰：大哉堯之為君，蕩蕩乎民無能名焉；巍巍乎其有成功也。玄齠巷歌，黃髮擊壤。埤蒼曰：髫，髮也。髫與齠，古字通也，大聊切。列子曰：堯理天下，乃微服游康衢，聞兒童謠曰：立我蒸民，莫匪爾極；不識不知，順帝之則。毛詩曰：黃髮台背。爾雅曰：黃髮，壽也。論衡曰：堯時天下大和，百姓無事，有五十之人擊壤於塗也。解羲皇之繩，錯陶唐之象。周易曰：上古結繩而治。尚書大傳曰：唐、虞之象刑，赭衣不純；中刑雜屨，下刑墨幪。幪音蒙也。若乃華裔之夷，流荒之貊。左氏傳，孔子曰：裔不謀夏，夷不亂華。尚書曰：五百里荒服。又曰：二百里流。孔安國曰：要服之外，五百里也。周書曰：四夷九貊。孔晁曰：貊，夷之別也。語不傳於輶軒，地不被乎正朔。風俗通曰：秦周常以八月輶軒，使採異代方言，藏之秘府。春秋說題辭曰：蠻服流遠，正朔不及，盛德則感越裳重譯至也。莫不駿奔稽顙，委質重譯。毛詩曰：駿奔走在廟。喻巴蜀曰：稽顙來享。禮記曰：拜而後稽顙。

左氏傳，狐突曰：策名委質，貳乃辟也。重譯，見上文。于時昆蚑感惠，無思不擾。毛詩序曰：文王德及鳥獸昆蟲焉。說文云：蚑，行也。凡生之類，行皆蚑也。毛詩曰：無思不服。應劭漢書注曰：擾，馴也。苑戲九尾之禽，囿棲三足之烏[48]。春秋元命苞曰：天命文王以九尾狐。白虎通曰：禽者何，鳥獸之總名。明為人所禽制也。典引曰：三足軒翥於茂林。蔡邕曰：烏，反哺之鳥，至孝之應也。鳴鳳在林，夥於黃帝之園。禮瑞命記曰：黃帝服黃服，戴黃冠，齋于宮，鳳乃蔽日而來，止帝園，食竹實，棲帝梧桐，終不去。漢書曰：楚人謂多為夥。有龍游淵，盈於孔甲之沼。左氏傳，蔡墨曰：有夏孔甲，擾于有帝，帝賜之乘龍，河漢各二，各有雌雄也。杜預曰：孔甲，少康之後，九世之君也。萬物煙煴，天地交泰。周易曰：天地絪緼，萬物化醇。又曰：天地交泰。義懷靡內，化感無外。莊子，徧謂周曰：吾知道近乎無內，遠乎無外。林無被褐，山無韋帶。老子曰：聖人被褐懷玉。漢書，賈山上疏曰：夫布衣韋帶之士，脩身於內，成名於外。皆象刻於百工，兆發乎靈蔡。尚書曰：高宗夢得說，使百工營求諸野。乃審象旁求於天下。孔安國曰：審所夢之人，刻其形象也。史記曰：呂尚年老矣，以漁釣奸周。西伯將畋，卜之曰：所獲霸王之輔。於是西伯獵，果遇太公。論語，子曰：臧文仲居蔡。鄭玄曰：蔡，謂國君之守龜也。搢紳濟濟，軒冕藹藹。封禪書曰：因雜搢紳先生之略術。毛萇詩傳曰：濟濟，多威儀也。管子曰：先生制軒冕，足以著貴賤。廣雅曰：藹藹，盛也。功與造化爭流，德與二儀比大。」淮南子曰：大丈夫無為，與造化逍遙。周易曰：易有太極，是生兩儀。嚴君平老子指歸曰：功與造化爭流，德與天地齊光。言未終，公子蹶然而興，莊子曰：黃帝問廣成子，廣成子蹶然而起。司馬彪曰：蹶，疾起貌。曰：「鄙夫固陋，守此狂狷。鄙夫，已見西征賦。司馬遷書曰：請略陳固陋。論語，子曰：不得中行而與之，必也狂狷乎？狂者進取，狷者有所不為也。蓋理有毀之，而爭寶之訟解；莊子曰：庚市子肩之毀玉也。淮南子莊子后解曰：

48 「囿棲三足之烏」 何校「烏」改「鳥」。袁本云善作「鳥」。茶陵本云五臣作「烏」。案：「烏」字協韻，善不得作「鳥」，但傳寫誤。袁、茶陵據所見為校語，非。晉書亦作「烏」。

庚市子，聖人無慾者也。人有爭財相鬬者，庚市子毀玉於其間，而鬬者止。言有怒之，而齊王之疾痊。呂氏春秋曰：齊閔王病痏，往宋迎文摯。文摯視王疾，謂太子曰：王病得怒當愈。愈則殺摯，如何？太子曰：臣當與母共請於王，必不殺子矣。摯往，不解屨，登牀履衣，問王之疾，王怒，叱而起，病卽瘳。將生烹文摯，太子與后請不得，遂烹文摯。司馬彪莊子注曰：痊，除也。向子誘我以聾耳之樂，棲我以蔀家之屋。老子曰：五音令人耳聾。周易曰：豐其屋，蔀其家。覆曖障光之物也。既豐其屋，又覆其家，屋厚家覆，闇之甚也。田游馳蕩，利刃駿足。既老氏之攸戒，非吾人之所欲。故靡得應子[49]。老子曰：馳騁田獵，令人心發狂。至聞皇風載韙，時聖道醇。杜預左氏傳注曰：韙，是也，于匪切。尚書曰：政事惟醇。孔安國曰：醇，粹也。舉實爲秋，摛藻爲春。韓詩外傳曰：魏文侯之時，子質仕而獲罪，謂簡主，吾不復樹德。簡主曰：夫春樹桃李，夏以得蔭其下，秋得食其實。今子樹其非人也。答賓戲曰：摛藻如春華。下有可封之民，上有大哉之君。尚書大傳曰：周人可比屋而封。論語，子曰：大哉堯之為君，惟天為大，惟堯則之。民或為屋。余雖不敏，請尋後塵。」論語，顏回曰：回雖不敏，請事斯語。應瑗與桓元則書曰：敢不策馳，敬尋後塵。

詔

詔

漢武帝

詔曰：蓋有非常之功，必待非常之人。故馬或奔踶而致千里，善曰：言馬不良，或奔或踶，御之以道，而致千里之塗。聲類曰：踶，躡也，杜計切。士或有負俗之累而立功名。晉灼曰：被世譏論也。善

[49]「故靡得應子」　袁本、茶陵本「得」下有「而」字。案：有者是也。晉書亦有。

曰：越絕書曰：有高世之材者，必有負俗之累也。夫泛駕之馬，跅弛之士，亦在御之而已。應劭曰：泛，覆也。馬有餘氣力，乃能敗駕。泛，方奉切。如淳曰：弛，廢也。士行卓異，不入俗檢，如見斥逐也。跅音拓，或曰音尺。其令州縣察吏民有茂才異等，應劭曰：舊言秀才，避光武諱，改稱茂才。異等者，越等軼羣，不與凡同也。善曰：察，觀也。察審知然後薦之也。可爲將相及使絕國者。善曰：桓子新論，雍門周曰：遠赴絕國，無相見期。

賢良詔

漢武帝

朕聞昔在唐虞，畫象而民不犯。應劭曰：二帝但畫衣冠章服，而民不敢犯也。善曰：尚書大傳曰：唐、虞象刑而民不敢犯。墨子曰：畫衣冠而民不犯。日月所燭，罔不率俾[50]。善曰：大戴禮，孔子曰：昔舜出入日月，罔不率俾。孔安國尚書傳曰：無不循化而使也。周之成康，刑措不用，德及鳥獸；善曰：紀年曰：成康之際，天下安寧，刑措四十年不用。毛詩序曰：文王受命，樂其有靈德以及鳥獸焉。尸子曰：湯之德及鳥獸矣。教通四海，海外肅慎。晉灼曰：東夷傳，肅慎，今挹婁地是也，在夫餘之東北千餘里，大海之濱。善曰：大戴禮，孔子曰：昔舜，西王母來獻其白玉管，云教通于四海，海外肅慎。挹，於甲切。北發渠搜，氐羌來服。晉灼曰：北發，似國名也。應劭曰：禹貢，析支、渠搜屬雍州，在金河關之西[51]。善曰：北發，國名也。大戴禮，北發、渠搜，氐、羌來服。鄭玄詩箋曰：氐、羌，夷狄國別，在西方也。星辰不孛，日月不蝕，山陵不崩，川谷不塞。善曰：大戴禮曰：聖人有國，則日月不蝕，星辰不孛，川澤不竭，山不崩解，陵不絕矣。麟鳳在郊藪，河洛出圖書。善曰：禮記曰：聖王所以順，故鳳皇騏麟，皆在郊藪。周易曰：河、洛出圖書，聖人則之。嗚呼！何施而臻此乎？

50 「罔不率俾」　袁本、茶陵本「罔」作「莫」，注同。案：二本是也。漢書正作「莫」。
51 注「在金河關之西」　何校「金」下添「城」字，陳同，是也。各本皆脫。

今朕獲奉宗廟，夙興以求，夜寐以思，若涉淵水，未知所濟[52]。善曰：尚書曰：予唯小子，若涉淵水，予惟往求朕攸濟。猗歟偉歟！何行而可以彰先帝之洪業休德？如淳曰：猶詩曰猗歟那歟也。猗，美也。偉，大也。歟，辭也。言美而且大。上參堯舜，下配三王，朕之不敏，不能遠德[53]，此子大夫之所覩聞也。善曰：國語，越王勾踐曰：苟聞子大夫之言。賈逵曰：親而近，故曰子大夫也。賢良明於古今王事之體，受策察問，咸以書對。著之于篇，朕親覽焉。

冊

說文曰：冊，符命也。諸侯進受於王，象其禮[54]，一長一短，中有二編也。

冊魏公九錫文

范曄後漢書曰：曹操自為魏公，加九錫。韓詩外傳曰：諸侯之有德，天子錫之。一錫車馬，再錫衣服，三錫虎賁，四錫樂器，五錫納陛，六錫朱戶，七錫弓矢，八錫鈇鉞，九錫秬鬯，謂之九錫也。

潘元茂 文章志曰：潘勗，字元茂，獻帝時為尚書郎，遷東海相，未發，拜尚書左丞，病卒。魏錫，勗所作。

制詔：蔡邕獨斷曰：制詔者，王之言必為法制也。詔，猶誥也。三代無其文，秦、漢有也。使持節丞相領冀州牧武平侯：魏志曰：建安元年，天子假太祖節鉞，封武平侯。建安九年，領冀州牧也。朕以不德，少遭閔凶，越在西土，遷于唐衛。朕，謂獻帝也。左氏傳，楚子曰：不穀不德，少主社稷。又，楚少宰如晉師曰：寡君少遭閔凶。又，厚成叔弔于衛曰：聞君不撫社稷而越在佗境。尚書曰：逿矣西土之人。范曄後漢書獻帝紀曰：初平元年，遷都長

---

52 「若涉淵水未知所濟」 袁本、茶陵本云善無「涉」字。案：漢書有，此尤延之校添之也。

53 「朕之不敏不能遠德」 袁本、茶陵本云善無「不敏」二字。案：漢書有，此尤延之校添之也。

54 冊注「象其禮」 案：「禮」當作「札」，各本皆誤。

安。興平二年，車駕東歸。李傕復追戰，王師敗，帝渡河，幸安邑。建安元年六月，幸聞喜。七月，車駕至洛陽。漢書，河東郡有安邑縣、聞喜縣，然自聞喜入洛，必塗經河內，河內本衛國，河東本唐堯所封，故曰唐衛也。當此之時，若綴旒然，公羊傳曰：君若贅旒然。何休曰：旒，旗旒也。贅，猶綴也。以譬者，言為下所執持東西耳。宗廟乏祀，社稷無位，羣凶覬覦，分裂諸夏[55]，左氏傳，師服曰：民服事其上而下無覬覦。杜預曰：下不冀望上位也。說文曰：覬，幸也。覦，欲也。一人尺土，朕無獲焉。孟子曰：紂之去武丁未久也，尺地莫非其有也，一民莫非其臣也。即我高祖之命，將墜於地，朕用夙興假寐，震悼于厥心。論語，子貢曰：文武之道，未墜於地。毛詩曰：夙興夜寐。又曰：假寐永歎。楚辭曰：心震悼而不敢。曰：惟祖惟父，股肱先正，其孰恤朕躬。尚書曰：臣作朕股肱耳目。又曰：亦惟先正，克左右昭事厥辟。又曰：惟祖惟父，其伊恤朕躬。鄭玄曰：先正，先臣為公卿大夫也[56]。乃誘天衷，誕育丞相。左氏傳，甯武與衛人盟曰：用昭乞盟于爾大神，以誘天衷。毛萇詩傳曰：誕，大也。鄭玄曰：大矣后稷之生也。保乂我皇家，弘濟于艱難，朕實賴之。尚書，周公曰：天壽平格，保乂有殷。又曰：用敬保元子釗，弘濟于難[57]。左氏傳，然明曰：鄭國其實賴之。今將授君典禮，其敬聽朕命：

昔者，董卓初興國難，羣后失位[58]，以謀王室。君則攝進，首啓戎行，此君之忠於本朝也。魏志曰：董卓廢帝為弘農王而立獻帝，將軍袁紹等同時俱赴。卓兵彊，莫敢先進。太祖遂引兵西。左氏傳，王子

55 「分裂諸夏」　袁本、茶陵本作「連帶城邑」。案：魏志作「分裂諸夏」，尤延之據彼校改也。但善不必與彼同，似仍以二本為是。

56 注「為公卿大夫也」　陳云「為」，「謂」誤，是也。各本皆誤。

57 注「弘濟于難」　袁本、茶陵本「于」下有「艱」字，是也。

58 「羣后失位」　袁本、茶陵本「失」作「釋」，云善作「失」。案：善引左傳注「釋位」，是自作「釋」，但傳寫誤為「失」耳。陳云「失」，「釋」誤，是矣。魏志亦作「釋」。

朝告于諸侯曰：釋位以間王政。又曰：會于洮，謀王室也。服虔曰：諸侯釋其私政而佐王室。後及黃巾，反易天常，侵我三州，延于平民。君又討之，剪除其迹，以寧東夏，此又君之功也。魏志曰：青州黃巾，眾有百餘萬，入兗州，遂轉入東平。太祖遂進兵擊黃巾於壽張東，破之。黃巾至濟北，乞降。左氏傳，太史克曰：顓頊氏有不材子，以亂天常。尚書曰：蚩尤惟始作亂，延及平民。韓暹楊奉，專用威命，又賴君勳，克黜其難。魏志曰：韓暹、楊奉以天子還洛陽，奉別屯梁，太祖遂至洛陽，遯走[59]。公征奉，奉南奔袁術，遂攻其梁屯，拔之。遂建許都，造我京畿[60]，設官兆祀，不失舊物，天地鬼神，於是獲乂，此又君之功也。魏志曰：建安元年，洛陽殘破，太祖都許。至是宗廟社稷制度始立。周禮曰：設官分職。又曰：兆五帝於四郊。鄭玄曰：兆為壇之營域也。左氏傳，五員曰：少康祀夏配天，不失舊物。袁術僭逆，肆于淮南，懾憚君靈，用丕顯謀，蘄陽之役，橋蕤授首，魏志曰：袁術，字公路，欲稱帝於淮南。術侵陳，公東征之。術聞公自來，弃軍走，留其將橋蕤。公擊破蕤等，斬之。左氏傳曰：肆於民上。杜預曰：肆，施也。蘄縣屬沛，在陳之東也。稜威南厲，術以殞潰，此又君之功也。魏志曰：術為太祖所敗，欲至青州從袁譚，發病，道死。漢書，武帝報李廣曰：威稜憺乎鄰國。鄭玄論語注曰：厲，嚴整也。左氏傳曰：民逃其上曰潰。迴戈東指，呂布就戮，魏志曰：呂布，字奉先，五原人也，為兗州牧。建安三年，公東征，大破之，布乃還固守。公遂決泗、沂水以灌城，禽布，殺之。長楊賦曰：迴戈邪指，南越相夷。乘軒將反[61]，張揚沮斃，眭固伏罪，張繡稽服，此又君之功也。魏志曰：張揚，字稚叔，雲中人。董卓以為建義將軍。建安四年，公還昌邑，張揚將楊醜殺揚以應太祖，揚將眭固殺醜將其眾，欲北合袁紹。太祖遣史渙邀擊之，殺固。又曰：張繡，武威

59 注「遯走」 陳云「遯」上脫「暹」字，是也。各本皆脫。
60 「造我京畿」 袁本、茶陵本「我」作「其」。案：魏志作「我」，尤據改。
61 「乘軒將反」 袁本云善作「軒」。茶陵本云五臣作「轅」。陳云據注似善本亦作「轅」。案：「軒」但傳寫誤也。魏志亦作「轅」。

人，驃騎將軍濟族子也。濟死，繡領其眾屯宛。太祖南征，軍育水，繡等舉降。左氏傳曰：楚王告令尹，改乘轅而北之。毛萇詩傳曰：沮，壞也。袁紹逆常，謀危社稷，憑恃其眾，稱兵內侮。魏志曰：袁紹，字本初，汝南人。天子以紹為太尉。會太祖迎天子都許，紹擇精卒十萬，騎萬匹，將攻許也。當此之時，王師寡弱，天下寒心，莫有固志。寒心，已見上文。周易曰：執用黃牛，固志也。君執大節，精貫白日，論語，曾子曰：臨大節而不可奪。戰國策，唐雎謂秦王曰：聶政之刺韓傀也，白虹貫日。奮其武怒，運諸神策，致屆官渡[62]，大殲醜類，魏志，建安五年，公軍官渡。袁紹遣車運穀，使淳于瓊送之。公擊瓊，斬之，紹眾大潰，紹弃軍走。毛詩曰：致天之罰，屆[63]于牧之野。鄭玄曰：致天所以罰殛紂也。爾雅曰：殲，盡也。醜，眾也。俾我國家，拯於危墜，此又君之功也。說文曰：出溺為拯也。濟師洪河，拓定四州，青、冀、幽、并也。袁譚高幹，咸梟其首。魏志曰：紹出長子譚領青州。又曰：建安十年，公攻袁譚，破之，斬譚。又曰：袁紹以甥高幹領并州牧，公征幹，幹遂走荊州，上洛都尉王琰捕斬之。漢書音義曰：懸首於木上曰梟。海盜奔迸，黑山順軌，此又君之功也。魏志曰：公東征海賊管承至淳于，遣樂進擊破之，承走入海隝。又曰：黑山賊張燕率其眾降，封為列侯。烏丸三種，崇亂二世，袁尚因之，逼據塞北，魏志曰：三郡烏丸，承天下亂，破幽州，略有漢民。袁紹皆立其酋豪為單于。遼西單于蹋頓尤強，故尚兄弟歸之，數入塞為害。尚書，周公曰：乃大降罰，崇亂有夏。孔安國云：崇，重也。束馬懸車，一征而滅，此又君之功也。魏志曰：君北征三郡烏丸[64]，袁尚、袁熙與蹋頓、遼西單于樓班、右北平單于巨祇等數萬騎逆軍，公縱兵擊之，虜眾大

---

62 「致屆官渡」 袁本云善作「度」。茶陵本云五臣作「渡」。案：魏志作「渡」，尤據改。各本注中字皆作「渡」，恐涉五臣耳。凡善「度」、五臣「渡」，其大槩也，亦不盡出。

63 注「致天之罰屆」 陳云「罰」字衍，是也。各本皆衍。

64 注「君北征三郡烏丸」 陳云「君」，「公」誤，是也。各本皆誤。

崩，斬蹋頓，尚奔遼東[65]，遼東太守公孫康即斬尚、熙等，傳其首。管子曰：桓公征孤竹之君，懸車束馬，踰太行至卑耳之山。**劉表背誕，不供貢職，王師首路，威風先逝，百城八郡，交臂屈膝，此又君之功也。**魏志曰：建安十三年，公南征劉表。表卒，其子琮降。左氏傳，楚伯州犁謂鄭行人揮曰：子姑憂子晳之欲背誕也。管仲曰：爾貢苞茅不入，王祭不供。廣雅曰：首，向也。戰國策，張儀曰：交臂而事齊、楚。檄蜀文曰，匈奴屈膝請和。**馬超成宜，同惡相濟，濱據河潼，求逞所欲[66]，殄之渭南，獻馘萬計，遂定邊城，撫和戎狄，此又君之功也。**魏志曰：建安十六年，關中諸將馬超、韓遂、成宜等反，超等屯潼關，公西征，與超等夾關戰，公乃分兵結營於渭南，賊夜攻營，伏兵擊破之，斬成宜。周書，太公曰：同惡相助，同好相趨。思賢賦曰：飄飄神舉，求逞所欲[67]。小雅曰：殄，盡也。毛詩曰：在泮獻馘。鄭玄曰：馘，所格者左耳也。羽獵賦曰：杖鏌鋣而羅者以萬計。長楊賦曰：永無邊城之災。左氏傳，晉侯謂魏絳曰：子教寡人和諸戎狄。**鮮卑丁令，重譯而至，箄于白屋[68]，請吏帥職，此又君之功也。**鮮卑、丁令，二國名。重譯，已見上文。張茂先博物志曰：北方五狄：一曰匈奴，二曰穢貊，三曰密吉，四曰箄于，五曰白屋。然白屋，今之靺鞨也；箄于，今之契丹也。本並以箄于為單於，疑字誤也。箄，音必計切。劉淵林魏都賦注曰：北羈單于白屋[69]。

---

65 注「尚奔遼東」　袁本、茶陵本無「尚」字。陳云脫「尚熙」二字，是也。

66 「求逞所欲」　茶陵本「逞所」作「所逞」，云五臣作「逞所」。袁本云善作「所逞」。案：善引思玄賦注「逞所欲」，是，但傳寫誤倒。魏志亦作「逞所」。

67 注「思賢賦曰飄飄神舉求逞所欲」　袁本、茶陵本「賢」作「玄」，無「求」字，是也。

68 「箄于白屋」　袁本、茶陵本「箄」作「單」。案：二本是也。注云「本並以箄于為單于，疑字誤也」。可見正文作「單」，故善依博物志定為「箄」。若先作「箄」，與注不相應矣。尤延之校改，似是實非。魏志作「單」，即善所謂「本並以為單」者。

69 注「劉淵林魏都賦注曰北羈單于白屋」　案：此有誤也。張載注魏都，不得言劉淵林。又「單」依文當作「箄」，今彼注作「北羈單于于白屋」，蓋亦誤。

范曄後漢書曰：單于謂耿恭曰：若降者當封為白屋王。漢書曰：邛筰請吏，比西南夷也。又曰：滇王降請吏，然請吏，請漢為之置吏也。君有定天下之功，重以明德，左氏傳，史趙曰：舜重以明德，宣德於遠也。班敘海內，宣美風俗，旁施勤教，恤慎刑獄。尚書曰：旁作穆穆，弗迷文、武勤教。又曰：欽哉欽哉，惟刑之恤哉。又曰：文王罔逌兼于庶獄。庶，慎也[70]。吏無苛政，民不回慝，禮記曰：孔子過山側[71]，有婦哭於墓者，而使子貢問之，曰：昔者吾舅死於虎，夫又死焉，吾子又死焉。夫子曰：何不去也？曰：無苛政。左氏傳，季文子曰：少皞氏有不才子，曰：靖譖庸回，邪服蒐慝。杜預曰：回[72]慝，惡也。敦崇帝族，援繼絕世，舊德前功，罔不咸秩。尚書曰：敦敘九族。鄭玄詩箋曰：崇，厚也。論語曰：繼絕世。周易曰：食舊德，貞厲終吉。尚書曰：咸秩無文。雖伊尹格于皇天，周公光于四海，方之蔑如也。尚書曰：時則有若伊尹格于皇天。孝經曰：孝悌之至，通于神明，光于四海。法言曰：俗稱東方生之盛，其遺書蔑如也。毛萇詩傳曰：蔑，無也。

朕聞先王並建明德，胙之以土，分之以民，左氏傳曰：子魚曰，昔武王選建明德，以蕃屏周。又，眾仲曰：天子建德，因生以賜姓，胙之以土，而命之氏。又，子魚曰：武王分康叔殷人七族。崇其寵章，備其禮物，所以蕃衛王室，左右厥世也。鄭玄禮記注曰：崇，猶尊也。禮記曰：以為旗章，以別貴賤。鄭玄曰：章，識也。尚書曰：統承先王，修其禮物。又曰：率由典常，以蕃王室。又曰：予欲左右有民。其在周成，管蔡不靖，尚書曰：武王既喪，管叔及其羣弟乃流言於國。又曰：西土之人亦不靖。懲難念功，乃使邵康公錫齊太公履，東至于海，西至於河，南至于穆陵，北至于無棣，五侯九伯，實得征之。左氏傳，管仲對屈完之

70 注「文王罔逌兼于庶獄庶慎也」 袁本、茶陵本「逌」作「攸」，是也。案：此必尤誤改。
71 注「孔子過山側」 案：「山」上當有「太」字。各本皆脫。
72 注「邪服蒐慝杜預曰回」 袁本、茶陵本「邪服」作「服讒」。案：二本是也。「回」下當有「邪」字。此尤校添而錯誤。

辭。世胙太師，以表東海。左氏傳，王使劉定公賜齊侯命曰：世胙太師，以表東海。杜預曰：表，顯也。爰及襄王，亦有楚人，不供王職。又命晉文，登爲侯伯，錫以二輅，虎賁鈇鉞，秬鬯弓矢，大啓南陽，世作盟主。左氏傳曰：晉侯及楚人戰于城濮，楚人敗績。王策命晉侯為侯伯，賜之大輅戎輅，秬鬯一卣，虎賁三百人。又曰：晉文侯朝王，王與之陽樊攢茅之田，於是始啓南陽。又，范宣子曰：晉主夏盟。杜預曰：為諸夏盟主也。故周室之不壞，緊二國是賴[73]。二國，齊、晉也。左氏傳，王使劉定公賜齊侯命曰：王室不壞，緊伯舅是賴。杜預曰：緊，發聲也。今君稱丕顯德，明保朕躬，奉答天命，導揚弘烈，尚書曰：王曰，公明保予沖子，稱丕顯德，以予小子，揚文武烈，奉答天命。綏爰九域，罔不率俾，尚書曰：綏爰有眾，曰亡戲怠。韓詩曰：方命厥后，奄有九域。薛君曰：九域，九州也。尚書注曰：海隅日出，罔不率俾。功高乎伊周，而賞卑乎齊晉，朕甚恧女六切焉。漢書，哀帝詔曰：惟念德報未殊，朕甚恧焉。朕以眇身，託于兆民之上，漢書，宣帝詔曰：朕以眇身，奉承宗祖[74]。又曰：託於兆民之上也。永思厥艱，若涉淵水，非君攸濟，朕無任焉。尚書曰：肆予沖人，永思厥艱。又曰：已予惟小子，若涉淵水，予惟往求朕攸濟。[75]今以冀州之河東河內魏郡趙國中山巨鹿常山安平甘陵平原凡十郡，封君爲魏公，使使持節御史大夫慮，授君印綬冊書，金虎符第一至第五，竹使符第一至第十，魏志曰：天子使御史大夫郗慮持節策命公為魏公。司馬彪續漢書曰：慮字鴻豫，山陽人。應劭漢官儀曰：金銅虎符五，竹使符十。范曄後漢書[76]，杜詩上書曰：舊制發兵，皆以虎符，其餘徵調竹

---

73 「緊二國是賴」 茶陵本「是」上有「之」字，云五臣無。袁本云善有。案：魏志無，尤據改。

74 注「奉承宗祖」 袁本、茶陵本「宗祖」作「祖宗」，是也。

75 注「又曰已」下至「予惟往求朕攸濟」 袁本無此十八字，有「攸濟已見上文」六字，是也。茶陵本有，例改複出耳。

76 注「范曄後漢書」 袁本、茶陵本無此五字。案：無者是也。凡引諸文在本傳者多不冠大題，此其一耳。尤校添之，蓋未悉善例。

使符。錫君玄土，苴以白茅，爰契爾龜，用建冢冢社。尚書緯曰：天子社，東方青，南方赤，西方白，北方黑。上冒以黃土，將封諸侯，各取方土，苴以白茅以為社。毛詩曰：爰始爰謀，爰契我龜。毛萇曰：契，問也。鄭玄曰：契灼其龜。毛詩曰：乃立冢社[77]，戎醜攸行。毛萇詩傳曰：冢土，大社也。昔在周室，畢公毛公，入爲卿佐，尚書曰：乃召畢公、毛公。孔安國曰：畢、毛，皆國名，入為天子公卿。周邵師保，出爲二伯，尚書曰：召公為保，周公為師。鄭玄毛詩箋曰：召伯，姬姓也。作上公，為二伯。外內之任，君實宜之。其以丞相領冀州牧如故。今更下傳璽，肅將朕命，以允華夏，其上故傳武平侯印綬。應劭風俗通曰：諸侯有傳信，乃得舍於傳。故既下新傳，命上故傳及印綬也。尚書曰：肅將天威。又曰：夙夜出納朕命，惟允。爾雅曰：允，信也。今又加君九錫，其敬聽後命。左氏傳，宰孔曰：且有後命。以君經緯禮律，爲民軌儀。家語，孔子曰：唐叔封於晉，以經緯其民。王肅曰：經緯，猶織以成之。國語，泠州鳩曰：爾民軌儀也[78]。使安職業，無或遷志，是用錫君大輅戎輅各一，玄牡二駟。杜預左氏傳注曰：大輅，金輅；戎輅，戎車也。君勸分務本，嗇民昬作，左氏傳，臧文仲曰：貶食省用，務嗇勸分。杜預曰：勸分，有無相濟也。漢書，詔曰：農，天下之本也，而人或不務本而事末。尚書曰：惰農自安，弗昬作勞[79]。粟帛滯積，大業惟興，是用錫君袞冕之服，赤舄副焉。韋昭漢書注曰：滯，積久也。易曰：富有之謂大業。韋昭漢書注曰：袞，卷龍衣，玄上纁下。冕，冠也。周禮曰：王之服屨，赤舄青絇也。君敦尚謙讓，俾民興行，杜預左氏傳曰[80]：尚，上也。孝經曰：陳之以德義而民興行，先之以敬讓而民不爭。

---

77 注「乃立冢社」 茶陵本「社」作「土」，是也。袁本亦誤「社」。

78 注「爾民軌儀也」 案：「爾」當作「示」。各本皆譌。

79 注「弗昬作勞」 袁本、茶陵本「昬」作「暋」。案：依二本善正文似作「暋」。魏志作「昬」，或下當有「昬」「暋」異同之注，今未全也。

80 注「杜預左氏傳曰」 何校「傳」下添「注」字，陳同。各本皆脫。

少長有禮，上下咸和，左氏傳，晉侯觀師曰：少長有禮，其可用也。孝經，子曰：上下無怨。尚書曰：用咸和萬人。是用錫君軒懸之樂，六佾之舞。周禮曰：小胥掌正樂懸之位，諸侯軒懸。鄭司農曰：軒懸，去一面也。左氏傳曰：公問羽數於眾仲，眾仲對曰：諸侯用六。杜預曰：六六三十六人也。君翼宣風化，爰發四方，尚書曰：予欲左右有民，汝翼；予欲宣力四方，汝為。毛詩曰：賦政于外，四方爰發。遠人回面，華夏充實，劇秦美新曰：海外遐方，回面內向。漢書班固昭紀贊曰：匈奴和親，百姓充實也。是用錫君朱戶以居。服虔漢書注曰：朱戶，天子之禮也。朱戶，赤戶也。潘勗集曰：制詔魏公，朱戶納陛，就所治作。君研其明哲，思帝所難，鄭玄周易注曰：研，喻思慮。哲，尚書，咎繇曰：在知人。禹曰：咸若時，惟帝其難之，知人則哲，能官人。官才任賢，羣善必舉，尚書，伊尹曰：任官惟賢才。論語，子曰：舉善而教，不能則勸。是用錫君納陛以登。漢書音義，如淳注曰：刻殿基以為陛，以有兩旁上下安也。孟康曰：謂鑿殿基際為陛，不使露也。孟說是也，尊者不欲露而升陛，故內之溜也。君秉國之均，正色處中，毛詩曰：秉國之均，四方是維。尚書，王曰：正色率下。纖毫之惡，靡不抑退，謝承後漢書曰：李咸奏曰，春秋之義，貶纖介之惡，采毫毛之善。是用錫君虎賁之士三百人。虎賁三百人，已見上文。君糾虔天刑，章厥有罪，國語，敬姜曰：太史司載糾虔天刑。韋昭曰：糾，察也。虔，敬也。刑，法也。尚書曰：降災于夏，以章厥罪。犯關干紀，莫不誅殛，左氏傳，季孫盟臧氏曰：無或如臧孫紇干國之紀，犯門斬關。孔安國尚書傳曰：殛，誅也。是用錫君鈇鉞各一。蒼頡篇曰：鈇，椹也，質也。又曰：鉞，斧也。君龍驤虎視，旁眺八維，鄒陽上書曰：蛟龍驤首。周易曰：虎視眈眈。楚辭曰：引八維以自導也。揜討逆節，折衝四海，毛萇詩傳曰：揜，大也。漢書，主父偃說上曰：今以法割諸侯，則逆節萌起。晏子春秋，孔子曰：不出樽俎之間，而折衝千里之外，子之謂也[81]。是用錫君彤弓一，彤矢百，玈弓十，玈矢千。杜預左氏傳注曰：彤，赤也。玈，黑也。弓一矢百，則矢千弓十矣。君以

---

81 注「子之謂也」 陳云「子」上脫「晏」字，是也。各本皆脫。

温恭爲基，孝友爲德，毛詩曰：溫溫恭人，惟德之基。又曰：張仲孝友。明允篤誠，感乎朕思，左氏傳曰：高陽氏有子，明允篤誠。是用錫君秬鬯一卣，珪瓚副焉。孔安國尚書傳曰：黑黍曰秬，釀以鬯草。卣，中樽也。以圭為杓，謂之圭瓚。魏國置丞相以下羣卿百僚，皆如漢初諸王之制。君往欽哉！敬服朕命。簡恤爾眾，時亮庶功，用終爾顯德，對揚我高祖之休命。尚書，王曰：簡恤爾命，用成爾顯德。又曰：惟時亮天功。又曰：敢對揚天子休命。

卷第三十六

令

宣德皇后令

蕭子顯齊書曰：文安王皇后，諱寶明，琅邪臨沂人也。父曄之。齊世祖為文惠太子納后。鬱林即位，尊為皇太后，稱宣德宮。梁王蕭衍定京邑，迎後入宮稱制，至禪位。梁王於荊州立蕭穎冑為帝。進梁王為相國，封十郡為梁公。表讓不受，詔斷表。宣德皇后勸令受封。

任彥昇

宣德皇后敬問具位：言梁武，故曰具也。**夫功在不賞，故庸勳之典蓋闕，**言功績既高，在乎不賞，故庸勳之典，蓋闕而不論。周書曰：平州之臣，功大弗賞，謟臣日貴。史記，蒯通說韓信曰：功蓋天下者不賞。左氏傳，富辰曰：庸勳親親，昵近尊賢。**施侔造物，則謝德之途已寡也。**言恩施既隆，侔於造物，則謝德之途已寡而不著。莊子曰：夫造物者為人。司馬彪曰：造物，謂道也。魏志曰：劉廙上疏曰：物不答施於天地，而子不謝生於父母。**要不得不彊爲之名，使荃宰有寄。**言德顯功高，雖無酬謝之理，要不彊為酬謝之名[1]，庶使君主之情微有所寄也。老子曰：吾彊為之名曰大。楚辭曰：荃不察余之中情。王逸曰：荃，香草，以喻君也。鄧析子曰：聖人逍遙一世間，宰匠萬物之形。晉中興書，

1 注「要不彊為酬謝之名」案：「不」當作「必」。各本皆誤。

孝武詔曰：誠存匪懈，治道有寄。公實天生德，齊聖廣淵。班固漢書，高祖述曰：寔天生德，聰明神武。尚書曰：乃祖成湯，齊聖廣淵。不改參辰而九星仰止，不易日月而二儀貞觀。陸賈新語曰：堯、舜不易日月而興，桀、紂不異星辰而亡，天道不改而人道易也。周書，王曰：余不知九星之光。周公旦曰：九星，星辰日月四時歲，是謂九星，九星九光。毛詩小雅曰：高山仰止。周易曰：易有太極，是生兩儀。王肅曰：兩儀，天地也。又曰：天地之道，貞觀者也。在昔晦明，隱鱗戢翼。周易曰：明入地中，明夷，君子以莅眾，用晦而明。王弼曰：藏明於內，乃得明也。曹植矯志詩曰：仁虎匿爪，神龍隱鱗。成公綏慰志賦曰：惟潛龍之勿用，戢鱗翼而匿景。博通羣籍，而讓齒乎一卷之師；謝承後漢書曰：范丹博通羣藝。范曄後漢書曰：馬續博觀羣籍。楊子法言曰：一巷之市，不勝異價；一卷之書，不勝異意。一巷之市，必立之平；一卷之書，必立之師。劍氣淩雲，而屈迹於萬夫之下。魏志，段灼理鄧艾曰：艾勇氣淩雲，士眾乘勢。六韜，太公曰：屈一人之下，伸萬夫之上，唯聖人能焉。辯析天口，而似不能言；七略，齊田駢好談論，故齊人為語曰：天口駢。天口者，言田駢子不可窮，其口若事天。論語曰：孔子於鄉黨，恂恂然似不能言者。文擅彫龍，而成輒削藁。說文曰：擅，專也。七略曰：鄒赫子，齊人。齊人為之語曰：彫龍赫。赫言鄒衍之術[2]，文飾之若彫鏤龍文。漢書曰：孔光時有所言，輒削草藁。如淳曰：所作起草為藁。

爰在弱冠，首應弓旌。禮記，二十曰弱冠。漢書，制曰：褎然為舉首。左氏傳曰：陳敬仲曰：詩云：翹翹車乘，招我以弓。孟子曰：夫招士以旃，大夫以旌。客游梁朝，則聲華籍甚；何之元梁典曰：高祖起家齊巴陵王法曹。漢書曰：梁孝王來朝，從游說之士，相如見而說之，客游梁朝。淮南子曰：聲華嘔符之樂其性者，仁也。嘔，紆武切。符，音撫。漢書曰：陸賈游漢庭公卿間，名聲籍甚。音義，或曰：狼籍，甚盛也。薦名宰府，則延譽自高。何之元梁典曰：高祖遷儀同王儉東閤祭酒。王隱晉書曰：周玘累薦名宰府。國語曰：使張老延君譽於四方。隆昌季年，勤王始著；蕭子

---

2 注「赫言鄒衍之術」 案：「赫言鄒」當作「言赫脩」，史記集解所引別錄如此，可證也。各本皆誤。

顯齊書曰：鬱林王卽位，改元曰隆昌，韋昭國語注曰：季，末也。左氏傳曰：狐偃曰：求諸侯莫如勤王。建武惟新，締構斯在。蕭子顯齊書曰：明帝卽位，改元曰建武。毛詩曰：周雖舊邦，其命惟新。魏都賦曰：有魏開國之日，締構之初。功隆賞薄，嘉庸莫疇。陸機高祖功臣頌曰：帝疇爾庸，後嗣是膺。一馬之田，介山之志愈厲；言止有一馬之田，以懷讓祿之志；纔居六百之秩，以秉推功之誠。管子曰：卜者，卜凶吉利害也。民之能此者，皆一馬之田，一金之衣。左氏傳曰：晉侯賞從亡者，介之推不言祿，祿亦不及。史記曰：文公環緜上山中而封子推，號曰介山。廣雅曰：厲，高也。六百之秩，大樹之號斯存。漢書曰：琅邪邴曼容養志以自脩，為官不肯過六百石，輒自免去。范曄後漢書曰：馮異每止舍，諸將並坐論功，異常獨屏樹下，軍中號曰大樹將軍。及擁旄司部，代馬不敢南牧；何之元梁典曰：司州刺史蕭誕被殺，高祖監司州。班固涿邪山祝文曰：杖節擁旄，鉦人伐鼓。沈約宋書曰：明帝於南豫州之義陽郡立司州。韓詩外傳曰：代馬依北風。過秦論曰：胡人不敢南下而牧馬。推轂樊鄧，胡塵罕嘗夕起。何之元梁典曰：虜主拓跋宏既退，高祖據樊城。漢書，馮唐曰：臣聞上古王者遣將也，跪而推轂，曰：閫以內，寡人制之；閫以外，將軍制之。鄒陽上書曰：今胡數涉河北，上覆飛鳥。蘇林曰：言胡來人馬之盛，揚塵上覆飛鳥。惟彼狡僮，窮凶極虐，何之元梁典曰：東昏卽位，媟近羣小，誅高祖兄懿、弟暢。尚書大傳，微子歌曰：彼狡僮兮，不我好兮！鄭玄曰：狡僮，謂紂。衣冠泯絕，禮樂崩喪。袁子曰：古者命士已上，皆有冠冕，謂之冠族之家。劇秦美新曰：弛禮崩樂，塗民耳目。

既而鞠旅誓眾，言謀王室，何之元梁典曰：高祖密與呂僧珍謀為內伐。毛詩曰：陳師鞠旅。毛萇曰：鞠，告也。尚書曰：王明誓眾士。左氏傳曰：公會齊侯于洮，謀王室也。白羽一麾，黃鳥底定。呂氏春秋曰：武王至殷，係墮，武王左釋白羽，右釋黃鉞，免而自為係。出師頌曰：素旄一揮。鬻子曰：武王率兵車以伐紂，紂虎旅百萬，陣于商郊，起自黃鳥，至於赤斧，三軍之士，靡不失色。武王乃命太公把旄以麾之，紂軍反走。尚書曰：震澤底定。甲既鱗下，車亦瓦裂。尚書大傳曰：武王伐紂，戰于牧野，紂之卒輻分，紂之車瓦裂，紂之甲如鱗下，賀于武王。致天之屆，拱揖羣后，毛詩曰：致天之屆，于牧之野。典引曰：欽若上下，拱揖羣后。豐功厚利，無德而稱。王命論曰：帝王之祚，必有豐功厚利積累之業。論語，孔子曰：太伯三以天下讓，人無德而稱焉。是以祥光揔至，休氣四塞；尚書中候曰：帝堯文明，榮光出河，休氣四塞。鄭玄曰：休，美也。四塞，炫耀四方也。五老游河，飛星入昴。論語比考讖，仲尼曰：吾聞帝堯率舜等升首山，觀河渚，乃有五老遊渚。五老曰：河圖將浮，龍銜玉苞，刻版題命可卷，金泥玉檢封書成，知我者重瞳黃姚。視五老飛為流星，上入昴。注曰：入昴宿則復為星。元功茂勳，若斯之盛。馮衍集曰：定國家之大業，成天地之元功。劉琨勸進表曰：茂勳格乎皇天。而地狹乎四履，勢卑乎九伯。左氏傳，管仲曰：昔召康公命我先君太公曰：五侯九伯，汝實征之。賜我先君履，東至于海，西至于河，南至于穆陵，北至于無棣。杜預曰：履，踐履也。帝有恧焉，輶軒萃止。帝，寶融也。輶軒萃止，謂進封梁公之使也。漢書，哀帝詔曰：惟念德報未殊，朕甚恧焉。楊雄答劉歆書曰：常聞先代輶軒之使。毛詩曰：有鴞萃止。今遣某位某甲等，率茲百辟，人致其誠。致誠，謂請無讓也。毛詩曰：百辟其刑之。長笛賦曰：致誠効志。庶匪席之旨，不遠而復。梁王固讓，同乎匪席之旨：百辟固請，庶王有不遠而復之義也[3]。毛詩曰：我心匪席，不可卷也。周易曰：不遠復，無祇悔。

教

蔡邕獨斷曰：諸侯言曰教。

為宋公修張良廟教

裴子野宋略曰：義熙十三年，高祖北伐，大軍次留城，令修張良廟。

傅季友　沈約宋書曰：傅亮，字季友，北地人也。博涉文史，尤善文辭。初為建威參軍，稍遷至散騎常侍。後太祖收亮付廷尉，伏誅。

---

3 注「庶王有不遠而復之義也」　袁本、茶陵本「王有」二字作「乎」。案：此尤校改之。

綱紀：綱紀，謂主簿也。教，主簿宣之，故曰綱紀，猶今詔書稱門下也。[4]虞預晉書，東平主簿王豹白事齊王曰：況豹雖陋，故大州之綱紀也。**夫盛德不泯，義存祀典；**左氏傳，晉侯問於史趙曰：陳其遂亡乎？對曰：未也。臣聞盛德必百世祀，虞之世數未也。禮記曰：非此族也，不在祀典也。毛萇詩傳曰：泯，滅也。**微管之歎，撫事彌深。**論語，子曰：管仲相桓公，霸諸侯，一匡天下，民到于今受其賜。微管仲，吾其被發左袵矣。**張子房道亞黃中，照鄰殆庶，**周易曰：君子黃中通理，正位居體。又曰：顏氏之子，其殆庶幾乎！**風雲玄感，蔚爲帝師，**周易曰：雲從龍，風從虎，聖人作而萬物覩[5]。漢書曰：張良從容步游下邳圯上，有一老父出一編書，曰：讀是則為王者師。又，良曰：以三寸舌為王者師。河圖曰：黃石公謂張良，讀此為劉帝師也。**夷項定漢，大拯橫流，**廣雅曰：夷，滅也。漢書，王追羽至陽夏，諸侯不會；用良計，諸侯皆會，圍羽垓下。羽敗自剄。說文曰：出溺為拯。孟子曰：洪水橫流，氾濫於天下。**固已參軌伊望，冠德如仁。**廣雅曰：軌，迹也。伊，伊尹；望，呂望也[6]。典引曰：以冠德卓絕者，莫崇乎陶唐。論語，子曰：桓公九合諸侯，不以兵車，管仲之力也。如其仁！如其仁！**若乃交神圯上，道契商洛，**答賓戲曰：齊甯激聲於康衢，漢良受書於邳圯[7]，皆俟命而神交，匪詞言之所信。圯上，已見謝宣遠張子房詩注。袁宏三國名臣贊序曰：體分冥固，道契不墜。班固漢書贊曰：漢興，園公、綺季、夏黃公、角里先生當秦之世，避而入商洛深山，以待天下之定也。漢書曰：上竟不易太子者，良本召此四人之力也[8]。**顯默之際，窅然難究，淵流浩瀁，莫測其端矣。**言其度量深大，不可測度也。孫

4 注「綱紀謂主簿也」下至「猶今詔書稱門下也」　此二十三字袁本、茶陵本無。案：此卷以下尤本增多各條，似二本因幷入五臣而刪削，其尤所見異本為是矣。
5 注「周易曰雲從龍風從虎聖人作而萬物覩」　此十六字袁本、茶陵本無。
6 注「廣雅曰軌跡也伊伊尹望呂望也」　此十三字袁本、茶陵本無。
7 注「漢良受書於邳圯」　案：「圯」當作「垠」。各本皆誤。漢書作「沂」。
8 注「良本召此四人之力也」　陳云「召」，「招」誤，是也。各本皆誤。

綽桓玄城碑曰：俯仰顯默之際，優游可否之間。莊子，老聃曰：而知夫道窅然難言哉！吳都賦曰：潁溶沆漾，莫測其深，莫究其廣。黃石公說序曰：張良慮若源泉，深不可測也。

塗次舊沛，佇駕留城，漢書，沛郡有留縣。又曰：張良為留侯。爾雅曰：佇，久也，謂停久也。靈廟荒頓，遺像陳昧，范曄後漢書曰：薛苞與弟子分田廬，取其荒頓者。杜預左氏傳注曰：頓，壞也。夏侯湛東方朔畫贊序曰：徘徊露寢，見先生之遺像。廣雅曰：昧，闇也。撫事懷人，永歎寔深。毛詩曰：嗟我懷人。又曰：寤寐永歎[9]。過大梁者，或佇想於夷門；游九京者，亦流連於隨會。史記，魏有隱士曰侯嬴，年七十，家貧，為大梁夷門監者。太史公過大梁之墟，求問其所謂夷門者。夷門，城之東門。禮記曰：趙文子與叔譽觀乎九京，文子曰：死者如可作也，吾誰與歸？叔譽曰：其陽處父乎！文子曰：利君不忘其身，謀身不忘其友，我則隨武子乎！鄭玄曰：武子，士會也，食邑於隨。京當為原。擬之若人，亦足以云。論語，子曰：君子哉若人！毛萇詩傳曰：云，言也。可改構棟宇，脩飾丹青，蘋蘩行潦，以時致薦。左氏傳，君子曰：蘋蘩蘊藻之菜，潢汙行潦之水，可薦於鬼神。抒懷古之情，存不刊之烈。廣雅曰：抒，渫也。西京賦曰：慨長思而懷古。左氏傳序曰：經者，不刊之書也。主者施行。

為宋公修楚元王墓教

宋公，楚元王後，故修治其墓。

傅季友

綱紀：夫褒賢崇德，千載彌光，禮緯曰：天子辟雍，所以崇有德，褒有行。鄭玄禮記注曰：崇，尊也。尊本敬始，義隆自遠。魏志，明帝詔曰：追本敬始，所以篤教流化。孫卿子曰：先祖者，類之本也；貴始，德之本也。楚元王積仁基德，啓藩斯境；漢書曰：楚元王交，字游，高祖同父異母少弟也。漢立交為楚王，王彭城。賈

---

9 注「寤寐永歎」 陳云「寤」，「假」誤，是也。各本皆誤。

子曰：君子積於仁，而民積於財，刑罰廢矣。國語，太子晉曰：太上基德十五王而始平之[10]。素風道業，作範後昆。三國名臣贊曰：素風愈鮮。習鑿齒襄陽耆舊記，龐統曰：方欲興長道業。郗正釋譏曰[11]：創制作範，匪時不立。尚書曰：垂裕後昆。本支之祚，實隆鄙宗；毛詩曰：本支百世。楊脩牋曰：述鄙宗之過言。遺芳餘烈，奮乎百世。抱朴子曰：嵇君道云：郭有道沒，則遺芳永播。春秋元命苞曰：文王積善所聞之餘烈。孟子曰：聞伯夷之風者，貪夫廉，懦夫有立志，奮乎百世之下，莫不興起也。而丘封翳然，墳塋莫翦。晉中興書，武陵王令曰：丞相墳塋翳然，飄薄非所。感遠存往，慨然永懷。李陵書曰：能不慨然？毛詩曰：維以不永懷。夫愛人懷樹，甘棠且猶勿翦；毛詩曰：蔽芾甘棠，勿翦勿伐，召伯所茇。風俗通曰：召公出為二伯，止甘棠樹之下，聽訟決獄。後人思其德美，愛其樹而不敢伐。追甄墟墓，信陵尚或不泯。鄭玄尚書緯注曰：甄，表也。禮記，周豐曰：墟墓之間，未施哀於民而民哀。漢書高紀，詔曰：秦始皇守冢三十家，魏公子無忌五家。況瓜瓞所興，開元自本者乎[12]！毛詩曰：緜緜瓜瓞。可蠲復近墓五家，長給灑掃。便可施行。郭璞方言注曰：蠲，除也。

文

永明九年策秀才文五首

王元長　蕭子顯齊書曰：王融，字元長，琅邪人。少而神明警惠，博涉有文才。晉安王版行軍參軍，遷中書郎。世祖疾，融欲立竟陵王子良，下廷尉，於獄賜死。

---

10 注「太上基德十五王而始平之」　袁本、茶陵本無「太上」二字，「之」作「也」。案：此尤校改也。

11 注「郗正釋識曰」　袁本、茶陵本「郗」作「郤」，「識」作「譏」，是也。

12 「開元自本者乎」　袁本、茶陵本「元」作「源」。案：此似善、五臣之異，二本不載校語，無以考之。

問秀才高第明經：朕聞神靈文思之君，聰明聖德之后，史記曰：黃帝者，生而神靈，弱而能言。尚書序曰：昔在帝堯，聰明文思。孔安國曰：言聖德之遠著也。體道而不居，見善如不及。文子曰：聖人體道，反至動而無為。老子曰：聖人功成而弗居。論語，孔子曰：見善如不及，見不善如探湯。是以崆峒有順風之請，華封致乘雲之拜；莊子曰：黃帝聞廣成子在崆峒之山，故往見之。廣成南首而臥，黃帝順下風膝行而進，再拜稽首而問曰：治身奈何而可以長久？廣成子曰：來！吾語汝至道。又曰：堯觀乎華封，華封人曰：嘻！請祝聖人壽且富，且多男子。堯皆辭曰：多男子則多懼，富則多事，壽則多辱。封人曰：天之生人，必授之職；多男子而授之職，則何懼之有？富而使人分之，則何事之有？天下有道，則與物皆昌；天下無道，則修德就閒，千歲厭世，去而上僊，乘彼白雲，至于帝鄉，三患莫至，身常無殃，則何辱之有？封人去之，堯隨之請問，封人曰：退。然崆峒有拜，乘雲為請，今不同者，蓋請者必拜，故互文也。或揚旌求士，或設簴待賢，求士待賢，皆謂請其言也。管子曰：舜有告善之旌。應劭漢書注曰：旌，幡也，設之五達之道。鬻子曰：昔大禹治天下，以五聲聽治。為銘於筍簴曰：教寡人以道者擊鼓，教寡人以義者擊鍾，教寡人以事者振鐸，語寡人以憂者擊磬，語寡人以獄者揮鞀。用能敷化一時，餘烈千古。謝承後漢書序曰：陰脩敷化一都，威教克平。餘烈，已見上文。朕夤奉天命，恭惟永圖，爾雅曰：夤，敬也。尚書曰：茲率厥典，奉若天命。又曰：慎乃儉德，惟懷永圖。審聽高居，載懷祇懼。六韜曰：王者之道，如龍之首，高居而遠望，徐視而審聽。尚書曰：予小子夙夜祇懼。雖言事必史，而象闕未箴，禮記曰：動則左史書之，言則右史書之。鄭玄周禮注曰：象魏，闕也。范曄後漢書曰：靈帝熹平中，有何人書朱雀闕，言公卿皆尸祿，無有忠言者。寤寐嘉猷，延佇忠實。毛詩曰：窈窕淑女，寤寐求之。尚書，爾有嘉謀嘉猷。楚辭曰：結幽蘭而延佇。子大夫選名昇學[13]，利用賓王，國語曰：越王勾踐曰：苟聞子大夫之言。賈

13「選名昇學」　袁本、茶陵本「昇」作「升」，是也。

逵曰：親而近之，故曰子大夫也。禮記曰：司徒[14]論選士之秀者，升之於學曰俊士。鄭玄曰：學，大學也。周易曰：觀國之光，利用賓于王。**懋陳三道之要，以光四科之首，**漢書，詔策晁錯曰：大夫之行，當此三道。張晏曰：國體、人事，直言也。崔寔政論曰：詔書：故事三公辟召以四科取士：一曰德行高妙，志節清白；二曰學通行修，經中博士；三曰明曉法令，足以決疑，能按章覆問；四曰剛毅多略，遭事不惑，才任三輔劇縣令。[15]**鹽梅之和，屬有望焉。**尚書曰：若作和羹，爾惟鹽梅。

又問：昔周宣惰千畝之禮，虢公納諫；國語曰：宣王即位，不籍千畝。虢文公諫曰：夫民之大事在農。**漢文缺三推之義，賈生置言。**禮記曰：躬耕帝籍，天子三推。漢書曰：文帝即位，賈誼說上曰：一夫不耕，或受之飢；一女不織，或受之寒。上感誼言，始開籍田，躬耕以勸百姓。**良以食爲民天[16]，農爲政本。**漢書，酈食其說漢王曰：臣聞王者以民為天，民以食為天。尚書，八政：一曰食。孔安國曰：勸農業也。漢書，文帝詔曰：農，天下大本也，民所恃以生也。**金湯非粟而不守，水旱有待而無遷。**漢書，蒯通說武信君曰：皆為金城湯池，不可攻也。氾勝之書曰：神農之教，雖有石城湯池，帶甲百萬，而無粟者，弗能守也。禮記曰：雖有凶旱水溢，民無菜色。**朕式照前經，寶茲稼穡。**范子計然曰：五穀者，萬民之命，國之重寶也。**祥正而青旗肅事，土膏而朱紘戒典。**祥正、土膏，並已見東京賦。禮記曰：孟春之月，天子駕蒼龍，載青旗，躬耕帝籍。又曰：昔天子為籍田千畝，冕而朱紘，躬耕秉耒。鄭玄周禮注曰：朱紘，以朱組為紘。一條屬兩端也。**將使杏花菖葉，耕獲不愆；**氾勝之書曰：杏始華榮，輒耕輕土、弱土；望杏花落，復耕之，輒藺之。此謂一耕而五獲。呂氏春秋曰：冬至五旬七日，菖始生。菖者，草之先者也。於是始耕。高

14 注「禮記曰司徒」 袁本、茶陵本「曰」下有「鄉論秀士」四字。案：此尤校刪也。

15 注「一曰德行高妙」下至「才任三輔劇縣令」 此五十二字袁本、茶陵本無。

16 「良以食為民天」 袁本、茶陵本「為」作「惟」，是也。

誘曰：菖，菖蒲，水草也。清甽泠風，述遵無廢。呂氏春秋，后稷曰：凡耕之道，畝欲廣以平，甽欲小以清。又曰：正其行，通其風，夬必中央，師為泠風。高誘曰：泠風，和風，所以成穀也。夬，決也。必於苗中央師師然肅泠風以搖長也。而釋耒佩牛，相沿莫反。鹽鐵論曰：儒者釋耒耜而學不驗之語。漢書曰：龔遂為渤海太守，民有帶持刀劍者，使賣劍買牛，賣刀買犢，何為帶牛佩犢。杜預左氏傳注曰：沿，緣也。兼貧擅富，浸以爲俗。漢書曰：兼幷之塗。李奇曰：謂大家兼役小人，富者兼役貧民。說文曰：擅，專也。風俗通曰：子不以從令為孝。後主固宜是革，浸以為俗，豈不謬哉！若爰井開制，懼驚擾愚民，漢書曰：民爰上田夫百畝，中田夫二百畝，下田夫三百畝。歲耕種者為不易上田，休一歲者為一易中田，休二歲者為再易下田，休三歲，更耕之，自爰其處。賈逵國語注曰：爰，易也。周禮曰：畝百為夫，夫三為屋，屋三為井也。舃鹵可腴，恐時無史白。史記曰：史起引漳水溉田。鄴民歌之曰：決漳水兮灌鄴旁，終古舃鹵兮生稻粱。又曰：秦中大夫白公復為秦穿涇水注渭，溉田四千餘頃，因曰白渠也。興廢之術，矢陳厥謀。尚書序曰：咎繇矢厥謨。孔安國曰：矢，陳也。

又問：議獄緩死，大易深規。周易曰：君子以議獄緩死。敬法卹刑，虞書茂典。尚書虞書曰：欽哉！欽哉！惟刑之卹哉！自萌俗澆弛，法令滋彰，莊子曰：唐、虞始為天下，澆醇散樸。許慎淮南子注曰：澆，薄也。澆與澆同。老子曰：法令滋章，盜賊多有也。胏石少不寃之人，棘林多夜哭之鬼。周禮曰：胏石達窮民。鄭司農曰：胏石，赤石也。[17]窮民，天民之窮而無告者。漢書，于定國為廷尉，民自以為不寃。周禮曰：外朝之法，左九棘，孤卿大夫位焉；右九棘，公侯伯子男位焉。楚辭曰：荊棘聚而成林。春秋元命苞曰：樹棘槐，聽訟於其下[18]。尚書旋璣鈐曰：鬼哭山鳴。鄭玄曰：鬼哭，誅無辜也。山鳴，聽不聰之異也。王隱晉書，司直劉隗奏曰：懷情抱恨，雖沒不亡，故有殞霜之應，夜哭之

---

17 注「周禮曰胏石」下至「赤石也」　此十七字袁本、茶陵本無。

18 注「春秋元命苞曰樹棘槐聽訟於其下」　此十四字袁本、茶陵本無。

鬼。朕所以明發動容，昃食興慮。毛詩曰：明發不寐。尚書曰：文王自朝至于日中昃，不遑暇食。傷秋荼之密網，惻夏日之嚴威。鹽鐵論曰：秦法繁於秋荼，網密於凝脂。左氏傳，酆舒問於賈季曰：趙衰、趙盾孰賢？對曰：趙衰冬日之日也，趙盾夏日之日也。杜預曰：夏日可畏，冬日可愛。永念畫冠，緬追刑厝。墨子曰：畫衣冠，異章服，謂之戮。上世用戮而民不犯。賈逵國語注曰：緬，思貌也。紀年曰：成、康之際，天下安寧，刑措四十餘年不用。徒以百鍰輕科，反行季葉；尚書呂刑曰：穆王訓夏贖刑，墨辟疑赦，其罰百鍰。孔安國曰：六兩曰鍰。鍰，黃鐵也。張孟陽七哀詩曰：季葉喪亂起。四支重罰，爰創前古。呂氏春秋曰：越王勾踐曰：孤雖首足異處，四支布裂。周禮曰：司刑掌五刑之法，以麗萬民之罪。墨罪五百，劓罪五百，宮罪五百，刖罪五百，殺罪五百。訪游禽於絕澗，作霸秦基；韓子曰：董閼于為趙上地守，行石邑山中，深澗峭如牆，深百仞。因問其左右人曰：嘗有人入此者乎？對曰：無有。嬰兒，盲聾、狂勃有入此者乎？對曰：無有。牛馬犬彘嘗有入此者乎？對曰：無有。董閼于喟然太息曰：吾能治矣！使吾法無赦也，猶入澗之必死，則民莫敢犯，何為不治！鄭玄周禮注曰：凡鳥獸未孕曰禽。史記曰：趙氏之先與秦共祖。然則以其共祖，故雖趙亦號曰秦。歌鷄鳴於闕下，稱仁漢牘。班固歌詩曰：三王德彌薄，惟後用肉刑。太倉令有罪，就逮長安城。自恨身無子，困急獨煢煢。小女痛父言，死者不復生。上書詣北闕，闕下歌雞鳴。憂心摧折裂。晨風激揚聲。聖漢孝文帝，惻然感至誠。百男何憒憒，不如一緹縈！列女傳曰：緹縈歌雞鳴、晨風之詩。然雞鳴，齊詩，冀夫人及君早起[19]而視朝。晨風，秦詩，言未見君而心憂也。二途如爽，卽用兼通，輕重二途，似如差爽；就其用也，彼此兼通。言俱濟時。昌言所安，朕將親覽。尚書曰：禹拜昌言。孔安國曰：昌，當也。漢書，問董仲舒曰：靡有所隱，朕將親覽焉。

又問：聚人曰財，次政曰貨，周易曰：何以守位？曰仁。何以聚人？曰財。尚書曰：八政，一曰食，二曰貨。泉流表其不匱，貿遷通其有亡。漢書曰：貨流於泉，布於布。如淳曰：流行如泉也。尚書，帝曰：貿遷有無

19 注「冀夫人及君早起」 袁本、茶陵本無「及君」二字。案：此尤校添也。

化居。既龜貝積寢，緡繦專用，漢書曰：王莽居攝，更作金銀龜貝錢布之品。寢，猶息也。漢書曰：武帝初筭緡錢。李斐曰：緡絲以貫錢也。管子曰：凶歲糴釜千繦。孟康漢書注曰：繦，錢貫也。世代滋多，銷漏參倍。言錢之銷磨缺漏，或復三分，或至一倍也。下貧無兼辰之業，中產闕洊歲之貲。周書夏箴曰：小人無兼年之食，妻子非其妻子也。班固漢史文帝贊曰：上嘗欲作露臺，召匠計之，直百金。曰：百金，中民十家產也。左氏傳，晉洊饑。字書曰：洊，仍也。惟瘼邮隱，無捨矜嘆。毛萇詩傳曰：瘼，病也。國語，祭公謀父曰：勤恤人隱而除其害也。上帝溥臨，賜朕休寶，漢書曰：上帝溥臨，不異下防。命邛斜之谷[20]，開而出銅。齊春秋曰：永明八年，蜀郡太守劉悛啓上曰：南廣郡界蒙山，有銅坑，掘則得銅，其利無極。上從之。且有後命，事茲鎔範，左氏傳曰：王使宰孔賜齊侯胙，將拜，孔曰：且有後命也，無下拜。漢書曰：釋其耒耨，冶鎔炊炭。應劭曰：鎔，錢模也。禮記，孔子曰：然後範金合土。鄭玄曰：範，鑄作模器用也。充都內之金，紹圓府之職。桓子新論曰：漢宣已來，百姓賦錢，壹歲餘二十萬，藏於都內。漢書曰：太公為周立九府圓法。李奇曰：圓卽錢也。將繼太公之職事也。[21]但赤側深巧學之患，榆莢難輕重之權。言今欲為錢，若赤側則奸巧學鑄，深為可患；榆莢則輕重兼用，難可準平。漢書曰：民多姦錢，而公卿請令京師鑄官赤側，一當五。如淳曰：以赤銅為其郭也。漢書曰：漢興，以為秦錢重，難用，更令民鑄榆莢錢。如淳曰：如榆莢也。國語曰：周景王將鑄大錢，單穆公曰：不可。古者量貲幣，權輕重，以救民。民患輕，則為之作重幣以行之，於是有母權子而行，民皆得焉。若不堪重，則多作輕幣而行之，亦不廢重，於是乎有子權母而行。韋昭曰：重謂母，輕謂子。權，平也。若物直千二，而母當一千，則子二百，平之也。應劭曰：權其輕重也。開塞所宜，悉心以對。淮南子曰：通乎動靜之機，明乎開塞之節。開塞，

---

20 「命邛斜之谷」　茶陵本去五臣無「命」字。袁本去善「寶」下有「命」字。案：二本與上節接連「命」字絕句，不屬此首。詳其文義，仍不當有，恐但傳寫誤衍也。

21 注「漢書曰」下至「將繼太公之職事也」　此二十七字袁本、茶陵本無。

猶取捨也。尹文子曰：書開塞之宜，得周通之路。詩緯曰：君子息心研慮，推變見事。

又問：治歷明時，紹遷革之運；周易曰：君子以治歷明時。毛詩曰：去殷之惡[22]，就周之德。周易曰：湯武革命。**改憲勑法，審刑德之原。**司馬彪續漢書，永平詔曰：春秋保乾圖云：三百年，升歷改憲。史官田太初、鄧公平術[23]，有餘分一，在三百年之域，行度轉差，浸以繆錯，旋璣不正，文象不稽。冬至之日，日在斗二十二度，而歷以為牽牛中星，先立春一日，則四分數之立春也。而以折獄、斷大刑，於氣已迕，用望平和隨時之義，蓋亦遠矣[24]。今改四分，以遵於堯，以順孔聖奉天之文。宋均保乾圖注曰：三陽而陽備，備則宜改憲。憲，法也。周易曰：雷電噬嗑，先生以明罰勑法。淮南子曰：冬至為德，夏至為刑。**分命顯於唐官，文條炳於鄒說。**尚書曰：分命羲仲，宅嵎夷，曰暘谷。又曰：分命和仲，宅西，曰昧谷。鄒說未詳。**及嵎夷廢職，昧谷虧方，**言司歷之官廢也。嵎夷、昧谷，已見上文。**漢秉素祇之徵，魏稱黃星之驗。**言五德之次亡也。漢書曰：高祖夜徑澤中，前有大蛇當路，高祖乃前，拔劍斬蛇。後人來至蛇所，有一老嫗夜哭，人問嫗何哭？嫗曰：吾子，白帝子也，化為蛇當道。今者赤帝子斬之。魏志曰：初，桓帝時，有黃星見於楚、宋之分。遼東殷馗善天文，言後五十歲，當有真人起於梁、沛之間，其鋒不可當。至是凡五十年，而太祖破袁紹，天下莫敵。**紛爭空軫[25]，疑論無歸。**方言曰：軫[26]，謂相乖戾也。**朕獲纂洪基，思弘至道。**班固高紀述曰：纂堯之緒。爾雅曰：纂，繼也。曹植魏德頌曰：武創洪基，克光厥德。尚書序曰：恢弘至道。**庶令日月休徵，風雨玉燭，**尚書曰：休徵日月之行，則有冬有夏。爾雅曰：春為青陽，夏為朱明，秋為白藏，冬為玄英。四氣和謂之玉燭。**克明之旨弗遠，**

---

22 注「毛詩曰去殷之惡」　陳云「曰」下脫「帝遷明德，鄭玄箋曰天意」十字。案：所校是也，引此者注正文「遷」字。

23 注「史官田太初鄧公平術」　案：「田」當作「用」，「公」字不當有。各本皆誤。續漢志可證。

24 注「蓋亦遠矣」　袁本、茶陵本「蓋亦」作「益以」。案：此尤依續漢志校改也。

25 「紛爭空軫」　袁本、茶陵本「爭」作「諍」。案：二本不著校語，無以考之。

26 注「方言曰軫」　袁本、茶陵本「軫」下有「戾」字，是也。

欽若之義復還。尚書曰：克明俊德。又曰：欽若昊天[27]。於子大夫何如哉？其驪翰改色，寅丑殊建，別白書之。禮記曰：夏后氏尚黑，戎事乘驪。鄭玄曰：以建寅之月為正，物生色黑。黑馬曰驪。禮記曰：殷人尚白，戎事乘翰。鄭玄曰：以建丑之月為正月，物生色白。翰，白色馬也。[28]漢書，董仲舒對策曰：臣前所上對，辭不別白，指不分明。

永明十一年策秀才文五首

王元長

問秀才：朕秉籙御天，握樞臨極。尚書旋璣鈐曰：河圖命紀也。圖天地帝王終始存亡之期，錄代之矩。籙與錄同也。周易曰：時乘六龍以御天。易通卦驗曰：遂皇氏始出握機矩。鄭玄曰：遂皇，遂人也。但持斗機運轉之法。春秋運斗樞曰：北斗七星，第一星天樞。論語素王受命讖曰：王者受命，布政易俗，以御八極。五辰空撫，九序未歌[29]。尚書，咎繇曰：撫于五辰，庶績其凝。孔安國曰：百官皆撫順五行之時，眾功皆成也。又曰：德惟善政，政在養民。水火金木土穀惟修，正德利用厚生惟和，九功惟序，九序惟歌。至於思政明臺，訪道宣室，管子曰：黃帝立明臺之義，上觀於賢也。漢書曰：文帝思賈誼，徵之。至，入見，上方受釐坐宣室。上因感鬼神事，而問鬼神之本。蘇林曰：宣室，未央前正室也。若墜之惻每勤，如傷之念恒軫。尚書曰：民墜塗炭。孔安國曰：若陷泥墜火。左氏傳，逢滑曰：國之興也，視人如傷。許慎淮南子注曰：軫，轉也。故邮貧綏賦，省繇慎獄。應劭曰：繇者，役也。幸四境無虞，三秋式稔。尚書曰：四方無虞，予一人以寧。秋有三月，故曰三秋。元命苞曰：陽氣數成於三，故時別三月。宋衷曰：四時皆象此類，不惟秋

---

27 注「又曰欽昊天」　此六字袁本、茶陵本無。

28 注「禮記曰夏后氏」下至「翰白色馬也」　此六十一字袁本、茶陵本無。

29 「九序未歌」　何校「序」改「敘」。案：何據注也，注「九功惟序，九序惟歌」，茶陵本二「序」字作「敘」，袁本幷入五臣亦作「敘」。其所載五臣向曰「九序，謂六府三事也」，則二本並作「序」，恐正文為善「敘」，五臣「序」，各本所見亂之。此本注二字作「序」，乃尤延之以正文改注，未必是也。

也。廣雅曰：年稔，秋穀熟也。而多黍多稌，不興兩穗之謠；毛詩曰：豐年多黍多稌。東觀漢記曰：張堪，字君游，為漁陽太守，勸民耕種，以致殷富。有百姓歌曰：桑無附枝，麥穗兩歧；張君為政，樂不可支。無褐無衣，必盈七月之歎。毛詩曰：七月流火，九月授衣；無褐無衣，何以卒歲。[30]豈布政未優，將罷民難業？毛詩曰：敷政優優，百祿是遒。周禮曰：以圜土教罷民。登爾於朝，是屬宏議。漢書，詔策鼂錯曰：登大夫于朝，親諭朕志。難蜀文曰：必將崇論宏義[31]。罔弗同心，以匡厥辟。尚書曰：罔不同心，以匡乃辟[32]。

又問：惟王建國，惟典命官。周禮曰：惟王建國，辨方正位。尚書堯典曰：乃命羲和。上叶星象，下符川嶽。春秋漢含孳曰：故三公象五岳，九卿法河海；三公在天法三台，九卿法北斗。必待天爵具脩，人紀咸事，孟子曰：仁義忠信，樂善不倦，此天爵也；公卿大夫，此人爵也。古之人脩其天爵，而人爵從之。漢書，詔策公孫弘曰：天文地理，人事之紀也，子大夫習焉。公孫弘對曰：天地無私親，順之利起，逆之害生，此天文、地理、人事之紀也。然後沿才受職，揆務分司。爾雅曰：揆，度也。是以五正置於朱宣，下民不忒；左氏傳，郯子謂昭子曰：少皡，摯之立，鳳鳥適至，故紀於鳥，鳥師而鳥名。五雉為五工正。河圖曰：大星如虹，下流華渚，女節意，感生白帝朱宣。宋均曰：朱宣，少昊氏。鄭玄孝經注曰：忒，差也。九工開於黃序，庶績其凝。漢書，劉向上疏曰：舜命九官，濟濟相讓，和之至也。應劭：尚書[33]，禹作司空，棄作后稷，契作司徒，咎繇作士，垂作共工，益作虞，伯夷作秩宗，夔作典樂，龍作納言，凡九官。皇甫謐帝王世紀曰：舜始即真，改正朔，以土承火，色尚黃。尚書中候所謂建黃授正改朔。尚書，咎繇曰：庶績其凝。孔安國曰：凝，成也。周官三百，漢位兼倍，禮記曰：有虞氏之官五十，夏后官百，殷官二百，周官

---

30 注「毛詩曰」下至「何以卒歲」　此十九字袁本、茶陵本無。

31 注「必將崇論宏義」　案：「義」當作「議」。各本皆誤。

32 注「尚書曰罔不同心以匡乃辟」　此十一字袁本、茶陵本無。

33 注「應劭尚書」　案：「劭」下當有「曰」字。各本皆脫。

三百。漢書曰：秦立百官，漢因循不革。自佐史至丞相，十三萬三百八十五人。今云兼倍，略言之耳。歷茲以降，游惰寔繁。孔叢子，趙王曰：仲尼大聖，自茲以降，世業不替。禮記曰：垂綏五寸，游惰之士。鄭玄曰：惰游，罷人也。尚書曰：寔繁有徒。若閑冗畢弃[34]，則橫議無已；荀悅申鑒曰：正貪祿，省閑冗，與時消息，昭惠恤下。文穎漢書注曰：冗，散也。孟子曰：聖王不作，諸侯放恣，處士橫議。冕笏不澄，則坐談彌積。魏志，郭嘉說太祖曰：劉表坐談客耳。何則可脩？善詳其對。家語，孔子曰：欲善則詳。王肅曰：欲善其事，當詳慎之。毛萇詩傳曰：詳，審也。

又問：昔者賢牧分陝，良守共治，公羊傳曰：自陝以東，周公主之；自陝以西，召公主之。袁煥與曹植書曰：召公與周公俱受分陝之任。漢書曰：孝宣躬親萬機，勵精為治，常稱曰：與我共治者，其唯良二千石乎！下邑必樹其風，一鄉可以爲績。論語曰：子之武城，聞絃歌之聲。鄭玄曰：武城，魯之下邑。尚書曰：章善癉惡，樹之風聲。一鄉，謂桐鄉也。漢書曰：朱邑為桐鄉嗇夫，廉平不苛。及死，子葬之桐鄉，人為邑起冢立祠。至有旦撫鳴琴，日置醇酒，呂氏春秋曰：宓子賤治單父，彈琴，身不下堂而單父治。漢書曰：曹參代蕭何為相國，日夜飲酒。卿大夫以下吏及賓客，見參不事事，來者皆欲有言。至者，參輒飲以醇酒，度之欲有言，復飲，醉而後去，終莫得開說。文而無害，嚴而不殘。漢書曰：蕭何以文毋害為沛主吏掾。音義曰：文無所枉害也。漢書曰：雋不疑為吏，嚴而不殘。故能出人於阽危之域，躋俗於仁壽之地。阽危，已見謝朓八公山詩。漢書，王吉上疏曰：陛下毆一世之民，躋之仁壽之域，則俗何以不若成、康，壽何以不若高宗也。是以賈誼有言：天下之有惡[35]，吏之罪也。賈子曰：吏能為善，則人必能為善也；故人之不善也，吏之罪也。頃深汰珪符，妙簡銅墨；范曄後漢書曰：詔書沙汰刺史二千石，以賈琮為冀州刺

---

34 「若閑冗畢弃」 茶陵本「畢」作「卑」，云五臣作「畢」。袁本云善作「卑」。案：一本所見，傳寫誤也。此蓋尤延之校改正之。

35 「天下之有惡」 茶陵本云五臣無「天」。袁本云善有「天」。案：此不當有，各本所見，皆傳寫誤衍耳。

吏。說文曰：汰，簡也。汰，達蓋切。周禮曰：上公之禮執桓珪，諸侯之禮執信珪，諸伯執躬珪。漢書曰：文帝初與郡守為銅虎符、竹使符。潘安仁夏侯湛誄曰：妙簡邦良。爾雅曰：簡，擇也。漢書曰：縣令長皆秦官，秩六百石以上，皆銅印墨綬。而春雉未馴，秋螟不散。東觀漢記曰：魯恭為中牟令，時郡國螟傷稼，犬牙緣界，不入中牟。河南尹袁安聞之，疑其不實，使仁恕掾肥親往廉之。恭隨行阡陌，俱坐桑下，有雉過，止其傍，傍有童兒。親曰：何不捕之？兒言：雉方將鶵。親曰：所以來者，欲察君之化迹爾。今蟲不犯境，此一異也；化及鳥獸，此二異也；豎子有仁心，此三異也。具以狀言安。[36]范曄後漢書曰：宋均遷九江，守山陽。楚、沛多蝗，其飛至九江東界者，輙東西散去。入在朕前，湊其智略；出連城守，闕爾無聞。漢書曰：吾丘壽王為東郡尉。詔賜壽王璽書曰：子在朕前之時，智略輻湊；及至連十餘城之守，職事並廢，甚不稱在前時，何也？豈薪槱之道未弘？爲網羅之目尚簡？毛詩曰：芃芃棫樸，薪之槱之。毛萇曰：山木茂盛，萬人得而薪之；賢人眾，國家得用蕃興也。曹子建書曰：仲宣獨步於漢南，孔璋鷹揚於河朔，吾王設天網以該之。文子曰：有鳥將來，張羅而得鳥者，羅之一目也。今為一目之羅，卽無時得鳥。[37]孔安國尚書傳曰：簡，略也。悉意正辭，無侵執事。漢書，詔策晁錯曰：大夫其正論，毋枉執事。音義或曰：毋為有司枉橈。

又問：朕聞上智利民，不述於禮；大賢彊國，罔圖惟舊。史記，商君說秦孝公曰：聖人苟可以彊國，不法其故；苟可以利民，不循其禮。豈非飢不期於鼎食，拯溺無待於規行。毛詩曰：泌之洋洋，可以樂飢。鄭玄曰：泌水洋洋，然飢者見之，可飲以𤻲飢。𤻲，音義與療同。家語曰：子路南游於楚，列鼎而食。抱朴子曰：規行矩步，不可以救火拯溺也。是以三王異道而共昌，五霸殊風而並列。淮南子曰：五帝異道而德覆天下，三王殊

---

36 注「東觀漢記曰魯恭」下至「具以狀言安」　此一百二十字袁本、茶陵本無。又自此下至本節注末，茶陵有，袁無，皆并善入五臣而誤刪削也。餘不悉出。

37 注「文子曰有鳥將來張羅」下至「即無時得鳥」　此二十九字袁本、茶陵本無。案：「張羅」下當有「待之」二字。袁、茶陵二本所載并入五臣翰注者有。

事而名施後世。左氏傳，賓媚人曰：五伯之霸也，勤而撫之，以役王命。杜預曰：夏伯昆吾，商伯大彭、豕韋，周伯齊桓、晉文。戰國策，趙王謂趙文曰：三代不同服而王，五伯不同俗而政。今農戰不脩，文儒是競，商君書曰：國待農戰而安，君待農戰而尊。論衡曰：上書白記者，文儒也。夫文儒之力過儒生，況文史也。弃本殉末，厥弊茲多。漢書，詔曰：農，天下之大本也，而人或不務本而事末，故生不遂。李奇曰：本，農也；末，賈也。昔宋臣以禮樂爲殘賊，漢主比文章於鄭衛，宋臣，墨翟也。孫卿子曰：樂也者，和之不可變者也；禮也者，理之不可易者也。墨子非之，幾遇刑也。墨子賤禮樂而貴勇力，貪則為盜，富則為賤[38]，治世反是。漢書曰：宣帝數從王褒等，所幸宮觀，輒為歌頌，議者多以為淫靡不急。上曰：辭賦大者與詩同義，小者辯麗可嘉[39]，譬如女工有綺縠，音樂有鄭、衛也。豈欲非聖無法，將以既道而權？孝經曰：非聖人者無法。論語，子曰：可與學，未可與適道；可與適道，未可與立；可與立，未可與權。公羊傳曰：權者何？權者，反於經然後有善者也。今欲專士女於耕桑，習鄉閭以弓騎；孝經鉤命決曰：耕桑得利，究年受福。史記曰：趙武靈王胡服以習騎射。五都復而事庠序，四民富而歸文學。漢書曰：王莽於五都立均官，更名雒陽、邯鄲、臨淄、宛、成都五都市長，皆為五均司市師。又曰：平帝立學官，鄉曰庠，聚曰序。管子曰：士農工商四民者，國之石民也。其道奚若？爾無面從。尚書曰：予違汝弼，汝無面從。

又問：自晉氏不綱，關河蕩析，班固漢書述曰：秦人不綱，網漏于楚。王隱晉書曰：石季龍死，朝廷欲遂蕩平關、河。尚書盤庚曰：今我民用蕩析離居。宋人失馭，淮汴崩離。答賓戲曰：王塗蕪穢，周失其御。應劭漢書注曰：汴水在滎陽西南。論語，子曰：邦分崩離析而不能守也。朕思念舊民[40]，永言攸濟。毛詩曰：永言孝思。

---

38 注「貪則為盜富則為賤」 案：「貪」當作「貧」。何校「賤」改「賊」，陳同，是也。此所引樂論篇文。

39 注「辯麗可嘉」 何校「嘉」改「喜」，是也。各本皆誤。

40 「朕思念舊民」 茶陵本「念」作「命」，云五臣作「念」。袁本云善作「命」。案：二本所見，傳寫誤也。此蓋尤延之校改正之。

尚書曰：予惟小子，若涉淵水，予惟往求朕攸濟。**故選將開邊，勞來安集；**漢書，嚴尤上疏曰：武帝選將練兵，深入遠戍。又班固曰：武帝廣開三邊。毛詩序曰：萬民離散，不安其居，而能勞來還定安集之。**加以納款通知，布德脩禮，**納其款關之誠，而通其和好之禮。漢書曰：匈奴呼韓邪單于款五原塞，名王奉獻[41]，始和親。呂氏春秋曰：季春之月，天子布德和惠。孫卿子曰：管仲，為政者也，未及脩禮。故脩禮者王，為政者彊。**歌皇華而遣使，賦膏雨而懷賓。**毛詩序曰：皇皇者華，君遣使臣也。左傳曰：季武子如晉，晉侯饗之，范宣子為賦黍苗，季武子再拜曰：小國之仰大國也，如百穀之仰膏雨焉。若常膏之，其天下集睦，豈惟弊邑。[42]周禮曰：二曰教職，以安邦國，以懷賓客。**所以關洛動南望之懷，獯夷遽北歸之念。**王逸楚辭注曰：遽，競也。**夫危葉畏風，驚禽易落，**漢書，上曰：單于待命加慢，今欲攻之，如何？王恢曰：草木遭霜者，不可以風過，通方之士，不可以文亂。今擊之，單于可禽。淮南子曰：使葉落者，風之搖也。戰國策，魏謂春申君曰[43]：日者更羸謂魏王曰：臣能虛發而下鳥。有鴻鴈從東方來，更羸以虛弓發而下之。王曰：射，爾至此乎！更羸曰：此孽也。其飛徐者，創痛也；悲鳴者，久失羣也。故創未息，而驚心未去，聞弦音而高飛，故創怯。今臨武君嘗為秦孽，不可為秦之將[44]。**無待干戈，聊用辭辯，片言而求三輔，一說而定五州。**漢書曰：內史，武帝更名京兆尹，左內史更名左馮翊，主爵中尉更名右扶風，是為三輔。天下有十二州，齊得其七，故謂北境為五州[45]。**斯路何階？人誰或可？**爾雅曰：階，因也。**進謀誦志，以沃朕心。**言進嘉謀，當謂誦汝志，以沃帝心也。周禮曰：擅人掌誦王

41 注「名王奉獻」　袁本、茶陵本「名」上有「遣」字，是也。

42 注「毛詩序曰」下至「豈惟弊邑」　此六十六字袁本、茶陵本無。

43 注「魏謂春申君曰」　陳云「魏」下脫「加」字，是也。各本皆脫。

44 注「不可為秦之將」　案：「為」下當有「拒」字。各本皆脫。前東門行注引有。

45 注「天下有十二州齊得其七故謂北境為五州」　袁本無此十七字，有「五州，已見顏延之侍遊曲阿後湖詩」十四字。案：袁本最是。此尤同茶陵複出而誤。

志，導國之政事。鄭玄曰：以王之志與政事論說諸侯。撢，音探。廣雅曰：誦，言也。然彼言王志，與此微殊，不以文害意也。尚書曰：啓乃心，沃朕心。

天監三年策秀才文三首　任彥昇

何之元梁典曰：天監，武帝年號也。

問秀才：朕長驅樊鄧，直指商郊，商，喻齊也。史記，樂毅書曰：輕卒銳兵，長驅至國。漢書，朱買臣曰：發兵浮海，直指泉山。尚書曰：武王朝至于商郊。因藉時來，乘此歷運，魏志，劉廙上疏曰：臣遭乾坤之靈，值時來之運。當扆永念，猶懷慙德。禮記曰：天子當扆而立。尚書曰：成湯放桀於南巢，惟有慙德。何者？百王之弊，齊季斯甚，班固漢書贊曰：漢承百王之弊，季謂末年。衣冠禮樂，掃地無餘。言衣冠制度、禮樂軌儀皆見廢弃，故無餘也。班固漢書贊曰：秦滅六國，而上古遺烈，掃地盡矣。斲雕刓方，經綸草昧。漢書曰：漢興，破觚而為圜，斲琱而為樸。蘇林漢書注曰：刓音角之刓，與刓𠞰同[46]。周易曰：雲雷屯，君子以經綸。又曰：天造草昧，宜建侯而不寧。鄭玄曰：造，成也。草，草創也。昧，昧爽也。採三王之禮，冠履粗分；因六代之樂，宮判始辨。周禮曰：王宮懸，諸侯軒懸，卿大夫判懸，士植懸[47]。而百度草創，倉廩未實。尚書曰：百度唯貞。論語曰：裨諶草創之。管子曰：倉廩實知禮節。若終畝不稅，則國用靡資；國語曰：王耕三推之，庶人終于畝。禮記曰：古者公田籍而不稅。毛萇詩傳曰：資，財也。百姓不足，則惻隱深慮。論語，有若曰：百姓足，君孰與不足？百姓不足，君孰與足？孟子曰：無惻隱之心，非仁也[48]。惻隱者，仁之端。每時入芻藁，歲課田租，漢舊儀曰：民田租芻藁，以給經

---

46 注「刓音角之刓與刓𠞰同」　袁本、茶陵本無「音」字。案：各本皆非也，當作「刓音刓角之刓，與𠞰同」，韓信傳注可證。

47 注「士植懸」　袁本、茶陵本「植」作「特」，是也。

48 注「非仁也」　何校「仁」改「人」，是也。

用也。尚書曰：百里納稾。愀然疚懷，如憐赤子。禮記曰：哀公敢問：人道誰為大？孔子愀然作色而對。月賦曰：悄焉疚懷。尚書曰：若保赤子，惟民其康乂。今欲使朕無滿堂之念，民有家給之饒，說苑曰：古人於天下也，譬一堂之上。今有滿堂飲酒，有一人獨索然向隅泣，則一堂之人，皆不樂也。鄧析子曰：聖人逍遙一世之間，而家給人足，天下太平。漸登九年之畜，稍去關市之賦。禮記曰：國無九年之畜曰不足。周禮曰：以九賦斂財賄，七曰關市之賦。鄭玄曰：賦，謂口出泉；關市，謂占會百物也。子大夫當此三道，利用賓王，三道、賓王，已見上文。斯理何從？佇聞良說。顏延之策秀才文曰：廢興之要，敬俟良說。

問：朕本自諸生，弱齡有志，鍾離意別傳曰：嚴遵與光武皇帝俱為諸生。禮記，孔子曰：大道之行也，與三代之英，丘未之逮，而有志焉。閉戶自精，開卷獨得。楚國先賢傳曰：孫敬入學，閉戶牖，精力過人，太學謂曰閉戶生。入市，市人相語：閉戶生來。不忍欺也。陶潛誡子書曰：開卷有得，便欣然忘食。九流七略，頗常觀覽；六藝百家，庶非牆面。漢書曰：九流，有儒家流、道家流、陰陽家流、法家流、名家流、墨家流、從橫家流、雜家流、農家流。又曰：劉歆總羣書而奏其七略，故有輯略，有六藝略，有諸子略，有詩賦略，有兵書略，有數術略，有方技略。廣雅曰：頗，少也。周禮，保氏養國子以道，乃教之六藝：一曰五禮，二曰六樂，三曰五射，四曰五御，五曰六書，六曰九數。淮南子曰：百家異說，各有所出。論語，子謂伯魚曰：汝為周南、召南矣乎？人而不為周南、召南，其猶正牆面而立也與！雖一日萬機，早朝晏罷，尚書曰：兢兢業業，一日二日萬機。墨子曰：早朝晏罷，斷獄治政也。聽覽之暇，三餘靡失。上林賦曰：朕以覽聽餘閑，無事弃日。魏略曰：董遇，字季真，善左氏傳。從學者云：若渴無日[49]。遇言：當以三餘。或問三餘之意，遇言：冬者歲之餘，夜與陰者日之餘，雨者月之餘[50]。上之化下，草偃風從，論語，子曰：君子之德

49 注「若渴無日」 案：「若」當作「苦」。各本皆譌。魏志王朗傳注引可證。

50 注「夜與陰者日之餘雨者月之餘」 袁本、茶陵本無「與陰」二字，「雨」上有「陰」字，「月」作「時」。案：二本是也。

風，小人之德草，草上之風必偃。惟此虛寡，弗能動俗。蔡邕姜肱碑曰：至德動俗，邑中化之。昔紫衣賤服，猶化齊風；韓子曰：齊桓公好服紫，一國盡服紫，當時十素不得一紫。公患之，告管仲。管仲曰：君欲止之，何不自誡勿衣也？謂左右曰，甚惡紫臭。公曰：諾。於是郎中莫衣紫；其明日，國中莫有衣紫；三日，境內莫衣紫。長纓鄙好，且變鄒俗。韓子曰：鄒君好長纓，左右皆服長纓，甚貴。鄒君患之，問左右。左右對曰：君好服之，百姓亦多服，是故貴。鄒君因先自斷其纓而出，國中皆不服長纓。雖德慚往賢，業優前事。且夫搢紳道行，祿利然也。封禪書曰：因雜搢紳先生之略術。班固漢書贊曰：大師眾至千餘人，蓋祿利之路然也。朕傾心駿骨，非懼眞龍，新序曰：郭隗謂燕王曰：古之君有以千金市千里馬者，三年不得。人請求之，三月得馬，已死矣，買其骨以五百金。君大怒之。人曰：死馬骨且市之，況生馬乎？天下必以王為好馬矣。於是不能朞年，千里馬至者二。今王誠願致士，請從隗始。隗且見事，況賢於隗者乎？又[51]子張見魯哀公，哀公不禮，去曰：君之好士，有似葉公子高之好龍也。葉公好龍，室屋彫文，盡以寫龍。於是天龍聞而下之，窺頭於牖，拖尾於堂。葉公見之，弃而退走，失其魂魄，五色無主。是葉公非好真龍也，好夫似龍而非龍者也。今君之好士也，好夫似士而非士者也。輜軿青紫，如拾地芥。范曄後漢書曰：袁紹，賓客所歸，輜軿紫轂，填接街陌。說文曰：軿，車前衣，車後為輜。漢書曰：夏侯勝每講授，常謂諸生曰：士病不明經，經術苟明，其取青紫，如俛拾地芥爾。言好學明經術，以取貴位之服，如似車載之多也；取之易也，如拾地草。而惰游廢業，十室而九，惰遊，已見上文。抱朴子曰：秦降及季杪，天下欲反，十室而九。鳴鳥蔑聞，子衿不作。言古者收教不及於道者，故天下太平而鳳皇至；學校廢，則作子衿以刺之，而人感思學。今則不然，言不如古也。尚書，周公曰：攸罔勖弗及，苟造德弗降[52]，我則鳴鳥不聞。毛萇詩傳曰：蔑，如

王朗傳注引正如此。

51 注「況賢於隗者乎又」　袁本、茶陵本作「況賢者也。莊子曰」。案：以下文今新序有，莊子無，故尤延之校改如此也。但考藝文類聚鱗介部，亦引為莊子。困學紀聞，莊子逸篇采之。仍當依二本為是。

52 注「攸罔勖弗及苟造德弗降」　袁本、茶陵本「攸」作「收」。又茶陵本「苟」作「耇」，是也。袁本作「考」，亦誤。

也[53]。詩序曰：子衿，刺學廢也。兩都賦序曰：王澤竭而詩不作。弘獎之路，斯既然矣，小雅曰：獎，勸也。猶其寂寞，應有良規。魏志，明帝報王朗詔曰：欽納至言，思聞良規。

問：朕立諫鼓，設謗木，於茲三年矣。鄧析子曰：堯置欲諫之鼓，舜立誹謗之木，此聖人也。比雖輻湊闕下，多非政要；文子曰：羣臣輻湊。張湛曰：如眾輻之集於轂也。范曄後漢書曰：詔問蔡邕，宜披露得失，指陳政要。日伏青蒲，罕能切直。漢書曰：史丹直入臥內，頓首伏青蒲上。應劭曰：以青規地曰青蒲。桓子新論曰：切直忠正，則汲黯之敢諫爭也。將齊季多諱，風流遂往。毛萇詩傳曰：將，且也。老子曰：天下多忌諱而民彌貧。淮南子曰：晚世風流，終敗禮廢義。上林賦曰：遂往而不反矣。將謂朕空然慕古，虛受弗弘。漢書曰：王莽好空言，慕古法，多封爵人。周易曰：君子以虛受人。然自君臨萬，介在民上，左氏傳，子囊曰：赫赫楚國，而君臨之。方言曰：介，特也。漢書，宣帝詔曰：朕承洪業，託於士民之上也。何嘗以一言失旨，轉徙朔方，范曄後漢書曰：蔡邕上疏，帝覽而歎息。因起更衣，曹節於後竊視之，悉宣語左右，事遂漏露。程璜遂使人飛章言邕，於是下邕洛陽獄。詔減死一等，與家屬髡鉗徙朔方，詔不得以赦令除。睚眦有違，論輸左校，漢書曰：原涉好殺[54]，眦睚於塵中。論輸，謂論其罪而輸作也。漢書，陳咸，字子康，年十八，以父萬年任為郎。有異材，抗直，數言事刺譏近臣，書數十上，遷為左曹。父嘗病，召咸教戒於牀下，語至夜半，咸睡，頭觸屏風。父大怒，欲杖之，曰：乃公教戒汝，汝反睡，不聽吾言，何也？咸叩頭謝曰：具曉所言大要，教咸讇也。父迺不復言。元帝擢咸為御史中丞，後為南陽太守，所居以殺伐立威，豪猾吏及大姓犯法，輒論輸府。[55]范

---

53 注「薆如也」 陳云「如」，「無」誤，是也。各本皆誤。案：此所引板傳文。

54 注「原涉好殺」 袁本、茶陵本無「殺」字。案：此尤校添也。

55 注「漢書陳咸」下至「輒論輸府」 袁本、茶陵本無此一百三十二字，有「漢書陳萬年傳曰：論輸府下」十一字。案：此卷末葉尤脩改，乃初同二本而後添。當以二本為是。又案：末「下」字漢書無，蓋衍也。

暉後漢書曰：李膺為河南尹，時宛陵大姓羊元羣罷北海郡，贓罪狼籍，膺表欲罪[56]，元羣行賂宦豎，膺反坐，輸作左校。漢書曰：將作少府有左校令丞。**而使直臣杜口，忠讜路絕。**漢書，景帝問鄧公，鄧公曰：夫鼂錯患諸侯彊大不可制，故請削之，以尊京師，萬世之利也。計畫始行，卒受大戮。[57]內杜忠臣之口，外為諸侯報仇。聲類曰：讜，善言也。**將恐弘長之道，別有未周。**韓詩曰：將恐將懼。薛君曰：將，辭也。檀道鸞晉陽秋曰：謝安為桓溫司馬，不存小察，盡弘長之風。**悉意以陳，極言無隱。**漢書曰：哀帝使傅喜問李尋曰：間者水出地動，日月失度，星辰亂行，災異仍重，[58]極言無有所諱。周書曰：慎問其故，無隱乃情。

---

56 注「膺表欲罪」 袁本、茶陵本「欲」下有「罰其」二字，是也。

57 注「景帝問鄧公」下至「卒受大戮」 袁本、茶陵本無此四十字，有「鄧公謂景帝曰」六字。案：此亦二本是。

58 注「間者水出」下至「災異仍重」 袁本、茶陵本無此十八字。案：此亦二本是。

卷第三十七

表上

表者，明也，標也，如物之標表。言標著事序，使之明白，以曉主上，得盡其忠，曰表。三王已前，謂之敷奏。故尚書云敷奏以言，是也。至秦并天下，改為表。總有四品：一曰章，謝恩曰章；二曰表，陳事曰表；三曰奏，劾驗政事曰奏；四曰駮，推覆平論，有異事進之曰駮。六國及秦、漢兼謂之上書，行此五事。至漢、魏已來，都曰表。進之天子稱表，進諸侯稱上疏。魏已前天子亦得上疏。

薦禰衡表[1]

孔文舉 范曄後漢書曰：孔融，字文舉，魯國人也。幼有異才，性好學，舉高第，拜御史，歷官至將作大匠，遷少府。曹操既積嫌忌，奏誅之。下獄弃市。

臣聞洪水橫流，帝思俾乂，孟子曰：當堯之時，天下猶未平，洪水橫流，泛濫於天下。尚書曰：湯湯洪水方割，有能俾乂。孔安國傳曰：俾，使；乂，治也。旁求四方，以招賢俊。尚書曰：旁求天下。孔安國曰：旁，非一方也。昔世宗繼統，將弘祖業，世宗，孝武廟號也。李奇漢書注曰：統，緒也。班固漢書紀述曰：世宗曅曅，思弘祖

1 「薦禰衡表」 袁本、茶陵本「表」下有「一首」二字。案：有者是也。後每題下盡同，卷首所列子目亦同。下卷放此。

業。疇諮熙載，羣士嚮臻。尚書云：帝曰：疇諮若時登庸。又曰：有能熙帝之載。班固漢書述曰：疇諮熙載，髦俊並作，嚮臻如應而至也。孫卿子曰：下之和上，譬嚮之應聲也。陛下睿聖[2]，纂承基緒，陛下，謂獻帝也。班固高紀述曰：纂堯之緒。爾雅曰：纂，繼也。遭遇厄運，勞謙日仄。說文曰：遇，逢也。周易曰：勞謙君子有終吉。尚書曰：文王自朝至于日中昃，弗遑暇食。維嶽降神，異人並出。毛詩曰：維嶽降神，生甫及申。

竊見處士平原禰衡，年二十四，字正平，淑質貞亮，英才卓躒。孟子曰：得天下英才而教育之。西都賓曰：卓躒諸夏。卓躒，絕異也。躒，力角反。初涉藝文，升堂覩奧，論語云：子曰：由也升堂矣，未入於室也。爾雅曰：西南隅謂之奧。目所一見，輒誦於口，耳所暫聞，不忘於心，性與道合，思若有神。淮南子曰：所謂真人者，性合于道也。弘羊潛計，安世默識，以衡準之，誠不足怪。漢書曰：桑弘羊，雒陽賈人子，以心計，年十三拜侍中。又曰：張安世，字少孺，為郎。上行幸河東，嘗亡書三篋，詔問莫能知，唯安世識之，具作其事[3]。後復購得書以相校，無所遺失[4]。上奇其能，擢為尚書令。忠果正直，志懷霜雪，見善若驚，疾惡若讎。國語，楚藍尹亹謂子西曰：夫闔廬聞一善言若驚，得一士若賞。謝承後漢書曰：張儉清絜中正，疾惡若讎。任座抗行，史魚厲節，殆無以過也。呂氏春秋曰：魏文侯飲，問諸大夫：寡人何如主也？任座曰：君不肖君也。克中山，不以封君之弟，而以封君之子，是以知不肖君也。文侯不悅。次及翟璜，曰：君賢君也。臣聞其主賢者其臣直，是以知君之賢也。文侯悅。文子曰：傲世賤物，士之抗行也。廣雅曰：抗，舉也。論語，子曰：直哉史魚！廣雅曰：厲，高也。

鷙鳥累百，不如一鶚。史記，趙簡子曰：鷙鳥累百，不如一鶚。使衡立朝，必有可觀。論語，子

---

2 「陛下睿聖」　茶陵本「睿」作「叡」，云五臣作「睿」。袁本云善作「叡」。案：范書作「叡」，此尤以五臣亂善。

3 注「具作其事」　陳云「作」，「上」誤。今案：汪文盛刻班書是「作」字，章懷注范書引亦是「作」字，陳所說非也。

4 注「無所遺失」　袁本「失」下有「也」字。茶陵本無。此初有而脩去之。

曰：赤也，束帶立于朝，可使與賓客言。又曰：必有可觀者焉。漢書，成帝詔曰：舉博士，使卓然可觀。**飛辯騁辭，溢氣坌涌，**坌，涌貌也。坌，步寸切。**解疑釋結，臨敵有餘。**七略曰：解紛釋結，反之於平安。**昔賈誼求試屬國，詭係單于；**漢書，賈誼曰：何不試以臣為屬國之官，以主匈奴，行臣之計，必係單于之頸而制其命。說文曰：詭，責也。自責必係單于也。漢書曰：況自詭滅賊。**終軍欲以長纓，牽致勁越。**漢書曰：南越與漢和親，乃遣終軍使南越說其王，欲令入朝，比內諸侯。軍自請願受長纓，必羈南越王而致之闕下。說文曰：組綦小者為冠纓。**弱冠慷慨，前代美之。**說文曰：慷慨壯士，不得志於心。賈誼、終軍皆年十八，故曰弱冠。**近日路粹嚴象，亦用異才擢拜臺郎，衡宜與為比。**典略曰：路粹，字文蔚，少學於蔡邕，高才，與京兆嚴象拜尚書郎。象以兼有文武，出為揚州刺史。粹後為軍謀祭酒，與陳琳、阮瑀等典記室。**如得龍躍天衢，振翼雲漢，**李陵詩曰：策名於天衢。班固漢書述曰：攀龍附鳳，並集天衢。毛詩曰：倬彼雲漢。**揚聲紫微，垂光虹蜺，**春秋合誠圖曰：北辰其星七，在紫微中也。尸子曰：虹蜺為析翳。**足以昭近署之多士，增四門之穆穆。**兩都賦序曰：內設金馬、石渠之署。尚書曰：賓于四門，四門穆穆。**鈞天廣樂，必有奇麗之觀；**史記，趙簡子曰：我之帝所，甚樂，與百神遊夫鈞天，廣樂九奏萬儛，不類三代之樂，其聲動心。**帝室皇居，必畜非常之寶。**應劭漢官儀曰：帝室，猶古言王室。尚書曰：所寶惟賢，則邇人安。**若衡等輩不可多得。激楚陽阿，至妙之容，掌技者之所貪**[5]**；**楚辭曰：宮庭震驚發激楚。王逸曰：激楚，清聲也。淮南子曰：足蹀陽阿之舞。**飛兔騕**烏鳥**褭，絕足奔放，良樂之所急也。**呂氏春秋曰：飛兔、騕褭，古之俊馬也。又曰：古善相馬者[6]，若趙之王良，秦之伯樂，尤盡其妙也。**臣等區區，敢不以聞。**李陵書

---

5 「掌技者之所貪」　茶陵本「技」作「伎」，云五臣作「技」。袁本作「技」，無校語。案：袁用五臣也。范書作「臺牧」，章懷注諸本並作「臺牧」，未詳其義。融集作「堂牧」。汪文盛刻范書如此，其實「堂牧」卽「掌技」之譌耳。「伎」、「技」同字，或選所據融集作「伎」也。

6 注「古善相馬者」　袁本、茶陵本「古」下有「者」字，此初有而脩去之。案：「者」當作「之」，所引觀表篇文也。七發與

曰：區區之心。廣雅曰：區區，愛也。陛下篤慎取士，必須效試，乞令衡以褐衣召見。漢書，劉敬曰：臣衣褐，衣褐見。無可觀采，臣等受面欺之罪。漢書曰：上以張湯懷詐面欺。

出師表

蜀志曰：建興五年，亮率軍北駐漢中，臨發上疏。

諸葛孔明

蜀志云：諸葛亮，字孔明，琅邪人也。時先主屯新野，徐庶謂先主曰：諸葛孔明乃臥龍也，將軍豈欲見之乎？先主遂詣見之。及即帝位，拜為丞相。後主即位，十二年卒[7]。

臣亮言：先帝創業未半，而中道崩徂[8]。孟子曰：君子創業垂統。今天下三分，益州罷弊，此誠危急存亡之秋也。歲以秋為功畢，故以喻時之要也。馮衍與田邑書曰：忠臣立功之日，志士馳馬之秋。然侍衛之臣不懈於內，忠志之士亡身於外者[9]，蓋追先帝之遇，欲報之於陛下也。遇，謂以恩相接也。史記，豫讓曰：以國士遇我。誠宜開張聖聽，以光先帝遺德，恢志士之氣，漢書，谷永上書曰：王法納乎聖聽。莊子，盜跖曰：此父母之遺德也。不宜妄自菲薄，引喻失義，以塞忠諫之路也。方言曰：菲，薄也。郭璞曰：微薄也。宮中府中，俱爲一體，陟罰臧否，不宜異同。毛詩曰：嗚呼小子，未知臧否。何休公羊傳注曰：否，不也。若有作姦犯科及爲忠善者，宜付有司，論其刑賞，以昭陛下

吳季重書作「之」，是；七命注及此作「者」，非。

7 注「後主即位十二年卒」　茶陵本無「即位十二年卒」六字。此一節注，茶陵本幷五臣於善，袁幷善於五臣，恐尤亦非其舊。

8 「而中道崩徂」　袁本、茶陵本「徂」作「殂」。案：此尤改之也。二本是，蜀志正作「殂」。

9 亡身於外者　袁本云善作「亡」。茶陵本云五臣作「忘」。案：各本所見皆非也，「亡」但傳寫誤。何校「亡」改「忘」。蜀志正作「忘」。

平明之理，不宜偏私，使內外異法也。

侍中侍郎郭攸之費禕於宜反董允等，楚國先賢傳曰：郭攸之，南陽人，以器業知名。蜀志曰：費禕，字文偉，江夏人也。後主襲位，亮上疏曰：侍中郭攸之、費禕。然攸之與禕俱為侍中。又曰：董允，字休昭，後主襲位，遷黃門侍郎。此皆良實，志慮忠純，是以先帝簡拔以遺陛下。愚以為宮中之事，事無大小，悉以咨之，然後施行，必能裨補闕漏，有所廣益也。將軍向寵，蜀志曰：向寵，襄陽人也，建興元年為中部督，典宿衛兵，遷中領軍。性行淑均，曉暢軍事，廣雅曰：暢，達也。試用於昔日，先帝稱之曰能，是以眾議舉寵為督。愚以為營中之事，悉以諮之，必能使行陣和穆，優劣得所也。親賢臣，遠小人，此先漢所以興隆也；親小人，遠賢士，此後漢所以傾頹也。先帝在時，每與臣論此事，未嘗不嘆息痛恨於桓靈也。桓、靈，後漢二帝，用閹豎所敗也[10]。侍中尚書長史參軍，此悉貞亮死節之臣也，蜀志曰：建興二年，陳震拜尚書。又曰：諸葛亮出駐漢中，張裔領留府長史。又曰：蔣琬遷參軍，統留府事。願陛下親之信之，則漢室之隆，可計日而待也。

臣本布衣，躬耕於南陽，說苑，唐且謂秦王曰：王聞布衣之士怒乎？苟全性命於亂世，不求聞達於諸侯。論語，子張曰：在邦必聞。又，孔子曰：在邦必達。先帝不以臣卑鄙，猥自枉屈，猥，猶曲也。言己曲蒙先帝自枉屈而來也。三顧臣於草廬之中，諮臣以當世之事。漢晉春秋曰：諸葛亮家于南陽之鄧縣。荊州圖副曰[11]：鄧城舊縣西南一里，隔沔有諸葛亮宅，是劉備三顧處。劉歆七言詩曰：結構野草起室廬。由是感激，遂許先帝以驅馳。趙岐孟子章指曰：千載聞之，猶有感激也。後值傾覆，受任於敗軍之際，奉命於危難

10 注「桓靈後漢二帝用閹豎所敗也」　袁本無「用閹豎所敗」五字。茶陵本幷善入五臣有之。尤所見同茶陵而誤衍。

11 注「荊州圖副曰」　袁本、茶陵本無「副」字，是也。

之間，爾來二十有一年矣。裴松之蜀志注曰：案劉備以建安十三年敗，遣亮使吳，亮以建興五年抗表北伐。自傾覆至此整二十年。然則備始與亮相遇，在軍敗前一年也。先帝知臣謹慎，故臨崩寄臣以大事也。蜀志曰：先主於永安病篤，召亮成都，屬以後事，謂亮曰：君才十倍曹丕，必能安國，終定大業。若嗣子可輔，輔之；如其不才，君可自取。亮涕泣曰：臣敢竭股肱之力，效忠貞之節，繼之以死。受命以來，夙夜憂嘆，恐託付不效，以傷先帝之明。故五月度瀘，深入不毛。蜀志曰：建興元年，南中諸部並皆叛亂。三年春，亮率眾征之，其秋悉平。漢書曰：瀘水出牂柯郡句町縣。史記，鄭襄公曰：君王錫不毛之地，使復得改事君王。何休曰：墝埆不生五穀曰不毛。句，求俱切；町，庭冷切。今南方已定，兵甲已足，當獎帥三軍，北定中原。爾雅曰：獎[12]，勸也。庶竭駑鈍，攘除姦凶，廣雅曰：駑，駘也，謂馬遲鈍者。毛萇詩傳曰：攘，除也。興復漢室，還于舊都。此臣之所以報先帝而忠陛下之職分也。

至於斟酌損益[13]，進盡忠言，則攸之禕允之任也。願陛下託臣以討賊興復之效；不效，則治臣之罪，以告先帝之靈。責攸之禕允等咎，以章其慢[14]。蜀志載亮表云：若無興德之言，則戮允等以章其慢。今此無上六字，於義有闕，誤矣。陛下亦宜自課，以咨諏足俱善道，察納雅言，

---

12 注「爾雅曰獎」　袁本、茶陵本「爾」作「小」，是也。

13 「至於斟酌損益」　茶陵本「損」作「規」，云五臣作「損」。袁本云善作「規」。案：蜀志本傳作「損」，董允傳作「規」。尤延之依本傳改，不知乃以五臣亂善也。

14 「責攸之禕允等咎以章其慢」　何校云董允傳所載與本傳微不同，本傳無「若無興德之言」六字，作「責攸之禕允等之慢，以彰其咎」。案：袁本所見善與尤無異，較本傳但少「之」字，「彰」作「章」，「慢」、「咎」互易。其五臣則與本傳同。茶陵本輒於正文依善注所引董允傳添改，作「若無興德之言，則戮允等」云云，與注不相應，大誤。且善但謂當有上六字，未嘗欲并改「責攸之禕允」以下也，更屬誤中之誤矣。

深追先帝遺詔[15]。王逸楚辭注曰：課，試也。毛詩曰：載馳載驅，周爰咨諏。毛萇曰：訪問於善為咨，咨事為諏。論語曰：子所雅言。南都賦曰：奉先帝而追孝。臣不勝受恩感激！今當遠離[16]，臨表涕泣，不知所云。

求自試表

曹子建

魏志曰：太和二年，植還雍丘。植常自憤怨，抱利器而無所施，上疏求自試。

臣植言：臣聞士之生世，入則事父，出則事君。論語，子曰：出則事公卿，入則事父兄。事父尚於榮親，事君貴於興國。故慈父不能愛無益之子，仁君不能畜無用之臣。墨子曰：雖有賢君，不愛無功之臣；雖有慈父，不愛無益之子。夫論德而授官者，成功之君也；量能而受爵者，畢命之臣也。史記，樂毅報燕惠王書曰：察能而授官者，成功之君也。孫卿子曰：論德而定次，量能而授官，君子之所長也。尸子曰：君子量才而受爵，量功而受祿。故君無虛授，臣無虛受；王符潛夫論曰：故明王不敢以私授，忠臣不敢以虛受。虛授謂之謬舉，虛受謂之尸祿。詩之素餐，所由作也。韓詩曰：何謂素餐？素者，質也。人但有質朴而無治民之材，名曰素餐。尸祿者，頗有所知，善惡不言，默然不語，苟欲得祿而已，譬若尸矣。昔二虢不辭兩國之任，其德厚也；左氏傳，晉侯假道於虞以伐虢，宮之奇諫曰：虢仲、虢叔，王季之穆也，為王卿士，勳在盟府。孫卿子曰：德厚者進，廉節者起。旦奭不讓燕魯之封，其功大也。史記曰：武王殺紂，封周公旦於少昊之墟曲阜，是為魯公。又曰：周武王封召公奭於燕。

今臣蒙國重恩，三世于今矣。三世，謂文、武、明也[17]。正值陛下升平之際，陛下，明帝也。孝

15 「深追先帝遺詔」 袁本、茶陵本無「遺詔」二字。案：蜀志有，尤延之依以校添也。此初刻仍無，與二本同。
16 「臣不勝受恩感激今當遠離」 袁本、茶陵本無「激今」二字。案：蜀志有，尤延之依以校添也。此初刻仍無。
17 注「謂文武明也」 陳云「文武」當乙，是也。各本皆倒。

經鉤命決曰：明王用孝，升平致譽。沐浴聖澤，潛潤德教，可謂厚幸矣。史記，太史公[18]：成王作頌，沐浴膏澤。孝經曰：德教加于百姓。而位竊東藩，爵在上列，論語，子曰：臧文仲其竊位者與！漢書，中山靖王曰：位雖卑也，得為東藩。身被輕煖，口厭百味，孝經援神契曰：甘肥適口，輕煖適神。墨子曰：衣服之法，冬則練帛之中，足以為輕且煖。崔駰七依曰：雍人調膳，展選百味。目極華靡，耳倦絲竹者，爵重祿厚之所致也。鄭玄禮記注曰：致之言至也。退念古之受爵祿者，有異於此，皆以功勤濟國，輔主惠民。爾雅曰：濟，益也。今臣無德可述，無功可紀，若此終年，無益國朝，將挂風人彼己之譏。毛詩，彼己之子，不稱其服。是以上慚玄冕，俯愧朱紱[19]。周禮曰：王之五冕，玄冕朱裏。禮記曰：諸侯佩山玄玉而朱組綬。蒼頡篇曰：紱，綬也。

方今天下一統，九州晏如，尚書大傳曰：周公一統天下，合和四海。然一統謂其統緒也。顧西尚有違命之蜀，東有不臣之吳。使邊境未得稅甲，謀士未得高枕者，爾雅曰：稅，舍也。漢書，賈誼曰：陛下高枕垂統，無山東之憂。誠欲混同宇內，以致太和也。法言曰：或問太和，曰：其在唐、虞、成、周也。李軌曰：天下太和。故啓滅有扈戶而夏功昭，尚書曰：啓[20]與有扈戰于甘之野。史記曰：啓遂滅有扈氏，天下咸朝夏。成克商奄而周德著。尚書曰：武王崩，三監及淮夷叛，周公相成王，將黜殷命。孔安國曰：三監，管、蔡、商也。淮夷，徐奄之屬。史記曰：成王東伐淮夷徐奄。今陛下以聖明統世，將欲卒文武之功，繼成康之隆。假

---

18 注「史記太史公」　陳云「公」下脫「曰」字，是也。各本皆脫。

19 「俯愧朱紱」　茶陵本「愧」下校語云五臣從「忄」。袁本云善從「女」。此亦以五臣亂善。下文「以滅終身之愧」，一本所見亦當善作「媿」，失著校語，非。魏志皆作「愧」。

20 注「尚書曰啓」　袁本、茶陵本「曰」上有「序」字。此初有而脩去之。案：有者是也。下「尚書曰：武王崩」，各本皆脫「序」字。

周之令德，以喻魏之先王也。臣瓚漢書注曰：統，總覽也。毛詩序曰：文、武之功，起於后稷。春秋歷序曰[21]：成、康之隆，澧泉涌。簡良授能，以方叔邵虎之臣，鎭衛四境，爲國爪牙者，可謂當矣。爾雅曰：簡，擇也。毛詩曰：方叔涖止，其車三千。又曰：江、漢之滸，王命邵虎。又曰：祈父予王之爪牙。然而高鳥未挂於輕繳，淵魚未懸於鉤餌者，恐鈞射之術，或未盡也。高鳥、淵魚，喻吳、蜀二主也。昔耿弇不俟光武，亟擊張步，言不以賊遺於君父也。東觀漢記曰：耿弇討張步，陳俊謂弇曰：虜兵盛，可且閉營休士，以須上來。弇曰：乘輿且到，臣子當擊牛釃酒，以待百官，反欲以賊虜遺君父邪？及出大戰，自旦及昏，大破之。弇，古含切。故車右伏劍於鳴轂，雍門刎首於齊境，說苑曰：越甲至齊，雍門狄請死之，齊王曰：鼓鐸之聲未聞，矢石未交，長兵未接，子何務死？知為人臣之禮邪？雍門狄對曰：臣聞之，昔王田於囿，左轂鳴，車右請死之。王曰：子何為死？車右曰：為其鳴吾君也。王曰：左轂鳴此者，工師之罪也，[22]子何為死？車右曰：吾不見工師之乘，而見其鳴吾君也。遂刎頸而死。有之乎？齊王曰：有之。雍門狄曰：今越甲至，其鳴吾君，豈左轂之下哉？車右可以死左轂，而臣獨不可以死越甲邪？遂刎頸而死。是日越人引甲而退七十里。齊王葬雍門子以上卿。若此二子，豈惡生而尚死哉？誠忿其慢主而陵君也。夫君之寵臣，欲以除害興利[23]，尸子曰：禹興利除害，為萬民種也。臣之事君，必以殺身靜亂[24]，以功報主也。昔賈誼弱冠，求試屬國，請係單于之頸而制其命；終軍以妙年使越，欲得長纓占其王，羈致北闕。賈誼、終軍，已見薦禰衡表。爾雅曰：占，隱也。郭璞曰：隱度之。此二臣豈好爲夸主而

---

21 注「春秋歷序曰」 案：「歷」上當有「命」字。各本皆脫。又勸進表注所引春秋歷序，亦脫「命」字。

22 注「左轂鳴此者工師之罪也」 案：「此者」當作「者此」。袁本亦誤倒。茶陵本幷善入五臣，全非。裴松之注引正作「者此」。

23 「欲以除害興利」 袁本、茶陵本「害」作「患」。案：魏志作「患」。二本是也。

24 「必以殺身靜亂」 袁本、茶陵本無「以」字。案：魏志有，蓋尤據之添也。

耀世俗哉[25]？志或鬱結[26]，欲逞才力輸能於明君也。昔漢武爲霍去病治第，辭曰：「匈奴未滅，臣無以家爲？」漢書文也。固夫憂國忘家，捐軀濟難，忠臣之志也。趙岐孟子章指曰：憂國忘家。

今臣居外，非不厚也；而寢不安席，食不遑味者，伏以二方未尅爲念[27]。戰國策曰：秦王告蒙驁曰：寡人一城圍，食不甘味，臥不便席。伏見先武皇帝[28]武臣宿兵，年耆即世者有聞矣；左氏傳，子朝曰：太子壽早夭即世。雖賢不乏世，宿將舊卒，猶習戰也[29]。史記曰：王翦宿將，始皇師之。竊不自量，志在效命，庶立毛髮之功，以報所受之恩。若使陛下出不世之詔，效臣錐刀之用，文子曰：欲治之主不世出。東觀漢記，黃香上疏曰：以錐刀小用，蒙見宿留也。使得西屬大將軍，當一校之隊，魏志曰：太和二年，遣大將軍曹真擊諸葛亮於街亭。司馬彪漢書曰：大將軍營伍部校尉一人。若東屬大司馬，統偏師之任。魏志曰：太和二年，大司馬曹休率諸軍至皖。臣瓚漢書注曰：統，由總覽也[30]。必乘危蹈險，騁舟奮驪，禮記曰：夏后尚黑，戎事乘驪。鄭玄云：馬黑色曰驪。突刃觸鋒，爲士卒先。漢書，伍被曰：大將軍當敵勇，常為士卒先。雖未能禽權馘亮，庶將虜其雄率，殲其醜類，鄭玄毛詩箋曰：馘，所獲之左耳也。爾雅曰：殲，盡也。又曰：醜，眾也。必效須臾之捷，以滅終身之愧，杜預左氏傳注曰：捷，獲也。使名挂史筆，

25 「而耀世俗哉」 袁本云善作「耀」。茶陵本作「耀」，云五臣作「曜」。案：魏志作「耀」，尤改非。

26 「志或鬱結」 袁本、茶陵本云善無「志」字。案：魏志有，二本所見或傳寫脫，尤添之，是也。

27 「伏以二方未尅為念」 何校云魏志「伏」作「但」。案：今本魏志亦作「伏」，何所據者未見，存之以俟再詳。

28 「伏見先武皇帝」 袁本、茶陵本無「武皇」二字。案：魏志有，蓋尤據之添也。

29 「猶習戰也」 袁本、茶陵本「猶」作「由」。案：魏志作「猶」，蓋尤據之改也。

30 注「統由總覽也」 袁本、茶陵本「由」作「猶」，是也。

事列朝榮[31]，雖身分蜀境，首懸吳闕，猶生之年也。北征賦曰：首身分而不寤。漢武帝遣使者告單于曰：南越王頭已懸於漢北闕。傳武仲與荊文薑書曰：雖死之日，猶生之年。如微才不試，沒世無聞，論語曰：君子疾沒世而名不稱。徒榮其軀而豐其體，生無益於事，死無損於數，虛荷上位而忝重祿，禽息鳥視，終於白首，鄭玄周禮注曰：凡鳥獸未孕曰禽。此徒圈牢之養物，非臣之所志也。說文曰：圈，養獸閑也。鄭玄周禮注曰：牢，閑也。流聞東軍失備，師徒小衄，漢書，王音曰：失行流聞。魏志曰：休至皖，與吳將陸遜戰於石亭，敗績。衄，猶挫折也。輟食棄餐，奮袂攘衽，撫劍東顧，而心已馳於吳會矣。鄭玄周禮注曰：攘，却也，謂却扱衽也。左氏傳曰：子朱撫劍從之[32]。

臣昔從先武皇帝，南極赤岸，東臨滄海，西望玉門，北出玄塞，七發曰：凌赤岸，篲扶桑。山謙之南徐州記曰：京江，禹貢北江，有大濤，濤至乘北[33]激赤岸，尤更迅猛。漢書，燉煌郡龍勒縣有玉門關。玄塞，長城也。北方色黑，故曰玄。伏見所以行軍用兵之勢，可謂神妙矣。孫子曰：兵與敵變化而取勝者謂之神。故兵者不可預言，臨難而制變者也。孫卿曰：水因地而制行，兵因敵而制勝。志欲自效於明時，立功於聖世。每覽史籍，觀古忠臣義士，出一朝之命，以殉國家之難，司馬遷書曰：李陵奮不顧身，以殉國家之急。身雖屠裂，而功銘著於景鍾，名稱垂於竹帛，未嘗不拊心而歎息也。國語，晉悼公曰：昔克路之役[34]，秦來圖敗晉攻[35]，魏顆以其身却退秦師于輔氏，親止杜回，其勳銘於景鍾。韋昭曰：景鍾，景公鍾

---

31 「事列朝榮」　何校云魏志「榮」作「策」。陳云作「策」為是。各本皆形近之譌字耳。

32 注「左氏傳曰子朱撫劍從之」　袁本、茶陵本無此十字。

33 注「濤至乘北」　陳云「乘」上脫「江」字，是也。各本皆脫。案：七發注引有。

34 注「昔克路之役」　何校「路」改「潞」，陳同，是也。各本皆誤。答臨淄侯箋、褚淵碑文、頭陀寺碑文注誤與此同。

35 注「秦來圖敗晉攻」　何校「攻」改「功」，陳同，是也。各本皆譌。

也。墨子曰：以其功書於竹帛，傳遺後子孫也。臣聞明主使臣，不廢有罪。故奔北敗軍之將用，秦魯以成其功；史記曰：秦繆公使百里奚子孟明視、蹇叔子西乞術及白乙丙將兵襲鄭，晉發兵遮秦兵於殽，虜秦三將以歸。後還秦三將，穆公復三人官秩，復使將兵伐晉，大敗晉人，以報殽之役。又曰：曹沫者，魯人也，以勇力事魯莊公。為魯將，與齊戰，三敗三北[36]，魯莊公懼，乃獻遂邑之地以和，猶復以為將。齊桓公許與魯會于柯而盟，桓公與莊公既盟於壇上，曹沫執匕首劫齊桓公，公問曰：子將何欲？曹沫曰：齊強魯弱，而大國侵魯，亦已甚矣。今魯城壞即壓境，君其圖之。桓公乃許盡還魯之侵地。曹沫三戰所亡，盡復于魯。絕纓盜馬之臣赦，楚趙以濟其難。說苑曰：楚莊王賜羣臣酒，日暮，華燭滅，有引美人衣者，美人援絕冠纓，告王知之。王曰：賜人酒醉，欲顯婦人之節，吾不取也。乃命左右勿上火，與寡人飲，不絕纓者不歡也。羣臣纓皆絕，盡歡而去。後與晉戰，引美人衣者五合五獲，以報莊王。呂氏春秋曰：昔者秦繆公乘馬右服失之，野人取之，繆公自往求之，見野人方將食之於岐山之陽。繆公笑曰：食駿馬之肉，不飲酒，余恐傷汝也。偏飲而去[37]。韓原之戰，晉人已環繆公之車矣，晉梁靡已扣公左驂矣，野人嘗食馬於岐山之陽者三百有餘人，畢力為繆公疾鬬於車下，遂大克晉，及獲惠公以歸[38]。此秦而謂之趙者。史記曰：趙氏之先，與秦共祖。然則以其同祖[39]，故曰趙焉。臣竊感先帝早崩，威王棄代，先帝，謂文帝也。魏志曰：任城王彰薨，諡曰威。臣獨何人，以堪長久？常恐先朝露，填溝壑，漢書，李陵謂蘇武曰：人如朝露。列女傳，梁寡婦曰：妾之夫，先犬馬填溝壑。墳土未乾，而身名並滅。漢書，霍禹曰：將軍墳土未乾。李

---

36 注「三敗三北」　茶陵本「敗」下無「三」字，是也。袁本亦衍。

37 注「偏飲而去」　袁本「去」下有「之」字，此初有而脩去之。茶陵本幷善入五臣，無此字。案：所引愛士篇文，彼亦無此字。

38 注「及獲惠公以歸」　何校「及」改「反」，陳同，是也。各本皆誤。

39 注「然則以其同祖」　案：「則」字不當有。各本皆衍。

宏武功歌曰[40]：身非金石，名俱滅焉。臣聞騏驥長鳴，伯樂昭其能；戰國策，楚客謂春申君曰：昔騏驥駕車吳坂，遷延負轅而不能進，遭伯樂，仰而長鳴，知伯樂知己也。今僕屈戹日久，君獨無意使僕為君長鳴也。盧狗悲號，韓國知其才。戰國策曰：齊欲伐魏，淳于髡謂齊王曰：韓子盧者，天下之壯犬也；東郭俊者[41]，海內之狡也。韓子盧逐東郭俊，環山者三，騰山者五，兔極於前，犬廢於後，犬兔俱罷，各死其處，田父見之而擅其功。今齊、魏相持，臣恐強秦、大楚承其後，有田父之功。高誘曰：韓國之盧犬，古之名狗也，然悲號之義未聞也。是以效之齊楚之路，以逞千里之任，齊、楚，言遠也。孫卿子曰：夫驥一日而千里也。試之狡兔之捷，以驗搏噬之用。今臣志狗馬之微功，竊自惟度，終無伯樂韓國之舉，是以於邑而竊自痛者也。楚辭曰：長呼吸以於悒。王逸曰：於悒，啼貌。夫臨博而企竦，聞樂而竊抃者，或有賞音而識道也。說文曰：博，局戲也。大箸十二棊。又曰：企，舉踵也。竦，猶立也。說文曰：抃，拊也。昔毛遂，趙之陪隸，猶假錐囊之喻，以寤主立功；史記曰：秦之圍邯鄲，趙使平原君求救合從於楚，約與食客門下有勇力武備具者二十人俱，得十九人，餘無可取者。毛遂前自讚於平原君，平原君曰：先生處勝之門下，幾年於此矣？遂曰：三年于此矣。平原君曰：夫賢士之處俗，譬若錐之處囊中，其末立見。今先生處勝之門下三年，勝未有所聞。毛遂曰：臣乃今日請處囊中耳，使遂蚤得處囊中，乃穎脫而出，非特其末見而已也。平原君竟與毛遂偕十九人。平原君與楚合從，日出而言，日中不決。毛遂按劍歷階而上曰：合從者為楚，非為趙也。楚王曰：唯，謹奉社稷以從。何況巍巍大魏多士之朝，而無慷慨死難之臣乎！

夫自衒玄徧自媒者，士女之醜行也；越絕書曰：范蠡其始居楚，之越，越王與言盡日，大夫石賈進曰：衒女不貞，衒士不信。客歷諸侯，渡河津，無因自致，殆不真賢也。干時求進者，道家之明忌也。莊子曰：功成

40 注「李宏武功歌曰」 陳云「宏」，「尤」誤，是也。各本皆誤。

41 注「東郭俊者」 茶陵本「俊」作「俊」，袁本亦作「俊」。案：各本皆譌也，當作「逡」。下同。

者隳，名成者虧，孰能去功與名，而還與眾人。而臣敢陳聞於陛下者，誠與國分形同氣，憂患共之者也。呂氏春秋曰：父母之於子也，子之於父母也，一體而分形，同氣血而異息，痛疾相救，憂思相感，生則相驩，死則相哀，此之謂骨肉之親也。冀以塵露之微，補益山海；謝承後漢書，楊喬曰：猶塵附泰山，露集滄海，雖無補益，款誠至情，猶不敢嘿也[42]。螢燭末光[43]，增輝日月。淮南子曰：人主之居也，如日月之明也。是以敢冒其醜而獻其忠，必知爲朝士所笑。聖主不以人廢言，論語，子曰：君子不以人廢言。伏惟陛下少垂神聽，臣則幸矣。

求通親親表

曹子建

魏志曰：太和五年，植上疏求存問親戚，自因致其意也[44]。

臣植言：臣聞天稱其高者，以無不覆；地稱其廣者，以無不載；日月稱其明者，以無不照；禮記，子夏問曰：何謂三無私？孔子曰：天無私覆，地無私載，日月無私照，此之謂三無私。江海稱其大者，以無不容。管子曰：海不辭水，故能成其大。墨子曰：江河不惡小谷之滿己也，故能大。故孔子曰：大哉堯之爲君，惟天爲大，惟堯則之。論語文也。夫天德之於萬物，可謂弘廣矣。蓋堯之爲教，先親後疎，自近及遠。其傳曰：克明俊德[45]，以親九族，九族既睦，平章百姓。孔安國曰：能明俊德之士，任用之，以睦高祖玄孫之親也。又曰：既，已也。百姓，百官也。言化九族而平和章明也。及

---

42 注「猶不敢嘿也」 袁本、茶陵本重「嘿」字，是也。

43 「螢燭末光」 何校云「螢」一作「熒」。案：魏志作「熒」，古字通。但選文與國志非必全同，今各本則皆作「螢」也。

44 注「自因致其意也」 袁本、茶陵本無「因」字。案：魏志有「因」無「自」，必尤延之改「自」為「因」，乃誤兩存也。

45 「克明俊德」 袁本「俊」下校語云善作「駿」，注中字亦作「駿」。茶陵本作「俊」，注中字亦作「俊」，無校語。案：尤及茶陵所見以五臣亂善也。魏志作「峻」，與善、五臣無合者，恐經後人依禮記改。

周之文王，亦崇厥化。鄭玄禮記注曰：崇，猶尊也。其詩曰：刑于寡妻，至于兄弟，以御于家邦。毛萇曰：刑，法也。鄭玄云：御，治也。寡妻，寡有之妻。文王以禮接其妻，至於宗族，又能為政，治於家邦。是以雍雍穆穆，風人詠之。毛詩曰：有來雍雍。又曰：天子穆穆。昔周公弔管蔡之不咸，廣封懿親，以藩屏王室[46]。左氏傳，富辰曰：周公弔二叔之不咸，故封建親戚，以藩屏周室。馬融曰：二叔，管、蔡也。傳曰：周之宗盟，異姓爲後。左氏傳曰：滕侯、薛侯來朝，爭長，公使羽父請於薛侯曰：周之宗盟，異姓為後。誠骨肉之恩，爽而不離；漢書，宣帝詔曰：蓋聞象有罪，舜封之，骨肉之親，粲而不殊。如淳曰：粲或為散。爾雅曰：爽，差也。親親之義，寔在敦固；禮記曰：君子賢其賢而親其親。未有義而後其君，仁而遺其親者也。孟子曰：未有仁而遺其親者也，未有義而後其君者也。

伏惟陛下，咨帝唐欽明之德，尚書曰：放勳欽明。體文王翼翼之仁，毛詩曰：惟此文王，小心翼翼。惠洽椒房，恩昭九親，漢舊儀曰：皇后稱椒房。詩，椒聊之實，蔓延盈升，美其繁興。九親，猶九族。羣后百僚，番休遞上。列子曰：巨鼇迭為三番。江偉上便宜曰：上下郎吏計作四五番休。執政不廢於公朝，下情得展於私室，親理之路通，慶弔之情展，誠可謂恕己治人，推惠施恩者矣。論語，子貢問曰：一言可以終身行之者乎？子曰：其恕乎！己所不欲，勿施於人。三略曰：良將恕己而治人。又曰：推惠施恩，士力日新。至於臣者，人道絕緒，禁固明時，臣竊自傷也。左氏傳曰：申公巫臣奔晉，子反請以重幣錮之。杜預曰：禁固勿仕也。錮與固通。不敢乃望交氣類，脩人事，敘人倫。謝承後漢書曰：桓礹鄙營氣類[47]。毛詩序

---

46 「以藩屏王室」　茶陵本「藩」作「蕃」，注同。校語云五臣作「藩」。袁本作「藩」，無校語。案：袁本用五臣也，此以五臣亂善。魏志作「藩」。「藩」、「蕃」通用耳。

47 注「謝承後漢書桓礹鄙營氣類」　袁本、茶陵本無此十二字。

曰：成孝敬，厚人倫。近且婚媾不通，兄弟永絕，吉凶之問塞，慶弔之禮廢。恩紀之違，甚於路人；蘇子卿詩曰：誰為行路人。隔閡之異，殊於胡越。淮南子曰：自其異者視之，肝膽胡越。許慎曰：胡在北方，越在南方。今臣以一切之制，永無朝覲之望，漢書音義曰：一切，權時也。至於注心皇極，結情紫闥，神明知之矣。尚書考靈耀曰：建用皇極。宋均曰：建，立也。皇，大；極，天也。崔駰達旨曰：攀台階，闚紫闥。然天寔爲之，謂之何哉！毛詩國風文。退省諸王常有戚戚具爾之心。毛詩曰：戚戚兄弟，莫遠具爾。願陛下沛然垂詔，孟子曰：油然作雲，沛然下雨。使諸國慶問，四節得展，以敘骨肉之歡恩，全怡怡之篤義，論語，子曰：兄弟怡怡如也。妃妾之家，膏沐之遺，歲得再通，毛詩曰：豈無膏沐。齊義於貴宗，等惠於百司。如此，則古人之所歎，風雅之所詠，復存於聖世矣。

臣伏自思惟，豈無錐刀之用[48]。東觀漢記，黃香上疏曰：以錐刀小用，蒙見宿留。[49]及觀陛下之所拔授，若臣爲異姓[50]，竊自料度，不後於朝士矣。若得辭遠遊，戴武弁，蔡邕獨斷曰：遠遊冠者，王侯所服。傅子曰：侍中冠武弁。解朱組，佩青紱，朱組綬，已見自試表注。漢書曰：凡二千石以上銀印青綬。駙馬奉車，趣得一號，漢書曰：奉車都尉掌御乘輿車，駙馬都尉掌駙馬。說文曰：駙，近也[51]。安宅京室，執鞭珥筆，論語，子曰：富而可求，雖執鞭之士，吾亦為之。范曄後漢書，岑彭謂朱鮪曰：彭往者得執鞭侍從。珥筆，戴筆也。漢書，趙邛曰：張安世持橐簪筆。張晏曰：近臣負橐簪筆從也。出從華蓋，入侍輦轂，劉歆遂初賦曰：奉華蓋於

---

48 「臣伏自思惟豈無錐刀之用」 袁本、茶陵本「思惟豈」三字作「惟省」二字。案：魏志作「惟省」。尤改添，未知何據，或所見自不同。

49 注「東觀漢記」下至「蒙見宿留」 袁本此十八字作「錐刀之用，已見上文」八字，是也。茶陵本複出，同此，非。

50 「若臣為異姓」 袁本、茶陵本「若」下有「以」字。案：魏志有「以」字，尤刪，未知何據，或所見自不同。

51 注「駙近也」 茶陵本「駙」作「附」，袁本作「附近」之「附」也。

帝側。胡廣漢官解故注曰：轂下，諭在輦轂之下，京兆之中。承答聖問，拾遺左右，漢書曰：議郎掌顧問應對。又曰：蕭望之、劉更生並拾遺左右。乃臣丹情之至願，不離於夢想者也。遠慕鹿鳴君臣之宴，毛詩序曰：鹿鳴，宴羣臣嘉賓也。中詠棠棣匪他之誡，毛詩序曰：棠棣，燕兄弟也。毛詩曰：豈伊異人，兄弟匪他。下思伐木友生之義，毛詩序曰：伐木，燕朋友故舊也。詩曰：矧伊人矣，不求友生。終懷蓼莪罔極之哀。毛詩蓼莪曰：父兮生我，母兮鞠我，欲報之德，昊天罔極。每四節之會，塊然獨處，左右惟僕隸，所對惟妻子，高談無所與陳，發義無所與展，未嘗不聞樂而拊心，臨觴而歎息也。漢書曰：中山靖王勝來朝，天子置酒。勝聞樂聲而泣，對曰：臣聞悲者不可為絫欷，思者不可為歎息，今臣心結日久，每聞幼妙之聲，不知泣涕之橫集。臣伏以為犬馬之誠，不能動人，譬人之誠不能動天，崩城隕霜，臣初信之，以臣心況，徒虛語耳。列女傳曰：杞梁妻者，齊杞梁殖之妻也。齊莊公襲莒，殖戰死。杞梁之妻無子，內外皆無五屬之親。既無所歸，乃就其夫屍於城下而哭之，內誠動人，道路過者莫不為之揮涕，十日而城為之崩。淮南子曰：鄒衍盡忠於燕惠王，惠王信譖而繫之，鄒子仰天而哭，正夏而天為之降霜也。若葵藿之傾葉，太陽雖不爲之迴光，然終向之者，誠也。[52]淮南子曰：聖人之於道，猶葵之與日，雖不能終始哉，其鄉之者誠也。臣竊自比葵藿，若降天地之施，垂三光之明者，寔在陛下。

臣聞文子曰：不爲福始，不爲禍先，文子曰：與道為際，與德為隣，不為福始，不為禍先。范子曰：文子者，姓辛，葵丘濮上人也。稱曰計然，南遊於越，范蠡師事。今之否隔，友于同憂，而臣獨唱言者，何

52「然終向之者誠也」　茶陵本無「然」字，「終」下校語云五臣作「然」。袁本無「終」字，校語云善有「終」字。案：魏志有「然」無「終」，疑茶陵所見得之。

也？廣雅曰：否，隔也。尚書曰：友于兄弟。竊不願於聖代使有不蒙施之物[53]。有不蒙施之物，必有慘毒之懷；故柏舟有天只之怨，谷風有棄予之歎。毛詩柏舟曰：母也天只，不諒人只。毛萇曰：諒，信也。母也，天也，尚不信我也。又谷風曰：將安將樂，汝轉棄予。伊尹恥其君不爲堯舜，尚書曰：昔先正保衡作我先王，乃曰：予弗克俾厥后惟堯、舜，其心愧恥，若撻于市。孟子曰：不以舜之所以事堯事其君者，不敬其君者也。臣之愚蔽，固非虞伊。至於欲使陛下崇光被時雍之美，宣緝熙章明之德者，尚書曰：允恭克讓，光被四表，協和萬邦，黎民於變時雍。毛詩曰：維清緝熙，文王之典。章明，已見上文。尚書曰：百姓昭明。是臣慺慺之誠，竊所獨守。尚書傳曰[54]：慺慺，謹慎也。寔懷鶴立企佇之心，敢復陳聞者，戰國策曰：吳入郢，欒冒勃蘇[55]潛行，十日而薄秦，鶴立不轉。冀陛下儻發天聽而垂神聽也。尚書曰：天聰明。神聽，已見自試表。

讓開府表

羊叔子 臧榮緒晉書曰：羊祜，字叔子，太山人也。能屬文。為中書郎。陳留王立，封鉅平子。世祖受禪，加散騎常侍。後以祜都督荊州諸軍事，又為車騎將軍、開府儀同三司，祜表讓。後以祜為征南大將軍，開府辟召儀同三司，薨。

臣祜言：臣昨出，伏聞恩詔，拔臣使同台司。昨出，為沐浴而出在外。台司，三公也。為台司，故言儀同三司。威儀百物，使同三司也。臣自出身已來，適十數年，受任外內，每極顯重之地，王隱

---

53 「有不蒙施之物」 茶陵本云五臣再有「有不蒙施之物」六字。袁本再有，云善無「有不蒙施之物」六字。案：此初無，尤脩改添之。魏志再有，善亦當再有，傳寫脫去也。何校添。陳云重六字為是。

54 注「尚書傳曰」 袁本無「傳」字，茶陵本有。案：各本皆非也，說見後答魏太子箋下。

55 注「欒冒勃蘇」 案：「欒」當作「棼」。各本皆譌。

晉書曰：太祖引祜為從事中郎，遷中領軍，事兼內外。常以智力不可強進，恩寵不可久謬，夙夜戰慄，以榮爲憂。中謝。裴氏新語曰：若薦其君，將有所乞請。中謝，言臣誠惶誠恐頓首死罪。臣聞古人之言，德未爲衆所服，而受高爵，則使才臣不進；功未爲衆所歸，而荷厚祿，則使勞臣不勸。管子曰：國有德義未明於朝而處尊位者，則良臣不進；有功未見於國而有重祿者，則勞臣不勸。今臣身託外戚，事遭運會，王隱晉書曰：祜同產姊配景帝，為弘訓太后。誠在寵過[56]，不患見遺，而猥超然降發中之詔，加非次之榮，猥，猶曲也。孔融答曹公書曰：來書懇切，訓誨發中。臣有何功可以堪之？何心可以安之？以身誤陛下，辱高位，傾覆亦尋而至。國語，單襄公曰：高位寔疾顛。左氏傳，呂相曰：傾覆我社稷。願復守先人弊廬，豈可得哉！莊子曰：顏闔守陋閭。左氏傳，齊侯遇杞梁之妻于郊，使弔之，辭曰：有先人之弊廬在，下妾不得與郊弔。違命誠忤天威，曲從即復若此。左氏傳，齊侯對宰孔曰：天威不違顏咫尺。蓋聞古人申於見知，晏子春秋，越石父謂晏子曰：臣聞之，士者屈於不知己，而申乎知己。大臣之節，不可則止。論語，子曰：周任有言曰：陳力就列，不能者止。臣雖小人，敢緣所蒙，念存斯義。

今天下自服化已來，方漸八年，列子曰：子產相鄭三年，善者服其化。雖側席求賢，不遺幽賤。國語曰：越王夫人側席而坐。韋昭曰：側，猶特也。禮憂者側席而坐。然臣等不能推有德[57]，進有功，使聖聽知勝臣者多，而未達者不少。假令有遺德於板築之下，有隱才於屠釣之間，尚書序曰：高宗夢得說，說築傅巖之野。孟子曰：傅說舉於版築之間。郭璞三蒼解詁曰：板，墻上下板。築，杵頭鐵沓也。尉繚子曰：太公屠牛朝歌。史記曰：太公望呂尚以漁釣奸周西伯。而令朝議用臣不以爲非，臣處之不以爲愧，所失

56 「誠在寵過」 袁本、茶陵本「寵過」作「過寵」。案：晉書正作「過寵」，此尤誤倒耳。

57 「然臣等不能推有德」 何校去「等」字，云晉書無。案：所說是也。各本蓋皆衍。

豈不大哉！遺賢不薦，而謬處崇班，非直身殃，抑為朝累。今乃朝議用臣，不以為非，已累朝矣；處之又不以為愧，已殃身矣。此失豈不大哉，言甚大也。

且臣忝竊雖久，未若今日兼文武之極寵，等宰輔之高位也。文武，謂車騎及開府等；宰輔，謂儀同三司。臣所見雖狹，據今光祿大夫李喜[58]，秉節高亮，正身在朝。晉諸公贊曰：喜字季和，上黨人。少有高行，為僕射，年老遜位，拜光祿大夫。光祿大夫魯芝，絜身寡欲，和而不同。臧榮緒晉書曰：魯芝，字世英，扶風人也。耽思墳籍，為鎮東將軍，徵光祿大夫。四子講德論曰：絜身修德。老子曰：少私寡欲。論語曰：和而不同。光祿大夫李胤，莅政弘簡，在公正色。王隱晉書曰：李胤，字宣伯，遼東人也。稍遷至尚書僕射，轉光祿大夫。孔安國尚書傳曰：簡，大也。尚書曰：正色率下。皆服事華髮，以禮終始。周禮曰：大司徒領職曰服事[59]。鄭司農曰：服事謂公家服事[60]。新序，閭丘卬曰：士亦華髮墮顛而後用耳。雖歷內外之寵，不異寒賤之家，而猶未蒙此選，臣更越之，何以塞天下之望，少益日月。聖主得賢臣頌曰：不足以塞厚望。日月喻君，已見上求自試表。是以誓心守節，無苟進之志。左傳，季札曰：曹宣公之卒也，諸侯與曹人不義曹君，將立子臧，子臧去之，遂弗為也，以成曹君。君子曰：能守節矣。

今道路未通，方隅多事，乞留前恩，使臣得速還屯，王隱晉書曰：太始五年，出為都督荊州諸軍事。不爾留連，必於外虞有闕。臣不勝憂懼，謹觸冒拜表。惟陛下察匹夫之志，不可以奪。論語，子曰：匹夫不可奪志。

---

58 「據今光祿大夫李喜」　陳云「喜」，晉書作「憙」為是。今案：「喜」、「憙」古字通，未審他家晉書有作「喜」者以否？

59 注「領職曰服事」　何校「領」改「頒」，是也。各本皆譌。

60 注「謂公家服事」　袁本、茶陵本「事」下有「也」字，何校改「也」作「者」。又「謂」下添「為」字，是也。各本皆脫誤。

陳情事表[61]

李令伯 華陽國志曰：李密，字令伯[62]，父早亡，母何氏更適人。密見養於祖母，事祖母以孝聞，侍疾日夜未嘗解帶。蜀平後，晉武帝徵為太子洗馬，詔書累下，郡縣逼迫，密上書，武帝覽其表曰：密不空有名者也。嘉其誠款，賜奴婢二人，使郡縣供其祖母奉膳。祖母卒，服終，從尚書郎，為河內溫令，左遷漢中太守，一年去官，卒。密一名虔。

臣密言：臣以險釁，夙遭閔凶。賈逵國語注曰：釁，兆也。左氏傳，楚少宰曰：寡君少遭閔凶。生孩六月，慈父見背。孟子曰：孩提之童。趙岐曰：知孩笑可提抱也。文子曰：慈父之愛子，非求報。行年四歲，舅奪母志。莊子，田開之曰：單豹行年七十。毛詩序曰：衛世子蚤死，其妻守義，父母欲奪而嫁之。祖母劉，愍臣孤弱，躬親撫養[63]。毛詩曰：父兮生我，母兮鞠我，撫我畜我，長我育我。毛萇曰：鞠，養也。臣少多疾病[64]，九歲不行，零丁孤苦，至于成立。李陵贈蘇武詩曰：遠處天一隅，苦困獨伶丁。國語曰：晉趙文子冠，韓獻子戒之曰：此之謂成人。論語曰：三十而立。既無伯叔，終鮮兄弟；毛詩曰：終鮮兄弟，維予與女。門衰祚薄，晚有兒息。字書曰：祚，福也。外無期功強近之親，內無應門五尺之僮；孫卿子曰：仲尼之門，五尺豎子，羞言五伯。煢煢獨一作孑[65]立，形影相弔。曹植責躬表曰：形影相弔，五情愧赧。而劉夙嬰疾病，常在牀蓐；臣侍湯藥，未曾廢離。

---

61 「陳情事表」 袁本、茶陵本無「事」字。案：此疑善、五臣之異。二本不著校語，無以考也。

62 注「字令伯」 茶陵本此下有「犍為武陽人」五字，袁本無，與此同。案：茶陵并五臣入善。考華陽國志有，或善不備引。

63 「躬親撫養」 袁本、茶陵本「親」下校語云：善作「見」。案：此以五臣亂善。蜀志注、晉書皆作「見」。「見」是，「親」非。

64 「臣少多疾病」 袁本云善無「少」字。茶陵本云五臣有「少」字。案：蜀志注、晉書注有「少」字，尤蓋據之添。

65 注「一作孑」 案：此校語錯入也，即謂五臣作「孑」，觀袁、茶陵二本校語皆可見。如謝平原內史表「岐」下云一作「崎」，亦即謂五臣作「崎」也。蜀志注、晉書皆作「孑」。

逮奉聖朝，沐浴清化。前太守臣逵察臣孝廉，後刺史臣榮舉臣秀才。臣以供養無主，辭不赴命[66]。詔書特下，拜臣郎中，尋蒙國恩，除臣洗馬。朱浮書曰：同被國恩。如淳漢書注曰：凡言除者，除故官就新官也。漢書曰：太子屬官有洗馬。如淳曰：前驅也。猥以微賤，當侍東宮，非臣隕首所能上報。廣雅曰：猥，頓也。漢書，谷永上書王鳳曰：齊客隕首公門，以報恩施。史記曰：孟嘗君相齊，使其舍人魏子收邑，三反而不致。孟嘗君問其故，對曰：有賢，竊假之。數年，或毀孟嘗，孟嘗乃奔。魏子所與粟賢者聞之，乃上書言孟嘗不作亂，請身盟。遂自刎宮門，以明孟嘗。臣具以表聞，辭不就職。詔書切峻，責臣逋慢。郡縣逼迫，催臣上道；州司臨門，急於星火。臣欲奉詔奔馳，則劉病日篤；欲苟順私情，則告訴不許。臣之進退，實爲狼狽。孔叢子，孔子曰：吾於狼狽見聖人之志。荀悅漢紀論曰：周勃狼狽失據，塊然囚執。

伏惟聖朝以孝治天下，凡在故老，猶蒙矜育，爾雅曰：矜，憐也。況臣孤苦，特爲尤甚。且臣少仕僞朝，歷職郎署；本圖宦達，不矜名節。鄭玄禮記注曰：矜，謂自尊大也。今臣亡國賤俘，至微至陋，賈逵國語注曰：伐國取人曰俘。過蒙拔擢，寵命優渥，毛詩曰：既優既渥。豈敢盤桓，有所希冀！周易曰：初九，盤桓利居貞。但以劉日薄西山，氣息奄奄，揚雄反騷曰：臨汨羅而自隕兮，恐日薄於西山。廣雅曰：奄，困迫也。人命危淺，朝不慮夕。左氏傳，趙孟曰：朝不謀夕，何其長也。臣無祖母，無以至今日；祖母無臣，無以終餘年。鸚鵡賦曰：匪餘年之足惜。母孫二人，更相爲命。是以區區不能廢遠。臣密今年四十有四，祖母劉今年九十有六，是臣盡節於陛下之日長，報養劉之日短也。烏鳥私情，願乞終養。葛龔喪伯父還傳記曰：烏鳥之情，誠竊傷痛。毛詩曰：蓼

66「辭不赴命」　袁本、茶陵本「命」作「會」，蜀志注、晉書皆作「命」。案：尤蓋據之改。

莪，孝子不得終養也。

臣之辛苦，非獨蜀之人士及二州牧伯所見明知，皇天后土，實所共鑒。左氏傳，晉大夫曰：皇天后土，實聞君之言。願陛下矜愍愚誠，聽臣微志，庶劉僥倖，保卒餘年。禮記曰：子曰：小人行險以僥倖。僥與徼同，古堯切。臣生當隕首，死當結草。隕首，已見上文。左氏傳曰：晉魏顆敗秦師於輔氏，獲杜回，秦之力人也。初，魏武子有嬖妾，無子。武子疾，命顆必嫁是。疾病，曰：必為殉。顆嫁之，曰：疾病則亂，吾從其治也。及輔氏之役，魏顆見老人結草以亢杜回，杜回躓而顛，故獲之。夜夢之曰：余，而所嫁婦人之父也。臣不勝犬馬怖懼之情，謹拜表以聞。史記，丞相青翟曰：臣不勝犬馬心。

謝平原內史表　陸士衡

臧榮緒晉書曰：成都王表理機，起為平原內史，到官上表[67]。

陪臣陸機言：蔡邕獨斷曰：諸侯境內，自相以下，皆為諸侯稱臣，於朝皆稱陪臣。今月九日，魏郡太守遣兼丞張含，齎板詔書印綬，假臣為平原內史。凡王封拜謂之板官。時成都攝政，故稱板詔。拜受祗竦，不知所裁。臣機頓首頓首，死罪死罪[68]。范曄後漢書，陳蕃上疏曰：臣誠悼心，不知所裁。[69]

臣本吳人[70]，出自敵國，漢書，蒯通說韓信曰：敵國破，謀臣亡。世無先臣宣力之効，才非丘園耿介之秀。尚書，舜曰：予欲宣力四方，汝為。易曰：賁于丘園，束帛戔戔。王肅曰：隱處丘園，道德彌明，必有束

---

67 注「到官上表」　袁本、茶陵本「表」下有「謝恩」二字。

68 「臣機頓首頓首死罪死罪」　茶陵本無此十字，有「中謝」二字，是也。袁本幷無「中謝」，非。尤用善謝開府表注所云添改，益非。

69 注「范曄」下至「不知所裁」　袁本、茶陵本無此十八字。

70 「臣本吳人」　茶陵本無「吳人」，校語云五臣有「吳人」。袁本有，無校語。案：袁用五臣也，此以亂善。

帛之聘。楚辭曰：獨耿介而不隨。皇澤廣被，惠濟無遠，四子講德論曰：皇澤豐沛。尚書曰：無遠弗屆。擢自羣萃，累蒙榮進。國語曰：羣萃而同處[71]。賈逵曰：萃，亦處也。入朝九載，歷官有六，身登三閣，官成兩宮。臧榮緒晉書曰：太熙末，太傅楊駿辟機為祭酒。駿誅，徵為太子洗馬。吳王出鎮淮南，以機為郎中令，遷尚書中兵郎，轉殿中郎，又為著作郎。晉令曰：秘書郎掌中外三閣經書。兩宮，東宮及上臺也[72]。服冕乘軒，仰齒貴游，左傳，衛太子謂渾良夫曰：服冕乘軒，三死無與。杜預傳注曰：齒，列也。周禮曰：師氏以三德教國子，凡國之貴游子弟學焉。振景拔迹，顧邈同列，臣瓚漢書注曰：邈，凌邈也。施重山岳，義足灰沒。葛龔讓州辟文曰：恩重山岳。言君之義，我身如灰之滅，不足報也。遭國顛沛，無節可紀，雖蒙曠盪，臣獨何顏！俛首頓膝，憂愧若厲。中謝。周易曰：夕惕若厲。而横爲故齊王冏九永所見枉陷，誣臣與眾人共作禪文，王隱晉書曰：齊王冏，字景治。趙王倫簒位，冏舉兵討倫，臨陳斬之。禪文，倫受禪之文。幽執囹圄，當爲誅始。司馬遷書曰：深幽囹圄之中。臣之微誠，不負天地，倉卒之際，慮有逼迫，乃與弟雲及散騎侍郎袁瑜、王隱晉書曰：袁瑜[73]，字世都。中書侍郎馮熊、馮熊，字文羆。尚書右丞崔基、廷尉正顧榮、顧榮，字彥先。汝陰太守曹武，晉百官名曰：曹武，字道淵。思所以獲免，陰蒙避迴，岐一作崎嶇自列。言密自蒙蔽，避迴冏黨，岐嶇艱阻，得自申列也。廣雅曰：列，陳也。片言隻字，不關其間，事蹤筆跡，皆可推校，王隱晉書曰：機與吳王晏表曰：禪文本草，今見在中書，一字一迹，自可分別。蔡當書曰：惟是筆跡，可

---

71 注「羣萃而同處」 案：「同」當作「州」。各本皆誤。

72 注「兩宮東宮及上臺也」 袁本無此八字，所載五臣向注有之。茶陵本幷善入五臣，尤蓋因此錯混耳。袁本是也。

73 注「王隱晉書曰袁瑜」 袁本、茶陵本「袁」作「爰」。案：二本是也。爰，姓，見廣韻「爰」字下。又，依此似正文善「爰」，五臣「袁」，各本亂之而失著校語。又案：二本自此至「字道淵」共為一節，在後「曹武」下。然則「馮熊字文羆、顧榮字彥先」二句，亦王隱書，尤割裂者，非。

以當面。而一朝翻然，更以爲罪。蕞爾之生，尚不足忝，左傳，子產曰：諺云蕞爾之國。杜預曰：蕞，小貌也。說文曰：尚，曾也。孔安國尚書傳曰：忝，惜也。區區本懷，實有可悲。李陵書曰：區區之心，切慕此爾。畏逼天威，即罪惟謹，天威，已見上讓開府表。公羊傳曰：不即罪爾。何休曰：不就罪也。漢書曰：終軍詰徐偃，請下御史徵偃即罪。論語曰：子在宗廟朝廷，便便言，惟謹爾。鉗口結舌，不敢上訴所天。莊子曰：鉗墨翟之口。慎子曰：臣下閉口，左右結舌。潛夫論曰：臣鉗口結舌而不敢言。左傳，箴尹克黃曰：君，天也。何休墨守曰：君者，臣之天也。莫大之釁，日經聖聽，孝經曰：五刑之屬三千，而罪莫大於不孝。肝血之誠，終不一聞，所以臨難慷慨，而不能不恨恨者[74]，惟此而已。

重蒙陛下愷悌之宥。陛下，謂成都也。毛詩曰：愷悌君子。杜預左傳注曰：宥，赦也。迴霜收電，使不隕越。威如霜，已見西征賦。荀悅申鑒曰，人主威如雷電之震。左傳，齊侯對宰孔曰：小白恐隕越于下。復得扶老攜幼，生出獄戶，戰國策曰：薛人扶老攜幼，迎孟嘗君道中。懷金拖紫，退就散輩。楊子法言曰：使我紆朱懷金，其樂不可量也。解嘲曰：紆青拖紫。拖，徒我切。感恩惟咎，五情震悼，文子曰：昔中黃子曰：色有五章，人有五情。跼天蹐地，若無所容。中謝。毛詩曰：謂天蓋高，不敢不跼；謂地蓋厚，不敢不蹐。史記曰：魏公子自責似若無所容。跼，音局。蹐，精亦切。不悟日月之明，遂垂曲照，雲雨之澤，播及朽瘁。尚書，武王曰：惟我文考，若日月之照臨。范曄後漢書，鄧騭上疏曰：被雲雨之渥澤也。忘臣弱才，身無足采，哀臣零落，罪有可察。苟削丹書，得夷平民，左傳曰：斐豹隸也，著於丹書。書曰：延及平民。則塵洗天波，謗絕衆口，臣之始望，尚未至是。

---

74 「而不能不恨恨者」　何校「恨恨」改「悢悢」。袁本云善作「恨恨」。茶陵本云五臣作「悢悢」。案：各本所見皆傳寫誤也。與蘇武詩二本校語，五官作「恨恨」，善作「悢悢」，與此全屬相反。彼是此非。

猥辱大命，顯授符虎，漢書文紀曰：初與郡守為銅虎符、竹使符。使春枯之條，更與秋蘭垂芳；陸沈之羽，復與翔鴻撫翼。莊子曰：孔子之楚，其鄰有夫妻臣妾登極者，仲尼曰：是陸沈者也。班固漢書張陳述曰：攜手遂秦[75]，撫翼俱起。雖安國免徒，起紆青組；漢書曰：韓安國事梁孝王為中大夫。其後安國坐法抵罪。梁內史缺，漢使使者拜安國為梁內史，起徒中為二千石。張敞亡命，坐致朱軒。漢書，張敞為京兆尹，坐與楊惲厚善，不宜處位，免為庶人。數月，冀州部中有大賊，天子思敞功，使使召敞，卽裝隨使者詣公車上書。天子引敞見，拜為冀州刺史。敞起亡命，復奉使典州。命，名也。謂所犯罪名已定，而逃亡避之，謂之亡命。青組、朱軒，並二千石之車飾[76]。方臣所荷，未足為泰，豈臣蒙垢含忝，所宜忝竊；范曄後漢書，陳蕃曰：鄙忝之萌，復存于心。方言曰：貪而不施謂之忝。非臣毀宗夷族，所能上報。喜懼參并，悲慙哽結。拘守常憲，當便道之官，如淳漢書注曰：律，二千石以上告歸寧，不過行在所者，便道之官無問也。不得束身奔走，稽顙城闕。瞻係天衢，馳心輦轂，天衢，已見上薦禰衡表。輦轂，已見上求通親親表。臣不勝屏營延仰。謹拜表以聞。國語，申胥曰：昔楚靈王獨行屏營。

勸進表

何法盛晉書曰：劉琨連名勸進，中宗嘉之。晉紀曰：劉琨作勸進表，無所點竄，封印既畢，對使者流涕而遣之。

劉越石

建興五年，晉書曰：建興，愍帝年號[77]。三月癸未朔十八日辛丑，使持節散騎常侍都督河北并冀幽三州諸軍事、領護軍匈奴中郎將、司空、并州刺史、廣武侯臣琨，使持節

---

75 注「攜手遂秦」 陳云「逐」，「遯」誤，是也。各本皆誤。

76 注「青組朱軒並二千石之車飾」 袁本無此十一字，所載五臣濟注有之。茶陵本幷善入五臣，尤蓋因此錯混耳。袁本是也。

77 注「閔帝年號」 何校「閔」改「愍」。陳同。各本皆誤。

侍中都督冀州諸軍事、撫軍大將軍、冀州刺史、左賢王、渤海公臣磾[78]，頓首死罪，上書。

臣琨臣磾，頓首頓首，死罪死罪。臣聞天生蒸人，樹之以君，所以對越天地，司牧黎元。左傳，邾文公曰：天生人而樹之君，以利之也。典引曰：發祥流慶，對越天地。左傳，師曠曰：天生人而立之君，使司牧之，勿使失性。孝經鉤命決曰：天有顧盼之義，授圖于黎元[79]。聖帝明王鑒其若此，易緯曰：聖帝明王，所以致太平。知天地不可以乏饗，故屈其身以奉之；范曄後漢書，袁紹上疏曰：洛邑乏祀。荀悅申鑒曰：聖王屈己以申天下之樂。知黎元不可以無主，故不得已而臨之。東觀漢記，馮異曰：更始敗亡，天下無主。莊子曰：君子不得已而臨莅天下也。社稷時難，則戚藩定其傾；郊廟或替，則宗哲纂其祀。所以弘振遐風，式固萬世，牽秀衛公誄曰：仰睎遐風，重輝冠世。毛詩曰：式固爾猶。三五以降，靡不由之。史記，楚子西曰：孔丘述三、五之法，明周、召之業。

臣琨臣磾，頓首頓首，死罪死罪。伏惟高祖宣皇帝肇基景命，王隱晉書曰：宣皇帝，河內溫人。今上受禪，追上尊號曰宣皇帝。尚書，武王曰：至于大王，肇基王迹。詩曰：景命有僕。毛萇曰：僕，附也。鄭玄曰：天之大命，又附著於汝。世祖武皇帝遂造區夏，世祖，武帝廟號。書曰：惟丕顯考文王，用肇造我區夏。三葉重光，四聖繼軌，三世，謂景、宣、文[80]；四聖，謂武帝也。書曰：昔我文王、武王宣重光。廣雅曰：軌，跡也。惠澤侔於有虞，卜年過於周氏。左傳，王孫滿曰：成王定鼎郟、鄏，卜世三十，卜年七百。自元康以來，艱

78 「臣磾」　茶陵本「磾」上有「匹」字。袁本無，下同。案：此疑善、五臣之異，一本不著校語，何校添。陳云「磾」上脫「匹」字，下並同。

79 注「授圖于黎元」　袁本、茶陵本「于」作「子」，是也。

80 注「謂景宣文」　袁本、茶陵本「景宣」作「宣景」，是也。

禍繁興，晉書曰：惠帝卽位，改元曰元康。永嘉之際，氛厲彌昏，永嘉，懷帝年號[81]。宸極失御，登遐醜裔，王隱晉書懷紀曰：羯賊劉曜破洛，皇帝崩於平陽。宸極，喻帝位。答賓戲曰：周失其御。禮曰：天王崩，告喪曰天王登遐。國家之危，有若綴旒。公羊傳曰：君若贅旒然。贅，猶綴也。何休曰：旒，旗旒也。以譬者，言為下所執持東西爾。賴先后之德，宗廟之靈，皇帝嗣建，舊物克甄，王隱晉書懷紀曰：洛陽破，大司馬南陽王保於長安立秦王為皇太子。懷帝崩，皇太子卽位。左傳，伍員曰：少康祀夏配天，不失舊物。鄭玄尚書緯注曰：甄，表也。誕授欽明，服膺聰哲，欽明，已見上求通親親表。禮曰：服膺拳拳。玉質幼彰，金聲夙振，應劭漢官儀曰：太子太傅琢磨玉質。言太子有玉之質，琢磨以道也。孟子曰：孔子之謂集大成。集大成也者，金聲而玉振之也。冢宰攝其綱，百辟輔其治，尚書曰：冢宰掌邦治，統百官。包咸論語注曰：攝，猶兼也。毛詩曰：不顯維德，百辟其刑之。四海想中興之美，羣生懷來蘇之望。毛詩序曰：宣王任賢使能，周室中興。尚書曰：徯我后，后來其蘇。不圖天不悔禍，大災荐臻，左傳，鄭伯曰：天其悔禍于許。國未忘難，寇害尋興。左傳，富辰曰：人未忘禍，王又興之。逆胡劉曜，縱逸西都，何法盛晉書胡錄曰：建興四年，劉載使劉曜[82]寇長安。敢肆犬羊，凌虐天邑。漢名臣奏曰：太尉應劭等議[83]，以為鮮卑隔在漠北，犬羊為羣。尚書曰：肆予敢求爾于天邑商。臣等奉表使還，仍承西朝，以去年十一月不守，主上幽劫，復沈虜庭，干寶晉愍紀曰：賊入掠京都，劉粲寇于城下，天子蒙塵于平陽。傅暢諸公讚曰：葛蕃傳檄平陽，求連和迎上，上於是見害。謝承後漢書序曰：黃他求沒將，投骸虜庭。[84]神器流離，再辱荒逆。再，謂懷、愍二帝。老子曰：天下神器不可為，為者敗之。韋昭曰：神器，天下璽符服御之物也。臣每

81 注「永嘉懷帝年號」 袁本、茶陵本無此六字。案：所載五臣向注有之。此錯混耳。
82 注「劉載使劉曜」 陳云「載」，「聰」誤，是也。各本皆誤。
83 注「太尉應劭等議」 陳云「尉」下脫「掾」字也，是也。各本皆脫。
84 注「謝承」下至「虜庭」 袁本、茶陵本無此十六字。案：尤增多，誤也。

覽史籍，觀之前載，小雅曰：載，事也。厄運之極，古今未有，苟在食土之毛，含氣之類，左傳，芋尹無宇謂楚子曰：食土之毛，誰非君臣。三略曰：含氣之類，咸願得志。莫不叩心絕氣，行號巷哭。新序，子貢曰：子產死，國人聞之，皆叩心流涕曰：子產已死，吾將安歸？皆巷哭。況臣等荷寵三世，位廁鼎司，三世，謂邁至琨也。王隱晉書曰：琨祖邁，相國參軍。父蕃，太子洗馬，侍御史。鼎司，謂司空也。謝承後漢書序曰：王襲幹事，遂陟鼎司。承問震惶，精爽飛越，謝承後漢書，竇武上疏曰：奉承詔命，精爽隕越。且悲且惋，五情無主，五情，已見上謝平原內史表注。莊子，葉公見龍，失其魂魄，五情無主。舉哀朔垂，上下泣血。謝承後漢書，胡母班書曰：董卓起朔垂。毛詩曰：鼠思泣血。

臣琨臣磾，頓首頓首，死罪死罪。臣聞昏明迭用，否泰相濟，昏明，謂晝夜也。文子曰：春秋之代謝，日月之晝夜。孫卿子曰：日月遞照。周易曰：泰者，通也。物不可終通，故受之以否。天命未改，歷數有歸，左氏傳，王孫滿謂楚子曰：周德雖衰，天命未改。書曰：天之歷數在爾躬。或多難以固邦國，或殷憂以啓聖明。左氏傳曰：楚使椒舉如晉求諸侯，晉侯欲勿許，司馬侯曰：不，鄰國之難，不可虞也，或多難以固其國，啓其疆土。齊有仲孫之難而獲桓公，至今賴之；晉有里丕之難而獲文公，是以為盟主也。韓詩曰：耿耿不寐，如有殷憂。啓聖，見下注。齊有無知之禍，而小白為五伯之長；左傳曰：初，齊襄公立，無常，鮑叔牙曰：君使民慢，亂將作矣。奉公子小白出奔莒。亂作，管夷吾、召忽奉公子糾來奔，雍廩殺無知，公伐齊，納子糾，桓公自莒先入。晉有驪姬之難，而重耳主諸侯之盟[85]。左傳曰：初，晉獻公以驪姬為夫人。夫人譖太子，太子縊于新城。遂譖二公子曰：皆知之。重耳奔蒲，夷吾奔屈。漢書，路溫舒曰：齊有無知之禍，而桓公以興；晉有驪姬之難，而文公用伯。繇是觀之，禍亂之作，將以開聖人也。

---

85 「而重耳主諸侯之盟」　茶陵本作「而重耳以主諸侯」，云五臣無「以」字，有「之盟」二字。袁本云善有「以」字，無「之盟」二字。案：此尤校改以五臣亂善也。晉書作「以主諸侯之盟」，善不必與彼全同，不可以為證。

社稷靡安，必將有以扶其危；鹽鐵論曰：定傾扶危。黔首幾絕，必將有以繼其緒。史記曰：秦更民名曰黔首。伏惟陛下，玄德通於神明，聖姿合於兩儀，陛下，謂元帝也。書曰：玄德升聞，乃命以位。孝經援神契曰：十世升平，至德通神明。兩儀，天地也。易曰：易有太極，是生兩儀。應命代之期，紹千載之運。孟子曰：五百年必有王者興，其間必有名世者也。廣雅曰：命，名也。桓子新論曰：夫聖人乃千載一出，賢人君子，所想思而不可得見也。夫符瑞之表，天人有徵，東觀漢記，羣臣上奏世祖曰：符瑞之應，昭然著聞矣。中興之兆，圖讖垂典。自京畿隕喪，九服崩離，曹子建責躬詩曰：得會京畿。周書曰：乃辨九服之國，方千里曰王圻，其外曰侯服、甸服、男服、采服、衛服、蠻服、夷服、鎮服、蕃服。論語，子曰：邦分崩離析。天下囂然無所歸懷，班固漢書贊曰：海內囂然，喪其樂生之心。雖有夏之遘夷羿，宗姬之離犬戎，蔑以過之。左氏傳曰：魏絳對晉侯曰：昔有夏之方衰也，后羿自鉏遷于窮石，因夏人以代夏政。又曰：夷羿收之。杜預曰：夷，氏也。史記曰：幽王嬖愛褒姒，竟廢后，立褒姒為后。廢后父申侯乃與西夷犬戎共攻幽王，遂殺幽王驪山之下。陛下撫寧江左，奄有舊吳，王隱晉書曰：元帝，琅邪共王之長子，永興元年就國。二年，加揚州諸軍事。韋孟諷諫詩曰：撫寧遐荒。江左，江東也。春秋歷序曰：東方為左。毛詩曰：奄有龜蒙。柔服以德，伐叛以刑，左氏傳，晉隨武子曰：伐叛，刑也；柔服，德也。抗明威以攝不類，杖大順以肅宇內。尚書曰：我有周佑命，將天明威。漢書音義曰：攝，安也。禮記曰：天子以德為車，以樂為御；諸侯以禮相與，大夫以法相序，天下之肥也，是謂大順。純化既敷，則率土宅心；義風既暢，則遐方企踵。尚書曰：汝丕遠惟商耇成人，宅心知訓。劇秦美新曰：海外遐方，延頸企踵。百揆時敘于上，四門穆穆于下。書曰：納于百揆，百揆時敘，賓于四門，四門穆穆。昔少康之隆，夏訓以爲美談；左氏傳，伍員謂吳子曰：昔有過澆滅夏后相，后緡方娠，逃出自竇，歸于有仍，生少康焉。為仍牧正，以收夏眾，使女艾諜澆，遂滅過戈，復禹之績。澆，五叫切。公羊傳曰：魯人至今以為美談。宣王之興，周詩以爲休詠。毛詩序曰：烝民，尹吉甫美宣王也，任賢使能，周室中興焉。況茂勳格于皇天，清輝光于四海，尚書曰：昔成湯既受命，時則有若伊尹格于皇天。

孝經曰：孝悌之至，通于神明，光于四海。蒼生顒然[86]，莫不欣戴。尹文子曰：堯德化布于四海，仁惠被于蒼生。淮南子曰：聖人呼吸陰陽之氣，而羣生莫不喁喁然仰其德以和順。國語，祭公謀父曰：商王大惡，庶人不忍，欣戴武王。聲教所加，願爲臣妾者哉！尚書曰：朔南暨聲教。史記，張良曰：百姓莫不願為臣妾。且宣皇之胤，惟有陛下，王隱晉書曰：元皇帝，宣帝之曾孫。左傳，介之推曰：獻公之子九人，惟君在矣。億兆攸歸，曾無與二。尚書曰：受有億兆夷人。晏子春秋，晏子謂魯哀公曰：君矯魯國，化而為一心，君曾無與二，何暇有三乎？天祚大晉，必將有主，主晉祀者，非陛下而誰？法言曰：昔在有熊、高辛、唐、虞三代，咸有顯德，故天因而祚之。左傳，介之推曰：天未絕晉，必將有主，主晉祀者，非君而誰？是以邇無異言，遠無異望，漢書曰：霍光以內外異言。左傳，叔向曰：我先君文公，人從而與之，獻無異親，民無異望矣。謳歌者無不吟詠徽猷，獄訟者無不思于聖德，孟子曰：堯崩，三年之喪畢，舜讓避丹朱於南河之南。天下朝覲訟獄者，不之堯之子而之舜，謳歌者不謳歌堯之子而謳歌舜。曰：天也。夫而後歸中國，踐天子之位焉。詩曰：君子有徽猷。答賓戲曰：用納乎聖德。天地之際既交，華裔之情允洽。封禪書曰：天人之際已交，上下之情允洽。左傳，孔子曰：裔不謀夏，夷不亂華。一角之獸，連理之木，以爲休徵者，蓋有百數；春秋感精符曰：麟一角，明海內共一主也。王者不刳胎，不剖卵，則出於郊。孝經援神契曰：德至草木，則木連理。尚書，有休徵。西都賓曰：處乎斯列者，蓋以百數。冠帶之倫，要荒之眾，冠帶，謂中國也。西蜀父老曰[87]：封疆之內，冠帶之倫。尚書曰：五百里要服，五百里荒服也。不謀而同辭者，動以萬計。周書曰：

86 「蒼生顒然」 案：「顒」當作「喁」。善引淮南子「喁喁然」為注，是作「喁」字。袁、茶陵二本所載五臣濟注云「顒然，仰德貌」，蓋各本以五臣亂善而失著校語。晉書作「顒」，不可以為證，說見上。喻巴蜀檄曰：「延頸舉踵喁喁然，百辟勸進」，今上牋「搢紳顒顒」，用字不同，當各依其舊也。

87 注「西蜀父老曰」 案：「西」當作「難」。各本皆誤。

不謀同辭，會於武王郊下，羽獵賦曰：杖莫邪而羅者萬計矣。是以臣等敢考天地之心，因函夏之趣，昧死以上尊號。漢書，楊雄河東賦曰：函夏之大。漢書又曰：諸侯昧死再拜，言上尊號。願陛下存舜禹至公之情，狹巢由抗矯之節，以社稷爲務，不以小行爲先，東觀漢記，羣臣上奏世祖曰：大王社稷為計，萬姓為心。漢書，賈誼上書曰：人主之行異布衣，布衣節小行，以自託於鄉黨，人主惟社稷固爾。以黔首爲憂，不以克讓爲事。書曰：允恭克讓。上以慰宗廟乃顧之懷，下以釋普天傾首之望[88]。詩曰：乃眷西顧。又曰：溥天之下。漢書，翟義曰：天下傾首服從，莫能抗扞國難。則所謂生繁華於枯荑，育豐肌於朽骨，易曰：枯楊生稊。王弼曰：稊者楊之秀。稊與荑通。左傳，薳子馮曰：所謂生死而肉骨。神人獲安，無不幸甚。尚書，帝曰：夔，命汝典樂，神人以和。漢書，漢王曰：以韓信為大將軍。蕭何曰：幸甚。

臣琨臣磾，頓首頓首，死罪死罪。臣聞尊位不可久虛，萬機不可久曠。史記，李斯曰：明主聖皇，所能久處尊位。東觀漢記，諸將上奏世祖曰：帝王不可以久曠。虛之一日，則尊位以殆；曠之浹辰，則萬機以亂。公羊傳曰：緣臣之心[89]，不可一日無君。左氏傳，君子曰：莒恃陋，不修其城郭，浹辰之間，而楚尅其二都[90]。杜預曰：浹辰，十二日也。方今鍾百王之季，當陽九之會，曹植九詠章句曰：鍾，當也。班固漢書贊曰：漢承百王之弊。左傳，叔向問晏子曰：齊其何如？晏子曰：此季世也。漢書曰：陽九之厄曰初入百六陽九。音義曰：易傳所謂陽九之厄，百六之會。狡寇窺窬，伺國瑕隙，左氏傳，師服曰：民服其上，下無覬覦[91]。杜預曰：下不冀望上位

---

88 「下以釋普天傾首之望」　茶陵本「普」作「溥」，云五臣作「普」。袁本云善作「溥」。案：此尤校改，以五臣亂善也，晉書作「普」，不可以為證，說見上。

89 注「公羊傳曰緣臣之心」　何校「傳」下添「注」字，「臣」下添「子」字，是也。各本皆脫。

90 注「而楚尅其二都」　茶陵本「二」作「三」，是也。袁本亦誤二。

91 注「民服其上下無覬覦」　何校「服」下添「事」字，「上」下添「而」字，是也。各本皆脫。

也。窬與覦同。杜預左傳注曰：狡，猾也。說文曰：窺，小視也。又曰：覦，欲也。毛萇詩傳曰：瑕，猶過也。隙，間隙也。齊人波蕩，無所繫心，安可以廢而不恤哉！漢書曰：富人博戲亂齊人。如淳曰：齊民，齊等無有貴賤，故謂之齊，若今平民也。范曄後漢書，李熊說公孫述曰：方今四海波蕩，匹夫橫議。谷永集曰：國家久無繼嗣，天下無所繫心。陛下雖欲逡巡，其若宗廟何，其若百姓何！公羊傳曰：齊侯逡巡而謝。范曄後漢書，馬武謂世祖曰：大王雖欲執謙退，奈宗廟社稷何！昔惠公虜秦，晉國震駭，呂郤之謀，欲立子圉。外以絕敵人之志，內以固闔境之情，故曰喪君有君，羣臣輯穆，好我者勸。惡我者懼。左傳，僖十五年，晉與秦戰于韓原，秦伯獲晉侯以歸，乃許晉平。晉侯使郤乞告瑕呂飴甥，且召之。[92]呂甥曰：將若君何？眾皆曰：何為而可？對曰：征繕以輔孺子，諸侯聞之，喪君有君，羣臣輯睦，甲兵益多，好我者勸，惡我者懼，庶有益乎！莊子曰：方二千餘里，闔四境之內。前事之不忘，後代之元龜也。戰國策，張孟談謂趙襄子曰：前事之不忘，後事之師也。吳志，魏文帝策命孫權曰：前代之懿事，後王之元龜。陛下明並日月，無幽不燭，家語，孔子曰：所謂聖者，明並日月。東都賦曰：散皇明以燭幽。深謀遠慮，出自胸懷，過秦論曰：深謀遠慮，行軍用兵之道，不及曩時之士也[93]。不勝犬馬憂國之情，遲覩人神開泰之路。史記，丞相翟青曰：臣不勝犬馬心。是以陳其乃誠，布之執事。左氏傳，晉使呂相絕秦，曰：敢盡布之執事。臣等各忝守方任，職在遐外，不得陪列闕庭，共觀盛禮，踊躍之懷，南望罔極。謹上。臣琨謹遣兼左長史右司馬臣温嶠，王隱晉書曰：溫嶠，字泰真，太原人也。劉琨假守左長史西臺，除司空右司馬。五年，琨使詣江南。主簿臣辟閭訓，臧榮緒晉書曰：辟閭訓，字祖明，樂安人

---

92 注「乃許晉平」下至「且召之」　茶陵本此十七字作「郤乞」二字。袁本幷無。案：似茶陵為是。

93 注「不及曩時之士也」　袁本、茶陵本「曩」作「嚮」，是也。漢書作「曩」，後五十一卷同。史記作「鄉」，「鄉」即「嚮」字，與此同。各有所出，不妨兩見。善例每如此。

也。沒石勒，為幽州刺史。臣磾遣散騎常侍、征虜將軍、清河太守、領右長史、高平亭侯臣榮劭，晉百官名曰：榮劭，字茂世，北平人，為清河太守。輕車將軍關內侯臣郭穆百官名曰：郭穆，字景通，沒胡中。奉表。臣琨臣磾等，頓首頓首，死罪死罪。

卷第三十八

表下

為吳令謝詢求為諸孫置守冢人表

孫盛晉陽秋曰：謝詢，河東人，終於吳令。

張士然 孫盛晉陽秋曰：張悛，字士然，吳國人也。元康中，吳令謝詢表為孫氏置守冢人，悛為其父，詔從之。晉百官名曰：悛為太子庶子。

臣聞成湯革夏而封杞，武王入殷而建宋。尚書曰[1]：乃爾先祖成湯，革夏駿命。漢書，酈生曰：昔湯放桀，封其後於杞。呂氏春秋曰：武王入殷，立成湯之後於宋。春秋征伐，則晉脩虞祀，燕祭齊廟。左氏傳曰：晉滅虢，遂襲虞，滅之。而脩虞祀，歸其職貢於王。傅子曰：樂毅伐齊，遂下齊七十餘城，置吏，屬燕為郡，而修齊之宗廟。夫一國爲一人興，先賢爲後愚廢，成湯、夏禹賢興國，後桀、紂無道而失國。誠仁聖所哀悼而不忍也。故三王敦繼絕之德，春秋貴柔服之義。論語曰：繼絕世[2]。柔服，已見劉琨勸進表。昔漢高受

---

1 注「尚書曰」 袁本、茶陵本「書」下有「王」字。

2 注「繼絕世」 袁本「世」下有「已見上文」四字，茶陵本無。案：此不當有「世」字，謂已於「三王敦繼絕之德」下引論語曰「繼絕世」也。茶陵本卽複出，與此皆非。

命，追存六國，凡諸絕祚，一時并祀。漢書曰：高祖撥亂，猶修祀六國。又詔曰：秦皇帝、楚隱王、魏安釐王、齊愍王、趙悼襄王皆絕亡後，其與秦始皇帝守家二十家，趙及魏公子亡忌各五家，令視其家，復亡與它事。親與項羽對爭存亡，逮羽之死，臨哭其喪。漢書，灌嬰斬項羽東城，漢王為發喪，哭臨而去。將以位嘗侔尊，力嘗均勢，雖功奪其成，而恩與其敗。且暴興疾顛，禮之若舊，班固漢書項羽贊曰：舜重瞳子，項羽又重瞳子，豈其苗裔邪？何其興之暴也！國語，單襄公曰：高位寔疾顛。殘戮之尸，乃以公葬。漢書曰：初，懷王封羽為魯公，乃以魯公禮葬羽於穀城。若使羽位承前緒，世有哲王，一朝力屈，全身從命，則楚廟不隳，有後可冀。

伏惟大晉，應天順民，武成止戈。應天順民，已見上。左氏傳：楚子謂潘黨曰：夫文止戈為武。西戎有卽序之人，京邑開吳蜀之館，書曰：織皮崐崘、析支、渠、搜，西戎卽敘。洛陽故宮名曰：馬市在城東，吳、蜀二主館與相連。興滅加乎萬國，繼絕接于百世。論語，子曰：興滅國，繼絕世。雖三五弘道，商周稱仁，洋洋之義，未足以喻。是以孫氏雖家失吳祚，而族蒙晉榮，子弟量才，比肩進取，懷金侯服，佩青千里，懷金，已見上謝平原內史表。佩青，已見上求通親親表[3]。毛詩曰：侯服于周，天命靡常。東觀漢記，楊喬曰：臣伏念二千石典牧千里。當時受恩，多有過望。臣聞春雨潤木，自葉流根，鴟鴞恤功，愛子及室。毛詩曰：鴟鴞鴟鴞，既取我子，無毀我室。故天稱罔極之恩，聖有綢繆之惠。罔極，已見上求通親親表。毛詩曰：徹彼桑土，綢繆牖戶。

3 注「懷金已見上謝平原內史表佩青已見上求通親親表」　袁本作「懷金、佩青，已見上文」八字。案：袁本非也。善第一卷注自言同卷再見者，並云「已見上文」。又云其異篇再見者，並云「已見某篇」。然則凡不合此例，皆失善舊。餘不具出。茶陵本盡改複出，益非。

追惟吳僞武烈皇帝，（吳志，孫堅，字文臺，吳郡人，蓋孫武後也。權既稱尊號，謚堅曰武烈皇帝。）遭漢室之弱，値亂臣之強，首唱義兵，先衆犯難，破董卓於陽人，濟神器於甄井，（吳志曰：堅屯梁東，為卓軍所攻，潰圍而出。堅復合戰於陽人，大破卓軍。漢書音義，韋昭曰：神器，天子璽符也。吳書曰：初，堅入洛，軍城南，甄官井上每旦有五色氣，舉軍驚怪莫敢汲。堅命人浚，探得漢傳國璽，文曰：受命于天，既壽永昌。方圓四寸，上紐交五龍，龍上一角缺。甄音真。）威震羣狄，名顯往朝。桓王才武，弱冠承業，（吳志曰：孫策，字伯符，堅子也。權稱尊號，追謚策曰長沙桓王。）招百越之士，奮鷹揚之勢，（漢書曰：故衡山王芮從百越之兵以佐諸侯，誅暴秦。詩曰：維師尚父，時維鷹揚。）西赴許都，將迎幼主，雖元勳未終，然至忠已著。（吳志曰：曹公與袁紹相距於官渡，策陰謀襲許迎漢帝，未發，為故吳郡太守許貢客所殺。）夫家積義勇之基，世傳扶危之業，進爲徇漢之臣，退爲開吳之主，而蒸嘗絕於三葉，園陵殘於薪采，（為采薪者所踐毀也。）臣竊悼之。

伏見吳平之初，明詔追錄先賢，欲封其墓，愚謂二君並宜應書。（二君，堅、策也。）故舉勞則力輸先代，論德則惠存江南，正刑則罪非晉寇，從坐則異世已輕。若列先賢之數，蒙詔書之恩，裁加表異，以寵亡靈，則人望克厭，誰不曰宜？二君私奴，多在墓側，今爲平民。乞差五人，蠲其傜役，使四時修護頽毀，掃除塋壟，永以爲常。

讓中書令表

（諸晉書並云讓中書監，此云令，恐誤也。）

庾元規（何法盛晉書潁川庾錄曰[4]：亮字元規，為中書郎。肅祖欲使為中書監，上疏，肅祖納亮言，封永昌公。後遷司馬，錄尚書事，薨。）

4 注「何法盛晉書潁川庾錄曰」 袁本、茶陵本無「晉書」二字。

臣亮言：臣凡庸固陋，少無檢操。昔以中州多故，舊邦喪亂，中州為洛陽[5]。庾氏，潁川人，近洛陽，故云中州舊邦。隨侍先臣，遠庇有道，爰客逃難，求食而已。何法盛晉書曰：亮父琛為會稽太守，亮少隨父會稽。又曰：中宗為鎮東將軍，鎮建鄴。論語，季康子以就有道。孔安國尚書序曰：逃難解散。不悟徼時之福[6]，遭遇嘉運。先帝龍興，乘異常之顧[7]，先帝，謂中宗，元帝也。尚書序曰：漢室龍興。既眷同國士，又申之婚姻。何法盛晉書曰：中宗欽亮名德，故申婚姻。又曰：中宗娉亮妹為皇太子妃。國士婚姻，已見懷舊賦。遂階親寵，累忝非服。弱冠濯纓，沐浴玄風，孟子曰：滄浪之水清兮，可以濯我纓。沐浴，已見上求自試表注。[8]頻繁省闥，出總六軍。何法盛晉書曰，王敦表亮為中領軍。十餘年間，位超先達，無勞被遇，無與臣比。小人祿薄，福過災生，止足之分，臣所宜守。老子曰：知足不辱，知止不殆。而偷榮昧進，日爾一日，謗讟既集，上塵聖朝。始欲自聞，而先帝登遐，先帝，謂元帝也。登遐，已見上文。區區微誠，竟未上達。

陛下踐祚，聖政維新。臧榮緒晉書曰：明帝諱紹，字道畿，元帝太子也。禮曰：成王幼，不能莅祚，周公作相，踐祚而治。詩曰：周雖舊邦，其命維新。宰輔賢明，庶寮咸允，康哉之歌，實在至公。康哉之歌，已見景福殿賦。仲長子昌言曰：人主臨之以至公，行之以至仁。而國恩不已，復以臣領中書。臣領中書，則

---

5 注「中州為洛陽」 陳云「為」，「謂」誤，是也。各本皆誤。

6 「不悟徼時之福」 袁本、茶陵本「徼」作「邀」。案：晉書作「徼」。此尤改之也。「邀」、「徼」古同字，恐選文自用「邀」，改之未必是。

7 「乘異常之顧」 袁本、茶陵本「乘」作「垂」。案：尤本誤，晉書亦是「垂」字。

8 注「孟子曰滄浪之水清兮」下至「已見上求自試表注」 袁本此二十四字作「濯纓及沐浴，已見上文」九字。茶陵本復出。案：此各本皆失善舊。

示天下以私矣。何者？臣於陛下，后之兄也。王隱晉書曰：明穆皇后庾氏，字文君，琛第二女，生成帝。孫盛晉陽秋曰：庾亮，明穆皇后之兄也。姻婭之嫌，實與骨肉中表不同。雖太上至公，聖德無私，老子曰：太上下知有之。河上公曰：太上，謂太古無名之君也。無私，已見上求通親親表注。然世之喪道，有自來矣。悠悠六合，皆私其姻者也；人皆有私，則謂天下無公矣。是以前後二漢，咸以抑后黨安，進婚族危。向使西京七族，東京六姓，西京七族，已見西京賦。東京六姓：章德竇后、和熹鄧后，安思閻后、桓思竇后、順烈梁后[9]、靈思何后。皆非姻黨，各以平進，縱不悉全，決不盡敗。今之盡敗，更由姻昵。臣歷觀庶姓在世，無黨於朝，無援於時，植根之本，輕也薄也；苟無大瑕，猶或見容。至於外戚，憑託天地，勢連四時，根援扶疎，重矣大矣。而財居權寵，四海側目，漢書曰：列侯宗室見郅都，側目而視也。事有不允，罪不容誅，身既招殃，國爲之弊，其故何邪？直由婚媾之私，羣情之所不能免，故率其所嫌而嫌之於國。是以疏附則信，姻進則疑，疑積於百姓之心，則禍成重闉之內矣。此皆往代成鑒，可爲寒心者也[10]！

夫萬物之所不通，聖賢因而不奪，冒親以求一才之用，未若防嫌以明公道。韓詩外傳曰：公道達而私門塞。今以臣之才，兼如此之嫌，而使內處心膂[11]音呂[12]，外總兵權，尚書，穆

9 注「桓思竇后順烈梁后」　何校乙「順烈梁后」於「桓思竇后」上，是也。各本皆倒。

10 「可為寒心者也」　袁本、茶陵本云「為」善作「謂」。案：此尤校改正之也。晉書作「謂」，誤與此同。

11 「而使內處心膂」　袁本、茶陵本云「處」，善作「劇」。案：此尤改之也。晉書作「處」。選文往往別有所出，不必全同耳。

12 注「音呂」　袁本、茶陵本作「膂音呂」三字，在注末。是也。

王曰：今命汝作朕股肱心膂。賈逵國語注曰：膂，脊也。以此求治，未之聞也；以此招禍，可立待也。孫卿子曰：亂則危辱滅亡，可立而待也。雖陛下二相，明其愚款，二相，王敦、王導也。王隱晉書曰：王敦，字處仲，中宗時為大將軍，謀逆。肅祖以為丞相，不受。又曰：王導，字茂弘，中宗時為侍中。肅祖卽位，敦平，進太保，不拜，後為丞相。朝士百寮，頗識其情，天下之人，何可門到戶說，使皆坦然邪！孝經曰：君子之教以孝，非家至而日見之。鄭玄曰：非門到戶至而見之。楚辭曰：眾不可戶說兮，孰云察予之中情？尚書序曰：坦然明白。夫富貴寵榮，臣所不能忘也；刑罰貧賤，臣所不能甘也。今恭命則愈，違命則苦，臣雖不達，何事背時違上，自貽患責邪！實仰覽殷鑒，量己知弊，毛詩曰：殷鑒不遠，在夏后之世。身不足惜，爲國取悔。是以悾悾屢陳丹款，曹大家蟬賦曰：復丹款之未足，留滯恨乎天際也。而微誠淺薄，未垂察諒，憂惶屏營，不知所厝。屏營，已見上謝平原內史表。以臣今地，不可以進明矣；且違命已久，臣之罪又積矣。歸骸私門，以待刑書。漢書曰：彭宣上書，乞骸骨歸鄉里。私門，已見本篇注。尚書曰：哀矜折獄，明啓刑書。願陛下垂天地之鑒，察臣之愚，則雖死之日，猶生之年矣。

薦譙元彥表

孫盛晉陽秋曰：譙秀，字元彥，巴西人，譙周孫。性清[13]，不交於俗。李雄盜蜀，安車徵秀，秀不應，躬耕山藪。桓溫平蜀反役，上表薦秀。

桓元子 何法盛晉書曰：桓溫，字元子，譙國人。為琅邪王文學，後進位大司馬，薨。

臣聞太朴既虧，則高尚之標顯；易曰：不事王侯，高尚其事。道喪時昏，則忠貞之義彰。

13 注「性清」 袁本、茶陵本「清」作「靜」，是也。

道喪，已見江淹雜體詩。左氏傳，荀息曰：公家之利，知無不為，忠也；送往事居，耦俱無猜，貞也。[14]故有洗耳投淵，以振玄邈之風；洗耳，許由也。琴操曰：堯大許由之志，禪為天子，由以其不善，乃臨河洗耳。[15]莊子曰：舜以天下讓其友北人無擇，北人無擇曰：異哉，后之為人也，欲以其辱行慢我，吾羞見之。因自投清泠之淵。亦有秉心矯迹，以敦在三之節。國語曰：晉武公伐翼，殺哀侯，止欒子曰：苟無死矣，吾令子為上卿。辭曰：戍聞之[16]，人生於三，事之如一：父生之，師教之，君食之。韋昭曰：三：君、父、師也。是故上代之君，莫不崇重斯軌，所以篤俗訓民，靜一流競。魏書，文帝令曰：樹德垂聲，崇化篤俗。伏惟大晉，應符御世，應符，已見上文。論語比考讖曰：聖王御世，河龍負卷舒圖。運無常通，時有屯蹇。神州丘墟，三方圮裂。神州，見吳都賦注。兔罝絕響於中林，白駒無聞於空谷。毛詩曰：肅肅兔罝，施于中林。鄭玄曰：兔罝之人能恭敬[17]，則是賢者眾多也。又曰：皎皎白駒，在彼空谷，生芻一束，其人如玉。斯有識之所悼心，大雅之所嘆息者也。劉歆移書曰[18]：有識之所歎慼。阮瑀為曹公與孫權書曰：大雅之人，不肯為此。

陛下聖德嗣興，方恢天緒。何法盛晉書曰：孝宗穆帝諱聃，字彭子，康帝崩，乃即位。臣昔奉役，有事西土，鯨鯢既懸，思宣大化。何法盛晉書曰：李勢盜蜀，溫伐勢，勢出軍戰于柞橋，軍敗，面縛請命。鯨鯢，喻李勢也。鯨鯢，已見上文謝朓八公山詩[19]。訪諸故老，搜揚潛逸，庶武羅於羿浞之墟，想王蠋音

---

14 注「左氏傳荀息曰」下至「貞也」　袁本此二十六字作「忠貞已見上文」六字。茶陵本複出，非。

15 注「洗耳許由也」下至「乃臨河洗耳」　袁本此二十八字作「洗耳已見上文」。茶陵本複出，非。

16 注「戍聞之」　茶陵本「戍」作「成」，是也。袁本亦誤「戍」。

17 注「兔罝之人能恭敬」　袁本、茶陵本「兔罝」作「罝兔」，是也。

18 注「劉歆移書曰」　袁本無「書」字，是也。茶陵本亦衍。

19 注「已見上文謝朓八公山詩」　袁本無「文」字，是也。茶陵本複出，更非。

蜀[20]於亡齊之境。左氏傳，魏絳曰：昔后羿因夏人以代夏政，棄武羅、伯因、熊髡、尨圉而用寒浞。寒浞，伯明氏之讒子弟也。虞羿于田，以取其國家。杜預曰：四子皆羿之良臣也。史記曰：燕之初入齊，聞畫邑人王蠋賢，令軍中曰：環畫邑三十里毋入，以王蠋之故。已而使人謂蠋曰：齊人多高子之義，吾以為將，封子萬家。蠋固謝。燕人曰：子不聽，吾引三軍而屠畫邑。王蠋曰：忠臣不事二君，貞女不更二夫。齊王不聽吾諫，則退而耕於野。國既破亡，吾不能存；今又劫之以兵，為君將，是助桀為暴也。與其生無義，固不如享名。遂經其頸於樹枝，自奮絶脰而死。竊聞巴西譙秀，植操貞固，易曰：貞固足以幹事。抱德肥遯，揚清渭波。文子曰：養生以經世，抱德以終年，可謂體道矣。楚辭曰：淈其泥而揚其波。渭水，已見西征賦。于時皇極遘道消之會，羣黎蹈顛沛之艱，道消顛沛，已見謝平原內史表。中華有顧瞻之哀，幽谷無遷喬之望。毛詩曰：顧瞻周道，中心怛兮。遷喬，已見劉琨答盧諶詩。凶命屢招，姦威仍逼，孫盛晉陽秋曰：李雄安車徵秀，雄叔父驤，驤子壽辟命，皆不應也。身寄虎吻，危同朝露。莊子，孔子曰：丘幾不免虎口哉。朝露，已見上求自試表。而能抗節玉立，誓不降辱，琴操，莊周歌曰：避世俟道，志潔如玉。論語，子曰：不降其志，不辱其身，伯夷、叔齊與！杜門絶迹，不面僞庭，進免龔勝亡身之禍，退無薛方詭對之譏。漢書曰：王莽既篡，遣使者奉璽書、太子師及祭酒印綬[21]，安車駟馬迎龔勝。勝自知不見聽，卽謂門人高暉曰：吾受漢室厚恩，無以報。今老矣，旦暮入地，誼豈以一身事二姓，下見故主哉！語畢，遂不復開口飲食，積十四日死，時年七十九矣。又曰：薛方，字子容。王莽以安車迎方，方因使者辭謝曰：堯、舜在上，下有巢、許；今明主方隆唐、虞之德，亦猶小臣欲守箕山之節也。使者以聞，莽說其言，不強致。說音悅[22]。雖園綺之棲商洛，管寧之默遼海。漢書曰：園公、綺季當秦

---

20 注「音蜀」　袁本、茶陵本作「蠋音蜀」三字，在注末，是也。

21 注「太子師及祭酒印綬」　陳云「及」，「友」誤，是也。各本皆誤。

22 注「不強致說音悅」　袁本、茶陵本「說音悅」三字作「之也」二字。

之世，避而入商洛深山。[23]管寧、遼東，已見謝眺郡内登望詩。博物志，廉翻夢人謂己曰：余孤竹君之子，遼海漂吾棺槨也。方之於秀，殆無以過。于今西土，以爲美談。西土，蜀也。

夫旌德禮賢，化道之所先；崇表殊節，聖喆之上務。方今六合未康，豺豕當路，遺黎偷薄，義聲弗聞，漢書曰：偷薄之政，自是滋矣。魏志，崔琰書諫文帝曰：盤遊滋侈，義聲不聞。益宜振起道義之徒，以敦流遯之弊。若秀蒙蒲帛之徵，漢書曰：武帝初即位，使使者束帛加璧，安車以蒲輪駕駟，迎申公也。足以鎭靜頽風，軌訓囂俗，魏文帝令曰：道薄於當年，風頽於百代。幽遐仰流，九服知化矣。周書曰：乃辨九服之國。

解尚書表

殷仲文

檀道鸞晉陽秋曰[24]：桓玄僭位，仲文以佐命親貴。帝初反正，抗表自解。

臣聞洪波振壑，川無恬鱗；魏略，王脩奏記曰：涓流之水，無洪波之勢。七發曰：横暴之極，魚鱉失勢，顚倒偃側也。驚飈拂野，林無靜柯。家語，吾丘曰：樹欲靜而風搖之。何者？勢弱則受制於巨力，質微則莫以自保。於理雖可得而言，於臣寔所敢喻[25]。昔桓玄之世，誠復驅迫者衆，至於愚臣，罪實深矣。進不能見危授命，忘身殉國；論語，子張問士。子曰：見危致命，見利思義[26]。司馬遷答任少卿書曰：李陵常思奮不顧身，以殉國家之急。退不能辭粟首陽，拂衣高謝。史記曰：伯夷、叔齊恥武王伐

23 注「漢書曰」下至「深山」 袁本此十八字作「園綺已見上文」六字。茶陵本複出，非。

24 注「檀道鸞晉陽秋曰」 何校「晉」上添「續」字，陳同。各本皆脫。

25 「於臣寔所敢喻」 何校「寔」下添「非」字，云晉書有。陳云晉書為是。案：此似選文傳寫脫。

26 注「見利思義」 何校「利」改「得」，是也。各本皆誤。

紂，義不食周粟。隱於首陽山。遂乃宴安昏寵，叨昧僞封，左傳曰：宴安酖毒，不可懷也。[27]錫文篡事，曾無獨固。曾無固守之節，亦從於衆也。晉中興書曰：詔加桓玄為楚王，備九錫之禮。玄到姑熟，朝臣勸進，玄遂篡位。名義以之俱淪，情節自茲兼撓，宜其極法，以判忠邪。鎮軍臣裕，鎮軍，宋高祖也。匡復社稷，大弘善貸，馮衍與田邑書曰：左平山東，右匡社稷。老子曰：夫惟道善貸且成[28]。佇一戮於微命，申三驅於大信，楚辭曰：蜂蛾微命力何固。三驅，已見東都賦。既惠之以首領，復引之以縶維。左氏傳，宋公曰：若以大夫之靈，得保首領以沒。縶維，已見上文。于時皇輿否隔，天人未泰，用忘進退，惟力是視。惟力是視，已見東京賦。是以僶俛從事，自同全人。毛詩曰：何有何無？僶俛求之。呂氏春秋曰：任天下而不強，此之謂全人。高誘曰：全人，全德之人，無虧闕也。今宸極反正，惟新告始，反正，已見謝靈運述祖德詩。惟新，已見庾元規讓中書令表。憲章既明，品物思舊。禮曰：仲尼憲章文武。品物，已見歎逝賦。臣亦胡顏之厚，可以顯居榮次？尚書曰：予心顏厚有忸怩。乞解所職，待罪私門。私門，已見上庾元規讓中書令表。違謝闕庭，乃心愧戀，謹拜表以聞。臣某云云。

為宋公至洛陽謁五陵表

晉書曰：義熙十二年，洛陽平，裕命修晉五陵，置守備。

傅季友

臣裕言：近振旅河湄，揚旍西邁，左氏傳，季文子曰：中國不振旅，蠻夷入伐。詩曰：居河之湄。將屆舊京，威懷司雍。威懷，已見潘岳關中詩。太康地記曰：司州，司隸校尉治，漢武帝初置，其界本西得梁州之地[29]，

---

27 注「左傳曰」下至「不可懷也」　袁本作「宴安，已見上文」。茶陵本複出，非。

28 注「老子曰」下至「且成」　袁本作「善貸，已見上文」。茶陵本複出，非。

29 注「其界本西得梁州之地」　案：「梁」當作「雍」。晉書地理志，司州其界西得雍州之京兆、馮翊、扶風三郡，可證。各本皆誤。

今以三輔為雍州。河流遄疾，道阻且長，詩曰：遡洄從之，道阻且長。加以伊洛榛蕪，津塗久廢，蜀志，許靖與曹公書曰：袁術方命圮族，津塗四塞。伐木通徑，淹引時月。東觀漢記曰：岑彭伐樹木開道，直出黎丘。始以今月十二日，次故洛水浮橋。山川無改，城闕為墟，宮廟隳頓，鍾簴空列，觀宇之餘，鞠為禾黍，鞠為茂草，已見西征賦。毛詩序曰：過故宗廟宮室，盡為禾黍。廛里蕭條，鷄犬罕音，蕭條，已見上西征賦。東觀漢記曰：北夷寇作，無鷄鳴狗吠之聲。感舊永懷，痛心在目。劉琨答盧諶詩曰：哀我皇晉，痛心在目。以其月十五日，奉謁五陵。郭緣生述征記曰：北邙東則乾脯山，山西南晉文帝崇陽陵，陵西武帝峻陽陵，邙之東北宣帝高原陵、景帝峻平陵，邙之南則惠帝陵也。墳塋幽淪，百年荒翳，天衢開泰，情禮獲申，故老掩涕，三軍悽感，瞻拜之日，憤慨交集。行河南太守毛脩之等。沈約宋書曰：毛脩之，字敬文，滎陽人也。高祖將伐羌，為河南、河內二郡太守，戍洛陽。既開翦荊棘，繕修毀垣，左氏傳，戎子駒支曰：驅其狐狸，翦其荊棘。西京賦曰：步毀垣而延竚。職司既備，蕃衛如舊。伏惟聖懷，遠慕兼慰，不勝下情。謹遣傳詔殿中中郎臣某奉表以聞。

為宋公求加贈劉前軍表

沈約宋書曰：劉穆之，字道沖，東莞人，為前將軍，卒，追贈儀同三司。高祖又表於天子，於是重贈侍中、司徒，封南昌縣侯。

傅季友

臣聞崇賢旌善，王教所先，王隱晉書，衛瓘上言曰：崇賢舉善而教用彰。謝承後漢書曰：滕延拜京兆尹，旌善為務。念功簡勞，義深追遠。尚書，禹曰：惟帝念功。論語曰：慎終追遠，民德歸厚矣。故司勳秉策，在勤必記，周禮曰：凡有功者，銘書於王之太常。德之休明，沒而彌著。左氏傳，王孫滿曰：德之休明。[30]故尚

---

[30] 注「左氏傳」下至「德之休明」　袁本作「休明，已見上文」。茶陵本複出，非。

書左僕射、前軍將軍臣穆之，爰自布衣，協佐義始，裴子野宋略曰：高祖潛謀匡復，署穆之主簿，委以腹心。內竭謀猷，外勤庶政，尚書曰：爾有嘉謀嘉猷[31]，則入告爾后于內。又曰：庶政惟和，萬邦咸寧。密勿軍國，心力俱盡。韓詩曰：密勿同心，不宜有怒。密勿，僶俛也。及登庸朝右，尹司京畿，沈約宋書曰：穆之為尚書左僕射。又曰：加丹陽尹。尚書曰：若時登庸。敷讚百揆，翼新大猷。尚書曰：納于百揆[32]。毛詩曰：匪大猷是經，惟邇言是聽。頃戎車遠役，居中作捍，沈約宋書曰：高祖北伐，轉穆之左僕射，甲仗五十人，入居東城。毛詩曰：左旋右抽，中軍作好。鄭玄曰：居軍中為容好也。撫寧之勳，實洽朝野，識量局致，棟幹之器也。蜀志曰：文帝察黃權有局量。易曰：棟隆之吉，不橈于下也。方宣讚盛化，緝隆聖世，志績未究，遠邇悼心。皇恩褒述，班同三事，蜀志曰：偉度姓胡，為諸葛亮主簿，故見褒述。尚書曰：三事大夫，敬爾有官。榮哀既備，寵靈已泰。論語，子貢曰：夫子其生也榮，其死也哀。寵靈，已見江淹雜體詩。

臣伏思尋：自義熙草創，艱患未弭，王隱晉書曰：義熙，安帝年號。國語，太子曰：天禍至于今未弭乎？外虞既殷，內難亦荐，沈約宋書曰：義熙五年，慕容超數為邊患，公抗表北伐。公之北伐也，徐道覆乃有窺闔之志，勸盧循承虛而下，循從之。公羊傳曰：君子避內難，不避外難。時屯世故，靡有寧歲。周易曰：屯，剛柔始交而難生。又曰：屯，難也。潘正叔迎大駕詩曰：世故尚未夷。國語，姜氏告於公子曰：子之行，晉無寧歲。臣以寡劣，負荷國重，實賴穆之匡翼之勳。豈惟讜言嘉謀，溢于民聽。若乃忠規密謨，潛慮帷幕，造膝詭辭，莫見其際。穀梁傳曰：士造辟而言，詭辭而出。范甯曰：辟，君也。詭辭而出，不以實告人也。風俗通曰：禮諫有五，諷為上。故入則造膝，出則詭辭。禮曰：善則稱君，過則稱己。王隱晉書曰：樂廣任誠保素，莫見其際。事隔於

31　注「尚書曰爾有嘉謀嘉猷」　袁本、茶陵本「曰」上有「王」字。

32　注「尚書曰納于百揆」　袁本作「百揆，已見上文」。茶陵本複出，非。

皇朝，功隱於視聽者，不可勝記。所以陳力一紀，遂克有成，國語，孤偃曰：畜力一紀，可以遠矣。又舅犯曰：若克有成，晉之柔嘉是甘。出征入輔，幸不辱命。微夫人之左右，未有寧濟其事者矣。左氏傳，重耳曰：微夫人力之不及此。爾雅曰：左右，助也。寧濟，已見曹植責躬詩。履謙居寡，守之彌固。易曰：九三，勞謙君子有終吉。王弼曰：履，得其位也。每議及封爵，輒深自抑絕，所以動高當年，而茅土弗及。三輔決錄曰：茂陵馬氏，代襲茅土。撫事永念，胡寧可昧？謂宜加贈正司，追甄土宇，俾忠貞之烈，不泯於身後；大賚所及，永秩於善人。論語曰：周有大賚，善人是富。

臣契闊屯夷，旋觀終始，金蘭之分，義深情感。易曰：二人同心，其利斷金；同心之言，其臭如蘭。[33]是以獻其乃懷，布之朝聽。所啓上，合請付外詳議。

為齊明帝讓宣城郡公第一表

蕭子顯齊書曰：明皇帝，始安貞王道生子。初，太祖封西昌侯。廢鬱林王，海陵王封宣城郡公也。

任彥昇

臣鸞言：被臺司召，以臣爲侍中、中書監、驃騎大將軍、開府儀同三司、揚州刺史、錄尚書事，封宣城郡開國公，食邑三千戶，加兵五千人。臣本庸才，智力淺短。毌丘儉表曰：禹、卨之朝，不畜庸才。東觀漢記，李通上疏曰：臣經術短淺，智能空薄。太祖高皇帝篤猶子之愛，降家人之慈，蕭子顯齊書，太祖高皇帝諱道成，道生卽太祖之弟也[34]。禮記曰：兄弟之子，猶子也，蓋引而進之。漢書曰：齊悼惠王肥，孝惠二年入朝。帝與齊王燕飲太后前，置齊王上坐，如家人禮。世祖武帝情等布衣，寄深同氣，

---

33 注「易曰」下至「其臭如蘭」　袁本作「金蘭，已見上文」。茶陵本複出，非。

34 注「道生卽太祖之弟也」　陳云「弟」當作「兄」，是也。各本皆誤。南齊書本傳可證。

蕭子顯齊書曰：世祖武皇帝諱賾，字宣遠，太祖長子。晉中興書，庾亮上疏曰：先帝謬顧，情同布衣。曹植求自試表曰：與國分形同氣，憂患共之。武皇大漸，實奉話言。尚書，王曰：嗚呼，疾大漸惟幾。毛詩曰：其惟哲人，告之話言。雖自見之明，庸近所蔽，韓子曰：楚莊王欲伐越，莊子曰：伐越何也？王曰：以政亂兵弱。莊子曰：臣患知之如目見百步之外，不能自見其頰，故曰自見之謂明。愚夫一至，偶識量己。劉劭人物志曰：一至謂之偏材。偏材，小雅之質也。爾雅曰：偶，遇也。郭璞曰：偶爾值也。庾元規表曰：仰覽殷鑒，量己知弊。實不忍自固於綴衣之辰，拒違於玉几之側。尚書顧命曰：出綴衣於庭，越翼日王崩。玉几，見下句。遂荷顧託，導揚末命。又曰：后憑玉几[35]，導揚末命。雖嗣君棄常，獲罪宣德，嗣君，謂鬱林王也，為宣太后所廢。左傳，申繻曰：人棄常而妖興。漢書曰：太后召昌邑王賀，賀曰：我安得罪而召我哉？王室不造，職臣之由。不造，已見嵇康幽憤詩。職汝之由，已見王仲宣贈文叔良詩。何者？親則東牟，任惟博陸，漢書曰：齊悼惠王子興居為東牟侯。又曰：武帝遺詔封博陸侯。徒懷子孟社稷之對，何救昌邑爭臣之譏？漢書，霍光奏曰：昌邑王賀不可以承天緒，當廢。皇太后詔可。王曰：聞天子有爭臣七人，雖無道，不失天下。光謝曰：王行自絕於天，臣寧負王，不負社稷。四海之議，於何逃責？且陵土未乾，訓誓在耳，曹植求自試表曰：墳土未乾，而身名並滅。左傳，晉穆嬴曰[36]：今君雖終，言猶在耳。家國之事，一至於斯，謂鬱林猖靡顛躓也。孫盛晉陽春秋曰[37]：郤超假還東[38]，簡文帝謂之曰：致意尊公：家國之事，遂至於此。非臣之尤，誰任其咎？毛詩曰：發言盈庭，誰敢執其咎。將何以肅拜高寢，虔奉武園？寢廟，已見吳

---

35 注「又曰后憑玉几」 袁本、茶陵本「又」字作「尚書顧命」四字。

36 注「左傳晉穆嬴曰」 袁本、茶陵本「左」下有「氏」字。

37 注「孫盛晉陽春秋曰」 袁本無「春」字，是也。茶陵本亦衍。

38 注「郤超假還東」 何校「郤」改「郗」，陳同，是也。各本皆誤。

都賦。園陵，已見上張士然表。悼心失圖，泣血待旦。左傳，楚薳啓彊曰[39]：孤與二三臣悼心失圖。尚書曰：先王昧爽，坐以待旦。寧容復徼榮於家恥，宴安於國危？晉中興書曰：卞壼表曰：豈敢干祿位以徼時榮乎？宴安，已見上解尚書表。

驃騎上將之元勳，神州儀刑之列岳，漢書曰：霍去病征匈奴，有絶漠之勳，始置驃騎將軍，位在三公上。班固衛青述曰：長平桓桓，上將之元。神州，已見上薦譙元彥表。鄭氏毛詩箋曰：儀則，刑法也。[40]尚書古稱司會，中書實管王言。周禮曰：司會，中大夫二人。鄭玄曰：司會主天下之事，若今之尚書耳。沈約宋書曰：置祕書令，典尚書奏事。文帝黃初初，改為中書令。且虛飾寵章，委成禦侮，王隱晉書曰：武帝詔山濤曰：勿復為虛飾之煩[41]。詩曰：予曰有禦侮。臣知不愜，物誰謂宜？但命輕鴻毛，責重山岳，戰國策唐睢謂楚王曰：國權輕於鴻毛，而積禍重於山岳。陽泉養性賦曰：況性命之幾微，如鴻毛之漂輕。毌丘儉之遼東詩曰：憂責重山岳，誰能為我檐。存沒同歸，毀譽一貫，莊子曰：哀公曰：何謂材命？仲尼曰：存亡毀譽，是事之變。吳志，周魴與曹休書曰：志行雖微，存沒一節。周易曰：殊途而同歸。書曰：為善不同，同歸于治。莊子，老聃曰：彼以死生為一條，以可不可為一貫也。辭一官不減身累，增一職已黷朝經，七略曰：位累我躬。賈逵國語注曰：黷慢朝經也[42]。家語，孔子曰：治天下國家有九經，其所以行者一也。便當自同體國，不爲飾讓。穀梁傳曰：大夫，國體也。何休曰：君之卿佐，是謂股肱，故曰國體。孫皓詔紀陟曰：故特任使，莫復飾讓。至於功均一匡，賞同千室，論語，孔子曰：管仲相桓公，一匡天下。左傳曰：晉侯滅赤狄潞氏，晉侯賞桓子狄臣千室。光宅近甸，奄有全邦，光宅，已見吳都賦。謝承後漢書曰：周防及守近甸，嘉

---

39 注「左傳楚薳啓彊曰」 案：「左」下當有「氏」字，「彊」當作「疆」。各本皆脫誤。
40 注「神州已見上」下至「刑法也」 袁本此二十一字作「神州、儀刑，已見上文」八字。茶陵本複出。非。
41 注「勿復為虛飾之煩」 袁本、茶陵本「之煩」二字作「也」字。
42 注「黷慢朝經也」 案：「朝經」二字不當有。各本皆衍。

瑞表應。毛詩曰：奄有龜蒙。漢書，淮南王上書曰：淮南全國之時。殞越爲期，不敢聞命。左傳，齊侯對宰孔曰：小白恐殞越于下。[43]亦願曲留降鑒，即垂順許，鉅平之懇誠必固，永昌之丹慊獲申。鉅平、羊祜、永昌、庾亮，並見上表。乃知君臣之道，綽有餘裕。孟子曰：欲為君，盡君道，□[44]欲為臣，盡臣道。又曰：吾聞之也，有官守者，不得其職則去；有言責者，不得其言則去。我無官守，我無言責，則吾進退豈不綽綽然有餘裕哉！苟曰易昭，敢守難奪。故可庶心弘議，酌己親物者矣。不勝荷懼屏營之誠，謹附某官某甲奉表以聞。臣諱誠惶誠恐。

為范尚書讓吏部封侯第一表　任彥昇

范雲，字彥龍，與梁武同事齊竟陵王，為八友，又與雲住處相近，更增親密。及為天子，以為吏部尚書，甚敬雲，嘗語其二弟曰：我昔與雲情同昆弟，汝當為我呼雲為兄。

臣雲言：被尚書召，以臣爲散騎常侍、吏部尚書，封霄城縣開國侯，食邑千戶。奉命震驚，心顏無措，臣雲頓首頓首，死罪死罪[45]。臣素門凡流，輪翮無取，張載贈棗子琰詩曰：輣車運在輪，飛骨須六翮。進謝中庸，退慙狂狷。禮記，仲尼曰：君子中庸，小人反中庸。論語，子曰：狂者進取，狷者有所不為也。[46]固嘗鑽厲求學，而一經不治；漢書曰：韋賢少子玄成，復以明經歷位至丞相。

---

43 注「左傳」下至「恐殞越于下」　袁本作「殞越，已見上文」。茶陵本複出，非。

44 注「盡君道□」　袁本、茶陵本「盡」上有「則」字，下句同。案：此尤校改去之耳。

45 「頓首頓首死罪死罪」　袁本、茶陵本無此八字，有「中謝」二字。下文「豈待明經臣雲」下，二本同。案：二本是也，說見前謝平原內史表。

46 注「論語」下至「有所不為也」　袁本作「狂狷已見上文」。茶陵本複出，非。

故鄒、魯諺曰：遺子黃金滿籯，不如一經。篆刻爲文，而三冬靡就。法言曰：童子彫蟲篆刻。漢書，東方朔上書曰：臣朔學書三冬，文史足用。負書燕魏，空殫菽粟；戰國策曰：蘇秦說秦王，書十上而說不納。去秦而歸，負書檐囊。孟子曰：聖人之治天下，使菽粟如水火。躡屩脚齊楚[47]，徒失貧賤。史記曰：虞卿躡蹻檐簦，說趙孝成王。徐廣曰：蹻，草履也。韓詩外傳曰：田子方謂魏太子曰：貧賤可以驕人矣，志不得，則受履而適秦、楚耳，安往而不得吾貧賤乎？既而分虎出守，以囊被見嗤；漢書文紀曰：初與郡守為銅虎符。[48]漢書曰：王陽父子皆好車馬衣服，其自奉養極為鮮明。及遷徙去處，所載不過囊衣爾。持斧作牧，以薏苡興謗。漢書曰：暴勝之持斧逐捕盜賊。周禮曰：八命作牧，范曄後漢書曰：吳佑父恢，為南海太守，欲殺青簡以寫經書。祐諫曰：今大人踰越五嶺，遠在海濱，其俗誠陋，然舊多珍怪，上為國家所疑，下為權戚所望。此書若成，則載之兼兩。昔馬援以薏苡興謗，王陽以衣囊徼名，嫌疑之間，誠先賢所慎也。赭衣爲虜，見獄吏之尊；漢書，賈山上書曰：秦赭衣半道，羣盜滿山。又曰：人有上書告周勃欲反，下廷尉。勃恐，不知致辭。勃以千金與獄吏，獄吏乃書牘背示之曰：以公主為證。勃既出，曰：吾嘗將百萬軍，然安知獄吏之貴也！除名爲民，知井臼之逸。□孫盛晉陽秋曰[49]：劉弘顧望，除名為民。東觀漢記曰：馮敬通廢於家，娶北地任氏女為妻，忌，不得畜媵妾兒女，常自操井臼也。百年上壽，既曰徒然。莊子，盜跖謂孔子曰：人上壽百歲，中壽八十。如其誠說，亦以過半。亂離斯瘼[50]，欲以安歸。毛詩曰：亂離瘼矣，爰其適歸。薛君曰：瘼，散也。閉門荒郊，再離寒

---

47 「躡屩齊楚」　案：「屩」當作「蹻」，善引史記及徐廣注皆是「蹻」字。袁、茶陵二本所載五臣良注乃作「屩」，蓋善「蹻」、五臣「屩」，各本亂之而失著校語。又，此「屩」下「脚」，亦五臣音耳。

48 注「漢書」下至「為銅虎符」　袁本作「分虎，已見上文」。茶陵本複出，非。

49 注「□孫盛晉陽秋曰」　茶陵本「陽」下衍「春」字，袁本無。此亦初衍後脩改去之。

50 「亂離斯瘼」　陳云「瘼」當作「莫」，注同。「毛詩曰亂離瘼矣」，當作「韓詩曰亂離斯莫」，潘安仁關中詩注可證也。案：所說是也。袁、茶陵二本所載五臣向注云「瘼，病也」，必善「莫」、五臣「瘼」，各本亂之而失著校語，後又幷改善注，甚非。

暑。閉門，已見恨賦。毛詩曰：載離寒暑。兼以東皋數畝，控帶朝夕，秋興賦曰：耕東皋之沃壤，輸黍稷之餘稅。朝夕，已見江賦。關外一區，悵望鍾皋。漢書，楊僕上書曰：恥為關外人。又曰：楊雄有宅一區。蔡邕詩序曰：暮宿河南悵望。許慎曰：鍾山北陸，無日之地。[51]雖室無趙女，而門多好事；楊惲與孫會宗書曰：婦，趙女也，雅善鼓瑟。漢書曰：楊雄素貧，嗜酒，人希至其門。時有好事者，載酒肴從遊學。祿微賜金，而懽同娛老。賜金娛老，謂疏廣也，已見張景陽詠史詩。折芰燔枯，此焉自足。謝承後漢書曰：鄭敬，字次都，釣魚大澤，折芰而坐，以蒲薦肉，瓠瓢盈酒，琴書自樂。焚枯，已見應璩百一詩。

陛下應期萬世，接統千祀，莊子曰：萬世之後，而遇大聖，知其解者，是旦暮遇之也。漢書，司馬談曰：今天子接千歲之統。三千景附，八百不謀。周書曰：湯放桀而歸於亳，三千諸侯大會，然後即天子之位。又曰：武王將渡河，中流，白魚入于王舟，王俯取出，涘以祭。不謀同辭，不期同時，一朝會武王於郊下者八百諸侯。臣釁等離心，功慙同德，尚書，武王曰：受有億兆夷人，離心離德，予有亂臣十人，同心同德。泥首在顏，輿棺未毀。張溫表曰：臨去武昌，庶得泥首闕下。輿棺，即輿櫬也，已見潘安仁贈陸機詩。締構草昧，敢叨天功，締構，見魏都賦。易曰：天造草昧。鄭玄曰：草，草創也。昧，爽也。[52]左氏傳，介之推曰：竊人之財，猶謂之盜；況貪天之功，以為己力。獄訟謳謌，示民同志。獄訟謳謌，已見劉越石勸進表。而隆器大名，一朝總集，莊子曰：語大功，立大名，此朝廷之士也。左傳，仲尼曰：惟名與器，不可以假人。顧己反躬，何以臻此？正當以接閈白水，列宅舊

---

51 注「蔡邕詩序曰」下至「北陸無日之地」　袁本作「悵望鍾皋，已見上文」八字。茶陵本所複出，與此同。陳云：鍾皋，謂建康之鍾山也，注誤引許叔重語。今案：善謂「鍾皋，已見上文」者，謂自於沈休文鍾山詩題下注訖也。複出者失其意，用「許慎曰」云云當之，致為巨謬。尤專主增多，乃取以竄入。陳駁雖是，然細繹袁本，善初無斯誤也。凡複出增多，大足為累，於此可知，餘不盡論。

52 注「締構見魏都賦」下至「昧爽也」　袁本作「締構草昧，並已見上文」九字。茶陵本複出，非。

豐，光武居白水，已見南都賦。東觀漢記曰：吳漢，南陽人也，為人質厚少文。上以其南陽人，故親之。漢書曰：盧綰，豐人也，與高祖同里。蕭、曹等特以事見禮，至其親幸，莫及綰也。忘捨講之尤，存諸公之費，東觀漢記曰：初，上學長安時，過朱祐[53]，祐嘗留上，須講竟，乃談話。及帝登位，車駕幸祐第，問：主人得無去我講乎？祐曰：不敢。又曰：上初學長安[54]，南陽大人賢者[55]往來長安，為之邸閣稽疑。資用乏，與同舍生韓子合錢買驢，令從者僦以給諸公費。俯拾青紫，豈待明經。漢書，夏侯勝曰：士病不明經，苟明，其取青紫如俛拾地芥。[56]

臣雲頓首頓首，死罪死罪。夫銓衡之重，關諸隆替，陸機顧譚誄曰：遷吏部尚書，才長於銓衡而綜核人物。遠惟則哲，在帝猶難。尚書，咎繇曰：在知人。禹曰：咸若時惟帝其難之。知人則哲，能官人。漢魏已降，達識繼軌，雅俗所歸，惟稱許郭。孫綽子，或問雅俗曰：判風流，正位分，涇渭殊流，雅鄭異調，題帖分明，標榜可觀，斯謂之雅俗矣。范曄後漢書曰：郭泰，字林宗，性明知人，好獎訓士類，其獎拔士人，皆如所鑒。又曰：許劭，字子將，少峻名節，好獎人倫，多所賞識。故天下言拔士者咸稱許、郭。拔十得五，尚曰比肩。習鑿齒襄陽耆舊傳記曰[57]：龐統為郡功曹，性好人倫，每所稱述，多過其中。時人怪問之，統曰：方欲興長道業，不美其談，卽聲名不足慕企[58]，卽為善者少。今拔十失五，猶得其半，而可以崇邁世教，使有志自厲。不亦可乎！戰國策曰：淳于髡一日而見七人。宣王曰：寡人聞千里一士，是比肩而至也。今子一朝而見七人，不亦眾乎！其餘得失未聞，偶察童幼，天機暫發，顧

---

53 注「過朱祐」　陳云「祐」，「祜」誤，下同。各本皆譌。

54 注「上初學長安」　袁本、茶陵本「上初」作「初上」，是也。

55 注「南陽大人賢者」　陳云「大人」當作「人與」，是也。袁本、茶陵本無「大」字，亦脫「與」。

56 注「漢書」下至「如俛拾地芥」　袁本作「明經、拾青紫，已見上文」九字。茶陵本複出，非。

57 注「襄陽耆舊傳記曰」　袁本、茶陵本無「記」字。

58 注「卽聲名不足慕企」　袁本、茶陵本重有「不足慕企」四字。

無足算。魏志曰：王脩識高柔於弱冠，異王基於童幼。天機，已見文賦。論語曰：斗筲之人，何足算也。在魏則毛玠公方，居晉則山濤識量，魏志曰：毛玠，字孝先，陳留人也，為尚書僕射，典選舉。先賢行狀曰：玠雅量公正。魏氏春秋曰：山濤為選曹郎，遷尚書。以臣況之，一何遼落！世說，袁彥伯曰：江山遼落，居然有萬里勢。齊季陵遲，官方淆亂，毛詩序曰：禮義陵遲[59]。莊子曰：是非之塗，森然淆亂。鴻都不綱，西園成市，華嶠後漢書曰：元和元年[60]，置鴻都門學，其諸生皆勑州郡三公舉用辟召，或出為刺史太守，入為尚書侍中，乃有封侯賜爵者，士君子皆恥與為列焉。漢記曰：靈帝卽位，太后臨朝，於西園賣官，自關內侯以下入錢各有差。金章有盈笥之談，華貂深不足之歎。金章、盈笥，未詳。虞預晉錄曰：趙王倫篡位，時侍中常侍[61]九十七人。每朝，小人滿庭，貂蟬半座。時人謠曰：貂不足，狗尾續。草創惟始，義存改作，恭己南面，責成斯在。論語，子曰：舜夫何為哉，恭己正南面而已。淮南子曰：人主之術，責成而不勞。豈宜妄加寵私，以乏王事，附蟬之飾，空成寵章。董巴輿服志曰：侍中、中常侍冠武弁大冠，加金璫，附蟬為文。求之公私，授受交失。

近世侯者，功緒參差：或足食關中，或成軍河內，漢書曰：蕭何以丞相留收巴蜀，使給軍食。漢王擊楚，何守關中，後為酇侯。范曄後漢書曰：上拜寇恂河內太守。上謂恂曰：河內完富，吾將因是而起。昔高祖留蕭何鎮關中，今吾委公以河內。後封雍奴侯。或制勝帷幄，或門人加親，漢書，高祖曰：夫運籌於帷帳之中，決勝千里之外，吾不如子房，可封留侯[62]。東觀漢記曰：拜前將軍鄧禹為大司徒，制曰：孔子曰：自吾有回也，門人日以親。封禹為酇侯。或與時抑揚，或隱若敵國，班固漢書叔孫通述曰：叔孫奉常，與時抑揚；稅介免冑，禮義是創。通為稷嗣君也。東

---

59 注「毛詩序曰禮義陵遲」　袁本作「陵遲已見上文」。茶陵本複出，非。

60 注「元和元年」　案：上「元」當作「光」。各本皆譌。

61 注「時侍中常侍」　袁本、茶陵本無「時」字。

62 注「可封留侯」　袁本作「子房封侯，已見上文」。案：袁本是也。茶陵本與此同，乃并五臣入善之誤。

觀漢記曰：吳漢自初從征伐，兵有不利，軍營不如意，漢常獨繕檠弓戟。上時令人視吳公□何為[63]，還言方作攻具，上曰：差強人意，隱若一敵國矣。封漢廣平侯。或策定禁中，或功成野戰，東觀漢記曰：殤帝崩，惟安帝宜承大統，車騎將軍鄧騭定策禁中，封騭為上蔡侯。漢書，鄂千秋曰：曹參有野戰略地之功，此特一時之事。又曰：賜參爵列侯，食邑平陽。或盛德如卓茂，或師道如桓榮，東觀漢記曰：卓茂，字子容，南陽人也。漢官儀注曰：世祖中興，特擢盛德南陽卓茂為太傅，封宣德侯。東觀漢記曰：桓榮，字春卿，沛國人也。治歐陽尚書，事九江朱文剛，窮極師道，賜榮爵關內侯。或四姓侍祠[64]，已無足紀，應劭漢官典職曰：四姓侍祠侯。顏氏家訓曰：漢明帝時，外戚有樊氏、郭氏、陰氏、馬氏，是為四姓，謂之小侯者，或以侍祠非列侯，故曰小侯。五侯外戚，且非舊章。漢書曰：成帝昔封舅王譚、王立、王根、王逢時、王商為列侯。五人同日封，故世謂之五侯。[65]而臣之所附，惟在恩澤。漢書恩澤侯表曰：公孫弘自海瀕而登宰相，寵以列侯之爵。既義異疇庸，實榮乖儒者。陸機高祖功臣頌曰：帝疇爾庸，後嗣是膺。雖小人貪幸，豈獨無心。

臣本自諸生，家承素業，東觀漢記，相者[66]謂班超曰：祭酒布衣諸生耳。董仲舒不遇賦曰：若不反身於素業，莫隨世而轉輪。門無富貴，易農而仕。東方朔戒子書曰：飽食安步，以仕易農。乃祖玄平，道風秀世，晉中興書曰：范汪，字玄平，善言玄理，為吏部郎，徙吏部尚書，徐、兗二州刺史。爰在中興，儀刑多士，中興，謂元帝也[67]。位裁元凱，任止牧伯。尚書，即古元凱也；刺史，即古牧伯也。左傳，太史克曰：昔高陽氏有才子八人：蒼

---

63 注「視吳公□何為」 袁、茶陵二本皆無空字。此初有衍而去之。
64 「或四姓侍祠」 何校去「或」字。案：所校是也。各本蓋皆傳寫衍。
65 注「漢書曰成帝」下至「故世謂之五侯」 袁本作「五侯，王氏也，已見上文」九字。茶陵本複出，非。
66 注「東觀漢記相者」 袁本、茶陵本「記」下有「曰」字。此脩改去之。
67 注「謂元帝也」 袁本、茶陵本無「謂」字。

舒、隤敳、檮戭、大臨、尨降、庭堅、仲容、叔達，謂之八凱；高辛氏有才子八人：伯奮、仲堪、叔獻、季仲、伯虎、仲熊、叔豹、季狸，謂之八元。高祖少連，夙秉高尙，王僧孺范氏譜曰：汪生少連。所富者義，所乏者時，富義謂段干木，已見魏都賦。漢書，文帝曰：惜李廣不逢時。薄宦東朝，謝病下邑。王僧孺范氏譜曰：少連，太子舍人，餘杭令。先志不忘，愚臣是庶。且去歲冬初，國學之老博士耳，今茲首夏，將亞冢司，劉璠梁典曰：齊永元初，雲為廣州刺史，因廢家居。久之，為國子博士。梁書曰：天監元年，雲遷散騎常侍，吏部尚書。雖千秋之一日九遷，荀爽之十旬遠至，東觀漢記，馬援與揚廣書曰：車丞相高寢郎[68]，一月九遷為丞相者，知武帝恨誅衛太子，上書訟之。然日當為月字之誤也。范曄後漢書，荀爽，字慈明。獻帝即位，董卓輔政，徵爽，爽欲遁，吏持之急，不得去，因復就拜平原相。行至宛陵，復追為光祿勳。視事三日，進拜司空。爽自被徵命，及登台司，九十五日。方之微臣，未爲速達。臣雖無識，惟利是視，至於虧名損實，爲國爲身，尚書，伊尹曰：臣為上為德，為下為民。知其不可，不敢妄冒。

陛下不棄菅蒯，愛同絲麻。左氏傳，君子曰：詩云：雖有絲麻，無棄菅蒯；雖有姬姜，無棄憔悴。儻平生之言，猶在聽覽，宿心素志，無復貳辭，嵇康幽憤詩曰：內負宿心。王隱晉書：甄彬奏曰：不宜違人之素志。矜臣所乞，特迴寵命，則彝章載穆，微物知免[69]。臣今在假，不容詣省，不任荷懼之至，謹奉表以聞。臣雲誠惶以下。

---

68 注「車丞相高寢郎」 袁本、茶陵本「高」下有「祖園」二字。此脩改去之。案：有者是也。

69 「微物知免」 袁本、茶陵本云「免」善作「表」。案：此或所見不同，否則尤校改之耳。

為蕭揚州薦士表[70]

蕭子顯齊書曰：始安王遙光為揚州刺史。劉璠梁典曰：齊建武初，有詔舉士，始安王表薦琅邪王暕及王僧孺。

任彥昇

臣王言：臣聞求賢暫勞，垂拱永逸，呂氏春秋曰：賢主勞於求人，而佚於治事。方之疏壤，取類導川。孟子曰：舜使禹疏九河，禹掘地而注之海。國語，太子晉曰：伯禹疏川導滯。伏惟陛下，道隱旒纊，信充符璽，老子曰：大象無形，道隱無名。河上公注曰：道潛隱，使人無能指名也。大戴禮，孔子曰：古者絻而前旒，所以蔽明也，黈絖塞耳，所以掩聽也。絻，古冕字；絖，古纊字，音義並同。莊子曰：聖人治天子，為符璽以信之。六飛同塵，五讓高世。漢書，爰盎謂文帝曰：陛下有高世之行三：陛下從代乘六乘傳，馳不測之淵，雖賁、育之勇，不及陛下；陛下至代邸，西向讓天子者三，南向讓者再，夫許由一讓，而陛下五以天下讓，過許由四矣。又曰：今陛下騁六飛，馳不測。老子曰：和其光而同其塵[71]。白駒空谷，振鷺在庭，白駒，已見桓元子薦譙元彥表。毛詩曰：振鷺于飛，于彼西雍；我客戾止，亦有斯容。猶懼隱鱗卜祝，藏器屠保。司馬遷書曰：僕之先人，文史星歷，近乎卜祝之間。易曰：君子藏器於身，待時而動。鶡冠子曰：伊伊酒保，太公屠牛，海內荒亂，立為世師。物色關下，委裘河上，列仙傳曰：關令尹喜內學，老子西遊，先見其氣，知真人當過，物色而遮之，果得老子。晏子曰：治天下若委裘，用賢委裘之實，桓公聽管仲，而趙襄子信王登，此之謂委裘。然委裘，謂用賢也。神仙傳曰：河上公，莫知其姓名也，嘗讀老子道德經，漢孝文帝駕從而詣之。非取製於一狐，諒求味於兼采。王褒講德論曰：千金之裘，非一狐之腋。[72]張璠易注序曰：蜜蜂以兼采為味。五聲倦響，九工是詢，鬻子曰：昔者大禹治天下，以五聲聽治。九工，已見王元長策秀才文。寢議廟堂，借聽輿

---

70 「為蕭揚州薦士表」 袁本、茶陵本「薦」上有「作」字。案：尤本脫。

71 注「老子曰和其光而同其塵」 袁本作「同塵，已見上文」。茶陵本複出，非。

72 注「王褒」下至「非一狐之腋」 袁本作「一狐，已見上文」。茶陵本複出，非。

阜。說苑，晉東郭氏曰：肉食者失計於廟堂，藿食得不肝腦塗地？班固漢書匈奴贊曰：漢興，忠言嘉謀之臣，相與議事於廟堂之上。左氏傳曰：晉侯聽輿人之誦。輿阜，已見射雉賦。臣位任隆重，義兼家邦，實欲使名實不違，儌倖路絕，鄧析子曰：循名責實，君之事也；奉法宣令，臣之職也。儌倖，已見李令伯表。勢門上品，猶當格以清談；說苑，晏子曰：陂池之魚，入於勢門。謝靈運宋書序曰[73]：下品無高門，上品無賤族。王隱晉書曰：祖約清談平裁，老而不倦。英俊下僚，不可限以位貌。左太沖詠史詩曰：世冑躡高位，英俊沈下僚。

竊見祕書丞琅邪臣王暕，年二十一，字思晦。七葉重光，海內冠冕，梁書曰：儉子暕，字思晦。何之元梁典曰：侍中領右驍騎王騫，字思晦，太尉文憲公長子也。左僕射王暕，字思寂，文憲公次子也。王筠為騫碑，亦云騫字思晦。據此及梁書，明梁典及碑誤也。晉中興書曰：王祥弟覽，覽生導，導生洽，洽生珣，珣生曇首。沈約宋書曰：王僧綽，曇首長子，遇害，子儉嗣也。尚書曰：宣重光。晉中興書：庾冰疏曰：臣因循家寵，冠冕當世。神清氣茂，允迪中和，淮南子曰：神清者嗜欲不能亂。蔡洪張錡狀曰：錡資氣早茂，才幹足任。尚書曰：允迪厥德。禮曰：以樂德教國子，中和祇庸孝友。叔寶理遣之談，彥輔名教之樂，臧榮緒晉書曰：衛玠，字叔寶，好言玄理，拜太子洗馬。常以人有不及，可以情恕；非意相干，可以理遣，故終身不見喜慍之容。世說曰：王平子、胡母彥國諸人，昔以放任為達，或去衣裸體。樂廣曰：名教中自有樂地，何為乃爾。故以暉映先達，領袖後進。孫盛晉陽秋曰：裴秀有風操，十餘歲，時人為之語曰：後進領袖有裴秀。居無塵雜，家有賜書，韋昭吳書曰：劉基不妄交遊，門無雜賓。漢書曰：班彪幼與兄嗣共遊學，家有賜書，好古之士，自遠方至。辭賦清新，屬言玄遠，陸機陸雲別傳曰：雲亦善屬文，清新不及機，而口辯持論過之。臧榮緒晉書曰：阮籍雖放誕不拘禮教，然發言玄遠。室邇人曠，物疎道親。毛詩曰：其室則邇，其人甚遠。

73 注「謝靈運宋書序曰」何校「宋」改「晉」，陳同，是也。各本皆誤。

尹文子曰：處名位，雖不肖，不患物不親己；在貧賤，不患物不疏己[74]。親疏係乎勢利，不係乎不肖與仁賢也。養素丘園，台階虛位。養素，已見謝宣遠送孔令詩。庠序公朝，萬夫傾望。孟子曰：夏曰秋，殷曰序，周曰庠，學則三代共之。[75]曹植求通親親表曰：執政不廢於公朝。豈徒荀令可想，李公不亡而已哉！臧榮緒晉書曰：荀顗，字景倩，潁陽人也，魏太尉彧之第六子。黃初末，除中郎，高祖輔政，見顗，異之，曰：顗，令君之子也；近見袁侃，亦曜卿之子也。皆有父風。范曄後漢書曰：李固，字子堅，漢中郡南鄭人，司徒郃之子。少好學，四方有志之士[76]，多慕其風而來學。京師咸歎曰：是復為李公矣。

前晉安郡候官令東海王僧孺，年三十五，字僧孺，理尚棲約，思致恬敏。劉璠梁典曰：王僧孺，字僧孺，東海郯人。六歲解屬文。梁興，除鎮軍記室，稍遷蘭陵太守，卒於諮議。既筆耕為養，亦傭書成學。東觀漢記曰：班超家貧，為官傭寫書，投筆歎曰：丈夫獨不效傅介子立功絕域之地以封侯，安久筆耕乎！東觀漢記，耕[77]或為研。范曄漢書曰[78]：班超為官傭書以供養。吳志曰：闞澤，字德潤，會稽人。家世農夫，至澤好學，無以資，常為人傭書，以供紙筆，所寫既畢，誦讀亦徧。至乃集螢映雪，編蒲緝柳。檀道鸞晉陽春秋曰[79]：車胤，字武子，學而不倦。貧不常得油，夏月則練囊盛數十螢火，以夜繼日焉。孫氏世錄曰：孫康家貧，常映雪讀書，清介交遊不雜。漢書曰：路溫舒取澤中蒲截為牒，編用寫書。楚國先賢傳曰：孫敬到洛，在太學左右一小屋安止母，然後入學。編楊柳簡以為經。先言往行，

---

74 注「在貧賤不患物不疏己」　何校「賤」下添「雖仁賢」三字，陳同，是也。各本皆脫。

75 注「孟子曰」下至「學則三代共之」　袁本作「庠序，已見上文」。茶陵本複出，非。

76 注「四方有志之士」　袁本、茶陵本無「有志」二字。

77 注「東觀漢記耕」　袁本、茶陵本無「漢」字。

78 注「范曄漢書曰」　何校「漢」上添「後」字，是也。各本皆脫。

79 注「晉陽春秋曰」　袁本無「春」字，是也。茶陵本亦衍。何校「晉」上添「續」字，同前。

人物雅俗，易曰：君子多識前言往行，以畜其德。孫綽子，或問人物，曰：察虛實，審真偽，斷成敗，定終始，斯可謂之人物矣。雅俗，已見范雲讓表。甘泉遺儀，南宮故事，胡廣漢官制度曰：天子出，車駕次第，謂之鹵簿。長安時，出祠天於甘泉用之。名曰甘泉鹵簿。范曄後漢書曰：鄭弘為尚書令，弘前後所陳，有補益，著之南宮，以為故事。畫地成圖，抵掌可述。漢書，張安世子千秋為中郎將，將兵擊烏桓還，謁大將軍霍光，問戰鬬方略，山川形勢，千秋口對兵事，畫地成圖，無所忘失。戰國策曰：蘇秦說趙王，抵掌而言。豈直鼮廷鼠有必對之辯，竹書無落簡之謬。摯虞三輔決錄注曰：竇攸舉孝廉，為郎。世祖大會靈臺，得鼠如豹文，熒熒光澤，世祖異之，以問羣臣，莫能知者。攸對曰：鼮鼠也。詔問何以知之，攸對曰：見爾雅。詔案秘書，如攸言，賜帛百匹。張騭文士傳曰：人有嵩山下得竹簡一枚，兩行科斗書，人莫能識。張華以問束晳，晳曰：此明帝顯節陵策文。驗校果然。朝廷士庶，皆服其博識。暕坐鎮雅俗，弘益已多；儕孺訪對不休，質疑斯在。班固漢書董仲舒述曰：讜言訪對，為世純孺。太玄經曰：爰質所疑。宋衷曰：質，問也。並東序之秘寶，瑚璉之茂器。書曰：大玉、夷玉、天球、河圖，在東序。典引曰：御東序之祕寶。論語，子貢問曰：賜也何如？子曰：汝器也。曰：何器也？曰：瑚璉也。誠言以人廢，而才實世資。論語，子曰：君子不以言舉人，不以人廢言[80]。解嘲曰：鄒衍頡頏而取世資。班固漢書翟方進述曰：用合時宜，器周世資。臨表悚戰，猶懼未允，不任下情。云云。

為褚諮議蓁讓代兄襲封表

任彥昇

蕭子顯齊書曰：褚蓁，字茂緒，為義興太守，改封巴東郡，表讓封賁子霽，詔許之。官至前將軍，卒。然此表與集詳略不同，疑是藁本，辭多冗長。

臣蓁言：昨被司徒符，仰稱詔旨，許臣兄賁所請，以臣襲封南康郡公。臣門籍勳

80 注「論語子曰」下至「不以人廢言」袁本此十六字作「不以人廢言，已見上文」九字。茶陵本複出。非。

蔭，光錫土宇。臣賁世載承家，允膺長德。蕭子顯齊書曰：褚淵長子賁，字蔚先，官歷散騎常侍，上表稱疾，讓封與弟蓁。國語曰：祭公謀父曰：奕世載德。韋昭曰：載，成也。易曰：開國承家，小人勿用。左氏傳，王子朝曰：王后無嫡，則擇立長，年鈞以德，德鈞以卜。而深鑒止足，脫屣千乘。老子曰：知足不辱，知止不殆。[81]吳都賦曰：輕脫屣於千乘。遂乃遠謬推恩，近萃庸薄。能以國讓，弘義有歸。左氏傳，公子魚曰：能以國讓，仁孰大焉。匹夫難奪，守以勿貳。昔武始迫家臣之策，陵陽感鮑生之言，張以誠請，丁爲理屈。東觀漢記曰：張純，字伯仁，建武初先詣闕，封武始侯，子奮，字穉通，兄根，常被病。純病困，勑家丞翕：司空無功，爵不當傳嗣。純薨，大行移書問嗣，翕上書，奪詔封奮，奮上書曰：根不病，哀臣小稱病。今翕移臣。又曰：丁綝為陵陽侯，薨。長子鴻，字季公，讓位於弟盛，逃去。鴻初與九江鮑駿友善，及鴻亡，駿遇於東海，陽狂不識駿。駿乃止讓之曰：今子以兄弟私恩，而絕父不滅之基，可謂智乎？鴻感悟垂涕，乃還就國。且先臣以大宗絕緒，命臣出纂傍統，禮記曰：繼別為宗。鄭玄曰：別子之嫡也，族人尊之，謂之大宗，是宗子也。稟承在昔，理絕終天，天道無終，而云終天，永訣之辭也。徐廣赴謝車騎葬還詩曰：潛壙既掩扉，終天隔幽壤。潘岳哀永逝曰：今奈何兮一舉，邈終天而子不反。永惟情事，觸目崩殞。若使賁高延陵之風，臣忘子臧之節，左傳曰：吳子諸樊既除喪，將立季札。辭曰：曹宣公之卒也，諸侯與曹人不義曹君，將立子臧，子臧去之，遂不為也，以成曹君。君子曰：能守節。君義嗣也，誰敢奸君？有國，非吾節也。札雖不才，願附於子臧之節。是廢德舉，豈曰能賢？左氏傳曰：宋公疾，召大司馬孔父而屬殤公焉。對曰：羣臣願奉馮也。公曰：先君以寡人為賢，使主社稷，若棄德不讓，是廢先君之舉，豈曰能賢？陛下察其丹款，特賜停絕。丹款，已見庾元規表。不然投身草澤，苟遂愚誠耳。謝承後漢書曰：朱寵隱身草澤。不勝丹慊之至，謹詣闕拜表以聞。臣誠惶誠恐以下。

---

81 注「老子曰」下至「知止不殆」袁本作「止足，已見上文」。茶陵本複出，非。

為范始興作求立太宰碑表

任彥昇

吳均齊春秋曰：竟陵文宣王子良薨，西昌侯以天子命假黃鉞太宰。蕭子顯齊書曰：建武中，故吏范雲上表為子良立碑，事不行。

臣雲言：原夫存樹風猷，沒著徽烈，尚書曰：彰善癉惡，樹之風聲。應璩與王將軍書曰：雀鼠雖愚，猶知徽烈。既絕故老之口，必資不刊之書。西征賦曰：兆惟奉明，邑號千人；訊諸故老，造自帝詢。杜預傳序曰：左丘明受經於仲尼，以為經者，不刊之書也。而藏諸名山，則陵谷遷貿；司馬遷書曰：僕誠以著此書，藏諸名山。毛詩曰：高岸為谷，深谷為陵。府之延閣，則青編落簡。劉歆七略曰：孝武皇帝勑丞相公孫弘廣開獻書之路，百年之間，書積如山。故內則延閣廣內祕書之府。又曰：尚書有青絲編目錄。然則配天之迹，存乎泗水之上；素王之道，紀於沂川之側。漢書平紀曰：郊祀高祖以配天。酈善長水經注曰：泗水南有泗水亭。漢高祖廟前有碑，延熹十年立。家語，南宮敬叔曰：孔子生於衰周，贊明易道以為法，或者天將欲素王之乎？何其盛也！沂水南有孔子舊廟，漢、魏以來列七碑，二碑無字。由是崇師之義，擬迹於西河；禮記，曾子謂子夏曰：事夫子於洙、泗之間，退而老西河之上，使西河之人，疑汝於夫子。七略曰：西河、燕、趙之間。尊主之情，致之於堯禹。尊主，謂伊尹也。恥其君不如堯舜，已見曹子建通親親表。禹亦聖帝，故連言之。故精廬妄啓，必窮鐫勒之盛；東觀漢記曰：王阜年十一，辭父母欲出精廬，以尚幼不見聽。荊州圖曰：陰令劉喜，魏時宰縣，雅好博古，教學立碑。君長一城，亦盡刊刻之美。陳寔別傳曰：寔卒，蔡邕為立碑刻銘。然寔為太丘宰，故曰一城也。況乎甄陶周召，孕育伊顏？周公、召公、伊尹、顏回也。典引曰：孕虞育夏，甄殷陶周。

故太宰竟陵文宣王臣某，與存與亡，則義刑社稷[82]；漢書，文帝即位，絳侯為丞相。爰盎進曰：

82 「則義刑社稷」 袁本、茶陵本「刑」作「形」。案：尤本誤。

丞相何如人？上曰：社稷臣。盎曰：絳侯所謂功臣，非社稷臣。社稷臣主存與存，主亡與亡。如淳曰：人主在時與共治，不以主亡而不行其政令也。嚴天配帝，則周公其人。孝經，子曰：孝莫大於嚴父，嚴父莫大於配天，則周公其人也。昔者周公郊祀后稷以配天，宗祀文王於明堂以配上帝。體國端朝，出藩入守，進思必告之道，退無苟利之專，尚書曰：爾有嘉謀嘉猷[83]，則入告爾后于內。公羊傳曰：大夫出境，有可以安社稷利國家者，則專之可也。左氏傳曰：子產曰：苟利社稷，死生以之。五教以倫，百揆時序。尚書，帝曰：契，汝作司徒，敬敷五教在寬[84]。又曰：納于百揆，百揆時序。[85]若夫一言一行，盛德之風；孟子曰：舜聞一善言，見一善行，若決江河，沛然莫之能禦也。易云：日新之謂盛德。琴書藝業，述作之茂，漢書曰：鄭敬，字次都，琴書自樂[86]。禮記曰：作者之謂聖，述者之謂明，明聖者，述作之謂也。道非兼濟，事止樂善，亦無得而稱焉。周易曰：智周萬物，而道濟天下。東觀漢記曰：上嘗問東平王蒼曰：在家何業最樂？蒼對曰：為善最樂。上嗟嘆之。論語曰：齊景公有馬千駟，死之日，民無德而稱焉。[87]

人之云亡，忽移歲序，詩曰：人之云亡，邦國殄瘁。鴟鴞東徙，松檟成行。言成王未知周公之意，類鬱林之嫌子良；而周公有居攝之情，由子良有代宗之議，故假鴟鴞以喻焉。吳均齊春秋曰：鬱林王即位，子良謝疾不視事，帝嫌之。又潘勗以仗防之[88]。子良既有代宗議，憂懼不敢朝事，而子良薨。毛詩序曰：鴟鴞，周公救亂也。成王未知周公之志，乃作詩以遺王。名之曰鴟鴞焉。說苑曰：梟與鳩相遇，鳩曰：子安之？梟曰：我將東徙。鳩曰：何？梟曰：西方之人，皆惡我聲。鳩

---

83 注「爾有嘉謀嘉猷」　袁本、茶陵本無「嘉謀」二字。案：此尤校添也。

84 注「敬敷五教在寬」　袁本重有「五教」二字。案：有者是也。殷本紀重有，孔穎達商頌正義引尚書重有。袁本後鑿去下「五教」二字，茶陵本無，與此同，皆非。

85 注「又曰」下至「百揆時序」　袁本作「百揆，已見上文」六字。茶陵本複出，非。

86 注「漢書曰」下至「琴書自樂」　袁本作「琴書，已見上文」六字。茶陵本複出，非。

87 注「論語曰」下至「民無德而稱焉」　袁本作「無得而稱，已見上文」。茶陵本複出，非。

88 注「又潘勗以仗防之」　陳云「又」，「使」誤，是也，各本皆誤。

曰：子鳴。於是鳴。鳩曰：子改鳴則可，不改子鳴，雖東徙猶惡子也。左傳，伍子胥曰：樹吾墓檟。六府臣僚，三藩士女，蕭子顯齊書曰：子良為輔國將軍、征虜將軍、竟陵王、鎮北將軍、征北將軍、護軍將軍，斯謂六府；子良又為會稽太守、南徐州刺史、又南兗州刺史，斯謂之三藩也。人蓄油素，家懷鉛筆，油素，已見吳都賦。葛龔與梁相牋曰：曹褒寢懷鉛筆，行誦文書。瞻彼景山，徒然望慕。景山，謂墳也。毛詩曰：陟彼景山。劉楨贈五官中郎將詩曰：望慕結不解。昔晉氏初禁立碑，晉令曰：諸葬者不得作祠堂碑石獸。魏舒之亡，亦從班列。而阮略既泯，故首冒嚴科[89]，爲之者竟免刑戮，致之者反蒙嘉嘆。陳留志曰：阮略，字德規，為齊國內史。為政表賢黜惡，化風大行。卒於郡，齊人欲為立碑。時官制嚴峻，自司徒魏舒已下，皆不得立。齊人思略不已，遂共冒禁樹碑，然後詣闕待罪。朝廷聞之，尤嘆其惠。至於道被如仁，功參微管，本宜在常均之外。如仁、微管，並見上傳季友修張良教[90]。故太宰淵、丞相嶷，親賢並軌，卽爲成規。褚淵碑卽王儉所制。蕭子顯齊書曰：豫章文獻王嶷，字宣儼，薨，贈丞相。南陽樂藹為建立碑，第二子恪[91]，託沈約及孔稚珪為文。乞依二公前例，賜許刊立。寧容使長想九原，樵蘇罔識其禁；駐驆長陵，輶軒不知所適。禮記曰：趙文子與叔譽觀乎九原，文子曰：死者如可作也，吾誰與歸？[92]戰國策，顏蠋謂齊王曰[93]：秦攻齊，令曰：敢有去柳下季墓五十步樵采者，罪死不赦。東觀漢記，和帝詔曰：高祖功臣，蕭、曹為首，朕望長陵東門，見二臣之隴，感焉。

---

89 「故首冒嚴科」　何校云「故」下疑有脫文。案：所說是也。何意謂此當云「故吏」、「故民」之類，未知所脫果何文耳。今無以補之。

90 注「修張良教」　何校「良」下添「廟」字，陳同，是也。袁本亦脫。茶陵本複出，非。

91 注「第二子恪」　陳云「子」字當重，是也。各本皆脫。

92 注「禮記曰」下至「吾誰與歸」　袁本作「九原，已見上文」。茶陵本複出，非。

93 注「顏蠋謂齊王曰」　袁本、茶陵本「蠋」作「斶」。案：今齊策作「斶」，古今人表作「歜」。「歜」、「斶」同字也，疑「蠋」、「觸」皆「斶」之譌。

臣里閭孤賤，才無可甄，值齊網之弘，弛賓客之禁，范曄後漢書曰：建武中，禁網尚寬，諸王既長，各招引賓客。**策名委質，忽焉二紀。**左氏傳，狐突曰：策名委質，其二乃辟。**慮先犬馬，厚恩不答。**列女傳曰：梁寡高行曰：妾之夫不幸早死，先犬馬填溝壑。虞貞節曰：人受命於天而命長，犬馬受命於天而命短，妾之夫反先犬馬死矣。**而弊帷毀蓋，未蓐螻蟻；**禮記，仲尼曰：吾聞之，弊帷不棄，為埋馬也；弊蓋不棄，為埋狗也。戰國策，安陵君謂楚王曰：犬馬臣願得式黃泉，蓐螻蟻。延叔堅戰國策論曰：為王先用填黃泉，為王作蓐，以御螻蟻。**珠襦玉匣，遽飾幽泉。**西京雜記曰：漢帝及諸侯王送□死，皆珠襦玉匣。匣形如鎧甲，連以金縷，皆鏤為蛟龍[94]鸞鳳龜龍之形，所謂交龍玉匣。**陛下弘獎名教，不隔微物，使臣得駿奔南浦，長號北陵。**南浦迎喪，北陵送葬。**既曲逢前施，實仰覬後澤。儻驗杜預山頂之言，庶存馬駿必拜之感。**襄陽記曰：杜元凱好為身後名，常自言百年後必高岸為谷，深谷為陵。作二碑敘其平吳勳，一沈萬山下，一沈峴山下，謂參佐曰：何知後代不在山頭乎？臧榮緒晉書曰：扶風王駿，字子臧，宣帝第七子也，都督雍、涼州諸軍事。後薨，民吏樹碑讚述德範。長老見□碑[95]，無不拜之。言其遺愛如此。**臨表悲懼，言不自宣。臣誠惶已下。**

---

94 注「皆鏤為蛟龍」 袁本、茶陵本「蛟」作「交」，是也。

95 注「長老見碑」 袁本、茶陵本「碑」下有「者」字。案：此脩改去之。

卷第三十九

上書

上書秦始皇

李斯

史記曰：李斯者，楚上蔡人也。西說秦，秦拜斯為客卿。會韓使鄭國來間秦，以作溉渠，已而覺，秦室大臣皆言秦王曰：諸侯人來秦者，秖為其主游間秦耳。請一切逐客。李斯議亦在逐中。斯乃上書。秦王乃除逐客之令，復李斯官。始皇帝以斯為丞相。後二世[1]具斯五刑論，腰斬咸陽市。

臣聞吏議逐客，竊以爲過矣。昔穆公求士，西取由余於戎，史記曰：戎王使由余於秦，秦後歸由余。繆公又使人間要由余，遂去降秦。繆公以客禮禮之。**東得百里奚於宛，**史記曰：晉獻公以百里奚為秦穆公夫人媵於秦。百里奚亡秦走宛，楚之鄙人執之。繆公聞百里奚，欲重贖之，恐楚子不許，以五羖羊皮贖之。楚人許，與之。繆公與議國事，大悅，授之國政。**迎蹇叔於宋，**史記曰：百里奚謂繆公曰：臣不及臣友蹇叔賢，而世莫知。繆公使人厚幣迎蹇叔，以為上大夫。**來丕豹公孫支於晉。**左氏傳曰：晉郤芮、丕鄭、丕豹奔秦。又曰：秦伯謂公孫支曰：夷吾其定

---

1 注「後二世」 袁本、茶陵本此三字作「及二世信趙高之譖」八字。案：此節注袁幷善入五臣，茶陵幷五臣入善，即尤亦恐非其舊，今不具論。

乎？對曰：今其言多忌克，難哉！杜預曰：公孫支，秦大夫子桑也。此五子者，不產於秦，穆公用之，并國三十，遂霸西戎。史記曰：秦用由余謀，伐戎王，益國十二，開地千里，遂霸西戎。孝公用商鞅之法，移風易俗，民以殷盛，國以富彊，百姓樂用，諸侯親服，史記曰：獻公卒，子孝公立。又曰：衛鞅西入秦說孝公變法修刑，內務耕稼，外勵戰死之士，賞罰三年，百姓便之，天子致胙，諸侯畢賀也。獲楚魏之師，舉地千里，至今治彊。史記曰：衛鞅將兵圍魏安邑，降之。又曰：衛鞅擊魏公子卬，封鞅為列侯，號商君。卬，五剛切。惠王用張儀之計，拔三川之地，西并巴蜀，北收上郡，南取漢中，史記曰：孝公卒，子惠文君立。又曰：惠文君八年，張儀復相秦，攻韓宜陽，降之。云孝王[2]十年，納魏上郡。張儀伐蜀，滅之[3]。又攻楚漢中，取地六百里，置漢中郡。史記云孝王納上郡，此云惠王，疑此誤也[4]。又曰：武王立，張儀死。武王謂甘茂曰：寡人欲通車三川，窺周室。使甘茂伐宜陽，拔之。然通三川是武王，張儀已死，此云惠王用張儀之計拔三川，疑此誤也。三川，韓界也。宜陽，韓邑也[5]。包九夷，制鄢郢，九夷屬楚夷也。鄢、郢，楚二縣也。蓋秦令人據之也。東據成皋之險，割膏腴之壤，成皋，縣名，周之東境。遂散六國之從，六國：韓、魏、燕、趙、齊、楚也。漢書音義，文穎曰：關東為從。使之西面事秦，功施到今。史記曰：惠王卒，韓、魏、齊、楚皆賓從。昭王得范睢，廢穰侯，逐華陽，史記曰：孝

---

2 注「又曰惠文君八年張儀復相秦攻韓宜陽降之云孝王」　案：此二十一字決非善注，不知何時竄入。考張儀復相，後八年也。秦本紀、六國表、韓世家皆並無「攻韓宜陽，降之」之事，善烏由為此語。況下方引「甘茂伐宜陽」而疑書誤。若果有此語，便是無疑，彌乖刺難通矣。各本皆同，其謬已久，今特訂正。袁、茶陵二本「王」作「公」，下同。說見於下。

3 注「十年納魏上郡張儀伐蜀滅之」　案：依史記當作「十年，張儀相秦，魏納上郡。八年，張儀復相秦，伐蜀，滅之」。此注全為人所改，各本皆同，絕非善舊矣。

4 注「史記云孝王納上郡此云惠王疑此誤也」　案：此十六字決非善注，不知何時竄入。考魏納上郡在惠文君十年，秦本紀、六國表、魏世家明文鑿鑿，了無異說，善何由為此語？各本皆同，其謬已久，今特訂正。

5 注「宜陽韓邑也」　袁本、茶陵本無此五字。

王卒[6]，立異母弟為昭襄王。又曰：穰侯魏冉者，秦昭王母宣太后之弟。太后二弟，其異父長弟曰穰侯，姓魏氏，名冉；同父弟曰羋戎，為華陽君。魏冉為相國，范雎說秦昭王，言穰侯權重諸侯。昭王乃免相國，逐華陽君關外。彊公室，杜私門，蠶食諸侯，使秦成帝業。春秋保乾圖曰：光覽害，蠶食天下。高誘淮南子注曰：蠶食無餘也。此四君者[7]，皆以客之功。由此觀之，客何負於秦哉！負，猶累也。向使四君却客而弗納，疎士而弗用，是使國無富利之實，而秦無彊大之名也。

今陛下致昆山之玉[8]，有和隨之寶，新序，固桑對晉平公曰：夫劍產於越，珠產於江南，玉產於昆山，此三寶皆無足而致。墨子曰：和氏之璧，隨侯之珠。垂明月之珠，服太阿之劍，越絕書曰：楚王召歐冶子干將作鐵劍二枚，一曰太阿。乘纖離之馬，建翠鳳之旗，樹靈鼉徒河切之鼓。孫卿曰[9]：纖離、蒲梢，皆馬名。鄭玄禮記注曰：鼉皮可以冒鼓。此數寶者，秦不生一焉，而陛下悅之何也[10]？必秦國之所生然後可，則夜光之璧不飾朝廷，犀象之器不爲玩好，而趙衛之女不充後庭，駿良駃決騠啼不實外廄，周書曰：正北以駃騠為獻。廣雅曰：駃，馬屬[11]。江南金錫不爲用，西蜀丹青[12]不爲采。所以飾後宮充下陳下陳，猶後列也。晏子曰：有二女願得入身於下陳。娛心意悅耳目者，必出於秦然後可，則是宛於元切珠之簪，傅璣之珥，阿縞之衣，錦繡之飾，不進於前；言以宛珠飾簪，以璣傅珥也。

---

6 注「孝王卒」　茶陵本「孝」作「武」，是也。袁本亦誤「孝」。
7 「此四君者」　袁本、茶陵本無「者」字。案：史記有。尤添之也。
8 「致昆山之玉」　袁本、茶陵本「昆」作「崐」。案：史記作「昆」，尤改之也。注引新序作「昆」，或善自是「昆」字。
9 注「孫卿曰」　袁本「卿」下有「子」字，是也。茶陵本亦脫。
10 「而陛下悅之何也」　袁本、茶陵本無「何也」二字。案：史記有。尤添之也。
11 注「駃馬屬」　案：「駃」下當有「騠」字。各本皆脫。
12 「西蜀丹青」　袁本、茶陵本「西蜀」作「蜀之」。案：史記作「西蜀」。尤改之也。

說文曰：珥，瑱也。徐廣曰：齊之東阿縣，繒帛所出者也。此解阿義與子虛不同，各依其說而留之。舊注既少不足稱，臣以別之。他皆類此。而隨俗雅化，佳治窈窕，趙女不立於側也。隨俗雅化，謂閑雅變化而能隨俗也。

夫擊甕叩缶，彈箏搏髀，而歌呼嗚嗚快耳者[13]，眞秦之聲也；說文曰：甕，汲瓶也，於貢切。說文曰：缶，瓦器，秦鼓之以節樂。缶，甫友切。鄭衛桑間韶虞武象者，異國之樂也。禮記曰：鄭、衛之音，亂世之音也。又曰：桑間、濮上，亡國之音也。樂動聲儀曰：舜樂曰簫韶。又曰：周樂伐時曰武象。宋均曰：武象，象伐時用干戈。徐廣曰：韶，一作昭。今棄叩缶擊甕[14]而就鄭衛，退彈箏而取韶虞，若是者何也？快意當前，適觀而已矣。今取人則不然，不問可否，不論曲直，非秦者去，爲客者逐。然則是所重者在乎色樂珠玉[15]，而所輕者在乎民人也[16]。此非所以跨海內制諸侯之術也。

臣聞地廣者粟多，國大者人眾，兵彊者則士勇。是以太山不讓土壤，故能成其大；河海不擇細流，故能就其深；管子曰：海不辭水，故成其大；山不辭土石，故能成其高。王者不却眾庶，故能明其德。文子曰：聖人不讓負薪之言，以廣其名。是以地無四方，民無異國，四時充美，鬼神降福，此五帝三王之所以無敵也。今乃棄黔首以資敵國，郭象莊子注曰：資者，給齎之謂。却賓客以業諸侯，使天下之士退而不敢西向[17]，裹足不入秦。此所謂藉寇兵而齎

13「而歌呼嗚嗚快耳者」　袁本、茶陵本無「呼」字。案：史記有。尤添之也。

14「今棄叩缶擊甕」　袁本、茶陵本無「叩缶」二字。案：史記有，在「擊甕」下。尤添倒耳。

15「在乎色樂珠玉」　袁本、茶陵本無「珠玉」二字。案：史記有。尤添之也。

16「在乎民人也」　袁本、茶陵本無「也」字。案：史記有。尤添之也。

17「退而不敢西向」　袁本、茶陵本無「向」字。案：史記有。尤添之也。

盜糧者也。戰國策，范雎說秦王曰：此所謂藉賊兵而齎盜食者也。說文曰：齎，持遺也。夫物不產於秦，可寶者多；士不產於秦，願忠者眾。今逐客以資敵國，損民以益讎，內自虛而外樹怨諸侯[18]，求國無危，不可得也。

上書吳王

鄒陽 漢書曰：鄒陽，齊人也。陽事吳王濞。王以太子事，陰有邪謀。陽奏書諫，為其事尚隱，惡不指斥言[19]，故先引秦為喻，因道胡、越、齊、趙之難，然後乃致其意。

臣聞秦倚曲臺之宮應劭曰：始皇帝所治處也，若漢家未央宮也。三輔黃圖曰[20]：未央有曲臺殿。懸衡天下，如淳曰：衡，猶稱之衡也。言其懸法度於其上。申子曰：君必有明法正義，若權衡以稱輕重，所以一羣臣也。畫地而人不犯，兵加胡越；至其晚節末路，張耳陳勝連從子容兵之，據以叩函谷，咸陽遂危。史記曰：陳勝，字涉，陽城人也。勝為王，號為張楚，西擊秦。又曰：張耳，大梁人也，陳勝起蘄，以耳為校尉。廣雅曰：據，引也，言相引以為援也。何則？列郡不相親，萬室不相救也。今胡數涉北河之外，史記曰：秦惠王遊至北河。徐廣曰：戎地之河上也。上覆飛鳥，下不見伏兔，蘇林曰：覆，盡也。言胡上射飛鳥，下盡地之伏兔。鬬

---

18 「而外樹怨諸侯」 袁本、茶陵本「外」下有「以」字。案：史記無。尤刪之也。

19 注「惡不指斥言」 何校去「不」字，陳同，是也。袁本亦衍。茶陵本下又有「欲」字，并善入五臣耳。

20 注「三輔黃圖曰」 袁本「三」上有「善曰」二字，是。茶陵本移每節首，非。下「申子曰」上，「漢書曰：文帝閔濟北」上，「二郡謂城陽」上，「漢書曰：上憐淮南王」上，「以孟康解其文」上，「湛，今沈字也」上，「言高祖燒所涉之棧道也」上，同。又每節首非舊注者，亦當有也。

城不休，救兵不至[21]，死者相隨，輦車相屬，轉粟流輸去，千里不絕。鄭玄禮記注曰：流，猶行也。何則？彊趙責於河間，應劭曰：趙幽王為呂后所幽死，文帝立其長子遂為趙王，取趙之河間，立弟辟彊為河間王，至子哀王無嗣，國除。遂欲復還得河間也。六齊望於惠后，孟康曰：高后割濟南郡，為呂王台奉邑，又割琅邪郡，封營陵侯劉澤為琅邪王，文帝乃立悼惠王六子為王。言六齊不保今日之恩，而追怨惠帝與呂后。漢書曰：文帝閔濟北逆亂自滅，盡封悼惠王諸子為列侯。後齊文王薨，無子，於是分齊為六：將閭為齊王，惠為濟北王，賢為淄川王，雄渠為膠東王，卬為膠西王，辟光為濟南王也。城陽顧於盧博，孟康曰：城陽王喜也。喜父章與弟興居討諸呂有功，本當盡以趙地王章，梁地王興居，文帝聞其欲立齊王，更以二郡王之。章失職，歲餘薨。興居誅死。盧博，濟北王治處，喜故顧念而怨也。二郡，謂城陽，章所封；濟北，興居所封。興居誅死，故喜顧念而恨也。泰山郡有博縣濟北縣。三淮南之心思墳墓。張晏曰：淮南厲王三子為三王，念其父見遷殺也。漢書曰：上憐淮南王不軌，上乃立厲王三子：安為淮南王，敖為衡山王，賜為盧江王。大王不憂，臣恐救兵之不專，孟康曰：不專救漢也。如淳曰：皆自私怨宿憤，不能為吳也。若吳舉兵反，天子來討，謂四國但有意，不敢相救也。以孟康解其文，故言不專救漢；如淳解其意，故云不能為吳。二說相成，義乃可明。胡馬遂進窺於邯鄲，越水長沙，還舟青陽。蘇林曰：青陽，水名也[22]。言胡、越水陸共伐漢也。善曰：此同孟康之義也。張晏曰：還舟，聚舟也。言胡為趙難，越為吳難，不可恃也。善曰：此微同如淳之說。秦始皇本紀曰：荊王獻青陽之田，已而背約，要擊我南郡。雖使梁并淮陽之兵，下淮東，越廣陵，以遏越人之糧；漢亦折西河而下，北守漳水以輔大國；胡亦益進，越亦益深。此臣之所爲大王患也。善曰：大國，謂趙也。陽假言吳思助漢，今胡、越俱來伐之，漢雖復使梁并淮陽之兵，以遏越人糧，漢截西河以下，而助於趙，終無所益。故胡亦益進，越亦益深，此

---

21 「救兵不至」　袁本、茶陵本「至」作「止」。案：「止」字是也。漢書作「止」。此尤本誤。

22 注「青陽水名也」　袁本、茶陵本無此五字。案：二本所載五臣銑注有之，尤誤取增多耳。

臣為大王患也。然其意欲破吳計。雖使當為乃使，越人當為吳人，輒當為禦[23]。言吳、趙欲來伐漢，漢乃使梁幷淮陽之兵，以止吳人之糧，漢截西河，以禦於趙。如此則趙不得進，吳不得深。陽惡指斥，故假胡、越錯亂其辭。自此以下，乃致其意焉。

臣聞蛟龍驤首奮翼，則浮雲出流，霧雨咸集。聖王厎節脩德，則游談之士，歸義思名。善曰：厎與砥同，厎，礪也。戰國策，蘇秦說趙王曰：外客游談之士，無敢自進於前。漢書王莽傳曰：遊者為之談說。今臣盡知畢議，易精極慮，如淳曰：改易精思以謀慮之。則無國而不可奸；善曰：爾雅曰：奸，求也[24]。奸與干同。飾固陋之心，則何王之門不可曳長裾乎？然臣所以歷數王之朝，背淮千里而自致者，非惡臣國而樂吳民，竊高下風之行，尤悅大王之義。善曰：新序，公孫龍謂平原君曰：臣居魯則聞下風，高先生之知，悅先生之行。故願大王無忽，察聽其至。善曰：劉瓛周易注曰：至，極也，謂極言之[25]。

臣聞鷙至鳥累百，不如一鶚。孟康曰：鶚，大鵰也。如淳曰：鷙鳥比諸侯，鶚比天子。夫全趙之時，服虔曰：全趙，趙未分之時。應劭曰：後分為三。武力鼎士，袨縣服叢臺之下者，一旦成市，服虔曰：袨服[26]，大盛玄黃服也。臣瓚以為鼎士，舉鼎之士；叢臺，趙王之臺。不能止幽王之湛患，韋昭曰：高帝子幽王友也，呂后殺之。湛，今沉字也。淮南連山東之俠，死士盈朝，不能還厲王之西也。善曰：漢書曰：淮南厲王長

---

23 注「輒當為禦」　案：「輒」當作「輔」，謂正文「以輔大國」之「輔」也。下云「以禦於趙」，顯然可知。正文並無「輒」字。各本皆誤。

24 注「爾雅曰奸求也」　案：「奸」當作「干」。各本皆誤。

25 注「善曰劉瓛周易注曰至極也謂極言之」　袁本、茶陵本無此十五字。案：二本最是。正文「至」，漢書作「志」，五臣作「至」，善未必與之同。尤增多此注以實之，殊誤。

26 注「服虔曰袨服」　袁本、茶陵本無「服虔曰」。案：二本連上不分節，然則「袨服」以下乃應劭注也。尤分節而以「服虔曰」加之，非。

謀反，廢遷蜀。韋昭曰：徙蜀嚴道。然則計議不得[27]，雖諸賁不能安其位，亦明矣。善曰：左氏傳曰：吳公子光享王，鱄設諸寘劍於魚中以進，抽劍以刺王。說苑曰：勇士孟賁，水行不避蛟龍，陸行不避狼虎。故願大王審畫而已。

始孝文皇帝據關入立，寒心銷志，不明求衣。臣瓚以為文帝入關而立，以天下多難，故乃寒心戰栗，未明而起。自立天子之後，使東牟朱虛東褒儀父之後，應劭曰：天下已定，文帝遣朱虛侯章東喻齊王，嘉其首舉兵欲誅諸呂，猶春秋褒邾儀父者也。深割嬰兒王之。應劭曰：封齊王六子為王，其中有小嬰兒，孝文帝於骨肉厚也。壞子王梁代，益以淮陽。善曰：此言文帝之時，梁王揖、代王參、淮陽王武。後梁王揖早薨，徙武為梁王也。然參、揖皆少，故云壞也。晉灼曰：方言，梁益之間所愛諱其肥盛曰壞也。善曰：方言云[28]：瑋其肥盛。晉書注以瑋為諱[29]。卒僕濟北，囚弟於雍者，豈非象新垣等哉！善曰：漢書曰：濟北王興居聞帝之代，乃反，棘蒲侯擊之，興居自殺。又曰：淮南王道死雍。應劭曰：二國有姦臣如新垣平等，勸王共反也。今天子新據先帝之遺業，善曰：今天子，景帝也。先帝，文帝也。左規山東，右制關中，變權易勢，大臣難知。大王弗察，臣恐周鼎復起於漢，如淳曰：新垣平詐言周鼎在泗水中，臣望東北汾陰有金寶氣，鼎在其中，弗迎則不至。為吳計者，猶新垣平之言，周鼎終不可得也。新垣過計於朝，服虔曰：過，誤也。則我吳遺嗣，不可期於世矣。高皇帝燒棧道，灌章邯，應劭曰：章邯為雍王，高祖以水灌其城，破之。燒棧道，言高祖涉所燒之棧道也[30]。史記曰：張良說漢王

---

27 「然則計議不得」　袁本、茶陵本云「議」善作「謀」。案：此尤改之也。漢書作「議」。

28 注「善曰方言云」　袁本「善曰」二字作「又」，茶陵本作「又曰」。案：此袁是也。

29 注「晉書注以瑋為諱」　何校「書」改「灼」，陳同，是也。各本皆誤。

30 注「言高祖涉所燒之棧道也」　袁本、茶陵本「涉」、「燒」二字互易，是也。

燒絶棧道也。兵不留行，善曰：言攻之易，故不稽留也。收弊人之倦[31]，東馳函谷，西楚大破。張晏曰：項羽自號西楚霸王。水攻則章邯以亡其城，陸擊則荊王以失其地。如淳曰：荊亦楚，謂項王敗走也。此皆國家之不幾者也。孟康曰：言國家不可庶幾得之也。願大王熟察之。

獄中上書自明[32]

鄒陽

漢書曰：陽以吳王不可說，去之梁，從孝王遊。羊勝、公孫詭等疾陽，惡之於孝王。孝王怒陽，下獄吏，將殺之。陽乃從獄中上書。書奏，孝王立出之，卒為上客。

臣聞忠無不報，信不見疑，臣常以爲然，徒虛語耳！昔者荊軻慕燕丹之義，白虹貫日，太子畏之；如淳曰：白虹，兵象。日為君。善曰：畏，畏其不成也。列士傳曰：荊軻發後，太子相氣，見白虹貫日，不徹，曰：吾事不成矣。後聞軻死[33]，太子曰：吾知其然也。衛先生爲秦畫長平之事，太白食昴，昭王疑之。蘇林曰：白起為秦伐趙，破長平軍，欲遂滅趙，遣衛先生說昭王益兵糧，為應侯所害，事用不成，其精誠上達於天，故太白為之食昴。昴，趙分也，將有兵，故太白食。食者，干歷也[34]。如淳曰：太白，天之將軍也。夫精誠變天地，而信不諭兩主，豈不哀哉！今臣盡忠竭誠，畢議願知，張晏曰：盡其計議，願王知也。左右不明，卒從吏訊，爲世所疑。張晏曰：左右不明，不敢斥主也。訊，考三日問之，知與前辭同不也。是使荊軻衛先

31 「收弊人之倦」　袁本、茶陵本「弊」作「敝」，云善作「蔽」。案：此尤改之也。漢書作「弊」。烈士傳正有，可借為證。

32 「獄中上書自明」　袁本、茶陵本「獄中」作「於獄」。案：此疑善、五臣之異，二本不著校語，無以考也。

33 注「後聞軻死」　袁本、茶陵本「死」下有「事」字。

34 注「干歷也」　袁本「歷」下有「之」字，是也。漢書顏注引有，史記集解引亦有。茶陵本幷入五臣無，非。

生復起，而燕秦不寤也[35]。願大王熟察之。

昔玉人獻寶，楚王誅之；善曰：韓子曰：楚人和氏得璞玉於楚山之下，奉而獻之武王，武王使人相之，玉人曰：石也。王刖和左足。武王薨，成王即位，和又獻之，玉人又曰：石也。刖其右足。李斯竭忠，胡亥極刑。善曰：史記曰：始皇以李斯為丞相。始皇崩，胡亥立，斯具五刑者也。是以箕子陽狂，接輿避世，恐遭此患。善曰：史記曰：紂亂不止，箕子懼，乃佯狂為奴。論語曰：楚狂接輿歌而過孔子曰：鳳兮鳳兮，何德之衰！願大王察玉人、李斯之意，而後楚王胡亥之聽，善曰：以其計謬，故令後之。毋使臣爲箕子接輿所笑。臣聞比干剖心，子胥鴟夷，善曰：史記曰：比干彊諫，紂怒曰：吾聞聖人心有七竅，剖比干觀其心。又曰：子胥自剄，王乃以子胥尸盛以鴟夷之革，浮之江中。應劭曰：取馬革為鴟夷。鴟夷，榼形。臣始不信，乃今知之。願大王熟察，少加憐焉！

語曰：白頭如新，漢書音義曰：或初不相識相知[36]，至白頭不相知。傾蓋如故。文穎曰：傾蓋，猶交蓋駐車也。善曰：家語曰：孔子之郯，遭程子於塗，傾蓋而語終日，甚相悅。何則？知與不知也。故樊於期逃秦之燕，藉荊軻首以奉丹事；善曰：史記曰：荊軻見樊於期曰：今聞秦購將軍首，金千斤，邑萬家。今有言可以解燕國之患，報將軍之仇首，何如[37]？於期曰：為之奈何？軻曰：願得將軍首以獻秦王，秦王必喜見臣，臣左手把其袖，右手揕其胸。

---

35 「而燕秦不寤也」　袁本、茶陵本「寤」作「悟」。案：史記作「悟」，漢書作「寤」。此尤改之也。後「是以聖王覺悟」未改。史記、漢書皆作「寤」，「寤」即「悟」字。善蓋本作「寤」也。

36 注「初不相識相知」　案：「不」字當在「識」字下。各本皆誤。顏注云「初相識」，即本此。節去「不相知」耳，可借為證。

37 注「報將軍之仇首何如」　案：「首」字不當有。袁、茶陵二本此節注皆幷入五臣，非，仍無此字，疑尤欲補「者」字而誤之。

於期遂自剄。徐廣曰：揕，丁鴆切。王奢去齊之魏，臨城自剄以却齊而存魏。善曰：漢書音義曰：王奢，齊臣也，自齊亡之魏。齊伐魏，奢登城謂齊將曰：今君之來，不過以奢故也。義不苟生以為魏累。遂自剄。夫王奢、樊於期非新於齊秦而故於燕魏也，所以去二國，死兩君者，行合於志，而慕義無窮也。是以蘇秦不信於天下，爲燕尾生；服虔曰：蘇秦於秦不出其信，於燕則出尾生之信也。善曰：史記，蘇秦曰：尾生與女子期於梁下，女子不來，水至不去，抱梁柱而死。白圭戰亡六城，爲魏取中山。張晏曰：白圭為中山將，亡六城，殆欲誅之[38]，亡入魏。文侯厚遇之，還拔中山。何則？誠有以相知也[39]。蘇秦相燕，人惡之於燕王，善曰：惡，謂讒短也[40]。燕王按劍而怒，食以駃騠；孟康曰：敬重蘇秦[41]，雖有讒惡，王更膳以珍奇之味也。白圭顯於中山，人惡之於魏文侯，善曰：言白圭拔中山而尊顯，而人說短於文侯。文侯投以夜光之璧。何則？兩主二臣，剖心析肝相信，豈移於浮辭哉！

故女無美惡，入宮見妬；士無賢不肖，入朝見嫉。昔者司馬喜臏鼻引脚於宋，卒相中山；善曰：戰國策曰：司馬喜三相中山。尚書呂刑曰：臏者，脫去人之臏也。郭璞三蒼解詁曰：臏，膝蓋也。范睢摺脅折齒於魏，卒爲應侯。善曰：史記曰：范睢隨魏中大夫須賈使齊，齊襄王賜范睢金十斤及牛酒。須賈以為持魏國陰事告齊，以告魏相。魏之諸公子魏齊，使舍人笞擊范睢，折脅折齒。睢得出，亡入秦，為應侯。廣雅曰：摺，折也，力合切。此二人者，皆信必然之畫，捐朋黨之私，挾孤獨之交，故不能自免於嫉妬之人也。是以申徒狄蹈雍之河，服虔曰：殷之末世人也。如淳曰：莊周云：申徒狄諫而不聽，負石自投河。善曰：爾雅曰：水自河出

38 注「殆欲誅之」 何校「殆」改「君」，陳同，是也。各本皆誤。漢書顏注、史記集解引皆作「君」。
39 「誠有以相知也」 袁本、茶陵本云「誠」，善作「成」。案：此尤改之也。史記、漢書皆作「誠」。
40 注「謂讒短也」 袁本、茶陵本無「短也」二字。
41 注「敬重蘇秦」 袁本、茶陵本無此四字。

為雍。言狄先蹈雍而後入河也。雍，一龍切。徐衍負石入海，漢書音義曰：徐衍，周之末人也[42]，見列士傳[43]。善曰：論語識曰：徐衍負石，伐子由狸，守分亡身，握石失軀。宋均曰：狸，猶殺也，力之切。不容身於世，新語曰[44]：窮澤之民，身不容於世，無紹介通之[45]。義不苟取比周於朝，以移主上之心。善曰：言皆義不苟取比周朋黨在朝廷，以移主上之心，妄求合也。六韜曰：結連朋黨，比周為權。杜預曰：比，近也；周，密也。故百里奚乞食於路，穆公委之以政；說苑，鄒子說梁王曰：百里奚乞食於路，而穆公委之以政。甯戚飯牛車下，而桓公任之以國。善曰：呂氏春秋曰：甯戚飯牛車下，望桓公而悲，擊牛角疾歌。鄒子說苑[46]，鄒子說梁王曰：甯戚扣輈行歌，桓公任之以國。此二人豈素宦於朝，借譽於左右，然後二主用之哉？感於心，合於意，堅如膠漆，昆弟不能離，豈惑於眾口哉？故偏聽生姦，獨任成亂。昔魯聽季孫之說而逐孔子，善曰：論語曰：齊人饋女樂，季桓子受之，三日不朝，孔子行。宋信子冉之計囚墨翟。文子曰[47]：子罕也。冉，音任。善曰：未詳。夫以孔墨之辯，不能自免於讒諛，而二國以危。何則？眾口鑠金，積毀銷骨。國語，泠州鳩曰：眾心成城，眾口鑠金。賈逵曰：鑠，消也。眾口所惡，金為之銷亡。積毀銷骨，謂積讒[48]。善曰：毀之言，骨肉之親，為

---

42 注「周之末人也」　何校「末」下添「世」字，陳同，是也。各本皆脫。漢書顏注引服虔、史記集解引列士傳正有，可借為證。

43 注「見列士傳」　袁本「見」上有「其姓名」三字，是也。茶陵本亦脫。

44 注「新語曰」　袁本、茶陵本上有「善曰」二字，是也。下「說苑，鄒子說梁王曰」上，「國語，泠州鳩曰」上，同。

45 注「無紹介通之」　袁本、茶陵本無此五字。

46 注「鄒子說苑」　袁本、茶陵本無此四字。案：無者是也。不云說苑，以承上條故耳。

47 注「文子曰」　何校「子」改「穎」，陳同，是也。各本皆誤。案：漢書顏注、史記索隱俱引之。袁、茶陵二本移「善曰」在此上，非。尤校改正之矣。

48 注「積毀銷骨謂積讒」　茶陵本「骨謂積讒」四字作「國亦云銷骨」五字，袁本作「國亦云銷骨也」六字。案：此各本皆有誤，說在下。

之銷滅[49]。是以秦用戎人由余而霸中國，齊用越人子臧而彊威宣。善曰：言齊任子臧，故威、宣二王所以彊盛。史記曰：齊桓公卒，子威王因齊立。威王卒，子宣王辟強立[50]。張晏曰：子臧，越人也[51]。此二國豈拘於俗，牽於世，繫奇偏之辭哉？公聽並觀，垂明當世。善曰：公聽，言無私也[52]。並觀，言無偏也。尸子曰：論是非者，自公心聽之，而後可知也。故意合則胡越爲昆弟，由余子臧是矣[53]；不合則骨肉爲讎敵，朱象管蔡是矣[54]。善曰：史記曰：舜弟象傲帝[55]，常欲殺舜。丹朱，堯子。讎敵，未聞。尚書曰：周公位冢宰，羣叔流言，乃致管叔于商[56]，囚蔡叔于郭鄰。今人主誠能用齊秦之明，後宋魯之聽，則五霸不足侔，三王易爲比也。

是以聖王覺悟，捐子之之心，而不悅田常之賢，善曰：史記曰：燕王噲屬國於子之，子之南面行王事，齊因伐燕。燕王噲死，子之乃亡。又曰：齊田常殺簡公而立平公，平公卽位，田常為相。五年，齊國政皆歸田常。封比干之後，修孕婦之墓，應劭曰：紂刳姙者，觀其胎產。故功業覆於天下。何則？欲善無猒也。

---

49 注「善曰毀之言骨肉之親為之銷滅」　茶陵本「善曰」二字作「又曰讒」三字，袁本作「故聽讒」三字。「滅」下一本有「國亦然也」四字。案：此各本皆有誤。考史記、漢書絕無作「國」者，恐其並非善注。蓋本「積毀銷骨」句別為一節，而於下注「善曰，讒毀之言，骨肉之親，為之銷滅」，合幷六臣，多所增竄。尤之刪改，亦未為是。

50 注「子宣王辟強立」　茶陵本「強」作「彊」，袁本與此同。何校改「彊」，陳同，是也。

51 注「子臧越人也」　案：「人」下當有「蒙字」二字，史記索隱引有，張晏據史記為說也，不知者乃刪之。各本皆誤。正文自云「越人子臧」，決不當以「子臧越人也」作注，甚明。

52 注「言無私也」　袁本、茶陵本無「言」字，是也。下「言無偏也」，同。

53 「由余子臧是矣」　袁本、茶陵本「矣」作「也」，說見下。

54 「朱象管蔡是矣」　茶陵本云五臣作「矣」。袁本云善作「也」。案：史記、漢書皆作「矣」。此尤改之也。

55 注「舜弟象傲帝」　袁本、茶陵本無「帝」字，是也。

56 注「乃致管叔于商」　茶陵本「致」下有「辟」字，是也。袁本有「辟」無「致」，亦非。

夫晉文公親其讎而彊霸諸侯，張晏曰：寺人勃鞮也。善曰：國語曰：初，獻公使寺人勃鞮伐文公於蒲城。文公踰垣，寺人斬其袪。及入，寺人求見。於是呂郤、冀芮畏偪，悔納公，謀作亂。伯楚知之，故求見公。公遽見之，伯楚以呂郤之謀告公。韋昭曰：寺人掌內。袪，袂也。勃鞮字伯楚。齊桓公用其仇而一匡天下。善曰：左傳，寺人披謂晉侯曰：齊桓公置射鉤而使管仲相。論語曰：管仲相桓公，霸諸侯，一匡天下，民到于今受其賜[57]。何則？慈仁殷勤，誠嘉於心，此不可以虛辭借也。至夫秦用商鞅之法，東弱韓魏，立彊天下，而卒車裂之。善曰：商鞅車裂，已見西征賦。越用大夫種之謀，禽勁吳而霸中國，遂誅其身。善曰：史記曰：越王勾踐舉國政屬大夫種。越平吳，以兵北渡淮，東方諸侯畢賀，稱霸王。范蠡乃去，遺大夫種書，種見，稱疾不朝。人或讒種作亂，越王乃賜種劍而自殺。是以孫叔敖三去相而不悔，善曰：史記曰：孫叔敖，楚之處士也。虞丘相進之，三月而相楚。三得相而不喜，知其材自得之也；三去相而不悔，知其非己之罪也。於陵子仲辭三公爲人灌園。善曰：列女傳曰：於陵子終賢，楚王欲以為相，使使者往聘迎之。子終出使者[58]，與其妻逃，乃為人灌園。今人主誠能去驕傲之心，懷可報之意，善曰：言士有功可報者，思必報[59]。披心腹，見情素，善曰：戰國策曰：蔡澤說應侯曰：公孫鞅事孝王[60]，竭知謀，示情素。墮肝膽，施德厚，終與之窮達，無愛於士，善曰：於士所求，無所愛惜也。則桀之猗可使吠堯，而跖之客可使刺由，應劭曰：由，許由也。跖，盜跖也。韋昭曰：言恩厚無不使。善曰：戰國策，刀鞮謂田單曰：跖之猗或吠堯，非其主也。吠，音吠，並同。何況因萬乘之權，假聖王之資乎！然則荊軻湛七族，要離燔妻子，豈足爲大王道哉！應劭曰：荊軻為燕刺秦王，不成而死，其七族坐之。湛，沒

---

57 注「民到于今受其賜」　袁本、茶陵本無此七字，有「此之謂也」四字。案：亦衍。

58 注「子終出使者」　袁本「出」作「辭」，茶陵本與此同。案：「出」、「辭」當兩有。今列女傳云「出謝」可證。

59 注「善曰言士有功可報者思必報」　袁本、茶陵本無此十二字。案：此亦尤增多之誤也。

60 注「公孫鞅事孝王」　陳云「王」，「公」誤，是也。各本皆誤。

也。張晏曰：七族，上至高祖[61]，下至曾孫。善曰：呂氏春秋曰：吳王闔閭欲殺王子慶忌。要離曰：王誠助，臣請必能。吳王曰：諾。明旦加罪焉，執其妻子，燔而揚其灰。高誘曰：吳王偽加要離罪，燒妻子，揚其灰。

臣聞明月之珠，夜光之璧，以暗投人於道，眾莫不按劍相眄者，何則？無因而至前也。蟠木根柢，輪囷離奇，張晏曰：柢，下本也。輪囷離奇，委曲盤戾也。蘇林曰：柢，音蔕。善曰：廣雅曰：蟠，曲也。囷，去倫切。離，薄棋切。奇，音衣。而爲萬乘器者，何則？以左右先爲之容也。善曰：器謂服玩之屬，容謂雕飾。杜預左氏傳注曰：容，形容也。故無因而至前，雖出隋侯之珠，夜光之璧，秪足結怨而不見德；故有人先談，則枯木朽株，樹功而不忘。善曰：談或為游。今天下布衣窮居之士，身在貧賤，雖蒙堯舜之術，挾伊管之辯，善曰：伊尹、管仲[62]。懷龍逢比干之意，欲盡忠當世之君，而素無根柢之容，雖竭精神，欲開忠信，輔人主之治[63]，則人主必襲按劍相眄之跡矣。善曰：小雅曰：開，達也。是使布衣之士，不得爲枯木朽株之資也[64]。

是以聖王制世御俗，獨化於陶鈞之上，張晏曰：陶家名模下圓轉者為鈞，以其能制器為大小，比之於天也。善曰：論語考比讖曰：引五子以避俗，遠邦殊域，莫不向風。而不牽乎卑辭之語，不奪乎眾多之口。善曰：聖人有深謀善計而卽行之[65]，不為卑辭所牽制。戰國策[66]，蘇秦曰：卑辭以謝君。眾口，已見上文。故秦皇帝任中庶

---

61 注「上至高祖」　何校「高」改「曾」，是也。各本皆誤。案：漢書顏注引作「曾」，可證。

62 注「善曰伊尹管仲」　袁本、茶陵本無此六字。案：此亦尤增多之誤也。以下同。

63 「輔人主之治」　袁本、茶陵本云「治」，善作「政」。案：史記作「治」。此尤改之也。漢書此處多異，難以相證，今不更論。

64 「不得為枯木朽株之資也」　袁本、茶陵本云善無「也」字。案：史記、漢書皆有。此尤添之也。

65 注「有深謀善計而卽行之」　袁本、茶陵本無此九字。

66 注「制戰國策」　袁本、茶陵本無此四字。

子蒙嘉之言，以信荊軻之說[67]，而匕首竊發；善曰：戰國策曰：荊軻既至秦，持千金之資幣，厚遺秦王寵臣中庶子蒙嘉。嘉為先言於秦王曰：燕願舉國為內臣，如郡縣。又獻燕督亢之地圖，圖窮匕首見。秦王驚，自引而起。乃引其匕首以擿秦王。[68]通俗文曰：匕首，其頭類匕，故曰匕首，短而便用。周文獵涇渭，載呂尚而歸，以王天下。六韜曰：文王田于渭陽，卒見呂尚坐茅而漁。戰國策曰：范睢謂秦王曰：臣聞呂尚遇文王，立為太師。史記曰：西伯獵，果遇太公於渭，俱為師也。[69]秦信左右而亡，周用烏集而王。善曰：漢書音義曰：太公望塗遘卒遇共成王功，如烏鵲之暴集也。何則？以其能越拘攣之語，馳域外之義，獨觀於昭曠之道也。今人主沈諂諛之辭[70]，牽於帷墻之制，善曰：漢書音義曰：言為左右便辟侍帷墻臣妾所見牽制。說文曰：墻，垣蔽也。然帷，妾之所止；墻，臣之所居也[71]。使不羈之士與牛驥同皁，漢書音義曰[72]：皁，食牛馬器，以木作，如槽。善曰：不羈，謂才行高遠，不可羈繫也[73]。此鮑焦所以忿於世而不留富貴之樂也。善曰：列士傳曰：鮑焦怨世不用己，采蔬於道。子貢難曰：非其世而采其疏，此焦之有哉！棄其疏，乃立枯於洛水之上。疏，即古蔬字。

---

67 「以信荊軻之說」　袁本云善無「以」字。茶陵本云五臣有「以」字。案：史記、漢書皆有。此尤添之也。

68 注「又獻燕督亢之地圖」下至「以擿秦王」　袁本此二十九字作「刺秦王，已見上文」七字，是也。茶陵本所復出，與此不同，皆非。

69 注「六韜曰」下至「俱為師也」　袁本、茶陵本此五十四字作「文王遇呂尚，西伯遇太公，俱為師也」十四字。案：各本皆有誤，當本是「善曰：西伯遇太公立為師，已見上文」。合并六家刪改既非，尤所增多更誤。

70 「沈諂諛之辭」　袁本、茶陵本「沈」下有「於」字，校語云善無「沈於」。案：史記有「沈於」，漢書有「沈」無「於」。此尤添之也。善不當無，乃傳寫脫。

71 注「說文曰墻」下至「臣之所居也」　袁本、茶陵本無此十九字。

72 注「漢書音義曰」　袁本、茶陵本無此五字。下「善曰：不羈，謂才行高」，在「皁，食牛馬器，以木作，如槽」上，是也。

73 注「遠不可羈繫也」　袁本、茶陵本無此六字。

臣聞盛飾入朝者，不以私汙義；砥厲名號者，不以利傷行。善曰：孔安國尚書傳曰[74]：砥，磨石也。論語撰考讖[75]曰：子罕言利，利傷行也[76]。故里名勝母，曾子不入；邑號朝歌，墨子迴車。晉灼曰：史記樂書，紂作朝歌之音，朝歌者，不時也。善曰：淮南子曰：墨子非樂，不入朝歌。然古有此事，未詳其本[77]。今欲使天下恢廓之士，誘於威重之權，脅於位勢之貴，回面汙行，以事諂諛之人，而求親近於左右，則士有伏死堀穴巖藪之中耳，安有盡忠信而趨闕下者哉！

上書諫獵

司馬長卿

臣聞物有同類而殊能者，故力稱烏獲，捷言慶忌，勇期賁育。善曰：史記曰：秦武王有力士烏獲、孟說，皆至大官。呂氏春秋曰：吳王欲殺王子慶忌，謂要離曰：吾嘗以馬逐之江上而不能及。說苑曰：勇士孟賁，水行不避蛟龍，陸行不避狼虎。[78]戰國策，范雎曰：夏育之勇焉而死。臣之愚暗，竊以爲人誠有之，獸亦宜然。今陛下好凌岨險，射猛獸，卒然遇軼才之獸，駭不存之地，犯屬車之清塵，漢書音義曰：大駕屬車八十一乘。善曰：車塵言清，尊之意也。輿不及還轅，人不暇施功，雖有烏獲逢蒙之伎，力不得用，枯木朽株盡爲難矣。善曰：吳越春秋，陳音曰：黃帝作弓，後有楚狐父以道傳羿，羿傳逢蒙。是胡越起於轂下，而羌夷接軫也，豈不殆哉！雖萬全無患，然本非天子所宜近也。

74 注「孔安國尚書傳曰」　袁本、茶陵本無「孔安國」三字，「傳」作「注」。
75 注「撰考讖」　袁本、茶陵本無此三字。
76 注「利傷行也」　袁本、茶陵本無此四字。
77 注「然古有此事未詳其本」　袁本、茶陵本無「然此事其本」五字。
78 注「說苑曰」下至「不避狼虎」　袁本作「孟賁，已見上文」。茶陵本複出，非。

且夫清道而後行，中路而馳，猶時有銜橛之變。張揖曰：銜，馬勒也。橛，騑馬口長銜也。善曰：家語，子曰：郊之日[79]，汜掃清路，行者必止。莊子，伯樂曰：我善調馬，前有飾橛，而後鞭策之威。而況乎涉豐草，騁丘墟，善曰：毛詩曰：湛湛露斯，在彼豐草。呂氏春秋，吳為丘墟。前有利獸之樂，而內無存變之意，善曰：鄭玄禮記注曰：利，猶貪也。其爲害也，不亦難矣！夫輕萬乘之重不以爲安，而樂出萬有一危之塗以爲娛，臣竊爲陛下不取也。蓋聞明者遠見於未萌，而智者避危於無形，善曰：太公金匱曰：明者見兆於未萌，智者避危於無形。禍固多藏於隱微，而發於人所忽者也。故鄙諺曰：家累千金，坐不垂堂。張揖曰：畏櫚瓦墮中人也。此言雖小，可以喻大。臣願陛下留意幸察！

上書諫吳王

枚叔 善曰：漢書曰：枚乘，字叔，淮陰人，為吳王濞郎中。吳王初怨望[80]謀為逆也，乘奏書諫。王不納，遂去之。從梁孝王遊。後景帝拜乘弘農都尉，卒。然乘之卒在相如之前，而今在後，誤也。

臣聞得全者昌，失全者亡。善曰：史記，淳于髡說鄒忌子曰：得全全昌，失全全亡。舜無立錐之地，以有天下；禹無十戶之聚，以王諸侯。湯武之土不過百里，善曰：韓子曰：舜無置錐之地，於後世而德結。史記，蘇秦說趙王曰：舜無咫尺之地，以有天下；禹無百人之聚，以王諸侯。湯、武之土不過百里，立為太子；誠得其道也。上不絕三光之明，下不傷百姓之心者，有王術也。善曰：不絕其明，言合度也。高誘

79 注「郊之日」 袁本、茶陵本無此三字。

80 注「吳王初怨望」 袁本「王」下有「之」字，是也。茶陵本亦脫。

淮南子注曰：三光，日、月、星也。故父子之道，天性也。善曰：父子，喻君臣也。孝經曰：父子之道，天性也。忠臣不避重誅以直諫[81]，則事無遺策，功流萬世。臣乘願披腹心而効愚忠，惟大王少加意念惻怛之心於臣乘言。

夫以一縷之任係千鈞之重，上懸之無極之高，下垂之不測之淵，雖甚愚之人猶知哀其將絕也。馬方駭鼓而驚之，係方絕又重鎮之；係絕於天不可復結，墜入深淵難以復出。善曰：孔叢子曰：齊東郭亥欲攻田氏，子貢曰：今子，士也，位卑圖大，殆非子之任也。夫以一縷之任，繫千鈞之重，上懸之於無極之高，下垂於不測之深，傍人皆畏其絕，而造之者不知，其子之謂乎！馬方駭鼓而驚之，繫方絕重鎮之；馬奔車覆，六轡不禁，繫絕其高，墜入於深，其危必矣。亥曰：吾已矣。其出不出，間不容髮。蘇林曰：臣改計取福[82]，正在今日，言其激切甚急。善曰：曾子曰：律歷迭相治也，其間不容髮矣。能聽忠臣之言，百舉必脫。善曰：孫卿子曰：平則慮險，安則慮危，是百舉不陷也。必若所欲爲，危於累卵，難於上天；善曰：說苑曰：晉靈公造九層臺，荀息聞之求見，曰：臣能累十二博棋，加九鷄卵棋上。公曰：危哉！論語曰：天不可階而升也[83]。變所欲爲，易於反掌，安於泰山。善曰：反掌，言易也。孟子曰：武丁有天下，猶反掌也。春秋保乾圖曰：安於泰山，與日合符。今欲極天命之上壽，弊無窮之極樂，善曰：弊，猶盡也。究萬乘之勢，不出反掌之易，居泰山之安，而欲乘累卵之危，走上天之難，此愚臣之所大惑也。顏師古曰[84]：走，趣也。走，音奏。

81 「以直諫」 茶陵本「以」下有「置」字，云五臣無。袁本云善有。案：漢書無。此尤刪之也。善不當有，但傳寫衍。

82 注「臣改計取福」 何校去「臣」字，陳同，是也。各本皆衍。案：漢書顏注引無。

83 注「論語曰天不可階而升也」 袁本作「論語：猶天之不可階而升」。茶陵本作「國語曰：升天之無階也。」案：此處袁脩改，似初同茶陵，無以考也。

84 注「顏師古曰」 袁本、茶陵本「師古」作「監」，是也。

人性有畏其影[85]而惡其迹，却背而走，迹逾多，影逾疾，不如就陰而止，影滅迹絕。善曰：莊子漁父曰：人有畏影惡迹而去之走者，舉足逾數而迹疾，而影不離，自以為尚遲，疾走不休，絕力而死。不知處陰以休影，靜處以息迹，愚亦甚矣。孫卿子以為涓蜀梁[86]。欲人勿聞，莫若勿言；欲人勿知，莫若勿爲。欲湯之滄[87]，漢書音義，或曰：滄，寒也。一人炊之，百人揚之，無益也，不如絕薪止火而已。善曰：呂氏春秋曰：夫以湯止沸，沸愈不止，去火則止矣。不絕之於彼，而救之於此，譬由抱薪而救火也。善曰：文子曰：不治其本，而救其末，無異鑿渠而止水，抱薪而救火也。養由基，楚之善射者也，去楊葉百步，百發百中。善曰：戰國策，蘇厲謂周君曰：養由基善射，去柳葉百步而射，百發百中。楊葉之大，加百中焉，可謂善射矣。然其所止，百步之內耳，比於臣乘，未知操弓持矢也。

福生有基，禍生有胎；服虔曰：基、胎，皆始也。納其基，絕其胎，禍何自來？善曰：自，從也。太山之霤力救切穿石，殫極之絖[88]斷幹。晉灼曰：絖，古綆字。殫，盡也，極之綆幹[89]。幹，井上四交之幹。常為汲者所契傷也。水非石之鑽，索非木之鋸，漸靡使之然也。夫銖銖而稱之，至石必差；寸寸而度之，至丈必過。張晏曰：乘所轉四萬六千八十銖而至於石，合而稱之，必有盈縮也。石稱丈量，徑而寡失。善曰：文子曰：夫事煩難治也，法苛難行也，多求難贍也。寸而度之，至丈必差，銖而稱之，至石必過。石稱丈量，徑而寡失。故大較易為智，曲辯難為惠也。徑，直也。夫十圍之木，始生而蘖，足可搔而絕，手可擢

---

85 「人性有畏其影」　袁本、茶陵本「影」作「景」，下及注皆同。案：「景」是，「影」非。漢書作「景」。尤所見誤耳。

86 注「孫卿子以為涓蜀梁」　袁本、茶陵本無此八字。

87 「欲湯之滄」　案：「滄」當依漢書作「滄」，注同。各本皆譌。

88 「殫極之紞」　茶陵本「紞」作「絖」，注同。袁本所見與此同。案：漢書作「絖」。「絖」是，「紞」非也。

89 注「極之綆幹」　何校「極」上添「盡」字，「幹」上添「斷」字，陳同。案：漢書顏注引有。

而抓[90]，善曰：尸子曰：千丈之木始若蘖，足易去也。莊子曰：橡樟初生[91]，可抓而絕。廣雅曰：搔，抓也。字林曰：搔，先牢切。抓，壯交切。據其未生，先其未形。磨礱砥礪，不見其損，有時而盡。善曰：賈逵國語注曰：礱，磨也。礱[92]，力公切。尚書注：砥，磨石也[93]。種樹畜養，不見其益，有時而大。積德累行，不知其善，有時而用；棄義背理，不知其惡，有時而亡。臣願大王孰計而身行之，此百世不易之道也。

上書重諫吳王

枚叔 善曰：漢書曰：吳王舉兵西向，以誅鼂錯為名。漢聞之，斬錯以謝諸侯。乘於是復說吳王。

昔秦西舉胡戎之難，北備榆中之關，善曰：胡、戎為難，舉兵而却也。漢書曰：金城郡有榆中縣。南距羌筰之塞，東當六國之從。善曰：漢書曰：南夷自巂東北，君長十數，筰都最大。筰，在洛切。六國，已見李斯書。六國乘信陵之籍，善曰：漢書音義曰：無忌常摠五國却秦，有地資也。明蘇秦之約，厲荊軻之威，并力一心以備秦。然秦卒禽六國，滅其社稷，而并天下，是何也？則地利不同，而民

90 「手可擢而抓」 案：「抓」當作「拔」。漢書作「拔」。袁本、茶陵本作「拔」，校語云善作「抓」。各本所見皆非也。善亦作「拔」，與五臣無異。上句「搔而絕」者，橫絕之也。此句「擢而拔」者，直拔之也。擢訓引，不得言引而抓，可知也。其注末善「抓，壯交切」一音，乃既引廣雅解上句之「搔」為「抓」，而自音之，與此句無涉。不知者誤認而改二本，據所見為校語，讀者莫察矣。善自音注中字，其字非正文所有，如此者不一而足。漢書顏此注云「搔謂抓也。搔音索高反。抓音莊交反。」亦自音注中字，而非正文所有，又其可證者也。

91 注「橡樟初生」 何校「橡」改「豫」，陳同，是也。各本皆誤。

92 注「磨也礱」 袁本、茶陵本無此三字。

93 注「尚書注砥磨石也」 袁本作「砥礪，已見上文」。茶陵本複出，非。

輕重不等也。今漢據全秦之地，兼六國之眾，修戎狄之義，顏師古曰：修恩義以撫戎、狄[94]。而南朝羌筰，此其與秦，地相什而民相百，大王之所明知也。善曰：言地多秦十倍，民多百倍。今夫讒諛之臣爲大王計者，不論骨肉之義，民之輕重，國之大小，以爲吳禍，此臣所以爲大王患也。

夫舉吳兵以訾於漢，李奇曰：訾，量也。譬猶蠅蚋之附羣牛，腐肉之齒利劍，鋒接必無事矣。善曰：說文曰：秦謂之蚋，楚謂之蚊。蚋，而銳切。齒，猶當也。天下聞吳率失職諸侯，願責先帝之遺約，今漢親誅其三公，以謝前過，善曰：謂誅晁錯也。錯為御史大夫，故曰三公。是大王威加於天下，而功越於湯武也。夫吳有諸侯之位，而富實於天子；有隱匿之名，而居過於中國。韋昭曰：隱匿，謂僻在東南。夫漢并二十四郡，十七諸侯，方輸錯出，張晏曰：漢時有二十四郡，十七王也。善曰：此言貢獻之多。方輸，四方更輸，錯雜而出也。軍行數千里不絕於郊，其珍怪不如山東之府[95]。如淳曰：山東，吳王之府藏也。善曰：錯出，張云錯互出攻[96]，則謂興軍遠行也。軍，一為運錯出，謂四方更輸，交錯出獻之而行也[97]。轉粟西鄉，陸行不絕，水行滿河，不如海陵之倉。如淳曰：言漢京師仰須山東漕運以自給耳。臣瓚曰：海陵，縣名，有吳太倉[98]。脩治上林，雜以離宮，積聚玩好，圈守禽獸，不如長洲

---

94 注「顏師古曰修恩義以撫戎狄」　袁本、茶陵本無此十一字。

95 「不如山東之府」　何校云漢書作「東山」。案：各本皆作「山東」，疑誤倒也。注同。

96 注「張云錯互出攻」　案：「張」下當有「晏」字。各本皆脫。

97 注「錯出謂四方更輸交錯出獻之而行也」　案：「錯出」二字當作「則」，「獻」當作「運」。上注「則謂興軍遠行也」，解作「軍」之本。此注「則謂」云云，解作「運」之本。各本皆誤。

98 注「臣瓚曰海陵縣名有吳太倉」　袁本、茶陵本無此十一字。

之苑。服虔曰：吳苑也。韋昭曰：長洲在吳東。游曲臺，臨上路，不如朝夕之池。張晏曰：曲臺，長安臺，臨道上也。蘇林曰：以海水朝夕為池。深壁高壘，副以關城，不如江淮之險。此臣之所爲大王樂也。

今大王還兵疾歸，尚得十半。善曰：言王早還，冀十分之中得半安全。不然，漢知吳有吞天下之心，赫然加怒，遣羽林黃頭循江而下，蘇林曰：羽林黃頭郎，習水戰者。襲大王之都；魯東海絕吳之饟道；善曰：吳饟軍自海入河，故命魯國入東海郡以絕其道也。地理志有魯國及東海郡。梁王飾車騎，習戰射，積粟固守，以偪滎陽[99]，待吳之飢。大王雖欲反都，亦不得已。夫三淮南之計不負其約，晉灼曰：吳、楚反，皆守約不從也。齊王殺身以滅其迹，晉灼曰：齊孝王將閭也。吳、楚反，堅守距三國不從。後欒布等聞初與三國有謀，欲伐之，王懼自殺。善曰：漢書曰：齊王聞吳、楚平，乃自殺。今乘已言之，漢書與此，必有一誤也。四國不得出兵其郡，晉灼曰：膠東、膠西、濟北、菑川，四國王也，發兵應吳、楚[100]。趙囚邯鄲，此不可掩，亦已明矣。應劭曰：漢將酈寄圍趙王於邯鄲，與囚無異也。善曰：杜預注左氏傳曰：掩，匿也。今大王已去千里之國，而制於十里之內矣。張晏曰：吳地方千里，梁下屯兵方十里，言王必見制於此地。張韓將北地，如淳曰：張，張羽；韓，韓安國也。善曰：將北地，謂將兵在吳軍之北也。弓高宿左右，服虔曰：弓高侯韓穨當也。如淳曰：宿軍左右。兵不得下壁，軍不得太息，臣竊哀之。願大王熟察焉！

---

99 「以偪滎陽」　袁本、茶陵本「偪」作「備」。袁校語云善作「偪」。茶陵無校語。案：漢書作「備」，但傳寫誤為「偪」耳。

100 注「膠東膠西濟北菑川四國王也發兵應吳楚」　袁本、茶陵本「菑川四國」作「吳、楚、臨淄，吳、楚作此謀」。案：各本皆有誤，當依漢書顏注引作「膠東、膠西、濟南、淄川王也，發兵應吳、楚」。

詣建平王上書

江文通　梁書曰：宋建平王景素好士，淹隨在南兗州。廣陵令郭彥文得罪，辭連淹，繫州獄中。上書，景素覽書，即出之。

昔者賤臣叩心，飛霜擊於燕地；淮南子曰：鄒衍盡忠於燕惠王，惠王信譖而繫之，鄒子仰天而哭，正夏而天為之降霜。春秋考異郵曰：桓公殺賢，吏民含痛，流涕叩心。庶女告天，振風襲於齊臺。淮南子曰：庶女告天，雷電下擊，景公臺隕，海水大出。許慎曰：庶女，齊之少寡，無子，養姑。姑無男，有女，女利母財而殺母，以誣告寡婦。婦不能自解，故寃告天。司馬彪莊子注曰：襲，入也。下官每讀其書，未嘗不廢卷流涕。沈約書曰[101]：郡縣為封國者，內史相並於國主稱臣，去任便止。世祖孝建中，始改此制為下官。太史公曰：始齊之蒯通讀樂毅報燕書，未嘗不廢書而泣也。楊雄見屈原作離騷，悲其文，讀之流涕也。何者？士有一定之論，女有不易之行，淮南子文也。高誘曰：士有同志同德，其交接有一會而分定，故曰有一定之論也。貞女專一，亦無二心，雖有偏喪，不須更醮，故曰有不易之行。信而見疑，貞而爲戮，是以壯夫義士，伏死而不顧者此也。史記曰：屈原信而見疑，忠而被謗，能無怨乎？法言曰：壯夫不為。左氏傳曰：義士猶或非之。又曰：君子曰：臣治煩去惑者也，是以伏死而爭。李陵與蘇武書曰：足下遭時不遇，至於伏劍不顧。下官聞仁不可恃，善不可依，謂徒虛語，乃今知之。馬遷悲士不遇賦曰[102]：理不可據，智不可恃。鄒陽書曰：臣常以為然，徒虛語耳。又曰：臣始不信，今乃知之[103]。伏願大王暫停左右，少加憐察。鄒陽書曰：左右不明，卒從吏訊。又曰：願王熟察，少加憐焉。

101 注「沈約書曰」　何校「書」上添「宋」字，陳同，是也。各本皆脫。
102 注「馬遷悲士不遇賦曰」　案：「馬」上當有「司」字。各本皆脫。
103 注「今乃知之」　案：「今乃」當作「乃今」。各本皆倒。

下官本蓬戶桑樞之人，布衣韋帶之士，淮南子曰：處窮僻之鄉，蓬戶甕牖，揉桑以為樞，此齊人所謂形植犂黑，憂悲而不得志也。高誘曰：編蓬為戶，揉桑條為戶樞。說苑，唐且謂秦王曰：大王嘗聞布衣韋帶之士怒乎？伏尸二人，流血五步。退不飾詩書以驚愚，進不買名聲於天下。淮南子曰：古之人同氣於天地，與一世而優游。及偽之生，飾智以驚愚，設詐以巧上。又曰：周室衰而王道廢，儒、墨於是博學疑聖，飾詩、書以買名譽於天下。日者，謬得升降承明之闕，出入金華之殿，漢書，帝賜嚴助書曰：君猒承明之廬。又曰：班伯少受詩於師丹。上方向學，鄭寬中、張禹朝夕入說尚書、論語於金華殿中，詔伯受焉。何常不局影凝嚴，側身扃禁者乎！詩序曰：側身脩行。班婕妤自傷賦曰：應門閉兮禁闥扃。竊慕大王之義，復為門下之賓，備鳴盜淺術之餘，豫三五賤伎之末。史記曰：孟嘗君入秦，昭王乃囚孟嘗君，謀欲殺之。孟嘗君謀欲使人抵昭王幸姬求解。姬曰：妾願得君狐白裘。此時孟嘗君有一狐白裘，入獻之昭王，無他裘。孟嘗君患之，徧問客，莫能對。最下為狗盜者曰：臣能得狐白裘。乃夜為狗以入秦宮藏中，取所獻狐白裘至，以獻幸姬。姬為言昭王，孟嘗君得出，馳去，至關。關法，雞鳴出客。孟嘗君恐追至，客之居下坐者能為雞鳴，遂得出之。如食頃，追至關，已後，孟嘗君乃還。抱樸子軍術曰：大將軍當明案九宮，視年在宮，常就三居五，五為死，三為生，能知三五，橫行天下。司馬遷書曰：使得奏薄伎。大王惠以恩光，顧以顏色，鄭玄詩箋曰：為光，言天子恩澤光耀被及己也。曹植豔歌曰：長者賜顏色，泰山可動移。實佩荊卿黃金之賜，竊感豫讓國士之分矣。燕丹子曰：荊軻之燕太子東宮，臨池而觀。軻拾瓦投鼃，太子令人奉盤金轉用抵[104]，抵盡復進。軻曰：非為太子愛金，但臂痛耳。史記，趙襄子數豫讓曰：子嘗事范中行氏，智伯滅之，不為報讎；臣事智伯，死而子何獨為報讎也？豫讓曰：中行氏眾人遇我，我故眾人報之；智伯國士遇我，我故國士報之。常欲結纓伏劍，少謝萬一，左氏傳曰：衛太子迫孔悝於廁，強盟之。子路曰：太子無勇，若燔臺半，必舍孔叔。太子聞之，懼，下石乞、孟黶敵子路，以戈擊之，斷纓。子路曰：君子死，冠

[104] 注「轉用抵」 案：「轉」當作「軻」。袁、茶陵二本幷此入五臣，仍作「軻」，可借證。

不免。結纓而死。又曰：晉侯殺里克，公使謂之曰：子弒二君與一大夫，為子君者不亦難乎！對曰：臣聞命矣[105]。伏劍而死。莊子曰：弇堈曰[106]：今於道秋毛之端，萬分未得處一焉。剖心摩踵，以報所天。鄒陽上書自明曰：剖心析肝。孟子曰：墨子兼愛，摩頂致於踵，利天下為之。劉熙曰：致，至也。左氏傳，箴尹克黃曰：君，天也。何休曰：君者臣之天。不圖小人固陋，坐貽謗讟，楊惲書曰：言固陋之愚也[107]。迹墜昭憲，身恨幽圄[108]，陸機謝內史表曰：幽執囹圄，當為誅始。履影弔心，酸鼻痛骨！詩曰：顧瞻周道，中心弔兮。高唐賦曰：孤子寡婦，寒心酸鼻。太子丹謂麴武曰：今秦王反戾天常，每念之痛入骨髓。

下官聞虧名為辱，虧形次之，尸子曰：眾以虧形為辱，君子以虧義為辱。是以每一念來[109]，忽若有遺。李陵答蘇武書曰：每一念至，忽然亡生[110]。加以涉旬月，迫季秋，天光沈陰，左右無色。司馬遷答任少卿書曰：今少卿抱不測之罪，涉旬月，迫季冬。呂氏春秋曰：行秋令則天多沈陰。蔡邕月令章句曰：陰者，密雲也。沈者，雲之重也。身非木石，與獄吏為伍。司馬遷答任少卿書曰：身非木石，獨與法吏為伍。此少卿所以仰天椎心，泣盡而繼之以血也。李陵與蘇武書曰：何圖志未立而怨已成，此陵所以仰天椎心而泣血也。[111]韓子曰：卞和乃抱

---

105 注「對曰臣聞命矣」 袁本、茶陵本「曰」下有「若不有廢，君何以興？欲加之罪，其無辭乎！」案：此節注二本并五臣，未必善有也。

106 注「弇堈曰」 茶陵本「堈」下有「弔」字，是也。袁本作「弇州子」，大誤。案：所引知北游文也。

107 注「言固陋之愚也」 陳云「也」，「心」誤，是也。各本皆誤。

108 「身恨幽圄」 袁本、茶陵本「恨」作「限」，是也。梁書作「限」。

109 「是以每一念來」 茶陵本「是以每一念」五字作「每以一念」四字，校語云五臣作「是以每一念」。袁本作「是以每一念」，無校語。案：茶陵所見非也。梁書作「是以每一念來」。

110 注「忽然亡生」 茶陵本「亡」作「忘」，是也。袁本亦誤「亡」。

111 注「李陵與蘇武書曰」下至「而泣血也」 此二十八字袁本、茶陵本無。案：蓋因已見五臣而刪削也。

其璞而哭於楚山，三日三夜，泣盡繼之以血。

下官雖乏鄉曲之譽，然嘗聞君子之行矣。燕丹子，夏扶曰：士無鄉曲之譽，則未可以論行[112]。其上則隱於簾肆之間，臥於巖石之下；漢書曰：谷口有鄭子真，蜀有嚴君平。君平卜筮於成都市，裁日閱數人[113]，得百錢足自養，則閉肆下簾而授老子。論衡，谷口鄭子真[114]耕於巖石之下，名震京師。次則結綬金馬之庭，高議雲臺之上；漢書曰：蕭育與朱博友，故長安語曰：蕭朱結綬。西都賦曰：承明、金馬，著作之庭。東觀漢記曰：建初元年，詔賈逵曰：南宮雲臺，使出左氏大義。退則虜南越之君[115]，係單于之頸。漢書曰：南越與漢和親，乃遣終軍使南越。軍自請願受長纓，必羈南越王而致闕下。又賈誼曰：行臣之計，請必係單于之頸而制其命。俱啓丹冊，並圖青史。漢書曰：高祖論功定封，以丹書之信[116]，重以白馬之盟。又有青史子。音義曰：古史官記事。寧當爭分寸之末，競錐刀之利哉？左氏傳曰：叔向詒子產書曰：錐刀之末，將盡爭之。

下官聞積毀銷金，積讒磨骨，鄒陽上書曰：眾口鑠金，積毀消骨。遠則直生取疑於盜金，近則伯魚被名於不義。漢書曰：直不疑，南陽人，為郎，事文帝。其同舍有告歸，誤持其同舍郎金。已而同舍郎覺，妄意不疑，不疑謝有之，買金償。後告歸者至而歸金，亡金郎大慚。范曄後漢書曰：第五倫，字伯魚，京兆人。舉孝廉，補淮陽醫工長[117]。後從王朝京師，得會，帝戲倫，謂倫曰[118]：聞卿為吏篣婦公，不過從兄飯，寧有之耶？倫對曰：臣三娶妻，皆無父。少遭飢

---

112 注「則未可以論行」　袁本、茶陵本「以」作「與」，是也。

113 注「裁日閱數人」　袁本、茶陵本「裁日閱」作「一日裁」。案：此尤校改之也。

114 注「論衡谷口鄭子真」　袁本、茶陵本「衡」作「曰」，是也。

115 「退則虜南越之君」　何校云梁書「退」作「次」。案：所校是也。各本皆誤。

116 注「以丹書之信」　陳云「以」上脫「申」字，是也。各本皆脫。

117 注「補淮陽醫工長」　袁本、茶陵本「淮陽」作「譙國」，袁「醫」作「監」，茶陵無「工」字。案：此尤校改之也。

118 注「帝戲倫謂倫曰」　袁本「戲」下去「倫」字，是也。茶陵本亦衍。

亂，實不妄過人食。帝大笑。彼之二子，猶或如是，況在下官，焉能自免？昔上將之恥，絳侯幽獄，名臣之羞，史遷下室，司馬遷答任少卿書曰：絳侯誅諸呂，囚於請室。又曰：而僕又茸以蠶室。至如下官，當何言哉！司馬遷書曰：如僕尚何言哉！夫魯連之智，辭祿而不返；史記曰：秦使白起圍趙，聞魯仲連責新垣衍，秦軍遂引去。平原君欲封仲連，連謝，終不肯受。接輿之賢，行歌而忘歸。楚狂接輿，已見鄒陽書。子陵閉關於東越，仲蔚杜門於西秦。亦良可知也。范曄後漢書曰：嚴光，字子陵，會稽餘姚人。少有高名，與光武同游學[119]。及即位，變名姓，隱身不見。趙岐三輔決錄注曰：張仲蔚，扶風人也。少與同郡魏景卿隱身不仕，所居蓬蒿沒人。若使下官事非其虛，罪得其實，亦當鉗口吞舌，伏匕首以殞身，莊子曰：鉗墨翟之口。燕丹子，荊軻曰：田光向軻吞舌而死。何以見齊魯奇節之人，燕趙悲歌之士乎？左氏傳，子方曰：事子我而有私於其讎，何以見魯衛之士？漢書，王先生謂鄒陽曰：今子欲安之乎？陽曰：齊、楚多辨智，韓、魏時有奇節，吾將歷問之。史記，荊軻之燕，高漸離悲歌擊筑，荊軻和而歌於市中。又曰：趙大夫悲歌慷慨者也。

方今聖曆欽明，天下樂業，尚書曰：放勛欽明。管子曰：天下有道，人樂其業。青雲浮雒，榮光塞河，尚書中候曰：成王觀于洛河，沈璧，禮畢，王退俟。至于日昧，榮光並出，幕河，青雲浮洛，青龍臨壇，銜玄甲之圖，吐之而去。西洎臨洮土刀切狄道，北距飛狐陽原，淮南子曰：秦之時，丁壯丈夫西至臨洮、狄道，東至會稽、浮石，南至豫章、桂林，北至飛狐、陽原。高誘曰：臨洮，隴西之縣，洮水出北。狄道，漢陽之臨洮也。飛狐，蓋在代郡飛狐山。陽原，蓋在太原。莫不浸仁沐義，照景飲醴而已[120]。楊雄覈靈賦曰：文王之始起，浸仁漸義，會賢儹智。儹音

119 注「會稽餘姚人少有高名與光武同游學」 袁本、茶陵本無「餘姚少有高名遊」七字，「光武」作「世祖」。案：此尤校改之也。

120 「照景飲醴而已」 袁本、茶陵本無「而已」二字，是也。梁書無。

攢。論語摘輔像曰：帝率握炤景飲醴，蓂莢為曆。宋均曰：炤景，謂景星所照也。而下官抱痛圓門，含憤獄戶，周禮曰：以圜土教罷民。鄭司農曰：圜土，獄城也。一物之微，有足悲者。家語，孔子謂哀公曰：一物失理，亂亡之端。此思憂則憂可知矣。仰惟大王，少垂明白，則梧丘之魂，不愧於沈首，鵠亭之鬼[121]，無恨於灰骨。晏子春秋曰：景公田於梧丘，夜坐睡，夢見五丈夫，倚徙稱無罪。公問晏子，曰：昔先公靈公出畋，有五丈夫來，驚獸，悉斷其頭而葬之，命曰丈夫丘[122]。命人掘之，五頭同穴[123]。公令厚葬之，乃恩及白骨。說苑曰：景公畋於梧丘。謝承後漢書曰：蒼梧廣信女子蘇娥，行宿高安鵠巢亭，為亭長龔壽所殺，及婢致富，取其財物，埋致樓下。交阯刺史周敞行部宿亭，覺壽姦罪，奏之，殺壽。列異傳曰：鵠奔亭。不任肝膽之切，敬因執事以聞。

啓

奉答勑示七夕詩啓　任彥昇

任昉集，詔曰：聊為七夕詩五韻，殊未近詠歌，卿雖訥於言，辯於才，可即制付使者。

臣昉啓：奉勑并賜示七夕五韻。竊惟帝迹多緒，俯同不一；春秋合誠圖曰：黃帝布迹，必稽功務法。宋均曰：迹，行迹，謂功績也。春秋保乾圖曰：帝異緒。託情風什，希世罕工。毛詩題曰：關雎之什。魯靈光殿賦曰：邈希世而特出。雖漢在四世，魏稱三祖，四世，漢武帝也。三祖，謂魏武、文、明也。魏志，高貴鄉公詔曰：昔三祖神武聖德，應天受祚。寧足以繼想南風，克諧調露。家語曰：昔者舜彈五弦琴，造南風之詩。其詩

121　「鵠亭之鬼」　袁本、茶陵本「鵠」下校語云善作「鴻」。案：二本所見非也，或尤校改正之。梁書作「鵠」。

122　注「命曰丈夫丘」　案：「曰」下當有「五」字。各本皆脫。

123　注「五頭同穴」　袁本「同穴」作「共孔」，是也。茶陵本作「具存」，更非。

曰：南風之薰兮，可以解吾民之慍兮；南風之時兮，可以阜吾民之財兮。王肅曰：薰，風至貌也。樂動聲儀曰：時元氣者，受氣於天，布之於地，以時出入物者也。四時之節，動靜各有分職，不得相越，謂調露之樂也。宋均曰：調露，調和致甘露也，使物茂長之樂也。性與天道，事絕稱言，論語，子貢曰：夫子之文章，可得而聞也，夫子之言性與天道，不可得而聞也。豈其多幸，親逢旦暮。左氏傳，羊舌職曰：民之多幸，國之不幸。莊子曰：萬世之後，而一遇大聖，知其解者，是旦暮遇也。

臣早奉龍潛，與賈馬而入室；易曰：潛龍勿用。法言曰：若以孔門用賦，賈誼升堂，相如入室。晚屬天飛，比嚴徐而待詔。易曰：飛龍在天，利見大人。答賓戲曰：泥蟠天飛者，應龍之神也。漢書曰：嚴安、徐樂上疏言世務，上召見，乃拜樂、安俱為郎中。又曰：東方朔待詔金馬門。惟君知臣，見於訥言之旨；左氏傳，君子曰：古人有言曰：知臣莫若君。論語，子曰：君子欲訥於言而敏於行。取求不疵，表於辯才之戲。左氏傳曰：初，申侯有寵於楚文王，文王曰：唯我知汝，汝專利不猒，余取余求，不汝疵瑕也。裴詭集有辯才論[124]。謹輒牽率庸陋，式訓天獎，拙速雖効，蚩鄙已彰。孫子兵法曰：兵聞拙速，未睹工久。陳琳箋曰：蚩鄙益著。閻纘上詩表曰：勞者歌其事，貴露蚩鄙。臨啓慚恧女六切，罔識所寘。謹啓。

為卞彬謝脩卞忠貞墓啓

蕭子顯齊書曰：卞彬，字士蔚，官至綏建太守，卒。濟陰卞錄曰：壼字望之，永嘉中除著作郎。蘇峻稱兵，為尚書令右將軍，領右衛。峻至東陵口，六軍敗績，壼乘馬被甲赴賊。二子眕、盱見父去，隨從，俱為賊所害。贈侍中、開府。謚忠貞公。眕，音真忍切。盱，休于切。

任彥昇

臣彬啓：伏見詔書并鄭義泰宣勑，當賜修理臣亡高祖晉故驃騎大將軍建興忠貞

---

124 注「裴詭集有辯才論」 袁本「詭」作「頠」，是也。茶陵本亦誤「詭」。

公壼墳塋。臣門緒不昌，天道所昧，忠遘身危，孝積家禍，名教同悲，隱淪惆悵。王隱晉書述曰：壼及二子死，徵士翟湯聞而嘆曰：父為忠臣，子為孝子，忠孝之道，萃於一門，可謂賢哉！名教謂王隱，隱淪謂翟湯[125]。世說，樂廣曰：名教中自有樂地。桓子新論曰：天下神人五，一曰隱淪。而年世貿遷，孤裔淪塞。廣雅曰：貿，易也。遂使碑表蕪滅，丘樹荒毀，狐兔成穴，童牧哀歌。桓子新論曰：雍門周以琴見孟嘗君曰：臣切悲千秋萬歲後，墳墓生荊棘，狐兔穴其中，樵兒牧豎，躑躅而歌其上也。感慨自哀，日月纏迫。劉公幹贈五官中郎詩曰：感慨以長歎。

陸下弘宣教義，非求効於方今；杜預左氏傳序曰：弘宣祖業。仲長子昌言曰：引之於教義。說苑曰：聖王布德施惠，非求報於百姓也。壼餘烈不泯，固陳力於異世。春秋元命苞曰：文王積善所潤之餘烈。論語，子曰：周任有言曰：陳力就列，不能者止。但加等之渥，近闕於晉典；左氏傳曰：凡諸侯薨於朝會，加一等；死王事，加二等。樵蘇之刑，遠流於皇代。戰國策，顏斶謂齊王曰[126]：秦攻齊，令曰：敢有去柳下季壟五十步樵采者，罪死不赦。臣亦何人，敢謝斯幸？不任悲荷之至！謹奉啓事以聞。謹啓。

啓蕭太傅固辭奪禮

劉璠梁典曰：昉為尚書殿中郎，父憂去職，居喪不知鹽味，冬月單衫，廬于墓側。齊明作相，乃起為建武將軍、驃騎記室，再三固辭。帝見其辭切，亦不能奪。

任彥昇

昉啓[127]：近啓歸訴，庶諒窮款，奉被還旨，未垂哀察，悼心失圖，泣血待旦。左氏

125 注「名教謂王隱隱淪謂翟湯」　袁本、茶陵本無此十字。
126 注「顏斶謂齊王曰」　案：「斶」當作「斶」。袁、茶陵二本作「蠋」，亦非。說見前。
127 「昉啓」　何校「昉」改「君」，陳同。下「君於庶品」，袁本、茶陵本「君」作「昉」，校語云善作「君」。「昉往從末宦」，校語亦云善作「君」。蓋此三字善皆作「君」，五臣改其下二字為「昉」，唯存第一字為「君」，故濟注有「昉家集諱

傳，楚薳啓彊曰：孤與二三臣悼心失圖。毛詩曰：鼠思泣血。尚書曰：坐以待旦。君於品庶，示均鎔造，鵩鳥賦曰：品庶每生。倉頡篇曰：鎔，炭爐，所以行銷鐵也。干祿祈榮，更爲自拔。論語曰：子張學干祿。虧教廢禮，豈關視聽！言己之所陳，但正虧教而廢禮，豈敢關白於視聽哉！所不忍言，具陳茲啓。言事迫情切，口不忍言，故陳此啓。公羊傳曰：謂之新宮，不忍言也。

昉往從末宦，祿不代耕。晉中興書，簡文詔曰：祿不代耕，非經通之制也。飢寒無甘旨之資，限役廢晨昏之半。禮記曰：命士已上，父子皆異宮。昧爽而朝，慈以旨甘。鄭玄曰：慈愛敬進之也。又曰：凡為人子之禮，冬溫而夏清，昏定而晨省。膝下之懽，已同過隙；孝經曰：故親生之膝下，以養父母。禮記曰：君子三年之喪，二十五月而畢，若駟之過隙，然而遂亟之[128]，則是無窮。几筵之慕，幾何可憑。孫卿子，孔子謂魯哀公曰：君入廟而右，登自阼階，仰視榱棟，俛見几筵，其器存，其人亡。君以此思哀，則哀將焉不至矣！左氏傳曰：人壽幾何？且奠酹不親，如在安寄。鄭玄周禮注曰：喪所薦饋曰奠。聲類曰：酹，以酒祭地也。酹，力外切。論語，子曰：吾不與祭，如不祭。又曰：祭神如神在。晨暮寂寥，闃苦覓切若無主。埤蒼曰：闃，靜也。喪服傳曰：無主者，其無祭主。王隱晉書曰：傳咸遭繼母憂，上書曰：咸身無兄弟，到官之日，喪祭無主[129]。所守既無別理，窮咽豈及多喻。呂安答嵇康論曰：易了之理，不在多喻。

明公功格區宇，感通有塗，尚書曰：時則有若伊尹格于皇天。東京賦曰：區宇乂寧。周易曰：寂然不動，感

其名，但云「君」云云，而二本於此獨無校語也。後乃并改成「昉」，不但失善舊，亦與五臣不相應，甚非。其「君於品庶」已校正，此及後仍沿各本之誤。

128 注「然而遂亟之」　茶陵本無「亟」字，是也。袁本作「極」，亦衍。

129 注「喪祭無主」　袁本、茶陵本「喪」作「哀」。案：此尤校改之也。

而遂通。若霈然降臨，賜寢嚴命。孟子曰：沛然下雨。是知孝治所被，爰至無心；孝經曰：昔者明王之以孝治天下也。韓詩外傳曰：阿谷之女謂子貢曰：吾鄙野之人，僻陋無心。錫類所及，匪徒教義。毛詩曰：孝子不匱，永錫爾類。不任崩迫之情，謹奉啓事陳聞。謹啓。

卷第四十

彈事

奏彈曹景宗

任彥昇 梁典曰：高祖卽位，昉為吏部郎，遷中丞。

御史中丞臣任昉稽首言：臣聞將軍死綏，咫步無却；司馬法曰：將軍死綏。注曰：綏，却也。有前一尺，無却一寸。杜預左氏傳注曰：古名退軍為綏。顧望避敵，逗橈奴教切有刑。漢書曰：廷尉王恢逗橈[1]當斬。音義曰：逗，曲行避敵也。橈，顧望也。至乃趙母深識，乞不爲坐；史記曰：趙王將使趙括為將，其母上書曰：括不可使將。王曰：母置之，吾已決矣。母曰：王終遣之，卽有不稱，妾得無坐乎？王許諾。魏主著令，抵罪已輕。魏志，太祖令曰：自命將征行，但賞功而不罰罪，非國典也。其諸侯將出征，敗軍者抵罪，失利者免官。是知敗軍之將，身死家戮，爰自古昔，明罰斯在。魏志，太祖令曰：將者，軍破於外，而家受罪于內也。漢書，廣武君曰：敗軍之將，不可以語勇。新序曰：臣侮其主，身死，妻子為戮。呂氏春秋曰：民有逆天之道者，罪死家戮也。

1 注「廷尉王恢逗橈」 陳云「尉」下脫「當」字，是也。各本皆脫。

臣昉頓首頓首，死罪死罪。竊尋玁狁侵軼，暫擾疆陲，王師薄伐，所向風靡。玁、狁，謂後魏也。魏收後魏書曰：太祖道武諱珪，改稱魏王。左氏傳曰：北戎侵鄭，鄭伯曰：彼徒我車，懼其侵軼我也。杜預曰：軼，突也。毛詩曰：於鑠王師。又曰：薄伐玁狁，至于太原。晉起居注曰：檀道濟所向風靡。是以淮徐獻捷，河兗凱歸。尚書曰：海岱及淮惟徐州。左氏傳曰：齊侯來獻戎捷。尚書曰：濟、河惟兗州。周禮曰：師有功則凱樂。東關無一戰之勞，塗中罕千金之費。吳曆曰：諸葛恪作東關，魏軍距之，恪令丁奉等兵便亂斫，遂大破北軍。歷陽郡圖經曰：東關，歷陽縣西南一百里。史記，蔡澤曰：白起一戰舉鄢、郢。吳志曰：晉命鎮東大將軍司馬伷向塗中。伏滔北征記曰：金城西沂澗[2]，魏步道所出也。文子曰：起師十萬，日費千金。張湛曰：日有千金之費。而司部懸隔，斜臨寇境，沈約宋書曰：宋世分郢州為司州。故使狡虜憑陵，淹移歲月。杜預左氏傳注曰：狡，狡猾也。左氏傳，子產曰：今陳介恃楚眾，憑陵弊邑。故司州刺史蔡道恭，劉璠梁典曰：天監三年，司州刺史漢壽伯蔡道恭卒於圍。道恭少以勇力聞，及病，猶自力行城，數日，不能起，聞戰鼓聲，憤吒而卒。眾猶拒守，無有二心。攻圍二年，無有叛者。入秋，霖雨洪澍，一夜城頹，壯士猶戰不降[3]。及城陷，捶其餘眾，求恭屍，卒不能得。率厲義勇，奮不顧命，潘安仁汧馬督誄曰：率厲有方。司馬遷書曰：常思奮不顧身。全城守死，自冬徂秋，潘安仁汧馬督誄，大將軍疏曰：臨危奮節，保穀全城。論語，子曰：守死善道。猶有轉戰無窮[4]，亟摧醜虜。史記曰：驃騎將軍轉戰過烏支山。毛詩曰：鋪敦淮濆，仍執醜虜。方之居延，則陵降而恭守；比之疎勒，則耿存而蔡亡。漢書曰：武帝遣驃騎都尉李陵將兵五千人出居延北，與單于戰，陵兵敗降匈奴。范曄後漢書曰：耿恭，字伯宗，為戊己校尉。恭以疏勒城傍有澗水可固，乃據之。匈奴復來攻，恭

---

2 注「金城西沂澗」 袁本、茶陵本「沂」作「泝」，下有「曰塗」二字，是也。尤初有，脩誤去。

3 注「壯士猶戰不降」 袁本、茶陵本無「戰」字。

4 「猶有轉戰無窮」 案：「有」當作「其」。袁、茶陵二本校語云善有「其」字。尤所見非。

於城中穿井，十五丈不得水。恭仰嘆曰：聞昔貳師將軍取佩刀刺山，飛泉涌出。今漢德神明，豈有窮哉！乃整衣服向井再拜，為吏士禱，有飛泉奔出。衆皆稱萬歲。乃令吏士揚水示虜，虜以為神明，引去也。**若使郢部救兵，微接聲援，**鄒陽上書曰：臣恐救兵之不專。英雄記曰：袁術嚴兵為呂布作聲援。**則單于之首，久懸北闕，**漢書，宣帝詔曰：傅介子斬樓蘭王安歸首，懸之北闕。**豈直受降可築，涉安啓土而已哉！**漢書曰：武帝遣因杅將軍公孫敖築塞外受降城。杅，音盂。又曰：涉安侯於單于以匈奴單于太子降。尚書曰：建邦啓土。

寔由郢州刺史臣景宗，受命致討，不時言邁，晉起居注，詔曰：檀道濟奉命致討，所向風靡。毛詩曰：旋車言邁[5]。**故使蝟**音謂**結蟻聚，水草有依，**漢書曰：賈誼曰：高帝王功臣，反者蝟毛而起。吳志曰：錢唐大帥种式等蟻聚為寇。漢書曰：獫狁、獯粥，居于邊地，逐水草遷徙。**方復按甲盤桓，緩救資敵，**魏志曰：司馬文王征諸葛誕，六軍按甲而誕自困。廣雅曰：盤桓，不進也。李斯上書曰：今逐客以資敵。**遂令孤城窮守，力屈凶威。**謝承後漢書，胡爽曰：耿恭以甲兵守孤城於絕域。史記，李左車謂韓信曰：今足下情見力屈，欲戰不拔。左氏傳，晉溫季曰：逃威也。杜預曰：凶賊為害，故曰威也。**雖然，猶應固守三關，更謀進取，而退師延頸，自貽虧衂，**劉璠梁典曰：宣城王以冠軍將軍曹景宗為郢州刺史。初，司州被圍，詔荊、郢發兵往援，曹景宗為都督。及荊州援軍至三關，頓兵不進，聞司州沒，卽日退還延頸。敵人縱暴緣邊，景宗不能禦，遂失三關諸戍。有司奏罰罪，景宗聞之，輙去州，伏闕泥首待罪。帝一無所問。三關、延頸，二戍名也。管子曰：民無恥不可以固守。漢書曰：諸將曰：楚數進取。如淳曰：進取，多所攻也。毛詩曰：自貽伊戚。陳琳檄豫州曰：傷夷折衂。衂，折挫也。**疆埸侵駭，職是之由。**左氏傳曰：齊人侵魯疆，疆吏來告，公曰：疆埸之事，慎守其一。又范宣子數諸戎曰：言語漏泄，則職汝之由。**不有嚴刑，誅賞安寘，景宗卽主。**史記曰：繁法嚴刑而天下振。西征賦曰：峻徒御以誅賞。毛萇詩傳曰：寘，置也。主謂為主首也。王隱晉書，庾純自劾

---

5 注「毛詩曰旋車言邁」 袁本作「言邁，已見潘岳金谷集詩」，是也。茶陵本複出，非。此初同袁，脩改誤依複出。

曰：醉酒荒迷，昏亂儀度卽主，謹按[6]河南尹庾純，云云。然以主為句，則臣當下讀也[7]。

臣謹案使持節都督郢司二州諸軍事、左將軍、郢州刺史、湘西縣開國侯臣景宗，擢自行間，遘茲多幸，漢書，衛青曰：臣幸得待罪行間。左氏傳，羊舌職曰：民之多幸，國之不幸也。指蹤非擬，獲獸何勤。漢書曰：上先封蕭何為酇侯，功臣皆曰：蕭何未有汗馬勞，顧居臣等上，何也？上曰：諸君知獵乎？曰：知之[8]。上曰：知獵狗乎？曰：知之。上曰：夫獵，追殺者，狗也；而發蹤指示獸處者，人也。今諸公徒能走得獸者，功狗也；如蕭何發蹤指示，功人也。羣臣莫敢言。賞茂通侯，榮高列將，漢書，蘇武謂李陵曰：武父子位列將，爵通侯。應劭曰：通侯者，言其功德通於王室。張晏曰：後改為列侯。列侯，見序列也。方言曰：列，班列也。負檐裁弛，鍾鼎遽列，左傳曰：齊侯使敬仲為卿。辭曰：弛於負檐，君之惠也。又曰：宋左師每食擊鍾。家語曰：子路南遊楚，列鼎而食。廣雅曰：列，陳也。和戎莫効，二八已陳。左氏傳曰：鄭人賂晉侯以女樂二八。晉侯以樂之半賜魏絳，曰：子教寡人和諸戎、狄也。自頂至踵，功歸造化，孟子曰：墨子兼愛，摩頂致於踵。趙岐曰：致，至也。淮南子曰：大丈夫恬然無為，與造化逍遙也。潤草塗原，豈獲自已。喻巴蜀曰：肝腦塗中原，膏液潤野草而不辭也。且道恭云逝，城守累旬；景宗之存，一朝棄甲。史記曰：沛令閉城守。左氏傳曰：宋華元為植，巡功。城者謳曰：睅其目，皤其腹，棄甲而復。生曹死蔡，優劣若是，惟此人斯，有靦面目。毛詩曰：彼何人斯？居河之湄，又曰：有靦面目，視人罔極。毛萇曰：靦，姡也。鄭玄曰：汝姡然有面目也。

昔漢光命將，坐知千里；東觀漢記曰：代郡太守劉興將數百騎，攻賈覽，上狀檄至，光武知其必敗，報書

---

6 注「卽主謹按」　袁本、茶陵本「謹」上有「臣」字。案：此尤校删也。

7 注「則臣當下讀也」　袁本、茶陵本無「則」字。

8 注「上曰知獵狗乎曰知之」　袁本、茶陵本無此九字。

曰：欲復進兵，恐失其頭首也。詔書到，興已為覽所殺。長史得檄，以為國家坐知千里也。魏武置法，案以從事。魏書曰：太祖自作兵書。諸將征伐，皆以新書從事。從令者克捷，違教者負敗。故能出必以律，錙銖無爽。周易曰：師出以律。鄭玄禮記注曰：八兩為錙。漢書曰：二十四銖為兩。伏惟聖武英挺，略不世出，漢書，蒯通說韓信曰：功無二於天下，略不世出。料敵制變，萬里無差，趙充國頌曰：料敵制勝，威謀靡亢。奉而行之，實弘廟筭。西征賦曰：彼雖眾其焉用？故制勝於廟筭。孫子曰：夫未戰而廟筭勝，得筭多也。惟此庸固，理絕言提。晉起居注，宋公表曰：臣寔庸固。毛詩曰：匪面命之，言提其耳。

自逆胡縱逸，久患諸夏。劉琨勸進表曰：逆胡劉曜，縱逸西都。漢書匈奴傳贊曰：久矣夷、狄之為患。聖朝乃顧，將一車書。汧馬督誄曰：聖朝西顧，關右震惶。禮記曰：書同文，車同軌。愍彼司氓，致辱非所。晉起居注曰：大司馬表曰：園陵辱於非所。早朝永嘆，載懷矜惻。致茲虧喪，何所逃罪？宜正刑書，肅明典憲。左氏傳，仲尼曰：叔向，古之遺直也。邢侯之獄，言其貪也，以正刑書。臣謹以劾，請以見事免景宗所居官，下太常削爵土，收付廷尉法獄治罪。其軍佐職僚、偏裨將帥絓胡卦切諸應及咎者，別攝治書侍御史隨違續奏。臣謹奉白簡以聞云云[9]。

奏彈劉整　任彥昇

沈約齊紀曰：整，宋吳興太守兄子也[10]。歷位持節都督交、廣、越三州也。

御史中丞臣任昉稽首言：臣聞馬援奉嫂，不冠不入；氾毓字孤，家無常子。東觀漢

9　「云云」　袁本、茶陵本無此二字，有「臣昉誠惶誠恐，頓首頓首，死罪死罪。臣昉稽首以聞」二十字。案此似善、五臣之異也。

10　注「宋吳興太守兄子也」　陳云「守」下有脫字。各本皆同，無以補也。

記曰：馬援事寡嫂，雖在閨內，必衣冠然後入見。王隱晉書曰：氾毓，字稚春，濟北人也，敦睦九族。青土號其家兒無常母，衣無常主也。氾，音凡。毓，音育。是以義士節夫，聞之有立，左氏傳，臧哀伯曰：武王克商，遷九鼎於洛邑，義士猶或非之。東京賦曰：貞夫懷節。班固漢書贊曰：孟子曰：聞伯夷之風，懦夫有立志。千載美談，斯爲稱首。公羊傳曰：魯人至今以為美談。封禪書曰：永保鴻名，而常為稱首也。

臣昉頓首頓首，死罪死罪。謹案齊故西陽內史劉寅妻范，詣臺訴列稱：出適劉氏，二十許年。劉氏喪亡，撫養孤弱，叔郎整，常欲傷害侵奪。分前奴教子、當伯，并已入眾。又以錢婢姊妹弟温，仍留奴自使伯；又奪寅息逡婢綠草，私貨得錢，并不分逡。寅第二庶息師利，去歲十月往整田上經十二日，整便責范米六斛哺食。米未展送，忽至戶前，隔箔[11]攘拳大罵，突進房中，屏風上取車帷準米去。二月九日夜，婢采音偷車欄夾杖龍牽，范問失物之意，整便打息逡。整及母并奴婢等六人來至范屋中，高聲大罵，婢采音舉手查范臂。求攝檢，如訴狀。

輒攝整亡父舊使奴海蛤到臺辯問，列稱：整亡父興道，先爲零陵郡，得奴婢四人。分財[12]，以奴教子乞大息寅。亡寅後，第二弟整仍奪教子，云應入眾，整便留自使，婢姊及弟各准錢五千文，不分逡。其奴當伯，先是眾奴。整兄弟未分財之前[13]，整兄寅以當伯貼錢七千，共眾作田。寅罷西陽郡還，雖未別火食，寅以私錢七千贖當

---

11 「忽至戶前隔箔」　袁本、茶陵本云善無「隔箔」二字。案：二本所見是也。此尤添之，以五臣亂善。

12 「分財」　袁本、茶陵本云「財」善作「賦」。案：此尤改之。

13 「整兄弟末分財之前」　袁本、茶陵本云善無「末」字。案：此尤添之。

伯，仍使上廣州去。後寅喪亡，整兄弟後分奴婢，唯餘婢綠草入眾。整復云寅未分財贖當伯，又應屬眾。整意貪得當伯，推綠草與逡。整規當伯還，擬欲自取，當伯遂經七年不返。整疑已死亡不迴，更奪取婢綠草，貨得錢七千。整兄弟及姊共分此錢，又不分逡。寅妻范云，當伯是亡夫私贖，應屬息逡。當伯天監二年六月從廣州還至，整復奪取，云應充眾，准雇借上廣州四年夫直，今在整處使。

進責整婢采音，劉[14]整兄寅第二息師利，去年十月十二日忽往整墅停住十二日，整就兄妻范求米六㪷[15]哺食。范未得還，整怒，仍自進范所住，屛風上取車帷爲質。范送米六斗，整卽納受。范今年二月九日夜，失車欄子夾杖龍牽等，范及息逡道是采音所偷。整聞聲，仍打逡。范喚問何意打我兒[16]？整母子爾時便同出中庭，隔箔與范相罵。婢采音及奴教子[17]、楚玉、法志等四人，于時在整母子左右。整語采音：其道汝偷車校具，汝何不進裏罵之？既進爭口，舉手誤查范臂。車欄夾杖龍牽，實非采音所偷。

進責寅妻范奴苟奴，列[18]孃去二月九日夜，失車欄夾杖龍牽，疑是整婢采音所

---

14 「進責整婢采音劉」 案：「劉」當作「列」。下文云「並如采音、苟奴等列狀，粗與范相應」，此卽「采音列」也。各本皆誤，今特訂正。

15 「六㪷」 袁本、茶陵本「㪷」作「斗」。案：下文仍作「斗」，疑「斗」是。

16 「范喚問何意打我兒」 袁本、茶陵本云善無「喚」字。案：此尤添之。

17 「婢采音及奴教子」 袁本、茶陵本云善無「婢」字。案：此尤添之。

18 「進責寅妻范奴苟奴列」 袁本、茶陵本云善無「苟奴」字。案：此尤添之，依下文蓋當有。

偷。苟奴與郎逡往津陽門糴米，遇見釆音[19]在津陽門賣車欄龍牽，苟奴登時欲捉取，逡語苟奴已爾不須復取。苟奴隱僻少時，伺視人買龍牽，售五千錢。苟奴仍隨逡歸宅，不見度錢。

并如釆音、苟奴等列狀，粗與范訴相應。重覈當伯、教子，列孃被奪，今在整處使，悉與海蛤列不異。以事訴法，令史潘僧尚議：整若輒略兄子逡分前婢貨賣，及奴教子等私使，若無官令，輒收付近獄測治。諸所連逮絓應洗之源，委之獄官，悉以法制從事。如法所稱，整卽主。昭明刪此文大略，故詳引之，令與彈相應也。

臣謹案：新除中軍參軍臣劉整，閭閻闟茸，名教所絕。史記，太史公曰：李斯自閭閻歷諸侯。弔屈原曰：闟茸尊顯，讒諛得志。世說曰：王平子、胡母彥國諸人皆任放為達，或有裸體。樂廣曰：名教中自有樂地，何為乃爾。直以前代外戚，仕因紈袴，漢書曰：班伯出與王、許子弟為羣，在綺襦紈袴之間，非其好也。惡積釁稔，親舊側目。左氏傳，萇弘曰：毛得必亡，是昆吾稔之日也。杜預曰：稔，熟也。惡積與桀同誅。漢書郅都傳，列侯宗室見都側目而視[20]。理絕通問，而妄肆醜辭；謂大罵也。禮記曰：嫂叔不通問，諸母不漱裳。包咸論語注曰：肆，極意敢言也。詩曰：好言自口，莠言自口。毛萇曰：莠，醜也。終夕不寐，而謬加大杖。謂打逡也。謝承後漢書曰：或問第五倫曰：公有私乎？對曰：吾兄子嘗病，一夜十往，退而安寢，吾子有病，雖不省視，而竟夕不眠。若是者豈可謂無私乎？家語曰：孔子謂曾子曰：汝不聞乎？昔瞽叟有子曰舜。舜事瞽叟也，小捶則待過，大杖則逃走。故瞽叟不犯不父之罪，而舜不失烝烝

19 「遇見釆音」 袁本、茶陵本「遇」下校語云善作「過」。案：此尤改之。

20 注「漢書郅都傳列侯宗室見都側目而視」 袁本、茶陵本「郅都傳」作「音義曰」，見下有「郅」字而視作也。案：此尤校改之也。

之孝。薛包分財[21]，取其老弱；范曄後漢書曰：汝南薛包，字孟嘗，好學篤行。弟子求分異居，包不能止，乃中分其財。奴婢引其老者，曰：與我共事久，若不能使也。田廬取其荒頹者，曰：吾少時所治，意所戀也。器物取朽敗者，曰：我素所服食，身口所安。後徵拜侍中。高鳳自穢，爭訟寡嫂。東觀漢書曰[22]：高鳳，字文通，南陽人也。鳳年老，聲名著聞。太守連召請，恐不得免，自言鳳本巫家，不應為吏。又與寡嫂詐訟田，遂不仕。未見孟嘗之深心，唯斅文通之僞迹[23]。顏延年詠向秀曰：深心託毫素。袁彥伯名臣頌曰：迹洿必偽。昔人睦親，衣無常主；顏延年陶徵士誄曰：睦親之行。衣無常主，已見上文。整之撫姪，食有故人。謂責米也。西京雜記曰：公孫弘起家徒步為丞相，故人齊高賀從之，弘食以脫粟飯，覆以布被。賀怨曰：何用故人富貴為？脫粟布被，我自有之。弘大慙。賀乃告人曰：公孫弘內廚五鼎，外饍一肴，豈可以臨天下。於是朝右疑其矯焉。弘嘆曰：寧逢惡賓，不逢故人。何其不能折契鍾庾，而襜昌占切帷交質，謂取車帷也。漢書曰：高祖從王媼、武負貰酒，兩家[24]常折券棄責。左氏傳，晏子曰：釜十則鍾。杜預曰：六斛四斗也。包咸論語注曰：十六斗為庾。詩曰：漸車帷裳。毛萇曰：帷裳，婦人車飾。鄭玄曰：帷裳，童容也。方言曰：江、淮謂襜褕為童容也。左氏傳曰：鄭伯怨王，王曰：無之。故周、鄭交質。人之無情，一何至此！莊子，惠子謂莊子曰：人故無情乎？莊子曰：然。惠子曰：人而無情，何謂之人？實教義所不容，紳冕所共棄。仲長子昌言曰：引之於教義。嵇康絕交書曰：世教所不容。

臣等參議，請以見事免整所除官，輒勒外收付廷尉法獄治罪。諸所連逮應洗之源，委之獄官，悉以法制從事。婢采音不款偷車龍牽，請付獄測實。其宗長及地界職

---

21 「薛包分財」 袁本、茶陵本云「包」善作「苞」。案：此亦以五臣亂善也。注中字二本並作「苞」，尤盡改作「包」，非。

22 注「東觀漢書曰」 陳云「書」，「記」誤，是也。各本皆誤。

23 「唯斅文通之偽迹」 袁本、茶陵本「斅」作「傚」。案：二本不著校語，無以考也。

24 注「高祖從王媼武負貰酒兩家」 袁本、茶陵本作「高祖每貰酒歲更而酒家」。案：此尤校改之也。

司，初無糾舉，及諸連逮，請不足申盡。臣昉云云，誠惶誠恐以聞[25]。

奏彈王源

沈休文 吳均齊春秋曰：永明八年，沈約為中丞。

給事黃門侍郎兼御史中丞吳興邑中正臣沈約稽首言：臣聞齊大非偶，著乎前誥；辭霍不婚，垂稱往烈。左氏傳曰：齊侯欲以文姜妻鄭太子忽，忽辭。人問其故，太子曰：人各有偶，齊大，非吾偶也。漢書曰：雋不疑為京兆尹，大將軍霍光欲以女妻之，不疑固辭不肯當。班固不疑述曰：不疑膚敏，應變當理；辭霍不婚，逡巡致仕。若乃交二族之和，辨伉合之義，升降窳隆，誠非一揆。禮記曰：婚禮者，將合二姓之好，上以事宗廟，下以繼後代也。左氏傳，施氏之婦怒施氏曰：己不能庇其伉儷。尚書曰：道有升降，政繇俗革。吳都賦曰：窳隆異等。孟子曰：先聖後聖，其揆一也。固宜本其門素，不相奪倫。尚書曰：八音克諧，無相奪倫。使秦晉有匹，涇渭無舛。左氏傳曰：晉公子重耳至於秦，秦伯納女五人，懷嬴與焉。奉匜沃盥。既而揮之，怒曰：秦、晉匹也，何以卑我？孫綽子曰：或問雅俗，曰：涇、渭分流，雅、鄭異調。自宋氏失御，禮教雕衰[26]，答賓戲曰：周失其御。衣冠之族，日失其序。范曄後漢書，霍諝奏記曰：宋光衣冠子孫。袁子正書曰：古者命士已上，皆有冠冕，故謂之冠族。左氏傳，鄭莊公曰：周之子孫，日失其序。姻婭淪雜，罔計廝音斯庶，毛詩曰：瑣瑣姻婭，則無膴仕。毛萇曰：兩壻相謂曰婭。漢書曰：有廝養卒。如淳曰：廝，賤也。販鬻祖曾，以爲賈音古道，鄭玄周禮注曰：居賣物曰賈。明目腆顏，曾無愧畏。丁德禮厲志賦曰：苟神祇之我昭，永明目而無怍。孔安國尚書傳曰：腆，厚也。毛詩曰：不愧

---

25 「臣昉云云誠惶誠恐以聞」 袁本、茶陵本無「云云」二字，以上有「頓首頓首，死罪死罪，稽首」十字。案：說已見前。

26 「禮教雕衰」 袁本、茶陵本「雕」作「彫」。案：此尤本譌字。

於人，不畏於天。若夫盛德之胤，世業可懷，左氏傳，史趙曰：盛德必百世祀。幽通賦曰：違世業之可懷。欒郤之家，前徽未遠。左氏傳，叔向曰：欒、郤、胥、原，降在皁隸。杜預曰：晉舊臣之族也。既壯而室，竊貲莫非皁隸，禮記曰：三十壯有室[27]。鄭玄曰：有室，有妻，妻稱室也。解嘲曰：司馬長卿竊貲卓氏。左氏傳曰：人有十等，士臣皁。又曰：輿臣隸。結褵以行，箕箒咸失其所。詩曰：親結其褵，九十其儀。毛萇曰：褵，婦人之禕也。母戒女施衿結褵。國語曰：越王勾踐行成於吳，曰：一介適女，執箕箒於王宮者也。志士聞而傷心，舊老為之歎息。論語，子曰：志士仁人，無求生以害仁也。自宸歷御寓，弘革典憲，雖除舊布新，而斯風未殄。左氏傳曰：有星孛於大辰。申須曰：彗所以除舊布新也。尚書曰：商俗靡靡，利口惟賢。餘風未殄，公其念哉！陛下所以負扆於紀切興言，思清弊俗者也。禮曰：天子[28]負斧扆南向而立。鄭玄曰：負之言背也。斧依，為斧文屏風。扆與依同。詩曰：興言出宿。尚書曰：弊化奢麗，萬世同流。

臣實儒品[29]，謬掌天憲，范曄後漢書，劉陶上疏曰：今權臣口含天憲。雖埋輪之志，無屈權右；范曄後漢書曰：張綱，字文紀，為侍御史。順帝遣八使詢風俗，餘人受命之部，綱獨埋其車輪於洛陽都亭，曰：犲狼當路，安問狐狸？遂奏大將軍梁冀。東觀漢記曰：皇甫嵩上言，四姓權右，咸各斂手也。而狐鼠微物，亦蠹大猷。應璩詩曰：城狐不可掘，社鼠不可熏。晏子春秋，景公問晏子曰：治國亦有常乎？對曰：讒佞之人，隱在君側，猶社鼠不熏也。去此乃治矣。范曄後漢書，虞延謂馬成曰：爾民之巨蠹，久依城社，不畏熏燒。毛詩曰：秩秩大猷也。風聞東海王源，嫁女與富陽滿氏。漢書曰：尉佗曰：風聞老夫父母墓已壞削。賈逵國語注曰：風，采也，采聽商旅之言也。源雖人品庸陋，

---

27 注「禮記曰三十壯有室」　袁本、茶陵本無此八字。案：蓋一本因已見五臣而節去，尤有，是也。
28 注「禮曰天子」　袁本、茶陵本「曰」作「記」。案：此當「記」、「曰」兩有。
29 「臣實儒品」　袁本、茶陵本「儒」作「懦」。案：此尤本譌字。

胄實參華。曾祖雅，位登八命；檀道鸞晉陽秋曰：王雅，字茂德，東海郯人，為右僕射。周禮曰：八命作牧。鄭司農曰：一州之牧也。王之三公，亦八命也。祖少卿，內侍帷幄；父璿，升采儲闈，亦居清顯。尚書曰：亮采惠疇。孔安國注曰：采，事也。何法盛陳郡謝錄曰：謝石以有大勳，遂居清顯。源頻叨諸府戎禁，豫班通徹。應劭漢書注曰：舊曰徹侯，避武帝諱，曰通侯也。而託姻結好[30]，唯利是求，左氏傳，晉侯使呂相絕秦，曰：秦與晉出入，秦惟利是視。玷辱流輩，莫斯爲甚。孝經鉤命訣曰：名毀行廢，玷辱先人。源人身在遠，輒攝媒人劉嗣之到臺辯問。嗣之列稱：吳郡滿璋之，相承云是高平舊族，寵奮胤胄，魏志，滿寵[31]，字伯寧，景初二年為太尉，薨，子偉嗣。世說曰[32]：偉弟子奮，元康中至司隸校尉。荀綽冀州記曰：奮，高平人也。家計温足，見託爲息鸞覓婚。漢書，董仲舒對策曰：家溫而食厚祿。王源見告窮盡，卽索璋之簿閥，漢書，朱博曰：王卿憂公甯閥閱詣府。音義曰：明其等曰閥，積功曰閱也。見璋之任王國侍郎，鸞又爲王慈吳郡正閤主簿，吳均齊春秋曰：王慈，字伯寶，早有令譽，稍歷侍中，吳郡太守。源父子因共詳議，判與爲婚。璋之下錢五萬，以爲聘禮。娶妻及納徵皆曰聘。周禮曰：穀圭以聘女。源先喪婦，又以所聘餘直納妾。如其所列，則與風聞符同。

窺尋璋之姓族，士庶莫辨。滿奮身殞西朝，胤嗣殄沒，武秋之後，無聞東晉，晉初都洛陽，故曰西朝；後在江東，故曰東晉。臧榮緒晉書，陳晷有譽西朝。干寶晉紀曰：苗願殺司隸校尉滿奮。荀綽冀州記曰：滿

---

30 「而託姻結好」　袁本無「結」字，云「好」善作「結」。茶陵本無「好」字，云「結」五臣作「好」。案：此蓋尤校改兩存。依文義，善不當無「好」字，而以「而託姻結」為句。二本所見必有誤，校語未足據也。

31 注「魏志滿寵」　袁本、茶陵本「志」下有「曰」字，是也。

32 注「世說曰」　陳云「說」，「語」誤，是也。各本皆誤。

奮，字武秋。公羊傳曰：紀子伯者何，謂無聞焉爾[33]。其爲虛託，不言自顯。王滿連姻，寔駭物聽，漢書音義曰：連，親婣也[34]。尚書大傳曰：文王施政而物皆聽。潘楊之睦，有異於此。潘岳楊仲武誄曰：潘、楊之睦，有自來矣。曹子建求自試表曰：古之受爵祿者，有異於此。且買妾納媵，因聘爲資，左氏傳，鄭子產曰：故志曰：買妾不知其姓，則卜之。施衿之費，化充牀第，儀禮曰：女嫁，母施衿結帨。鄭玄曰：帨，佩巾也。左氏傳曰：趙武過鄭，伯有賦鶉之賁賁。趙孟曰：牀第之言不踰閾。杜預曰：第，簀也。鄙情贅行，造次以之。蜀志，諸葛亮表李平曰：臣知平鄙情，欲因行止之際，逼臣取利也。老子曰：自伐無功，自矜不長，其在道曰餘食贅行。王弼曰：更為疣贅也。糾慝繩違，允茲簡裁。源卽主。言其違慝，信當此簡之所貶裁。尚書曰：繩愆糾謬，格其非心。

臣謹案：南郡丞王源，忝藉世資，得參纓冕，漢書音義曰：無忌却秦，有地資也。同人者貌，異人者心，列子曰：夏桀、殷紂、魯桓、齊穆[35]，狀貌七竅皆同於人，而有禽獸之心也。以彼行媒，同之抱布。禮記曰：男女非有行媒，不相知名。詩曰：氓之蚩蚩，抱布貿絲；匪來貿絲，來卽我謀。且非我族類，往哲格言；薰蕕不雜，聞之前典。左氏傳曰：公欲求成于楚而叛晉，季文子曰：史佚之志有之，非我族類，其心必異。論語考比讖曰：格言成法。家語，顏回曰：回聞薰蕕不同器而藏。汧馬督誄曰：聞之前典。豈有六卿之胄，納女於管庫之人；尚書曰：六卿分職。禮記曰：晉文[36]謂趙文子知人，所舉晉國管庫之士七十有餘家。鄭玄曰：管，管鍵者也。宋子河魴，同穴於輿臺之鬼。毛詩曰：豈其食魚，必河之魴，豈其娶妻，必齊之姜；豈其食魚，必河之鯉；豈其娶妻，必

---

33 注「謂無聞焉爾」　袁本、茶陵本無「謂」字，是也。

34 注「連親婣也」　袁本、茶陵本「婣」作「姻」。案：史記集解引作「婚」，漢書南越傳顏注引孟康亦作「婚」，皆與善不同。索隱云：「連者，連姻也。」恐尤延之以彼語校改，復錯誤如此耳。

35 注「魯桓齊穆」　何校「齊」改「楚」，陳同，是也。各本皆誤。

36 注「禮記曰晉文」　何校「文」改「人」，是也。各本皆誤。

宋之子。又曰：轂則異室，死則同穴。左氏傳曰：皁臣輿。又曰：僕臣臺。高門降衡，雖自己作；陸雲答兄書曰：高門降衡，脩庭樹蓬[37]。蔑祖辱親，於事爲甚。說文，懱，輕易也。蔑與懱古字同。此風弗剪，其源遂開，點世塵家，將被比屋。尚書大傳曰：周民可比屋而封。宜寘以明科，黜之流伍。使已污之族，永愧於昔辰；方媾之黨，革心於來日。賈子曰：宋昭公革心易行。臣等參議，請以見事免源所居官，禁錮終身，輒下禁止視事如故。言禁止其視事之法，當如故事也。源官品應黃紙，臣輒奉白簡以聞。臣約誠惶誠恐，云云。

牋

答臨淄侯牋

楊德祖 典略曰：楊脩，字德祖，太尉彪子，謙恭材博。自魏太子以下，並爭與交好。又是時臨淄侯以才捷愛幸，秉意投脩，數與脩書，脩答牋。後曹公以脩前後漏泄言教，交關諸侯，乃收殺之。

脩死罪死罪[38]。不侍數日，若彌年載。毛萇詩傳曰：彌，終也。豈由愛顧之隆，使係仰之情深邪！損辱嘉命，蔚矣其文，易曰：君子豹變，其文蔚也。誦讀反覆，雖諷雅頌，不復過此。說文曰：諷，誦也。若仲宣之擅漢表，陳氏之跨冀域，徐劉之顯青豫，應生之發魏國，斯皆然矣。仲宣投劉表，寓流楚壤，故云漢表。孔璋竄身袁氏，故云冀域。偉長淹留高密，故云青也。公幹淪飄許京，故云

---

37 注「陸雲答兄書曰高門降衡脩庭樹蓬」 何校「書」改「詩」，此十四字，茶陵有，袁無。案：無者疑脫。

38 「脩死罪死罪」 袁本、茶陵本不重「死罪」。案：此尤添之也。

豫。德璉時居汝、潁，汝、潁，太祖食邑，故云魏也。至於脩者，聽采風聲，仰德不暇，尚書曰：樹之風聲。自周章於省覽[39]，何遑高視哉？家語曰：孔子出乎四門，周章遠望。曹植書曰：足下高視於上京也。

伏惟君侯，少長貴盛，體發旦之資，有聖善之教。發，武王名也；旦，周公名也。毛詩曰：凱風自南，吹彼棘心。母氏聖善，我無令人。遠近觀者，徒謂能宣昭懿德，光贊大業而已；毛詩曰：宣昭義問。又曰：人之秉彝，好是懿德。周易曰：富有之謂大業。不復謂能兼覽傳記，留思文章。今乃含王超陳，度越數子矣。漢書，桓譚曰：楊子之書，文義至深，必度越諸子矣。觀者駭視而拭目，聽者傾首而竦耳。非夫體通性達，受之自然，其孰能至於此乎？老子曰：天法道，道法自然。鍾會曰：莫知所出，故曰自然。又嘗親見執事，握牘持筆，有所造作，若成誦在心，借即書於手，曾不斯須少留思慮。仲尼日月，無得踰焉，論語，子貢曰：仲尼不可毀也。仲尼日月也，無得而踰焉。脩之仰望，殆如此矣。是以對鶡而辭，作暑賦彌日而不獻，植為鶡鳥賦，亦命脩為之，而脩辭讓。植又作大暑賦，而脩亦作之，竟日不敢獻。見西施之容，歸增其貌者也[40]。越絕書曰：越王乃飾美女西施、鄭巴，使大夫種獻之於吳王。

伏想執事，不知其然，猥受顧錫，教使刊定。鄭玄禮記注曰：刊，削也。春秋之成，莫能損益；呂氏淮南，字直千金。然而弟子箝口，市人拱手者，聖賢卓犖，固所以殊絕凡庸也。史記曰：孔子在位，聽訟文辭，有可與共者，弗獨有也。至於為春秋，筆則筆，削則削，子夏之徒，不能贊一辭。桓子新論曰：秦呂不韋請迎高妙，作呂氏春秋；漢之淮南王聘天下辯通，以著篇章。書成，皆布之都市，懸置千金，以延示眾士，而

39 「自周章於省覽」 袁本、茶陵本「自」作「目」，是也。何校云魏志注作「目」。

40 「歸增其貌者也」 袁本、茶陵本「增」作「憎」，是也。

莫能有變易者。乃其事約豔，體具而言微也。今之賦頌，古詩之流，不更孔公，風雅無別耳。兩都賦序曰：賦者，古詩之流也。文雖出此，而意微殊。脩家子雲，老不曉事，強著一書，悔其少作。曹植書曰：楊雄猶稱壯夫不為。楊子法言，或問吾子少好賦，曰：然，童子彫蟲篆刻。俄而曰：壯夫不為。少，失照切。若此仲山周旦之儔，爲皆有諐邪！毛詩序曰：七月，周公遭變，陳王業之艱難。然詩無仲山甫作者，而吉父美仲山父之德，未詳德祖何以言之。君侯忘聖賢之顯迹，述鄙宗之過言，竊以爲未之思也。楚辭曰：吾聞作忠以造怨，忽謂之過言。論語曰：未之思也。

若乃不忘經國之大美，流千載之英聲，曹植書曰：采庶官之實錄，成一家之言。東京賦曰：忘經國之長基。封禪書曰：飛英聲。銘功景鍾，書名竹帛，國語，晉悼公曰：昔克路之役，秦來圖敗晉功，魏顆以其身却退秦師于輔氏，親止杜回，其勳銘于景鍾。韋昭曰：景鍾，景公鍾也。墨子曰：以其所獲書於竹帛，傳遺後世子孫也。斯自雅量，素所畜也，豈與文章相妨害哉？輒受所惠，竊備矇瞍誦詠而已，詩曰：矇瞍奏工。敢望惠施以忝莊氏？曹植書曰：其言之不慚，恃惠子之知我也。修言己豈敢望比惠施之德，以忝辱於莊周之相知乎？莊周，喻植也。惠施，莊周相知者也，故引之。[41]季緒璅璅，何足以云。曹植書曰：劉季緒好詆訶文章。魏志曰：劉季緒，名脩，劉表子，官至樂安太守。反答造次，不能宣備。脩死罪死罪。

與魏文帝牋

繁休伯文章志曰：繁欽，字休伯，潁川人，少以文辯知名。以豫州從事，稍遷至丞相主簿，病卒。文帝集序云：上西征，余守譙，繁欽從。時薛訪車子能喉囀，與笳同音。欽牋還與余，而盛歎之。雖過其實，而其文甚麗。

---

[41] 注「修言己豈敢望」下至「故引之」　袁本無此三十七字。案：無者是也。茶陵本幷五臣入善，此同其誤耳。

正月八日壬寅，領主簿繁欽[42]，死罪死罪。近屢奉牋，不足自宣。頃諸鼓吹，廣求異妓，時都尉薛訪車子，年始十四，（左氏傳曰：叔孫氏之車子鉏商獲麟。）能喉囀引聲，與笳同音。白上呈見，果如其言。（許慎淮南子注曰：果，成也。）即日故共觀試，乃知天壤之所生，誠有自然之妙物也。潛氣內轉，哀音外激，大不抗越，細不幽散，（廣雅曰：抗，高也。）聲悲舊笳，曲美常均。（樂汁圖徵曰：聖人往承天以立五均。均者，亦律調五聲之均也[43]。宋均曰：長八尺，施絃也。）及與黃門鼓吹温胡，迭唱迭和，（漢書曰：鄭聲尤集黃門[44]集樂之所[45]。漢書音義，如淳曰：今樂家五日一習樂，為理樂。[46]桓譚新論曰：漢之三主，內置黃門工倡[47]。）喉所發音，無不響應，曲折沈浮，尋變入節。自初呈試，中間二旬，胡欲傲其所不知，尚之以一曲，巧竭意匱，既已不能。（左氏傳，韓宣子如楚，叔向為介。王欲傲叔向以其所不知而不能也。）而此孺子遺聲抑揚，不可勝窮，優遊轉化，餘弄未盡；暨其清激悲吟，雜以怨慕，（暨，及也。）詠北狄之遐征，奏胡馬之長思，（古詩曰：胡馬依北風。）悽入肝脾，哀感頑豔。是時日在西隅，涼風拂衽，（說文曰：衽，衣衿也。）背山臨谿，流泉東逝。同坐仰嘆，觀者俯聽，莫不泫泣殞涕，悲懷慷慨。自左顛史妠謇姐名倡，（魏志，文帝令杜

42　「領主簿繁欽」　茶陵本無「繁」字，袁本有。案：此疑善無，五臣有，一本失著校語，而尤以五臣亂善。

43　注「亦律調五聲之均也」　何校「亦」改「六」，是也。各本皆誤。

44　注「漢書曰鄭聲尤集黃門」　案：此有脫誤，所引必禮樂志「鄭聲尤甚，黃門名倡丙彊、景武之屬」云云，以注「黃門」也。今誤「甚」為「集」，「黃門」下失去，全非其舊耳。

45　注「集樂之所」　案：「集」上當更有「黃門」二字。

46　注「漢書音義」下至「為理樂」　袁本無此十八字，有「已見長笛賦」五字。案：袁本最是，「已見長笛賦」，即指黃門集樂之所也。茶陵本複出，非。

47　注「桓譚新論曰漢之三主內置黃門工倡」　案：此十五字亦已見長笛賦，不當有也。各本皆衍。

孌與左騻等[48]於賓客之中吹笙鼓琴。然騻與巔音同也。其史妠、謇姐，蓋亦當時之樂人。聲類曰：妠，奴紺切。說文曰：嫭字或作姐，古字假借也。姐，子也切。能識以來，耳目所見，僉曰詭異，未之聞也。李陵與蘇武書曰：陵自有識以來，士之立操，未有如子卿者也。說文曰：詭，變也。

竊惟聖體，兼愛好奇；莊子，仲尼謂老聃曰：兼愛無私也。是以因牋，先白委曲。伏想御聞，必含餘懽。冀事速訖，旋侍光塵，寓目階庭，與聽斯調，左氏傳曰：得臣與寓目焉。宴喜之樂，蓋亦無量。詩曰：吉甫宴喜。欽死罪死罪。

答東阿王牋

陳孔璋 文章志曰：陳琳，字孔璋，廣陵人也。避亂冀州，袁紹辟之，使典密事。紹死，魏太祖辟為軍謀祭酒，典記室，病卒。

琳死罪死罪。昨加恩辱命，并示龜賦，披覽粲然。君侯體高世之才，秉青萍干將之器，漢書，袁盎諫文帝曰：陛下有高世之行三。呂氏春秋曰：趙襄子遊於囿中，至於梁，馬却不肯進。青萍為參乘，青萍進，視下，豫讓却寢，佯為死人。叱青萍曰：去，長者且有事。青萍曰：少而與子友。子今日為大事，而我言之，失相與之道，子賊吾君，而我不言，失為人臣之道。如我者唯死之可也。退而自殺。青萍，豫讓之友也。張叔及論[49]曰：青萍砥礪於鋒鍔，庖丁剖犧於用刀。越絕書曰：楚令歐冶子干將為鐵劍二枚。吳越春秋曰：干將者，吳人。造劍二枚[50]，一曰干將，二曰莫邪。拂鐘

48 注「與左騻等」 案：「騻」當作「顛」，觀下注「騻與巔同」可見也。「巔」即「顛」字，今本魏志作「願」，乃誤字耳。
49 注「張叔及論」 案：「叔及」當作「升反」，說已詳前。各本皆誤。
50 注「吳越春秋曰干將者吳人造劍二枚」 袁本、茶陵本無此十四字。

無聲，應機立斷。說苑曰：西閭過東渡河，中流而溺，船人接而出之，問曰：子何之？過曰：欲說東諸侯。船人曰：子渡河而溺，安能說東諸侯乎？過曰：獨不聞干將莫邪，拂鍾不錚，試物不知，然以之綴履，曾不如兩錢之錐。今子持檝乘扁舟，子所能也。若試與子東說諸侯王，見一國之主，子之濛濛然無異於未視猶也。又曰：淳于髡三稱，鄒忌三知之。髡等辭屈而去。故所以尚干將莫邪者，貴於立斷。此乃天然異稟，非鑽仰者所庶幾也。言天性自然，受於異氣也。孔安國尚書傳曰：稟，受也。論語，顏淵曰：仰之彌高，鑽之彌堅。音義既遠，清辭妙句，焱絕煥炳，說文曰：焱，火華也，鹽念切。譬猶飛兔流星，超山越海，龍驥所不敢追；況於駑馬，可得齊足？呂氏春秋曰：飛兔、騕褭，古之駿馬也。流星，言疾也。李尤七歎曰：神奔電驅，星流矢騖，則莫若益野騰駒。楚辭曰：驢騾偃蹇而齊足。夫聽白雪之音，觀綠水之節，然後東野巴人，蚩鄙益著。宋玉諷賦曰：臣援琴而鼓之，為幽蘭白雪之曲。淮南子曰：手會綠水之趍。高誘曰：綠水，古詩也，東野，下里之音也。宋玉對問曰：客有歌於郢中者，其始曰下里巴人也。載懽載笑，欲罷不能。詩曰：既見復關，載笑載言。論語，顏淵曰：夫子博我以文，約我以禮，欲罷不能。謹韞櫝玩耽，以為吟頌。論語，子貢曰：有美玉於斯，韞櫝而藏諸。吟誦，謂謳吟歌誦。琳死罪死罪。

答魏太子牋 魏略曰：魏郡大疫，故太子與質書，質報之。

吳季重 魏志，吳質，字季重，濟陰人，以文才為文帝所善，為朝歌長，官至振威將軍。文帝為太子時，重答此牋也。

二月八日庚寅，臣質言：奉讀手命，追亡慮存，恩哀之隆，形於文墨。日月冉冉，歲不我與[51]。楚辭曰：老冉冉而逾施。論語，陽貨曰：歲不我與。昔侍左右，廁坐眾賢，出有微行

51「歲不我與」 袁本、茶陵本「我與」作「與我」。案：「與我」是也。善注引「歲不我與」，而正文自作「與我」，即所謂不拘語倒之例，前已詳論矣。尤依注乙正文，非。

之遊，入有管絃之懽，漢書曰：武帝微行私出。張晏曰：騎出入市里，若微賤之所為，故曰微行。置酒樂飲，賦詩稱壽。漢書曰：陳平厚具樂飲太尉。史記曰：武安君起為壽。如淳曰：上酒謂稱壽也。自謂可終始相保，並騁材力，効節明主。何意數年之間，死喪略盡。臣獨何德，以堪久長？

陳徐劉應，才學所著，誠如來命，惜其不遂，可爲痛切。凡此數字，於雍容侍從，實其人也。兩都賦序曰：雍容揄揚。漢書曰：嚴助侍燕從容。若乃邊境有虞，羣下鼎沸，軍書輻至，羽檄交馳，於彼諸賢，非其任也。漢書，田延年曰：羣下鼎沸，社稷將傾。又息夫躬上疏曰：軍書交馳而輻湊，羽檄重積而狎至。往者孝武之世，文章爲盛，若東方朔枚皋之徒，不能持論，卽阮陳之儔也。漢書，東方朔、枚皋不根持論，上頗俳優畜之。其唯嚴助壽王，與聞政事，然皆不慎其身，善謀於國，卒以敗亡，臣竊恥之，漢書曰：唯嚴助與吾丘壽王見任用。後淮南王朝，賂遺，助竟坐棄市。壽王後坐事誅。論語曰：冉子退朝，子曰：何晏也？對曰：有政。子曰：其事也，如有政，雖不吾以，吾其與聞之。至於司馬長卿稱疾避事，以著書爲務，則徐生庶幾焉。漢書，司馬相如常稱疾避事。又長卿妻曰：長卿時時著書，人又取去。魏文書曰[52]：偉長著中論二十餘篇。爾雅曰：尚，庶幾也。而今各逝，已爲異物矣。鵩鳥賦曰：化為異物，又何足患。後來君子，實可畏也。魏文書曰：後生可畏，來者難誣。

伏惟所天，左氏傳，箴尹克黃曰：君，天也。何休墨守曰：君者，臣之天也。[53]優游典籍之場，休息篇章之囿，班固答賓戲曰：婆娑乎藝術之場，休息乎篇籍之囿。項代曰[54]：場囿，講藝之處。發言抗論，窮理盡

---

52 注「魏文書曰」 袁本、茶陵本「魏文」作「文帝」，是也。下同。

53 「伏惟所天」又注「左氏傳」下至「臣之天也」 袁本、茶陵本云善無「伏惟所天」。案：此不當無，傳寫脫耳。尤校添為是。二本幷無注二十二字，此所有未審何出。

54 注「項代曰」 陳云「代」，「岱」誤，是也。各本皆誤。

微，周易，窮理盡性。孔安國尚書傳曰：微，妙也。摛藻下筆，鸞龍之文奮矣。鸞龍，鱗羽之有五彩，設以喻焉。答賓戲曰：摛藻如春華。班固與弟超書曰：傳武仲下筆不休。雖年齊蕭王，才實百之。魏文書曰：吾德不及蕭王，年與之齊矣。東觀漢記曰：更始遣使者立光武為蕭王。漢書，劉向上疏曰：陳湯比於貳師，功德百之。此眾議所以歸高，遠近所以同聲[55]。周易曰：同聲相應。然年歲若墜，今質已四十二矣，白髮生鬢，所慮日深，實不復若平日之時也。但欲保身勑行，不蹈有過之地，以爲知己之累耳。莊子曰：可以保身。孔安國尚書傳曰：勑，正也。慎子曰：久處無過之地，則世俗聽矣。遊宴之歡，難可再遇；盛年一過，實不可追。臣幸得下愚之才，值風雲之會，論語，子曰：唯上智與下愚不移。周易曰：雲從龍，風從虎。時邁齒臷[56]徒結切，尚書曰：日月逾邁。左氏傳，宰孔謂齊侯曰：伯舅耋老。杜預曰：七十曰耋也。猶欲觸匈奮首，展其割裂之用也。不勝慺慺。尚書曰：慺慺，謹敬也[57]。以來命備悉，故略陳至情。質死罪死罪。

在元城與魏太子牋

吳季重 魏略曰：質遷元城令，之官，過鄴辭太子，到縣與太子牋。

臣質言：前蒙延納，侍宴終日，鄭玄禮記注曰：延，進也。燿靈匿景，繼以華燈。楚辭曰：

---

55 「遠近所以同聲」 袁本、茶陵本「聲」下有「也」字。何校添，陳同。是也。

56 「時邁齒臷」 案：疑此「臷」當作「耋」，故注引左傳「耋老」。袁、茶陵二本所載五臣良注「臷，大也」。蓋「臷」、「耋」為善、五臣不同也。又案：漢書孔光傳「犬馬齒臷」，讀作「耋」。或季重用彼成文。然則善當有「臷」、「耋」異同之注，今刪削不全。

57 注「尚書曰慺慺謹敬也」 袁本無「尚」字，茶陵有。案：無者疑脫「字」字耳，作「尚」非也。求通親親表注引亦誤。

角宿末旦，耀靈焉藏？廣雅曰：耀靈，日也。楚辭曰：蘭膏明燭華燈錯。**雖虞卿適趙，平原入秦，受贈千金，浮觴旬日，無以過也。**史記曰：虞卿者，遊說之士也。說趙孝成王，一見賜金百鎰，再見為上卿，故號為虞卿。又曰：秦昭王為書遺平原君曰：寡人聞君之高義，願與君為布衣之交。君幸過寡人，願與為十日之飲。平原君遂入秦見昭王。**小器易盈，先取沈頓，醒寤之後，不識所言。**孔安國尚書傳曰：沈，謂醉冥也。頓，猶弊也。**即以五日到官。**

初至承前，未知深淺。言每事承前，無所改易也。深淺，猶善惡也。**然觀地形，察土宜。**左氏傳，賓媚人曰：先王疆理天下，物土之宜。**西帶常山**[58]**，連岡平代；**漢書有恒山郡[59]。張晏曰：恒山在西。漢書，代郡有平邑及代二縣。**北鄰柏人，乃高帝之所忌也。**漢書，上東擊韓信，餘寇東垣，還過趙。趙相貫高等恥上不禮其王，陰謀欲殺上。上欲宿，心動，問縣名何？曰：柏人。上曰：柏人者，迫於人也。去弗宿。**重以泜水，漸漬疆宇，**漢書，恒山郡元氏縣有泜水，首受中丘西山，窮泉谷，入黃河。泜音脂。**喟然嘆息：思淮陰之奇譎，亮成安之失策；**漢書，成安君陳餘背漢之趙[60]。遣張耳與韓信擊破趙井陘，斬陳餘泜水上。奇譎，謂拔趙幟立漢幟。失策，謂不用李左車之言也。**南望邯鄲，想廉藺之風；**廉頗、藺相如，趙國之賢將也，[61]故想其風。邯鄲，趙所都也。**東接鉅鹿，存李齊之流。**漢書，文帝問馮唐曰：吾居代時，吾尚食監高袪，數為我言趙將李齊之賢，戰於鉅鹿下。吾每飲食，意未嘗不在鉅鹿也。**都人士女，服習禮教，**西都賦曰：都人士女，殊異乎五方。**皆懷慷慨之節，包左車之計。**漢書，廣武君李左車說成安君曰：聞漢將韓信議欲以下趙，願假臣奇兵三萬人，絕其輜重。足下深溝高壘，堅壁勿與戰。吾奇兵

---

58 「西帶常山」 袁本、茶陵本「常」作「恒」。案：此尤改之也。

59 注「漢書有恒山郡」 袁本、茶陵本「恒」作「常」，是也。下漢書恒山郡元氏縣同。

60 注「背漢之趙」 陳云「趙」，「楚」誤，是也。各本皆誤。

61 注「趙國之賢將也」下至「趙所都也」 袁本此十六字作「俱趙將也」四字，是也。茶陵本幷入五臣，非。此同其誤耳。

絶其後，兩將之首，可致戲下。成安君不聽也。而質闇弱，無以莅之。毛萇詩傳曰：莅，臨也。若乃邁德種恩，樹之風聲，尚書，咎繇邁種德。風聲，已見上。使農夫逸豫於疆畔，女工吟詠於機杼[62]，固非質之所能也。詩曰：爾公爾侯，逸豫無期。漢書，酈食其曰：農夫釋耒，紅女下機。工與紅同。毛詩序曰：吟詠情性。至於奉遵科教，班揚明令，爾雅曰：科，條也[63]。下無威福之吏，邑無豪俠之傑，尚書曰：臣無有作福作威。賦事行刑，資於故實，國語，樊穆仲曰：魯侯賦事行刑，必問於遺訓而咨於故實。抑亦懍懍有庶幾之心。孔安國尚書傳曰：懍懍，危懼貌。

往者嚴助釋承明之懽，受會稽之位；壽王去侍從之娛，統東郡之任。其後皆克復舊職，追尋前軌。今獨不然，不亦異乎？漢書曰：嚴助為中大夫，上問所欲，對曰：願為會稽太守。數年，賜書制詔[64]會稽太守：君猒承明之廬，出為郡吏，久不聞問。助恐，上書謝，願奉三年計最。詔許，因留侍中。又曰：吾丘壽王善格五，召待詔，拜侍中，後為東郡尉[65]。復徵入為光祿大夫侍中。張敞在外，自謂無奇；陳咸憤積，思入京城。漢書曰：張敞為膠東相，與朱邑書曰：值敞遠守劇郡，馭於繩墨，胸臆約結，固無奇矣。又曰：陳咸，字子康，為南陽守。咸數賂遺陳湯，與書曰：即蒙子公力，得入帝城，死不恨矣。後竟入為少府。又曰：陳湯，字子公。彼豈虛談夸論，誑燿世俗哉？斯實薄郡守之榮，顯左右之勤也。古今一揆，先後不貿，爾雅曰：

---

62 「女工吟詠於機杼」 案：「女工」當作「工女」，以「工女」與「農夫」偶句也。酈食其傳「紅女」與景帝紀「女紅」，迥乎有別。觀善舍紀引傳，較可知矣。各本皆誤倒。

63 注「爾雅曰科條也」 案：「爾」當作「廣」。各本皆譌。此所引釋言文也。

64 注「賜書制詔」 袁本、茶陵本「書」下有「曰」字，是也。

65 注「後為東郡尉」 何校「尉」上添「都」字，陳同，是也。各本皆脫。

質，易也[66]。焉知來者之不如今？論語曰：後生可畏，焉知來者之不如今？聊以當覲，不敢多云。質死罪死罪。

為鄭沖勸晉王牋

阮嗣宗 臧榮緒晉書曰：鄭沖，字文和，滎陽人也，位至太傅。又曰：魏帝封晉太祖為晉公，太原等十郡為邑，進位相國，備禮九錫。太祖讓不受。公卿將校皆詣府勸進，阮籍為其辭。魏帝，高貴鄉公也。太祖，晉文帝也。[67]

沖等死罪。伏見嘉命顯至，竊聞明公固讓，沖等眷眷，實有愚心，以爲聖王作制，百代同風，褒德賞功，有自來矣。漢書，武帝詔曰：古者賞有功，褒有德。左氏傳，叔孫曰：叔出季處，有自來矣。昔伊尹，有莘氏之媵田證切臣耳，一佐成湯，遂荷阿衡之號；說苑，鄒子說梁王曰：伊尹，有莘之媵臣，湯立以為三公。史記曰：伊尹欲干湯，乃為有莘媵臣。毛詩曰：實維阿衡，實左右商王。毛萇曰：阿衡，伊尹也。周公藉已成之勢，據既安之業，光宅曲阜，奄有龜蒙；尚書曰：光宅天下。又曰：魯侯伯禽宅曲阜。毛詩曰：奄有龜蒙，遂荒大東。毛萇曰：龜山、蒙山也。呂尚磻溪之漁者，一朝指麾，乃封營丘。尚書中候曰：王即迴駕水畔，至磻溪之水，呂尚釣於崖。史記曰：西伯以呂尚為太師。武王東伐，師尚父左仗黃鉞，右秉白旄以誓。武王以平商[68]，封尚父於齊營丘。魏書，荀攸勸進曰：昔周公承文武之迹，受已成之業；呂望暫把旄鉞，一時指麾。皆大啓土宇，跨州兼國。自是以來，功薄而賞厚者，不可勝數。東觀漢記，曹節上書曰：功薄賞厚，誠有踧踖也。然

---

66 注「爾雅曰質易也」 案：「爾」當作「小」。各本皆譌。此所引廣詁文也。

67 注「魏帝高貴鄉公也太祖晉文帝也」 袁本、茶陵本無此十三字。案：此不當無，或二本脫。

68 注「武王以平商」 袁本、茶陵本「以」作「已」，是也。

賢哲之士，猶以爲美談。公羊傳曰：魯人至今以為美談[69]。況自先相國以來，世有明德，王隱晉書宣紀曰：天子策命上為相國。又景紀曰：天子策上為相國。毛詩曰：世有哲王。尚書曰：明德惟馨。翼輔魏室，以綏天下，朝無闕政，民無謗言。南都賦曰：朝無闕政，風烈昭宣。左氏傳曰：晉悼公即位，民無謗言，所以復霸也。前者，明公西征靈州，北臨沙漠，榆中以西，望風震服，羌戎東馳，迴首內向。王隱晉書文紀曰：姜維出隴右，上帥輕兵到靈州，大破之，諸虜震服。漢北地郡有靈州縣[70]，金城郡有榆中縣。李陵書曰：遠聽之臣，望風馳命。爾雅曰：震，懼也。長楊賦曰：靡節西征，羌僰東馳。封禪文曰：昆蟲闓澤，回首面內。劇秦美新曰：回首內嚮，喁喁如也。東誅叛逆，全軍獨尅，禽闔閭之將，斬輕銳之卒，以萬萬計，威加南海，名懾之涉切三越。王隱晉書文紀曰：諸葛誕反，上親臨西園[71]，四面並攻。須臾陷潰，斬送誕首。魏志曰：誕閉城自守，遣小子靚至吳請救。吳遣唐咨、王祚來應誕。及斬誕，唐咨、王祚皆降。吳兵萬眾，器仗軍實山積。孫子兵法曰：用兵之法，全軍為上，破軍次之。闔閭，吳王也，以比孫權。爾雅曰：懾，懼也。郭璞曰：即懾字也。漢書有三越，謂吳越及南越、閩越也。宇內康寧，苛慝不作。過秦論曰：包舉宇內。尚書，五福，三曰康寧。左氏傳，晉叔向曰：有楚國者，其棄疾乎？君居陳、蔡，苛慝不作，盜賊伏隱也。是以殊俗畏威，東夷獻舞。范曄後漢書曰：東夷自少康以後，世服王化，獻其樂舞。

故聖上覽乃昔以來禮典舊章，開國光宅，顯茲太原。毛詩曰：率由舊章。周易曰：大君有命，開國承家。明公宜承聖旨，受茲介福，允當天人。易曰：受茲介福，以中正也。左氏傳，楚子曰：軍志云，

---

69 注「公羊傳曰魯人至今以為美談」　袁本此十二字作「美談，已見上文」，是也。茶陵本複出，非。

70 注「漢北地郡有靈州縣」　袁本、茶陵本「漢」下有「書」字，是也。

71 注「上親臨西園」　袁本「園」作「圍」，是也。茶陵本亦誤「園」。

允當卽歸。元功盛勳，光光如彼；國土嘉祚，巍巍如此。內外協同，靡愆靡違。由斯征伐，則可朝服濟江，掃除吳會；國語曰：齊教大成，定三革，隱五刃，朝服以濟河，而無怵惕焉，文事勝矣。漢書西塞江源，望祀岷山。漢書曰：江水祀蜀，塞特牲，亦牛犢。塞，謂報神恩也。禮記曰：東巡狩，望祀山川。漢書曰：秦幷天下，令祠官祠瀆山。瀆山，蜀之岷山也。迴戈弭節，以麾天下，長楊賦曰：迴戈聊指[72]，南越相夷；靡節西征，羌、僰東馳。今以靡為弭，誤也。遠無不服，邇無不肅。國語，祭公謀父曰：近無不聽，遠無不服。今大魏之德[73]，光于唐虞；明公盛勳，超於桓文。然後臨滄州而謝支伯，登箕山而揖許由，豈不盛乎！莊子曰：舜讓天下於子州支伯，子州支伯曰：予有幽憂之病，方且治之，未暇治天下。支或為交。呂氏春秋曰：昔堯朝許由於沛澤之中，請屬天下於夫子，許由遂之箕山之下。至公至平，誰與爲鄰？仲長子昌言曰：人主臨之以至公。莊子，魯侯曰：其道幽遠而無人，吾誰與之為鄰[74]。何必勤勤小讓也哉！沖等不通大體，敢以陳聞。

拜中軍記室辭隋王牋[75]

謝玄暉 蕭子顯齊書曰：謝眺[76]為隋王子隆府文學。世祖勑眺可還都，遷新安王中軍記室，牋辭子隆。世祖，武皇帝。

故吏文學謝朓死罪死罪。卽日被尚書召，以朓補中軍新安王記室參軍。朓聞潢汙之水，願朝宗而每竭；左氏傳曰：潢汙行潦之水。尚書曰：江漢朝宗于海。駑蹇之乘，希沃若而中疲。

---

72 注「迴戈聊指」 案：「聊」當作「邪」，各本皆誤。

73 「今大魏之德」 袁本、茶陵本無「今」字。陳云「今」晉書作「令」，為是。案：此尤校添而復譌其字耳。

74 注「吾誰與之為鄰」 袁本、茶陵本無「之」字，是也。所引山木篇文。

75 「拜中軍記室辭隋王牋」 何校「隋」改「隨」。陳云「隋」，「隨」誤。袁、茶陵二本作「隨」。袁有校語云善作「隋」。茶陵無校語。案：陳、何似但據茶陵改耳。下注盡作「隋」，袁所見是矣。

76 注「謝眺」 何校「眺」改「朓」。陳云「眺」並當作「朓」。案：已見前。

班固王命論曰：駑蹇之乘，不騁千里之塗。王逸楚辭注曰：蹇，跛也。法言曰：希驥之馬，亦驥之乘也。李軌曰：希，望也。詩曰：我馬維駱，六轡沃若。沃若，調柔也。何則？皐壤搖落，對之惆悵；莊子，仲尼謂顏回曰：山林與，皐壤與，使我欣欣而樂。樂未畢也，哀又繼之。楚辭曰：草木搖落而變衰。又曰：惆悵予兮私自憐。歧路西東，或以歔唈烏合切。淮南子曰：楊子見歧路而哭之，為其可以南，可以北。又曰：雍門周見於孟嘗，孟嘗君為之嗚唈流涕。歔與嗚同。況廼服義徒擁，歸志莫從，言密服義之情也[77]。楚辭曰：身服義而未沫。鄭玄儀禮注曰：擁，抱也。孟子曰：予浩然有歸志。曹植應詔詩曰：朝覲莫從。邈若墜雨，翩似秋蔕。潘岳楊氏七哀詩曰：漼如葉落樹，邈然雨絶天。論衡曰：雲散水墜，成為雨矣。郭璞遊仙詩曰：在世無千月，命如秋葉蔕。眺實庸流，行能無算。鄭玄論語注曰：算，數也。屬天地休明，山川受納，天地喻帝，山川喻王。左氏傳，王孫滿曰：德之休明。又伯宗曰：川澤納污，山藪藏疾。褒采一介，抽揚小善，尚書，秦穆公曰：如有一介臣。周書陰符，太公曰：好用小善，不得真賢也。蔡邕玄表賦曰：庶小善之有益。故捨耒場圃，奉筆兔園。詩曰：九月築場圃。西京雜記曰：梁孝王好宮室苑圃之樂[78]，築兔園也。東亂三江，西浮七澤，言常從子隆也。蕭子顯齊書曰：隋王子隆為東中郎將、會稽太守，後遷西將軍[79]、荊州刺史。三江，越境也。七澤，楚境也。孔安國尚書傳曰：正絶流曰亂。尚書曰：三江既入，震澤厎定。楚辭曰：過夏首而西浮。子虛賦曰：臣聞楚有七澤。契闊戎旃，從容讌語。毛詩曰：死生契闊。周禮：九旗通帛曰旃。劉向七言曰：讌處從容觀詩、書。毛詩曰：燕笑語兮，是以有譽處兮。長裾日曳，後乘載脂；鄒陽上書曰：何王之門不可曳長裾乎？魏文帝與吳質書曰：文學託乘於後車。毛詩曰：載脂載舝，還車言邁。榮立府庭，恩加顏色。曹植豔歌行曰：長者賜顏色。沐髮晞

---

77 注「言密服義之情也」　袁本、茶陵本無此七字。案：無者最是。尤誤取增多，最非。凡此類，俱顯然可知者也。

78 注「好宮室苑圃之樂」　何校「圃」改「囿」，是也。各本皆譌。

79 注「後遷西將軍」　陳云「西」上脫「鎮」字，是也。袁本亦脫。茶陵本幷入五臣，更非。

陽，未測涯涘；楚辭曰：朝濯髮於湯谷兮，夕晞余身乎九陽。撫臆論報，早誓肌骨。演連珠曰：撫臆論心。陳思王責躬表曰：抱釁歸藩，刻肌刻骨。不悟滄溟未運，波臣自蕩；莊子曰：鯤化而為鳥，其名曰鵬，海運則將徙於南溟。司馬彪曰：轉，運也。又曰：莊周謂監河侯曰：周顧視車轍中有鮒魚焉，曰：我東海之波臣也，君豈有升斗之水而活我哉？渤澥方春，旅翮先謝。滄溟、渤澥，皆以喻王；波臣、旅翮，皆自喻也。解嘲曰：若江湖之魚，渤澥之鳥。清切藩房，寂寥舊蓽，藩房，王府；舊蓽，眺舍也。劉楨贈徐幹詩曰：拘限清切禁，中情無由宣。左氏傳曰：華門圭竇之人，皆陵其上。輕舟反溯，弔影獨留。言舟反而己留也。洛神賦曰：浮輕舟而上溯。曹子建責躬表曰：形影相弔，五情愧赧。白雲在天，龍門不見，穆天子傳，西王母為天子謠曰：白雲在天，山陵自出；道路悠遠，山川間之。將子無死，尚能復來？楚辭曰：過夏首而西浮，顧龍門而不見。王逸曰：龍門，楚東門也。去德滋永，思德滋深。莊子，徐無鬼謂女商曰：子不聞夫越之流人乎？去國數日，見其所知而喜；去國旬月，見所常見於國中而喜；及朞年也，見似人者而喜矣。不亦去人滋久者，思人滋深乎！唯待青江可望，候歸艎於春渚；冀王入朝，而己候於江渚也。杜預左氏傳注曰：艅艎，舟名也。朱邸方開，効蓬心於秋實。史記曰：諸侯朝天子，於天子之所立舍，曰邸。諸侯朱戶，故曰朱邸。莊子謂惠子曰：夫子拙於用大，則夫子猶蓬之心也夫！韓詩外傳，簡王曰[80]：夫春樹桃李，秋得食其實也。如其簪履或存，衽席無改，韓詩外傳曰：少原之野，婦人刈蓍薪而失簪[81]，哭甚哀。賈子曰：楚昭王亡其踦履，已行三十步，復還取之。左右曰：何惜此？王曰：吾悲與之俱出不俱反。自是楚國無相棄者。[82]韓子曰：文公至河，命席褥捐之。咎犯聞之。曰：席

80 注「韓詩外傳簡王曰」　案：「王」當作「主」。各本皆誤。
81 注「而失簪」　袁本「失」作「亡」，是也。茶陵本幷入五臣作「失」，非。
82 注「左右曰」下至「無相棄者」　袁本無此二十五字，有「衽席而甚切」五字。案：袁本是也。茶陵本幷入五臣，與此同，皆非。

褥所臥也，而君棄之，臣不勝其哀。鄭玄周禮注曰：衽席乃單席也[83]。雖復身塡溝壑，猶望妻子知歸。列女傳，梁高行曰：妾夫不幸早死，先狗馬塡溝壑。東觀漢記，張湛謂朱暉曰：願以妻子託朱生。攬涕告辭，悲來橫集，楚辭曰：思美人兮攬涕而竚眙。又曰：涕橫集而成行。漢書，中山靖王曰：不知涕泣之橫集。不任犬馬之誠。史記，丞相青翟曰：臣不勝犬馬心。

到大司馬記室牋

任彦昇 劉璠梁典曰：宣德太后以公為大司馬、錄尚書事。以任昉為記室，用舊也。

記室參軍事任昉死罪死罪。伏承以今月令辰，肅膺典策。劉歆甘泉賦曰：擇吉日之令辰。德顯功高，光副四海，東觀漢記，明帝冊曰：剖符封侯，或以德顯。朱浮與彭寵書曰：伯通自伐，以為功高天下。含生之倫，庇身有地。曹植對酒行曰：含生蒙澤，草木茂延。左氏傳，子反曰：信以守禮，禮以庇身。況昉受教君子，將二十年，魏文帝令曰：況吾託士人之末列，曾受教君子哉！咳苦改切唾爲恩，眄睞成飾，莊子，孔子謂漁父曰：丘幸聞咳唾之音。古詩曰：眄睞以適意。小人懷惠，顧知死所。論語，子曰：小人懷惠。左氏傳，其友謂狼瞫曰：盍死！瞫曰：吾未獲死所。昔承嘉宴，屬有緒言，提挈苦結切之旨，形乎善謔，豈謂多幸，斯言不渝[84]。梁史曰：始高祖遇昉於竟陵王西邸，從容謂昉曰：我登三府，當以卿為記室。昉亦戲高祖曰：我若登三事，當以卿為騎兵。高祖善騎射也。至是故引昉，符昔言也。莊子，孔子謂漁父曰：曩者先生有緒言而去。漢書，廝養卒曰：兩人

---

83 注「衽席乃單席也」 袁本無「乃」字，是也。茶陵本幷入五臣，仍未衍。案：「衽」下「席」字，亦不當有。上善音同，蓋皆涉正文而誤添。

84 「斯言不渝」 袁本、茶陵本云「言」善作「其」。案：尤改之也。梁書作「言」。

左提右挈，滅燕易矣。詩曰：善戲謔兮。漢書，衛青曰：臣幸得待罪行間。左氏傳，羊舌職曰：民之多幸，國之不幸。[85]詩曰：寔命不渝。毛萇曰：渝，變也。雖情謬先覺，而迹淪驕餌，知梁武之必貴，為謬先覺也；猶仕齊邦，是淪驕餌也。論語，子曰：抑亦先覺者，是賢乎！漢書，桓生欲借書，班嗣報曰：不絓聖人之網，不驕君之餌也。湯沐具而非弔，大廈構而相賀。淮南子曰：湯沐具而蟣蝨相弔，大廈成而燕雀相賀。憂樂別也。

明公道冠二儀，勳超遂古，易曰：易有太極，是生兩儀。楚辭曰：遂古之初。誰傳道也？將使伊周奉轡，桓文扶轂，上林賦曰：孫叔奉轡。羽獵賦曰：齊桓曾不足扶轂。神功無紀，作物何稱？言聖德幽玄，同夫二者，既無功而可紀，亦何名而可稱。莊子曰：神人無功[86]，聖人無名。司馬彪曰：神人無功，言脩自然不立功也；聖人無名，不立名也。莊子曰：造物者為人。司馬彪曰：造物，謂道也。府朝初建，俊賢翹首；阮籍奏記曰：羣英翹首，俊賢抗足。惟此魚目，唐突璵璠。魚目似珠。璵璠，魯玉也。雒書曰：秦失金鏡，魚目入珠。韓詩外傳曰：白骨類象，魚目似珠。左氏傳曰：季平子卒，陽虎將以璵璠斂。孔融汝潁優劣論，陳羣曰：頗有蕪菁，唐突人參也。顧己循涯，寔知塵忝，千載一逢，再造難答；東觀漢記，太史官曰：耿況千載而一遇者也。易曰：天造草昧。言王者之恩，同於上帝，故云再造也。雖則殞越，且知非報。左氏傳，齊侯曰：小白恐隕越于下。毛詩曰：匪報也，永以為好也。不勝荷戴屏營之情，國語，申胥曰：昔楚靈王獨行屏營。謹詣廳奉白牋謝聞，昉死罪死罪。

百辟勸進今上牋

任彥昇 何之元梁典曰：高祖武皇帝諱衍，字叔達，姓蕭氏，本蘭陵郡縣中都里人也。劉璠梁典曰：帝詔授公梁公，加公

---

85 注「漢書衛青曰」下至「國之不幸」　袁本此二十七字作「多幸，已見上文」六字，是也。茶陵本複出，非。

86 注「聖人無名司馬彪曰神人無功」　袁本、茶陵本無此十二字。案：此尤校添之也。

九錫，公辭。於是左長史王瑩等勸進，公猶謙讓未之許，瑩等又牋，並任昉之辭也。帝，謂寶融也。史記曰：司馬遷自序[87]作今上本紀。然遷以漢武見在，故云今上也。

近以朝命蘊策，冒奏丹誠，方言曰：蘊，崇也。謂尊崇而加策命也。蘊與韞同。**奉被還命，未蒙虛受，**易曰：君子以虛受人。**搢紳顒顒，深所未達。**司馬相如封禪書曰：因雜搢紳先生之略術。李奇曰：搢，插笏於紳。紳，大帶。薛君韓詩章句曰：萬人顒顒，仰天告愬。論語，子曰：丘未達也。**蓋聞受金於府，通人之弘致；**呂氏春秋曰：魯國之法，魯人為人臣妾於諸侯，有能贖之者，取其金於府。子貢贖魯人於諸侯，來而辭不取其金。孔子曰：賜失之矣，自今以往，魯人不贖人矣。鄭玄禮記注曰：致之言至也。**高蹈海隅，匹夫之小節。**莊子曰：舜以天下讓其友石戶之農，石戶之農以舜之德為未至，於是夫負妻戴[88]，攜子以入于海，終身不反。魏書，荀攸勸進曰：信匹夫細行，攸等所大懼。**是以履乘石而周公不以爲疑，**尸子曰：昔者武王崩，成王少，周公旦踐東宮，履乘石，假為天子七年。周禮曰：王行先乘石。鄭司農曰：乘石，王所登上車之石也。**增玉璜而太公不以爲讓。**尚書中候曰：王卽田雞水畔[89]，至磻溪之水，呂尚釣於崖。王下拜曰：切望公七年，乃今見光景于斯。尚立變名，答曰：望釣得玉璜，刻曰姬受命，呂佐旌，德合昌，來提撰；爾雒鈐，報在齊。宋均曰：旌，理也。**況世哲繼軌，先德在民；**毛詩曰：世有哲王。晉中興書曰：王綏八世，德名繼軌。左氏傳，晉士鞅謂秦伯曰：欒武子之德在人，如周人思召公焉。**經綸草昧，嘆深微管。**易曰：雲雷屯，君子以經綸。又曰：天造草昧。論語，子曰：管仲相桓公，霸諸侯，一匡天下，民到于今受其賜。微管仲，吾其被髮左衽矣。**加以朱方之役，荊河是依，**劉璠梁典曰：蕭順之生高帝及兄懿，懿為豫州刺史，鎮歷陽。護軍將軍崔慧景反，破左興衆十

---

87 注「史記曰司馬遷自序」　何校去「曰」字，陳同，是也。各本皆衍。
88 注「於是夫負妻戴」　袁本、茶陵本無「夫」字、「戴」字。
89 注「卽田雞水畔」　袁本、茶陵本無此五字。

萬於鍾山[90]，宮城拒守。豫州聞難，投袂而起，戰於越，城破，慧景走，追斬之。除侍中，遷尚書令。左氏傳曰：冬，吳伐楚以報朱方之役。杜預曰：朱方，吳邑也。尚書禹貢曰：荊河惟豫州。班師振旅，大造王室。尚書曰：班師振旅。孔安國曰：班，還也。兵入曰振旅，言整眾也。左氏傳，呂相曰：我有大造于西。雖累繭救宋，重胝存楚。說文曰：䵤，黑皺也，古典切[91]。戰國策曰：公輸般為楚設機械，將以攻宋。墨子聞之，百舍重繭，往見公輸般。輸般服焉，請見之王。王曰：善哉，請無攻宋。高誘曰：公輸般，魯班之子[92]。百舍，百里一舍也。重繭，累胝也。淮南子曰：申包胥累繭重胝，七日七夜至于秦庭，以見秦王，曰：使下臣告急。秦王乃發軍擊吳，果大破之，以存楚國。胝，竹尼切。

居今觀古，曾何足云？而惑甚盜鍾，功疑不賞，呂氏春秋曰：范氏亡，有得其鍾者，欲負而走，則大鍾不可負，以椎毀之，鍾怳然有音，恐人聞之而奪，己遽掩其耳。惡聞其過，亦由此也。漢書，蒯通謂韓信曰：臣聞勇略震主者身危，功蓋天下者不賞。皇天后土，不勝其酷。左氏傳，晉大夫謂秦伯曰：君履后土而戴皇天。是以玉馬駿奔，表微子之去；金版出地，告龍逄之怨。劉璠梁典曰：東昏荒淫，歸政閹豎。尚書令懿於中書省飲鴆薨。論語比考讖曰：殷惑女妲己[93]，玉馬走。宋均曰：女妲己，有美色也。玉馬，喻賢臣奔去也。論語陰嬉讖曰：庚子之旦，金版尅書出地庭中，曰：臣族虐王禽。宋均曰：謂殺關龍之後，庚子旦，庭中地有此版異也。龍同姓，稱族，王虐殺我，必見禽也。明公據鞍輟哭，厲三軍之志；獨居掩涕，激義士之心。劉璠梁典曰：高祖告難於荊州行事，蕭穎胄建牙陳伐[94]。吳志曰：孫策亡，權悲感未視事。張昭謂權曰：方今天下鼎沸，何得寢伏哀戚，乃扶上馬，陳兵而出。范曄後漢書

---

90 注「破左興眾十萬於鍾山」　陳云「興」下當有「盛」，是也。各本皆脫。

91 注「說文曰䵤黑皺也古典切」　袁本、茶陵本無此十字。

92 注「魯班之子」　案：「子」當作「号」。各本皆譌。今宋策注「號」，「号即號別體也」。

93 注「殷惑女妲己」　袁本、茶陵本無「女」字。

94 注「建牙陳伐」　案：「陳」當作「東」。各本皆譌。

曰：馬援據鞍顧眄。三國名臣頌曰：輟哭止哀。東觀漢記曰：光武兄齊武王以譖遇害。上獨居，不御酒肉，坐臥枕席有涕泣處。晉中興書，劉胤謂邵續曰：莫若亢大順以激義士之心，奉忠正以厲軍民之志。故能使海若登祇，罄圖效祉；楚辭曰：使湘靈鼓瑟兮，令海若舞馮夷。[95]王逸曰：海若，海神名也。管子曰：登山之神有俞兒者，長尺，人物具焉。霸王之君興，登山之神見，且走馬前。走，導也。爾雅曰：罄，盡也。山戎孤竹，束馬景從。漢書郊祀志曰：齊桓公曰：寡人北伐山戎，過孤竹，束馬懸車，上辟耳之山。東都賦曰：天官景從。伐罪弔民，一匡靖亂，尚書曰：奉辭伐罪。孟子曰：湯始征自葛，誅其君，弔其民。論語，子曰：管仲相桓公，一匡天下。左氏傳，宰孔謂晉侯曰：君務靖亂，無勤於行。匪叨天功，實勤濡足。左氏傳，介之推曰：竊人之財，猶謂之盜；況貪天功[96]以為己力？韓詩外傳曰：申徒狄非其世，將自投於河。崔嘉聞而止之，曰：聖人仁人，民之父母，今為濡足，故不救人，可乎？且明公本自諸生，取樂名教，鍾離意別傳曰：嚴遵與光武皇帝俱為諸生。樂廣曰：名教中自有樂地，何為乃爾？[97]道風素論，坐鎮雅俗，王隱晉書，劉琨表曰：李術以素論門望，不可與樵采同日也。孫綽子曰：或問雅俗，曰：涇，渭分流，雅、鄭異調。[98]不習孫吳，遘茲神武。曹植上疏曰：不取孫、吳，而闇與之會。周易曰：古之聰明睿智，神武而不殺者夫。驅盡誅之氓[99]，濟必封之俗，史記，周公曰：後嗣王紂，其民皆可誅。尚書大傳曰：周民可比屋而封也。孔安國尚書傳曰：濟，成也。王充論衡曰：堯、舜之民，比屋可封；桀、紂之民，比屋可誅也。龜玉不毀，誰之功歟？論語曰：季氏將伐顓臾，冉有、季路見於

---

95 注「楚辭曰」下至「舞馮夷」　袁本、茶陵本無此十五字。案：此蓋因已見五臣而節去。

96 注「況貪天功」　茶陵本「天」下有「之」字。袁本幷入五臣，仍未脫。

97 注「樂廣曰」下至「何為乃爾」　袁本此十四字作「名教，已見上文」。茶陵本複出，非。

98 注「孫綽子曰」下至「雅鄭異調」　袁本此十七字作「雅俗，已見上文」。茶陵本複出，非。

99 「驅盡誅之氓」　袁本、茶陵本云「氓」善作「萌」。案：此以五臣亂善，說詳前。

孔子，孔子曰：虎兕出於柙，龜玉毀於櫝中，是誰之過歟？[100]獨爲君子，將使伊周何地？謝承後漢書，王暢誄劉表[101]曰：蘧伯恥獨為君子。何地，謂何地自處也。某等不達通變，實有愚誠，周易曰：通其變，使民不倦。不任悾款，悉心重竭。論語注曰：悾悾，誠慤也。廣雅曰：款，誠也。伏願時膺典冊，式副民望。左氏傳，師曠謂晉侯曰：夫君，神之主，而民之望也。

奏記

詣蔣公

阮嗣宗

臧榮緒晉書曰：太尉蔣濟聞籍有才雋而辟之[102]，籍詣都亭奏記。初，濟恐籍不至，得記欣然，遣卒迎之，而籍已去，濟大怒[103]。於是鄉親共喻之，籍乃就吏。後謝病歸，復為尚書郎。籍本有濟世志，屬魏、晉之際，天下多故，遂酣飲為常。文帝初欲為武帝求婚於籍，籍醉六十日，不得言而已。[104]

籍死罪死罪。伏惟明公，以含一之德，據上台之位，尚書曰：伊尹作咸有一德。泰階六符經曰：中階上星，謂諸侯三公。漢書音義曰：泰階三台。羣英翹首，俊賢抗足，易通卦驗曰：萬人聞雞鳴皆翹首。開府之日，人人自以爲掾屬，辟書始下，下走爲首。辟，猶召也。司馬遷書曰：太史公牛馬走。應劭漢書

---

100 注「論語曰」下至「是誰之過歟」 袁本、茶陵本無此三十六字。案：此蓋因已見五臣而節去。

101 注「王暢誄劉表」 陳云當作「劉表誄王暢」。魏志劉表傳注引謝書甚詳，是也。各本皆誤。

102 注「而辟之」 茶陵本「而」下有「俶儻為志高問掾王默然後」十一字。袁本并入五臣，略同。

103 注「濟大怒」 茶陵本「怒」下有「王默默懼與籍書勸說之」十字。袁本并入五臣，略同。

104 注「復為尚書郎」下至「不得言而已」 袁本、茶陵本無此四十六字。

注曰：走，僕也。子夏處西河之上，而文侯擁篲；史記曰：卜商，字子夏。禮記，曾子謂子夏曰：事夫子於洙、泗之間，退而老於西河之上。呂氏春秋，白圭曰：魏文侯師子夏。李奇漢書注曰：擁篲為恭也。如今卒持篲也。鄒子居黍谷之陰，而昭王陪乘。劉向別錄曰：鄒衍在燕，有谷寒，不生五穀，鄒子吹律而溫，生黍。七略曰：方士傳言鄒子在燕，其遊，諸侯畏之，皆郊迎而擁篲。鄭玄周禮注曰：陪乘，參乘也。夫布衣窮居韋帶之士，王公大人所以屈體而下之者，爲道存也。鄒陽上書曰：布衣窮居之士，身在貧賤。說苑，唐且謂秦王曰：大王常聞布衣韋帶之士怒乎？呂氏春秋曰：王公大人從而化之，此得之於學也。莊子曰：若夫人者，目擊而道存焉。籍無鄒卜之德而有其陋，猥見采擢，無以稱當[105]。方將耕於東皋之陽，輸黍稷之稅，以避當塗者之路。漢書，武帝制曰：守文之君，當塗之士，欲則先王之法，以翼戴其世主者，甚眾也。負薪疲病，足力不強。孟子曰：孟子有疾，王使人問疾。孟仲子對曰：昔者有王命，有負薪之憂，不能造朝。列子曰：非足力之所及也。補吏之召[106]，非所克堪。乞迴謬恩，以光清舉。

105 「猥見採擢無以稱當」　袁本、茶陵本作「猥煩大禮，何以當之」。案：此尤依晉書改，但選文未必全同彼耳。

106 「補吏之召」　袁本、茶陵本「召」作「曰」。何云晉書作「召」。

卷第四十一

書上

答蘇武書

李少卿

子卿足下：蔡邕獨斷曰：陛下者，羣臣與至尊言，不敢指斥天下，故呼在陛下者而告之，因卑達尊之意也。及羣臣庶士相與言殿下、閤下、足下、侍者、執事之屬，皆此類也。勤宣令德，策名清時，左氏傳，僖公二十三年，狐突對晉惠公曰：策名委質，貳乃辟也。策名，謂君簡書臣之名。清時，謂昭帝之時。榮問休暢，幸甚幸甚！小雅曰：非分而得謂之幸。遠託異國，昔人所悲，桓子新論，雍門周鼓琴見孟嘗君，曰：先生鼓琴，亦能令悲乎？對曰：所能令悲者，遠赴絕國，無相見期。若此人者，但聞飛鳥之號，秋風蕭條，則心傷矣。望風懷想，能不依依！昔者不遺，遠辱還答，慰誨懃懃，有踰骨肉。陵雖不敏，孝經曰：參不敏。能不慨然！

自從初降，以至今日，身之窮困，獨坐愁苦，終日無覩，但見異類。家語，孔子曰：舜之為君，暢於異類。王肅曰：異類，四方夷狄也。韋鞲古豆切毳川芮切幙，以禦風雨。羶肉酪漿，以充飢渴。說文曰：鞲，臂衣也。漢書，董君綠幘傅鞲。注曰[1]：鞲形如射鞲，以縛左右手，以於事便也。毳幙，氈帳也。烏孫公主歌

1 注「綠幘傅鞲注曰」 袁本、茶陵本無「鞲注」二字。案：依顏注訂之，當脫「鞲韋昭」三字，尤所補未是。

曰：肉為食，酪為漿。舉目言笑，誰與爲歡？胡地玄冰，邊土慘裂，說文曰：慘，毒也。廣雅曰：裂，分也。但聞悲風蕭條之聲。涼秋九月，塞外草衰。夜不能寐，側耳遠聽，胡笳互動，牧馬悲鳴，杜摯笳賦序曰：笳者，李伯陽入西戎所作也。傅玄笳賦序曰：吹葉為聲，說文作葭。毛詩曰：駉駉牧馬。吟嘯成羣，邊聲四起。晨坐聽之，不覺淚下。嗟乎子卿！陵獨何心，能不悲哉！與子別後，益復無聊。賈逵國語注曰：聊，賴也。上念老母，臨年被戮；妻子無辜，並爲鯨鯢。左氏傳，楚子曰：古者明王伐不敬，取其鯨鯢而封之，以為大戮。杜預曰：鯨鯢，大魚名，以喻不義之人吞食小國。身負國恩，爲世所悲。背恩不報，為負恩也。鄭玄禮記注曰：負，背也。子歸受榮，我留受辱，命也如何！身出禮義之鄉，而入無知之俗，違棄君親之恩，長爲蠻夷之域，傷已！令先君之嗣，先君謂其父當戶也，卽廣之子。更成戎狄之族，又自悲矣！功大罪小，不蒙明察，孤負陵心，區區之意，每一念至，忽然忘生。陵不難刺七亦切心以自明，刎亡粉切頸以見志，顧國家於我已矣。王逸注離騷曰：已矣，絕望之辭也。殺身無益，適足增羞，故每攘臂忍辱[2]，輒復苟活。孟子曰：馮婦善搏虎，攘臂下車，眾皆悅之。左右之人，見陵如此，以爲不入耳之歡，來相勸勉。異方之樂，秖音支令人悲，增忉怛耳。爾雅曰：忉，憂也。方言曰：怛，痛也。嗟乎子卿！人之相知，貴相知心。前書倉卒七忽，未盡所懷，故復略而言之：

昔先帝授陵步卒五千，先帝，謂武帝也。出征絕域，五將失道，陵獨遇戰。漢書武紀曰：天漢二年，將軍李廣利出酒泉，公孫敖出西河，騎都尉李陵將步卒五千出居延。時無五將，未審陵書之誤，而武紀略之。集表云：臣以天漢二年到塞外，尋被詔書，責臣不進。臣輒引師前到浚稽山。五將失道。詳此，亦不云其名。而裏萬里之糧，帥徒

---

2 「故每攘臂忍辱」　袁本、茶陵本云善無「每」字。案：此尤延之校添，以五臣亂善耳。

步之師，出天漢之外，入強胡之域。漢書，蕭何曰：語天漢，其稱甚美。臣瓚按：流俗語曰天漢，其言常以漢配天，此美名也。以五千之眾，對十萬之軍，策疲乏之兵，當新羇之馬。說文曰：羇，馬絡頭也。然猶斬將搴居展切旗，追奔逐北，史記曰：斬將搴旗之士。臣瓚按：拔取曰搴。商君書曰：戰勝逐北。服虔漢書注曰：師敗曰北。滅跡掃塵，斬其梟帥。張晏漢書注曰：驍勇也，若六博之梟。使三軍之士，視死如歸。呂氏春秋，管仲謂齊侯曰：平原廣域，車不結軌，士不旋踵，鼓之，使三軍之士，視死如歸，臣不如王子成父。陵也不才，希當大任，呂氏春秋，淳于髡曰：臣不肖，不足以當大任。意謂此時，功難堪矣。說文作戡。戡，勝也。此堪是地名，今傳俗用。匈奴既敗，舉國興師，劉兆穀梁注曰：舉，盡也。更練精兵，強踰十萬。單于臨陣，親自合圍。客主之形，既不相如而去切；步馬之勢，又甚懸絕。疲兵再戰，一以當千，然猶扶乘創初良切痛，決命爭首，漢書曰：陵與單于連戰，士卒矢傷，三創者載輦，兩創者將車，一創者持兵。死傷積野，餘不滿百，而皆扶病，不任干戈。然陵振臂一呼，創病皆起，舉刃指虜，胡馬奔走；兵盡矢窮，人無尺鐵，猶復徒首奮呼火故切，徒，空也。言空首奮擊，無復甲冑。爭爲先登。當此時也，天地爲陵震怒，戰士爲陵飲血。血即淚也。燕丹子曰：太子唏噓飲淚。單于謂陵不可復得，便欲引還。而賊臣教之，遂便復戰。賊臣，謂管敢也。李陵傳云：軍候管敢為軍旅候，被校尉笞之五十，乃亡入匈奴。于時匈奴與陵戰，至塞，恐漢有伏兵，欲引還。敢曰：漢無伏兵。匈奴因大進新兵。陵戰蘭干山，漢軍敗，弓矢並盡，陵於是遂降。故陵不免耳。

昔高皇帝以三十萬眾，困於平城，當此之時，猛將如雲，謀臣如雨，然猶七日不食，僅乃得免。史記曰：高祖自將擊韓王信，遂至平城，為匈奴所圍，七日不得食。用陳平秘計始得免。毛詩曰：齊子歸止，其從如雲。又曰：其從如雨。何休公羊注曰：僅，纔也。況當陵者，豈易爲力哉？而執事者云云，謂漢朝執事之人也。苟怨陵以不死。然陵不死，罪也；子卿視陵，豈偷生之士，而惜死之人哉？寧有背君親，捐妻子，而反爲利者乎？然陵不死，有所爲也，故欲如前書之言，報恩於國主耳。李陵前與蘇子卿書云：陵前為子卿死之計，所以然者，冀其駈醜虜，飜然南馳，故且屈以求伸。若將不死，功成事立，則將上報厚恩，下顯祖考之明也。誠以虛死不如立節，滅名不如報德也。琴操曰：重耳將自殺，子曰：申生虛死[3]，子復隨之。昔范蠡不殉會稽之恥，曹沫亡貝切不死三敗之辱，卒子律切復勾踐之讎，報魯國之羞。史記曰：吳王發精卒擊越，敗之。越王乃以餘兵五千人保棲於會稽。勾踐令大夫種行成於吳，吳王赦越。勾踐自會稽七年撫循其士民。吳王北會諸侯於黃池，范蠡曰：可矣。乃發兵伐吳。吳師敗，乃請成於越。後四年，越復伐吳，吳師敗，吳王遂自殺。又曰：曹沫者，魯人，以勇力事魯莊公。為魯將，與齊戰，三戰三北。莊公懼，乃獻遂邑之地以和，猶復以為將。齊桓公許與魯會于柯。桓公與莊公既盟于壇上，曹沫執匕首劫齊桓公。桓公問曰：子將何欲？曹沫曰：齊強魯弱，而大國侵魯亦已甚矣。今魯城壞壓境，君其圖之。桓公乃許盡還魯之侵地。區區之心，切慕此耳。何圖志未立而怨已成，計未從而骨肉受刑，漢書曰：公孫敖捕得生口，言陵教單于為兵以備漢，於是陵家母弟妻子皆伏誅。此陵所以仰天椎直追切心而泣血也！

足下又云：漢與功臣不薄。子爲漢臣，安得不云爾乎？昔蕭樊囚縶，韓彭葅醢，史記曰：相國蕭何為民請曰：長安地狹，上林中多空棄地。願令民得入田，收藁為獸食。上大怒曰：相國多受賈人財物，乃請吾苑。遂下廷尉械繫之。又曰：高祖病，有人惡樊噲黨呂氏，即曰：上一日宮車晏駕，則噲欲以兵盡誅戚氏趙王如意之屬。高祖大怒，乃使陳平載絳侯代將，而即軍中斬噲。陳平畏呂氏，執噲詣長安。又曰：陳豨反，韓信在長安欲應之。事覺，呂后使武士縛信，斬於長安鍾室。又曰：彭越反，高祖赦之，遷處蜀道，著青衣[4]，行至鄭，逢呂后從長安來，越泣曰：願處故昌邑。后許

---

3 注「子曰申生虛死」　陳云「子」下脫「犯」字，是也。各本皆脫。

4 注「遷處蜀道著青衣」　陳云：「著」字衍，是也。各本皆衍。

諾。既至，白上曰：彭越，壯士也，今徙蜀，自遺患，不如誅之。令其舍人告越反，遂夷三族。黥布傳，薛公曰：前年醢彭越，往年殺韓信。說文曰：葅，肉醬也。鼂錯受戮，周魏見辜，鼂錯，已見西征賦。漢書曰：周勃為丞相十餘月，上乃免丞相就國，歲餘，每河東尉守行縣至絳，絳侯勃自畏恐誅，常被甲，令家人持兵以自衛。其後人有上書告勃欲反，下廷尉捕治之。又曰：竇嬰，景帝時，吳楚反，拜嬰為大將軍。七國破，封嬰為魏其侯。坐灌夫罵丞相田蚡，不敬，遂論嬰棄市。其餘佐命立功之士，賈誼亞夫之徒，皆信命世之才，抱將相之具，而受小人之讒，並受禍敗之辱，卒使懷才受謗，能不得展。彼二子之遐舉，誰不爲之痛心哉！左氏傳曰：太上有立德，其次有立功。賈誼，已見鵩鳥賦。漢書曰：周亞夫諫上不用，因謝病免相。亞夫子為父買官尚方甲楯五百，被召詣廷尉，責問曰：君侯欲反乎？亞夫曰：所買乃葬器也。何謂反乎？吏侵之，益怒[5]，遂入廷尉，不食五日，歐血而死。孟子曰：千年一聖，五百年一賢。賢聖未出，其中有命世者。二子，謂范蠡、曹沫也。言諸侯才能者被囚戮，不如二子之能雪恥報功也。陵先將軍，功略蓋天地，義勇冠三軍，徒失貴臣之意，剄身絕域之表。此功臣義士所以負戟而長嘆者也！何謂不薄哉？先將軍，謂李廣也。貴臣，謂衛青也。漢書曰：元狩四年，大將軍衛青擊匈奴，廣為前將軍。出塞捕虜，知單于所居處，乃自部精兵，而令廣出東道。東道迴遠，廣辭曰：臣結髮而與匈奴戰，願居前。大將軍不聽。廣意色慍怒，引兵出東道，惑失道，後大將軍。大將軍因問失道狀，欲上書報天子。廣未對，大將軍長史急責廣。廣謂其麾下曰：結髮與匈奴大小十餘戰，今幸從大將軍出接單于兵，而大將軍令廣部行迴遠，又迷失道，豈非天哉！且廣年六十餘，終不復對刀筆之吏。遂引刀自剄。音義，鄭德曰：以刀割頸為剄，姑鼎切。

且足下昔以單車之使，適萬乘之虜，遭時不遇，至於伏劍不顧，流離辛苦，幾巨依切死朔北之野。漢書曰：漢遣蘇武以中郎將持節送匈奴使留在漢者。匈奴方欲使送武，會匈奴緱王、長水虞常反匈

5 注「吏侵之益怒」 茶陵本「怒」作「急」，是也。袁本亦誤「怒」。

奴中，常以告武副使張勝，勝許以貨物與常。一人夜亡告之，緱王等死，虞常生得。匈奴使衛律治其事。張勝以告武，武曰：事如此，必及我。衛律召武受辭，武謂惠等：屈節辱身，雖生，何面目以歸漢？引佩刀以自刺。衛律驚，自抱持武。武氣絶半日復息。乃徙武北海上無人處。丁年奉使，皓首而歸。丁年，謂丁壯之年也。漢書曰：武留匈奴凡十九歲。始以強壯出，及還，鬚髮並白。老母終堂，生妻去帷。漢書，陵謂武曰：陵來時，太夫人已不幸，陵送至陽陵。子卿婦年少，聞以更嫁。此天下所希聞，古今所未有也。蠻貊之人，尚猶嘉子之節，況爲天下之主乎？陵謂足下，當享茅土之薦，受千乘之賞。尚書緯曰：天子社東方青，南方赤，西方白，北方黑，上冒以黃土。將封諸侯，各取方土，苴以白茅，以為社。論語曰：導千乘之國。漢書曰：兵車千乘，諸侯之大者。聞子之歸，賜不過二百萬，位不過典屬國，漢書，元始六年，武至京師，拜為典屬國，秩中二千石，賜錢二百萬。無尺土之封，加子之勤。而妨功害能之臣，盡爲萬戸侯；親戚貪佞之類，悉爲廊廟宰。子尚如此，陵復何望哉？且漢厚誅陵以不死，薄賞子以守節，欲使遠聽之臣，望風馳命，此實難矣。所以每顧而不悔者也。陵雖孤恩，漢亦負德。言陵無功以報漢為孤恩，漢戮陵母為負德。論語曰：德不孤，必有鄰。昔人有言：「雖忠不烈，視死如歸。」陵誠能安，言陵忠誠能安於死事。而主豈復能眷眷乎？男兒生以不成名，死則葬蠻夷中，誰復能屈身稽顙，還向北闕，使刀筆之吏，弄其文墨邪？史記，張釋之曰：秦任刀筆之吏。又功臣曰：蕭何徒持文墨，顯居臣上[6]。願足下勿復望陵！

嗟乎子卿！夫復何言！相去萬里，人絶路殊。生爲別世之人，死爲異域之鬼，長與足下生死辭矣！幸謝故人，故人，謂任立政、大將軍霍光、上官桀等。勉事聖君。足下胤子無

---

6 注「顯居臣上」　何校「顯」改「顧」，陳同，是也。各本皆誤。

恙，漢書曰：武在匈奴時，胡婦生子名通國。楚辭曰：賴皇天之厚德兮，還及君之無恙。勿以爲念，努力自愛。老子曰：聖人自愛。時因北風，復惠德音。李陵頓首。

報任少卿書

司馬子長 漢書曰：遷既被刑之後，為中書令，尊寵任職。故人益州刺史任安乃與書，責以進賢之義，遷報之。遷死後，其書稍出。史記曰：任安，滎陽人，為衛將軍[7]，後為益州刺史。

太史公牛馬走 太史公，遷父談也。走，猶僕也。言己為太史公掌牛馬之僕，自謙之辭也。司馬遷再拜言，少卿足下：如淳曰：少卿，任安字也。曩者辱賜書，教以順於接物，推賢進士爲務。禮記曰：儒有推賢而進。意氣懃懃懇懇，懃懃懇懇，忠款之貌也。若望僕不相師，而用流俗人之言[8]，僕非敢如此也。蘇林曰：而，猶如也。禮記曰：不從流俗。鄭玄曰：流俗，失俗也。僕雖罷駑，亦嘗側聞長者之遺風矣。側聞，謙辭也。列子曰：吾側聞之。禮記曰：與長者坐，必異席。顧自以爲身殘處穢，動而見尤，言舉動必為人之所尤過也。欲益反損，是以獨鬱悒而與誰語。鬱悒，不通也。楚辭曰：獨鬱結其誰語。諺曰：「誰爲爲之？孰令聽之？」誰為，猶為誰也。言己假欲為善，當為誰為之乎？復欲誰聽之乎？蓋鍾子期死，伯牙終身不復鼓琴。呂氏春秋曰：伯牙鼓琴，意在太山。鍾子期曰：善哉，巍巍若太山。俄而志在流水。子期曰：善哉，湯湯乎若流水。子期死，伯牙破琴絕絃，終身不復鼓琴，以為世無賞音者。何則？士爲知己者用，女

---

7 注「為衛將軍」　何校「軍」下添「舍人」二字，陳同，是也。各本皆脫。

8 「若望僕不相師而用流俗人之言」　袁本、茶陵本云「而用」善作「用而」。案：二本所見是也。「用」句絕，「而」下屬，漢書有明文。然則善自與彼同而非有誤，尤所校改以五臣亂善，失之甚矣。

爲說己者容。戰國策曰：晉陽之孫[9]豫讓事知伯，知伯寵之。及趙襄子殺知伯，豫讓逃山中，曰：嗟乎！士為知己者用，女為悅己者容，吾其報智氏矣。若僕大質已虧缺矣，雖才懷隨和，行若由夷，隋，隋侯珠也；和，和氏璧也。由，許由也；夷，伯夷也。終不可以爲榮，適足以見笑而自點耳。書辭宜答，點，辱也。往前與我書，書宜應答，但有事，故不獲答。會東從上來，又迫賤事，服虔曰：從武帝還。孟康曰：卑賤之事，若煩務也[10]。如淳曰：遷為中書令，任職常知中書，時偶有賊盜之事。晉灼曰：賤事，家之私事也。相見日淺，卒卒無須臾之間，文穎曰：卒卒，促遽之意也。間，隙也。得竭至意[11]。今少卿抱不測之罪，涉旬月，迫季冬；如淳曰：平居時不肯報其書，令安有不測之罪在獄，故報往日書，欲使其恕以度己也。僕又薄從上雍，恐卒然不可爲諱。李奇曰：薄，迫也。迫當從行。善曰：難言其死，故云不可諱。是僕終已不得舒憤懣以曉左右，廣雅曰：懣，悶也。楚辭曰：惟煩悶以盈胸。則長逝者魂魄私恨無窮。謂任安恨不見報也。請略陳固陋，闕然久不報，幸勿爲過。

僕聞之：脩身者，智之符也；符，信也。愛施者，仁之端也；取與者，義之表也；恥辱者，勇之決也；勇士當於此而果決之。立名者，行之極也。凡人能立志者，行中之最極也。士有此五者，然後可以託於世，而列於君子之林矣。故禍莫憯於欲利，悲莫痛於傷心，所可憯者，惟欲之與利，為禍之極也；所可痛者，唯傷心之事，而可為悲也。行莫醜於辱先，詬莫大於宮刑。醜，穢也。先，謂祖也。詬音垢。應劭曰：詬，恥也。說文，詬或作詢，火遁切。禮記儒行曰：妄常以儒相詬病。左氏傳，宋元公曰：

9 注「晉陽之孫」　案：「晉」下當有「畢」字。各本皆脫。

10 注「若煩務也」　陳云「若」，「苦」誤，是也。各本皆譌。漢書顏注引作「苦」。

11 「得竭至意」　袁本、茶陵本「至」作「志」。案：二本所載良注是「志」字，未審善何作？漢書作「指」。

余不忍其詬。尋此二書，其訓頗同。刑餘之人，無所比數，非一世也，所從來遠矣。昔衛靈公與雍渠同載，孔子適陳；家語曰：孔子居衛月餘，靈公與夫人同車出。令宦者雍渠參乘，使孔子為次乘，遊過市。孔子曰：吾未見好德如好色。於是恥之，去衛過曹。此言孔子適陳，未詳。商鞅因景監見，趙良寒心；史記，商君謂趙良曰：我化秦孰與五羖大夫賢？趙良曰：五羖大夫，荊之鄙人也。繆公知其賢，舉之牛口之下，加之百姓之上。今君之見秦王也，因嬖人景監以為主，非所以為名也。又趙高謂李斯曰：釋此不從，禍及子孫，足為寒心也。同子參乘，袁絲變色。蘇林曰：趙談也。與遷父同諱，故曰同子。漢書曰：上朝東宮，趙談參乘。袁絲伏車前曰：臣聞天子所與共六尺輿者，皆天下豪英。今漢雖乏之人，陛下獨奈何與刀鋸餘同載？於是上笑，下趙談。自古而恥之。夫以中才之人，事有關於宦豎，莫不傷氣，而況於慷慨之士乎！如今朝廷雖乏人，奈何令刀鋸之餘，薦天下豪俊哉？史記，履貂曰：臣刀鋸之餘，不敢二心。

僕賴先人緒業，廣雅曰：緒，末也。司馬彪莊子注曰：緒，餘也。得待罪輦轂下，二十餘年矣。所以自惟，上之不能納忠効信，有奇策才力之譽，自結明主；次之又不能拾遺補闕，招賢進能，顯巖穴之士；外之又不能備行伍，攻城野戰，有斬將搴旗之功；下之不能積日累勞，取尊官厚祿，以爲宗族交遊光寵。四者無一遂，苟合取容，無所短長之効，可見如此矣。上之四事無一遂，假欲苟合取容，亦無其所也。史記，蔡澤曰：吳起言不苟合，行不苟容。鄕者，僕常廁下大夫之列，陪外廷末議。臣瓚曰：太史令千石，故下大夫也。外廷，即今僕射外朝也。不以此時引維綱，盡思慮。今以虧形爲掃除之隸，在闒茸之中，闒茸，猥賤也。茸，細毛也。張揖訓詁以為闒，獰劣也。呂忱字林曰：闒茸，不肖也。乃欲仰首伸眉，論列是非，不亦輕朝廷羞當世之士邪？嗟乎！嗟呼！如僕尚何言哉！尚何言哉！

且事本末未易明也。僕少負不羈之行，長無鄉曲之譽，不羈，言材質高遠，不可羈繫也。燕丹子，夏扶曰：士無鄉曲之譽，未可以論行也。主上幸以先人之故，使得奏薄伎，服虔曰：薄伎，薄才也。出入周衛之中。周衛，言宿衛周密也。韋昭曰：天子有宿衛之官。僕以爲戴盆何以望天？言人戴盆則不得望天，望天則不得戴盆，事不可兼施。言己方一心營職，不假修人事也[12]。故絕賓客之知，亡室家之業，日夜思竭其不肖之才力，禮記曰：某之子不肖。應劭風俗通曰：生子不似父母曰不肖。務一心營職，以求親媚於主上。毛詩曰：藹藹多士，媚于天子。而事乃有大謬不然者夫。夫，語助也。論語，子曰：有是夫。

僕與李陵，俱居門下，素非能相善也。趣舍異路，太公六韜曰：夫人皆有性，趣舍不同。顏師古曰[13]：趣，所向也；舍，所廢也。未嘗銜盃酒，接殷懃之餘懽。然僕觀其爲人，自守奇士，事親孝，與士信，臨財廉，取與義。分別有讓，恭儉下人，常思奮不顧身，以徇國家之急。顏師古曰：徇，從也，營也[14]。其素所蓄積也，言其意中舊所蓄積也。僕以爲有國士之風。一國之中，推而為士。夫人臣出萬死不顧一生之計，赴公家之難，斯以奇矣。新序，昭奚恤曰：使皆赴湯火，蹈白刃，出萬死不顧一生，司馬子反在此。今舉事一不當，而全軀保妻子之臣，隨而媒蘖其短，鄭玄周禮注曰：舉，猶行也。臣瓚以為媒謂遘合會之。蘖謂生其罪釁也。僕誠私心痛之。且李陵提步卒不滿五千，有五千，言不滿者，痛之甚也。深踐戎馬之地，足歷王庭，胡地出馬，故曰戎馬。單于所居之處，號曰王庭。垂餌音二虎口，橫挑彊胡，仰億萬之師，說文曰：挑，相呼也。李奇曰：挑，身獨戰，不須眾。挑，茶弔切。臣瓚曰：挑，挑敵求戰也，古謂之致師。北地高，故曰仰。與單于連戰十有餘日，所殺過平聲半當。虜救死

---

12 注「不假修人事也」　案：「假」當作「暇」。各本皆譌。

13 注「顏師古曰」　袁本、茶陵本無「師古」二字。案：此當脫「監」字，尤所補未是。下注「師古」、「監」錯見，「監」是，「師古」非。

14 注「顏師古曰徇從也營也」　袁本、茶陵本無此九字。

扶傷不給，顧野王決曰：所殺過半當，言陵軍殺已過半。給，供給也。旃裘之君長咸震怖，旃裘，謂匈奴所服也。故言旃裘之君。乃悉徵其左右賢王，舉引弓之人，漢書曰：匈奴至冒頓最強大，置左右賢王。以其善射，故曰引弓之人。一國共攻而圍之。轉鬬千里，矢盡道窮，救兵不至，士卒死傷如積子智切。然陵一呼勞，軍士無不起，躬自流涕，沬血飲泣，更張空拳，孟康曰：沬音頮。善曰：頮，古沬字，言流血在面，如盥頮也。說文曰：頮，洗面也。李登聲類云：拳或作捲。此言兵已盡，但張空拳以擊耳。桓寬鹽鐵論曰：陳勝無將帥之兵，師旅之眾，奮空捲而破百萬之軍。何晏白起故事：白起雖坑趙卒，向使預知必死，則前驅空捲，猶可畏也，況三十萬被堅執銳乎？顏師古曰：讀為拳者謬矣。拳則屈指，不當言張。陵時矢盡，故張弮之空弓，非手拳也。李奇曰：拳者，弮弓也[15]。冒白刃，北嚮爭死敵者。陵未沒時，使有來報，史記曰：陵至浚稽山，使麾下騎陳步樂還以聞。步樂召見，道陵將得士死力，上甚悅之。漢公卿王侯，皆奉觴上壽。後數史柱切日，陵敗書聞，主上爲之食不甘味，聽朝不怡。大臣憂懼，不知所出。僕竊不自料其卑賤，見主上慘愴怛都割切悼，誠欲効其款款之愚，款款，忠實之貌。以爲李陵素與士大夫絕甘分少，孝經援神契曰：母之於子，絕少分甘。宋均曰：少則自絕，甘則分之。能得人死力，雖古之名將，不能過也。身雖陷敗，彼觀其意，且欲得其當而報於漢。張晏曰：欲得相當也。言欲立効以當罪而報漢恩。事已無可奈何，其所摧敗，功亦足以暴蒲沃切於天下矣。謂摧破匈奴之兵，其功足暴露見於天下。僕懷欲陳之，而未有路，適會召問，卽以此指推言陵之功，欲以廣主上之意，塞睚魚解切眦柴懈切之辭。言欲廣主上之意及塞羣臣睚眦之辭。未能盡明，明主不曉，以爲僕沮貳師，而爲李陵遊說，遂下

---

15 注「李奇曰拳者弮弓也」 茶陵本「拳」作「弮」，袁本亦作「拳」。案：正文作「拳」。善注先如字解之，復引顏師古云云，乃解為「弮」字，所以兼載異讀，此「李奇曰」即顏所引，當作「弮」，不當作「拳」，漢書注亦可證也。

於理。漢書曰：初上遣貳師李廣利出，令陵為助兵，及陵與單于相值，而貳師少功。上以遷誣罔，欲沮貳師而為陵遊說，下遷腐刑。鄭玄禮記注曰：理，治獄官也。拳拳之忠，終不能自列。禮記，子曰：回得一善，拳拳不失之矣。鄭玄曰：拳拳，捧持之貌。說文曰：列，分解也。因爲誣上，卒從吏議。言眾吏議以為誣上。家貧，貨賂不足以自贖，交遊莫救；左右親近，不爲一言。身非木石，獨與法吏爲伍，深幽囹圄之中，誰可告愬者？此眞少卿所親見，僕行事豈不然乎？李陵既生降，隤其家聲；蘇林曰：家世為將有名，陵降而隤之也。顏師古曰：隤，墜也。而僕又佴之蠶室，如淳曰：佴，次也，若人相次也，人志切。今諸本作茸字。蘇林注景紀曰：作密室，廣大如蠶室，故言下蠶室。衛宏漢儀以為置蠶宮今承[16]諸法云，詣蠶室，與罪人從事，主天下室者，屬少府。顏監云：茸，推也，人勇切。推置蠶室之中。重爲天下觀笑。悲夫！悲夫！事未易一二爲俗人言也。

僕之先，非有剖符丹書之功，漢書曰：漢初功臣剖符世爵。又曰：論功而定封訖，於是申以丹書之信，重以白馬之盟。文史星曆，近乎卜祝之間，固主上所戲弄，倡優所畜，流俗之所輕也。說文曰：倡，樂也。左氏傳曰：鮑氏之圉人為優。杜預曰：俳優也。假令僕伏法受誅，若九牛亡一毛，與螻蟻何以異？螻，螻蛄也；蟻，蚍蜉也。皆蟲之微者，故以自喻[17]。而世又不與能死節者，與，如也。言時人以我之死，又不如能死節者，言死無益也。特以爲智窮罪極，不能自免，卒就死耳。何也？素所自樹立使然也。人固有一死，或重於太山，或輕於鴻毛，用之所趨異也。燕丹子，荊軻謂太子曰：

---

16 注「以為置蠶宮今承」陳云「今承」當作「令丞」，是也。各本皆誤。

17 注「皆蟲之微者故以自喻」茶陵本「蟲之微者」作「微蟲也遷」，是也。袁本幷入五臣，與此同，非。凡此篇袁本多幷入五臣，茶陵本及此未誤，皆不更出也。

烈士之節，死有重於太山，有輕於鴻毛者，但問用之所在耳。太上不辱先，其次不辱身，其次不辱理色，理，道理也；色，顏色也。其次不辱辭令，辭，謂言辭；令，謂教令。其次詘體受辱，詘體，謂被縲繫。其次易服受辱，易服，謂著赭衣。其次關木索被箠楚受辱，漢書曰：箠長五尺。說文曰：棰，以杖擊也。箠與棰同。以之笞人，同謂之箠楚。箠楚，皆杖木之名也。其次剔毛髮嬰金鐵受辱，謂髡鉗也。其次毀肌膚斷肢體受辱，謂肉刑也。最下腐刑，極矣。蘇林曰：宮刑腐臭，故曰腐刑。傳曰：「刑不上大夫。」此言士節不可不勉勵也。禮記文也。東方朔別傳，武帝問曰：刑不上大夫何？朔曰：刑者，所以止暴亂，誅不義也。大夫者，天下表儀，萬人法則，所以共承宗廟而安社稷也。猛虎在深山，百獸震恐，及在檻穽之中，搖尾而求食，積威約之漸也。周禮注曰：穿地為塹，所以御禽獸，其或超踰，則陷焉。尚書曰：杜乃擭，斂乃穽。言威為人制約，漸積至此。故有畫地爲牢勢不可入，削木爲吏議不可對，定計於鮮平聲也。臣瓚曰：以為患吏刻暴，雖以木為吏，期於不對。此疾苛吏之辭也。文穎曰：未遇刑自殺為鮮明也。今交手足，受木索，暴肌膚，受榜箠，幽於圜牆之中。廣雅曰：榜，擊也。圜牆，獄也。周禮曰：以圜土教罷民。當此之時，見獄吏則頭槍七良切地，視徒隸則正惕息，何者？積威約之勢也。及以至是言不辱者，所謂強顏耳，曷足貴乎！且西伯，伯也，拘於羑里；史記曰：季歷卒，子昌立，是為西伯。西伯，文王也。崇侯虎譖西伯於殷紂曰：西伯積善累德[18]，諸侯皆嚮之，將不利於帝。紂乃囚西伯於羑里。王制曰：九州之長曰伯。注曰：伯，長也。李斯，相也，具于五刑；史記曰：李斯，楚上蔡人也，從荀卿學帝王之術。入秦，秦卒用其計，二十餘年，竟并天下，以斯為丞相。二世立，以郎中趙高之譖，乃具斯五刑，腰斬咸陽。漢書刑法志曰：漢興之初，其大辟尚有夷三族之令，曰：當三族者，皆先劓，斬左右趾，笞殺之，梟其首，菹其骨肉於市。其誹謗詈詛者，又斷舌，故言具。具，謂五刑也。淮陰，

18 注「西伯積善累德」　袁本、茶陵本無「累」字。案：下引有，尤校添也。

王也，受械於陳；漢書曰：韓信為楚王，都下邳。信因行縣邑，陳兵出入，人有變告信欲反[19]。上聞，患之，用陳平謀，偽遊雲夢，信謁上於陳，高祖令武士縛信，載後車。信曰：果若人言，狡兔死，良狗烹。上曰：人告公反。遂械信至洛陽，赦以為淮陰侯。陳，楚之西界也。械，謂桎梏也。**彭越張敖，南面稱孤，繫獄抵罪；**史記曰：高帝立彭越為梁王。梁王稱疾，上使使掩捕梁王，囚之洛陽。漢書曰：趙王張耳，高祖五年薨，子敖嗣立，尚高祖長女魯元公主。七年，高祖從平城過趙，趙王旦暮自上食，禮甚卑[20]，有子壻之禮。高祖箕踞罵詈，甚慢之。趙相貫高、趙午說敖曰：天下豪傑並起，能者先立。今王事皇帝甚恭，皇帝遇王無禮，請為殺之。八年，上從東垣過，貫高等乃壁人柏人，要之置廁。上過欲宿，心動，問縣名為何？曰：柏人。上曰：柏人者，迫於人。遂去。貫高怨家知其謀反，告之[21]，於是逮捕趙王。諸反者趙午十餘人皆自剄。貫高獨怒罵曰：誰令公等為之？今王實無反謀。檻車與詣長安，高下獄，曰：吾屬為之，王不知也。**絳侯誅諸呂，權傾五伯，囚於請室；**史記曰：絳侯周勃與陳平謀誅諸呂，而立孝文。後勃被囚，已見李陵答蘇武書。漢書音義，如淳曰：請室，請罪之室，若今之鍾下也。**魏其，大將也，衣赭衣，關三木；**三木，在項及手足也。魏其侯，已見李陵答蘇武書。周禮曰：上罪梏拲而桎。應劭漢書注曰：在手曰梏，兩手同械曰拲，在足曰桎。韋昭曰：桎，兩手合也。梏音告。拲音拱。桎，之栗切。**季布爲朱家鉗奴；**漢書曰：季布，楚人也，為任俠，有名。項籍使將兵，數窘漢王。項籍滅，高祖購求布千金，敢舍匿者罪三族。布匿於濮陽周氏。周氏曰：漢求將軍急，臣敢進計。布許之。乃髡鉗布，衣褐，致廣柳車中，與其家僮數十人之魯朱家賣之。朱家心知季布也，買置田舍。乃之洛陽，見汝陰滕公，說曰：季布何罪？臣各為其主耳。君何不從容為上言之？滕公許諾，侍間，果言如朱家旨。上乃赦布，召見謝，拜郎中。**灌夫受辱於居室。**漢書，灌夫，字仲孺，潁陰人也。為太

---

19 注「人有變告信欲反」　茶陵本「有」下有「上」字，是也。袁本亦脫。

20 注「禮甚卑」　茶陵本「禮」作「體」，是也。袁本亦誤。

21 注「知其謀反告之」　案：「反」字不當有。各本皆衍。

僕時，坐與衛尉竇甫飲，輕重不得，徙為燕相。及竇嬰失勢，兩人相為引重。夫過丞相田蚡，蚡曰：吾欲與仲孺過魏其侯，會孺有服[22]。夫曰：將軍迺肯幸臨，夫安敢以服為解！請語魏其帳具，將軍旦日蚤臨之。蚡許諾。夫以語嬰。嬰益牛酒，夜洒掃帳具，自旦候伺。至日中，蚡不來。夫不懌。夫乃自往迎之，蚡尚臥。駕往，又徐行，夫益怒，遂以為隙。元光四年，蚡取燕王女為夫人，太后詔曰：列侯宗室皆往賀。嬰為壽，夫行酒，至蚡，蚡半膝席曰：不能滿觴。夫怒，乃嘻言曰：將軍貴人也，畢之。時蚡不肯。行酒次至臨汝侯灌賢，方與程不識耳語，又不避席。夫無所發怒，乃罵賢曰：生毀程不識不直一錢，今日長者為壽，乃効兒女曹呫囁耳語。蚡謂夫曰：今眾辱程將軍，仲孺獨不為李將軍地乎？夫曰：今日斬頭穴胸，何知程、李乎！乃起。蚡遂怒曰：此吾驕灌夫罪也。籍福起為謝，按夫項令謝。夫愈怒，不肯謝。蚡乃麾騎縛夫置傳舍，長史曰[23]：今日召宗室，有詔。劾灌夫罵坐不敬，繫於居室。如淳曰：百官表，居室為保宮，今守宮也。此人皆身至王侯將相，聲聞鄰國，及罪至罔加，不能引決自裁，在塵埃之中，古今一體，安在其不辱也？由此言之，勇怯，勢也；強弱，形也。審矣！何足怪乎？孫子兵法曰：治亂，數也；勇怯，勢也；強弱，形也。夫人不能早自裁繩墨之外，以稍陵遲至於鞭箠之間，乃欲引節，斯不亦遠乎？古人所以重施刑於大夫者，殆爲此也。

夫人情莫不貪生惡死，念父母，顧妻子，至激於義理者不然，乃有所不得已也。言激於義理者，則不念父母、顧妻子也。今僕不幸，早失父母，無兄弟之親，獨身孤立，少卿視僕於妻子何如哉？言己輕妻子，故反問之。且勇者不必死節，言勇烈之人，不必死於名節也，造次自裁耳。怯夫慕義，何處不勉焉！言怯夫慕義以自立名，何處不勉於死哉！言皆勉勵自殺。僕雖怯懦欲苟活，

---

22 注「會孺有服」 何校「孺」上添「仲」字，陳同，是也。各本皆脫。

23 注「長史曰」 陳云「長」上脫「召」字，是也。各本皆脫。

亦頗識去就之分矣。何至自沈溺縲紲之辱哉？孔安國曰：縲紲，墨索也；紲，攣也。所以拘罪人。且夫臧獲婢妾，晉灼曰：臧獲，敗敵所破虜[24]為奴隸。韋昭曰：羌人以婢為妻[25]，生子曰獲；奴以善人為妻，生子曰臧。荊、楊、海、岱、淮、齊之間，罵奴曰獲。齊之北鄙，燕之北郊，凡人男而歸婢[26]謂之臧，女而歸奴[27]謂之獲，皆異方罵奴婢之醜稱也。由能引決，況僕之不得已乎？所以隱忍苟活，幽於糞土之中而不辭者，恨私心有所不盡，鄙陋沒世，而文彩不表於後世也。論語曰：君子疾沒世而名不稱。

古者富貴而名摩滅，不可勝記，唯倜儻非常之人稱焉。廣雅曰：俶儻，卓異也。蓋文王拘而演周易；周易曰：易之興也，當文王與紂之事邪？又曰：作易者，其有憂患邪？史記本紀曰：崇侯譖西伯於殷紂，曰：西伯積善累德，諸侯皆向之，將有不利於帝。紂乃囚西伯於羑里。西伯演易之八卦為六十四。地理志曰：河內湯陰有羑里城，西伯所拘。韋昭曰：羑音酉。蒼頡篇曰：演，引之也。仲尼厄而作春秋；史記，孔子曰：吾道不行矣，何以自見於後世哉！乃約魯史而作春秋。屈原放逐，乃賦離騷；史記曰：屈原，名平，楚之同姓，為楚懷王左司徒[28]。博文強志，敏於辭令，王甚任之。上官大夫與之同列，心害其能。懷王使原為憲令，原草藁未定，上官大夫見而欲奪之，不與，因讒之曰：王使屈原為令，眾莫不知。每令出，平伐其功，以為非我莫為王也[29]。王怒而疎之。平病聽之不聰，作離騷經。左丘失明，厥有國語；漢書曰：國語，左丘明著。失明，未詳。孫子臏腳，兵法脩列；史記曰：孫臏與龐涓俱學兵法。涓事魏

---

24 注「敗敵所破虜」　案：「破」當作「被」，各本皆譌。漢書注引作「被」。

25 注「羌人以婢為妻」　案：「羌」當作「善」，各本皆譌。

26 注「男而歸婢」　陳云「歸」當作「婿」，是也。各本皆誤。此方言文也。

27 注「女而歸奴」　陳云「歸」當作「婦」，是也。各本皆譌。方言文。

28 注「為楚懷王左司徒」　陳云「司」字衍。案：各本皆同，陳據今史記校也。考集解、索隱無明文，唯正義注云云。其本無「司」字。或善讀史記有，未當輒去。

29 注「莫為王也」　陳云「為」上脫「能」字，下衍「王」字。案：亦據今史記校也。或「王」當作「之」，而各本皆譌。

惠王，自以為能不及臏，乃陰使人召臏。臏至，涓恐其賢於己，則以法刑斷其兩足而黥之，欲隱勿見。齊使者田忌善客待之，於是田忌進孫子於威王，威王問兵法而師之。其後魏伐趙，趙急，請救於齊。齊威王欲將臏，臏曰：刑餘之人不可。於是乃以田忌為將，而孫子為師，居輜重中，主為計謀。田忌從之，魏果去邯鄲，與齊戰於桂陵，大破魏軍。**不韋遷蜀，世傳呂覽**；史記曰：呂不韋，大賈人也。莊襄王即位三年，薨，太子正立為王，尊不韋為相國，號仲父。當是時，魏有信陵，楚有春申，趙有平原，齊有孟嘗，皆下士喜賓以相傾。呂不韋以秦之強，大招士，厚遇之，乃致食客三千人。是時諸侯多辯士，如荀卿之徒，著書布於天下。不韋乃使其客人人著所聞，集論為八覽，十二紀，三十餘萬言[30]，以為備天下之物，古今之事，號曰呂氏春秋。布咸陽市門，懸千金其上，延諸侯遊士賓客，有能增損一字，與千金。及始皇帝壯，太后通不韋，恐禍及己，私求嫪毒為舍人，詐令以腐罪告之，遂得侍太后，與太后通。九年，人有告嫪毒實非宦者，下吏治之，得情實，事連相國。秦王恐其為變，乃賜不韋書曰：君何功於秦，秦封君河南，食十萬戶。君何親於秦，號稱仲父。後與家屬徙處蜀，飲鴆而死。**韓非囚秦，說難孤憤**；史記曰：韓非者，韓之公子也。見韓稍弱，以書諫王，王不能用。非心廉直，不容於邪枉之臣，觀往者得失之變，故作孤憤、五蠹、說難十餘萬言。秦王見孤憤、五蠹之書曰：嗟乎！寡人得見此人與游，死不恨矣！李斯曰：此韓非所著書。秦因急攻韓，韓乃遣非使秦。秦王悅之，未信用。李斯、姚賈毀之曰：韓非，韓之諸公子也。今王欲并諸侯，非終為韓不為秦，此人情也。今王不用，久留而歸之，此自遺患也，不如以過法誅之。秦王為然。下吏治非。李斯使人遺藥使自殺。韓非欲自陳，不得見。秦王後悔之，使人赦而非已死矣。說難、孤憤，韓子之篇名也。**詩三百篇，大氐聖賢發憤之所爲**于偽切**作也。**論語曰：詩三百。孔安國曰：篇之大數也。爾雅曰：氐，致也。郭璞曰：意恉。**此人皆意有鬱結，不得通其道，故述往事，思來者。**言故述往前行事，思令將來人知己之志。**乃如左丘無目，孫子斷足，終不可用，退而論書策，以舒其憤，思垂空文以自見。**空文，謂文章也。自見己情。

---

30 注「為八覽十二紀三十餘萬言」案：「覽」下當有「六論」二字，「三」當作「二」。各本皆脫誤。

僕竊不遜，近自託於無能之辭，論語，子曰：唯女子與小人為難養也，近之則不孫。網羅天下放失舊聞，略考其行事，綜其終始，稽其成敗興壞之紀，上計軒轅，下至于茲，爲十表，本紀十二，書八章，世家三十，列傳七十，凡百三十篇，亦欲以究天人之際，通古今之變，成一家之言。草創未就，會遭此禍，惜其不成，已就極刑[31]而無慍色。僕誠以著此書藏諸名山，傳之其人，通邑大都，其人，謂與己同志者。則僕償前辱之責，雖萬被戮，豈有悔哉？然此可爲智者道，難爲俗人言也。

且負下未易居，下流多謗議，負累之下，未易可居。論語曰：君子惡居下流而訕上者也。僕以口語遇此禍，重爲鄉黨所笑，以汙烏臥切辱先人，亦何面目復上父母丘墓乎？雖累百世，垢彌甚耳！是以腸一日而九迴，居則忽忽若有所亡，出則不知其所往。莊子，魯哀公問仲尼曰：衛有惡人焉，曰哀駘他，去寡人去行，寡人恤焉若有亡也。庚桑子曰：吾聞至人尸居環堵之室，不知所如往。每念斯恥，汗未嘗不發背沾衣也。身直爲閨合之臣，寧得自引於深藏岩穴邪？故且從俗浮沈，與時俯仰，以通其狂惑。鬻子曰：吾聞之於政也[32]，知善不行者謂之狂，知惡不改者謂之惑。夫狂與惑者，聖人之戒也。今少卿乃教以推賢進士，無乃與僕私心刺力割切謬乎！今雖欲自雕琢[33]，曼辭以自飾，如淳曰：曼，美也。戰國策，蘇秦曰：夫從人飾辯曼辭，高主之節行。曼，音萬。無益於俗不信，適足取辱耳。要

31 「已就極刑」　袁本、茶陵本「已」作「是以」二字，是也。漢書作「是以」。

32 注「吾聞之於政也」　何校「政」改「故」，是也。各本皆譌。

33 「今雖欲自雕琢」　何校「琢」改「瑑」。案：漢書作「瑑」，何據之校。但選文未必全同，如上文「脩身者智之符也」，漢書作「府」；「大底聖賢發憤之所為作也」。漢書作「氐」。善與顏兩家所注，各有明文，判然不合。此但顏作「瑑」耳，善果何作，無以考之，不得定其當為「瑑」也。凡何校之非，多不出其舉隅者如此。

之死日，然後是非乃定。書不能悉意，略陳固陋，謹再拜。

報孫會宗書

楊子幼 漢書，楊惲，字子幼，華陰人。以才能稱譽，為常侍騎，與太僕戴長樂相失，坐事免為庶人。惲見已失爵位，遂即歸家閑居，自治產業，起室，以財自娛。歲餘，友人安定太守西河孫會宗與惲書誡諫之。言大臣廢退，當杜門惶懼，為可憐之意，不當治產業，通賓客，有稱舉。惲乃作此書報之。[34]

惲材朽行穢，文質無所底，論語曰：文質彬彬，然後君子。包氏曰：彬彬，文質相半之貌也。底，致也[35]。幸賴先人餘業，得備宿衛。遭遇時變，以獲爵位，漢書曰：霍氏謀反，惲先聞知。霍氏伏誅，惲封為平通侯。終非其任，卒與禍會。足下哀其愚蒙，賜書教督以所不及，爾雅曰：督，正也。慇懃甚厚。然竊恨足下不深惟其終始，而猥隨俗之毀譽也。猥，猶曲也[36]。言鄙陋之愚心，則若逆指而文過，言逆會宗之指，自文飾己之過。論語，子曰：小人之過也必文。孔安國曰：文飾其過，不言實也。默而自守，恐違孔氏各言爾志之義。論語曰：顏淵、季路侍，子曰：盍各言爾志。故敢略陳其愚，惟君子察焉！

惲家方隆盛時，乘朱輪者十人，二千石皆得乘朱輪。位在列卿，爵為通侯，總領從官，應劭曰：舊曰徹侯，避武帝諱，故為通，言其功德通於王室也。從，天子侍從官也。與聞政事。曾不能以此時有所

---

34 注「漢書楊惲」下至「惲乃作此書報之」 案：此一節注當有誤。如本傳惲自以兄忠任為郎，補常侍騎，則云「以才能稱譽」者，決非善引漢書矣。漢書云「家居」，此云「遂即歸家閑居」，殊不成語，必各本皆失其舊也。

35 注「底致也」 袁本、茶陵本無此三字。案：蓋因已見五臣而節去也。

36 注「猥猶曲也」 袁本、茶陵本此節注并入五臣，較多不同。案：以尤為是也。

建明，以宣德化。又不能與羣僚并力[37]，陪輔朝廷之遺忘，已負竊位素飡之責久矣。論語，子曰：臧文仲其竊位者歟！知柳下惠之賢而不與立。毛詩曰：彼君子兮，不素飡兮。懷祿貪勢，不能自退，曾子曰：君子不安貴位，不懷厚祿。遂遭變故，橫被口語，身幽北闕，妻子滿獄。口語，即戴長樂所告也。如淳漢書注曰：上章者於公車，有不如法者以付北軍尉，北軍尉以法罰之。楊惲上書，遂幽北闕，公車門所在也。當此之時，自以夷滅不足以塞責，史記，司馬欣謂章邯曰：趙高欲以法誅將軍塞責。豈得全其首領，復奉先人之丘墓乎？左氏傳，宋公曰：若以大夫之靈，得保首領以沒于地。伏惟聖主之恩，不可勝量。君子遊道，樂以忘憂；史記曰：陳平遊道日廣。論語曰：樂以忘憂。小人全軀，說以忘罪。楚辭曰：與波上下，偷以全吾軀乎！竊自念過已大矣，行已虧矣，長爲農夫以沒世矣。是故身率妻子，勠力耕桑[38]，國語曰：勠力一心。灌園治產，以給公上。蘇林漢書注曰：充縣官之賦斂。不意當復用此爲譏議也。

夫人情所不能止者，聖人弗禁。故君父至尊親，送其終也，有時而既。終，謂終沒也。既，盡也。張晏漢書注曰：喪不過三年。臣見放逐降居，三月復初。臣之得罪，已三年矣。田家作苦，歲時伏臘，漢書曰：秦繆公作伏祠。孟康曰：六月伏日也。風俗通禮傳曰：夏曰嘉平，殷曰清祀，周曰大蜡，故改為臘。烹羊炰羔，斗酒自勞。家本秦也，能爲秦聲。婦趙女也，雅善鼓琴[39]，奴婢歌者數人，

---

37 「又不能與羣僚并力」　袁本、茶陵本「并」上有「同心」二字。案：二本無校語，似善與五臣無異，但尤所見脫之也。漢書有。

38 「勠力耕桑」　茶陵本「勠」作「戮」，注同。袁本皆作「勠」。案：「戮」即「勠」假借，或善「戮」五臣「勠」，尤校改之也。漢書作「勠」。

39 「雅善鼓琴」　袁本云善作「琴」。茶陵本云五臣作「瑟」。案：各本所見皆傳寫譌也。漢書作「瑟」，即所謂「趙之鳴瑟」，不得作「琴」明甚。

酒後耳熱，仰天撫缶而呼嗚嗚。應劭漢書注曰：缶，瓦器也，秦人擊之以節歌。李斯上書曰：擊甕扣缶，而呼嗚嗚快耳者，真秦聲也。其詩曰：「田彼南山，蕪穢不治；種一頃豆，落而爲萁」。張晏漢書注曰：山高在陽，人君之象也。蕪穢不治，朝廷荒亂也。一頃百畝，以喻百官也。言豆者，貞直之物，零落在野，喻己見放棄也。萁曲而不直，言朝臣皆諂諛也。臣瓚案：田彼南山，蕪穢不治，言於王朝而遇民亂也[40]。種一頃豆，落而為萁，雖盡忠効節，徒勞而無獲也。人生行樂耳，須富貴何時？是日也，拂衣而喜，奮袖低昂，頓足起舞，誠淫荒無度，不知其不可也。惲幸有餘祿，方糴賤販貴，逐什一之利。什一，謂十中之一也。尚書大傳曰：王者十一而稅。此賈豎之事，汙烏臥切辱之處，惲親行之。下流之人，衆毀所歸，言處下流，為衆惡毀所舉[41]。不寒而慄。雖雅知惲者，猶隨風而靡，尚何稱譽之有？楚辭曰：世從容而變化，隨風靡而成行。董生不云乎：「明明求仁義，常恐不能化民者，卿大夫之意也；明明求財利，常恐困乏者[42]，庶人之事也。」漢書，董仲舒對策曰：夫皇皇求財利，常恐匱乏者，庶人之意也；皇皇求仁義，常恐不能化人者，大夫之意也。故道不同不相爲謀。今子尚安得以卿大夫之制而責僕哉？論語曰：道不同不相為謀。言今我親行賈豎之事，安得責我卿大夫之制乎？

夫西河魏土，文侯所興，有段干木田子方之遺風，史記，李克謂翟璜曰：魏成子東得子夏、田子方、段干木，此三人者，君皆師之。稟然皆有節概[43]，知去就之分，頃者足下離舊土，謂去西河。臨

---

40 注「而遇民亂也」　陳云「民」，「昬」誤，是也。各本皆誤。
41 注「為衆惡毀所舉」　何校「舉」改「歸」。陳云「舉」，「歸」誤，是也。各本皆誤。
42 「常恐困乏者」　茶陵本「恐」下有「之」字，云五臣無。袁本云善有。案：有者不可通，二本所見傳寫衍也。漢書無。
43 「稟然皆有節概」　袁本、茶陵本「稟」作「凜」。案：二本所載五臣良注作「凜」，漢書作「漂」，顏音匹遙反，善不必與漢書全同，或自作「稟」歟？

安定。安定山谷之間，昆夷舊壤，毛詩曰[44]：文王西有昆夷之患，北有獫狁之難。鄭玄曰：昆夷，西戎也。子弟貪鄙，豈習俗之移人哉！言豈隨懷安貪鄙之俗，而移人之本性者哉！於今乃睹子之志矣。方當盛漢之隆，願勉旃，無多談。

論盛孝章書[45]

孔文舉 與魏太祖。虞預會稽典錄曰：盛憲，字孝章，器量雅偉。舉孝廉，補尚書郎，遷吳郡太守，以疾去官。孫策平定吳、會，誅其英豪。憲素有名，策深忌之。初，憲與少府孔融善，憂其不免禍，乃與曹公書，由是徵為都尉[46]。詔命未至，果為權所害。子匡奔魏，位至征東司馬。

歲月不居，時節如流。國語，文姜曰：日月不居，人誰不安[47]。傅毅詩曰：徂年如流，尠茲暇日。五十之年，忽焉已至，公爲始滿，融又過二。公謂曹操。言公年始滿五十，融過於二歲也。海內知識，零落殆盡，惟有會稽盛孝章尚存。其人困於孫氏，妻孥湮沒，孫氏，已見上文。毛詩曰：樂爾妻孥。孔安國尚書大傳曰：孥，子也。單孑獨立，孤危愁苦。若使憂能傷人，此子不得永年矣！春秋傳曰：「諸侯有相滅亡者，桓公不能救，則桓公恥之。」公羊傳曰：邢亡，孰亡之？蓋狄滅也。曷為不言蓋狄滅之[48]？為桓公諱也。曷為為桓公諱？上無天子，下無方伯，天下諸侯有相滅亡者，桓公不能救，則桓公恥之。今孝

---

44 注「毛詩曰」 陳云「詩」下當有「序」字，是也。各本皆脫。

45 「論盛孝章書」 案：此書當在後，下與彭寵書當在前。今乃季漢之文，越居建武以上，非必善舊甚明。各本皆同，卷首子目亦然，未知其誤始自何時也。

46 注「徵為都尉」 何校「為」下添「騎」字，是也。各本皆脫。

47 注「人誰不安」 案：「不」當作「獲」，各本皆誤。

48 注「曷為不言蓋狄滅之」 袁本、茶陵本無「蓋」字，是也。

章實丈夫之雄也，天下談士，依以揚聲，而身不免於幽縶，命不期於旦夕。吾祖不當復論損益之友，而朱穆所以絕交也。論語，子曰：益者三友，損者三友。吾祖，即謂孔子也。後漢朱穆感世澆薄，莫尚敦厚，著絕交論以矯之。公誠能馳一介之使，加咫尺之書，左氏傳，晉行人子員對鄭王子伯駢曰：君有楚命，不使一介行李，告於寡君。漢書，廣武君曰：發一乘之使，奉咫尺之書。則孝章可致，友道可弘矣。

今之少年，喜謗前輩，或能譏評孝章。孝章要爲有天下大名，九牧之人，所共稱嘆。九牧，猶九州也。左氏傳，王孫滿曰：貢金九牧。孫卿子曰：文王鑒於殷紂，此其所以伐殷王[49]而受九牧也。燕君市駿馬之骨，非欲以騁道里，乃當以招絕足也。戰國策，郭隗謂燕昭王曰：臣聞古之人君有市千里馬者，三年而不得。於是遣使者賫千金之貨，將市於他國。未至，而千里之馬已死，使者乃以五百金買死馬之首以歸。其君大怒曰：所求者本不市死馬，何故損金市死馬乎？將誅之，使者對曰：死馬尚市之，況生者乎？天下必知君之好也，馬將至矣。於是朞年而千里馬至者三焉。惟公匡復漢室，宗社將絕，又能正之。正之術[50]，實須得賢。珠玉無脛胡定切而自至者，以人好之也，況賢者之有足乎？韓詩外傳曰：蓋胥謂晉平公曰：珠出於海，玉出於山無足而至者，好之也；士有足而不至者，君不好也。昭王築臺以尊郭隗，隗雖小才而逢大遇，竟能發明主之至心，故樂毅自魏往，劇辛自趙往，鄒衍自齊往。史記曰：燕昭王於破燕之後，卑身厚幣以禮賢者。謂郭隗曰：齊因孤之國亂，而襲破燕。孤知國小力少，不足以報。然誠得賢士與共圖，以雪先王之醜也。願先生視可者，得身事之。隗曰：王必欲致士，先從隗始。況賢於隗者，豈遠千里哉！於是昭王為隗改築宮而師事之。樂毅自魏往，鄒衍自齊往，劇辛自趙往。向使郭隗倒懸而王不解居蟹切，臨難而王不拯，孟子曰：當今之時，萬乘之國行仁政，民悅而歸之，猶解

49 注「此其所以伐殷王」 陳云「伐」，「代」誤，是也。各本皆譌。

50 「正之術」 袁本、茶陵本重「之」字，云善無一「之」字。案：各本所見皆非，此但傳寫脫。

倒懸也。又曰：今燕虐其民而王征之，人以為將拯己於水火之中也。則士亦將高翔遠引，莫有北首音獸燕路者矣。漢書，廣武君曰：牛酒以享，士大夫北首燕路。凡所稱引，自公所知，而復有云者，欲公崇篤斯義。因表不悉。

為幽州牧與彭寵書[51]

朱叔元

范曄後漢書曰：朱浮，字叔元，沛國蕭人也。初從世祖為大司馬主簿，遷偏將軍，從破邯鄲後，乃為大將軍幽州牧，守薊城。浮少有才能，頗欲勵正風迹，收士心，辟召州中涿郡王岑之屬，以為從軍事。及王莽時，故吏二千石，皆引置幕府，乃多發諸郡倉穀，贍其妻子。漁陽太守以[52]為天下未定，不宜多置官屬，以費軍食，不從其令。浮密奏：寵遣吏迎妻而不迎其母，又受貨賄，殺害友人，多聚兵穀，意計難量。寵既積怨，聞遂大怒，舉兵攻浮。浮以書責之。

蓋聞智者順時而謀，愚者逆理而動，常竊悲京城太叔以不知足而無賢輔，卒自棄於鄭也。左氏傳曰：鄭武公生莊公及共叔段。姜氏愛共叔段，欲立之，亟請於武公，公弗許。及莊公即位，為之請制。公曰：制，巖邑也，虢叔死焉，他邑唯命。請京，使居之，謂之京城太叔。既而太叔令西鄙北鄙貳於己，公子呂曰：國不堪貳，君將若之何？公曰：不義不昵，厚將崩。太叔完聚，繕甲兵，具卒乘，將襲鄭。公聞其期，曰：可矣！命子封帥車二百乘以伐京，京叛太叔段，段入于鄢。公伐諸鄢，五月辛丑，太叔出奔共。書曰：鄭伯克段于鄢。伯通以名字典郡，有佐命之功，名字，謂聲譽遠聞也。漢書曰：陳遵、劉竦[53]俱著名字。佐命已見李陵書。臨民親職，愛惜倉庫，而浮秉征伐之任，欲權時救急，言朱浮所以招致賓客者，此亦權時救急也。二者皆爲國耳。即疑浮相譖，何不

---

51 「為幽州牧與彭寵書」 案：此書當在前，說見上。

52 注「漁陽太守」 何校「守」下添「彭寵」二字，陳同，是也。各本皆脫。

53 注「陳遵劉竦」 陳云「劉」，「張」誤，是也。各本皆誤。

詣闕自陳，而爲滅族之計乎？

朝廷之於伯通，蔡邕獨斷云：朝廷者，不敢指斥君，故言朝廷。恩亦厚矣，委以大郡，任以威武，事有柱石之寄，情同子孫之親。漢書，大司農田延年謂霍光曰：將軍為國柱石。匹夫媵母尚能致命一飡，左氏宣公二年傳曰：初，趙宣子畋于首山，見靈輒餓，問其病，對曰：不食三日矣。食之，舍其半。問之，曰：宦三年矣，未知母之存否，今近矣，請以遺。使盡之，而為之簞食與肉。既而與為公介。靈公比以趙盾驟諫，伏甲將攻殺之。靈輒乃倒戟以禦之。又戰國策曰：楚王伐中山，中山君亡，有二人荷戈而從之。中山君顧二人曰：子何為者？對曰：昔臣之父嘗餓且死，君捨飡以餔臣父。臣之父且死，曰：中山君有事，汝必赴之。是以今來死君之難。中山君曰：以一杯羹而亡國，以一飡而獲二死士。媵母，未詳。豈有身帶三綬，職典大邦，而不顧恩義，生心外叛者乎！三綬者，古人兼官者，一官一綬也。范曄後漢書曰：更始使謁者韓鴻持節徇北州，承制得專拜二千石以下。鴻至薊，以寵鄉閭故人，相見大喜，拜寵偏將軍，行漁陽太守。世祖又以書招寵，寵乃發步騎三千人歸世祖。世祖承制封建忠侯，賜號大將軍。伯通與吏民語，何以爲顔？行步拜起，何以爲容？坐臥念之，何以爲心？引鏡窺景，何以施眉目？舉厝建功，何以爲人？惜乎！棄休令之嘉名，造梟鴟之逆謀，捐傳葉之慶祚，招破敗之重災，高論堯舜之道，不忍桀紂之性，生爲世笑，死爲愚鬼，不亦哀乎！

伯通與耿俠遊，范曄後漢書曰：吳漢說寵從世祖，會上谷太守耿況亦使功曹寇恂詣寵，結謀共歸世祖。又曰：況字俠遊。俱起佐命，同被國恩。俠遊謙讓，屢有降挹之言，蒼頡篇曰：挹，損也。而伯通自伐，以爲功高天下。孔安國尚書傳曰：自功曰伐。往時遼東有豕，生子白頭，異而獻之。行至河東，見羣豕皆白，懷慙而還。若以子之功高論於朝廷，則爲遼東豕也。白頭豕，未詳。今乃愚妄，自比六國。張晏漢書注曰：齊、燕、楚、韓、趙、魏。六國之時，其勢各盛，廓土數千里，勝兵將百萬，故能據國相持，多歷年所。今天下幾里，列郡幾城，奈何以區區漁陽而結怨天子？區區，言小也。公羊傳曰：司馬子反謂楚王曰：以區區之宋，猶有不欺之臣。此猶河濱之民，捧土以塞孟津，多見其不知量也！論語曰：叔孫武叔毀仲尼，子貢曰：仲尼，日月也，無得而踰焉。人雖欲自絕，其何傷於日月乎？多見其不知量也。

方今天下適定，海內願安，士無賢不肖，皆樂立名於世。而伯通獨中風狂走，自損盛時，內聽嬌婦之失計[54]，外信讒邪之諛言，東觀漢記曰：浮密奏寵，上徵之。寵既自疑，其妻勸寵無應徵，今漁陽大郡，兵馬眾多，奈何為人所奏而棄此去？寵與所親信吏計議，吏皆怨浮，勸寵止不應徵。長為羣后惡法，永為功臣鑒戒，豈不誤哉！或本云永為羣后惡法。今檢范曄後漢書有此一句[55]。然東觀漢記亦載此書，大意雖同，辭旨全別，蓋錄事者取舍有詳略矣。定海內者無私讎，勿以前事自疑，願留意顧老母少弟。凡舉事無為親厚者所痛，而為見讎者所快。范曄後漢書曰：寵齋獨在便室，蒼頭子密等三人，因寵臥寐，共縛著牀。又以寵命呼其妻，妻入，大驚。昏夜後，解寵手，令作記，告城門將軍云：今遣子密等至子后蘭卿所，速開門出，勿稽留之。書成，即斬寵及妻頭置囊中。便持記馳出城，因以詣闕，封為不義侯。

為曹洪與魏文帝書 魏志曰：曹洪，字子廉，太祖從弟。

陳孔璋 陳琳集曰：琳為曹洪與文帝箋。文帝集序曰：上平定漢中，族父都護還書與余，盛稱彼方土地形勢。觀其辭，如陳琳所敘為也[56]。

---

54 「內聽嬌婦之失計」　袁本、茶陵本「嬌」作「驕」，是也。後漢書亦是「驕」字。

55 注「或本云永為羣后惡法今檢范曄後漢書有此一句」　何校「云」改「無」。陳云「云」疑當作「無」。今案：何、陳所說非也。「一」當作「二」。各本皆誤。或本云「永為羣后惡法」者，謂正文二句，本或作如此一句也。今檢范曄後漢書有此二句者，謂其與或本云者不合，而與正文合也。正文不云「永為羣后惡法」，不得如何、陳所改作「或本無」甚明。

56 注「如陳琳所敘為也」　何校「如」改「知」，陳同，是也。各本皆譌。

十一月五日，洪白：前初破賊，情奓意奢，說事頗過其實。得九月二十日書，得文帝書。讀之喜笑，把玩無猒，亦欲令陳琳作報。琳頃多事，不能得爲。念欲遠以爲懽，故自竭老夫之思。左氏傳，趙孟曰：老夫罪戾是懼。辭多不可一一[57]，粗舉大綱，以當談笑。

漢中地形，實有險固，四嶽三塗，皆不及也。左氏傳，司馬侯曰：四嶽、三塗，九州之險也。杜預曰：東嶽岱，南嶽衡，西嶽華，北嶽恆；三塗，在河南陸渾縣南。彼有精甲數萬，臨高守要，一人揮戟，萬夫不得進。漢書，朱買臣曰：一人守險，千人不得上。而我軍過之，若駭鯨之決細網，奔兕之觸魯縞，漢書，韓安國曰：強弩之末，力不能穿魯縞。音義曰：縞，曲阜之地，俗善作之。既皆輕細[58]，故以喻之。爾雅曰：繒之細者[59]曰縞。未足以喻其易。雖云王者之師。有征無戰，漢書，淮南王安上書曰：臣聞天子之兵，有征無戰，言莫之敢校。不義而強，古人常有。左氏傳，叔向謂趙孟曰：不義而強，其斃必速。故唐虞之世，蠻夷猾夏；尚書舜典曰：咎繇，蠻夷猾夏，寇賊姦宄。周宣之盛，亦讎大邦。毛詩曰：蠢爾蠻荊，大邦為讎。詩書歎載，言其難也。斯皆憑阻恃遠，故使其然。是以察茲地勢，謂爲中才處之，殆難倉卒。司馬遷報任少卿書曰：夫中才之人，事有關於宦豎者，莫不傷氣。來命陳彼妖惑之罪，敘王師曠蕩之德，豈不信然！文帝答洪書曰：今魯包凶邪之心，肆蠱蠚之政[60]，天兵神拊，師徒無暴，樵牧不臨。是夏殷所以喪，苗扈所以斃；尚書，帝曰：咨禹：惟時有苗不率，汝徂征。又曰：啓與有扈戰于甘之野。我之所以克，彼

---

[57] 「辭多不可一一」 袁本、茶陵本下「一」作「二」。案：二本是也。此尤誤改之。
[58] 注「既皆輕細」 茶陵本「既皆」作「尤為」，是也。袁本作「既無」，亦非。
[59] 注「爾雅曰繒之細者」 案：「爾」當作「小」。各本皆譌。此所引廣服文。
[60] 注「肆蠱之政」 袁本、茶陵本「蠚」作「惑」，是也。

之所以敗也。不然，商周何以不敵哉！左氏傳，鬬廉曰：師克在和不在眾，商、周之不敵，君之所聞也。昔鬼方聾昧，崇虎讒凶，殷辛暴虐，三者皆下科也。三科之中，此等為下科。然高宗有三年之征，文王有退脩之軍，盟津有再駕之役，周易曰：高宗之伐鬼方，三年克之。左氏傳曰：子魚言於宋公曰：文王聞崇德亂，伐之，軍三旬而不降。退而脩德，復伐之，因壘而降。尚書曰：惟十有一年，武王克殷[61]。又曰：一月戊午，師渡孟津。然後殪戎勝殷，有此武功。尚書曰：天乃大命文王，殪戎殷，誕受厥命。焉有星流景集，飈飆奪霆擊[62]，長驅山河，朝至暮捷，若今者也！戰國策曰：樂毅輕卒銳兵，長驅至齊。

由此觀之，彼固不逮下愚，彼，張魯也。下愚，指鬼方等。則中才之守，不然明矣。在中才則謂不然，若中才守之，則不可得也。而來示乃以為彼之惡稔，雖有孫田墨氂力而切猶無所救，竊又疑焉。文帝答曹洪書曰：今魯罪兼苗、桀，惡稔厲、莽，縱使宋翟妙機械之巧，田單騁奔牛之誑，孫、吳勒八陣之變，猶無益也。何者？古之用兵，敵國雖亂，尚有賢人，則不伐也。是故三仁未去，武王還師；論語曰：微子去之，箕子為之奴，比干諫而死。孔子曰：殷有三仁焉。史記曰：周武王東觀兵於孟津[63]，諸侯皆曰：紂可伐矣！武王曰：未知天命，未可也。乃還師。聞殺王子比干，囚箕子，於是曰：殷有重罪，不可不伐。宮奇在虞，晉不加戎；左氏傳曰：晉侯假道於虞以伐虢，宮之奇諫曰：虢，虞之表也。虢亡，虞必從之。諺所謂輔車相依，脣亡齒寒。其虞、虢之謂乎？弗聽。宮之奇以其族行，曰：虞不臘矣！在此行也，不再舉矣！季梁猶在，強楚挫謀。左氏傳曰：楚王侵隋，隋使少師董成鬬伯比言於楚子曰：吾不得志於漢東也，我則使然。我張吾三軍而被吾甲兵，以武臨之。漢東之國，隋為

---

61 注「武王克殷」 陳云「克」，「伐」誤，是也。各本皆誤。

62 「飈奪霆擊」 袁本、茶陵本「奪」作「奮」，云善作「奪」。案：各本所見皆非也，「奪」但傳寫誤。

63 注「東觀兵於孟津」 袁本、茶陵本「孟」作「盟」，是也。

大，隋張必棄小國，小國離，楚之利也。請贏師以張之。熊率且比曰：季梁在，何益？注曰：季梁，隋賢臣也。暨至衆賢奔絀勑律切，三國爲墟。明其無道有人，猶可救也。且夫墨子之守，縈帶爲垣，高不可登；折箸爲械，堅不可入。墨子曰：公輸為雲梯，必取宋。於是見公輸，九設攻城之機變，墨子九距之。公輸般之攻城械盡，子墨子之守圉有餘。公輸般出而曰：吾知所以距子矣，吾不言。子墨子亦曰：吾知子之所以距我者，吾不言之。王問其故，子墨子曰：公輸子之意，不過欲殺臣。殺臣，宋莫能守，乃可攻也。然臣之弟子禽滑釐三百人，已持守圉之器在宋城上，而待楚寇矣。雖殺臣，不能絕也。楚王曰：善，吾請無攻也。若乃距陽平，據石門，周地圖記曰：褒谷西有古陽平關。劉淵林蜀都賦注曰：石門在漢中之西。攄八陣之列，騁奔牛之權，雜兵書曰：八陣：一曰方陣，二曰圓陣，三曰牝陣，四曰牡陣，五曰沖陣，六曰輪陣，七曰浮沮陣，八曰鴈行陣。史記曰：田單為將軍，破燕城時，以千餘牛為絳繒衣，畫以五彩龍文，束兵刃於角，灌脂束葦於尾，燒之。鑿城數十穴，夜縱牛，壯士五千人隨其後。牛尾熱，怒而奔，燕軍夜大驚。牛尾炬火，光明炫燿，燕軍視之，皆龍文，所觸盡死傷。五千人因銜枚擊之，而城中鼓噪從之，老弱皆擊銅器為聲，聲動天地。燕軍大駭，敗走。齊人遂夷殺其將騎劫。燕軍大亂奔走，齊人追亡逐北，所過城邑叛燕歸田單，而齊七十餘城皆復為齊。乃迎襄王於莒。焉肯土崩魚爛哉！漢書，徐樂上書曰：臣聞天下之患，在於土崩。公羊傳曰：其言梁亡何？自亡也，魚爛而亡。何休注曰：魚爛自內發。設令守無巧拙，皆可攀附，則公輸已陵宋城，樂毅已拔卽墨矣。墨翟之術何稱？田單之智何貴？老夫不敏，未之前聞。左氏傳，趙孟曰：老夫罪戾是懼[64]。禮記檀弓曰：我未之前聞。

蓋聞過高唐者，効王豹之謳；孟子，淳于髡曰：昔王豹處淇，而西河善謳。緜駒處高唐，而齊女善歌[65]。按：此文當過高唐者，効緜駒之歌。但文人用之誤。遊睢息惟切渙者，學藻繢之綵。陳留記曰：襄邑，渙水出其南，

---

64 注「左氏傳趙孟曰老夫罪戾是懼」　案：此十二字不當有，「老夫」，篇首已注訖矣。各本皆誤。

65 注「而齊女善歌」　袁本、茶陵本「女」作「右」。案：「女」字非也。

睢水經其北。傳云：睢、渙之間出文章，故其黼黻絺繡。日月華蟲，以奉宗廟御服焉。間自入益部，仰司馬楊王遺風，有子勝斐然之志，司馬相如、楊雄、王褒也。墨子曰：一二三子復於子墨子曰：告子勝仁。子墨子曰：未必然也。告子為仁，猶跂以為長，偃以為廣，不可久也。論語曰：吾黨之小子狂簡，斐然成章。故頗奮文辭，異於他日。怪乃輕其家丘，謂爲倩七靖切人，邴原別傳曰：原遊學，詣孫菘，菘曰[66]：君以鄭君而舍之，以鄭君為東家丘也。原曰：君以鄭君為東家丘，以僕為西家愚夫邪？是何言歟？夫綠驥垂耳於林坰[67]。弔屈原曰：驥垂兩耳，服鹽車。爾雅曰：野外謂之林，林外謂之坰。鴻雀戢翼於汙池，周禮有牧田。鴻雀，鳥之通稱也。毛詩曰：鴛鴦在梁，戢其左翼。列子，楊朱謂梁王曰：鴻鴈高飛，不集汙池。褻之者固以爲園囿之凡鳥，外廄之下乘也。穀梁傳，晉荀息曰：君何不以屈產之乘借道乎？公曰：此晉國之寶也。荀息曰：取之中廄，置之外廄。及整蘭筋，相馬經云：一筋從玄中出，謂之蘭筋。玄中者，目上陷如井字。蘭筋豎者千里。揮勁翮，陵厲清浮，顧盼千里[68]，豈可謂其借翰於晨風，假足於六駮哉！爾雅曰：晨風，鸇也。毛詩曰：隰有六駮。毛萇曰：駮如馬，倨牙，食虎豹。恐猶未信丘言，必大噱也。洪白。孟康漢書注曰：丘，空也。此雖假孔子名，而實以空為戲也。或無丘言二字。漢書曰：趙李諸侍中皆談笑大噱。說文曰：噱，大笑也。

---

66 注「詣孫菘菘曰」　案：二「菘」字皆當作「崧」，國志注引作「崧」可證也。各本皆譌。

67 「夫綠驥垂耳於林坰」　案：「林坰」當作「坰牧」。袁本、茶陵本作「坰牧」，校語云善有「林」字，無「牧」字。案：善引周禮以注「牧」作「坰牧」，與五臣無異甚明，各本所見皆非也。尤本又割注周禮有「牧田」一句入下節，益非。二本此注通為一節，固未誤也。

68 「顧盼千里」　袁本、茶陵本「盼」作「眄」，云善作「盼」。案：各本所見非也，「盼」但傳寫誤。

卷第四十二

書中

為曹公作書與孫權

吳書曰：孫策初與魏武俱事漢，薨。周瑜、魯肅諫權曰：將軍承父兄餘資，兼六郡之眾，兵精粮多，何區區而受制於人也！權遂據江東，西連蜀漢，與劉備和親。故作書與權，望得來同事漢也。[1]

阮元瑜 魏志曰：阮瑀，字元瑜，宏才卓逸，不羣於俗。太祖為司空，召為軍謀祭酒，又管記室，書檄多瑀所作，又轉丞相倉曹屬，卒。文章志曰：陳留人也。

離絕以來，于今三年，無一日而忘前好。亦猶姻媾之義，恩情已深；爾雅曰：壻之父曰姻，婦之父曰婚。毛詩箋曰：重婚曰媾。吳志曰：策并江東，曹公力未能逞，且欲撫之，乃以弟女配策小弟匡，又為子彰取賁女，皆禮辟策弟權、翊，又命楊州刺史嚴象舉茂才[2]。違異之恨，中間尚淺也。孤懷此心，君豈同哉！每覽古今所由改趣，因緣侵辱，或起瑕釁，心忿意危，用成大變。心既忿恨，意不自安。若韓信傷心於失楚，彭寵積望於無異，漢書曰：高祖徙信為楚王，後以為淮陰侯。信知漢畏其能，稱疾不朝，由

---

1 注「吳書曰孫策」下至「望得來同事漢也」　案：此一節注恐非善舊。各本皆同，無以訂之。

2 注「舉茂才」　案：「舉」下當有「權」字。各本皆脫。

此曰怨。陳豨反，高祖自將往。信陰使人之豨所，而與家人謀夜詐赦諸官徒奴，欲發兵襲呂后、太子。范曄後漢書曰：光武至薊，彭寵上謁，自負功德，光武接之不能滿，以此懷不平。光武知之，以問幽州牧朱浮，浮對曰：陛下昔倚為北道主人，寵謂至當延閣握手，交歡並坐。今既不然，所以失望也。盧綰嫌畏於已隙，英布憂迫於情漏，此事之緣也。漢書曰：上立盧綰為燕王。初，上如邯鄲擊陳豨，燕王盧綰亦擊其東北。豨使王黃求救於匈奴，綰亦使其臣張勝於匈奴。勝至胡，燕王臧荼子衍亡在胡，見勝曰：公何不令燕且緩豨而與胡和？事寬，得長王燕。勝以為然，迺令匈奴兵擊燕。綰疑勝與胡反，上書請族勝。勝還報，具道所以為者。綰寤，迺詐論他人以脫勝家屬，使得為匈奴間，而陰使范齊之豨所，欲令連兵無決。漢既斬豨，其裨將降，言燕王綰使范齊通謀豨所。上使使召綰，綰稱病，於是上曰：綰果反矣。乃遣樊噲伐燕。又曰：黥布為淮南王。漢誅梁王彭越，盛其醢以徧賜諸侯。至淮南王，王大恐，陰令人部聚兵伺旁郡警急。賁赫為布中大夫，上變，言布謀反有端，可先未發誅也。淮南王疑其上言國陰事，漢使又來，頗有所驗，遂族赫家，發兵反。孤與將軍，恩如骨肉，割授江南，不屬本州，豈若淮陰捐舊之恨。楊州舊屬江南，江南之地盡屬焉。今魏徙楊州於壽春，而孫權全有江南之地，故云屬本州也[3]。江都圖經曰：江西壽春屬魏，魏楊州刺史鎮壽春。捐舊或為捐奪，誤也。抑遏劉馥，相厚益隆，寧放朱浮顯露之奏。魏志，劉馥，字元穎，沛國人也。太祖方有袁紹之難，謂馥可任以東南之事，遂為楊州刺史。後漢書曰：朱浮為幽州牧，奏漁陽守彭寵多買兵器，不迎母。寵遂反。無匿張勝貸他改切故之變，張勝有故於胡，盧綰匿之，而加恩貸也。貸或為貳。匪有陰構賁音肥赫之告，固非燕王淮南之舋也。而忍絕王命，明棄碩交，實爲佞人所構會也。史記，蘇秦謂齊王曰：此棄仇讎而得石交者也。碩與石古字通。論語，子曰：遠佞人。夫似是之言，莫不動聽，因形設象，易爲變觀。戰國策曰：曾參殺人，人有告曾參母，母不信。又有人告之，母又不信。須臾又有人告之，母乃投杼而起。示之以禍難，激之以恥辱，大丈夫雄心，能無憤發。吳志

---

3 注「故云屬本州也」　袁本、茶陵本「云」作「不」，是也。

曰：周瑜云：受制於人，豈與南面稱孤同哉！昔蘇秦說韓，羞以牛後[4]，韓王按劍作色而怒，雖兵折地割，猶不爲悔，人之情也。戰國策，蘇秦為楚合從，說韓王曰：臣聞鄙諺曰：寧為雞尸，不為牛從。今西面交臂而臣事秦，何以異於牛從也！夫以大王之賢也，挾強韓之名，臣切為大王羞之。韓王忿然作色，攘臂按劍仰天曰：寡人雖死，其不事秦。延叔堅戰國策注曰：尸，雞中主也。從，牛子也，從或為後，非也。仁君年壯氣盛，緒信所變，楚辭曰：竊悲申包胥之氣盛。宋均詩緯注曰：緒，業也。既懼患至，兼懷忿恨，不能復遠度孤心，近慮事勢，遂賫見薄之決計，秉翻然之成議。加劉備相扇揚，事結釁連，推而行之。想暢本心，不願於此也。周易曰：推而行之存乎通。

孤之薄德，位高任重，幸蒙國朝將泰之運，蕩平天下，懷集異類，家語注曰：異類，夷狄也。喜得全功，長享其福。而姻親坐離，厚援生隙，漢書，谷永曰：因而生隙。常恐海內多以相責，以爲老夫苞藏禍心，陰有鄭武取胡之詐，左氏傳，趙孟曰：老夫罪戾是懼，焉能恤遠。又曰：楚公子圍聘于鄭[5]，鄭使行人子羽與之言曰：大國無乃苞藏禍心以圖之。韓子曰：昔者鄭武公伐胡，先以其子妻胡君，以娛其意。因而問於羣臣曰：吾所用兵，誰可伐者？大夫關其思對曰：胡可。武公怒而戮之，曰：胡，兄弟之國也。子言伐之何？胡君聞之，以鄭親己，遂不備鄭。鄭人襲胡，取之也。乃使仁君翻然自絕。以是忿忿，懷慙反側，常思除棄小事，更申前好，小事，忿恨。前好，謂婚姻。二族俱榮，流祚後嗣，以明雅素中誠之效。抱懷數年，未得散意。昔赤壁之役，遭離疫氣，燒舡自還，以避惡地，非周瑜水軍所能抑

---

4 「羞以牛後」　何校「後」改「從」。陳云據注則正文中「後」字當作「從」。案：何、陳所校是也。袁、茶陵二本所載五臣向注作「後」，各本皆以之亂善，而失著校語。史記傳寫譌為「後」，今本國策亦然，故五臣改「從」為「後」耳。

5 注「楚公子圍聘于鄭」　茶陵本「圍」作「圍」，是也。袁本亦誤「圍」。

挫也。江陵之守，物盡穀殫，無所復據，徙民還師，又非瑜之所能敗也。赤壁，地名，在荊州下。吳志曰：曹公臨荊州，權遣周瑜、程普為左右督，各領萬人，與劉備俱進。遇於赤壁，大破曹公軍，燒其餘舡引退。士卒飢疫，死者太半。備、瑜等復追至南郡，公遂北還，留曹仁於江陵。瑜、仁相守歲餘，所殺傷甚眾，仁委城走。荊土本非己分，我盡與君，冀取其餘，言荊州之土，非我之分，今盡以與君，實冀取其餘地耳。非相侵肌膚，有所割損也。列子，孟孫陽謂禽子曰：有侵若肌膚獲萬金者，若為之乎？曰：為之。思計此變，無傷於孤，何必自遂於此，不復還之。言我尚冀君之餘地，何必荊州之土，不復還我哉！高帝設爵以延田橫，光武指河而誓朱鮪，榮美切，君之負累，豈如二子？漢書高紀曰：初，田橫攻彭越。項羽已滅，橫懼誅，與賓客亡入海。上恐其久為亂，遣使赦橫，曰：橫來，大者王，小者侯。謝承後漢書曰：光武攻洛陽，朱鮪守之。上令岑彭說鮪曰：赤眉已得長安，更始為胡殷所反害，今公誰為守乎？鮪曰：大司徒公被害，鮪與其謀，誠知罪深，不敢降耳。彭還白上，上謂彭，復往明曉之：夫建大事不忌小怨，今降，官爵可保，況誅罰乎？上指水曰：河水在此，吾不食言。是以至情，願聞德音。毛詩曰：彼美孟姜，德音不忘。

往年在譙，新造舟舡，取足自載，以至九江，貴欲觀湖漅之形，定江濱之民耳，魏志曰：建安十四年二月，軍至譙，作輕舟，治水軍，自渦入淮，出肥水。吳志曰：初，曹公恐江濱郡縣為權所略，徵令內移，轉相警備。自廬江、九江、蘄春、廣陵十餘萬，皆東渡江，江西遂虛，合肥以南，唯有皖城。裴松之吳志注曰：漅，祖了切。非有深入攻戰之計。將恐議者大爲己榮，左氏傳，楚子曰：安人之亂，以為己榮。自謂策得，長無西患，重以此故，未肯迴情。然智者之慮，慮於未形；達者所規，規於未兆。金匱曰：明者見於未萌[6]，智者避危於無形。是故子胥知姑蘇之有麋鹿，輔果識智伯之爲趙禽。漢書，伍被

---

6 注「明者見於未萌」 案：「見」下當有「兆」字。各本皆誤。

謂淮南王曰：昔伍子胥諫吳王曰：臣今見麋鹿遊姑蘇之臺也。越絕書曰：姑蘇，臺名，夫差所造，高見三百里。戰國策曰：智伯與韓、魏圍趙於晉陽。張孟談陰見韓、魏之君，曰：智伯伐趙，趙亡則二君為之次。二君乃與孟談陰約，夜遣人入晉陽。智果見二君，說智伯曰：二主色動而變，必背君矣，不如殺之。智伯曰：不可。智果見言之不聽，出便易姓為輔氏。穆生謝病，以免楚難；鄒陽北遊，不同吳禍。漢書曰：穆生不嗜酒，楚王戊常設醴。後忘設焉，穆生退曰：可以逝矣。遂謝病去。後戊乃與吳王通謀，遂應吳王反。又曰：鄒陽仕吳，吳王有邪謀，陽奏書諫吳王，王不納。去之梁，從孝王遊。此四士者，豈聖人哉？徒通變思深，以微知著耳。范子計然曰：見微知著。以君之明，觀孤術數，量君所據，相計土地，豈勢少力乏，不能遠舉，割江之表，宴安而已哉？甚未然也！若恃水戰，臨江塞要，欲令王師終不得渡，亦未必也。夫水戰千里，情巧萬端。越為三軍，吳曾不禦；漢潛夏陽，魏豹不意。江河雖廣，其長難衛也。左氏傳曰：越子伐吳，吳子禦之笠澤，夾水而陳。越子為左右勾卒，使夜或左或右，鼓譟而進。吳師分以禦之。越子以三軍潛涉，當吳中軍而鼓之，吳師大亂，遂敗之。漢書曰：韓信為左丞相，進擊魏王豹。魏王豹盛兵蒲坂，塞臨晉。信迺益為疑兵，陳舡欲渡，至於臨晉，而伏兵從夏陽以木罌渡軍，襲安邑。魏王豹驚，張兵迎信[7]，信遂虜豹而歸。

凡事有宜，不得盡言，將修舊好而張形勢，更無以威脅重敵人。重，威重也。言以威重迫脅敵人。然有所恐，恐書無益。何則？往者軍逼而自引還，今日在遠而興慰納，辭遜意狹，謂其力盡，適以增驕[8]，不足相動，但明効古，當自圖之耳。昔淮南信左吳之

7 注「張兵迎信」 陳云「張」，「引」誤，是也。各本皆誤。

8 「適以增驕」 案：「驕」當作「憍」。袁本、茶陵本云善從「心」。此以五臣亂善。

策，漢書曰：淮南王安謀反，日夜與左吳等按輿地圖，部署兵所從出入。漢隗囂納王元之言[9]，范曄後漢書曰：隗囂，字季孟，天水人。更始亂，囂亡歸天水，招聚其眾，自稱西州上將軍，遣子恂詣闕。囂將王元說囂曰：天水完富，天下士馬最強，元請一丸泥東封函谷，此萬世一時也。囂心然元計，遂反。彭寵受親吏之計，彭寵，已見朱浮與彭寵書。三夫不寤，終爲世笑。梁王不受詭勝，竇融斥逐張玄，二賢既覺，福亦隨之。願君少留意焉。漢書曰：梁孝王怨袁盎，迺與羊勝公孫詭之屬，陰使人刺殺袁盎。天子意梁，逐賊，果梁使之。遣使覆案梁事，捕公孫詭羊勝，皆匿王後宮。韓安國泣諫王，王乃令出之。勝詭皆自殺。梁王使韓安國因長公主謝，上怒稍解。范曄後漢書，竇融，字周公，扶風人也，行西河五大郡大將軍事[10]。遙聞光武即位，心欲東向。隗囂使辨士張玄遊說西河，曰：今各據土宇，與隴、蜀合從，高可為六國，下不失尉陀。融召豪傑計議，遂決策東向，奉書獻馬。光武賜融璽綬，為涼州牧，封安豐侯，後遷大司空。若能內取子布，外擊劉備，吳志曰：張昭，字子布。以効赤心，用復前好，則江表之任，長以相付，高位重爵，坦然可觀。上令聖朝無東顧之勞，下令百姓保安全之福，君享其榮，孤受其利，豈不快哉！若忽至誠以處僥倖，婉彼二人，不忍加罪，婉，猶親愛也。二人，劉備、張昭也。所謂小人之仁，大仁之賊，大雅之人，不肯爲此也。韓子曰：行小忠，則大忠之賊也。班固漢書贊曰：大雅卓爾不羣，河間獻王近之矣。若憐子布，願言俱存，亦能傾心去恨，順君之情，更與從事，取其後善。史記曰：王溫舒徙諸名禍猾吏與從事。廣雅曰：從，行也。但禽劉備，亦足爲効。開設二者，審處一焉。

聞荊楊諸將，並得降者，皆言交州爲君所執，豫章距命，不承執事，吳志曰：孫輔，

9 「漢隗囂納王元之言」　案：「漢」字不當有。袁本、茶陵本云善有「漢」。所見皆非也。

10 注「行西河五大郡大將軍事」　何校「西河」改「河西」，下同。「五」下去「大」字，陳同，是也。各本皆誤。

字國儀，假節交州刺史，遣使與曹公相聞。事覺，權幽縶之，數歲卒。又曰：劉繇，字正禮，避亂淮浦，詔遣為楊州刺史。繇不敢之州，遂南保豫章。疫旱並行，人兵減損，各求進軍，其言云云。孤聞此言，未以爲悅。然道路既遠，降者難信，幸人之災，君子不爲。左氏傳曰：秦飢，使乞糴于晉，晉人弗與。慶鄭曰：背施無親，幸災不仁。且又百姓國家之有，加懷區區，樂欲崇和，庶幾明德，來見昭副，不勞而定，於孤益貴。是故按兵守次，遣書致意。古者兵交，使在其中，左氏傳曰：晉欒書伐鄭，鄭使伯蠲行成，晉人殺之，非禮也。兵交，使在其間可也。願仁君及孤虛心回意，以應詩人補袞之歎，而慎周易牽復之義。毛詩曰：袞職有闕，惟仲山甫補之。周易曰：牽復吉。濯鱗清流，飛翼天衢，良時在茲，勖之而已。

與朝歌令吳質書

典略曰：質為朝歌長。大軍西征，太子南在孟津小城，與質書。漢書曰：魏郡有朝歌縣。

魏文帝

五月十八日，丕白：季重無恙。爾雅曰：恙，憂也。塗路雖局，官守有限，爾雅曰：局，近也[11]。孟子曰：吾聞有官守者，不得其職則去。願言之懷，良不可任。毛詩曰：願言思子。杜預左氏傳注曰：任，當也。足下所治僻左，書問致簡，益用增勞。每念昔日南皮之遊，漢書，勃海郡有南皮縣。誠不可忘。既妙思六經，逍遙百氏；莊子，孔子謂老聃曰：丘治詩、書、禮、樂、易、春秋六經，自以為久矣。淮南子曰：百家異說，各有所出。彈碁間設，終以六博，藝經曰：碁正彈法：二人對局，白黑碁各六枚。先列碁相當，更先控，三彈不得，各去控，一碁先補角。世說曰：彈碁出魏宮，大躰以巾角拂碁子也。高談娛心，哀箏順耳。馳

---

11 注「爾雅曰局近也」 袁本、茶陵本「爾」作「小」，是也。

騁北場，旅食南館，儀禮曰：尊士旅食于門。鄭玄注曰：旅，眾也。士眾，謂未得正祿，所謂庶人在官者。浮甘瓜於清泉，沈朱李於寒水。白日既匿，繼以朗月，同乘並載，以遊後園，輿輪徐動，參從無聲，清風夜起，悲笳微吟，樂往哀來，愴然傷懷。列女傳，陶答子妻曰：樂極必哀。莊子，仲尼曰：樂未畢，哀又繼之。余顧而言，斯樂難常，足下之徒，咸以爲然。今果分別，各在一方。元瑜長逝，化爲異物，司馬遷答任少卿書曰：則長逝者魂魄私恨無窮。鵩鳥賦曰：化為異物，又何足患？莊子曰：假於異物，託於同體。郭象曰：今死生聚散，變化無方，皆異物也。每一念至，何時可言！

方今蕤賓紀時，景風扇物，禮記曰：仲夏之月，律中蕤賓。易通卦驗曰：夏至則景風至。天氣和暖，眾果具繁。時駕而遊，北遵河曲，從者鳴笳以啓路，文學託乘於後車。毛詩曰：命彼後車，謂之載之。節同時異，物是人非，我勞如何！毛詩曰：道之云遠，我勞如何。今遣騎到鄴，故使枉道相過。行矣自愛。老子曰：聖人自愛。丕白。

與吳質書

魏文帝

典略曰：初，徐幹、劉楨、應瑒、阮瑀、陳琳、王粲等與質並見友於太子。二十二年，魏大疫，諸人多死，故太子與質書。

二月三日，丕白：歲月易得，別來行復四年。行，猶且也。三年不見，東山猶嘆其遠，況乃過之，思何可支！毛詩曰：我徂東山，滔滔不歸；自我不見，於今三年。杜預左氏傳注曰：不支，不能相支持也。雖書疏往返，未足解其勞結。

昔年疾疫，親故多離其災，徐陳應劉，一時俱逝，痛可言邪！昔日遊處，行則連輿，止則接席，何曾須臾相失。每至觴酌流行，絲竹並奏，酒酣耳熱，仰而賦詩，楊惲報孫會宗書曰：酒後耳熱，仰天撫缶。當此之時，忽然不自知樂也。謂百年己分，可長共相保。何圖數年之間，零落略盡，言之傷心！頃撰其遺文，都爲一集。廣雅曰：撰，定也。都，凡也。觀其姓名，已爲鬼録。追思昔遊，猶在心目，而此諸子，化爲糞壤，可復道哉！

觀古今文人，類不護細行，鮮能以名節自立。尚書曰：不矜細行，終累大德。而偉長獨懷文抱質，恬惔寡欲，有箕山之志，可謂彬彬君子者矣。論語，子曰：文質彬彬，然後君子。桓子新論，雍門周曰：身財高妙，懷質抱真。老子曰：少私寡欲。呂氏春秋曰：昔堯朝許由於沛澤之中，曰：請屬天下於夫子。許由遂之箕山之下。著中論二十餘篇，成一家之言，辭義典雅，足傳于後，此子爲不朽矣。文章志曰：徐幹，字偉長，北海人。太祖召以為軍謀祭酒，轉太子文學，以道德見稱。著書二十篇，號曰中論。司馬遷書曰：通古今之變，成一家之言。德璉常斐然有述作之意，論語曰：斐然成章。又曰：述而不作。其才學足以著書，美志不遂，良可痛惜。間者歷覽諸子之文，對之抆淚，既痛逝者，行自念也。楚辭曰：孤行吟而抆淚。孔璋章表殊健，微爲繁富。公幹有逸氣，但未遒耳；其五言詩之善者，妙絶時人。言其詩之善者，時人不能逮也。元瑜書記翩翩，致足樂也。仲宣續自善於辭賦，言仲宣最少，續彼眾賢，自善於辭賦也。續或為獨。惜其體弱，不足起其文，典論論文曰：文以氣為主，氣之清濁有體。弱，謂之體弱也[12]。至於所善，古人無以遠過。昔伯牙絶絃於鍾期，仲尼覆醢於子路，痛知音之難遇，傷門人之莫逮。呂氏春秋曰：子期死，而伯牙乃破琴絶絃。禮記曰：孔子哭子路於中庭，有人弔者，而夫子拜之。既哭，進使者而問故，使者曰：醢之矣。遂命覆醢。諸子但爲未及古人，自一時之雋也。今之存者，已不逮矣。後生可畏，來者難誣，然恐吾與足下不及見也。論語，子曰：後生可畏，焉知來者之不如

12 注「弱謂之體弱也」 何校上「弱」上添「氣」字，陳同，是也，各本皆脫。

今？

年行已長大，所懷萬端。時有所慮，至通夜不瞑，志意何時復類昔日？已成老翁，但未白頭耳。光武言[13]年三十餘，在兵中十歲，所更非一，東觀漢記，光武賜隗囂書曰：吾年已三十餘，在兵中十歲，所更非一，猒浮語虛辭耳。吾德不及之，年與之齊矣。以犬羊之質，服虎豹之文，無眾星之明，假日月之光，法言曰：敢問質？曰：羊質而虎皮，見草而悅，見豺而戰。文子曰：百星之明，不如一月之光。賈子曰：主之與臣，若日月之與星也。動見瞻觀，何時易乎？恐永不復得爲昔日遊也。少壯眞當努力，古詩曰：少壯不努力，老大乃傷悲。年一過往，何可攀援！莊子，北海若曰：年不可攀，時不可止，消息盈虛，終則又始。古人思炳燭夜遊[14]，良有以也。古詩曰：晝短苦夜長，何不秉燭遊！秉或作炳。頃何以自娛？頗復有所述造不？東望於邑，裁書敘心。楚辭曰：長呼吸以於邑。丕白。

與鍾大理書

魏文帝

魏志曰：鍾繇，字元常，魏國初建，為大理。魏略曰：後太祖征漢中，太子在孟津，聞繇有玉玦，欲得之而難公索，使臨淄侯轉因人說之。繇卽送之。太子與繇書。

丕白：良玉比德君子，珪璋見美詩人。禮記，孔子曰：君子比德於玉。毛詩曰：顒顒昂昂，如珪如璋。晉之垂棘，魯之璵璠，宋之結綠，楚之和璞，垂棘，見下文。左氏傳曰：季平子卒，陽虎將以璵璠斂。戰國策，應侯謂秦王曰：宋有結綠，楚有和璞，此二者而為天下之名器也。價越萬金，貴重都城，尹文子曰：魏有田父，耕于野，得玉徑尺。不知其玉也，棄之于野。鄰人盜之以獻魏王。魏王召玉工相之，玉工賀曰：敢賀大王得天下之寶，

13 「光武言」　袁本、茶陵本「言」上有「有」字，何校添。案：魏志注所載無，或尤依彼刪耳。

14 「古人思炳燭夜遊」　何校「炳」改「秉」。袁本、茶陵本作「秉」，云善作「炳」。案：各本所見皆非也。注引古詩為注，而云「秉」或作「炳」，然則正文非「炳」明矣。魏志注所載亦是「秉」字。

臣所未嘗見。王問其價，玉工曰：此無價以當之，五城之都，聊可一觀。魏王立賜獻者千金，長食上大夫之祿。有稱疇昔，流聲將來。孔子家語曰：流聲後裔。是以垂棘出晉，虞虢雙禽；左氏傳曰：晉荀息請以屈產之乘與垂棘之璧假道於虞以伐虢，虞公許之。宮之奇曰：虞不臘矣！晉滅虢，虢公醜奔京師。旋館於虞，遂襲虞，滅之。和璧入秦，相如抗節。孝經援神契曰：抗節厲義，通乎至德。竊見玉書稱美玉，白如截肪，黑譬純漆，赤擬雞冠，黃侔蒸栗，王逸正部論曰[15]：或問玉符，曰：赤如雞冠，黃如蒸栗，白如豬肪，黑如純漆，玉之符也。通俗文曰：脂在腰曰肪，音方。側聞斯語，未覩厥狀。雖德非君子，義無詩人，高山景行，私所仰慕。毛詩曰：高山仰止，景行行止。然四寶邈焉已遠，秦漢未聞有良比也。求之曠年，不遇厥真，私願不果，飢渴未副。許慎淮南子注曰：果，成也。孔叢子，子思謂魯穆公曰：君若飢渴待賢。

近日南陽宗惠叔稱君侯昔有美玦，聞之驚喜，笑與抃會。說文曰：抃，拊手也。當自白書，恐傳言未審，未敢作書。是以令舍弟子建因荀仲茂荀氏家傳曰：荀宏字仲茂，為太子文學[16]。時從容喻鄙旨。乃不忽遺，厚見周稱，周稱，謂繇書也。鄴騎既到，寶玦初至，捧匣跪發，五內震駭，繇在鄴城，太子在孟津也。李陵詩曰：行行且自割，無令五內傷。繩窮匣開，爛然滿目。延篤與李文德書曰：吾誦伏犧氏之易，煥兮爛兮其滿目。猥以蒙鄙之姿，得覩希世之寶，不煩一介之使，不損連城之價，既有秦昭章臺之觀，而無藺生詭奪之誑，史記曰：趙惠文王得和氏之壁。秦昭王聞之，使人遺趙王書，願以十五城易璧。趙王遂使相如奉璧西入秦。秦王坐章臺，見相如，相如奉璧奏王。相如視秦王無意償趙城，乃前曰：璧有瑕，請指之。王授相如，相如持璧倚柱，怒髮上衝冠，曰：觀大王無償趙城色，故臣復取璧。大王必欲急臣，臣頭與璧俱辟於柱

15 注「王逸正部論曰」 何校「正」改「玉」，陳同。今案：隋志子儒家，梁有王逸正部論八卷，亡。何、陳所改非也。

16 注「荀宏字仲茂為太子文學」 何校「宏」改「閎」，「學」下添「掾」字，陳同。案：據魏志荀彧傳注也。各本皆脫誤。

矣！嘉貺益腆，敢不欽承。謹奉賦一篇，以讚揚麗質。丕白。

與楊德祖書

典略曰：臨淄侯以才捷愛幸，秉意投脩，數與脩書論諸才人優劣。

曹子建

植白：數日不見，思子爲勞，想同之也。僕少小好爲文章，迄至于今，二十有五年矣。然今世作者，可略而言也。昔仲宣獨步於漢南，孔璋鷹揚於河朔，仲宣在荊州，故曰漢南。孔璋，廣陵人。在冀州袁紹記室，故曰河朔。仲長子昌言曰：清如冰碧，潔如霜露，輕賤世俗，高立獨步，此士之次也。毛詩曰：惟師尚父，時惟鷹揚。偉長擅名於青土，公幹振藻於海隅，徐偉長居北海郡，禹貢之青州也，故云青土。公幹，東平寧陽人也，寧陽邊齊，故云海隅。呂氏春秋曰：東方為海隅。青州，齊也。德璉發跡於此魏，足下高視於上京，德璉，南頓人也，近許都，故曰此魏。脩，太尉之子，故曰上京。當此之時，人人自謂握靈蛇之珠，家家自謂抱荊山之玉。淮南子曰：隋侯之珠。高誘曰：隋侯見大蛇傷斷，以藥傅而塗之。後蛇於大江中銜珠以報之，因曰隋侯之珠。韓子曰：楚人和氏得玉璞於楚山之中，奉而獻之。文王使玉人治其璞而得寶。吾王於是設天網以該之，頓八紘以掩之，今悉集茲國矣。吾王，謂操也。崔寔本論曰：舉彌天之網，以羅海內之雄。淮南子曰：九州之外，是有八澤；八澤之外，乃有八紘。然此數子，猶復不能飛軒絕跡，一舉千里。韓詩外傳，蓋胥曰：鴻鵠一舉千里，所恃者六翮爾。以孔璋之才，不閑於辭賦，而多自謂能與司馬長卿同風，譬畫虎不成，反爲狗也。東觀漢記曰：馬援誡子嚴書曰：効杜季良而不成，陷為天下輕薄子，所謂畫虎不成反類狗也。前書嘲之[17]，反作論盛道僕讚其文。夫鍾期不失聽，于今稱之。列子曰：伯牙善鼓琴，鍾子

17「前書嘲之」　袁本、茶陵本「前」下有「有」字。案：魏志注引典略作「為」。此尤欲依彼校改，去「有」，失添「為」耳。

期善聽。吾亦不能忘嘆者[18]，畏後世之嗤余也。

世人之著述，不能無病。僕常好人譏彈其文，有不善者，應時改定。荀子曰：有人道我善者，是吾賊也；道我惡者，是吾師也。昔丁敬禮常作小文，使僕潤飾之，論語曰：行人子羽脩飾之，東里子產潤色之。僕自以才不過古臥切若人，辭不爲也。若人，謂敬禮也。論語，子謂子賤，君子哉若人。包曰：若人，若此之人也。敬禮謂僕：卿何所疑難，文之佳惡，吾自得之，後世誰相知定吾文者邪？吾常歎此達言，以爲美談。公羊傳曰：魯人至今以為美談。昔尼父之文辭，與人通流，至於制春秋，游夏之徒乃不能措一辭。禮記曰：魯哀公曰：嗚呼尼父！史記曰：孔子文辭有可與共者，至於春秋，子游、子夏之徒不能贊一辭。過此而言不病者，吾末之見也[19]。蓋有南威之容，乃可以論其淑媛[20]于戀切；為劉季緒張本。戰國策曰：晉平公得南威，三日不聽朝，遂推而遠之，曰：後世必有以色亡國者。爾雅曰：美女為媛。有龍泉之利，乃可以議其斷丁段切割。戰國策，蘇秦說韓王曰：韓之劍戟，龍淵大阿，陸斷牛馬，水擊鴻鴈。劉季緒才不能逮於作者，摯虞文章志曰：劉表子，官至樂安太守，著詩賦頌六篇。而好詆丁禮切訶呼歌切文章，掎居綺切摭之石切利病。說文曰：訶，大言也。又曰：掎，偏引也。昔田巴毀五帝，罪三王，呰紫五霸於稷下，一旦而服千人，魯連一說，使終身杜口。魯連子曰：齊之辯者曰田巴，辯於狙丘而議於稷下，毀五帝，罪三王，一日而服千人。有徐劫弟子曰魯連，謂劫曰：臣願當田子，使不敢復說。七略曰：齊有稷，城門也。

---

18 「吾亦不能忘嘆者」 袁本、茶陵本「忘」作「妄」，云善作「忘」。案：各本所見皆非也，「忘」但傳寫誤。魏志注引典略亦作「妄」。

19 「吾末之見也」 袁本、茶陵本云「末之」善作「之末」。案：魏志注引典略作「末之」，尤依彼校改正之也。

20 「乃可以論其淑媛」 袁本、茶陵本「其」作「於」。案：此尤誤改也。下「乃可以議其斷割」，袁、茶陵二本「其」作「於」，校語善作「其」，不得幷改此句。魏志注引典略二字皆作「於」。

齊談說之士，期會於稷下者甚眾。漢書，鄧公謂景帝曰：內杜忠臣之口。劉生之辯，未若田氏，今之仲連，求之不難，可無息乎！毛萇詩傳曰：息，止也。人各有好尚，蘭茝昌待切蓀蕙之芳，眾人所好，而海畔有逐臭之夫；喻人評文章愛好不同也。呂氏春秋曰：人有大臭者，其親戚兄弟妻妾知識無能與居者，自苦而居海上。人有悅其臭者，晝夜隨而不去[21]。咸池六莖之發，眾人所共樂，而墨翟有非之之論，豈可同哉！樂動聲儀曰：黃帝樂曰咸池。漢書曰：顓頊作六莖樂。墨子有非樂篇。

今往僕少小所著辭賦一通相與。夫街談巷說，必有可采，擊轅之歌，有應風雅，漢書曰：小說家者，街談巷語，道聽塗說之所造也。崔駰曰：竊作頌一篇，以當野人擊轅之歌。班固集曰：擊轅相杵，亦足樂也。匹夫之思，未易輕棄也。我此一通，同匹夫之思也。辭賦小道，固未足以揄揚大義，彰示來世也。昔楊子雲先朝執戟之臣耳，猶稱壯夫不爲也。漢書曰：楊雄奏羽獵賦，為郎。然郎皆執戟而侍也。東方朔答客難曰：官不過侍郎，位不過執戟。楊子法言曰：彫蟲篆刻，壯士不為也。吾雖德薄，位爲蕃侯，猶庶幾勠力上國，流惠下民，國語曰：勠力一心。四子講德論曰：質敏以流惠。建永世之業，留金石之功，尚書，王曰：與國咸休，永世無窮。吳越春秋，樂師謂越王曰：君王德可刻金石。豈徒以翰墨爲勳績，辭賦爲君子哉！若吾志未果，吾道不行，則將采庶官之實錄，辯時俗之得失，班固漢書司馬遷贊曰：有良史之才，其文直，其事該[22]，不虛美，不隱惡，故謂之實錄。應劭曰：言其實錄事也。定仁義之衷，成一家之言。司馬遷書曰：通古今之變，成一家之言。雖未能藏之於名山，將以傳之於同好，

---

21 注「呂氏春秋曰」下至「晝夜隨而不去」 袁本、茶陵本無此四十二字。案：此蓋因已見五臣而節去也。

22 注「其事該」 陳云「該」，「核」誤，是也。各本皆譌。

司馬遷書曰：僕誠以著此書，藏之名山。尚書序曰：好古博雅君子與我同志，亦所不隱也。非要一召切之皓首[23]，豈今日之論乎！其言之不慙，恃惠子之知我也。張平子書曰：其言之不慙，恃鮑子之知我。明早相迎，書不盡懷。植白。

與吳季重書　曹子建

典略曰：質出為朝歌長，臨淄侯與質書。

植白：季重足下。前日雖因常調，得爲密坐，曹大家欹器頌曰：侍帝王之密坐。雖燕飲彌日，其於別遠會稀，猶不盡其勞積也。毛詩曰：彌，終也[24]。若夫觴酌凌波於前，簫笳發音於後，足下鷹揚其體，鳳歎虎視，鷹揚，已見上文。足下，謂季重也。鳳以喻文也，虎以喻武也。歎猶歌也，取美壯之意。山海經曰：丹穴之山有鳥，名曰鳳，飲食自歌自舞。易曰：虎視眈眈。謂蕭曹不足儔，衛霍不足侔也。左顧右眄，謂若無人，豈非吾子壯志哉！史記曰：荊軻與高漸離歌於市，已而相泣，傍若無人。過屠門而大嚼，慈躍切雖不得肉，貴且快意。桓子新論曰：人聞長安樂，則出門向西而笑；知肉味美，對屠門而大嚼。當斯之時，願舉太山以爲肉，傾東海以爲酒，伐雲夢之竹以爲笛，斬泗濱之梓以爲箏，尚書曰：雲土夢作乂。孔安國曰：雲夢之澤在江南。尚書曰：泗濱浮磬。食若塡巨壑，飲若灌漏巵，莊子，淳芒謂苑風曰：夫大壑之為物也，注焉而不滿，取之而不竭。淮南子曰：今夫霤水足以溢壺榼，而江河不能實漏巵。其樂固難量，豈非大丈夫之樂哉！然日不我與，曜靈急節，楚辭曰：角宿未旦，耀靈焉藏？廣雅曰：曜靈，日也。面有逸量之速，別有參商之闊。左氏傳，子產曰：昔高辛氏有二子，伯曰閼伯，季曰實沈，不相能。

---

23 「非要之皓首」　何校「非」改「此」，云魏志注作「此」。案：「非」或傳寫誤耳。

24 注「毛詩曰彌終也」　袁本、茶陵本無此六字。

后帝不臧，遷閼伯于商丘，主辰，商人是因，故辰為商星。遷實沈於大夏，主參，唐人是因，其季葉曰唐叔，故參為晉星。思欲抑六龍之首，頓羲和之轡，楚辭曰：貫鴻濛以東竭兮，維六龍於扶桑。又曰：吾令羲和弭節兮。折若木之華，閉濛汜之谷。楚辭曰：折若木以拂日兮，聊逍遙以相佯。王逸曰：若木在崑崙，言折取若木以拂擊蔽日使之還却也。楚辭曰：出自陽谷[25]，次於濛汜。天路高邈，良久無緣，仲長子昌言曰：蕩蕩乎若昇天路而不知夫所登也。懷戀反側，如何如何！

得所來訊，文采委曲，曄若春榮，瀏若清風，答賓戲曰：摛藻如春華。毛詩曰：吉甫作頌，穆如清風。楚辭曰：秋風瀏以蕭蕭兮。申詠反覆，曠若復面。其諸賢所著文章，想還所治，復申詠之也，所治，謂朝歌也。可令憙許記切事小吏諷而誦之。周禮曰：諷誦言語。鄭玄曰：背文曰諷，以聲節之曰誦。夫文章之難，非獨今也。古之君子，猶亦病諸。論語，子曰：堯、舜其猶病諸。家有千里，驥而不珍焉；人懷盈尺，和氏無貴矣[26]。言驥及和氏，以希為貴。今若家有千里，人懷盈尺，卽驥及和氏，寧得珍貴乎！呂氏春秋曰：所為貴驥者，為其一日千里也。淮南子曰：聖人不貴尺璧而重寸陰。韓子曰：楚人和氏得玉璞於楚山之中，遂名曰和氏之璧。夫君子而知音樂，古之達論，謂之通而蔽[27]。墨翟不好伎，何爲過朝歌而迴車乎？足下好伎，值墨翟迴車之縣，想足下助我張目也。

又聞足下在彼，自有佳政。夫求而不得者有之矣，未有不求而得者也。法言曰：學

25 注「出自陽谷」　案：「陽」當作「湯」。各本皆譌。

26 「和氏無貴矣」　袁本、茶陵本「氏」下有「而」字。案：此蓋尤依篇末善注刪之也。

27 「夫君子而知音樂古之達論謂之通而蔽」　茶陵本「知」上有「不」字，袁本無。又二本校語云五臣無此三句。案：詳篇末善注，今本以「墨翟不好伎」置「和氏無貴矣」之下云云，是其本無此三句，恐是後來取善引植集「此書別題云」者而添之耳。各本所見及校語皆非。

者所以有求為君子，求而不得者有矣，未有不求而得之者也。**且改轍易行，非良樂之御；**呂氏春秋曰：古之善相馬者，若趙之王良，秦之伯樂，尤盡其妙也。左氏傳曰：晉趙鞅納衛太子于戚，將戰，郵无恤御。杜預曰：郵无恤，王良也。**易民而治，非楚鄭之政，**戰國策曰：趙告謂趙王曰[28]：臣聞之聖人不易民而教，智者不變俗而勸。史記曰：循吏楚有孫叔敖，鄭有子產，而二國俱治。是不易之民也。**願足下勉之而已矣。適對嘉賓，口授不悉。往來數相聞。曹植白。**植集此書別題云：夫為君子而不知音樂，古之達論，謂之通而蔽。墨翟自不好伎，何謂過朝歌而迴車乎？足下好伎，而正值墨氏迴車之縣，想足下助我張目也。今本以墨翟之好伎[29]置和氏無貴矣之下，蓋昭明移之，與季重之書相映耳[30]。

答東阿王書

吳季重

質白：信到，奉所惠貺。發函伸紙，是何文采之巨麗，而慰喻之綢繆乎！夫登東嶽者，然後知眾山之邐迤也；奉至尊者，然後知百里之卑微也。法言曰：觀書者譬如觀山，升東嶽而知眾山之邐迤也[31]，況介丘乎？下句蓋季重自況也。**自旋之初，伏念五六日，至于旬時，**尚書曰：要囚服，念五六日至于旬時。**精散思越，惘若有失。非敢羨寵光之休，慕猗頓之富。**毛詩曰：既見君子，為龍為光。毛萇曰：龍，寵也。孔叢子，子產問子順曰：臣賈於財，聞猗頓善殖貨，欲學之。然先生同國也，當知其術，願以告我。答曰：然，我知之。猗頓，魯之窮士也，耕則常飢，桑則常寒，聞朱公富，往之問術焉。朱公告之曰：子欲速富，當畜五牸。於是乃適河，大畜牛羊于猗氏之南。十年之間，其滋息不可計，貲擬王公，馳名天下。以興富於猗氏，故曰猗頓。**誠以**

28 注「趙告謂趙王曰」　何校「告」改「造」，是也。各本皆誤。
29 注「今本以墨翟之好伎」　何校「之」改「不」，陳同，是也。各本皆誤。
30 注「相映耳」　袁本、茶陵本「映」作「應」也。
31 注「而知眾山之邐迤也」　袁本「邐迤」作「○○」，是也。茶陵本與此同。案：此依正文改注之誤。

身賤犬馬，德輕鴻毛，戰國策，魯連說張相國曰：鴻毛之輕也，而不能自舉。至乃歷玄闕，排金門，升玉堂，三輔舊事曰：未央宮北有玄武闕。解嘲曰：歷金門，上玉堂有日矣。伏虛檻於前殿，臨曲池而行觴。楚辭曰：坐堂伏檻臨曲池。既威儀虧替，言辭漏渫思列反，雖恃平原養士之懿，愧無毛遂燿穎之才。史記曰：秦之圍邯鄲，使平原君求救合從於楚。約與食客門下有勇士文武備具者二十人偕。得十九人，餘無可取者。毛遂自讚於平原君，平原君曰：夫賢士之處俗，譬若錐之處囊中，其末立見。今在左右，未有所稱誦，是先生無所有也。毛遂曰：臣今日請處囊中耳。使遂早得處囊中，乃穎脫而出，非特其末見而已。深蒙薛公折節之禮，而無馮諼火爰切三窟之効。漢書曰：淮南王折節下士。戰國策曰：齊人有馮諼者，貧乏不能自存，使人屬孟嘗君，願寄食門下。孟嘗君曰：諾。孟嘗問門下諸客：誰習會計，能為文收債於薛者乎？馮諼曰：能。於是約車促裝，載券契而辭，問曰：收債畢，何市而反？孟嘗君曰：視吾家所寡有者。驅而之薛，矯命以債賜諸人，因燒其券，人稱萬歲。長驅到齊，孟嘗君見之曰：何市而反？曰：竊計君家所無不有[32]，所乏者義爾，為君市義。孟嘗不悅。後有毀孟嘗君於湣王，孟嘗君就國于薛。未至百里，老幼迎於道中。孟嘗君顧馮諼曰：先生為文市義，乃今見矣。馮諼曰：狡兔有三窟，免其死耳。今君有一，未得高枕而臥也。請為君復鑿二窟。孟嘗君乃與車五十乘，金五百斤，西遊於梁。梁惠王聘孟嘗君。齊王聞之，君臣恐懼，使太傅謝孟嘗君曰：願君顧先王之宗廟，姑反國統民。馮諼謂孟嘗君，請先王之祭器，立宗廟於薛。廟成，還謂孟嘗君曰：三窟已就，請君高枕為樂矣。屢獲信陵虛左之德，又無侯生可述之美。史記曰：魏公子置酒大會賓客，公子從車騎，虛左，自迎夷門侯生。侯生攝衣冠，直載公子上坐，不讓，欲以觀公子，公子執轡愈恭。侯生謂公子曰：今日嬴之為公子亦足矣！市人皆以嬴為小人，而以公子為長者，能下士也。凡此數者，乃質之所以憤積於胸臆，懷眷而悁邑者也。

若追前宴，謂之未究，傾海爲酒，并山爲肴，伐竹雲夢，斬梓泗濱，然後極雅

32 注「所無不有」 何校「所無」改「無所」。陳云「所無」當乙。今案：或衍「所」字。

意，盡歡情，信公子之壯觀，非鄙人之所庶幾也。封禪書曰：天下之壯觀。周易曰：顏氏之子，其殆庶幾乎！若質之志，實在所天。左氏傳，箴尹克黃曰：君，天也。思投印釋黻，朝夕侍坐，鑽仲父之遺訓，覽老氏之要言，仲父，仲尼也。老氏，老子也。對清酤而不酌，抑嘉肴而不享，毛詩曰：既載清酤。又曰：嘉肴脾臄。使西施出帷，嫫母侍側，越絶書曰：越王乃飾美女西施，使大夫種獻之於吳王。楚辭曰：西施婉而不得見兮，嫫母勃屑而日侍。王逸曰：嫫母，醜女也[33]。斯盛德之所蹈，明哲之所保也。周易曰：日新之謂盛德。毛詩曰：既明且哲，以保其身。若乃近者之觀，實蕩鄙心。秦箏發徽，二八迭奏。楚辭曰：挾秦箏而彈徽。又曰：二八齊容起鄭舞。塤簫激於華屋，靈鼓動於座右。舞賦曰：耀華屋而熺洞房。周禮曰：靈鼓，靈鼗鞀也。耳嘈嘈於無聞，情踴躍於鞍馬。謂可北懾肅慎，使貢其楛矢；南震百越，使獻其白雉；家語曰：孔子之陳，陳惠公賓之。有隼集庭而死，楛矢貫之。惠公使使如孔子之館問之，孔子曰：昔武王克商，於是肅慎氏貢楛矢石砮，其長尺有咫，故銘其楛曰肅慎氏貢矢。以分太姬，配虞胡公而封諸陳。王肅曰：肅慎，北夷國名也。楛，木名也。砮，箭鏃也。太公金匱曰：武王伐殷，四夷聞，各以來貢。越裳獻白雉，重譯而至。又況權備，夫何足視乎！

還治諷采所著，觀省英瑋，實賦頌之宗，作者之師也。漢書曰：司馬相如蔚為辭宗，賦頌之首。眾賢所述，亦各有志。昔趙武過平聲鄭，七子賦詩，春秋載列，以爲美談。左氏傳曰：趙武與諸侯大夫會，過鄭，鄭伯享趙孟於垂隴，七子從。趙孟曰：七子從君，以寵武也，請皆賦詩以卒君貺，武亦以觀七子之志。子展賦草蟲，伯有賦鶉之奔奔，子西賦黍苗之四章，子產賦隰桑，子大叔賦野有蔓草，叔段賦蟋蟀[34]，公孫段賦桑扈。質小人

[33] 注「王逸曰嫫母醜女也」 袁本、茶陵本無此八字。
[34] 注「叔段賦蟋蟀」 袁本「叔」作「印」，是也。茶陵本亦誤「叔」。

也，無以承命。又所答貺，辭醜義陋，申之再三，赧然汗下。尚書曰：至于再，至于三。小雅曰：面慙曰赧。此邦之人，閑習辭賦，三事大夫，莫不諷誦，何但小吏之有乎！毛詩曰：三事大夫，莫肯夙夜。

重惠苦言，訓以政事，史記，衛鞅曰：苦言，藥也；甘言，疾也。惻隱之恩，形乎文墨。謝承後漢書曰：甄豐惻隱之恩，發於自然。墨子迴車，而質四年，雖無德與民，式歌且舞。淮南子曰：曾子至孝，不過勝母里；墨子非樂，不入朝歌。鄒陽上書曰：里名勝母，曾子不入；邑號朝歌，墨子迴車。毛詩曰：雖無德與女，式歌且舞。式作或者非。儒墨不同，固以久矣。然一旅之眾，不足以揚名，左氏傳，伍員曰：少康有眾一旅。杜預曰：一旅，伍百人也。步武之間，不足以騁跡，司馬法曰：六尺曰步。禮記曰：堂上接武。鄭玄注曰：武，跡也。若不改轍易御，將何以効其力哉！今處此而求大功，猶絆良驥之足，而責以千里之任；檻猨猴之勢，而望其巧捷之能者也。淮南子曰：兩絆騏驥而求其致千里，置猨檻中，則與豚同。非不巧捷也，無所肆其能也。不勝見恤，謹附遣白答，不敢繁辭。吳質白。

與滿公琰書

賈弼之山公表注曰：滿寵，子炳，字公琰，為別部司馬。

應休璉　公琰前日曾過休璉，至明日，欲遣書謝，値公琰又使人來召璩，璩別事不得往，故為報。

璩白：昨者不遺，猥見照臨，雖昔侯生納顧於夷門，毛公受眷於逆旅，無以過也。夷門，侯嬴也，已見吳季重答東阿王書。史記曰：趙有處士毛公，藏於博徒，薛公藏於賣漿家。魏公子欲見之，兩人自匿不肯見。公子聞所在，乃閒步往，從此兩人遊甚歡。左氏傳，荀息曰：今虢為不道，保於逆旅。外嘉郎君謙下之德，內幸頑才見誠知己，歡欣踴躍，情有無量。是以奔騁御僕，宣命周求，陽書喻於詹

何[35]**，楊倩說於范武**。說文曰：宓子賤將適單父，陽書謂子賤曰：吾少賤，無以送子，今贈子以釣道。夫投綸錯餌，迎而吸之者，楊鱎也，其為魚味薄而美[36]；若亡若存，若食若不食者魴，其為魚味厚。子賤至單父，冠蓋逆之者交接於道。子賤曰：陽書所謂楊鱎者也。乃請耆老尊賢與之共化。列子曰：詹何楚人也。以獨蠒為綸，芒針為鉤，荊棘為竿，剖粒為餌，而引盈車之魚。韓子曰：宋人有酤酒者，升概甚平，遇客甚謹，為酒甚美，懸幟甚高，然而不售，酒酸。怪其故，問其所知閭長者楊倩，曰：汝狗猛。曰：狗猛則酒美，何故而不售？曰：人畏焉。或令孺子懷錢挈壺甕而往酤，狗迎而齕之，此酒所以酸不售也。夫國亦然，有道之士懷其術而欲以輔萬乘之主，大臣為猛狗，迎而齕之。人主之所以蔽脅，而有道之士所以不用也。范武，未詳。**故使鮮魚出於潛淵，芳旨發自幽巷，繁俎綺錯，羽爵飛騰，**楚辭曰：瑤漿蜜勺，實羽觴兮。漢書音義曰：羽觴作生爵形。儀禮曰：請媵爵。鄭玄曰：今文媵多作騰。**牙曠高徽，義渠哀激。**列子，伯牙善鼓琴。左氏傳曰：師曠侍於晉侯。杜預曰：師曠，晉樂太師也。許慎淮南子注曰：鼓琴循弦謂之徽。戰國策曰：義渠君之魏。高誘曰：義渠，西戎國名也。其樂未聞。**當此之時，仲孺不辭同產之服，孟公不顧尚書之期。**漢書曰：灌夫，字仲孺。夫嘗有姊服，過丞相田蚡。蚡從容曰：吾欲與仲孺過魏其侯，會仲孺有服。夫曰：將軍乃肯幸臨魏其侯，夫安敢以服為辭。又曰：陳遵，字孟公，嗜酒好賓客，每取客車轄投井中，雖有急，終不去。嘗有部刺史奏事過遵，值其方飲，刺史候遵霑醉時，突入見遵母，叩頭白曰：當對尚書有期會狀。母廼令刺史從後閤出去。**徒恨宴樂始酣，白日傾夕，驪駒就駕，意不宣展，**漢書曰：諸博士共持酒肉勞王式，江翁謂歌吹諸生曰：歌驪駒。王式曰：聞之於師，客歌驪駒，主人歌客毋庸歸。今諸君為主人，日尚早，未可也。服虔曰：大戴禮篇，客欲去歌之。文穎曰：其辭曰：驪駒在門，僕夫具存，驪駒在路，僕夫整駕。**追**

---

35 「陽書喻於詹何」　茶陵本「書」作「晝」。袁本亦作「晝」，注同。案：此所引說苑政理篇文。今本作「晝」。考古人名「書」者多矣，恐茶陵本乃用今本說苑所改，「書」未必非，「晝」未必是也。

36 注「味薄而美」　茶陵本「而」下有「不」字，是也。袁本亦脫。

惟耿介，迄于明發。楚辭曰：獨耿介而不隨。毛詩曰：明發不寐。

適欲遣書，會承來命，知諸君子復有漳渠之會。夫漳渠西有伯陽之館，北有曠野之望，伯陽，即老子也。詩曰：率彼曠野。高樹翳朝雲，文禽蔽綠水，沙場夷敞，清風肅穆，是京臺之樂也，得無流而不反乎？淮南子曰：令尹子瑕請飲，莊王許諾。子瑕具於京臺，莊王不往，曰：吾聞京臺者，南望獵山，北臨方皇，左江右淮，其樂忘歸。若吾薄德之人，不可以當此樂也，恐流而不能自反。高誘曰：京臺，高臺也。方皇，大澤也。適有事務，須自經營，何休公羊傳注曰：適，遇也。不獲侍坐，良增邑邑。邑邑，不樂也。因白不悉。璩白。

與侍郎曹長思書

應休璉

璩白：足下去後，甚相思想。叔田有無人之歌，闉闍有匪存之思，風人之作，豈虛也哉！毛詩曰：叔于田，巷無居人。又曰：出其闉闍，有女如荼。又曰：雖則如雲，匪我思存。闉音因，闍音都。

王肅以宿德顯授，何曾以後進見拔，魏志曰：王肅，字子雍，黃初中為散騎黃門侍郎。臧榮緒晉書曰：何曾，字穎考，陳國人也。曾弱冠累遷散騎侍郎，給事黃門郎。東觀漢記，梁商上書曰：猥復超，起宿德。論語，子曰：後進於禮樂，君子也。皆鷹揚虎視，有萬里之望。薄援助者，不能追參於高妙，復歛翼於故枝，桓子新論曰：昔顏淵有高妙次聖之才，聞一知十。塊然獨處，有離羣之志。淮南子曰：卓然獨立，塊然幽處。禮記，子夏曰：吾離羣索居，亦已久矣。汲黯樂在郎署，何武恥爲宰相，千載揆之，知其有由也。漢書，汲黯，字長孺。拜淮陽太守，黯伏地謝，不受印綬：臣願為中郎，出入禁闈，臣之願也。又曰：何武，字君公，為御史、司空[37]，

---

[37] 注「為御史司空」　何校「史」下增「大夫大」三字，陳同，是也。各本皆脫。

多所舉奏，號為煩碎，不稱賢公。恥義未詳。德非陳平，門無結駟之跡；漢書曰：陳平家貧，好讀書。張負隨平至其家，家負郭窮巷，以席為門，然門外多長者車轍。學非楊雄，堂無好事之客；漢書曰：楊雄家素貧，嗜酒，人稀至其門。時有好事者載酒肴從雄遊學。才劣仲舒，無下帷之思；家貧孟公，無置酒之樂。漢書曰：董仲舒，廣川人，以學春秋，孝景時為博士，下帷講誦。又曰：陳遵，字孟公，嗜酒。每大飲，賓客滿堂。遵過寡婦左阿君，置酒歌謳，遵起舞跳梁樂之。悲風起於閨闥，紅塵蔽於机榻。幸有袁生，時步玉趾，樵蘇不爨，清談而已，左氏傳，楚宰薳啓疆[38]謂魯侯曰：今君若步玉趾，辱見寡君也。漢書，廣武君李左車說成安君曰：樵蘇後爨，師不宿飽。晉灼曰：樵，取薪也；蘇，取草也。有似周黨之過平聲閔子。東觀漢記曰：太原閔貢，字仲叔，與周黨相遇，含菽飲水，無菜茹也。

夫皮朽者毛落，川涸者魚逝，蔡邕正論曰：皮朽則毛落，水涸則魚逝，其勢然也。春生者繁華，秋榮者零悴，周書陰符，太公曰：春道生，萬物榮；秋道成，萬物零。自然之數，豈有恨哉！聊爲大弟陳其苦懷耳。想還在近，故不益言。璩白。

與廣川長岑文瑜書

應休璉

廣川縣時旱，祈雨不得，作書以戲之。

璩白：頃者炎旱，日更增甚，沙礫銷鑠，草木焦卷，呂氏春秋曰：湯時大旱七年，煎沙爛石[39]。山海經曰：十日所落，草木焦卷。處涼臺而有鬱蒸之剩切之煩，浴寒水而有灼爛之慘。宇宙雖廣，無陰以憩。雲漢之詩，何以過此？毛詩雲漢曰：赫赫炎炎，云我無所。鄭玄曰：言無所芘蔭而處也。土

[38] 注「楚宰薳啓疆」 陳云「宰」上脫「太」字，是也。各本皆脫。

[39] 注「煎沙爛石」 袁本「爛」作「鑠」，是也。茶陵本亦誤「爛」。

龍矯首於玄寺，泥人鶴立於闕里，淮南子曰：聖人用物，若用朱絲約芻狗，若為土龍以求雨；芻狗待之而求福，土龍待之而得食。高誘曰：土龍致雨，雨而成穀，故待土龍之神而得穀食。玄寺，道場也。風俗通曰：尚書御史所止皆曰寺，故後代道場及祠宇皆取其稱焉。淮南子曰：西施、毛嬙，猶倛醜也。高誘曰：倛醜，請雨土人也。司馬彪續漢書，梅福上書曰：仲尼之廟，不出闕里。修之歷旬，靜無徵効，明勸教之術，非致雨之備也。

知恤下人，躬自暴露，拜起靈壇，勤亦至矣。司馬彪續漢書曰：郡國旱，各掃除社稷，公卿官長以次行雩禮求雨。昔夏禹之解陽盱，殷湯之禱桑林，淮南子曰：禹為水，以身解於陽盱之河。湯苦旱，以身禱於桑林之祭。高誘曰：為治水解禱，以身為質。解讀解除之解。陽盱河蓋在秦地。桑山之林，能興雲致雨，故禱之。盱音紆。言未發而水旋流，辭未卒而澤滂沛。說苑曰：湯之時，大旱七年，使人持三足鼎而祝山川。蓋辭未已而天下大雨也。今者雲重積而復散，雨垂落而復收，得無賢聖殊品，優劣異姿，割髮宜及膚，翦爪宜侵肌乎？呂氏春秋曰：昔殷湯尅夏，而大旱五年，湯乃身禱於桑林。於是翦其髮，酈其手，自以為犧，用祈福於上帝。民乃甚悅，雨乃大至。酈音酈。周征殷而年豐，衛伐邢而致雨，左氏傳，衛人伐邢，於是衛大旱。甯莊曰：昔周飢，克殷而年豐。今邢方無道，諸侯無伯，天其或者欲使衛討邢乎？從之，師興而雨。善否之應，甚於影響，未可以爲不然也。尚書曰：惠迪吉，從逆凶，惟影響。想雅思所未及，謹書起予。論語，子曰：起予者商也。應璩白。

與從弟君苗君胄書

應休璉

此書言欲歸田，故報二從弟也[40]。

璩報：間者北遊，喜歡無量。登芒濟河，曠若發矇[41]。說文曰：芒，洛北大阜也。禮記曰：昭然若發蒙矣。如淳漢書注曰：以物蒙覆其頭而為發去，其人欲之耳。風伯掃途，雨師灑道，韓子，師曠曰：黃帝合鬼神於太山之上，風伯進掃，雨師灑道。列仙傳曰：赤松子為雨師。按轡清路，周望山野，亦既至止，酌彼春酒。詩曰：亦既見止。又曰：至止肅肅。又曰：為此春酒。接武茅茨，涼過大夏；禮記曰：堂上接武。鄭玄曰：武，跡也。說文曰：屋以草蓋曰茨。淮南子曰：大夏增加，擬於崑崙。高誘曰：大夏，大屋也。涼或作棟，非也。扶寸肴脩，味踰方丈。尚書大傳曰：扶寸而合，不崇朝而雨天下。鄭玄曰：四指為扶。扶音膚。墨子曰：美食方丈，目不能視，口不能徧味。逍遙陂塘之上，吟詠菀音鬱柳之下，淮南子曰：禹有陂塘之事。毛詩曰：菀彼柳斯。結春芳以崇佩，折若華以翳日，楚辭曰：紉秋蘭以為佩。又曰：春蘭兮秋菊。毛萇詩傳曰：崇，充也。若華已見曹植與吳季重書。弋下高雲之鳥，餌出深淵之魚，蒲且子餘切讚善，便嬛一緣切稱妙，何其樂哉！列子，詹何曰：臣聞蒲且子之弋，弱弓微繳，乘風振之，連雙鶬於青雲之上，用心專也。淮南子曰：雖有鉤鍼芳餌，加以詹何、便嬛之妙，猶不能與罔罟爭得也。高誘曰：便嬛，白翁時人也。七發曰：蜎蠉、詹何之倫。然便嬛即蜎蠉也。雖仲尼忘味於虞韶，楚人流遯於京臺，無以過也。論語曰：子在齊聞韶，三月不知肉味，曰：不圖為樂之至於斯也！京臺，已見應休璉與滿公琰書。班嗣之書，信不虛矣。漢書曰：桓生欲借其書，班嗣報曰：漁釣一壑，則萬物不奸其志；棲遲一丘，則天下不易其樂。

40 注「此書言欲歸田故報二從弟也」　袁本、茶陵本此節注上無善及五臣名。詳語意，乃五臣而非善。凡篇內自明之旨，題下注又贅出，必皆五臣混入者。若尤定此注入善，則二本尚未全誤也。

41 「曠若發矇」　案：「矇」當作「蒙」，善注中皆作「蒙」。又所引如淳漢書注「以物蒙覆其頭」云云，是其本作「蒙」之明證也。長楊賦作「矇」，用字不同。彼注「矇與蒙古字通」云云，蓋仍從「蒙」字解之。

來還京都，塊然獨處。營宅濱洛，困於囂塵，晏子春秋曰：景公欲更晏子之宅，近市湫隘，囂塵不可居。思樂汶上，發於寤寐。論語曰：季氏使閔子騫為費宰，閔子騫曰：善為我辭焉。如有復我者，則吾必在汶上矣。昔伊尹輟耕，郅惲投竿，思致君於有虞，濟蒸人於塗炭。孟子曰：伊尹耕於有莘之野，而樂堯、舜之道。湯使人以幣聘之，囂囂然。湯三使往聘之。既而幡然改之曰：與我處畎畝之中，是以樂堯、舜之道，吾豈若使是君為堯、舜之君哉！吾豈若使是民為堯、舜之民哉！吾豈若於吾身親見之哉！東觀漢記曰：郅惲，字君章，汝南人也。鄭次都隱於弋陽山中，惲卽去，從次都止，漁釣甚娛。留數十日，惲喟然歎曰：天生俊士，以為民也。鳥獸不可與同羣。子從我為伊尹乎，將為許、巢而去堯、舜也？次都曰：吾年耄矣，安得從子？子勉正性命，勿勞神以害生。告別而去。惲客容於江夏，郡舉孝廉為郎。尚書曰：民墜塗炭。而吾方欲秉耒耜於山陽，沈鉤緡於丹水，知其不如古人遠矣。漢書，河內郡有山陽縣。又上黨郡高都縣有莞谷，丹水所出。莞音管。然山父不貪天地之樂[42]，曾參不慕晉楚之富，亦其志也。山父，卽巢父也。譙周古考史曰[43]：許由夏常居巢，故一號巢父。琴操曰：許由夏則巢居，冬則穴處。飢則仍山而食，渴則仍河而飲。堯大其志，禪為天子。由曰：放髮優游，所以安己不懼，非以貪天下也。孟子，曾子曰：晉、楚之富，不可及也。彼以其富，我以吾仁；彼以其爵，我以吾義。吾何慊之？

前者邑人念弟無已，欲州郡崇禮，官師授邑，誠美意也。歷觀前後，來入軍府，至有皓首，猶未遇也。漢書，賈誼上疏曰：古者內有公卿大夫，外有公侯伯子男，然後有官小史[44]，延及庶人。徒有飢寒駿奔之勞。尚書曰：駿奔走。俟河之清，人壽幾何？左氏傳，子駟曰：周詩有之曰：俟河之

---

42 「然山父不貪天地之樂」　案：「地」當作「下」。袁本云善作「地」。茶陵本云五臣作「下」。各本所見皆非也。善引「非以貪天下也」為注，作「下」甚明。地字不可通，但傳寫誤耳。

43 注「譙周古考史曰」　何校「考史」作「史考」，是也。各本皆倒。

44 注「然後有官小史」　案：「官」下當有「師」字，「史」當作「吏」。各本皆脫誤。

清，人壽幾何？杜預曰：言人壽促而河清遲也。且宦無金張之援，遊無子孟之資，漢書金日磾贊曰：夷狄亡國，覊虜漢庭。七葉內侍，何其盛矣[45]！又張湯贊曰：張氏子孫相繼，自宣、元已來，為侍中、中常侍者凡十餘人。功臣之後，唯有金氏、張氏。漢書曰：霍光，字子孟，驃騎將軍去病之弟也。而圖富貴之榮，望殊異之寵，是隴西之遊，越人之射耳。淮南子曰：夫乘舟而惑者，不知東西，見斗極則曉然而寤矣。性亦人之斗極，有自見也，則不失物之情；無以自見，則動而惑，譬若隴西之游，愈躁愈沉。又曰：越人學遠射，參天而發，適在五步之內，不易其儀。時已變矣，而守其故，譬猶越之射爾。幸賴先君之靈，免負擔之勤，左氏傳，陳公子完曰：免於罪戾，弛於負擔。追蹤丈人，畜雞種黍，論語曰：子路從而後，遇丈人以杖荷蓧。子路問曰：子見夫子乎？丈人曰：四體不勤，五穀不分，孰為天子？植其杖而耘。止子路宿，殺雞為黍而食之。[46]漢書，鄭朗曰[47]：修農圃之疇，畜雞種黍。潛精墳籍，立身揚名，斯爲可矣。孝經曰：立身行道，揚名於後世。無或遊言，以增邑邑。禮記曰：大人不倡遊言。鄭玄曰：遊，浮也，不可用之言。郊牧之田，宜以爲意，爾雅曰：邑外曰郊。周禮有牧田。廣開土宇，吾將老焉。左氏傳曰：隱公使營菟裘，吾將老焉。菟音塗。劉杜二生，想數往來。朱明之期，已復至矣，爾雅曰：夏為朱明。相見在近，故不復爲書。慎夏自愛。璩白。

45 注「何其盛矣」 袁本、茶陵本「矣」作「也」，是也。
46 注「論語曰」下至「而食之」 袁本、茶陵本無此五十五字。
47 注「鄭朗曰」 案：「朗」當作「朋」。各本皆誤，此引蕭望之傳文也。

卷第四十三

書下

與山巨源絶交書[1]

魏氏春秋曰：山濤為選曹郎，舉康自代。康答書拒絶，因自說不堪流俗，而非薄湯、武。大將軍聞而惡焉。

嵇叔夜

康白：足下昔稱吾於潁川，吾常謂之知言。稱，謂說其情不願仕也，愜其素志，故謂知言也。虞預晉書曰：山嶔守潁川。嵇康文集録注曰：河内山嶔守潁川，山公族父。莊子曰：狂屈豎聞之，以黃帝為知言。然經怪此意，尚未熟悉於足下，何從便得之也？言常怪足下，何從而便得吾之此意也？前年從河東還，顯宗阿都說足下議以吾自代，晉氏八王故事注曰：公孫崇，字顯宗，譙國人，為尚書郎。嵇康文集録注曰：阿都，呂仲悌，東平人也。康與呂長悌絶交書曰：少知阿都志力閑華，每喜足下家復有此弟。事雖不行，知足下故不知之。言不知己之情。足下傍通，多可而少怪，言足下傍通眾藝，多有許可，少有疑怪，言寬容也。周易曰：六爻發揮，旁通情也。法言曰：或問行，曰：旁通厥德。李軌曰：應萬變而不失其正者，唯旁通乎？吾直性狹中，多所不堪，偶

1 「與山巨源絶交書」　袁本、茶陵本下有「一首」二字。案：有者是也。此卷各題下全無，卷首所列子目亦然，皆脫，說見前。

與足下相知耳。偶，謂偶然，非本志也。爾雅曰：偶，遇也。郭璞曰：偶，值也。間聞足下遷，惕然不喜，恐足下羞庖人之獨割，引尸祝以自助，莊子曰：庖人雖不治庖，尸祝不越樽俎而代之。手薦鸞刀，漫平聲之羶腥，毛詩曰：執其鸞刀，以啓其毛。莊子，北人無擇曰：帝欲以辱行漫我。高誘呂氏春秋注曰：漫，汙也。故具爲足下陳其可否。

吾昔讀書，得并介之人，或謂無之，今乃信其眞有耳。并，謂兼善天下也；介，謂自得無悶也。趙岐孟子章句曰：伯夷、柳下惠介然必偏，中和為貴。性有所不堪，眞不可強。今空語同知有達人，無所不堪，外不殊俗，而內不失正，與一世同其波流，而悔吝不生耳。空語，猶虛說也。周易共知有通達之人，至於世事，無所不堪。言己不能則而行之也。太玄經曰：君子內正而外馴。莊子曰：與物委蛇而同其波。周易曰：悔吝者，憂虞之象也。老子莊周，吾之師也，親居賤職；柳下惠東方朔，達人也，安乎卑位。吾豈敢短之哉！史記曰：莊子名周，嘗為蒙漆園吏。列仙傳曰：李耳為周柱下史，轉為守藏史。論語曰：柳下惠為士師。漢書曰：東方朔著論，設客難己位卑，以自慰喻。孟子曰：為貧仕者，辭尊居卑。又曰：位卑言高，罪也。又仲尼兼愛，不羞執鞭，子文無欲卿相，而三登令尹，是乃君子思濟物之意也。莊子，仲尼謂老聃曰：兼愛無私，仁之情也。論語，子曰：富而可求，雖執鞭之士，吾亦為之。子張問：令尹子文三仕為令尹，無喜色；三已之，無慍色。舊令尹之政，必以告新令尹，何如？子曰：忠矣。所謂達能兼善而不渝，窮則自得而無悶。孟子曰：古之人窮則獨善其身，達則兼善天下。又曰：柳下惠遺佚而不怨，厄窮而不憫。以此觀之，故堯舜之君世，許由之巖棲，呂氏春秋曰：昔堯朝許由於霈澤之中，曰：請屬天下於夫子。許由遂之箕山之下。張升反論曰：黃、綺引身，巖棲南岳。子房之佐漢，接輿之行歌，其揆一也。漢書曰：上封良為留侯，行太子少傅事。論語曰：楚狂接輿歌而過孔子。孟子曰：先聖後聖，其揆一也。仰瞻數君，可謂能遂其志者也。賈逵國語注曰：遂，從也。故君子百行，殊塗而同致，循性而動，各附所安。周易，子曰：天下同歸而殊塗，一致而百慮。淮南子曰：

循性而行，或害或利。論語讖曰：貧而無怨，循性動也。故有處朝廷而不出，入山林而不反之論。班固漢書贊曰：山林之士，往而不能反；朝廷之士，入而不能出。二者各有所短。且延陵高子臧之風，長卿慕相如之節，志氣所託，不可奪也。左氏傳，吳子諸樊既除喪，將立季札，季札辭曰：曹宣公之卒也，諸侯與曹人不義曹公，將立子臧，子臧去之，遂弗為之，以成曹。君子曰[2]：能守節。君義嗣也。誰能奸君？有國，非吾節也。札雖不才，願附於子臧，以無失節。史記曰：司馬相如，字長卿，其親名之犬子。相如既學，慕藺相如之為人，更名相如。

吾每讀尚子平臺孝威傳，慨然慕之，想其爲人。英雄記曰[3]：尚子平有道術，為縣功曹，休歸。自入山擔薪，賣以供食飲。范曄後漢書曰：向子平隱居不仕，性尚中和，好通老、易。尚向不同，未詳。又曰：臺佟者，字孝威，魏郡人，隱於武安山，鑿穴為居，采藥為業。佟，徒冬切。史記，太史公曰：余讀孔氏書，想見其為人。少加孤露[4]，母兄見驕，不涉經學。性復疏嬾，筋駑肉緩，頭面常一月十五日不洗，不大悶癢，不能沐也。每常小便，而忍不起，令胞中略轉乃起耳。又縱逸來久，情意傲散。簡與禮相背，嬾與慢相成，孔安國論語注曰：簡，略也。言性簡略，與禮相背也。而爲儕類見寬，不攻其過。又讀莊老，重增其放。放，謂放蕩。故使榮進之心日頹，任實之情轉篤。此由禽鹿少見馴育，則服從教制，長而見羈，則狂顧頓纓，赴蹈湯火，楚辭曰：狂顧南行。王逸曰：狂，猶遽也。雖飾以金鑣，饗以嘉肴，逾思長林，而志在豐草也。毛詩曰：茀厥豐草。茀，甫物切。

2 注「以成曹君子曰」　何校重「君」字，陳同，是也。各本皆脫。
3 注「英雄記曰」　陳云王粲英雄記皆記漢末英雄事，尚子平乃建武中隱士，不應載入，當是誤也。今案：此疑英賢譜之文。各本皆譌。
4 「少加孤露」　何云晉書作「加少」。案：「加少」是也。各本皆誤倒。

阮嗣宗口不論人過，吾每師之，而未能及。至性過人，與物無傷，唯飲酒過差耳。莊子，仲尼謂顏回曰：聖人處物不傷物者，物不能傷也。李尤盂銘曰：飲無求辭[5]，纔以相娛；荒沈過差，可不慎與！至爲禮法之士所繩，疾之如讎，幸賴大將軍保持之耳。孫盛晉陽秋曰：何曾於太祖坐謂阮籍曰：卿任性放蕩，敗禮傷教，若不革變，王憲豈得相容！謂太祖宜投之四裔，以絜王道。太祖曰：此賢素羸病，君當恕之。吾不如嗣宗之賢[6]，而有慢弛之闕；資，材量也。又不識人情，闇於機宜；無萬石之愼，而有好盡之累。漢書曰：萬石君石奮，長子建為郎中令，奏事，事下，建讀之驚恐曰：書馬者與尾而五，今迺四，不足一，獲譴死矣。其為謹慎，雖他皆如是。又曰：建奏事於上前，即有可言，屏人乃言極切。至延見，如不能言者。好盡，謂言則盡情，不知避忌。久與事接，疵釁日興，雖欲無患，其可得乎？

又人倫有禮，朝廷有法，自惟至熟，有必不堪者七，甚不可者二：臥喜晚起，而當關呼之不置，一不堪也。東觀漢記曰：汝郁再徵，載病詣公車。尚書勑郁自力受拜。郁乘輦，白衣詣止車門。臺遣兩當關扶郁，入拜郎中。抱琴行吟，弋釣草野，而吏卒守之，不得妄動，二不堪也。危坐一時，痺必寐切不得搖，管子曰：少者之事先生，出入恭敬，如有賓客；危坐向師，顏色無怍。說文曰：痺，濕病也[7]。性復多蝨瑟，把蒲巴搔無已，而當裹以章服，揖拜上官，三不堪也。素不便書，又不喜作

5 注「飲無求辭」　案：「辭」當作「亂」，各本皆譌。

6 「吾不如嗣宗之賢」　何校「賢」改「資」。陳云「賢」，「資」誤。案：所校是也。注云「資，材量也」，不得作「賢」甚明。晉書正作「資」。

7 注「濕病也」　袁本「也」下有「俾利反」三字。茶陵本亦有，「反」作「切」。案：此真善音也，正文下「必寐切」乃五臣音。尤存彼刪此，非。

書[8]，而人間多事，堆案盈机，不相酬答，則犯教傷義，欲自勉強，則不能久，四不堪也。不喜弔喪，而人道以此爲重，己爲未見恕者所怨，至欲見中傷者，言人於己，為未見有矜恕之者，而纔有所怨，乃至欲見中傷，言被疾苦也。雖瞿音句然自責[9]，然性不可化，班固漢書惠帝贊曰：聞叔孫通之諫則瞿然[10]。欲降心順俗，則詭故不情，新序，卜偃謂晉侯曰：天子降心迎公。周書曰：飾貌者不情。亦終不能獲無咎無譽如此，五不堪也。周易曰：括囊無咎無譽。不喜俗人，而當與之共事，或賓客盈坐，鳴聲聒耳，杜預左氏傳注曰：聒，諠也。囂塵臭處，千變百伎，在人目前，六不堪也。心不耐煩，而官事鞅掌，機務纏其心，世故繁其慮，七不堪也。毛詩曰：或棲遲偃仰，或王事鞅掌。尚書曰：一日二日萬機。又每非湯武而薄周孔，在人間不止，此事會顯世教所不容，此甚不可一也。剛腸疾惡，輕肆直言，遇事便發，此甚不可二也。以促中小心之性，統此九患，不有外難，當有內病，寧可久處人間邪！又聞道士遺言，餌朮黃精，令人久壽，意甚信之；蒼頡篇曰：餌，食也。本草經曰：朮、黃精，久服輕身延年。遊山澤，觀鳥魚，心甚樂之。一行作吏，此事便廢，安能舍其所樂，而從其所懼哉！

　夫人之相知，貴識其天性，因而濟之。禹不偪伯成子高，全其節也；莊子曰：堯治天下，伯成子高立為諸侯。堯授舜，舜授禹，伯成子高辭為諸侯而耕。禹往見之，則耕在野。禹趨就下風而問焉。子高曰：昔堯治天

---

8 「又不喜作書」　袁本、茶陵本無「又」字。案：二本不著校語，晉書此在所節去中，無以考之。

9 「雖瞿然自責」　案：「瞿」當作「懼」。袁本云善作「瞿」，茶陵本云五臣作「懼」。各本所見，皆傳寫誤也。善自作「懼」，與五臣同，故引惠帝贊「懼然」作注。今各本幷注中亦誤為「瞿」，非。「懼」、「瞿」同字耳。晉書在所節去中。

10 注「則瞿然」　袁本、茶陵本「然」下有「晉灼曰瞿音句」六字，是也。尤誤刪改作「音句」入正文下。又「瞿」皆當作「懼」，今漢書正作「懼」。師古曰：「懼讀曰瞿。」

下，不賞而民勸，不罰而民畏。今則賞罰而民且不仁，德自此衰，刑自此立，後世之亂，自此始矣。耕而不顧。仲尼不假蓋於子夏，護其短也；家語曰：孔子將行，雨，無蓋。門人曰：商也有焉。孔子曰：商之為人也嗇，短於財。吾聞與人交者，推其長者，違其短者，故能久也。王肅曰：短，丢；嗇，甚也。近諸葛孔明不偪元直以入蜀；蜀志曰：潁川徐庶，字元直。曹公來征，先主在楚，聞之，率其眾南行，亮與徐庶並從。為曹公所追破，庶母見獲，庶辭先主而指其心曰：本與將軍共圖王霸之業者，以此方寸之地也。今已失老母，方寸亂矣。無益於事，請從此別。遂詣曹公。魏略曰：庶名福。華子魚不強幼安以卿相。魏志曰：華歆，字子魚，平原人也。文帝卽位，拜相國。黃初中，詔公卿舉獨行君子，歆舉管寧，帝以安車徵之。又曰：管寧，字幼安，北海人也。華歆舉寧，寧遂將家屬浮海還郡。詔寧為太中大夫，固辭不受。此可謂能相終始，眞相知者也。足下見直木必不可以爲輪[11]，曲者不可以爲桷，蓋不欲以枉其天才，令得其所也。故四民有業，各以得志爲樂，管子曰：士農工商四民者，國之石民也。唯達者爲能通之，此足下度內耳。不可自見好章甫，強越人以文冕也；莊子曰：宋人資章甫而適越，越人敦髮文身，無所用之。司馬彪曰：敦，斷也。章甫，冠名也。己嗜臭腐，養鴛雛以死鼠也。莊子曰：惠子相梁，莊子往見之。或謂惠子曰：莊子來，欲代子相。於是惠子恐，搜於國中，三日三夜。莊子往見之，曰：南方有鳥名鴛雛，子知之乎？夫鴛雛發南海而飛於北海，非梧桐而不止，非竹實不食，非醴泉不飲。於是鴟得腐鼠，鴛雛過之，仰天而視之曰：嚇！今子欲以子國嚇我邪！吾頃學養生之術，方外榮華，去滋味，游心於寂寞，以無爲爲貴。高誘呂氏春秋傳曰：外，猶賤也。莊子曰：夫恬淡寂寞，虛無無為，此天地之平，而道德之篤也。縱無九患，尚不顧足下所好者，又有心悶疾，頃轉增篤，私意自試，不能堪其所不樂。言己所不樂之事，必不能堪而行之。自卜已審，若道盡塗窮則已耳。足下無事冤之，令轉於溝壑也。左氏傳曰：侍者謂楚王曰：老

---

11 「必不可以為輪」　袁本云無「必」字。茶陵本云五臣有「必」字。案：此或所見不同；否則，尤添之耳。晉書在所節去中。

而無子，知擠於溝壑矣。

吾新失母兄之歡，意常淒切，女年十三，男年八歲，未及成人，況復多病，顧此悢悢力向，如何可言！王隱晉書曰：紹字延祖，十歲而孤，事母孝謹[12]。國語曰：晉趙武冠，見韓獻子，獻子曰：戒之，此謂成人。鄭玄禮記注曰：女子以許嫁為成人。廣雅曰：悢悢，悲也。今但願守陋巷，教養子孫，時與親舊敘闊，陳說平生，濁酒一杯，彈琴一曲，志願畢矣。足下若嬲嬲，擿嬈也。音義與嬈同，奴了切。之不置，不過欲爲官得人，以益時用耳。足下舊知吾潦倒麤疏，不切事情，自惟亦皆不如今日之賢能也。若以俗人皆喜榮華，獨能離之，以此爲快，此最近之，可得言耳。言俗人皆喜榮華，而己獨能離之以此為快，此最近己之情，可得言之耳。然使長才廣度，無所不淹，而能不營，乃可貴耳。鄭玄禮記注曰：淹，復漬也。若吾多病困，欲離事自全，以保餘年，此眞所乏耳，言己離於俗事，以自安全，保其餘年，此乃真性之所乏耳，非如長才廣度之士而不營之。豈可見黃門而稱貞哉！若趣平欲共登王塗，期於相致，時爲懽益，一旦迫之，必發其狂疾，自非重怨，不至於此也。

野人有快炙背而美芹子者，欲獻之至尊，列子曰：宋國有田父，常衣縕黂[13]。至春，自暴於日。當爾時，不知有廣夏隩室，緜纊狐貉，顧謂其妻曰：負日之暄，人莫知之，以獻吾君，將有賞也。其室告之曰：昔人有美戎菽甘枲莖與芹子，對鄉豪稱之。鄉豪取嘗之，苦於口，躁於腹，眾哂之。雖有區區之意，亦已疏矣，李陵書曰：孤負陵區區之

---

[12] 注「王隱晉書曰紹字延祖十歲而孤事母孝謹」　袁本、茶陵本首有「晉諸公譜曰康子劭」八字。「紹」作「劭」，無「十歲而孤，事母孝謹」八字。案：二本是也。此尤延之校改而誤。

[13] 注「常衣縕黂」　案：「縕」當作「縕」。各本皆誤。此所引楊朱文，以下多互異，義可兩通，不更詳出。

意。願足下勿似之。其意如此，既以解足下，并以爲別。嵇康白。

為石仲容與孫皓書

孫子荊

臧榮緒晉書曰：石苞，字仲容。太祖輔政，都督楊州諸軍事，進位征東大將軍。又曰：太祖遣徐劭、孫郁至吳，將軍石苞令孫楚作書與孫皓。劭至吳，不敢為通。

苞白：蓋聞見機而作，周易所貴，小不事大，春秋所誅，周易曰：君子見幾而作[14]，不俟終日。左氏傳曰：楚子伐鄭，子展曰：小所以事大，信也。小國無信，兵亂日至，亡無日矣。此乃吉凶之萌兆，榮辱之所由興也。是故許鄭以銜璧全國，曹譚以無禮取滅。左氏傳，楚子圍許，蔡侯將許僖公見楚子於武城，許男面縛銜璧。楚子問諸逢伯，對曰：昔武王克殷，微子啓如是，王親釋其縛，禮而命之，使復其所。楚子從之。又曰：楚子圍鄭，克之，鄭伯肉袒牽羊以逆。王曰：其君能下人。退三十里而許之平。又曰：晉公子重耳奔狄，及曹，曹共公聞其駢脅，欲觀其裸，浴，薄而觀之。及即位，晉侯圍曹。又曰：齊桓公之出也，過譚，譚不禮焉。及其入也，諸侯皆賀，譚又不至。冬，齊師滅譚，譚無禮也。載籍既記其成敗，古今又著其愚智矣。不復廣引譬類，崇飾浮辭，鄭玄孝經注曰：引譬連類。尚書序曰：翦截浮辭。苟以誇大爲名，更喪忠告之實。論語曰：忠告而善道之，不可則止，無自辱焉。今粗論事勢，以相覺悟。

昔炎精幽昧，曆數將終，東觀漢記曰：漢以炎精布耀，或幽而光。尚書曰：天之曆數在爾躬。桓靈失德，災釁並興，孝桓、孝靈，漢二帝也。漢書詔策曰：大禹能亡失德。豺狼抗爪牙之毒，生人陷荼炭之艱。漢書杜文謂孫寶曰：豺狼當路。尚書曰：夏有昏德，民墜塗炭。荼與塗字通用[15]。於是九州絕貫，皇綱解

---

14 注「君子見幾而作」 袁本「幾」作「機」，是也。茶陵本亦誤「幾」。正文是「機」字。

15 注「荼與塗字通用」 袁本、茶陵本「塗」下有「古」字，是也。

紐，周禮曰：職方乃辨九州之國，使同貫利。答賓戲曰：廓帝紘，恢皇綱。四海蕭條，非復漢有。太祖承運，神武應期，春秋緯曰：五德之運，各象其類。宋均曰：運，籙運也。周易曰：古之神武不殺者夫。河圖闓苞受曰：弟感苗裔出應期。征討暴亂，克寧區夏；尚書曰：用肇造我區夏。協建靈符，天命既集，曹植大魏篇曰：大魏應靈符，天祿乃始[16]。毛詩曰：有命既集。遂廓洪基，奄有魏域。曹植魏德論曰：武創洪基，克光厥德。毛詩曰：奄有四方。土則神州中岳，器則九鼎猶存，河圖括地象曰：崑崙東南地方五千里，名曰神州，中有五岳地圖，帝王居之。左氏傳，王孫滿曰：成王定鼎於郟鄏。史記曰：秦取周九鼎。世載淑美，重光相襲，國語，祭公謀父曰：奕世載德。尚書，王曰：昔我君文王、武王宣重光。新序，孔子曰：聖人雖生異世，相襲若規矩。固知四隩之攸同，天下之壯觀也。尚書曰：九州攸同，四隩既宅。封禪書曰：此事天下之壯觀也。

公孫淵承籍父兄，世居東裔，魏志曰：公孫度，字叔濟，本遼東襄平人。度知中國擾攘，自立為遼東侯。度死，子康嗣位。康死，子晃、淵等皆小，眾立兄子恭為遼東太守。淵脅奪恭位。景初元年徵淵，淵遂發兵逆於遼東[17]，自立為燕王。擁帶燕胡，馮淩險遠，左氏傳，子產曰：今陳介恃楚眾，馮淩敝邑。講武盤桓，不供職貢，國語，虢文公曰：古者三時務農，一時講武。周禮曰：制其職，各以其所能；制其貢，各以其所有。家語，孔子曰：古者分異姓以遠方之職貢，所以無忘服也。內傲帝命，外通南國，乘桴滄流[18]，交疇貨賄[19]，葛越布於朔土，貂馬

16 注「天祿乃始」　案：「乃」下當有「茲」字。各本皆脫。弔魏武文引有。

17 注「逆於遼東」　茶陵本「東」作「隧」，是也。袁本作「遂」，亦非。

18 「乘桴滄流」　茶陵本「流」作「海」。袁本作「流」，與此同。何校「流」改「海」。陳云「流」，「海」誤。晉書作「海」。案：袁本、茶陵本所載五臣濟注云「滄流，海也」，似五臣作「流」，二本失著校語，尤亦以之亂善也。

19 「交疇貨賄」　袁本云善作「疇」，茶陵本云五臣作「酬」，何云晉書作「酬」。今案：「疇」疑「酬」字之誤。

延乎吳會；魏志曰：公孫淵遣使南通孫權，往來贍遺[20]。權使張彌、許晏等齎金玉珍寶，立為燕王。論語，子曰：乘桴浮于海。孔安國尚書傳曰：草服葛越。魏志曰：夫餘國出名馬貂豽。自以為控弦十萬，奔走足用，漢書匈奴傳曰：控弦之士三十餘萬。信能右折燕齊，左振扶桑，凌轢沙漠，南面稱王也。山海經曰：湯谷上有扶木。扶木者，扶桑也。史記曰：楚靈王兵強，凌轢中原。說文曰：漠，北方流沙也。漢書，李陵歌曰：經萬里兮度沙漠。周易曰：聖人南面而聽天下。宣王薄伐，猛銳長驅。魏志曰：景初三年，遣大司馬宣王[21]征淵。斬淵，傳首洛陽。戰國策曰：樂毅輕卒銳兵，長驅至齊。師次遼陽，而城池不守；漢書曰：遼東郡有遼陽縣。桴鼓一震，而元凶折首。左氏傳曰：援桴而鼓。周易曰：有嘉折首，獲非其醜。然後遠跡疆埸，列郡大荒，史記，樂毅書曰：吳王遠跡至郢。班固漢書述曰：列郡祁連。山海經有大荒。收離聚散，咸安其居，毛詩序曰：萬民離散，不安其居。民庶悅服，殊俗款附。尚書曰：萬姓悅服。過秦論曰：餘威震于殊俗。自茲遂隆，九野清泰，淮南子曰：所謂一者，上通九天，下貫九野。高誘曰：九野，八方中央也。東夷獻其樂器，肅慎貢其楛矢，范曄後漢書曰：東夷自少康已後，世服王化，獻其樂舞。魏志曰：常道鄉公景元三年，肅慎國遣使重譯來貢，弓長三尺五寸，三十張；楛矢長一尺八寸；石砮三百枚。曠世不羈，應化而至，崔寔本論曰：孝宣帝方外安靜，單于稽顙來朝，百世不羈之虜也。巍巍蕩蕩，想所具聞。論語，子曰：大哉堯之為君！蕩蕩乎民無能名焉，巍巍乎其有成功。

吳之先主，起自荊州，遭時擾攘，播潛江表；吳志曰：董卓專朝政，孫堅亦舉兵荊州，討卓。引軍還住魯陽。范曄後漢書，馮衍上疏曰：遭擾攘之時，值兵革之際。劉備震懼，亦逃巴岷。蜀志曰：益州牧劉璋迎先主入益州，至涪，璋勅諸將勿復關通。先主大怒，進圍成都。璋降，先主領益州。遂依丘陵積石之固，張載劍閣銘

---

20 注「往來贍遺」　何校「贍」改「賂」。陳云「贍」當作「賂」。案：所校據魏志，是也。各本皆誤。

21 注「景初三年遣大司馬宣王」　案：「三」當作「二」，「大」當作「太」，下脫「尉」字。各本皆誤。此所引明帝紀文也。

曰：巖巖梁山，積石峩峩。三江五湖，浩汗無涯，漢書曰：吳有三江五湖之利也。假氣游魂，迄于四紀。魏明帝善哉行曰：權實堅子[22]，備則亡虜，假氣游魂，鳥魚為伍。二邦合從子容，東西唱和，漢書，合從連衡，力政爭強。毛詩曰：叔兮伯兮，唱予和汝。互相扇動，距捍中國。自謂三分鼎足之勢，可與泰山共相終始。漢書曰：蒯通說韓信曰：方今足下三分天下，鼎足而居。戰國策，呂不韋曰：其寧泰山。相國晉王，輔相帝室，魏志曰：咸熙元年，進晉公爵為王。文武桓桓，志厲秋霜，荀悅申鑒曰：人主怒如秋霜。廟勝之筭，應變無窮，孫子曰：夫未戰而廟勝，得筭多者也。又曰：善出奇正者，無窮如天地。獨見之鑒，與眾絕慮。春秋元命苞曰：明王獨見，四海歸往。主上欽明，委以萬機，魏志曰：陳留王奐，字景明，封常道鄉公。高貴鄉公卒，公卿議迎立。尚書曰：放勛欽明。萬幾，已見上文。長轡遠御，妙略潛授，偏師同心，上下用力，稜威奮伐，罙入其阻，漢書曰：武帝報李廣曰：威稜憺乎鄰國。毛詩曰：罙入其阻，裒荊之旅。毛萇曰：罙，深也[23]。并敵一向，奪其膽氣。孫子兵法曰：併敵一向，千里殺將。又曰：三軍可奪氣，將軍可奪心。小戰江介，則成都自潰；曜兵劍閣，而姜維面縛。魏志曰：景元四年，使征西將軍鄧艾、鎮西將軍鍾會伐蜀。艾自陰平先登，至江介西，蜀衛將軍諸葛瞻列陣待艾。艾遣子惠唐亭侯忠等大破之，斬瞻。進軍到雒，劉禪遣使奉皇帝璽綬，為箋詣艾。會統十餘萬眾，分從斜谷、駱谷入，平行至漢中。姜維守劍閣距會。維等聞瞻已破，以其眾東入巴。劉禪詣艾降，勒維等令降於會[24]。維詣會降。商君書曰：小戰勝，逐北無過五里。左氏傳曰：凡民逃其上曰潰。面縛，已見上文。開地五千，列郡三十。師不踰時，梁益肅清，穀梁傳曰：伐不踰時，戰不逐奔。使竊號之雄，稽顙絳闕，禮記曰：拜而後稽顙。傳

22 注「權實堅子」　何校「堅」改「豎」，是也。各本皆譌。
23 注「罙深也」　袁本、茶陵本下有「音彌」二字。案：有者是也，乃真善音而誤刪。
24 注「勒維等令降於會」　案：「勒」當作「勑」。各本皆誤。鍾會傳可證。

玄西都賦曰：巍巍絳闕。球琳重錦，充於府庫。左氏傳曰：齊侯歸衛侯夫人重錦三十兩。夫虢滅虞亡，韓并魏徙，左氏傳曰：晉滅虢，虢公醜奔京師。遂襲虞，滅之，執虞公。史記曰：秦始皇十七年，攻韓，得韓王安。二十三年，攻魏，其王請降。此皆前鑒之驗，後事之師也。戰國策，張孟談謂趙襄子曰：前事不忘，後事之師。又南中呂興，深覩天命，吳志曰：交阯郡吏呂興等殺太守孫諝，使使如魏請太守及兵。蟬蛻內向，願爲臣妾。淮南子曰：蟬飲而不食，三十日而蛻。孝經曰：治家者不敢失於臣妾。外失輔車脣齒之援，內有毛羽零落之漸，左氏傳，宮之奇曰：諺所謂輔車相依，脣亡齒寒。而徘徊危國，冀延日月，此猶魏武侯却指河山以自強大，殊不知物有興亡，則所美非其地也。史記曰：吳起者，衛人也。魏武侯浮西河而下，中流顧謂吳起曰：美哉山河之固！此魏之寶也。起對曰：在德不在險。若君不修德，則舟中之人，盡為敵國也。武侯曰：善。

方今百僚濟濟，儁乂盈朝，尚書曰：百僚師師。又曰：俊乂在官。虎臣武將，折衝萬里，毛詩曰：進厥虎臣，闞如虓虎。晏子春秋，孔子曰：不出罇俎之間，而折衝千里之外，晏子之謂也。國富兵強，六軍精練。新序曰：孫叔敖相楚，國富兵強。思復翰飛，飲馬南海。毛詩曰：翰飛戾天。鄭玄曰：翰，高也。李陵與蘇武書曰：陵當為單于畜兵養士，循先將軍之令，將飲馬河、洛，收珠南海。自頃國家，整治器械，禮記曰：聖人異器械。鄭玄曰：器械，兵甲也。修造舟楫，簡習水戰。伐樹北山，則太行木盡，高誘呂氏春秋注曰：太行山在河內野王縣北。濬決河洛，則百川通流。尚書大傳曰：百川趨於海。樓船萬艘蘇勞，千里相望。漢書曰：江、淮以南，樓舡十萬。自刳木以來，舟車之用，未有如今日之盛者也。周易曰：黃帝、堯、舜刳木為舟，剡木為檝。驍勇百萬，畜力待時，役不再舉，今日之謂也[25]。六韜，太公謂武王曰：聖人興兵

25 「今日之謂也」　袁本云善無「也」字，茶陵本云五臣有。案：此尤添之耳。

為天下除患去賊，非利之也，故役不再籍，一舉而畢。然主上眷眷[26]，未便電邁者，以爲愛民治國，道家所尚，老子曰：愛人治國，能無知乎？崇城自卑[27]，文王退舍，左氏傳，子魚言於宋公曰：文王聞崇侯德亂而伐之，軍三旬而不降；退修教而復伐之，因壘而降。故先開示大信，喻以存亡，殷勤之旨，往使所究。

若能審識安危，自求多福，毛詩曰：永言配命，自求多福。蹷然改容，祗承往告，漢書曰：陸賈說尉佗。佗於是蹷然起坐，謝賈，稱臣奉漢約。追慕南越，嬰齊入侍，漢書曰：南越王胡立，天子使嚴助往喻意，南越王胡遣其子嬰齊入侍宿衛。北面稱臣，伏聽告策，禮記曰：君之南鄉也，答陽之義也，臣之北面也，答君也。則世祚江表，永爲藩輔，左氏傳，王賜齊侯命曰：世祚太師。豐報顯賞，隆於今日矣。若侮慢不式王命[28]，然後謀力雲合，指麾風從，范曄後漢書，張綱謂張嬰曰：大兵雲合，豈不危乎！雍益二州，順流而東；青徐戰士，列江而西；荊楊兗豫，爭驅八衝；征東甲卒，虎步秣陵。征東，即石苞也。李陵詩曰：幸託不肖軀，且當猛虎步。漢書，丹陽郡有秣陵縣。爾乃皇輿整駕，六師徐征，羽檄燭日，旌旗流星，羽，鳥羽也。漢書，高祖曰：吾以羽檄徵天下兵。檄或為校。遊龍曜路，歌吹盈耳，周禮曰：凡馬八尺為龍。樂稽耀嘉曰：武王興師誅于商，萬國咸喜，前歌後舞。論語，子曰：洋洋乎盈耳哉！士卒奔邁，其會如林，尚書曰：受率其旅若林。煙塵俱起，震天駭地，渴賞之士，鋒鏑爭先，忽然一旦身首橫分，宗祀屠覆，取誡萬世，引領南望，良以寒心。左氏傳，穆叔謂晉侯曰：引領西望，曰庶幾乎？高唐賦曰：寒心酸鼻。

---

26 「然主上眷眷」　何校「上」改「相」，晉書作「相」。案：主謂魏帝，相謂晉王，似所改是也。

27 「崇城自卑」　案：「自」當作「遂」。茶陵本云五臣作「自」，袁本云善作「遂」。晉書作「遂」，尤以五臣亂善，非。

28 「若侮慢不式王命」　案：晉書「若」下有「猶」字。此當有，讀以四字為一句。各本皆脫也。

夫治膏肓者必進苦口之藥，決狐疑者必告逆耳之言，左氏傳曰：晉景公夢疾為二豎子，一曰居肓之上，一曰居膏之下，若我何？史記曰：沛公入秦宮，樊噲諫，沛公不聽。張良曰：忠言逆耳利於行，良藥苦口利於病。願公聽樊噲言。楚辭曰：心猶豫而狐疑。如其迷謬，未知所投，恐俞附見其已困，扁鵲知其無功也。列子曰：楊朱之友曰季梁，得病七日，大漸，謁醫俞氏，俞氏曰：汝始則胎氣不足，乳湩有餘，疾非一朝一夕之故，其所由來者漸矣。季梁曰：良醫也，且食之。史記，虢中庶子曰：上古之時，醫病不以湯液[29]。又曰：扁鵲過齊，桓侯客之，入朝見曰：君有疾在腠理，不療將深。桓侯曰：寡人無疾。過五日，扁鵲復見曰：君有疾在腸胃間，不療將深。桓侯不應。後五日，扁鵲復見，望桓侯而走。桓侯使人問其故，扁鵲曰：疾其在骨髓，雖司命無奈何。今在骨髓，臣是以無請也。後五日，桓侯體痛，使人召扁鵲，扁鵲已逃去。桓侯遂死。郭璞穆天子傳注曰：湩，浮汁也。竹用切。勉思良圖，惟所去就。左氏傳，令尹子常曰：敢弗良圖。曾子曰：君子慎其所去就。石苞白。

與嵇茂齊書

趙景真 嵇紹集曰：趙景真與從兄茂齊書，時人誤謂呂仲悌與先君書，故具列本末。趙至，字景真，代郡人，州辟遼東從事。從兄太子舍人蕃，字茂齊，與至同年相親。至始詣遼東時，作此書與茂齊。干寶晉紀以為呂安與嵇康書。二說不同，故題云景真，而書曰安。

安白：昔李叟入秦，及關而歎；梁生適越，登岳長謠。列子曰：楊朱南之沛，老聃西游於秦，邀於郊，至梁而過老子。老子中道仰天歎曰：始以汝為可教，今不可教也。楊朱曰：請聞其過。老子曰：睢睢[30]而

---

29 注「醫病不以湯液」 陳云「醫」下脫「有俞附醫」四字。案：所校是也。此引以注正文「俞附」。各本皆脫。

30 注「老子曰睢睢」 陳云「曰」下脫「而」字，是也。各本皆脫。

盱盱，而誰與居？范曄後漢書，梁鴻，字伯鸞，扶風人也。東出關，過京師，作五噫之歌，曰：陟彼北邙兮，噫！顧瞻帝京兮，噫！宮室崔嵬兮，噫！人之劬勞兮，噫！遼遼未央兮，噫！肅宗聞而非之，求鴻不得。居齊、魯之間，又去適吳。然老子之歎，不為入秦；梁鴻長謠，不由適越。且復以至邠為及關，升邙為登岳，斯蓋取意而略文也。夫以嘉遯之舉，猶懷戀恨，況乎不得已者哉！周易曰：嘉遯貞吉。

惟別之後，離羣獨游，背榮宴，辭倫好，經迴路，涉沙漠。鳴雞戒旦，則飄爾晨征；燕禮曰：燕，小臣戒盥者。鄭玄曰：警戒告語焉。陳琳武軍□賦曰[31]：啓明戒旦，長庚告昏。日薄西山，則馬首靡託。漢書，楊雄反騷曰：恐日薄於西山。左氏傳，荀偃曰：唯余馬首是瞻。尋歷曲阻，則沈思紆結；乘高遠眺，則山川悠隔。或乃迴飆狂厲，白日寢光，踦𨅔交錯，陵隰相望。徘徊九皋之內，慷慨重阜之巔，毛詩曰：鶴鳴九皋。進無所依，退無所據，涉澤求蹊，披榛覓路，嘯詠溝渠，良不可度，斯亦行路之艱難，然非吾心之所懼也。

至若蘭茝傾頓，桂林移植，根萌未樹，牙淺絃急，常恐風波潛駭，危機密發，斯所以怵惕於長衢，按轡而歎息也[32]。喻身之危也。根萌未樹，故恐風波潛駭；牙淺絃急，故懼危機密發也。本或有於長衢之下云按轡而歎息者，非也。又北土之性，難以託根，投人夜光，鮮不按劍。鄒陽上書曰：夜光之璧，以闇投人於道，眾人莫不按劍也。今將植橘柚於玄朔，蔕華藕於脩陵，曹植橘賦曰：背江洲之氣

---

31 注「陳琳武軍□賦曰」　袁本「軍□」作「庫」，是也。茶陵本作「庫車」，衍「車」字，此亦初衍而修去，「軍」即「庫」字誤。

32 「斯所以怵惕於長衢按轡而歎息也」　袁本、茶陵本「也」上有「者」字。案：晉書無「按轡而歎息」。陳云據注則此五字衍，是也。必五臣因注云「本或有於『長衢』之下云『按轡而歎息』者」，故添六字，以異於善，二本失著校語也。詳此本乃脩改增多，是初刻無，而所見仍不誤，尤延之不察，輒取五字，於是善以五臣亂之矣，當加訂正。

燰，處玄朔之肅清。淮南子曰：夫以其所脩，而游不用之鄉，若樹荷山上，畜火井中也。表龍章於裸壤，奏韶舞於聾俗，固難以取貴矣。龍，袞龍之服也。章，章甫之冠也。裸壤，文身也。莊子曰：宋人資章甫適諸越，越人斷髮文身，無所用之。又肩吾曰：聾者無以與乎鍾鼓之聲。夫物不我貴，則莫之與；莫之與，則傷之者至矣。周易曰：無交而求，則人不與也；莫之與，則傷之者至矣。飄颻遠游之士，託身無人之鄉，揔轡遐路，則有前言之艱；懸鞌陋宇，則有後慮之戒；前言之艱，謂經迴路，涉沙漠以下也；後慮之戒，謂北土之性，難以託根以下也。朝霞啓暉，則身疲於遄征；蔡琰詩曰：遄征日遐邁。太陽戢曜，則情劬於夕惕；正曆曰：日，太陽也。周易曰：夕惕若厲。肆目平隰，則遼廓而無覩；極聽脩原，則淹寂而無聞。吁其悲矣！心傷悴矣！然後乃知步驟之士，不足爲貴也。

若迺顧影中原，憒氣雲踊，哀物悼世，激情風烈，龍睇大野，虎嘯六合，猛氣紛紜，雄心四據，阮元瑜為曹公與孫權書曰：大丈夫雄心，能無憒發。思躡雲梯，橫奮八極，披艱掃穢，蕩海夷岳，范曄後漢書[33]，田邑與馮衍書曰：欲搖太山，蕩北海。蹴崐崘使西倒，蹋太山令東覆，平滌九區，恢維宇宙，斯亦吾之鄙願也。劉騊駼郡太守箴曰：大漢遵因，化洽九區。時不我與，垂翼遠逝，周易曰，明夷于飛垂其翼，君子於行，三日不食，有攸往。鋒鉅靡加，翅翮摧屈，自非知命，誰能不憒悒者哉！周易曰：樂天知命故不憂。

吾子植根芳苑，擢秀清流，布葉華崖，飛藻雲肆，俯據潛龍之淵，仰蔭棲鳳之林，榮曜眩其前，豔色餌其後，良儔交其左，聲名馳其右，翶翔倫黨之間，弄姿帷房之裏，從容顧眄，綽有餘裕，俯仰吟嘯，自以爲得志矣，豈能與吾同大丈夫之憂樂者

---

33 注「范曄後漢書」 袁本、茶陵本無此五字，是也。案：說已見前。

哉！去矣嵇生，永離隔矣！煢煢飄寄，臨沙漠矣！悠悠三千，路難涉矣！攜手之期，邈無日矣！思心彌結，誰云釋矣！無金玉爾音，而有遐心。毛詩曰：無金玉爾音，而有遐心。身雖胡越，意存斷金。淮南子曰：自其異者視之，肝膽胡越也。周易曰：二人同心，其利斷金。各敬爾儀，敦履璞沈，毛詩曰：各敬爾儀。繁華流蕩，君子弗欽，臨書悢然，知復何云！

與陳伯之書　丘希範

劉璠梁典曰：帝使呂僧珍寓書於陳伯之，丘遲之辭也。伯之歸于魏，為通散常侍。何之元梁典云：天監五年，前平南將軍陳伯之以其眾自壽陽歸降。不書伯之，前史失之。梁史以為丘遲與伯之書。

遲頓首。陳將軍足下：無恙，幸甚幸甚！將軍勇冠三軍，才爲世出，李陵與蘇武書曰：陵先將軍，功略蓋天地，義勇冠三軍。蘇武答李陵書曰：每念足下，才為世生，器為時出。棄燕雀之小志，慕鴻鵠以高翔。史記曰：陳涉嘗為人庸耕，輟耕壠上，悵恨久之，曰：苟富貴，無相忘。庸者笑而應之曰：若為庸耕，何富貴也？陳涉太息曰：嗟乎！燕雀安知鴻鵠之志哉？昔因機變化，遭遇明主，劉璠梁典曰：高祖得陳虎牙幢主蘇隆，厚加禮賜，使致命江州刺史陳伯之。伯之，虎牙父也。蘇隆還，稱伯之許降，乃遣鄧元起前驅逼之。伯之聞師近，以應義師。立功立事，開國稱孤，延篤與張奐書曰：烈士殉名，立功立事。周易曰：大君有命，開國承家。老子曰：王侯自稱孤、寡、不穀。朱輪華轂，擁旄萬里，何其壯也！史記，蒯通說武信君曰：今范陽令乘朱輪華轂。班固涿邪山祝文曰：杖節擁旄，征人伐鼓[34]。荀悅漢記曰：今之州牧，號為萬里。漢書，樊噲說高祖曰：始陛下定天下，何其壯也！如何一旦爲

[34] 注「征人伐鼓」　案：「征」當作「鉦」。各本皆誤。

奔亡之虜，聞鳴鏑而股戰，對穹廬以屈膝，又何劣邪！漢書曰：冒頓乃作為鳴鏑。音義曰：箭鏑也，如今鳴箭。史記曰：魏勃退立股戰。漢書，烏孫公主歌曰：穹廬為室兮旃為牆。音義曰：穹廬，旃帳也。喻巴蜀文曰：交臂受事，屈膝請和。漢書，樊噲曰：今天下已定，又何憊邪！

尋君去就之際，非有他故，直以不能內審諸己，外受流言，呂氏春秋曰：君子必審諸己然後任。尚書曰：管叔乃流言於國。**沈迷猖獗，以至於此。**劉公幹雜詩曰：沈迷領簿書[35]，回回自昏亂。蜀志，先主謂諸葛亮曰：孤遂用猖獗，至于今日，志猶未已。**聖朝赦罪責功，棄瑕錄用，**鄒潤甫為諸葛穆答晉王令曰：高世之君，赦罪責功，略小收大。吳志，陸瑁與暨豔書曰：此乃漢高棄瑕錄用之時也。**推赤心於天下，安反側於萬物，**東觀漢記曰：上破銅馬等，封降賊渠率。諸將未能信，賊亦兩心。上勑降賊各歸營，勒兵待。上輕騎入，按行賊營。賊將曰：蕭王推赤心置人腹中，安得不効死？又曰：漢兵破邯鄲，誅王郎，收文書，得吏人謗毀公言可擊者數千章，公會諸將燒之，曰：令反側子自安。**將軍之所知，不假僕一二談也。**長楊賦曰：僕嘗倦談，不能一二其詳。**朱鮪涉**丁牒切，與喋同**血於友于，張繡剚刃於愛子，漢主不以為疑，魏君待之若舊。**謝承後漢書曰[36]：光武攻洛陽，朱鮪守之。上令岑彭說鮪曰：赤眉已得長安，更始為胡殷所反害，今公誰為守乎？鮪曰：大司徒公被害，鮪與其謀，誠知罪深，不敢降耳。彭還白上，上謂彭，復往明曉之：夫建大事不忌小怨，今降官爵可保，況誅罰乎？春秋合誠圖曰：戰龍門之下，涉血相創。如淳漢書注曰：殺血滂沱為喋血[37]。尚書曰：孝乎。惟孝友于兄弟。魏志曰：建安二年，公到宛，張繡降。既而悔之，復反。公與戰，軍敗，為流矢所中，長子昂、弟子安民遇害。四年，張繡率眾降，封列侯。漢書曰：蒯通說范陽令曰：慈父孝子所不敢剚刃公之腹者，畏

---

35 注「沈迷領簿書」　陳云「領簿」當乙，是也。各本皆倒。

36 注「謝承後漢書曰」　袁本、茶陵本「承」作「沈」，是也。

37 注「為喋血」　袁本、茶陵本「血」下有「涉與喋同，丁牒切」七字，是也，無正文「涉」下「丁牒切，與喋同」六字。案：此割裂善音之誤，說已詳前。

秦法也。李奇曰：東方之人，以物插地中皆為剚也。況將軍無昔人之罪，而勳重於當世。夫迷塗知反，往哲是與；楚辭曰：迴朕車而復路，及迷塗之未遠[38]。不遠而復，先典攸高。主上屈法申恩，吞舟是漏；范曄後漢書，明帝詔曰：先帝不忍親親之恩，枉屈大法。鹽鐵論曰：明王茂其德教而緩其刑罰，網漏吞舟之魚。將軍松柏不翦，親戚安居，仲長子昌言曰：古之葬，松柏梧桐以識其墳。高臺未傾，愛妾尚在。桓子新論，雍門周說孟嘗君曰：千秋萬歲後，高臺既已傾，曲池又已平。悠悠爾心，亦何可言！毛詩曰：青青子衿，悠悠我心。

今功臣名將，鴈行有序，應劭漢官儀，典職楊喬糾羊柔曰：柔知丞郎鴈行，威儀有序。佩紫懷黃，讚帷幄之謀，魏書，荀攸勸進曰：諸將佩紫懷金，蓋以數百。史記，蔡澤曰：懷黃金之印，結紫綬於腰。東觀漢記，詔鄧禹曰：將軍深執忠孝，與朕謀謨帷幄。乘軺建節，奉疆埸之任，如淳漢書注曰：二馬為軺傳。漢書曰：終軍為謁者，使行郡國，建節敕出關[39]。左氏傳曰：齊人來侵魯疆，疆吏來告，公曰：疆埸之事，慎守其一。並刑馬作誓，傳之子孫。漢書曰：漢王即皇帝之位，論功而封之，申以丹書之信，重以白馬之盟。將軍獨靦顏借命，驅馳氈裘之長，寧不哀哉！毛詩曰：有靦面目。司馬遷書曰：氈裘之君長咸震懼。夫以慕容超之強，身送東市；姚泓之盛，面縛西都。沈約宋書曰：慕容超大掠淮北，宋公表請北伐，遂屠廣固。超踰城走，高胥獲之。送超京師，斬于建康。又曰：公以舟師進討，至洛陽。王鎮惡剋長安，生禽姚泓。執送泓，斬于建康市。左氏傳曰：楚子圍許，許僖公見楚子於武城，面縛璧。故知霜露所均，不育異類；禮記曰：天之所覆，地之所載，日月所照，霜露所墜。李陵與蘇武書曰：但見異類。姬漢舊邦，無取雜種。姬，周姓也。漢書曰：匈奴凡二十四長。呼衍氏、蘭氏，後有須卜氏，此三姓，其

---

38 注「及迷塗之未遠」　此節注後袁本有注一節云「周易曰：不遠復，無祇悔」，在正文「先典攸高」下，是也。茶陵本幷入五臣而誤刪削。此本誤與之同。

39 注「建節敕出關」　袁本、茶陵本「敕」作「東」，是也。

貴種也。北虜僭盜中原，多歷年所，魏收後魏書曰：太祖道武諱珪，改稱魏王，都平城。孝文皇帝諱宏，自平城遷都洛陽。東觀漢記曰：北虜遣使和親。尚書，周公曰：故殷陟配天[40]，多歷年所。惡積禍盈，理至燋爛。周易曰：惡不積不足以滅身，故惡積而不可掩。燋爛，見下文。況偽孽昏狡，自相夷戮；魏收後魏書曰：世宗宣武帝諱恪。景元三年，蕭衍廢其主寶融，自僭立稱梁。宣武即位凡一十六年。然梁武之初，當宣武之日。偽，蓋指宣武也。虞預晉書，西陽王羕上書曰：朱旗南指，自相夷戮。部落攜離，酋豪猜貳。晉中興書曰：胡俗以部落為種類，屠各取豪貴[41]。文穎漢書注曰：羌胡名大師為酋[42]。國語，伯陽父曰：國之將亡，百姓攜貳。韋昭曰：攜，離也；貳，二心也。方當繫頸蠻邸，懸首藁街。漢書曰：沛公至霸上，秦王子嬰係頸以組。又陳湯上疏曰：斬郅支首及名王以下，宜懸頭藁街蠻夷邸間。而將軍魚游於沸鼎之中，燕巢於飛幕之上，不亦惑乎！袁崧後漢書，朱穆上疏曰：養魚沸鼎之中，棲鳥烈火之上，用之不時，必也燋爛。左氏傳曰：吳季札曰：夫子之在此也，猶燕巢于幕之上。

暮春三月，江南草長，雜花生樹，羣鶯亂飛。見故國之旗鼓，感平生於疇日，撫絃登陴婢移切，豈不愴悢！袁宏漢獻帝春秋[43]，臧洪報袁紹書曰：每登城勒兵，望主人之旗鼓，感故交之綢繆，撫弦搦矢，不覺涕流之覆面也。左氏傳曰：晉邊吏讓鄭曰：今執事撊然授兵登陴[44]。所以廉公之思趙將，吳子之泣西河，史記曰：廉頗為趙將，伐齊，大破之，拜為上卿。趙孝成王卒，悼襄王立，使樂乘代之。頗怒，攻樂乘，遂奔魏之大梁。久之，魏王不能信用，而趙亦數困於秦兵。趙王思復得廉頗，廉頗亦思復用於趙。王以為老，遂不召。呂氏春秋曰：吳起治西河，

---

40 注「故殷陟配天」　陳云「陟」上脫「禮」字，是也。各本皆脫。

41 注「屠各取豪貴」　陳云「取」，「最」誤，是也。各本皆誤。

42 注「羌胡名大師為酋」　案：「師」當作「帥」。各本皆譌。

43 注「袁宏漢獻帝春秋」　何校「宏」改「暐」，陳同。各本皆誤。案：隋經籍志云「十卷，袁暐撰」，可證也。

44 注「授兵登陴」　袁本、茶陵本「陴」下有「陴婢移切」四字，無正文文「陴」下「婢移切」三字，是也。

王錯譖之魏武侯。武侯使人召吳起。至岸門，止車而立，望西河，泣數下。其僕曰：竊觀公之志，視天下若舍履，今去西河而泣，何也？吳起雪泣應之曰：子弗識也。君誠知我而使我畢能，秦必可亡西河[45]。今君聽讒人之議，不知我，西河之為秦不久矣！起入荊，西河果入秦。人之情也。將軍獨無情哉？司馬遷與任安書曰：夫人情莫不念父母，顧妻子。莊子，惠子曰：人故無情乎？

想早勵良規，自求多福。魏志，明帝報王朗詔曰：欽納至言，思聞良規。多福，已見上文。當今皇帝盛明，天下安樂。皇帝，梁武也。解嘲曰：遭盛明之世。漢書曰：孝惠、高后時，天下安樂。白環西獻，楛矢東來；世本曰：舜時西王母獻白環及佩。家語，孔子曰：昔武王尅商，於是肅慎氏貢楛矢石砮。夜郎滇池，解辮請職；朝鮮昌海，蹶角受化。漢書曰：夜郎、滇池皆椎結，嶲、昆明編髮。漢拜唐蒙郎中，遂見夜郎王多同。又曰：始楚威王時，使將軍莊縞[46]將兵略巴黔中。縞至滇池，欲歸報，會秦奪楚，黔中郡道塞不通，以其眾王滇池。又朝鮮王滿，燕人。孝惠、高后時，滿為外臣。又曰：西域有昌蒲海，一名鹽澤，去玉門、陽關三百餘里。孟子曰：武王之伐殷也，百姓若崩厥角。趙岐曰：厥角，叩頭以額角犀厥地也。唯北狄野心，掘強沙塞之間，欲延歲月之命耳。左氏傳，令尹子文曰：諺云：狼子野心。漢書，伍被說淮南王曰：東保會稽，南通勁越，屈強江、淮之間，可以延歲月之壽耳。范曄後漢書匈奴論曰：世祖用事諸夏，未遑沙塞之事。中軍臨川殿下，何之元梁典曰：高祖即位元，以宏為臨川郡王。天監三年，以宏為中軍將軍。明德茂親，總茲戎重，劉璠梁典曰：天監四年，詔臨川王宏北討。干寶晉紀，河間王顒表曰：成都王穎，明德茂親，功高勳重。晉中興書，桓溫檄曰：幕府不才，忝荷戎重。弔民洛汭，伐罪秦中。孟子曰：湯始征，自葛始，誅其君，弔其民。尚書曰：東至于洛汭。又曰：奉詞伐罪。漢書，田肯曰：陛下既得韓信，又治秦中。若遂不改，方思

---

45 注「秦必可亡西河」　袁本、茶陵本無「可」字，是也。

46 注「使將軍莊縞」　陳云「縞」，「蹻」誤，下同，是也。各本皆譌。

僕言。聊布往懷，君其詳之。顏延之和謝靈運詩曰：聊用布所懷。丘遲頓首。

重答劉秣陵沼書

劉播梁典曰：劉沼，字明信，為秣陵令。

劉孝標 劉峻自序曰：峻字孝標，平原人也。生於秣陵縣，朞月歸故鄉。八歲，遇桑梓顛覆，身充僕圉。齊永明四年二月，逃還京師。後為崔豫州刑獄參車。梁天監中，詔峻東掌石渠閣，以病乞骸骨。後隱東陽金華山。

劉侯既重有斯難，值余有天倫之戚，竟未之致也。孝標集有沼難辨命論書。穀梁傳曰：兄弟，天倫也。何休曰：兄先弟後，天之倫次。尋而此君長逝，化為異物，魏文帝與吳質書曰：元瑜長逝，化為異物。緒言餘論，蘊而莫傳。莊子謂漁父曰：曩者先生有緒言而去。子虛賦曰：願聞先生之餘論。或有自其家得而示余者，余悲其音徽未沬昧，而其人已亡，楚辭曰：芳菲菲而難虧兮，芳至今猶未沬[47]。王逸曰：沬，已也[48]。孫卿子曰：其器存，其人亡，以此思哀，則哀將焉不至？青簡尚新，而宿草將列，風俗通曰：劉向別錄，殺青者，直治青竹作簡書之耳。禮記曰：朋友之墓，有宿草而不哭焉。泫然不知涕之無從也。禮記，門人曰：防墓崩。孔子泫然流涕。又曰：孔子之衛，遇舊館人之喪，入而哭之，遇一哀而出涕，曰：予惡夫涕之無從也。雖隙駟不留，尺波電謝，墨子曰：人之生乎地上，無幾何也，譬之猶駟而過也。郄，古隙字也。陸機詩曰：寸陰無停晷，尺波豈徒旋。而秋菊春蘭，英華靡絕，楚辭曰：春蘭兮秋菊，長無絕兮終古。故存其梗概，更酬其旨。東京賦曰：其梗概如此。若使墨翟之言無爽，宣室之談有徵，墨子曰：昔周宣王殺其臣杜伯而不辜。杜伯曰：吾君殺我而不辜，若

---

47 注「芳至今猶未沬」 案：「芳」當作「芬」。各本皆譌。

48 注「沬已也」 袁本、茶陵本「也」下有「亡蓋反」三字。案：此真善音。正文「沬」下「昧」字，乃五臣音也。尤誤刪此存彼。

以死者為無知，則止矣；若死而有知，不出三年，必使吾君知之。期三年，周宣王合諸侯而田於圃，車數百乘，從數千人滿野。日中，杜伯乘白馬素車，朱衣冠，執朱弓，挾朱矢，追宣王，射之車上，中心，折脊，殪車中，伏弢而死。若書之說觀之，則鬼神之有，豈可疑哉？漢書曰：文帝受釐宣室，因感鬼神事，問鬼神之本。賈誼具道所以然之故。**冀東平之樹，望咸陽而西靡；蓋山之泉，聞絃歌而赴節。**聖賢冢墓記曰：東平思王冢在東平。無鹽人傳云：思王歸國京師[49]，後葬，其冢上松柏西靡。宣城記曰：臨城縣南四十里蓋山，高百許丈，有舒姑泉。昔有舒氏女與其父析新此泉處坐，牽挽不動，乃還告家。比還，唯見清泉湛然。女母曰：吾女本好音樂。乃絃歌，泉涌迴流，有朱鯉一雙。今作樂嬉戲，泉固涌出也。文賦曰：舞者赴節以投袂。**但懸劍空壠，有恨如何！**劉向新序曰：延陵季子將西聘晉，帶寶劍以過徐君。徐君不言而色欲之。季子為有上國之事，未獻也，然心許之矣。致使於晉，顧反，則徐君死。於是以劍帶徐君墓樹而去。

移書讓太常博士[50] 并序

劉子駿 漢書曰：劉歆，字子駿，向少子也。少通詩書，能屬文。為黃門郎，至中壘校尉。王莽篡位，為羲和、京兆尹，卒[51]。

歆親近，欲建立左氏春秋及毛詩逸禮古文尚書，皆列於學官。哀帝令歆與五經博士講論其議[52]，諸儒博士或不肯置對，言諸博士既不肯立左氏，而又不肯與歆論議相對也。**歆因移書**

49 注「思王歸國京師」 陳云「思」字當在「國」字下，是也。各本皆倒。

50 「移書讓太常博士」 陳云題前脫「移」字一行，是也。各本皆脫。又卷首子目亦然。

51 注「為羲和京兆尹卒」 案：「卒」字不當有，各本皆衍。漢書云後事皆在莽傳，可證也。

52 「講論其議」 案：「議」當依漢書作「義」，各本皆誤。又案：注「論議相對」，「議」亦當作「義」也。

太常博士責讓之曰[53]：

昔唐虞既衰，而三代迭興，聖帝明王，累起相襲，其道甚著。周室既微，而禮樂不正，道之難全也如此。是故孔子憂道不行，歷國應聘，自衛反魯，然後樂正，雅頌乃得其所。論語，子曰：吾自衛反魯，然後樂正，雅、頌各得其所。修易序書，製作春秋，以記帝王之道。論語讖曰：自衛反魯，刪詩、書，修春秋。春秋元命苞，孔子曰：丘作春秋，王道成。及夫子沒而微言絕，七十子卒而大義乖；論語讖曰：子夏六十四人，共撰仲尼微言。重遭戰國，棄籩豆之禮，理軍旅之陣，孔氏之道抑，而孫吳之術興。論語曰：衛靈公問陳於孔子，孔子對曰：俎豆之事，則嘗聞之矣；軍旅之事，未之學也。漢書曰：孫子兵法八十二篇。又曰：吳起三十八篇。陵夷至于暴秦，焚經書，殺儒士，設挾書之法，行是古之罪，道術由此遂滅。漢書，武帝制曰：大道微缺，陵夷至于桀、紂之行作。史記，李斯曰：臣請天下敢有藏詩、書百家語者，悉詣廷尉雜燒之，以古非今者族。又盧生為始皇求仙藥，亡去。始皇大怒，使御史按問諸生。諸生犯禁者四百六十八人，皆坑之咸陽。

漢興，去聖帝明王遐遠，仲尼之道又絕，法度無所因襲。時獨有一叔孫通，略定禮儀。漢書，叔孫通曰：臣願頗采古禮與秦儀雜就之。上曰：可。天下惟有易卜，未有他書。漢書曰：秦燔書，而易為筮卜之事，傳者不絕。至於孝惠之世，乃除挾書之律，漢書曰：孝惠四年，除挾書律。然公卿大臣絳灌之屬，咸介冑武夫，莫以爲意。楚漢春秋曰：漢已定天下，論羣臣破敵禽將，活死不衰，絳、灌、樊噲是也。功成名立，臣為爪牙，世世相屬，百世無邪，絳侯周勃是也。然絳灌自一人，非絳侯與灌嬰。至孝文皇帝，始使掌故晁錯，從伏生受尚書。史記曰：伏生者，濟南人也，故為秦博士。孝文聞伏生修尚書，年九十餘，老

53 「責讓之曰」 袁本、茶陵本此下提行另起，是也。

不能行，詔太常掌故晁錯往受之。尚書初出於屋壁，朽折散絕，漢書曰：秦燔書禁學，濟南伏生獨壁藏之。漢亡失，求得二十九篇也。今其書見在，時師傳讀而已。詩始萌芽，天下眾書，往往頗出，皆諸子傳說，猶廣立於學官，爲置博士。在朝之儒，唯賈生而已。賈生，賈誼也。至孝武皇帝，然後鄒魯梁趙，頗有詩禮春秋先師，皆出於建元之間。漢書曰：建元，孝武皇帝年號也。當此之時，一人不能獨盡其經，或爲雅，或爲頌，相合而成。成一經也。泰誓後得，博士集而讚之。七略曰：孝武皇帝末，有人得泰誓書於壁中者，獻之。與博士，使讚說之，因傳以教。今泰誓篇是也。故詔書曰：禮壞樂崩，書缺簡脫[54]，朕甚閔焉。禮稽命徵曰：文王見禮廢樂崩，道孤而無主也。時漢興已七八十年，離於全經固以遠矣。服虔漢書注曰：漢與秦相去七八十年。韋昭曰：全經，未焚書之時也。

及魯恭王壞孔子宅，欲以爲宮，而得古文於壞壁之中，逸禮有三十九篇，書十六篇，天漢之後，孔安國獻之。遭巫蠱倉卒之難，未及施行。漢書曰：武帝末，魯恭王壞孔子宅，欲以廣宮，而得古文尚書及禮、論語、孝經。孔安國者，孔子後也。悉得其書，以考二十九篇，得多十六篇。安國獻之，遭巫蠱事，未列于學官。天漢，武帝年號也。及春秋左氏丘明所脩，漢書曰：仲尼以魯周公之國，史官有法，故有左丘明觀其史記。丘明作傳。皆古文舊書，多者二十餘通，藏於祕府，伏而未發。孝成皇帝[55]愍學殘文缺，稍離其眞，乃陳發祕藏，校理舊文，得此三事，以考學官所傳經，或脫簡，或脫編[56]。漢書曰：劉向以古文校歐陽、大、小夏侯三家經文，酒誥脫一簡，召誥脫二簡。博問人間，則有魯國桓

54 「書缺簡脫」 袁本有校語云善作「脫簡」。案：袁所見誤也，茶陵本無校語，與此皆不誤。漢書正作「簡脫」。

55 「孝成皇帝」 袁本云善無「皇」字，茶陵本云五臣有「皇」字。案：此尤延之校添也。漢書有「皇」字。

56 「或脫編」 袁本作「傳或間編」，云善無「傳」字，「間」作「脫」。茶陵本云五臣有「傳」字，「脫」作「間」。何云漢書作「傳或間編」。案：此恐善與漢書同，各本所見，皆傳寫誤也。

公、趙國貫公、膠東庸生之遺學與此同，抑而未施。七略曰：禮家，先魯有桓生，說經頗異。論語家，近琅邪王卿，不審名，及膠東庸生皆以教。然則庸生亦未詳其名也。此乃有識者之所歎愍，士君子之所嗟痛也。

往者綴學之士，不思廢絕之闕，苟因陋就寡，分文析字，煩言碎辭，學者罷老，且不能究其一藝，信口說而背傳記，是末師而非往古。至於國家將有大事，若立辟雍封禪巡狩之儀，則幽冥而莫知其原。猶欲保殘守缺，挾恐見破之私意，而亡從善服義之公心。或懷疾妒，不考情實，雷同相從，隨聲是非，禮記曰：無雷同。抑此三學，以尚書爲不備[57]，謂左氏不傳春秋，豈不哀哉！臣瓚漢書注曰：當時學者謂尚書唯有二十八篇，不知本有百篇。

今聖上德通神明，繼統揚業，亦愍此文教錯亂，學士若茲，雖深照其情，猶依違謙讓，樂與士君子同之。故下明詔，試左氏可立不，遣近臣奉旨銜命，將以輔弱扶微，與二三君子比意同力，冀得廢遺。今則不然，深閉固距而不肯試，猥以不誦絕之，欲以杜塞餘道，絕滅微學。夫可與樂成，難與慮始，太公金匱曰：夫人可以樂成，難以慮始。此乃眾庶之所爲耳，非所望於士君子也。且此數家之事，皆先帝所親論，今上所考視，其爲古文舊書，皆有徵驗，內外相應，豈苟而已哉！夫禮失求之於野，古文不猶愈於野乎！漢書，班固曰：仲尼有言，禮失而求諸野。

---

57 「以尚書為不備」 案：當依漢書去「不」字。此所引臣瓚漢書注甚明。又孔叢云「唯聞尚書二十八篇，取象二十八宿」云云，然則今文尚書家有為此說者也。

往者博士書有歐陽，春秋公羊，易則施孟，漢書曰：歐陽生字和伯，千乘人也，事伏生。又曰：樂陵侯史高言，穀梁子本魯學，公羊氏迺齊學。又曰：施讎，字長卿，沛人也，從田王孫受易。又曰：孟喜，字長卿，東海人也，從田王孫受易。然孝宣帝[58]猶復廣立穀梁春秋梁丘易大小夏侯尚書，漢書曰：梁丘，字長翁[59]，琅邪人也，從京房受易。又曰：夏侯勝從濟南伏生受尚書。勝傳從兄子建，建又事歐陽高。由是尚書有大小夏侯之學。義雖相反，猶並置之。何則？與其過而廢之，寧過而立之。傳曰：文武之道，未墜於地，在人，賢者志其大者，不賢者志其小者。論語，子貢曰：文、武之道，未墜於地，在人，賢者識其大者，不賢者識其小者。今此數家之言，所以兼包大小之義，豈可偏絕哉？若必專己守殘，黨同門，妬道真，違明詔，失聖意，以陷於文吏之議，甚爲二三君子不取也。

北山移文

孔德璋　蕭子顯齊書曰：孔稚珪，字德璋，會稽人也。少涉學，有美譽。舉秀才，解褐宋安成王車騎法曹行參軍。稍遷至太子詹事，卒。

鍾山之英，草堂之靈。梁簡文帝草堂傳曰：汝南周顒，昔經在蜀，以蜀草堂寺林壑可懷，乃於鍾嶺雷次宗學館立寺，因名草堂，亦號山茨。馳煙驛路，勒移山庭。夫以耿介拔俗之標，蕭灑出塵之想。楚辭曰：獨耿介而不隨。孫盛晉陽秋曰：呂安志量開廣，有拔俗風氣。莊子曰：孔子彷徨塵垢之外，逍遙無為之業。度白雪以方絜，干青雲而直上。吾方知之矣。孟子曰：白雪之白也，猶白玉之白也。子虛賦曰：上干青雲。若其亭亭

---

58 「然孝宣帝」　茶陵本云五臣作「宣」。袁本云善作「皇」。何校「宣」下增「皇」字。案：漢書作「孝宣皇帝」。

59 注「梁丘字長翁」　袁本「丘」下有「賀」字，是也。茶陵本亦脫。

物表，皎皎霞外，芥千金而不眄，屣萬乘其如脫。爾雅曰：芥，草也。史記曰：秦軍引去。平原君乃置酒。酒酣，起前，以千金為魯連壽。魯連笑曰：所貴於天下之士者，為人排患釋難解紛而不取也。即有取者，是商賈之事，而連不忍為也。遂辭平原君而去。淮南子曰：堯年衰志閔，舉天下而傳之舜，猶却行而脫屣也。許慎曰：言其易也。劉熙孟子注曰：屣，草履，可履。聞鳳吹於洛浦，值薪歌於延瀨。固亦有焉。列仙傳曰：王子喬，周宣王太子晉也[60]。好吹笙，作鳳鳴，遊伊、雒之間。薪歌延瀨，未聞。豈期終始參差，蒼黃翻覆。淚翟子之悲，慟朱公之哭。終始參差，歧路也；蒼黃翻覆，素絲也。翟，墨翟也；朱，楊朱也。淮南子曰：楊子見歧路而哭之，為其可以南，可以北；墨子見練絲而泣之，為其可以黃，可以黑。高誘曰：閔其別與化也。乍迴跡以心染，或先貞而後黷。何其謬哉！蒼頡篇曰：黷，垢也。嗚呼！尚生不存，仲氏既往。山阿寂寥，千載誰賞？尚生，子平也，已見上文。范曄後漢書曰：仲長統，字公理，山陽人也。性俶儻，默語無常。每州郡命召，輒稱疾不就。世有周子，雋俗之士。蕭子顯齊書曰：周顒，字彥倫，汝南人也。釋褐海陵國侍郎，元徽中，出為剡令。建元中，為長沙王後軍參軍，山陰令，稍遷國子博士，卒於官。既文既博，亦玄亦史。然而學遁東魯，習隱南郭。莊子曰：魯君聞顏闔得道人也，使人以幣先焉。顏闔守陋閭。使者至曰：此顏闔之家與？顏闔對曰：此闔之家。使者致幣，顏闔對曰：恐聽謬而遺使者罪，不若審之。使者反審之，復來求之，則不得矣。又曰：南郭子綦隱机而坐，仰天嗒然似喪其偶。郭象曰：嗒焉解體，若失其配匹也。嗒，土合切。偶吹草堂[61]，濫巾北岳。偶吹，即齊竽也。偶，匹對之名。巾，隱者之飾。東觀漢記曰：江革專心養母，幅巾屣屩。誘我松桂，欺我雲壑。雖假容於江皐，乃纓情

---

60 注「周宣王太子晉也」　何校「宣」改「靈」，是也。各本皆誤。

61 「偶吹草堂」　袁本、茶陵本「偶」作「竊」。案：五臣作「竊」，善作「偶」，注皆有明文。一本不著校語，非也。唯此本為未誤，或尤校改正之。

於好爵。楚辭曰：將馳騖兮江皐。周易曰：我有好爵，吾與爾縻之。其始至也，將欲排巢父，拉許由；傲百氏，蔑王侯。風情張日，霜氣橫秋。或歎幽人長往，或怨王孫不遊。周易曰：幽人貞吉。西征賦曰：悏山潛之逸士，悼長往而不反。楚辭曰：王孫遊兮不歸，春草生兮萋萋。談空空於釋部，覈玄玄於道流。蕭子顯齊書曰：顒泛涉百家，長於佛理，著三宗論，兼善老、易。釋部，內典也。漢書曰：道家流者，出於史官，歷記成敗存亡禍福古今之道也。務光何足比，涓子不能儔。列仙傳曰：務光者，夏時人也。耳長七寸。好琴，服蒲韭根。殷湯伐桀，因光而謀。光曰：非吾事也。湯得天下，已而讓光，光遂負石沉窽水而自匿。列仙傳曰：涓子者，齊人也。好餌朮，隱於宕山，能風。

及其鳴騶入谷，鶴書赴隴。如淳漢書注曰：騶馬，以給騶使乘之。臧榮緒晉書曰：騶六人。蕭子良古今篆隸文體曰：鶴頭書與偃波書俱詔板所用，在漢則謂之尺一簡，髣髴鵠頭，故有其稱。形馳魄散，志變神動。爾乃眉軒席次，袂聳筵上。焚芰製而裂荷衣，抗塵容而走俗狀。楚辭曰：製芰荷以為衣，集芙蓉而為裳。王逸曰：製，裁也。風雲悽其帶憤，石泉咽而下愴。望林巒而有失，顧草木而如喪。至其紐金章，綰墨綬。金章，銅印也。漢書曰：萬戶以上為令，秩千石至六百石。又曰：秩六百石以上皆銀印墨綬[62]。跨屬城之雄，冠百里之首。蔡邕陳留太守行縣頌曰：府君勸耕桑于屬縣。漢書曰：縣，大率百里。張英風於海甸，馳妙譽於浙右。阮籍詠懷詩曰：英風截雲霓。字書曰：江水東至會稽山陰為浙右[63]。道帙長殯[64]，法筵久埋。

62 注「皆銀印墨綬」 袁本、茶陵本「銀」作「銅」，是也。

63 注「江水東至會稽山陰為浙右」 陳云似不當言為「浙右」，疑有誤也。案：陳所說最是，「右」當作「江」。考說文水部「浙」字下，與善所引字書文同，可證。「右」字必涉正文誤改也。

64 「道帙長殯」 茶陵本云五臣作「擯」，袁本云善作「殯」。何校「殯」改「擯」。案：「長殯」與下「久埋」偶句，「殯」字是矣。何改非。

敲扑諠囂犯其慮，牒訴倥偬裝其懷。過秦論曰：執敲扑以鞭笞天下。楚辭曰：悲余生之無歡兮，愁倥偬於山陸。王逸曰：倥偬，困苦也。琴歌既斷，酒賦無續。董仲舒集，七言琴歌二首。西京雜記，鄒陽酒賦。常綢繆於結課，每紛綸於折獄。廣雅曰：課，第也。然今考第為課也。尚書，王曰：哀敬折獄，明啓刑書。籠張趙於往圖，架卓魯於前籙。漢書曰：張敞，字子高，稍遷至山陽太守。又曰：趙廣漢，字子都，涿郡人也。為陽翟令，以化行尤異，遷京輔都尉。范曄後漢書曰：卓茂，字子康，南陽人也。遷密令，視人如子，吏人親愛而不忍欺。又曰：魯恭，字仲康，扶風人也。拜中牟令。螟傷稼，尤牙緣界，不入中牟。希蹤三輔豪，馳聲九州牧。漢書曰：內史，武帝更名京兆尹，左內史更名左馮翊，主爵中尉更名右扶風，是為三輔。左氏傳，王孫滿曰：夏之方有德也，貢金九牧。杜預曰：九州之牧貢金也。

使我高霞孤映，明月獨舉。成公綏鷹賦曰：陵高霞而輕舉。青松落陰，白雲誰侶？磵石摧絕無與歸[65]，石逕荒涼徒延佇。至於還飆入幕，寫霧出楹。蕙帳空兮夜鵠怨，山人去兮曉猨驚。昔聞投簪逸海岸，今見解蘭縛塵纓。投簪，疎廣也，東海人，故曰海岸也。摯虞徵士胡昭贊曰：投簪卷帶，韜聲匿跡。蘭，蘭佩也。

於是南岳獻嘲，北隴騰笑。列壑爭譏，攢峯竦誚。慨遊子之我欺，悲無人以赴弔。禮記曰：凡訃於其君之臣曰某死。鄭玄曰：訃或作赴。赴，至也。故其林慙無盡，磵愧不歇。秋桂遺風[66]，春蘿罷月。騁西山之逸議，馳東皐之素謁。馳騁，猶宣布也。逸議，隱逸之議也。素謁，貧素之謁也。史記，伯夷、叔齊詩曰：登彼西山兮，採其薇矣。阮籍奏記曰：將耕東皐之陽。稚珪集詶張長史詩曰：同貧清風館，共素

---

65 「磵石摧絕無與歸」 茶陵本云五臣作「澗戶」，袁本云善作「磵石」。案：此與下「石逕」偶句，文必相迴避。各本所見「石」字，必傳寫誤，恐善自作「磵戶」。

66 「秋桂遺風」 袁本、茶陵本「遺」作「遣」，是也。何校「遺」改「遣」。

白雲室。杜預左氏傳注曰：謁，告也。謂告語於人，亦談議之流。今又促裝下邑，浪拽翊制上京，楚辭曰：漁父鼓拽而去。王逸曰：船舷也[67]。浪，猶鼓也。韋昭漢書注曰：拽，楫也。雖情投於魏闕，或假步於山扃。呂氏春秋曰：中山公子牟謂詹子曰：身在江海之上，心居魏闕之下。高誘曰：魏闕，象魏也。說文曰：扃，外閉之關也。豈可使芳杜厚顏，薜荔無恥。尚書曰：余心顏厚有忸怩。碧嶺再辱，丹崖重滓。塵游躅於蕙路，汙淥池以洗耳？皇甫謐高士傳曰：巢父聞許由為堯所讓也，以為汙，乃臨池而洗耳。宜扃岫幌，掩雲關；斂輕霧，藏鳴湍。截來轅於谷口，杜妄轡於郊端。於是叢條瞋膽，迭穎怒魄。或飛柯以折輪，乍低枝而掃跡。請迴俗士駕，爲君謝逋客。孔安國尚書傳曰：逋，亡也。晉灼漢書注曰：以辭相告曰謝。

[67] 注「船舷也」　陳云「船」上脫「叩」字，是也。各本皆脫。

卷第四十四

檄

喻巴蜀檄

漢書曰：相如為郎數歲，會唐蒙使略通夜郎，僰中，徵發巴蜀吏卒千人，郡又多為發轉漕萬餘人，用軍興法，誅其渠率，巴蜀人大驚恐。上聞之，乃遣相如責唐蒙等，因喻告巴蜀人以非上之意也。

司馬長卿

告巴蜀太守：蠻夷自擅，不討之日久矣。時侵犯邊境，勞士大夫。陛下卽位，存撫天下，安集中國。然後興師出兵，北征匈奴，單于怖駭，交臂受事，屈膝請和。戰國策，張儀曰：儀交臂而事齊、楚。康居西域，重譯納貢，稽顙來享。禮記王制曰：五方之人，言語不通，北方曰譯。說文曰：譯，傳也，傳四夷之語也。漢書西域傳曰：康居國去長安萬二千三百里。春秋說題辭曰：盛德則感，越裳重譯。禮記，孔子曰：拜之而後稽顙[1]。毛詩曰：自彼氐、羌，莫不來享[2]。爾雅曰：享，獻也。移師東指，閩越相誅。

1 注「拜之而後稽顙」 陳云「之」字衍，是也。各本皆衍。

2 注「莫不來享」 案：「莫」下當有「敢」字，各本皆脫。

右弔番禺，太子入朝。文穎曰：弔，至也。番禺，南海郡縣治也[3]。東伐越，後至番禺，故言右也。顏師古曰：南越為東越所伐，漢以兵救之。南越蒙天子德惠，故遣太子朝。所以云弔也，非訓至也。太子即嬰齊也[4]。閩越，地名也。越有三，此其一也。南夷之君，西僰之長[5]，言君者，大之也。僰，蒲北切。文穎曰：犍為縣。常效貢職，不敢墮怠，論語撰考讖曰：穿胸儋耳，莫不貢職。延頸舉踵喁喁然，呂氏春秋曰：聖人南面而立，天下皆延頸舉踵矣。論語素王受命讖曰：莫不喁喁，延頸歸德。皆嚮風慕義，欲爲臣妾，論語撰考讖曰：遠都殊域，莫不嚮風。又曰：孺悲欲見，鄉黨慕義。史記，張良曰：百姓莫不嚮風慕義，願為臣妾。道里遼遠，山川阻深，不能自致。鄭玄禮記注曰：致之言至也。夫不順者已誅，而爲善者未賞，呂氏春秋曰：先王之法，為善者賞，為不善者罰，古之道也。故遣中郎將往賓之，中郎將，即唐蒙也。發巴蜀之士各五百人，以奉幣帛，衛使者不然，張揖曰：不然之變也。靡有兵革之事，戰鬬之患。今聞其乃發軍興制，張揖曰：發三軍之眾也。興制，謂起軍法制，追將帥也[6]。驚懼子弟，憂患長老，郡又擅爲轉粟運輸，皆非陛下之意也。當行者或亡逃自賊殺，亦非人臣之節也。

---

3 注「番禺南海郡縣治也」　案：「縣」字不當有，漢書注無，史記索隱引亦無，皆可證。

4 注「太子即嬰齊也」　案：依他篇如韋孟諷諫之例，當有「善曰」在「太」字上，以分別顏注。袁、茶陵二本此篇以善與舊注相連，乃合并六家體例之不畫一者，尤仍之耳。又每節首非舊注皆當有之，尤概刪去，亦與他篇例歧也。後難蜀父老、答客難等皆放此。

5 「西僰之長」　袁本「僰」下有「犍」字，其校語云善脫「犍」字。茶陵本云五臣有「犍」字。案：「犍」，五臣妄添也，史記、漢書俱無。此注引「文穎曰：犍為縣」者，謂地理志犍為郡之僰道縣也。說文「僰」下亦云「犍為，蠻夷也」。以犍為縣注「僰」，非。正文別有「犍」字。袁本所著校語，更誤中之誤。

6 注「興制謂起軍法制追將帥也」　袁本「追」作「誅」。茶陵本無此注，并入五臣也。案：史記索隱亦引張揖此注，「誅」字是。

夫邊郡之士，聞烽舉燧燔，張揖曰：晝舉烽，夜燔燧。皆攝弓而馳，荷兵而走，攝，謂張弓注矢而持之。攝，奴頰切。流汗相屬，唯恐居後，觸白刃，冒流矢，議不反顧，計不旋踵，人懷怒心，如報私讎。彼豈樂死惡生，非編列之民，而與巴蜀異主哉？編列，謂編戶也。淮南子曰：編戶齊民。計深慮遠，急國家之難，而樂盡人臣之道也。故有剖符之封，析珪而爵。如淳曰：析，中分也。白藏天子，青在諸侯。位爲通侯，處列東第。東第，甲宅也。居帝城之東，故曰東帝。張揖曰：列東第在天子下方。終則遺顯號於後世，傳土地於子孫，行事甚忠敬，居位甚安逸，名聲施於無窮，功烈著而不滅[7]。是以賢人君子，肝腦塗中原，膏液潤野草而不辭也。春秋考異郵曰：枯骸收胲，血膏潤草。胲，古才切。今奉幣役至南夷，卽自賊殺，或亡逃抵誅，抵，至也，亡逃而至於誅也。一曰，逃亡被誅而抵拒於誅也。如淳曰：抵其罪而誅戮之也。一曰，誅者亡，不肯受誅也。身死無名，謚爲至愚，無名，言無善名也。謚，猶號也。恥及父母，爲天下笑。人之度量相越，豈不遠哉！春秋合誠圖曰：君殺妻誅，為天下笑。然此非獨行者之罪也。父兄之教不先，子弟之率不謹，寡廉鮮恥，而俗不長厚也。其被刑戮，不亦宜乎！

陛下患使者有司之若彼，悼不肖愚民之如此，故遣信使，誠信之使也。曉諭百姓以發卒之事，因數之以不忠死亡之罪，讓三老孝悌以不教誨之過。漢書，景帝詔曰：置三老孝悌以道民焉。方今田時，重煩百姓，重，難也，不欲召聚之。已親見近縣，張揖曰：檄以示巴蜀城旁近縣。恐遠所谿谷山澤之民不徧聞，檄到，亟下縣道，亟，急也。漢書曰：縣有蠻夷曰道。使咸喻陛下之

7 「功烈著而不滅」　袁本云善作「列」。茶陵本云五臣作「烈」。案：此尤延之校改正之也。史記、漢書皆作「烈」，但傳寫譌為「列」耳。後篇「烈士立功之會」，封禪文「休烈浹洽」，二本校語同，尤皆校改。

意，無忽。

為袁紹檄豫州

魏氏春秋曰：袁紹伐許，乃檄州郡。

陳孔璋

魏志曰：琳避難冀州，袁本初使典文章，作此檄以告劉備，言曹公失德，不堪依附，宜歸本初也。後紹敗，琳歸曹公。曹公曰：卿昔為本初移書，但可罪狀孤而已，惡惡止其身，何乃上及父祖邪？琳謝罪曰：矢在絃上，不可不發。曹公愛其才而不責之。[8]

左將軍領豫州刺史郡國相守。蜀志曰：先主歸陶謙，謙表先主為豫州刺史。後歸曹公，曹公表為左將軍。

蓋聞明主圖危以制變，忠臣慮難以立權。是以有非常之人，然後有非常之事；有非常之事，然後立非常之功。難蜀父老曰：世必有非常之人，然後有非常之事；有非常之事，然後有非常之功。夫非常者，故非常人所擬也。

曩者彊秦弱主，趙高執柄，專制朝權，威福由己，時人迫脅，莫敢正言，終有望夷之敗，史記曰：秦二世夢白虎嚙其左驂馬，殺之。問占夢卜，涇水為祟。二世乃齋望夷宮，欲祠涇水。使使責讓趙高以盜事。高懼，乃陰與其女婿咸陽令閻樂數二世，二世自殺。張華曰：望夷宮在長安西北長平觀故臺處，是臨涇水作之，以望北夷也。漢書曰：王氏浸盛，羣下莫敢正言。祖宗焚滅，汙辱至今，永爲世鑒。及臻呂后季年，產祿專政，內兼二軍，外統梁趙，擅斷萬機，決事省禁，下凌上替，海內寒心。漢書曰：張辟強

---

8 注「魏志曰」下至「而不責之」　袁本此一節注與所載五臣翰注略同，其「善曰」下作「魏志曰琳避難冀州袁紹使典文章袁氏敗琳歸太祖太祖曰卿昔為本初移書但可罪狀孤而已惡惡止其身何乃上及祖父邪琳謝罪太祖愛其才而不咎」六十一字，是也。茶陵本云善同翰注，此承其誤，為并善於五臣耳。

謂丞相陳平，請拜呂台、呂產為將，將兵居南北軍。丞相如辟強計。太后臨朝，以呂侯子台為呂王，台弟產為梁王，建成侯釋之子祿為趙王。呂后崩，將軍祿、相國產顓兵秉政。韋昭國語注曰：季，末也。左氏傳，閔子騫曰[9]：下凌上替，能無亂乎？高唐賦曰：寒心酸鼻。**於是絳侯朱虛興兵奮怒，誅夷逆暴，尊立太宗，**漢書曰：產、祿因謀作亂，齊悼惠王子朱虛侯章在京師，知其謀，使人告兄齊王，令發兵，章欲與太尉勃內應，以誅諸呂。又曰：呂祿、呂產欲作亂，朱虛侯章與太尉勃等誅之。大臣乃謀迎代王。代王立，是為孝文皇帝。**故能王道興隆，光明顯融。此則大臣立權之明表也。**明表，謂明白之表儀也。

司空曹操祖父中常侍騰，與左悺徐璜並作妖孽，饕餮放橫，傷化虐民。司馬彪續漢書曰：曹騰，字季興，少除黃門。桓帝即位，加特進。范曄後漢書曰：左悺，河南人也。為小黃門。徐璜，下邳人也，為中常侍。左氏傳，史克曰：縉雲氏有不才子，天下之人謂之饕餮。山海經曰：鉤吾山有獸，羊身人面，其口腋下，虎齒人爪，其音如嬰兒，名曰狍鴞，食人。郭璞云，為物貪婪，食人未盡，還害其身，象在禹鼎，左氏傳所謂饕餮者也。狍音咆。**父嵩，乞匄攜養，因贓假位，**魏志曰：曹騰養子嵩，官至太尉，莫能審其生本末。司馬彪續漢書曰：嵩字巨高。說文曰：匄，乞也，古賴切。**輿金輦璧，輸貨權門，**漢書曰：息夫躬交遊貴戚，趨走權門為名。**竊盜鼎司，傾覆重器。**周易曰：鼎金鉉。鄭玄尚書注曰：鼎，三公象也。文子，老子曰：天下之大器也。**操贅閹遺醜，本無懿德，**贅，謂假相連屬也。莊子曰：附贅懸肬。然肬贅假肉也。贅，之銳切。肬音尤。**僄狡鋒協[10]，好亂樂禍。幕府董統鷹揚，掃除凶逆，**魏志曰：大將軍何進與紹誅諸閹官。進被殺，紹遂勒兵捕諸閹人，無少長皆殺之。漢書音義曰：衛青征匈奴，大克

---

9 注「閔子騫曰」　袁本「騫」作「馬」，是也。茶陵本亦誤「騫」。

10 「僄狡鋒協」　何校「協」改「俠」，云魏氏春秋作「俠」。案：裴松之注魏志紹傳所引也。考後漢書紹傳載此文亦作「俠」。但二書文略同，而與此多異。善注未有明文，無以考之也。

獲，帝就拜大將軍於幕中，因曰幕府。續遇董卓侵官暴國，董卓，字仲穎，隴西人，為相國。卓以山東豪傑並起，乃徙天子都長安，燔燒宮室。卓至西京，呂布誅卓。[11]左氏傳，欒鍼謂欒書曰：侵官，冒也；失官，慢也。於是提劍揮鼓，發命東夏，收羅英雄，棄瑕取用，魏志曰：董卓呼紹，欲廢帝，紹不應，因橫刀長揖而出，遂奔冀州。卓因拜紹渤海太守。紹遂以渤海之眾以攻卓[12]。故遂與操同諮合謀，授以裨師，裨師，偏師也。漢書衛青傳曰：裨將及校尉侯者九人。謂其鷹犬之才，爪牙可任。謝承後漢書，陳龜表曰：臣累世展鷹犬搏擊之用。至乃愚佻短略，輕進易退，字書曰：佻，輕也，勑聊切。傷夷折衂，數喪師徒。幕府輙復分兵命銳，脩完補輯，表行東郡，領兗州刺史，謝承後漢書曰：袁紹以曹操為東郡太守，劉公山為兗州。公山為黃巾所殺，乃以操為兗州刺史。被以虎文，奬蹴威柄，被以虎文，則羊質虎文也。法言曰：敢問質。曰：羊質而虎皮，見豺而戰。魏志作奬蹴。蹴，成也[13]，言奬成其威柄也。冀獲秦師一剋之報。左氏傳曰：秦孟明帥師伐晉，晉侯禦之，秦師敗績。又曰：秦伯伐晉，濟河焚舟，取王官及郊，晉人不出，遂霸西戎，用孟明也。而操遂承資跋扈，肆行凶忒，謝承後漢書曰：操得兗州，兵眾強盛，內懷反紹意。毛詩曰：無然畔援。鄭玄曰：畔援，猶跋扈也。西京賦曰：睢盱跋扈。賈逵國語曰[14]：肆，恣也。孔安國尚書傳曰：忒，惡也。割剝元元，殘賢害善。太公金匱曰：天道無親，常與善人。今海內陸沈於殷久矣，何乃急急於元元哉！高誘戰國策注曰：元元，善也。張奐與屯留君書曰：氣厲流行[15]，傷賢害善。故九江太

11 注「董卓字仲穎」下至「呂布誅卓」　袁本無此三十八字，有「董卓，已見西征賦」七字，是也。茶陵本有，乃複出。

12 注「以攻卓」　袁本作「將以誅董卓」。案：考魏志云「將以誅卓」，似袁本仍衍「董」字。茶陵本作「以攻卓」，誤與此同。

13 注「魏志作奬蹴蹴成也」　陳云魏志既與文選同，似不必贅引。當云「後漢書作奬就。就，成也」，文義乃安。案：魏志無此文，唯裴注引魏氏春秋耳。此注必有誤。各本皆同，無以訂之。兩「蹴」字，陳所校是也。

14 注「賈逵國語曰」　袁本、茶陵本「語」下有「注」字，是也。

15 注「氣厲流行」　陳云「氣」，「氛」誤，是也。各本皆譌。

守邊讓，英才俊偉，天下知名，直言正色，論不阿諂，身首被梟懸之誅，妻孥受灰滅之咎。魏志曰：太祖在兗州[16]，陳留邊讓言議頗侵太祖。太祖殺讓，族其家。臣瓚漢書注曰：懸首於木曰梟。尚書曰：余則孥戮汝。自是士林憤痛，民怨彌重，林，喻多也。司馬遷書曰：列於君子之林。孔安國尚書傳曰：民咨胥怨。一夫奮臂，舉州同聲，史記，武臣曰：陳王奮臂為天下唱始。周易曰：同聲相應。故躬破於徐方，地奪於呂布，彷徨東裔，蹈據無所。魏志曰：陶謙為徐州刺史。太祖征謙，糧少，引軍還。又曰：太祖與呂布戰於濮陽，太祖軍不利。幕府惟強幹弱枝之義，且不登叛人之黨，叛人，謂呂布也。漢書曰：徙二千石高貲富人豪傑幷兼之家於諸陵，蓋亦以強幹弱枝，非為奉山園也。左氏傳曰：圍宋彭城，非宋地也。於是為宋討魚石，故稱宋，且不登叛人。故復援旌擐甲，席卷起征，紹征呂布，諸史不載，蓋史略也。左氏傳曰：擐甲執兵。杜預曰：擐，貫也，胡慢切。春秋握誠圖曰：諸侯冰散席卷，各爭恣妄。金鼓響振，布眾奔沮，漢書曰：膠西王叩頭漢軍壁，弓高侯執金鼓見之。拯其死亡之患，復其方伯之位。謝承後漢書曰：操圍呂布於濮陽，為布所破，投紹。紹哀之，乃給兵五千人，還取兗州。說文曰：拯，上舉也。則幕府無德於兗土之民，而有大造於操也。左氏傳，呂相絕秦曰：秦師克還無害，則是我有大造於西也。

後會鑾駕反旆，羣虜寇攻。魏志曰：董卓徙天子都長安[17]。後韓暹以天子還雒陽。時冀州方有北鄙之警，匪遑離局，魏志曰：冀州牧韓馥以冀州讓紹，紹遂領冀州。謝承後漢書曰：公孫瓚非紹立劉伯安，歛其眾攻紹。禮記曰：各司其局。鄭玄曰：局，部分也。故使從事中郎徐勛就發遣操，使繕脩郊廟，翊衛幼主。操便放志專行，脅遷當御省禁，魏志曰：天子還洛陽，太祖遂至洛陽，衛京師。脅遷，謂迫脅天子而遷徙也。

---

16 注「魏志曰太祖在兗州」 袁本「志」作「書」。案：此尤校改，但未必非引王沈魏書也。茶陵本删此注，更非。

17 注「董卓徙天子都長安」 此八字袁本、茶陵本無，蓋因五臣已有而删之也。尤所見者是矣。

卑侮王室，敗法亂紀，家語，孔子曰：是謂壞法亂紀也。坐領三臺，專制朝政，應劭漢官儀曰[18]：尚書為中臺，御史為憲臺，謁者為外臺。爵賞由心，刑戮在口，所愛光五宗，所惡滅三族，宗，亦族也。漢書，徐自為曰：古有三族，而王溫舒罪至同時而五族乎！家語曰：宰予為臨淄大夫，與田常之亂，夷三族也。羣談者受顯誅，腹議者蒙隱戮，漢書曰：上既造白鹿皮幣，令下，顏異不應，反脣。張湯奏異腹非，論死。自是之後，有腹非之法也。百寮鉗口，道路以目，莊子曰：鉗墨翟之口。史記曰：周厲王行暴虐侈傲，國人謗王，王怒，得衛巫，使監謗者，以告，則殺之。國人莫敢言，道路以目。鉗，其嚴切。尚書記朝會，公卿充員品而已。

故太尉楊彪，典歷二司，享國極位。操因緣眦睚，被以非罪，榜楚參并，五毒備至，觸情任忒，不顧憲網。范曄後漢書曰：彪字文先，代董卓為司空，又代黃琬為司徒。時袁術僭亂，操託彪與術婚姻，誣以欲圖廢置，奏收下獄，劾以大逆。漢書曰：王莽誅翟義，夷滅三族，皆至同坑，以五毒參并葬之。如淳曰：野葛狼毒之屬。韓詩外傳曰：不肖者觸情縱欲也。又議郎趙彥，忠諫直言，義有可納，是以聖朝含聽，改容加飾。操欲迷奪時明，杜絕言路，擅收立殺，不俟報聞。又梁孝王先帝母昆，墳陵尊顯，桑梓松柏，猶宜肅恭。而操帥將吏士，親臨發掘，破棺裸尸，掠取金寶，至令聖朝流涕，士民傷懷。漢書曰：孝文皇帝竇皇后生孝景帝、梁孝王武。曹瞞傳曰：曹操破梁孝王棺，收金寶。天子聞之哀泣。昆或為弟。毛詩曰：維桑與梓，必恭敬止。仲長子昌言曰：古之葬者，松柏以識其墳。操又特置發丘中郎將摸金校尉，所過隳突，無骸不露。身處三公之位，而行桀虜之態，汙國虐民，毒施人鬼。加其細政苛慘，科防互設，罾繳充蹊，坑穽塞路，舉手挂網羅，動足觸機陷，是以兗豫有無聊之民，帝都有吁嗟之怨。戰國策，蘇秦曰：上下相怨，民無所聊。家語，孔子曰：今人之言惡者，

[18] 注「應劭漢官儀曰」 袁本、茶陵本無「應劭」二字。

比之於桀、紂，民怨其虐，莫不吁嗟。

歷觀載籍，無道之臣，貪殘酷烈，於操爲甚。幕府方詰外姦，未及整訓，鄭玄禮記注曰：詰，謂問其罪也，去質切。加緒含容，冀可彌縫。左氏傳，展喜對齊侯曰：桓公是以糾合諸侯，彌縫其闕，而匡救其災。而操豺狼野心，潛包禍謀，劉向列女傳曰：羊舌叔姬者，叔向之母也。長姒產男，叔姬往觀之，曰：其聲狼也。狼子野心，非是莫滅羊舌氏乎！乃欲摧橈棟梁，孤弱漢室，周易曰：棟橈之凶，不可以有輔。除滅忠正，專爲梟雄。往者伐鼓北征公孫瓚，魏志曰：公孫瓚，字伯圭。董卓至洛陽，遷瓚奮武將軍，封薊侯。范曄後漢書曰：公孫瓚大破黃巾，威震河北，紹自將擊之。強寇桀逆，拒圍一年。操因其未破，陰交書命，外助王師，內相掩襲，左氏傳曰：凡師輕曰襲。杜預曰：掩其不備也。故引兵造河，方舟北濟。會其行人發露，瓚亦梟夷，魏志曰：紹悉軍圍瓚。瓚自知必敗，盡殺其妻子，乃自殺。故使鋒芒挫縮，厥圖不果。爾乃大軍[19]過蕩西山，屠各左校，皆束手奉質，爭爲前登，犬羊殘醜，消淪山谷。范曄後漢書曰：黑山賊于毒等覆鄴城，紹入朝歌鹿腸山破之，斬毒。又擊左校郭太賢等，遂及西當屠各戰於常山。晉中興書曰：胡俗，其入居塞者，有屠各種最豪貴，故得為單于，統領諸種。於是操師震慴，晨夜逋遁，屯據敖倉，阻河爲固，魏志曰：袁紹將進軍攻許，公留于禁屯河上，公軍官度。漢書音義曰：敖，地名，在滎陽西，北上臨河，有太倉。欲以螗蜋之斧[20]，禦隆車之隧。莊子，蘧伯玉謂顏闔曰：汝不知夫螗蜋乎？怒其臂以當車轍，不知其不勝任也。幕府奉漢威靈，折衝宇宙，班孟堅與陳文通書曰：奉國威靈，信志方外。晏子春秋，孔子曰：不出樽俎之

---

19 「厥圖不果爾乃大軍」　茶陵本「爾」作「耳」，云五臣作「爾」。袁本云善作「耳」。案：此尤校改也，詳文義，作「耳」者當句絕。魏氏春秋、後漢書此處節去，無以相證，恐尤改未必是。

20 「欲以螗蜋之斧」　茶陵本「螗」作「螳」，注同。袁本亦作「螗」，其所載五臣銑注字同。善注字作「螳」。案：據此似善「螳」五臣「螗」也。魏氏春秋、後漢書亦作「螳」。

間，而折衝千里之外，晏子之謂也。長戟百萬，胡騎千羣，奮中黃育獲之士，騁良弓勁弩之勢，尸子，中黃伯曰：余左執太行之獶而右搏彫虎。戰國策，范睢說秦王曰：烏獲之力焉而死，夏育之勇焉而死。文子曰：狡兔得而獵犬烹，高鳥盡而良弓藏。史記，蘇秦說韓王曰：天子之彊弓勁弩，皆從韓出。并州越太行，青州涉濟漯，魏志曰：袁紹出長子譚為青州，外甥高翰[21]為并州。淮南子曰：何謂九山？曰：太行羊腸。高誘曰：太行直河內野王縣。尚書曰：浮于濟、漯，達于河。大軍汎黃河而角其前，荊州下宛葉而掎其後。魏志曰：劉表為荊州刺史，北與袁紹相結。左氏傳，狄子駒支曰：譬如捕鹿，晉人角之，諸戎掎之。征伐軍有前後，猶如捕獸，一人捉角，一人戾足。說文曰：掎，戾足也。雷霆虎步，並集虜庭，李陵詩曰：幸託不肖軀，且當猛虎步。若舉炎火以焫飛蓬，覆滄海以沃熛炭，有何不滅者哉！楚辭曰：離憂患而廼寤兮，若縱火於秋蓬。黃石公三略曰：夫以義而誅不義，若決江河而漑焚火，其剋必矣。聲類曰：焫，燒也。說文曰：熛，火飛也。

又操軍吏士，其可戰者皆自出幽冀[22]，或故營部曲，咸怨曠思歸，流涕北顧。毛詩序曰：男女怨曠。其餘兗豫之民，及呂布張揚之遺眾，呂布、張揚，已見九錫文。覆亡迫脅，權時苟從，各被創夷，人爲讎敵。尚書曰：父師曰召，敵讎弗怠。若迴旆方徂，登高岡而擊鼓吹，揚素揮以啓降路，廣雅曰：徽，幡也。徽與揮古通用。必土崩瓦解，不俟血刃。漢書，徐樂上書曰：何謂土崩？秦之末葉是也。人困而主不恤，下怨而上不知，此之謂土崩。何謂瓦解？吳、楚、齊、越之兵是也。當此之時，安土樂俗之人眾，故諸侯無外境之助，此之謂瓦解。孫卿子曰：舜伐有苗，禹伐共工，湯伐有夏，文王伐崇，武王伐紂，遠方慕義，兵不血刃。

---

21 注「外甥高翰」　袁本「翰」作「幹」，是也。茶陵本亦誤「翰」。

22 「皆自幽冀」　袁本、茶陵本「自出」作「出自」，是也。案：此尤本之誤耳。

方今漢室陵遲，綱維弛絕，聖朝無一介之輔，股肱無折衝之勢，尚書，秦穆公曰：如有一介臣。尚書大傳曰：股肱，臣也。折衝，已見上文。方畿之內，簡練之臣，皆垂頭搨翼，莫所憑恃。雖有忠義之佐，脅於暴虐之臣，焉能展其節？又操持部曲精兵七百，圍守宮闕，外託宿衛，內實拘執，懼其篡逆之萌，因斯而作。說文曰：逆而奪取曰篡，叉患切。此乃忠臣肝腦塗地之秋，烈士立功之會，可不勗哉！喻巴蜀文曰：肝腦塗中原。漢書曰：一敗塗地。尚書曰：勗哉夫子！

操又矯命稱制，遣使發兵，恐邊遠州郡，過聽而給與，強寇弱主，違衆旅叛，漢書，以旅為助[23]。舉以喪名，為天下笑，則明哲不取也。即日幽并青冀四州並進，魏志曰：紹以中子熙為幽州。書到荊州，便勒見兵，與建忠將軍協同聲勢。魏志曰：張繡以軍功稱，遷至建忠將軍，屯宛，與劉表合。州郡各整戎馬，羅落境界，舉師揚威，並匡社稷，則非常之功，於是乎著。其得操首者，封五千戶侯，賞錢五千萬。部曲偏裨將校諸吏降者，勿有所問。廣宣恩信，班揚符賞，布告天下，咸使知聖朝有拘逼之難。如律令。風俗通曰：謹按律者，法也。臯陶謨：虞云始造律。時主所制曰令。漢書，著甲令，夫吏者，始也，當先自正，然後正人。故文書下如律令，言當履繩墨，動不失律令也。

---

23 注「漢書以旅為助」　案：此注亦有誤。後漢范蔚宗書所載，此處節去。未審善所稱漢書，當何指也？各本皆同，無以訂之矣。

檄吳將校部曲文

陳孔璋

年月朔日，子尚書令彧，魏志曰：荀彧，字文若，潁川人也，太祖進彧為漢侍中，守尚書令。告江東諸將校部曲及孫權宗親中外：蓋聞禍福無門，惟人所召。左氏傳閔子騫之辭[24]。夫見機而作，不處凶危，上聖之明也；周易曰：君子見機而作，不俟終日。臨事制變，困而能通，智者之慮也；漢書曰：江充因變制宜。周易曰：困而不失其所亨，其唯君子乎！王弼曰：窮必通也。漸漬荒沈，往而不反，下愚之蔽也[25]。是以大雅君子，於安思危，以遠咎悔；班固漢書贊曰：大雅卓爾不羣，河間獻王近之矣。封禪書曰：興必慮衰，安必慮危。小人臨禍懷佚，以待死亡。二者之量，不亦殊乎！

孫權小子，未辨菽麥，左氏傳曰：晉周子有兄而無慧，不能辨菽麥。要領不足以膏齊斧，名字不足以洿簡墨。漢書音義，服虔注曰：易曰：喪其齊斧。未聞其說。張晏曰：斧，鉞也，以整齊天下。應劭曰：齊，利也。虞喜志林曰：齊，側皆切。凡師出必齊戒入廟受斧，故曰齊斧也。譬猶鷇卵，始生翰毛，爾雅曰：生而自食曰雛，待哺曰鷇。郭璞曰：鳥子須母食。鄭玄尚書大傳注曰：翰毛，毛長大者。而便陸梁放肆，顧行吠主。西京賦曰：怪獸陸梁。戰國策，刁勃謂田單曰：跖之狗吠堯，非其主也。謂為舟楫足以距皇威，江湖可以逃靈誅，不知天網設張，以在綱目，爨鑊之魚，期於消爛也。若使水而可恃，則洞庭無三苗之墟，子陽無荊門之敗，尚書，帝曰：咨禹，惟時有苗弗率，汝徂征。三旬苗民逆命，帝乃誕敷文德，七旬有苗格。孔安國曰：三苗之國，左洞庭，右彭蠡。范曄後漢書曰：公孫述，字子陽，自立為蜀王，遣任滿據荊門。帝令征南大將軍岑彭攻之，滿大敗。朝鮮之壘不刊，南越之旍不拔。史記曰：天子拜涉何為遼東部都尉。朝鮮襲殺何。天子遣左將軍

---

24 注「閔子騫之辭」　何校「騫」改「馬」，是也。各本皆誤。

25 「下愚之蔽也」　袁本云善無「下」字。茶陵本云五臣有「下」字。案：此尤延之校添也。

荀彘擊朝鮮，朝鮮人殺其王右渠來降，定朝鮮為四郡。又曰：南越呂嘉反，以主爵都尉楊僕為樓舡將軍，下橫浦，咸會番禺，南越以平，遂為九郡。又曰：東越王餘善反，遣橫海將軍韓悦出句章。越建成侯敖殺餘善，以其眾降。昔夫差承闔閭之遠跡，用申胥之訓兵，棲越會稽，可謂強矣。史記曰：吳王闔閭死，立太子夫差。又樂毅遺燕惠王書曰：昔伍子胥說聽於闔閭，而吳王遠跡至郢。韋昭國語注曰：申胥，楚大夫伍奢之子子胥也。名員。員奔吳，吳與地，故曰申胥。史記曰：吳王夫差伐越，敗之，越王勾踐乃以甲兵五千人棲於會稽。及其抗衡上國，與晉爭長，都城屠於勾踐，武卒散於黃池，終於覆滅，身罄越軍。毛萇詩注曰：抗，舉也。鄭玄周禮注曰：稱上曰衡。抗衡，謂對舉以爭輕重也。史記，陸賈曰：以區區之越，與天子抗衡為敵國。又曰：吳王夫差北會諸侯於黃池，欲霸中國。吳王與晉定公爭長，乃長晉定公。吳引兵歸國。又曰：吳與晉人相遇黃池之上，吳、晉爭強，晉人擊之，大敗吳師。越王聞之，襲吳。吳王聞之，去晉而歸，與越戰，不勝，城門不守，遂圍王宮而殺夫差。及吳王濞驕恣屈強，猖猾始亂，漢書曰：吳王濞，高帝兄仲之子也，立濞為吳王。孝景五年，起兵於廣陵。左氏傳曰：鄭子太叔卒，晉趙簡子曰：黃父之會，夫子語我九言，曰：無始亂，無怙富。自以兵強國富，勢陵京城。太尉帥師，甫下滎陽，則七國之軍，瓦解冰泮，漢書曰：七國反書聞，天子遣條侯周亞夫往擊楚，敗之。七國：吳王濞、楚王戊、趙王遂、膠西王卬、濟南王辟光、淄川王賢、膠東王渠。鄭玄周禮注曰：甫，始也。瓦解，已見上文。淮南子曰：冰泮而農桑起。濞之罵言未絕於口，而丹徒之刃以陷其胸。漢書曰：吳王敗，乃與戲下壯士千人夜亡，渡淮，走丹徒，保東越。漢使人以利啗東越，東越即紿吳王。吳王出勞軍，漢使人鏦殺吳王。漢書，賈誼上疏曰：適啓其口，匕首已陷其胸矣。紿，音殆。何則？天威不可當，而悖逆之罪重也。

且江湖之眾，不足恃也，自董卓作亂，以迄於今，將三十載。其間豪桀縱橫，熊據虎跱，強如二袁，勇如呂布，二袁，袁紹、袁術也。魏志曰：呂布便弓馬，旅力過人，號為飛將。跨州連郡，有威有名，十有餘輩。其餘鋒捍特起，鷙視狼顧，爭為梟雄者，不可勝數。淮南子曰：鴟視虎顧。鹽鐵論曰：無鹿駭狼顧之憂。然皆伏鈇嬰鉞，首腰分離，雲散原燎，罔有孑遺。尚書曰：若火之燎于原。毛詩曰：周餘黎民，靡有孑遺。近者關中諸將，復相合聚，續爲叛亂，魏志，張魯據漢中，遣鍾繇討之。是時關中諸將，疑繇欲自襲馬超，遂與楊秋、李湛[26]、宜成等反。遣曹仁討之。超等屯潼關，公勅諸將：關西兵精悍，堅壁勿與戰。阻二華，據河渭，驅率羌胡，齊鋒東向，氣高志遠，似若無敵。丞相秉鉞鷹揚，順風烈火，元戎啓行，未鼓而破。魏志曰：公西征馬超。公自潼關北度，未濟，超赴船急戰。丁斐曰：放馬[27]以餌賊。賊亂取馬，公乃得渡，循河為甬而南。賊追距渭口，公乃分兵結營於渭南。賊夜攻營，伏兵擊破之，進軍渡渭。超等數挑戰，不許，公乃與剋日會戰。先以輕兵挑之，戰良久，乃縱彍騎夾擊，大破之，斬宜成、李湛等。漢書，元后詔曰：運獨見之明，奮無前之威。毛詩曰：武王載旆，有虔秉鉞，如火烈烈，則莫我敢遏。又曰：元戎十乘，以先啓行。伏尸千萬，流血漂櫓，此皆天下所共知也。戰國策，秦王謂唐且曰：天子之怒，伏尸百萬，流血千里。賈誼過秦曰：伏尸百萬，流血漂櫓。是後大軍所以臨江而不濟者，以韓約馬超逋逸迸脫，走還涼州，復欲鳴吠。魏志曰：曹公斬宜成，遂、超走涼州。典略曰：韓遂，字文約，在涼州阻兵為亂，積三十年，建安二十年乃死。逆賊宋建，僭號河首，同惡相救，並爲脣齒。魏志曰：初，隴西宋建自稱河首平漢王，聚眾枹罕。夏侯淵討之，屠枹罕，斬建涼州。又鎮南將軍張魯，負固不恭。魏志曰：張魯，字公旗，據漢中，以鬼道教人，自號師君。長雄巴漢，垂三十年，漢末力不能征，遂就寵魯為鎮民中郎將。漢寧[28]，太祖征之。周禮曰：負固不服則攻之。皆我王誅所當先加。故且觀兵旋旆，魏志曰：建安十七年，公征孫權，攻破江西營，乃引軍還。史記曰：武王東觀兵至于孟津。諸侯

---

26 注「李湛」　何校「湛」改「堪」，下同。陳云「湛」，「堪」誤。案：據國志校也。各本皆譌。

27 注「丁斐曰放馬」　陳云「曰」，「因」誤。案：據國志校也。各本皆譌。

28 注「漢寧」　何校「漢」上添「領」字，「寧」下添「太守」二字，陳同。案：據國志校也。各本皆脫。

皆曰：帝紂可伐。武王曰：未可。乃還師。復整六師，長驅西征，致天下誅。魏志曰：建安二十年，公西征張魯。偏將涉隴，則建約梟夷，旆首萬里；魏志曰：韓遂在顯親，夏侯淵欲襲取之，遂走。後淵大破遂軍，得其旆麾。斬建及遂死，已見上文。軍入散關，則羣氐率服，王侯豪帥，奔走前驅。魏志曰：公西征張魯，自陳倉出散關至河池。氐王竇茂恃險不服，攻屠之。進臨漢中，則陽平不守，魏志曰：西征張魯，至陽平，魯使弟衛據陽平關，公乃遣高祚等乘險夜襲，大破之。十萬之師，土崩魚爛，張魯逋竄，走入巴中，懷恩悔過，委質還降；魏志曰：魯弟衛夜遁。魯潰走巴中，遣人慰喻。魯盡家屬出降。土崩，已見上文。公羊傳曰：其言梁亡何？自亡也。奈何？魚爛而亡。何休曰：魚爛從內發。左氏傳，狐突曰：策名委質。巴夷王朴胡賨邑侯杜濩，各帥種落，共舉巴郡，以奉王職。魏志曰：建安二十年，七姓巴夷王朴胡、賨邑侯杜濩舉巴夷、賨民來附。於是分巴郡，以胡為巴東太守，濩巴西太守。孫盛曰：朴音浮。濩音護。鉦鼓一動，二方俱定，利盡西海，兵不鈍鋒。戰國策，司馬錯曰：今伐蜀，利盡西海，而諸侯不以為貪。漢書，淮南王安上疏曰：不勞一卒，不頓一戟。又曰：不挫一兵之鋒。鈍與頓同。若此之事，皆上天威明，社稷神武，非徒人力所能立也。

聖朝寬仁覆載，允信允文，春秋考異郵曰：赤帝之精，寬仁大度。禮記曰：天無私覆，地無私載。毛詩曰：允文允武，昭假列祖。大啓爵命，以示四方。魯及胡濩皆享萬戶之封，魯之五子，各受千室之邑，魏志曰：胡、濩者皆封列侯。又曰：封魯及五子皆為列侯。胡濩子弟部曲將校爲列侯將軍已下千有餘人。百姓安堵，四民反業。漢書曰：高祖入關，吏民皆安堵如故。管子曰：士農工商四民者，國之石民。而建約之屬[29]，皆爲鯨鯢；左氏傳，楚子曰：古者明王伐不敬，取其鯨鯢而封，以為大戮。超之妻孥，焚首金

---

[29]「而建約之屬」何校「之」改「支」。茶陵本云五臣作「支」，袁本云善作「之」。案：詳文義當作「支」。或各本所見，傳寫誤為之也。

城，魏志曰：南安趙衢討超，梟其妻子。漢書有金城郡。父母嬰孩，覆尸許市。范曄後漢書曰：建安元年，遷都于許。非國家鍾禍於彼，降福於此也，逆順之分，不得不然。漢書，涓勳曰：甚誖逆順之理。夫鷙鳥之擊先高[30]，攫鷙之勢也；牧野之威，孟津之退也。此述往年未伐之意。尚書序曰：武王與受戰於牧野。又曰：惟十有一年，武王伐殷。孔安國曰：諸侯僉同，乃退以示弱。今者枳棘翦扞，戎夏以清，枳棘，以喻殘賊也。翦扞，翦除而防衛之也。杜預左氏傳注曰：扞，衛也，音捍。萬里肅齊，六師無事。故大舉天師百萬之眾，魏志曰：建安二十一年治兵，遂征孫權也。與匈奴南單于呼完廚及六郡烏桓丁令屠各，湟中羌僰，魏志曰：建安二十一年，匈奴南單于呼廚泉將其名王來朝，待以客禮。漢書曰：諸羌言願得度湟水北。然湟水左右，羌之所居。湟音皇。丁令、屠各，已見上文。霆奮席捲，自壽春而南。漢書，九江郡有壽春邑。又使征西將軍夏侯淵等，魏志曰：夏侯淵，字妙才，惇族弟也，為征西將軍。率精甲五萬，及武都氐羌，巴漢鋭卒，南臨汶江，搤據庸蜀。魏志曰：建安二十一年，留夏侯淵[31]屯漢中。江夏襄陽諸軍，橫截湘沅，以臨豫章，樓船橫海之師，直指吳會。漢書曰：東越反，上遣橫海將軍韓說、樓船將軍楊僕，入軍於越。萬里剋期，五道並入，大舉天師至壽春而南，一道也；使征西甲卒五萬，二道也；及武都至庸蜀，三道也；江夏至豫章，四道也；樓船至會稽，五道也。權之期命，於是至矣。

丞相銜奉國威，為民除害，元惡大憝，必當梟夷。尚書，成王曰：元惡大憝。至於枝附葉從，皆非詔書所特禽疾。楊雄覈靈賦曰：枝附葉從，表立景隨。故每破滅強敵，未嘗不務在先降

---

30 「夫鷙鳥之擊先高」　茶陵本作「擊鳥先高」四字，校語云「擊」，五臣作「鷙」，有「之擊」字。袁本校語云「鷙」善作「擊」，無「之擊」字。案：二本校語是也。尤本此處脩改，乃誤取五臣以亂善。

31 注「建安二十一年留夏侯淵」　袁本、茶陵本無「二」字。案：二本是也，此所引武帝紀文。

後誅，拔將取才，各盡其用。是以立功之士，莫不翹足引領，望風回應。新序，趙良謂商君曰：君亡可翹足而待也。左氏傳，穆叔謂晉侯曰：引領西望，曰庶幾乎！尚書曰：惟影響。孔安國曰：若影之隨形，響之應聲。昔袁術僭逆，王誅將加，則廬江太守劉勳先舉其郡，還歸國家。魏志曰：建安四年，袁術敗於陳。術病死，廬江太守劉勳率眾降，封為列侯。呂布作亂，師臨下邳，張遼侯成，率眾出降，魏志曰：張遼，字文遠，鴈門人也，以兵屬呂布。太祖破呂布於下邳，遼將眾降，拜中郎將，爵為關內侯。還討眭固，薛洪繆尚，開城就化。魏志曰：眭固屬袁紹，屯射犬。公進軍臨河，使史渙、曹仁渡河擊之。固使張楊故長史薛洪、河內太守繆尚留守，自將兵以迎紹求救，與渙、仁遇，交戰，大破之，斬固。公遂濟河，圍射犬。洪、尚率眾降，封為列侯。繆音留。官渡之役[32]，則張郃高奐舉事立功。魏志曰：公擊淳于瓊，留曹洪守。紹使張郃、高覽攻曹洪。郃等聞瓊破，遂來降。魏志云高覽，此云奐，蓋有二名。郃，烏合切。後討袁尚，則都督將軍馬延、故豫州刺史陰夔、射聲校尉郭昭臨陣來降。魏志曰：公圍尚，營未合，尚懼，遣故豫州刺史陰夔及陳琳乞降，公不許，圍益急。尚夜遁，保岐山，追擊之，其將馬延等臨陣降，眾大潰。圍守鄴城，則將軍蘇游反爲內應，魏志曰：尚攻譚，留蘇由守鄴。公進軍到洹水，由降。游與由同。審配兄子開門入兵。魏志曰：袁尚走中山，盡獲其輜重印綬節鉞，使尚降人示其家，城中崩沮。審配兄子榮夜開所守東城門內兵，配逆戰敗，生禽配，斬之。既誅袁譚，則幽州大將焦觸攻逐袁熙，舉事來服[33]。魏志曰：建安十年，袁熙大將焦觸叛，熙、尚奔三郡烏丸，觸等舉其縣來降。凡此之輩數百人，皆忠壯果烈，有智有仁，悉與丞相參圖畫策，折衝討難，芟敵搴旗，靜安海內，豈輕舉措也哉！誠乃天啓其心，計深慮遠，西京賦曰：天啓其心。司馬相如喻巴蜀文曰：計深慮遠，急

32 「官渡之役」 茶陵本云五臣作「渡」。袁本云善作「度」。案：尤本以五臣亂善，非。擬鄴中集詩、九錫文皆可互證也。

33 「舉事來服」 茶陵本「事」作「縣」，是也。袁本亦誤「事」。

國家之難。審邪正之津，明可否之分，勇不虛死，節不苟立，屈伸變化，唯道所存，故乃建丘山之功，享不訾之祿，答客難曰：所欲必得，功若丘山。賈逵國語注曰：訾，言量也。朝爲仇虜，夕爲上將，所謂臨難知變，轉禍爲福者也。說苑，孔子曰：聖人轉禍為福，報怨以德。若夫說誘甘言，懷寶小惠，毛詩曰：盜言孔甘。論語曰：好行小惠。泥滯苟且，沒而不覺，隨波漂流，與熛俱滅者，亦甚眾多。吉凶得失，豈不哀哉！昔歲軍在漢中，東西懸隔，合肥遺守，不滿五千，權親以數萬之眾，破敗奔走，今乃欲當禦雷霆，難以冀矣。魏志曰：太祖使張遼與樂進等將七千餘人屯合肥。太祖征張魯，俄而權率十萬眾圍合肥。於是遼夜募敢從之士，得八百人。明日大戰，平旦，遼被甲持戟，先登陷陣，殺千人，斬二將。權登高冢，以長戟自守。遼呼，權不敢動。權守合肥十餘日，城不可拔，乃引退。

夫天道助順，人道助信，周易曰：天之所助者順也，人之所助信也。事上之謂義，親親之謂仁。盛孝章，君也，而權誅之，吳志曰：權殺吳郡太守盛憲。會稽典錄曰：憲字孝章。孫輔，兄也，而權殺之。典略曰：孫輔恐權不能守江東，因權出行東治，乃遣人齎書呼曹公。行人以告，權乃還，偽若不知，與張昭共見輔。權謂輔曰：兄厭樂耶？何為呼他人？輔云無是。權投書與昭以示輔，輔慙無辭，乃悉斬輔親近，徙輔置東吳。賊義殘仁，莫斯爲甚。孟子，齊王曰：臣弒其君可乎？孟子曰：賊仁者謂之賊，賊義者謂之殘。殘賊之人，謂之一夫。聞誅一夫紂矣，未聞弒其君也。乃神靈之逋罪，下民所同讎。辜讎之人，謂之凶賊。是故伊摯去夏，不爲傷德；飛廉死紂，不可謂賢。尚書曰：伊尹[34]去亳適夏，既醜有夏，復歸于亳。孫子曰：殷之興也，伊摯在夏。魏武曰：伊摯，伊尹也。孟子曰：周公相武王，誅紂，驅飛廉於海隅而戮之。何者？去就之道，各有宜也。丞相深惟江東舊德名臣，多在載籍。近魏叔英秀出高峙，著名海內；虞文繡砥礪清

34 注「尚書曰伊尹」 陳云「書」下脫「序」字，是也。各本皆脫。

節，耽學好古；周泰明當世儁彥，德行脩明。皆宜膺受多福，保乂子孫。尚書曰：永膺多福。又曰：保乂王家。而周盛門戶無辜被戮，遺類流離，湮沒林莽，言之可為愴然，聞魏周榮虞仲翔各紹堂構，能負析薪。吳志曰：虞翻，字仲翔。尚書曰：若考作室，既厎法，厥子乃弗肯堂，矧肯構。左氏傳，鄭子產曰：古人有言曰，其父析薪，其子弗克負荷。及吳諸顧陸舊族長者，世有高位，當報漢德，顯祖揚名。及諸將校[35]孫權婚親，皆我國家良寶利器，尚書曰：所寶惟賢，則邇人安。聖主得賢臣頌曰：夫賢者，國家器用也。所任賢，則趨舍省而功施普；器用利，則用力少而就効眾也。而並見驅迮，雨絕於天，有斧無柯，何以自濟？陸賈新語曰：有斧無柯，何以治之？相隨顛沒，不亦哀乎！蓋鳳鳴高岡以遠罻羅，賢聖之德也。毛詩曰：鳳皇鳴矣，于彼高岡；梧桐生矣，于彼朝陽。鸋鴂之鳥巢於葦苕，苕折子破，下愚之惑也。韓詩曰：鴟鴞：既取我子，無毀我室。鴟鴞，鸋鴂，鳥名也。鴟鴞所以愛養其子者，適以病之。愛憐養其子者，謂堅固其窠巢；病之者，謂不知託於大樹茂枝，反敷之葦蔄。風至，蔄折巢覆，有子則死，有卵則破，是其病也。字林曰：鸋鴂，鴞也，上乃丁切，下古穴切。廣雅曰：鸋鴂，工雀也。荀卿子曰：南方鳥名蒙鳩，為巢，編之以髮，繫之葦苕。苕折卵破。巢非不牢，所繫之弱也。說文曰：葦，大葭也。苕與蔄同。今江東之地，無異葦苕，諸賢處之，信亦危矣。聖朝開弘曠蕩，重惜民命，誅在一人，與眾無忌，故設非常之賞，以待非常之功。司馬長卿難蜀父老曰：有非常之事，然後有非常之功。乃霸夫烈士奮命之良時也，可不勉乎！若能翻然大舉，建立元勳，以應顯祿，福之上也。如其未能，未能如上之計。筭量大小，以存易亡，亦其次也。漢書，鄒陽上書曰：昔者鄭祭仲許宋人立公子突以活其君，非其義也。春秋記之，為其以生易死，以存易亡。夫係蹄在足，則猛虎絕其蹯；戰國策，魏魁謂建信君曰：人有置係蹄者而得虎，虎怒，跌

[35]「及諸將校」 袁本、茶陵本「及」作「又」，是也。

蹯而去[36]。虎之情匪不愛其蹯也，然而不以環寸之蹯，害七尺之軀，有權也。今國家者，非直七尺之軀也，而君之身於王非環寸之蹯也，願公早圖之也。延叔堅曰：係蹄，獸絆也。蝮蛇在手，則壯士斷其節。漢書曰：項梁使使趣齊兵擊章邯，田榮曰：楚殺田假，趙殺田角、田間，乃出兵。楚不殺假，趙亦不殺角、間。齊王曰：蝮蠚手則斬手，蠚足則斬足，何者？為害於身也。田假、田角、田間於楚、趙非手足之戚，何故不殺？蠚音釋。何則？以其所全者重，以其所棄者輕。若乃樂禍懷寧，迷而忘復，周易曰：迷復之凶，反君道也。闇大雅之所保，背先賢之去就，毛詩大雅曰：既明且哲，以保其身。忽朝陽之安，甘折苕之末，日忘一日，以至覆沒，大兵一放，玉石俱碎，尚書曰：火炎崑岡，玉石俱焚。雖欲救之，亦無及已。史記，衛平謂宋王曰：後雖悔之，亦無及已。故令往購募爵賞科條如左。檄到詳思至言。如詔律令。

檄蜀文

魏志曰：景元四年，令鍾會伐蜀。會至漢中，蜀大將姜維等守劍閣距會，會移檄，檄蜀將吏。

鍾士季 魏志，鍾會，字士季，潁川人。少敏慧夙成，為秘書郎，遷鎮西將軍，後為司徒[37]。謀反於蜀，為眾兵所殺。

往者漢祚衰微，率土分崩，生民之命，幾於泯滅。我太祖武皇帝神武聖哲，撥亂反正，魏志曰：有太武皇帝[38]為魏太祖。公羊傳曰：君子曷為春秋[39]？撥亂世，反諸正，莫近乎春秋。拯其將墜，造我區夏。尚書曰：文王用肇，造我區夏。高祖文皇帝應天順民，受命踐祚。魏志曰：文帝為魏高祖。周

---

36 注「趺蹯而去」 案：「趺」當作「決」。各本皆譌。此所引趙策文。

37 注「後為司徒」 袁本無「後」字，有「伐蜀平之」四字，是也。茶陵本無此節注，乃幷入五臣。尤本此處修改，蓋初亦無，後校補也。

38 注「有太武皇帝」 陳云「太」當作「司奏」二字，是也。各本皆誤。

39 注「君子曷為春秋」 案：「為」字當「重」。各本皆脫。

易曰：湯、武革命，順乎天而應乎人。禮記曰：成王幼，不能莅阼；周公相，踐阼而治。烈祖明皇帝奕世重光，恢拓洪業。魏志曰：明皇帝為魏烈祖。國語，祭公謀父曰：奕世載德。尚書曰：昔我君文王、武王宣重光。漢書，武帝詔曰：何行而可以彰先帝之洪業休德。然江山之外，異政殊俗，毛詩序曰：國異政，家殊俗。率土齊民，未蒙王化，難蜀父老曰：割齊人以附夷狄。如淳曰：齊人，齊等無有貴賤，故謂之齊，若今言平人也。此三祖所以顧懷遺志也。劇秦美新曰：后土顧懷。今主上聖德欽明，紹隆前緒，主上，陳留王奐也。尚書曰：放勛欽明。宰輔忠肅明允，劬勞王室，宰輔，司馬文王也[40]。左氏傳，史克對魯侯曰：齊聖廣淵，明允篤誠，忠肅恭懿，宣慈惠和。布政垂惠而萬邦協和，毛詩曰：布政優優。尚書曰：百姓昭明，協和萬邦。施德百蠻而肅慎致貢。毛詩曰：因時百蠻。大戴禮，孔子曰：昔舜教通于四海之外，肅慎、北發、渠搜、氐、羌來服。悼彼巴蜀，獨爲匪民，毛詩曰：哀我征夫，獨為匪民。愍此百姓，勞役未已。是以命授六師，龔行天罰，尚書曰：予惟龔行天之罰。征西雍州鎮西諸軍，五道並進。魏志曰：詔使征西將軍鄧艾督諸軍趨甘松、沓中，雍州刺史諸葛緒督諸軍趨武街高樓，鎮西將軍鍾會由駱谷伐蜀。古之行軍，以仁爲本，以義治之。司馬法曰：古者以仁為本，以義治之之謂正。曹操曰：古者，五帝、三王以來也。仁者生而不名，義者成而不有。王者之師，有征無戰。孫卿子曰：王者有誅無戰。漢書，淮南王上書曰：天子之兵，有征無戰，莫敢校之。故虞舜舞干戚而服有苗，尚書曰：帝乃誕敷文德，舞干羽於兩階，七旬有苗格。周武有散財發廩表閭之義。尚書曰：式商容之閭，散鹿臺之財，發鉅橋之粟。今鎮西奉辭銜命，攝統戎車，尚書，禹曰：奉辭伐罪。漢書，孫寶曰：臣幸得銜命奉使。庶弘文告之訓，以濟元元之命，國語曰：祭公謀父曰：有征罰之備，有文告之辭。元元，已見上文。非欲窮武極戰，以快一朝之志，新序，李克對魏武侯曰：好戰窮武，未有不亡者。故略陳安危之要，其敬聽話言。毛詩曰：告之話

---

40 注「宰輔司馬文王也」　此七字袁本、茶陵本無。案：亦因五臣已有而刪之也，尤校添是矣。

言。

益州先主以命世英才，興兵新野[41]，困躓冀徐之郊，制命紹布之手，太祖拯而濟之，興隆大好[42]。中更背違，棄同即異。蜀志曰：先主姓劉，諱備，字玄德，涿郡人也。靈帝末，黃巾起，先主率其屬討賊有功，除安喜尉，後領徐州。呂布襲徐州，虜先主妻子，乃求和於布。後歸曹公，曹公厚遇之，以為豫州牧。後背曹公歸袁紹。漢書，張良曰：湯、武伐桀、紂，封其後者，能制其死命也。左氏傳，子太叔曰：棄同即異，是謂離德。諸葛孔明仍規秦川，姜伯約屢出隴右，蜀志曰：姜維，字伯約。勞動我邊境，侵擾我氐羌，方國家多故，未遑脩九伐之征也。周禮曰：以九伐之法正邦國：憑弱犯寡則眚之，賊賢害民則伐之，暴內陵外則壇之，野荒民散則削之，負固不服則侵之，賊殺其親則征之，放弒其君則殘之，犯令陵政則杜之，內外亂鳥獸行則滅之。今邊境乂清，方內無事，蓄力待時，併兵一向。孫子兵法曰：併敵一向，千里殺將。而巴蜀一州之眾，分張守備，難以禦天下之師，段谷侯和沮傷之氣，難以敵堂堂之陣。魏志曰：姜維趣上邽，鄧艾與戰于段谷，大破之。又曰：姜維寇圯陽[43]，鄧艾拒之，破維于侯和。漢書，公乘興上書曰：王尊厲奔北之吏，起沮傷之氣。黃帝出軍決曰：始立牙之日，吉氣來應，旗幡指敵，或從風而來，金鐸之聲揚以清，鼓鞞之音婉而鳴，是謂堂堂之陣，整整之旗，此大勝之徵也。比年已來，曾無寧歲，國語，姜氏告於公子曰：自子之行，晉無寧歲。征夫勤瘁，難以當子來之民。毛詩曰：經始勿亟，庶民子來。此皆諸賢所共親見，蜀侯見禽於秦，公孫述授

---

41 「興兵新野」　袁本云善作「新」。茶陵本云五臣作「朔」。何校「新」改「朔」。案：魏志鍾會傳所載正作「朔」，「朔」謂涿郡，是也。「新」字善無注，傳寫誤耳。二本據所見為校語，非。

42 「興隆大好」　何校「興」改「與」。案：魏志作「與」，「與」字是也。詳袁、茶陵二本所載五臣翰注，似其本作「興」。各本所見皆以五臣亂善而失著校語。

43 注「姜維寇圯陽」　何校「圯」改「洮」。案：改者是也。此所引三少帝紀文。

首於漢，史記曰：秦惠文君八年，張儀復相，伐蜀滅之。公孫述，已見吳都賦。九州之險，是非一姓：此皆諸君所備聞也[44]。左氏傳，司馬侯曰：九州之險也，是非一姓。明者見危於無形，智者規福於未萌。太公金匱曰：明者見危於未萌[45]，智者避危於無形。是以微子去商，長爲周賓；毛詩序曰：有客，微子來見祖廟也。鄭玄曰：武王既黜殷命，殺武庚。微子代殷後，既受命來朝，而見之於廟。陳平背項，立功於漢。史記曰：陳平懼項王誅，遂至脩武降漢，拜平為都尉。豈宴安鴆毒，懷祿而不變哉？左氏傳，管敬仲曰：宴安鴆毒，不可懷也。漢書，楊惲曰：懷祿貪勢，不能自退。

今國朝隆天覆之恩，宰輔弘寬恕之德，禮記，孔子曰：天無私覆，地無私載。先惠後誅，好生惡殺。尚書大傳，成王問周公曰：舜何以也？周公曰：其政也，好生而惡殺。往者吳將孫壹舉眾內附，位爲上司，寵秩殊異。吳志曰：孫壹為江夏太守。及孫綝誅滕胤、呂據，據、胤皆壹之妹夫也。綝遣朱異潛襲壹，異至武昌，壹知其攻己，率部曲將胤妻奔魏。魏以壹為車騎將軍，封吳侯。文欽唐咨爲國大害，叛主讎賊，還爲戎首。咨困偪禽獲，欽二子還降，皆將軍封侯，咨豫聞國事。魏志曰：文欽，字仲若，曹爽之邑人也，與毌丘儉舉兵反。大將軍司馬文王臨淮討之，諸葛誕遂殺欽。欽子鴛[46]及虎踰城出，自歸大將軍。大將軍表鴛、虎為將軍，各賜爵關內侯。大將軍乃自臨圍，四面進兵，同時鼓譟登城。唐咨面縛降，拜咨安遠將軍。禮記，子思曰：無為戎首。鄭玄曰：為兵主曰戎首。壹等窮蹙歸命，猶加上寵，況巴蜀賢智見機而作者哉！見機，已見上文。誠能深鑒成敗，邈然高蹈，投跡微子之蹤，措身陳平之軌，則福同古人，慶流來裔，百姓士

---

44 「此皆諸君所備聞也」　袁本、茶陵本「君」作「公」，何校改「賢」。案：魏志作「賢」，此與志亦有小異。凡兩通者，宜各依其舊。何改未是，餘不悉出。

45 注「見危於未萌」　袁本、茶陵本無「危」字。陳云「危」，「兆」誤，是也。

46 注「欽子鴛」　茶陵本「鴛」作「鴦」，是也。袁本亦誤「鴛」，下同。

民，安堵樂業，安堵，已見上文。農不易畝，市不迴肆，呂氏春秋曰：桀為無道，湯立為天子，夏民大悅，農不去疇，商不變肆。去累卵之危，就永安之計，豈不美與！說苑曰：晉靈公造九層臺，孫息聞之，求見曰：臣能累十二博棊，加九雞子其上。公曰：作之。孫息以碁子置下，加九雞子其上。公曰：危哉！若偷安旦夕，迷而不反，大兵一放，玉石俱碎，雖欲悔之，亦無及也。並已見上文。各具宣布，咸使知聞。

難蜀父老

司馬長卿

漢書曰：武帝時，相如使蜀。長老多言通西南夷之不為國用，大臣亦以為然。相如業已建之，不敢諫，乃著書假蜀父老為辭，而己以語難之，以諷天子，因宣其使指，令百姓知天子意焉。

漢興七十有八載，德茂存乎六世，六世，謂自高祖至武帝。威武紛紜，湛恩汪濊，韋昭曰：湛音沈。張揖曰：汪濊，深貌也。善曰：汪，烏黃切。濊，烏外切。羣生沾濡，洋溢乎方外。於是乃命使西征，隨流而攘，風之所被，罔不披靡。因朝冉從駹，定筰存邛，服虔曰：冉、駹、筰、邛、皆蜀郡西部也。應劭曰：蜀郡岷江本冉、駹也。文穎曰：邛，今為邛都縣。筰，今為定筰縣。皆屬越巂。善曰：駹，蒙江切。筰音鑿。略斯榆，舉苞蒲，鄭玄曰[47]：斯音曳。張揖曰：斯俞，本俞國名也。服虔曰：苞蒲，夷種也。結軌還轅，東鄉將報，楚辭曰：結余軫于西山。王逸曰：結，旋也。至于蜀都。耆老大夫搢紳先生之徒二十有七人，儼然造焉。辭畢，進曰：「蓋聞天子之牧夷狄也，其義羈縻勿絕而已。應劭漢官儀曰：馬曰羈，牛曰縻，言四夷如牛馬之受羈縻也。今罷三郡之士，通夜郎之塗，三年於茲，而功不竟，士卒勞倦，萬民不贍。今又接之以西夷，百姓力屈，恐不能卒業，此亦使者之累也。竊爲左右患之。且夫邛筰西夷之與中國並也，歷年茲多，不可記已。孟子曰：禹之相

---

47 注「鄭玄曰」 陳云「玄」當作「德」。今案：當作「氏」。各本皆誤。

舜，歷年茲多。仁者不以德來，強者不以力并，意者其殆不可乎！不可，猶不堪也，以其不堪為用，故棄之也。今割齊民以附夷狄，附，謂令之親附也。齊民，已見上文。敝所恃以事無用，鄙人固陋，不識所謂。」使者曰：「烏謂此乎？必若所云，則是蜀不變服而巴不化俗也。應劭曰：巴蜀皆古蠻夷，椎結左衽之人也。僕常惡聞若說。然斯事體大，固非觀者之所覯也。余之行急，其詳不可得聞已，請為大夫粗陳其略：孟子曰：其詳不可得聞，嘗聞其略矣。韋昭曰：粗，猶略也。徂古切。

「蓋世必有非常之人，然後有非常之事；有非常之事，然後有非常之功。夫非常者，固常人之所異也。故曰：非常之原，黎民懼焉；張揖曰：非常之事，其本難知，眾民懼也。尚書曰：黎民[48]於變時雍。及臻厥成，天下晏如也。昔者洪水沸出，氾濫衍溢，張揖曰：湓，溢也。郭璞三蒼解詁曰：湓，水聲也。字林云：匹寸切。古漢書為湓，今為衍，非也。民人升降移徙，崎嶇而不安。夏后氏戚之，乃堙洪塞源，決江疏河，張揖曰：疏，通也。灑沈澹災，張揖曰：灑，分也。韋昭曰：灑，史紙切。蘇林曰：澹，音淡。言分其沈溺搖動之災也。灑或作漸。字書曰：漸，水索也，賜移切。說文曰：澹，水搖也，徒濫切。顏師古曰：沈，深也。澹，安也。言分散其深水，以安定其災也。灑，所宜切。東歸之於海，而天下永寧。當斯之勤，豈惟民哉。心煩於慮，而身親其勞；躬腠胝無胈，膚不生毛。張晏曰：躬，體也。孟康曰：腠，腠理也。韋昭曰：胈，其中小毛也，蒲葛切。郭璞三蒼解詁曰：胝，躪也，竹施切。莊子曰：兩袒女浣於白水之上者，禹過之而趨，曰：治天下奈何？女曰：股無胈，脛不生毛，顏色烈凍，手足胼胝，何以至是也？胼，步千切。故休烈顯乎無窮，聲稱浹乎于茲。

---

48 注「尚書曰黎民」　袁本「尚」上有「善曰」二字，茶陵本在此節注首。案：袁本是也，說見喻巴蜀檄。下餘條依此例求之，不更出。

「且夫賢君之踐位也，豈特委瑣喔躖，拘文牽俗， 應劭曰：喔嚙，急促之貌也。善曰：喔音握。 脩誦習傳[49]，當世取說云爾哉？必將崇論吰議， 鄧展子曰[50]：字詁云：吰，今宏字。 創業垂統，為萬世規。 孟子曰：君子創業垂統為可繼。 故馳騖乎兼容并包，而勤思乎參天貳地。 己比德於地，是貳地也；地與己并天，是三也。 且詩不云乎：『普天之下，莫非王土；率土之濱，莫非王臣。』 毛詩小雅文。濱，涯也，本或作賓。 是以六合之內，八方之外，浸淫衍溢，懷生之物有不浸潤於澤者，賢君恥之。今封疆之內，冠帶之倫，咸獲嘉祉，靡有闕遺矣。而夷狄殊俗之國，遼絕異黨之域，舟車不通，人跡罕至，政教未加，流風猶微。 孟子曰：故家遺俗，流風善政，猶有存者。 內之則時犯義侵禮於邊境，外之則邪行橫作，放殺其上。君臣易位，尊卑失序，父老不辜，幼孤為奴虜，係縲號泣， 張揖曰：為人所係。戰國策曰：韓、魏父子老弱，係虜於道路。 內嚮而怨，曰：『蓋聞中國有至仁焉，德洋恩普，物靡不得其所，今獨曷為遺己？舉踵思慕，若枯旱之望雨。』 孟子曰：湯始征葛伯，民望之若大旱之望雨。 戾夫為之垂涕，況乎上聖，又焉能已？故北出師以討強胡，南馳使以誚勁越。四面風德，二方之君，鱗集仰流， 論語比考讖曰：賜風德。宋均曰：賜能言語，故可使風諭以德也。二方，謂西夷、南夷也。鱗集，相次也。 願得受號者以億計。故乃關沫若， 漢書音義曰：以沫、若水為關也。張揖曰：沫水出蜀西徼外[51]，入于江；若水出廣平徼外，出旄

---

49 「脩誦習傳」 何云漢書「脩」作「循」。陳云當作「循」。案：史記亦作「循」。古書二字多互誤，何、陳所校是也。袁、茶陵二本亦誤。

50 注「鄧展子曰」 陳云「子」字衍，是也。袁本「展子」作「子展」，茶陵本亦作「展子」，皆衍。

51 注「出蜀西徼外」 陳云「西」當作「廣平」，是也。各本皆誤。案：說文「沫」下作「西」。江賦注引，故或以改此。其實張揖自作「廣平」，顏注及索隱引可證。

牛[52]入江。沬音妹。徼牂牱，張揖曰：徼，塞也，以木柵水，為夷狄之界。鏤靈山，梁孫原。張揖曰：鑿通山道[53]，置靈道縣，屬越嶲郡。孫水出登縣[54]，南至會無縣入若水。李奇曰：於孫水之本作獨梁[55]。創道德之塗，垂仁義之統，將博恩廣施，遠撫長駕，長駕，謂所駕者遠。使疏逖不閉，曶爽闇昧，得耀乎光明，韋昭曰：曶，梅憒切[56]。言疏遠之國不被壅閉，曶爽闇昧，後得乎光明，言化之所被者遠也。郭璞三蒼解詁曰：曶，旦明也，字林音勿[57]。尚書曰：甲子昧爽。孔安國曰：昧，早旦也。爽，明也。以偃甲兵於此，而息討伐於彼。遐邇一體，中外禔福，不亦康乎？說文曰：禔，安也，音支。夫拯民於沈溺，奉至尊之休德，反衰世之陵夷，繼周氏之絕業，天子之亟務也。凌夷，即凌遲也。史記，張釋之曰：秦凌遲而至於二世，天下土崩。漢書作陵夷至於二世。百姓雖勞，又惡可以已乎哉？

「且夫王者固未有不始於憂勤，而終於逸樂者也。毛詩序曰：始於憂勤，終於逸樂。然則受命之符，合在於此。方將增太山之封，加梁父之事，鳴和鑾，揚樂頌，上減五，下登三。李奇曰：五帝之德，比漢為減；三王之德，漢出其上。觀者未覩旨，聽者未聞音，猶鷦鵬已翔乎寥

---

52 注「出廣平徼外出旄牛」　陳云當作「出旄牛徼外」，是也。各本皆誤。顏注及索隱引可證。

53 注「鑿通山道」　案：「山」上當依顏注引有「靈」字。各本皆脫。

54 注「出登縣」　陳云「登」上當有「臺」字，是也。各本皆脫。案：顏注引可證。

55 注「作獨梁」　袁本、茶陵本「獨」作「橋」，是也。

56 注「曶梅憒切」　案：「憒」當作「憒」。各本皆譌。索隱曰：「曶音妹。」「梅憒」即「妹」之反語也。「憒」字不可通。

57 注「字林音勿」　何校「勿」改「忽」。案：所改是也。索隱引正作「忽」，顏注亦音「忽」。

廓之宇[58]，而羅者猶視乎藪澤[59]，悲夫！」樂緯曰：鷦䳟狀如鳳皇。爾雅曰[60]：寥，深也，空廓寥寥也[61]。

於是諸大夫茫然[62]喪其所懷來，失厥所以進，喟然並稱曰：「允哉漢德，此鄙人之所願聞也。百姓雖勞，請以身先之。」敞罔靡徙，遷延而辭避[63]。尚書大傳曰：魏文侯問子夏，子夏乃遷延而退。

---

58 「猶鷦䳟已翔乎寥廓之宇」　袁本云善有「之宇」二字。茶陵本云五臣無。案：史記、漢書皆無，依文義不當有，恐但傳寫衍，各本所見非也。

59 「而羅者猶視乎藪澤」　袁本云善無「乎」。茶陵本云五臣有「乎」。案：史記、漢書有，恐但傳寫脫，尤校添，是也。

60 注「爾雅曰」　陳云「爾」，「廣」誤，是也。各本皆誤。

61 注「空廓寥寥也」　陳云當作「廓空也」，是也。各本皆誤。

62 「於是諸大夫茫然」　袁本云善作「芒」。茶陵本云五臣作「茫」。案：史記作「芒」，漢書作「茫」，尤蓋依漢書校改也。

63 「遷延而辭避」　袁本云善作「退」。茶陵本云五臣作「避」。案：史記、漢書皆作「避」，尤校改，是也。

卷第四十五

對問

對楚王問

宋玉

楚襄王問於宋玉曰：「先生其有遺行與？遺行，可遺棄之行也。韓詩外傳，子路謂孔子曰：夫子尚有遺行乎？奚居之隱。何士民眾庶不譽之甚也？」

宋玉對曰：「唯，然，有之。願大王寬其罪，使得畢其辭。客有歌於郢中者，其始曰下里巴人，國中屬而和者數千人；其爲陽阿薤露，國中屬而和者數百人；其爲陽春白雪，國中屬而和者不過數十人；引商刻羽，雜以流徵，國中屬而和者不過數人而已。是其曲彌高其和彌寡。故鳥有鳳而魚有鯤。曾子曰：聞諸夫子曰：羽蟲之精者曰鳳，鱗蟲之精者曰龍。淮南子曰：孟春之月其蟲鱗。許慎曰：鱗，龍之屬也。鳳皇上擊九千里，絕雲霓，負蒼天，翱翔乎杳冥之上。夫蕃籬之鷃，豈能與之料天地之高哉？鯤魚朝發崑崙之墟，爾雅曰：河出崑崙墟，色白。郭璞曰：墟，山下基也。暴鬐於碣石，暮宿於孟諸。孔安國尚書傳曰：碣石，海畔山。夫尺澤之鯢，豈能與之量江海之大哉！尺澤，言小也。故非獨鳥有鳳而魚有鯤也[1]，士亦有之。夫聖人瑰意琦行，超然獨處；夫世俗之民又安知臣之所爲哉！」

設論

答客難

東方曼倩 漢書曰：朔上書陳農戰強國之計，推意放蕩[2]，終不見用，因著論設客難己，用位卑以自慰諭。

客難東方朔曰：「蘇秦張儀壹當萬乘之主，而身都卿相之位，如淳曰：都，謂居也。澤及後世。今子大夫脩先生之術，慕聖人之義，諷誦詩書百家之言，不可勝記，著於竹帛，脣腐齒落，服膺而不可釋，禮記曰：回之為人也，得一善則拳拳服膺而不失之矣。好學樂道之効，明白甚矣，自以爲智能海內無雙，則可謂博聞辯智矣。然悉力盡忠，以事聖帝，曠日持久，積數十年，官不過侍郎，位不過執戟，史記，韓信曰：臣事項王，官不過侍郎，位不過執戟。意者尚有遺行邪[3]？遺行，已見上文也。同胞之徒，無所容居，其故何也？」蘇林曰：音胞胎之胞，言親兄弟也。

東方先生喟然長息，仰而應之曰：「是故非子之所能備。彼一時也，此一時

1 「而魚有鯤也」 袁本、茶陵本云「鯤」善作「鱗」。案：所見傳寫誤，尤校改正之也。

2 注「推意放蕩」 何校「推」改「指」，陳同，是也。各本皆誤。漢書可證。

3 「尚有遺行邪」 袁本、茶陵本云「邪」善作「也」。案：今漢書亦作「邪」，尤延之據之校改。考古「也」「邪」二字同用。袁、茶陵所見自不誤，尤改為未是。

也，豈可同哉？孟子謂充虞曰：彼一時也，此一時也。夫蘇秦張儀之時，周室大壞，諸侯不朝，力政爭權，相擒以兵[4]，慎子曰：昔周室之衰也，厲王擾亂天下，諸侯力政，人欲獨行以相兼。并爲十二國，未有雌雄，張晏曰：周千八百國，在者十二，謂魯、衛、齊、宋、楚、鄭、燕、趙、韓、魏、秦、中山。春秋孔演圖曰：天運三百歲，雌雄代起。得士者強，失士者亡，故說得行焉。孔叢子，子思謂曾子曰：今天下諸侯方欲力爭，競招英雄以自輔翼，此乃得士則昌，失士則亡之秋也。身處尊位，珍寶充內，外有倉廩[5]，蔡邕月令章句曰：穀藏曰倉，米藏曰廩。澤及後世，子孫長享。今則不然。聖帝德流，天下震慴，諸侯賓服，連四海之外以爲帶，安於覆盂，韓詩外傳曰：君子之居也，晏如覆杅。盂與杅同，音于。天下平均[6]，合爲一家，動發舉事，猶運之掌，賢與不肖，何以異哉？列子曰：楊朱見梁惠王，言治天下猶運之掌。禮記，子曰：道之不明也，我知之矣，賢者過之，不肖者不及。遵天之道，順地之理，物無不得其所。故綏之則安，動之則苦；尊之則爲將，卑之則爲虜；抗之則在青雲之上，抑之則在深淵之下；用之則爲虎，不用則爲鼠；雖欲盡節効情，安知前後？夫天地之大，士民之眾，竭精馳說，並進輻湊者，不可勝數，文子曰：羣臣輻湊。悉力慕之，困於衣食，或失門戶。言上書忤旨，或被誅戮。使蘇秦張儀與僕並生於今之世，曾不得掌故，安敢望侍郎乎！應劭漢

---

4 「相擒以兵」 何校「擒」改「禽」。案：所改是也。漢書作「禽」，以袁、茶陵二本餘篇校語例之，大略善「禽」、五臣「擒」，此以五臣亂善也。

5 「外有倉廩」 案：「倉廩」當作「廩倉」。袁、茶陵二本云善作「倉廩」，與此皆所見傳寫倒也。漢書作「廩倉」，「倉」字韻。

6 「天下平均」 茶陵本作「平均」，有校語云善作「均平」。袁本作「均平」，無校語。案：漢書無此句，注亦無明文，未審善果何作？

書注曰：掌故，百石吏，主故事者。傳曰：『天下無害[7]，雖有聖人無所施才；上下和同，雖有賢者無所立功。』故曰時異事異。韓子曰：文王行仁義而王天下，偃王行仁義而喪其國，故曰時異則事異。「雖然，安可以不務脩身乎哉？詩曰：『鼓鍾于宮，聲聞于外。』『鶴鳴九皐，聲聞于天。』毛詩小雅文也。毛萇曰：有諸中，必見於外也。又曰：皐，澤也。苟能脩身，何患不榮？太公體行仁義，七十有二，乃設用於文武，得信厥說，封於齊，七百歲而不絕。說苑，鄒子說梁王曰：太公年七十而相周，九十而封齊。此士所以日夜孳孳，脩學敏行而不敢怠也。孟子曰：雞鳴而起，孳孳為善，舜之徒也。譬若鶺鴒，飛且鳴矣。毛詩曰：題彼鶺鴒，載飛載鳴。毛萇曰：題，視也。傳曰：『天不爲人之惡寒而輟其冬，地不爲人之惡險而輟其廣，君子不爲小人之匈匈而易其行。』『天有常度，地有常形，君子有常行；君子道其常，小人計其功。』詩云：『禮義之不愆，何恤人之言？』皆孫卿子文。『水至清則無魚，人至察則無徒，冕而前旒，所以蔽明；黈纊充耳，所以塞聰。』皆大戴禮孔子之辭也。薛綜東京賦注曰：黈纊，以黃緜為丸，懸冠兩邊。當耳，不欲聞不急之言也。明有所不見，聰有所不聞，舉大德，赦小過，無求備於一人之義也。論語曰：仲弓為季氏宰，問政。子曰：先有司，赦小過，舉賢才。尚書曰：與人弗求備，檢身若不及。枉而直之，使自得之；優而柔之，使自求之；揆而度之，使自索之。皆大戴禮孔子之辭也，家語亦同。王肅曰：雖當直枉，從容使自得也。優寬和柔之，使自求其宜也。揆度其法以開視之，使自索得也。趙岐孟子注曰：使自得其本善

---

7 「傳曰天下無害」　袁本、茶陵本「害」下有「菑」字。袁本有校語云善無。茶陵本無校語。案：各本所見皆有誤也。「菑」字韻，與下文「才」字協，蓋善當是作「天下無菑」也。又案：陳云「傳曰」七句，漢書無。凡他書所有之文，與此或相出入，但可藉以取證，不得竟依彼校此，斯其例矣。

性也。蓋聖人之教化如此，欲其自得之；自得之，則敏且廣矣。

「今世之處士，時雖不用，塊然無徒，廓然獨居，上觀許由，下察接輿，計同范蠡，忠合子胥，史記曰：勾踐之棲會稽，范蠡令卑辭厚禮以遺吳。後欲伐吳，勾踐復問蠡，蠡曰：可矣。遂滅之。天下和平，與義相扶，寡偶少徒，固其宜也，子何疑於予哉？若夫燕之用樂毅，秦之任李斯，酈食其之下齊，史記曰：樂毅去趙適魏，聞燕昭王好賢，樂毅為魏昭王使於燕。燕時以禮待之，遂委質為臣下[8]。又曰：秦卒用李斯計謀，競幷天下[9]，以斯為丞相。漢書，酈食其謂上曰：臣說齊王使為漢而稱東蕃。上曰：善。乃說齊。齊王田廣以為然，迺罷歷下守戰之備。說行如流，曲從如環，所欲必得，功若丘山，海內定，國家安，是遇其時者也，子又何怪之邪？語曰：『以筦窺天，以蠡測海，以筳撞鍾』，豈能通其條貫，考其文理，發其音聲哉！服虔曰：筦音管[10]。張晏曰：蠡，瓠瓢也。文穎曰：筳音庭。莊子曰：魏牟謂公孫龍曰：乃規規而求之以察，索之以辯，是直用管窺天，用錐指地，不亦小乎？說苑，趙襄子謂子路曰：吾嘗問孔子曰：先生事七十君，無明君乎？孔子不對，何謂賢邪？子路曰：建天下之鳴鍾，撞之以筳，豈能發其音聲哉！猶是觀之，譬由鼱鼩之襲狗，孤豚之咋虎，至則靡耳，何功之有？如淳曰：鼱音精。服虔曰：鼩音劬。李巡爾雅注曰：鼱鼩，一名奚鼠。應劭風俗通曰：按方言，豚，豬子也。今人相罵曰孤豚之子是也。說文曰：靡[11]，爛也，亡皮切。靡與糜古字通也。今以下愚而非處士，雖欲勿困，固不得已。此適足以明其不知權變，而終惑於大

8 注「燕時以禮待之遂委質為臣下」　陳云「時」，「王」誤，「禮」上脫「客」字，「下」字衍，是也。此所引樂毅傳文。

9 注「競幷天下」　案：「競」當作「竟」。各本皆譌。

10 注「服虔曰筦音管」　此六字袁本、茶陵本無。案：二本以善音而誤刪也。下「文穎曰：筳音庭」，及「如淳曰：鼱音精」，「服虔曰：鼩音劬」，亦然。凡善音二本誤刪而此仍有者，餘不悉出。

11 注「說文曰靡」　案：「靡」當作「糜」。各本皆誤。

道也。」

解嘲　并序

楊子雲

哀帝時，丁傅董賢用事，漢書曰：定陶丁姬，哀帝母也，兄明為大司馬。又曰：孝哀傅皇后，哀帝即位，封后父晏為孔鄉侯。諸附離之者，起家至二千石。漢書音義，莊子曰：附離不以膠漆。時雄方草創太玄[12]，有以自守，泊如也。人有嘲雄以玄之尚白，服虔曰：玄當黑而尚白，將無可用。雄解之，號曰解嘲。其辭曰：

客嘲楊子曰：「吾聞上世之士，人綱人紀，不生則已，尚書曰：先王肇修人紀。孔安國曰：修為人綱紀也。孔叢子，子魚曰：丈夫不生則已，生則有云為於世也。生必上尊人君，下榮父母，析人之珪，儋人之爵，懷人之符，分人之祿，說文曰：儋，荷也。應劭曰：文帝始與諸王竹使符。紆青拖紫，朱丹其轂。東觀漢記曰：印綬，漢制，公侯紫綬，九卿青綬。漢書曰：吏二千石朱兩轓。今吾子幸得遭明盛之世，處不諱之朝，與羣賢同行，歷金門，上玉堂有日矣，應劭曰：待詔金馬門。晉灼曰：黃圖有大玉堂、小玉堂。曾不能畫一奇，出一策，上說人主，下談公卿。目如耀星，舌如電光，一從一橫，論者莫當，史記，秦王曰：知一從一橫，其說何？顧默而作太玄五千文，枝葉扶疏，獨說數十餘萬言[13]，以樹喻文也。說文曰：扶疏，四布也。深者入黃泉，高者出蒼天，大者含元

---

12 「時雄方草創太玄」　何校去「創」字，云漢書無。案：袁、茶陵二本所載五臣濟注云「草創」，是其本有此字，恐各本所見以之亂善，而失著校語耳。

13 「獨說數十餘萬言」　案：漢書無「數」字，此不當有。袁、茶陵二本所載五臣向注有之，是其本誤衍，後又以之亂善。

氣，細者入無間。春秋命歷序曰：元氣正，則天地八卦孳。無間，言至微也。淮南子曰：出入無間。然而位不過侍郎，擢纔給事黃門。蘇林曰：擢之纔為給事黃門，不長作。意者玄得無尚白乎？何爲官之拓落也？」拓落，猶遼落不諧偶也。

楊子笑而應之曰：「客徒朱丹吾轂[14]，不知一跌將赤吾之族也。廣雅曰：跌，差也。赤，謂誅滅也。往昔周網解結，羣鹿爭逸，服虔曰：鹿，喻在爵位者。離爲十二，合爲六七，十二國，已見上文。張晏曰：謂齊、燕、楚、韓、趙、魏為六，就秦為七。四分五剖，並爲戰國。晉灼曰：此直道其分離之意耳。鄒陽傳云：濟北，四分五裂之國也。士無常君，國無定臣，得士者富，失士者貧，春秋保乾圖曰：得士則安，失士則危。矯翼厲翮，恣意所存，故士或自盛以橐，或鑿坏以遁。服虔曰：范睢入秦，藏於橐中。史記，王稽辭魏去，竊載范睢入秦，至湖見車騎，曰：為誰？王稽曰：穰侯。范睢曰：此恐辱我，我寧匿車中。有頃，穰侯過。淮南子曰：顏闔，魯君欲相之而不肯，使人以幣先焉，鑿坏而遁之。坏，普來切。是故鄒衍以頡頏而取世資；應劭曰：齊人，著書所言多大事，故齊人號談天鄒衍[15]，仕齊至卿。蘇林曰：頡，音提挈之挈。頡頏，奇怪之辭也。鄒衍著書雖奇怪，尚取世以為資，而己為之師也。言資以避下文也。頏，苦浪切。孟軻雖連去聲蹇，猶爲萬乘師。蘇林曰：連蹇，言語不便利也。趙岐孟子章指曰：滕文公尊敬孟子，若弟子之問師。

「今大漢左東海，應劭曰：會稽東海也。右渠搜，服虔曰：連西戎國也。應劭曰：禹貢，析支、渠搜屬雍州，在金城、河間之西[16]。前番禺，應劭曰：南海郡。張晏曰：南越王都也。蘇林曰：番音潘。後椒塗[17]。應劭曰：漁

---

14 「客徒朱丹吾轂」　何校「徒」下添「欲」字。袁本、茶陵本云善無「欲」字。案：漢書有。此傳寫脫，校語非。

15 注「故齊人號談天鄒衍」　案：「鄒」字不當有，各本皆衍。顏注引無，可證也。

16 注「在金城河間之西」　何校「間」改「關」，陳同，是也。各本皆誤。

17 「後椒塗」　袁本、茶陵本「椒」作「陶」，云善作「椒」。何校云「椒」漢書作「陶」。師古曰：「有作椒者，乃流俗所

陽之北界。東南一尉，如淳曰：地理志云：在會稽。西北一候。如淳曰：地理志曰：龍勒、玉門、陽關有候也。徽以糾墨，制以鑽鈇，服虔曰：制，縛束也。應劭曰：束以繩徽警之徽。說文曰：糾，三合繩也。又曰：墨，索也。公羊傳曰：不忍加以鈇鑕。何休注曰：斬腰之刑也。音質。散以禮樂，風以詩書，曠以歲月，結以倚廬。應劭曰：漢律，以為親行三年服[18]，不得選舉。結為倚廬，以結其心。左氏傳曰：齊晏桓子卒，晏嬰麤斬衰，居倚廬。天下之士，雷動雲合，魚鱗雜襲，咸營于八區。史記，蒯通曰：天下之士，雲合霧集，魚鱗雜遝。遝，徒合切。家家自以爲稷契，人人自以爲皐陶。尚書，帝曰：俞，咨禹，汝平水土，惟時懋哉！禹讓于稷、契暨皐陶。戴縰垂纓，而談者皆擬於阿衡；鄭玄儀禮注曰：纚與縰同。縰，所氏切。詩曰：實惟阿衡，左右商王。毛萇曰：阿衡，伊尹也。五尺童子，羞比晏嬰與夷吾。孫卿子曰：仲尼之門，五尺豎子羞言五伯[19]。當塗者升青雲，失路者委溝渠。旦握權則爲卿相，夕失勢則爲匹夫。譬若江湖之崖，渤澥之島，乘鴈集不爲之多，雙鳧飛不爲之少。方言曰：飛鳥曰雙，四鴈曰乘。昔三仁去而殷墟，二老歸而周熾，三仁，微子、箕子、比干。孟子曰：伯夷避紂，居北海之濱，聞文王作，興曰：盍歸乎來！吾聞西伯善養老者。二老者，天下之大老也。子胥死而吳亡，種蠡存而越霸，史記曰：吳既誅子胥，遂伐齊，越王勾踐襲殺吳太子，王聞，乃歸與越平，越王勾踐遂滅吳。又曰：越王勾踐返國，奉國政屬大夫種，而使范蠡行成為質於吳。後越大破吳也。五羖入而秦

改。」陳同。今案：何、陳所校非也，顏本作「陶」，具見彼注。善此引「應劭曰：在漁陽之北界」，與顏義迥別，蓋應氏漢書作「椒」，顏所不取，而善意從之也。若以顏改善，是所未安。凡選中諸文，謂與他書必異亦非，必同亦非，其為例也如此。

18 注「以為親行三年服」 茶陵本「以」作「不」，是也。袁本亦作「以」。漢書注引「以」「不」兩有，皆非。

19 注「孫卿子曰仲尼之門五尺豎子羞言五伯」 袁本無此十六字，有「五尺童子，已見李令伯表」十字，是也。茶陵本複出，非。

喜，樂毅出而燕懼，史記曰：百里奚亡秦走宛，秦穆公聞百里奚[20]，欲重贖之，恐楚不與，請以五羖皮贖之，楚人許與之。繆公與語國事，繆公大悅。又曰：樂毅伐齊，破之，燕昭王死，子立為燕惠王，乃使騎劫代將而召毅，毅畏誅，遂西奔趙。惠王恐趙用樂毅以伐燕也。范雎以折摺而危穰侯，危穰侯，已見李斯上書。折摺，已見鄒陽上書。晉灼曰：摺，古拉字也，力答切。蔡澤以噤吟而笑唐舉。史記曰：唐舉見蔡澤，熟視而笑，曰：吾聞聖人不相，殆先生乎？韋昭曰：噤，欺稟切。吟，疑甚切。故當其有事也，非蕭曹子房平勃樊霍則不能安，當其無事也，章句之徒相與坐而守之，亦無所患。故世亂則聖哲馳騖而不足；世治則庸夫高枕而有餘。說苑曰：管仲，庸夫也，桓公得之以為仲父。漢書，賈誼曰：陛下高枕，終無山東之憂。楚辭曰：堯、舜皆有舉任兮，故高枕而自適。

「夫上世之士，或解縛而相，或釋褐而傳；左氏傳曰：齊鮑叔帥師來言曰：子糾，親也，請君討之；管、召，讎也，請受而甘心焉。乃殺子糾于生竇，召忽死之。管仲請囚，鮑叔受之，及堂阜而脫之，歸而以告曰：管夷吾治於高傒，使相可也。公從之。墨子曰：傅說被褐帶索，庸築傅巖，武丁得之，舉以為三公。或倚夷門而笑，應劭曰：侯嬴也。秦伐趙，趙求救於魏，無忌將百餘人往過嬴。嬴無所誡。更還見嬴，嬴笑之，以謀告無忌。韋昭曰：笑人不知己也。或橫江潭而漁；服虔曰：漁父也。或七十說而不遇；應劭曰：孔丘也，已見東方朔答客難。或立談而封侯；史記曰：虞卿說趙孝成王，再見為趙上卿，故號為虞卿。譙周曰：食邑於虞也。或枉千乘於陋巷，呂氏春秋曰：齊桓公見小臣稷，一日三至弗得見。從者曰：萬乘之主見布衣之士，一日三至而不得見，亦可以止矣。桓公曰：不然。士傲爵祿者固輕其主，君傲霸王者亦輕其士，從夫子傲爵祿，吾庸敢傲霸王乎？或擁篲而先驅。擁篲，鄒衍也。七略曰：方士傳言鄒子在燕，其游，諸侯畏之，皆郊迎擁篲也。是以士頗得信其舌而奮其筆，窒隙蹈瑕而無所詘也。李奇

[20] 注「秦穆公聞百里奚」 陳云「奚」下脫「賢」字，是也。各本皆脫。

曰：君臣上下，有瑕隙乖離之漸，則可抵而取之[21]。窐，竹栗切。當今縣令不請士，郡守不迎師，羣卿不揖客，將相不俛眉；言奇者見疑，行殊者得辟。言世尚同而惡異。爾雅曰：辟，罪也。行，趨步也。行，胡庚切。是以欲談者卷舌而同聲，欲步者擬足而投跡。言不敢奇異也。故欲談者卷舌不言，待彼發而同其聲；欲行者擬足不前，待彼行而投其跡也。周易曰：子曰：同聲相應。莊子曰：多物將往，投跡者眾。嚮使上世之士，處乎今世[22]，策非甲科，史記曰：歲課甲科為郎中，乙科為太子舍人，然甲科為第一。行非孝廉，舉非方正，獨可抗疏，時道是非，高得待詔，下觸聞罷，又安得青紫？言抗疏有所觸犯者，帝報以聞而罷之，言不任用也。

「且吾聞之，炎炎者滅，隆隆者絕；觀雷觀火，爲盈爲實；如淳曰：周易云：雷雨之動滿盈。滿，水也。雷極則為水，火之光炎炎不可久，久亦消滅為灰炭之實也。天收其聲，地藏其熱。高明之家，鬼瞰其室。李奇曰：鬼神害盈而福謙。攫挐者亡，默默者存；位極者高危[23]，自守者身全。是故知玄知默，守道之極；淮南子曰：天道玄默，無容無則。爰清爰靜，游神之庭；老子曰：知清知靜，為天下正。惟寂惟漠，守德之宅。莊子曰：恬淡寂漠，虛無無為，此道德之質也。世異事變，人道不殊，彼我易時，未知何如。李奇曰：或能勝之。今子乃以鴟梟而笑鳳皇，執蝘蜓而嘲龜龍，不亦病乎！孫卿雲賦曰：以龜龍為蝘蜓，鴟梟為鳳皇。說文曰：在壁曰蝘蜓，在草曰蜥蜴。蝘，烏典切。蜓，徒顯切。子之笑我玄之尚白，吾亦笑子病甚不遇俞跗與扁鵲也，悲夫！」史記，中庶子謂扁鵲曰：臣聞上古之時，

21 注「則可抵而取之」　袁本此下有「善曰：爾雅曰：窐，塞也」八字，是也。茶陵本無，亦脫。

22 「處乎今世」　案：漢書無「世」字。此不當有，各本皆衍。

23 「位極者高危」　何校「高」改「宗」。袁本云善作「高」。茶陵本云五臣作「宗」。案：漢書作「宗」，「宗」字是也。「高」字傳寫誤。

醫有俞跗，醫病不以湯液。法言曰：扁鵲，盧人而善醫。跗音附。

客曰：「然則靡玄無所成名乎？論語曰：君子去仁，惡乎成名。范蔡以下，何必玄哉？」

楊子曰：「范雎，魏之亡命也，折脅摺髂，免於徽索，埤蒼曰：髂，腰骨也，口亞切。翕肩蹈背，扶服入橐，孟子曰：脅肩諂笑。劉熙曰：脅肩，悚體也。入橐，已見上文。激卬萬乘之主，介涇陽，抵穰侯而代之[24]，當也。如淳曰：激卬，怒也。善曰：史記曰：范雎至秦上書，因感怒昭王，昭王乃免相國，逐涇陽君於關外。又曰：秦昭王母宣太后長弟曰穰侯，姓魏名冉。昭王同母弟曰涇陽君。蘇林曰：介者，間其兄弟使疎也。說文曰：扺，側擊也，音紙。蔡澤，山東之匹夫也，顩頤折頞[25]，涕唾流沫，西揖強秦之相，搤其咽而亢其氣，拊其背而奪其位，時也。韋昭曰：曲上曰顩，欺甚切。史記曰：蔡澤聞應侯內慙，乃西入秦。應侯使人召蔡澤，蔡澤入則揖應侯，應侯延入坐。數日，言於秦昭王曰：客有從山東來者曰蔡澤，其人辯士。昭王與語，悅之。應侯請歸相印，遂拜蔡澤為相。說文曰：頞，鼻莖也，於達切。沬，洒面也，呼憒切。廣雅曰：咽，嗌也，一千切。嗌音益。天下已定，金革已平，都於洛陽，禮記，子夏曰：三年之喪卒[26]，金革之事無避也，禮歟？漢書曰：高祖西都洛陽。婁敬委輅脫輓，掉三寸之舌，建不拔之策，舉中國徙之長安，適也。漢書曰：婁敬戍

---

24 「抵穰侯而代之」 案：「抵」當作「扺」，注引說文曰：「扺，側擊也，音紙。」是善字作「扺」。又顏注引蘇林曰：「扺音紙。」亦當作「扺」。今本漢書作「抵」，與此同誤。又上文引李奇注「則可扺而取之」。各本皆作「抵」，此二字多混也。

25 「顩頤折頞」 案：「顩」漢書作「頷」。師古曰：「頷，曲頤也，音欽。」善引韋昭曰：「曲上曰顩，欽甚切。」疑正文及注二「顩」字皆當作「顉」。「顉」、「頷」同字，故顏音「欽」，韋音「欺甚」也。袁、茶陵二本正文下音「綺險」，乃五臣作「顩」之證，各本以之亂善。其實依韋讀當從「金」，不作「顩」。又諸字書多「顉」、「頷」、「顩」並收，蓋漢書別有作「顩」之本，故五臣用以改善耳。

26 注「三年之喪卒」 案：「卒」下當有「哭」字，各本皆脫。

隴西，過洛陽，高帝在焉。敬脫輓曰：臣願見上言便宜。又說上曰：陛下都洛陽，不便，不如入關，據秦之固。是日車駕西都長安。應劭曰：輅，謂以木當胸以輓車也。論語摘輔像曰：子貢掉三寸之舌，動於四海之內。五帝垂典，三王傳禮，百世不易，叔孫通起於枹鼓之間，解甲投戈，遂作君臣之儀，得也。左氏傳曰：援枹而鼓。漢書，叔孫通曰：臣願徵魯諸生弟子，共起朝儀也。呂刑靡敝，秦法酷烈，尚書呂命序曰：穆王訓夏贖刑。禮記曰：國家靡敝。鄧展曰：靡音糜。聖漢權制，而蕭何造律，宜也。漢書曰：相國蕭何捃摭秦法，取其宜於時者，作律九章。故有造蕭何之律於唐虞之世，則悖矣。服虔曰：悖，猶繆也。悖，布迷切，或作繆。有作叔孫通儀於夏殷之時，則惑矣；有建婁敬之策於成周之世，則乖矣；左氏傳曰：召公[27]糾合宗族于成周。有談范蔡之說於金張許史之間，則狂矣。金日磾、張安世、許廣漢、史恭、史高也。夫蕭規曹隨，留侯畫策，陳平出奇，功若泰山，響若坻隤[28]，應劭曰：天水有大坂，名曰隴坻。其山堆傍著，崩落作聲，聞數百里，故曰坻隤。坻，丁禮切。韋昭，坻音若是理之是。字書曰：巴蜀名山堆落曰坻。韓子曰：泰山之功，長立於國家；日月之名，久著於天地。雖其人之膽智哉[29]，亦會其時之可爲也。故爲可爲於可爲之時，則從；爲不可爲於不可爲之時，則凶。若夫藺生收功於章臺，晉灼曰：相如獻璧於此臺。四皓采榮於南山，四皓，已見上文。采榮，采取榮名也。公孫創業於金馬，驃騎發跡於祁連，孟康曰：公孫弘

---

27 注「左氏傳曰召公」 何校「召」下添「穆」字，是也。各本皆脫。

28 「響若坻隤」 案：「坻」當作「坻」，應劭本漢書作「坻」，音「丁禮反」。韋昭本漢書作「坻」，音「是」。善意從韋，故又引字書「巴蜀名山堆落曰坻也」。各本正文從應，注中亦一概盡作「坻」，皆誤，當訂正。顏注漢書作「阺」，云「阺音氏，巴蜀人名山旁堆欲墮落曰阺」。應劭以為天水隴氏，失之矣。氏音丁禮反，所言更顯然易知。說文「氏」下云云，即字書所本，引此作「氏」，韋昭本與之合。吳都賦劉淵林注引此作「坻」，與應劭本合。彼此不可互證，實讀古書之通例矣。

29 「雖其人之膽智哉」 袁本、茶陵本「膽」作「贍」，云善作「膽」。陳云漢書作「贍」。又東方朔贊「贍智宏才」，善注仍引此文，則「膽」字乃傳寫譌。案：所校是也。又馬汧督誄「才博智贍」，注引同，亦可證。

對策於金馬門。史記曰：弘至太常，對策為第一，拜為博士。又曰：驃騎將軍霍去病，擊匈奴至祁連山，捕首虜甚多。司馬長卿竊貲於卓氏，東方朔割炙於細君[30]。史記曰：文君夜亡奔相如，卓王孫不得已，分予文君僮百人，錢百萬，為富人居。漢書曰：伏日，詔賜從官肉。太官丞日晏不來，東方朔獨拔劍割肉，卽懷肉去。太官奏之，上曰：先生起自責也。朔曰：受賜不待詔，何無禮也！拔劍割肉，一何壯也！割之不多，又何廉也！歸遺細君，又何仁也！上笑曰：使先生自責，乃反自譽。復賜酒一石，肉百斤，歸遺細君。割炙，割損其炙也。僕誠不能與此數子並，故默然獨守吾太玄。」

答賓戲 并序

班孟堅

永平中爲郎，典校祕書，專篤志於儒學，以著述爲業。或譏以無功，項岱曰：或有譏班固雖篤志博學，無功勞於時，仕不富貴也。又感東方朔楊雄自喻，以不遭蘇張范蔡之時，曾不折之以正道，明君子之所守，故聊復應焉。其辭曰：

賓戲主人曰：「蓋聞聖人有一定之論，烈士有不易之分，項岱曰：謂庖羲、堯、舜、文王、周公、孔子也。論，論道化也。一定五經，垂之萬世，後人不能改也。分，決也，謂許由、巢父、伯成子高、夷、齊、吳札志自然之決，不可變易也。善曰：淮南子曰：士有一定之論，女有不易之行。亦云名而已矣。如淳曰：唯貴得名耳。故太上有立德，其次有立功。左氏傳，叔孫豹之辭也。夫德不得後身而特盛，功不得背時而獨彰。言德以潤身，而功以濟世，故德不得後其身而特盛，功不得背其時而獨彰。言貴及身與時也。是以聖哲之治，棲棲遑

30 「東方朔割炙於細君」 案：「炙」當作「名」。注「割名，割損其名也」。今二「名」字亦誤「炙」。漢書作「名」，顏注云：「割，損也。言以肉歸遺細君，是損割其名。」蓋唯朔傳言「割肉」，而雄謂之「割名」，故須此注。若如今本作「割炙」，而注云「割炙，割損其炙」，殊非注體。袁、茶陵二本所載五臣良注云「炙，亦肉也」，是其本作「炙」，又附會為「亦肉」之解，各本皆以之亂善而失著校語，後并注中字改為「炙」，而讀者不知善自作名矣。今特訂正之。

遑，言貴及時，故不避棲遑之弊也。棲遑，不安居之意也。孔席不暖，墨突不黔。韋昭曰：暖，溫也，言坐不暖席也。文子曰：墨子無黔突，孔子無煖席，非以貪祿慕位，欲起天下之利，除萬民之害也。小雅曰：黔，黑也，巨炎切。由此言之，取舍者昔人之上務，著作者前列之餘事耳。劉德曰：取者，施行道德也；舍者，守靜無為也。今吾子幸遊帝王之世，躬帶紱冕之服[31]，師古曰：帶，大帶；冕，冠也。項岱曰[32]：冕服，三公卿大夫之服也。浮英華，湛道德，英華，草木之美，故以喻帝德也。浮沈，言其洋溢可游泳也。禮斗威儀曰：帝者德其英華。湛，古沈字，字或為耽，於義雖同，非古文也。矕龍虎之文，舊矣。孟康曰：矕，被也。蘇林曰：謂被龍虎之衣也。易曰：大人虎變，其文炳。言文章之盛久也。矕，莫版切。卒不能攄首尾，奮翼鱗，項岱曰：攄，舒也。翼鱗，皆謂飛龍[33]。振拔洿塗，跨騰風雲，說文曰：洿，濁水不流也。塗，泥也。使見之者影駭，聞之者響震。言見之者雖影而必駭，聞之者雖響而必震。言驚懼之甚，不俟形聲也。蒼頡篇曰：駭，驚也。爾雅曰：震，懼也。徒樂枕經籍書[34]，紆體衡門，上無所蒂，下無所根。韋昭曰：蒂，都計切。獨攄意乎宇宙之外，銳思於毫芒之內，項岱曰：毫，毛也。芒，毛之顛杪也。潛神默記，緪以年歲。如淳曰：緪，音亘竟之亘。方言曰：緪，竟也，古鄧切。晉灼曰：以亘為緪[35]。然而器不賈於當己，用不効於一世，劉德曰：賈，讎也。賈音古。雖

---

31 「躬帶紱冕之服」 案：漢書無「紱」字，詳善注亦不及「紱」，必各本皆傳寫誤衍也。

32 注「師古曰帶大帶冕冠也項岱曰」 袁本、茶陵本此十二字作「項岱曰：帶，大帶也」七字，是也。尤誤用今本顏注校改耳。又案：凡引顏注以長楊賦注證之，善自稱「顏監」。今他篇作「顏師古」者，經後人改之。此作「師古」，益誤中之誤矣。

33 注「翼鱗皆謂飛龍」 袁本「翼」上有「善曰」二字，是也，說已詳前。茶陵本刪此節注，非。

34 「徒樂枕經籍書」 案：「籍」當依漢書作「藉」。各本皆譌。

35 注「晉灼曰以亘為緪」 陳云「曰」字衍，是也。各本皆衍。又案：據此似正文當作「亘」，上注當作「亘音亘竟之亘」。今皆作「緪」者依晉灼改之而誤。茶陵本校語云五臣作「亘」。袁本云善作「緪」。其實善亦作「亘」也。西都賦「亘長樂」，孟堅用「亘」字之證。漢書及顏引如淳作「恒」。「恒」、「亘」同字，或師古讀彼賦亦為「恒」字歟？

馳辯如濤波，如淳曰：潮水之激者為濤波。摛藻如春華，韋昭曰：摛，布也，勑施切。藻，水草之有文者。鹽鐵論曰：文學繫於春華。猶無益於殿最也。漢書音義曰：上功曰最，下功曰殿。意者，且運朝夕之策，定合會之計，使存有顯號，亡有美謚，不亦優乎？」

主人逌爾而笑曰：項岱曰：逌，寬舒顏色之貌也，讀作攸[36]。「若賓之言，所謂見世利之華，闇道德之實，守窔奧之熒燭，未仰天庭而覩白日也。應劭曰：爾雅曰：西南隅謂之奧，東南隅謂之窔。字林曰：窔，一弔切。熒，小光也。曩者王塗蕪穢，周失其馭，項岱曰：周王失牧御之化也。侯伯方軌，戰國橫騖，項岱曰：方，併也。軌，轍也。東西交馳謂之騖，七國爭彊，車既併轍，騎復橫騖。於是七雄虓闞，分裂諸夏，龍戰虎爭。晉灼曰：詩云：闞如虓虎。項岱曰：龍以喻人君。周易曰：龍戰于野，其血玄黃。虎，以喻猛力爭不以任也。遊說之徒，風颮電激，並起而救之，其餘猋飛景附，霅煜其間者，蓋不可勝載。韋昭曰：颮，風之聚猥者也，音庖。晉灼曰：霅，音曅爾之曅。說文，熛，火飛也。猋與熛古字通，並必遙切。霅煜，光明之貌也。霅，炎輒切。煜，弋叔切。當此之時，搦朽摩鈍，鉛刀皆能一斷，韋昭曰：搦，摩也，女握切。韓詩外傳，陳饒謂宋燕曰：鉛刀畜之，而干將用之，不亦難乎！是故魯連飛一矢而蹶千金，魯連，已見上文。李奇曰：蹶，蹋也。虞卿以顧眄而捐相印。史記曰：秦昭王遺趙王書，持魏齊頭來。魏齊亡，出見趙相虞卿，虞卿度趙王終不可說，乃解其印，與魏齊間行。夫啾發投曲，感耳之聲，項岱曰：啾，口吟也。投曲，投合歌曲也。合之律度，淫䵷而不可聽者，非韶夏之樂也。李奇曰：淫䵷，不正也。因勢合變，遇時之容，項岱曰：容，宜也。或因際會之勢，合變譎之事，遇時獨蹔得容也。本遇多為偶，容多為會。風移俗易，乖迕而不可通者，非君子之法也。及至從人合之，衡人散之，韋昭曰：從人合之，助六國者；衡人散之，

---

36 注「讀作攸」袁本、茶陵本「作」作「若」，是也。

佐秦者也。亡命漂說，羈旅騁辭，項岱曰：委君之徒，謂之亡命，謂亡君命也。善曰：左傳，陳敬仲曰：羈旅之臣。杜預曰：羈，寄也。旅，客也。商鞅挾三術以鑽孝公，服虔曰：王霸、富國、強兵，為三術。李斯奮時務而要始皇，項岱曰：奮，發也。時務，謂六國更相攻伐，爭為雄伯之務。彼皆躡風塵之會，履顛沛之勢，項岱曰：彼，謂商鞅、李斯輩也。風發於天，以喻君上；塵從下起，以喻斯等。據徼乘邪，以求一日之富貴，言據徼幸而乘邪僻也。朝爲榮華，夕爲顦顇，福不盈眥，禍溢於世，李奇曰：當富貴之間，視之不滿目。凶人且以自悔，況吉士而是賴乎？項岱曰：凶人，謂商鞅之輩。臨死敗皆悔恨之言。吉士，班固以自託也。尚書曰：其惟吉士。且功不可虛成，名不可以僞立，韓設辨以激君，呂行詐以賈國。服虔曰：韓，韓非，設辨於始皇。韋昭曰：呂不韋立子楚，以市秦利。說難既遒，其身乃囚；應劭曰：遒，好也。項岱曰：韓非作說難之書，欲以為天下法式，上書既終，而為李斯所疾[37]，乃囚而死。秦貨既貴，厥宗亦墜[38]。史記曰：秦昭王子子楚質於趙。呂不韋賈邯鄲，見曰：此奇貨可居。乃以五百金與子楚，復以五百金買奇物玩好而遊秦，獻華陽夫人，立子楚為嫡嗣。秦王薨，謚為孝文。子楚代立，為莊襄王，以呂不韋為丞相，竟飲酖而死。故云厥宗亦墜[39]。尚書曰：弗德罔大，墜厥宗。是以仲尼抗浮雲之志，孟軻養浩然之氣[40]，孔叢子，子思曰：抗志則不愧於道。論語，子曰：不義而富且貴，於

---

37 注「上書既終而為李斯所疾」　袁本無「上書既終」四字，「而」作「然」。案：袁本最是，四字乃五臣向注。五臣解「遒」作「終」，故云爾。善引應劭解作「好」，不得有也。茶陵本幷善於五臣，此仍之而誤衍。

38 「秦貨既貴厥宗亦墜」　袁本有校語云「既」，善作「其」；「亦」，善作「乃」。茶陵本無校語。案：此所見異本也，漢書作「既」、作「亦」。

39 注「故云厥宗亦墜」　袁本無此六字。案：無者是也。茶陵本幷五臣於善，此仍之而誤衍。

40 「孟軻養浩然之氣」　案：「浩」當作「皓」。善引項岱注「皓，白也，如天之氣皓然」，是善作「皓」不作「浩」甚明。其五臣作「浩」，袁、茶陵二本所載良注云「浩然自放逸」，其證也。各本所見，皆以之亂善而失著校語，非。又善所引孟子二「浩」字，亦當作「皓」，乃與項岱注為相應。蓋孟子別本如此，故雪賦「縱心皓然」，亦引之以為注也。顏注漢書字作

我如浮雲。孟子曰：我善養吾浩然之氣。敢問何謂浩然之氣？曰：難言也。其為氣也，至大至剛，以直養而無害，則塞乎天地之間。項岱曰：皓，白也，如天之氣皓然也。彼豈樂為迂闊哉？道不可以貳也。項岱曰：迂，遠也。貳，二也。君子履端於始，歸成於終，擬聖人之道，豈可二行如斯、鞅、韓非、不韋之徒也。善曰：說文曰：迂，羽夫切。方今大漢洒埽羣穢，夷險芟荒，晉灼曰：發，開也。今諸本皆作芟字。善曰：埽，即今掃字也。廓帝紘，恢皇綱，項岱曰：紘，張也[41]。皇，君也。善曰：許慎淮南子注曰：紘，維也。基隆於羲農，規廣於黃唐；其君天下也，炎之如日，威之如神，函之如海，養之如春。說文曰：炎，火也，謂光照也。史記曰：帝堯，其仁如天，其智如神，就之如日，望之如雲。朝錯新書曰：臣聞帝王之道，包之如海，養之如春。是以六合之內，莫不同源共流，韋昭曰：六合，天地四方也。沐浴玄德，稟仰太龢，史記，太公曰[42]：沐浴膏澤。尚書曰：玄德升聞。法言曰：或問太和，曰：其在唐、虞、成周也。龢，古和字。枝附葉著，譬猶草木之植山林，鳥魚之毓川澤，得氣者蕃滋，失時者零落，項岱曰：蕃，盛也。零，凋病也。言遇仕者昌盛，不遇者凋病，如萬物於天地之間也。參天地而施化，豈云人事之厚薄哉？項岱曰：參，三也。言漢家之施化布德，周參天地，豈人所能論耶？今吾子處皇代而論戰國，曜所聞而疑所覿，欲從堥敦而度高乎泰山，懷氿濫而測深乎重淵，亦未至也。」服虔曰：敦音頓，頓丘也。應劭曰：爾雅曰：前高堥丘如覆敦者。敦，丘也。爾雅曰：氿泉穴出。穴出，仄出也。濫泉正出。正出，湧出也。服虔曰：氿音軌。韋昭曰：濫音檻。堥音旄。郭璞爾雅注曰：敦，盂也，都回切。

「浩」，與五臣合，與善不合，乃異本之難以相證者。凡異本之例，如上文「風颮」，「颮」字於顏則為「颺」字，是為明徵矣。

41 注「紘張也」 陳云「紘」，「恢」誤，是也。各本皆誤。

42 注「史記太公曰」 陳云「公」上脫「史」字，是也。各本皆脫。

賓曰：「若夫鞅斯之倫，衰周之凶人，既聞命矣。項岱曰：周衰，王霸起，鞅、斯說得行，故言衰周凶人也。敢問上古之士，處身行道，輔世成名，可述於後者，默而已乎？」

主人曰：「何爲其然也！昔者咎繇謨虞，箕子訪周，尚書曰：咎繇矢厥謨。又曰：武王勝殷，以箕子歸。又曰：王訪于箕子。言通帝王，謀合神聖[43]；殷說夢發於傳巖，周望兆動於渭濱，尚書曰：高宗夢得說，使百工營求諸傳巖。史記曰：太公望以漁釣奸周，西伯將出，占之，曰：所獲非龍非虎，非熊非羆；所獲霸王之輔。西伯果遇太公渭濱。齊甯激聲於康衢，漢良受書於邳垠，說苑，陳子說梁王曰：甯戚飯牛康衢，擊車輻而歌，桓公得之而霸也。爾雅曰：五達曰康，四達曰衢。漢書曰：張良從容步遊下邳，圯上有一老父，出一編書，曰：讀是則為王者師。晉灼曰：垠，涯也，邳水之涯也。皆俟命而神交，匪詞言之所信，故能建必然之策，展無窮之勳也。近者陸子優游，新語以興；董生下帷，發藻儒林；鄭玄曰：優游[44]，不仕也。史記，高帝拜陸賈為太中大夫，謂賈曰：試為我著秦所以失天下，我所以得之者何？陸生乃祖述存亡之徵[45]，凡著十二篇，號其書曰新語。又曰：董仲舒以治春秋為博士，下帷講誦，弟子或莫見其面。劉向司籍，辨章舊聞；揚雄譚思，法言太玄。項岱曰：司，主也。籍，書籍也。善曰：漢書曰：光祿大夫劉向校經傳諸子詩賦，每一卷書已，向輒條其篇目，撮其旨意，錄而奏之。又曰：揚雄譚思[46]渾天，又譔十二卷，象論語，號曰法言。渾天，即太玄經也。皆及時君之門闈，究先聖之壼奧，應劭曰：爾雅曰：宮中巷謂之壼，苦本切。婆娑乎術藝之場，項岱曰：婆娑，偃息也。場，圃，講經藝之處也。

---

43 「謀合神聖」　案：「神聖」，漢書作「聖神」，詳此「神」字韻與下「濱」、「垠」等字協，不得倒轉。疑善自作「聖神」，唯五臣銑注先解「神」後解「聖」，是其本作「神聖」，各本亦以五臣亂善耳。

44 注「鄭玄曰優游」　案：「玄」當作「氏」，各本皆誤，漢書注正作「氏」。

45 注「陸生乃祖述存亡之徵」　陳云「祖」，「粗」誤，是也。各本皆譌。

46 「楊雄譚思」　何校「譚」改「覃」。陳云「潭」誤。案：各本皆是「譚」字，善果何作，無以考也。漢書作「覃」。

休息乎篇籍之囿，以全其質而發其文，用納乎聖德，烈炳乎後人，斯非亞與！項岱曰：聖德，明君知賢而納用之也。烈，業也。後人，著書傳之後世。若乃伯夷抗行於首陽，柳惠降志於辱仕[47]，顏潛樂於簞瓢[48]，孔終篇於西狩，論語，子曰：賢哉回也。一簞食，一瓢飲，在陋巷，人不堪其憂，回也不改其樂。左氏傳曰：哀公十四年春，西狩獲麟。春秋元命包曰：孔子曰：丘作春秋，始於元，終於麟，王道成也。聲盈塞於天淵，眞吾徒之師表也。項岱曰：言若此之榮名，上達皇天，下洞重泉也。且吾聞之：一陰一陽，天地之方；周易曰：一陰一陽之謂道。孔安國論語注曰：方，猶常也。乃文乃質，王道之綱；項岱曰：或施質道，或施文道，此王者所以為綱維也。善曰：春秋元命包曰：一質一文，據天地之道，天質而地文。曰：正朔三[49]而改，文質再而復。有同有異，聖哲之常。項岱曰：有同，仕遇而進，有異，不合而退，此聖人之常道。故曰：愼脩所志，守爾天符，委命供己[50]，味道之腴，項岱曰：符，相命也。腴，道之美者也。善曰：文子曰：不言之師，不道之道，若或通焉，謂之天符。桓譚答楊雄書曰：子雲勤味道腴者也。神之聽之[51]，名其舍諸！項岱曰：有賢智君子，行之如此，神豈舍之乎？將必福祿之。善曰：毛詩曰：神之聽之，式穀與汝[52]。賓又不聞和氏之璧，韞於荊石，隋侯之

---

47 「柳惠降志於辱仕」　袁本、茶陵本「於」作「而」。案：漢書作「於」，尤校改也。又案：袁本此下有注云「項岱曰：柳下惠」六字，最是。據此，善正文亦當作「夷抗行」，無「伯」字；「惠降志」，無「柳」字。與五臣及漢書不異，上句尚有注而不全也。各本傳寫誤添正文，非。茶陵本及尤本幷脫去此句注，益非。

48 「顏潛樂於簞瓢」　茶陵本「潛」作「淵」，云五臣作「潛」。袁本云善作「淵」。案：此尤延之用五臣校改也。漢書作「耽」。

49 注「曰正朔三」　茶陵本「曰」上有「又」字，是也。袁本亦脫。

50 「委命供己」　案：「供」，漢書作「共」。顏注讀曰「恭」。袁、茶陵二本所載五臣向注曰「供猶全也」，是其本作「供」，但所解難通。善無明文，恐未必同向。或自作「共」，失著校語耳。

51 「神之聽之」　袁本有校語云「聽」善作「聖」。案：所見非也。茶陵本無校語，與此皆不誤。

52 注「式穀與汝」　茶陵本「與」作「以」，是也。袁本亦誤「與」。

珠，藏於蚌蛤乎？歷世莫眠，不知其將含景曜，吐英精，曠千載而流光也。韓子曰：楚人和氏得璞玉於楚山之中，奉而獻之，成王使玉人理其璞而得寶焉，遂名曰和氏之璧。淮南子曰：隋侯之珠，和氏之璧，得之者富，失之者貧。高誘曰：隋侯見大蛇傷斷，以藥傳而塗之，後蛇於江中銜大珠以報之，因名曰隋侯之珠。應龍潛於潢汙，魚黿媟之，項岱曰：天有九龍，應龍有翼。服虔曰：左氏傳注曰[53]：蓄小水謂之潢，不洩謂之汙。不覩其能奮靈德，合風雲，超忽荒而躆昊蒼也。項岱曰：忽荒，天上也。昊、蒼，皆天名也。徐廣史記注，躆音戟，躆與據同，謂之足戟持之[54]，並京逆切。故夫泥蟠而天飛者，應龍之神也；先賤而後貴者，和隋之珍也；時暗而久章者，君子之眞也。項岱曰：時暗，未顯用時也。久，舊也。章，明也。言君子懷德，雖初時未見顯用，後亦終自明達，如應龍蟠屈而升天，和隋先賤而後貴也。如此是比君子道德之真，言屈伸如一，無變也。善曰：淮南子曰：君子之道，久而章，遠而隆也。若乃牙曠清耳於管絃，離婁眇目於毫分；項岱曰：牙，伯牙也。曠，師曠也。管，鍾律之管；絃，琴瑟之調也。毫分，秋毫之末分也。善曰：纏子，董無心曰：離婁之目，察秋毫之末於百步之外，可謂明矣。逢蒙絕技於弧矢，般輸搉巧於斧斤；吳越春秋，陳章曰[55]：黃帝作弓，後有楚狐父以其道傳羿，羿傳逢蒙。項岱曰：公輸若之族名班。韋昭曰：搉，猶專也。良樂軼能於相馭，烏獲抗力於千鈞；項岱曰：良，王良，晉人也。樂，伯樂，秦穆公時人也。軼，過也。王良善御馬，伯樂工相馬。抗力，力抗也。三十斤曰鈞，千鈞者三萬斤。善曰：呂氏春秋，薄疑說衛嗣君曰：烏獲舉千鈞，又況一斤乎？和鵲發精於鍼石，研桑心計於無垠。左氏傳曰：晉侯求醫於秦，秦伯使醫和視之。史記曰：扁鵲使弟子子陽厲鍼砥石。又曰：越王勾踐困於會稽之上，乃用范蠡、計然。韋昭曰：研，范蠡之

---

53 注「服虔曰左氏傳注曰」 陳云「虔」下衍「曰」字，是也。各本皆衍。

54 注「謂之足戟持之」 陳云上「之」，「以」誤，是也。各本皆誤。

55 注「陳章曰」 案：「章」當作「音」。各本皆譌。

師，計然之名也。漢書曰：桑弘羊，雒陽賈人子，以心計為侍中也。走亦不任廁技於彼列，故密爾自娛於斯文。」服虔曰：走，孟堅自謂也。爾雅曰：密，靜也。

辭

秋風辭 并序

漢武帝

上行幸河東，祠后土，顧視帝京欣然，中流與羣臣飲燕，上歡甚，乃自作秋風辭曰：

秋風起兮白雲飛，草木黃落兮鴈南歸。禮記曰：季秋之月，草木黃落，鴻鴈來賓。蘭有秀兮菊有芳，攜佳人兮不能忘。泛樓舡兮濟汾河，應劭漢書注曰：作大舡，上施樓，故號曰樓舡。橫中流兮揚素波。列女傳，津吏女歌曰：水揚波兮杳冥冥。簫鼓鳴兮發棹歌，棹歌，引棹而歌。歡樂極兮哀情多。列女傳，陶荅子妻曰：樂極必哀來。少壯幾時兮奈老何！古長歌行曰：少壯不努力，老大乃悲傷。

歸去來 并序

陶淵明

序曰[56]：余家貧，又心憚遠役，彭澤縣去家百里，故便求之。及少日，眷然有歸與之情，自免去職。因事順心，命篇曰歸去來。

歸去來兮，田園將蕪胡不歸！毛詩曰：式微式微，胡不歸！既自以心爲形役，奚惆悵而獨

56 注「序曰」 袁本「序」上有「歸去來」三字，茶陵本無。

悲。淮南子曰：是皆形神俱役者也。楚辭曰：惆悵兮而私自憐。悟已往之不諫，知來者之可追。論語，楚狂接輿歌曰：往者不可諫，來者猶可追。寔迷途其未遠，覺今是而昨非。迷途，已見丘遲與陳伯之書。莊子謂惠子曰：孔子行年六十而化，始時所是，卒而非之，未知今之所謂是之非五十九非也。舟遙遙以輕颺，風飄飄而吹衣。問征夫以前路，恨晨光之熹微。毛詩曰：駪駪征夫。聲類曰：熹，亦熙字也。熙，光明也。乃瞻衡宇，載欣載奔。毛詩曰：衡門之下，可以棲遲。僮僕歡迎，稚子候門。周易曰：得僮僕，貞。史記曰：楚懷王稚子子蘭。三逕就荒，松菊猶存。三輔決錄曰：蔣詡，字元卿，舍中三徑，唯羊仲、求仲從之遊，皆挫廉逃名不出。攜幼入室，有酒盈罇。戰國策曰：扶老攜幼，迎孟嘗君。嵇康贈秀才詩曰：旨酒盈樽。引壺觴以自酌，眄庭柯以怡顏。陸機高祖功臣頌曰：怡顏高覽。倚南窗以寄傲，審容膝之易安。韓詩外傳，北郭先生妻曰：今結駟列騎，所安不過容膝；食方丈於前，所甘不過一肉。園日涉以成趣[57]，門雖設而常關。爾雅曰：堂上謂之行，堂下謂之步，門外謂之趨，中庭謂之走。郭璞曰：此皆人行步趨走之處，因以名。趨，避聲也，七喻切。策扶老以流憩，時矯首而遐觀。易林曰：鳩杖扶老，衣食百口。王逸楚辭注曰：矯，舉也。雲無心以出岫，鳥倦飛而知還。景翳翳以將入，撫孤松而盤桓。丁儀妻寡婦賦曰：時翳翳而稍陰，日亹亹以西墜。爾雅曰：盤桓，不進也。

歸去來兮，請息交以絕游。列子曰：公孫穆屏親昵，絕交游。世與我而相遺，復駕言兮焉求？桓子新論曰：凡人性，難極也，難知也。故其絕異者，常為世俗所遺失焉。毛詩曰：駕言出遊。又曰：知我者謂我心憂，不知我者謂我何求。悅親戚之情話，樂琴書以消憂。說文曰：話，會合為善言也。劉歆遂初賦曰：玩琴書以滌

---

57 「園日涉以成趣」案：「趣」當作「趨」，善引爾雅「謂之趨」為注，又云「趨，避聲也，七喻切」，是其本作「趨」甚明。倘作「趣」，此一節注全無附麗矣。五臣良注云「自成佳趣」，乃作「趣」也。各本皆以五臣亂善而失著校語。

暢[58]。**農人告余以春兮[59]，將有事乎西疇。**賈逵國語注曰：一井為疇。**或命巾車，或棹孤舟。**孔叢子，孔子歌曰：巾車命駕，將適唐都。鄭玄周禮注曰：巾，猶衣也。**既窈窕以尋壑，亦崎嶇而經丘。**曹攄贈石荊州詩曰：窈窕山道深。埤蒼曰：崎嶇，不安之貌。**木欣欣以向榮，泉涓涓而始流。**毛萇詩傳曰：欣欣，樂也。家語，金人銘曰：涓涓不壅，為江為河。**善萬物之得時，感吾生之行休！**大戴禮曰：君道當，則萬物皆得其宜。郭璞遊仙詩曰：吾生獨不化。莊子曰：其生若浮，其死若休。**已矣乎！寓形宇內復幾時，曷不委心任去留！**尸子，老萊子曰：人生於天地之間，寄也。琴賦曰：委性命兮任去留。**胡爲遑遑欲何之？**孟子曰：傳云：孔子三月無君，則遑遑如也。孔叢子，孔子歌曰：天下如一欲何之？**富貴非吾願，帝鄉不可期。**大戴禮，孔子曰：所謂賢人者，躬為匹夫，而不願富貴。莊子，華封人謂堯曰：乘彼白雲，至于帝鄉。**懷良辰以孤往，或植杖而耘耔。**東征賦曰：選良辰而將行。淮南子要略曰：山谷之人，輕天下，細萬物，而獨往者也。司馬彪曰：獨往，任自然，不復顧世。論語曰：植其杖而耘。毛詩曰：或耘或耔。**登東皐以舒嘯，臨清流而賦詩。**阮籍奏記曰：將耕東皐之陽。毛萇詩傳曰：舒，緩也。琴賦曰：臨清流而賦新詩。**聊乘化以歸盡，樂夫天命復奚疑！**家語，孔子曰：化於陰陽，象形而發，謂之生；化窮數盡，謂之死。莊子曰：生有所乎萌，死有所乎歸。周易曰：樂天知命，故不憂。

58 注「玩琴書以滌暢」陳云「滌」，「條」誤，是也。各本皆誤。

59 「農人告余以春兮」袁本、茶陵本無「兮」字。案：此尤校添也。

序上

毛詩序

卜子夏 家語曰：卜商，字子夏，衛人也。 鄭氏箋

關雎，后妃之德也，風之始也，所以風天下[60]而正夫婦也。故用之鄉人焉，用之邦國焉。風，風也，教也。風以動之，教以化之。詩者，志之所之也。在心爲志，發言爲詩。情動於中而形於言，言之不足，故嗟嘆之；嗟嘆之不足，故永歌之；永歌之不足，不知手之舞之、足之蹈之也。情發於聲，聲成文謂之音。發，猶見也。聲，謂宮商角徵羽也。聲成文者，宮商上下相應也。治世之音安以樂，其政和；亂世之音怨以怒，其政乖；亡國之音哀以思，其民困。故正得失，動天地，感鬼神，莫近於詩。先王以是經夫婦，成孝敬，厚人倫[61]，美教化，移風俗。故詩有六義焉：一曰風，二曰賦，三曰比，四曰興，五曰雅，六曰頌。

上以風化下，下以風刺上，主文而譎諫，言之者無罪，聞之者足以戒[62]，故曰風。風化、風刺，皆謂譬喻，不斥言也。主文，主與樂宮商相應也。譎諫，詠歌依違，不直諫也。至于王道衰，禮義

---

60 「所以風天下」 茶陵本「風」下有「化」字，袁本無。案：茶陵所用善本也，袁所用五臣本也，此一有一無，舊已兩行，見於正義，必善與正義所謂俗本者同，五臣以定本去之。尤依今序校刪，而五臣亂善，二本皆失著校語，亦非。

61 「厚人倫」 案：「厚」當作「序」。袁本有校語云「厚」善作「序」。茶陵本作「厚」，無校語。考釋文云「厚音后」，本或作「序」，非。此亦兩行，善自作「序」，唯袁所見得之。又案：求通親親表「敘人倫」引此，當亦是「序」。今作「厚」，非。王元長曲水詩序「厚倫」注引此，則作「厚」。乃所謂與文選不同，各隨所用而引之之例也。

62 「聞之者足以戒」 袁本、茶陵本「以」下有「自」字。案：此亦兩行之見正義者，尤依今序校刪，似是實非。

廢，政教失，國異政，家殊俗，而變風變雅作矣。國史明乎得失之迹，傷人倫之廢，哀刑政之苛，吟詠情性，以風其上，達於事變，而懷其舊俗者也。故變風發乎情，止乎禮義。發乎情，民之性也；止乎禮義，先王之澤也。是以一國之事，繫一人之本，謂之風；言天下之事，形四方之風，謂之雅。雅者，正也，言王政之所由廢興也。政有小大，故有小雅焉，有大雅焉。頌者，美盛德之形容，以其成功告於神明者也。是謂四始，詩之志也[63]。始者，謂王道興衰之所由也。

然則關雎麟趾之化，王者之風，故繫之周公。南，言化自北而南也。鵲巢騶虞之德，諸侯之風也，先王之所以教，故繫之召公。自，從也。從北而南，謂其化從岐周被江、漢之域。先王，斥太王、王季、文王也[64]。周南召南，正始之道，王化之基。是以關雎樂得淑女以配君子，憂在進賢，不淫其色，哀窈窕，思賢才，而無傷善之心焉，是關雎之義也。哀，蓋字之誤也。哀當為衷，謂中心念恕之也[65]，無傷善之心，謂好仇也。

尚書序

孔安國 漢書曰：孔安國以治尚書為武帝博士，臨淮太守。

古者伏犧氏之王天下也，始畫八卦，造書契，以代結繩之政，由是文籍生焉。

63 「詩之志也」　袁本云善作「志」。茶陵本作「至」，無校語。案：此無可考，但當各仍其舊。茶陵非也。
64 注「斥太王王季文王也」　案：「文王也」三字，今箋無。詳其義不當有，此或傳寫衍也。
65 注「謂中心念恕之也」　陳云案釋文云「恕」本又作「念」，則「念」下不當復有「恕」字，是也。各本皆衍。案：此蓋或校「念」為「恕」，因誤兩存耳。

伏羲神農黃帝之書，謂之三墳，言大道也。少昊顓頊高辛唐虞之書，謂之五典，言常道也。至于夏商周之書，雖設教不倫，雅誥奧義，其歸一揆。是故歷代寶之，以爲大訓。八卦之說，謂之八索，求其義也。九州之志，謂之九丘。丘，聚也。言九州所有，土地所生，風氣所宜，皆聚此書也。春秋左氏傳曰：楚左史倚相能讀三墳五典八索九丘，即謂上世帝王遺書也。

先君孔子，生於周末，覩史籍之煩文，懼覽之者不一[66]，遂乃定禮樂，明舊章，刪詩爲三百篇，約史記而修春秋，讚易道以黜八索，述職方以除九丘。討論墳典，斷自唐虞以下訖於周，芟夷煩亂，翦截浮辭，舉其宏綱，撮其機要，足以垂世立教。典謨訓誥誓命之文，凡百篇，所以恢弘至道，示人主以軌範也。帝王之制，坦然明白，可舉而行。三千之徒，並受其義。及秦始皇滅先代典籍，焚書坑儒，天下學士，逃難解散。我先人用藏其家書于屋壁。

漢室龍興，開設學校，旁求儒雅，以闡大猷。濟南伏生，年過九十，失其本經，口以傳授，裁二十餘篇，以其上古之書，謂之尚書。百篇之義，世莫得聞。至魯共王好治宮室，壞孔子舊宅，以廣其居，於壁中得先人所藏古文虞夏商周之書，及傳論語孝經，皆科斗文字。王又升孔子堂，聞金石絲竹之音，乃不壞宅，悉以書還孔氏。科斗書廢已久，時人無能知者，以所聞伏生之書，考論文義，定其可知者，爲隸古定；更以竹簡寫以，增多伏生二十五篇。伏生又以舜典合於堯典，益稷合於皐陶

---

66 「懼覽之者不一」　何校云：匡謬正俗云晉、宋時書皆云「覽者之不一」。案：各本皆作「之者」，未詳善與顏所說同否也。

謨，盤庚三篇合爲一，康王之誥合於顧命。復出此篇并序，凡五十九篇，爲四十六卷。其餘錯亂摩滅，不可復知，悉上送官，藏之書府，以待能者。

承詔爲五十九篇作傳，於是遂研精覃思，博考經籍，採摭羣言，以立訓傳，約文申義，敷暢厥旨，庶幾有補於將來。書序，序所以爲作者之意，昭然義見，宜相附近，故引之各冠其篇首。定五十八篇既畢，會國有巫蠱事，經籍道息，用不復以聞，傳之子孫，以貽後世。若好古博雅君子，與我同志，亦所不隱也。

春秋左氏傳序

杜預[67]

臧榮緒晉書曰：杜預，字元凱，京兆人也。起家拜尚書郎，稍遷至鎮南大將軍，都督荊州諸軍事，平吳，加位特進，薨。

春秋者，魯史記之名也。記事者，以事繫日，以日繫月，以月繫時，以時繫年，所以紀遠近，別同異也。故史之所記，必表年以首事；年有四時，故錯舉以爲所記之名也。周禮有史官，掌邦國四方之事，達四方之志。諸侯亦各有國史，大事書之於策，小事簡牘而已。孟子曰：「楚謂之檮杌，晉謂之乘，而魯謂之春秋，其實一也。」韓宣子適魯，見易象與魯春秋，曰：「周禮盡在魯矣。吾乃今知周公之德，與周之所以王也。」韓子所見，蓋周之舊典禮經也。

周德旣衰，官失其守，上之人不能使春秋昭明，赴告策書，諸所記注，多違舊

[67]「杜預」袁本、茶陵本作「杜元凱」，是也。

章。仲尼因魯史策書成文，考其眞僞，而志其典禮，上以遵周公之遺制，下以明將來之法。其教之所存，文之所害，則刊而正之，以示勸誡。其餘皆卽用舊史，史有文質，辭有詳略，不必改也。故傳曰：「其善志。」又曰：「非聖人孰能修之。」蓋周公之志，仲尼從而明之。左丘明受經於仲尼，以爲經者不刊之書也。故傳或先經以始事，或後經以終義，或依經以辨理，或錯經以合異，隨義而發其例之所重。舊史遺文，略不盡舉，非聖人所修之要故也。身爲國史，躬覽載籍，必廣記而備言之。其文緩，其旨遠，將令學者原始要終，尋其枝葉，究其所窮，優而柔之，使自求之；饜而飫之，使自趨之。若江海之浸，膏澤之潤，渙然冰釋，怡然理順，然後爲得也。其發凡以言例，皆經國之常制，周公之垂法，史書之舊章，仲尼從而脩之，以成一經之通體。其微顯闡幽，裁成義類者，皆據舊例而發義，指行事以正褒貶。諸稱書、不書、先書、故書、不言、不稱、書曰之類，皆所以起新舊，發大義，謂之變例。然亦有史所不書，卽以爲義者，此蓋春秋新意，故傳不言凡，曲而暢之也。其經無義例，因行事而言，則傳直言其歸趣而已，非例也。故發傳之體有三，而爲例之情有五。一曰微而顯，文見於此而義起在彼，稱族尊君命，舍族尊夫人，梁亡、城緣陵之類是也。二曰志而晦，約言示制，推以知例，參會不地、與謀曰及之類是也。三曰婉而成章，曲從義訓，以示大順，諸所諱避[68]，璧假許田之類是也。四曰盡而不汙，直書其事，具文見意，丹楹、刻桷、天王求車、齊侯獻捷之類是也。五曰懲惡而勸善，求名而亡，

68「諸所諱避」　袁本、茶陵本云善作「避諱」。案：今本左傳作「諱避」，尤校改耳。下二條同。

欲蓋而章，書齊豹盜、三叛人名之類是也。推此五體以尋經、傳，觸類而長之，附于二百四十二年行事，王道之正，人倫之紀備矣。

或曰：春秋以錯文見義，若如所論[69]，則經當有事同文異而無其義也。先儒所傳，皆不其然。答曰：春秋雖以一字爲褒貶，然皆須數句以成言，非如八卦之爻，可錯綜爲六十四也，固當依傳以爲斷。古今言左氏春秋者多矣，今其遺文可見者十數家，大體轉相祖述，進不成爲錯綜經文以盡其變，退不守丘明之傳；於丘明之傳，有所不通[70]，皆沒而不說，而更膚引公羊穀梁，適足自亂。預今所以爲異，專脩丘明之傳以釋經，經之條貫，必出於傳，傳之義例，總歸諸凡。推變例以正褒貶，簡二傳而去異端，蓋丘明之志也。其有疑錯，則備論而闕之，以俟後賢。然劉子駿創通大義，賈景伯父子、許惠卿，皆先儒之美者也。末有穎子嚴者，雖淺近亦復名家。故特舉劉賈許穎之違，以見同異，分經之年與傳之年相附，比其義類，各隨而解之，名曰經傳集解。又別集諸例，及地名、譜第、歷數，相與爲部，凡四十部，十五卷，皆顯其異同，從而釋之，名曰釋例，將令學者觀其所聚異同之說，釋例詳之也。

或曰：春秋之作，左傳及穀梁無明文，說者以爲仲尼自衛反魯，修春秋，立素王，丘明爲素臣。言公羊者亦云黜周而王魯，危行言遜，以避當時之害，故微其文，隱其義。公羊經止獲麟，而左氏經終孔丘卒，敢問所安？答曰：異乎余所聞。仲尼

69 「若如所論」 袁本、茶陵本云「如」善作「此」。

70 「有所不通」 袁本、茶陵本云「有」善作「其」。

曰：「文王既沒，文不在茲乎？」此制作之本意也。歎曰：「鳳鳥不至，河不出圖，吾已矣夫！」蓋傷時王之政也。麟鳳五靈，王者之嘉瑞也，今麟出非其時，虛其應而失其歸，此聖人所以爲感也。絕筆于獲麟之一句者，所感而起，固所以爲終也。

曰：然春秋何始於魯隱公？答曰：周平王，東周之始王也；隱公，讓國之賢君也。考乎其時則相接，言乎其位則列國，本乎其始則周公之祚胤也。若平王能祈天永命，紹開中興，隱公能弘宣祖業，光啓王室，則西周之美可尋，文武之跡不墜。是故因其歷數，附其行事，采周之舊，以會成王義，垂法將來。所書之王，卽平王也；所用之歷，卽周正也；所稱之公，卽魯隱也。安在其黜周而王魯乎？子曰：「如有用我者，吾其爲東周乎！」此其義也。若夫制作之文，所以彰往考來，情見乎辭，言高則旨遠，辭約則義微，此理之常，非隱之也。聖人包周身之防，既作之後，方復隱諱以避患，非所聞也。子路使門人爲臣，孔子以爲欺天，而云仲尼素王，丘明素臣，又非通論也。先儒以爲制作三年，文成致麟，既已妖妄，又引經以至仲尼卒，亦又近誣。據公羊經止獲麟，而左氏「小邾射」不在三叛之數，故余以爲感麟而作，作起獲麟，則文止於所起，爲得其實，至於反袂拭面，稱「吾道窮」，亦無取焉。

三都賦序

臧榮緒晉書曰：左思作三都賦，世人未重。皇甫謐有高名於世，思乃造而示之，謐稱善，為其賦序也。

皇甫士安　臧榮緒晉書曰：皇甫謐，字士安，安定朝那人。年二十，始受書，得風痺疾，猶手不輟卷。舉孝廉，不行，又辟著作，不應，卒於家。

玄晏先生曰：謐自序曰：始志乎學，而自號玄晏先生。玄，靜也。晏，安也。先生，學人之通稱也。古人稱不歌而頌謂之賦。漢書曰：傳云：不歌而頌謂之賦。然則賦也者，所以因物造端，敷弘體理，欲人不能加也。漢書曰：登高能賦，可以為大夫。言感物造端，材智深美，可以列為大夫也。釋名曰：賦，敷也，敷布其義謂之賦。引而申之，故文必極美；觸類而長之，故辭必盡麗。周易曰：引而申之，觸類而長之，天下之能事畢矣。然則美麗之文，賦之作也。法言曰：詩人之賦麗以則。昔之爲文者，非苟尚辭而已，法言曰：或曰：君子尚辭乎？曰：君子事之為尚。將以紐之王教，本乎勸戒也。說文曰：紐，系也，女九切。自夏殷以前，其文隱沒，靡得而詳焉。夏有五子之歌，殷有湯頌。周監二代，文質之體，百世可知。論語，子曰：周監於二代，郁郁乎文哉，吾從周。又，子曰：其或繼周者，雖百世，可知也。故孔子采萬國之風，正雅頌之名，集而謂之詩。漢書曰：古有采詩之官，王者所以觀風俗，知得失，自考正也。孔子純取周詩。詩人之作，雜有賦體。子夏序詩曰：一曰風，二曰賦。故知賦者，古詩之流也。兩都賦序曰：賦者，古詩之流也。

至于戰國，王道陵遲，風雅寖頓，於是賢人失志，辭賦作焉。漢書曰：春秋之後，周道寖壞，而賢人失志之賦作矣。是以孫卿屈原之屬，遺文炳然，辭義可觀。西都賦序曰[71]：文章炳焉。論語曰：

71 注「西都賦序曰」　案：「西」當作「兩」。各本皆譌。

必有可觀者焉。存其所感，咸有古詩之意，皆因文以寄其心，託理以全其制，賦之首也。漢書曰：大儒孫卿及楚臣屈原，離讒憂國，皆作賦以風喻，咸有惻隱古詩之義。班固漢書述曰：蔚為辭宗，賦頌之首。及宋玉之徒，淫文放發，言過于實，誇競之興，體失之漸，風雅之則，於是乎乖。漢書曰：其後宋玉、唐勒競為侈麗宏衍之詞，沒其風諭之義。法言曰：辭人之賦麗以淫。逮漢賈誼，頗節之以禮。自時厥後，綴文之士，不率典言，並務恢張，其文博誕空類。孔安國尚書大傳曰[72]：誕，大也。大者罩天地之表，細者入毫纖之內，雖充車聯駟，不足以載；廣夏接榱，不容以居也。其中高者，至如相如上林，楊雄甘泉，班固兩都，張衡二京，馬融廣成，王生靈光，范曄後漢書曰：馬融為校書郎，時鄧太后臨朝，遂寢蒐狩之禮，故猾賊縱横。融以為文、武之道，聖賢不墜，上廣成頌以諷諫。初極宏侈之辭，終以約簡之制，煥乎有文，蔚爾鱗集，皆近代辭賦之偉也。論語，子曰：大哉堯之為君，煥乎其有文章也。周易曰：君子豹變，其文蔚也。難蜀父老曰：鱗集仰流。若夫土有常產，俗有舊風，方以類聚，物以羣分；周易曰：方以類聚，物以羣分，吉凶生矣。而長卿之儔，過以非方之物，寄以中域，虛張異類，託有於無。祖構之士，雷同影附，流宕忘反，非一時也。徐廣史記注曰：祖者，宗習之謂也。蔡邕郭有道碑曰：望形表而影附。謝承後漢書序曰[73]：士庶流宕，他州異境。

曩者漢室內潰，四海圮裂。孫劉二氏，割有交益；魏武撥亂，擁據函夏。公羊傳曰：撥亂反正。函夏，已見赭白馬賦。故作者先爲吳蜀二客，盛稱其本土險阻瓌琦，可以偏王，埤

72 注「孔安國尚書大傳曰」　案：「大」字不當有。各本皆衍。

73 注「謝承後漢書序曰」　袁本、茶陵本「承」作「沈」，是也。

蒼曰：瓌瑋，珍琦也。而却爲魏主述其都畿，弘敞豐麗，奄有諸華之意。言吳蜀以擒滅[74]比亡國，而魏以交禪比唐虞，既已著逆順，且以爲鑒戒。漢書曰：甚誘逆之理[75]。西京賦曰：鑒戒唐詩。蓋蜀包梁岷之資，吳割荊南之富，魏跨中區之衍，考分次之多少，計殖物之眾寡，星之分次，物之生殖也。周禮曰：以星土辨九州之地所封域。又曰：動物宜毛，植物宜皁。比風俗之清濁，課士人之優劣，亦不可同年而語矣。過秦論曰[76]：則不可同年而語矣。二國之士，各沐浴所聞，史記曰：太史公曰：成王作頌，沐浴膏澤。家自以爲我土樂，人自以爲我民良，皆非通方之論也。作者又因客主之辭，正之以魏都，折之以王道，其物土所出，可得披圖而校。左氏傳，賓媚人曰：疆理天下物土之宜。杜預曰：播殖之物，各從土宜。體國經制，可得按記而驗，豈誣也哉！周禮曰：惟王建國，體國經野。鄭玄曰：體，猶分也。

思歸引序

石季倫

余少有大志，夸邁流俗，弱冠登朝，臧榮緒晉書曰：崇早有智慧，年二十餘，為修武令，有能名。范曄後漢書，馬援曰：吾從弟少遊，哀吾慷慨多大志。禮記曰：不從流俗。班固漢書述曰：矯矯賈生，弱冠登朝。歷位二十五年，五十以事去官。臧榮緒晉書曰：崇為大司農，坐未被書擅去官免。晚節更樂放逸，篤好林藪；魏太祖祭喬玄文曰：非至親之篤好，胡肯為此辭哉！遂肥遁於河陽別業。周易曰：肥遁無不利。其制宅也，却阻

---

74 「言吳蜀以擒滅」 案：「擒」當作「禽」。茶陵本云五臣作「禽」，袁本云善作「擒」，所見皆非。

75 注「甚誘逆之理」 陳云「誘」，「諄」誤。又「逆」下脫「順」字，是也。各本皆誤。

76 注「過秦論曰」 袁本、茶陵本無「論」字，是也。

長堤，前臨清渠，百木幾於萬株[77]，流水周於舍下。楚辭曰：水周兮堂下。有觀閣池沼，多養魚鳥[78]。家素習技，頗有秦趙之聲。班固漢書[79]，楊惲報孫會宗書曰：家本秦人，能為秦聲。婦，趙女也，雅善鼓瑟。出則以游目弋釣爲事，入則有琴書之娛。楚辭曰：忽反顧以游目。劉歆遂初賦曰：玩琴書以條暢。又好服食咽氣，志在不朽，古詩曰：服食求神仙。傲然有凌雲之操。漢書曰：司馬相如既奏大人賦，天子曰：飄飄有凌雲之氣。仲長子昌言曰：節操凌高雲。欻許勿復見牽，羈婆娑於九列；臧榮緒晉書曰：崇後為太僕。困於人間煩黷，常思歸而永歎。賈逵國語注曰：黷，媟也。毛詩曰：茲之永歎。尋覽樂篇，有思歸引，琴操、思歸者，衛女之所作也。欲歸不得，心悲憂傷，援琴而歌，作思歸引。儻古人之情，有同於今，故制此曲。此曲有絃無歌，今爲作歌辭，以述余懷。恨時無知音者，令造新聲而播於絲竹也。周禮曰：播之以八音。

77 「百木幾於萬株」 袁本、茶陵本「百」作「柏」。案：此必善「百」、五臣「柏」，二本失著校語，尤所見獨未誤也。詳文義，「百」是，「柏」非。

78 「多養魚鳥」 袁本、茶陵本「魚鳥」作「鳥魚」。案：此疑亦善、五臣之異。

79 注「班固漢書」 袁本、茶陵本無此四字。案：無者是也，說已見前。此類今各本多非其舊，未能盡出。

序下

豪士賦序

陸士衡　臧榮緒晉書曰：機惡齊王冏矜功自伐，受爵不讓，及齊亡，作豪士賦。呂氏春秋曰：老聃、孔子、墨翟、關尹子、列子、陳駢、楊朱、孫臏、王廖、兒良，此十人者，皆天下之豪士也。然機猶假美號以名賦也。

夫立德之基有常，而建功之路不一。左氏傳，穆叔曰：太上有立德，其次有立功。何則？循心以爲量者存乎我，言立德必循於心，故存乎我。因物以成務者繫乎彼。言建功必因於物，故繫乎彼。存夫我者，隆殺止乎其域；繫乎物者，豐約唯所遭遇。言德有常量，至域便止；功無常則，因遇乃成。域謂身也。落葉俟微風以隕[1]，而風之力蓋寡；漢書，王恢謂韓安國曰：夫草木遭霜者，不可以遇風。孟嘗遭雍門而泣，而琴之感以末。桓子新論曰：雍門周以琴見孟嘗君，孟嘗君曰：先生鼓琴亦能令文悲乎？對曰：臣竊為足下有所悲，千秋萬歲後，墳墓生荊棘，游童牧豎，躑躅其足，而歌其上，曰孟嘗君之尊貴，亦猶若是乎！於是孟嘗喟然太息，

1 「落葉俟微風以隕」　何校「風」改「飈」。袁本云善作「風」。茶陵本云五臣作「飈」。案：晉書作「飈」，或「風」是傳寫誤。

涕承睫而未下，雍門周引琴而鼓之，徐動宮徵，揮角羽，初終而成曲。孟嘗君遂歔欷而就之。是琴之感以末也。何者？欲隕之葉，無所假烈風；將墜之泣，不足繁哀響也[2]。是故苟時啓於天，理盡於民，時既啓之於天，理又盡於人事，言立功易也。庸夫可以濟聖賢之功，斗筲可以定烈士之業。說苑曰：管仲，庸夫也，桓公得之以為仲父。論語，子貢曰：今之從政者何如？子曰：噫！斗筲之人，何足算也！故曰才不半古，而功已倍之，蓋得之於時勢也。孟子曰：當今之時，萬乘之國行仁政，民之悅之，猶解倒懸也。故事半，古之人功必倍之，唯此時為然。歷觀古今，徼一時之功，而居伊周之位者有矣。孟子曰：彼一時，此一時。夫我之自我，智士猶嬰其累；物之相物，昆蟲皆有此情。孟子曰：爾為爾，我為我。文子曰：譬吾處於天下，亦為一物也。然則我亦物也，而物亦物也，物之與我也，有何以相物也。禮記曰：昆蟲未蟄。鄭玄曰：昆，明也。明蟲者，陽而生，陰而藏。夫以自我之量，而挾非常之勳，神器暉其顧眄，萬物隨其俯仰，老子曰：天下神器，不可為也；為者敗之。心玩居常之安，耳飽從諛之說，史記，汲黯曰：上置公卿，寧令從諛承意，陷主於不義乎？豈識乎功在身外，任出才表者哉！

且好榮惡辱，有生之所大期；孫卿子曰：好榮惡辱，好利惡害，是君子小人之所同。忌盈害上，鬼神猶且不免；周易曰：鬼神害盈而福謙。左氏傳，狼瞫曰：周志有之，勇則害上，不登於明堂。人主操其常柄，天下服其大節，韓子曰：操生殺之柄，此人主之勢也。左氏傳，仲尼曰：唯器與名不可以假人，君之所司也，政之大節也。故曰天可讎乎？左氏傳曰：楚子入于雲中，鄖公辛之弟懷將殺王，辛曰：君討臣，誰敢讎之？君命，天也。若死天

---

2 「不足繁哀響也」 何校「繁」改「煩」，云晉書作「煩」。陳云作「煩」為是。案：「繁」與「煩」音義甚近，或善自與晉書有異也。

命，將誰讎乎[3]？而時有袨服荷戟，立于廟門之下，援旗誓眾，奮於阡陌之上。漢書曰：宣帝祠孝昭廟，先敺旄頭劍挺墮地，首垂泥土中，刃鬱乘輿[4]車，馬驚，於是召梁丘賀筮之，有兵謀，不吉。上還，使有司侍祠。時霍氏外孫代郡太守任宣坐謀反誅，宣子章為公車丞，亡在渭城界，中夜袨服入廟，居郎間，執戟立廟門，待上至，欲為逆，發覺，伏誅。蘇林曰：袨服，黑服也。過秦論曰：陳涉躡足行伍之間，而俛起阡陌之中，斬木為兵，揭竿為旗。援，于元切。況乎代主制命，自下財物者哉！后以財成而臣為之，故云自下。尸子曰：天生萬物，聖人財之。廣樹恩不足以敵怨，勤興利不足以補害，故曰代大匠斲者，必傷其手。老子曰：夫代大匠斲，希有不傷其手。且夫政由甯氏，忠臣所爲慷慨；祭則寡人，人主所不久堪。左氏傳曰：衛獻公使與甯喜言曰：苟反國，政由甯氏，祭則寡人。是以君奭鞅鞅於亮，不悅公旦之舉；高平師師，側目博陸之勢。尚書序曰：召公為保，周公為師，相成王為左右，召公不悅。漢書，景帝目送周亞夫曰：此之鞅鞅，非少主臣也。又曰：魏相，字弱翁，遷御史[5]，四歲代韋賢為丞相，封高平侯。班固述魏相曰：高平師師，惟辟作威，圖黜凶害，天子是毗。韋昭曰：師師，相尊法也。漢書曰：列侯宗室見郅都側目。又曰：霍光為博陸侯。而成王不遣嫌吝於懷，宣帝若負芒刺於背，非其然者與？尚書曰：武王既喪，管叔及羣弟流言於國曰：公將不利於孺子。孔安國曰：成王信流言而疑周公。漢書曰：宣帝始立，謁見高廟，大將軍霍光從參乘，上內嚴憚之，若有芒刺在背。嗟乎！光于四表，德莫富焉；王曰叔父，親莫昵焉。尚書曰：光被四表。毛詩曰：王曰叔父。毛萇曰：叔父，謂周公也。登帝大位[6]，功莫厚焉；

3 注「左氏傳曰」下至「將誰讎乎」 袁本、茶陵本無此一節注。案：二本脫也。
4 注「首垂泥土中刃鬱乘輿」 何校去「土」字，「鬱」改「鄉」，陳同，是也。各本皆誤。
5 注「遷御史」 陳云下脫「大夫」二字，是也。各本皆脫。
6 「登帝大位」 袁本、茶陵本「大」作「天」。袁有校語云善作「大」，茶陵無。案：注引「天位艱哉」，善自作「天」，與五臣無異，不作「大」也。茶陵本所見為是，袁校語及此非。晉書亦是「天」字。

守節沒齒，忠莫至焉。漢書，昭帝崩，霍光上奏曰：太宗亡嗣，孝武皇帝曾孫病已可以嗣孝昭皇帝。太后詔可。尚書，伊尹曰：天位艱哉！李陵與蘇武書曰：薄賞子以守節。論語，或問管仲曰：奪伯氏駢邑三百，飯疏食，沒齒無怨言。而傾側顛沛，僅而自全，則伊生抱明允以嬰戮，文子懷忠敬而齒劍，固其所也。尚書曰：太甲既立，不明，伊尹放諸桐。左氏傳曰：高陽氏有才子，明允篤誠。紀年曰：太甲潛出自桐，殺伊尹。吳越春秋曰：文種者，本楚南郢人也，姓文，字少禽。禮記，孔子曰：儒有懷忠信以待舉。史記曰：勾踐平吳，人或讒大夫種且作亂，越王乃賜種劍曰：子教寡人伐吳七術，寡人用其三而敗吳，其四在子，子為我從先王試之。種遂自殺。枚叔上書諫吳王曰：腐肉之齒利劍也。

因斯以言，夫以篤聖穆親，如彼之懿，謂周公也。大德至忠，如此之盛，謂霍光也。尚不能取信於人主之懷，止謗於眾多之口，鄒陽於獄上書曰：不奪乎眾多之口。過此以往，惡烏覩其可！安危之理，斷可識矣。又況乎饕土高大名以冒道家之忌，運短才而易聖哲所難者哉！穀梁傳曰：君不尸小事，臣不專大名。老子曰：富貴而驕，自遺其咎。莊子曰：功成者隳，名成者虧，孰能去功與名，而還與眾人？身危由於勢過，而不知去勢以求安；禍積起於寵盛，而不知辭寵以招福。見百姓之謀己，則申宮警守，以崇不畜之威；左氏傳曰：公待於壞隤，申宮警備，設守而後行。杜預曰：申整宮備也。懼萬民之不服，則嚴刑峻制，以賈古傷心之怨。新序曰：商鞅為嚴刑峻法，易古三代之制。杜預左氏傳注曰：賈，賣也。尚書曰：民罔不蠹傷心。然後威窮乎震主，而怨行乎上下，漢書，蒯通說韓信曰：臣聞勇略震主者身危，功蓋天下者不賞。眾心日陊亘氏，危機將發，而方偃仰瞪直孕眄，謂足以誇世，毛詩曰：或棲遲偃仰。魯靈光殿賦曰：齊首目以瞪眄。埤蒼曰：瞪，直視也。笑古人之未工，亡已事之已拙[7]，知曩勳之可矜，暗成敗之有會。是以事窮運盡，必於顛仆音赴風起塵合，而禍至

---

[7] 「亡已事之已拙」　袁本、茶陵本「亡」作「忘」，云善作「亡」。案：各本所見皆非也。「亡」字但傳寫誤，晉書亦是「忘」字。

常酷也。答賓戲曰：彼皆躡風塵之會，履顚沛之勢。項岱曰：彼，謂李斯輩也。風發於天，以諭君上，塵從下起，以諭斯等。聖人忌功名之過己，惡寵祿之踰量，蓋爲此也。

夫惡欲之大端，賢愚所共有，禮記曰：飲食男女，人之大欲存焉；死亡貧苦，人之大惡存焉。故惡欲者，心之大端也。而游子殉高位於生前，志士思垂名於身後，受生之分，唯此而已。夫蓋世之業，名莫大焉；漢書曰：項羽歌曰：力拔山兮氣蓋世。震主之勢，位莫盛焉；震主，已見上文。率意無違，欲莫順焉。借使伊人頗覽天道，知盡不可益，盈難久持，周易曰：天道虧盈而益謙。毛詩序曰：太平之君子，能持盈守成。超然自引，高揖而退，司馬遷報任少卿書曰：寧得自引深藏巖穴耶？則巍巍之盛，仰邈前賢，洋洋之風，俯冠來籍，而大欲不乏於身，至樂無愆乎舊，節彌效而德彌廣，身逾逸而名逾劭。爾雅注曰：劭[8]，美也。此之不爲，彼之必昧，然後河海之跡堙爲窮流，一簣之釁積成山岳，論語曰：譬如為山，未成一簣，止吾止也。名編凶頑之條，身猒荼毒之痛，豈不謬哉！毛詩曰：人之貪亂，寧為荼毒！故聊賦焉，庶使百世少有痦云。

三月三日曲水詩序

風俗通曰：周禮，女巫掌歲時祓除疾病。禊者絜也，於水上盥絜也。巳者祉也，邪疾已去，祈介祉也。韓詩曰：三月桃花水之時，鄭國之俗，三月上巳於溱、洧兩水之上，執蘭招魂，祓除不祥也。續齊諧記曰：晉武帝問尚書摯虞曰[9]：三月曲水[10]，其義何？答曰：漢章帝時，平原徐肇以三月初生三女，至三日而俱亡，一村以為怪，乃招攜至水濱盥洗，遂因水以泛觴。曲水之義起於此。帝曰：若所談，

8 注「爾雅注曰劭」 袁本「爾」作「小」，無「注」字，是也。茶陵本亦誤衍。

9 注「晉武帝問尚書摯虞曰」 陳云「書」下脫「郎」字，是也。各本皆脫。藝文類聚、初學記引有。

10 注「三月曲水」 案：「月」當作「日」。各本皆譌。藝文類聚、初學記引作「日」，晉書束晳傳亦然。

非好事。尚書郎束皙曰：仲治小生，不足以知，臣請說其始。昔周公成洛邑，因流水以泛酒，故逸詩曰：羽觴隨流波。又秦昭王三日置酒河曲，見有金人出，奉水心劍曰，令君制有西夏，乃因其處，立為曲水。二漢相沿，皆為盛集。帝曰：善。賜金五十斤，左遷仲治為陽城令。裴子野宋略曰：文帝元嘉十一年三月丙申，禊飲於樂遊苑，且祖道江夏王義恭、衡陽王義季，有詔會者咸作詩，詔太子中庶子顏延年作序。　顏延年

夫方策既載，皇王之迹已殊；鐘石畢陳，舞詠之情不一。禮記，哀公問政。子曰：文、武之道，布在方冊。春秋說題辭曰：尚書者，二帝之跡，三王之義，所推期運，明受命之際。郭象莊子注曰：皇王殊跡，隨世為名。漢書曰：石曰磬，金曰鍾。毛詩序曰：永歌之不足，不知手之舞之。雖淵流遂往，詳略異聞，上林賦曰：恐後代靡麗，遂往而不反。春秋序曰：史有文質，辭有詳略。然其宅天衷，立民極，莫不崇尚其道，神明其位，東京賦曰：豈如宅中而圖大。呂氏春秋曰：古之王者，擇天之中而立國，擇國之中而立宮。周禮曰：設官分職，以為民極。周易曰：聖人以神明其德。拓土洛世貽統，固萬葉而爲量者也。魏志，高堂隆上疏曰：拓跡垂統，必俟聖賢。晉中興書，詔桓玄曰：蕃衛王家，垂固萬葉。

有宋函夏，帝圖弘遠。揚雄河東賦曰：函夏之大。漢書，服虔曰：函夏，諸夏也。孝經鉤命決曰：丘乃授帝圖，掇秘文。高祖以聖武定鼎，規同造物；宋高祖也。左氏傳，王孫滿謂楚子曰：成王定鼎于郟鄏。莊子，孔子曰：夫造物者為人。司馬彪曰：造物者為道。皇上以叡文承歷，景屬宸居。皇上，宋文帝也。尚書曰：叡哲文明[11]。又曰：天之歷數在爾躬。景，光景連屬也[12]。典引曰：高光二聖，宸居其域。蔡邕曰：如北辰居其所而眾星拱之。隆周

---

11 注「叡哲文明」　茶陵本「叡」作「濬」。袁本作「叡」，與此同。案：依茶陵本似善正文作「濬」，魯靈光殿賦「濬哲欽明」，善注引「濬哲文明」。王元長序「睿哲在躬」，東京賦「睿哲元覽」，善注皆引「睿作聖，明作哲」。然則「睿」、「濬」較有區別，恐是五臣改「濬」為「叡」也，銑注云「叡聖」。

12 注「景光景連屬也」　陳云「光」上有脫文。案：當有「屬」字也。各本皆脫。

之卜既永，宗漢之兆在焉。楊雄河東賦曰：赈隆周之大寧。左氏傳，王孫滿曰：成王定鼎於郟鄏，卜世三十，卜年七百。漢書文紀曰：兆得大橫。占曰：大橫庚庚，余為天王。正體毓德於少陽，王宰宣哲於元輔。正體，太子也。喪服傳曰：父為長子三年。傳曰：何以三年，長子正體於上。周易曰：蠱，君子以振民毓德。少陽，東宮也。鄭玄禮記注曰：東郊少陽，諸侯象也。王宰，已見曲水詩。毛詩曰：宣哲維人，文、武惟后。班固涿邪山文曰：晄晄將軍，大漢元輔。晷緯昭應，山瀆效靈。說文曰：晷，日影也。緯，五星也。易乾鑿度曰：五緯順軌，四時和栗。山，五嶽也。瀆，四瀆也。效靈，山出器車、瀆出圖書之類。五方雜遝徒合，四隩來暨。漢書曰：京師五方雜錯。尚書曰：九州攸同，四隩既澤[13]，吳都賦曰：都輦殷而四隩來暨。選賢建戚，則宅之於茂典[14]；施命發號，必酌之於故實。左氏傳，士會曰：楚君之舉也，內姓選於親，外姓選於舊。又曰：蔿敖為宰，擇楚國之令典。尚書，武王曰[15]：發號施令，罔有不臧。毛詩序曰：能酌先祖之道，以養天下。國語，楚穆仲[16]謂宣王曰：魯侯賦事行刑，必問於遺訓，而資於故實。大予協樂，上庠肆教。東觀漢記，孝明詔曰：正大樂官曰大予樂官。禮記曰：有虞氏養國老於上庠。章程明密，品式周備。漢書曰：高祖命張蒼定章程。謝承後漢書曰：魏朗為河內太守，明密法令。漢書曰：宣帝樞機周密，品式備具。國容眂視令而動，軍政象物而具。司馬法曰：國容不入軍，軍容不入國。左氏傳曰：士會曰：蔿敖為宰，百官象物而動，軍政不戒而備。箴闕記言，校文講藝之官，采遺於內；輶車朱軒，懷荒振遠之使，論德于外。左氏傳，魏絳曰：昔周辛甲之為太史也，命百官箴王闕。禮記曰：言則右史書之。西都賓曰：啓發篇章，校理秘文，講論于六藝，稽古

13 注「四隩既澤」 袁本、茶陵本「澤」作「宅」，是也。
14 「則宅之於茂典」 袁本、茶陵本「宅」作「擇」，是也。
15 注「尚書武王曰」 茶陵本「武」作「穆」，是也。袁本亦誤「武」。
16 注「國語楚穆仲」 案：「楚」當作「樊」。各本皆譌。

於同異[17]。楊雄答劉歆書曰：嘗聞先代輶軒之使。風俗通曰：周、秦常以八月輶軒，使采異代方言。辨亡論曰：輶軒騁於南荒。尚書大傳曰：未命為士，不得朱軒。西征賦曰：銜命則蘇屬國，震遠則張博望。**楨莖素毳**昌銳**，幷柯共穗之瑞，史不絕書；棧山航海，踰沙軼漠之貢，府無虛月。**楨莖，朱草也。素毳，白虎也。幷柯，連理也。共穗，嘉禾也。左氏傳，晉司馬叔侯曰：魯之於晉也，職貢不乏，史不絕書，府無虛月，如是可矣。楊雄交州箴曰：航海三萬，東牽其犀。軼，余日切。**烈燧千城**[18]**，通驛萬里。穹居之君，內首稾朔；卉服之酋，回面受吏。**穹居之君，匈奴也。魏都賦曰：思稾正朔。尚書曰：島夷卉服。劇秦美新曰：海外遐方，回首內嚮。漢書曰：邛、筰之君長，欲願為內臣妾，請吏北面。**是以異人慕響，俊民間出；**班固漢書贊曰：羣士慕嚮，異人並出。尚書曰：俊民用章。漢書曰：漢興，詩、書往往間出。**警蹕清夷，表裏悅穆。**仲長子昌言曰：姦慝既弭，警蹕清夷。**將徙縣中宇，張樂岱郊。**言將徙都洛邑，封禪泰山也。莊子曰：北門成問於黃帝曰：帝張咸池之樂於洞庭之野。**增類帝之宮，飭禮神之館，塗歌邑誦，以望屬車之塵者久矣。**禮記曰：天子將出征，類于上帝。類，祭也。西都賦曰：禮神祇，懷百靈。司馬相如諫獵曰：犯屬車之清塵。

日躔直連**胃維，月軌青陸。**漢書曰：日月初躔星之紀。韋昭曰：躔，處也。禮記曰：季春之月日在胃。王仲宣思征賦曰[19]：在建安之二八，星步次於箕維。漢書天文志曰：月順入軌道。河圖帝覽嬉曰：立春春分，月從東青道。杜預左氏傳注曰：陸，道也。**皇祇發生之始，后王布和之辰，**皇，天神也。祇，地神也。周禮曰：大宗伯掌天神地祇之禮。曹植九詠曰：皇祇降兮潛靈舞。爾雅曰：春為發生。禮記曰：后王命塚宰，降德于眾兆人。又曰：孟春之月，命相布德和令。**思**

---

17 注「稽古於同異」　案：「古」當作「合」。各本皆譌。

18 「烈燧千城」　案：「烈」當作「列」。各本皆譌。蓋此二字多致混也。袁、茶陵二本餘篇校語可證。

19 注「王仲宣思征賦曰」　案：「思征」當作「征思」。各本皆倒。

對上靈之心，以惠庶萌之願。加以二王于邁，出餞戒告，二王，已見上文。毛詩曰：從公于邁。韓詩章句曰：送行飲酒曰餞。燕禮曰：小臣戒盥者。鄭玄曰：君以宴禮勞使臣，則警戒告語焉。有詔掌故，爰命司歷，封禪書曰：宜命掌故。左氏傳，仲尼曰：今火猶西流，司歷過也。獻洛飲之禮，具上巳之儀。洛飲、上巳，並已見上注。南除輦道，北清禁林，左關巖隥都鄧，右梁潮源。略亭皐，跨芝廛，苑太液，懷曾山。上林賦曰：輦道纚屬，西都賓曰：集禁林而屯聚。難西蜀父老曰：關沫若，梁孫原。穆天子傳曰：天子東升于三道隥。郭璞曰：隥，阪也。上林賦曰：亭皐千里，靡不被築。洛神賦曰：稅駕乎衡皐，秣駟乎芝田。漢書有太液池。松石峻垝古毀，葱翠陰煙，游泳之所攢萃，翔驟之所往還。於是離宮設衛，別殿周徼音叫，西都賓曰：離宮別觀，三十六所，周以鉤陳之位，衛以嚴更之署，周廬千列，徼道綺錯。旌門洞立，延帷接枑，周禮曰：王之會同，為帷宮，設旌門。楊雄蜀都賦曰：延帷揚幕，接帳連岡。又周禮曰：王之會同之舍，設梐枑再重。杜子春曰：梐枑，行馬也。閱水環階，引池分席。歎逝賦曰：閱水以成川[20]。春官聯事，蒼靈奉塗。然後昇秘駕，胤緹徒兮騎，搖玉鸞，發流吹，言春官聯事以供職，蒼靈奉塗以衛行也。周禮有春官宗伯。又曰：以官府之六，聯合邦治。二曰賓客之聯事。蒼靈，青帝也。尚書帝命驗曰：帝者承天立五府。蒼曰靈府。鄭玄曰：蒼帝靈威仰之府。續漢書曰：緹騎二百人，屬執金吾。楚辭曰：鳴玉鸞之啾啾兮。淮南子曰：龍舟鷁首，浮吹以虞。天動神移，淵旋雲被，以降于行所，禮也。羽獵賦曰：天動地岋。淮南子曰：藏志九旋之淵。蔡邕獨斷曰：天子以天下為家，自謂所居為行在所。既而帝暉臨幄，百司定列，鳳蓋俄軫，虹旗委旆。俄軫、委旆，不行也。東都主人曰：鳳蓋棽纚。楚辭曰：回朕車俾西引，褰虹旗於玉門。肴蔌芬藉，觴醳亦泛浮。毛詩曰：其肴維何，炰鼈及魚[21]；其蔌維何，維

20 注「閱水以成川」 案：「閱」上當有「川」字。各本皆脫。

21 注「炰鼈及魚」 袁本、茶陵本「及」作「鮮」，是也。

笥及蒲。鄭玄禮記注曰：醳，旨酒也。妍歌妙舞之容，銜組樹羽之器。古妍歌篇曰：妍歌展妙聲，發曲吐令辭，邊讓章華賦曰：妙舞麗於陽阿。阮諶三禮圖曰：筍虡，兩頭並為龍以銜組。曹植九詠曰：雲龍兮銜組，流羽兮交橫，毛詩曰：設業設簴，崇牙樹羽。三奏四上之調，六莖九成之曲。競氣繁聲，合變爭節。韓子曰：師曠奏清徵，一奏有玄鶴二八來集，再奏而列，三奏延頸而鳴，攄翼而舞。馬融琴賦曰：師曠三奏而神物下。楚辭曰：四上競氣極聲變。王逸曰：四上，謂代奏鄭、衛也。漢書曰：顓頊作六莖。尚書曰：簫韶九成，鳳皇來儀。龍文飾轡，青翰侍御。班固西域傳贊曰：蒲梢龍文魚目，汗血之馬也。說苑，莊辛謂襄城君曰：鄂君乘青翰之舟，汎新波之中。華裔殷至，觀聽騖集。揚袂風山，舉袖陰澤。靚莊藻野，袨服縟川。籍田賦曰：居靡都鄙，民無華裔。蜀都賦曰：觀聽之所踊躍。故法言曰：雷震揚天[22]，風薄于山。上林賦曰：靚莊刻飾。鄒陽上書曰：袨服叢臺之下者，一旦成市。說文曰：縟，繁彩色也。以殷隱賑外區，煥衍都內者矣。西京賦曰：鄉邑殷賑。張載劍閣銘曰：矧茲狹隘，王之外區。王粲羽獵賦曰：叢華雜沓，煥衍陸離。上膺萬壽，下禔氏移百福。毛詩曰：報以介福，萬壽無疆。司馬相如難蜀文曰：中外禔福。毛詩曰：介爾百福[23]。帀筵稟和，闔堂依德。情盤景遽，歡洽日斜。金駕總駟，聖儀載佇。悵鈞臺之未臨，慨酆宮之不縣。左氏傳曰：楚子合諸侯於申，椒舉言於楚子曰：夏啓有鈞臺之享，康王有酆宮之朝。方且排鳳闕以高遊，開爵園而廣宴。關中記曰：建章圓闕臨北道，銅鳳在上，故號鳳闕。鄴中記曰：銅爵臺西有爵園。並命在位，展詩發志。楚辭曰：展詩兮會舞。王逸曰：展，舒也。周易曰：有孚發若，信以發志也。則夫誦美有章，陳信無愧者歟？毛詩序曰：頌者，美盛德之形容。左傳曰：楚子木問趙孟曰：范武子之德何如？對曰：祝史陳信於鬼神無愧辭。

22 注「雷震揚天」 袁本、茶陵本「揚」作「手」，是也。

23 注「介爾百福」 茶陵本「介」作「卜」，是也。袁本亦誤「介」。

三月三日曲水詩序

王元長　蕭子顯齊書曰：武帝永明九年三月三日，幸芳林園，禊飲朝臣，勅王融為序，文藻富麗，當代稱之。

臣聞出豫爲象，鈞天之樂張焉；時乘既位，御氣之駕翔焉。周易豫卦曰：先生作樂，殷薦上帝。史記曰：趙簡子病，二日而悟，曰：我之帝所甚樂，與百神遊于鈞天，廣樂九奏萬舞。莊子曰：北門成問於黃帝曰：帝張咸池之樂於洞庭之野[24]。莊子曰：乘天地之正，而御六氣之辨。穆天子傳曰：天子命駕八駿之乘，遂東南翔行，馳千里。郭璞曰：行如飛翔也。是以得一奉宸，逍遙襄城之域；體元則大，悵望姑射之阿。然窅眇寂寥，其獨適者已。老子曰：王侯得一而天下正。尚書曰：惟辟奉天。宸與辰同，已見上文。莊子曰：黃帝將見大隗于具茨之山，至襄城之野。東都主人曰：體元立制，繼天而作。論語，子曰：唯天為大，唯堯則之。莊子曰：堯治天下之民，平海内之政，往見四子藐姑射之山，汾水之陽，窅然喪其天下焉。家語，孔子曰：聖人舉事，可施於百姓，非獨適一身之行。至如夏后兩龍，載驅璿臺之上；穆滿八駿，如舞瑤水之陰；亦有饗云，固不與萬民共也。山海經曰：大樂之野，夏后啓於此舞九代馬，乘兩龍。毛詩曰：載馳載驅，周爰咨諏。易歸藏曰：昔者夏后啓筮，享神於晉之墟，作為璿臺於水之陽。穆滿八駿，已見江賦。又穆天子傳曰：天子北升太山之上，以望四野。乙丑，天子觴西王母於瑤池之上。毛詩曰：執轡如組，兩驂如舞。孟子曰：今王田獵於此，百姓聞王車馬之音，與羽毛之美，父子不相見，兄弟妻子離散，此無佗，不與民同樂也。

我大齊之握機創歷，誕命建家，接禮貳宮，考庸太室。蕭子顯齊書曰：齊太祖高皇帝，諱道成，字紹伯，受宋禪。尚書曰：我文考文王，誕膺天命。又曰：永建乃家。孟子曰：舜尚見帝，帝館甥於貳室，亦饗舜，迭為賓主，是天子而友匹夫也。趙岐曰：尚，上也，舜在畎畝之時，堯友禮之。舜上見堯，堯舍之於副宮。堯亦就饗舜之所設，更為賓

---

[24] 注「莊子曰北門成問於黃帝曰帝張咸池之樂於洞庭之野」　袁本作「張樂，已見上文。周易曰：時乘六龍以御天」十六字，是也。茶陵本誤與此同。

主。尚書大傳曰：維十月五祀[25]，舜為賓客，禹為主人，樂正進贊曰：尚考太室之義，唐為虞賓。鄭玄曰：舜既使禹攝天下之事，於祭祀避之，居賓客之位，獻酒則為亞獻。尚考，猶言往時也。太室，明堂之中央室也。義當為儀，儀，禮儀也。謂祭太室之禮，堯為舜賓也。幽明獻期，雷風通饗，昭華之珍既徙，延喜之玉攸歸。曾子，夫子曰：天道曰圓，地道曰方，方曰幽，圓曰明。禮記曰：明則有禮樂[26]，幽則有鬼神。太公伏符陰謀曰：武王伐紂，四海神、河伯皆曰：天伐殷立周，謹來受命，願獻時雨。論語讖曰：仲尼云：吾聞堯率舜等遊首山，觀河渚，一老曰：河圖將來告帝期。尚書曰，納于大麓，烈風雷雨不迷。尚書大傳曰：舜將禪禹，八風循通。又曰：堯得舜，推而尊之，贈以昭華之玉。尚書璇璣玉鈐曰[27]：玄圭出，刻曰延喜之玉。革宋受天，保生萬國，度時洛邑靜鹿丘之歎，遷鼎息大坰之慚。周書，武王曰：膺受大命革殷，受天明命。又曰：我聞古商先生成湯，保生商人。又度邑篇曰：維王克殷。乃永歎曰：嗚呼不淑，充天之對，自鹿至于丘中，具明不寢。帝王世紀曰：湯即天子位，遂遷九鼎于亳，至大坰，而有慚德。周書丘或為苑。紹清和於帝猷，聯顯懿於王表。駿發開其遠祥，定爾固其洪業。言以清和之德，繼於大道。楊子雲劇秦美新曰：鏡淳粹之至精，聆清和之正聲。蔡邕月令論曰：出北闈，視帝猷。法言曰：昔在有熊、高辛、唐、虞三代，廠有顯懿，故天因而瑞之，為神明主。河圖曰：成帝德者堯，開王表者禹。毛詩曰：濬哲維商，長發其祥。又曰：駿發爾私。又曰：天保定爾，亦孔之固。劇秦美新曰：制作六經洪業[28]。皇帝體膺上聖，運鍾下武，冠五行之秀氣，邁三代之英風。昭章雲漢，暉麗日月，牢籠天地，彈壓山川。設神理以景俗，敷文化以柔遠。澤普氾而無私，法含弘而不殺。蕭子顯齊書曰：世祖武皇帝諱賾，字宣遠，以太子即位。墨子曰：上聖立為天子，其次立為三公。毛詩序曰：

25 注「維十月五祀」 茶陵本「月」作「有」，是也。袁本亦誤「月」。

26 注「明則有禮樂」 袁本、茶陵本無此五字。案：此尤校補也。

27 注「尚書璇璣玉鈐曰」 案：「玉」字不當有。各本皆衍。

28 注「制作六經洪業」 陳云下脫「也」字，是也。各本皆脫。

下武，嗣文也。禮記曰：人者五行之秀。又孔子曰：大道之行也，三代之英。丘未之逮，而有志焉。毛詩曰：倬彼雲漢，為章于天。譬猶天子為法度於天下也。周易曰：聖人與日月合其明。淮南子曰：帝者體太一，牢籠天地，彈壓山川。神理，猶神道也。周易曰：聖人以神道設教，而天下服。劉義恭丹徒宮集曰：昭化景俗，玄教凝神。廣雅曰：景，炤也。尚書曰：帝乃誕敷文德。錄圖曰：女聞偃兵建文化。尚書曰：柔遠能邇。淮南子曰：覆露昭道，普氾而無私。周易曰：含弘光大，品物咸亨。又曰：古之聰明叡智，神武而不殺者夫。潛夫論曰：簡刑薄威，不殺不誅，此德之上也。猶且具明廢寢，昃晷忘餐。念負重於春冰，懷御奔於秋駕。具明，已見上文。尚書曰：文王自朝至于日中昃，弗皇暇食。鄧析子曰：明君之御民，若乘奔而無轡，履冰而負重也。尚書曰：若蹈虎尾，涉於春冰。莊子曰：尹儒學御，三年而無所得，夜夢受秋駕，明日往朝師，師曰：今將教子以秋駕。司馬彪曰：秋駕，法駕也。可謂巍巍弗與，蕩蕩誰名，秉靈圖而非泰，涉孟門其何嶮。論語，子曰：巍巍乎舜、禹之有天下而不與焉。又曰：大哉堯之為君，蕩蕩乎民無能名焉。春秋漢含孳曰：天子南面秉圖書。成公綏大河賦曰：靈圖授錄於羲皇。孟子曰：以其道，舜受堯之天下，不以為泰。呂氏春秋曰：舜修德而苗服。孔子聞之曰：通乎德之情，則孟門、太行不為嶮矣。儲后睿哲在躬，妙善居質，內積和順，外發英華，斧藻至德，琢磨令範，言炳丹青，道潤金璧。出龍樓而問豎，入虎闈而齒冑。愛敬盡於一人，光耀究於四海。蕭子顯齊書曰：世祖立皇太子長楙[29]。漢書，疏廣曰：太子，國儲副君。尚書曰：睿作聖，明作哲。禮記曰：清明在躬。桓子新論曰：聖賢之材不世，而妙善之技不傳。禮記曰：和順積中，而英華外發。法言曰：吾未見斧藻其德，若斧藻其粢者。應劭漢官儀曰：太子太傅，日就月將，琢磨玉質。言太子有玉之質，琢磨以道也。法言，或問聖人之言，炳若丹青，有諸？曰：丹青初則炳，久則渝，渝乎哉！淮南子曰：夫道潤乎草木，浸乎金石。毛詩曰：如金如錫，如珪如璧。漢書成紀曰：上嘗召太子出龍樓門。禮記曰：文王之為太子，朝於王季日三。雞初鳴，至寢門外，問內豎曰：今日安不？何如？周禮曰：

[29] 注「世祖立皇太子長楙」　何校「楙」改「懋」，陳同。各本皆誤。

師氏以三德教國子，居虎門之左。蔡邕明堂月令論曰：周官有闈門之學。禮記曰：行一物而三善皆得者，惟世子而已。其齒於學之謂也。尚書曰：夔典樂，教冑子。孝經曰：愛敬盡於事親。毛詩曰：夙夜匪懈，以事一人。呂氏春秋曰：愛敬盡於事親，光耀加於百姓，究於四海，此天子之孝也。若夫族茂麟趾，宗固磐石，跨掩昌姬[30]，韜軼炎漢。毛詩曰：麟之趾，振振公子。漢書，宋昌曰：帝王子弟[31]，犬牙相制，所謂磐石之宗。春秋錄圖曰：倉精萌，姬、稷之後昌。東觀漢記序曰：漢以炎精布耀，或幽而光。元宰比肩於尚父，中鉉繼踵乎周南，分陝流勿翦之歡，來仕允克施之譽，莫不如珪如璋，令聞令望，朱芾斯皇，室家君王者也。元宰，家宰也。中鉉，司徒也。說苑，晏子謂楚王曰：齊之臨淄，比肩繼踵。毛詩曰：惟師尚父。周易曰：鼎金鉉。鄭玄曰：金鉉，喻明道能舉君之官職也。鄭玄尚書注曰：鼎，三公象也。毛詩序曰：周南言化自北而南，故繫之周公。公羊傳曰：自陝以西，召公主之。毛詩曰：蔽芾甘棠，勿翦勿伐，召伯所茇。國語曰：秦后太子來仕[32]，其車千乘。韋昭曰：王仕於晉也[33]。班固漢書貢禹贊曰：禹既黃髮，以德來仕。尚書曰：君陳克施有政。毛詩曰：如珪如璋，令問令望。又曰：朱芾斯皇，室家君王。

本枝之盛如此，稽古之政如彼，用能免羣生於湯火，納百姓於休和，草萊樂業，守屏稱事。毛詩曰：文王孫子，本枝百世。尚書曰：若稽古帝堯[34]。史記曰：文帝時，會天下新去湯火，人人樂業。左氏傳，君子曰：一人刑善，百姓休和。莊子曰：農夫無草萊之事則不比。禮記，諸侯曰：某土之守臣，其在邊邑曰某屏。尸子

---

30 「跨掩昌姬」　袁本、茶陵本「掩」作「蹍」。案：善注無明文可考，二本不著校語，或同五臣作「蹍」，但必當有音，今蓋注不全也。二本「蹍」下有「女展」。

31 注「帝王子弟」　案：「帝」上當有「高」字。各本皆脫。

32 注「秦后太子來仕」　何校云「太」字衍，陳同。各本皆衍。

33 注「王仕於晉也」　何校「王」改「來」，陳同，是也。各本皆誤。

34 注「若稽古帝堯」　案：「若」上當有「粵」字。各本皆誤。

曰：能官者必稱事。**引鏡皆明目，臨池無洗耳。沈冥之怨既缺，薖軸之疾已消。**譙周考史曰[35]：公孫述竊位於蜀，蜀人任永乃託目盲。及述誅，永澡盥，引鏡自照曰：時清則目明也。皇甫謐高士傳曰：堯致天下讓許由，巢父聞之以為汙，乃臨池水而洗耳。漢書曰：蜀嚴沈冥。侯巴曰：嚴君平常病不事，沈冥而死，亦絜矣。毛詩曰：考槃在陸，碩人之軸；考槃在阿，碩人之薖。鄭玄曰：薖，飢意[36]。軸，病也。謂賢人隱居而離困病也。薖，苦和切。**興廉舉孝，歲時於外府；署行議年，日夕于中甸。**漢書曰：詔執事興廉舉孝。又詔曰：有懿稱明德者，遣詣相國府，署行議年。蘇林曰：行狀年紀也。尚書曰：五百里甸服。**協律揔章之司，厚倫正俗；崇文成均之職，導德齊禮。**漢書曰：李延年為協律都尉。魏志曰：明帝立揔章觀。荀氏傳曰：勗為光祿大夫，公以為魏杜夔所制律呂，檢校大樂揔章，鼓吹八音，與律呂乖。毛詩序曰：先王以是厚人倫，美教化，移風俗。風俗通曰：為政之要，辨風正俗，最其上也。魏志曰：明帝置崇文觀，徵善文者以充之。周禮曰：大司樂掌成均之法，以教建國之學政，而合國之子弟焉。論語，子曰：導之以德，齊之以禮。**挈壺宣夜，辯氣朔於靈臺；書笏珥彤，紀言事於仙室。**周禮夏官曰：挈壺氏掌懸壺。蔡邕天文志曰：言天體者有三家，其一曰宣夜。鄭玄毛詩箋曰：天子有靈臺者，所以觀祲象，察氣之妖祥。左氏傳曰：公既視朔，遂登觀臺以望，而書雲物。禮記曰：造受命於君，則書於笏。潘岳賈武公誄曰：惟帝以公，通揚祖宗，延登東序，服袞珥彤。史記曰：秦文公初有史以紀事。禮記曰：動則左史書之。華嶠後漢書曰：學者稱東觀為老氏藏室，道家蓬萊，今故言仙室。**褰帷斷裳，危冠空履之吏；彯搖武猛，扛鼎揭旗之士。**後漢賈琮為冀州刺史，車垂赤帷而行，及至州，自言曰[37]：刺史當遠視

---

[35] 注「譙周考史曰」　陳云「考史」當作「古史考」，是也。各本皆誤。

[36] 注「薖飢意」　袁本、茶陵本無此三字。案：此尤校添也。

[37] 注「後漢賈琮為冀州刺史車垂赤帷而行及至州自言曰」　袁本作「范曄後漢書曰：賈琮為冀州刺史。琮之部升車言曰」，是也。茶陵本幷入五臣，與此同，皆非。

廣聽，糾察美惡，何反垂帷裳[38]以自掩塞乎？乃命御者褰之。百城聞風，自然震悚。漢書曰：蓋寬饒初拜為司馬，未出殿，斷其單衣，令短離地。說苑曰：楚人長劍危冠，而有子西。漢書曰：唐遵以明經飾行，顯名於世，衣弊履穿。又曰：霍去病每從大將軍受詔，與壯士為嫖姚校尉[39]。華嶠後漢書曰：丁白為武猛校尉[40]。法言曰：或問力能扛鴻鼎，揭華旗，知德亦有之乎？曰：百人也。

勤恤民隱，糾逖王慝。射集隼於高墉，繳大風於長隧，不仁者遠，惟道斯行。國語，祭公謀父曰：勤恤民隱，而除其害。左氏傳曰：王謂晉文侯曰：以綏四方，糾逖王慝。周易曰：公用射隼于高墉之上。淮南子曰：堯之時，大風為害。堯命羿繳大風於青丘之澤。許慎曰：大風，風伯也。毛詩曰：大風有隧。論語，子夏曰：舜有天下，選於眾，舉皋陶，不仁者遠矣。禮記曰：大道之行也。讒莠蔑聞，攘爭掩息，稀鳴桴於砥路，鞠茂草於圓扉。毛詩曰：好言自口，莠言自口。尚書曰：無或攘敓。說文曰：桴，鼓柄也。漢書曰：張敞為京兆尹，桴鼓稀鳴，市無偷盜。毛詩曰：周道如砥，其直如矢。又曰：踧踧周道，鞠為茂草。周禮曰：以圜土教罷民。耆年闕市井之游，稚齒豐車馬之好；宮鄰昭泰，荒憬九永清夷。史記，太史公曰：文帝時，百姓皆安[41]，自年六七十翁，未嘗至市井，遊遨嬉戲如小兒狀。閑居賦曰：昆弟班白，兒童稚齒。杜氏幽求子曰：年五歲聞有鳩車之樂，七歲有竹馬之歡。[42]應劭漢官儀曰：不制之臣，相與比周。比周者，宮鄰金虎。宮鄰金虎者，言小人在位，比周相進，與君為鄰，堅若金，讒言人，惡若虎。毛詩曰：憬彼淮夷，來獻其琛。仲長子昌言曰：警蹕清夷。侮食來王，左言入侍，離身反踵之君，髽側麻首貫胸之長，

---

38 注「何反垂帷裳」　袁本「何」下有「有」字，是也。茶陵本與此同，非。

39 注「為嫖姚校尉」　案：此有誤也。正文作「彯搖」，與注不相應。考史記作「剽姚」，漢書作「票姚」，服虔音「飄搖」，師古曰「荀悅漢紀作票鷂」，字皆不作「嫖」。疑此注善引漢書自作「票姚」，其下或并引服音，且有「彯搖」與「票姚」異同之注而不全。

40 注「丁白為武猛校尉」　何校「白」改「原」，陳同，是也。各本皆誤。范蔚宗書何進傳有，其證矣。

41 注「百姓皆安」　袁本、茶陵本皆作「遂」，是也。

42 注「杜氏幽求子曰」下至「有竹馬之歡」　袁本、茶陵本無此二十二字。案：二本因善同五臣而節去也，有者是。

屈膝厥角，請受纓縻。漢書匈奴傳曰：壯者食肥美，老者食其餘；貴壯健，賤老弱也。古本作晦食。周書曰：東越侮食[43]。尚書曰：四夷來王。楊雄蜀王本紀曰：蜀之先名曰蠶叢、柏濩、魚鳧、開明，是時人民椎髻左言。漢書曰：南越王太子嬰齊入侍。周書曰：離身染齒之國，以龍角神龜為獻。爾雅曰：北方有比肩人焉，迭食而迭望。郭璞曰：此即半體之人。人各有一目、一鼻孔、一臂、一腳，亦猶魚鼠之相合爾。呂氏春秋曰：舜登為天子，大人反踵，皆被其澤。高誘淮南子注曰：反踵，國名，其人南行，迹北向也。淮南子曰：三苗髽首。山海經曰：有貫胸國，其人胸有竅。括地圖曰：禹平天下，會于會稽之野，又南經防風之神，弩射之，有迅雷，二神恐，以刃自貫其心。禹哀之，乃拔刃療以不死之草，皆生，是為貫胸之民。喻巴蜀文曰：交臂受事，屈膝請和。孟子曰：武王之伐殷，百姓若崩厥角。趙岐曰：厥角，叩頭以額角犀撅地也。漢書，終軍曰：願受長纓，必羈南越王，致之闕下。難蜀父老曰：蓋聞天子之收夷、狄也[44]，其義羈縻勿絕而已。

文鉞碧砮之琛，奇幹善芳之賦，紈牛露犬之玩，乘黃茲白之駟，文鉞，未詳。一曰鉞當為越。杜篤展武論曰：文越水震，鄉風仰流。徐廣晉紀曰：鮮卑以碧石為寶。王沈魏書曰：東夷矢用楛，青石為鏃。孔安國尚書傳曰：砮中矢鏃也。家語，孔子曰：昔武王克商，於是肅慎氏貢楛矢石砮，其長尺有咫。周書曰：成王時，貢奇幹善芳者，頭若雄雞，佩之，令人不昧。孔晁曰：奇幹，亦北狄。善芳者，鳥名。不昧，不忘也。周書曰：卜盧國獻紈牛。紈牛，小牛也。又曰：渠搜獻鼩犬。鼩犬，露犬也，能飛，食虎豹。又曰：白民乘黃。乘黃者，似狐，其背有兩角。又曰：西方正北曰義渠，獻茲白。茲白者若馬，鋸齒，食虎豹。**盈衍儲邸，充仞郊虞；甗櫝相尋[45]，鞮譯無曠。**儲邸，猶府藏也。郊虞，掌

---

[43] 注「東越侮食」　袁本「侮」作「海」。案：「海」字當是也。詳注意，上句當云「古本作海食」，而引此以解之。其上作「晦」，下作「侮」，不相應，皆譌字，唯袁此一字未誤也。至於「侮食」，在「古本」之上已解訖矣。茶陵本作「侮」，誤與此同。今本周書亦作「侮食」，又非善所見。困學紀聞識元長用之，皆就今本文選、今本周書而言，似未深得其理。

[44] 注「蓋聞天子之收夷狄也」　袁本、茶陵本「收」作「牧」，是也。

[45] 「甗櫝相尋」　陳云據注「櫝」當作「櫝」。案：各本所見皆誤。

山澤之官也。尚書曰：苞匭菁茆。匭音軌。聘禮曰：賈人啓櫝取圭，垂繅而受宰。晉中興書，王禹上言曰：貢篚相尋，連舟載路。周官曰：鞮鞻氏掌四夷之樂。禮記曰：西方曰狄鞮，北方曰譯。尚書大傳曰：成王時，越裳氏重九譯而獻白雉。**一尉候於西東，合車書於南北。暢轂埋轔轔之轍，綏**而惟**旆卷悠悠之旆。**楊雄解嘲曰：東南一尉，西北一候。禮記曰：書同文，車同軌。毛詩曰：文茵暢轂。范曄後漢書曰：張綱埋其車輪於洛陽都亭。毛詩曰：有車轔轔。禮記曰：武車綏旌。魏都賦曰：虹旌攝麾以就卷。毛詩曰：悠悠旆旌。**四方無拂，五戎不距，偃革辭軒，銷金罷刃。**周書曰：四方無拂，奄有天下。又曰：五戎不距，加用師旅。漢書，張良曰：昔武王伐殷紂，事已畢，偃革為軒。陳琳應機曰：冶刃銷鋒，偃武行德。**天瑞降，地符升，澤馬來，器車出；紫脫華，朱英秀；佞枝植，歷草孳。**詩緯曰：天下和同，天瑞降，地符升。孝經援神契曰：德至山陵，則澤出神馬。禮記曰：山出器車。禮斗威儀曰：人君乘土而王，其政太平，而遠方神獻其朱英紫脫。宋均注曰：紫脫，北方之物，上値紫宮。凡言常生者，不死也，死則主當之。尚書大傳曰：德先地序，則朱草生。瑞應圖曰：朱草，亦曰朱英。田俅子曰：黃帝時，有草生於帝庭階，若佞臣入朝，則草指之，名曰屈軼，是以佞人不敢進也。又曰：堯為天子，蓂莢生於庭，為帝成歷。尚書帝命驗曰：舜受命，蓂莢孳。**雲潤星暉，風揚月至；江海呈象，龜龍載文。**京房易飛候曰：青雲潤澤，蔽日在西北，為舉賢良。禮斗威儀曰：君乘土，其政平，則鎮星黃而多暉。禮含文嘉曰：朋友有舊，內外有差，則貿為之直，月至風揚。宋均曰：月至，月行以度至也。禮斗威儀曰：其君乘水而王，江海著其象，龜龍被文而見。宋均曰：龜龍，水物也，文，青、黃、白、赤、黑也。具有此色，見於水，故曰被。**方握河沈璧，封山紀石，邁三五而不追，踐八九之遙迹。**帝王世紀曰：堯與羣臣沈璧於河，乃為握河記，今尚書候是也。孝經鉤命決曰：封于太山，考績燔柴，禪于梁父，刻石紀號。禮記逸禮曰[46]：三皇禪云云，五帝禪亭亭。史記，楚子

---

46 注「禮記逸禮曰」　袁本無下「禮」字，茶陵本有。案：此似當作「逸禮記曰」。各本皆誤。

西曰：孔子丘述三、五之法[47]，明周、召之業，八九，謂七十二君。曹植魏德論曰：越八九於往素，踵黃帝之靈矩。功既成矣，世既貞矣，信可以優游暇豫，作樂崇德者歟？禮記曰：王者功成作樂。老子曰：王侯得一以為天下貞。曹植魏德論曰：帝猷成矣，股肱貞矣。尚書大傳曰：周公作樂，優游三年。孫子兵法曰：人效死而上能用之，雖優游暇譽，令猶行也。譽猶豫，古字通[48]。周易曰：先王作樂崇德。

于時青鳥司開，條風發歲，粤上斯巳，惟暮之春。左氏傳，郯子曰：青鳥氏司啓者也。易通卦驗曰：立春條風至。楚辭曰：獻歲發春，汨吾南行。上巳，已見上文。毛詩曰：嗟嗟保介，惟暮之春。同律克和，樹草自樂。禊飲之日在茲，風舞之情咸蕩；去肅表乎時訓，行慶動於天矚。周禮曰：太師掌六律六同，以合陰陽之聲。鄭玄曰：同，陰律也。尚書曰：八音克諧。孔安國曰：諧，和也。漢書，文帝詔曰：方春和時，草木羣生之物，皆有以自樂。禮傳曰：禊者，絜也。仲春之時，於水上釁絜也。論語曰：風乎舞雩，詠而歸。蔡邕月令章句曰：秋冬肅急之後，故布生德，和政令，去肅急。禮記曰：孟春之月，命相布德和令，行慶施惠。載懷平圃，乃睠芳林。芳林園者，福地奧區之湊，丹陵若水之舊。殷殷上均乎姚澤，膴膴尚於周原。狹豐邑之末宏，陋譙居之猶徧。山海經曰：槐江之山，實惟帝之平圃，南望崑崙。十洲記曰[49]：芳林園在青溪菰首橋東，齊高帝舊宅。齊有天子[50]，為舊宮，宮東築山鑿池，號曰芳林園。遁甲開山圖曰：驪山之西原有阜，名曰風涼[51]，雍州之福地。西京賦曰：

---

[47] 注「孔子丘述三五之法」 案：「子」字不當有，各本皆衍。

[48] 注「譽猶豫古字通」 案：「猶」當作「與」。各本皆誤。

[49] 注「十洲記曰」 何云「十洲記」或是「丹陽記」。陳云書名疑有誤。案：何、陳所校皆未是也，「洲」當作「州」，說已見前。

[50] 注「齊有天子」 案：「子」當作「下」。各本皆誤。

[51] 注「名曰風涼」 案：「風涼」當作「涼風」。各本皆誤。「涼風」見淮南地形訓，即離騷之「閬風」。史記「惠王閬」，索隱云「系本名毋涼」，是「涼」、「閬」通用也。

寔惟地之奧區神皐。帝王世紀曰：堯生於丹陵。呂氏春秋曰：顓頊生於若水，乃登為帝。又曰：舜陶於河濱，釣於雷澤，登為天子，賢士歸之，萬人譽之，陳陳殷殷，無不戴悅。高誘曰：殷，盛也。呂氏春秋曰：舜為天子，輣輣啟啟，莫不戴悅。高誘曰：啟啟，動而喜貌也。殷殷，或為啟啟，故兩引之。輣，知葉切。啟，仕勤切。帝王世紀曰：瞽叟之妻曰握登，生舜於姚墟，故姓姚氏。堯求賢而四嶽薦舜，堯乃命于順澤之陽。毛詩曰：周原膴膴，堇荼如飴。漢高祖，豐人。魏太祖，譙人。求中和而經處，揆景緯以裁基。飛觀神行，虛檐𨽖雲構。周禮曰：以土圭之法正日影，日至之影，尺有五寸，謂之地中，陰陽之所和，故曰中和也。景，日也。緯，星也。[52]毛詩曰：定之方中，作為楚宮。揆之以日，作為楚室。東京賦曰：飛閣神行，莫我能形。劉公幹詩曰：大夏雲構。離房乍設，層樓間起，負朝陽而抗殿，跨靈沼而浮榮，鏡文虹於綺疏，浸蘭泉於玉砌。蜀都賦曰：百室離房。李尤平樂館銘曰：層樓通閣，禁闈洞房。爾雅曰：山東曰朝陽。西京賦曰：疏龍首以抗殿，狀巍峩以崇岌。毛詩曰：王在靈沼。鄭玄禮記注曰：榮，屋翼也。傅玄陽春賦曰：丹霞播景，文虹竟天。李尤東觀銘曰：房闥內布，綺疏外陳。張衡七辨曰：迴飇拂其寮，蘭泉注其庭。劉楨魯都賦曰：金陛玉砌，玄楯雲阿。幽幽叢薄，秩秩斯干[53]，曲拂邅迴，潺湲徑復。楚辭曰：叢薄深林人上慓。毛詩曰：秩秩斯干，幽幽南山。淮南子曰：曲拂邅迴，以像偶語。高誘曰：拂，戾。邅迴，水流也。楚辭曰：川谷徑復流潺湲。新荓泛沚，華桐發岫，雜夭采於柔荑，亂嚶聲於緜羽。禮記月令曰：季春之月，桐始華，荓始生。爾雅曰：小洲曰沚，山有穴為岫。毛詩曰：桃之夭夭，灼灼其華。又曰：手如柔荑。又曰：鳥鳴嚶嚶。又曰：緜蠻黃鳥。薛君注曰：緜蠻，文貌。禁軒承幸，清宮俟宴。緹帷宿置，帟幕宵懸。如淳漢書注曰：省中本為禁中，然乘輿之物，通呼曰禁。漢書曰：太

---

52 注「周禮曰以土圭之法」下至「緯星也」　茶陵本無此三十九字，袁本此節注幷入五臣，皆非也。尤所見是。

53 「秩秩斯干」　袁本「斯干」下有校語：善作「清干」。茶陵本無校語。案：袁所見誤也。

僕先清宮。南都賦曰：朱帷連綱。鄭司農周禮注曰：在旁曰帷，在上曰幕。鄭玄曰：帟在幕，若幄中坐上承塵也，皆以繒為之。既而滅宿澄霞，登光辨色，式道執殳，展輈効駕，徐鑾警節，明鍾暢音。宿，列宿也。張平子東京賦曰：以須消啓明，掃朝霞，登天光於扶桑。禮記曰：朝辨色始入。漢書曰：式道，左右中候也。毛詩曰：伯也執殳。禮記曰：君車已駕，則僕展軨效駕。鄭玄曰：展軨，具視也。效駕，白已駕也。淳于髡斗酒說曰：明鍾擊磬，調歌紼舞。七萃連鑣，九斿由齊軌，建旗拂霓，揚葭振木。周穆王傳曰：天子賜七萃之士。郭璞曰：萃，聚也。猶傳有七輿大夫。張景陽七命曰：騆馬連鑣。文穎曰：甘泉鹵簿，天子出，道車五乘，斿車九乘。蔡邕釋誨曰：羣車方奔于險路，安能與之齊軌？東京賦曰：龍輅充庭，雲旗拂霓。列子曰：秦青撫節悲歌，聲振林木。魚甲煙聚，貝冑星羅。重英曲瑤側絞之飾，絕景遺風之騎。昭灼甄部，駔祖朗駿函列，虎視龍超，雷駭電逝，轟轟隱隱，紛紛軫軫，羌難得而稱計。孫卿子曰：楚鮫革犀兕以為甲，堅如金石。毛詩曰：公徒三萬，貝冑朱綅。又曰：二矛重英。西京賦曰：葩瑤曲莖。魏書曰：上所乘馬名絕景，為矢所中。呂氏春秋曰：故須青龍之匹，遺風之乘。孫子兵法曰：長陳為甄。魏都賦曰：冀馬填廄而駔駿。周易曰：虎視眈眈。南都賦曰：馬鹿超而龍驤。潘岳閑居賦曰：礮石雷駭。嵇康贈秀才詩曰：風馳電逝。說文曰：轟轟，羣車聲也。羽獵賦曰：隱隱軫軫，被陵緣阪，莫莫紛紛，山谷為之風飂。左思吳都賦曰：羌難得而覼縷。

爾乃迴輿駐罕，嶽鎮淵渟，睟邃容有穆，賓儀式序。授几肆筵，因流波而成次；蕙肴芳醴，任激水而推移。東觀漢記曰：天子行有罼罕。孫子兵法曰：其鎮如山，其渟如淵。石崇楚妃歎曰：矯矯莊王，淵渟嶽峙。孟子曰：君子所性，仁義禮智根於心，其生色也，睟然見於面。趙岐曰：睟，潤澤貌也。毛詩曰：天子穆穆。又曰：序賓以賢。又曰：式序在位。又曰：或肆之筵，或授之几。古逸詩云：羽觴隨流波。楚辭曰：蕙肴蒸兮蘭藉。子虛賦曰：涌泉清池。激水推移。葆佾陳階，金匏在席[54]，戚奏翿舞，籥動邠詩[55]。張晏漢書注曰：以翠羽為葆也。佾，舞行列也。毛詩曰：我姑酌彼金罍。禮記曰：器用陶匏。司馬彪續漢書曰：執干戚，舞雲翿。周禮曰：籥章掌土鼓豳籥。又曰：仲春擊土鼓，歌豳詩，以迎暑也。召鳴鳥于弇菴州，追伶倫於嶰谷；發參差於王子，傳妙靡於帝江。山海經曰：弇州之山，五采之鳥，名曰鳴鳥，爰有百樂歌舞之風。漢書，黃帝使伶倫自大夏之西，崑崙之陰，取竹嶰谷[56]，斷兩節間而吹之，以為黃鍾之宮。孟康曰：解，脫也。谷，竹溝也。取竹之脫無溝節者。楚辭曰：望夫君兮未來，吹參差兮誰思？列仙傳曰：王子喬好吹笙，作鳳鳴。山海經曰：天山有神鳥，其狀如黃囊，其文丹，六足四翼，渾沌無面目，是識歌舞，寔惟帝江。正歌有闋，羽觴無筭。上陳景福之賜，下獻南山之壽；信凱讌之在藻，知和樂於食苹。桑榆之陰不居，草露之滋方渥。儀禮曰：工告于樂正曰：正歌備。禮記曰：有司告以樂闋。鄭玄曰：闋，終也。楚辭曰：瑤漿蜜勺實羽觴。燕禮曰：無筭之爵。毛詩曰：君子萬年，介爾景福。又曰：如南山之壽，不騫不崩。又曰：魚在在藻，有莘其尾。王在在鎬，飲酒樂愷。毛詩序曰：鹿鳴廢則和樂缺。詩曰：呦呦鹿鳴，食野之苹。桑榆，日所入也。東觀漢記，光武曰：失之東隅，收之桑榆。毛詩曰：湛湛露斯，在彼豐草。有詔曰：今日嘉會，咸可賦詩。周易曰：嘉

---

54 「金匏在席」　袁本、茶陵本「匏」作「匏」。案：善引禮記為注，「匏」字是也。「匏」雖「匏」之別體，但元長用此，未見其證。

55 「籥動邠詩」　何校「邠」改「豳」。案：所改未是也。善引周禮為注字作「豳」，故何據之。考北征賦「息郇邠之邑鄉」，善引漢書「豳鄉」而云「豳」與「邠」同。西征賦「化流岐豳」，善注引史記「立國於邠」而云「邠」與「豳」同。此注或未全，袁、茶陵二本正文「邠」下有「豳」字，未必非割裂善注而為之也。

56 注「取竹嶰谷」　案：此有誤也。下引孟康「解，脫也」，不得此作「嶰」，與之不相應。考漢書作「解」，顏引孟注而云「一說昆侖之北谷名也」。晉灼曰：「谷名是也。」元長以之與「弇州」偶句，正從谷名之說，與孟迥別。廣雅釋山曰：「嶰，谷也。」劉淵林吳都賦注曰：「嶰谷，崑崙北谷也。」字皆作「嶰」。此正文亦必然。由是推之，善注此作「解」，引孟注，未當并引一說，且有「解」、「嶰」異同之注，乃為可通。今各本皆脫誤。無以訂之矣。

會足以合禮。楊雄蜀都賦曰：吉日嘉會。凡四十有五人，其辭云爾。

王文憲集序

任彥昇

公諱儉，字仲寶，琅邪臨沂魚依人也。蕭子顯齊書曰：王儉，字仲寶。其先自秦至宋，國史家諜待協詳焉。琅邪王氏錄曰：王氏之先出自周王子晉。秦有王翦、王離，世為名將。七略曰：子雲家諜，言以甘露元年生也。晉中興以來，六世名德，海內冠冕。晉中興書曰：王祥弟覽生導，導生洽，洽生珣，珣生曇首。沈約宋書曰：王僧綽，曇首長子，遇害，子儉嗣。晉中興書，庾冰疏曰：臣因家寵，冠冕當世。古語云：「仁人之利，天道運行。」左氏傳，君子曰：仁人之言，其利博哉！莊子曰：天道運行，而無所積，故萬物成。故呂虔歸其佩刀，郭璞誓以淮水。晉中興書曰：魏徐州刺史任城呂虔有刀，工相之，為三公可服此刀。虔謂別駕王祥曰：苟非其人，乃或為害。卿有公輔之量，故以此相與。及祥死之日，以刀授弟覽曰：吾兒凡，汝後必興之，足稱此刀，故以相與。王氏家譜曰：初王導渡淮，使郭璞筮之，卦成，璞曰：吉無不利。淮水絕，王氏滅。若離翦之止殺，吉駿之誠感，蓋有助焉。史記曰：王翦者，潁陽人也[57]。事秦，始皇使翦將兵而攻趙閼與，破之，後遂拔趙。陳勝之反秦，秦使王翦之孫王離擊趙王。孔安國尚書傳曰：以殺止殺，終無犯者。漢書曰：王吉，字子陽，琅邪人也，為諫議大夫。子駿，亦為諫議大夫，超遷御史大夫。吉居長安，其東家有大棗樹，垂吉庭中，吉婦取棗以啖吉。吉後知之，乃去婦。東家聞而欲伐其樹，鄰里固請吉令還婦。子駿，元帝時為御史大夫，妻死不復娶。漢書張賀贊曰：賀之陰德，亦有助云。

公之生也，誕授命世，體三才之茂，踐得一之機。周易曰：有天道焉，有地道焉，兼三才而兩

[57] 注「潁陽人也」 陳云「潁」，「頻」誤，是也。各本皆譌。

之。又，子曰：知幾其神乎[58]？顏氏之子，其殆庶幾乎？有不善未嘗不知，知而未嘗復行。韓康伯曰：在理則昧，造形則悟，顏子之分也。失之於幾，故有不善，得之於二，不遠而復，故知之未嘗復行也。信乃昴宿垂芒，德精降祉，春秋佐助期曰：漢相蕭何，昴星精。垂芒，謂發秀也。精，星也[59]。異苑曰：汝南陳仲弓從諸息姓詣潁川荀季和父子，于時德星為之聚。太史奏，五百里內必有賢人集焉。有一于此，蔚爲帝師。漢書曰：張良從容步游下邳圯上，有一老父出一編書曰：讀是則為王者師。況乃淵角殊祥，山庭異表；論語撰考讖曰：顏回有角額似月形。淵，水也。月是水積，故名淵。摘輔像曰：子貢山庭斗繞口，謂面有三庭，言山在中鼻高有異相也。故子貢至孝，顏回至仁也。望衢罕窺其術，觀海莫際其瀾。孟子曰：觀海有術，必觀其瀾。趙岐曰：瀾，水中大波也。宏覽載籍，博游才義。若乃金版玉匱之書，海上名山之旨；七略曰：太公金版玉匱，雖近世之文，然多善者。抱朴子曰：鄭君有玉匱記、金版經。范曄後漢書曰：荀爽遭黨錮，隱於海上，又遁漢濱以著述為事，題為新書，凡百餘篇。司馬遷書曰：僕誠著此書，藏諸名山。沈鬱澹雅之思，離堅合異之談。楊雄為方言。劉歆與雄書曰：非子雲澹雅之才，沈鬱之志，不能成此書。莊子，公孫龍問於魏牟曰：龍少學先王之道，長明仁義之行，合同異，離堅白。呂氏春秋曰：相劍者曰：白所以為堅也，黃所以為紉也，黃白雜，則堅且紉，良劍也。難者曰：黃白雜，則不堅且不紉，又柔則錈，堅則折，劍折且錈，焉得為利劍也？莫不總制清衷，遞爲心極。斯固通人之所包，非虛明之絕境，不可窮者，其唯神用者乎？言金版玉匱之書，無不

---

58 注「知幾其神乎」　案：「幾」當作「機」，及下文「動必研機」，注同正文。袁本皆有校語，云善從木。此注各本皆作「幾」，必幷五臣於善而誤也。考善「機」，五臣「幾」，袁、茶陵二本於為石仲容與孫皓書、檄蜀文已有校語可證。周易繫辭上「研幾」釋文云「幾如字，本或作機」。鄭云「機當作幾，幾，微也」。依善所引下繫，本或作「知機」、「見機」、「庶機」，但不盡見釋文也。茶陵本此及下正文作「幾」，無校語，以五臣亂善甚明，不獨此注誤其字矣。

59 注「垂芒謂發秀也精星也」　袁本無此九字，有「生於豐，通於制度」七字，是也。茶陵本脫此節注，非。又案：二本此九字在五臣銑注，尤錯入善注中，大誤，當訂正。

制在情衷[60]，為心之極。斯故通人君子，或能兼而包之，故非王公之絕境也。然其不可窮而盡者，其唯有神用乎？言難測也。衷，中心也。虛明，亦心也。然檢鏡所歸，人倫以表，雲屋天構，匠者何[61]？自咸洛不守，憲章中輟。劉琨勸進表曰：仍承西朝不守。禮記曰：仲尼憲章文、武。賀生達禮之宗，蔡公儒林之亞，晉中興書曰：賀循，字彥先，博覽羣書，尤明三禮，為江東儒宗，徵拜博士。又曰：諸葛恢，字道明，時潁川荀頵[62]，字道明，陳留蔡謨，字道明，俱有名譽，號曰中興三明。時人為之歌曰：京都三明各有名，蔡氏儒雅荀、葛清。闕典未補，大備茲日。劇秦美新曰：帝典闕而不補。至若齒危髮秀之老，含經味道之生，鄭玄禮記注曰：危，高也。然齒危，謂高年也。髮秀，猶秀眉也。東觀漢記，杜詩謂功曹郭丹曰：今功曹稽古含經，可謂至德。桓譚答楊雄書曰：子雲勤味道腴。莫不北面人宗，自同資敬。漢書曰：于定國為廷尉，乃迎學春秋，身執經，北面備弟子禮。孝經曰：資於事父以事母，而敬同[63]。性託夷遠，少屛塵雜，自非可以弘獎風流，增益標勝，未嘗留心。習鑿齒晉陽秋曰：王夷甫、樂廣，俱以宅心事外，名重於時。故天下之言風流者，稱王、樂焉。

朞歲而孤，叔父司空簡穆公，早所器異。蕭子顯齊書曰：王僧虔兄僧綽之子儉。又曰：世祖即位，遷僧虔為侍中，薨，贈司空，侍中如故，謚簡穆公。年始志學，家門禮訓，皆折衷丁仲於公。論語，子曰：吾十有五而志于學。羽獵賦序曰：不折衷于泉臺。孝友之性，豈伊橋梓；夷雅之體，無待韋弦。毛詩曰：張仲孝友。尚書大傳曰：伯禽與康叔朝於成王。見於周公，三見而三笞之。康叔有駭色，乃與伯禽問於商子曰：吾二子見於周公，

60 注「無不制在情衷」 案：正文「情」作「清」，與此不相應。各本盡同，無以訂之。
61 「匠者何」 袁本、茶陵本下有「工」字，云善無。何校添「工」字。陳云下脫「工」字。案：此疑各本所見傳寫脫也。
62 注「潁川荀頵」 陳云「頵」當作「闓」，是也。各本皆誤。今晉書諸葛恢傳所載正作「闓」字。
63 注「以事母而敬同」 茶陵本「母」作「君」，是也。袁本亦誤「母」。

三見而三荅，何也？商子曰：南山之陽，有木名橋，北山之陰，有木名梓，二子蓋往觀之[64]。於是二子如其言而往觀之，見橋木高而仰，見梓木實而俯，反以告商子。商子曰：橋者，父道也；梓者，子道也。二子明日復見，入門而趨，登堂而跪，周公迎拂其首而勞之曰：汝安見君子乎？二子以實對。公曰：君子哉，商子也！言王公有孝友之性，自天而成，豈惟見橋梓而知也。夷，平也。體，性也。韋，皮繩，喻緩也。弦，弓弦，喻急也。[65]孫子曰：由禮則雅，不由禮則夷。韓子曰：西門豹之性急，故佩韋以自緩；董安于之心緩[66]，故佩弦以自急。言王公平雅之性，無待此韋弦以成也，蓋自天性得中也。[67]汝郁之幼挺淳至，黃琬之早標聰察，曾何足尚？東觀漢記曰：汝郁，字幼異，陳國人。年五歲，母被病不能飲食，郁常抱持啼泣，亦不肯飲食。母憐之，強為餐飯，欺言已愈。郁察母顏色不平，輒復不食。宗親共奇異之，因字幼異。挺，拔也。淳至，謂淳孝之甚至也[68]。范曄後漢書曰：黃琬，字公琰，少失父母而辨慧，祖父瓊育之。瓊初為魏郡太守[69]，建和元年正月，日蝕，京師不見，而瓊以狀聞。梁太后詔問所蝕多少，瓊思其對而未知所出。琬年七歲，在傍曰：何不言日蝕之餘，如月之初。瓊大驚，即以其言應詔。標，立也。言此二子淳孝聰察，比之王公，則二子曾何足尚也。[70]年六歲，襲封豫寧侯，拜日，家人以公尚幼，弗之先告。既襲珪組，對揚王命，因便感咽，若不自勝。蕭子顯齊書曰：儉數歲襲爵豫寧侯，拜受茅土，流涕嗚咽。江表傳曰：潘濬見孫權，涕泣交橫，哀咽不能自勝。初，宋明帝居蕃，與公母武康

---

64 注「二子蓋往觀焉」　袁本「蓋」作「盍」，是也。茶陵本此節注幷善於五臣，非。

65 注「言王公有孝友之性」下至「喻急也」　袁本無此三十八字。案：無者最是，乃五臣向注錯入。茶陵本所幷正有此，非。下各條皆同。

66 注「董安于之心緩」　何校「心」改「性」，陳同，是也。各本皆誤。

67 注「言王公」下至「蓋自天性得中也」　袁本無此二十二字。案：無者最是，說見上。

68 注「挺拔也淳至謂淳孝之甚至也」　袁本無此十二字。案：無者最是，說見上。

69 注「祖父瓊育之瓊初為魏郡太守」　袁本無「育之瓊」三字。

70 注「標立也」下至「則二子曾何足尚也」　袁本無此二十三字。案：無者最是，說見上。

公主素不協。及即位，有詔廢毀舊塋，投棄棺柩。公以死固請，誓不遵奉，表啓酸切。義感人神。太宗聞而悲之，遂無以奪也。太宗，宋明帝也。蕭子顯齊書曰：宋明帝以儉嫡母武康公主同太初巫蠱事，不可以為婦姑，欲開冢離葬，儉因人自陳，密以死請，故事不行。初拜秘書郎，遷太子舍人，以選尚公主[71]，拜駙馬都尉。吳均齊春秋曰：宋明帝太始中，儉尚陽羨公主，拜駙馬都尉，為秘書郎，太子舍人。元徽初，遷秘書丞。沈約宋書曰：蒼梧王改年曰元徽。吳均齊春秋曰：儉超遷秘書丞。於是采公曾之中經，刊弘度之四部；蕭子顯齊書曰：儉又撰定元徽四部書目。王隱晉書曰：荀勗，字公曾，領秘書監，與中書令張華依劉向別錄整理錯亂，又得汲冢竹書，身自撰次，以為中經。臧榮緒晉書曰：李充，字弘度，為著作郎。于時典籍混亂，刪除頗重[72]，以類相從，分為四部，甚有條貫，秘閣以為永制，五經為甲部，史記為乙部，諸子為丙部，詩賦為丁部。依劉歆七略，更撰七志。蕭子顯齊書曰：秘書丞上表求校墳籍，撰七志四十卷，上表獻之。漢書曰：劉歆總羣書而奏其七略，故有輯略，有六藝略，有諸子略，有詩賦略，有兵書略，有術數略，有方技略。蓋嘗賦詩云：稷契匡虞夏，伊呂翼商周。自是始有應務之跡，生民屬心矣！時司徒袁粲，有高世之度，脫落塵俗。沈約宋書曰：袁粲，字景倩，順帝即位，遷中書監，司徒，侍中。袁喬與褚左軍解交書曰：雖欲虛詠濠肆，脫落儀制，其能得乎？見公弱齡，便望風推服，歎曰：衣冠禮樂在是矣！吳均齊春秋曰：儉精神秀徹，體識聰異，司徒袁粲見之，歎曰：宰相之門也。栝柏豫章雖小，已有棟梁之氣矣。時粲位亞台司，公年始弱冠，春秋漢含孳曰：三公象五嶽，在天法三能。台與能同。禮記曰：人生二十曰弱冠。年勢不侔，公與之抗禮。漢書，婁敬曰：今欲比隆成、康之時，臣竊以

---

71 「以選尚公主」 袁本、茶陵本「選」下有校語云善作「遷」。案：二本所見非。

72 注「刪除頗重」 陳云「頗」，「煩」誤，是也。各本皆誤。

不佯矣。又曰：將軍衛青位既益尊，然汲黯與抗禮。因贈粲詩，要以歲暮之期，申以止足之戒[73]。韓詩曰：蟋蟀在堂，歲聿其暮。薛君曰：暮，晚也。言君之年歲已晚也。老子曰：知足不辱，知止不殆。粲答詩曰：老夫亦何寄？之子照清襟。

服闋，拜司徒右長史。儉遭所生母憂服闋也。司徒，袁粲也。出爲義興太守，風化之美，奏課爲最。漢書曰：倪寬為司農都尉，大司農奏課聯最。韋昭曰：聯得第一也。還除給事黃門侍郎，旬日，遷尚書吏部郎參選。昔毛玠之公清，李重之識會，兼之者公也。魏志曰：毛玠，字孝先，陳留人也。少為縣吏，以公清稱。魏國初建，以玠為尚書僕射，復典選舉。傅暢晉諸公讚曰：王戎為選官，時李重、李毅二人操異，俱處要職，戎以識會待之，各得其所。玠音介。俄遷侍中，以愍侯始終之職，固辭不拜。蕭子顯齊書曰：升明二年，儉遷長史兼侍中，以父終此職固讓。沈約宋書曰：王僧綽遷侍中，二凶巫蠱事泄，上召僧綽具言之。劭於宮夜饗將士，僧綽密以啓聞，頃之，劭亂，檢太祖巾箱，得僧綽所啓饗士并廢諸王事，乃收害焉。世祖贈散騎常侍金紫，謚愍侯。補太尉右長史。蕭子顯齊書曰：進太祖太尉也。時聖武定業，肇基王命，聖武，謂齊高帝也。干寶晉武革命論曰：高、光爭伐，定功業也。尚書曰：至于太王，肇基王迹。寤寐風雲，實資人傑。毛詩曰：寤寐思服。毛萇曰：服，思之也。周易曰：雲從龍，風從虎，聖人作而萬物覩。漢書，高祖曰：夫運籌於帷幄之中，決勝千里之外，吾不如子房。鎮國家，撫百姓，給餉饋，不絕糧道，吾不如蕭何。連百萬之眾，戰必勝，攻必取，吾不如韓信。三者皆人傑，吾能用之。是以宸居膺列宿之表，圖緯著王佐之符。若漢高祖之膺五星，李通之著赤伏。宸居，已見上文。班固漢書贊曰：劉向稱董仲舒有王佐之才。俄遷左長史。齊臺初建，蕭子顯齊書曰：進太祖位相國為齊公也。以公爲尚書右僕射，領吏部，時年二十八。宋末艱虞，百王澆季。班固漢書贊曰：漢承百王之弊。禮紊舊宗，樂傾恒

73「申以止足之戒」 袁本、茶陵本「戒」下有校語云善本從「言」。案：此所見不同也。

軌，自朝章國紀，典彝備物，奏議符策，文辭表記，素意所不蓄，前古所未行，皆取定俄頃，神無滯用。太祖受命，太祖，謂齊高祖也[74]。以佐命之功，封南昌縣開國公，食邑二千戶。建元二年，遷尚書左僕射，領選如故。自營部分司[75]，盧欽兼掌，譽望所歸，允集茲日。應劭漢官儀曰：獻帝建始四年[76]，始置左右僕射，以執金吾營部為左僕射，衛臻為右僕射。今以策劭為營部，誤也。營，役瓊切。部，烏合切。虞預晉書曰：盧欽少好學，為尚書僕射，領吏部，欽清實選舉，稱為廉平。尋表解選，詔加侍中，又授太子詹事，侍中僕射如故。固辭侍中，改授散騎常侍，餘如故。太祖崩，遺詔以公為侍中尚書令鎮國將軍。永明元年，進號衛將軍。二年，以本官領丹陽尹。本官，謂侍中尚書令。六輔殊風，五方異俗。漢書曰：兒寬遷左內史，表奏開六輔渠。韋昭注曰：六輔，謂京兆、馮翊、扶風、河東、河南、河內。五方，已見上文。公不謀聲訓，而楚夏移情。楊雄與桓譚書曰：望風景附，聲訓自結。史記曰：淮南、沛、陳、汝南郡，此西楚也。潁川、南陽，夏人之居也，故至今謂之夏。故能使解劍拜仇，歸田息訟。謝

74 注「太祖謂齊高祖也」　袁本下「祖」字作「帝」，是也。茶陵本脫此節注，非。

75 「自營部分司」　案：「營部」當作「策劭」，注引漢官儀「營部」，而云今以「策劭」為「營部」誤也者，因正文作「策劭」，據應而決其誤也。又云「營，役瓊切；部，烏合切」者，為漢官儀作音，以明其不得作「策劭」也。袁本、茶陵本作「營部」，又「營」下有「役瓊」，「部」下有「烏合」，乃五臣依善注改正文而移其音於下，合幷六家，遂致兩音複沓。茶陵本可覆審。袁刪善存五臣，益非。又皆於善「策劭」、五臣「營部」之不同，失著校語，讀者久不復察。唯陳云據此注正文中「營部」似當作「策劭」者，最是。但亦未知今本乃以五臣亂善耳。陳又云注中「策劭」當作「榮卲」。後漢書百官志及魏志賈詡傳注皆可證，而晉書采應語亦作「營部」。又廣韻「營」、「榮」二字下有「營部」無「榮卲」亦一證云云。其言「策劭」又為「榮卲」之譌，亦頗近之，附出於此，餘所論誤者不錄。

76 注「建始四年」　陳云「始」，「安」誤，是也。各本皆誤。

承後漢書曰：許荊，字子張，吳郡人。兄子世，嘗報讎殺人，其讎操兵[77]欲殺世，荊與相遇，乃解劍長跪曰：今願身代世死。仇讎者曰[78]：許掾，郡中稱君為賢，何敢相侵。遂解劍而去[79]。漢書曰：韓延壽為東郡太守，春因行縣至高陵，人有昆弟相與訟田，延壽乃自悔責，閉合不出[80]。於是訟者宗族傳相責讓，此兩昆弟深自悔，皆自髡肉袒謝，願以田相移，終不敢復爭。延壽乃起聽事。

前郡尹溫太眞劉眞長，或功銘鼎彝，或德標素尚，王隱晉書曰：溫嶠，字太真，太原人也。為郡尹，後平蘇峻之亂。臧榮緒晉書曰：劉惔，字真長，沛國人也。為丹陽尹，性重莊、老。禮記曰：鼎有銘。銘者，論譔其先祖之德，美功烈勳勞而酌之祭器。左氏傳，臧武仲曰：大伐小，取其所得，以作彝器，銘其功以示子孫。孔欣猛虎行曰：飢不食邪蒿菜，倦不息無終里，邪蒿乖素尚，無終喪若始。臭味風雲，千載無爽。言其感應，千載不差也。左氏傳，季武子謂晉范宣子曰：今譬於草木，寡君之臭味也。楚辭曰：虎嘯而谷風至，龍舉而景雲從。言物類之相感也。王逸曰：虎，陽物也。谷風，陽氣也。言虎悲嘯而吟，則谷風至而應其類。龍，介蟲，陰物也。景雲，亦陰也。言神龍將舉升天，則景雲覆而扶之，輔其類也。親加弔祭，表薦孤遺，遠協神期，用彰世祀。左氏傳，史趙曰：盛德必百世祀。時簡穆公薨，以撫養之恩，特深恒慕，表求解職，有詔不許。蕭子顯齊書曰：儉父僧綽遇害，為叔父僧虔所養。

國學初興，華夷慕義，經師人表，允資望實。漢書，平帝詔曰：校書置經師一人。任昉雜傳，魏德公謂郭林宗曰：經師易獲，人師難遭。何法盛晉中興書曰：王安期為東海王越記室參軍。勑子毗曰：王參軍人倫之表，汝其師之。復以本官領國子祭酒，三年，解丹陽尹，領太子少傅，餘悉如故。挂服捐駒，前良取則，臥轍棄子，後予胥怨。挂服，未詳。王隱晉書曰：王遜，字劭伯，為上洛太守。遜在郡有私馬生駒，

---

77 注「其讎操兵」　袁本「其讎」作「怨家曰」。案：袁本是也。茶陵本幷善入五臣與此同，非。下各條放此。

78 注「今願身代世死仇讎者曰」　袁本「死仇讎者」作「怨家」，是也。見上。

79 注「遂解劍而去」　袁本「解劍而」作「委」，是也。見上。

80 注「延壽乃自悔責閉合不出」　袁本「乃自悔責」作「大傷之又不出作思過」，是也。見上。

私牛生犢，悉留以付郡。云是為郡所產，以還官也。三輔決錄曰：長安劉氏，唯有孟公，談者取則。范曄後漢書曰：侯霸，字君仲，為臨淮太守。王莽敗，霸卒全一郡。更始元年，遣使徵霸，百姓號哭遮使者車，或當道而臥，皆曰：願乞侯君復留朞年，百姓乃戒其乳婦，棄其孩子[81]，侯君當去，必不能全也。尚書曰：湯初征自葛，東征西夷怨，南征北狄怨，曰：奚獨後予。言儉解丹陽尹，百姓亦如此戀之[82]。皇太子不矜天姿，俯同人範，師友之義，穆若金蘭。蜀志曰：諸葛亮與杜徽書曰[83]：今年始十八[84]，天姿仁敏，愛德下士。說苑曰：燕昭王問於郭隗曰：寡人地狹人寡，齊人削取八城，宗廟恐危，社稷存之有道乎？郭隗曰：帝者之臣，其實師也；王者之臣，其實友也。王誠能與隗，請為天下之士開路。周易曰：二人同心，其利斷金；同心之言，其臭如蘭。又領本州大中正，頃之解職。四年，以本號開府儀同三司，餘悉如故。六年，本號，衛將軍也。謙光愈遠，大典未申。謂辭儀同三司也。周易曰：謙尊而光，卑而不可踰，君子之終也。又申前命，儀同三司之命。七年，固辭選任，帝所重違，選任，尚書令也。謝承後漢書曰：楊賜讓還侯爵，朝廷重違其志也。詔加中書監，猶參掌選事。長輿追專車之恨，公曾甘鳳池之失。言昔者任非其人，或專車而獨坐，或發志於見奪[85]，今儉有德，故專車者追恨，失之者甘心。臧榮緒晉書曰：和嶠為黃門侍郎，遷中書令，舊監令共車入朝。及嶠為令，荀勗為監，嶠不禮勗，常以意氣加之，每同乘，高抗專車而坐，乃使監令異車，自嶠始也。晉中興書曰：荀勗，字公曾，從中書監為尚書令，人賀之，乃發恚云：奪我鳳皇池，卿諸人賀我邪？夫奔競之塗，有自來矣。晉諸公讚曰：傅宣定九品未訖，劉疇代之，悉改宣法。於是人人望品，求者奔競。

---

81 注「棄其孩子」　袁本「棄其孩」作「勿得舉」，是也。茶陵本幷善入五臣，與此同，非。

82 注「言儉解丹陽尹百姓亦如此戀之」　袁本無此十三字。案：無者是也。乃五臣翰注錯入，茶陵本所幷正有此，非。

83 注「與杜徽書曰」　何校「徽」改「微」，陳同，是也。各本皆譌。

84 注「今年始十八」　袁本、茶陵本「今年始」作「朝廷年」，是也。

85 注「或發志於見奪」　案：「志」當作「恚」。袁本亦誤。茶陵本脫此注。

以難知之性，協易失之情，桓子新論曰：凡人性難極也，難知也，故其絕異者，常為世俗所遺失焉。必使無訟，事深弘誘。論語，子曰：聽訟，吾猶人也，必也使無訟乎？公提衡惟允，一紀于茲，漢書曰：衡，平也，所以平輕重也。言選曹以材授官，似衡之平物，故取以喻焉。韓子曰：貴賤不相踰，愚智提衡而立。孫綽王蒙誄曰[86]：提衡左府，舉直閑邪。孔安國尚書傳曰：十二年曰紀。拔奇取異，興微繼絕。王隱晉書，羊祜曰：吾不能取異於屠釣，拔奇於版築，豈不愧知人之難哉！興微，卽興滅也。論語，子曰：興滅國，繼絕世。望側階而容賢，候景風而式典。燕丹太子曰[87]：田光見太子，太子側階而迎。家語，孔子謂魯哀公曰：衛有士曰慶足者，國有大事，則必赴而治之；國無事，則退而容賢。靈公悅而敬之。王肅曰：言其所以退，欲以容賢於朝也。淮南子曰：景風至，施爵祿，賞有功。春秋三十有八，七年五月三日，薨于建康官舍。皇朝軫慟，儲鉉傷情。漢書，疏廣曰：太子，國儲副君。周易曰：鼎，金鉉。鄭玄尚書注曰：鼎，三公象也。有識銜悲，行路掩泣。說苑，雍門周說孟嘗君曰：有識之士，莫不為足下寒心酸鼻。論衡曰：行路之人，皆能論之。豈直舂者不相，工女寢機而已哉！史記，趙良謂商鞅曰：五羖大夫死，秦國男女流涕，童子不歌謠，舂者不相杵。劉縚聖賢本紀曰：子產治鄭二十年，卒，國人哭於巷，婦人哭於機。故以痛深衣冠，悲纏教義，豈非功深砥礪，道邁舟航？尚書，高宗曰：若金，用汝作礪，若濟巨川，用汝作舟楫。沒世遺愛，古之益友。左氏傳曰：子產卒，仲尼聞之出涕，曰：古之遺愛也。班固漢書贊曰：劉向指明梓柱，以推廢興，豈非直諒多聞，古之益友與？追贈太尉，侍中中書監如故。給節，加羽葆鼓吹，增班劍六十人，漢官儀曰：班劍者，以虎皮飾之。謚曰文憲，禮也。謚法曰：忠信接禮曰文，博文多能曰憲。

86 注「孫綽王蒙誄曰」 陳云「蒙」，「濛」誤，是也。各本皆誤。

87 注「燕丹太子曰」 案：「太」字不當有。各本皆衍。

公在物斯厚，居身以約。玩好絕於耳目，布素表於造次。齊春秋曰[88]：儉不好聲色，未嘗遊宴，衣裘服用，自周而已。周禮曰：凡式貢之餘財，以供玩好之用。尚書曰：弗役耳目，則百度惟貞。論語，子曰：造次必於是。室無姬姜，門多長者。左氏傳，君子曰：詩曰：雖有姬姜，無棄憔悴。漢書曰：陳平少時家貧，然門外多長者車轍。立言必雅，未嘗顯其所長；孝經援神契曰：矜莊嚴栗，出言必雅。孫資別傳曰：朝臣會議，資奏是非，擇善者推而成之，終不顯己之德。持論從容，未嘗言人所短。風俗通曰：太尉范滂[89]辨於持論。謝承後漢書曰：夏勤從容議論。吳志曰：是儀時時有所進，未嘗言人之短。弘長風流，許與氣類；檀道鸞晉陽秋曰[90]：謝安為桓溫司馬，不存小察，盡弘長之風。風流，已見上文。謝承後漢書曰：桓𥗽邴營氣類經緯士人。雖單門後進，必加善誘；三輔決錄曰：王豹出自單門。論語曰：夫子善誘人。勗以丹霄之價，弘以青冥之期。鍾會集言，程盛曰：丹霄之鳳，青冥之龍。公銓品人倫，各盡其用，廣雅曰：稱謂之銓。聲類曰：銓，所以稱物也。居厚者不矜其多，處薄者不怨其少。老子曰：前識者，道之華而愚之始，是以大丈夫處厚不處薄。窮涯而反，盈量知歸。莊子，市南子曰：君涉於江南，而浮於四海，望之而不見其涯。愈往而不知其所窮，送君者皆自涯而反。皇朝以治定制禮，功成作樂，禮記曰：王者功成作樂，治定制禮。思我民譽，緝熙帝圖。左氏傳曰：晉悼公卽位，六官之長，皆民譽也。毛詩曰：維清緝熙，文王之典。帝圖，已見上文。雖張曹爭論於漢朝，荀摯至競爽於晉世，東觀漢記曰：張酺拜太尉。章帝詔射聲校尉曹褒，案漢舊儀制漢禮。酺以為褒制禮，非禎祥之特達，有似異端之術，上疏曰：褒不被刑誅，無以絕毀實亂道之路。臧榮緒晉書曰：太尉荀顗，先受太祖勑，述新禮。太康初，尚書僕射朱整奏付尚書郎摯虞討論之，虞表所宜增損

---

88 注「齊春秋曰」 何校「齊」上添「吳均」二字，是也。各本皆脫。

89 注「太尉范滂」 陳云「尉」下脫「掾」字，「太尉，黃瓊也」，是也。各本皆脫。

90 注「檀道鸞晉陽秋曰」 陳云「晉」上脫「續」字，是也。袁本亦脫。茶陵本「秋」上衍「春」字。

條目，改正禮新昔異狀，凡十五事。左氏傳，晏子曰：二惠競爽猶可。無以仰摸淵旨，取則後昆。尚書曰：以義制事，以禮制心，垂裕後昆。每荒服請罪，遠夷慕義，宣威授指，寔寄宏略。理積則神無忤往；事感則悅情斯來。無是己之心，事隔於容諂；罕愛憎之情，理絕於毀譽。造理常若可干，臨事每不可奪；約己不以廉物，弘量不以容非。魏文帝典論曰：君子謹乎約己，弘乎接物。魏志，孟康薦崔林曰：體高雅之弘量。謝承後漢書，郎顗章曰：陛下寬不容非。攻乎異端，歸之正義。論語曰：攻乎異端，斯害也已。

公生自華宗，世務簡隔，魏志，曹植上疏曰：華宗貴族，必應斯舉。漢書曰：嚴安、徐樂上書言世務。至於軍國遠圖，刑政大典，既道在廊廟，則理擅民宗。若乃明練庶務，鑒達治體，潘尼潘岳碣曰：君深達治體，垂化三宰。懸然天得，不謀成心。求之載籍，翰牘所未紀；訊之遺老，耳目所不接。至若文案自環，主者百數，皆深文爲吏，積習成奸，漢書曰：張湯務在深文，拘守職之吏。應劭風俗通曰：積習而成，不敢獨否。蓄筆削之刑，懷輕重之意。漢書曰：今有司請定法，削即削，筆即筆。服虔曰：言隨君意也。又曰：嚴延年為涿郡太守，掾趙繡按高氏，即為兩劾，欲先白其輕者。觀延年意焉，怒乃出其重劾。公乘理照物，動必研機。晉中興書，謝安石上疏曰[91]：王恭超登清任，當虛心乘理。周易曰：夫易所以極深研機[92]。當時嗟服，若有神道。周易曰：聖人以神道設教，而天下服矣。豈非希世之儁民，瑚璉之宏器？汝南先賢傳曰：謝子微高才遠見，許劭年十八時，乃歎息曰：此希世之偉人也。論語，子貢問曰：賜也何如？子曰：汝器也。曰：何器也？曰：瑚璉也。

---

91 注「謝安石上疏曰」 陳云「安」字衍，是也。各本皆衍。

92 注「所以極深研幾」 袁本「幾」作「機」，是也。茶陵本亦作「幾」，與此同誤。案：說詳前「踐得一之機」下。

昉行無異操，才無異能，得奉名節，迄將一紀。魏志，董昭謂太祖曰：明公樂保名節，而無大責。一言之譽，東陵侔於西山；一眄之榮，鄭璞踰於周寶[93]。路粹為曹公與孔融書曰：邀一言之譽者，計有餘矣。莊子曰：伯夷死名於首陽之下，盜跖死利於東陵之上。彼所殉仁義也，則俗謂之君子；其所殉貨財也，則俗謂之小人。其所殉，一也。司馬彪曰：東陵，陵名，今屬濟南也。法言曰：夷齊無仲尼，則西山餓夫。列子曰：吾師老商氏，三年之後，始得夫子一眄而已。戰國策，應侯曰：鄭人謂玉之未理者為璞，周人謂鼠之未腊者為璞。周人懷璞過鄭，問賈曰：欲買璞乎？鄭賈曰：欲之。出其璞示之，乃鼠也，因謝而不取。高誘曰：理，治也。鼠未燥腊者號之為璞。尚書曰：弘璧琬琰，在西序。孔安國曰：皆歷代傳寶。士感知己，懷此何極！曹植祭橋玄文曰[94]：士死知己，懷此無忘。出入禮闈，朝夕舊館，十州記曰：崇禮闈[95]，即尚書上省門；崇禮東建禮門，即尚書下舍門。然尚書省二門名禮，故曰禮闈也。瞻棟宇而興慕，撫身名而悼恩。孫卿子，孔子謂哀公曰：吾入廟[96]仰視榱棟，俛見几筵，君以此思哀，則哀將焉而不至矣。公自幼及長，述作不倦。仲長子昌言曰：子長、班固，述作之士。固以理窮言行，事該軍國，豈直彫章縟采而已哉？說文曰：縟，繁也，彩色也。若乃統體必善，綴賞無地，王彪之賦曰：於是乎統體而詠之。雖楚趙羣才，漢魏眾作，曾何足云！曾何足云！楚有屈原，趙有荀卿，漢則司馬、楊雄，魏則陳思、王

---

93 「鄭璞踰於周寶」 案：「璞」當作「樸」。各本皆誤。注所引戰國策亦必全為「樸」字。「物之質謂之曰樸」，「玉璞」亦然，故說文玉部並無「璞」字，而「鼠樸」得與之同名異實也。後人習見「璞」字，輒有所改。今本戰國策「樸」、「璞」錯出，此注全為「璞」字，皆非也。又「樸」誤為「璞」，後卷聖主得賢臣頌有其證。

94 注「曹植祭橋玄文曰」 陳云祭橋玄文乃魏武事，在建安七年，子建時方十歲。案：蓋本作「魏太祖」，不知者改作「曹植」耳。

95 注「十州記曰崇禮闈」 陳云「十州記」三字疑誤，「闈」當作「門」。案：「十州記」非誤也，見前。

96 注「吾入廟」 陳云「吾」，「君」誤，是也。各本皆譌。

粲。昉嘗以筆札見知，思以薄技效德，陸機表詣吳王曰：臣本以筆札見知。淮南子曰：齊伐楚，市偷進，謂楚將子發曰：臣有薄技，願而行之[97]。是用綴緝遺文，永貽世範。袁宏三國名臣贊序曰：風軌德音，為世作範。爲如干秩[98]，如干卷。所撰古今集記今書七志，爲一家言，不列于集。集錄如左。

---

97 注「願而行之」陳云「而」，「為」誤。案：所引道應訓文，今本作「為君」二字。各本皆誤。

98 「為如干秩」何校「秩」改「帙」。案：此當作「袟」，各本皆誤也。

卷第四十七

頌

聖主得賢臣頌

王子淵

善曰：漢書曰：王褒既為益州刺史王襄作中和、樂職、宣布詩、王襄因奏言褒有軼才。上乃徵褒，既至，詔為聖主得賢臣頌。

夫荷旃被毳者，難與道純緜之麗密；應劭曰：不知純緜之麗密也。瓚以為純絲。羹藜唅糗者，不足與論太牢之滋味。服虔曰，唅音含。糗，乾食也。今臣僻在西蜀，生於窮巷之中，長於蓬茨之下，戰國策，張儀曰：蜀，西僻之國，而戎、翟之長也。風賦曰：起於窮巷之間。列子曰：北宮子庇其蓬室，若廣廈之蔭。廣雅曰：茨，覆也。無有游觀廣覽之知，顧有至愚極陋之累，不足以塞厚望，應明旨。雖然，敢不略陳愚心，而杼情素[1]！戰國策，蔡澤說應侯曰：公孫鞅事孝公，竭知謀，示情素。記曰：恭惟春秋法五始之要，在乎審己正統而已。服虔曰：恭，敬也。胡廣曰[2]：五始：一曰

---

1 「而杼情素」 何云漢書「杼」作「抒」，注「抒，猶泄也」。案：「抒」是也。凡「木」「扌」二旁多互混。

2 注「胡廣曰」 袁本「胡」上有「善曰漢官解詁」六字，是也。茶陵本此節注多脫誤。又案：篇中「善曰」二字多刪削，說已詳前。

元，二曰春，三曰王，四曰正月，五曰公卽位。夫賢者，國家之器用也。所任賢，則趨舍省而功施普；器用利，則用力少而就效衆。故工人之用鈍器也，勞筋苦骨，終日矻矻。如淳曰：矻矻，健作貌，苦骨切。及至巧冶鑄干將之璞[3]，清水淬其鋒，越砥斂其鍔，應劭曰：傳曰：得一寶劍，不如一甌冶。甌冶，卽巧冶也。越絕書曰：楚王召風胡子而問之曰：寡人聞吳有干將，越有甌冶，願請此二人為鐵劍。吳越春秋曰：干將者，吳人，造劍二枚，一曰干將，二曰莫耶。郭璞三蒼解詁曰：焠，作刀鑒也。焠，子妹切。鑒，工練切。說文云：鍔，劍刃也。晉灼曰：砥石出南昌，故曰越砥。水斷蛟龍，陸剸犀革，胡非子曰：負長劍，赴榛薄，析兕豹，赴深淵，斷蛟龍。字林曰：剸，截也。漢書音義曰：剸，章兗切。忽若篲氾畫塗[4]。如淳曰：若以篲掃於氾灑之處也。篲音遂。塗，路也。如此則使離婁督繩，公輸削墨，雖崇臺五層，延袤百丈而不溷者，工用相得也。孟子曰：離婁之明。趙岐曰：古之明目者也，黃帝時人。鄭玄禮記注曰：公輸若，匠師也，般、若之族，多伎巧者也。史記曰：蒙恬築長城，延袤萬餘里。王逸楚辭注曰：溷，亂也，胡困切。庸人之御駑馬，亦傷吻弊筴而不進於行，胸喘膚汗，人極馬倦。及至駕齧膝，驂乘旦，應劭曰：馬怒有餘氣，常齧膝而行也。張晏曰：齧膝、乘旦，皆良馬名也。駕則旦至，故以為名。王良執靶，韓哀附輿，張晏曰：王良，郵無卹也。世本云：韓哀侯作御也[5]。時已有御，此復言之[6]，加其精巧也。音義或曰：靶音霸，謂轡也。縱騁馳騖，忽如影靡，過都越國，蹶如歷塊；追奔電，逐遺風，遺風，風之疾者也。周流八極，萬里一息。何其遼哉！人馬相

3 「鑄干將之璞」　何校「璞」改「樸」。茶陵本云五臣作「樸」。袁本云善作「璞」。案：漢書作「樸」，是也。各本所見「璞」字皆傳寫譌。

4 「忽若篲氾畫塗」　袁本「畫」下有校語云善作「盡」。案：袁所見誤也。漢書作「畫」。茶陵本無校語，與此皆未誤。

5 注「世本曰韓哀侯作御也」　何云世本無「侯」字。宋衷云：「韓哀，韓文侯也。」案：所校據漢書注引，是也。各本皆衍。

6 注「此復言之」案：「之」當依漢書注引作「作」，卽宋衷注也。各本皆誤。

得也。故服絺綌之涼者，不苦盛暑之鬱燠；論語曰：當暑袗絺綌。孔安國曰：絺綌，葛也。襲狐貉之煖者，不憂至寒之淒愴。論語曰：狐貉之厚以居。何則？有其具者易其備。賢人君子，亦聖王之所以易海內也。是以嘔一侯切喻受之，應劭曰：嘔喻，和悅貌。開寬裕之路，以延天下之英俊也。夫竭智附賢者，必建仁策；索人求士者，必樹伯迹。昔周公躬吐握之勞，故有囹空之隆；韓詩外傳曰：成王封伯禽於魯，周公誡之曰：無以魯國驕士。吾一沐三握髮，一飯三吐哺，猶恐失天下之士也。文子曰：法寬刑緩，囹圄空虛。齊桓設庭燎之禮，故有匡合之功。韓詩外傳曰：齊桓公設庭燎，為士之欲造見者，朞年而士不至。於是東野人有以九九見者，桓公使戲之曰：九九足以見乎？鄙人曰：臣不以九九足以見也。臣聞君設庭燎以待士，朞年而士不至。夫士之所以不至者：君，天下之賢君也，四方之士皆自以為不及君，故不至也。夫九九薄能，而君猶禮之，況賢於九九者乎！桓公曰：善。乃禮之。朞月，四方之士相選而並至矣[7]。論語，子曰：管仲相桓公，一匡天下，民到于今受其賜。又，子曰：桓公九合諸侯，不以兵車，管仲之力也。由此觀之，君人者勤於求賢而逸於得人。呂氏春秋曰：賢主勞於求賢，而逸於治事。

人臣亦然。昔賢者之未遭遇也，圖事揆策，則君不用其謀；陳見悃誠，則上不然其信。郭璞三蒼解詁曰：悃，誠信也，苦本切。進仕不得施效，斥逐又非其愆。是故伊尹勤於鼎俎，太公困於鼓刀，魯連子曰：伊尹負鼎佩刀以干湯，得意故尊宰舍。尉繚子曰：太公屠牛朝歌。文子曰：伊尹負鼎而干湯，呂望鼓刀而入周。百里自鬻，甯戚飯牛，離此患也。孟子，萬章問曰：或曰百里奚自鬻於秦要秦穆公，信乎？孟子曰：不然，好事者為之也。甯戚飯牛，已見鄒陽上書[8]。及其遇明君、遭聖主也，運籌合上意，

7 注「相選而並至矣」　袁本、茶陵本「選」作「遝」，是也。
8 注「已見鄒陽上書」　袁本、茶陵本作呂氏春秋云云，皆復出之誤。

諫諍則見聽，進退得關其忠，任職得行其術，去卑辱奧渫而升本朝，離蔬釋蹻而享膏粱，張晏曰：奧，幽也。渫，狎也。辱，汙也。如淳曰：奧音郁。應劭曰：離此蔬食，釋此木屩。瓚案：屩，以繩為屨也。國語，欒伯請公族大夫，膏粱之性[9]難正也。賈逵曰：膏，肉之肥者。粱，食之精者。言其食肥美者，率驕放其性難正也。剖符錫壤，而光祖考，傳之子孫，以資說士。故世必有聖智之君，而後有賢明之臣。虎嘯而谷風冽，龍興而致雲氣，周易曰：雲從龍，風從虎。管輅別傳曰：龍者陽精，以潛于陰，幽靈上通，和氣感神，二物相扶，故能興雲。虎者陰精，而居于陽，依木長嘯，動於巽林，二數相感，故能運風。蟋蟀俟秋吟，蜉蝣出以陰。易通卦驗曰：立秋蜻蛚鳴。蔡邕月令章句曰：蟋蟀，蟲名，世謂之蜻蛚也。毛詩傳曰：蜉蝣，渠略也。又蟲魚疏曰：渠略甲下有翅，能飛，夏月陰時出地中。易曰：「飛龍在天，利見大人。」乾卦之辭也。龍以喻大人。言龍飛在天，喻聖人之德顯，故天下萬物而利見之。王肅曰：大人在位之日也。詩曰：「思皇多士，生此王國。」毛詩大雅文也。毛萇曰：皇，天也。鄭玄曰：思，願也。願天多生賢人於邦。故世平主聖，俊乂將自至，若堯舜禹湯文武之君，獲稷契皐陶伊尹呂望之臣，明明在朝，穆穆列布，尚書曰：厥后惟明明。又曰：則以穆穆在乃位。聚精會神，相得益章。雖伯牙操遞鐘，蓬門子彎烏號，猶未足以喻其意也。晉灼曰：遞音迭遞之遞。二十四鍾，各有節奏，聲之不常[10]，故曰遞鍾。瓚以為楚辭曰：奏伯牙之號鍾。馬融長笛賦曰：號鍾高調。號鍾，琴名也。謂伯牙以善鼓琴，不說能擊鍾也。且漢書多借假，或以遞為號，不得便以迭遞判其音也。善曰：孫卿子曰：羿、逢門，善服射者也。吳越春秋，陳音曰：黃帝作弓，後有楚狐父以其道傳羿，羿傳蓬蒙。漢書曰：黃帝鼎成，

9 注「膏粱之性」 茶陵本「膏」上有「晉悼公曰夫」五字，是也。袁本亦脫。

10 注「聲之不常」 何校「聲」改「擊」。案：所校據漢書注作「擊」，是也。各本皆誤。

龍迎黃帝。黃帝上騎，小臣持龍髯，拔墮[11]，墮黃帝之弓，百姓仰望黃帝龍髯號，故名其弓曰烏號。

故聖主必待賢臣而弘功業，俊士亦俟明主以顯其德。上下俱欲，懽然交欣，千載一會，論說無疑。翼乎如鴻毛遇順風，沛乎若巨魚縱大壑。春秋保乾圖曰：神明之應，疾於倍風吹鴻毛。其得意如此，則胡禁不止？曷令不行？化溢四表，橫被無窮，遐夷貢獻，萬祥必臻。是以聖主不偏窺望而視已明，不殫傾耳而聽已聰。恩從祥風翺，德與和氣游，太平之責塞，優游之望得。為君之道，冀太平而優游。今已太平，是責塞也；今已優游，是望得也。史記，泄公曰[12]：今王已出，吾責塞。尚書大傳曰：周公作樂，優游三年。遵游自然之勢，恬淡無爲之場。莊子曰：夫恬淡寂寞，虛無無為，此天地之平，而道德之至。休徵自至，壽考無疆，雍容垂拱，永永萬年。尚書曰：垂拱而天下治。何必偃仰詘信若彭祖，呴噓呼吸如喬松，眇然絕俗離世哉！莊子曰：吹呴呼吸，吐故納新，熊經鳥伸，為壽而已矣。彭祖，壽考者之所好也。列仙傳曰：王子喬好吹笙，道人浮丘公接以上嵩山。又曰：赤松子者，神農時雨師也，至崑崙山上，常止西王母石室中。詩曰：「濟濟多士，文王以寧。」蓋信乎其以寧也！

趙充國頌　楊子雲

漢書曰：成帝時，西羌常有警。上思將帥之臣，追美充國，乃召黃門郎楊雄，即充國圖畫而頌之。

明靈惟宣，戎有先零。漢書曰：諸羌，先零豪。然先零，羌別號。先零猖狂，侵漢西疆。漢書，宣紀曰：元鳳元年，西羌反。漢命虎臣，惟後將軍。毛詩曰：進厥虎臣，闞如虓虎。漢書曰：昭帝時，擢充國為後

---

11 注「小臣持龍髯拔墮」　袁本、茶陵本重「龍髯」二字，是也。

12 注「史記泄公曰」　陳云「泄公」當作「貫高」。案：所校未是也。此「泄」上有脫文耳。

將軍。整我六師，是討是震。漢書曰：遣後將軍趙充國擊西羌。毛詩曰：整我六師，以脩我戎。又曰：徐方震驚。既臨其域，諭以威德。漢書曰：充國至西部都尉府，欲以威信招降罕、幵，乃上疏曰：因田致穀，威德兼行。有守矜功，謂之弗克。應劭曰：酒泉太守辛武賢言充國屯田之便[13]，不如擊之。論語讖曰：重耳反譎，伐德矜功。請奮其旅，于罕之羌。韋昭曰：罕，羌名也。蘇林曰：在金城南。武賢言，但擊罕羌，先零自降也。天子命我，從之鮮陽。應劭曰：宣帝使充國共討罕、幵於鮮水陽。營平守節，屢奏封章。漢書曰：充國封營平侯，屢奏封章，言屯田之便，不從武賢之策。料敵制勝，威謀靡亢。制勝，已見張景陽雜詩。遂克西戎，還師于京。漢書曰：充國奏言：凡斬首七千六百級，降者三萬一千二百，請罷屯兵。奏可。充國振旅而還。鬼方賓服，罔有不庭。毛詩曰：內奰于中國，覃及鬼方。毛萇曰：鬼方，遠方也。世本注曰：鬼方，於漢則先零戎是也。尚書曰：惟周王四征弗庭。昔周之宣，有方有虎。詩人歌功，乃列于雅。詩小雅曰：方叔蒞止，其車三千。又大雅曰：江、漢之滸，王命召虎。在漢中興，充國作武。赳赳桓桓，亦紹厥後。毛詩曰：赳赳武夫，公侯干城。尚書曰：武王曰：勗哉夫子尚桓桓。

出師頌

范曄後漢書曰：鄧騭，字昭伯，女弟為和熹皇后。安帝立，騭為虎賁中郎將，封上蔡侯。涼部叛羌，搖蕩西州，詔騭將兵擊之，車駕幸平樂觀餞送。騭西屯漢陽，征西校尉任尚與羌戰，大敗之[14]。遣中郎將迎拜騭為大將軍。既至，大會羣臣，賜以束帛乘馬。

史孝山

范曄後漢書曰：王莽末，沛國史岑，字孝山[15]，以文章顯。文章志及集林、今書七志並同，皆載岑出師頌，而流別

---

13 注「言充國屯田之便」 茶陵本「之」作「非」，是也。袁本亦誤之。

14 注「大敗之」 案：「之」字不當有。各本皆衍。又案：此下何、陳校皆依後漢書，多有所添，其實善未必備引，今仍其舊。

15 注「沛國史岑字孝山」 陳云「孝山」當作「子孝」，是也。各本皆誤。

集及集林又載岑和熹鄧後頌并序。計莽之末，以訖和熹，百有餘年。又東觀漢記，東平王蒼上光武中興頌，明帝問校書郎此與誰等，對云前世史岑之比。斯則莽末之史岑，明帝之時已云前世，不得為和熹之頌明矣。然蓋有二史岑，字子孝者仕王莽之末，字孝山者當和熹之際，但書典散亡，未詳孝出爵里，諸家遂以孝山之文，載於子孝之集，非也。騭則鄧后之兄，元舅則騭也。

茫茫上天，降祚有漢。兆基開業，人神攸贊。五曜霄映，素靈夜歎。皇運來授，萬寶增煥。漢書曰：元年冬十月，五星聚于東井，沛公至霸上。應劭曰：五星所在，其下以義取天下也。又曰：高祖夜經澤中，有大蛇當徑，拔劍斬蛇，蛇分為兩。後人至蛇所，有一嫗夜哭，人問嫗，嫗曰：吾子白帝子，化為蛇當道，今者赤帝子斬之也。歷紀十二，天命中易。漢書曰：漢起元高祖，終于孝平王莽之誅，十有二世也。西零不順，東夷遘逆。西零，卽先零也。乃命上將，授以雄戟。子虛賦曰：建干將之雄戟。桓桓上將，寔天所啓。桓桓，已見上文。左氏傳，晉侯賜畢萬魏，卜偃曰：以是始賞，天啓之矣。允文允武，明詩悅禮。毛詩曰：允文允武，昭格烈祖。左氏傳，趙衰曰：郤縠說禮、樂而敦詩、書。憲章百揆，爲世作楷。禮記曰：仲尼憲章文、武。尚書曰：納于百揆。禮記曰：今世行之，後世以為楷。昔在孟津，惟師尚父，尚書曰：武王伐殷，師渡孟津。毛詩曰：維師尚父，時惟鷹揚，諒彼武王。素旄一麾，渾一區宇。鬻子曰：武王伐紂，乃命太公把旄以麾之，紂軍反走。尚書曰：王右秉白旄以麾。蒼生更始，朔風變楚[16]。蒼生，猶黔首也。尚書曰：至于海隅蒼生。朔，北方也。楚，南方也。史記，子貢問樂曰：舜彈五絃之琴，歌南風之詩，而天下治。紂為朝歌北鄙之音，身死國亡，何也？夫南風之詩者，生長之音，舜樂好之，故天下治也。夫北者，敗也。鄙者，陋也。紂樂好之，故身死國亡。薄伐獫狁，至于太原。毛詩小雅文也。鄭玄曰：

---

16 「朔風變楚」 茶陵本「楚」作「律」，云五臣作「楚」。袁本云善作「律」。案：二本所見「律」字傳寫誤，此尤延之校改正之也。

薄伐，言逐出之而已。詩人歌之，猶歎其艱。況我將軍，窮城極邊。鼓無停響，旗不蹔褰。澤霑遐荒，功銘鼎鉉。禮記曰：夫鼎者有銘。銘者，論譔其先祖之德，美功烈動勞而酌之祭器，自成其名焉。周易曰：鼎，金鉉。我出我師，于彼西疆。毛詩曰：我出我車，于彼牧矣。天子餞我，路車乘黃。言念伯舅，恩深渭陽。毛詩序曰：渭陽，康公念母也。我見舅氏，如母存焉。又曰：我送舅氏，曰至渭陽。何以贈之，路車乘黃。介珪既削，列壤酬勳。毛詩曰：錫爾介珪，以作爾寶。今我將軍，啓土上郡。尚書曰：建邦啓土也。傳子傳孫，顯顯令問。毛詩曰：假樂君子，顯顯令德。又曰：令問令望。

酒德頌

劉伯倫 臧榮緒晉書曰：劉伶[17]，字伯倫，沛國人也。志氣曠放，以宇宙為狹。著酒德頌。為建威參軍。卒以壽終。

有大人先生，以天地爲一朝，萬期爲須臾。日月爲扃牖，八荒爲庭衢。行無轍迹，居無室廬。老子曰：善行無轍迹。馬融琴賦曰：游閑公子，中道失志，居無室廬，罔所自置。幕天席地，縱意所如。止則操卮執觚，動則挈榼提壺。說文曰：榼，酒器也，苦闔切。唯酒是務，焉知其餘。有貴介公子，搢紳處士。左氏傳曰：伯州犁謂鄭皇頡曰：夫子為王子圍，寡君之貴介弟也。司馬相如封禪書曰：因雜搢紳先生之略術[18]。臣瓚曰：縉，赤白色。紳，大帶。應劭風俗通曰：處士者，隱居放言。聞吾風聲，議其所以。乃奮袂攘襟，怒目切齒。北征賦曰：遂奮袂而北征。戰國策，張儀說魏王曰：天下遊士，莫不瞋目切齒。陳

---

17 注「劉伶」 袁本、茶陵本「伶」作「靈」，是也。

18 注「因雜搢紳先生之略術」 案：此有誤也。下引「如淳曰：縉，赤白色」，不得此作「搢」，與之不相應。疑正文自為「縉」，故不取「搢插」為義。否則當有「搢」、「縉」異同之注而未全，各本皆同，無以訂之。

說禮法，是非鋒起。春秋感精符曰：禍亂鋒起，君若贅旒。先生於是方捧甖承槽，銜杯漱醪。劉熙孟子注曰：槽者[19]，齊俗名之如酒槽也。奮髯踑踞，枕麴藉糟。漢書曰：朱博遷琅邪。齊部舒緩。博奮髯抵几曰：觀齊兒欲以為俗耶？又曰：尉佗魋結箕倨。無思無慮，其樂陶陶。兀然而醉，豁爾而醒。靜聽不聞雷霆之聲，熟視不覩泰山之形。不覺寒暑之切肌，利欲之感情。莊子曰：知反於帝宮，見黃帝而問焉。曰：何思何慮則知道。黃帝曰：無思無慮始知道。毛詩曰：君子陶陶。俯觀萬物，擾擾焉如江漢之載浮萍。廣雅曰：擾擾，亂也。焉如，猶何如也。二豪侍側，焉如蜾蠃之與螟蛉。二豪，公子、處士也。隨己而化，類蜾蠃之變螟蛉也。法言曰：螟蛉之子，蜾蠃祝之曰：類我，類我。久則肖之矣。速哉，七十子之化仲尼也。李軌曰：螟蛉，桑蟲也。蜾蠃，蜂蟲也。肖，類也。蜂蟲無子，取桑蟲蔽而殪之，幽而養之，祝曰：類我。久則化而成蜂蟲矣。速疾哉，七十子受學仲尼之化疾也。

漢高祖功臣頌

陸士衡

相國酇文終侯沛蕭何，相國平陽懿侯沛曹參，太子少傅留文成侯韓張良，丞相曲逆獻侯陽武陳平，楚王淮陰韓信，梁王昌邑彭越，淮南王六黥布，趙景王大梁張耳，韓王韓信，燕王豐盧綰，長沙文王吳芮，荊王沛劉賈，太傅安國懿侯王陵，左丞相絳武侯沛周勃，相國舞陽侯沛樊噲，右丞相曲周景侯高陽酈商，太僕汝陰文侯沛夏侯嬰，丞相潁陰懿侯睢陽灌嬰，代丞相陽陵景侯魏傅寬，車騎將軍信武肅侯靳歙，

19 注「劉熙孟子注曰槽者」 案：「槽」當作「螬」。各本皆誤。此所引乃「螬食實者」之注，但取下文之「酒槽」，與此「螬」字不相涉。不知者并改為「槽」，誤之甚矣。

大行廣野君高陽酈食其，中郎建信侯齊劉敬，太中大夫楚陸賈，太子太傅稷嗣君薛叔孫通、魏無知，護軍中尉隨何，新成三老董公[20]、轅生，將軍紀信，御史大夫沛周苛，平國君侯公，右三十一人，與定天下安社稷者也。頌曰：

芒芒宇宙，上墋下黷。天以清為常，地以靜為本，今上墋下黷，言亂常也。墋，不清澄之貌也，楚錦切。國語，觀射父曰：民神異業，敬而不黷。賈逵曰：黷，媟也。波振四海，塵飛五岳。波振、塵飛，以喻亂也。九服徘徊，三靈改卜。周書曰：乃辨九服之國。春秋元命苞曰：造起天地，鑄演人君，通三靈之貺，交錯同端。赫矣高祖，肇載天祿。尚書曰：天祿永終。沈跡中鄉，飛名帝錄。中鄉，即中陽里也。漢書曰：高祖，中陽里人。尚書璇璣鈐，孔子曰：五帝出，受錄圖。慶雲應輝，皇階授木。漢書，范增謂項羽曰：吾使人望沛公，其氣皆為龍，成五色，此天子氣，急擊之勿失。春秋孔演圖曰：天子皆五帝精，必有諸神扶助，使開階立遂。宋均曰：遂，道也。春秋保乾圖曰：黑帝治八百歲，運極而授木。蒼帝七百二十歲而授火。言漢之歷運，為周木德所授也。龍興泗濱，虎嘯豐谷。尚書序曰：漢室龍興。漢書曰：高祖為泗上亭長。淮南子曰：虎嘯而谷風至。漢書曰：高祖居沛、豐。彤雲晝聚，素靈夜哭。漢書曰：高祖隱於芒、碭山澤間，呂后求常得之。高祖怪問呂后，后曰：季所居上常有雲氣，故從往常求得季。彤，丹色也。素靈夜哭，已見上文。金精仍頹，朱光以渥。漢書郊祀志曰：秦襄公自以居西，主少昊之神，作西畤，祠白帝。至獻公時，櫟陽雨金以為瑞，又作畦畤，祠白帝。少昊，金德也。朱光，謂漢也。殺之者，明漢當滅秦也。萬邦宅心，駿民效足[21]。尚書曰：宅心知訓。又曰：俊民用章。曹植與陳琳書曰：驥騄不常一步，應良御而効足。

---

20 「新成三老董公」 何校「成」改「城」，是也。各本皆誤。

21 「駿民效足」 案：「駿」當作「俊」。善引「俊民用章」為注，是其本作「俊」也。袁、茶陵二本所載五臣翰注乃云「羣賢如駿馬足」，是其本作「駿」。各本所見，皆以五臣亂善。又失著校語。考士衡長安有狹邪行云「憑軾皆俊民」，左太沖擬士衡云「長纓皆俊人」，可見陸自用「俊」字，與此同。彼二注善皆引尚書，亦與此同，決不得作「駿」甚明。或言「駿」字

堂堂蕭公，王迹是因。蕭何為丞相，故曰公。論語，曾子曰：堂堂乎張也，難與並為仁矣。綢繆叡后，無競維人。毛詩曰：無競維人，四方其訓之。外濟六師，內撫三秦。漢書曰：漢王與諸侯擊楚，何守關中。漢王數失軍，何常與關中卒[22]輒補缺。應劭曰：章邯為雍王，司馬欣為塞王，董翳為翟王，分王秦地，故曰三秦。拔奇夷難，邁德振民。漢書曰：何進韓信，漢王以為大將軍。黥布反，上自將擊之，使使問相國何為？曰：為上在軍，拊循百姓。尚書曰：咎繇邁種德。周易曰：君子以振民毓德。體國垂制，上穆下親。周禮曰：惟王建國，體國經野。班固蕭何述曰：營都立宮，定制修文，然重威則上穆，刑約則下親。名蓋羣后，是謂宗臣。班固漢書贊曰：蕭何、曹參，位冠羣后，聲施後世，為一代之宗臣。張晏曰：宗臣，國所宗也。

平陽樂道，在變則通。論語曰：貧而樂。周易曰：易窮則變，變則通。爰淵爰嘿，有此武功。莊子曰：君子淵默而雷聲。毛詩曰：文王受命，有此武功。長驅河朔，電擊壤東。漢書曰：秦將王離圍鉅鹿，參擊王離軍成陽南，大破之。又擊三秦軍壤東，破之。文穎曰：壤東，地名也。班固漢書述曰：長驅大舉，電擊雷震。協策淮陰，亞迹蕭公。漢書曰：魏王豹反，參以假丞相別與韓信東攻魏將孫遬，大破之。又從韓信擊趙，大破之。又從韓信擊龍且，大破之。又曰：謁者鄂秋曰：位次，蕭何第一，曹參次之。

文成作師，通幽洞冥。漢書，張良終，謚曰文成侯。又曰：張良從容步游下邳圯上，有老父出一編書曰：讀是則為王者師。永言配命，因心則靈。毛詩曰：永言配命，自求多福。又曰：維此王季，因心則友。窮神觀化，望影揣情。周易曰：窮神知化，德之盛也。史記，太史公曰：虞卿斷事揣情，為趙畫策。鬼谷子曰：測深揣情。鬼無隱

與「足」生義，不當云「俊」，更大不然。上偶句云「萬邦宅心」，「萬」字不與「心」生義。五臣之意，固緣「足」字改「俊」為「駿」，而殊非陸旨也。又尚書本作「畯」，善屢引為「俊」者，「畯」與「俊」同，已具奉答內兄希叔詩，無妨其引作「俊」也。凡善引書有如此者，不能以畫一求之，為附舉其例云。

22 注「何常與關中卒」 何校「與」改「興」，陳同，是也。各本皆譌。

謀，物無遯形。武關是辟，鴻門是寧。漢書曰：漢王與良西入武關。良曰：臣聞秦將屠者賈豎，易動以利，今持重寶啖秦將。秦將果欲連和，沛公欲聽之。良曰：此其將欲叛，士卒恐不從，不如因其解擊之。沛公乃擊秦軍，大破之。又曰：項羽至鴻門，欲擊沛公。良因要項伯見沛公，沛公令伯具言沛公不敢背項王。項羽意乃解。周易曰：人謀鬼謀，百姓與能。隨難滎陽，卽謀下邑。隨難滎陽，見下文。漢書曰：漢王兵還至下邑。漢王曰：吾欲捐關以東，誰可與共功者？良曰：九江王英布，楚梟將；彭越反梁地，此兩人可急使。韓信可屬大事，當一面。卽欲捐之此三人[23]，楚可破也。銷印惎忌廢，推齊勸立。漢書曰：項羽急圍漢王滎陽，酈食其曰：誠復立六國後，楚必斂衽而朝。漢王曰：善。趣刻印，先生行佩之。良曰：誰為陛下畫此計者？陛下大事去矣。且楚唯無強，六國復撓而從之，陛下焉得而臣之？漢王曰：趨銷印。後韓信破齊，欲自立為齊王，漢王怒。良勸漢王因封之。班固漢書述張良曰：推齊銷印，驅致越、信。運籌固陵，定策東襲。三王從風，五侯允集。漢書曰：漢王與齊王信、魏相國彭越期會擊楚，至固陵，不會。漢王謂張良曰：諸侯不從，奈何？良曰：今能取睢陽以北至穀城，以王彭越；從陳以東傅海與齊王信，則楚易敗也。於是韓信、彭越皆引兵來，黥布隨劉賈皆會。項羽敗，自刎。淮南子曰：施于寡妻，至于兄弟，天下從風。漢書曰：漢王用良計，諸侯皆至。史記曰：漢部五諸侯兵東伐楚。又，蘇秦曰：梁從風而動。霸楚寔喪，皇漢凱入。周禮曰：師有功，則愷樂。怡顏高覽，彌翼鳳戢。託迹黃老，辭世却粒。史記，良曰：願棄人間事，從赤松子游耳。乃學辟穀，導引輕身。曲逆宏達，好謀能深。西都賦曰：大雅宏達。論語，子曰：好謀而成。遊精杳漠，神迹是尋。重玄匪奧，九地匪沈。重玄，天也[24]。鄧析子曰：九地之下，重天之巔。伐謀先兆，擠響于音。言將伐其謀，先其未兆；欲墜其響，在於為音。然兆為謀始，響為音初也。孫子曰：上兵伐謀，其次伐交。鶡冠子曰：音者，所以調聲也，未聞

23 注「卽欲捐之此三人」 陳云「捐之」下當重有「捐之」二字。各本皆脫。

24 注「重玄天也」 袁本、茶陵本無此四字。

音出而響過其聲者也。奇謀六奮，嘉慮四迴[25]。漢書曰：陳平凡六出奇計，或頗秘之，世莫得聞。宋仲子法言注曰：張良為高祖畫策六，陳平出奇策四，皆權謀，非正也。然機之此言，有符仲子之說，未詳。相承而誤，或別有所憑也。規主於足[26]，離項于懷。格人乃謝，楚翼寔摧。漢書曰：淮陰侯破齊王，使使來言漢王。漢王怒而罵，平躡漢王，漢王寤，乃厚遇齊使。音義曰：躡，謂平躡漢王足也。漢書，陳平曰：項羽骨鯁之臣，亞父、鍾離沫[27]、龍且、周殷之屬，不過數人。大王捐數萬金，行反間，間其君臣，破楚必矣。漢王以為然。反間既行，羽果疑亞父。亞父去，發病死。尚書曰：格人元龜，罔敢知吉。韓王窘執，胡馬洞開。漢書曰：人有上書告楚王韓信反。陳平曰：陛下第出，偽遊雲夢，信聞天子以好遊出[28]，其勢必郊迎謁，陛下因禽之，此特萬世之事也[29]。高祖以為然。信果郊迎，即執縛之。毛萇詩傳曰：窘，困也。漢書曰：上至平城，為匈奴所圍。高祖用平奇計，使單于、閼氏解圍以得出。迎文以謀，哭高以哀。漢書曰：呂太后崩，平與太尉勃合謀誅諸呂，立文帝。平本謀也。又曰：高帝崩，平馳至宮，哭殊悲。

灼灼淮陰，靈武冠世。策出無方，思入神契。孔安國尚書傳曰：神妙無方。蔡邕李咸碑曰：明略兼洞，與神合契。奮臂雲興，騰迹虎噬。凌險必夷，摧剛則脆。呂氏春秋曰：凡兵之用也，攻亂則脆。肇謀漢濱，還定渭表。漢書，蕭何謂高祖曰：必長王漢中，無所事信；必欲爭天下，非信無可與計事者。漢王乃拜信大將軍。信說漢王曰：今王舉兵而東，三秦可傳檄而定也。漢王喜，遂聽信計，舉兵出陳倉，定三秦。京索既扼，引師北討。漢書曰：漢擊楚彭城，漢兵敗散而還。信復發兵，與漢王會滎陽，復擊破楚京、索間。齊、趙、魏皆反，與楚和，以信為

---

25 「嘉慮四迴」　袁本、茶陵本「慮」作「聲」。案：此所見不同，無以考之。

26 「規主於足」　袁本、茶陵本「於」作「以」。案：此亦所見不同。

27 注「鍾離沫」　何校「沫」改「眛」，陳同。案：據漢書及史記校也。各本皆譌。

28 注「以好遊出」　陳云「遊出」二字當乙。案：據漢書及史記校也。各本皆倒。

29 注「此特萬世之事也」　「萬世」當作「一力士」三字。各本皆訛。漢書、史記可譌。

左丞相，擊魏。**濟河夷魏，登山滅趙。**漢書曰：信遂進擊魏，魏盛兵蒲坂，塞臨晉。信乃益為疑兵，陳船欲渡臨晉，而伏兵從夏陽以木罌缶渡軍，襲安邑，虜魏王豹。信請北舉燕、趙，選輕騎二千人，人持一赤幟，從間道登山而望趙軍，戒曰：趙見我走，必空壁逐我，若疾入，拔趙幟，立漢幟。後趙空壁爭漢鼓旗，奇兵馳入趙壁，皆拔趙幟，立漢赤幟。趙卒見之，大驚，遂亂走。禽趙王歇。**威亮火烈[30]，勢踰風掃。**孫子曰：兵以詐立，以利動，以分合而為變者也。故其疾如風，侵掠如火，則彼三軍可奪氣，將軍可奪心，此用兵之法也。**拾代如遺，偃齊猶草。**漢書曰：信進擊代，禽夏說閼與。李奇曰：代相也。孟康曰：音焉預，邑名也。漢書曰：信發趙兵未發者擊齊。信引兵東，遂渡河，襲齊歷下軍，至臨菑。齊王走高密。又，梅福上書曰：高祖取楚如拾遺。論語曰：草上之風必偃。**二州肅清，四邦咸舉。**據禹貢九州之屬，魏、趙屬冀州，齊、代屬青州[31]。四邦，魏、代、趙、齊也。**乃眷北燕，遂表東海。**漢書曰：信用廣武君策，發使使燕，燕從風而靡。又曰：信平齊，使人言于漢王，齊夸詐多變，反復之國，不為假王以鎮之，其勢不定，請自立為假王。漢王乃遣張良立信為齊王。表東海，已見九錫文。**克滅龍且，爰取其旅。**漢書曰：齊王走高密，使使于楚。楚使龍且救齊，與信夾濰水陣。信乃夜令人為萬餘囊盛沙，以壅水上流，引軍半渡，擊龍且。佯不勝，還走。龍且果喜曰：固知信怯。遂追渡水。信使人決壅囊，水大至。龍且軍太半不得渡，即急擊，殺龍且。楚卒皆降之。**劉項懸命，人謀是與。**漢書，蒯通說信曰：當今之時，兩主縣命於足下。足下為漢則漢勝，與楚則楚勝。人謀，已見上文。**念功惟德，辭通絕楚。**漢書曰：項王使盱眙人武涉往說信曰：足下何不與楚連和，三分天下而王齊？信辭曰：人信親我，背之不祥。蒯通知天下權在信，深說以三分天下之計。信自以功大，漢不奪我齊，遂不聽。尚書曰：惟帝念功。**彭越觀時，弢（韜）迹匿光。人具爾瞻，翼爾鷹揚。**杜

---

30 「威亮火烈」　茶陵本云五臣作「烈」。袁本云善作「列」。案：二本非也。此尤延之校改正之，說見前，可互證。

31 注「魏趙屬冀州齊代屬青州」　陳云代非青境，亦當云「屬冀」乃合。又張耳贊曰「報辱北冀」，即指平趙、代事，尤易曉也。案：陳所說是也。「代」字當在「魏」字下。各本皆誤。下文「四邦，魏、代、趙、齊也」，可證。「代」在「齊」字下者，後來所改也。

預左氏傳注曰：韜，藏。弢與韜，古字通也。毛詩曰：赫赫師尹，人具爾瞻。又曰：維師尚父，時維鷹揚。威凌楚域，質委漢王。靖難河濟，卽宮舊梁。漢書曰：漢使人賜越將軍印綬，使下濟陰以擊楚，大敗楚軍，拜越為魏相國。漢敗彭城，越皆亡其所下城，獨將其兵北居河上，往來為漢王游兵擊楚，絕其糧於梁地。項籍死，封越為梁王，都定陶。禮記，孔悝為鼎銘曰：卽宮於宗周。烈烈黥布，眈眈其眄。漢書曰：黥布，姓英氏。項梁定會稽，布以兵屬之。周易曰：虎視眈眈。名冠彊楚，鋒猶駭電。漢書曰：楚兵常勝，功冠諸侯者，以布數以少敗眾。覩幾蟬蛻，悟主革面。漢書曰：漢王使隨何說布，布間行與何歸漢。淮南子曰：蟬飲不食，三十日而蛻。周易曰：小人革面以從君也。肇彼梟風，翻爲我扇。漢書曰：上立布為淮南王，與擊項籍。天命方輯，王在東夏。東夏，卽陽夏也。漢書曰：漢王追項羽至陽夏南。矯矯三雄，至于垓下。三雄：韓信、彭越、英布。漢書曰：漢王發使使韓信、彭越至，皆引兵來。黥布隨劉賈皆會，圍羽垓下。毛詩曰：矯矯虎臣也[32]。元凶既夷，寵祿來假。元凶，謂項羽。班固漢書張湯述曰：既成寵祿，亦罹咎慝。保大全祚，非德孰可？左氏傳，楚子曰：保大定功。班固漢書張湯述曰：子孫遵業，全祚保國。謀之不臧，舍福取禍。毛詩曰：謀之不臧，則具是依。左氏傳，劉子曰：能者養之以福，不能者敗以取禍。

張耳之賢，有聲梁魏。漢書曰：張耳，大梁人也，少時及魏公子毋忌為客。毛詩曰：文王有聲。士也罔極，自詒伊愧。漢書曰：張耳、陳餘相與為刎頸交。耳與趙王歇走入鉅鹿，王離圍之。餘自度兵少，不敢前。後耳得出鉅鹿，責餘，餘怒，脫印綬與耳，耳佩其印綬。後餘以兵襲耳，耳敗走。毛詩曰：士也罔極，二三其德。又曰：心之憂矣，自詒伊戚。詒音怡。俯思舊恩，仰察五緯。漢書，耳曰：漢王與我有故，而項王強，立我，我欲之楚。甘公曰：漢王之入關，五星聚東井，先至必王。耳走漢。易乾鑿度曰：五緯順軌，四時和肅。脫迹違難，披榛來洎。改策西秦，報辱北冀。漢書曰：漢定三秦，方圍章邯廢丘。耳謁漢王。又曰：漢遣張耳與韓信擊破趙井陘，斬餘泜水上，追殺趙王歇

---

32 注「矯矯虎臣也」袁本、茶陵本「虎」作「武」，是也。案：凡善諱屢經回改如此。

於襄國。泜音祗。悴葉更輝，枯條以肄。以木為喻也。漢書曰：漢立耳為趙王。毛萇詩傳曰：斬而復生曰肄。

王信韓孽，宅土開疆。我圖爾才，越遷晉陽。漢書曰：韓王信，故韓襄王孽孫也。漢立信為韓王。上以信壯武，乃更以太原郡為韓國，徙信以備胡，都晉陽。毛萇詩曰：我圖爾居[33]。盧綰自微，婉孌我皇。漢書曰：高祖與綰壯學書，又相愛也。班固漢書述哀紀曰：婉孌董公，惟亮天工。跨功踰德，祚爾輝章。漢書曰：羣臣知上欲王綰，皆曰：綰可王。上乃立綰為燕王。章，印章也。人之貪禍，寧為亂亡。漢書曰：高祖崩，綰遂將其眾亡入匈奴，死胡中。毛詩曰：民之貪亂，寧為荼毒。鄭玄曰：天下之民，苦王之政，欲其亂亡也。

吳芮之王，祚由梅鋗。功微勢弱，世載忠賢。漢書曰：天下之初叛秦，吳芮率越人舉兵以應諸侯。沛公攻南陽，遇芮之將梅鋗，與偕攻析、酈。上以鋗有功武關，故德芮，徙為長沙王。高祖賢之，詔御史：長沙王忠，其著之甲令。音義曰：鋗，呼玄切。酈，持益切。

肅肅荊王，董我三軍。漢書，劉賈將貳萬人，騎數百，擊楚。孔安國尚書傳曰：董，督也。我圖四方，殷薦其勳。漢書曰：漢王追項籍至固陵，賈使人間招楚大司馬周殷，周殷反楚佐賈。庸親作勞，舊楚是分。往踐厥宇，大啓淮墳。漢書曰：高祖子弟弱[34]，昆弟少，欲王同姓以鎮天下，詔立賈為荊王，王淮東。毛詩曰：鋪敦淮墳。

安國違親，悠悠我思。依依哲母，既明且慈。引身伏劍，永言固之。漢書曰：王陵以兵屬漢。項羽取陵母寘軍中。陵使至，則東鄉坐陵母，欲以招陵。陵母私送使者，泣曰：為老妾語陵，善事漢王。漢王長者也，無以老妾故持二心。妾以死送使者。遂伏劍而死。毛詩曰：青青子佩，悠悠我思。淑人君子，實邦之基。毛詩曰：淑人君子，其儀不忒。又曰：樂只君子，邦家之基。義形於色，憤發于辭。漢書曰：陵為人少文任氣，好直言。高后欲立

---

33 注「毛萇詩曰我圖爾居」 何校去「萇」字，陳同，是也。各本皆衍。

34 注「高祖子弟弱」 案：「弟」字不當有。各本皆衍。

諸呂為王，問陵。陵曰：高皇帝刑白馬而盟曰：非劉氏而王者，天下共擊之。今王呂氏，非約也。公羊傳曰：孔父可謂義形於色矣。主亡與亡，末命是期。主亡與亡，已見任昉為范雲立太宰碑表。絳侯質木，多略寡言。漢書曰：周勃為人木強敦厚。論語摘輔曰[35]：子然公順多略。曾是忠勇，惟帝攸歎。漢書曰：始呂后問宰相，高祖曰：安劉氏者，必勃也。雲鷲靈丘，景逸上蘭。平代禽豨，奄有燕韓。漢書曰：陳豨反，勃復擊豨靈丘，破之，斬豨，定代郡九縣。燕王盧綰反，勃破綰軍上蘭，定上谷、右北平、遼西、遼東。寧亂以武，斃呂以權。漢書曰：高后崩，呂產秉權，欲危劉氏。勃與丞相平誅諸呂。左傳，樂桓子謂范宣子曰：夫尅亂在權。滌穢紫宮，徽帝太原。漢書曰：勃已滅諸呂，遂共迎立代王，是為孝文皇帝。勃曰：臣無功[36]，請得除宮。乃與太僕滕公入宮，載少帝出，乃奉天子法駕迎皇帝代邸。張衡羽獵賦曰：開閶闔兮坐紫宮。實惟太尉，劉宗以安。漢書曰：惠帝以勃為太尉。安劉氏，已見上文。挾功震主，自古所難。漢書，蒯通說韓信曰：功略震主者身危。勳耀上代，身終下藩。漢書，上曰：丞相朕所重，其為朕率列侯之國。乃免丞相就國，薨。

舞陽道迎，延帝幽藪。漢書曰：陳勝初起，蕭何、曹參使噲求高祖，迎立為沛公。范曄後漢書，順帝詔曰：張揖竄迹幽藪。宣力王室，匪惟厥武。揔干鴻門，披闥帝宇。聳顏誚項，掩淚悟主[37]。漢書曰：項羽在鴻門，亞父謀欲殺沛公。樊噲聞事急，乃持楯入，曰：沛公先入定咸陽，以待大王。大王聽小人之言，與沛公有隙，臣恐天下解心疑大王也。項羽默然。高祖嘗病，惡見人，臥禁中，詔戶者無得入羣臣。噲乃排闥直入，流涕曰：始陛下與臣等起豐沛，

---

35 注「論語摘輔曰」　茶陵本「輔」下有「象」字，是也。袁本亦脫。

36 注「勃曰臣無功」　陳云案周勃傳「臣無功」二句乃東平侯興居語，勃無此言：自「與太僕滕公」以下，皆敘興居事，與勃無涉云云。今案：「勃曰」，「勃」字疑「又」字之誤耳。

37 「掩涙悟主」　袁本、茶陵本「悟」作「寤」。案：此所見不同，「寤」字是也。後封禪文「覺悟黎蒸」，史、漢皆作「寤」。其各本作「悟」者，後人改。

定天下，何其壯也！今天下已定，又何憊也。高帝笑而起。尚書，帝曰：余欲宣力。禮記，子曰：揔干而山立，武王事也。班固漢書贊曰：金日磾以篤敬悟主，忠信自著。

曲周之進，于其哲兄。俾率爾徒，從王于征。漢書曰：酈食其進其弟商，使將數千人從沛公略地。漢書，谷永謝王鳳曰：察父哲兄，覆育子弟，誠無以加。振威龍蛻，攄武庸城。六師寔因，克荼禽黥。漢書曰：燕王荼反，商以將軍從擊荼，戰龍蛻，破荼軍。音義，或曰：龍脫，地名也。音奪。漢書曰：商又從擊黥布，兩陳以破布軍。又曰：布軍與上兵遇蘄西，上乃壁庸城。鄧展曰：地名也。

猗歟汝陰，綽綽有裕。毛詩曰：猗與那與。又曰：此令兄弟，綽綽有裕。戎軒肇迹，荷策來附。漢書曰：上降沛為沛公，以嬰為太僕，常奉車。馬煩轡殆，不釋擁樹。皇儲時乂，平城有謀。漢書曰：嬰從擊項籍，漢王不利，馳去。見孝惠、魯元，載之，漢王急，馬罷，取兩兒棄之[38]，嬰常收載行，面擁樹馳。晉灼曰：今京師謂抱小兒為擁樹。漢書曰：平城之難，冒頓乃開一角。高帝出欲馳，嬰固請徐行，弩皆持滿外鄉，卒以得脫。

潁陰銳敏，屢爲軍鋒。奮戈東城，禽項定功。漢書曰：項籍敗垓下去，嬰追籍至東城，破之，所將卒斬籍。乘風藉響，高步長江。收吳引淮，光啓于東。漢書曰：嬰渡江定吳，還定淮北。呂氏春秋曰：順風而呼，聲乃加疾，所因便也。左氏傳，宋向戌曰：光啓寡君，羣臣安矣。

陽陵之勳，元帥是承。漢書曰：傅寬屬淮陰，擊破齊曆下軍。屬丞相參，殘博。信武薄伐，揚節江陵。夷王殄國，俾亂作懲。漢書曰：靳歙別定江陵，身得江陵王，致雒陽。上林賦曰：揚節上浮。毛詩曰：戎、狄是膺，荊、舒是懲。

---

38 注「取兩兒棄之」　茶陵本「取」作「蹳」，是也。袁本作「蹶」，亦非。

恢恢廣野，誕節令圖。進謁嘉謀，退守名都。東窺白馬[39]，北距飛狐。卽倉敖庾，據險三塗。漢書曰：漢王數困滎陽、成皋，計欲捐成皋以東，屯鞏、雒以距楚。酈食其曰：願足下急進兵，收取滎陽，據敖庾之粟，塞成皋之險，杜太行之道，距飛狐之口，守白馬之津，以示諸侯形制之勢，則天下歸矣。老子曰：天網恢恢。班固漢書述曰：陳湯誕節，救在三哲。尚書曰：爾有嘉謀嘉猷。杜預左氏傳注曰：三塗，在河南陸渾縣南。輶軒東踐，漢風載徂。漢書曰：燕、趙已定，唯齊未下。上使酈食其說齊。齊王田廣以為然，罷歷下兵守備。身死于齊，非說之辜。漢書曰：韓信聞食其下齊，乃襲齊王。齊王田廣聞漢兵至，以為食其賣己，乃烹食其。我皇寔念，言祚爾孤。漢書曰：高祖舉功臣，思食其，封其子為高梁侯。

建信委輅，被褐獻寶。漢書，婁敬脫輅見虞將軍曰：臣願見上，言便宜事。虞將軍欲與鮮衣。敬曰：臣衣帛，衣帛見；衣褐，衣褐見，不敢易衣。虞將軍入言於上，上召見。指明周漢，銓時論道。移帝伊洛，定都酆鎬。漢書，婁敬謂上曰：陛下取天與周異。而都雒陽不便，不如入關，據秦之固。是日車駕西都長安。班固漢書婁敬述曰：敬繇役夫，還京定都。聲類曰：銓，所以稱物也。柔遠鎮邇，寔敬攸考。毛詩曰：柔遠能邇，以定我王。爾雅曰：考，成也。

抑抑陸生，知言之貫。毛詩曰：抑抑威儀，維德之隅。漢書，武詔曰[40]：詩云：九變復貫，知言之選。應劭曰：言變政復禮，合於先王舊貫。選，善也。往制勁越，來訪皇漢。漢書曰：中國初定，尉他平南越，因王之。高祖使賈賜佗印為南越王。賈卒拜佗為南越王，令稱臣奉漢約。歸報，高帝大悅。爾雅曰：訪，謀也。附會平勃，夷凶翦亂。漢書曰：諸呂欲危劉氏，陳平患之。賈說平曰：天下安，注意於相；危，注意於將。將相和，天下雖有變，權不分。君何

---

39 「東窺白馬」 袁本、茶陵本「窺」作「規」。案：此所見不同，似「規」字是也。

40 注「漢書武詔曰」 袁本、茶陵本「書」作「孝」，是也。

不交懽太尉，深相結？平乃以五百金為絳侯壽，太尉勃亦報如之，則呂氏謀益壞。及誅呂氏，賈頗有力焉。所謂伊人，邦家之彥。毛詩曰：所謂伊人，於焉逍遙。又曰：彼己之子，邦之彥兮。班固漢書王遵贊曰：遵實赳赳，邦家之彥。

百王之極，舊章靡存。班固漢書贊曰：漢承百王之弊。典引曰：彝倫斁而舊章缺。漢德雖朗，朝儀則昏。稷嗣制禮，下肅上尊。穆穆帝典，煥其盈門。風睎三代，憲流後昆。漢書，叔孫通曰：臣願徵魯諸生，與臣弟子共起朝儀。高帝曰：得無難乎？通曰：臣願采古禮與秦儀雜就之。上曰：可。其儀就。皇帝輦出房，諸侯王以下莫不震恐肅敬。高帝曰：今日知為皇帝之貴也。劇秦美新曰：帝典闕而不補。毛詩曰：韓侯顧之，爛其盈門。包咸論語注云：三代，夏、殷、周也。尚書曰：垂裕後昆。

無知叡敏，獨昭奇迹。察侔蕭相，貺同師錫。蕭何進韓信，無知進陳平，故曰侔也。漢書曰：陳平降漢，因魏無知求見漢王。後上封平，平曰：非魏無知臣安得進？上乃賞魏無知。尚書，師錫帝曰：有鰥在下曰虞舜。隨何辯達，因資於敵。紓漢披楚，唯生之績。漢書，漢王曰：孰為我使淮南，使之發兵背楚，項王必留，留數月，漢之取天下可萬全。隨何曰：臣請使之。往說布，布歸漢。毛詩曰：豐水東注，惟禹之績。

皤皤董叟，謀我平陰。三軍縞素，天下歸心。漢書曰：漢王南渡平陰津，至洛陽，新城三老董公遮說漢王曰：項王無道，放殺其主。三軍之眾，為之素服東伐，四海之內，莫不仰德，此三王之舉也。漢王曰：善。於是為義帝發喪，兵皆縞素，擊楚之殺義帝者。論語素王受命讖曰：河受圖，天下歸心。

袁生秀朗[41]，沈心善照。漢旆南振。楚威自撓，大略淵回，元功響効。邈哉惟人，何識之妙。漢書曰：袁生說漢王曰：願軍出武關，項王必引兵南走，王深壁，令滎陽、成皋間且得休。王乃復走滎

41　「袁生秀朗」　案：「袁」當作「轅」，注同。前序中作「轅」，注引漢書，必與今漢書作「轅」者合。蓋善自作「轅」，史記作「袁」，故五臣改「轅」為「袁」，而各本所見亂之。其序則五臣所無，尚存善舊也。

陽。如此則楚所備者多，力分。漢得休，復與之戰，破楚必矣。漢王從其計，出軍宛、葉間。羽乃聞漢王在宛，果引兵南。漢書司馬遷述曰：大略孔明。史記，太史公曰：惟祖元功，輔臣股肱。

紀信誑項，軺軒是乘。攝齊赴節[42]，用死孰懲。身與煙消，名與風興。漢書曰：項羽圍漢王滎陽，將軍紀信曰：事急矣！臣請誑楚，可以間出。紀信乃乘王車，黃屋左纛，曰：食盡，漢王降。楚皆之城東觀，以故漢王得遯。羽見紀信，問漢王安在？曰：已出去矣。羽燒殺信。論語曰：攝齊升堂。周苛慷慨[43]，心若懷冰。應劭風俗通曰：言人清高，如冰之潔。刑可以暴，志不可淩。漢書曰：楚圍漢王滎陽急，漢王出去，而使苛守滎陽。楚破滎陽，欲令將。苛罵曰：若趣降漢王，不然，今為虜矣。項王怒，烹苛。貞軌偕沒，亮迹雙升。謝承後漢書，黃向對策曰：雷陳義重，出則靃升[44]。帝疇爾庸，後嗣是膺。漢書曰：苛子成，以父死王事，封為高景侯。又曰：襄平侯紀通尚符節。張晏曰：紀信子也。晉灼曰：紀信焚死，不見其後。功臣表曰：襄平侯紀通，父成，以將軍從定三秦，死王事，子侯，然則通非信子也。機之此言，與晏同誤也。

天地雖順，王心有違。毛詩曰：行道遲遲，中心有違。懷親望楚，永言長悲。侯公伏軾，皇媼來歸。是謂平國，寵命有輝。漢書曰：漢遣陸賈說羽，請太公，羽弗聽。漢復使侯公說羽，羽歸太公、媼。漢書項羽傳曰：歸漢王父母妻子。漢書音義曰：媼，母別名也，烏老切。楚漢春秋曰：上欲封侯公，匿不肯復見。曰：此天下之辨士，所居傾國，故號平國君。

震風過物，清濁効響。文子曰：昔堯之治天下也，舜為司徒，契為司馬，禹為司空，后稷為田疇，奚仲為工師。

---

42 「攝齊赴節」 茶陵本「齊」作「齋」，云五臣作「齎」。袁本校語云善作「齋」，其善注中字亦然。案：此尤延之校改也。但「齋」疑是「齎」之譌，或善與五臣本無異耳。

43 「周苛慷慨」 案：「慨」當作「愾」。袁本云善作「愾」。茶陵本云五臣作「慨」。此以五臣亂善也。

44 注「出則靃升」 袁本、茶陵本「靃」作「雙」。案：正文作「雙」。二本是也。

是以離叛者寡，聽從者衆，若風之過簫，忽然感之，各以清濁應物也。大人于興，利在攸往。周易曰：巽，小亨，利有攸往，利見大人。弘海者川，崇山惟壤。管子曰：海不辭水，故能成其大；山不辭土，故能成其高；明主不厭人，故能成其衆。韶護錯音，衮龍比象。漢書曰：舜作韶，湯作護。周禮，王之吉服，享先王，則衮龍衣也。左傳曰：臧哀伯曰：五色比象，昭其物也。明明衆哲，同濟天網。毛詩曰：明明魯侯。崔寔本論曰：舉彌天之網，以羅海內之雄。劍宣其利，鑒獻其朗。廣雅曰：鑒，炤也，鑑謂之鏡。文武四充，漢祚克廣，尚書曰：光被四表。孔安國曰：光，充也，充溢四外也。毛詩曰：克廣德心。悠悠遐風，千載是仰。

贊

東方朔畫贊 并序

夏侯孝若 臧榮緒晉書曰：夏侯湛，字孝若，譙國人也。美容儀，才華富盛，早有名譽，與潘岳友善，時人謂之連璧，為散騎常侍。此贊為當時所重。45

大夫諱朔，字曼倩，平原厭次人也。漢書曰：朔為太中大夫。又曰：朔字曼倩，平原厭次人。漢書地理志無厭次縣，而功臣表有厭次侯爰類，疑地理誤也。魏建安中，范曄後漢書曰：獻帝改興平三年為建安元年，今云魏，疑誤也。分厭次以爲樂陵郡，故又爲郡人焉。漢書，平原郡有樂陵縣也。事漢武帝，漢書具載其事。

先生瓌瑋博達，思周變通，家語，孔子曰：老聃博古而達今。王肅曰：博達古今而好道。周易曰：化而裁之謂之變，推而行之謂之通。又曰：變通者，趨時者也。以爲濁世不可以富貴也，故薄遊以取位；王逸楚辭序

---

45 注「臧榮緒晉書曰」下至「此贊為當時所重」　袁本此五十字在「五臣銑曰」下。其「善曰」下作「臧榮緒晉書曰：夏侯湛，字孝若，譙國人才。章富盛，早有名譽，為散騎常侍，卒」二十九字。案：袁本是也。茶陵本并善入五臣，誤與此同。

曰：不忍以清白久居濁世。苟出不可以直道也，故頡頏以慠世。論語曰：直道而事人。解嘲曰：鄒衍以頡頏而取世資。慠世不可以垂訓也，故正諫以明節。家語，南宮叔曰：孔子作春秋，垂訓後嗣。班固漢書贊曰：朔正諫似直。明節不可以久安也，故詼諧以取容。班固漢書贊曰：朔詼諧逢占，其事浮淺。字書曰：詼，啁也，口回切。孔安國尚書傳曰：諧，和也。史記太史公曰：王翦偷合取容。潔其道而穢其迹，班固漢書贊曰：朔穢德似隱。清其質而濁其文。弛張而不爲邪，進退而不離羣。禮記，孔子曰：一張一弛，文、武之道。鄭玄曰：張弛，以弓弩喻人也。班固漢書東方朔述曰：弛張沈浮。周易曰：上下無常，非為邪也；進退無常，非離羣也。若乃遠心曠度，贍智宏材。楊子雲解嘲曰：雖其人之贍智。倜儻博物，觸類多能。史記曰：魯仲連好奇偉倜儻之畫策。左氏傳，晉侯聞子產之言，曰：博物君子也。周易曰：觸類而長之。論語，太宰曰：夫子聖者與？何其多能也！合變以明筭，幽贊以知來。周易曰：夫爻者何也？言乎變者也。又曰：幽贊於神明而生蓍。又曰：神以知來，智以藏往。自三墳五典八索九丘，左氏傳曰：左史倚相趨過，王曰：是良史也，能讀三墳、五典、八索、九丘。陰陽圖緯之學，百家眾流之論，漢書曰：陰陽家流者，蓋出於羲和之官。圖，河圖也。緯，五緯也。謝承後漢書曰：尤明圖緯。百家眾流，已見任昉策秀才文。周給敏捷之辯，支離覆逆之數。莊子曰：支離疏鼓策播糈，足以食十人。糈音所。漢書曰：上嘗使諸數家射覆，不能中；使朔射之，連中，輒賜帛。逆，逆刺也。經脈藥石之藝，射御書計之術。漢書曰：醫經者，原人血脈經絡，而用度箴石湯火之所施，調百藥齊和之所宜。周禮曰：六藝，禮、樂、射、御、書、數也。乃研精而究其理，不習而盡其功，孔安國尚書序曰：研精覃思。易曰：不習無不利。經目而諷於口，過耳而闇於心。孔融薦禰衡表曰：目所一見，輒誦於口；耳暫聞[46]，不忘於心。夫其明濟開豁，包含弘大，凌轢卿相，嘲哂豪桀，籠罩靡前，跆籍貴勢，漢書曰：張楚並興，兵相跆籍。蘇林曰：跆音臺。鄧展曰：蹋也。出不休

46 注「耳暫聞」 袁本、茶陵本「耳」下有「所」，是也。

顯，賤不憂戚，戲萬乘若寮友，視儔列如草芥。十洲記曰：朔弄萬乘，傲王公。孟子曰：天下大悅而將歸己，視之如草芥。雄節邁倫，高氣蓋世，漢書，項羽歌曰：力拔山兮氣蓋世。可謂拔乎其萃，遊方之外者已。孟子曰：聖人之於人，亦類也。出於其類，拔於其萃，自生民以來，未有盛於孔子也。莊子曰：子桑戶、孟子反、子琴張三人相與友。子桑戶死，未葬，孔子聞之，使子貢往侍事焉。或編曲，或鼓琴，相和而歌。子貢趍而進曰：敢問臨尸而歌，禮乎？二人相視而笑，曰：是惡乎知禮意。子貢反，以告孔子。孔子曰：彼遊方之外者也，而丘也，遊方之內者也。司馬彪曰：方，常也，言彼遊心於常教之外也。

談者又以先生噓吸沖和，吐故納新；蟬蛻龍變，棄俗登仙；莊子曰：吹呴呼吸，吐故納新，此導引之士，養形之人也。淮南子曰：至人蟬蛻蛇遊，忽然入冥。史記，趙高曰：聖人龍變而從之。列仙傳曰：東方朔，武帝時為郎，宣帝時棄去，後見會稽。神交造化，靈爲星辰。淮南子曰：大丈夫恬然無為，與造化逍遙。高誘曰：造化，天地也。應劭風俗通曰：東方朔是太白星精，黃帝時為風后，堯時為務成子，周時為老耼，在越為范蠡，齊為鴟夷子。言其變化無常也。此又奇怪惚恍，不可備論者也。

大人來守此國，此國，謂樂陵也。其父為樂陵郡守，史傳不載，難得而知也。僕自京都言歸定省，京都，洛陽也。毛詩曰：言告言歸。禮記曰：凡為人子之禮，昏定而晨省。覩先生之縣邑，想先生之高風；徘徊路寢，見先生之遺像；楚辭曰：馮翼遺像，何以識之。逍遙城郭，觀先生之祠宇。慨然有懷，乃作頌焉。其辭曰：

矯矯先生，肥遯居貞。矯矯，輕舉之貌也。毛詩曰：矯矯武臣。周易曰：肥遯無不利。又曰：居貞之吉，順以從上也。退不終否，進亦避榮。周易曰：物不可以終否，故受之以同人。臨世濯足，希古振纓。楚辭，漁父歌曰：滄浪之水清，可以濯我纓；滄浪之水濁，可以濯我足。涅而無滓，既濁能清。論語，子曰：涅而不緇。老子曰：孰能濁以靜之徐清？淮南子曰：濁而徐清，沖而徐盈。無滓伊何，高明克柔。尚書曰：沈潛剛克，高明柔克。

能清伊何，視汙若浮。班固東方朔述曰：懷肉汙殿，弛張浮沈[47]。樂在必行，處淪罔憂[48]。周易曰：樂則行之，憂則違之。跨世凌時，遠蹈獨游。瞻望往代，爰想遐蹤。邈邈先生，其道猶龍。莊子曰：孔子見老聃，而弟子問曰：夫子見老聃亦何規哉？孔子曰：吾乃於是乎見龍合而成體，散而成章，乘乎雲氣，而養乎陰陽，余口張而不能噲，予有何規於老聃哉？染迹朝隱，和而不同。史記，東方朔曰：如朔所謂避俗於朝廷間也。論語，子曰：君子和而不同。棲遲下位，聊以從容。毛詩曰：或棲遲偃仰。孟子曰：居下位而不獲於上，不可得而治也。尚書曰：寬而有制，從容以和。

我來自東，言適茲邑。茲邑，謂樂陵也。毛詩曰：我來自東，零雨其蒙。爾雅曰：適，往也。敬問墟墳，企佇原隰。王仲宣贈蔡子篤詩曰：允企伊佇。墟墓徒存，精靈永戢。民思其軌，祠宇斯立。徘徊寺寢，遺像在圖。周旋祠宇，庭序荒蕪。爾雅曰：東西牆謂之序。榱棟傾落，草萊弗除。呂氏春秋曰：農夫弗除。肅肅先生，豈焉是居？是居弗形，悠悠我情。悠悠，已見上文。昔在有德，罔不遺靈。天秩有禮，神監孔明。尚書，咎繇曰：天秩有禮，自我五體五庸哉[49]！毛詩曰：祀事孔明。彷彿風塵，用垂頌聲。

---

47 注「弛張浮沈」　袁本、茶陵本「浮沈」作「沈浮」，是也。

48 「處淪罔憂」　茶陵本「淪」作「儉」，云五臣作「淪」。袁本云善作「倫」。何校云魯公書作「儉」。案：善注無明文，袁、茶陵所見及此俱不同，無以考之。顏魯公所書，未必全與善合，難據以相訂也。唯五臣銑注云「在沈淪時」云云，其本必作「淪」無疑，尤蓋以五臣亂善。

49 注「自我五體五庸哉」　袁本下「五」作「有」。茶陵本作「五」，與此同。案：釋文云「有庸」，馬本作「五庸」。袁依東晉古文誤「有」，所改附正之。

三國名臣序贊

袁彥伯 檀道鸞晉陽春秋曰[50]：袁宏，字彥伯，陳郡人。為大司馬府記室參軍，稍遷至吏部郎，出為東陽郡守，卒。

夫百姓不能自治，故立君以治之；漢書，成帝詔曰：天生眾民，不能相治，為之立君以統理之。明君不能獨治，則爲臣以佐之。墨子曰：古者同天之義，是故選擇賢者立為天子；天子以其知力為未足獨治天下，是以選擇其次，立為三公。然則三五迭隆，歷世承基，史記，楚子西曰：孔丘述三、五之法，明周、召之業。西京賦曰：若歷世而長存。又曰：繼體承基。揖讓之與干戈，文德之與武功，孔叢子，曾子謂子思曰：舜、禹揖讓，湯、武用師，非相詭，乃時也。尚書，武王曰：稱爾戈，比爾干。宋均樂動聲儀注曰：武象，象伐時用干戈也。莫不宗匠陶鈞而羣才緝熙，鄧析子曰：聖人逍遙一世間，宰匠萬物之形。漢書，鄒陽上書曰：聖王制世御俗，獨化於陶鈞之上。音義曰：陶家名模下圓轉為鈞。毛詩曰：維清緝熙。元首經略而股肱肆力。尚書，咎繇歌曰：元首明哉！股肱良哉！遭離不同，迹有優劣。王命論曰：遭遇異時，禪伐不同[51]。孝經鈎命決曰：俱在隆平，優劣殊迹。至於體分冥固，道契不墜；言至於君臣之體分，既固於冥兆；上下之契，亦存而不墜。風美所扇，訓革千載，其揆一也。蒼頡篇曰：革，戒也。孟子曰：先聖後聖，其揆一也。故二八升而唐朝盛，伊呂用而湯武寧，舜舉八元八愷，用之於堯時也。成湯得伊尹，武王得呂望，而社稷安也[52]。三賢進而小白興，五臣顯而重耳霸。三賢，管仲、鮑叔牙、隰朋也。五臣，狐偃、趙衰、顛頡、魏武子、司空季子。中古凌犀，斯道替矣。居上者不以至公理物，爲下者必以私路期榮；御圓者不以信誠率眾，執方者必以權謀自顯。呂

---

50 注「檀道鸞晉陽春秋曰」 何校「晉」上添「續」字，陳同。袁本無「春」字，是也。茶陵本幷五臣，衍。

51 注「禪伐不同」 袁本「伐」作「代」，是也。茶陵本作「伐」，與此同誤。

52 注「舜舉八元八愷用之於堯時也成湯得伊尹武王得呂望而社稷安也」 袁本此二十七字在五臣銑注下，其「善曰」下作「二八謂八元、八凱也伊，伊尹也。呂，呂望也」十六字。案：袁本最是。茶陵本幷善於五臣，誤與此同。

氏春秋曰：天道圓，地道方，聖人之所以立上下；主執圓，臣處方，方圓不易，國乃昌。高誘曰：上，君也。下，臣也。於是君臣離而名教薄，世多亂而時不治。故蘧甯以之卷舒，柳下以之三黜，論語，子曰：君子哉，蘧伯玉！邦有道則仕，邦無道則可卷而懷之。又曰：甯武子，邦有道則智，邦無道則愚。又曰：柳下惠為士師，三黜之[53]。接輿以之行歌，魯連以之赴海。論語，楚狂接輿，歌而過孔子。史記曰：魯連子下聊城，田單歸而欲爵之，魯連逃隱於海上。衰世之中，保持名節，君臣相體，若合符契。則燕昭樂毅，古之流也。魏志，董昭謂太祖曰：明公樂保名節。論語比考讖曰：君子上達，與天合符。劇秦美新曰：地合靈契。史記曰：樂毅賢，好兵，為魏昭王使於燕。燕昭王以客禮待之，樂毅遂委質為臣，燕王以為亞卿。夫未遇伯樂，則千載無一驥。戰國策，楚客謂春申君曰：昔者騏驥駕鹽車，上吳坂，遷延負轅而不能進；見伯樂，仰而鳴之，知伯樂知己也。時值龍顏，則當年控三傑。漢書曰：高祖隆準而龍顏。應劭曰：顏，額顙也。漢書，上曰：夫運策於帷幄之中，決勝於千里之外，吾不如子房；鎮國家，撫百姓，給饋餉，不絕糧道，吾不如蕭何；連百萬之軍，戰必勝，攻必取，吾不如韓信：三者，皆人傑也。漢之得材，於斯爲貴。高祖雖不以道勝御物，羣下得盡其忠；蕭曹雖不以三代事主，百姓不失其業。靜亂庇人，抑亦其次。左氏傳，宰孔謂晉侯曰：君務靜亂，無勤於行。又，劉子謂趙孟曰：盍遠續禹功[54]，而大庇民。論語，子曰：抑亦可以為次也。

夫時方顛沛，則顯不如隱；萬物思治，則默不如語。毛詩序曰：下泉，思治也。周易曰：君子或默或語。是以古之居子，不患弘道難；遭時難，遭時匪難[55]，遇君難。論語，子曰：人能弘道，

---

53 注「三黜之」 陳云「之」字衍，是也。各本皆衍。

54 注「盍遠續禹功」 案：「續」當作「績」。各本皆誤。又案：「禹」字不當有，見前，疑不知者添之也。

55 「遭時匪難」 袁本、茶陵本「匪」作「不」。案：此所見不同也。

非道弘人。莊子謂魏王曰：士有道德而衣弊履穿，此所謂非遭時者也。文子，老子曰：欲治之主不世出，可與之臣不萬一；以不世出求不萬一，此至化所以千載不一也。故有道無時，孟子所以咨嗟；有時無君，賈生所以垂泣。孟子曰：齊人有言，雖有智慧，不如乘勢；雖有鎡基，不如待時。漢書，賈誼上疏曰：臣竊惟事勢，可為流涕者二。夫萬歲一期，有生之通塗；桓子新論曰：夫聖人乃千載一出。然此文云萬歲一期，蓋甚言之，以避下文也。莊子曰：萬世之後，而遇大聖，知其解者，是旦暮遇之也。千載一遇，賢智之嘉會。東觀漢記，太史官曰：耿況、彭寵俱遭際會，順時承風，列為蕃輔，忠孝之策，千載一遇也。博奕論曰：誠千載之嘉會，百世之良遇也。周易曰：亨者，嘉之會也。遇之不能無欣，喪之何能無慨？古人之言，信有情哉！余以暇日，常覽國志，考其君臣，比其行事，雖道謝先代，亦異世一時也。

文若懷獨見之明，而有救世之心，文子曰：必有獨見之明，然後能擅道而行。左氏傳，子產曰：吾以救世。論時則民方塗炭，計能則莫出魏武。尚書曰：有夏昏德，民墜塗炭。故委面霸朝，豫議世事。舉才不以標鑒，故久之而後顯；籌畫不以要功，故事至而後定。雖亡身明順，識亦高矣！

董卓之亂，神器遷逼，老子曰：天下神器，不可為也，為者敗之。公達慨然，志在致命。論語，子張曰：士見危致命。由斯而談，故以大存名節。至如身爲漢隸，而迹入魏幕，源流趣舍，其亦文若之謂。所以存亡殊致，始終不同，將以文若既明，名教有寄乎？言文若殞身，既明仁義之道，且寄迹於名教之地也。夫仁義不可不明，則時宗舉其致；莊子曰：仁義已明，而分守次之。生理不可不全，故達識攝其契。鵩鶚賦曰：生生之理足矣。相與弘道，豈不遠哉！弘道，已見上文。

崔生高朗，折而不撓[56]，管子曰：夫玉溫潤以澤，仁也；折而不撓，勇也。所以策名魏武，執笏霸朝者，蓋以漢主當陽，魏后北面者哉！鍾會與吳主書曰：執笏之心，載在名策。左傳，甯武子曰：諸侯朝正於王，王宴樂之，於是乎賦湛露，則天子當陽，諸侯用命也。禮記曰：君之南鄉，答陽之義也。臣之北面，答君也。若乃一旦進璽，君臣易位，漢書曰：羣臣謹奉天子璽符，代王遂即天子位。則崔子所不與，魏武所不容。夫江湖所以濟舟，亦所以覆舟；孫卿子，孔子曰：君者，舟也；人者，水也。水則載舟，亦能覆舟。仁義所以全身，亦所以亡身。然而先賢玉摧於前，來哲攘袂於後，仁義，已見上文。漢書，公孫玃曰：攘袂而正議者，獨大王耳。豈非天懷發中，而名教束物者乎？

孔明盤桓，俟時而動，遐想管樂，遠明風流。蜀志曰：諸葛亮每自比於管仲、樂毅，時人莫之許也。唯博陵崔叔平、潁川徐元直與亮友善，謂為信然。周易曰：君子藏器於身，待時而動。琴賦曰：體制風流，莫不相襲。治國以體，民無怨聲，論語曰：為國以禮。孝經援神契曰：得萬國之歡心，人說喜，無怨聲。刑罰不濫，沒有餘泣。蜀志曰：廖立為長水校尉，誹謗先帝，於是廢立為庶人，徙汶山郡。聞諸葛亮卒，垂泣曰：吾終為左衽矣。左傳，聲子曰：善為國者，賞不僭，而刑不濫。雖古之遺愛，何以加茲！左氏傳曰：子產卒，仲尼聞之出涕，曰：古之遺愛也。及其臨終顧託，受遺作相，劉后授之無疑心，武侯處之無懼色，繼體納之無貳情，百姓信之無異辭，君臣之際，良可詠矣！蜀志曰：先主於永安病篤，召亮成都，屬以後事，謂亮曰：若嗣子可輔，輔之；如其不才，君可自取。亮涕泣曰：臣敢竭股肱之力，繼之以死。又勑後主：汝與丞相從事，事之如父。尚書曰：成王將

---

[56] 注「折而不橈」 袁本、茶陵本「橈」作「撓」。又後贊注中「不橈不屈」同。案：據此疑善「橈」，二本非也。今正文「撓」字，或五臣「撓」而亂之。「橈」雖通作「撓」，凡善、五臣即同字而有別。但「扌」「木」多相混耳。

崩[57]，作顧命。班固漢書述曰：博陸堂堂，受遺武皇。春秋元命苞曰：繼體守文之君，不害聖人之王。公瑾卓爾，逸志不羣。總角料主，則素契於伯符；吳志曰：孫策字伯符。江表傳，策令曰：周公瑾與孤有總角之好，骨肉之分。毛詩曰：總角丱兮。晚節曜奇，則叄分於赤壁。吳志曰：曹公入荊州，權遂遣周瑜與備并力逆曹公，遇於赤壁，初一交戰，公軍披退。惜其齡促，志未可量。吳志曰：瑜還江陵，於道疾卒，時年三十六。

子布佐策，致延譽之美，國語曰：使張老延君譽于四方。輟哭止哀，有翼戴之功。吳志曰：策薨，以事授權。權哭未及息，張昭謂權曰：孝廉，此寧哭時耶？乃扶權上馬，使出巡軍士。左氏傳，叔向謂宣子曰：文之伯也，翼戴天子。神情所涉，豈徒蹇愕而已哉！周易曰：王臣蹇蹇，匪躬之故。史記，趙良謂商君曰：千人諾諾，不如一士之愕愕。東觀漢記，戴馮謝上曰：臣無蹇愕之節，而有狂瞽之言。字書曰：愕，直言也。然而杜門不用，登壇受譏。吳志曰：權以公孫淵稱蕃，遣張彌至遼東，拜淵為燕王，昭諫，權不聽。昭忿言不用，稱疾不朝。權恨之，土塞其門，昭又於內以土封之。江表傳曰：權既即尊位，請會百官，歸功周瑜。昭舉笏欲褒贊功德，未及言，權曰：如張公計，今已乞食矣。昭大慙，伏地流汗。然而登壇即位之時也。夫一人之身，所照未異，而用舍之間，俄有不同，論語，子曰：用之則行，舍之則藏。況沈迹溝壑，遇與不遇者乎？漢書，高祖功臣頌曰[58]：沈迹中鄉。孟子曰：志士不忘在溝壑。漢書曰：楊雄以為遇不遇，命也。

夫詩頌之作，有自來矣。家語，孔子曰：諸侯之有冠禮，有自來矣。或以吟詠情性，或以述德顯功，子夏毛詩序曰：國史明乎得失之迹，吟詠情性，以風其上。頌者，美盛德之形容，以其成功，告於神明者也。雖大旨同歸，所託或乖，若夫出處有道，名體不滯，風軌德音，爲世作範，不可廢也。故

---

57 注「尚書曰成王將崩」　陳云「書」下脫「序」字，是也。各本皆脫。

58 注「漢書高祖功臣頌曰」　案：「書」字不當有。各本皆衍。

復撰序所懷，以爲之讚云。

魏志九人[59]，蜀志四人，吳志七人。荀彧字文若，諸葛亮字孔明，周瑜字公瑾，荀攸字公達，龐統字士元，張昭字子布，袁煥字曜卿[60]，蔣琬字公琰，魯肅字子敬，崔琰字季珪，黃權字公衡，諸葛瑾字子瑜，徐邈字景山，陸遜字伯言，陳羣字長文，顧雍字元歎，夏侯玄字泰初，虞翻字仲翔，王經字承宗，陳泰字玄伯。

火德既微，運纏大過。火德，謂漢也。班固漢書高紀贊曰：旗幟尚赤，協于火德。周易曰：大過，大者過也。洪飈扇海，二溟揚波。揚波，喻亂也。虬虎雖驚，風雲未和。周易曰：雲從龍，風從虎。潛魚擇淵，高鳥候柯。周書曰：美為士者，飛鳥歸之蔽於天，魚鼈歸之沸於淵。左氏傳曰：仲尼曰：鳥則擇木，木豈能擇鳥？赫赫三雄，並迴乾軸。潘岳為賈謐贈陸機詩曰：三雄鼎足。競收杞梓，爭采松竹。國語，聲子謂子木曰：若杞梓皮革，楚實遺之。韋昭曰：杞，良才也[61]。孫子曰：真人在冬，則松竹也。鳳不及棲，龍不暇伏。谷無幽蘭，嶺無亭菊。香草、善鳥，皆喻賢也。

英英文若，靈鑒洞照。應變知微，探賾賞要。周易曰：君子知微知章。又曰：探賾索隱，鈎深致遠。日月在躬，隱之彌曜。莊子曰：孔子圍於陳、蔡之間，太公往弔之[62]，曰：子甚者[63]脩身以明汙，昭昭乎如揭日

---

59 「魏志九人」 袁本、茶陵本「魏志」提行另起，是也。

60 「袁煥字曜卿」 茶陵本「煥」作「渙」。袁本作「煥」，與此同。又袁後贊注中首一字作「渙」，餘皆作「煥」。案：今魏志作「渙」，茶陵「渙」、「煥」錯出，此本盡作「渙」，似當以「渙」為是。

61 注「杞良才也」 案：「杞」下當有「梓」字。各本皆脫。

62 注「太公往弔之曰」 案：「往」當作「任」。各本皆誤。此所引山木篇文。

63 注「子甚者」 茶陵本「甚」作「其意」二字，是也。袁本亦誤。

月而行，故不免也。文明映心，鑽之愈妙。孫卿子曰：君子通則文而明，窮則約而詳。論語，顏淵曰：鑽之彌堅。滄海橫流，玉石同碎。孟子曰：當堯之時，洪水橫流[64]。尚書曰：火炎崑崗，玉石俱焚。達人兼善，廢己存愛。孟子曰：古人窮則獨善其身，達則兼善天下。謀解時紛，功濟宇內。老子曰：解其紛。始救生人，終明風槩。魏志曰：太祖進彧為漢侍中，守尚書令。董昭等謂太祖宜進爵國公，九錫備物，以彰殊勳，密以咨彧，彧以為太祖本興義兵，以匡朝寧國，君子愛人以德，不宜如此。太祖軍至濡須，彧病，留壽春。魏氏春秋曰：太祖饋彧食，發之，乃空器也，於是飲藥而卒。

公達潛朗，思同蓍蔡。法言曰：樗里之智也，使知國若葬，吾以疾為蓍蔡也[65]。運用無方，動攝羣會。爰初發迹，遘此顛沛。神情玄定，處之彌泰。魏志曰：荀攸與議郎何顒等謀殺卓，垂就而覺，收顒、攸繫獄，顒憂懼自殺，攸言語飲食自若。會卓死，得免。班固漢書述曰：子明光光，發迹西疆。蔡邕楊復碑曰：景命不延，遘此顛沛。愔愔幕裏，筭無不經。魏志，荀攸自從太祖征伐，常謀謨幃幄，時人及子弟，莫知其所言。左氏傳，右尹革曰[66]：祈昭之愔愔。亹亹通韻，迹不暫停。雖懷尺璧，顧哂連城。史記，趙惠文王得和氏璧，秦昭王聞之，使人遺趙王書，願以十五城易璧。知能拯物，愚足全生。魏志曰：魏國初建，攸為尚書令，從征孫權，薨。太祖每稱公達外愚內智，外怯內勇，外弱內強，不伐善，無施勞，知可及，愚不可及。新序，溫斯子曰：古者有愚以全身。莊子曰：可以全生。

郎中温雅，器識純素。魏志曰：魏國初建，渙為郎中令。莊子曰：聖人貴純素之道，唯神是守。素也者，謂其

---

64 注「洪水橫流」　袁本、茶陵本「洪」作「鴻」，是也。案：此尤用今孟子改耳。

65 注「吾以疾為蓍蔡也」　袁本「蔡」作「龜」，是也。茶陵本亦作「蔡」。案：此蓋因正文而改。

66 注「右尹革曰」　陳云「尹」下脫「子」字，是也。各本皆脫。

無所雜也；純也者，謂其不虧其神也。能體純素，謂之真人。貞而不諒，通而能固。論語，子曰：君子貞而不諒。恂恂德心，汪汪軌度。論語曰：孔子於鄉黨，恂恂如也。毛詩曰：濟濟多士，克廣德心。范曄後漢書，郭林宗曰：黃叔度汪汪若萬頃之陂。志成弱冠，道敷歲暮。禮記曰：人生二十曰弱冠。韓詩曰：蟋蟀在堂，歲聿其暮。薛君曰：言君之年歲已晚也。仁者必勇，德亦有言。論語，子曰：有德者必有言，仁者必有勇。雖遇履虎，神氣恬然。魏志曰：呂布擊袁術於阜陵，渙往從之，遂復為布所拘留。布初與劉備和親，後離隙。布欲使渙作書罵辱備，渙不可，再三強之，不許。布大怒，以兵脅渙曰：為之則生，不為則死。渙顏色不變，笑而應之曰：渙聞唯德可以辱人，不聞以罵。使彼固君子耶，且不恥將軍之言；彼誠小人耶，將復將軍之意，則辱在此，不在於彼。且渙佗日之事劉將軍，猶今日之事將軍也。如一旦一去此[67]，復罵將軍，可乎？布慚而止。周易曰：履虎尾，不咥人，亨。列子曰：至人者，神氣不變。行不脩飾，名迹無愆。班固漢書贊曰：雋不疑遂立名迹，終始可述。操不激切，素風愈鮮。

邈哉崔生，體正心直。天骨疎朗，牆宇高嶷。蔡邕度侯碑曰：朗鑒出於自然，英風發於天骨。論語，子貢曰：夫子之牆數仞。忠存軌迹，義形風色。義形於色，已見上文。思樹芳蘭，剪除荊棘。芳蘭，以喻君子；荊棘，以喻小人。人惡其上，時不容哲。左氏傳曰：伯宗之妻曰：盜憎主人，民惡其上。琅琅先生，雅杖名節。雖遇塵霧，猶振霜雪。孔融薦禰衡表曰：忠果正直，志懷霜雪。運極道消，碎此明月。魏志曰：琰為中尉，太祖為魏王，楊訓發表褒述盛德。琰取訓表草視之，與訓書。有白琰此書傲世怨謗者，太祖怒，於是罰琰為徒隸，使人視之，辭色無撓。太祖遂賜琰死。周易曰：小人道長，君子道消。

景山恢誕，韻與道合。桓子新論曰：老子其心玄遠，而與道合。形器不存，方寸海納。周易曰：形乃謂之器。王輔嗣曰：成形曰器。列子，文摯謂叔龍曰：吾見子之心矣。方寸之地虛矣。和而不同，通而不雜。和而

67 注「如一旦一去此」 袁本、茶陵本「去」上無「一」字，是也。案：魏志無。

不同，已見上文。莊子曰：純粹而不雜。**遇醉忘辭，在醒貽咎。**魏志曰：太祖時科禁斷酒，而徐邈私飲，至於沈醉。校事趙達問以曹事，邈曰：中聖人。達白太祖，甚怒。度遼將軍鮮于輔進曰：平日醉客，謂酒清者為聖人，濁者為賢人，邈性循慎，偶醉言耳。竟坐免刑[68]。文帝踐祚，歷潁川典農中郎將。車駕幸許昌，問邈曰：頗復中聖人不？邈對曰：昔子反斃於穀陽，御叔罰於飲酒，臣嗜同二子，不能自懲，時復中之。然宿瘤以醜見傳，臣以醉見識。帝大笑，顧左右曰：名不虛立。後為光祿大夫，薨。

長文通雅，義格終始。思戴元首，擬伊同恥。尚書曰：昔先正保衡，作我先王。乃曰：予弗克俾厥后惟堯、舜，其心愧恥，若撻于市。**民未知德，懼若在己，嘉謀肆庭，讜言盈耳。**魏書曰：羣前後數陳得失。羣為司空，錄尚書事，薨。尚書曰：爾有嘉謀。漢書，成帝曰：久不見班生，今日復聞讜言。論語，子曰：洋洋乎盈耳哉。

玉生雖麗，光不踰把。德積雖微，道映天下。言德喻王。

淵哉泰初，宇量高雅。器範自然，標准無假。全身由直，迹洿必僞。處死匪難，理存則易。魏志曰：曹爽見誅，徵夏侯玄為大鴻臚，數年徙太常。中書令李豐謀欲以玄輔政，誅大將軍以玄代之。大將軍微聞，事下廷尉。玄臨斬東市，顏色不變，舉動自若。班固漢書楊雄述曰：淵哉若人，實好斯文。史記，太史公曰：非死者難，處死者難。**萬物波蕩，孰任其累？六合徒廣，容身靡寄。**范曄後漢書，李熊說公孫述曰：方今四海波蕩，匹夫橫議。荀悅漢紀論曰：以六合之大，一身之微，而匹夫無所容，豈不哀哉！**君親自然，匪由名教。敬授既同[69]，情禮兼到。**孝經曰：資於事父以事母，而愛同；資於事父以事君，而敬同。**烈烈王生，知死不撓。求**

68 注「竟坐免刑」　袁本、茶陵本「免」作「得」。案：今魏志「得」、「免」兩有，蓋因尤添「免」字而誤去「得」字也。

69 「敬授既同」　何校「授」改「愛」，云從晉書。案：袁本云善作「授」。茶陵本云五臣作「愛」。蓋各本所見皆非，善亦作「愛」。

仁不遠，期在忠孝。漢魏春秋曰：魏帝見威權日去，不勝其忿，乃召侍中王沈、尚書王經、散騎常侍王素[70]謂曰：司馬昭之心，路人所知也。吾不能坐受廢辱，今日當與卿自出討之。世語曰：王沈、王業馳告文王，尚書王經以正直不出，遂被文王殺之。魏志曰：清河王經，甘露中為尚書，坐高貴鄉公事誅。裴松之曰：經字彥緯，今云承宗，蓋有二字也。班固漢書述曰：欒昌篤實，不橈不詘。論語，子曰：仁遠乎哉？我欲仁，斯仁至矣。玄伯剛簡，大存名體。志在高構，增堂及陛。漢書，賈誼上書曰：人主之尊譬如堂，羣臣如陛。故陛九級上，廉遠地則堂高；陛亡級，廉近地則堂卑。高者難攀，卑者易凌，理勢然也。端委虎門，正言彌啓。臨危致命，盡其心禮。干寶晉紀曰：高貴鄉公之弒。司馬文王會朝臣謀其故。太常陳泰垂涕入，文王待之曲室，謂曰：玄伯，卿何以處我？對曰：誅賈充以謝天下。文王曰：為吾更思其次。泰言唯有進於此，不知其次。文王乃久不言。為侍中，轉左僕射，薨。左氏傳曰：晏平仲端委立於虎門之外。見危致命，已見上文。

堂堂孔明，基宇宏邈。堂堂，已見上文。器同生民，獨稟先覺。孟子曰：伊尹曰：天之生斯人，使先覺覺後覺也。予，天民之先覺者也。標牓風流，遠明管樂。孫綽子曰：聖賢極其標牓，有大力矣。管、樂，已見序也。初九龍盤，雅志彌確。周易曰：初九，潛龍勿用。何謂也？子曰：龍德而隱者也；確乎其不可拔，潛龍也。方言曰：未升天之龍，謂之蟠龍。百六道喪，干戈迭用。漢書，陽九厄曰初入百六陽九。音義曰：易傳所謂陽九之厄，百六之會者也。苟非命世，孰掃雰雺？孟子曰：五百年必有王者興，其間必有名世者。廣雅曰：命，名也。爾雅曰：天氣下，地氣不應曰雺。孔安國尚書傳曰：雺，陰氣也，武功切。今協韻，音夢。宗子思寧，薄言解控。蜀志曰：劉備，漢景帝子中山靖王後也，故曰宗子也。解控，謂彼有急而控告於己，己能解之也。左氏傳，王子伯駢曰：無所控告。杜預曰：控，引也。釋褐中林，鬱為時棟。亮為丞相，故曰時棟。袁崧後漢書，郭林宗與陳留盛仲明書曰：足下諸人，為時棟梁。

---

70 注「散騎常侍王素」　何校「素」改「業」，陳同，是也。各本皆譌。

士元弘長，雅性內融。謝承後漢書曰：嚴遵雅性高厲。崇善愛物，觀始知終。孟子曰：親親而仁民，仁民而愛物。六韜曰：聖人見其所始，則知其所終。周易曰：終以知始，始以知終。喪亂備矣，勝塗未隆。先生標之，振起清風。胡廣書曰：建洪德，流清風。綢繆哲后，無妄惟時。毛詩曰：綢繆束薪。毛萇曰：綢繆，猶纏緜也。周易曰：無妄之行，窮之災也。夙夜匪懈，義在緝熙。毛詩曰：夙夜匪懈，以事一人。緝熙，已見上文。三略既陳，霸業已基。蜀志曰：劉璋既還成都，先主當為璋北征漢中，統說曰：陰選精兵，晝夜兼道，徑襲成都；璋既不武，素無備豫，大軍卒至，一舉便定，此上計也。楊懷、高沛，璋之名將，各仗強兵，據守關頭，聞數有牋諫璋，使發遣將軍還荊州。將軍未去，遣與相聞，說荊州有急，欲還救之，並使裝束，外作歸形；此二子既服將軍英名，又喜將軍之去，必乘輕騎來見，將軍因此執之，進取其兵，乃向成都，此中計也。退還白帝，連引荊州，徐還圖之，此下計也。若沈吟不去，將致大困，不可久矣。先主然其中計，即斬懷、沛，還向成都，所過輒尅。為軍中郎將，卒[71]。

公琰殖根，不忘中正。豈曰摸擬，實在雅性。亦既羈勒，負荷時命。推賢恭己，久而可敬。蜀志曰：琬為大將軍，錄尚書事，卒。司馬遷書曰：推賢進士為務。論語，子曰：君子其行己也恭。又曰：晏平仲善與人交，久而敬之。

公衡仲達[72]，秉心淵塞。毛詩曰：秉心塞淵。媚茲一人，臨難不惑。毛詩曰：媚茲一人，應侯順德。疇昔不造，假翮鄰國。蜀志，先主將東伐吳，權諫曰：吳人悍戰，又水戰順流，進易退難，臣請為先驅以當寇，陛下宜為後鎮。先主不從，以權為鎮北將軍，督江北軍，先主自在江南。吳將陸議乘虛斷圍，南軍敗績。先主引退而道隔，權不得還，

71 注「為軍中郎將卒」 何校「軍」下脫「師」字，陳同，是也。各本皆脫。

72 「公衡仲達」 袁本云善作「仲」。茶陵本云五臣作「沖」。案：各本所見皆非也。「仲」字不可通，必傳寫誤。善亦作「沖」也。

故率將所領降于魏，拜鎮南將軍。進能徽音，退不失德。蜀志曰：魏文帝謂權曰：君舍逆効順，欲追蹤陳、韓耶？權對曰：臣過受劉氏殊遇，降吳不可，還蜀無路，是以歸命。且敗軍之將，獲免為幸，何古人之可慕！先主薨問至魏，羣臣咸賀，權獨否。後為車騎將軍，卒。六合紛紜，民心將變。鳥擇高梧，臣須顧眄。鳥擇木，已見上文。

公瑾英達，朗心獨見。披草求君，定交一面。崔寔本論曰：且觀世人之相論也，徒以一面之交，定臧否之決。桓桓魏武，外託霸迹。志掩衡霍，恃戰忘敵。衡、霍，二山，在吳之境。卓卓若人，曜奇赤壁。三光參分，宇宙暫隔。淮南子曰：夫道，紘宇宙而章三光。高誘曰：三光，日月星也。

子布擅名，遭世方擾。撫翼桑梓，息肩江表。吳志曰：張昭，彭城人也。漢末大亂，徐方士民，多避難楊土，昭南渡江。孫策創業，命昭為良史[73]，撫軍中郎將，升堂拜母，如比肩之舊，文武之事，一以委昭。班固漢書述曰：攜手遯秦，撫翼俱起。毛詩曰：惟桑與梓，必恭敬止。左氏傳，鄭成公，子駟曰：請息肩于晉。王略威夷，吳魏同寶。應瑒釋賓曰：九有威夷，始失其政。遂獻宏謨，匡此霸道。史記，商鞅曰：吾說孝公以霸道，其意欲之。桓王之薨，大業未純。把臂託孤，惟賢與親。吳志曰：孫策臨亡，弟權託昭[74]。昭率羣寮立而輔之。東觀漢記，張堪把朱暉臂曰：欲以妻子託朱生。輟哭止哀，臨難忘身。成此南面，寔由老臣。吳志，張昭謂權曰：昔太后、桓王不以老臣屬陛下，而以陛下屬老臣。才爲世出，世亦須才。蘇武答李陵書曰：每念足下，才為世出，器為時出。得而能任，貴在無猜。

昂昂子敬，拔迹草萊。荷檐吐奇，乃構雲臺。吳志曰：初肅見權，說權曰：為將軍計，惟有鼎足江東，以觀天下之釁，然後建號帝王，以圖天下。陸機謝平原表曰：振影拔迹。莊子曰：農夫無草萊之事。淮南子曰：雲臺之高。高

---

73 注「命昭為良史」 何校「良」改「長」，陳同，是也。各本皆譌。

74 注「弟權託昭」 袁本、茶陵本「弟」上有「以」字，是也。

誘曰：高際於雲，故曰雲臺。

子瑜都長，體性純懿。諫而不犯，正而不毅。都長，謂體貌都閑而雅性長厚也。謝承後漢書曰：朱皓德行純懿。禮記曰：事親有隱而無犯。鄭玄曰：無犯顏色諫也。論語曰：事父母幾諫。將命公庭，退忘私位。吳志曰：建安二十年，權遣使蜀通好劉備，與弟亮但公會相見，無私面。論語曰：將命者出。毛詩曰：公庭萬舞。豈無鶺鴒，固慎名器。毛詩曰：鶺鴒在原，兄弟急難。左氏傳，仲尼曰：惟器與名，不可以假人。

伯言謇謇，以道佐世。謇謇，已見上文。出能勤功，入能獻替。國語，史黯謂趙簡子曰：夫事君者諫過而賞善，薦可而替不，獻能而進賢。謀寧社稷，解紛挫銳。老子曰：挫其銳，解其紛。正以招疑，忠而獲戾。吳志曰：遜為丞相，太子有不安之議。遜上疏陳太子正統，宜有磐石之固，魯王藩臣，當使寵秩有差，彼此得所，上下獲安，謹叩頭流血以聞。書三四上。太傅吳粲坐數與遜交書，下獄死。權累遣中使責讓遜，遜憤恚致卒。

元歎穆遠，神和形檢。如彼白珪，質無塵玷。毛詩曰：白圭之玷，尚可磨也；斯言之玷，不可為也。東觀漢記，杜詩薦伏湛曰：自行束脩，訖無毀玷。立上以恒[75]，匡上以漸。吳志曰：雍訪及政職所宜，輒密以聞。若見納用，則歸之上；不用，終不宣泄。周易曰：君子以言有物，而行有恒。清不增潔，濁不加染。言得清濁之宜也。清濁，已見上文。

仲翔高亮，性不和物。吳志曰：翻性不協俗，多見謗毀。好是不羣，折而不屈。屢摧逆鱗，直道受黜。吳志曰：翻數犯顏諫諍，權不能悅。權與張昭論及神仙，翻指昭曰：彼皆死人而語神仙，俗豈有仙人也？權積怒非一，遂徙翻交州。班固漢書贊曰：大雅卓爾不羣。韓子曰：龍之為蟲也，擾柔可狎而騎，然其喉下有逆鱗，徑寸之處，若

75「立上以恒」何校「上」改「行」，云從晉書改，注固引易也。案：袁本云善作「上」，茶陵本云五臣作「行」，蓋各本所見皆非，善亦作「行」。

嬰之，則殺人。人主有逆鱗，說者嬰之，則不幾矣。論語，柳下惠曰：直道而事人，焉往而不三黜？嘆過孫陽，放同賈屈。楚辭曰：驥躊躇於弊輦兮，遇孫陽而得代。王逸曰：孫陽，伯樂姓名也。孔叢子，子高對魏王曰：驚驥同轅，伯樂為之咨嗟：玉石相糅，和氏為之歎息。漢書曰：天子以賈誼任公卿之位，絳、灌之屬害之，乃毀誼，天子亦疎之，以誼為長沙王太傅。誼既適去，意不自得，及度湘水，為賦以弔屈原。屈原，楚賢臣也，被讒放逐，作離騷。誼追傷之，因以自諭。

詵詵眾賢，千載一遇。毛萇詩傳曰：詵詵，眾多也，使陳切。千載一遇，已見上文。整轡高衢，驤首天路。鸚鵡賦曰：薵收整轡。登樓賦曰：假高衢而騁力。鄒陽上書曰：蛟龍驤首奮翼。枚乘樂府詩曰：天路隔無期。仰挹玄流，俯弘時務。毛萇詩傳曰：挹，㪺也。名節殊塗，雅致同趣。周易曰：殊塗同歸，嵇康贈秀才詩曰：仰募同趣[76]。日月麗天，瞻之不墜。周易曰：日月麗乎天。禮記曰：夫日月星辰，所以瞻仰也。非此族也，不在祀典。呂氏春秋曰：德行昭美，比於日月，不可息也。仁義在躬，用之不匱。論語比考讖曰：仁義在身，行之可強。毛詩曰：孝子不匱。毛萇曰：匱，竭也。尚想重暉，載挹載味。羊秀衛公誄曰：仰睎遐風，重暉冠世。後生擊節，懦夫增氣。魏略，王朗答太祖曰：承旨之日，撫掌擊節。孟子曰：聞伯夷之風者，貪夫廉，懦夫有立志。

---

[76] 注「仰募同趣」　茶陵本「募」作「慕」，是也。袁本亦誤。

卷第四十八

符命

封禪文

司馬長卿 史記曰：長卿病甚，武帝使所忠往求其書，及至，長卿已卒。其妻曰：長卿未死時，為一卷書，曰有使來求書，奏之。其遺札書言封禪事，所忠奏言。

伊上古之初肇，自昊穹兮生民[1]。張揖曰：昊穹，春夏天名。郭璞爾雅注曰：伊，發語辭也。歷選列辟，以迄於秦。文穎曰：選，數也。辟，君也。率邇者踵武，逖聽者風聲。漢書音義曰：率，循也。邇，近也。踵，蹈也。武，迹也。逖，遠也。近者蹈其迹，遠者聽其風聲。紛綸威蕤，湮滅而不稱者，不可勝數。張揖曰：紛綸，亂貌。善曰：湮，沒也。勝，盡也。繼韶夏[2]，崇號謚，略可道者七十有二君。文穎

---

1 「伊上古之初肇自昊穹兮生民」 茶陵本無「兮」字，云五臣有「之」字。袁本「兮」作「之」，云善無「之」字。案：二本所見是也。漢書正無，善與之同。今史記有「兮」字，尤延之取以脩改添入，未是。

2 「繼韶夏」 案：「韶」當作「昭」，注同。漢書作「昭」，顏引文穎注亦作「昭」，詳注云：「昭，明也。夏，大也。德大相繼。」不當作「韶」字可知。茶陵本云五臣作「昭」，袁本云善作「韶」，各本所見皆非也。善自作「昭」，或因下連「夏」而誤改為「韶」耳。今史記作「韶」，但集解仍引漢書音義「昭，明也」云云，恐是與此同誤。

曰：韶，明也。夏，大也。德明大相繼，封禪於泰山者，七十有二人也。管子曰：封太山[3]，禪梁父者，七十有二家。罔若淑而不昌，疇逆失而能存？應劭曰：罔，無也。若，順也。淑，善也。疇，誰也。服虔曰：無有始善而後不昌者，又無逆失而能存之者。罔，與冈同。

軒轅之前，遐哉邈乎，其詳不可得聞已。五三六經載籍之傳，維風可觀也。漢書音義曰：五，五帝也。三，三王也。經籍所載，善惡可知也。書曰：「元首明哉！股肱良哉！」尚書益稷之文也。因斯以談，君莫盛於唐堯，臣莫賢於后稷。后稷創業於唐堯[4]，漢書音義曰：唐堯之世，播殖百穀。公劉發迹於西戎，漢書音義曰：公劉，后稷曾孫。文王改制，爰周郅隆，大行越成，文穎曰：郅，至也。行，道也。文王始開王業，改正朔，易服色，太平之道於是成也。如淳曰：越，於也。而後陵遲衰微，千載亡聲，鄭氏曰：無聲，無有惡聲也。豈不善始善終哉！漢書音義曰：美周家終始相副若一也。莊子曰：善始善終，人猶効之。然無異端，慎所由於前，謹遺教於後耳。言周之先王，創制垂業，既慎其規模，又謹其遺教也。故軌迹夷易，易遵也；夷、易，皆平也。言周之軌迹平易，易可遵奉也。二易，並盈豉切。湛恩厖鴻，易豐也；湛，深也。厖、鴻，皆大也。言湛恩廣大，易可豐厚也。湛，音沈。厖，莫江切。憲度著明，易則也；垂統

---

3 注「管子曰封太山」　袁本「管」上有「善曰」二字，是也。後注「莊子曰，善始善終」上，「爾雅曰：元始也」上，「暟音薄」上，「穀梁傳曰：諸侯不首惡」上，「闓音愷」上，「小雅曰：心慚曰恧」上，「創，初創也」上，「望幸：望帝之臨幸也」上，「言不廢脩禮地祇」上，「錯，千故切」上，「孔安國尚書傳曰：襲因，也」上，「俙或為沛」上，「毛詩曰：麀鹿濯濯」上，「楚辭曰：駕八龍之宛宛」上，「孟子萬章曰」，「湯武雖居至尊嚴之位」上，皆同。茶陵本在每節注首，非。尤本刪去，亦非。又凡非舊注，袁本、茶陵本每節首並有「善曰」，尤亦刪去。今不盡出，可以例求之。

4 「后稷創業於唐堯」　案：「堯」字衍，尤延之脩改添入也。茶陵本無，而校語云五臣有「堯」字。袁本亦無，其下幷無校語，是袁所見五臣尚無「堯」字，茶陵及尤所見乃衍 也。凡二本校語，皆據所見著之，即五臣仍非真如此，是其例矣。史記、漢書俱無，尤取誤本五臣以改善，失之甚者也。

理順，易繼也。張揖曰：垂，懸也。統，緒也。理，通也。文王重易六爻，窮理盡性，懸於後世。其道和順，易續而明，孔子得錯其象，而彖其辭。是以業隆於繦緥而崇冠於二后。孟康曰：繈緥，謂成王也。二后，謂文、武也。周公輔成王以致太平，功德冠於文、武者，遵法易故。揆厥所元，終都攸卒，張揖曰：都，於也。卒，終也。爾雅曰：元，始也。未有殊尤絕迹可考於今者也。然猶躡梁父[5]，登泰山，建顯號，施尊名。顯號、尊名，謂封禪也。大漢之德，逢涌原泉，沕潏曼羨，張揖曰：逢，遇也。喻其德盛，若遇原泉之涌出也。服虔曰：潏，泉貌。徐廣曰：沕，沒也，亡必切。音義，或曰：曼羨，廣散也。旁魄四塞，雲布霧散，張揖曰：旁魄，布衍也。魄音薄。上暢九垓，下泝八埏。孟康曰：暢，達也。垓，重也。泝，流也。埏，若瓮埏，地之八際也。言其德上達於九重之天，流於地之八際。懷生之類，沾濡浸潤，懷生氣之類，皆被恩澤。協氣橫流，武節猋逝，協氣，和氣也。橫流，多也。猋逝，遠也。邇陿游原，遐闊泳末，孟康曰：邇，近也。原，本也。遐，遠也。闊，廣也。泳，浮也。恩德比之於水，近者游其原，遠者浮其末。首惡鬱沒，晻昧昭晣，孟康曰：始為惡者皆湮滅。晻昧，喻夷狄皆化之也。穀梁傳曰：諸侯不首惡。昆蟲闓澤，迴首面內。文穎曰：闓、澤，皆樂也。韋昭曰：面，向也。闓，音愷。澤，音驛。然後囿騶虞之珍羣，言騶虞之羣，在於苑囿之中。毛萇詩傳曰：騶虞，義獸，有至信之德則應也。徼麋鹿之怪獸，漢書音義曰：徼，遮也。遮麋鹿得其奇怪者，謂獲白麟也。導一莖六穗於庖，鄭玄曰：導[6]，擇也。一莖六穗，謂嘉禾之米於庖廚以供祭祀。犧雙觡共柢之獸，服虔曰：犧，牲也。觡，角也。柢，本也。武帝獲白麟，角共一本[7]，用以為牲。獲周餘珍放龜于岐，文穎曰：周放畜餘龜於沼池之中，至漢得之於岐山之旁。龜能吐

---

5 「然猶躡梁父」　案：「父」當作「甫」，下文「意泰山梁甫」，袁、茶陵二本校語善「甫」、五臣「父」。又「而梁甫罔幾也」，尤本亦作「甫」。此一字歧互，或各本所見以五臣亂善。漢書「甫」，善與之同。史記「父」，五臣用以改善也。

6 注「鄭玄曰導」　陳云「玄」，「氏」誤，見漢書注，是也。各本皆誤。案：索隱云「鄭德」。

7 注「角共一本」　案：「角」上當有「兩」字。各本皆脫。漢書注引可證，史記集解亦有。

故納新，千歲不死。招翠黃乘龍於沼。漢書音義曰：翠黃，乘黃也，龍翼馬身，黃帝乘之而仙。言見乘黃而招呼之也。禮樂志曰：訾黃其何不來下。余吾渥窪水中出神馬，故言乘龍於沼。鬼神接靈圉，賓於閒館。文穎曰：是時上求神仙之人，得上郡之巫長陵女子，能與鬼神交接，療病輒愈，置於上林苑中，號曰神君。有似於古靈圉，禮待之於閒館舍中。奇物譎詭，俶儻窮變。漢書音義，或曰：俶儻，卓異也。奇偉之物，譎詭非常，卓然絕異，窮極事變。欽哉，符瑞臻茲，猶以爲德薄，不敢道封禪。蓋周躍魚隕航，休之以燎。應劭曰：航，舟也。休，美也。尚書旋機鈐曰：武得兵鈐，謀東觀，白魚入舟，俯取魚以燎也。微夫此之爲符也，以登介丘，不亦恧乎！服虔曰：介，大丘也[8]。言周以白魚為瑞，登泰山封禪，不以慚乎！小雅曰：心慙曰恧，女六切。進讓之道，何其爽歟？張揖曰：進，周也。讓，漢也。爽，差也。言周未可封禪為進，漢可封禪而不為為讓。

於是大司馬進曰：「陛下仁育羣生，義征不譓音惠，文穎曰：大司馬，上公也，故先進議。譓，順也[9]。諸夏樂貢，百蠻執贄，德侔往初，功無與二，休烈浹洽，符瑞眾變，期應紹至，不特創見。文穎曰：不獨一物造見也。創，初創也。意泰山梁甫設壇場望幸，蓋號以況榮，漢書音義曰：意者言太山、梁甫設壇場，望帝封禪紀號，以表榮名也。望幸，望帝之臨幸也。蓋者，發語之辭也。陛下謙讓而弗發[10]。文穎曰：弗發往意。挈三神之歡，缺王道之儀，應劭曰：挈，絕也。李奇曰：缺，闕也。韋昭曰：三神，上帝、太山、梁父也。羣臣恧焉。或曰且天爲質闇，示珍符固不可辭；孟康曰：天道質昧，以符瑞

---

8 注「介大丘也」 案：「丘」下當有「山」字。各本皆脫。漢書注引可證，史記集解引漢書音義亦有。

9 注「譓順也」 袁本此下有「善曰：譓音惠」五字，無正文下「音惠」二字，是也。茶陵本誤與此同。

10 「陛下謙讓而弗發」 袁本、茶陵本此節上有「上帝垂恩儲祉，將以慶成」十字，校語云善無此二句。案：漢書有，史記亦有，「慶」作「薦」，索隱云漢書作「慶」，義亦通。何校據添。下注「三神」引「韋昭曰：上帝」云云，「上帝」即指此，蓋傳寫脫。各本所見皆非。又案：疑尚有注，為脫去一節也。

見意，不可辭讓。若然辭之，是泰山靡記而梁甫罔幾也。漢書音義曰：泰山之上，無所表記，梁父壇場，無所庶幾。亦各並時而榮，咸濟厥世而屈，說者尚何稱於後，而云七十二君哉？應劭曰：屈，絕也。言古帝王若但作一時之榮，畢世而絕者，則說無從顯稱於後世也[11]。夫修德以錫符，奉命以行事，不爲進越也。文穎曰：越，踰也。不為苟進而踰禮也。故聖王不替，而修禮地祇，謁款天神，漢書音義曰：謁，告也。款，誠也。言不廢脩禮地祇，告誠天神之義也。勒功中嶽，以章至尊，張揖曰：蓋先禮中嶽，而幸泰山。舒盛德，發號榮，受厚福，以浸黎元。黎元，已見上文。皇皇哉此天下之壯觀，王者之卒業，不可貶也。皇皇，美也。卒，終也。貶，損也。卒或為本。願陛下全之。張揖曰：願以封禪全其終。而後因雜搢紳先生之略術，使獲燿日月之末光絕炎，以展寀錯事。漢書音義曰：寀，官也。使諸儒記功著業，得覩日月末光殊絕之明，以展其官職，設錯事業也。錯，千故切。猶兼正列其義，祓弗飾厥文，作春秋一藝。孟康曰：猶，因也。春秋者，正天時，別人事。諸儒既得展事業，因兼正天時，別人事，敘述大義為一經也。將襲舊六爲七，攄之亡窮，服虔曰：舊為六經，漢欲七經。孔安國尚書傳曰：襲，因也。俾萬世得激清流，揚微波，蜚英聲，騰茂實。蜚，古飛字也。前聖所以永保鴻名而常爲稱首者用此。宜命掌故悉奏其儀而覽焉。」漢書音義曰：掌故，太史官屬[12]，主故事者也。

於是天子俙然改容，曰：「俞乎，朕其試哉！」張揖曰：俙，感動之意也，許皆切。俙或為沛。乃遷思迴慮，總公卿之議，詢封禪之事，詩大澤之博，廣符瑞之富。漢書音義曰：詩，歌詠

11 注「則說無從顯稱於後世也」 何校「說」下添「者」字。各本皆脫。案：漢書注有。

12 注「太史官屬」 陳云「史」，「常」誤，是也。各本皆誤。案：漢書注作「常」。

功德，下四章之頌也。大澤之博，謂自我天覆，雲之油油。廣，博也。符瑞之富，謂班班之獸以下三章，言符應廣大之富饒也[13]。

遂作頌曰：

自我天覆，雲之油油。漢書音義曰：油油，雲行貌。孟子曰：天油然作雲。甘露時雨，厥壤可遊。遊，遨也。言祥瑞屢臻，故可遊遨也。滋液滲漉鹿，何生不育！說文曰：滲，下漉也。又曰：漉，水下貌。韋昭曰：滲，疏禁切[14]。嘉穀六穗，我穡曷蓄？李奇曰：我之稼穡，何等不蓄積。

非惟雨之，又潤澤之。非惟偏之我[15]，氾布護之。萬物熙熙，懷而慕思。周書，王子晉曰：萬物熙熙，非舜而誰。名山顯位，望君之來。韋昭曰：名山，泰山也。顯位，封禪之事也。君乎君乎，侯不邁哉！李奇曰：侯，何也。言君何不行封禪。

般般之獸，樂我君圃[16]。謂騶虞也。春秋考異郵曰：虎班文者，陰陽雜也。白質黑章，其儀可嘉[17]。毛萇詩傳曰：騶虞，白虎黑文。旼旼穆穆，君子之態。漢書音義曰：旼旼，和也。穆穆，敬也。言容態和且敬，有似

---

13 注「言符應廣大之富饒也」 陳云「之」字衍，是也。各本皆衍。案：史記集解引無，漢書注引孟康亦無。

14 注「韋昭曰滲疏禁切」 袁本、茶陵本「曰」下有「漉音鹿」三字，無「滲，疏禁切」四字。案：此疑當兩有，而「漉音鹿」在下也。

15 「非惟偏之我」 案：「偏」當作「偏」，「之」字不當有，讀以四字為一句，漢書正如此也。史記索隱引「胡廣曰：言雨澤非偏於我」，最為明晰，是史記亦作「偏我」，與漢書同。今有誤，當據索隱訂也。又案：觀袁、茶陵二本所載向注，似五臣誤「偏」為「偏」，仍未有「之」。各本衍者，更誤中之誤。

16 「樂我君圃」 何校「圃」改「囿」，陳同。袁本云善作「圃」。茶陵本云五臣作「囿」。案：史記、漢書皆作「囿」，此協韻，何、陳是也。各本所見皆非。蓋善自作「囿」，傳寫誤作「圃」耳。

17 「其儀可嘉」 何校「嘉」改「喜」，陳同。案：漢書作「喜」，史記作「嘉」，以韻求之，「喜」與「囿」為協，何、陳從漢書，是也。史記「嘉」，亦有誤。

君子也。張揖曰：旼，音旻[18]。態，他代切。蓋聞其聲，今親其來。親見其來。厥塗靡從。天瑞之徵。文穎曰：其道何從乎？此乃天瑞之應。茲亦於舜，虞氏以興。文穎曰：百獸率舞，則騶虞在其中。濯濯之麟，遊彼靈畤。漢書音義曰：武帝祠五時，獲白麟，故言遊靈畤也。毛詩曰：麀鹿濯濯。孟冬十月，君徂郊祀。馳我君輿[19]，帝用享祉。帝，天帝也。白麟馳我君車之前，因取燎祭於天，天用歆享之，答以祉福也。三代之前，蓋未嘗有。

宛宛黃龍，興德而升。文穎曰：起至德而見也。楚辭曰：駕八龍之宛宛。采色炫燿，煥炳輝煌。正陽顯見，覺悟黎蒸。文穎曰：陽，明也。於傳載之，云受命所乘。如淳曰：書傳揆其比類，或以漢土德，則宜有黃龍之應於成紀是也。故言受命者所乘。

厥之有章，不必諄諄。漢書音義曰：天之所命，表以符瑞，章明其德，不必諄諄然有語言也。孟子，萬章曰：舜之有天下也，孰與之？孟子曰：天與之。天與之者，諄諄然命之乎？曰：否。諄，之純切。依類託寓，喻以封巒。漢書音義曰：寓，寄也。巒，山也。言依事類託寄，以喻封禪。

披藝觀之，天人之際已交，上下相發允答。聖王之德，兢兢翼翼。尚書曰：兢兢業業。毛詩曰：小心翼翼。爾雅曰：翼翼，敬也。故曰於興必慮衰，安必思危。太公陰謀机之書曰：安不忘危，存不忘亡。是以湯武至尊嚴，不失肅祇，舜在假典，顧省闕遺[20]，此之謂也。徐廣曰：假，大也。湯、

18 注「張揖曰旼音旻」　袁本、茶陵本無此六字。案：二本非也。漢書注亦引。

19 「馳我君輿」　茶陵本「輿」作「與」，云五臣作「輿」。袁本云善作「與」。案：此尤校改正之。史記、漢書俱作「輿」，但傳寫誤為「與」也。又案：袁本此節注末有「文穎曰：馳我車之前也」九字，漢書注亦引。又「我」下有「君」字，茶陵本及此本無，蓋繫此句之下為脫一節注也。

20 「顧省闕遺」　案：「闕」當作「厥」。史記、漢書俱作「厥」。善注云「謂能顧省其遺失」，以其解「厥」，是作「厥」字無疑。袁、茶陵二本所載五臣濟注云「恐政治有所闕遺」，蓋其本乃作「闕」。各本所見皆以五臣亂善而失著校語。

武雖居至尊嚴之位，而猶不失肅祇之道。舜所以在於大典，謂能顧省其遺失。言漢亦當不失恭敬而自省也。祭天，是不忘敬也。不封禪，是遺失也。毛詩曰：湯降不遲，上帝是祇。

劇秦美新

李充翰林論曰：楊子論秦之劇，稱新之美，此乃計其勝負，比其優劣之義。漢書，王莽下書曰：定有天下之號曰新。

楊子雲

王莽潛移龜鼎，子雲進不能辟戟丹墀，亢辭鯁議；退不能草玄虛室，頤性全真；而反露才以耽寵，詭情以懷祿，素餐所刺，何以加焉！抱朴方之仲尼，斯為過矣。

諸吏漢書曰：左右曹諸吏皆加官，所加或列侯、將軍、卿大夫。中散大夫臣雄，稽首再拜上封事皇帝陛下：臣雄經術淺薄，行能無異，數蒙渥恩，拔擢倫比，與羣賢並，媿無以稱職。臣伏惟陛下以至聖之德，龍興登庸，欽明尚古，登庸、欽明，已見上文。作民父母，為天下主。尚書曰：天子作民父母。又曰：為天下君。執粹清之道，鏡照四海，聽聆風俗，博覽廣包，參天貳地，兼並神明，難蜀父老曰：勤思乎參天貳地。神明，已見顏延年曲水詩序。配五帝，冠三王，開闢以來，未之聞也。開闢，已見西征賦。臣誠樂昭著新德，光之罔極，往時司馬相如作封禪一篇，以彰漢氏之休。臣常有顛眴病，賈逵國語注曰：眩，惑也。眴與眩古字通。恐一旦先犬馬，填溝壑，先犬馬，已見曹子建責躬詩。所懷不章，長恨黃泉，左氏傳，鄭伯曰：不及黃泉，無相見也。服虔曰：天玄地黃，泉在地中，故言黃泉。敢竭肝膽，寫腹心，作劇秦美新一篇，雖未究萬分之一，亦臣之極思也。萬分處一，已見江文通詣建平王上書。臣雄稽首再拜以聞，曰：

權輿[21]天地未袪，睢睢盱盱，言混沌之始，天地未開，萬物睢盱而不定也。爾雅曰：權輿，始也。睢盱，已見景福殿賦。睢，許惟切。盱音吁。或玄而萌，或黃而牙。言天地方開，故玄黃異色而生萌牙也。易曰：玄黃者，天地之雜色也。玄黃剖判，上下相嘔。言天地既開，玄黃分判，故天地上下，相與嘔養萬物也。易曰：天玄而地黃。禮記曰：煦嫗覆育萬物。鄭玄曰：以氣曰煦。煦與嘔同，況俱切。爰初生民，帝王始存。言初有生民之時，帝王之義始存也。易曰：有天地，然後有萬物；有萬物，然後有男女；有男女，然後有父子；有父子，然後有君臣。在乎混混茫茫之時，舋聞罕漫而不昭察，世莫得而云也。混混茫茫，天地未分。舋聞罕漫，不明之貌也。言天地肇開，君臣始樹，善惡罕漫而不昭察，故世莫得而言之也。莊子曰：古之人在混茫之中，與一時而得澹漠焉。厥有云者：上罔顯於羲皇，罔，無也。顯，明也。伏羲為三皇，故曰羲皇。中莫盛於唐虞，邇靡著於成周。左氏傳，召公曰：糾合宗族于成周。仲尼不遭用，春秋困斯發[22]。司馬遷書曰：仲尼厄而作春秋。言神明所祚，兆民所託，罔不云道德仁義禮智。言有斯四德，乃為神明所祚，兆民所託。獨秦屈起西戎，邠荒岐雍之疆，史記曰：秦自非子為附庸之邑秦[23]，號曰秦嬴。因襄文宣靈之僭迹，史記曰：秦莊公卒，襄公立，卒。文公立，卒。德公立，卒。宣公立。又曰：懷公卒，懷公太子靈公立。立基孝公，茂惠文，奮昭莊，孝公、惠文君、襄王，並已見李斯上書[24]。史記曰：文王卒，子莊襄王立。至政破縱擅衡，并吞六國，遂稱乎始皇。史記曰：莊襄卒，子政立，初并天下，號始皇帝。從橫，已見上。盛從鞅儀韋斯之邪政，商鞅、張儀、呂不韋、李斯皆秦相。馳騖起翦恬賁之用兵，史記曰：白起攻楚，拔鄢郢。又曰：王翦攻趙，拔之。翦子賁，破定燕、齊地。又曰：蒙恬攻

21 「權輿」 袁本、茶陵本提行另起，是也。

22 「春秋困斯發」 袁本、茶陵本「困」作「因」。案：此所見不同也。

23 注「之邑秦」 陳云「之邑」二字當乙，是也。各本皆倒。

24 注「襄王並已見李斯上書」 案：「襄」上當有「昭」字。袁本亦脫。茶陵本此注復出，非。

齊，大破之。剗滅古文，刮語燒書，史記，李斯曰：請非博士官所職，天下敢有藏書詩百家語者，詣守尉雜燒之。弛禮崩樂，塗民耳目。崩樂，已見劉歆移太常博士書。六韜曰：先塗民耳目。遂欲流唐漂虞，滌殷蕩周，流漂滌蕩，謂除之也。韄除仲尼之篇籍，自勒功業[25]，韄，古然字。改制度軌量，咸稽之於秦紀。稽，考也。紀，本紀也。言考校而著之秦紀。是以耆儒碩老，抱其書而遠遜；禮官博士，卷其舌而不談。來儀之鳥，肉角之獸，狙獷而不臻。來儀，鳳也。肉角，麟也。說文曰：狙，犬暫齧人[26]，且餘切。又曰：獷，犬不可親附也，古猛切。甘露嘉醴，景曜浸潭之瑞潛；嘉醴，醴泉也。景曜，景星有光曜也。浸潭，謂滋液浸潤，能生萬物也。潛，藏也。大茀經實，巨狄鬼信之妖發。茀，彗星也。穀梁傳曰：星孛入北斗。孛之為言猶茀也，步內切。茀，步忽切。史記始皇本紀曰：彗星光見東方北方。漢書音義曰：經，謂星出東入西，出西入東也。史記始皇本紀曰：有墜星下東郡，至地為石。漢書曰：始皇時，有大人身長五丈，夷狄之患見臨洮[27]。鬼信，謂告祖龍死也。已見西征賦。神歇靈繹，海水羣飛。繹，猶緒也。言神靈歇其舊緒，不福祐之。繹，或為液。海水，喻萬民。羣飛，言亂。二世而亡，何其劇與！二世，胡亥也，為趙高所弒。劇，甚也。言促甚也。帝王之道，兢兢乎不可離已。尚書曰：兢兢業業。夫能貞而明之者窮祥瑞，貞，正也。言既正且明，故祥瑞咸格。回而昧之者極妖慝。回，邪也。言既邪且闇，故妖慝競集也。昧或為蔑。上覽古在昔，有憑應而尚缺。焉壞徹而能全？言古帝王之興，有憑依瑞應而尚毀缺，焉有行壞徹之道而全立者乎？言無也。故若古者稱堯舜，尚書曰：若稽古帝堯。又云：若稽古帝舜。威侮者陷桀紂，夏桀、殷紂也。尚書曰：威侮五行。況盡汎掃前聖數千載功業，專用己之

25 「自勒功業」 袁本云善作「公」。茶陵本云五臣作「功」。案：尤延之所校改也。

26 注「犬暫齧人」 袁本、茶陵本無「暫」字，「人」下有「也」字。案：此尤校改之也。

27 注「夷狄之患見臨洮」 袁本、茶陵本「之患見」作「服出於」，是也。

私而能享祐者哉？況，況始皇也。私，私所為也。而能享祐，言不能也。毛詩曰：洒掃庭內。毛萇曰：洒，灑也。洒與汛同，所買切。

會漢祖龍騰豐沛，奮迅宛葉，漢高祖發迹在於豐沛，滅秦道自宛葉。自武關與項羽戮力咸陽，武關，已見陸機高祖功臣頌。漢書，沛公謝羽曰：與將軍戮力攻秦，不自意先入關。創業蜀漢，發迹三秦，漢書曰：項羽立沛公為漢王，王巴蜀、漢中。又曰：韓信因陳三秦易幷之計，漢王聽信策。剋項山東，而帝天下。漢書曰：灌嬰追斬羽東城。漢王卽皇帝位于氾水之陽。摘秦政慘酷尤煩者，應時而蠲。蠲，除也。漢書，沛公召秦豪桀曰：父老苦秦苛法久矣，與父老約法三章，余悉除秦法。如儒林、刑辟、歷紀、圖典之用稍增焉。歷紀，歷數綱紀也。秦餘制度，項氏爵號，雖違古而猶襲之。其秦政制度及項羽爵號，雖知違古而猶襲之也。孔安國尚書傳曰：襲，猶因也。是以帝典闕而不補，王綱弛而未張，為襲秦、項，故闕者不補，弛者未張也。道極數殫，闇忽不還。言天道既極，歷數又殫，故闇忽而滅，不能自還也。

逮至大新受命，大新，王莽也，已見西征賦。上帝還資，后土顧懷，言上帝迴還而資助，后土顧眷而懷歸。言天地福祐之也。玄符靈契，黃瑞涌出，玄符，天符也。靈契，地契也。黃瑞，謂王莽承黃、虞之後，黃氣之瑞也。漢書，王莽曰：予前在攝，黃氣薰蒸，以著黃、虞之烈焉，涌出而瑞之。滭浡沕潏，川流海渟，雲動風偃，霧集雨散，言眾瑞之多也。誕彌八圻，上陳天庭，八圻，猶八埏。言下終八圻，上列天庭。震聲日景，言威聲如雷，光景若日也。易曰：震為雷。炎光飛響，盈塞天淵之間，炎光，日景也。飛響，震聲也。塞乎天淵，所及遠也。天淵，已見答賓戲。必有不可辭讓云爾。言難辭也。於是乃奉若天命，窮寵極崇，尚書曰：明王奉若天命[28]。與天剖神符，地合靈契，分天之符，合地之契，言應錄而王也。創億兆，規萬世，

---

[28] 注「明王奉若天命」　袁本、茶陵本「命」作「道」，是也。

創業經乎億兆，規模至於萬世也。奇偉倜儻譎詭，天祭地事。言眾瑞所以咸臻者，由能祭天事地。其異物殊怪，存乎五威將帥，班乎天下者，四十有八章。漢書曰：莽遣五威將王奇等班符命四十二篇於天下。登假皇穹，鋪衍下土，假，至也。言眾瑞升至於皇天，鋪衍於下土。非新家其疇離之。離，應也。卓哉煌煌，眞天子之表也。表，儀也。若夫白鳩丹烏，素魚斷蛇，方斯蔑矣。吳錄曰：孫策使張紘與袁紹書曰[29]：殷陽有白鳩之祥。然古者此事[30]，未詳其本。尚書帝驗曰[31]：太子發渡河中流，火流為烏，其色赤。素魚，白魚也。已見封禪書。漢書曰：高祖夜經澤中，有大蛇當徑，高祖杖劍斬蛇，分為兩，道開也。受命甚易，格來甚勤。格，至也。言莽德盛，故受天命甚易，令眾瑞咸至甚勤也。昔帝纘皇，王纘帝，隨前踵古，或無爲而治，或損益而亡[32]。論語，子曰：無為而治者，其舜也與？又曰：殷因於夏禮，所損益可知也。豈知新室委心積意，儲思垂務，委，亦積也。旁作穆穆，明旦不寐，勤勤懇懇者，非秦之爲與？言新室所以旁作穆穆勤勤懇懇者，以秦之所為為非，故欲勤修德政也。尚書曰：勤施於四方，旁作穆穆。司馬遷書曰：勤勤懇懇。夫不勤勤，則前人不當；不懇懇，則覺德不愷。言不勤勤，則不能當先王之意；不懇懇，則覺德不和也。尚書曰：篤前人成烈。毛詩曰：有覺德行。左氏傳注曰：愷，和也。是以發祕府，覽書林，遙集乎文雅之囿，翺翔乎禮樂之場，言以文雅為園囿，以禮樂為場圃。胤殷周之失業，紹唐虞之絕風，胤，續也。絕，繼也。懿律嘉量，金科玉條，律，六律也。嘉量，斗斛也。金科玉條，謂法令也。言金玉貴之也。神卦靈兆，古文畢發，

29 注「孫策使張紘與袁紹書曰」 何校「紹」改「術」，陳同。案：所校依吳志，是也。各本皆誤。

30 注「然古者此事」 何校「者」改「有」，是也。各本皆誤。

31 注「尚書帝驗曰」 何校「帝」下添「命」字，陳同，是也。各本皆脫。

32 「或損益而亡」 何校云「亡」當從五臣本作「已」。袁本云善作「亡」。茶陵本云五臣作「已」。何據二本校語。今案：善注無明文，二本所載向注於此云「其後紂乃亡之」，是五臣仍作「亡」，其作「已」者，後人以意改，未可從也。

蓍曰卦，龜曰兆。神靈，尊之也。古文，先王之典籍也。**煥炳照曜，靡不宣臻。**宣，徧也。臻，至也。**式輪軒旂旗以示之，**式，用也。漢書曰：莽立大夫、卿車服黻冕各有差。輪軒，皆車也。尚書大傳曰：未命為士，車不得有飛軨。鄭玄曰：如今窗車也。周禮曰：交龍為旂，熊虎為旗。**揚和鸞肆夏以節之，**大戴禮曰：行以和鸞，趣中肆夏。鄭玄周禮注曰：鸞和皆金鈴也。漢書音義曰：肆夏，詩樂也。步則歌之以中節。**施黼黻袞冕以昭之，**言制服有差，亦明貴賤也。尚書曰：黼黻絺繡。周禮曰：公之服，自袞冕而下。**正嫁娶送終以尊之，**漢書曰：莽請考論五經，定娶禮。**親九族淑賢以穆之。**漢書，莽詔曰：姚、嬀、陳、田、王，予之同族也。尚書曰：惇序九族，五姓世世復，無有所與。

夫改定神祇，上儀也。漢書曰：莽奏定南郊。**欽修百祀，咸秩也。**漢書曰：莽奏定羣神之禮。尚書召誥曰：祀于新邑，咸秩無文。**明堂雍臺，壯觀也。**漢書曰：莽奏起明堂辟雍。**九廟長壽，極孝也。**九廟，已見西征賦。漢書曰：王莽隳壞孝元廟，獨置孝元廟故殿，以為文母篹食堂[33]，既成，名曰長壽宮。**制成六經，洪業也。**漢書曰：莽奏立樂經，然經有五，而又立樂，故云六經也。**北懷單于，廣德也。**漢書曰：莽重賂匈奴，使上書慕從聖制，以誑曜太后。**若復五爵，度三壤，**晉灼漢書注曰：若，預及之辭。漢書曰：莽奏曰：周爵五等，地四等。臣請受爵者爵五等，地四等。尚書曰：列爵惟五，分土惟三。**經井田，**漢書曰：莽令天下公田口井；其男口不盈八而田過一井者，分餘田與九族。周禮曰：九夫為井。**免人役，**漢書曰：莽令更名天下奴婢曰私屬，皆不得賣之。**方甫刑，**漢書曰：莽分移律令儀法。尚書曰：穆王作呂刑[34]。孔安國曰：後為甫侯。**匡馬法，**馬法，司馬穰苴之法也。謂成出革車一乘，教戎備也。穰苴，已見左太沖詠史詩。**恢崇祇庸爍德懿和之風，**周禮曰：以樂德教國子，中和祗庸孝友。爾雅曰：懿、爍，

---

33 注「以為文母篹食堂」 茶陵本「篹」作「籑」，注末有「籑士卷切，與饌同」七字。案：有者是也，袁本與此同，亦脫誤。考今元后傳作「篹」，蓋善引不與顏同，校者依漢書改且刪之。

34 注「尚書曰穆王作呂刑」 陳云「書」下脫「序」字，是也。各本皆脫。

美也。廣彼搢紳講習言諫箴誦之塗，搢紳，已見封禪書。漢書、賈山上疏曰：古者工誦箴諫，鼓誦詩[35]，士傳言，諫過也。振鷺之聲充庭，鴻鸞之黨漸階。振鷺、鴻鸞，喻賢也。毛詩[36]，振鷺于飛，于彼西雍。我客戾止，亦有斯容。易曰：鴻漸于陸。俾前聖之緒，布濩流衍而不韞韣，韞韣，已見上文。櫝與韣古字通，音讀。郁郁乎煥哉！論語曰：郁郁乎文哉！又曰：煥乎其有文章。天人之事盛矣，鬼神之望允塞。言有聖德，信能允塞鬼神之望。羣公先正，罔不夷儀；尚書曰：羣公既皆聽命。又曰：亦惟先正夷儀。言有常儀也。姦宄寇賊，罔不振威。尚書曰：蠻夷猾夏，寇賊姦宄。紹少典之苗，著黃虞之裔。史記曰：黃帝者，少典之子，姓公孫。河圖著命曰：握登見大虹，意生黃帝。漢書曰：予惟黃帝、舜帝，咸有聖德，營求其後，將祚厥祀。於是封姚恂為初睦侯，奉黃帝後，嬀昌為始睦侯，奉虞帝後。帝典闕者已補，王綱弛者已張，炳炳麟麟，豈不懿哉！麟麟，光明也。麟與燐古字同用。厥被風濡化者，京師沈潛，甸內匝洽，侯衛厲揭，要荒濯沐，言風化所被，近者逾深，遠者稍淺，故京師沈潛，而要荒濯沐也。厲揭，已見上文。而術前典，巡四民，迄四嶽，言法術前典，而巡四民，至於四嶽也。管子曰：士、農、工、商四民者，國之石民也。尚書曰：二月東巡狩，至于岱宗，柴。五月南巡狩，至于南嶽。八月西巡狩，至于西嶽。十有一月朔巡狩，至於北嶽。增封泰山，禪梁父[37]，斯受命者之典業也。典，常也。言封禪之事，王者常業也。管子曰：昔封泰山、禪梁甫者，七十有二家。漢書音義，項岱曰：梁父者，泰山下小山也。

蓋受命日不暇給，或不受命，然猶有事矣。受命，謂高祖也。言高祖受命，而不封禪；始皇不受

35 注「鼓誦詩」　袁本「鼓」作「瞽」，是也。茶陵本亦誤。

36 注「振鷺鴻鸞喻賢也毛詩」　袁本「賢」下有「人」字，詩下有「曰」字，是也。茶陵本無「振鷺」以下八字，有「曰」字。此初同茶陵，後脩改而又誤脫「人曰」二字。

37 「禪梁父」　袁本、茶陵本「父」作「甫」，是也。注中兩見，一作「甫」，一作「父」，「父」亦「甫」之誤也。

命，猶有事乎泰山。言俱失也。史記曰：始皇之上泰山，中阪遇暴風雨。況堂堂有新，正丁厥時，崇嶽渟海通瀆之神，咸設壇場，望受命之臻焉。言莽既受命，故嶽瀆之神皆設壇場，而望來祭也。堂堂，盛也。晏子景公春秋曰[38]：將去此堂堂國者而死乎？海外遐方，信延頸企踵；回面內嚮，喁喁如也。呂氏春秋曰：聖人南面而立，天下延頸舉踵矣。論語素王受命讖曰：莫不喁喁延頸歸德。帝者雖勤，惡可以已乎？何休公羊傳注，惡，猶於何也，音烏。宜命賢哲作帝典一篇，舊三爲一襲，以示來人，摛之罔極。言宜命賢智作帝典一篇，足舊二典而成三典也。謂堯典、舜典。令萬世常戴巍巍，履栗栗，巍巍，高大也，已見上文。尚書曰：栗栗危懼。臭馨香，含甘實，言明德比於馨香甘實，故臭而含之。鏡純粹之至精，聆清和之正聲，易曰：剛健中正，純粹精也。則百工伊凝，庶績咸喜。尚書曰：允釐百工，庶績咸熙。又曰：庶績其凝。喜與古熙字通[39]。荷天衢，提地釐，孔安國尚書傳曰：釐，理也。上荷天道，而下提地理，言則而効之。斯天下之上則已，庶可試哉！

典引一首[40]

班孟堅　蔡邕注

蔡邕曰：典引者，篇名也。典者，常也，法也。引者，伸也，長也。尚書疏，堯之常法，謂之堯典。漢紹其緒，伸而長之也。范曄後漢書曰：班固，字孟堅，亦云注典引[41]。

臣固言：永平十七年，臣與賈逵傳毅杜矩展隆郗萌等，善曰：後漢書曰[42]：賈逵，字景伯，

38 注「晏子景公春秋曰」　袁本、茶陵本「景」上有「齊」字，無「春秋」二字。此尤改「齊」字作「春秋」，而又誤倒在下。
39 注「喜與古熙字通」　案：「古熙」當作「熙古」。各本皆倒。
40 「典引一首」　袁本、茶陵本此下有「并序」二字，是也。
41 注「范曄後漢書曰班固字孟堅亦云注典引」　袁本、茶陵本無此十六字，是也。
42 注「後漢書曰」　袁本、茶陵本「後」上有「范曄」二字，是也。

為侍中。七略曰：尚書郎中北海展隆[43]。然七略之作，雖在哀、平之際，展隆壽或至永平之中。召詣雲龍門，小黃門趙宣持秦始皇帝本紀問臣等曰：「太史遷下贊語中，寧有非耶？」臣對：「此贊賈誼過秦篇云，向使子嬰有庸主之才，僅得中佐，秦之社稷未宜絕也。此言非是。」即召臣入，問：「本聞此論非耶？將見問意開寤耶？」臣具對素聞知狀。詔因曰：「司馬遷著書成一家之言[44]，揚名後世，善曰：司馬遷書曰：通古今之變，成一家之言。孝經曰：揚名於後世。至以身陷刑之故，反微文刺譏，貶損當世，非誼士也。司馬相如洿行無節，但有浮華之辭，不周於用，至於疾病而遺忠，主上求取其書，竟得頌述功德，言封禪事，忠臣效也。至是賢遷遠矣。」臣固常伏刻誦聖論，昭明好惡，不遺微細，緣事斷誼，動有規矩，雖仲尼之因史見意，亦無以加。臣固被學最舊，受恩浸深，誠思畢力竭情，昊天罔極！臣固頓首頓首。伏惟相如封禪，靡而不典；楊雄美新，典而亡實。然皆游揚後世，垂爲舊式。臣固才朽不及前人，蓋詠雲門者難爲音，觀隋和者難爲珍。不勝區區，竊作典引一篇，雖不足雍容明盛萬分之一，猶啓發憤滿，覺悟童蒙，光揚大漢，軼聲前代，然後退入溝壑，死而不朽。臣固愚戇，頓首頓首，曰：

太極之元，易曰：太極[45]，是生兩儀。兩儀始分，烟烟熅熅，有沈而奧，有浮而清。烟烟熅熅，陰陽和一相扶貌也。奧，濁也。言兩儀始分之時，其氣和同；沈而濁者為地，浮而清者為天。沈浮交錯，庶類混

43 注「尚書郎中北海展隆」 袁本、茶陵本無「中」字，是也。

44 「成一家之言」 袁本、茶陵本無「之」字。案：無者是也。此尤誤依注添正文。

45 注「易曰太極」 袁本、茶陵本「易」上有「蔡邕曰」三字，下無「曰」字。案：以下二本所有「蔡邕曰」此本皆無，詳前後之例。凡舊注所冠姓名，皆尤刪也。「易」下「曰」字當作「有」。

成。地體沈而氣昇，天道浮而氣降，升降交錯，則眾類同矣。善曰：國語曰：夏禹能平水土，以品處庶類者也。老子曰：有物混成，先天地生。肇命民主，五德初始，民主者，天子也。尚書曰：成湯簡代夏作民主。五德，五行之德。自伏羲已下，帝王相代，各據其一行，始於木，終於水，則復始也。同於草昧，易曰：天造草昧。玄混之中。混，猶溷濁。踰繩越契，寂寥而亡詔者，系不得而綴也。言結繩書契已往，其道寂漠亡聲，莫能以相告，故易系不得綴連也。綴，知銳切。厥有氏號，所依為氏也。號，功之表也。號太昊曰伏羲，炎帝曰神農，黃帝曰軒轅，少昊曰金天，顓頊曰高陽，帝嚳曰高辛，堯曰陶唐，舜曰有虞。紹天闡繹，宗紹天地，開道人事。莫不開元於太昊皇初之首，上哉敻乎，其書猶得而修也。亞斯之代，通變神化，函光而未曜。

若夫上稽乾則，降承龍翼，善曰：翼，法也。言陶唐上能考天之則，下能承龍之法也。龍法，龍圖也。而炳諸典謨，以冠德卓絕者，莫崇乎陶唐。善曰：春秋合誠圖曰：黃帝德冠帝位。陶唐舍胤而禪有虞，有虞亦命夏后，稷契熙載，越成湯武。股肱既周，天迺歸功元首，將授漢劉。天有五行之序，堯與四臣各據其一行，而堯為之正。四臣已徧，故歸功元首之子孫而授漢劉也。高祖始於沛公，起兵入關，後為漢王，以即尊位，故遂曰漢也。春秋左氏傳曰：陶唐氏既衰，其後劉累者，在夏為御龍氏，在商為豕韋氏，在周為唐杜氏。成王滅唐，宣王殺杜伯，杜伯之子隰叔奔晉，其後士會奔秦而復歸，其子留秦者為劉氏，以是明之，漢為堯後。善曰：尚書曰：熙帝之載，元首股肱，已見上文。俾其承三季之荒末，值亢龍之災孽，善曰：國語，郭偃曰：夫三季王之亡，宜也。韋昭曰：季，末也。三季王，桀、紂、幽王也。易曰：亢龍有悔，窮之災也。縣象闇而恒文乖，彝倫斁而舊章缺。善曰：易曰：縣象著明，莫大乎日月。尚書曰：帝乃震怒，弗俾洪範九疇[46]，彝倫攸斁。左氏傳曰：季桓子命藏象魏曰：舊章不可亡也。故先命玄聖，使綴學立制，善曰：玄聖，孔子也。莊子曰：夫虛靜恬淡，玄聖素王之道也。春秋孔

46 注「弗俾洪範九疇」 袁本、茶陵本「俾」作「畀」，是也。

演圖曰：玄丘制命，帝卯行也。宏亮洪業，表相祖宗，贊揚迪喆，相，助也。始受命為祖，繼中為宗，皆不毀廟之稱也。言仲尼之作，亦顯助祖宗，揚明其蹈喆之德。備哉粲爛，眞神明之式也。雖皐夔衡旦密勿之輔，比茲褊矣[47]。茲，孔子也。善曰：謂皐陶、后夔、阿衡、周旦也。密勿，已見傅季友求贈劉前軍表。是以高光二聖，宸居其域，言高祖、光武如北辰居其所，而眾星拱之。時至氣動，乃龍見淵躍。善曰：易曰：見龍在田。或躍在淵。拊翼而未舉，則威靈紛紜，海內雲蒸，雷動電熛，胡縊莽分，尚不莅其誅。言二祖即位，胡亥、王莽皆先已誅，天之所為先除也。善曰：史記曰：始皇崩，趙高立子胡亥為太子，襲位為二世皇帝。後陳勝等反，趙高乃使閻樂誅二世。二世自殺。漢書曰：王莽地黃四年[48]十月，漢兵從宣平城門入城中，少年朱弟等恐見虜掠，私燒其室門[49]，呼曰：虜王莽[50]，何不出來降！莽避火之漸臺，眾兵上臺，商人杜吳殺莽，軍人裂莽尸。然後欽若上下，恭揖羣后，正位度宗，度，居也。宗，尊也。言二主既除亂，諸侯推而尊之，然後敬順天地，恭揖諸侯，正位居尊也。善曰：易曰：君子正位凝命。有于德不台淵穆之讓，淵穆，深美之辭也。善曰：尚書曰：舜讓于德不嗣。漢書音義，韋昭曰：古文台為嗣。靡號師矢敦奮撝之容。矢，陳也。敦，勉也。毛詩曰：矢于牧野。善曰：言漢取天下，無名號，師眾陳兵，誥誓勸勉，秉旄奮麾之容。撝與麾音義同。蓋以膺當天之正統，受克讓之歸運，善曰：尚書曰：誕膺天命。又曰：允恭克讓。蓄炎上之烈精，謂火，漢之德也。蓄，聚也。善曰：尚書曰：火曰炎上。蘊孔佐之弘陳云爾。善曰：孔佐，即孔子也。能表相祖宗，故曰佐。

47 「比茲褊矣」 袁本云善無「茲」字。茶陵本云五臣有。案：二本所見非也。蔡注云「茲，孔子也」，善不得無，必傳寫脫，尤校改正之，是矣。後漢書固傳載此文有。
48 注「地黃四年」 陳云「黃」，「皇」誤，是也。各本皆誤。
49 注「燒其室門」 袁本「其」作「作」，是也。茶陵本亦誤「其」。
50 注「虜王莽」 何校「虜」上添「反」字，陳同，是也。各本皆脫。

洋洋乎若德，帝者之上儀，誥誓所不及已。本事曰誥。戎事曰誓。鋪觀二代洪纖之度，洪，大也。纖，細也。其賾可探也。善曰：探賾，見文賦。並開迹於一匱，同受侯甸之服，奕世勤民，以方伯統牧。善曰：言殷、周二代，初皆微，開迹於一匱，並受夏、殷侯甸之服，勤勞治人，或為方伯，或為統牧也。論語曰：雖覆一簣[51]。桓子新論曰：湯、武則久居諸侯方伯之位，德惠加於百姓。紀年曰：武乙即位，周王季命為殷牧師也。乘其命賜彤弧黃鉞之威，用討韋顧黎崇之不恪。韋，豕韋，顧，己姓之國，皆夏諸侯也。黎、崇，殷諸侯也。四國為不敬湯，文王誅之。毛詩曰：韋顧既伐。又曰：既伐于崇，作邑於豐。書曰：西伯旣戡黎[52]。善曰：乘，因也。言因其命賜以彤弓、黃鉞，乃始征伐也。至于參五華夏，京遷鎬亳，善曰：參五，謂參五分之也。言殷、周參五而分華夏之地，然後乃始京遷於鎬、亳也。論語曰：參分天下有其二，以服事殷。解嘲曰：四分五割，並為戰國。毛詩曰：考卜維王，宅是鎬京。毛萇曰：武王作邑於鎬京。尚書湯誥曰：王歸自夏[53]，至于亳。孔安國傳曰：湯遷於亳。遂自北面，虎螭其師，革滅天邑。天邑，天子邑也。善曰：北面，臣位也。虎螭，如虎如螭也。史記，武王曰：勉哉夫子，如虎如羆，如豺如離。徐廣曰：此音義訓並與螭字同。尚書曰：肆予敢求爾于天邑商。是故誼士華而不敦，武稱未盡，護有慙德，不其然歟？武，周樂也。護，殷樂也。孔子曰：韶盡美矣，又盡善也。謂武盡美矣，未盡善也。舜禪而周伐，故未盡善也。延陵季子聘魯，觀樂，見舞大護者曰：聖人之弘也，而猶有慙德。恥於始伐也，豈不然乎？左氏傳，臧哀伯曰[54]：武

51 注「雖覆一簣」 袁本、茶陵本「簣」作「匱」，是也。後漢書所載幷注引此，亦皆是「匱」字。
52 注「西伯既戡黎」 袁本「戡」作「龕」，是也。茶陵本亦誤「戡」。
53 注「王歸自夏」 陳云「夏」上脫「克」字，是也。各本皆脫。
54 注「左氏傳臧哀伯曰」 袁本、茶陵本「左」上有「善曰」二字，是也。後注「甄陶，已見上文」上，「言漢道外則運行於渾元」上，「易曰：品物咸亨」上，「言漢之德，能臣古之列辟」上，「易曰：勞謙」上，連下「尚書曰」至「治定制禮」為一節，「禮記曰：聖人南面而治天下也」上，「優謂優游也」上，「孝經曰：夫孝」上，「巡靖，巡狩而安之也」上，「爾雅曰：祭天」上，「尚書曰：鳳皇來儀」上，「廣雅曰：麒麟」上，「騶虞也」上，「禮記曰：龜龍在宮沼」上，「毛詩曰：

王克商，遷九鼎于洛邑，義士猶或非之。亦猶於穆猗那，翕純皦繹，周頌曰：於穆清廟。商頌曰：猗歟那歟。孔子曰：始作翕如也，從之純如也，皦如也，繹如也。以崇嚴祖考，殷薦宗配帝，善曰：周易曰：先王作樂崇德，殷薦之上帝，以配祖考。發祥流慶，對越天地者，對，答也。善曰：毛詩曰：對越在天。鄭玄曰：越，於也。舃奕乎千載。舃奕，光曜流行貌。豈不克自神明哉！善曰：言二代以臣伐君，尚能作樂配天，豈不能自神明其道哉！周易曰：聖人以此齋戒，以神明其德。誕略有常，審言行於篇籍，光藻朗而不渝耳。善曰：言二代神明其道，大略有常，但審言行於篇籍，光藻明而不變。言無殊功也。

矧夫赫赫聖漢，巍巍唐基，泝測其源，乃先孕虞育夏，甄殷陶周，言測度漢本至唐，乃任舜育禹，化契成稷，皆為之父母模範也。甄陶，已見上文。然後宣二祖之重光，襲四宗之緝熙。宣，偏也。襲，因也。高祖、光武為二祖。孝文曰太宗，孝武曰世宗，孝宣曰中宗，孝明曰顯宗。二祖重光天下，四宗盛美相因而起也。善曰：尚書，王曰：昔君文王、武王宣重光。緝熙，已見上文。神靈日照，光被六幽，六幽，謂上下四方也。尚書曰：光被四表，格於上下。仁風翔乎海表，威靈行乎鬼區，鬼區，絕遠之區也。善曰：尚書曰：方行天下，至于海表。鬼區，即鬼方也。毛詩曰：覃及鬼方。毛萇傳曰：鬼方，遠方也。匿亡回而不泯[55]，微胡瑣而不頥[56]。善曰：頥，養也。何細而不養，言皆養也。故夫顯定三才昭登之績，匪堯不興，言明定天地人之道，明登天之功，非

湛湛露斯」上，「楚辭曰：鸞鳥」上，「素雉，白雉也」上，「濟濟翼翼」上，「尚書曰：嚴恭寅畏」上，「左氏傳，薳啓彊曰」上，「楚辭曰：遂古之初」上，「言前封禪之君」上，「尚書曰：夏罪」上，「絣使也」上，皆同。又「四表曰宇，往古來今曰宙」一節注，袁本連「善曰」下，非。茶陵本別為節，係「蔡邕曰」者是。

55 「匿亡回而不泯」　袁本云善作「匿」。茶陵本云五臣作「慝」。案：注無明文，但「匿」字不可通，疑各本所見皆傳寫誤。後漢書所載作「慝無迴而不泯」。五臣「迴」作「回」，見濟注。善亦無明文。

56 「微胡瑣而不頥」　茶陵本「瑣」作「璅」，云五臣作「瑣」。袁本云善作「璅」。案：此尤延之校改正之也。後漢書所載亦作「瑣」。

堯莫能興也。尚書曰：昭登于上。善曰：周易曰：易有天道焉，有地道焉，兼三才而兩之。鋪聞遺策在下之訓，匪漢不弘厥道。善曰：言布聞古之遺策聖德在下之訓，非漢不能弘道。毛詩曰：明明在下。毛萇傳曰：文王之德，明明在天。下，謂天之下也。至於經緯乾坤，出入三光，言使日月星辰出以其節，入以其期，亡朒朓側匿盈縮之異也。善曰：言漢之道，能經緯天地，出入三光也。淮南子曰：覆天載地，紘宇宙而章三光也。外運渾元，內沾豪芒，言漢道外則運行於渾元，內則沾潤於豪芒，言巨細咸被也。性類循理，品物咸亨，其已久矣。易曰：品物咸亨。

盛哉！皇家帝世，德臣列辟，功君百王，言漢之德，能臣古之列辟，其功又為百王之君也。榮鏡宇宙，四表曰宇，往古來今曰宙。尊亡與亢。乃始虔鞏勞謙，鞏，亦勞也。易曰：勞謙君子有終吉。兢兢業業，貶成抑定，不敢論制作。尚書曰：兢兢業業，一日二日萬機。禮記曰：王者功成作樂，治定制禮。至令遷正黜色賓監之事[57]，渙揚寓內，漢承周後，當就夏正，以十二月為年首[58]，而秦以十月為年首，高祖又以十月至霸上，因而不改。至武帝太初始改焉。賈誼、公孫臣等議以漢土德，服色尚黃。至光武中，乃黜黃而尚赤，立殷後曰紹嘉公，周後曰承休公，以賓而監二代矣。於四者宣揚海內，制作之事，由末章也[59]。禮記曰：聖人南面而治天下也，改正朔，易服色。而禮官儒林屯用篤誨之士[60]，不傳祖宗之髣髴，雖云優慎，無乃葸與！慎而無禮則葸。優，謂優游也。尚書大傳曰：周公作樂，優游三年。

於是三事嶽牧之寮，僉爾而進曰：三事嶽牧，已見上。陛下仰監唐典，中述祖則，俯蹈

---

57 「至令遷正黜色賓監之事」　袁本、茶陵本「令」作「於」。案：此尤校改也，後漢書所載作「今」，「令」蓋「今」之譌。

58 注「以十二月為年首」　案：「二」當作「三」。各本皆誤，說見前上林賦下。

59 注「由末章也」　袁本、茶陵本「由」作「猶」，是也。

60 「而禮官儒林屯用篤誨之士」　何云後漢書「用」作「朋」。案：注無明文，但「用」字不可通，疑傳寫誤也。章懷注云「屯，眾也。朋，羣也」，或善與之無異。

宗軌。躬奉天經，惇睦辨章之化洽。孝經曰：夫孝，天之經也。尚書曰：惇敘九族。九族既睦，平章百姓。辨與平古字通也。巡靖黎蒸，懷保鰥寡之惠浹。懷，安也。保，養也。巡靖，巡狩而安之也。毛詩曰：日靖四方。尚書，周公曰：懷保小民，惠鮮鰥寡。燔瘞縣沈，肅祗羣神之禮備。爾雅曰：祭天曰燔柴，祭地曰瘞埋，祭山曰庪縣，祭川曰浮沈。是以來儀集羽族於觀魏，貌恭體仁，則鳳皇來儀。尚書曰：鳳皇來儀。家語，子夏曰：商聞山書曰：羽蟲三百有六十，而鳳為之長。肉角馴毛宗於外囿，視明禮修，則麒麟來應。廣雅曰：麒麟，狼題肉角。家語，子夏曰：毛蟲三百有六十，而麟為之長。擾緇文皓質於郊，思睿信立，則白虎擾。騶虞也。升黃輝采鱗於沼，聽德知正則黃龍見[61]。禮記曰：龜龍在宮沼。甘露宵零於豐草，德至天，則甘露降。毛詩曰：湛湛露斯，在彼豐草。三足軒翥於茂樹。烏，反哺之鳥，至孝之應也。楚辭曰：鸞鳥軒翥而翔飛。若乃嘉穀靈草，奇獸神禽，應圖合諜，窮祥極瑞者，朝夕坰牧，天子寰內也。日月邦畿，卓犖乎方州[62]，洋溢乎要荒。昔姬有素雉、朱烏、玄秬、黃䵗之事耳，素雉，白雉也，已見東都主人。朱烏，火流為烏也。毛詩曰：誕降嘉種，惟秬惟秠。爾雅曰：秬，黑黍也。韓詩外傳曰：貽我嘉䵗。薛君曰：䵗，大麥也，音莫侯切。君臣動色，左右相趣，濟濟翼翼，峨峨如也。濟濟翼翼，已見上。毛詩曰：奉璋峨峨。蓋用昭明寅畏，承聿懷之福。毛詩曰：昭事上帝，聿懷多福。尚書曰：嚴恭寅畏[63]。亦以寵靈文武，貽燕後昆，覆以懿鑠，左氏傳，薳啓彊曰：辱見寡君，寵靈楚國。毛詩曰：貽厥孫謀，以燕翼子。尚書曰：垂裕後昆。豈其爲身而有顓辭也？若然受之，亦宜懃恁旅力，恁，思也。旅，陳也。恁，如深切。以充厥道，啓恭館之金縢，恭館，宗廟金縢之

---

61 注「聽德知正則黃龍見」 陳云「德」似當作「聰」。案：所校最是。各本皆誤。蔡說與周南正義引服虔左氏注全同，可證也。

62 「卓犖乎方州」 袁本、茶陵本無「乎」字。案：此尤脩改添之也。後漢書所載有。

63 注「嚴恭寅畏」 袁本「恭」作「龔」，是也。茶陵本亦誤「恭」。

所在。御東序之秘寶，以流其占。東序，牆也。尚書曰：顓頊河圖、雒書在東序。流，演也。雒書，皆存亡之事，尚覽之以演禍福之驗也。

夫圖書亮章，天哲也；亮，信也。章，明也。言河圖、洛書至信至明，而出天賜之，使視而行之。孔猷先命[64]，聖孚也；繇，道也。言孔子先定道，誠至信也。體行德本，正性也；體行正性，習堯所履，今天子復蹈之。逢吉丁辰，景命也。言逢此吉，當此時者，皇天之大命也。順命以創制，易曰：湯、武革命，順乎天，應乎人。因定以和神，治定作樂，以和人神。答三靈之蕃祉，展放唐之明文，善曰：三靈，天、地、人也。已見陸機高祖功臣頌。尚書旋機鈐曰：平制禮樂，放唐之文[65]。茲事體大，而允寤寐次於心[66]。瞻前顧後[67]，善曰：允，信也。次，止也[68]。言此事體大式弘大[69]，信能寤寐常止於聖心，不可忘也[70]。大戴禮曰：神明自得，聖心備矣。前，謂前代帝王。後，謂子孫也[71]。豈蔑清廟憚勑天命也？蔑，輕也。憚，難也。勑，正也。言封禪之事，皆述祖宗之德，

---

64 「孔猷先命」 袁本、茶陵本「猷」作「繇」，是也。案：此尤改之。後漢書所載作「猷」，但此自作「繇」，尤於蔡注仍未改也。

65 注「平制禮樂放唐之文」 袁本、茶陵本「平制禮樂」作「述堯治世」。案：二本是也。後漢書章懷注引作「平制禮樂」，尤用彼改耳。

66 「而允寤寐次於心」 案：「心」上脫「聖」字。袁本、茶陵本有。

67 「瞻前顧後」 袁本云善無此一句。茶陵本云五臣有此一句。案：此尤延之添之也。後漢書所載有此一句，章懷注「前謂前代帝王，後謂子孫」也。尤并取以增多，其實未必是。

68 注「次止也」 袁本、茶陵本無此三字，是也。尤取章懷注添。

69 注「言此事體大式宏大」 陳云「體」下衍「大」字，是也。各本皆衍。

70 注「常止於聖心不可忘也」 袁本、茶陵本作「次於聖上之心也」，是也。尤取章懷注改。

71 注「前謂前代帝王後謂子孫也」 袁本、茶陵本無此十一字，是也。說詳上。

今乃推讓，豈輕清廟而難正天命乎？[72]善曰：毛詩序曰：清廟，祀文王也。尚書曰：勑天之命。伊考自遂古，乃降戾爰茲，伊，維也。遂古，遠古也[73]。戾，至也。言自遠古以來，至於此也[74]。楚辭曰：遂古之初，誰傳道之？作者七十有四人，善曰：古封禪者七十二君，今又加之二漢。有不俾而假素，罔光度而遺章，言前封禪之君有天下使之[75]，而尚假竹素，未有告之以光明之度，而遺其篇章。今其如台而獨闕也！尚書曰：夏罪其如台。孔安國傳曰：台，我也。

是時聖上固以垂精遊神，苞舉藝文，屢訪羣儒，諭咨故老，與之斟酌道德之淵源，肴覈仁誼之林藪，以望元符之臻焉。斟酌，飲也。肴覈，食也。肉曰肴，骨曰覈。水深曰淵，水本曰源。叢木曰林，澤無水曰藪。言六藝者道德之深本，而仁義之叢藪也。天子與羣儒故老，斟酌肴覈而行，以天應之至也。詩云：泂酌彼行潦。又曰：肴覈惟旅。既感羣后之讜辭，又悉經五繇之碩慮矣。讜，直言也[76]。經，常也。繇，占也。王者巡狩，預卜五年，歲習其祥，習則行，不則修德而改卜。言天下已舉五卜之占而習吉也。將絣萬嗣，揚洪輝，奮景炎，揚、奮，皆振布之意也。絣，使也。絣與栟[77]古字通也。扇遺風，播芳烈，久而愈新，用而不竭，汪汪乎丕天之大律，其疇能亘之哉？唐哉皇哉，皇哉唐哉！言誰能竟此道，惟唐堯與漢，漢與唐堯而已。

---

72 注「憚難也」下至「而難正天命乎」　袁本、茶陵本無此三十一字，是也。尤取章懷注添。
73 注「伊維也遂古遠古也」　袁本、茶陵本無此八字，是也。尤取章懷注添。
74 注「言自遠古以來至於此也」　袁本、茶陵本無此十字，是也。尤取章懷注添。以上各條，皆未必是。
75 注「有天下使之」　陳云「下」，「不」誤，是也。各本皆誤。
76 注「讜直言也」　袁本、茶陵本「直言」二字作「當」。案：二本是也。章懷注作「直言」，尤用彼改耳。
77 注「絣與栟」　案：「栟」當作「拼」。各本皆譌。

卷第四十九

史論上

公孫弘傳贊

班孟堅

贊曰：公孫弘卜式倪寬，皆以鴻漸之翼，困於燕雀，李奇漢書注云：漸，進也。鴻一舉而進千里者，羽翼之材也。弘等言皆以大材[1]初困，為俗所薄，若燕雀不知鴻鵠之志。遠迹羊豕之間，非遇其時，焉能致此位乎？漢書曰：公孫弘少時家貧，牧豕海上。年四十餘，乃學春秋。武帝初既位，召賢良文學士，是時弘年六十，徵賢良文學，對策拜博士，遷丞相。又曰：卜式以田畜為事。式以入山牧羊十餘年，羊致千餘頭。上拜為中郎，遷御史大夫。韋昭漢書注曰：遠迹，謂耕牧在遠方也。是時漢興六十餘載，海內乂安，府庫充實，而四夷未賓，制度多闕。上方欲用文武，求之如弗及，始以蒲輪迎枚生，見主父而歎息。漢書曰：武帝為太子，聞枚乘名，及即位，乘已年老，廼以安車蒲輪徵乘。又曰：主父偃，齊國臨淄人。武帝時言九事，其八事為律令，上書闕下。朝奏，暮召入見。謂曰：公安在？何相見之晚也！羣士慕嚮，異人並出，卜式拔於芻牧，弘羊擢於

1 注「弘等言皆以大材」　茶陵本無「言」字，是也。袁本亦衍。案：漢書注無。

賈古豎，漢書曰：桑弘羊，洛陽賈人子。衛青奮於奴僕，日磾出於降虜，漢書曰：衛青，其父鄭季與陽信長公主家僮衛媼通，生青。青姊子入宮，幸[2]，上召青為建章監侍中。又曰：金日磾，本匈奴休屠王子，王降漢，後悔，昆邪王殺之，將其眾降。日磾以父不降，沒入宮，輸黃門養馬。馬肥好，上拜為馬監。斯亦曩時版築飯牛之明已[3]。尚書序曰：高宗夢得說，使百工營求諸野，得諸傅巖。孟子曰：傅說舉於版築之間。呂氏春秋曰：甯戚飯牛，居車下，望桓公悲擊牛角而疾歌矣。

漢之得人，於茲爲盛，儒雅則公孫弘董仲舒倪寬，漢書曰：倪寬治尚書，為侍御史。上問尚書一篇，擢為中大夫。篤行則石建石慶，漢書曰：石奮長子建，次子慶，皆以馴行孝謹，官至二千石。質直則汲黯卜式，汲黯，已見西征賦。漢書曰：卜式言，郡國不便鹽鐵，船有筭，可罷。推賢則韓安國鄭當時，漢書曰：韓安國所推舉，皆廉士賢於己者，於梁舉壺遂，臧固，至此皆天下名士[4]。鄭當時，已見西征賦。定令則趙禹張湯，漢書曰：張湯遷太中大夫。與趙禹共定諸律令。又曰：趙禹，斄人，至中大天。斄音邰。文章則司馬遷相如，滑稽則東方朔枚皐，楚辭曰：突梯滑稽，如脂如韋。王逸曰：轉兒隨俗也。漢書曰：枚皐，字少孺，不通經術，談笑類俳倡，以故得媟黷。應對則嚴助朱買臣，漢書曰：嚴助為中大夫，與朱買臣並在左右。歷數則唐都落下閎，漢書曰：造漢太初歷，方士唐都、巴郡落下閎與焉。益部耆舊傳曰；閎字長公，巴郡閬中人也。明曉天文地理，隱於落亭。武帝時，友人同縣譙隆薦閎，待詔太史，更作太初歷，拜侍中，辭不受。風俗通曰：姓有落下，漢有落下閎。協律則李延年，漢書曰：李延年，中山人，坐法腐刑，善歌新聲，為協律都尉。運籌則桑弘羊，漢書曰：桑弘羊以心計為侍中。奉使則張

---

2 注「青姊子入宮幸」 案：「子」下當有「夫」字。袁本亦脫。茶陵本幷脫「子」字。

3 「斯亦曩時板築飯牛之明已」 何云「明」漢書作「朋」。陳云「明」，「朋」誤，是也。各本皆誤。

4 注「至此皆天下名士」 袁本「此」作「他」，是也。茶陵本亦誤。

騫蘇武，張騫，蘇武，已見西征賦。將帥則衛青霍去病，衛青、霍去病，已見長楊賦。受遺則霍光金日磾，漢書曰：武帝病篤。霍光曰：如有不諱，誰當嗣者？上曰：立少子。君行周公之事。光讓日磾，日磾亦曰：臣不如光。並受遺詔，輔少主。其餘不可勝紀。是以興造功業，制度遺文，後世莫及。

孝宣承統，纂修洪業，國語曰：祭公謀父曰：時序其德，纂修其緒。亦講論六藝，招選茂異，六藝，六經也。漢書，武帝詔曰：察吏民茂才異等。而蕭望之梁丘賀夏侯勝韋玄成嚴彭祖尹更始以儒術進，漢書曰：蕭望之修齊詩，事同縣后倉。又曰：梁丘賀，字長公，從京房受易，賀入說，上善之，以賀為郎，至少府。又曰：夏侯勝從濟南伏生受尚書，至長信少府。又曰：韋賢修詩，傳子玄成，至丞相。又曰：嚴彭祖，字次公，與顏安樂俱事眭孟。公羊春秋有顏、嚴之學。為太子太傅。又曰：穀梁學有尹更始，為諫議大夫。劉向王褒以文章顯，將相則張安世趙充國魏相邴吉于定國杜延年，漢書曰：張安世，字少孺，宣帝即位，為大司馬車騎將軍。又曰：杜延年，字幼公，為太僕給事中，宣帝任信之，即奉駕入給事中。趙充國、于定國，已見西征賦。治民則黃霸王成龔遂鄭弘召信臣韓延壽尹翁歸趙廣漢嚴延年張敞之屬，漢書曰：黃霸，字次公，為揚州刺史。宣帝以為潁川太守。又曰：王成為膠東相，政甚有聲，宣帝最先褒之。又曰：龔遂，字少卿，宣帝以為渤海太守。人皆富實，獄訟止息。又曰：鄭弘，字穉卿，為淮陽相，以高第入為右扶風。又曰：召信臣，字翁卿，為南陽太守。吏民親愛，號之曰召父。又曰：韓延壽，字長公，為東郡太守，吏民敬畏趨向之，斷獄大減，為天下最。又曰：尹翁歸，字子況，拜東海太守，東海大治。又曰：嚴延年，字次卿，為涿郡太守，道不拾遺。趙、張已見西征賦。皆有功迹見述於後世。參其名臣，亦其次也。

晉紀論晉武帝革命

干令升　何法盛晉書曰：干寶，字令升，新蔡人。始以尚書郎領國史，遷散騎常侍，卒。撰晉紀，起宣帝迄愍，五十三年，評論切中，咸稱善之。

史臣曰：帝王之興，必俟天命，尚書曰：俟天休命。苟有代謝，非人事也。淮南子曰：二者代謝舛馳。高誘曰：代，更也。謝，次也。文質異時，興建不同，春秋元命苞曰：王者一質一文，據天地之道也。天質而地文。又曰：正朔三而改，文質再而復。故古之有天下者，柏皇栗陸以前，爲而不有，應而不求，執大象也。莊子曰：獨不知至德之時乎？昔者柏皇氏、栗陸氏，若此之時則至治也。淮南子曰：天地大矣，成而弗有。老子曰：執大象，天下往。鴻黃世及，以一民也。父子相承，以一民之心也。左氏傳，史克曰：昔帝鴻氏有不材子。杜預曰：帝鴻，黃帝也。禮記曰：大人世及以為禮。堯舜內禪，體文德也。漢魏外禪，順大名也。謝靈運晉書禪位表曰：夫唐、虞內禪，無兵戈之事，故曰文德。漢、晉外禪，有翦伐之事，故曰順名。以名而言，安得不僭稱以為禪代邪？靈運之言，似出于此，文既詳悉，故具引之。湯武革命，應天人也。周易曰：湯武革命，順乎天而應乎人。高光爭伐，定功業也。漢高祖及光武也。仲長子昌言曰：高、光二祖之神武，遇際會而不能得。管子曰：禹平治天下，及桀而亂之，湯放桀以定禹功也。湯平治天下，及紂而亂之，武王伐紂，以定湯功也。各因其運而天下隨時，隨時之義大矣哉！周易曰：隨，元亨。隨時之義大矣哉！古者敬其事則命以始，今帝王受命而用其終，尚書曰：月正元日，舜格于文祖。孔安國曰：將卽政，故至文祖廟告也。魏志曰：陳留王咸熙二年十二月，禪位于晉嗣王。左氏傳曰：晉侯使太子申生伐東山皋落氏，狐突歎曰：時，事之徵也。故敬其事則命以始，今命以時卒，閟其事也。豈人事乎？其天意乎？

晉紀總論

干令升

史臣曰：昔高祖宣皇帝以雄才碩量，應運而仕，范曄後漢書曰：陶謙奏記於朱儁曰：將軍既文且武，應運而出。值魏太祖創基之初，籌畫軍國，嘉謀屢中，干寶晉紀曰：魏武帝為丞相，命高祖為文學掾，每與謀，策畫多善。遂服輿軫，驅馳三世。干寶晉紀曰：魏文帝卽王位，為丞相長史，明帝卽位，遷驃騎大將軍。性深阻有如城府，而能寬綽以容納，行任數以御物，而知人善采拔。管子曰：聖君任法不任智，任數不任說。尚書，禹曰：知人則哲，能官人。故賢愚咸懷，小大畢力，尚書，穆王曰：小大之臣，咸懷忠良。東觀漢記，太史官曰：明主勞神，忠臣畢力。爾乃取鄧艾於農隙[5]，引州泰於行役，委以文武，各善其事。魏志曰：鄧艾，字士林，義陽人也。典農綱紀，上計吏，因使見太尉司馬宣王。宣王奇之，辟以為掾，遷尚書郎。郭頒世語曰：初，荊州刺史裴潛，以州泰為從事，司馬宣王鎮宛，潛數遣詣宣王，由此為宣王所知，歷兗、豫州刺史。故能西禽孟達，東舉公孫淵，干寶晉紀曰：新城太守孟達反，高祖親征之，屠其城，斬達。魏志曰：公孫淵為遼東太守，景初元年徵淵，遂發兵逆於遼隧，自立為燕王。三年，遣司馬宣王征淵，斬淵，傳首洛陽。內夷曹爽，外襲王陵[6]，干寶晉紀曰：高祖與曹爽俱受遺輔政。爽橫恣日甚，高祖乃奏事永寧宮，廢爽兄弟，以侯歸第。有司奏黃門張當辭道爽反狀，遂夷三族。又曰：高祖東襲太尉王陵于壽春。初，陵以魏主非明帝親生，且不明也，謀更立楚王彪。陵聞軍至，面縛請降。高祖解縛，反服見之，送之京都，飲藥而死。神略獨斷，征伐四克。楊雄連珠曰：兼聽獨斷，聖王之法也。法言曰：湯、武桓桓，征伐四克。維御羣后，大權在己。春秋孔演圖曰：天子執圖，諸侯得之，大權成。屢拒諸葛亮節制之兵，而東支吳人輔車之勢。漢書曰：齊桓、晉文之兵，可謂入其域而有節制矣。左氏傳，宮之奇曰：諺所謂輔車相依，脣亡齒寒。世宗承基，太祖繼業[7]，干寶晉紀曰：世宗景皇[8]，高祖崩，以撫軍大將軍輔政。又曰：太祖，

---

5 「爾乃取鄧艾於農隙」　案：晉書懷愍帝紀所載「隙」作「瑣」。蓋各本以傳寫譌為「隙」，與典引「微何瑣」相類。

6 「外襲王陵」　陳云「陵」，「淩」誤，注並同，是也。各本皆誤。晉書所載作「淩」。

7 「世宗承基太祖繼業」　袁本、茶陵本此二句在「大象始構矣」下。袁有校語云善在「軍旅屢動」上。茶陵失著校語，詳注中次序，所見與袁、尤無異。何校乙轉，陳同。案：依文義是也。各本所見，蓋幷注誤倒一節。晉書所載正在下。

8 注「世宗景皇」　案：「皇」下當有「帝」字。各本皆脫。

文皇帝母弟也[9]。世宗崩，進位大將軍，錄尚書事，輔政。軍旅屢動，邊鄙無虧，於是百姓與能，大象始構矣。周易曰：人謀鬼謀，百姓與能。大象，已見上文。玄豐亂內，欽誕寇外，干寶晉紀曰：中書令李豐推太常夏侯玄謀廢大將軍。世宗聞之，乃遣王羨迎豐至，世宗責之。豐知禍及，遂肆惡言，勇士築殺之，皆夷三族。又曰：楊州刺史文欽，自曹爽死後，陰懷異志，乃矯太后令，罪狀世宗。世宗自帥中軍討之。欽敗，得入吳。又曰：鎮東大將軍諸葛誕貳于我，太祖親率六軍東征，拔之，斬誕首，夷三族也。潛謀雖密，而在幾必兆。淮浦再擾，而許洛不震，咸黜異圖，用融前烈。左氏傳曰：咸黜不端。尚書，王曰：公劉克篤前烈。然後推轂鍾鄧，長驅庸蜀，干寶晉紀曰：景元四年，大舉伐蜀。太祖部分諸軍，指授方略，使征西將軍鄧艾自狄道攻姜維於沓中，使鎮西將軍鍾會自駱谷襲漢中。漢書，馮唐曰：上古王者遣將也，跪而推轂曰：閫以內寡人制之，閫以外將軍制之。戰國策曰：樂毅輕卒銳兵，長驅至齊。尚書曰：及庸、蜀人。三關電掃，劉禪入臣，吳志，賀邵曰：劉氏據三關之險，守重山之固。張瑩漢南記曰：蜀有陽平、江關、白水關，此為三關。干寶晉紀曰：鄧艾進軍城北，蜀主劉禪面縛輿櫬，詣壘門。范曄後漢書，閻忠說車騎將軍皇甫嵩曰：旬月之間，神兵電掃。天符人事[10]，於是信矣。東觀漢記，耿純說上曰：天時人事，已可知矣。始當非常之禮，終受備物之錫，干寶晉紀曰：天子命太祖為晉公，九錫之禮，又進公爵為王。左氏傳，子魚曰：備物典策。名器崇於周公，權制嚴於伊尹。至於世祖，遂享皇極。世祖，武帝也。尚書考靈耀曰：建用皇極。宋均曰：建，立也。皇極，大中也。正位居體，重言慎法，周易曰：君子正位居體也。法言曰：重言重行，言重則有法，行重則有德。仁以厚下，儉以足用；周易曰：山附於地，剝，上以厚下安宅。毛詩序曰：儉以足用，寬以愛民。和而不弛，寬而能斷。論語曰：君子和而不同。韋昭國語注曰：弛，廢也。尚書曰：寬而栗。斷，猶決也。故民詠惟新。

9 注「太祖文皇帝母弟也」 案：「母」上當有「景皇帝」三字。各本皆脫。

10 「天符人事」 袁本、茶陵本云「符」，善作「府」。案：此尤延之校改正之也。晉書所載作「符」。

四海悅勸矣。毛詩曰：周雖舊邦，其命惟新。周易曰：說以先民，民忘其勞；說以犯難，民忘其死。說之大，民勸矣哉！聿修祖宗之志，思輯戰國之苦，毛詩曰：無念爾祖，聿修厥德。腹心不同，公卿異議，而獨納羊祜之策，以從善爲衆。干寶晉紀曰：征南大將軍羊祜來朝，上疏云：以國家之盛強，臨吳之危弊，軍不踰時，尅可必也。上納之而未宣。左氏傳，欒武子曰：善鈞從衆。夫善，衆之主也。從之，不亦可乎？故至於咸寧之末，遂排羣議[11]而杖王杜之決，干寶晉紀曰：咸寧五年，龍驤將軍王濬上疏曰：吳王荒淫[12]，且觀時運宜征伐。上將許之，賈充、荀勗等陳諫[13]，以為不可。張華固勸之，杜預亦上疏。上先納羊祜之謀，重以濬、預之決，乃發詔諸方大舉。汎舟三峽，介馬桂陽，左氏傳，晉饑，秦輸之粟，命之曰為汎舟之役。劉淵林蜀都賦注曰：三峽，巴東永安縣有高山相對，民謂之峽。左氏傳曰：晉郤克與齊侯戰于鞍，齊侯不介馬而馳之。漢書曰：有桂陽郡，高帝置之。役不二時，江湘來同。干寶晉紀曰：咸寧五年十一月，命安東將軍王渾、龍驤將軍王濬帥巴、蜀之卒，浮江而下。太康元年四月，王濬鼓譟入于石頭，吳主孫晧面縛輿櫬降于濬。毛詩曰：淮夷來同也。夷吳蜀之壘垣，通二方之險塞，掩唐虞之舊域，班正朔於八荒。漢書曰：賈捐之曰：堯、舜之盛也，地方不過數千里。論語比考讖曰：正朔所加，莫不歸義。甘泉賦曰：八荒協兮萬國諧。太康之中，天下書同文，車同軌。禮記，子曰：今天下書同文，車同軌。牛馬被野，餘糧棲畝，行旅草舍，外閭不閉。東觀漢記曰：建武十七年，商賈重寶，單車露宿，牛馬放牧，道無拾遺。淮南子曰：昔容成之時，置餘糧於畝首。蔡邕胡廣碑曰：餘糧棲乎畎畝。毛詩曰：召伯所茇。毛萇曰：茇，草舍也。禮記曰：外戶不閉，謂之大同。民相遇者如親，其匱乏者，取資於道路，禮記，孔子曰：昔者大道之行也，人不獨親其親，不獨子

11 「遂排羣議」　袁本、茶陵本云「排」善作「非」。案：此尤延之校改正之也。晉書不載此句。

12 注「吳王荒淫」　案：「王」當作「主」。各本皆譌。

13 注「賈充荀勗等陳諫」　袁本、茶陵本「陳」作「畢」，是也。

其子。故于時有天下無窮人之諺。莊子，孔子曰：當堯、舜而天下無窮人，非知得也；當桀、紂而天下無通人，非知失也。雖太平未洽，亦足以明吏奉其法，民樂其生，百代之一時矣。東觀漢記，詔曰：吏安其職，民樂其業。孝經援神契曰：天下歸往，人人樂生。論語曰：百世可知。言喻遠也。

武皇既崩，山陵未乾，漢書，霍禹曰：將軍墳墓未乾。楊駿被誅，母后廢黜，干寶晉紀曰：永平元年，誅太傅楊駿，遷太后楊氏于永寧宮，策廢為庶人，居於金墉城。朝士舊臣，夷滅者數十族。尋以二公楚王之變，干寶晉紀曰：太子太傅孟觀知中宮旨，因譖二公欲行廢立之事。楚王瑋殺太宰汝南王亮、太保衛瓘。張華以二公既亡，楚必專權，使董猛言於后，遣謁者李雲宣詔免瑋付廷尉。瑋以矯詔伏誅。宗子無維城之助，而閼伯實沈之郤歲構；毛詩曰：懷德維寧，宗子維城。左氏傳，子產曰：昔高辛氏有二子，伯曰閼伯，季曰實沈，居曠壄，不相能[14]，日尋干戈，以相征討。閼伯、實沈，則參商也。師尹無具瞻之貴，而顛墜戮辱之禍日有。毛詩曰：赫赫師尹，民具爾瞻。至乃易天子以太上之號，而有免官之謠，臧榮緒晉書曰：惠帝永寧二年[15]，禪位于趙王倫，倫以兵留守衛，上號曰太上皇，改金墉曰永昌宮。中書令繆播云：太史案星變事，當有免官天子。民不見德，唯亂是聞，左氏傳，卜偃曰：民不見德，唯戮是聞。朝爲伊周，夕爲桀跖，莊子曰：施不及三王，天下大駭矣。下有盜跖，上有曾史。善惡陷於成敗，毀譽脅於勢利。於是輕薄干紀之士，役姦智以投之，如夜蟲之赴火。范曄後漢書曰：李寶勸劉嘉且觀成敗，光武聞，告鄧禹曰：當是長安輕薄兒誤之耳。左氏傳，季孫盟臧氏曰：無或如臧

---

14 注「居曠壄不相能」　陳云「壄」，「林」誤，是也。各本皆誤。案：「居」下本有「于」字，「能」下本有「也」字，蓋不備引也。

15 注「惠帝永寧二年」　袁本、茶陵本「寧」作「康」。案：二本是也。考晉書惠帝紀，永康以元年正月朔改元，其次年正月趙王倫篡，其四月乘輿反正，於是改元乃始為永寧。然則事在未改永寧以前，正永康二年之正月。故臧榮緒書據當日所稱，校者誤改之耳。

孫紀干國之紀。呂氏春秋曰：人主有能明其德者，天下之士歸之，若蟬之赴明火也。內外混淆，庶官失才，鄭玄毛詩箋曰：內，謂諸夏也。外，謂夷狄也。尚書曰：推賢讓能，庶官乃和。名實反錯，天網解紐。管子曰：循名而案實。案：實而定名，名實相為情。國政迭移於亂人，禁兵外散於四方，方岳無鈞石之鎮，關門無結草之固。漢書，十六兩為斤，三十斤為鈞，四鈞為石。左氏傳曰：晉輔氏之役，魏顆見老人結草以亢杜回，回躓而顛仆。李辰石冰，傾之於荊揚，干寶晉惠紀曰：蜀賊李流攻益州，發武勇以西赴益州。兵不樂西征，李辰因之誑曜百姓，以山都民丘沈為主。石冰應之。石冰略揚州，揚州刺史蘇峻降。劉淵王彌，撓之於青冀，干寶晉紀曰：劉淵遷離石，遂謀亂。淵在西河離石，攻破諸郡縣，自稱王。又曰：王彌攻東莞、東安二郡，復攻青州。二十餘年而河洛爲墟。戎羯稱制，二帝失尊，山陵無所。干寶晉懷紀曰：賊劉曜入京都，百官失守，天子蒙塵於平陽。又愍紀曰：劉曜寇長安，劉粲寇於城下，天子蒙塵於平陽矣。何哉？樹立失權，託付非才，四維不張，而苟且之政多也。管子曰：不供祖舊，則孝悌不備，四維不張，國乃滅亡。四維，一曰禮，二曰義，三曰廉，四曰恥。漢書，王嘉上疏曰：上下相望，莫有苟且之意。夫作法於治，其弊猶亂；作法於亂，誰能救之？左氏傳曰：渾罕曰：君子作法於涼，其弊猶貪；作法於貪，弊將若之何？故于時天下非暫弱也。軍旅非無素也。彼劉淵者，離石之將兵都尉；王彌者，青州之散吏也。干寶晉武紀曰：太康八年，詔淵領北部都尉。蓋皆弓馬之士，驅走之人，凡庸之才，非有吳先主諸葛孔明之能也。新起之寇，烏合之眾，非吳蜀之敵也。曾子曰：烏合之眾，初雖相歡，後必相咋。脫耒爲兵，裂裳爲旗，非戰國之器也。賈誼過秦論曰：斬木為兵，揭竿為旗。自下逆上，非鄰國之勢也。然而成敗異效，擾天下如驅羣羊，舉二都如拾遺。孔安國尚書傳曰：擾，亂也。淮南子曰：兵略者，乘勢以為資，清淨以為常，避實就虛，若驅羣羊，此所以言兵者也。漢書，梅福上書曰：高祖舉秦如鴻毛，取楚如拾遺。將相侯王，連頭受戮，乞爲奴僕而猶不獲。干寶晉紀曰：劉曜入京都，殺大將軍吳王晏、光祿大夫竟陵王，其餘官僚，僵尸塗地，百不遺一。后嬪妃主，虜辱於戎卒，豈不哀哉！孫盛晉陽秋曰：劉曜入于京都，六宮幽辱，征西將軍南陽王模出降，以模妃劉氏賜胡張平為妻。夫天下，大器也；羣生，重畜也。文子，老子曰：天下，大器也，不可執也，不可為也。為者敗之，執者失之。漢名臣奏，陳風對問曰：民如六畜，在牧養者耳。愛惡相攻，利害相奪，周易曰：愛惡相攻而吉凶生，情偽相感而利害生。六韜曰：利害相臻，猶循環之無端。其勢常也；若積水于防，燎火於原，未嘗暫靜也。周禮曰：以防止水。鄭玄曰：偃豬畜流水之陂。尚書曰：若火之燎于原。器大者不可以小道治，勢動者不可以爭競擾，古先哲王，知其然也。是以扞其大患而不有其功，禦其大災而不尸其利。禮記曰：聖王之制祭祀也，能禦大災則祀之，能扞大患則祀之。百姓皆知上德之生己，而不謂浚己以生也。左氏傳，子產寓書於子西以告宣子曰：毋寧使人謂子，子實生我，而謂子浚我以生乎？杜預曰：浚，取也。是以感而應之，悅而歸之，如晨風之鬱北林，龍魚之趣淵澤也。毛詩曰：鴥彼晨風。鬱彼北林。孫卿子曰：川淵深而魚鼈歸之，刑政平而百姓歸之。川淵者，龍魚之居也；國家者，士人之居也。順乎天而享其運，應乎人而和其義，然後設禮文以治之，斷刑罰以威之，孝經曰：安上治民，莫善於禮。毛詩序曰：君臣上下，動無禮文。左氏傳，叔向詒子產書曰：嚴斷刑罰，以威其淫。謹好惡以示之，審禍福以喻之，孝經曰：示之以好惡而民知禁。謝承後漢書曰：朱雋宣國威靈，審示禍福。求明察以官之，篤慈愛以固之，故眾知向方，左氏傳，叔向曰：猶求聖哲之主，明察之官，忠信之長，慈惠之師。禮記曰：樂行而人向方。皆樂其生而哀其死，鶡冠子[16]，所謂人者，惡死樂生。悅其教而安其俗，孟子曰：萬乘之國行仁政，民悅之，猶解倒懸也。老子曰：安其居，樂其俗。君子勤禮，小人盡力，趙岐孟子章指曰：治身勤禮，君子所能。家語曰：子路治蒲，孔子曰：此其恭敬以信，故其人盡力。廉恥篤於家閭，邪僻銷於胸懷。廉恥，已見上注。禮記曰：惰慢邪僻之氣，不設於身體。故其民有

---

16 注「鶡冠子」 案：「子」下當有「曰」字。各本皆脫。

見危以授命，而不求生以害義，論語，子張曰：士見危致命。又，子曰：志士仁人，無求生以害仁。又況可奮臂大呼，聚之以干紀作亂之事乎？漢書，淮南王安上疏曰：陳勝、吳廣奮臂大呼，天下響應。基廣則難傾，根深則難拔，文子曰：人主之有民，猶城之有基，木之有根，根深則本固，基厚則上安。理節則不亂，膠結則不遷。是以昔之有天下者，所以長久也。夫豈無僻主，賴道德典刑以維持之也。左氏傳，韓厥曰：三代之令王，皆數百年保天之祿。夫豈無辟王，賴前哲以免也。毛詩曰：雖無老成人，尚有典刑。故延陵季子聽樂以知諸侯存亡之數，短長之期者，蓋民情風教，國家安危之本也。左氏傳曰：吳公子札來聘，請觀於周樂，使工為之歌鄭，曰：其細已甚，民不堪也，是其先亡乎？為之歌齊，曰：表東海者，其太公乎？國未可量也！

昔周之興也，后稷生於姜嫄，而天命昭顯，文武之功，起於后稷。毛詩序曰：后稷生於姜嫄，文武之功，起於后稷。故其詩曰：「思文后稷，克配彼天。」又曰：「立我烝民，莫匪爾極。」毛詩周頌文也。鄭玄曰：周公思先祖之有文德者，后稷之功能配天。又播殖百穀，烝民乃粒，天下無不於汝得其中者，言反其性。又曰：「實穎實栗，卽有邰胎家室。」毛詩大雅文也。毛萇曰：穎，垂穎也。鄭玄曰：栗，成熟也。后稷教世種黍稷，堯改封於邰，就其家室，無變更也。至于公劉遭狄人之亂，去邰之豳，身服厥勞。故其詩曰：「乃裹餱糧，于橐託于囊。」毛詩大雅文。毛萇曰：小曰橐，大曰囊[17]。鄭玄曰：為狄人所迫逐，不忍鬬其民，裹糧食囊之中，棄其餘而去。「陟則在巘，復降在原，以處其民。」毛詩大雅文也。毛萇曰：巘，小山，別於大山者也。鄭玄曰：由原而升巘，復下在原，言反復之重民居。以至于太王爲戎翟所逼，而不忍百姓之命，杖策而去之。莊子曰：太王亶父居豳，狄人攻之。太王曰：與人之兄居而殺其弟，與人之父居而殺

[17] 注「小曰橐大曰囊」 袁本、茶陵本無「曰」字、「大」字。案：此尤校改正之也。

其子，吾不忍也。子皆免居矣。因杖策而去。故其詩曰：「來朝走馬，帥西水滸，至于岐下。」毛詩大雅文。鄭玄曰：來朝走馬，言其避惡早且疾也。循西水涯，漆、沮側也。謂亶父避狄循漆、沮之水而至岐下。周民從而思之，曰：「仁人不可失也。」故從之如歸市。毛萇詩傳曰：古公處豳，狄人侵之，乃屬其耆老而告之曰：吾聞之，君子不以其養人而害人，二三子何患無君。去之，踰梁山，邑於岐山之下。豳人曰：仁人之君不可失也。從之如歸市。居之一年成邑，二年成都，三年五倍其初。新序曰：太王亶父止於岐下，百姓扶老攜幼隨而歸之，一年成邑，二年成都，三年五倍其初。每勞來而安集之。毛詩序曰：萬民離散，不安其居，而能勞來安集之。故其詩曰：「乃慰乃止，乃左乃右，乃疆乃理，乃宣乃畝。」毛詩大雅文也。毛萇曰：慰，安也。人心定，乃安隱其居，乃左右而處之，乃疆理其經界，乃時耕其田畝者。鄭玄曰：時耕曰宣。以至于王季，能貊其德音。毛詩曰：維此王季，帝度其心，貊其德音。毛萇曰：心能制義曰度。貊，靜也。鄭玄曰：德政應和曰貊。故其詩曰：「克明克類，克長克君，載錫之光[18]。」毛詩大雅文也。左傳曰：勤施無私曰類，教誨不倦曰長，慶賞刑威曰君。毛萇曰：光，大也。鄭玄曰：載，始也。始使之顯著也。至于文王，備修舊德，而惟新其命。毛詩曰：周雖舊邦，其命惟新。鄭玄曰：太王國於周，至文王而受命。言新者，美之也。故其詩曰：「惟此文王，小心翼翼，昭事上帝，聿懷多福。」毛詩大雅文也。鄭玄曰：小心翼翼，恭順之貌也。昭，明也。聿，述也。懷，思也。謂能明事上天，又能述思多福。由此觀之，周家世積忠厚，仁及草木，內睦九族，外尊事黃耇，養老乞言，以成其福祿者也。毛詩行葦序文。而其妃后躬行四教，禮記曰：古婦人教以婦德、婦言、婦容、婦功。鄭玄毛詩箋曰：法度莫大於四教。尊敬師傅，服澣濯之衣，脩煩辱之事，化天下以婦道。毛詩葛覃序也。詩曰：葛之覃兮。毛萇曰：葛所以為絺綌，女功之事煩辱者也。故其詩曰：「刑于寡妻，至于兄

---

18 「載錫之光」 袁本此下校語云善有「也」字。又「以御于家邦」下校語同。茶陵本皆無校語。案：袁所見非也。

弟，以御于家邦。」毛詩大雅文也。毛萇曰：刑，法也。鄭玄曰：御，治也。文王以禮法接其妻，至于宗族，又能為正治於家邦。是以漢濱之女，守絜白之志；中林之士，有純一之德。毛詩曰：漢有游女，不可求思。鄭玄曰：女雖出游漢水之上，人無欲求犯禮者，亦由貞絜使之然也。毛詩曰：肅肅兔罝，施于中林，赳赳武夫，公侯腹心。鄭玄曰：亦言賢。故曰：「文武自天保以上治內，采薇以下治外，始於憂勤，終於逸樂。」毛詩六月序也。鄭玄曰：內，謂諸夏也。外，謂夷狄也。於是天下三分有二，猶以服事殷，諸侯不期而會者八百，猶曰天命未至。論語，孔子曰：三分天下有其二，以服事殷，周之德，其可謂至德已矣。周書曰：武王將渡河，不期同時一朝會於武王郊祀下者八百諸侯。史記曰：武王至於孟津，諸侯皆曰：帝紂可伐。武王曰：天命未至也。以三聖之智，伐獨夫之紂，猶正其名教曰「逆取順守，保大定功，安民和眾」。琴操曰：崇侯譖文王於紂曰：西伯昌，聖人也。長子發，中子旦，皆聖。三聖合謀，將不利於君。尚書，武王曰：獨夫受洪惟作威。孔安國尚書傳曰：湯順天應人，逆取順守。左氏傳，楚子曰：夫武禁暴戢兵，保大定功，安民和眾豐財。猶著大武之容曰「未盡善也」。論語，孔子曰：謂武盡美矣，未盡善也。及周公遭變，陳后稷先公風化之所由，致王業之艱難者，則皆農夫女工衣食之事也。毛詩七月序也。故自后稷之始基靜民，十五王而文始平之，十六王而武始居之，十八王而康克安之，國語曰：靈王十二年[19]，穀洛鬭，王欲壅之，太子晉諫曰：后稷始基靜民，十五王而文始平之，十八王而康克安之，其難也如是。韋昭曰：基，始也。靜，安也。自后稷播百穀，以始安民，凡十五王，世脩其德，至文王乃平民受命也。十五王，謂后稷、不窋、鞠陶、公劉、慶節、皇僕、羌弗、毀俞、公非、高圉、亞圉、公組、太王、王季、文王也。十八者，加武王、成王、康王，并上十五。故其積基樹木，經緯禮俗，節理人情，恤隱民事，如此之纏緜也。潘元茂九錫文曰：經緯禮律。王肅家語注曰：經緯，猶織以成之也。國語，

---

19 注「靈王十二年」 袁本、茶陵本「十二」作「二十」。案：各本皆非也，當作「二十二」。韋昭有注可證也。

祭公謀父曰：勤恤民隱。爰及上代，雖文質異時，功業不同，文質，已見上文。及其安民立政者，其揆一也。安民，已見上文。尚書有立政篇。孟子曰：先聖後聖，其揆一也。

今晉之興也，功烈於百王，事捷於三代，蓋有爲以爲之矣。禮記，孔子曰：昔者魯公伯禽有為為之。宣景遭多難之時，務伐英雄，誅庶桀以便事[20]，左氏傳，司馬侯曰：或乃多難。尸子曰：便事以立官也，以固其國[21]。不及脩公劉太王之仁也。受遺輔政，屢遇廢置，故齊王不明，不獲思庸於亳；魏志曰：齊王芳，字蘭卿，明帝崩，即皇帝位。大將軍司馬景王廢帝，以太后令遣芳歸藩于齊。尚書曰：太甲既立，弗明，伊尹放諸桐宮，三年，復歸于亳，思庸也。高貴沖人，不得復子明辟；魏志曰：高貴鄉公諱髦，字士彥，齊王廢，即皇帝位。魏氏春秋曰：帝自出討，文王擊戰鼓，出雲龍門。賈充自外入，帝師潰。騎督成倅弟濟以矛進，帝崩于師。尚書曰：惟予沖人弗及知。又，周公曰：朕復子明辟。二祖逼禪代之期，不暇待參分八百之會也。二祖，景、文。是其創基立本，異於先代者也。景福殿賦曰：武創元基。又加之以朝寡純德之士，鄉乏不二之老。尚書曰：昔君文武，則有不二心之臣。風俗淫僻，恥尚失所，學者以莊老爲宗，而黜六經，干寶晉紀，劉弘教曰：太康以來[22]，天下共尚無為，貴談莊、老，少有說事。談者以虛薄爲辯，而賤名儉[23]，王隱晉書曰：王衍不治經史，唯以莊、老虛談惑眾。劉謙晉紀，應瞻表曰：元康以來，以儒術清儉為羣俗。行身

---

20 「誅庶桀以便事」　何云晉書「桀」作「孽」。陳云作「孽」為是。案：善注未有明文。五臣作「桀」，濟注「桀，傲也」。今無以考之。

21 注「以固其國」　何校此四字改在上文「或乃多難」之下，陳同，是也。各本皆誤。

22 注「太康以來」　何校「太」改「元」，是也。各本皆誤。

23 「而賤名儉」　袁本、茶陵本「儉」作「檢」，云善作「儉」。何云晉書「儉」作「檢」。案：「檢」字是也。各本所見「儉」字，傳寫誤耳。注「應瞻表」，「儉」字亦「檢」之譌。其表以「清檢」對「容放」言之，義無取於「儉」，而今晉書應傳作「儉」字，恐非也。又善引劉謙紀，自不必與彼同。

者以放濁爲通，而狹節信，劉謙晉紀，應瞻表曰：以宏放為夷達[24]。王隱晉書曰：貴遊子弟，多祖述於阮籍，同禽獸為通。又傅玄上疏曰：魏文慕通達，而天下賤守節也。進仕者以苟得爲貴，而鄙居正，鄭玄毛詩箋曰：祿仕者苟得祿而已。公羊傳曰：君子大居正。當官者以望空爲高，而笑勤恪。劉謙晉紀，應瞻表曰：元康以來，望白署空，顯以台衡之量，尋文謹案，目以蘭薰之器。是以目三公以蕭杌之稱，標上議以虛談之名，干寶晉紀曰：劉頌云：言君上之議虛談也。蕭杌，未詳。劉頌屢言治道，傅咸每糾邪正，皆謂之俗吏。干寶晉紀曰：劉頌在朝忠正，才經政事。武帝重之，訪以治道，悉心陳奏，多所施行。又曰：尚書郭啓出赴妹葬，疾病不辭，左丞傅咸糾之，尚書弗過。王隱晉書，傅玄曰：論經禮者，謂之俗生，說法理者，名為俗吏。其倚杖虛曠，依阿無心者，皆名重海內。若夫文王日昃不暇食，仲山甫夙夜匪懈者，尚書曰：文王自朝至于日中側，弗皇暇食。毛詩曰：肅肅王命，仲山甫將之，夙夜匪懈，以事一人。蓋共嗤黠以爲灰塵，而相詬火候反病矣。鄭玄毛詩箋曰：言時人骨肉無相詬病也。說文曰：詬，恥也。由是毀譽亂於善惡之實，情慝奔於貨慾之塗，選者爲人擇官，官者爲身擇利。謝承後漢書，呂強上疏曰：苟寵所愛，私擢所幸，不復為官擇人，反為人擇官也。而秉鈞當軸之士，身兼官以十數。毛詩曰：秉國之鈞，四方是維。桓寬鹽鐵論曰：車丞相當軸處中，括囊不言。大極其尊，小錄其要，機事之失，十恒八九。漢書解故曰[25]：機事所摠，號令攸發。胡廣曰：機密之事。而世族貴戚之子弟，陵邁超越，不拘資次，崇讓論曰：非勢家之子，率多因資次而進之。悠悠風塵，皆奔競之士，孔安國論語注曰：悠悠，周流之貌。風塵，以喻汙辱也。晉諸公讚曰：人人望品，求者奔競。列官千百，無讓

---

24 注「以宏放為夷達」　袁本、茶陵本「宏」作「容」。案「容」字是也。今晉書應傳作「宏」，尤依之改。但善自不必與彼同。

25 注「漢書解故曰」　案：「書」當作「官」，各本皆誤。

賢之舉。孫卿子曰：天子千官，諸侯百官。史記曰：司馬季主曰：試官不讓賢。子眞著崇讓而莫之省，干寶晉紀曰：時禮讓未興，賢者壅滯，少府劉寔著崇讓論。孫盛晉陽秋曰：劉寔，字子真，平原人。子雅制九班而不得用，王隱晉書曰：劉頌，字子雅，轉吏部尚書，為九班之制，裴頠有所駁。長虞數直筆而不能糾。孫盛晉陽秋曰：司隸校尉傅咸勁直正厲，果於從政，先後彈奏百寮，王戎多不見從。其婦女莊櫛織紝女金反，皆取成於婢僕，禮記曰：婦事舅姑，如事父母，鷄初鳴，咸盥漱櫛縰笄。織紝，見下句。未嘗知女工絲枲胥里反之業，中饋酒食之事也。禮記曰：女子十年不出，執麻枲，治絲繭，織紝組紃。周易曰：在中饋，無攸遂。毛詩曰：乃生女子，無非無儀，酒食是議。先時而婚，任情而動，故皆不恥淫逸之過，不拘妬忌之惡。有逆于舅姑，有反易剛柔，有殺戮妾媵，有黷亂上下，爾雅曰：婦稱夫之父曰舅，稱夫之母曰姑。禮記曰：婦將有事，大小必請於舅姑。又曰：男子親迎，男先於女，剛柔之義也。公羊傳曰：媵者何，諸侯娶一國，則二國往媵之以姪娣。禮記曰：婚禮者，上以事宗廟，而下以繼後世也。尚書說命曰：黷于祭祀，時謂弗欽。父兄弗之罪也，天下莫之非也。又況責之聞四教於古，修貞順於今，以輔佐君子者哉！四教，已見上文。列女傳，宋鮑女宗曰：貞順，婦人之至行也。毛詩序曰：后妃又當輔佐君子，求賢審官。禮法刑政，於此大壞，如室斯構而去其鑿契，如水斯積而決其堤防，呂氏春秋曰：若積大水，而失其壅隄矣。如火斯畜而離其薪燎也。國之將亡，本必先顚，其此之謂乎！左氏傳，齊仲孫謂齊侯曰：臣聞國之將亡，本必先顚，而後枝葉從之。

故觀阮籍之行，而覺禮教崩弛之所由；干寶晉紀曰：阮籍宏逸曠遠，居喪不帥常檢。察庾純賈充之事[26]，而見師尹之多僻。干寶晉紀曰：賈充饗眾官，庾純後至。充曰：君行常居人前，今何以在後？純曰：有

---

26 「察庾純賈充之事」　何校「事」改「爭」。茶陵本云五臣作「爭」。袁本云善作「事」。案：晉書所載作「爭」。

小市井事不了，是以後。世俗言純乃祖為五伯。又曰：充之先為市魁，故以戲答。考平吳之功，知將帥之不讓[27]；干寶晉紀曰：王渾愧久造江而王濬先之，乃表濬違詔，不受己節度。濬上書自陳曰：惡直醜正，實繁有徒，欲構南箕，成此貝錦。思郭欽之謀，而悟戎狄之有釁。干寶晉紀，御史大夫郭欽上書曰：戎狄強獷，歷古為患，今西北郡皆與戎居，若百年之後，有風塵之警，胡騎自平陽、上黨不三日至盟津。及平吳之盛，出北地西河、安定，復上郡，置馮翊、平陽，帝弗聽。覽傅玄劉毅之言，而得百官之邪；干寶晉紀，傅玄上書曰：昔魏氏虛無放誕之論，盈於朝野，使天下無復清議，而亡秦之病復發於今。又上顧謂劉毅曰：朕方漢何主？對曰：桓、靈。帝曰：吾雖不及古賢，猶尅己為治，方之桓、靈，不亦甚乎？對曰：桓、靈賣官，錢入於官，陛下賣官，錢入私門，以此言，殆不若也。核傅咸之奏，錢神之論，而覩寵賂之彰。干寶晉紀，司隸校尉傅咸上書曰：臣以貨賂流行，所宜深絕。又曰：魯褒，字元道，南陽人，作錢神論。左氏傳曰：取郜大鼎于宋，臧哀伯諫曰：官之失德，寵賂彰也。民風國勢如此，雖以中庸之才，守文之主治之，賈誼過秦篇曰：陳涉材能不及中庸。論語曰：中庸之為德也，其至矣乎？民鮮久矣！何晏曰：庸，常也。中和，可常行之德也。公羊傳曰：繼文王之體，守文王之法度。何休曰：引文王者，文王始受命制度也。辛有必見之於祭祀，季札必得之於聲樂，左氏傳曰：初，平王之東遷也，辛有適伊川，見被髮而祭於野者，曰：不及百年，此其戎乎！其禮先亡矣。又曰：季札來聘，請觀樂，使工為之歌陳，曰：國無主，其能久乎？范燮必為之請死，賈誼必為之痛哭。左氏傳曰：范燮反自鄢陵之役，使其祝宗祈死，曰：君無禮而克敵，天益其疾矣。愛我者唯祝使我速死，無及於難，范氏之福也。漢書，賈誼上疏曰：可為痛哭者，一也。又況我惠帝以蕩蕩之德臨之哉！惠帝，已見西征賦。毛詩曰：蕩蕩上帝，下民之辟。故賈后肆虐於六宮，韓午助亂於外內，其所由來者漸矣，豈特繫一婦人之惡乎？干寶晉紀曰：賈庶人賜死。初，武帝為太子取后，在宮不恭遜而甚妬忌，有孕者輒殺子，或以手戟擿之，子隨刃墜。

---

27 「知將帥之不讓」 何校「知」上添「而」字。袁本、茶陵本云善無「而」字。案：晉書所載有「而」字。

又曰：韓壽妻賈午，寔始助亂。懷帝承亂之後得位[28]，羈於彊臣。干寶晉懷紀曰：太傅東海王越總兵輔政。愍帝奔播之後，徒厠其虛名。干寶晉紀曰：洛京傾覆，秦王業避難密南，趣許潁，豫州刺史閻鼎，以天下無主，有輔立之計。天下之政，既已去矣，非命世之雄，不能取之矣。孟子曰：五百年必有王者興，其間必有名世者。廣雅曰：命，名也。然懷帝初載，嘉禾生于南昌。徐廣晉紀曰：太康五年八月，嘉禾生南昌，九月，懷帝生。毛詩曰：文王初載，天作之合。載，猶生也。望氣者又云豫章有天子氣。干寶晉紀曰：初，望氣者言豫章、廣陵有天子氣。及國家多難，宗室迭興，毛詩曰：維予小子，未堪家多難。史記，太史公曰：遞興遞廢，能者用事。以愍懷之正，淮南之壯，成都之功，長沙之權，皆卒於傾覆。王隱晉書曰：愍懷太子遹，立為皇太子。賈后無子，妬害滋甚，廢太子為庶人，送太子于許昌宮之別坊，矯詔使小黃門孫慮害太子。趙王倫酖殺賈后，帝詔諡遹為愍懷皇太子。又曰：武皇帝男允，字欽度，封淮南王，領中護軍。孫秀既害石崇等以懼允，允遂進圍相府，相國趙王倫閉門，允兵四勝，陷破無前。倫息度，偽云有詔助淮南王。王下車受詔，遂害允。又曰：穎字章度，封成都王，拜越屯騎校尉。趙王倫篡位，穎謀舉義兵迎天子。倫死後，廢太子覃，立穎為皇太弟。張方廢穎歸蕃，遣田徽殺之於鄴。又曰：乂字士度，封長沙王，拜步兵校尉。齊王冏相攻，冏敗，縛至上前，乂叱左右斬之。河間王顒欲廢太子，立成都王，欲先誅乂，出征，連戰敗走，遂誅之。而懷帝以豫章王登天位，干寶晉惠紀曰：詔豫章王熾為皇太弟，皇帝崩，太弟即位。崩，諡曰孝懷皇帝。尚書曰：天位艱哉！劉向之讖云，滅亡之後，有少如水名者得之，起事者據秦川，西南乃得其朋。案愍帝，蓋秦王之子也，得位於長安，長安，固秦地也，干寶晉懷紀曰：關中建秦王業為皇太子，本吳孝王之子，出為秦獻王後。皇帝崩，太子即位于長安，崩，諡曰愍皇帝。而西以南陽王爲右丞相，東以琅邪王爲左丞相。干寶晉紀，愍帝詔琅邪王叡曰：今以王為侍中左丞相，督陜東諸軍事，右丞相南陽王督陜右諸軍事。臧榮緒晉書曰：南陽

28「懷帝承亂之後得位」　茶陵本云五臣無「之後」。袁本云善有「之後」。今案：有者傳寫衍也。晉書所載無。

王保，字景度，太尉模世子，或以南陽王為秦王，非也。上諱業，故改鄴為臨漳。漳，水名也。由此推之，亦有徵祥，而皇極不建，禍辱及身。皇極，已見上文。豈上帝臨我而貳其心，毛詩曰：上帝臨汝，無貳爾心。將由人能弘道，非道弘人者乎？淳耀之烈未渝，故大命重集于中宗元皇帝。晉中興曰[29]：中宗元皇帝，諱睿，字景文，嗣為琅邪王。愍帝崩于平陽，陟皇帝位。國語，史伯曰：黎為高辛氏火正，以淳耀敦大，光照四海。夫成天地之大功者，其子孫未嘗不章。韋昭曰：淳，大也。耀，明也。

後漢書皇后紀論

范蔚宗

夏殷以上，后妃之制，其文略矣。周禮，王者立后，三夫人，九嬪，二十七世婦，八十一女御，以備內職焉。后正位宮闈，同體天王。夫人坐論婦禮，九嬪掌教四德，世婦主知喪、祭、賓客，女御序于王之燕寢。頒官分務，各有典司。禮記曰：舜葬於蒼梧之野，蓋三妃未之從也。鄭玄曰：帝嚳立四妃，以[30]象后妃四星，其一明者為正妃，餘三小者次妃也。帝堯因焉。至舜，不告而娶，不立正妃，但立三妃而已。夏后氏增以三三而九。合十二人。春秋說云：天子娶十二，即夏制也。以虞、夏及周制差之，則殷人又增以三九二十七，合三十九人。周人上法帝嚳，立正九妃，又三九二十七[31]，為八十一以增之，合百二十一人。其位，后也，夫人也，婦也，嬪也[32]，女御也，五者相參，以定尊卑。周禮曰：九嬪掌婦學之法，教九御婦德、婦言、婦容、婦功，各帥其

29 注「晉中興曰」　陳云「興」下脫「書」字。是也。各本皆脫。

30 注「帝嚳立四妃以」　袁本、茶陵本「以」作「矣」。案：二本是也。「矣」，句絕。

31 注「立正九妃又三九二十七」　案：「正」下、「三」下兩「九」字俱不當有。各本皆衍。讀以「立正妃」為一句，又「三二十七」為一句也。

32 注「婦也嬪也」　案：當作「嬪也，世婦也」。各本皆誤。

屬，而以時御，敘于王所。世婦掌祭祀、賓客、喪紀之事。女御，書敘于王之燕寢[33]，以歲時獻功事。女史，掌王后之禮，職掌內治之貳，以詔后治內政也。女史彤管，記功書過。毛詩曰：靜女其孌，貽我彤管。毛萇曰：古者，后夫人必有女史彤管之法。女史不記其過，其罪殺之。居有保阿之訓，動有環珮之響。列女傳曰：齊孝孟姬者，華氏之長女，齊孝公之夫人也。孝公遊於琅邪，華姬從。後車奔，姬墮車碎，孝公使駟馬載姬以歸。姬曰：妾聞妃后踰閾，必乘安車輜軿，下堂必從傅母保阿，進退則鳴玉珮環。今立車無軿，非敢受命也。曹大家曰：玉環珮，珮玉有環。進賢才以輔佐君子，哀窈窕而不淫其色。毛詩序曰：關雎，樂得淑女以配君子，憂在進賢，不淫其色，哀窈窕，思賢才。所以能述宣陰化，脩成內則，魏文帝典論曰：欲納二女，充備六宮，佐宣陰教，聿脩古義。又禮記有內則篇。閨房肅雍，險謁不行者也。毛詩序曰：王姬猶執婦道，以成肅雍之德。又曰：后妃內有進賢之志，而無險詖私謁之心。故康王晚朝，關雎作諷；宣后晏起，姜氏請愆。列女傳曰：曲沃負謂其子如耳曰：周之康王晏出朝，關雎預見。虞貞節曰：其夫人晏出，故作關雎之歌以感誨之。列女傳曰：姜后者，齊侯之女，宣王之后也。宣王嘗夜臥而晏起，后夫人不出於房。姜后既出，乃脫簪珥，待罪於永巷，曰：妾不才，妾之淫心見矣，至使君王失禮而晏朝。及周室東遷，禮序凋缺。諸侯僭縱，軌制無章。史記曰：平王東徙雒邑，周室微，諸侯以強幷弱。齊桓有如夫人者六人，左氏傳曰：齊侯之夫人三，王姬、徐嬴、蔡姬皆無子。齊侯好內多寵[34]，內嬖如夫人者六人：長衛姬，生武孟；少衛姬，生惠公；鄭姬生孝公；葛嬴生昭公；密姬生懿公；宋華子生公子雍。公與管仲屬孝公於宋襄公，以為太子。雍巫有寵於衛恭姬，因寺人貂以薦羞於公，亦有寵也，公許之立武孟。管仲卒，五公子皆求立。齊桓公卒，易牙入，與貂因寵[35]以殺羣吏，而立公子無虧，孝公奔宋。晉獻升

33 注「女御書敘於王之燕寢」　案：「書」當作「掌御」二字。各本皆誤。
34 注「齊侯好內多寵」　案：「多」下當有「內」字。各本皆脫。
35 注「與貂因寵」　何校「因」下添「內」字，陳同。各本皆脫。

戎女爲元妃，左氏傳曰：初，晉侯欲以驪姬為夫人，卜之不吉，筮之吉。公曰：從筮。立之，生奚齊。其娣生卓子。及將立奚齊，既與中大夫成謀，姬謂太子曰：君夢齊姜，必速祭之。太子祭於曲沃，歸胙于公。公田，姬寘諸宮六日，公至，毒而獻之。公祭之地，地墳；與犬，犬斃；與小臣，小臣亦斃。姬泣曰：賊由太子。太子奔新城，自縊而死。終於五子作亂，冢嗣遘屯。五子，齊武孟等。冢嗣，晉太子也。爰逮戰國，風憲愈薄，適情任欲，顛倒衣裳，毛詩曰：綠兮衣兮，綠衣黃裳。鄭玄曰：今衣黑而黃裳，諭亂嫡妾之禮也。以至破國亡身，不可勝數。斯固輕禮弛防，先色後德者也。

秦并天下，多自驕大，宮備七國，爵列八品。當秦之時，凡有七國，秦幷其六國。故內職皆備置之，而爵列八品焉。漢書曰：漢興，因秦之稱號，正嫡稱皇后，妾皆稱夫人，又有美人、良人、八子[36]、長使、少使之號焉。漢興，因循其號，而婦制莫釐。孔安國尚書傳曰：釐，理也，力之切。高祖帷薄不修，孝文衽席無辨。漢書曰：高祖得戚姬，愛幸，常從。呂后年長，常留守，希見。大戴禮曰：古者大臣坐污穢淫亂、男女亡別者，不曰污穢，曰帷薄不修。漢書，孝文竇皇后，景帝母也。上幸上林，皇后、慎夫人從。其在禁中，常同坐。桓子新論曰：文帝慎夫人與皇后同席，以亂尊卑。鄭玄周禮注曰：衽席，單席。然而選納尚簡，飾玩華少[37]。自武元之後，世增淫費，至乃掖庭三千，增級十四。班固漢書贊曰：漢興，因秦之稱號，至武帝制婕妤，元帝加昭儀之號，凡十四等。妖倖毀政之符，外姻亂邦之迹，前史載之詳矣。

及光武中興，斲雕爲朴，漢書，班固曰：漢興，破觚為圜，斲雕為朴。六宮稱號，惟皇后貴人，

---

36 注「又有美人良人八子」　案：「子」下當有「七子」二字。各本皆脫。此外戚傳文可證，章懷注所引亦可證。

37 「飾玩華少」　何云「華少」後漢書作「少華」。袁本云善作「華少」。茶陵本云五臣作「少華」。案：各本所見蓋皆傳寫倒。

金印紫綬[38]，俸不過粟數十斛。又置美人宮人采女三等，並無爵秩，歲時賞賜充給而已。漢法常因八月筭民，遣中大夫與掖庭丞及相工，於洛陽鄉中閱視良家童女，年十三以上，二十以下，姿色端麗，合法相者，載還後宮，擇視可否，乃用登御。所以明慎聘納，詳求淑哲。應劭風俗通曰：采女。案：采者，擇也。以歲八月，雒陽民[39]，遣中大夫與掖庭丞、相工閱視童女，年十三以上，二十以下，長壯妖絜[40]有法相者，載入後宮。明帝聿遵先旨，宮教頗修，登建嬪后，必先令德，內無出閫之言，權無私溺之授，可謂矯其弊矣。禮記曰：外言不入於閫，內言不出於閫。向使因設外戚之禁，編著甲令，如淳漢書注曰：甲令者，前帝第一令。改正后妃之制，貽厥方來，豈不休哉！毛詩曰：詒厥孫謀。雖御己有度，而防閑未篤，毛詩序曰：魯桓公不能防閑文姜。故孝章以下，漸用色授，范曄後漢書曰：肅宗孝章皇帝諱炟，顯宗第五子也。炟，丁達反。恩隆好合，遂忘澅蠹。

自古雖主幼時艱，王家多釁，委成冢宰，簡求忠貞，未有專任婦人，斷割重器。重器，神器也。唯秦芈太后始攝政事，故穰侯權重於昭王，家富於嬴國。史記曰：秦武王取魏女為后，無子，立異母弟為昭襄王。襄王母楚人，姓芈氏，號宣太后。又曰：穰侯之富，富於王家。魏人范雎說秦昭王，言穰侯擅權於諸侯。漢仍其謬，知患莫改。東京皇統屢絕，權歸女主，外立者四帝，臨朝者六后，范曄後漢書曰：孝安皇帝諱祜，父清河孝王慶。殤帝崩，鄧太后與兄騭定策禁中，立之。又曰：安帝崩，閻太后與兄顯立濟北惠王子北鄉侯懿。又曰：桓帝諱志，父蠡吾侯。質帝崩，梁太后與兄冀立之。又曰：靈帝諱宏，父萇解瀆亭侯。桓帝崩，竇

---

38 「唯皇后貴人金印紫綬」　何云後漢書複出「貴人」二字。陳云複出為是。案：所校是也。各本蓋皆脫。皇后自同乘輿耳。又考輿服志「天子貴人赤綬同諸侯王」，與此不合。或光武時紫綬，以後乃赤綬也。

39 注「以歲八月雒陽民」　陳云「月」下脫「筭」字，是也。各本皆脫。

40 注「長壯妖絜」　案：「妖」當作「姣」。各本皆譌。

太后與父武立之。又曰：章德竇皇后，和帝即位，太后臨朝。和熹鄧皇后立殤帝，太后臨朝。安思閻皇后立少帝，太后臨朝。順烈梁皇后立沖帝，太后臨朝。桓思竇皇后立靈帝，太后臨朝。曹節等遷太后於南宮雲臺，家屬徙北景[41]。又曰：靈思何皇后，帝崩，皇子辯即位，太后臨朝，董卓遷於永安宮。莫不定策帷帟，委事父兄，貪孩童以久其政，抑明賢以專其威，任重道悠，利深禍速，身犯霧露於雲臺之上，家纓縲紲於囹犴岸之下。范曄後漢書，謝弼上封事曰：竇太后幽隔空宮，如有霧露之疾，陛下何面目以見天下。論語，子曰：公冶長可妻也，雖在縲紲之中，非其罪也。毛詩曰：宜犴宜獄。湮滅連踵，傾輈繼路。運命論曰：前鑒不遠，覆車繼軌。王隱晉書曰：劉胤商貨繼路。而赴蹈不息，燋爛爲期，嵇康與山巨源書曰：禽鹿長而見羈，則赴蹈湯火。袁崧後漢書，朱穆上疏曰：養魚沸鼎之中，棲鳥烈火之上，用之不時，必見燋爛也。終於陵夷大運，淪亡神寶。漢書，張釋之曰：秦陵夷至于二世，天下土崩。史記作陵遲。漢書，哀帝詔曰：尚書曰：考終命，言大運一終也。詩書所歎，略同一揆。毛詩曰：赫赫宗周，褒姒威之。毛萇曰：威，滅也。尚書曰：古人有言，牝雞之晨，惟家之索。故考列行迹，以爲皇后本紀。雖成敗事異，而同居正號者，並列于篇。其以恩私追尊，非當世所奉者，則隨他事附出。親屬別事，各依列傳。其餘無所見，則係之此紀，以纘西京外戚云爾。私恩，謂桓、順外立即位，以私恩尊其母后。似此者，則隨他事附出，不同此篇。

---

41 注「家屬徙北景」　案：「北」當作「比」，各本皆譌。范書皇后紀、續漢書郡國志、前書地理志俱可證。

卷第五十

史論下

後漢書二十八將傳論

范蔚宗

論曰：中興二十八將，前世以爲上應二十八宿，未之詳也。中興，謂漢有王莽篡位，後光武復興，為中興也。天有二十八宿，將以輔君治化者也。然咸能感會風雲，奮其智勇，周易曰：雲從龍，風從虎。稱爲佐命，亦各志能之士也。李陵書曰：其餘佐命立功之士。史記，太史公曰：相如其處智勇，可謂兼之。

議者多非光武不以功臣任職，至使英姿茂績，委而勿用。謝承後漢書序曰：申徒蟠英姿磊落。潘岳楊肇誄曰：茂績惟嘉。然原夫深圖遠筭，固將有以爲爾[1]。若乃王道既衰，降及霸德，猶能授受惟庸，勳賢兼序[2]，如管隰之迭升桓世，先趙之同列文朝，可謂兼通矣。左氏傳，寺人披曰：齊桓公置射鉤而使管仲相。又曰：齊桓，衛姬之子，有寵於僖公，有鮑叔牙、隰朋以為輔佐。又曰：晉蒐于被廬，

1 「固將有以為爾」　茶陵本「為」作「焉」。袁本作「為」，與此同。案：今范書作「焉」，何校改「焉」。

2 「勳賢兼序」　茶陵本「兼」作「皆」。袁本作「兼」，與此同。案：今范書作「皆」，疑善「皆」、五臣「兼」，二本失著校語，而此以五臣亂善也。下文可謂兼通矣。善同范書有「兼」，五臣無「兼」，殆改此為「兼」，而刪之以相避歟？

命趙衰為卿，讓於先軫。杜預曰：先軫，晉下軍之佐原軫也。降自秦漢，世資戰力，至於翼扶王室，皆武人屈起。亦有鬻繒盜狗輕猾之徒，漢書曰：灌嬰，睢陽販繒者也。高祖為沛公，以中涓從，後剖符食潁陰，至丞相。又曰：樊噲，沛人也，以屠狗為事。高祖為沛公，以舍人從，後封舞陽侯。或崇以連城之賞，或任以阿衡之地，班固漢書贊曰：藩國大者，跨州兼郡，連城數十。毛詩曰：實惟阿衡，左右商王。毛萇曰：阿衡，伊尹也。故勢疑則隙生，力侔則亂起。蕭樊且猶縲紲，信越終見葅戮，不其然乎！李陵書曰：昔蕭樊囚執，韓彭葅醢。自茲以降，訖于孝武，宰輔五世，莫非公侯。遂使縉紳道塞，賢能蔽壅，司馬相如封禪書曰：因雜縉紳先生之略術。臣瓚曰：縉，赤色[3]；紳，大帶也。朝有世及之私，下多抱關之怨。禮記曰：大人世及以為禮。漢書曰：蕭望之，署小苑東門候，王仲翁謂望之曰：不肯錄錄，反抱關為？其懷道無聞，委身草莽者，亦何可勝言。論語，陽貨謂孔子曰：懷其寶而迷其邦。淮南子曰：今至人生於亂世，含德懷道而死者眾，天下莫知，貴其不言也。故光武鑒前事之違，存矯枉之志，班固漢書贊曰：漢興，懲強秦之敗，大啓九國，可謂矯枉過其正也。雖寇鄧之高勳，耿賈之鴻烈，分土不過大縣數四，所加特進朝請而已。范曄後漢書曰：寇恂，字子翼，封雍奴侯。邑萬戶，為執金吾。鄧禹，字仲華，為大司徒，封高密侯，食邑四縣。耿弇，字伯昭，封好畤侯，食二縣，以列侯奉朝請。賈復，字君文，封膠東侯，食六縣，以列侯加位特進。蔡邕獨斷曰：諸侯功德優盛，朝廷所異者，賜位特進，位在三公下。孟康漢書注曰：律，春曰朝，秋曰請。觀其治平臨政，課職責咎，將所謂導之以法，齊之以刑者乎！論語，子曰：導之以政，齊之以刑，民免而無恥。

若格之功臣，其傷已甚。何者？直繩則虧喪恩舊，撓情則違廢禁典，范曄後漢書，第五倫上疏曰：臣愚以為貴戚可封侯以富之，不當職事以任之。何者？繩以法則傷恩，私以親則違憲。選德則功不必厚，

---

3 注「縉赤色」 案：「赤」下當有「白」字。各本及章懷注皆脫。酒德頌注引有者是也。

舉勞則人或未賢，參任則羣心難塞，並列則其弊未遠。言選德棄功，參差雜用，卽怨望必多，故云難塞。若論功棄德，並列於朝，卽葅戮相仍，故云未遠。不得不校其勝否，卽事相權[4]。言尊功而不尊德，此功權於德；任德而不任功，此德權於功。漢書曰：量資弊，權輕重，於是有母權子而行，有子權母而行。韋昭曰：重為母，輕為子。衡，平也[5]。故高秩厚禮，允答元功，峻文深憲，責成吏職。漢書曰：翟方進為相，峻文深詆，中傷者尤多。建武之世，建武，光武年號。侯者百數，若夫數公者，則與參國議，分均休咎，其餘並優以寬科，完其封祿，莫不終以功名，延慶于後。范曄後漢書，郎顗上疏曰：攘災延慶，號令天下。昔留侯以為高祖悉用蕭曹故人，郭伋亦議南陽多顯，鄭興又戒功臣專任。漢書曰：上望見諸將往往數人偶語，上曰：此何語？張良曰：此謀反耳。陛下起布衣，與此屬取天下，已為天子，而所封皆蕭、曹故人，所誅者皆平生仇怨，故相聚謀反耳。范曄後漢書曰：光武以郭伋為幷州牧，過京師謝恩，帝卽引見。伋因言：選補眾職，當簡天下賢俊，不宜專用南陽人。帝納之。又曰：鄭興，字少贛，河南人。徵為太中大夫，上疏曰：道路流言，咸曰朝廷欲用功臣，功臣用，則人位謬矣。夫崇恩偏授，易啟私溺之失，至公均被，必廣招賢之路，意者不其然乎！班固漢書引曰：崇恩德以撫海內。仲長子昌言曰：人主臨之以至公。

永平中，顯宗追感前世功臣，顯宗，明帝。乃圖畫二十八將於南宮雲臺，其外又有王常李通竇融卓茂，范曄後漢書曰：王常，字顏卿，潁川人，封山桑侯，拜為橫野大將軍，位次與諸將絕席。又曰：李通，字次元，南陽人，封固始侯，拜大司空。又曰：竇融，字周公，扶風人，封安豐侯，為衛尉。又曰：卓茂，字子康，南陽人，

---

4 「卽事相權」 茶陵本「卽」下有「以」字，袁本無。案：今范書有，二本不著校語，無以考之。

5 注「衡平也」 案：「衡」上當有「權」字。各本皆脫。此韋漢志注以解「權輕重」之「權」，言衡平者，謂衡用權而平也。其注周語云「權，稱也」，義亦同。又韋齊語注云「權，平也」，或此「衡」為「權」字之誤。

為密令。世祖卽位，以茂為太傅。合三十二人。故依本第，係之篇末，以志功次云爾。

宦者傳論

范蔚宗

宦者，養也，養閹人使其看宮人。此是小臣，後漢用之尊重，故集為傳論。

易曰：「天垂象，聖人則之。」宦者四星，在皇位之側，仲長子昌言曰：天文，宦者四星，在帝座傍，而周禮有其官職。故周禮置官，亦備其數。閽者守中門之禁，周禮曰：閽人掌守王宮中之門禁[6]，鄭玄曰：中門，於外內為中。寺侍人掌女宮之戒。周禮曰：寺人掌王之內人及女宮之戒令。又云：「王之正內者五人[7]。」周禮曰：寺人，王之正內五人。鄭玄曰：正內，路寢也。月令：「仲冬，閹尹審門閭，謹房室。」禮記文也。鄭玄曰：閹尹，主領閹豎之官也。於周則為內宰，掌治王之內政、宮令，譏出入及關閉之屬也。重閉外內門。詩之小雅，亦有巷伯刺讒之篇。毛詩小雅曰：巷伯，刺幽王也。寺人傷於讒，而作是詩也。毛萇曰：巷伯，內小臣也。然宦人之在王朝者，其來舊矣。將以其體非全氣，情志專良，通關中人，易以役養乎？老子曰：未知牝牡之合而全作。王弼曰：作，長也。無物以損其身，故全長也。漢書曰：元帝以石顯久典事，中人無外黨，精專可信任，遂委以政。應劭漢官儀曰：掖庭，後宮所處。中宮，謂諸中人。然而後世因之，才任稍廣。其能者，則勃貂管蘇有功於楚晉，左氏傳曰：呂郄畏偪，焚公宮而殺晉侯。寺人披請見，公見之，以難告。又曰：晉侯問原守於寺人勃鞮，對曰：昔趙衰以壺飧從徑，餒而弗食，故使處原。杜預曰：勃鞮，披也。史記以勃鞮為履貂上[8]。新序曰：楚恭王有疾，告諸大夫曰：管蘇犯我以義，違我以禮，與處不安，不見不思，然而有德焉，吾死之後，爵之於朝。

---

6 注「掌守王宮中之門禁」 茶陵本「之門」作「門之」，章懷注同，是也。袁本亦誤倒。

7 「王之正內者五人」 何校去「者」字。陳云「者」字衍。案：皆據周禮序官校也。今范書亦有，恐此是蔚宗自為文，不全同所引也。

8 注「史記以勃鞮為履貂上」 何校「貂上」二字改「鞮」字，陳同。案：所校非也，此當衍「上」字。答任少卿書引史記「履

申侯順吾所欲，行吾所樂，與處則安，不見則思，然未嘗有得焉，必速遣之。**景監繆賢著庸於秦趙**。史記曰：商鞅入秦，因孝公寵臣景監以求見。又曰：藺相如為趙宦者令繆賢舍人，趙求人使報秦者，未得，宦者令繆賢曰：臣舍人藺相如可使。**及其弊也，豎刁亂齊，伊戾禍宋**。左氏傳曰：齊桓公卒，易牙入，與寺人貂因內寵以殺羣吏，而立公子無虧，孝公奔宋。杜預曰：寺人，內閹官豎刁也[9]。史記曰：豎貂為豎刁[10]，並音凋。左氏傳曰：楚客聘於晉，過宋，太子知之，請野享之，公使往。伊戾請從。至則為坎用牲，加書徵之，而騁告平公曰：太子將為亂，既與楚客盟矣。公使視之，則信有焉。太子死，公徐聞其罪[11]，乃烹伊戾。

漢興，仍襲秦制，置中常侍官。然亦引用士人，以參其選，皆銀璫左貂，給事殿省。范曄後漢書，朱穆曰：案漢故事，中常侍或用士人。建武以後，乃悉用宦者，假貂璫之飾，任常伯之職。**及高后稱制，乃以張卿爲大謁者，出入臥內，受宣詔令**。漢書高后紀曰：太后臨朝稱制。蔡邕曰：天子命令之別，一曰制書，然制非皇后所行，故曰稱也。漢書劉澤傳，田生求事呂氏所幸大謁者張釋卿。如淳曰：奄人曰。呂后紀云張釋，劉澤傳又曰張卿。然則張釋字子卿。今漢書或為釋卿，誤也。仲長子昌言曰：宦豎傳近房臥之內，交錯婦人之間。**文帝時，有趙談北宮伯子，頗見親幸**。漢書曰：孝文時宦者，則趙談、北宮伯子。**至於孝武，亦愛李延年**。漢書曰：孝武時，宦者李延年。**帝數宴後庭，或潛遊離館，故請奏機事，多以宦人主之**。漢書曰：蕭望之以武帝遊燕後庭，故用宦者，非國舊制。仲長子昌言曰：至於武皇遊燕後庭，置中書之官，領受軍事。漢官解故曰：機事

貂曰」可證。又何改正文「貂」為「鞮」，更非。范書亦作「貂」。章懷注：「勃貂，即寺人披也，一名勃鞮，字伯楚。」是蔚宗自作「貂」。

9 注「寺人內閹官豎刁也」 案：「刁」當作「貂」。各本皆誤。此所引起「僖二年，齊，寺人貂」之注也。

10 注「史記曰豎貂為豎刁」 案：「曰」當作「以」，各本皆誤。

11 注「公徐聞其罪」 陳云「其」下脫「無」字，是也。各本皆脫。

所總，號令攸發。胡廣曰：機密之事。元帝之世，史游為黃門令，勤心納忠，有所補益。漢書曰：急就一篇，元帝黃門令史游作。董巴輿服志曰：禁門曰黃闥，中人主之。其後弘恭石顯以佞險自進，卒有蕭周之禍，損穢帝德焉。漢書曰：前將軍蕭望之及光祿大夫周堪建議，以為宜罷中書宦官，應古不近刑人，由是大與石顯忤，後皆害焉。望之自殺，堪廢錮，不得復進用。

中興之初，宦官悉用閹人，不復雜調他士。如淳漢書注曰：調，選也。至永平中，始置員數，中常侍四人，小黃門十人。和帝卽祚幼弱，而竇憲兄弟專總權威，范曄後漢書曰：孝和皇帝諱肇，肅宗子也，年十歲。竇太后詔曰：竇憲，朕之元兄，當以舊典輔斯職焉。內外臣僚，莫由親接，所與居者，惟閹官而已[12]。故鄭眾得專謀禁中，終除大憝徒對反，史記曰：景帝居禁中。如淳漢書注曰：省中，本為禁中。蔡邕曰：禁中者，門戶有禁，非侍御不得入，故曰禁中。尚書曰：元惡大憝。遂享分土之封，超登宮卿之位。於是中官始盛焉。范曄後漢書曰：鄭眾，字季產，南陽人。和帝初，竇憲圖作不軌，眾遂首謀誅之，以功遷大長秋。封鄛鄉侯。

自明帝以後，迄乎延平，范曄後漢書曰：安帝年號延平[13]。委用漸大，而其資稍增，中常侍至有十人，小黃門亦二十人[14]，改以金璫右貂，兼領卿署之職。鄧后以女主臨政，而萬機殷遠，和熹鄧后，已見皇后紀論。朝臣圖議[15]，無由參斷帷幄，稱制下令，不出房闈之

12「惟閹官而已」　茶陵本「官」作「宦」。袁本作「官」，與此同。案：今范書作「宦」，似「宦」字是也。

13 注「安帝年號延平」　何校「安」改「殤」，是也。各本皆誤。

14「小黃門亦二十人」　茶陵本無「亦」字，云五臣有。袁本有，用五臣也。案：今范書無，此以五臣亂善。袁不著校語，亦非。

15「朝臣圖議」　茶陵本「圖」作「國」。袁本作「圖」，與此同。案：今范書作「國」，疑善「國」、五臣「圖」，二本失著校語，而此以五臣亂善也。

間，不得不委用刑人，寄之國命。范曄後漢書，朱穆曰：自和熹太后以女主稱制，不接公卿，乃以閹人為常侍、小黃門通命兩宮。手握王爵，口含天憲，范曄後漢書，諫議大夫劉陶上疏訟朱穆曰：今權宦傾擅朝室，手握王爵，口含天憲，非所以崇尊顯之高業，守和平之隆祚。非復掖庭永巷之職，閨牗房闥之任也。漢書曰：掖庭八丞。又曰：永巷官皆取其領事之號，或曰永巷，則曰永巷僕射，其後孫程定立順之功，曹騰參建桓之策，范曄後漢書曰：孫程，字稚卿，涿郡人。安帝時為中黃門。時江京等廢皇太子為濟陰王，明年帝崩，立北鄉侯為天子。十月，北鄉侯疾篤。程謂濟陰王謁者長興渠曰：王以嫡統，遂至廢黜。若北鄉不起，共斬江京，事乃可成。渠然之。北鄉薨，程與十八人謀於西鍾下，皆截衣為誓，斬江京，迎濟陰王立之，是為順帝，封程浮陽侯。又曰：順帝諱保，安帝之子。又曰：曹騰遷中常侍，桓帝立，騰以定策封費亭侯，大長秋。續以五侯合謀，梁冀受鉞，范曄後漢書曰：單超，河南人；徐璜，下邳人；具瑗，魏郡人；左悺，河南人；唐衡，潁川人。桓帝呼超、悺入室，謂曰：梁將軍兄弟專國，今欲誅之，於常侍意如何？超等對曰：誠國姦賊，當誅日久。五人遂定其議。帝囓超臂出血為盟，於是詔收冀，悉誅之。超封新豐侯；璜，武原侯；瑗，東武侯，悺，上蔡侯，衡，汝陽侯。五人同日封，故俗謂之五侯。迹因公正，恩固主心，故中外服從，上下屏氣。屏氣，言恐懼也。論語曰：屏氣似不息者。范曄後漢書曰：陽球卽誅王甫，權門聞之，莫不屏氣。或稱伊霍之勳，無謝於往載；或謂良平之畫，復興於當今。伊尹、霍光；張良、陳平。雖時有忠公，而競見排斥。舉動迴山海，呼吸變霜露。阿旨曲求。則寵光三族；直情忤意，則參夷五宗。漢之綱紀大亂矣。陳琳檄曰：所愛光五宗，所惡滅三族。

若夫高冠長劍，紆朱懷金者，布滿宮闈；枚乘兔園賦曰：高冠扁焉，長劍閑焉。法言曰：或問使我紆朱懷金，其樂不可量也。李軌曰：朱，紱也。苴子余茅分虎，南面臣民者，蓋以十數。尚書緯曰：天子社，東方青，南方赤，西方白，北方黑，上冒以黃土，封諸侯各取方土。苴以白茅以為社。漢舊儀曰：郡分銅虎符三[16]。府署第館，基列於都鄙[17]；子弟支附，過半於州國。南金、和寶、冰紈、霧縠之積，盈牣珍藏[18]；毛詩曰：元龜象齒，大賂南金。韓子曰：楚人和氏得玉璞於楚山之中，奉而獻之王，使玉人理其璞而得寶焉。漢書曰：齊地織作冰紈。臣瓚曰：紈之細密，如堅冰也。子虛賦，雜纖羅，垂霧縠。嬙媛、侍兒、歌童、舞女之玩，充備綺室。左氏傳，子西曰：今聞夫差宿有妃嬙嬪御焉。杜預曰：妃嬙，貴者也。嬙音牆。漢書曰：初，袁盎為吳相時，從史盜私盎侍兒。文穎曰：婢也。仲長子昌言曰：為音樂則歌兒舞女，千曹而迭起。左氏傳，晏子謂齊侯曰：高臺深池，撞鍾舞女。狗馬飾彫文，土木被緹繡。漢書，東方朔曰：土木衣綺繡，狗馬被繢罽。佞幸傳曰：董賢起大第闕下，土木之功，窮極伎巧，柱檻衣以綈錦。皆剝割萌黎，競恣奢欲。搆害明賢，專樹黨類。其有更相援引，希附權彊者，皆腐身薰子，以自衒達。班固漢書曰[19]：司馬遷述曰：嗚呼史遷薰骨以行刑[20]！韋昭曰：古者腐刑必薰合之。同弊相濟，故其徒有繁，潘元茂九錫文曰：同惡相濟。尚書曰：簡賢附勢，實繁有徒。敗國蠹政之事，不可殫書。所以海內嗟毒，志士窮棲，韋昭國語注曰：山居曰棲。寇劇緣間，搖亂區夏。劉騊駼與李子豎書曰[21]：下車負乘，劇賊未禽。韓詩曰：讒言緣間而起。雖忠良懷憤，時或奮發，而言出

---

16 注「郡分銅虎符三」 袁本、茶陵本「分」作「國」，是也。

17 「基列於都鄙」 袁本云善作「基」。茶陵本云五臣作「基」。今范書作「棊」，章懷有注。何校依之改。陳云作「棊」為是。案：此各本所見傳寫誤，善亦不作「基」也。

18 「盈牣珍藏」 茶陵本「牣」作「仞」，云五臣作「牣」。袁本作「牣」，用五臣也。案：今范書作「仞」，此以五臣亂善。袁不著校語，亦非。

19 注「班固漢書曰」 陳云「曰」字衍，是也。各本皆衍。

20 注「薰骨以行刑」 何校「骨」改「胥」，陳同。又云「行」字衍，是也。各本皆誤。

21 注「與李子豎書曰」 茶陵本「豎」作「堅」，是也。袁本亦誤「豎」。

禍從，旋見孥戮。尚書曰：予則孥戮汝。因復大考鉤黨，轉相誣染。東觀漢記曰：靈帝時，故太僕杜密、故長樂少府李膺各為鉤黨。尚書曰：下本州考治[22]。時上年十三，問諸常侍曰：何鉤黨？諸常侍對曰：鉤黨人即黨人也。即可其奏。凡稱善士。莫不罹被災毒。桓子新論曰：居家循理，鄉里和順，出入恭敬，言語謹遜，謂之善士。竇武何進，位崇戚近，乘九服之囂怨，協羣英之勢力，周書曰：乃辨九服之國。謝承後漢書曰：黃向對策，以為羣英之表。而以疑留不斷，至於殄敗。斯亦運之極乎！范曄後漢書曰：竇武，字游平，扶風人也。女立為皇后，武為大將軍，謀誅中官。曹節等矯詔將兵誅武。又曰：何進，字遂高，南陽人也。女弟立為皇后，為大將軍。靈帝崩，袁紹說進令誅中官，謀泄。張讓、趙忠等[23]因進入省，共殺進。應劭風俗通曰：秦因愚弱之極運。雖袁紹龔行，芟夷無餘，范曄後漢書曰：袁紹勒兵斬趙忠，捕宦官，無少長悉斬之。張讓投河而死。尚書曰：今予恭行天之罰[24]。左氏傳，君子曰：周任有言，為國家者，見惡如農夫之務去草焉。芟夷蘊崇之，絕其本根，勿使能殖。然以暴易亂，亦何云及！史記，伯夷歌曰：登彼西山兮，言采其薇。以暴易亂兮，不知其非。自曹騰說梁冀，竟立昏弱。曹騰、梁冀，已見上文。昏弱，謂桓帝也。魏武因之，遂遷龜鼎。魏武，曹操也。龜鼎，國之守器，以喻帝位也。尚書曰：寧王遺我大寶龜，紹天明即命。左氏傳，王孫滿曰：桀有昏德，鼎遷於商。商紂暴虐，鼎遷於周。所謂「君以此始，必以此終」，信乎其然矣！左氏傳曰：晉荀林父及楚子戰於邲，楚子見左廣，將從之乘。屈蕩尸之曰[25]：君以此始，必以此終。

22 注「尚書曰下本州考治」　陳云「曰」，「白」誤，是也。各本皆譌。

23 注「張驤趙忠等」　何校「驤」改「讓」，陳同。又下節注中袁、茶陵二本亦作「驤」，尤改作「讓」。案：今范書作「讓」。「讓」字是也。

24 注「今予恭行天之罰」　案：「予」下當有「惟」字，「恭」當作「龔」。各本皆誤。檄蜀文引「予惟龔行天之罰」，亦非，當互訂。又案：後述高紀「恭行天罰」注「恭行，已見上文」，依今班書，亦當是「龔」之誤也。

25 注「屈蕩尸之曰」　袁本「尸」作「戶」，是也。茶陵本亦誤「尸」。案：開成石經是「戶」字。

逸民傳論

范蔚宗

何晏論語注曰：逸民，言節行超逸。

易稱「遯之時義大矣哉」。易曰：艮下乾上，遯。彖曰：遯之時義大矣哉。孔子曰：遯，逃也。謂去代不求利，是其大也。又曰：「不事王侯，高尚其事。」周易蠱卦上九爻辭。是以堯稱則天，而不屈潁陽之高；論語，子曰：唯天為大，唯堯則之。呂氏春秋曰：昔堯朝許由於沛澤之中，請屬天下於夫子。許由遂之潁水之陽。武盡美矣，終全孤竹之絜。論語曰：子謂武盡美矣。未盡善也。史記，伯夷、叔齊、孤竹君之子也。武王已平殷亂，天下宗周，而伯夷、叔齊恥之，義不食周粟，隱於首陽山。自茲以降，風流彌繁，琴賦曰：體制風流，莫不相襲。長往之軌未殊，而感致之數匪一。西征賦曰：悟山潛之逸士，卓長往而不返。或隱居以求其志，或迴避以全其道，論語，孔子曰：隱居以求其志，行義以達其道。又曰：賢者避世，其次避地。或靜己以鎭其躁，或去危以圖其安，言或靜默隱居，以鎭心之躁競；或去彼危難，以謀己之安全也。或垢俗以動其槩，或疵物以激其清。言或垢穢時俗以動其槩，或疵點萬物以發其清。槩，猶操也。然觀其甘心畎畝之中，憔悴江海之上，莊子曰：舜以天下讓其友北人無擇。北人無擇曰：異哉，后之為人也，居於畎畝之中，而遊堯、舜之門[26]，不若是而已。又曰：就藪澤，處閑曠，此江海之士，避世之人也[27]，閑暇者之所好也。豈必親魚鳥樂林草哉，亦云介性所至而已。世說，簡文入華林園，顧謂左右曰：覺鳥獸禽魚，自來親人爾。故蒙恥之賓，屢黜不去其國；列女傳曰：柳下惠死，妻誄之曰：蒙恥救民，德彌大兮。雖過三黜，終不獘兮。蹈海之節，千乘莫移其情。史記曰：魯仲連謂新垣衍曰：秦卽為帝，則連蹈東海死耳。又曰：魯連下聊城，田單歸而欲爵之，魯連逃隱於海上。適使矯易去就，則不能相爲矣。論語曰：長沮、桀溺耦而耕，孔子過之，使子路問津焉。桀溺曰：與從避人之士，豈若從避

---

26 注「而遊堯舜之門」 案：「舜」字不當有。各本皆衍。章懷注無。

27 注「避世之人也」 案：「也」字不當有。各本皆衍。章懷注無。

世之士哉。子路行以告。夫子曰：天下有道，丘不與易也。漢書，賈誼上書曰：胡、越之人雖死不相為者，教習然也。彼雖硜硜有類沾名者，論語曰：子擊磬於衛，有荷蕢而過孔氏之門者。曰：有心哉！擊磬乎？既而曰：鄙哉！硜硜乎，莫己知也已。又，子貢曰：有美玉於斯，韞櫝而藏諸？求善價而沽諸？孔子曰：沽之哉！沽之哉！我待價者也。然而蟬蛻稅囂埃之中，自致寰區之外，淮南子曰：蟬飲而不食，三十日而蛻。異夫飾智巧以逐浮利者乎！淮南子曰：古之人同氣于天地，與一世而優遊。及偽之生，飾智以驚愚，設詐以巧上。荀卿有言曰「志意修則驕富貴，道義重則輕王公」也。荀卿子曰：志意修則驕富貴，道義重則輕王公矣，內省則外物輕矣。

漢室中微，王莽篡位，士之蘊藉慈夜義憤甚矣。東觀漢記曰：桓榮溫恭有蘊藉，明經義。文穎曰：謂寬博有餘也。是時裂冠毀冕，相攜持而去之者，蓋不可勝數。范曄後漢書曰：胡剛清高有志節，值王莽居攝，解其衣冠，縣府門而去，遂亡命交趾，隱於屠肆之間。左氏傳，王使詹桓伯辭於晉侯曰：伯父若裂冠毀冕，拔本塞源。毛詩序曰：百姓莫不相攜持而去焉。揚雄曰：「鴻飛冥冥，弋人何篡焉[28]。」言其違患之遠也。法言曰：鴻飛冥冥，弋人何篡焉。宋衷曰：篡，取也。鴻高飛，冥冥薄天，雖有弋人執矰繳，何所施巧而取焉。喻賢者深居，亦不罹暴亂之害。今篡或為慕，誤也。光武側席幽人，求之若不及，國語，越王夫人去笄側席而坐。韋昭曰：側猶特也。禮，憂者側席而坐。班固漢書公孫弘贊曰：上方欲用文武，求之如不及。旌帛蒲車之所徵賁彼義，相望於巖中矣。言招士或旌以帛也。漢書曰：武帝以枚乘年老，乃以安車蒲輪徵乘。周易曰：賁于丘園，束帛戔戔。若薛方逢步江萌聘而不肯至，漢書曰：薛方，字子容，王莽以安車迎方，方因使者辭謝曰：堯、舜在上，下有巢、許。今明主方隆唐、虞之德，亦猶小臣欲守箕山之節也。使者以聞。莽說其言，不強致也。世祖即位，徵方。於道病卒。范曄後漢書曰：逢萌，字子康，

28 「弋人何篡焉」 袁本、茶陵本「人」作「者」。案：今范書亦作「者」，「者」字是也。尤蓋依所見法言改耳。此注引法言，袁、茶陵仍作「者」，其宋衷注乃云「弋人」，「弋人」不出正文，蔚宗及善與尤所見自不同，改之非是。

北海人也。王莽殺其子宇，萌將家屬入海，客於遼東。光武即位，徵萌，託以老耄，迷路東西，語使者曰：朝廷所以徵我者，以其有益於政，尚不知方面所在，安能濟時乎？即便駕歸。連徵不起，以壽終。**嚴光周黨王霸至而不能屈。**范曄後漢書曰：嚴光，一名遵，會稽人。與光武同遊學。及光武即位，聘之三反而後至。舍於北軍，車駕即日幸其館。光臥不起，帝即其臥所，撫光腹曰：咄咄子陵，不可相助為政邪？又眠不應，良久，乃張目熟視曰：昔唐堯著德，巢父洗耳。士故有志，何至相迫乎！又曰：周黨，字伯況，太原人。建武中，徵為議郎，以病去職，遂將妻子居于澠池。後復徵，不得已，乃著短布單衣，縠皮綃頭巾[29]，待見尚書。及光武引見，黨伏而不謁，自陳願守所志，帝乃許焉。又曰：王霸，字仲儒，太原人。建武中，徵到尚書，拜，稱名不稱臣。有司問其故，霸曰：天子有所不臣，諸侯有所不友。以病歸。隱居守志。**羣方咸遂，志士懷仁，**郭象莊子注曰：一方得而羣方失。論語，子曰：志士仁人，無求生以害仁。禮記曰：君子有禮，故物無不懷仁。**斯固所謂舉逸人則天下歸心者乎？**論語，子曰：舉逸人，天下之人歸心焉。**肅宗亦禮鄭均而徵高鳳，以成其節。**范曄後漢書曰：肅宗孝章皇帝諱炟，顯宗第五子。又曰：鄭均，字仲虞，東平任城人。建初六年，公車特徵，再遷尚書，數納忠言，肅宗敬重之，以疾乞骸骨。又曰：高鳳，字文通，南陽人。建初中，將作大匠任隗舉鳳直言。到公車，託病逃歸，隱身漁釣，終於家。**自後帝德稍衰，邪孽當朝，處子耿介，與卿相等列**[30]，東廣微補亡詩曰：堂堂處子。楚辭曰：獨耿介而不隨俗[31]。**至乃抗憤而不顧，多失其中行焉。**論語，子曰：不得中行而與之，必也狂狷乎！**蓋錄其絕塵不及，同夫作者，列之此篇。**莊子，顏回問於仲尼曰：夫子步亦步，夫子趨亦趨，夫子馳亦馳，奔逸絕塵，而瞠乎若後耳。司馬彪曰：言不可及也。論語，子曰：作者七人。包咸曰：七人，謂長沮、桀溺、丈人、石門、荷蕢、儀封人、楚狂

---

29 注「縠皮綃頭巾」　案：「縠」當作「穀」，巾字不當有。各本皆誤。章懷注「以穀樹皮為綃頭」也。

30 「與卿相等列」　袁本「與」上有「羞」字，云善無。茶陵本云五臣有。案：今范書有。依文義，似各本所見皆傳寫誤脫之也。

31 注「獨耿介而不隨俗」　案：「俗」字不當有。各本皆衍。此所引九辨文也。元文「隨」下有「兮」，善引在句末者多節去。

接輿。

宋書謝靈運傳論

沈休文修宋書百卷，見靈運是文士，遂于傳不作此書，說文之利害，辭之是非。

沈休文

史臣曰：民禀天地之靈，含五常之德，剛柔迭用，喜慍分情。漢書曰：夫人肖天地之貌，懷五常之性，聰明精粹[32]，有生之最靈者也。應劭曰：肖，類也。頭圓象天，足方象地[33]。又曰：凡民函五常之性，而剛柔不同。史記曰：況懷五常，含好惡。鄭玄禮記注曰：五常，五行也。孔安國尚書傳曰：五行之德，王者相承以取法。禮記曰：何謂七情？喜、怒、哀、懼、愛、惡、欲。夫志動於中，則歌詠外發，毛詩序曰：情動於中，而形於言，嗟歎之不足，故永歌之。又曰：情發於聲，聲成文，謂之音。六義所因，四始攸繫，升降謳謠，紛披風什。毛詩序曰：詩有六義焉：一曰風，二曰賦，三曰比，四曰興，五曰雅，六曰頌。又曰：是謂四始，詩之至也。毛詩題曰：鹿鳴之什。說者云：詩每十篇同卷，故曰什也。雖虞夏以前，遺文不覩，虞書有帝庸作歌，夏書有五子之歌，已前不見歌文。禀氣懷靈，理或無異。古猛虎行曰：禀氣有豐約，受形有短長。然則歌詠所興，宜自生民始也。

周室既衰，風流彌著，幽、厲之時，多有諷刺，在下祖習，如風之散，如水之流，故曰彌著。屈平宋玉導清源於前，賈誼相如振芳塵於後，孫卿子曰：君子養源，源清則流清。陸機大暑賦曰：播芳塵之馥馥。英辭潤金石，高義薄雲天。仲長子昌言曰：英辭雨下。吳越春秋，樂師謂越王曰：君王德可刻之於金石。淮南子曰：夫道潤乎草木，浸乎金石。法言曰：或問屈原、相如之賦孰愈？曰：原也過以浮，如也過以虛。過浮者蹈雲天，過虛者華無根。然原

---

32 注「懷五常之性聰明精粹」　袁本、茶陵本無此九字。

33 注「應劭曰肖類也頭圓象天足方象地」　袁本、茶陵本無此十四字。

上援稽古，下引鳥獸，其著意，子雲、長卿亮不可及。自茲以降，情志愈廣。王褒劉向楊班崔蔡之徒，范曄後漢書曰：崔駰年十三，能通百家言，善屬文，與班固、傅毅同時齊名。又曰：蔡邕少博學，好辭章。楊，楊子雲。班，班孟堅。異軌同奔，遞相師祖。禮記曰：仲尼祖述堯、舜。然清辭麗曲，時發乎篇，而蕪音累氣，固亦多矣。賈逵國語注曰：蕪，穢也。累，猶負也。若夫平子豔發，文以情變，絕唱高蹤，久無嗣響。平子，張衡字也。至于建安，曹氏基命，三祖陳王，咸蓄盛藻，續晉陽秋曰：及至建安，而詩章大盛。尚書曰：王如不敢及天基命定命。建安，獻帝年號。魏志曰：明帝青龍四年，有司奏武皇帝為魏太祖，文皇帝為魏高祖，明皇帝為魏列祖也[34]。甫乃以情緯文[35]，以文被質。鄭玄周禮注曰：甫，始也。言始將情意以緯於文。

自漢至魏，四百餘年，辭人才子，文體三變。相如工爲形似之言，二班長於情理之說，二班，叔皮、孟堅也。子建仲宣以氣質爲體。並標能擅美，獨映當時。是以一世之士，各相慕習，源其飈流所始[36]，莫不同祖風騷。續晉陽秋曰：自司馬相如、王褒、揚雄諸賢代尚詩賦，皆體則風騷，詩揔百家之言[37]。飈流卽風流，已見上文。廣雅曰：祖，法也。徒以賞好異情，故意制相詭。說文曰：詭，變也。

降及元康，潘陸特秀，元康，晉惠帝年號也。續晉陽秋曰：逮乎西朝之末，潘、陸之徒，有文質[38]而宗師不

---

34 注「明皇帝為魏列祖也」　茶陵本「列」作「烈」，是也。袁本亦誤。

35 「甫乃以情緯文」　茶陵本無「文」字，云五臣有「物」字。袁本有「物」字，云善無。案：此尤延之所校添也。今宋書是「文」字。

36 「源其飈流所始」　袁本云善作「源」。茶陵本云五臣作「原」。何云疑作「原」。今宋書是「原」字。

37 注「詩總百家之言」　陳云「詩總」當作「傍綜」，見世說注，是也。

38 注「潘陸之徒有文質」　陳云「有文質」當作「雖時有質文」，是也。各本皆誤。案：亦據世說文學篇注也。

異。律異班賈，體變曹王，縟旨星稠，繁文綺合。論衡曰：德彌盛者文彌縟。又曰：或能陳得失，奏便宜，應經傳，文如星月，若谷子雲、唐子高者，並為高第。漢書，宣帝曰：辭賦譬如女工有綺穀也。綴平臺之逸響，采南皮之高韻，漢書曰：梁孝王廣治睢陽城為複道，自宮連屬於平臺三十餘里，招延四方豪傑。逸響，謂司馬相如之文。南皮，魏文帝所遊也。高韻，謂應、徐之文也。遺風餘烈，事極江右。史記曰：宣王法文武遺風。春秋元命苞曰：文王積善所潤之餘烈。江右，西晉也。在晉中興，玄風獨扇，爲學窮於柱下，博物止乎七篇。續晉陽秋曰：正始中，王弼、何晏好莊子玄勝之談[39]，而俗遂貴焉。老子為柱下史。莊子內篇其數有七。馳騁文辭，義殫乎此。自建武暨于義熙，歷載將百，建武，晉愍帝年號。義熙，晉安帝年號。雖比響聯辭，波屬雲委，答賓戲曰：馳辨如濤波。仲長統昌言曰：妙句雲布。孝經鉤命決曰：雲委霧散，殊錯沈浮。莫不寄言上德，託意玄珠，孫綽子曰：莊子多寄言，渾沌得宗，罔象得珠。老子德經曰：上德不德，是以有德。莊子曰：黃帝遊乎赤水之北，登乎崑崙之丘，而南還歸，遺其玄珠。郭象曰：此明得真之所由。遒麗之辭，無聞焉爾。孫綽集序曰：綽文藻遒麗。公羊傳曰：紀子伯者何，無聞焉爾。仲文始革孫許之風，叔源大變太元之氣。仲文，殷仲文也。續晉陽秋曰：許詢有才藻，善屬文，詢及太原孫綽，轉相祖尚，又加以三世之辭，而風、騷之體盡矣。詢、綽並為一時文宗，自此作者悉化之。至義熙中，謝混始改之[40]。叔源，混字也。太元，晉武帝年號[41]。爰逮宋氏，顏謝騰聲，靈運之興會摽舉，延年之體裁明密，興會，情興所會也。鄭玄周禮注曰：興者，託事於物也。體裁，制也。謝承後漢書曰：魏朗為河內太守，明密法令也。並方軌前秀，垂範後昆。

39 注「好莊子玄勝之談」 陳云「子」當從世說注作「老」，是也。各本皆誤。

40 注「謝混始改之」 案：「之」字不當有。世說注無。各本皆衍。

41 注「太元晉武帝年號」 何校「武」上添「孝」字，是也。袁本亦脫。茶陵本幷入五臣亦脫。

尚書曰：垂裕後昆。若夫敷衽論心，商搉前藻，楚辭曰：跪敷衽以陳辭。陸機樂府篇曰：商搉為此歌。工拙之數，如有可言。夫五色相宣，八音協暢，文賦曰：暨音聲之迭代，若五色之相宣。由乎玄黃律呂，各適物宜。周易曰：象其物宜，是故謂之象。欲使宮羽相變，低昂舛節，若前有浮聲，則後須切響。一簡之內，音韻盡殊；兩句之中，輕重悉異。妙達此旨，始可言文。至於先士茂製，諷高歷賞，言諷詠之者，咸以為高，歷載辭人，所共傳賞。子建函京之作，仲宣灞岸之篇[42]，曹子建贈丁儀王粲詩曰：從軍度函谷，驅馬過西京。王仲宣七哀詩云：南登霸陵岸，回首望長安。子荊零雨之章，正長朔風之句，孫子荊陟陽候詩曰：晨風飄岐路，零雨被秋草。王正長雜詩曰：朔風動秋草，邊馬有歸心。並直舉胸情，非傍詩史，正以音律調韻，取高前式。自靈均以來，多歷年代，靈均，屈原字也[43]。尚書，周公曰：殷禮陟配天，多歷年所。雖文體稍精，而此秘未覩。至於高言妙句，音韻天成，皆暗與理合，匪由思至。張蔡曹王，曾無先覺，論語曰：抑亦先覺者是賢乎？潘陸顏謝，去之彌遠。世之知音者，有以得之，此言非謬。如曰不然，請待來哲。西征賦曰：如其禮樂，以俟來哲。

恩幸傳論

約言當時遇幸會者，即得好官。又以晉、宋之間，皆取門戶，不任才能，故作此論。沈休文

夫君子小人，類物之通稱。蹈道則爲君子，違之則爲小人。莊子曰：天下盡殉也。彼其所殉仁義也，則俗謂之君子；其所殉貨財也，則俗謂之小人。屠釣，卑事也；板築，賤役也。太公起爲周師，傅說去爲殷相。尉繚子曰：太公屠牛朝歌。史記曰：太公望呂尚以漁釣奸周西伯。戰國策，范雎謂秦王曰：呂尚

---

42 「仲宣灞岸之篇」　案：「灞」當作「霸」，詳袁本所載濟注，乃善「霸」、五臣「灞」，各本所見以五臣亂善。前七哀詩及此注俱為「霸」字，不誤。又今宋書亦是「霸」字。

43 注「靈均屈原字也」　袁本、茶陵本無此六字，所載五臣濟注有之。案：此尤誤取增多也。

之遇文王，立為太師。尚書曰：高宗夢得說，乃審厥象，俾以形旁求於天下。說築傳巖之野，惟肖，爰立作相。非論公侯之世，鼎食之資，家語曰：子路南遊於楚，列鼎而食。明敭幽仄，唯才是與。尚書曰：明明敭仄陋。逮于二漢，茲道未革，胡廣累世農夫，伯始致位公相；黃憲牛醫之子，叔度名動京師。范曄後漢書曰：胡廣，字伯始，南陽人。六世祖剛，值王莽居攝，亡命交趾，莽敗乃歸鄉里。廣少孤貧，法雄察廣孝廉，試以章奏為天下第一，旬月拜尚書郎。凡一履司空，再作司徒，三登太尉。又曰：黃憲，字叔度，南陽人。世貧賤，父為牛毉。同郡陳蕃臨朝而歎曰：叔度若在，吾不敢先佩印綬。漢書曰：鄭子真名震乎京師。且士子居朝[44]，咸有職業，雖七葉珥貂，見崇西漢，左太沖詠史詩曰：金、張藉舊業，七葉珥漢貂。而侍中身奉奏事，又分掌御服，應劭漢書注曰：入侍天子，故曰侍中。晉令曰：侍中除書表奏皆掌署之。應劭漢官儀曰：侍中出則佩璽抱劍。東方朔為黃門侍郎，執戟殿下。漢書曰：東方朔初為常侍郎，後奏泰階之事，拜為太中大夫、給事中。嘗醉，小遺殿上，詔免為庶人。復為中郎。百官表，郎中令屬官中有郎，比六百石[45]；侍郎，比四百石。又黃門有給事黃門。漢官儀云：給事黃門侍郎，位次侍中、給事中，故曰給事黃門。然侍郎、黃門侍郎二官全別，沈以為同，悞也。答客難曰：官不過侍郎，位不過執戟，非黃門侍郎，明矣。郡縣掾吏[46]，並出豪家，負戈宿衛，皆由勢族，掾吏，卑位。負戈，賤役。豪家世族，咸亦為之。言無貴賤之異也。子虛賦曰：幸得宿衛，十有餘年。非若晚代分爲二塗者也。二塗，謂士庶也。言仕子不居賤職，庶族不涉清階。

44　「且士子居朝」　袁本「士」作「仕」，云善作「士」。茶陵本云五臣作「仕」。何校「士」改「任」。陳云今宋書作「任」，為是。案：所校是也。「士」、「仕」皆傳寫誤。下注云「言仕子不居賤職」，可見善並非作「士」，蓋初誤作「仕」，後又誤作「士」。

45　注「中有郎比六百石」　案：「中有」當作「有中」。各本皆倒。

46　「郡縣掾吏」　何校「吏」改「史」。陳云今宋書作「史」。案：所校是也。「吏」，傳寫誤。

漢末喪亂，魏武始基。國語曰：后稷始基靖民。尚書曰：太王肇基王迹。軍中倉卒，權立九品，蓋以論人才優劣，非謂世族高卑。列子曰：子華之門徒，皆世族也。因此相沿，遂爲成法。自魏至晉，莫之能改，言魏、晉二朝，咸遵魏武之法。州都郡正，以才品人，傅子曰：魏司空陳羣始立九品之制，郡置中正，平人才之高下，各為輩目；州置州都，而揔其義。而舉世人才，升降蓋寡。徒以憑籍世資，用相陵駕，人才不甚懸殊，故因世資以成貴也。都正俗士，斟酌時宜，品目少多，隨事俯仰，言法壞之漸也。都正既皆俗士，不能校其材藝，乃隨時斟酌，定其品差。劉毅所云下品無高門，上品無賤族者也。臧榮緒晉書曰：劉毅為尚書左僕射，上疏陳九品之弊，曰：上品無寒門，下品無勢族。言勢族之人，不居下品；寒門之子，不居上班。歲月遷訛，斯風漸篤，凡厥衣冠，莫非二品，言衣冠之族，皆居二品之中。自此以還，遂成卑庶。衣冠以外，皆同下科。周漢之道，以智役愚，臺隸參差，用成等級。左氏傳曰：人有十等，輿臣隸，隸臣僚，僚臣僕，僕臣臺。魏晉以來，以貴役賤，士庶之科，較然有辨。太玄經曰：君子之道，較然見矣。夫人君南面，九重奧烏到絕，楚詞曰：豈不鬱陶而思君兮，君之門以九重。陪奉朝夕，義隔卿士，階闥之任，宜有司存。論語，曾子曰：籩豆之事，則有司存。既而恩以狎生，信由恩固，爾雅曰：狎，習也。無可憚之姿，有易親之色。孝建泰始，主威獨運，沈約宋書曰：孝建，武帝年號；泰始，明帝年號。空置百司，權不外假，而刑政糾雜，理難遍通，耳目所寄，事歸近習。禮記月令曰：仲冬省婦事，無得淫，雖有貴戚近習，無有不禁。鄭玄曰：貴戚，姑姊妹也。近習，天子所親幸也。賞罰之要，是謂國權，出納王命，由其掌握，於是方塗結軌，輻湊同奔。莊子曰：車軌結乎千里之外。文子曰：羣臣輻湊。張湛曰：如眾輻之集於轂。人主謂其身卑位薄，以爲權不得重。曾不知鼠憑社貴，狐藉虎威，晏子春秋，景公問晏子曰：理國亦有常乎？對曰：讒佞之人，隱在君側，猶社鼠不熏也，去此乃治矣。戰國策，荊宣王問羣臣曰：吾聞北方之畏昭奚恤也，何如？羣臣莫對。江乙對曰：虎求百獸而食之，得狐。狐曰：子無敢食我。天帝命我長百獸，今子食我，是逆天命。子以我為不信，吾為子先行，子隨我後，觀百獸之畏我。虎不知百獸之畏己而走也，以為畏狐也。今王之地，方五千里，帶甲百萬，而專屬之於昭奚恤。故北方之畏昭奚恤，其實畏王之甲兵也，猶百獸之畏虎。外無逼主之嫌，內有專用之功，勢傾天下，未之或悟[47]，挾朋樹黨，政以賄成，左氏傳曰：襄十年，王朝卿士王叔陳生與伯輿爭政。大夫瑕禽曰：今自王叔之相也，政以賄成。鈇鉞瘡痏，構於牀笫側里之曲，西京賦曰：所惡成瘡痏。左氏傳，趙孟曰：牀笫之言不踰閾。杜預曰：第，簀也。服冕乘軒，出於言笑之下，左氏傳，衛太子謂渾良夫曰：服冕乘軒，三死無與。南金北毳，來悉方艚徂刀，素縑丹魄，至皆兼兩音亮，北毳，獋貂之屬。艚，船也，丹魄，虎魄也。色赤，故曰丹。孔安國尚書傳曰：車稱兩。西京許史，蓋不足云，晉朝王石，未或能比。漢書，孝宣許皇后，元帝母，元帝封外祖父廣漢為平恩侯。又曰：史良娣，宣帝祖母也。兄恭。宣帝立，恭已死，封恭長子高為樂陵侯。王隱晉書曰：王愷，字君夫，世祖舅，自以外戚，晉氏政寬，又性至豪險。又曰：石崇貪而好利，富擬王者。及太宗晚運，慮經盛衰，沈約宋書曰：明帝廟號太宗。法言曰：聖人之法，未嘗不關盛衰焉。權倖之徒，慴憚丁達宗戚，欲使幼主孤立，永竊國權，六代論曰：君孤立於上，臣弄權於下。搆造同異，興樹禍隙，帝弟宗王，相繼屠勦。尚書曰：天用勦絕其命。孔安國曰：勦，截也。截絕，謂滅之也。民忘宋德，雖非一塗，寶祚夙傾，實由於此。寶祚，猶寶命也。嗚呼！漢書有恩澤侯表，又有佞倖傳。今采其名，列以為恩倖篇云。

47 「未之或悟」 袁本云善作「悟」，茶陵本云五臣作「寤」。案：今宋書是「悟」字。但「寤」即「悟」，不知者每改之，未必善與五臣異。王命論「悟戍卒之言」，「英雄誠知覺寤」，一改一未改，最為可證也。

史述贊

史述贊三首

班孟堅

述高紀第一[48]

皇矣漢祖，纂堯之緒。漢書曰：劉向頌高祖云：漢帝本系，出自唐帝，降及于周，在秦作劉。爾雅曰：纂，繼也。寔天生德，聰明神武。項岱曰：聽於無聞曰聰，照臨四方曰明，以內知外曰神，尅定禍亂，闢土斥疆曰武。論語，子曰[49]：天生德於予。周易曰：古之聰明叡智，神武而不殺者夫。秦人不綱，網漏于楚。項岱曰：秦重斂殘人，天下叛之，故貶言人耳。綱，以喻網，網無綱，無所成，故漏也。言秦人不能整其綱維，令網目漏也。于楚，謂陳涉反而不能誅，故高祖因而起。爰茲發迹，斷蛇奮旅。神母告符，朱旗乃舉。漢書曰：高祖夜經澤中，有大蛇當徑，拔劍斬蛇，蛇分為兩，後人來至蛇所，有一嫗夜哭曰：吾子白帝子，化為蛇，今者赤帝子斬之。又曰：高祖立為沛公，旗幟皆赤。粵于厥蹈秦郊，嬰來稽首。元年冬十月，沛公至霸上，秦王子嬰素車白馬，降于軹道。革命創制，三章是紀。周易曰：湯、武革命，順乎天而應乎人。漢書曰：高祖謂秦父老曰：與父老約法三章耳。殺人者死，傷人及盜抵罪。應劭曰：抵，至也。除秦酷政，但至於罪。應天順民，五星同晷。晷，光景也。應劭曰：東井，秦之分野，五星所在，其下以義取天下之象也。項氏畔換，黜我巴漢，漢書曰：項羽背約，更立沛公為漢王，王巴蜀、漢中。韋昭曰：畔換，

---

48 「述高紀第一」　袁本、茶陵本校語云善本如此，五臣本列在後。案：各本所見皆非也。此連述贊為文，非用為標題，善亦不得在前，蓋傳寫誤移之，而五臣尚未經移耳。後二首同。

49 注「論語子曰」　袁本「論」上有「善曰」二字，是也。後「言秦人不能整其綱維」上，「毛詩曰：禺禺昂昂」上同。茶陵本在每節首，非。

跋扈也。西土宅心，戰士憤怨。尚書曰：逷矣西土之人。又曰：惟克厥宅心。郭璞三蒼解詁曰：西土，謂長安也。乘釁而運，席卷三秦。左氏傳，士會謂晉侯曰：會聞用師，觀釁而動。春秋握誠圖曰：諸侯冰散席捲，各爭恣志[50]。漢書曰：韓信陳三秦易幷之計。應劭曰：章邯為雍王，司馬欣為塞王，董翳為翟王，分王秦地，故曰三秦。割據河山，保此懷民。保，安也。懷，歸也。言漢據河山之固，民懷歸者能保乂之。漢書，田肯賀上曰：秦帶河阻山，懸隔千里。尚書曰：黎民懷之。股肱蕭曹，社稷是經。蕭何、曹參也。禮記，衛獻公曰：有柳莊者，非寡人之臣，社稷之臣。爪牙信布，腹心良平，韓信、英布、張良、陳平也。毛詩曰：予王之爪牙。又曰：赳赳武夫，公侯腹心。恭行天罰，赫赫明明。恭行，已見上文。毛詩曰：赫赫明明，王命卿士。

述成紀第十

孝成皇皇，臨朝有光。項岱曰：皇皇，華色盛也。威儀之盛，如珪如璋。項岱曰：珪璋，玉之妙好雕鏤者。毛詩曰：顒顒卬卬，如珪如璋。閫闈恣趙，朝政在王。閫闈，闥門之內也。門內恣趙昭儀姊妹，以元舅侍中封陽平侯王鳳為大將軍，領尚書事。炎炎燎火，光允不陽[51]。項岱曰：允，信也。內損於飛鷰，外見壅於王鳳等，信不得陽也。張晏曰：天子之威，盛若燎火之陽，今委政王氏，不亦熾乎[52]！

---

50 注「各爭恣志」 袁本「志」作「忘」。茶陵本亦作「志」，與此同。案：皆非也，當作「妄」。過秦論注引作「妄」。

51 「光允不陽」 袁本「光」作「亦」，云善作「光」。茶陵本云五臣作「亦」。案：今班書作「亦」，「亦」字是也。「光」傳寫誤。

52 注「不亦熾乎」案：當作「不炎熾矣」。各本皆誤，顏注所引可證。

述韓英彭盧吳傳第四

信惟餓隸，布實黥徒。漢書曰：韓信家貧，從下鄉南昌亭長寄食，亭長苦之，乃晨炊蓐食，食時往，不為具食。信知之，自絕去。又曰：黥布姓英。少時，客相之，當刑而王。及坐法黥，欣然笑曰：人相我當刑而王，幾是乎？越亦狗盜，芮尹江湖。漢書曰：彭越嘗漁鉅野澤中，為盜。沛公攻昌邑，越助之。說苑曰：管仲，故城陰之狗盜。漢書曰：吳芮，秦時鄱陽令也。甚得江湖間心。號曰鄱君。音義曰：尹，正也。雲起龍驤，化為侯王。割有齊楚，跨制淮梁。韓信初為齊王，後楚王。黥布為淮南王。彭越為梁王。綰自同閈胡旦，鎮我北疆。應劭曰：閈音扞。南楚汝沛名里門曰閈。綰為燕王，故曰北疆。德薄位尊，非祚惟殃。周易曰：德薄而位尊，智小而謀大。左氏傳，舟之僑曰：無德而祿，殃也。吳克忠信，胤嗣乃長。漢書曰：芮為長沙王，薨，子忠嗣，自芮後傳位五世，無子，國除。

後漢書光武紀贊

范蔚宗

贊曰：炎政中微，大盜移國。東觀漢記序曰：漢以炎精布曜。中微，謂平世衰也[53]。魯靈光殿賦序曰：遭漢中微，盜賊奔突。九縣飈迴，三精霧塞。三精，日、月、星也。孝經援神契曰：天地至貴，精不兩明。宋均曰：天精為日，地精為月。河圖曰：巛德布精，上為眾星。民厭淫詐，神思反德。世祖誕命，靈貺自甄。尚書曰：我文考誕膺天命。春秋元命苞曰：通三靈之貺，交錯同端。鄭玄尚書緯注曰：甄，表也。沈機先物[54]，深略緯文[55]。說

---

53 注「中微謂平世衰也」　袁本、茶陵本無此七字。

54 「沈機先物」　茶陵本「先」作「生」，云五臣作「先」。袁本云善作「生」。案：今范書作「先」，「先」字是也，善亦不得作「生」，各本所見皆傳寫誤。

55 「深略緯文」　袁本「文」作「天」。茶陵本作「文」，與此同，何云兩漢刊誤補遺云「文選作天」云云。今案：袁本正與所稱同，下無校語，蓋善、五臣皆是「天」字，茶陵及此作「文」者，後來轉依今范書誤改之耳。茶陵亦無校語也。「天」與

文曰：機，主發之機也。周書曰：經緯天地曰文矣。尋邑百萬，貔虎爲羣。長轂雷野，高旗彗蘇沒雲。漢書曰：劉聖公為天子，以光武為偏將軍，徇昆陽。光武令王常留守，光武出收兵。王莽遣大司徒王尋、大司空王邑將兵百萬，旌旗輜車[56]千里不絕，又驅諸猛獸虎豹犀象之屬以助威武，圍城數重。光武遂進。尋、邑亦遣兵合戰，光武奔之，斬首數千級，光武乃與敢死士三千人衝中堅，尋、邑陣亂，遂殺王尋。鬻子曰：紂虎旅百萬。穀梁傳曰：長轂五百乘。范甯曰：長轂，兵車也。東都主人曰：戈鋋彗雲。英威既振，新都自焚。漢書曰：莽封為新都侯。又曰：更始兵到，城中少年子弟自燒室門[57]，呼曰：反虜王莽，何不出降？莽避火宣室，火輒隨之。虔劉庸代，紛紜梁趙。范曄後漢書曰：梁王劉永擅命睢陽。又曰：公孫述稱王，王巴蜀。又曰：卜者王郎為天子，都邯鄲。又曰：彭寵自立為燕王。代，即燕也。三河未澄，四關重擾。三河，洛陽也。四關，長安也。范曄後漢書曰：赤眉賊入函谷關，敗更始，光武乃遣鄧禹引兵西，乘更始、赤眉之亂。時更始大司馬朱鮪等屯洛陽，光武令馮異守孟津以拒之。神旌乃顧，遞行天討。金湯失險，車書共道。鹽鐵論曰：秦金城千里。氾勝之書曰：神農之教，雖石城湯池，無粟者不能守也。禮記，子曰：今天下車同軌，書同文。靈慶既啓，人謀咸贊。靈慶，謂天符也。易繫辭曰：人謀鬼謀，百姓與能。王弼曰：人謀，謂眾議。西都賓曰：天啓之心，人惎之謀。明明廟謀，赳赳雄斷。廟謀，廟筭也。楊雄連珠曰：兼聰獨斷[58]，聖王之法也。於烏赫有命，系我皇漢。毛詩曰：有命自天。蔡邕獨斷曰：光武以再命復漢之祚。

「甄」協，最是。

56 注「旌旗輜車」 陳云「車」，「重」誤，是也。各本皆誤。

57 注「城中少年子弟自燒室門」 案：「子」當作「朱」，「自燒」當作「燒作」。各本皆誤。

58 注「兼聰獨斷」 案：「聰」當作「聽」。各本皆誤。

卷第五十一

論一

過秦論　漢書，應劭曰[1]：賈誼書第一篇名也，言秦之過[2]。

賈誼

秦孝公據殽函之固，擁雍州之地，韋昭曰：崤謂二殽[3]。函，函谷關也。史記，張良曰：關中左殽、函，右隴、蜀。君臣固守，以窺周室，有席卷天下，包舉宇內[4]，春秋握誠圖曰：諸侯冰散席卷，各爭恣妄。囊括四海之意，并吞八荒之心。張晏曰：括，結囊也，言能苞含天下也。周易曰：括囊無咎無譽。當是時也，商君佐之，內立法度，務耕織，修守戰之具，外連衡而鬭諸侯。戰國策，蘇秦說秦王曰：始將連橫。高誘曰：合關東從通之於秦，故曰連橫。文穎曰：關西為橫。衡音橫。於是秦人拱手而取西河之

---

1 注「漢書應劭曰」　袁本、茶陵本無「漢書」二字。案：二本是也。以下所引諸家皆陳涉傳注。凡如此者，例不云漢書。

2 注「言秦之過」　袁本「言」上有「善曰」二字。案：此四字亦應注，顏師古引者可證，袁本非也。又案：以此驗之，凡各本所有「善曰」字多非其舊，的然無疑矣。

3 注「韋昭曰崤謂二殽」　案：「崤」、「殽」二字當互易。各本皆誤。

4 「包舉宇內」　袁本、茶陵本「包」作「苞」。案：此尤延之所改也。史記、漢書、賈子俱是「包」字。但古「包」、「苞」同用，未必善不為「苞」也。

外。李斯上書曰：孝公用商鞅之法，獲楚、魏之師，舉地千里。孝公既沒，惠文武昭，史記曰：孝公卒，子惠文王立，卒，子武王立，卒，立異母弟，是曰昭襄王也。蒙故業，因遺策，南取漢中，西舉巴蜀，東割膏腴之地，收要害之郡。李斯上書曰：惠王用張儀之計，西幷巴蜀，南取漢中，東據成皋之險，割膏腴之壤。諸侯恐懼，會盟而謀弱秦，不愛珍器重寶肥饒之地，以致天下之士，合從締交，相與爲一。文穎曰：關東為從。張晏曰：締，連結也，徒帝切。當此之時，齊有孟嘗，趙有平原，楚有春申，魏有信陵，史記曰：平原君趙勝者，趙之諸公子也。又曰：孟嘗君者，名文，姓田氏。又曰：春申君者，楚人也，名歇，姓黃氏。又曰：魏公子無忌者，魏安釐王弟也，為信陵君。此四君者，皆明智而忠信，寬厚而愛人，尊賢而重士，約從離橫，言諸侯結約為從，欲以分離秦橫也。兼韓魏燕趙宋衛中山之眾。於是六國之士，有甯越徐尚蘇秦杜赫之屬爲之謀，呂氏春秋曰：齊攻廩丘，趙使孔青將而救之，與齊人戰，大敗齊人，得尸三萬，以為二京。甯越謂孔青曰：惜矣！不如歸尸以內攻之。彼得尸而府庫盡於葬，此之謂內攻之。甯越，趙人也[5]。徐尚，未詳。蘇秦，已見上文。呂氏春秋曰：杜赫以安天下說周昭文君，昭文君謂杜赫曰：願學所以安周。高誘曰：杜赫，周人也。齊明周最陳軫召滑樓緩翟亭的景蘇厲樂毅之徒通其意，戰國策，東周[6]齊明謂東周君曰：臣恐西周之與楚、韓寶，令之為己求地於東周也。高誘曰：齊明，東周臣也。戰國策曰：齊令周最使鄭，立韓擾而廢公叔，周最患之。高誘曰：周最，周君之子也，仕於齊，故齊使之也。字林曰：最，才勾切[7]。戰國策，秦王謂陳軫曰：吾聞子欲去秦而之楚，信乎？軫曰：然。高

---

5 注「寧越趙人也」 袁本、茶陵本「甯」上有「然」字。案：二本是也。「然」即今「然則」，善全書皆如此。「甯越，趙人」，非有明出，據上引決之。

6 注「戰國策東周」 袁本、茶陵本無「東周」二字，是也。

7 注「最才勾切」 陳云「勾」，「句」誤，是也。各本皆譌。案：周本紀索隱曰「最，詞喻反」，與此正同，皆讀「最」為「聚」也。

誘曰：陳軫，夏人，仕秦，亦仕楚也。韓子，于象謂楚王曰：前時王使召滑之越，五年而能成之。史記，范蠉對楚王曰：王前嘗用召滑而郡江東。召音劭。滑音依字。戰國策曰：秦王伐楚，魏王不欲。樓緩謂魏王曰：不與秦攻楚，楚且與秦攻王。王不如令秦、楚戰，王交制之。高誘曰：樓緩，魏相也。翟景，未詳。史記曰：蘇秦之弟厲，因燕子而求見齊王，齊王怨蘇秦，欲因蘇厲，燕子為謝，遂委質為齊臣。又曰：樂毅賢而好兵，為魏昭王使於燕，燕昭王以客禮待之，樂毅遂委質為臣，燕昭王以為亞卿也。吳起孫臏帶佗兒良王廖田忌廉頗趙奢之倫制其兵。史記曰：吳起，衛人也。聞魏文侯賢，事魏文侯以為將。又曰：孫臏，生阿、甄之間，臏亦孫武之後也。田忌進孫子於齊威王。帶佗，未詳。佗，徒何切。呂氏春秋曰：王廖貴先，兒良貴後，此二人者，皆天下之豪士也。兒，五兮切。廖，力彫切。戰國策曰：韓、魏之君朝田侯，鄒忌為齊相，田忌為將。使田忌伐魏，三戰三勝。高誘曰：田侯，宣王也。史記曰：廉頗，趙之良將也。趙惠文王[8]廉頗為趙將，伐齊，大破之。又曰：趙奢者，趙之田部吏也。秦伐韓，趙王令趙奢將而救之。嘗以十倍之地，百萬之眾，叩關而攻秦。孔安國論語注曰：叩，擊也。叩或為仰，言秦地高，故曰仰攻之。秦人開關而延敵，九國之師遁逃而不敢進。九國，謂齊、楚、韓、魏、燕、趙、宋、衛、中山也。史記曰：逡巡，遁逃[9]。秦無亡矢遺鏃之費，而天下諸侯已困矣。

---

8 注「趙惠文王」　案：此下當依史記有「十六年」三字。各本皆脫。

9 注「史記曰逡巡遁逃」　袁本、茶陵本作「遁逃，史記作逡巡」。案：二本是也。「遁逃」複舉正文「史記曰逡巡」五字為一句，善所見史記作「逡巡」，而今本作「逡巡遁逃」，後人妄添二字，尤反依之改，轉誤之甚者也。賈子作「逡巡」，正與善所見史記同。又案：正文作「遁逃」，西征賦注引作「遯逃」，必善讀漢書陳涉傳如此，故載史記之異，意謂兩文俱通。考賈子下篇，亦言「百萬之徒逃北而遂壞」，然則作「遁逃」自無不可，未見潘安仁必誤如匡謬正俗所譏也。師古漢書專主「逡遁」，即其所謂「遁」者，蓋取盾之聲，以為「巡」字當音詳遵反。學者既不知「遁」為「巡」字，遂改為「遁逃」者，與善全異，不可用以校此，讀者多所不憭。又，今本漢書作「遁巡」，注同，更譌舛，非顏之舊觀。匡謬正俗所說自明，茲不訂彼。

李巡爾雅注曰：鏃，以金為箭鏃也[10]。於是從散約解，爭割地而賂秦。秦有餘力而制其弊，追亡逐北，伏尸百萬，流血漂櫓音魯。韋昭曰：大楯曰櫓。左氏傳曰：狄虒彌建大車之輪以為櫓。因利乘便，宰割天下，分裂河山，彊國請伏，弱國入朝。施及孝文王莊襄王，享國之日淺，國家無事[11]。史記曰：昭襄王卒，子孝文王立，卒，子莊襄王立。公羊傳曰：桓公之享國也長。何休曰：享，食也。

及至始皇，奮六世之餘烈，張晏曰：孝公、惠文王、武王、昭王、孝文王、莊襄王。振長策而御宇內，吞二周而亡諸侯，以馬喻也。說文曰：振，舉也。史記曰：始皇滅二周，置三川郡。履至尊而制六合，執敲扑浦木以鞭笞天下，臣瓚以為短曰敲，長曰扑。說文曰：敲，擊也，祜交切。威振四海。南取百越之地，以爲桂林象郡。漢書音義曰：百越非一種，若今言百蠻也。史記曰：始皇略取陸梁地為桂林、象郡。韋昭曰：桂林，今鬱林；象郡，今日南也。百越之君，俛首係計頸[12]，委命下吏。乃使蒙恬北築長城而守藩籬，却匈奴七百餘里，胡人不敢南下而牧馬，士不敢彎弓而報怨。於是廢先王之道，燔百家之言，以愚黔首。史記，李斯曰：請廢博士官所職，天下敢有藏詩、書、百家語者，詣守尉雜燒之。又曰：秦更名民曰黔首。隳名城，殺豪俊，應劭曰：壞城恐復阻以為己害。收天下之兵，聚之咸陽，銷鋒鍉鑄以爲金人十二[13]，以弱天下之民。如淳曰：鍉，箭足也。鄧展曰：鍉，是扞頭鐵也。史記曰：始皇收天下兵，

---

10 注「以金為箭鏃也」　袁本、茶陵本「鏃」作「鏑」，是也。

11 「國家無事」　袁本云善無「家」字。茶陵本云五臣有。案：此尤校添之也。史記、漢書、賈子俱有。

12 「俛首係頸」　茶陵本「頸」作「頭」，云五臣作「頸」。袁本云善作「頭」。案：此尤校改之也。史記、漢書、賈子俱作「頸」。

13 「銷鋒鍉鑄以為金人十二」　袁本、茶陵本云「鍉鑄」善作「鑄鍉」。案：此尤校改之也。漢書作「鍉鑄」，賈子作「鏑鑄」，「鏑」即「鍉」也，「鍉」，句絕；「鑄」下屬。史記作「銷鋒鑄鐻」，似四字連文，「鐻」「鍉」亦異，未審善果何作。

聚之咸陽，以銷鋒鍉為鍾鐻，金人十二[14]，重各千石，置宮庭中。鍉音的，鍉或為提。鐻音巨。然後踐華爲城，因河爲池，服虔曰：斷華山為城，美大之也。晉灼曰：踐，登也。據億丈之城，臨不測之谿以爲固；良將勁弩，守要害之處，信臣精卒，陳利兵而誰何？誰何，問之也。漢書有誰何卒？如淳曰：何謂何官也。廣雅曰：何，問也[15]。天下已定，始皇之心，自以爲關中之固，金城千里，金城，言堅也。史記，張良曰：關中，所謂金城千里，天府之國也。子孫帝王，萬世之業。史記，秦始皇曰：朕為始皇帝，後世以計數，二世、三世，至于萬世，傳之無窮。

始皇既沒，餘威震于殊俗。然而陳涉，甕牖繩樞之子，陳涉，已見鄒陽上書。禮記曰：儒有蓬戶甕牖。韋昭曰：繩樞，以繩扃戶為樞也。甿隸之人，如淳曰：甿，古氓字，氓人也[16]。而遷徙之徒也，材能不及中庸，方言曰：庸，賤稱也，言不及中等庸人也。非有仲尼墨翟之賢，陶朱猗頓之富，史記曰：范蠡之陶，為朱公，以為陶天下之中，皆諸侯四通，貨物所交易也。乃治產積十九年之間，三致千金。孔叢子曰：猗頓，魯之窮士也，耕則常飢，桑則常寒，聞朱公富，往而問術焉。公告之曰：子欲速富，當畜五牸。乃適河東，大畜牛羊于猗氏之南，其滋息不可計。以興富猗氏，故曰猗頓也。躡足行伍之間，俛起阡陌之中，如淳曰：躡音疊。音義曰：俛音免。如淳曰：時皆卑屈在阡陌之中。率罷散之卒[17]，將數百之眾，轉而攻秦，斬木爲兵，揭竿爲旗，埤蒼曰：

---

14 注「以銷鋒鍉為鍾鐻金人十二」 案：「以銷」當作「銷以」，「鋒鍉」二字衍。各本皆誤。所引始皇紀文。

15 注「廣雅曰何問也」 案：「何」上當有「誰」字。各本皆脫。

16 注「甿古氓字氓人也」 袁本、茶陵本「氓」字作「文氓」。案：顏注引作「甿」，古文萌字。萌，民也。蓋善引無「字」字，又諱「民」作「人」。集解引作「甿古氓字。氓，民也」。尤依之校改耳。

17 「率罷散之卒」 袁本云善作「罷弊」。茶陵本云五臣作「疲散」。案：此尤校改之也。史記、漢書俱作「罷散」。善所見或為「弊」字也，賈子作「疲弊」，可證。

揭，高舉也，巨列切。莊子曰：揭竿求諸海也。天下雲集而響應[18]，贏糧而景從，莊子曰：今使民曰：某所有賢者贏糧而趣之。方言曰：贏，擔也，音盈。山東豪俊，遂並起而亡秦族矣。

且夫天下非小弱也，雍州之地，殽函之固自若也。陳涉之位，非尊於齊楚燕趙韓魏宋衛中山之君也[19]；鉏耰棘矜巨巾，非銛息鹽於鉤戟長鎩所介也；孟康曰：耰，鉏柄也，張晏曰：矜音槿。爾雅曰：棘，戟也，言鉏柄及戟槿也。耰音憂。槿，巨巾切。如淳曰：鉤戟，似矛刃，下有鐵橫上鈎曲也。說文曰：鎩，鈹有鐔也。謫戍之眾，非抗於九國之師也；通俗文曰：罰罪曰謫，丈厄切。深謀遠慮，行軍用兵之道，非及曩時之士也。史記曰：賢人深謀於廊廟。論語曰：人無遠慮，必有近憂。然而成敗異變，功業相反。試使山東之國與陳涉度長絜大，比權量力，則不可同年而語矣。莊子曰：大樹其絜百圍。司馬彪曰：絜，帀也，丁結切。然秦以區區之地，致萬乘之權，招八州而朝同列，百有餘年矣。鄧展曰：招，猶舉也。蘇林曰：招音翹。然後以六合爲家，殽函爲宮，一夫作難而七廟隳，身死人手，爲天下笑者，何也？春秋考異郵曰：君殺妻誅，為天下笑。仁義不施，而攻守之勢異也。

---

18 「天下雲集而響應」　袁本、茶陵本「集」作「會」。案：此尤校改之也。史記作「集」，漢書、賈子作「合」，或皆不與此同。

19 「非尊於齊楚燕趙韓魏宋衛中山之君也」　袁本、茶陵本「非」作「不」，下「非銛」之「非」亦作「不」。案：此尤校改之也。史記、賈子作「非」，漢書作「不」。

非有先生論

東方曼倩[20] 班固漢書：東方朔，字曼倩，平原厭次人。武帝卽位，言得失[21]。又設非有先生論。

非有先生仕於吳，進不能稱往古以廣主意，退不能揚君美以顯其功，默然無言者三年矣。吳王怪而問之，曰：「寡人獲先人之功，寄于衆賢之上，夙興夜寐，未嘗敢怠也。今先生率然高舉，遠集吳地，率然，輕舉之貌。將以輔治寡人，誠竊嘉之，體不安席，食不甘味，目不視靡曼之色，耳不聽鐘鼓之音，虛心定志，欲聞流議者三年於茲矣。呂氏春秋曰：越王欲致必死於吳，身不安枕席，口不甘厚味，目不視靡曼，耳不聽鐘鼓，三年苦身勞力。高誘曰：靡曼，好色也。流議，猶餘論也。今先生進無以輔治，退不揚主譽，竊爲先生不取也。蓋懷能而不見，是不忠也，見而不行，主不明也。意者寡人殆不明乎？」非有先生伏而唯唯。吳王曰：「可以談矣，寡人將竦意而聽焉[22]。」先生曰：「於戲！可乎哉？可乎哉？於戲，歎辭也。於音烏。戲音呼。可乎哉，言不可也。談何容易！言談說之道，何容輕易乎？夫談者有悖蒲忽於目而佛於耳[23]，謬於心而便於身者，韓子曰：聖人之救危國，以忠佛耳。字書曰：佛，違也。佛，扶勿切。或有說

---

20 「東方曼倩」 袁本、茶陵本云善作「蒨」。案：此尤校改正之也。前作「倩」，自不得有異，但所見傳寫誤。

21 注「班固漢書東方朔字曼倩平原厭次人武帝卽位言得失」 袁本、茶陵本無此二十二字，有「漢書曰朔」四字，是也。「朔」見於畫贊注，其答客難下亦不復出，或記於旁，尤誤取以增多耳。

22 「寡人將竦意而聽焉」 袁本、茶陵本「聽」作「覽」。案：二本是也。下文「寡人將覽焉」，漢書作「聽」。尤延之欲校改彼字，而誤以當此處耳。凡宋以來刊板脩改，往往有如此者。

23 「而佛於耳」 案：「而」字不當有。漢書無。各本皆衍。又案：下「順於耳」句，袁、茶陵二本校語云善無而五臣有。然則此以五臣亂善。

於目、順於耳、快於心而毀於行者，非有明王聖主，孰能聽之矣？」吳王曰：「何爲其然也？『中人以上可以語上也』，論語，孔子曰：中人以上可以語上也，中人以下不可以語上也。先生試言，寡人將覽焉[24]。」

先生對曰：「昔關龍逄深諫於桀，而王子比干直言於紂，尸子曰：義必利，雖桀殺關龍逄，紂殺王子比干，猶謂之必利也。此二臣者，皆極慮盡忠，閔主澤不下流，而萬民騷動，故直言其失，切諫其邪者，將以爲君之榮，除主之禍也。今則不然，反以爲誹方未謗君之行，無人臣之禮，如淳曰：漢書注曰[25]：誹，非上所行也。果紛然傷於身，蒙不辜之名，戮及先人，爲天下笑，鄭玄禮記注曰：戮，猶辱也。故曰談何容易！是以輔弼之臣瓦解，而邪諂之人並進，春秋考異郵曰：瓦解土崩。遂及飛廉、惡來革等。史記曰：中潏生蜚廉，蜚廉生惡來，惡來父子俱以材力事殷紂。說苑，子石曰：費仲、惡來革長鼻決目，崇侯虎順紂之心，欲以合於意，武王伐紂，四子身死牧之野。三人皆詐僞[26]，巧言利口，以進其身，論語，子曰：巧言令色，鮮矣仁。又曰：惡利口之覆邦家。陰奉彫琢刻鏤之好，以納其心，務快耳目之欲，以苟容爲度，遂往不戒，身沒被戮，宗廟崩弛，國家爲墟，殺戮賢臣，親近讒夫。詩不云乎：『讒人罔極，交亂四國』，此之謂也。毛詩小

24 「寡人將覽焉」 何校「覽」改「聽」。案：依漢書也。詳此句與上文「孰能聽之矣」相承接，作「聽」為是。袁、茶陵二本亦作「覽」，皆涉「寡人將竦意而覽焉」句之誤。尤本改上「覽」字為「聽」，致與漢書互易，益非。

25 注「如淳曰漢書注曰」 陳云「淳」下衍「曰」字，是也。各本皆衍。

26 「三人皆詐偽」 袁本、茶陵本「三」作「二」。案：袁、茶陵二本所載五臣良注云「其子惡來革多力」，是五臣以飛廉為一人，惡來革為一人，而其本作「二」也。善引說苑，以革為一人，而其本作「三」。尤改正之，是矣。又案：今本漢書亦作「二」，似有誤。顏注未有明文，無以相訂。

雅文也。鄭玄曰：極，猶已也。故卑身賤體，說色微辭，愉愉逾呴呴況于終無益於主上之治[27]，卽志士仁人不忍爲也。愉愉呴呴，和說之貌也。孝經鉤命決曰：驩忻慎懼，嘔嘔喻喻。呴與嘔同，音吁。論語，子曰：志士仁人，無求生以害仁也。將儼然作矜莊之色，深言直諫，上以拂人主之邪，下以損百姓之害，拂與弼同。則忤於邪主之心，歷於衰世之法。故養壽命之士莫肯進也，遂居深山之間，積土爲室，編蓬爲戶，彈琴其中，以詠先王之風，亦可以樂而忘死矣。尚書大傳曰：子夏曰：弟子所授書於夫子者，不敢忘，雖退而窮居河、濟之間，深山之中，作壤室，編蓬戶，尚彈琴瑟其中，以歌先王之風，則可以發憤矣。是以伯夷叔齊避周，餓于首陽之下，後世稱其仁。論語，子曰：伯夷、叔齊餓於首陽之下，人到于今稱之。如是，邪主之行固足畏也，故曰談何容易！」

於是吳王戄然易容[28]，戄，敬貌也，居具切。捐薦去几，危坐而聽。捐薦去几，自貶損也。管子曰：少者之事先生，危坐向師，顏色無怍。先生曰：「接輿避世，箕子被髮佯狂，此二子者，皆避濁世以全其身者也。論語曰：楚狂接輿歌而過孔子。尸子曰：箕子胥餘漆體而為厲，被髮佯狂，以此免也。使遇明王聖主，得賜清讌之閑，寬和之色，發憤畢誠，圖畫安危，揆度得失，上以安主體，下以便萬民，則五帝三王之道可幾而見也。故伊尹蒙恥辱、負鼎俎、和五味以干湯，太公釣於渭之陽以見文王。魯連子曰：伊尹負鼎佩刀，以干湯，得意，故尊宰舍。六韜曰：文王卜田，史扁為卜

---

27 「終無益於主上之治」　茶陵本云五臣作「治」。袁本云善作「理」。案：此亦尤校改之也。漢書「治」，但善避諱，尤改非也。

28 「於是吳王戄然易容」　袁本「戄」作「懼」，音句，云善作「戄」。茶陵本作「戄」，音句，云五臣作「懼」。善注中皆無「居具切」三字。今案：此各本所見蓋皆非也。「戄」不得音句，亦不得「居具切」。漢書作「懼」，顏注「居具反」，善音與之同，是亦作「懼」。其「居具」之音，與五臣句複，故袁、茶陵刪之耳。

曰：于渭之陽，將大得焉。非熊非羆，非虎非狼[29]，兆得公侯，天遺女師。文王齋戒三日，田于渭陽，卒見呂望坐茅以漁。心合意同，謀無不成，計無不從，誠得其君也。深念遠慮，引義以正其身，推恩以廣其下，孟子曰：推恩足以保四海。本仁祖誼，戰國策，蘇代說齊王曰：祖仁者王，立義者霸。褒有德，祿賢能，誅惡亂，揔遠方，壹統類，美風俗，此帝王所由昌也。上不變天性，下不奪人倫，則天地和洽，遠方懷之，故號聖王。臣子之職既加矣，於是裂地定封，爵爲公侯，傳國子孫，名顯後世，民到于今稱之，以遇湯與文王也。太公伊尹以如此，龍逢比干獨如彼，豈不哀哉！故曰談何容易！」

於是吳王穆然，俛而深惟，仰而泣下交頤，穆，猶默，靜思貌也。孫子兵法曰：令發之日，士寢者涕交頤。曰：「嗟乎！余國之不亡也，綿綿連連，殆哉，世之不絕也！」說文曰：綿，聯微也。爾雅曰：殆，危也。於是正明堂之朝，齊君臣之位，舉賢才，布德惠，施仁義，賞有功；躬親節儉[30]，減後宮之費，損車馬之用；放鄭聲，遠佞人，論語，顏回問為邦，子曰：放鄭聲，遠佞人。鄭聲淫，佞人殆。省庖廚，去侈靡，卑宮館，壞苑囿，塡池塹，以與貧民無產業者；開內藏，振貧窮，存耆老，恤孤獨，薄賦斂，省刑罰。行此三年，海內晏然，天下大洽[31]，陰陽和調，萬物咸得其宜；孫卿子曰：萬物得宜，事變得應。國無災害之變，民無飢

29 注「非虎非狼」　案：「狼」當作「𧳋」。各本皆誤。重贈盧諶引作「非龍非彲」，句在「非熊非羆」上。今六韜同「彲」，蓋即「𧳋」字，與「羆」、「師」協韻也。運命論注引作「狼」，亦誤。

30 「躬親節儉」　茶陵本無「躬」字，「親」下校語云五臣作「躬」。袁本「躬」下校語云善有「親」字。此初刻同茶陵所見，後用袁所見脩改添之也。漢書作「躬節儉」，與五臣同。

31 「天下大洽」　案：「洽」當依漢書作「治」。各本皆譌。

寒之色，家給人足，畜積有餘，囹圄空虛；文子曰：法寬刑緩，囹圄空虛。鳳皇來集，麒麟在郊，禮記曰：鳳皇麒麟，皆在郊藪。甘露既降，朱草萌芽，禮記曰：天降膏露。鄭玄曰：膏，猶甘也。尚書大傳曰：德光地序，則朱草生。遠方異俗之人，嚮風慕義，各奉其職而來朝賀。故治亂之道，存亡之端，若此易見，呂氏春秋曰：治亂存亡，如可見，如不可見。而君人者莫肯爲也，臣愚竊以爲過。故詩曰「王國克生，惟周之貞[32]，濟濟多士，文王以寧」，此之謂也。毛詩小雅文也。

四子講德論 并序

王子淵

褒既爲益州刺史王襄作中和樂職宣布之詩，又作傳，漢書曰：益州刺史王襄欲宣風化於眾庶，聞王褒有俊才，使褒作中和、樂職、宣布詩，選好事者令依鹿鳴之聲習而歌之。褒既為刺史作頌，又作傳。如淳曰：言王政中和，在官者樂其職，國語所謂宣布哲人之令德也。名曰四子講德，以明其意焉。

微斯文學問於虛儀夫子曰：「蓋聞國有道，貧且賤焉，恥也。論語，子曰：邦有道，貧且賤焉，恥也。今夫子閉門距躍，專精趨學有日矣。距躍，不行也。應劭風俗通曰：涉始於足[33]，足率長十寸，十寸則尺，一單三尺[34]，法天地人，再躍則涉。幸遭聖主平世，而久懷寶，論語，陽貨謂孔子曰：懷其寶而迷其邦，可謂仁乎？是伯牙去鍾期，而舜、禹遁帝堯也。廣雅曰：遁，逃也[35]。於是欲顯名號，建功業，不亦難乎？」

---

32 「惟周之貞」 何校「貞」改「楨」。袁本云善作「貞」。茶陵本云五臣作「楨」。案：漢書作「楨」，未審善果何作。

33 注「涉始於足」 案：「涉」當作「步」，不同。各本皆譌。

34 注「一單三尺」 袁本、茶陵本「單」作「躍」，是也。

35 注「遁逃也」 袁本、茶陵本「逃」作「避」，是也。

夫子曰：「然，有是言也。夫蟁蝱終日經營，不能越階序，說文曰：蟁蝱，齧人飛蟲也。莊子曰：蚉蝱噆膚。蟁，亡云切。蝱，莫衡切。爾雅曰：東西牆謂之序。附驥尾則涉千里，攀鴻翮則翔四海。文子曰：蝱與驥致千里而不飛。僕雖嚚頑，願從足下。雖然，何由而自達哉？」

文學曰：「陳懇誠於本朝之上，行話談於公卿之門。」春秋說題辭曰：秉懿誠之義，思至忠之功。高誘淮南子注曰：本朝，國朝也。

夫子曰：「無介紹之道，安從行乎公卿？」禮記曰：介紹而傳命。

文學曰：「何爲其然也？昔甯戚商歌以干齊桓，呂氏春秋曰：甯戚飯牛車下，望桓公而悲，擊牛角疾歌。淮南子曰：甯越商歌車下，而桓公慨然而悟。許慎曰：商，秋聲也。越石負芻而寤晏嬰，晏子春秋曰：晏子之晉，至於中牟，睹弊冠皮裘負芻[36]息於途側者。晏子曰：吾子何為者？對曰：我越石父者也。晏子曰：何為此？曰：吾為人臣僕於中牟，見使將歸。晏子曰：何為為僕？對曰：吾身不免凍餓之地，吾是以為僕也。晏子曰：可得而贖乎？對曰：可。遂解左驂而贖之，因載而與之俱歸，至舍，不辭而入。越石父立而請絕，晏子使人應之：子何絕我之暴也？越石父對曰：臣聞之，士者詘乎不知己，而申乎知己。吾三年為人臣而莫吾知也。今子贖我，吾以子為知我矣，今不辭而入，是與臣僕者同矣。晏子出見之，曰：嚮也見客之容，而今也見客之意。非有積素累舊之歡，皆塗覯卒遇，而以爲親者也。故毛嬙西施，善毀者不能蔽其好；慎子曰：毛嬙、先施，天下之姣也。衣之以皮倛，則見之者皆走；易之玄錫，則行者皆止。先施、西施一也。嫫暮姆母倭傀，善譽者不能掩其醜。孫卿子曰：閭娵子奢[37]，莫之媒也。嫫姆力父，是之喜也。倭傀，醜女，未詳所見。倭，於為切。傀，古回切。苟有至道，何必介紹？」

---

36 注「皮裘負芻」 袁本幷入五臣，「皮」作「反」，是也。茶陵本亦誤「皮」。

37 注「閭娵子奢」案：「娵」當作「娵」。各本皆譌。今荀子賦篇及七發注引皆是「娵」字。

夫子曰：「咨，夫特達而相知者，千載之一遇也。招賢而處友者，眾士之常路也。是以空柯無刃，公輸不能以斲；但懸曼矰，蒲苴不能以射。聲類曰：但，徒也。薛君韓詩章句曰：曼，長也。鄭玄周禮注曰：結繳於矢謂之矰。矰，高也。列子曰：蒲苴子弋，弱弓纖繳，乘風而振之，連雙鶬於青雲。故贗騰撇波而濟水，不如乘舟之逸也；說文曰：撆，擊也。撆與撇同也，疋設切。衝蒙涉田而能致遠，未若遵塗之疾也。才蔽於無人，行衰於寡黨，此古今之患，唯文學慮之。」

文學曰：「唯唯，敬聞命矣。」

於是相與結侶，攜手俱遊，求賢索友，歷于西州。有二人焉，乘輅而歌。倚輗五雞而聽之：輅，車也。白虎通曰：名車為輅者何，言所以步之於路也。包咸論語注曰：輗者，轅端橫木，以縛軛也。詠歎中雅，轉運中律，嘽闡緩舒繹，曲折不失節。禮記曰：嘽諧慢易繁文簡節之音作，而民康樂。問歌者為誰？則所謂浮遊先生陳丘子者也。於是以士相見之禮友焉。儀禮曰：士相見之禮，贄冬用雉，夏用朐，左頭奉之。

禮文既集，韓子曰：禮有文。禮者，義之文。文學、夫子降席而稱曰：「俚力紀人不識，寡見尠聞，劉德漢書注曰：俚，鄙也。曩從末路，望聽玉音，竊動心焉。尚書大傳曰：天下諸侯，莫不玉音金聲。敢問所歌何詩？請聞其說。」浮游先生陳丘子曰：「所謂中和樂職宣布之詩，益州刺史之所作也。刺史見太上聖明，股肱竭力，如淳漢書注曰：太上，天子也。尚書大傳曰：股肱，臣也。德澤洪茂，黎庶和睦，天人並應，屢降瑞福，故作三篇之詩以歌詠之也。」

文學曰：「君子動作有應，從容得度，南容三復白珪，孔子睹其慎戒；論語曰：南容三復白珪，孔子以其兄之子妻之。太子擊誦晨風，文侯諭其指意。韓詩外傳曰：魏文侯有子曰擊，次曰訢，訢少而立之以為嗣，封擊中山，三年莫往來。其傅趙倉唐諫曰：何不遣使乎？則臣請使。擊曰：諾。於是遂求北犬晨鳫，齎行，倉唐至，曰：北藩中山之君，再拜獻之。文侯曰：嘻！擊知吾好北犬嗜晨鴈也。即見使者。文侯曰：中山之君亦何好乎？對曰：好詩。文侯曰：於詩何好？曰：好晨風。文侯曰：晨風謂何？對曰：詩云：鴥彼晨風，鬱彼北林，未見君子，憂心欽欽。如何如何，忘我實多。此自以忘我者也。於是文侯大悅曰：欲知其君，視其所使。中山君不賢，惡能得賢傳？遂廢太子訢，召中山君以為嗣。今吾子何樂此詩而詠之也？」

先生曰：「夫樂者感人密深，而風移俗易。禮記曰：樂者，聖人所作也，其感人深。又曰：樂者，所以移風易俗也。吾所以詠歌之者，美其君術明而臣道得也。君者中心，臣者外體。外體作，然後知心之好惡；臣下動，然後知君之節趨。子思子曰：民以君為心，君以民為體，心正則體修，心肅則身敬也。好惡不形，則是非不分；節趨不立，則功名不宣。故美玉蘊於碔武砆夫[38]，凡人視之怢焉，馬融論語注曰：蘊，藏也。戰國策曰：白骨疑象，武夫類玉。張揖漢書注曰：武夫，石之次玉者。廣蒼曰：怢，忽忘也，怢，他沒切。良工砥之，然後知其和寶也。精練藏於鑛朴，庸人視之忽焉，精，練金也。金百練不耗，故曰精練也。說文曰：鑛，銅鐵璞也[39]。礦與鑛同，瓜抍切。巧冶鑄之，然後知其幹也。況乎聖德巍巍蕩蕩，民氓所不能命哉！論語，子曰：大哉！堯之為君也，蕩蕩乎民無能名焉！巍巍乎其有成功！廣雅曰：命，名也。是以刺史推而詠之，揚君德美，深乎洋洋，罔不覆載，紛紜天

---

38 「故美玉蘊於碔砆」　案：「碔砆」當作「武夫」。注引戰國策及張揖漢書注皆不從「石」，袁、茶陵二本所載五臣翰注乃作「碔砆」。是善「武夫」，五臣「碔砆」，音以「武夫」，各本所見亂之而失著校語。此誤入五臣音皆非也。又案：引「張揖曰」者，子虛賦注也。史記、漢書正作「武夫」。今彼正文及善注引張揖、國策盡為「碔砆」，恐亦為五臣所亂而抍注中改之也。

39 注「說文曰鑛銅鐵璞也」　案：「鑛」當作「礦」，「璞」當作「樸」。各本皆譌。「礦」即「磺」字也。又案：依此，正文「朴」字當作「樸」，二字羣書中頗有相混者，五臣抍正文改為「璞」，誤甚。

地，寂寥宇宙[40]。言所覆者廣也。紛紜，衆多之貌也。寂寥，曠遠之貌也。明君之惠顯，忠臣之節究。爾雅曰：究，窮也。郭璞曰：謂窮盡也。皇唐之世，何以加茲！是以每歌之，不知老之將至也。」論語，子曰：發憤忘食，樂以忘憂，不知老之將至也。

文學曰：「書云：迪一人使四方若卜筮。尚書曰：故一人[41]有事四方，若卜筮，無不是孚。孔安國曰：迪，道也。孚，信也。夫忠賢之臣，導主志，承君惠，攄盛德而化洪，天下安瀾，比屋可封，瀾，水波。安瀾，以喻太平也。尚書大傳曰：周民可比屋而封。何必歌詠詩賦可以揚君哉？愚竊惑焉。」

浮遊先生色勃眥溢，曰：「是何言與？論語，子曰：君召使擯，色勃如也。孝經，子曰：是何言與！昔周公詠文王之德而作清廟，建爲頌首；吉甫歎宣王穆如清風，列于大雅。毛詩周頌曰[42]：清廟，祀文王也。周公既成雒邑，朝諸侯，率以祀文王焉。毛詩大雅序曰：蒸民，尹吉甫美宣王也。詩曰：吉甫作誦，穆如清風。夫世衰道微，僞臣虛稱者，殆也。世平道明，臣子不宣者，鄙也。鄙殆之累，傷乎王道。故自刺史之來也，宣布詔書，勞來不怠，令百姓徧曉聖德，莫不霑濡。厖邈江眉耇者之老，厖，雜也。謂眉有白黑雜色。咸愛惜朝夕，願濟須臾，且觀大化之淳流[43]。於是皇澤豐沛，主恩滿溢，百姓歡欣，中和感發，是以作歌而詠之也。感發，謂情感於中，發言

---

40 「寂寥宇宙」　茶陵本「寥」作「聊」，云五臣作「寥」。袁本云善作「聊」。案：此尤以五臣本改之也。袁、茶陵注中作「聊」。尤改恐未必是。

41 注「尚書曰故一人」　袁本、茶陵本「故」作「迪」，是也。

42 注「毛詩周頌曰」　陳云「頌」下脫「序」字，是也。各本皆脫。

43 「且觀大化之淳流」　袁本、茶陵本無「且」字。案：二本不著校語，無以考之。陳云「且」字衍，恐未必然，當各依其舊。

為詩也。傳曰：『詩人感而後思，思而後積，積而後滿，滿而後作，言之不足，故嗟歎之，嗟歎之不足，故詠歌之，詠歌之不足，不知手之舞之足之蹈之也。』樂動聲儀文也。此臣子於君父之常義，古今一也。今子執分寸而罔億度，億度之言無限也。韓子曰：有尺寸而無億度。又曰：前識無緣，而妄億度也。馬融論語注曰：罔，誣也。處把握而却寥廓，乃欲圖大人之樞機。道方伯之失得，不亦遠乎？」大人，謂天子也。周易曰：利見大人。又曰：言行君子之樞機。

陳丘子見先生言切，恐二客慙，膝步而前曰：「先生詳之：戰國策曰：荊軻見太子，太子再拜而跽，膝行流涕。行潦老暴集，江海不以爲多；左氏傳曰：君子曰：潢汙行潦之水。杜預曰：行潦，流潦也。莊子，海若曰：天下之水，莫大於海，百川歸之而不盈。鰌鱓並逃，九罭域不以爲虛。爾雅曰：鰼，鰌。郭璞曰：今泥鰌也。鰼，似立切。鰌，且由切。郭璞山海經注曰：鱓，魚，似蛇，時闡切。毛詩曰：九罭之魚鱒魴。爾雅曰：九罭，魚網也。是以許由匿堯而深隱，唐氏不以衰；呂氏春秋曰：昔堯朝許由於沛澤之中，請屬天下於夫子。許由遂之箕山之下。夷齊恥周而遠餓，文武不以卑。夷、齊，已見上文。夫青蠅不能穢垂棘，毛詩曰：營營青蠅，止於樊。鄭玄曰：蠅之為蟲，汙白使黑，汙黑使白。左氏傳曰：晉荀息請以垂棘之璧，假道於虞以伐虢。邪論不能惑孔墨。今刺史質敏以流惠，舒化以揚名，采詩以顯至德，歌詠以董其文，爾雅曰：董，正也。受命如絲，明之如緍，禮記曰：王言如絲，其出如綸；王言如綸，其出如綍。音弗。鄭玄曰：言出彌大也。甘棠之風，可倚而俟也。毛詩序曰：甘棠，美召伯也。召伯之教，明於南國。二客雖窒計沮孳與議，何傷？」言二客雖於計窒塞，於議沮敗，何傷於理乎？言未傷也。爾雅曰：窒，塞也。顧謂文學夫子曰：「先生微矜於談道，又不讓乎當仁，論語，子曰：當仁不讓於師。亦未巨過也。願二子措意焉。」

夫子曰：「否。夫雷霆必發，而潛底震動，呂氏春秋曰：開春始雷，則蟄蟲動矣。枹孚鼓鏗苦耕鏘七羊，而介士奮竦。左氏傳曰：郤克援枹而鼓。鄭玄周禮注曰：介，被甲也。故物不震不發，士不激不勇。今文學之言，欲以議愚感敵，舒先生之憤，願二生亦勿疑。」言議前敵之愚，以感動之。

於是文繹復集，及始講德。馬融論語注曰：繹，尋繹也。

文學夫子曰：「昔成康之世，君之德與？臣之力也？」韓子曰：晉平公問叔向曰：齊桓公九合諸侯，臣之力邪？君之力邪？與音余。

先生曰：「非有聖智之君，惡烏有甘棠之臣？故虎嘯而風寥戾，龍起而致雲氣，周易曰：雲從龍，風從虎，聖人作而萬物覩。蟋蟀俟秋吟，蜉浮蝣由出以陰。易通卦驗曰：立秋蜻蛚鳴。蔡邕月令章句曰：蟋蟀，蟲也。謂之蜻蛚也。易曰：飛龍在天，利見大人。鳴聲相應，仇偶相從。周易曰：同聲相應，同氣相求，水流濕，火就燥。人由意合，物以類同。是以聖主不偏窺望而視以明，不殫傾耳而聽以聰。何則？淑人君子，人就者眾也。毛詩曰：淑人君子，其儀不忒。故千金之裘，非一狐之腋亦；大廈之材[44]，非一丘之木；太平之功，非一人之略也。慎子曰：廊廟之材，蓋非一木之枝；狐白之裘，非一狐之皮也；治亂、安危、存亡、榮辱之施，非一人之力也。

「蓋君爲元首，臣爲股肱，明其一體，相待而成。有君而無臣，春秋刺焉。公羊傳曰：宋公與楚人期戰于泓之陽，宋師大敗。故君子大其不鼓不成列，臨大事而不忘大禮，有君而無臣，以為難，雖文王之戰，亦不過此也。何休曰：惜其有王德，而無王佐也。三代以上，皆有師傅；五伯以下，各自取友。說苑，郭隗曰：帝者之臣，其名臣也，其實師也。王者之臣，其名臣也，其實友也。伯者之臣，其名臣也，其實僕也。齊桓有管鮑隰甯，九合諸侯，一匡天下。左氏傳曰：鮑叔牙奉公子小白。又曰：齊桓，衛姬之子，有鮑叔牙、隰朋以

---

44 「大廈之材」 茶陵本「廈」作「夏」，云五臣作「廈」。袁本云善作「夏」。案：尤本以五臣亂善，非也。凡此字「夏」、「廈」錯見者，疑皆善「夏」，五臣「廈」，餘以此求之。

為輔佐。說苑，鄒子曰：甯戚叩轅行歌，桓公任之以國政。論語，子曰：桓公九合諸侯，不以兵車，管仲之力也。又曰：管仲相桓公，一匡天下，民到于今受其賜。**晉文公有咎犯趙衰**楚危**，取威定霸，以尊天子。**左氏傳曰：晉公子重耳奔狄，從者狐偃、趙衰、顛頡、魏武子、司空季子。杜預曰：狐偃，子犯也。司空季子，胥臣臼季也。左氏傳曰：先軫謂晉侯曰：報施救患，取威定霸，於是乎在矣。**秦穆有王由五羖，攘却西戎，始開帝緒。**韓詩外傳曰：昔戎將由余使秦，秦繆公問得失之要[45]。對曰：古之有國者，未嘗不以恭儉也；失國者，未嘗不以驕奢也。繆公然之，於是告內史王廖曰：隣國有聖人，敵國之憂也。由余，聖人也，將奈之何？王廖曰：君其遺之女樂，以婬其志，然後可圖。繆公曰：善。乃使王廖以其女樂二列遺戎王。史記曰：百里奚亡秦走宛，秦繆公聞百里奚，故重贖之[46]。恐楚不予，請以五羖羊皮贖之，楚人曰：予之[47]。繆公與語國事，大悅。又曰：秦用由余謀伐戎王，幷國十二，遂霸西戎。春秋保乾圖曰：五帝異緒。宋衷曰：緒，業也。**楚莊有叔孫子反[48]，兼定江淮，威震諸夏。**韓詩外傳曰：沈令尹進孫叔敖於莊王。叔敖治楚，三年而楚國霸。左氏傳曰：楚子圍鄭，子反將右。晉師救鄭，及楚師戰于邲，晉師敗績。邲，步必切。**勾踐有種蠡渫庸[49]，剋滅彊吳，雪會稽之恥。**漢書曰：江都王問董仲舒曰：越王勾踐與大夫渫庸、種、蠡謀伐吳，遂滅之。孔子稱殷有三仁，寡人亦以為越有三仁。史記曰：吳王夫差伐越，敗之。越王勾踐乃以甲兵五千人，棲於會稽。又曰：勾踐自會稽歸，拊循其士民，伐吳，大破之，吳王自殺也。**魏文有段干田翟，秦人寢兵，折衝萬里。**呂氏春秋曰：孟嘗君問白圭曰：魏文侯名過桓公，而功不及五伯，何也？白圭對曰：文侯師子夏，友田子方，敬段干木，此名之所以過桓公也，而名號顯榮者，三士羽翼之也。史記，

---

45 注「秦繆公問得失之要」　袁本、茶陵本「問」下有「之」字，是也。

46 注「秦繆公聞百里奚故重贖之」　何校「奚」下添「賢」字，「故」改「欲」，陳同，是也。各本皆誤。

47 注「楚人曰予之」　袁本、茶陵本「曰」作「許」，是也。

48 「楚莊有叔孫子反」　袁本、茶陵本「叔孫」作「孫叔」，是也。

49 「勾踐有種蠡渫庸」　袁本校語云「蠡」善作「蠡」。茶陵本無校語。案：此所見不同也。

魏文侯謂李克曰：寡人之相，非成則璜。璜，翟璜也。成，魏文侯弟名也。呂氏春秋曰：段干木者，魏文敬之，過其廬而軾。秦欲攻魏，而司馬康諫曰：段干木賢者，而魏禮之，天下皆聞，無乃不可加兵乎？秦君以為然，乃止。燕昭有郭隗樂毅，夷破彊齊，困閔於莒。史記曰：燕昭王以子之之亂，而齊大破燕。燕昭王怨齊，於是詘身下士，先禮郭隗，以招賢者。樂毅為魏使於燕，燕昭王以為亞卿，使樂毅伐齊，破之，追至于臨菑。齊湣王走保於莒。湣與閔同。夫以諸侯之細，功名猶尚若此，而況帝王選於四海，羽翼百姓哉！高誘呂氏春秋注曰：羽翼，輔佐也。

「故有賢聖之君，必有明智之臣。欲以積德，則天下不足平也；欲以立威，則百蠻不足攘也。毛萇詩傳曰：攘，除也。今聖主冠道德，履純仁，被六藝，佩禮文，屢下明詔，舉賢良，求術士，招異倫，拔俊茂。是以海內歡慕，莫不風馳雨集，襲雜並至，塡庭溢闕。含淳詠德之聲盈耳，登降揖讓之禮極目，進者樂其條暢，怠者欲罷不能。條，猶理也。漢書音義曰：暢，通也。偃息匍匐乎詩書之門，遊觀乎道德之域，咸絜身修思，吐情素而披心腹，各悉精銳以貢忠誠，允願推主上，弘風俗而騁太平，濟濟乎多士，文王所以寧也。濟濟多士，已見上文。

「若乃美政所施，洪恩所潤，不可究陳。舉孝以篤行，崇能以招賢，去煩蠲苛以綏百姓，祿勤增奉以厲貞廉。漢書宣紀曰：律令有可蠲除以安百姓，條奏。又曰：吏不廉平則治道衰，今小吏皆勤事祿薄，其益吏奉什五也。減膳食，卑宮觀，宣紀曰：令太官損膳省宰。又曰：郡國宮觀，勿復修理。省田官[50]，損諸苑，宣紀曰：池籞未御幸者，假與貧人。疎繇役，振乏困，宣紀曰：流人還歸，勿筭繇事。又曰：遣

---

[50] 「省田官」 何校「田官」改「官田」。案：依文義是也。各本皆作「田官」，蓋誤倒。考宣紀地節元年假郡國貧民田；三年詔曰：「前下詔假公田貸種食。」公田卽官田。疑此句當有善注，今失去，無可補。

使者振貸乏困。恤民災害，不遑遊宴。宣紀曰：今天下頗被疾疫之災，朕甚愍之。閔耄老之逢辜，憐縗絰之服事，宣紀曰：朕惟耆老之人，髮齒墮落，亦無暴虐之心，諸年八十以上，非誣告人、殺傷人，他皆勿坐。又曰：百姓遭縗絰凶災，而吏繇事，傷孝子之心。自今有大父母、父母喪者，勿繇事。惻隱身死之腐人，悽愴子弟之縲匿。宣紀曰：今繫者或以掠辜，若飢寒死獄中，朕甚痛之。又曰：自今子首匿父母，孫匿大父母，皆勿坐。恩及飛鳥，惠加走獸，胎卵得以成育，草木遂其零茂。尸子曰：湯之德及鳥獸矣。莊子曰：至德之世，禽獸成羣，草木遂長。愷悌君子，民之父母，豈不然哉？毛詩大雅文。

「先生獨不聞秦之時耶？違三王，背五帝，滅詩書，壞禮義；信任羣小，憎惡仁智，詐僞者進達，佞諂者容入。宰相刻峭，大理峻法。廣雅曰：峭，急也，謂嚴急也。峻與峭同。處位而任政者，皆短於仁義，長於酷虐，狼摯虎攫，懷殘秉賊。孟子曰：賊仁者謂之賊，賊義者謂之殘。其所臨莅，莫不肌栗慴伏[51]，吹毛求疵，並施螫毒。百姓征伀，無所措其手足。韓子曰：古之人君大體者，不吹毛而求小疵，不洒垢而察難知。方言曰：征伀，惶遽也。論語，子曰：刑罰不中，則民無所措手足。伀，章容切。嗷嗷愁怨，遂亡秦族。是以養雞者不畜狸，牧獸者不育豺，樹木者憂其蠹，保民者除其賊。文子曰：乳犬噬虎，伏雞搏貍。又曰：所為立君者，以禁暴亂也。夫養禽獸者，必除豺狼，又況牧民乎？又曰：木林生蠹，還自食，人生事，因自賊。故大漢之爲政也，崇簡易，尚寬柔，進淳仁，舉賢才，上下無怨，民用和睦。孝經曰：民用和睦，上下無怨。

「今海內樂業，朝廷淑清。天符既章，人瑞又明。品物咸亨，山川降靈。周易曰：雲行雨施，品物咸亨。神光燿暉，洪洞朗天。宣紀曰：薦鬯之夕，神光交錯，或降于天，或登于地。鳳皇來

---

51 「莫不肌栗慴伏」 袁本、茶陵本云「肌」善作「飢」。案：「飢」，傳寫誤，尤校改正之也。

儀，翼翼邕邕。羣鳥並從，舞德垂容。宣紀曰：鳳皇集魯，羣鳥從之。尚書曰：鳳皇來儀。爾雅曰：翼翼，恭也。邕邕，和也。又曰：邕邕者聲和也[52]。山海經曰：鳳首文曰德。神雀仍集，麒麟自至。宣紀，神雀仍集，九真獻奇獸。甘露滋液，嘉禾櫛比。宣紀曰：甘露降未央宮。又曰：嘉穀玄稷，降于郡國。大化隆洽，男女條暢。家給年豐，咸則三壤。豈不盛哉！尚書曰：咸則三壤，成賦中邦。昔文王應九尾狐而東夷歸周，春秋元命苞曰：天命文王以九尾狐。武王獲白魚而諸侯同辭，尚書琁璣鈐曰：武王得兵鈐，謀東觀，白魚入舟，俯取以燎。八百諸侯順同不謀。魚者，視用無足翼從，欲紂如魚，乃誅。周公受秬鬯而鬼方臣，周公受秬鬯，未詳。鄭玄詩箋曰：鬼方，遠方也。宣王得白狼而夷狄賓。史記曰：穆王征犬戎，得四白狼以歸。今云宣王，未詳。夫名自正而事自定也。論語曰：名不正則言不順，言不順則事不成。今南郡獲白虎，亦偃武興文之應也。獲之者張武，武張而猛服也。是以北狄賓洽[53]，邊不恤寇，甲士寢而旌旗仆也[54]。」

文學夫子曰：「天符既聞命矣，敢問人瑞？」

先生曰：「夫匈奴者[55]，百蠻之最彊者也。毛詩曰：因時百蠻。天性憍蹇，習俗傑暴，左氏傳曰：彼皆偃蹇。杜預曰：偃蹇，憍慠也。賤老貴壯，氣力相高。史記曰：匈奴貴壯健，賤老弱也。業在攻

---

52 注「邕邕者聲和也」 案：「者」當作「音」。各本皆譌。

53 「是以北狄賓洽」 茶陵本云五臣作「洽」。袁本云善作「合」。案：此尤以五臣本改之也。注不見明文，無以考之。

54 「而旌旗仆也」 茶陵本云五臣作「旌」。袁本云善作「旆」。案：此尤以五臣本改之也。「旆」即「旌」字，前已屢見，當各依其舊。

55 「先生曰夫匈奴者」 茶陵本「先生曰夫」作「先生夫子曰」，云五臣作「先生曰夫」。袁本云善作「先生夫子曰」。案：此尤校改正之也。「先生夫子曰」乃傳寫之誤。

伐，事在獵射，史記曰：匈奴因射獵為生業，習戰攻以侵伐。兒能騎羊，走箭飛鏃，史記曰：匈奴兒能騎羊，引弓射鳥鼠也。逐水隨畜，都無常處。史記曰：匈奴逐水草遷徙，無城郭常處。鳥集獸散，往來馳騖，周流曠野，以濟嗜欲。其耒耜則弓矢鞍馬，播種則扞弦掌拊，禮記曰：左佩決扞。鄭玄曰：扞，拾也，言所以拾弦也，何旦切。鄭玄禮記注曰：拊，弓把也，音夫。收秋則奔狐馳兔，獲胡郭刈則顛倒殪伊計仆。史記曰：匈奴射狐兔，用為食。追之則奔遁，釋之則爲寇。史記曰：匈奴利則進，不利則退，不羞遁走。是以三王不能懷，五伯不能綏，驚邊抏士[56]，屢犯芻蕘，詩人所歌，自古患之。毛詩曰：六月棲棲，戎車既飭，四牡騤騤，載是常服。獫狁孔熾，我是用急。今聖德隆盛，威靈外覆，日逐舉國而歸德，單于稱臣而朝賀。宣紀曰：日逐王先賢撣將人眾來降。鄭氏曰：撣，音纏束之纏。又曰：單于稱臣，使弟奉珍朝賀正月。乾坤之所開，陰陽之所接，編蒲典結計沮顏，燋齒梟瞷閑，翦髮黥首，文身裸力果袒徒旦之國，編結，卽編髮也。漢書，終軍曰：解辮髮，削左衽。又曰：匈奴有罪，小者軋。音義曰：刀刻其面[57]，蓋沮顏也。燋齒，未詳。又曰：大宛，深目多鬚，蓋梟瞷也。黥首，蓋雕題也。山海經曰：雕題國在鬱林南。靡不奔走貢獻，懽忻來附，婆娑嘔吟，鼓掖而笑。夫鴻均之世，何物不樂？孔安國尚書傳曰：洪，大也。鴻與洪古字通。毛萇詩傳曰：均，平也。飛鳥翕翼，泉魚奮躍。毛詩曰：鴛鴦在梁，戢其左翼。鄭玄曰：明王之時，人不驚

---

56 「驚邊抏士」　袁本、茶陵本「抏」作「杌」。何云能改齋漫錄作「抏」。案：何校是也。善不音注者，已見上林賦「抏士卒之精」下也。又此字見於史記、漢書、鹽鐵論者甚多，其訓損也，耗也，其音五官反。袁、茶陵二本所載銑注云「杌，動也」，而不著校語，以五臣亂善，致為乖謬。尤作「抏」，亦非。

57 注「刀刻其面」　茶陵本「刀」作「刃」。袁本亦作「刀」，與此同。何校改「刃」，陳同。案：考史記集解引音義作「刃」，漢書顏注引如淳同，「刃」字是也。

駭也。韓詩曰：鳶飛戾天，魚躍于泉。薛君曰：魚喜樂，則踴躍於泉中。是以刺史感懣莫本舒音，而詠至德。

鄙人黯淺，不能究識，黯，不明也，烏感切。敬遵所聞，未剋殫焉[58]。」

於是二客醉于仁義，飽于盛德，毛詩曰：既醉以酒，既飽以德。終日仰歎，怡懌而悅服。

58「未剋殫焉」 袁本云善作「尅」。茶陵本云五臣作「克」。案：各本所見皆非也。當作「克」，但傳寫誤為「尅」，非善、五臣有異。

卷第五十二

論二

王命論

班叔皮

善曰：王命，帝王受命也。漢書曰：彪遭王莽敗，光武即位於冀州。時隗囂據隴擁眾。囂問彪曰：往者周亡，戰國並爭，天下分裂，意者從橫之事，復起於今乎[1]？

昔在帝堯之禪曰：「咨爾舜，天之歷數在爾躬。」舜亦以命禹。善曰：論語文也。尚書，帝曰：來，禹。予懋乃德，嘉乃丕績，天之歷數在汝躬，汝終陟元后。孔安國曰：歷數，謂天道也。元后，天子也。爾雅曰：命，告也。暨于稷契，咸佐唐虞，光濟四海，奕世載德。至于湯武，而有天下。善曰：稷，武王之祖也。契，成湯之祖也。杜預左氏傳注曰：暨，至也。國語，祭公謀父曰：奕世載德。孔安國尚書傳曰：載，行也。雖其遭遇異時，禪代不同，至于應天順人，其揆一焉。善曰：周易曰：湯、武革命，順乎天，應乎人。孟子曰：先聖後聖，其揆一也。是故劉氏承堯之祚，氏族之世，著于春秋。善曰：漢書贊曰：春秋晉史蔡墨有言，陶唐氏既衰，其後有劉累，范氏其後也。范氏為晉士師，魯文公世，出奔秦，後歸于晉，其處者為劉氏。唐據火

---

1 注「復起於今乎」 案：此下有脫文，必幷引「卽感囂言」，以及迺著王命論等語。各本皆脫。善例不全同本書，無以補也。

德，而漢紹之。善曰：帝系曰：帝堯封于唐，為火德。漢書贊曰：漢承堯運，德祚已盛。斷蛇著符，旗幟尚赤，協于火德，自然之應，得天統矣。始起沛澤，則神母夜號，以彰赤帝之符。善曰：漢書曰：高祖夜徑澤中，有大蛇當徑，高祖乃拔劍斬蛇。後人來至蛇所，有一老嫗夜哭曰：吾子，白帝子也，化為蛇，當道，今者赤帝子斬之。又曰：高祖立為沛公，旗幟皆赤，由是知所殺蛇，白帝子；殺者，赤帝子故也。由是言之，帝王之祚，必有明聖顯懿之德，善曰：春秋河圖揆命篇曰：倉、戲、農、黃，三陽翼天德聖明[2]。法言曰：昔在有熊、高陽、高辛、唐、虞、三代咸有顯懿，故天因而祚之。豐功厚利積累之業，善曰：史記，崇侯虎曰：西伯積善累德，諸侯皆嚮之。然後精誠通于神明，流澤加於生民。善曰：孝經，子曰：孝悌之至，通於神明。尚書，周公曰：道洽政治，澤潤生民。故能爲鬼神所福饗，天下所歸往。善曰：孟子，萬章曰：堯薦舜如何？曰：使之主祭，百神享之；使之主事，事治而百姓安之。易乾鑿度曰：王者，天下所歸。韓詩外傳曰：王者，往也；天下往之，謂之王也。未見運世無本，功德不紀，而得倔起在此位者也。善曰：世運[3]，五行更運相次之世也。不紀，不為人所記也。春秋元命苞曰：五德之運，應錄次相代。埤蒼曰：崛，特起也。崛與倔同。世俗見高祖興於布衣，不達其故，善曰：漢書曰，高祖曰：吾以布衣取天下。家語，孔子曰：舜起布衣，而終以帝也。以爲適遭暴亂，得奮其劍，善曰：適，猶遇也。漢書，高祖曰：吾提三尺劍取天下。遊說之士，至比天下於逐鹿，幸捷而得之。善曰：漢書，隗囂曰：秦失其鹿，劉季逐而掎之，時人復知漢乎？太公六韜曰：取天下若逐野鹿，得鹿，天下共分其肉。不知神器有命，不可以智力求。韋昭曰：神器，天子璽符服御之物。善曰：老子曰：天下神器，不可為也，為者敗之也。悲夫！此世之所以多亂臣賊子者也。善曰：孟子曰：孔子成春秋而亂臣賊子懼。若然者，豈徒闇於天道哉？又不覩之於人事矣！

---

2 注「三陽翼天德聖明」　袁本、茶陵本「聖」作「清」。案：此尤校改之也。

3 注「善曰世運」　案：「世運」當作「運世」。各本皆倒。

夫餓饉流隸，飢寒道路，善曰：說文曰：餓，飢也。穀梁傳曰：五穀不升，謂之饉。流隸，流移賤隸也。左氏傳曰：人有十等，輿臣隸也。饉或為殣。荀悅曰：道瘞，謂之殣也。思有短褐之襲，檐石之蓄[4]，韋昭曰：短為裋[5]，裋，儒也。毛布曰褐。善曰：裋，丁管切[6]。說文曰：襲，重衣也。字林曰：襲，大篋也。晉灼曰：無一檐與一斛之餘。所願不過一金，終於轉死溝壑。韋昭曰：一斤為一金。善曰：孟子謂滕文公曰：為人父母，使老稚轉乎溝壑，惡在為人父母也。何則？貧窮亦有命也。善曰：墨子曰：貧富治亂，固有天命，不可損益也。況乎天子之貴，四海之富，神明之祚，可得而妄處哉？善曰：禮記，孔子曰：舜其大孝也，與尊為天子，富有四海之內，宗廟饗之，子孫保之。法言曰：天因祚之，為神明主也。故雖遭羅厄會，竊其權柄，勇如信布，強如梁籍，成如王莽，然卒潤鑊伏鑕，烹醢分裂，善曰：史記曰：項籍，其季父項梁。陳勝等起，梁為楚上柱國，軍下邳，自號武信君。北至定陶，再破秦軍。後秦大破之，項梁死。又況么麼不及數子，而欲闇干天位者也。善曰：鶡冠子曰：無道之君，任用么麼，動則煩濁。有道之君，任用俊雄，動則明白。通俗文曰：不長曰么，細小曰麼，莫可切。爾雅曰：干，求也。是故駑蹇之乘，不騁千里之塗；善曰：廣雅曰：駑，駘也。今謂馬之下者為駑。王逸楚辭注曰：蹇，跛也。呂氏春秋曰：所為貴驥者，為其一日千里也。鷰雀之疇，不奮六翮之用；善曰：史記，陳涉曰：鷰雀安知鴻鵠之志哉？韓詩外傳，蓋胥曰：夫鴻鵠一舉千里，所恃者六翮耳。楶棁之材不荷棟梁之任；應劭曰：爾雅曰：栭謂之楶。棁，朱儒柱。善曰：說文曰：栭，枅上標。周易曰：棟隆之吉，不撓乎下也。楶，音節。棁，之劣切。斗筲之子，不秉帝王之重。音義曰：筲，竹筥也，受一斗。善曰：論語，子曰：斗筲之人，何足筭也。易曰：「鼎折

---

4 「檐石之蓄」　袁本、茶陵本「檐」作「擔」，注同。案：此所見不同也。漢書作「儋」，「擔」即「儋」字，或從木作「檐」，見毛詩傳釋文：又羣經音辨之木部可證。苦寒行「檐囊行取薪」，亦用之。

5 注「韋昭曰短為裋」　案：「曰」當作「以」，各本皆誤。

6 注「善曰裋丁管切」　袁本、茶陵本「裋」作「短」。案：「短」字是也。

足，覆公餗。」不勝其任也。善曰：周易鼎卦之辭也。說文曰：鬻，鼎實也[7]。鬻與餗同，音速。

當秦之末，豪桀共推陳嬰而王之。嬰母止之曰：「自吾爲子家婦，而世貧賤，卒富貴，不祥。不如以兵屬人，事成，少受其利。不成，禍有所歸。」嬰從其言，而陳氏以寧。善曰：史記文。王陵之母，亦見項氏之必亡，而劉氏之將興也。是時，陵爲漢將，而母獲於楚。有漢使來，陵母見之，謂曰：「願告吾子，漢王長者，必得天下，子謹事之，無有二心。」遂對漢使伏劍而死，以固勉陵。其後，果定於漢。陵爲宰相，封侯。善曰：史記文。夫以匹婦之明，猶能推事理之致，探禍福之機，善曰：白虎通曰：庶人稱匹夫何？言其夫妻為偶也。鄭玄周禮注曰：致，猶會也。全宗祀於無窮，垂冊書於春秋，而況大丈夫之事乎？張晏曰：冊書，史記也。晉灼曰：至周名春秋，考紀也。善曰：孟子曰：富貴不能淫，貧賤不能移，此之謂大丈夫也。是故窮達有命，吉凶由人。善曰：呂氏春秋曰：道德於此[8]，窮達一也。左氏傳，周内史叔興曰：吉凶由人。嬰母知廢，陵母知興，審此二者，帝王之分決矣。

蓋在高祖，其興也有五：一曰帝堯之苗裔，二曰體貌多奇異，善曰：漢書曰，高祖為人隆準而龍顏，美鬚髯，左股有七十二黑子。三曰神武有徵應，善曰：徵應，謂下眾瑞也。四曰寬明而仁恕，善曰：漢書曰：高祖寬仁愛人，意豁如也。五曰知人善任使。善曰：高祖任張良以運籌，委蕭何以關内是也。加之以信誠好謀，達於聽受，見善如不及，用人如由己，善曰：論語，子曰：見善如不及。從諫如順流，趣時如響起。善曰：左氏傳，叔向曰：齊桓公從善如流。周易曰：變通者，趣時者也。當食吐哺，納子房

7 注「鬻鼎實也」案：「鬻」當作「鬻」，下同。各本皆譌。

8 注「道德於此」何校「德」改「得」，陳同。各本皆誤。

之策；善曰：漢書，酈食其欲立六國後，漢王以問張良，良發八難，漢王輟食吐哺曰：豎儒，幾敗乃公事。拔足揮洗，揖酈生之說；善曰：漢書曰：酈食其求見，沛公方踞牀，使兩女子洗足。酈生不拜，長揖曰：足下必欲誅無道秦，不宜踞見長者。沛公起，攝衣謝之，延上坐。食其說沛公襲陳留。悟戍卒之言，斷懷土之情；善曰：漢書曰：高祖西都洛陽，戍卒婁敬說上曰：陛下都洛陽，不便。不如入關據秦之固。是日車駕西，都長安。高四皓之名，割肌膚之愛；善曰：漢書曰：上欲廢太子，立戚夫人子趙王如意。呂后不知所為。張良曰：顧上有所不能致四人。令太子為書，卑辭安車，請以為客，令上見之，則一助也。於是太子迎四人至。上破黥布歸，愈欲易太子。及置酒，太子侍，四人者從。上乃驚曰：吾求公，公逃避我。今公何自從吾兒遊？煩公幸卒調護太子。竟不易太子者，良本招此四人之力也。舉韓信於行陣，收陳平於亡命。善曰：漢書曰：蕭何薦韓信於漢王，於是漢王齋戒設壇場，拜信為大將軍。又曰：陳平亡楚來降。漢王與語，說之。使驂乘，監諸將。英雄陳力，羣策畢舉，此高祖之大略，所以成帝業也。善曰：莊子，許由曰：我為汝言其大略。廣雅曰：略，法也。若乃靈瑞符應，又可略聞矣。善曰：略，粗略也。初劉媼妊高祖，而夢與神遇，震電晦冥，有龍虵之怪。善曰：漢書曰：高祖母媼，嘗息大澤之陂，夢與神遇。是時雷電晦冥，父往視，則見蛟龍於其上[9]。已而有娠，遂產高祖。說文曰：妊，孕也，如蔭切。及長而多靈，有異於眾。是以王武感物而折契，呂公覩形而進女；善曰：漢書曰：高祖常從王媼、武負貰酒，時飲醉臥，武負、王媼見其上常有怪。歲竟，此兩家常折券棄債。貰，食夜切。又曰：呂公見高祖曰：臣少好相人，相人多矣，無如季相。臣有息女，願為箕箒妾也。秦皇東遊以厭其氣，呂后望雲而知所處；善曰：漢書，秦始皇帝曰：東南有天子氣。於是東遊以厭當之。高祖隱於芒碭山澤間。呂后與人俱求，常得之。高祖怪問，呂后曰：季所居，上常有雲氣，故從往，常得季。說文曰：厭，塞也，於冉切。始受命則白蛇分，西入關則五星聚。善曰：白蛇分，已見上文。漢書曰：元年，冬十月，五星聚

---

9 注「則見蛟龍於其上」　袁本、茶陵本「於」作「據」。案：此尤校改之也。

於東井，沛公至霸上也。故淮陰留侯謂之天授，非人力也。善曰：漢書，韓信謂高祖曰：且陛下天授，非人力也。又曰：張良數以太公兵法說沛公，沛公喜，常用其策。為他人言，皆不省。良曰：沛公殆天授。故遂從之。

歷古今之得失，驗行事之成敗，稽帝王之世運，考五者之所謂，取舍不厭斯位，符瑞不同斯度，韋昭曰：猒，合也。善曰：一豔切。而苟昧權利，越次妄據，外不量力，內不知命，善曰：左氏傳曰：息侯伐鄭，君子曰：不量力。論語，孔子曰：不知命，無以為君子。則必喪保家之主，失天年之壽，善曰：左氏傳曰：趙孟過鄭，印段賦蟋蟀。趙孟曰：保家之主也。莊子，弟子問於莊子曰：山中之木，以不材，得終其天年也。遇折足之凶，伏斧鉞之誅。英雄誠知覺寤，畏若禍戒，超然遠覽，淵然深識，收陵嬰之明分，絕信布之覬覦，善曰：左氏傳，師服曰：下無覬覦。杜預曰：下不敢望上位也。說文曰：覬，幸也。覦，欲也。距逐鹿之瞽說，審神器之有授，貪不可冀，無爲二母之所笑[10]，韋昭曰：幾，望也。今本作冀。則福祚流于子孫，天祿其永終矣。善曰：尚書曰：四海困窮，天祿永終。

典論論文

魏文帝

文人相輕，自古而然。傅毅之於班固，伯仲之間耳，而固小之，與弟超書曰：「武仲以能屬文爲蘭臺令史，下筆不能自休。」伯仲，喻兄弟之次也。言勝負在兄弟之間，不甚相踰也。范曄後漢書曰：班超，字仲升，徐令彪之少子也。夫人善於自見，而文非一體，鮮能備善。是以各

10「貪不可冀無為二母之所笑」何校「貪」上添「毋」字，「為」上去「無」字。案：依漢書校，蓋是也。各本皆傳寫誤。

以所長，相輕所短。里語曰：「家有弊帚，享之千金[11]。」斯不自見之患也。東觀漢記曰：吳漢入蜀都，縱兵大掠。上詔讓漢曰：城降，孩兒老母口萬數。一旦放兵縱火，聞之可為酸鼻。家有弊帚，享之千金。禹宗室子孫，故嘗更職[12]，何忍行此。杜預左氏傳注曰：亨，通也。亨或為享。

今之文人，魯國孔融文舉，廣陵陳琳孔璋，山陽王粲仲宣，北海徐幹偉長，陳留阮瑀元瑜，汝南應瑒德璉，東平劉楨公幹：斯七子者，於學無所遺，於辭無所假，咸以自騁驥騄於千里[13]，仰齊足而並馳。以此相服，亦良難矣。千里，已見上文。毛萇詩傳曰：田獵齊足尚疾也。蓋君子審己以度人，故能免於斯累，呂氏春秋曰：君子必審諸己，然後任人。楚辭曰：羌內恕己以量人。王逸曰：量，度也。而作論文。

王粲長於辭賦；徐幹時有齊氣，然粲之匹也。言齊俗文體舒緩，而徐幹亦有斯累。漢書地理志曰：故齊詩曰：子之還兮，遭我乎峱之間兮[14]。此亦舒緩之體也。如粲之初征登樓槐賦征思，幹之玄猿漏卮圓扇橘賦，雖張蔡不過也。然於他文未能稱是。琳瑀之章表書記，今之雋也。應瑒和而不壯。劉楨壯而不密。孔融體氣高妙，有過人者，然不能持論，理不勝詞，漢書，東方朔、枚皋不根持論[15]。孔叢子，平原君謂公孫龍曰：公無復與孔子高辯事也，其理勝於辭，公辭勝於理。以至乎雜以嘲

---

11 「享之千金」 案：「享」當作「亨」。善引左傳注「亨，通也」，而云「亨或為享」，正文是「亨」字甚明。後來以「享」改「亨」，各本皆然，與注不相應，非也。

12 注「故嘗更職」 何校「更」下添「吏」字，陳同。今案：范蔚宗書公孫述傳作「嘗更吏職」，但各本皆無，仍未當輒補。

13 「咸以自騁驥騄於千里」 陳云「以自」國志注引作「自以」。案：依文義，「自以」是也。各本皆倒耳。

14 注「遭我乎峱之間兮」 袁本「峱」作「嶩」，是也。茶陵本亦誤「峱」。

15 注「不根持論」 袁本、茶陵本「根」作「長」。案：此尤校改之也。

戲[16]，及其所善，楊班儔也。

常人貴遠賤近，向聲背實，又患闇於自見，謂己爲賢。夫文，本同而末異。蓋奏議宜雅，書論宜理，銘誄尚實，詩賦欲麗。此四科不同，故能之者偏也；唯通才能備其體。

文以氣爲主；氣之清濁有體，不可力強而致。譬諸音樂，曲度雖均，節奏同檢；蒼頡篇曰：檢，法度也。至於引氣不齊，巧拙有素，雖在父兄，不能以移子弟。桓子新論曰：惟人心之所獨曉，父不能以禪子，兄不能以教弟也。

蓋文章經國之大業，不朽之盛事。年壽有時而盡，榮樂止乎其身。二者必至之常期，未若文章之無窮。是以古之作者，寄身於翰墨，見意於篇籍，不假良史之辭[17]，不託飛馳之勢，而聲名自傳於後。故西伯幽而演易，周旦顯而制禮，司馬遷書曰：西伯拘而演周易。不以隱約而弗務，不以康樂而加思。周易曰：隱約者，覲其不懾懼。夫然，則古人賤尺璧而重寸陰，懼乎時之過已。淮南子曰：聖人不貴尺之璧，而重寸之陰，時難得而易失。孔叢子，孔子曰：不讀易，則不知聖人之心。必不使時過已也。而人多不強力，貧賤則懾於飢寒，富貴則流於逸樂，鄭玄禮記注曰：懾，恐懼也。賈逵國語注曰：流，放也。遂營目前之務，而遺千載之功。日月逝於上[18]，體貌衰

16 「以至乎雜以嘲戲」　袁本、茶陵本無上「以」字，「乎」作「於」。案：此所見不同也。魏志王粲傳注引此無「以」字，「乎」作「於」。蓋二本是矣。

17 「不假良史之辭」　袁本云善無「不」字。茶陵本云五臣有「不」字。案：此尤校脩改添之也。初亦同二本，所見皆傳寫脫。

18 「日月逝於上」　茶陵本「逝」作「遊」，云五臣作「逝」。袁本云善作「遊」。案：此尤校改正之也。「遊」字不可通，必傳寫誤也。

於下，忽然與萬物遷化，斯志士之大痛也！古詩曰：奄忽隨物化，榮名以為寶。融等已逝，唯幹著論，成一家言。

六代論 論夏、殷、周、秦、漢、魏也。

曹元首 魏氏春秋曰：曹冏，字元首，少帝族祖也。是時，天子幼稚，冏冀以此論感悟曹爽，爽不能納，為弘農太守。少帝，齊王芳也。

昔夏殷周之歷世數十，而秦二世而亡。紀年曰：凡夏自禹以至于桀，十七王。殷自成湯滅夏以至于受，二十九王。大戴禮曰：殷為天子二十餘世，而周受之。周為天子三十餘世，而秦受之。秦為天子，二世而亡，何？殷周有道而長，秦無道而暴也。何則？三代之君與天下共其民，故天下同其憂；秦王獨制其民，故傾危而莫救。夫與人共其樂者，人必憂其憂；與人同其安者，人必拯其危。先王知獨治之不能久也，故與人共治之；班固漢書贊曰：孝宣帝稱曰：與我共此者，其唯良二千石乎？知獨守之不能固也，故與人共守之。班固漢書贊曰：昔周盛，則周、召相，其治致刑措，衰則五伯扶其弱，與共守之。兼親疏而兩用，參同異而並進。是以輕重足以相鎮，親疏足以相衛，并兼路塞，逆節不生。賈誼過秦曰：秦并兼諸侯山東三十郡。漢書，主父偃說上曰：今以法割削諸侯，則逆節萌起。及其衰也，桓文帥禮；左氏傳曰：齊侯伐楚，楚子使與師言曰：不虞君之涉吾地，何故？管仲對曰：爾貢苞茅不入，王祭不共，無以縮酒，寡人是徵。又曰：晉魏舒合諸侯之大夫于翟泉，將以城成周，宋仲幾不受功，曰：滕、薛、郳，吾役也，為宋役亦職也。士伯怒曰：必以仲幾為戮。乃執仲幾歸諸京師。齊桓、晉文。苞茅不貢，齊師伐楚；宋不城周，晉戮其宰。王綱弛而復張，諸侯傲而復肅。二霸之後，寖以陵遲。漢書曰：二霸之後，寖以陵遲。吳楚憑江，負固方城，雖心希九鼎，而畏迫宗姬，左氏傳，屈完對齊侯曰：楚國方城以為城，漢水以為池。又曰：楚子觀兵于周疆，問鼎之大小輕重焉，王孫滿對曰：周德雖衰，天命未改，鼎之輕重，未可問也。姦情散於胸懷，逆謀消於脣吻亡粉反，斯豈非信重親戚，任用賢能，枝葉碩茂，本根賴之與？班固漢書述曰：公族蕃滋，枝葉碩茂。自此之後，轉相攻伐。吳并於越，晉分爲三，魯滅於楚，鄭兼於韓。史記曰：越王勾踐自會稽歸，拊循其士民伐吳，大破之，吳王自殺。又曰：魏武侯、韓哀侯、趙敬侯滅晉後，而三分其地。又曰：楚考烈王伐滅魯。又曰：韓哀滅鄭，并其國[19]。曁乎戰國，諸姬微矣，唯燕衛獨存。然皆弱小，西迫強秦，南畏齊、楚，救於滅亡，匪遑相卹。至於王赧匿簡，降爲庶人，猶枝幹相持，得居虛位。海內無主，四十餘年[20]。班固漢書贊曰：曁于王赧，降為庶人，用天年終，號位已絕於天下，尚猶枝葉相持，莫得居其虛位。海內無主，四十餘年也。秦據勢勝之地，騁譎詐之術，征伐關東，蠶食九國。班固漢書贊曰：秦據勢勝之地，騁狙詐之兵，蠶食山東，一切取勝。賈誼過秦曰：九國之師遁逃而不敢進。至於始皇，乃定天位。尚書曰：天位艱哉。曠日若彼，用力若此，班固漢書贊曰：至始皇乃并天下。以德若彼，用力如此，其艱難也。豈非深根固蔕，不拔之道乎？老子曰：有國之母，可以長久，是謂深根固蔕，長生久視之道。班固漢書贊曰：所以親親賢賢，褒表功德，深根固本，為不可拔者也。易曰：「其亡其亡，繫于苞桑。」周德其可謂當之矣。周易否卦之辭也。鄭玄曰：苞，植也。否世之人，不知聖人有命，咸云其將亡矣，其將亡矣，而聖乃自繫於植桑，不亡也。王弼曰：心存將危，乃得固也。

秦觀周之弊，將以爲以弱見奪，於是廢五等之爵，立郡縣之官，班固漢書贊曰：秦既稱

19 注「韓哀滅鄭并其國」　案：「哀」下當有「侯」字。各本皆脫。所引鄭世家文也。

20 「四十餘年」　何校「四」改「三」，注同。魏志注作「四」，陳云「四」當作「三」。案：魏志注在武文世王公傳下，蓋誤耳。善引漢書諸侯王表為注，彼文作「三」。師古曰「三十五年」。今此各本并依正文改之，更誤。何、陳所校是也。

帝，患周之敗，以為諸侯力爭，四夷交侵，以弱見奪。於是削去五等。史記，李斯奏曰：置諸侯不便。始皇於是分天下以為三十六郡，置守尉監也。棄禮樂之教，任苛刻之政。子弟無尺寸之封，功臣無立錐之土，內無宗子以自毗輔，外無諸侯以爲蕃衛。班固漢書贊曰：秦竊自號謂皇帝[21]，而子弟為匹夫。內亡骨肉本根之輔，外亡尺土蕃翼之衛。莊子曰：堯、舜有天下，子孫無置錐之地。仁心不加於親戚，惠澤不流於枝葉，譬猶芟刈股肱，獨任胸腹；浮舟江海，捐棄楫櫂。法言曰：灝灝之海，濟樓航之力也。航人無楫，如航何？通俗文：櫂，謂檝也。觀者爲之寒心，而始皇晏然，自以爲關中之固，金城千里，子孫帝王萬世之業也。豈不悖哉！賈誼過秦曰：天下已定，始皇之心，以為關中之固，金城千里，子孫帝王萬世之業也。是時，淳于越諫曰：「臣聞殷、周之王，封子弟功臣，千有餘歲[22]。今陛下君有海內，而子弟爲匹夫，卒有田常六卿之臣，而無輔弼，何以相救？事不師古而能長久者，非所聞也。」史記曰：齊簡公立田常、監止為左右相。田氏殺監止，簡公出奔。田氏執簡公于徐州，遂殺之。又曰：晉昭公卒，六卿強，公室卑。六卿謂：范氏、中行氏、智氏及趙、韓、魏也。論語，糺滑讖曰：陳滅齊，六卿分晉。尚書曰：事不師古，以克永代，匪說攸聞。始皇聽李斯偏說而絀其義。至身死之日，無所寄付，委天下之重於凡夫之手，託廢立之命於姦臣之口，史記曰：始皇崩，趙高乃與胡亥，丞相李斯陰破去始皇所封書賜公子扶蘇者，而更詐為丞相受始皇遺詔，立子胡亥為太子。更為書賜公子扶蘇死。至令趙高之徒，誅鋤宗室。史記曰：二世尊

---

21 注「秦竊自號謂皇帝」 何校「謂」改「為」，後所引同，是也。各本皆誤。

22 「千有餘歲」 何校「歲」改「城」，陳同。魏志注作「城」。今案：「城」字誤也。元首此文出於史記秦始皇本紀，彼作「歲」，可證。又，孝文本紀「古者殷、周有國，治安皆千餘歲」，漢書作「皆且千歲」，然則當時語自如此矣。魏志注必不知者所改，何、陳誤據之也。袁、茶陵二本校語云善作「歲」，五臣作「人」。五臣正謂「歲」字不安，與改魏志注者字有異而意相同，皆非。

用趙高，申法令，乃行誅大臣及諸公子。春秋合誠圖曰：誅鋤民害。胡亥少習剋薄之教[23]，長遵凶父之業，史記曰：趙高故常教胡亥書，及獄律令法事。史記，太史公曰：商君，其天資刻薄人也。不能改制易法，寵任兄弟，而乃師謨申商，諮謀趙高，自幽深宮，委政讒賊，史記，李斯上書二世曰：能明申、韓之術，而修商君之法，法修術明而天下亂者，未之聞也。應劭漢書注曰：申不害，韓昭侯相。衛公孫鞅，秦孝公相。李奇曰：法皆深刻無恩。史記曰：二世常居禁中，與趙高決事，事無大小，輒決於高。蒼頡篇曰：委，任之也。身殘望夷，求爲黔首，豈可得哉？史記曰：二世齋望夷宮，欲祠涇，使使責讓趙高以盜事，高懼，乃陰與其女壻咸陽令閻樂謀易上。樂前，即謂二世曰：足下其自為計。二世曰：願得妻子為黔首。閻樂麾其兵進，二世自殺也。遂乃郡國離心，眾庶潰叛，尚書曰：受有億兆夷人，離心離德。左氏傳曰：人逃其上曰潰。勝廣唱之於前，劉項斃之於後。史記曰：吳廣為假王，擊秦。班固漢書贊曰：秦竊自號謂皇帝，而子弟為匹夫，吳、陳奮其白挺，劉、項隨而斃之。向使始皇納淳于之策，抑李斯之論，割裂州國，分王子弟，封三代之後，報功臣之勞，土有常君[24]，民有定主，枝葉相扶，首尾爲用，雖使子孫有失道之行，時人無湯武之賢，姦謀未發，而身已屠戮，何區區之陳項，而復得措其手足哉？故漢祖奮三尺之劍，驅烏集之眾，曾子曰：烏合之眾，初雖相歡，後必相咋也。五年之中，而成帝業。漢書曰：高祖五年斬羽東城，即皇帝位於氾水之陽。自開闢以來，其興功立勳，未有若漢祖之易者也。夫伐深根者難爲功，摧枯朽者易爲力，理勢然也。班固漢書贊曰：漢無尺土之階，繇一劍之任，五年而成帝業，書傳所未嘗有焉。何則？古代相革皆承聖王

23 「胡亥少習剋薄之教」　袁本云善作「尅」。茶陵本云五臣作「刻」。案：各本所見皆傳寫誤也。善注引商君傳，自作「刻」，不作「尅」。魏志注亦是「刻」字。

24 「土有常君」　袁本、茶陵本「土」作「士」，是也。魏志注亦是「士」字。

之烈，今漢獨收孤秦之斃。鐫金石者難為功，摧枯朽者易為力，其勢然也。

漢鑒秦之失，封植子弟。及諸呂擅權，圖危劉氏，漢書，太后崩，上將軍呂祿、相國呂產專兵秉政，謀作亂。賈逵國語注曰：權，秉，即柄字也[25]。而天下所以不能傾動[26]，百姓所以不易心者，徒以諸侯強大，磐石膠固，漢書，宋昌曰：高帝王子弟，所謂磐石之宗也。莊子曰：待膠漆而固者，是侵其德者也。范曄後漢書曰：鄭泰曰，以膠固之眾，當解合之勢。東牟朱虛授命於內，齊代吳楚作衛於外故也。漢書，宋昌曰：諸呂擅權專制，太尉卒以滅之。內有朱虛、東牟之親，外畏吳、楚、齊、代之強。又曰：齊悼惠王肥，高祖六年立。又曰：齊悼惠王子章，高后封為朱虛侯。章弟興居為東牟侯。向使高祖踵亡秦之法，王逸楚辭注曰：踵，繼也。忽先王之制，則天下已傳，非劉氏有也。然高祖封建，地過古制，大者跨州兼域，小者連城數十，上下無別，權侔京室，故有吳楚七國之患。班固漢書贊曰：漢興，懲戒亡秦孤立之敗，於是封王子弟，大者跨州兼郡，小者連城數十，宮室百官，制同京師。賈誼曰：「諸侯強盛，長亂起姦。夫欲天下之治安，莫若眾建諸侯而少其力。令海內之勢，若身之使臂，臂之使指，則下無背叛之心，上無誅伐之事。」文帝不從。漢書賈誼上疏之文。至於孝景猥用朝錯之計，削黜諸侯。親者怨恨，疏者震恐，吳楚唱謀，五國從風。兆發高祖，釁成文景，由寬之過制，急之不漸故也。漢書曰：朝錯數言吳過可削，文帝寬不忍罰。及景帝即位，錯曰：高帝初定天下，諸子弱，故大封同姓。今吳謀作亂逆，削之亦反，不削亦反。於是方議削吳。吳王恐，因欲發謀舉事。諸侯既新削罰，震恐，多怨錯。及吳先起兵，膠西、膠東、淄川、濟南、楚、趙亦皆反。猥，曲也。所謂末大必折，尾大難掉。左氏傳，楚子問於申無宇

---

25 注「權秉即柄字也」　陳云「秉」下脫「也秉」二字，是也。各本皆脫。

26 「而天下所以不能傾動」　何校去「能」字。魏志注無。袁本云善有「能」。茶陵本云五臣無。案：此疑各本所見傳寫衍也。

曰：國有大城，何如？對曰：末大必折，尾大不掉，君所知也。杜預曰：折，折其本也。尾同於體，猶或不從，況乎非體之尾，其可掉哉？

武帝從主父之策，下推恩之命。自是之後，齊分爲七，趙分爲六，淮南三割，梁代五分，漢書，主父偃說上曰：今諸侯或連城數十，願陛下令諸侯，得推恩分子弟，以地侯之，彼人人喜得所願，上以德施，實分其國，必稍自銷弱矣。上從其計。又，班固贊曰：武帝施主父之策，下推恩之令，使諸侯得分戶邑以封子弟，不行黜陟而國自析。自是齊分為七，趙分為六，梁分為五，淮南分為三也。遂以陵遲，子孫微弱，衣食租稅，不豫政事，班固漢書贊曰：景帝遭七國之難，抑損諸侯，諸侯唯得衣食租稅，不與政事。或以酎金免削，或以無後國除。漢書曰：列侯坐獻黃金酎祭宗廟，不如法奪爵者百六人。漢儀注，王子為侯，侯歲以戶口酎黃金於漢廟，皇帝臨受獻金助祭。大祀曰飲酎，飲酎受金，小不如斤兩色惡者，王削縣，侯免國。漢書曰：趙哀王福薨，無子，國除。至於成帝，王氏擅朝。劉向諫曰：「臣聞公族者，國之枝葉。枝葉落，則本根無所庇蔭。方今同姓疏遠，母黨專政，排擯宗室，孤弱公族，非所以保守社稷，安固國嗣也。」漢書劉向上疏之文。其言深切，多所稱引。成帝雖悲傷歎息而不能用。漢書曰：成帝卽位，向數上疏，言得失，陳法戒。書數十上，以助觀覽，補遺闕。上雖不能盡用，然嘉其言，常嗟嘆之。至乎哀平，異姓秉權，假周公之事，而爲田常之亂。高拱而竊天位，一朝而臣四海，漢宗室王侯，解印釋綬，貢奉社稷，猶懼不得爲臣妾，或乃爲之符命，頌莽恩德，豈不哀哉！班固漢書贊曰：至哀、平之際，王莽知中外殫微，因母后之權，假伊、周之稱，詐謀既成，遂據南面之尊。漢諸侯王厥角稽首，奉上璽韍，唯恐在後，或乃稱美頌德，以求容媚，豈不哀哉！田常篡齊，已見上文。漢書曰：王莽廢漢藩王。廣陵王嘉獻符命，封扶策侯。又曰：郚鄉侯閔以莽篡位，獻神書言莽，得封列侯。郚音吾。由斯言之，非宗子獨忠孝於惠文之間，而叛逆於哀平之際也[27]，徒以權輕勢弱，不能有定耳。

賴光武皇帝挺不世之姿，杜篤論都賦曰：于時聖帝，兼不世之姿。禽王莽於已成，紹漢祀於既絕，斯豈非宗子之力耶？而曾不鑒秦之失策，襲周之舊制，踵亡國之法，而僥倖無疆之期。至於桓靈，奄豎執衡，范曄後漢書曰：桓帝立，曹騰以定策功，遷大長秋。又曰：靈帝時，大將軍竇武謀誅中官，曹節矯詔誅武等。鄭玄尚書注曰：稱上曰衡。朝無死難之臣，外無同憂之國，君孤立於上，臣弄權於下，班固漢書序曰：漢興，懲戒亡秦孤立之敗。本末不能相御，身手不能相使。由是天下鼎沸，姦凶並爭，張超箋曰：中外雲擾，萬夫鼎沸。宗廟焚爲灰燼，宮室變爲蓁藪。杜預左氏傳注曰：燼，火餘木也。居九州之地，而身無所安處，悲夫！

魏太祖武皇帝，躬聖明之資，兼神武之略，晉灼漢書注曰：資，材量也。恥王綱之廢絕，愍漢室之傾覆，龍飛譙沛，鳳翔兗豫，魏志曰：太祖武皇帝，沛國譙人，為兗州牧。後太祖遷都於許。許屬豫州。東京賦曰：龍飛白水，鳳翔參墟。掃除凶逆，剪滅鯨鯢。左氏傳曰：楚子曰：古者明王伐不敬，取其鯨鯢而封以為大戮。杜預曰：鯨鯢，大魚。以喻不義之人也。迎帝西京，定都潁邑。魏志曰：天子東遷，敗於曹陽，太祖乃遣曹洪將兵，西迎天子還雒。董昭勸太祖都許。漢書，潁川郡有許縣。德動天地，義感人神。漢氏奉天，禪位大魏。大魏之興，于今二十有四年矣。觀五代之存亡，而不用其長策；覩前車之傾覆，而不改其轍迹。晏子曰：諺曰：前車覆，後車戒也。子弟王空虛之地，君有不使之民；宗室竄於閭閻，不聞邦國之政。權均匹夫，勢齊凡庶，內無深根不拔之固，外無磐石宗盟

---

27 「而叛逆於哀平之際也」 茶陵本云五臣作「叛」。袁本云善作「畔」。案：此所見不同也。魏志注亦是「叛」字，下文「平居猶懼其離叛」。各本皆不作「畔」，似此未必善與五臣有異。

之助，非所以安社稷爲萬代之業也。左氏傳曰：周之宗盟，異姓為後。且今之州牧、郡守，古之方伯、諸侯，皆跨有千里之土，兼軍武之任，或比國數人，或兄弟並據。而宗室子弟，曾無一人間廁其間，與相維持，非所以強榦弱枝，備萬一之慮也。班固漢書贊曰：徙吏二千石於諸陵，蓋亦強榦弱枝也。今之用賢，或超爲名都之主，或爲偏師之帥。而宗室有文者必限以小縣之宰，有武者必置於百人之上，使夫廉高之士，畢志於衡軛之內，衡軛，車之衡軛也。言王者之御羣臣，猶人之御牛馬，故以衡軛喻焉。畢志其內，未得騁其駿足也。才能之人，恥與非類爲伍，非所以勸進賢能，褒異宗族之禮也。

夫泉竭則流涸，根朽則葉枯。枝繁者蔭根，條落者本孤。故語曰：「百足之蟲。至死不僵，扶之者眾也。」魯連子曰：百足之蟲，至斷不蹶者，持之者眾也。此言雖小，可以譬大。司馬相如諫獵書曰：此言雖小，可以喻大。且墉基不可倉卒而成，威名不可一朝而立。文子曰：人主之有人，猶城之有基，木之有根，根深卽本固，基厚卽上安也。皆爲之有漸，建之有素。譬之種樹，久則深固其根本，茂盛其枝葉。若造次徙於山林之中，植於宮闕之下，雖壅之以黑墳，暖之以春日，尚書曰：厥土惟黑墳。孔安國曰：色黑而墳起也。猶不救於枯槁，何暇繁育哉？夫樹猶親戚，土猶士民，建置不久，則輕下慢上，平居猶懼其離叛，危急將如之何？是聖王安而不逸[28]，以慮危也；存而設備，以懼亡也。故疾風卒至，而無摧拔之憂；天下有變，而無傾危之患矣。

---

28 「是聖王安而不逸」 袁本、茶陵本「是」下有「以」字，云善本無。案：此疑各本所見傳寫脫也，魏志注有。

博弈論

系本曰：烏曹作博。許慎說文曰：博，局戲也。六箸十二棊也。楊雄方言曰：圍棊，自關而東，齊、魯之間謂之弈。

韋弘嗣

吳志曰：韋曜，字弘嗣，吳郡人。為太子中庶子。時蔡穎亦在東宮，性好博弈，太子和以為無益，令曜論之。後為中書僕射。孫皓誅之。裴松之曰：曜本名昭，史為晉諱改之也。

蓋君子恥當年而功不立，疾沒世而名不稱，論語，子曰：君子疾沒世而名不稱焉。故曰：「學如不及，猶恐失之。」論語孔子之辭。是以古之志士，悼年齒之流邁，而懼名稱之不建也。勉精厲操，晨興夜寐，不遑寧息。經之以歲月，累之以日力。若甯越之勤，董生之篤，漸漬德義之淵，棲遲道藝之域。呂氏春秋曰：甯越，中牟之鄙人也。苦耕稼之勞，謂其友曰：何為而可以免此苦耕也？其友曰：莫如學。學三十歲則可達矣。甯越曰：請以十五歲。人將休，吾將不休；人將臥，吾將不敢臥。十五歲而周威王師之。漢書曰：董仲舒修春秋，三年不窺園圃，其精如此。且以西伯之聖，姬公之才，猶有日昃待旦之勞，尚書，周公曰：文王自朝至於日中昃，不遑暇食用，咸和萬民。孟子曰：周公思兼三王，其有不合者，仰而思之，夜以繼日，幸而得之，坐以待旦。故能隆興周道，垂名億載。況在臣庶，而可以已乎？

歷觀古今功名之士，皆有積累殊異之迹，勞神苦體，契闊勤思，平居不惰其業，窮困不易其素。是以卜式立志於耕牧，而黃霸受道於囹圄，終有榮顯之福，以成不朽之名。漢書曰：卜式，河南人。以田畜為事，入山牧羊，十餘年，羊致千餘頭。又曰：黃霸，字次公，淮陽人，遷丞相長史。宣帝欲褒先帝，夏侯勝曰：武帝不宜為立廟樂。勝坐非議詔書，霸坐阿縱勝不舉劾，皆下獄。勝、霸既久繫，霸欲從勝受經，勝辭以罪死，霸曰：朝聞道，夕死可矣。勝賢其言，遂授之。繫更再冬，講論不怠。故山甫勤於夙夜，而吳漢不離公門，豈有遊惰哉？毛詩曰：肅肅王命，仲山甫將之，夙夜匪懈，以事一人。東觀漢記曰：吳漢，字子顏，南陽人。鄧禹及諸將多漢舉者[29]，再三召見。其後勤勤不離公門。上亦以其南陽人，漸親之。

今世之人，多不務經術，好翫博弈，廢事棄業，忘寢與食，窮日盡明，繼以脂燭。當其臨局交爭，雌雄未決，專精銳意，神迷體倦，人事曠而不脩，賓旅闕而不接，雖有太牢之饌，韶夏之樂，不暇存也。至或賭及衣物，徙棊易行，埤蒼：賭，𧵢也。賭，丁古切。𧵢，記被切。廉恥之意弛，而忿戾之色發。然其所志不出一枰之上，所務不過方罫古買之間；方言曰：投博謂之枰，皮兵切。桓譚新論曰：俗有圍棊，或言是兵法之類也。及為之上者，張置疏遠，多得道而為勝；中者，務相絕遮要，以爭便利；下者，守邊趍作罫，自生於小地，猶薛公之言黥布反也。上計取吳、楚，廣道者也；中計塞城皐[30]，遮要爭利者也；下計據長沙以臨越，此守邊隅趍作罫者也。更始帝將相不能防衛，而令罫中死棊皆生。勝敵無封爵之賞，獲地無兼土之實。技非六藝，用非經國。立身者不階其術，徵選者不由其道。廣雅曰：階，因也。求之於戰陣[31]，則非孫吳之倫也；劉向圍棊賦曰：略觀圍棊，法於用兵，怯者無功，貪者先亡。漢書曰：孫子兵法八十二篇。吳起三十八篇。考之於道藝，則非孔氏之門也；以變詐為務，則非忠信之事也；以刼殺為名，則非仁者之意也。尹文子曰：以智力求者喻如弈。弈，進退取與，攻劫殺舍，在我者也。而空妨日廢業，終無補益。是何異設木而擊之，置石而投之哉！且君子之居室也，勤身以致養；其在朝也，竭命以納忠；臨事且猶旰食，而何暇博弈之足耽？左氏傳，伍奢曰：楚君大夫其旰食乎？班固漢書述曰：媚茲一人，日旰忘食。夫然，故孝友之行立，貞純

29 注「多漢舉者」　袁本、茶陵本「漢」作「薦」，是也。
30 注「中計塞城皐」　案：「城」當作「成」。各本皆誤。
31 「求之於戰陣」　袁本云善無「於」字。茶陵本云五臣有。案：此尤校添之也。吳志有「於」字。二本所見，蓋傳寫脫。

之名章也。

方今大吳受命，海內未平，聖朝乾乾，務在得人；周易曰：君子終日乾乾。班固公孫弘贊曰：漢之得人，於茲為盛。勇略之士，則受熊虎之任；儒雅之徒，則處龍鳳之署。熊虎猛捷，故以譬武。龍鳳五彩，故以喻文。尚書曰：如虎如貔，如熊如羆于商郊。蘇武答李陵書曰：其於學人，皆如鳳如龍。百行兼苞，文武並鶩。孝經鈎命決曰：引興摘暴，一字管百行[32]。博選良才，旌簡髦俊。賈逵國語注曰：旌，表也。設程試之科，垂金爵之賞。說文曰：程，品也，廣雅曰：科，條也。誠千載之嘉會，百世之良遇也。桓子新論曰：夫聖人乃千載一出。周易曰：亨者，嘉之會也。當世之士，宜勉思至道，愛功惜力，以佐明時。廣雅曰：惜，愛也。使名書史籍，勳在盟府。左氏傳，宮之奇曰：虢叔為文王卿士，勳在王室，藏於盟府。乃君子之務，當今之先急也。

夫一木之枰，孰與方國之封？枯棊三百，孰與萬人之將？邯鄲淳藝經曰：棊局，縱橫各十七道，合二百八十九道。白黑棊子，各一百五十枚。袞龍之服，金石之樂，足以兼棊局而貿博弈矣。周禮曰：三公自袞冕而下。鄭玄曰：袞龍，九章衣也。東都賦曰：修袞龍之法服。左氏傳曰：晉侯以樂之半賜魏絳，始有金石之樂。廣雅曰：貿，易之也[33]。假令世士，移博弈之力用之於詩書，是有顏閔之志也；用之於智計，是有良平之思也；用之於資貨，是有猗頓之富也；猗頓，已見賈誼過秦論。用之於射御，是有將帥之備也。如此，則功名立而鄙賤遠矣。

---

32 注「一字管百行」 袁本、茶陵本「一」字作「學」，是也。

33 注「貿易之也」 案：「之」字不當有。各本皆衍。

卷第五十三

論三

養生論

嵇喜為康傳曰：康性好服食，常采御上藥。以為神仙稟之自然，非積學所致。至於導養得理，以盡性命，若安期、彭祖之倫，可以善求而得也。著養生篇。

嵇叔夜

世或有謂神仙可以學得，不死可以力致者；王逸楚辭注曰：謂，說也。鄭玄禮記注曰：致之，猶言至也。或云上壽百二十，古今所同，過此以往，莫非妖妄者。養生經，黃帝問天老曰：人生上壽一百二十年，中壽百年，下壽八十年，而竟不然者，皆夭耳。此皆兩失其情，請試粗論之。鄭玄禮記注曰：粗，麤也。說文曰：粗，疏也。徂古切[1]。

夫神仙雖不目見，然記籍所載，前史所傳，較角而論之，其有必矣。廣雅曰：較，明也。似特受異氣，稟之自然，非積學所能致也。孔安國尚書傳曰：稟，受也。夫自然者，不知其然而然。老子曰：道法自然。至於導養得理，以盡性命，上獲千餘歲，下可數百年，可有之耳。天老養

---

1 注「說文曰粗疏也徂古切」　袁本、茶陵本無此九字。

生經，老子曰：人生大期，以百二十年為限，節度護之，可至千歲。而世皆不精，故莫能得之。何以言之？夫服藥求汗，或有弗獲；而愧情一集，渙然流離。漢書曰：上問右丞相周勃曰：天下一歲決獄幾何？勃謝不知。問天下錢穀，一歲出幾何？勃又謝不知。汗出洽背，媿不能對。顏師古曰：洽，霑也[2]。周易曰：渙汗其大號。終朝未餐，則囂然思食；而曾子銜哀，七日不飢。毛詩曰：終朝采綠。終朝，謂從旦至食時。囂然，飢意也。禮記，曾子謂子思曰：伋，吾執親之喪也，水漿不入於口者七日。夜分而坐，則低迷思寢；內懷殷憂，則達旦不瞑。古眠字。韓子曰：衛靈公至濮水之上，夜分而聞有鼓新聲者。韓詩曰：耿耿不寐，如有殷憂。漢書，劉向曰[3]：夜觀星宿，或不寐達旦。勁刷理鬢，醇醴發顏，僅乃得之；通俗文曰：所以理髮謂之刷也。何休公羊傳注曰：僅，劣也。壯士之怒，赫然殊觀，植髮衝冠。淮南子曰：荊軻為燕太子丹刺秦王，高漸離、宋如意為擊筑而歌於易水之上，荊軻瞋目裂眥，髮植衝冠。由此言之，精神之於形骸，猶國之有君也。神躁於中，而形喪於外，猶君昏於上，國亂於下也。

夫爲稼於湯之世，偏有一漑之功者，雖終歸燋爛，必一漑者後枯。然則一漑之益，固不可誣也。種曰稼，言種穀於湯之世，值七年之旱，終歸是死，而彼一漑之苗，則在後枯。亦猶人處於俗，同皆有死，能攝生者則後終也。孫卿子曰：禹十年水，湯七年旱。說文曰：漑，灌也。而世常謂一怒不足以侵性，一哀不足以傷身，輕而肆之，淮南子曰：大怒破陰，大喜墜陽。養生要，彭祖曰：憂恚悲哀，傷人；喜樂過差，傷人。賈逵國語注曰：肆，恣也。是猶不識一漑之益，而望嘉穀於旱苗者也。國語，子餘謂秦伯曰：使能成嘉穀，君之力也。是以君子知形恃神以立，神須形以存，悟生理之易失，知一過之害生。

2 注「顏師古曰洽霑也」 袁本、茶陵本無此七字。

3 注「漢書劉向曰」 袁本、茶陵本「書」下有「曰」字。案：二本是也。「向」下不當有「曰」字，二本皆衍。

淮南子曰：形者，生之舍也；氣者，生之元也；神者，生之制也。一失位，則二者傷矣。故脩性以保神，安心以全身，愛憎不棲於情，憂喜不留於意，泊然無感，而體氣和平。老子曰：我獨泊然而未兆。說文曰：泊，無為也。禮記曰：樂行血氣和平。又呼吸吐納，服食養身，使形神相親，表裏俱濟也。莊子曰：吹呴呼吸，吐故納新，為壽而已矣。古詩曰：服食求神仙。

夫田種者，一畝十斛，謂之良田，此天下之通稱也。不知區種可百餘斛[4]。氾勝之田農書曰：上農區田，大區方深各六寸，相去七寸，一畝三千七百區；丁男女治十畝，至秋收區三升粟，畝得百斛也。區，音鄔侯切。一曰謂區隴而種，非漫田也。田種一也，至於樹養不同，則功收相懸。謂商無十倍之價，農無百斛之望，此守常而不變者也。且豆令人重，榆令人瞑，經方小品，倉公對黃帝曰：大豆多食，令人身重。博物志云：食豆三年，則身重，行止難。又曰：啖榆則瞑不欲覺也。合歡蠲忿，萱草忘憂，愚智所共知也。神農本草曰：合歡蠲忿，萱草忘憂。崔豹古今注曰：合歡樹似梧桐，枝葉繁，互相交結，每一風來，輒自相離，了不相牽，綴樹之堦庭，使人不忿。毛詩曰：焉得萱草，言樹之背。毛萇詩傳曰：萱草令人忘憂。名醫別錄曰：萱草，是今之鹿葱也。薰辛害目，豚魚不養，常世所識也。養生要曰：大蒜勿食[5]，葷辛害目。又，神農曰：豬肉虛人，不可久食。又曰：㹠肉損人。與豬同。說文曰：蒜，葷菜也。薰與葷同。豚魚無血，食之皆不利人也。蝨處頭而黑，麝食柏而香；抱朴子曰：今頭蝨著身，皆稍變而白；身蝨處頭，皆漸化而黑。則是玄素果無定質，移易存乎所漸。本草名醫云：麝香形似麞，常食柏葉，五月得香，又夏月食蛇多，至寒香滿。入春，患急痛，以脚剔去，著矢溺中，覆之皆有常處。人有遇得，乃勝殺取。頸處險而癭，齒居晉而黃。淮南子曰：險阻之氣多癭。謂人居於山險，樹木瘤臨其水上，飲此水

4 「可百餘斛」 茶陵本此下有「也」字，云五臣無。袁本云善有。案：此所見不同，或尤刪之也。

5 注「大蒜勿食」 袁本、茶陵本「勿」作「多」，是也。

則患癭。齒黃，未詳。推此而言，凡所食之氣，蒸性染身，莫不相應。豈惟蒸之使重而無使輕，害之使闇而無使明，薰之使黃而無使堅，芬之使香而無使延哉？方言曰：延，年長也。故神農曰「上藥養命，中藥養性」者，本草曰：上藥一百二十種，為君，主養命以應天，無毒，久服不傷人，輕身益氣，不老延年。中藥一百二十種，為臣，主養性以應人。養生經曰：上藥養命，五石練形，六芝延年。中藥養性，合歡蠲忿，萱草忘憂也。誠知性命之理，因輔養以通也。而世人不察，惟五穀是見，聲色是耽。目惑玄黃，耳務淫哇。法言曰：哇則鄭。李軌曰：哇，邪也。周禮鄭玄注曰：五穀，麻、黍、稷、麥、豆也。滋味煎其府藏，醴醪鬻其腸胃。莊子曰：聲色滋味之於人心，不待學而樂之。漢書曰：五藏六腑。周禮曰：凡齊事鬻鹽以待戒令。鄭玄曰：鬻鹽，謂練化之。鬻，今之煑字也。香芳腐其骨髓，喜怒悖其正氣。廣雅曰：悖，亂也。文子曰：循理而動者正氣。思慮銷其精神，哀樂殃其平粹。文子曰：人之性欲平。又曰：真人純粹。應劭漢書注曰：粹，淳也。

夫以蕞爾之軀，攻之者非一塗，左氏傳，子產曰：蕞爾小國。杜預注曰：蕞爾，小貌也。易竭之身，而外內受敵[6]，身非木石，其能久乎？其自用甚者，飲食不節，以生百病；好色不倦，以致乏絕；素問，黃帝曰：有病心腹滿，此何病？岐伯曰：此飲食不節，故時病。七發曰：百病咸生。漢書，杜欽上疏曰：佩玉晏鳴，關雎歎之，知好色之伐性短年也。風寒所災，百毒所傷，中道夭於眾難。莊子曰：終天年，不中道夭者，是智之盛。世皆知笑悼，謂之不善持生也。方言曰：悼，哀也。笑悼，謂笑其不善養生，而又哀其促齡也。至于措身失理，亡之於微，積微成損，積損成衰，從衰得白，從白得老，從老得終，悶若無端。莊子曰：藏乎無端之紀。中智以下，謂之自然。穀梁傳，荀息曰：中智以上，乃能

6「而外內受敵」 袁本云善作「內外」。茶陵本云五臣作「外內」。案：此疑尤以五臣改之也。

慮之。臣料虞君，中智以下也。縱少覺悟，咸歎恨於所遇之初，而不知慎眾險於未兆。老子曰：未兆易謀。是由桓侯抱將死之疾，而怒扁鵲之先見，以覺痛之日，爲受病之始也[7]。韓子曰：扁鵲謂桓侯曰：君有疾在腠理，猶可湯熨。桓侯不信。後病，迎扁鵲，鵲逃之。桓侯遂死。史記曰：扁鵲療簡子，東過齊，見桓侯。東皙曰：齊桓在簡子前且二百歲。小白後無齊桓侯。田和子有桓公午，去簡子首末相距二百八年。史記自為舛錯。韋昭曰：魏無桓侯。臣瓚曰：魏桓侯[8]。新序曰：扁鵲見晉桓侯。然此桓侯，竟不知何國也。害成於微而救之於著，故有無功之治；馳騁常人之域，故有一切之壽。仰觀俯察，莫不皆然。以多自證，以同自慰，謂天地之理盡此而已矣。縱聞養生之事[9]，則斷以所見，謂之不然。其次狐疑，雖少庶幾，莫知所由。其次，自力服藥，半年一年，勞而未驗，志以厭衰，中路復廢。或益之以畎古犬澮古外，而泄之以尾閭。尚書曰：濬畎澮距川。孔安國曰：一畝之間，廣尺深尺曰畎。廣二尋深二仞曰澮。畎澮深之，亦入海也。莊子，海若曰：天下之水，莫大於海，萬川歸之，不知何時止而不盈；尾閭泄之，不知何時已而不虛。司馬彪曰：尾閭，水之從海水出者也。一名沃燋，在東大海之中。尾者，在百川之下，故稱尾。閭者聚也，水聚族之處，故稱閭也。在扶桑之東，有一石，方圓四萬里，厚四萬里，海水注者，無不燋盡，故名沃燋。欲坐望顯報者，或抑情忍欲，割棄榮願，而嗜好常在耳目之前，所希在數十年之後，說文云：希，望也。穀梁傳，荀息曰：夫人玩好在耳目之前，而患在一國之後。又恐兩失，內懷猶豫，楚辭曰：心猶豫而狐疑。尸子曰：五尺大犬為豫。說文云：隴西謂犬子為猶。顏師古以為人將犬行，豫在人前，待人不得，又來迎侯，如此往還至于終日，斯乃豫之所以為未定

7 「為受病之始也」　袁本云善無「受」字。茶陵本云五臣有。案：此疑尤以五臣添之也。

8 注「臣瓚曰魏桓侯」　袁本、茶陵本無此六字。

9 「縱聞養生之事」　茶陵本「生」作「性」，云五臣作「生」。袁本云善作「性」。案：此尤以五臣改之也。

也，故稱猶豫。或以爾雅云：猶如麂[10]，善登木。猶，獸名。聞人聲乃猶豫緣木，如此上下，故稱猶豫。心戰於內，物誘於外，交賒相傾，如此復敗者。

夫至物微妙，可以理知，難以目識，譬猶豫章，生七年然後可覺耳。淮南子曰：豫章之生，七年可知。延叔堅曰：豫章與枕木相似，須七年乃可別耳。枕音尤。今以躁競之心，涉希靜之塗，老子道經曰：聽之不聞，名曰希。王逸楚辭注曰：無聲曰靜。意速而事遲，望近而應遠，故莫能相終。夫悠悠者既以未效不求，論語，桀溺曰：滔滔者[11]天下皆是也。而求者以不專喪業，偏恃者以不兼無功，追術者以小道自溺，凡若此類，故欲之者萬無一能成也。善養生者則不然矣。清虛靜泰，少私寡欲。莊子曰：廣成子謂黃帝曰：必靜必清，無勞汝形，無搖汝精，乃可以長生。老子曰：少私寡欲。知名位之傷德，故忽而不營，非欲而彊禁也。左氏傳曰：名位不同，禮亦異數。識厚味之害性，故棄而弗顧，非貪而後抑也。國語，單襄公曰：厚味實腊毒也。外物以累心不存，神氣以醇白獨著，慎子曰：夫德精微而不見，聰明而不發，是故外物不累其內。莊子曰：外物不可必。司馬彪曰：物，事也。忠孝，內也。而外事咸不信受也。淮南子曰：古之人，神氣不蕩乎外。莊子曰：虛室生白。向秀曰：虛其心，則純白獨著。曠然無憂患，寂然無思慮。莊子曰：聖人平易恬淡，則憂患不能入也，邪氣不能襲也，故其德全而神不虧矣。故曰聖人不思慮，不預謀也。又守之以一，養之以和，和理日濟，同乎大順。老子曰：聖人抱一，為天下式。河上公曰：抱，守也。守一，乃知萬事，故能為天下法式。[12]王弼曰：一，少之極也。式，猶則也。文子曰：古之為道者，養以和，持以適。莊子曰：古之

---

10 注「猶如麂」　陳云「麂」，「麑」誤，是也。各本皆譌。

11 注「桀溺曰滔滔者」　袁本「滔滔」作「悠悠」。案：「悠悠」是也。茶陵本亦誤與此同。陳云陸氏釋文「滔滔」，鄭本作「悠悠」。注自據鄭康成本，與他本不同也。

12 注「河上公曰抱」下至「故能為天下法式」　袁本、茶陵本無此二十字。

治道者，以恬養知；知生，而無以知為也，謂之以知養恬。知與恬交相養，而和理出其性。老子曰：玄德深矣，遠矣，與物反矣；乃至大順。河上公曰：大順者，天理也[13]。鍾會曰：反俗以入道，然乃至於大順也。然後蒸以靈芝，潤以醴泉，白虎通曰：醴泉者，美泉也，狀如醴酒也。晞以朝陽，綏以五絃，毛萇詩傳曰：晞，乾也。無爲自得，體妙心玄，莊子曰：天無為以之清，地無為以之寧，故兩無為相合，萬物皆化之也，孰能得無為哉？老子曰：玄之又玄，眾妙之門。忘歡而後樂足，遺生而後身存。莊子曰：天下有至樂無有哉？曰：至樂無樂。郭象曰：忘歡而後樂足，樂足而後身存。莊子曰：棄事則形不勞，遺生則精不虧，夫形全精復，與天為一。若此以往，恕可與羨門比壽，王喬爭年，何爲其無有哉？聲類曰：恕，人心度物也。史記曰：始皇之碣石，使燕人盧生求羨門。韋昭曰：羨門，古仙人也。列仙傳曰：王子喬者，周靈王太子晉也。道人浮丘公接以上嵩高山。

運命論

運謂五德更運，帝王所稟以生也。春秋元命苞曰：五德之運，各象其類；興亡之名，應籙以次相代。宋均曰：運，籙運也。春秋元命苞曰：命者，天下之命也。

李蕭遠 集林曰：李康，字蕭遠，中山人也。性介立，不能和俗。著遊山九吟，魏明帝異其文，遂起家為尋陽長。政有美績。病卒。

夫治亂，運也；窮達，命也；貴賤，時也。墨子曰：貧富治亂，固有天命，不可損益。王命論曰：窮達有命，吉凶由人。莊子，北海若曰：貴賤有時，未可以為常也。故運之將隆，必生聖明之君。春秋河圖揆命篇曰：倉、戲、農、黃，三陽翼天德聖明。[14]聖明之君，必有忠賢之臣。其所以相遇也，不求而

13 注「河上公曰大順者天理也」　袁本、茶陵本無此十字。

14 注「春秋河圖」下至「聖明」　袁本此十九字作「聖明，已見王命論」七字，是也。茶陵本複出與此同，非。

自合；其所以相親也，不介而自親。介，紹介也。禮記曰：介紹而傳命。唱之而必和，謀之而必從，道德玄同，曲折合符，老子曰：知者不言，言者不知，是為玄同。論語比考讖曰：君子上達，與天合符。得失不能疑其志，讒構不能離其交，然後得成功也。其所以得然者，豈徒人事哉？授之者天也，告之者神也，成之者運也。

夫黃河清而聖人生，里社鳴而聖人出，易乾鑿度曰：聖人受命，瑞應先見於河，河水先清，清變白，白變赤，赤變黑，黑變黃，各三日。春秋潛潭巴曰：里社明，此里有聖人出。其呴，百姓歸，天辟亡。宋均曰：里社之君鳴，則教令行，教令明，惟聖人能之也。呴，鳴之怒者。聖人怒則天辟亡矣。湯起放桀時，蓋此祥也。明與鳴古字通。羣龍見而聖人用。易曰：見羣龍無首，吉。又曰：聖人作而萬物覩。故伊尹，有莘氏之媵臣也，而阿衡於商。說苑，鄒子說梁王曰：伊尹，有莘氏之媵臣，湯立以為三公。毛詩曰：實維阿衡，左右商王。毛萇傳曰：阿衡，伊尹也。太公，渭濱之賤老也，而尚父於周。史記曰：太公望以漁釣干周西伯。六韜曰：文王卜田，史扁為卜曰：于渭之陽，將大得焉。非熊非羆，非虎非狼，兆得公侯，天遺汝師。王乃齋戒三日，田于渭陽，卒見呂尚坐茅以漁。毛詩大雅曰：維師尚父，時維鷹揚。諒彼武王，肆伐大商。百里奚在虞而虞亡，在秦而秦霸，非不才於虞而才於秦也。呂氏春秋曰：凡亂也者，必始乎近而後及遠，始乎本而後及末，亦然[15]。故百里奚處乎虞而虞亡，處乎秦而秦霸。百里奚之處乎虞，知非遇也[16]。其處於秦，非加益也[17]，有其本也。其本也者，定分之謂也。張良受黃石之符，誦三略之說，黃石公記序曰：黃石者，神人也。有上略、中略、下略。河圖曰：黃石公謂張良曰：讀此，為劉帝師。以遊於羣雄，其言也，

15 注「亦然」　案：「亦」上當有「治」字，各本皆脫，此所引處方篇文也。
16 注「知非遇也」　案：「遇」當作「愚」，各本皆誤。
17 注「非加益也」　案：「非」上當有「知」字，各本皆脫。

如以水投石，莫之受也；及其遭漢祖，其言也，如以石投水，莫之逆也。[18]漢書曰：張良以兵法說沛公，沛公喜，常用其策。為它人言，皆不省。[19]非張良之拙說於陳項，而巧言於沛公也。漢書，張良乃說項梁立韓成為韓王。而漢書，張良無說陳涉。今此言之，未詳其本也。然則張良之言一也，不識其所以合離？合離之由，神明之道也。故彼四賢者，名載於籙圖，事應乎天人，其可格之賢愚哉？春秋考異郵曰：稽之籙圖，參於泰古。易坤靈圖曰：湯臣伊尹振鳥陵。春秋命歷序曰：文王受丹書，呂望佐昌、發。春秋保乾圖曰：漢之一師為張良，生韓之陂，漢以興。春秋感精記曰：西秦東窺，謀襲鄭伯，晉、戎同心，遮之殽谷，反呼老人，百里子哭，語之不知，泣血何益。蒼頡篇曰：格，量度之也。孔子曰：「清明在躬，氣志如神。嗜欲將至，有開必先。天降時雨，山川出雲。」禮記文也。鄭玄曰：清明在躬，氣志如神，謂聖人也。嗜欲將至，謂其王天下之期將至也。神有以開之，必先為之生賢智之輔佐。若天將降時雨，山川為之出雲也。詩云：「惟嶽降神，生甫及申；惟申及甫，惟周之翰。」運命之謂也。詩大雅文也。箋云：申，申伯。甫，甫侯也。毛萇傳曰：翰，幹也。言周道將興，五嶽為之生佐。仲山甫及申伯，為周之幹臣也。豈惟興主，亂亡者亦如之焉。呂氏春秋曰：世有興主之士也。幽王之惑褒女也，祅始於夏庭。史記曰：昔夏后氏之衰也，有神龍二，止於夏帝之庭而言曰：余褒之二君也。夏帝卜殺之與去之與止之，莫吉。卜請其漦而藏之，乃吉。於是布幣而策告之，龍亡而漦在。夏氏乃櫝而去之[20]。比三代，莫之敢發。至厲王之末，發而觀之。漦流於庭，不可除。厲王使婦人裸而譟之。漦化為玄黿，以入王後宮。後宮童妾，既齔遭之，既笄而孕，無夫而生一女子，懼而棄之。宣王之時，童謠：檿弧箕服，寔亡周國。於是宣王聞之。有夫婦賣是器

---

18 「以遊於羣雄」下至「莫之逆也」 袁本、茶陵本校語云善無此一段。說詳下。

19 注「漢書曰」下至「皆不省」 袁本、茶陵本無此一節注。案：二本所見傳寫脫去正文及注一節也。後石闕銘「計如投水」引此論「張良及其遭漢祖，其言也，如以石投水，莫之逆也」為注，然則善有可知。尤所見本蓋為未誤。

20 注「夏氏乃櫝而去之」 袁本、茶陵本無「夏氏乃」三字，是也。

者，宣王使執而戮之於道。而鄉者後宮妾所棄妖子出於路者，聞其夜啼，哀而收之，夫婦遂奔於褒。褒人有罪，請入棄子以贖罪。棄子出於褒，是為褒姒。幽王廢申后，立褒姒為后。后父申侯怒攻幽王，遂殺幽王酈山下。綮，仕淄切。曹伯陽之獲公孫彊也，徵發於社宮。左氏傳曰：初，曹人或夢眾君子立於社宮，而謀亡曹。曹叔振鐸請待公孫彊，許之，旦而求之曹，無之，戒其子曰：我死，爾聞公孫彊為政，必去之。及曹伯陽即位，好畋弋。曹鄙人公孫彊好弋，且言畋弋之說，悅之。因訪政事，說於曹伯，從之。乃背晉而奸宋，宋人伐之，執曹伯陽以歸，殺之。叔孫豹之暱豎牛也，禍成於庚宗。左氏傳曰：初，穆子去叔孫氏，及庚宗，過婦人[21]，使私為食而宿焉。魯人召之，所宿庚宗之婦人獻以雉。問其姓，對：余子長矣。召而見之，遂使為豎，有寵，長使為政。田於蒲丘，遂遇疾焉。豎牛曰：夫子疾病，不欲見人。使寘饋于介而退，弗進，則置虛器命徹，叔孫不食，卒。吉凶成敗，各以數至。春秋考異郵曰：吉凶有效，存亡出象。王命論曰：驗行事之成敗。數，歷數也。孔安國尚書傳曰：歷數，謂天道也。咸皆不求而自合，不介而自親矣。

昔者，聖人受命河洛曰：以文命者，七九而衰；以武興者，六八而謀。河、洛謂河圖、洛書也。文謂文德，即文王也。武謂武功，即武王也。言以文德受命者，或七世、九世而漸衰微；以武功興起者，或六世、八世而謀也。及成王定鼎於郟鄏，卜世三十，卜年七百，天所命也。左氏傳王孫滿之辭也。其世之多少，年之短長，皆天所命也。七九、六八，即卜世數也。杜預注曰：郟鄏，今河南也。武王遷之，成王定之。故自幽厲之間，周道大壞，言自成王至于厲王，凡有八世，即應七而衰也。毛詩序曰：蕩，召、穆公傷周室大壞也。二霸之後，禮樂陵遲。二霸，齊桓、晉文也。自厲王至于二霸之卒，凡有九世，即應九而衰也。毛詩序曰：禮義陵遲，男女淫奔也。文薄之弊，漸於靈景；自二霸之卒，至於景王，凡有六世，即應六而謀也。尚書大傳曰：周人之教以文，上教以

---

21 注「過婦人」　陳云「過」，「遇」誤，是也。各本皆譌。

文君子，其失也小人薄。鄭玄曰：文，謂尊卑之差制也。習文法，無悃誠也。靈、景，周之王末者也[22]。辯詐之僞，成於七國。言文薄既弊，詐偽乃成也。七國，謂韓、魏、齊、趙、燕、楚、秦也。自景王至于七國，凡有八世，卽應八而謀也。酷烈之極，積於亡秦；言詐偽既成，故加之以酷烈也。解嘲曰：呂刑靡弊，秦法酷烈也。文章之貴，棄於漢祖。言周人之教以文，故漢承之以貴也。漢書曰：陸賈為太中大夫，賈時上前說稱詩、書，高帝罵之曰：迺公以馬上得之，安事詩、書也？仲長子昌言曰：漢祖輕文學而簡禮義。雖仲尼至聖，顏冉大賢，家語，冉有曰：孔子者，大聖兼該，文武並通。又曰：顏回，字子淵，以德行著名，孔子稱其賢。又曰：冉求，字子有，以政事著名，性多謙退。揖讓於規矩之內，誾誾於洙、泗之上，不能遏其端；論語曰：孔子朝與上大夫言，誾誾如也。孔安國曰：誾誾，中正之貌。禮記，曾子謂子夏曰：吾與汝事夫子於洙、泗之間。鄭玄曰：洙、泗，魯水名也。史記曰：甚哉，魯之衰也，洙、泗之間，誾誾如也。桓子新論曰：遏絕其端，其命在天。孟軻、孫卿體二希聖，從容正道，不能維其末，周易，子曰：君子知幾其神乎。顏氏之子其殆庶幾乎。有不善，未嘗不知；知之，未嘗復行。韓康伯曰：在理則昧，造形而悟。顏氏子之分也，失之於幾，故有不善，得之於二，不遠而復。故知之，未嘗復行也。法言曰：睎驥之馬[23]，亦驥之乘，睎顏之人，亦顏之徒也。顏嘗睎夫子矣。李軌曰：希，望也。言顏回嘗望孔子也。禮含文嘉曰：從容中道，陰陽度行也。天下卒至于溺而不可援。言小人之失在薄。故孔孟所不能援也。孟子曰：天下溺，則援之以道。夫以仲尼之才也，而器不周於魯衛；以仲尼之辯也，而言不行於定哀；史記曰：魯定公以孔子為司寇，季桓子受齊女樂，不聽政，孔子遂行。適衛，衛靈公置粟六萬，居頃之，或譖孔子於靈公。孔子恐獲罪，去衛也。以仲尼之謙也，而見忌於子西；

---

22 注「靈景周之王末者也」　袁本「末」上有「者」字。案：疑「弊」字之誤，尤刪非也。茶陵本刪去此一句，更非。

23 注「睎驥之馬」　袁本「睎」作「希」，下同。茶陵本亦作「睎」，與此同。案：正文作「希」，注「希，望也」，亦仍作「希」，似「睎」字依法言改之也。

史記曰：楚昭王興師迎孔子，將以書社地七百里封孔子。楚令尹子西曰：王之使使諸侯有如子貢者乎？曰：無有。王之將帥有如子路者乎？曰：無有。王之官尹有如宰予者乎？曰：無有。且楚之祖封於周，為子男五十里。今孔丘述三、五之法，明周、召之業，王若用之，則楚國安得世世土方數千里乎？文王在豐，武王在鎬，卒王天下。今孔丘得據土壤，賢弟子為佐，非楚之福也。昭王乃止。以仲尼之仁也，而取讎於桓魋；史記曰：孔子適宋，與弟子習禮大樹下。宋司馬桓魋欲殺孔子，拔其樹。孔子弟子曰：可以速行矣。孔子曰：天生德於予，桓魋其如予何？以仲尼之智也，而屈厄於陳蔡；家語曰：楚昭王聘孔子，孔子往拜禮焉。路出乎陳、蔡。陳、蔡大夫相與謀曰：孔子賢聖，其刺譏皆中諸侯之病。若用於楚，則陳、蔡危矣。遂使徒兵距孔子。孔子不得行，絶糧七日，外無所通，藜羹不充。以仲尼之行也，而招毀於叔孫。論語曰：叔孫武叔毀仲尼。子貢曰：無以為也。仲尼不可毀也。他人之賢者，丘陵也，猶可踰也；仲尼，日月也，無得而踰焉。人雖自絶也，其何傷於日月乎？多見其不知量也。夫道足以濟天下，而不得貴於人；周易曰：智周萬物，而道濟天下。言足以經萬世，而不見信於時；文子曰：養生以經世。莊子曰：未嘗聞任氏之風俗，其不可與經於世亦遠矣。行足以應神明，而不能彌綸於俗；孝經曰：孝悌之至，通於神明。周易曰：故能彌綸天地之道。應聘七十國，而不一獲其主；說苑，趙襄子謂子路曰：吾嘗問孔子曰：先生事七十君，無明君乎？孔子不對。何謂賢也？驅驟於蠻夏之域，屈辱於公卿之門，蠻，謂蔡、楚也。毛詩曰：蠢爾蠻荊。夏，謂宋、衛也。公，謂魯侯也，卿，謂季氏也。列子，楊朱曰：孔子屈於季氏，見辱於陽虎也。其不遇也如此。及其孫子思，希聖備體，而未之至，史記曰：伯魚生伋，字子思。孟子曰：子夏、子游、子張，皆有聖人之一體。冉伯牛、閔子、顏回則具體而微。劉熙曰：體者，四支股脚也。具體者，皆微者也，皆具聖人之體，微小耳。體以喻德也。封己養高，勢動人主。國語，叔向曰：引黨以封己。韋昭曰：封，厚也。魏志，高柔上疏曰：三事不使知政，遂各偃息養高[24]。其所遊歷諸侯，莫不結駟而造

---

24 注「三事不使知政遂各偃息養高」袁本、茶陵本無「不使知政遂各」六字。案：此尤添之也。

門；雖造門猶有不得賓者焉[25]。其徒子夏，升堂而未入於室者也。退老於家，魏文侯師之，西河之人肅然歸德，比之於夫子而莫敢間其言。論語，子曰：由也，升堂矣，未入於室也。家語曰：卜子夏，孔子卒後，教於西河之上。魏文侯師事之，而咨問國政焉。禮記，曾子謂子夏曰：吾與汝事夫子於洙、泗之間，退而老於西河之上，使西河之人疑汝於夫子。陳羣論語注曰：不得有非間之言也。故曰：治亂，運也；窮達，命也；貴賤，時也。而後之君子，區區於一主，歎息於一朝。屈原以之沈湘，賈誼以之發憤，不亦過乎！楚辭曰：臨沅湘之玄淵兮，遂自忍而沈流。漢書曰：天子以賈誼任公卿之位。絳、灌之屬盡害之，乃毀誼。於是天子亦疎之，以誼為長沙王太傅。誼既以謫去，意不自得，及渡湘水，為賦以弔屈原。原，楚賢臣也，被讒，遂投江而死。誼追傷之，因以自諭。楊雄反騷曰：欽弔楚之湘纍。音義曰：屈原赴湘，故曰湘纍。

然則聖人所以爲聖者，蓋在乎樂天知命矣。周易曰：樂天知命，故不憂。故遇之而不怨，居之而不疑也。其身可抑，而道不可屈；漢書，孫寶曰：道不可詘，身詘何傷。其位可排，而名不可奪。譬如水也，通之斯爲川焉，塞之斯爲淵焉，管子曰：水有大小，出之溝，流於大水及海者，命之曰川；出於地而不流，命曰淵水。升之於雲則雨施，沈之於地則土潤。淮南子曰：夫水者，大不可極，深不可測，上天為雨露，下地為潤澤。無公無私，水之德也。周易文言曰：雲行雨施，天下平也。禮記月令曰：季夏之月，土潤，溽暑。鄭玄云：土潤，謂塗濕也。體清以洗物，不亂於濁；受濁以濟物，不傷於清。晏子春秋，景公問晏子曰：廉正而長久，其行何也？晏子對曰：其行水也。美哉水乎清，其濁無不寀塗，其清無不灑除，是以長久也。管子曰：夫水淖溺以清，好灑人之惡，仁也。寀，式甚切。是以聖人處窮達如一也。呂氏春秋曰：古之得道者，窮亦樂，達亦樂，所樂非窮達也。道得於此，則窮達一也。夫忠直之迕於主，獨立之負於俗，理勢然也。小雅曰：

[25] 「雖造門猶有不得賓者焉」　袁本此下有善注：或無「雖造門」三字一句。茶陵本無。案：無者蓋脫。

迕，犯也。鄭玄禮記注曰：負，背也。故木秀於林，風必摧之；堆出於岸，流必湍之；廣雅曰：秀，出也。論衡曰：風衝之物，不得育；水湍之岸，不得峭。行高於人，眾必非之。史記曰：商君說秦孝公曰：夫有高人之行者，固見非於世。前監不遠，覆車繼軌。毛詩曰：殷鑒不遠。晏子春秋，諺曰：前車覆，後車戒。然而志士仁人[26]，猶蹈之而弗悔，操之而弗失，何哉？將以遂志而成名也。史記，司馬遷曰：詩、書隱約者，欲遂其志之思也[27]。班固漢書贊曰：雖其陷於刑辟，自與殺身成名也。求遂其志，而冒風波於險塗；家語曰：不觀巨海，何以知風波之患也。求成其名，而歷謗議於當時。司馬遷書曰：下流多謗議。彼所以處之，蓋有筭矣。蒼頡篇曰：筭，計也。子夏曰：「死生有命，富貴在天。」論語，子夏曰：商聞之，死生有命，富貴在天。故道之將行也，命之將貴也，論語，子曰：道之將行也與？命也。則伊尹呂尚之興於商周，百里子房之用於秦漢，不求而自得，不徼而自遇矣[28]。論衡曰：命吉，不求自得富貴之命。西京賦曰：不徼自遇。道之將廢也，命之將賤也，論語，子曰：道之將廢也與？命也。豈獨君子恥之而弗爲乎？蓋亦知爲之而弗得矣。凡希世苟合之士，蘧蒢戚施之人，莊子曰：原憲謂子貢曰：夫希世而行，比周而友，憲不忍為也。司馬遷報任安書曰：苟合取容。毛詩云：燕婉之求，蘧蒢不鮮。又曰：燕婉之求，得此戚施。俛仰尊貴之顏，逶迆勢利之間，杜預左氏傳注曰：俛仰，伏也。鄭玄毛詩箋曰：蘧蒢觀人顏色而為辭，故不能俯。又曰：戚施下人以色，故不能仰。史記曰：蘇秦嫂逶迆而謝曰：見季子位高金多也。意無是非，讚之如

---

26 「然而志士仁人」　茶陵本無「然」字，云五臣作「然」。袁本無「而」字，云善作「而」。案：此依五臣改善，又誤兩存其字，非。

27 注「欲遂其志之思也」　袁本、茶陵本無「之思」二字。

28 「不徼而自遇矣」　袁本、茶陵本「徼」作「邀」。案：二本無校語，恐非善、五臣之異。善引西京賦「不徼自遇」，彼賦今為「邀」字。此注尤及袁作「徼」，非也。茶陵本作「邀」，是也。尤延之蓋依所見之注改正文而誤。

流；言無可否，應之如響。毛詩曰：巧言如流。史記，淳于髡曰：鄒忌其應我，若響之應聲也。以闚看爲精神，以向背爲變通。周易曰：變通者，趣時者也。勢之所集，從之如歸市；勢之所去，棄之如脫遺。孟子曰：太王居豳，狄人侵之，乃踰梁山，邑于岐山下，從者如歸市焉。廣雅曰：脫，誤也。毛詩曰：棄予如遺。鄭玄曰：如人遺忘，忽然不省存也。其言曰：名與身孰親也？得與失孰賢也？榮與辱孰珍也？老子曰：名與身孰親？得與亡孰病也？家語，子貢曰：與其俱失，二者孰賢？鄭玄儀禮注曰：賢，猶勝也。故遂絜其衣服，矜其車徒，冒其貨賄，淫其聲色，杜預左氏傳注曰：冒，貪也。脈脈然自以爲得矣。爾雅曰：脈，相視也[29]。郭璞曰：脈脈，謂相視貌也。蓋見龍逢比干之亡其身，而不惟飛廉惡來之滅其族也。尸子曰：義必利，雖桀殺關龍逢，紂殺王子比干，猶謂義之必利也。史記曰：中潏生蜚廉，蜚廉生惡來，父子俱以材力事殷紂。說苑，子石曰：費仲、惡來革去鼻決目，崇侯虎順紂之心，欲以合於意。武王伐紂，四子死牧之野。蓋知伍子胥之屬音燭鏤力俱於吳[30]，而不戒費無忌之誅夷於楚也。左傳曰：吳將伐齊[31]，越子率其屬以朝焉。王及列士皆饋賂[32]，吳人皆喜，惟子胥懼曰：是豢吳也[33]。使於齊，屬其子於鮑氏為王孫氏，反役[34]，王聞之，使賜之屬鏤以死。杜預曰：改姓為王孫，欲以辟吳禍[35]。屬鏤，劍名。又左傳曰：沈尹戍言於子常曰：夫無極，楚之讒人也。去朝吳，出蔡侯朱，喪太子建，殺連尹奢，子而弗圖，

---

29 注「脈相視也」 案：「視」字不當有，各本皆衍，說見古詩十九首內。

30 「蓋知伍子胥之屬鏤於吳」 袁本、茶陵本「屬」作「钃」。案：注引左傳字作「屬」，或五臣作「钃」，二本失著校語耳。尤所見是也。

31 注「吳將伐齊」 袁本、茶陵本無「將」字。

32 注「王及列士皆饋賂」 袁本、茶陵本無此七字。

33 注「是豢吳也」 袁本、茶陵本「也」下有「夫」字。案：有者是也，尤誤刪之。

34 注「反役」 袁本、茶陵本無此二字。

35 注「改姓為王孫欲以辟吳禍」 袁本、茶陵本無此十字。案：此節注皆尤用左傳增多，其實非也。

將焉用之？子常曰：是瓦之罪也。乃殺費無極、鄢將師，盡滅其族，以說其國。蓋譏汲黯之白首於主爵，而不懲張湯牛車之禍也。漢書曰：汲黯為東海太守，東海大治，召為主爵都尉。又曰：上以張湯為懷詐面欺，使使簿責湯，湯自殺。諸子欲厚葬，湯母曰[36]：湯為天子大臣，被惡言而死，何厚葬為？載以牛車，有棺而無槨。蓋笑蕭望之跋蒲末躓竹利於前[37]，而不懼石顯之絞縊於後也。漢書曰：前將軍蕭望之及光祿大夫周堪建白，以為宜罷中書宦官，應古不近刑人。由是大與石顯忤。後皆害焉。望之自殺。毛詩曰：狼跋其胡，載躓其尾。漢書曰：成帝立，丞相奏顯舊惡，免官，徙歸故郡，憂懣不食，道病死[38]。

故夫達者之筭也，亦各有盡矣。曰：凡人之所以奔競於富貴，何爲者哉？若夫立德必須貴乎？則幽厲之爲天子，不如仲尼之爲陪臣也。左氏傳，王饗管仲，管仲曰：陪臣敢辭。杜預注曰：諸侯之臣曰陪臣。必須勢乎？則王莽董賢之爲三公，不如楊雄仲舒之閴其門也。漢書曰：拜王莽為大司馬。又曰：董賢代丁明為大司馬。楊雄自序曰：雄家代素貧，嗜酒，人希至其門。又曰：董仲舒為博士，下帷講誦，弟子傳以文，次相授業，或莫見其面。必須富乎？則齊景之千駟，不如顏回原憲之約其身也。論語，子曰：齊景公有馬千駟，死之日，民無得而稱焉。又曰：顏淵問仁。子曰：克己復禮為仁。馬融曰：克己，約身也。家語曰：原憲，宋人，字子思。清約守節，貧而樂道。其爲實乎？則執杓而飲河者，不過滿腹；棄室而灑雨者，不過濡身；過此以往，弗能受也。桓公新論曰[39]：子貢對齊景公曰：臣事仲尼，譬如渴而操杯器，就

---

36 注「諸子欲厚葬湯母曰」　袁本、茶陵本重「湯」字，是也。案：漢書重。

37 「蓋笑蕭望之跋躓於前」　案：「之」下當更有「之」字，各本皆脫也。

38 注「道病死」　案：此下脫，尚當有善論石顯病死，而言絞縊未詳之注。袁、茶陵二本皆幷善於五臣，遂致失去，今無以補之。

39 注「桓公新論曰」　何校「公」改「譚」，陳同。各本皆誤。

江海飲，滿腹而去，又焉知江海之深也。其爲名乎？則善惡書于史冊，毀譽流於千載；淮南子曰：三代之善，千歲之積譽也。桀、紂之惡，千載之積毀也。賞罰懸於天道，吉凶灼乎鬼神，固可畏也。廣雅曰：灼，明也。將以娛耳目、樂心意乎？南都賦曰：遊觀之好，耳目之娛。譬命駕而遊五都之市，則天下之貨畢陳矣。孔叢子，孔子歌曰：巾車命駕。漢書曰：王莽於五都立均官，更名雒陽、邯鄲、臨淄、宛、成都市長，皆為五均司市師也。褰裳而涉汶陽之丘，則天下之稼如雲矣。毛詩曰：子惠思我，褰裳涉溱。公羊傳曰：莊公會諸侯，盟于柯。曹子曰：願請汶陽之田。如雲，言多也。椎直追紒而守敖庾海陵之倉，則山坻之積在前矣。漢書曰：尉佗魋結。服虔曰：魋音椎。今兵士椎頭結。張揖上林賦注曰：紒，鬠後垂也。紒即髻字也。于子正文引此而為髻字。漢書曰：築甬道屬河，以取敖倉粟。又枚乘上書曰：夫漢轉粟西向，不如海陵之倉。毛詩曰：曾孫之庾，如坻如京。毛萇詩傳曰：京，丘也。鄭玄曰：庾，露積穀也。扱衽而登鍾山藍田之上，則夜光璵余璠煩之珍可觀矣。爾雅曰：扱衽曰擷。廣雅曰：扱，插也。並初洽切。淮南子曰：鍾山之玉。范子計然曰：玉英出藍田。許慎淮南子注曰：夜光之珠，有似明月，故曰明月也。左氏傳曰：季平子卒，陽虎將以璵璠斂。杜預曰：璵璠，美玉也。夫如是也，爲物甚衆，爲己甚寡，不愛其身，而嗇其神。呂氏春秋曰：凡事之本，必理身嗇其大寶。高誘曰：嗇，愛也。寶，身也。風驚塵起，散而不止。風驚塵起，喻惡積而釁生。塵散而不止，喻釁生而不滅。六疾待其前，五刑隨其後。左氏傳曰：昭元年，晉侯求醫於秦。秦使醫和視之。和曰：是謂近女室。公曰：女不可近乎？對曰：天有六氣，淫生六疾。六氣曰陰、陽、風、雨、晦、明，過則為災。陰淫，寒疾；陽淫，熱疾；風淫，末疾；雨淫，腹疾；晦淫，惑疾；明淫，心疾。今君不節，能無及此乎？書曰：惟敬五刑，以成三德。利害生其左，攻奪出其右，而自以爲見身名之親疎，分榮辱之客主哉？言奔競之倫，禍敗若此，而乃尚自以為審見身名親疎之理，妙分榮辱客主之義哉？言惑之甚也。天地之大德曰生，聖人之大寶曰位，何以守位曰仁，何以正人曰義。周易曰：天地之大德曰生。聖人之大寶曰位。何以守位曰仁。何以聚人曰財。理財正辭、禁人為非曰義。故古之王者，蓋以一人治天下，不以天下奉一人也。淮南子曰：古之立帝王者，非以奉養其欲也，為天下掩眾暴寡，故立天子以齊一之也。古之仕者，蓋以官行其義，不以利冒其官也。論語，子曰：君子之仕，行其義也。杜預左氏傳注曰：冒，貪也[40]。古之君子，蓋恥得之而弗能治也，不恥能治而弗得也。原乎天人之性，核胡革乎邪正之分，呂氏春秋曰：眾正之所積，其福無不及；眾邪之所積，其禍無不違。權乎禍福之門，終乎榮辱之筭，其昭然矣。爾雅曰：權，輿，始也。尸子曰：聖人權福則取重，權禍則取輕。呂氏春秋曰：少多治亂，不可不察，此禍福之門也。管子曰：為善者有福，為不善者有禍。孟子曰：仁則榮，不仁則辱。孫卿子曰：先義後利者榮，先利後義者辱。故君子舍彼取此。言舍欲利而取仁義也。老子曰：故去彼取此。若夫出處不違其時，默語不失其人，周易曰：君子之道，或出或處，或默或語。天動星迴而辰極猶居其所，言君子之性，語默出處，雖從其時，而中心常不改其操。似天動星迴，而北辰常居其所而不改也。論語，子曰：為政以德，譬如北辰，居其所而眾星拱之。鄭玄曰：北極謂之北辰。璣旋輪轉[41]，而衡軸猶執其中，尚書曰：琁璣玉衡，以齊七政。孔安國曰：璣、衡，王者正天文之器，可運轉者。馬融曰：琁璣，渾天儀，可轉旋。鄭玄曰：轉運者為機，持正者為衡。莊子曰：軸不運而輪致千里。既明且哲，以保其身，貽厥孫謀，以燕翼子者，毛詩大雅文也。毛萇傳曰：燕，安也。翼，敬也。箋云：貽，猶傳也。孫，順也。言傳其所順以天下之謀[42]，以安其敬事之子孫，謂使行之也。昔吾先友，嘗從事於斯矣。論語，曾子曰：以能

40 注「杜預左氏傳注曰冒貪也」　袁本、茶陵本無此十字。

41 「璣旋輪轉」　案：「璣」當作「機」，注同。注中所引鄭尚書注「轉運者為機」，未誤，可見善自作「機」，不作「璣」，蓋五臣作「璣」，而各本亂之。宋文元皇后哀策「仰陟天機」，茶陵本作「機」，袁本作「璣」，皆失著校語。彼注文證益明。但各本彼及此注中多改「機」為「璣」，故讀者鮮察其實，必是善、五臣之異。如「旋」，五臣作「琁」，二本仍無校語，亦失著也。

42 注「言傳其所順以天下之謀」　案：「順以」當作「以順」，各本皆倒。

問於不能，昔者，吾友嘗從事於斯矣。

辯亡論上下二首

孫盛曰：陸機著辯亡論，言吳之所以亡也。

陸士衡

昔漢氏失御，姦臣竊命，姦臣，謂董卓也。答賓戲曰：王塗蕪穢，周失其御。法言曰：上失其政，姦臣竊國命。禍基京畿，毒徧宇內，皇綱弛紊，王室遂卑。答賓戲曰：廓帝紘，恢皇綱。劇秦美新曰：皇綱弛而未張。尚書傳曰：紊，亂也。新序曰：及定王，王室遂卑矣。於是羣雄蜂駭，義兵四合。廣雅曰：駭，起也。漢高祖曰：吾以義兵誅殘賊。又魏相曰：救亂誅暴，謂之義兵。吳武烈皇帝慷慨下國，電發荊南，吳志曰：漢以孫堅為長沙太守。董卓專權，諸州郡並興義兵，欲以討卓，堅亦舉兵荊州。刺史王叡，素遇堅無禮，堅過，殺之。北至南陽[43]，衆數萬人。楚辭曰：雷動電發。權略紛紜，忠勇伯世，公羊傳曰：權者，反於經，而後有善者也。威稜則夷羿震盪，兵交則醜虜授馘，漢書曰：武帝報李廣書曰：威稜憺乎鄰國。李奇曰：神靈之威曰稜。左氏傳，魏莊子謂晉侯曰：寒浞，伯明氏之讒子弟也。夷羿收之，以為己相。杜預曰：夷，氏也，羿善射。左氏傳曰：兵交，使在其間。毛詩曰：仍執醜虜。箋云：馘，所格者之左耳也。遂掃清宗祊補肓，蒸禋皇祖。毛詩曰：祝祭于祊。毛萇傳曰：祊，廟門內之祭也。爾雅曰：冬祭曰蒸。尚書孔氏傳曰：精意以饗謂之禋。皇祖，謂漢祖也。吳書曰：堅入洛，掃除漢宗廟，祠以太牢。于時雲興之將帶州，飇起之師跨邑；哮呼交闞之羣風驅，熊羆之衆霧集。毛詩曰：進厥武臣，闞如虓虎。尚書，武王曰：勖哉夫子，尚桓桓，如虎如貔，如熊如羆。雖兵以義合，同盟勠力，左氏傳曰：諸侯同盟於亳。國語曰：勠力一心。賈逵曰：勠力，幷力也。然皆苞藏禍心，阻兵怙亂。左氏傳曰：楚公子圍聘于鄭。鄭使行人子羽與之言曰：大國無乃苞藏禍心以圖之。又，衆仲曰：夫州吁阻兵而安忍。杜預曰：阻，恃也。又，君子曰：史佚所謂無怙亂也。

---

43 注「北至南陽」，茶陵本「北」作「比」，是也。袁本亦誤「北」。

或師無謀律，喪威稔寇，言出師之法，必以律齊之。今則不然，各恃兵怙亂，而出師無律也。稔寇，言喪其威權，令資熟於寇也。周易曰：師出以律，否臧凶。左氏傳，萇弘曰：毛得必亡，是昆吾稔之日。杜預曰：稔，熟也。忠規武節，未有如此其著者也。漢書，武帝詔曰：躬秉武節。

武烈既沒，長沙桓王逸才命世，弱冠秀發。吳志曰：權稱尊號，追謚策曰長沙王。言桓王挺英逸之才，命世而出也。禮記曰：人生二十曰弱冠。招攬遺老，與之述業。神兵東驅，奮寡犯眾。范曄後漢書，陳忠曰[44]：旬月之間，神兵電掃。攻無堅城之將，戰無交鋒之虜。誅叛柔服，而江外底旨定；左氏傳，隨武子曰：君討鄭，怒其貳而哀其卑，叛而伐之，服而赦之。伐叛，刑也；柔服，德也，二者立矣。尚書曰：震澤底定。飾法脩師[45]，則威德翕赫。周易曰：先王明罰飭法。趙充國頌曰：諭以威德。賓禮名賢，而張昭爲之雄；吳志曰：策以彭城張昭為謀主。班固漢書曰：班伯諸所賓禮，皆名豪。又述曰：賓禮故老。交御豪俊，而周瑜爲之傑。吳志曰：策徙居舒，與周瑜相友，收合士大夫江、淮間，人咸向之。彼二君子，皆弘敏而多奇，雅達而聰哲。故同方者以類附，等契者以氣集，而江東蓋多士矣。周易曰：方以類聚，物以羣分。又曰：同聲相應，同氣相求。將北伐諸華，誅鉏干紀。左氏傳曰：吳，周之冑裔也。今而始大，比于諸華。又，季孫盟臧氏曰：無或如臧孫紇干國之紀，犯門斬關。春秋合誠圖曰：誅鉏民害。旋皇輿於夷庚，反帝座乎紫闥。吳志曰：曹公與袁紹相拒於官渡，策陰謀襲許，迎漢帝。繁欽辨惑曰：吳人者，以船檝為輿馬，以巨海為夷庚。臧榮緒晉書，司徒王謐議曰：夷庚未入，乘輿旅館。然夷庚者，藏車之所。崔駰達旨曰：攀台階，闚紫闥。挾天子以令諸侯，清天步而歸

44 注「陳忠曰」 何校「陳」改「闓」，陳同，是也。各本皆誤。

45 「飾法脩師」 案：「飾」當作「飭」。注引易作「飭」。各本正文皆傳寫譌也。晉書作「飭」，吳志注作「飾」，羣書中二字多錯互。今易作「勑」，則「飾」字非矣。

舊物。戰國策，張儀謂秦惠王曰：挾天子以令天下，此王業也。毛詩曰：天步艱難，之子不猶。左氏傳，伍員曰：少康祀夏配天，不失舊物。戎車既次，羣凶側目，大業未就，中世而殞。漢書曰：列侯宗室，見郅都側目。范曄後漢書，陳蕃上疏曰：羣凶側目，禍不旋踵，周易曰：富有之謂大業。用集我大皇帝，吳志曰：權薨，謚曰大皇帝。以奇蹤襲於逸軌，叡心因於令圖。從政咨於故實，播憲稽乎遺風。國語，樊穆仲對宣王曰：魯侯賦事行刑，必問於遺訓，而諮於故實。史記曰：宣王即位，脩政法文、武、成、康遺風。諸侯復宗周室也。而加之以篤固，申之以節儉。疇咨俊茂，好謀善斷。尚書，帝曰：疇咨若時登庸。班固王命論曰[46]：信誠好謀。束帛旅於丘園，旌命交於塗巷。周易曰：賁于丘園，東帛戔戔。孟子曰：夫招士以弓，大夫以旌。謝承後漢書曰：鄧道不應，州郡旌命。故豪彥尋聲而響臻，志士希光而景騖。異人輻湊，猛士如林。班固公孫弘贊曰：異人並出。文子曰：羣臣輻湊。張湛曰：如眾輻之集轂也。漢高祖歌曰：安得猛士守四方。毛詩曰：其會如林。於是張昭為師傅，吳志曰：權待張昭以師傅之禮。周瑜陸公魯肅呂蒙之儔，入為腹心，出作股肱；吳志曰：呂蒙，字子明，汝南人也。為武威將軍、南郡太守。餘並已見三國名臣頌。毛詩曰：赳赳武夫，公侯腹心。尚書曰：命汝予翼，作股肱心膂。甘寧凌統程普賀齊朱桓朱然之徒，奮其威；吳志曰：甘寧，字興霸，巴郡臨江人也。少有氣力，好游俠，拜西陵太守。又曰：凌統，字公績，吳郡人也。拜偏將軍。又曰：程普，字德謀，右北平人也。領江夏太守，遷盪寇將軍。又曰：賀齊，字公苗，會稽人也。為蘄春太守。又曰：朱桓，字休穆，吳郡人也。拜前將軍，領青州牧。又曰：朱然，字義封，朱治姊子也，姓施氏。初，治未有子，然年十三，乃啓策乞以為嗣。為左大司馬右軍師。韓當潘璋黃蓋蔣欽周泰之屬，宣其力。吳志曰：韓當，字義公，遼西人也。遷昭武將軍，又加都督之號。又曰：潘璋，字文珪，東郡人也。拜平北將軍、襄陽太守。又曰：黃蓋，字公覆，零陵人也。拜武鋒中郎將，加偏將軍。又曰：蔣欽，字公奕，九江人也。拜右護軍。又

[46] 注「班固王命論曰」　何校「固」改「彪」，陳同，是也。各本皆誤。

曰：周泰，字幼平，九江人也。拜漢中太守、奮威將軍。尚書曰：予欲宣力四方，汝為。風雅則諸葛瑾張承步騭，以名聲光國；諸葛瑾，已見三國名臣頌。吳志曰：張昭長子承，字仲嗣，少以才學知名。為濡須督、奮威將軍。又曰：步騭，字子山，臨淮人也。孫權為討虜將軍，召騭為主記。權稱尊號，代陸遜為丞相。誨育門生，手不釋卷。蔡邕陳太丘碑曰：紆佩金紫，光國垂勳。政事則顧雍潘濬呂範呂岱，以器任幹職；吳志曰：顧雍代孫劭為丞相，平尚書事。其所選用文武將吏，隨能所任，心無適莫。又曰：潘濬，字承明，武陵人也。弱冠宋仲子受學。權稱尊號，拜為少府，遷太常。又曰：呂範，字子衡，汝南人也。權拜裨將軍。亮即位，遷揚州牧，又遷大司馬。又曰：呂岱，字定公，廣陵人也。權拜上將軍。亮即位，拜大司馬。岱清身奉公，所在可述。許慎淮南子注曰：幹，彊也。奇偉則虞翻陸績張溫張惇，以諷議舉正；虞翻，已見三國名臣頌。吳志曰：虞翻，性不協俗[47]，數犯顏諫爭。又曰：陸績，字公紀，吳郡人也。孫權統事，辟為奏曹掾。又曰：張溫，字惠恕，吳郡人也。權拜議郎，徙太子太傅，甚見信重。吳錄曰：張惇，字叔方，吳郡人也。德量淵懿，清虛淡泊，又善文辭。孫權以為車騎將軍[48]，出補海昬令。毛詩曰：出入諷議。奉使則趙咨沈珩衡，以敏達延譽；吳志曰：權遣都尉趙咨使魏。魏帝問吳王何等主也？咨對曰：聰明仁智，雄略之主也。帝問其狀，對曰：納魯肅於凡品，是其聰也；拔呂蒙於行陣，是其明也；獲于禁而不害，是其仁也；取荊州兵不血刃，是其智也；據三州，虎視於天下，是其雄也；屈身於陛下，是其略也。吳書曰：咨字德度，南陽人。拜騎都尉。又曰：沈珩，字仲山，吳郡人也。權以珩有智謀，能專對，乃使至魏。魏文帝問曰：吳嫌魏東向乎？珩曰：不嫌也。曰：何以知？曰：信恃舊盟，言歸于好，是以不嫌。若魏渝盟，自有備豫。文帝善之。以奉使有稱，封永安鄉侯。官至少府。國語曰：使張老延君譽于四方。術數則吳範趙達，以機祥協德。韋昭漢書注曰：歷數，占術也。吳志曰：吳範，字文則，會稽人也。以治歷數，知風氣，聞於郡中。權以範為騎都尉，領太史令。又曰：趙達，

47 注「虞翻性不協俗」　袁本無「性不協俗」四字，是也。茶陵本此上下複出者更非。

48 注「孫權以為車騎將軍」　陳云「將軍」下脫「主簿」二字，是也。各本皆脫。

河南人也。治九宮一筭之術，究其微旨。孫權行師征伐，每令達有所推步，皆如其言。呂忱字林曰：機，祆祥也，居衣切。天文志曰：臣主共憂患，其察機祥。如淳曰：呂氏春秋曰：荊人鬼，而越人機。今之巫祝禱祀之比也。晉灼曰：機，音珠璣之璣。董襲陳武，殺身以衛主；吳志曰：董襲，字元世，會稽人也。為偏將軍。曹公出濡須口，襲從權赴之。襲督五樓船，往濡須口[49]。夜卒暴風，樓船傾覆，左右散走，遠舸乞使，襲出怒曰：受將軍任，在此備賊，何等委去也；敢復言此者，斬。於是莫敢干，其夜船敗，襲死。權改服臨殯。又曰：陳武，字子烈，廬江人也。累有功勞，進位偏將軍。建安二十年，從擊合肥，奮命戰死。權哀之，自臨其喪。駱統劉基，彊諫以補過。吳志曰：駱統，字公緒，會稽人也。權召為功曹。志在補察，苟所聞見，夕不待旦。又曰：劉繇長子基，字敬輿。權為吳王，基為大司農。權嘗宴飲，騎都尉虞翻醉酒犯忤，權欲殺之，威怒甚盛。由基諫爭，翻以得免。左氏傳，士季謂晉侯曰：詩云：袞職有闕，惟仲山甫補之。能補過也。謀無遺諝，舉不失策。廣雅曰：諝，智也，思與切。東觀漢記，魯恭上疏曰：舉無遺策，動不失其中。故遂割據山川，跨制荊吳，而與天下爭衡矣。爭衡，謂角其輕重也。漢書，公孫獲曰[50]：吳、楚之王，西與天子爭衡。鄭玄周禮注曰：稱上曰衡。魏氏嘗藉戰勝之威，率百萬之師，漢書，晁錯曰：戰勝之威，民氣百倍。浮鄧塞去之舟，下漢陰之眾，孔安國尚書傳曰：順流曰浮。酈元水經注曰：鄧塞者，即鄧城東北小山也，先後因之以為鄧塞。漢陰，漢水之南也。莊子曰：子貢南遊於楚，過漢陰。羽檝萬計，龍躍順流，羽檝，言疾也。羽獵曰：杖鏌邪而羅者以萬計。周易曰：見龍在田，或躍在淵。銳騎千旅，虎步原隰，李陵詩曰：幸託不肖軀，且當猛虎步。謨臣盈室，武將連衡，包咸論語注曰：衡，軛也。戎車，武將所駕。故以連衡喻多也。喟然有吞江滸之志，一宇宙之氣。毛萇詩傳曰：水涯曰滸。而周瑜驅我偏師，黜之赤壁，吳志曰：曹公入荊州。權遂遣瑜與備并力逆曹公，遇於赤壁。初

49 注「往濡須口」 陳云「往」，「住」誤，是也。各本皆譌。

50 注「公孫獲曰」 陳云「獲」，「玃」誤，是也。各本皆譌。

一交戰，公軍破退。喪旗亂轍，僅而獲免，收迹遠遁。左氏傳，曹劌曰：吾視其轍亂，望其旗靡。鄭玄禮記注曰：遁，逃也。漢王亦憑帝王之號，帥巴漢之民，乘危騁變，結壘千里，志報關羽之敗，圖收湘西之地。而陸公亦挫之西陵，覆師敗績，困而後濟，絕命永安。蜀志曰：孫權襲殺關羽，取荊州。先主忿孫權之襲關羽，遂乃伐吳。吳將陸遜大破先主軍。遂棄船還魚復，改縣曰永安。先主徂于永安宮[51]。吳志曰：備升馬鞍山，陸遜促諸軍四面蹙之，土崩瓦解。馬鞍山，在西陵之西。續以濡須之寇，臨川摧銳；吳歷曰：曹公出濡須，作油船，夜渡洲上。權以水軍圍取，得三千餘人，其沒溺者數千人。蓬籠之戰，孑輪不反。魏志曰：張遼之討陳蘭，別遣臧霸至皖討吳。吳將韓當遣兵逆霸，與戰于蓬籠。楚辭曰：登蓬籠而下隕兮。王逸曰：蓬籠，山名也。公羊傳曰：晉敗秦於殽，匹馬隻輪無反者。由是二邦之將，喪氣挫鋒，勢衂奴六財匱，而吳莞然[52]坐乘其弊。論語曰：子之武城，聞絃歌之聲，莞爾而笑。何晏曰：莞爾，小笑貌。故魏人請好，漢氏乞盟，左氏傳曰：隱公攝位，而欲求好於邾。又曰：鄭伯乞盟請服。遂躋天號，鼎跱而立。方言曰：躋，登也。漢書，蒯通說韓信曰：今為足下之計，莫若三分天下，鼎足而立，其勢莫敢先動。西屠庸益之郊，北裂淮漢之涘，王逸楚辭注曰：屠，裂也。東包百越之地，南括羣蠻之表。賈誼過秦曰：南取百越之地。薛君韓詩章句曰：括，約束也。於是講八代之禮，蒐三王之樂。八代，三皇、五帝也。杜預左氏傳注曰：蒐，閱也。蒐與搜古字通。三王，夏、殷、周也。告類上帝，拱揖羣后，尚書曰：肆類于上帝。孔安國曰：類，謂攝位事類，遂以攝告天及五帝也。尚書曰：班瑞于羣后。典引曰：欽若上下，恭揖羣后。虎臣毅卒，循江而守，毛詩曰：進厥虎臣。左氏傳，君子曰：殺敵為果，致果為毅。漢

---

51 注「先主徂于永安宮」　袁本「徂」作「殂」，是也。茶陵本此注幷善於五臣，文句全非。

52 「而吳莞然」　茶陵本「莞」作「莧」，注同。校語云五臣作「莞」。袁本校語云善作「莧」，其注中亦皆作「莧」。考論語釋文「莧爾」字如此，尤因今論語作「莞」，定從校改，遂以五臣亂善，非。晉書作「莞」，吳志注作「藐」，卽「莧」之誤也。

書，伍被曰：彊弩臨江而守。長棘勁鎩，望飈而奮。爾雅曰：棘，戟也。說文曰：鎩，鈹有鐔也，亦曰長刃矛，刀之類也，山列切。庶尹盡規於上，四民展業于下。尚書曰：庶尹允諧。孔安國傳曰：尹，正也。眾官之長。國語，召康公曰：天子聽政，近臣盡規。又曰，內史過曰：庶人、工、商，各守其業，以供其上。化協殊裔，風衍遐圻。左氏傳曰：天子之地一圻。杜預曰：一圻，方千里。圻，界也。言風教及遠。乃俾一介行人，撫巡外域。左氏傳曰：晉人使子貢[53]對鄭使曰：君有楚命，亦不使一介行李告于寡君。杜預曰：一介，獨使也。巨象逸駿，擾於外閑；周禮曰：天子十有二閑，馬六種。鄭玄曰：每廄為一閑。明珠瑋寶，耀於內府。周禮曰：玉府掌王之金玉玩好。珍瑰重迹而至，奇玩應響而赴。漢書，息夫躬曰：羽檄重積而狎至[54]。輶軒騁於南荒，衝輣息於朔野。楊雄答劉歆書曰：嘗聞先代輶軒之使。班固漢書述曰：戎車七征，衝輣閑閑。字略作轒樓也[55]。音義曰：輣，兵車名也，薄萌切。齊民免干戈之患，戎馬無晨服之虞。而帝業固矣。漢書，難蜀父老曰：今割齊民以附夷、狄。如淳曰：齊等無有貴賤，故謂之齊民。老子曰：天下無道，戎馬生郊。爾雅曰：虞，度也。

大皇既歿，幼主蒞朝。幼主，孫亮也。吳志曰：孫亮，字子明，權少子也。立為太子。權薨，即尊號。姦回肆虐，景皇聿興，尚書曰：崇信姦回。南都賦曰：豺狼肆虐。吳志曰：孫休，字子烈，權第六子也。亮廢，孫綝使宗正孫楷迎休即位。薨，謚曰景帝。毛萇詩傳曰：聿，遂也。虔修遺憲，政無大闕，守文之良主也。南都賦曰：朝無闕政。公羊傳曰：繼文王之體，守文王之法度也。降及歸命之初，吳志曰：孫皓降晉，晉賜號歸命侯。典刑未滅，故老猶存。尚書曰：尚有典刑[56]。毛詩曰：召彼故老。大司馬陸公以文武熙朝，左丞相陸凱以

---

53 注「晉人使子貢」　何校「貢」改「員」，陳同，是也。各本皆譌。

54 注「羽檄重積而狎至」　何校「積」改「迹」，陳同，是也。各本皆誤。

55 注「字略作轒樓也」　案：「樓」下當有「車」字，各本皆脫。

56 注「尚書曰尚有典刑」　何校改「尚書」作「毛詩」，下文「毛詩」改「又」，陳同，是也。各本皆誤。

謇諤盡規，吳志曰：孫皓即位，拜陸抗大司馬、荊州牧。又曰：陸凱，字敬風，吳郡人也。孫皓遷為左丞相。凱上表疏，皆指事，不飾忠懇[57]。孔安國尚書傳曰：熙，廣也。周易曰：王臣謇謇，匪躬之故。史記，趙簡子曰：諸大夫在朝，徒聞唯唯，子不聞周舍之諤諤[58]。盡規，已見上文。而施績范慎以威重顯，吳志曰：施績，字公緒，遷將軍，督領盜賊事，持法不傾，拜左大司馬。吳錄曰：范慎，字孝敬，廣陵人也。竭忠知己之君，纏緜三益之友，時人榮之。孫皓以為太尉。丁奉離斐以武毅稱，吳志曰：丁奉，字承淵，廬江人也。少以驍勇為小將。亮即位，為冠軍將軍。魏將諸葛誕據壽春降。魏人圍之，使奉與黎斐解圍。奉為先登，黎斐力戰，有功，拜左將軍。黎與離音相近，是一人，但字不同。孟宗丁固之徒爲公卿，吳志曰：孫皓以左右御史大夫丁固、孟仁為司徒、司空。吳錄曰：初，固為尚書，夢松樹生腹上，謂人曰：松字十八公也，後十八歲當為三公乎？卒如夢焉。又曰：孟仁，字恭武，江夏人也。本名宗，避皓字，易焉。楚國先賢傳曰：累遷光祿勳，遂至三公。樓玄賀劭之屬掌機事，吳志曰：樓玄，字承先，沛郡人也。孫皓遂用玄為宮下錄事[59]禁中侯，主殿中事。又曰：賀劭，字興伯，會稽人也。皓時為中書令。漢官解故曰：機事所揔，號令攸發。元首雖病，股肱猶存。尚書大傳曰：元首，君也。股肱，臣也。爰及末葉，羣公既喪，然後黔首有瓦解之志，皇家有土崩之釁。黔首，已見過秦論。漢書，徐樂上書曰：何謂瓦解？吳、楚、齊、趙之兵是也。當是之時，安土樂俗之民眾，故諸侯無境外助，此之謂瓦解。又曰：何謂土崩，秦之末葉是也。人困而主不恤，下怨而上不知，此之謂土崩也。歷命應化而微，王師躡運而發。歷命，歷數天命也。王師，謂晉師也。言躡其運數而發也。干寶晉紀曰：咸寧五年十一月，命安東將軍王渾向揚州，龍驤將軍王濬帥巴、蜀之卒，浮江而下。卒散於陣，民奔于邑；城池無藩籬之固，山川無溝阜

---

57 注「皆指事不飾忠懇」 何云案吳志「忠懇」下有「內發」二字，此脫，當增入。案：所校是也。各本皆脫。

58 注「子不聞周舍之諤諤」 案：「子」字不當有。各本皆衍。

59 注「孫皓遂用玄為宮下錄事」 袁本、茶陵本無「遂」字。案：此尤添之也。又陳云「錄事」當作「鎮」，是也。各本皆誤。

之勢。過秦論曰：楚師深入鴻門，曾無藩籬之難。非有工輸雲梯之械[60]，智伯灌激之害，墨子曰：公輸班為雲梯，必取宋。史記曰：晉智伯攻晉陽歲餘，引汾水灌其城，不沒者三版。城中懸釜而炊，易子而食。楚子築室之圍，燕人濟西之隊，左氏傳曰：楚子圍宋，將去之，申叔時曰：築室反耕者，宋必聽命。王從之。宋人乃懼，遂及楚平。史記曰：燕昭王使樂毅為上將軍，伐齊，破之濟西。軍未浹辰，而社稷夷矣。左氏傳，君子曰，莒恃其陋，浹辰之間，而楚剋其三都。杜預曰：浹辰，十二日也。浹，祖牒切。干寶晉紀曰：太康元年四月，王濬鼓入于石頭[61]。吳主孫皓面縛輿櫬降于濬。雖忠臣孤憤，烈士死節，將奚救哉？襄陽記曰：張悌，字臣先[62]，襄陽人。晉伐吳，悌逆之，吳軍大敗。諸葛靚退走，使過迎悌。悌不肯去，靚自牽之，悌垂泣曰：今日是我死日也。靚遂放之，為晉軍所殺。韓子有孤憤篇。司馬遷書曰：世又不與能死節者也。

夫曹劉之將，非一世所選；向時之師，無曩日之眾。向時，謂太康之役也。曩日，謂昔日之曹、劉也。戰守之道，抑有前符；符，猶法也。險阻之利，俄然未改。而成敗貿理，古今詭趣，何哉？廣雅曰：貿，易也。說文曰：詭，變也[63]。詭與恑同。彼此之化殊，授任之才異也。

辯亡論下

昔三方之王也，魏人據中夏，漢氏有岷益，吳制荊楊而奄交廣。東都賦曰：自中夏以布德。毛萇詩傳曰：奄，覆也。曹氏雖功濟諸華，虐亦深矣，其民怨矣。左氏傳曰：吳，周之冑裔也。今

---

60 「非有工輸雲梯之械」 何校「工」改「公」。陳云「工」，「公」誤。今案：晉書、吳志注皆是「工」字，疑士衡謂之「工輸」未當，輒改也。

61 注「王濬鼓入于石頭」 陳云「鼓」下脫「譟」字，是也。各本皆脫。

62 注「張悌字臣先」 何校「臣」改「巨」，陳同，是也。各本皆誤。

63 注「說文曰詭變也」 案：「詭」當作「恑」。此所引心部文。又觀下注，可見袁本亦誤「詭」。茶陵本刪此注，更非。

而始大，比于諸華。[64]毛詩序曰：亡國之音哀以思，其民怨。劉公因險以飾智，功已薄矣，其俗陋矣。淮南子曰：偽之生，飾智以驚愚。范曄後漢書，吳祐曰：遠在海濱，其俗誠陋也。夫吳，桓王基之以武，太祖成之以德，聰明叡達，懿度弘遠矣。周易曰：古之聰明叡智神武而不殺者夫。莊子，許由曰：齧缺之為人也，聰明叡智[65]。其求賢如不及，卹民如稚子。論語曰：子曰：見善如不及。謝承後漢書曰：延篤遷京兆尹，卹民如子。接士盡盛德之容，親仁罄丹府之愛。拔呂蒙於戎行，識潘濬於係虜。吳志曰：呂蒙年十五六，隨鄧當擊賊，策見而奇之，引置左右。張昭薦蒙，拜別部司馬。又曰：潘濬，字承明，武陵人也。江表傳曰：權剋荊州，將吏悉皆歸附，而濬獨稱疾不見。權遣人以牀就家輿致之。濬伏面著席不起，涕泣交橫，哀哽不能自勝。權慰勞與語，呼其字曰：承明，昔觀丁父，鄀俘也，武王以為軍帥。彭仲爽，申俘也，文王以為令尹。此二人，卿荊國之先賢也。初雖見囚，後皆擢用，為楚名臣。卿獨不然，未肯降，意將以孤異古人之量邪？使親近以巾拭面[66]，濬起，下地拜謝，即以為治中，荊州諸軍事一以咨之。毛萇詩傳曰：識，用也。推誠信士，不恤人之我欺；量能授器，不患權之我逼。執鞭鞠躬，以重陸公之威；悉委武衛，以濟周瑜之師。吳志，陸機為遜銘曰：魏大司馬曹休侵我北鄙，乃假公黃鉞，統御六師及中軍禁衛，而攝行王事。主上執鞭，百司屈膝。江表傳曰：曹公入荊州，周瑜夜請見權曰：諸人徒見操書言水步八十萬，而各恐懾，不復斷其事實。今以實較之，不過十五六萬，軍已久疲。得精兵五萬，自足制之。權曰：五萬兵難卒合，已選三萬人，船載糧

---

64 注「左氏傳曰」下至「比于諸華」　袁本此十八字作「諸華，已見上文」六字，最是。茶陵本複出，非。

65 注「莊子許由曰齧缺之為人也聰明叡智」　袁本、茶陵本無此十五字。

66 注「使親近以巾拭面」　袁本、茶陵本「使」作「便」，無「近」字，「拭」下有「其」字。案：此尤延之以吳志注所引校改之也。陳云當時左右給使之人謂之親近，屢見國志，或二本譌耳。

具俱辦[67]。卿與子敬便在前發，孤當增發人眾，多載資糧，為軍後援也[68]。卑宮菲食[69]，以豐功臣之賞[70]；披懷虛己，以納謨士之筭。論語曰：禹菲飲食，而致孝乎鬼神；卑宮室，而盡力乎溝洫。馬融曰：菲，薄也。漢書李尋傳曰：王根輔政，數虛己問尋。故魯肅一面而自託，士燮蒙險而致命。吳志曰：魯肅，字子敬，臨淮人也。周瑜薦肅才宜佐時，當廣求其比，以成功業，不可令去也。權卽召肅與語，甚說之。眾賓罷退，獨引肅還，合榻對飲。又曰：士燮，字威彥，蒼梧人也。漢時，燮為綏南中郎將，董督七郡，領交趾太守。孫權遣步騭為交州刺史，燮率兄弟奉承節度。權加燮為左將軍，燮遣子廞入質。高張公之德，而省遊田之娛；賢諸葛之言，而割情欲之歡。吳志曰：張昭為軍師。權每田獵，常乘馬射虎，虎嘗突前攀持馬鞍。昭變色而前曰：將軍何有當爾？夫為人君者，謂能駕御英雄，驅使羣賢，豈謂馳逐於原野，校勇於猛獸者乎？如有一日之患，奈天下笑何？權謝昭曰：年少慮事不遠，慙君。然猶不能已。諸葛瑾事未詳。感陸公之規，而除刑法之煩；奇劉基之議，而作三爵之誓。吳志曰：陸遜陳便宜，勸以施德緩刑，寬賦息調。權報曰：君以為太重，孤亦何利焉，但不得已而為之爾。於是令有司盡寫科條，使郎中褚逢齎以就遜，意所不安，令損益之。權既為吳王，歡宴之末，自起行酒。虞翻伏地陽醉，不持。權去，翻起坐。權於是大怒，手劍欲擊之。侍坐者莫不惶遽，惟大司農劉基起抱權，諫曰：大王三爵後殺善士，雖翻有罪，天下孰知之？翻由是得免。權因勑左右，自今酒後言殺，皆不得殺。屛氣跼局蹐脊，以伺子明之疾；分滋損甘，以育淩統之孤。論語曰：屛氣似不息者。毛詩曰：謂天蓋高，不敢不跼；謂地蓋厚，不敢不蹐。吳志曰：呂子明疾發，權時在公安，迎置內殿，所以治護者萬方，募封內有能愈蒙者，賜千金。欲數見其顏色，又恐其勞動，常穿鑿壁瞻之，見其小能下食則喜，顧左右言笑，不然則咄唶，夜不能寐。病小瘳，為下赦

---

67 注「船載糧具俱辦」　陳云「載」字衍，「糧」下脫「戰」字，是也。各本皆誤。

68 注「為軍後援也」　陳云「軍」，「卿」誤，是也。各本皆誤。

69 「卑宮菲食」　袁本、茶陵本此下校語云善有「貪」字。案：二本所見傳寫衍。

70 「以豐功臣之賞」　袁本、茶陵本無「以」字，下「以納謨士之筭」同。案：晉書無，吳志注有，此尤延之依吳志注添之也。

令，羣臣畢賀。後更增篤，自親臨視。凌統卒，權為之數日減膳，言及流涕。乃列封統二子，年各數歲，權內養於宮，愛待與諸子同，賓客進見，呼示之曰：此吾虎子也。**登壇慷慨，歸魯子之功；削投惡言，信子瑜之節。**吳志曰：權既稱尊號，臨壇顧謂公卿曰：昔魯子敬，嘗道此，可謂明於事勢矣。時或言諸葛瑾別遣親人與備相聞。權曰：孤與子瑜有死生不易之誓，子瑜之不負孤，猶孤不負子瑜也。**是以忠臣競盡其謨，志士咸得肆力。**孔安國尚書傳曰：謨，謀也。又曰：肆，陳也。**洪規遠略，固不猒夫區區者也。**言其規略宏遠，不安茲小國也。左氏傳曰：初，楚靈王卜曰：余尚得天下，不吉。投龜詬天而呼曰：是區區者而不余畀。方言曰：猒，安也，於豔切。**故百官苟合，庶務未遑。**論語曰：子謂衛公子荊善居室，始有，曰苟合矣。少有，曰苟完矣。

初都建業，羣臣請備禮秩，天子辭而不許曰：「天下其謂朕何？」宮室輿服蓋慊口簟**如也。**漢書，文帝曰：豫建太子，謂天下何？賈逵國語注曰：謂，告也。言何以告天下也[71]。劉兆穀梁傳注曰：慊，不足也[72]。**爰及中葉，天人之分既定，百度之缺粗脩[73]，**抯，古粗字[74]。韋昭漢書注曰：粗，略也，才古切。**雖醲化懿綱[75]，未齒乎上代，**杜預左氏傳注曰：齒，列也。**抑其體國經邦之具[76]，亦足以為政矣。**周

---

71 注「賈逵國語注曰謂告也言何以告天下也」　袁本、茶陵本無此十六字。

72 注「慊不足也」　袁本此下有「口簟切」三字，是也。尤改入正文下，非。茶陵本正文下載五臣「苦簟」音而刪此，更非。

73 「百度之缺粗脩」　袁本云善作「粗」。茶陵本云五臣作「粗」。案：注云「粗，古粗字」，似二本所見是也。但晉書、吳志注皆作「粗」，他書既未見有借「粗」為「粗」者，士衡他文用字亦少此類，無以考之。

74 注「抯古粗字」　袁本、茶陵本「抯」作「粗」。案：此未審，說見上。

75 「雖醲化懿綱」　袁本、茶陵本「綱」作「網」。案：此尤校改之也。晉書「綱」，吳志注「綱」，尋文義以「綱」為是。二本所載五臣翰注云「以網羅天下」，然則五臣「網」，或失著校語。善無注可證，其實未必同五臣也。

76 「抑其體國經邦之具」　袁本、茶陵本「邦」作「民」。案：晉書「邦」，吳志注「民」，此亦尤校改之也，文義兩通。未知善果何作？

禮曰：惟王建國，體國經野。地方幾萬里，杜預左氏傳注曰：幾音其，近也[77]。帶甲將百萬，其野沃，其兵練，韋昭國語注曰：沃，肥善也。其器利，其財豐。東負滄海，西阻險塞，長江制其區宇，峻山帶其封域。國家之利，未巨有弘於茲者矣。借使中才守之以道，善人御之有術，陳琳為曹洪與文帝書曰：謂為中才處之，殆難倉卒。論語，子張問善人之道。子曰：不踐跡，亦不入於室也。敦率遺典，勤民謹政，循定策，守常險，則可以長世永年，未有危亡之患也。左氏傳，北宮文子曰：有其國家，令問長世。尚書曰：降年有永，有不永。

或曰：吳蜀脣齒之國，左氏傳，宮之奇曰：諺所謂輔車相依，脣亡齒寒。蜀滅則吳亡，理則然矣。夫蜀，蓋藩援之與國，而非吳人之存亡也。漢書，項梁曰：田假，與國之王也。如淳曰：相與友善為與國，黨與也。何則？其郊境之接，重山積險，陸無長轂之徑；穀梁傳曰：長轂五百乘。范甯曰：長轂，兵車也。川阨流迅，水有驚波之艱。雖有銳師百萬，啓行不過千夫；詩曰：元戎十乘，以先啓行。舳艫千里，前驅不過百艦。胡減切。漢書曰：自尋陽浮江，舳艫千里。李斐曰：舳，船後持柂處也。艫，船前頭刺櫂處也。言其船多，前後相銜，千里不絕。故劉氏之伐，陸公喻之長蛇，其勢然也。蛇鬭，以首尾救，故銳師百萬，而無所施也。昔蜀之初亡，朝臣異謀，或欲積石以險其流，或欲機械以御其變。戰國策曰：公輸班為攻宋機械。天子總羣議[78]而諮之大司馬陸公，公以四瀆天地之所以節宣其氣，固無可遏之理，國語，太子晉曰：夫天地成而聚於高，歸物於下，疏為川谷，以道其氣。韋昭曰：聚，聚物也。

---

77 注「幾音其近也」 袁本、茶陵本「其」作「基」，是也。又案「近也」當在「音基」上。各本皆倒。

78 「天子總羣議」 袁本云五臣作「議」，茶陵本云善作「誼」。案：此亦尤校改之也。晉書、吳志注皆作「議」，二本所見未必是。

高，山陵也。下，藪澤也。疏，通也。而機械則彼我之所共，彼若棄長技以就所屈，卽荊楊而爭舟楫之用，是天贊我也。漢書，晁錯曰：匈奴之長技三，中國之長技五。左氏傳，子魚曰：勍敵之人，隘而不成列，天贊我也。將謹守峽口，以待禽耳。逮步闡之亂，憑寶城以延強寇[79]，重資幣以誘羣蠻。國語，單穆公曰：量資幣。戰國策曰：荊軻至秦，持千金之幣。厚遺中庶子蒙嘉。于時大邦之眾，雲翔電發，雲翔，言眾也。戰國策，頓子說秦王曰：今楚、魏之兵雲翔而不敢拔。然此雲翔與戰國微異，不以文害意也。懸旍江介，築壘遵渚，毛詩曰：鴻飛遵渚。毛萇傳曰：遵，循也。襟帶要害，以止吳人之西。而巴漢舟師沿江東下。陸公以偏師三萬，北據東坑，東坑，在西陵步闡城東北，長十餘里。陸抗所築之城，在東阬上，而當闡城之北，其迹並存。深溝高壘，案甲養威。反虜踠於遠跡待戮，而不敢北窺生路，彊寇敗績宵遁，喪師太半。分命銳師五千，西御水軍，東西同捷，獻俘萬計。吳志曰：西陵督步闡據城以叛，遣使降晉。陸抗聞之，因部分諸軍吳彥等[80]徑赴西陵，勑軍營更築嚴圍，自赤谿至故市，內以圍闡，外以禦寇。圍備始合，晉巴東監軍徐胤率水軍詣建平，荊州刺史楊肇至西陵。抗令張咸固守其城。公安督留慮距胤，身率三軍，憑圍對肇。肇攻至月餘，計屈夜遁。抗使輕騎躡之，肇大破敗，胤等引還。抗遂陷西陵城，誅夷闡族。左氏傳曰：僖二十年，晉侯敗楚師于城濮。還師歸國，獻俘授馘。杜預曰：獻楚俘于廟。俘卽囚也。信哉，賢人之謀，豈欺我哉！孟子，公明儀曰：文王我師也，周公豈欺我哉！自是烽燧罕警，封域寡虞。言少有虞度之事也。陸公歿而潛謀兆，吳釁深而六師駭。蒼頡篇曰：駭，驚也。夫太康之役，眾未盛乎曩日之師；廣州之亂，禍有愈乎向時之

---

79 「憑寶城以延強寇」 案：「寶」，吳志注作「保」。晉書亦作「寶」，與此同。詳「保城」與「資幣」偶句，蓋「保」卽今之「堡」字。「保」是，「寶」非也。袁、茶陵二本所載五臣翰注云「寶猶堅也」，文義殊為不安。善未必同五臣，或失著校語。

80 注「因部分諸軍吳彥等」 何校「吳」改「吾」，陳同，是也。各本皆誤。

難。吳志曰：孫皓天紀三年，郭馬反，攻殺廣州都督虞授。馬自號都督交、廣二州諸軍事，安南將軍。曩日、向時，皆謂曹、劉之世。而邦家顛覆，宗廟爲墟。嗚呼！人之云亡，邦國殄瘁，不其然與？詩大雅文也。易曰：「湯武革命，順乎天。」周易革卦之辭也。玄曰：「亂不極則治不形。」太玄經曰：陰不極則陽不生，亂不極則德不形。言帝王之因天時也。古人有言曰：「天時不如地利。」孟子曰：天時不如地利，地利不如人和。趙岐曰：天時，支干五行王相孤虛之屬。易曰：「王侯設險，以守其國。」言爲國之恃險也。周易坎卦之辭也。又曰：「地利不如人和。」「在德不在險。」言守險之由人也。史記，魏武侯曰：山河之固，此魏國之寶也。吳起對曰：在德不在險。吳之興也，參而由焉，孫卿所謂合其參者也。孫卿子曰：天有其時，地有其財，人有其治，夫是之謂能參合。所以參而顛覆，所參則惑矣。及其亡也，恃險而已，又孫卿所謂舍其參者也。

夫四州之萌非無眾也，大江之南非乏俊也，山川之險易守也，勁利之器易用也，先政之策易循也。功不興而禍遘者，何哉？所以用之者失也。是故先王達經國之長規，審存亡之至數；謙己以安百姓，敦惠以致人和；寬沖以誘俊乂之謀[81]，慈和以結士民之愛。是以其安也，則黎元與之同慶；孝經鉤命決曰：天有顧眄之義，授圖子黎元也。及其危也，則兆庶與之共患。安與眾同慶，則其危不可得也；危與下共患，則其難不足恤也。夫然，故能保其社稷，而固其土宇，麥秀無悲殷之思，黍離無愍周之感矣。尚書大傳曰：微子將朝周，過殷之故墟，見麥秀之漸漸，曰：此父母之國，宗廟社稷之所立也。志動心悲，欲哭則朝周，俯泣則婦人，推而廣之，作雅聲。毛詩序曰：黍離，閔宗周也。周大夫行役過故宗廟宮室，盡為禾黍，故為黍離之詩。

81「寬沖以誘俊乂之謀」　茶陵本云五臣作「乂」。袁本云善作「人」。案：晉書、吳志注皆作「乂」，二本所見非。

卷第五十四

論四

五等論

五等，公侯伯子男也。言古者聖王立五等以治天下，至漢封樹，不依古制，乃作此論。　陸士衡

夫體國經野[1]，先王所慎；周禮曰：惟王建國，體國經野。鄭玄曰：體猶分也。漢書，王嘉曰：王者代天爵人，尤宜慎之。創制垂基，思隆後葉。典引曰：順命以創制。論語比考讖曰：以俟後聖垂基也。然而經略不同，長世異術，左氏傳，楚芋尹無宇曰：天子有經略，古之制也。又，北宮文子曰：有其國家，令聞長世。五等之制，始於黃唐。郡縣之治，創自秦漢。漢書曰：周爵五等，蓋千八百國。而太昊、黃帝後唐、虞侯、伯猶存。至秦遂幷四海，分天下為郡縣，前聖苗裔，靡有孑遺者矣。漢興，因秦制度，以撫海內。班固漢書述曰：自昔黃、唐，經略萬國，三代損益。降及秦、漢，革剗五等，制立郡縣。得失成敗，備在典謨，王命論曰：歷古今之得失，驗行事之成敗。書序曰：典謨訓誥。是以其詳，可得而言。

夫先王知帝業至重，天下至曠。楊雄長楊賦曰：恢帝業。孫卿子曰：國者，天下之大器也。重，任也。

1　「夫體國經野」　袁本、茶陵本「經野」作「營治」。案：二本是也。晉書作「經野」，尤依之改，非。

廣雅曰：曠，遠也。曠不可以偏制，重不可以獨任；任重必於借卽力，制曠終乎因人。故設官分職，所以輕其任也；周禮曰：設官分職，以為民極。並建五長，所以弘其制也。尚書曰：外薄四海，咸建五長。於是乎立其封疆之典，財其親疎之宜，賈逵國語注曰：裁，制也，裁與財古字通。使萬國相維，以成磐石之固，周禮曰：凡邦國小大相維。漢書，宋昌曰：漢所謂磐石之宗也。宗庶雜居，而定維城之業。毛詩曰：宗子維城，無俾城壞，而獨斯畏[2]。又有以見綏世之長御，識人情之大方；大方，法也。呂氏春秋曰：凡耕之大方，力者欲柔。知其爲人不如厚己，利物不如圖身；周易曰：利物足以和義。莊子曰：愛人利物之謂仁。左氏傳，欒武子曰：季孫圖其身，不忘其君。安上在於悅下，爲己在乎利人。孝經曰：安上治民，莫善於禮。左氏傳，邾子曰：天生民而樹之君，以利之也，民既利矣，孤必與焉。故易曰：「說以使民，民忘其勞。」周易兌卦之辭也。孫卿曰：「不利而利之，不如利而後利之之利也[3]。」孫卿子曰：不利而利之，不如利而後利之之利也。不愛而用之，不如愛而後用之之功也。利而後利，不如利而不利者之利也。愛而後用之，不如愛而弗用者之功也。利而不利，愛而不用者，取天下者也。利而後利之，愛而後用之者，保社稷者也。不利而利之，不愛而用之者，危國家者也。是以分天下以厚樂，而己得與之同憂；饗天下以豐利，而我得與之共害。孟子謂齊宣王曰：樂以天下，憂以天下，然而不王者，未之有也。趙岐曰：古賢君樂則以己之樂與天下同之，憂則以天下之憂與己共之。如是，未有不王者也。鄭玄儀禮注曰：饗，勸強之也。利博則恩篤，樂遠則憂深。呂氏春秋曰：眾封建，非以私賢也，所以博利、博義也。利博、義博，則無敵也。毛詩序曰：憂深思遠。故諸侯享食土之實，萬國

---

2 注「而獨斯畏」 何校「而」改「無」，陳同，是也。各本皆誤。

3 「不如利而後利之之利也」 袁本云善無「也」字。茶陵云五臣有。案：此蓋所見不同，或尤校改之也。晉書有。又案：五臣、晉書不重「之」字，非也。今荀子富國篇亦未誤。凡五臣雖同晉書，仍善是彼非者，今不悉出。

受世及之祚矣。杜預左氏傳注曰：享，受也。禮記曰：大人世及以為禮。鄭玄曰：大人，諸侯之謂也。夫然，則南面之君，各務其治；論語，子曰：雍也，可使南面也。包氏曰：可使南面，言王諸侯治之也[4]。九服之民，知有定主。周書曰：乃辨九服之國也。上之子愛於是乎生，周書，文王曰：周視民如子愛也。禮記曰：子庶民則百姓勸。鄭玄曰：子猶愛也。下之體信於是乎結。禮記曰：先王能脩禮以達義，體信以達順。鄭玄注曰：體猶親也。世治足以敦風，道衰足以御暴。故強毅之國，不能擅一時之勢；孟子曰：彼一時也，此一時也。雄俊之士，無所寄霸王之志。漢書，宣帝曰：漢家本以霸王道雜之。然後國安由萬邦之思治，主尊賴羣后之圖身。毛詩序曰：下泉思治也。譬猶眾目營方，則天網自昶；目，網目也，以喻諸侯。天網，以喻王室也。營，布居也。老子曰：天網恢恢，疎而不失。呂氏春秋曰：一引其網，萬目皆張。廣雅曰：昶，通也。四體辭難，而心膂獲乂。四體亦喻諸侯，心膂亦喻王室也。論語，丈人曰：四體不勤。尚書，穆王曰：作股肱心膂。三代所以直道，四王所以垂業也。論語，子曰：三代之所以直道而行也。包氏曰：三代，夏、商、周也。禮記曰：三王、四代唯其師。鄭玄曰：四代，謂虞、夏、商、周也。漢書，武帝策詔曰：屬統垂業，廢興何如？

夫盛衰隆弊，理所固有；教之廢興，繫乎其人。漢書，韓安國曰：夫盛之有衰，猶朝之必暮。禮記，哀公問政，子曰：文、武之政，布在方策。其人存，則其政舉；其人亡，則其政息。愿法期於必涼，明道有時而闇。言法不可常愿，故期在於必薄；道不可常明，故有時而或闇。以諭盛衰廢興，抑唯常理也。孔安國尚書傳曰：愿，慤也，娛萬切。左氏傳，渾罕曰：君子作法於涼，其弊猶貪。杜預曰：涼，薄也。故世及之制，弊于彊禦；言諸侯世及而盛彊，其弊在於彊禦而難制也。毛詩曰：曾是彊禦。厚下之典，漏於末折。言封建踰禮而為害，其漏在於末大而本折也。周易曰：剝上以厚下安宅。左氏傳，楚子問申無宇曰：國有大城何如？對曰：鄭京櫟實殺曼伯，宋蕭亳實殺子游。由是

4 注「言王諸侯治之也」　袁本、茶陵本「王」作「任」，是也。案：「治之」當作「之治」，各本皆倒。

觀之，則害於國末大必折，尾大不掉。杜預曰：折，折其本也。侵弱之釁，遘自三季；言諸侯秉權而王室侵弱，斯乃遘自三季也。班固異姓諸侯王表序曰：秦患周之敗，以為四夷交侵，以弱見奪，於是削去五等。杜預左氏傳注曰：釁，瑕隙也。國語，郭偃曰：三季王之亡，宜也。韋昭曰：季，末也。三季王，桀、紂、幽王也。陵夷之禍，終于七雄。言七雄力政，而王道因之陵夷。漢書，張釋之曰：秦陵夷至于二世，天下土崩。東京賦曰：七雄並爭。昔者成湯親照夏后之鑒，公旦目涉商人之戒，夏后之鑒，卽殷鑒也。毛詩曰：殷鑒不遠，在夏后之世。尚書曰：爾唯舊人，爾丕克遠，省爾知甯，王若勤哉。孔安國傳曰：目所親見，法之又明之也。文質相濟，損益有物。春秋元命苞曰：王者一質一文，據天地之道，天質而地文。論語，子曰：殷因於夏禮，所損益可知也；周因於殷禮，所損益可知也。物，禮物也。故五等之禮，不革于時，封畛之制，有隆焉爾者，呂氏春秋曰：等步畝封畛，所以一之也。小雅曰：封畛，界疆也。豈玩二王之禍，而闇經世之筭乎？二王，謂夏、殷也。經世，已見李蕭遠運命論。固知百世非可懸御，善制不能無弊，而侵弱之辱，愈於殄祀，土崩之困，痛於陵夷也。家語，孔子曰：文、武之祀，無乃殄乎？漢書，徐樂上書曰：何謂土崩？秦之末葉是也。人困而主不恤，下怨而上不知，此之謂土崩。[5]是以經始權其多福，慮終取其少禍。毛詩曰：經始靈臺。吳越春秋曰：大夫種善圖始，范蠡善慮終。賈逵國語注曰：權，秉也。尸子曰：聖人權福則取重，權禍則取輕。非謂侯伯無可亂之符，郡縣非致治之具也。故國憂賴其釋位，主弱憑其翼戴。左氏傳，王子朝告于諸侯曰：王居于彘，諸侯釋位[6]，以間王政。又叔向語宣子曰：文之伯也，翼戴天子，加之以恭。及承微積弊，王室遂卑，新序曰：及定王，王室遂卑。猶保名位，祚垂後

---

5 注「漢書徐樂上書曰」下至「此之謂土崩」　袁本、茶陵本此在「家語，孔子曰云云」之前。案：依善例當云「土崩，已見上文」，蓋後來改為複出而又誤倒之耳。尤順正文乙轉，仍未得善舊也。

6 注「告于諸侯曰王居于彘諸侯釋位」　袁本、茶陵本無「曰王居于彘諸侯」七字。

嗣，左氏傳曰：名位不同。班固漢書序曰：後嗣承序，以廣親親。皇統幽而不輟，神器否而必存者，豈非置勢使之然與？東京賦曰：怨皇統之見替。鄭玄論語注曰：輟，止也。老子曰：天下神器，不可為也，為者敗之。

降及亡秦，棄道任術，史記曰：商鞅見秦孝公，謂景監曰：吾說君以帝王之道，君曰：吾不能待。吾以彊國之術說君，君大悅。懲周之失，自矜其得。言懲周以弱見奪，自矜以力滅周也。尋斧始於所庇，制國昧於弱下，弱下之術，前王所棄，秦以為是，故謂之昧焉。左氏傳，宋昭公將去羣公子，樂豫曰：不可，公族，公室之枝葉也，若去之，則本根無所庇蔭矣。葛藟猶能庇其本根，故君子以為比，況國君乎？此所謂庇焉而縱尋斧也。賈逵國語注曰：尋，用也。國慶獨饗其利[7]，主憂莫與共害。國語曰：晉國有慶，未嘗不怡。史記，范睢曰：主憂臣辱。雖速亡趨亂，不必一道，毛萇詩傳曰：速，召也。顛沛之釁，實由孤立。毛詩曰：人亦有言，顛沛之揭。毛萇曰：顛，仆也；沛，拔也。揭，見根貌也。漢書曰：漢興，懲戒亡秦孤立之敗也。是蓋思五等之小怨，忘萬國之大德，毛詩曰：忘我大德，思我小怨。知陵夷之可患，闇土崩之爲痛也。周之不競，有自來矣。左氏傳，鄭石㚟謂子囊曰：今楚實不競，行人何罪？又，叔孫曰：叔出季處，有自來矣。國乏令主，十有餘世，左氏傳，治區夫曰：為乏令主。楊雄連珠曰：古之令主，所以統天者不遠焉。爾雅曰：令，善也。然片言勤王，諸侯必應，論語，子曰：片言可以折獄。左氏傳，狐偃言於晉侯曰：求諸侯莫如勤王也。一朝振矜，遠國先叛。公羊傳，葵丘之會，齊桓公震而矜之，叛者九國。震之者何？猶曰振振然。矜之者何？猶莫若我也。何休曰：震矜，色自美之貌。故彊晉收其請隧之圖，暴楚頓其觀鼎之志，左氏傳，晉侯朝王，王享醴，命之宥，請隧，弗許。曰：王章也，未

---

7 「國慶獨饗其利」　袁本「獨」下有校語云善作「猶」。茶陵本無校語。案：二本所載五臣良注云「言秦獨饗天下之利」，是其本作「獨」也。尤及茶陵蓋以五臣亂善。晉書「獨」。又本篇「忘萬國之大德」，袁本「萬」作「經」，云善作「萬」，茶陵作「經」，仍失著校語。又「愿法期於必涼」，袁、茶陵二本「涼」作「諒」，其實善「涼」，五臣「諒」，二本失著校語。彼尤本皆校改正之矣。

有代德而有二王，叔父之所惡也。又曰：楚子伐陸渾之戎，遂至于雒，定王使王孫滿勞楚子，問鼎之大小輕重焉。杜預曰：示欲逼周取天下也。豈劉項之能闚關，勝廣之敢號澤哉？漢書，沛公自武關入秦。又曰：羽至函谷關，使當陽君擊關，羽入至戲。又曰：勝廣為屯長，行至蘄西大澤鄉，勝自立為將軍，廣為都尉。借使秦人因循周制，雖則無道，有與共弊，覆滅之禍，豈在曩日！曩日，謂土崩之禍也。

漢矯秦枉，大啓侯王。班固漢書表曰[8]：藩國大者，夸州兼郡，可謂矯枉過其正矣。毛詩曰：大啓爾宇，為周室輔。境土踰溢，不遵舊典。東京賦曰：規摹踰溢。尚書曰：舊典時式。故賈生憂其危，朝錯痛其亂。漢書，賈誼曰：夫樹國固必相疑之勢，下數被其殃，上數爽其憂，甚非所以安上而全下也。又，朝錯曰：請諸侯之罪過，削其支郡，不如此，宗廟不安也。是以諸侯阻其國家之富，憑其士民之力，阻，恃也。勢足者反疾，土狹者逆遲。六臣犯其弱綱，七子衝其漏網。漢書，賈誼曰：大抵彊者先反。及淮陰王楚最彊，則先反；韓信倚胡，則又反；及貫高因趙資，則又反；陳豨兵精，則又反；彭越用梁，則又反；黥布用淮南，則又反；盧綰最弱，最後反。然誼言八而機言六者，貫高非五等，盧綰亡入匈奴，故不數之。漢書曰：景帝即位，朝錯說上，令削吳，及書至，吳王起兵誅漢吏二千石以下。膠西、膠東、淄川、濟南、楚、趙亦皆反也。皇祖夷於黥徒[9]，西京病於東帝。皇祖，高祖也。南都賦曰：皇祖止焉。史記曰：淮南王黥布反，高祖自往擊之，布走。高祖時為流矢所中，行道病。史記曰：荊王劉賈者，不知何屬。高祖立賈為荊王。淮南王黥布反，東擊荊。賈與戰，不勝，走富陵，為布軍所殺。漢書曰：賈稱從兄，而機以為皇祖，蓋別有所見。[10]杜預左氏傳注曰：夷，傷也。楚漢春秋曰：下蔡亭長詈淮南王曰：封汝爵為千乘，東南盡日所出，尚未足黔徒羣盜所

---

8 注「班固漢書表曰」　袁本、茶陵本「表」作「贊」。案：此尤校改之也。

9 「皇祖夷於黥徒」　案：「黥」當作「黔」，晉書正作「黔」，最為不誤。此注云「然黔當為黥」，唯正文用「黔首」字為「黥布」字，故善云爾也。必五臣因此注改「黔」為「黥」，後來各本以之亂善而失著校語。又此注亦多誤，見下。

10 注「史記曰荊王劉賈者」下至「蓋別有所見」　袁本、茶陵本無此五十九字。案：二本最是。此不知何人駁善注之語，必別本

邪[11]！而反，何也？然黥當為黔[12]。漢書曰：吳王濞反，削吳會稽、豫章郡，書至，起兵反。以袁盎為太常，使吳，吳王聞盎來，知其欲說，笑而應曰：我已為東帝，尚誰拜？不肯見盎。是蓋過正之災，而非建侯之累也。矯枉過其正，已見上文。周易曰：利用建侯行師。然呂氏之難，朝士外顧；宋昌策漢，必稱諸侯。漢書曰：呂產、呂祿自知背高皇帝約，因作亂。朱虛侯使人告兄齊王，令發兵西，太尉勃、丞相平為內應，以誅諸呂，齊王遂發兵。又曰：呂后崩，大臣迎立代王。郎中令張武曰：以迎大王為名，實不可往。宋昌曰：羣臣議非也。內有朱虛、東牟之親，外畏吳、楚、淮南、琅邪、齊、代之強，故迎大王，大王勿疑也。逮至中葉，忌其失節，割削宗子，有名無實，天下曠然，復襲亡秦之軌矣。漢書曰：諸侯小者淫荒越法，大者睽孤橫逆，以害身喪國。故文帝采賈生之議分齊、趙，景帝用朝錯之計削吳、楚。是以五侯作威，不忌萬邦；新都襲漢，易於拾遺也。五侯，已見鮑明遠數詩。尚書曰：臣作福作威，害于而家，凶于而國。漢書曰：封王莽為新都侯。襲，猶取也。漢書，梅福上書曰：昔高祖舉秦如鴻毛，取楚如拾遺。光武中興，纂隆皇統，而猶遵覆車之遺轍，養喪家之宿疾。言光武猶遵師前漢之失也。晏子春秋，諺曰：前車覆，後車戒也。尚書曰：卿士有一於身，家必喪。僅及數世，姦軌充斥，尚書曰：寇賊姦宄。軌與宄古字通。左氏傳，士文伯讓子產曰：以政刑之不修，寇盜充斥。卒有彊臣專朝，則天下風靡，彊臣，謂梁冀之屬也。楚辭曰：世從俗而變化，隨風靡而成行。一夫縱衡，則城池自夷，豈不危哉！一夫，謂董卓也。漢書曰：縱，恣意[13]。衡，古橫字。

有記於旁者，而尤誤取以增多也。

11 注「尚未足黔徒羣盜所耶」 案：「黔」當作「黥」，各本皆誤，說見下。

12 注「然黥當為黔」 案：「黥」、「黔」二字當互易。此因正文既改作「黥」，與注不相應，復改注以就之也。考史記、漢書「黥布」，不得云「當為黔」甚明。他書不更見有作「黔」者，上條楚漢春秋亦誤改無疑。

13 注「縱恣意」 陳云「縱」下脫「橫」字，是也。各本皆脫。

在周之衰，難興王室，放命者七臣，干位者三子。左氏傳曰：初，王姚嬖于莊王，生子穨，子穨有寵[14]，蔿國為之師。及惠王即位，取蔿國之圃以為囿。邊伯之宮近於王宮，王取之。王奪子禽、祝跪與詹父田，而收膳夫之秩。故蔿國、邊伯、石速、詹父、子禽、祝跪作亂，因蘇氏。秋，五大夫奉子穨以伐王，不克，出奔溫。蘇子奉子穨以奔衛。衛師、燕師伐周。冬，立子穨。杜預曰：石速，士也，不在五大夫之數。又曰：初，甘昭公有寵於惠后，惠后將立之，未及而卒。昭公奔齊，襄王復之。又通於隗氏，王替隗氏。穨叔、桃子曰：我實能使狄[15]。遂奉太叔以狄師伐周，大敗周師。王出適鄭，處于氾。杜預曰：甘昭公，王子太叔帶也。又曰：王子朝、賓起有寵於景王，王崩，子朝因舊官百工之喪職秩者，與靈、景之族以作亂。單子逆悼王于莊宮以歸。杜預曰：子朝，景王之長庶子；悼王，子猛也。班固漢書述曰：孝景莅政，諸侯方命。韋昭曰：方，放命，不承天子之制。七臣，蔿國、邊伯、詹父、子禽、祝跪及穨叔、桃子、賓起也。王命論曰：闇干天位。爾雅曰：干，求也。三子，子穨、叔帶、子朝。**嗣王委其九鼎，凶族據其天邑，**嗣王，惠、襄、悼也。凶族，三子也。史記曰：秦取周九鼎寶器。尚書曰：肆予敢求爾于天邑商。**鉦**征**鼙震於閫宇，鋒鏑流乎絳闕。**傅玄正都賦曰：巍巍絳闕。**然禍止畿甸，害不覃及，**毛詩曰：覃及鬼方。毛萇曰：覃，延也。**天下晏然，以治待亂。**漢書，難蜀父老曰：及臻厥成，天下晏如也。淮南子曰：靜以合躁，治以待亂。**是以宣王興於共和，襄惠振於晉鄭。**史記曰：周人相與畔襲厲王，王出奔于彘。召公、周公二相行政，號曰共和。共和十四年[16]，厲王死於彘，二相乃共立宣王。又曰：惠王即位，衛師、燕師伐周，立子穨。鄭伯見虢叔曰：盍納王乎？虢公曰：寡人之願也。同伐王城，鄭伯將王自圉門入，虢叔自北門入[17]，殺王子穨

---

14 注「生子穨子穨有寵」 袁本、茶陵本不重「子穨」二字。

15 注「我實能使狄」 案：「能」字不當有。各本皆衍。

16 注「號曰共和共和十四年」 袁本、茶陵本不重「共和」二字。

17 注「鄭伯將王自圉門入虢叔自北門入」 袁本、茶陵本無此十四字。

及五大夫。又曰：天王出居于鄭，避母弟之難也。晉侯辭秦師而下次于陽樊[18]，右師圍溫，左師逆王。王入於王城。取太叔于溫，殺之。杜預曰：叔帶，襄王同母弟也。豈若二漢。階闥暫擾，而四海已沸，階闥暫擾，謂王莽也。孽臣朝入，而九服夕亂哉！孽臣，董卓也。范曄後漢書曰：何進私呼卓入朝以脅太后。卓至，遂廢少帝為弘農王。遠惟王莽篡逆之事，近覽董卓擅權之際，億兆悼心，愚智同痛。左氏傳，薳啓彊曰：孤與二三臣悼心失圖。然周以之存，漢以之亡，夫何故哉？豈世乏曩時之臣，士無匡合之志歟？聖主得賢臣頌曰：齊侯設庭燎之禮，故有匡合之功。論語，子曰：管仲相桓公，一匡天下。又曰：桓公九合諸侯。蓋遠績屈於時異，雄心挫於卑勢耳。左氏傳，劉子謂趙孟曰：子蓋亦遠績禹功而大庇民乎？阮瑀與孫權書曰：大丈夫雄心能無憤發。故烈士扼腕，終委寇讎之手；漢書曰：燕齊之間，方士瞋目扼腕。中人變節，以助虐國之桀。漢書，張博書曰：公卿變節。史記，王歜謂燕將曰：今為君將，是助桀為暴也。雖復時有鳩合同志，以謀王室，漢書曰：王莽居攝，翟義心惡之，遂與劉宇、劉璜結謀舉義兵。范曄後漢書曰：董卓以尚書韓馥為冀州刺史，侍中劉岱為兗州刺史。馥等到官，各舉義兵討卓。然上非奧主，下皆市人，漢書曰：翟義立劉信為天子。左氏傳曰：蔡公召子干、子晳，將納之。子干歸，韓宣子問於叔向曰：子干其濟乎？對曰：難。恭王有寵子[19]，國有奧主。呂氏春秋曰：驅市人而戰之，可以勝人之教卒也。師旅無先定之班，君臣無相保之志。是以義兵雲合，無救劫殺之禍；范曄後漢書曰：卓聞劉馥等兵起，乃鴆殺弘農王。文子曰：用兵有五，誅暴救弱謂之義。漢書，班彪曰：假號雲合。民望未改，而已見大漢之滅矣。漢書曰：莽聞翟義起兵，乃拜王邑為虎牙將軍，以擊義，破之。於是莽自謂大得天人之助，遂卽真矣。漢書，陳涉詐稱公子扶蘇，從民望也。或以諸侯世位，不必常全，公羊傳曰：諸侯世位，故國

---

18 注「次于陽樊」 袁本、茶陵本無此四字。

19 注「恭王有寵子」 袁本、茶陵本無「王」字，是也。

君為一體也。全或為今，非。昏主暴君，有時比迹，故五等所以多亂。唐子曰：暴主闇君，不可生殺。范曄後漢書，孔融薦謝該曰：該實卓然，比迹前列。今之牧守，皆以官方庸能，雖或失之，其得固多，故郡縣易以爲治。夫德之休明，黜陟日用，左氏傳，王孫滿曰：德之休明。尚書曰：三載考績，三考，黜陟幽明。長率連屬，咸述其職，禮記曰：千里之外，設方伯，五國以為屬，屬有長。十國以為連，連有帥。尚書大傳曰：古者諸侯之於天子，五年一朝，謂之述職。述其職者，述其所職也。而淫昏之君，無所容過，左氏傳，宋子魚曰：又用諸淫昏之鬼。何則其不治哉？故先代有以之興矣。苟或衰陵，百度自悖，尚書曰：不役耳目，百度惟貞。鬻官之吏，以貨準才，則貪殘之萌，皆如羣后也。安在其不亂哉？故後王有以之廢矣。且要而言之，五等之君，爲己思治；民安己受其利，故曰為己。郡縣之長，爲利圖物。物能利己，乃始圖之，故云為利。何以徵之？蓋企及進取，仕子之常志；企及進取，奔競以招譽。禮記曰：不至焉者，企而及之。史記，蘇秦說燕王曰：忠信者，所以自為也。進取者，所以為人也。修己安民，良士之所希及[20]。修己安民，積德以厚下。論語，子曰：修己以安百姓。尚書，咎繇曰：在安民。孔安國論語注曰：希，少也。夫進取之情銳，而安民之譽遲。鄭玄禮記注曰：情，實也。銳，猶疾也。是故侵百姓以利己者，在位所不憚；安民譽遲，不若侵之以利己。鄭玄論語注曰：憚，難也。損實事以養名者，官長所夙夜也。進取名速，故損實事以求之。列子曰：范氏有子曰子華，善養私名。君無卒歲之圖，臣挾一時之志。五等則不然，知國爲己土，眾皆我民，民安己受其利，國傷家嬰其病。說文曰：嬰，繞也。故前人欲以垂後，後嗣思其堂構，尚書曰：若考作室，子乃弗肯堂，矧肯構。爲上無苟且之心，羣下知膠固之義。漢書，王嘉上疏曰：孝文時，吏居官者或長子孫，然後上下相望，莫有苟且之意。莊子曰：待膠漆而固者，是侵其德者

20 「良士之所希及」 案：當依晉書去「之」字。各本皆衍。

也。范曄後漢書，鄭泰曰：以膠固之眾，當解合之勢。使其並賢居治，則功有厚薄；言八代同建五等，而廢興殊迹者，譬並賢居治，而功有優劣也。兩愚處亂，則過有深淺。言秦、漢同立郡縣而脩短異期者，譬兩愚居亂而過有輕重也。然則八代之制，幾可以一理貫；八代，謂五帝、三王也。然此八代，異於辯亡，各觀文立義也。崔寔政論曰：今既不能純法八代，故宜參以霸政。論語曰：吾道一以貫之。秦漢之典，殆可以一言蔽矣。論語，子曰：詩三百，一言以蔽之，曰：思無邪。孔安國尚書傳曰：蔽，斷也。

辯命論 并序

劉孝標 劉璠梁典曰：峻字孝標。辯命論[21]蓋以自喻云。

孝標植根淄右，流寓魏庭，冒履艱危，僅至江左。負材矜地，自謂坐致雲霄。豈圖逡巡十稔，而榮慙一命。因茲著論，故辭多憤激，雖義越典謨，而足杜浮競也。

主上嘗與諸名賢言及管輅，主上，謂梁武帝也。魏志曰：管輅，字公明，平原人也。舉秀才。弟辰謂輅曰：大將軍待君意厚，冀當富貴乎？輅長嘆曰：然天與我才，明不與我年壽，恐四十七、八間不見女嫁男娶婦也。是歲八月，為少府丞。明年二月卒，年四十八。歎其有奇才而位不達。時有在赤墀之下豫聞斯議，歸以告余。漢書，梅福上書曰：願涉赤墀之塗。說文曰：墀，塗地也。禮，天子赤墀。余謂士之窮通，無非命也。莊子，孔子謂子路曰：聖人知窮之有命，知通之有時，臨大難而不懼，聖人之勇也。故謹述天旨，因言其致云。鄭玄禮記注曰：致之言至也。

臣觀管輅，天才英偉，珪璋特秀，郭璞曰：孫子荊[22]上品狀王武子曰：天才英博，亮拔不羣。抱朴子曰：

---

21 注「峻字孝標辨命論」 袁本、茶陵本無「峻字」二字。案：無者是也。下五字為一句。

22 注「郭璞曰孫子荊」 案：此有誤也。「璞」，疑當作「子」。郭子三卷，在隋志小說。

故侍郎周生恭遠，英偉名儒。禮記曰：珪璋特達。抱朴子曰：陸士龍、士衡，曠世特秀，超古邈今。實海內之名傑，豈日者卜祝之流乎？墨子曰：墨子北之齊，過日者，日者曰：帝今日殺黑龍於北方，先生之色黑，不可以北。墨子不聽。史記有日者列傳。然則占候時日[23]，謂之日者。司馬遷書曰：僕之先人，文史星歷，近乎卜祝之間。而官止少府丞，年終四十八，天之報施，何其寡與？史記曰：司馬遷曰：天之報施善人何如哉？然則高才而無貴仕，饕餮而居大位，自古所歎，焉獨公明而已哉！左氏傳，楚叔伯曰：夫有大功而無貴仕，其人能靖者與有幾？又曰：縉雲氏有不才子，貪于飲食，冒于貨賄，天下之人以比三凶，謂之饕餮。故性命之道，窮通之數，夭閼烏葛紛綸，莫知其辯。家語，魯哀公問於孔子曰：人之命與性何謂？孔子對曰：分於道謂之命，形於一謂之性。王肅曰：分於道，始得為人也；人各受陰陽剛柔之性，故曰形於一也。莊子曰：風之積也不厚，則其負大翼也無力，故九萬里則風斯在下矣，而後乃今培風，背負青天而莫之夭閼者。司馬彪曰：夭，折也；閼，止也。言無有折止使不通者也。封禪書曰：紛綸葳蕤。鄭玄儀禮注曰：辨，別也。仲任蔽其源，子長闡其惑。范曄後漢書曰：王充，字仲任。鄭玄論語注曰：蔽，塞也。論衡曰：凡人有生死壽夭之命，亦有貴賤貧富之命。命當貧賤，雖富貴之，猶涉患禍，失其富貴；命當富貴，雖貧賤之，猶逢福善，離其貧賤。今言隨操行而至，此命在末不在本也。司馬遷，字子長。蒼頡篇曰：闡，開也。史記，或曰：天道無親，常與善人。伯夷、叔齊可謂善人，而餓死。七十子之徒，仲尼獨薦顏淵為好學，然蚤夭。盜跖日殺不辜，肝人之肉，竟以壽終。此其大較者也[24]，余甚惑焉。至於鶡冠甕牖，必以懸天有期；鼎貴高門，則曰唯人所召。七略，鶡冠子者，蓋楚人也。常居深山，以鶡為冠，故曰鶡冠。禮記，孔子曰：儒者蓬戶甕牖。論衡曰：夫命懸於天，吉凶在乎時。吳都

---

23 注「然則占候時日」　案：「則」字不當有。各本皆衍。善例無此也。

24 注「此其大較者也」　袁本、茶陵本「大」下有「彰」字。

賦曰：高門鼎貴。漢書，賈捐之曰：石顯方鼎貴。又，于公曰：少高大門，令容駟馬高蓋車。左傳，閔子騫曰[25]：禍福無門，惟人所召。**譊譊讙咋，異端斯起。**蜀志曰：孟光好公羊春秋，而譏呵左氏，每與來敏爭此二義，常譊譊讙咋。裴松之曰：譊，音奴交切。讙，音詡袁切。咋，音祖格切。論語，子曰：攻乎異端。**蕭遠論其本而不暢其流，子玄語其流而未詳其本。**李蕭遠作運命論，言治亂在天，故曰論其本。郭子玄作致命由己論，言吉凶由己，故曰語其流。**嘗試言之曰：**莊子曰：請嘗試言之，天無為以之清，地無為以之寧。杜預左氏傳曰：嘗，試之也。**夫通生萬物[26]，則謂之道；生而無主，謂之自然。**老子曰：大道氾兮，萬物得之以生而不辭，功成而不有，愛養萬物而不為之主。王弼曰：萬物皆得道而生。管子曰：萬物以生，萬物以成，命之曰道。老子曰：天法道，道法自然。**自然者，物見其然，不知所以然，同焉皆得，不知所以得。**莊子曰：孔子觀於呂梁，見一丈夫，謂孔子曰：吾長於水，而安於水，性也；不知吾所以然，命也。張湛曰：固然之理，不可以智知，知其不可知，故謂之命也。莊子曰：天下誘然皆生，而不知其所以生；同焉皆得，而不知其所以得也。**鼓動陶鑄而不爲功，庶類混成而非其力。**周易曰：鼓天下之動者，存乎辭。韓康伯曰：爻辭也。爻以鼓動，効天下之動也。莊子，肩吾謂連叔曰：藐姑射之山。有神人居焉，猶陶鑄堯、舜也[27]，孰肯以物為事。典引曰：沈浮交錯，庶類混成。**生之無亭毒之心，死之豈虔劉之志。**老子曰：亭之毒之，蓋之覆之。王弼曰：亭，謂品其形；毒，謂成其質。左氏傳，呂相曰：芟夷我農功，虔劉我邊陲。言殺也[28]。**墜之淵泉非其怒，升之霄漢非其悅。**墜之淵泉，鱗屬也。升之霄漢，羽族也。言稟性不同，非天之有悅怒也。淮南子曰：鳥魚生於陰，屬

25 注「閔子騫曰」　案：「騫」當作「馬」。各本皆誤。

26 「夫通生萬物」　茶陵本「通」作「道」。袁本無「夫通」二字。案：一本不著校語，無以知善果何作？梁書作「夫通」。考選文與本傳向不齊一，但可資其借證，難以指為專據，何校於此篇多所更改，皆選文未必非，本傳未必是，今均不采。

27 注「猶陶鑄堯舜也」　袁本、茶陵本「猶」上有「將」字。

28 注「言殺也」　袁本、茶陵本無此三字。

於陽，故魚遊於水，鳥飛於雲。夫鳥排虛而飛，獸蹠實而走，蛟龍水居，虎豹山處，天地之性也。蕩乎大乎，萬寶以之化；確乎純乎，一化而不易。莊子曰：形非道不生，生非德不明，蕩蕩乎忽然出，勃然動，萬物從之乎。又曰：夫道，覆載萬物者也，洋洋乎大哉。庚桑楚曰：夫春氣發而百草生，正得秋而萬寶成。又楚狂接輿謂肩吾曰：夫聖人之治也，治外乎正而後行，確乎能其事者而已矣。司馬彪曰：確乎不移易。又曰：道流而不明，純純常常，乃比於狂。又曰：吾一受其成形，而不化以待盡也。又曰：性不可易，命不可變。化而不易，則謂之命。命也者，自天之命也。呂氏春秋曰：若命之不可易。春秋元命苞曰：命者，天之命也，所受於帝，行正不過，得壽命也。定於冥兆，終然不變。祖台之論命曰：存亡壽夭，咸定冥初。魏文帝典論曰：夫生之必死，天地所不能變。鬼神莫能預，聖哲不能謀，西征賦曰：生有脩短之命，位有通塞之遇，鬼神莫之要，聖哲弗能預。觸山之力無以抗，倒日之誠弗能感。淮南子曰：昔共工之力，怒皐不周之山，使地東南傾，與高辛爭為帝。許慎曰：昔共工，古諸侯之強者也；不周之山，西北之山也。陸機弔魏武文曰：夫以迴天倒日之力，而不能振形骸之內。短則不可緩之於寸陰，長則不可急之於箭漏。淮南子曰：聖人不貴尺之璧，而重寸之陰。漢書曰：漏刻以百二十為度。韋昭曰：舊漏晝夜共百刻，哀帝有短祚之期，故欲增之。至德未能踰，上智所不免。孝經曰：先王有至德要道。論語，子曰：唯上智與下愚不移。魏文帝典論曰：夫生之必死，賢聖所不能免。是以放勛之世，浩浩襄陵；天乙之時，焦金流石。尚書曰：放勛欽明。又，帝曰：湯湯洪水方割，蕩蕩懷山襄陵，浩浩滔天。史記，天乙立，是為成湯。呂氏春秋曰：成湯之旱，煎沙爛石。楚辭曰：十日並出，流金鑠石。文公疐其尾，宣尼絕其糧。傅子曰：周文王子公旦有聖德，謚曰文。毛詩曰：狼跋，美周公也。狼跋其胡，載疐其尾。毛萇曰：疐[29]，跆也。躓音致。漢書平紀曰：追謚孔子曰宣尼公。論語曰：子在陳絶糧，從者病，莫能興。顏回敗其叢蘭，冉耕歌其芣莒。家語曰：顏回年二十九而髮白，三十二而早死。文子曰：日月欲明，浮雲蓋之；叢蘭欲茂，秋風敗之。家語曰：冉耕，魯人，字伯牛，以德行著名，有惡疾。韓詩曰：采莒，傷夫有惡疾也。詩曰：采采芣莒，薄言采之。[30]薛君曰：芣莒，澤寫也。芣莒，臭惡之菜，詩人傷其君子有惡疾，人道不通，求己不得，發憤而作，以事興芣莒，雖臭惡乎，我猶采采而不已者，以興君子雖有惡疾，我猶守而不離去也。夷叔斃淑媛之言，子輿困臧倉之訴。崔瑋七蠲曰：三王行化，夷、叔隱己。古史考曰：伯夷、叔齊者，殷之末世，孤竹君之二子也，隱於首陽山，采薇而食之。野有婦人謂之曰：子義不食周粟，此亦周之草木也。於是餓死。曹植與楊脩書曰：有南威之容，乃可以論於淑媛。傅子曰：昔仲尼既歿，仲弓之徒追論夫子言[31]，謂之論語。其後，鄒之君子孟子輿擬其體著七篇，謂之孟子。然子輿，孟子之字也。孟子曰：魯平公將出，嬖人臧倉曰：有司未知所之，敢請。公曰：將見孟子。曰：何哉？孟子之後喪踰前喪，君無見。公曰：諾。樂正子春見孟子曰[32]：克告於君，君將來見也。嬖人有臧倉者沮君，君是以不果來。孟子曰：吾之不遇魯侯，天也。臧氏之子，焉能使予不遇哉？聖賢且猶若此，而況庸庸者乎？大戴禮，孔子曰：所謂庸人者，口不能道善言，而志不邑邑，此可謂庸人也。馮衍顯志賦曰：獨慷慨以遠覽兮，非庸庸之所識。至乃伍員浮尸於江流，三閭沈骸於湘渚。史記曰：子胥自剄死，王乃取子胥尸，盛以鴟夷之革，浮之於江中。楚辭，漁父見屈原曰：子非三閭大夫與？漢書曰：賈誼渡湘水，為賦以弔屈原。楊雄反騷曰：欽弔楚之湘纍。音義曰：諸不以罪死曰纍。屈原赴湘死，故曰纍也。賈大夫沮志於長沙，馮都尉皓髮於郎署。

---

29 注「載疐其尾毛萇曰疐」　袁本二「疐」字作「躓」。茶陵本作「疐」。案：「躓」字是也。正文善作「躓」，梁書同，故破「疐」為「躓」而引之。

30 注「家語曰顏回」下至「薄言采之」　袁本、茶陵本此七十六字幷於五臣，非也。尤所見未誤。

31 注「追論夫子言」　袁本、茶陵本「言」上有「之」字。

32 注「樂正子春見孟子曰」　袁本、茶陵本無「春」字。案：有者非。

漢書曰：賈誼為長沙王太傅，誼既以謫去，意不自得。又曰：馮唐以孝著，為郎中署長，事文帝，帝輦過問曰：父老何自為郎？

君山鴻漸，鎩殺**羽儀於高雲；敬通鳳起，摧迅翮於風穴。此豈才不足而行有遺哉？**東觀漢記曰：桓譚，字君山，少好學，徧治五經。光武即位，拜議郎。詔會議雲臺，上問譚曰：吾以讖決之，何如？譚不應，良久對曰：臣生不讀讖。問其故，譚頗有所非是。上怒曰：桓譚非法，將去斬之。譚叩頭流血，乃貰。由是失旨，遂不復轉遷。出補六安太守丞，之官，意不樂，道病卒。周易曰：鴻漸于陸，其羽可用為儀。許慎淮南子注曰：鎩羽，殘羽也。應璩與從弟書曰：弋下高雲之鳥。東觀漢記曰：馮敬通，少有俶儻之志，明帝以為衍材過其實，抑而不用，遂埳壈失志，以壽終於家。淮南子曰：鳳皇之翔，至德也，濯羽弱水，暮宿風穴。許慎曰：風穴，風所從出。韓詩外傳曰：子路謂孔子曰：夫子尚有遺行乎？奚居之隱也。

近世有沛國劉瓛，瓛桓**弟璡**津**，並一時之秀士也。**蕭子顯齊書曰：劉瓛，字子珪，沛國人。宋大明四年舉秀才，少篤學，博通五經，為安成王撫軍，行參軍公事，免，自此不復仕。永明初，遇疾卒。瓛弟璡，字子璥，方軌正直。文惠太子召璡入侍東宮，每上事，輒削草，尋署射聲校尉，卒官。呂氏春秋曰：舜耕於歷山，秀士從之。璥，君影切。**瓛則關西孔子，通涉六經，循循善誘，服膺儒行。**范曄後漢書曰：楊震，字伯起，經明博覽，無不窮究。諸儒為之語曰：關西孔子楊伯起。論語，顏淵曰：夫子循循然善誘人。禮記曰：回之為人也，得一善則拳拳服膺而不失之矣。又禮記有儒行篇。**璡則志烈秋霜，心貞崑玉，亭亭高竦，不雜風塵。**范曄後漢書孔融論曰：凜凜焉，皜皜焉，其與秋霜崑玉比質可也。西京賦曰：狀亭亭以岧岧[33]。郭璞遊仙詩曰：高蹈風塵外。**皆毓德於衡門，並馳聲於天地。**周易曰：君子以振民毓德。毛詩曰：衡門之下，可以棲遲。**而官有微於侍郎，位不登於執戟，相次殂落，宗祀無饗。**答客難曰：官不過侍郎，位不過執戟。尚書曰：帝乃殂落。孔安國曰：殂落，死也。**因斯兩賢以言古，則昔之玉質金相，英髦秀達，**毛詩曰：追琢其章，金玉其相。毛萇曰：相，質也。又曰：髦，俊

---

[33] 注「狀亭亭以岧岧」　案：「岧岧」當作「苕苕」。各本皆誤。

也。皆擯斥於當年，韞奇才而莫用，司馬彪莊子注曰：擯，弃也。馬融論語注曰：韞，藏也。徼草木以共彫[34]，與麋鹿而同死，楚辭曰：願徼幸而有待兮，宿莽與壄草同死。王逸曰：將與百草俱殂落也。論衡曰：身與草木俱朽。楚辭曰：死日將至兮，與麋鹿同坑。膏塗平原，骨塡川谷，堙滅而無聞者，豈可勝道哉！檄蜀文曰：肝腦塗中原，膏液潤野草。封禪書曰：堙滅而不稱者，不可勝數。此則宰衡之與皁隸，容彭之與殤子，尚書曰：冢宰掌邦治。毛詩曰：實維阿衡，左右商王。左氏傳曰：人有十等，士臣皁，皁臣輿，輿臣隸。列仙傳曰：容成公者，自稱黃帝師，見於周穆王，能善補導之事，髮白復黑，齒落復生，事與老子同，亦云老子師。又曰：彭祖，殷賢大夫，歷夏至商末，號年七百。莊子，南郭子綦曰：天下莫大于秋毫之末，而太山為之小；莫壽于殤子，而彭祖為之夭。猗頓之與黔婁，陽文之與敦洽。猗頓，已見過秦論。皇甫謐高士傳曰：黚婁先生[35]修清節，不求進於諸侯，及終，曾參來弔曰：何以為謚？妻曰：以康為謚。曾子曰：先生存時，食不充虛，衣不蓋形，死則手足不斂，傍無酒肉，何樂於此而謚為康哉？淮南子曰：不待脂粉，西施、陽文也。許慎曰：楚之好人也。呂氏春秋曰：陳有惡人焉，曰敦洽讎麋，椎顙廣顏，色如漆赭，垂髮臨鼻，長肘而盭[36]，陳侯見而甚悅之。高誘曰：醜而有德也。咸得之於自然，不假道於才智。抱朴子曰：聖人體天，皆得之於自然。莊子曰：古之至人，假道於仁，託宿於義。故曰「死生有命，富貴在天」，其斯之謂矣。論語，子夏曰：死生有命，富貴在天。

然命體周流，變化非一，或先號後笑，或始吉終凶，或不召自來，或因人以濟。周易曰：同人先號咷而後笑。老子曰：不召而自來。傅子曰：昔人知下相接之易，故因人以致人。交錯糾紛，迴還

---

34 「徼草木以共彫」　袁本、茶陵本「徼」作「候」，是也。梁書作「候」。

35 注「黚婁先生」　袁本、茶陵本「黚」作「黔」，是也。

36 注「垂髮臨鼻長肘而盭」　袁本、茶陵本「髮」作「眼」，「盭」下有「股」字。案：今呂氏春秋作「眼」，其「盭」下仍無「股」字，或尤刪之也。

倚伏，非可以一理徵，非可以一途驗。而其道密微，寂寥忽慌，無形可以見，無聲可以聞。子虛賦曰：交錯糾紛。鶡冠子曰：禍兮福之所倚，福兮禍之所伏。思玄賦曰：北叟頗識其倚伏。抱朴子曰：鶩鋭不可以一塗驗，箏琴不可以膠柱調也。鬼谷子曰：即欲闔之貴密，密之貴微。西征賦曰：寥廓忽恍。文子曰：道以無有為體，視之不見其形，聽之不聞其聲，謂之幽冥。呂氏春秋曰：道也者，視之弗見，聽之弗聞，不可為壯。[37]管子曰：視之不見其形，聽之不聞其聲，而序其成，謂之道。必御物以效靈，亦憑人而成象；譬天王之冕旒，任百官以司職。言性命之道，雖係于天，然其來也，必憑人而御物。譬如天王冕旒而執契，必因百官司職以立政。文子曰：德、仁、義、禮四者，聖人之所以禦萬物也。而或者覩湯武之龍躍，謂龕亂在神功；聞孔墨之挺生，謂英睿擅奇響；成湯、武王也。周易曰：見龍在田。又曰：或躍在淵。墨子曰：夏桀時，天乃命湯於鑣宮，有神來告曰：夏德大亂，往攻之，予必使汝大戡之。商王紂時，周武王見三神曰：予既沈漬殷紂於酒德，往攻之，予必使汝大戡之。孔，孔子；墨，墨翟。蔡邕陳太丘碑曰：元方、季方，皆命世挺生，膺期特授。視彭韓之豹變，謂鷙猛致人爵；見張桓之朱紱，謂明經拾青紫。彭，彭越，韓，韓信[38]。易曰：君子豹變，其文蔚。禮記曰：鷙蟲攫搏，不程其勇者。鄭玄曰：鷙蟲，猛獸也。孟子曰：有天爵，有人爵。仁、義、忠、信，樂善不倦，此天爵也。公卿大夫，此人爵也。漢書曰：張禹，字子文，善說論語。令禹授太子，遷光祿大夫，賜關內侯。范曄後漢書曰：桓榮治歐陽尚書，授太子，為太子少傅，封關內侯。禮記曰：諸侯佩山玄玉而朱組綬。蒼頡篇曰：綬，紱也。漢書，夏侯勝曰：士病不明經，經術苟明，取青紫如俛拾地芥。豈知有力者運之而趨乎？莊子曰：夫藏舟於壑，藏山於澤，謂之固矣。然而夜半有力者負之而走，昧者不知。故言而非命，有六蔽焉爾。論語，子曰：由汝聞六言六蔽矣乎。然文雖出此，蔽義則殊。請陳其梗槩：東京賦：其梗槩如此。

---

37 注「呂氏春秋曰道也者」下至「不可為壯」　袁本、茶陵本無此二十字。

38 注「彭彭越韓韓信」　袁本、茶陵本無此六字。案：此因同五臣翰注而刪之。尤所見是也。

夫靡顏膩理，哆噅許為**顪**子六**頞**烏割**形之異也。**楚辭曰：靡顏膩理，遺視眄些。王逸曰：靡，緻也；膩，滑也。淮南子曰：哆噅，蘧蒢戚施，醜也[39]。說文曰：哆，張口也，音侈。通俗文曰：噅，口不正也，去皮切。史記，唐舉見蔡澤曰：先生魋顏蹙齃。**朝秀晨終，龜鵠千歲，年之殊也。**淮南子曰：朝秀不知晦朔。許慎曰：朝生暮死蟲也，生水上，似蠶蛾。養生要曰：龜鵠壽千百之數，性壽之物也。**聞言如響，智昏菽麥，神之辨也。**史記曰：淳于髡說騶忌畢，趨出，曰：是人者，吾語之微言五，其應我若響之應聲，是人必封不久矣。左氏傳曰：程滑殺厲公，荀罃、士魴逆周子于京師而立之。周子有兄而無惠，不能辨菽麥，故不可立。杜預曰：菽，大豆也。豆麥殊形，易別，故以之為癡者之候也。**同知三者定乎造化榮辱之境，獨曰由人，是知二五而未識於十。其蔽一也。**淮南子曰：大丈夫恬然無為，與造化逍遙。高誘曰：造化，天地也。莊子曰：定乎內外之分，辨乎榮辱之境。左氏傳，叔興曰：吉凶由人。史記，齊威王使人說越曰：晉、楚闘，越兵不起，知二五而不知十也。

龍犀日角，帝王之表；朱建平相書曰：頟有龍犀入髮，左角日，右角月，王天下也。**河目龜文，公侯之相。**孔叢子曰：夫子適周，見萇弘，萇弘語劉文公曰：孔子仲尼有聖人之表，河目而隆顙，是黃帝之形貌也。王肅家語注曰：河目，上下匡平而長也。范曄後漢書曰：李固貌狀有奇表，鼎角匿犀，足履龜文。後為太尉。**撫鏡知其將刑，壓紐顯其膺籙。**蜀志曰：蜀郡張裕曉相術，每舉鏡視面，自知刑死，未嘗不撲之於地。左氏傳曰：初，楚恭王無冢適，有寵子五人，無適立焉。乃大有事於羣望而祈曰：請神擇五人主社稷。乃徧以璧見於羣望曰：當璧而拜者，神所立也。與巴姬密埋璧於太室之庭，使五人拜。康王跨之，靈王肘加焉，子干、子皙皆遠之。平王弱，抱而入，再拜，皆壓紐。**星虹樞電，昭聖德之符；夜哭聚雲，鬱興王之瑞。**春秋元命苞曰：大星如虹，下流華渚，女節夢意，感生朱宣。宋均曰：華渚，渚

---

[39] 注「淮南子曰哆噅蘧蒢戚施醜也」　案：此有誤也。所引脩務訓文，「哆」上有「啳睽」二字，無「醜也」二字。高誘注云「啳睽哆噅，蘧蒢戚施，皆醜貌也」，或許慎云「醜也」耳。未審善兼引正文及注，或但引注，無以補正。

名也。朱宣，少昊氏。詩含神務曰：大電繞樞，照郊野，感符寶，生黃帝。漢高祖功臣頌曰：彤雲晝聚，素靈夜哭。國語曰：興王賞諫臣。皆兆發於前期，渙汗於後葉。周易曰：渙汗其大號。渙，散也[40]。若謂驅貔虎，奮尺劍。入紫微，升帝道，則未達窅冥之情，未測神明之數。其蔽一也。尚書，武王曰：如虎如貔，如熊如羆，于商郊。孔安國曰：貔，摯夷[41]，虎屬也。史記，高祖曰：吾提三尺劍取天下，此非天命乎？薛綜西京賦注曰：天有紫微宮，王者象之，曰紫微宮。淮南子曰：源道者，測窅冥之深。呂氏春秋曰：窅乎冥，莫知其情。王命論曰：神明之祚，可得而妄處哉！空桑之里，變成洪川；歷陽之都，化爲魚鼈。呂氏春秋曰：有莘氏女子採桑，得嬰兒于空桑之中；獻之其君。令烰人養之，察其所以然。曰：其母居伊水之上，孕，夢有神告之曰：臼出水而東走，毋顧。明日，視臼水出，告其鄰，東走十里，而顧其邑，盡為水，身因化為空桑。故命之曰伊尹。淮南子曰：歷陽[42]，淮南之縣名，今屬九江郡。歷陽中有老嫗，常行仁義，有兩諸生告過之，謂曰[43]：此國當沒為湖，嫗視東城門閫有血，便走上山，勿反顧也。自此嫗數往視門，門吏問之，嫗對如其言。東門吏殺雞以血塗門，明日嫗早往視門有血，便走上山，國沒為湖。楚師屠漢卒，睢息惟河鯁其流；秦人坑趙士，沸聲若雷震。漢書曰：項羽晨擊漢，大戰彭城靈辟東睢水上，大破漢軍，多殺士卒，睢水為不流。戰國策，蔡澤謂應侯曰：白起率數萬之師，越韓、魏而敗彊趙，北坑馬服，屠四十餘萬眾，流血成川，沸聲如雷。使秦業帝，白起之勢也。論衡曰：言有命者曰：夫天下之大，人民之眾，一歷陽之都，一長平之坑，同命俱死，未可怪也。命當溺死，故相聚於歷陽。命當壓死，故相積於長平。火炎崑嶽，礫石與琬琰俱焚；嚴霜夜零，蕭艾與芝蘭共盡。尚書曰：火炎崑岡，玉石俱焚。又曰：弘璧琬琰在西序。傅玄鷹兔賦曰：秋霜一下，蘭艾俱落。毛萇詩傳曰：蕭，蒿也。

40 注「渙散也」　袁本、茶陵本無此三字。

41 注「貔摯夷」　何校「摯」改「執」，陳同，是也。各本皆訛。

42 注「淮南子曰歷陽」　案：此有誤也。以下至「國沒為湖」皆注文，不得云「淮南子曰」，未審所脫。

43 注「有兩諸生告過之謂曰」　何校去「告」字，是也。各本皆衍。

雖游夏之英才伊顏之殆庶，焉能抗之哉？其蔽三也。史記曰：言偃，吳人，字子游。夏，子夏也。伊，伊尹也。顏，顏回也。孟子曰：得天下之英才而教育之。易曰：顏氏之子其殆庶幾乎。王弼曰：庶幾於知幾者也。

或曰明月之珠，不能無類；夏后之璜，不能無考。淮南子曰：夏后氏之璜，不能無考；明月之珠，不能無纇。高誘曰：考，不平也。纇，瑕也。故亭伯死於縣長，相如卒於園令。范曄後漢書曰：崔駰，字亭伯。竇憲為車騎將軍，辟駰為掾，察駰高第，出為長岑長。駰自以遠去，不得意，遂不之官而歸，卒于家。漢書曰：相如拜為孝文園令，既病免，家居茂陵而死。才非不傑也，主非不明也，而碎結綠之鴻輝，殘懸黎之夜色，抑尺之量有短哉？戰國策，應侯謂秦王曰：梁有懸黎，宋有結綠，而為天下名器。楚辭，鄭詹尹曰：尺有所短，寸有所長。若然者，主父偃公孫弘對策不升第，歷說而不入，牧豕淄原，見棄州部。設令忽如過隙，溘苦合死霜露，其爲詬恥，豈崔馬之流乎？及至開東閣，列五鼎，電照風行，聲馳海外，寧前愚而後智，先非而終是？漢書，主父偃，齊國臨淄人也，學長短縱橫術。家貧，假貸無所得，北遊燕、趙、中山，皆莫能厚客。甚困，乃上書闕下，拜為郎，至中大夫。偃曰：大丈夫生不五鼎食，死則五鼎烹耳。又曰：公孫弘，淄川人也。家貧，牧豕海上。太常上對諸儒。太常奏弘第居下策[44]。天子擢弘對為第一，後至丞相。於是起客館，開東閣，以延賢士。莊子曰：賓放於鄉里，逐於州部。又曰：人生天地之間，若白駒之過隙。楚辭曰：寧溘死以流亡兮，余不忍為此態也。漢書，詔曰：公孫弘不幸罹霜露之疾。說文曰：詬，恥也。范曄後漢書，吳漢謂臧宮曰：將軍嚮者經虜城下，震揚威靈，風行電照，九州春秋。閻忠說皇甫嵩曰：今將軍威德震本朝，風聲馳海外。將榮悴有定數，天命有至極，而謬生妍蚩。其蔽四也。應璩與曹元長書曰：春生者繁華，秋榮者零悴，自然之數，豈有恨哉！孫子荊陟陽侯詩曰：三命皆有

---

44 注「太常上對諸儒太常奏弘第居下策」　何校「策」下添「奏」字，陳同。案：此有誤也。考漢書云「弘至太常，上策詔諸儒」，又云「太常奏弘第居下策奏」，必善連引此二處耳。

極。

夫虎嘯風馳，龍興雲屬，淮南子曰：虎嘯而谷風至，龍舉而景雲屬。四子講德論曰：風馳雨集。故重華立而元凱升，辛受生而飛廉進。史記曰：虞舜名曰重華。左氏傳，季孫行父曰：昔高陽氏有才子八人：蒼舒、隤敳、檮戭、大臨、尨降、庭堅、仲容、叔達，天下之民謂之八愷。高辛氏有才子八人：伯奮、仲堪、叔獻、季仲、伯虎、仲熊、叔豹、季狸，天下之民謂之八元。舜臣堯，舉八愷使主后土，舉八元使布五教于四方。史記曰：帝乙崩，子辛立，是為帝辛，天下謂之紂。尚書曰：祖伊恐，奔告于受。孔安國曰：受，紂也，音相亂。史記曰：仲喬生蜚廉，蜚廉生惡來，父子俱以材力事殷紂。然則天下善人少，惡人多，闇主眾，明君寡。莊子曰：天下之善人少，而不善人多。法言曰：聖君少，庸君多。杜篤弔比干文曰：闇主之在上，豈忠諫之是謀。而薰蕕不同器，梟鸞不接翼，家語，顏回曰：聞薰蕕不同器而藏，堯、桀不共國而治，以其類異也。孫盛晉陽秋，王夷甫論曰：夫芝蘭之不與茨棘俱植，鸞鳳之不與梟鴟同棲，天理固然，易在曉晤。西都賦曰：接翼側足。是使渾胡本敦徒本檮桃杌兀踵武於雲臺之上，仲容庭堅耕耘於巖石之下。左氏傳，太史克曰：昔帝鴻氏有不才子，掩義隱賊，好行兇德，醜類惡物，頑嚚不友，是與比周，天下之人謂之渾敦。顓頊氏有不才子，不可教訓，不知話言，告之則頑，舍之則嚚，傲狠明德，以亂天常，天下之人謂之檮杌。楚辭曰：忽奔走以先後，及前王之踵武。東觀漢記曰：詔賈逵入講南宮雲臺，使出左氏大義。仲容、庭堅，八愷之二，已見上注。法言曰：谷口鄭子真，不詘其節，而耕於巖石之下。橫去謂廢興在我，無繫於天。其蔽五也。漢書，董仲舒對策曰：治亂廢興，在於己，非天降命，不可得反。

彼戎狄者，人面獸心，宴安鴆毒，戎狄，謂魏也。班固漢書贊曰：夷狄之人，被髮左衽，人面獸心。左氏傳，管敬仲曰：宴安鴆毒，不可懷也。以誅殺爲道德，以烝報爲仁義，漢書曰：匈奴，其俗寬則隨畜田獵禽獸為生業，急則人習戰攻以侵伐，其天性也。父死，妻其後母，兄弟死，皆取其妻妻之。小雅曰：上淫曰烝，下淫曰報。雖大風立於青丘，鑿齒奮於華野，比於狼戾，曾何足喻？淮南子曰：堯之時，猰貐、鑿齒、九嬰、大風、封狶、修虵[45]皆為害，堯乃使羿誅鑿齒於疇華之澤，殺九嬰於凶水之上，繳大風於青丘之野，上射十日而下殺窫窳，斷修蛇於洞庭，禽封豕於桑林。高誘曰：疇華，南方地。九嬰，水火為人害者，北狄之地有凶水。大風，鷙鳥。青丘，東方。封豕，大彘。桑林，湯禱旱地。戰國策，張儀曰：趙王狼戾無親。自金行不競，天地板蕩，左帶沸脣，乘間電發，金行，謂晉也。干寶搜神記曰：程猗說石圖曰：金者晉之行也。左氏傳，師曠曰：吾驟歌北風，又歌南風，南風不競。毛詩曰：上帝板板。毛萇曰：杯晚切[46]。又曰：蕩蕩上帝。鄭玄曰：蕩蕩，法度廢壞之貌。左帶，左衽也。尚書曰：四夷左衽，罔弗咸賴。王元長勸給虜書啓曰：息沸脣於桑墟。然齊、梁之間，通以虜為沸脣也。魏志，詔曰：劉備、孫權乘間作禍。辨亡論曰：電發荊南。遂覆瀍洛，傾五都，東京賦曰：泝洛背河，左伊右瀍。干寶晉紀，愍帝詔曰：羣邪作逆，傾蕩五都。居先王之桑梓，竊名號於中縣，毛詩曰：維桑與梓，必恭敬止。漢書高紀，詔曰：秦徙中縣之人，南方三郡。與三皇競其萌黎，五帝角其區宇，韋昭漢書注曰：萌，民也。孔安國尚書傳曰：黎，衆也。東京賦曰：區宇乂寧。種落繁熾，充仞神州。范曄後漢書曰：梁商上表曰：匈奴種類繁熾，不可殫盡。子虛賦曰：充仞其中，不可勝記。河圖曰：崑崙東南，地方千里，名曰神州。嗚呼！福善禍淫，徒虛言耳！尚書，湯曰：天道福善禍淫，降災于夏，以彰厥罪。豈非否泰相傾，盈縮遞運，而汩骨之以人？其蔽六也。周易曰：泰者通也，物不可以終通，故受之以否。老子曰：高下相傾。淮南子曰：孟春始嬴，孟秋始縮。高誘曰：嬴，長也；縮，短也。孔安國尚書傳曰：汩，亂也。

然所謂命者，死生焉，貴賤焉，貧富焉，治亂焉，禍福焉。此十者，天之所賦也。死生有命，已見上文。論衡曰：凡人有死生夭壽之命，亦有貴賤貧富之命。墨子曰：貧富治亂，固有天命，不可損益。呂

---

45 注「猰貐鑿齒九嬰大風封狶修虵」　袁本、茶陵本「猰貐」作「窫窳」，「狶」作「豕」，「鑿齒」二字在「修虵」上。案：此尤校改之也。下高注仍作「窫窳」「豕」，所改未是。

46 注「毛萇曰杯晚切」　陳云「曰」下脫「板，板反也」四字，是也。各本皆脫。

氏春秋曰：禍福之所自來，眾人以為命，焉知其所由之也。愚智善惡，此四者，人之所行也。桓範世要論曰：遇不遇，命也。善不善，人也。夫神非舜禹，心異朱均，才絓中庸，在於所習。舜、禹，二帝也。淮南子曰：性命可說，不待學問而合於道，堯、舜、文王也；不可教以道，不可喻以德者，丹朱、商均也。夫上不及堯、舜，下不若商、均，此教訓之所喻也。高誘曰：丹朱，堯子也；商均，舜子也。廣雅曰：絓，止也，胡卦切。賈誼過秦曰：陳涉材能不及中庸。論衡曰：中人之性在所習，習善為善，習惡為惡。是以素絲無恆，玄黃代起，鮑魚芳蘭，入而自變。言在所習也。淮南子曰：墨子見練絲而泣之，為其可以黃，可以黑。高誘曰：閔其化也。大戴禮曰：與君子游，苾乎如入蘭芷之室，久而不聞，則與之化矣；與小人游，臭乎如入鮑魚之肆，久而不聞，則與之化矣。是故君子慎其所去就也。故季路學於仲尼，厲風霜之節；尸子曰：子路，東鄙之野人，孔子教之為賢士。王隱晉書曰：應瞻為太守，人歌之曰：威若風霜，恩如父母。楚穆謀於潘崇，成殺逆之禍。左氏傳曰：楚子欲立王子職而黜太子商臣，商臣聞之，告其師潘崇曰：能事諸乎？曰：不能。能行大事乎？曰：能。以宮甲圍成王，王縊，穆王立。潘崇，太子師。而商臣之惡，盛業光於後嗣；仲由之善，不能息其結纓。楚之後業皆商臣之子孫。周易曰：盛德大業，至矣哉！尚書曰：在今後嗣王。左氏傳曰：衛渾良夫與太子入舍於孔氏之外圃，欲刼孔悝而納太子。季子曰：太子無勇，若燔臺半，必舍孔叔。太子聞之，懼，下召石乞、盂黶敵子路，以戈擊之，斷纓。子路曰：君子死，冠不免，結纓而死。杜預曰：季子，子路是也。斯則邪正由於人，吉凶在乎命。

或以鬼神害盈，皇天輔德。周易曰：鬼神害盈而福謙。尚書曰：皇天無親，惟德是輔。故宋公一言，法星三徙，呂氏春秋曰：宋景公有疾，司馬子韋曰[47]：熒惑守心，心，宋分野也，君當移於相。公曰：相，股肱也，除心腹之疾而置之股肱，可乎？曰：可移於民。公曰：民，所以為國，無民，何以為君？曰：可移於歲。公曰：歲所以養民，歲不登，何

---

47 注「司馬子韋曰」　案：「馬」當作「星」，思玄賦注可證。又案：袁、茶陵二本此一節注幷入五臣，非也。尤所見未誤。

以畜民？子韋曰：君善言三，熒惑必退三舍，延君命二十一年。視之信。廣雅曰：熒惑謂之罰星，或謂之執法。殷帝自翦，千里來雲。呂氏春秋曰：湯克夏，四年，天大旱，湯乃以身禱於桑林，於是翦其髮，磨其手[48]，自以為犧，用祈福於上帝，雨乃大至。淮南子曰：湯之時，旱，七年，以身禱於桑林之祭，而四海之雲湊，千里之雨至。若使善惡無徵，未洽斯義。因此而言，則害盈輔德，其由影響，若以善惡猶命[49]，故未洽乎斯義。毛萇詩傳曰：洽，合也。且于公高門以待封[50]，嚴母掃墓以望喪，漢書曰：于定國父于公，其閭門壞，父老方共修之，于公謂之曰：少高大閭門，令容駟馬高蓋車。我理獄多陰德，未嘗有所冤，子孫必有興者。至定國為丞相，封侯傳世。又曰：嚴延年遷河南太守，其母從東海來，欲從延年臘，到雒陽，適見報囚，母大驚。畢正臘已，謂延年曰：天道神明，人不可獨殺。我不自意當老見壯子被刑戮也，行矣！去女東歸掃除墓地耳。後歲餘果敗。此君子所以自彊不息也。言善惡有徵，故君子庶幾自彊而不息也。周易，象曰：天行健，君子以自彊不息。如使仁而無報，奚為修善立名乎？斯徑廷之辭也。若必為仁而無報，何故修善而立名乎？是不由命明矣。或為茲說者，斯乃徑廷之言耳。莊子，肩吾問于連叔曰：大有徑廷，不近人情。司馬彪曰：徑廷，激遏之辭也[51]。

夫聖人之言顯而晦，微而婉，幽遠而難聞，河漢而不測。此釋聖人之言，顯晦難測也。左氏傳，君子曰：春秋之稱，微而顯，志而晦，婉而成章。莊子，市南宜僚見魯侯曰：南越有邑焉，名建德之國。君曰：彼其道幽遠而

---

48 注「磨其手」　案：「磨」當作「磿」。各本皆譌。與廣川長岑文瑜書引作「鄜」，云「鄜音酈」，可證。考呂氏春秋亦作「酈」，「酈」、「磿」同字，「磿」譌而為「磨」，猶顏氏家訓所謂「容成造磿」為碓磨之磨耳，故「酈」今亦訛而為「鄜」也。皆當訂正。

49 注「若以善惡猶命」　袁本、茶陵本「猶命」二字作「之理無徵」四字，是也。

50 「且于公高門以待封」　袁本云善作「門高」。茶陵本云五臣作「高門」。案：二本所見傳寫誤倒，非也。此亦尤校改正之。梁書作「高門」。

51 注「激遏之辭也」　袁本「遏」作「過」，是也。茶陵本亦誤「遏」。莊子釋文李云「謂激過也」，可借證。

無人。又，肩吾問于連叔曰：吾聞言於接輿，大而無當，往而不反。吾驚怖其言，猶河漢而無極。司馬彪曰：極，崖也。言廣若河漢，無有崖也。或立教以進庸怠，或言命以窮性靈，此釋不同之所由也。積善餘慶，立教也；鳳鳥不至，言命也。周易曰：積善之家，必有餘慶。徐幹中論曰：北海孫翺云：積善餘慶，誘民於善路耳。論語，子曰：鳳鳥不至，河不出圖，吾已矣夫！今以其片言辯其要趣，何異乎夕死之類而論春秋之變哉。毛萇詩傳曰：蜉蝣，渠略也，朝生夕死。莊子曰：蟪蛄不知春秋也。且荊昭德音，丹雲不卷；周宣祈雨，珪璧斯罄；左氏傳曰：有雲如眾赤鳥，夾日飛三日，楚子使問周太史，太史曰：其當王身乎？若禜之，可移於令尹司馬。王曰：除腹心之疾而寘諸股肱，何益？不穀不有大過，天其夭諸？有罪受罰，又焉移之！遂弗禜。毛詩序曰：雲漢，仍叔美宣王也。毛詩曰：圭璧既卒，寧莫我聽。于叟種德，不逮勛華之高；延年殘獷，未甚東陵之酷。勛華，已見上文。說文曰：獷，不可附也，古猛切。莊子曰：伯夷叔齊死名於首陽之下，盜跖死利於東陵之上。爲善一，爲惡均，而禍福異其流，廢興殊其迹，蕩蕩上帝，豈如是乎？毛詩曰：蕩蕩上帝，下民之辟。詩云：「風雨如晦，雞鳴不已。」此釋君子所以自彊也。毛詩鄭風也。鄭玄箋曰：喻君子雖居亂世，不變改其節度也。故善人爲善。焉有息哉？尚書曰：吉人為善，惟日不足。家語，孔子曰：事君之難也，焉可以息哉？

夫食稻粱，進芻豢，衣狐貉，襲冰紈，觀窈眇之奇儛，聽雲和之琴瑟，此生人之所急，非有求而爲也。論語，子曰：食夫稻。韓詩外傳，田饒謂魯哀公曰：黃鵠啄君稻粱[52]。國語曰：芻豢幾何。論語，子曰：狐貉之厚以居。漢書曰：齊地織作冰紈。長楊賦曰：憎聞鄭、衛窈眇之聲。阮籍詠懷詩曰：北里多奇儛。周禮曰：孤竹之管，雲和之琴瑟。修道德，習仁義，敦孝悌，立忠貞，漸禮樂之腴潤，蹈先王之盛則，此君子之所急，非有求而爲也。然則君子居正體道，樂天知命，公羊傳曰：君子大居正。莊子，弇

---

52 注「黃鵠啄君稻粱」　案：「粱」當作「粱」，各本皆誤。

堈弔曰：夫體道者，天下之君子也。郭象曰：言體道者人之宗主也。周易曰：樂天知命，故不憂。明其無可奈何，識其不由智力，莊子曰：知不可奈何而安之若命，唯有德者能之。王命論曰：不知神器有命，不可以智力求。逝而不召，來而不距，生而不喜，死而不慼。莊子曰：予惡乎知說生之或非邪[53]？予惡乎知惡死之非弱喪而不知歸者邪[54]？瑤臺夏屋，不能悅其神；尸子曰：人之言君天下者，瑤臺九累，而堯白屋。楚辭曰：冬有大夏。王逸曰：夏，大屋也。毛詩曰：於我乎夏屋渠渠。土室編蓬，未足憂其慮。土室編蓬，已見非有先生論。不充詘於富貴，不遑遑於所欲。禮記，孔子曰：儒有不隕穫於貧賤，不充詘於富貴。皇甫謐高士傳，黔婁先生妻謂曾子曰：先生不慼慼於貧賤，不遑遑於富貴。論語曰：富與貴，是人之所欲也。豈有史公董相不遇之文乎？司馬遷為太史公，故曰史公。遷集有悲不遇賦。法言曰：災異董相。李軌曰：董相，江都相董仲舒也。仲舒集有士不遇賦。

---

53 注「予惡乎知說生之或非邪」 案：「或非」當作「非惑」。各本皆倒誤。

54 注「予惡乎知惡死之非弱喪而不知歸者邪」 袁本、茶陵本「非弱喪而不知歸者邪」九字作「或是邪」三字。案：此尤校改正之者。

卷第五十五

論五

廣絕交論

劉璠梁典曰[1]：劉峻見任昉諸子西華兄弟等流離不能自振，生平舊交，莫有收卹。西華冬月著葛布帔練裙，路逢峻。峻泫然矜之，乃廣朱公叔絕交論。到溉見其論，抵几於地，終身恨之。

劉孝標

客問主人曰：「朱公叔絕交論，爲是乎？爲非乎？」此假言也，為是為非，疑而問之也。范曄後漢書曰：朱穆，字公叔，為侍御史。感俗澆薄，慕尚敦篤[2]，著絕交論以矯之。稍遷至尚書，卒贈益州刺史。主人曰：「客奚此之問？」奚，何也，何故有此問也。未詳其意，故審覆之也。客曰：「夫草蟲鳴則阜螽躍，雕虎嘯而清風起。欲明交道不可絕，故陳四事以喻之。毛詩曰：喓喓草蟲，趯趯阜螽。鄭玄曰：草蟲鳴則阜螽跳躍而從之，異類相應也。雕虎，已見思玄賦。淮南子曰：虎嘯而谷風至，龍舉而景雲屬。許慎曰：虎，陰中陽獸，與風同類也。故絪縕相感，霧涌雲蒸；嚶鳴相召，星流電激。元氣相感，霧涌雲蒸以相應；鳥鳴相召，星流電激以相從。言感應之遠也。周易曰：天地絪縕，萬物化醇。淮南子曰：山雲蒸而柱礎潤。毛詩曰：伐木丁丁，鳥鳴嚶嚶。鄭玄云：其鳴之志，似於

1 注「劉璠梁典曰」 袁本、茶陵本無此五字。案：此節注袁幷善入五臣，茶陵本幷五臣入善，皆非。

2 注「慕尚敦篤」 袁本、茶陵本「慕」作「莫」，是也。

友道然。曹植辯問曰：游說之士，星流電耀。答賓戲曰：游說之徒，風颺電激。是以王陽登則貢公喜，罕生逝而國子悲。此明良朋也。良朋之道，情同休戚，故貢禹喜王陽之登朝，子產悲子皮之永逝也。漢書曰：王吉與貢禹為友，世稱王陽在位，貢禹彈冠，言其趣舍同也。罕生，子皮；國子，子產也。左氏傳曰：子產聞子皮卒，哭且曰：吾以無為為善，唯夫子知我也。且心同琴瑟，言鬱郁於蘭茝齒；道叶膠漆，志婉孌於塤篪。心和琴瑟，則言香蘭茝；道合膠漆，則志順塤篪。言和順之甚也。毛詩曰：妻子好合，如鼓瑟琴。曹子建王仲宣誄曰：好和琴瑟。鬱郁，香也。上林賦曰：芳芳漚鬱[3]，酷烈淑郁。楚辭曰：蘭茝幽而獨芳。周易曰：同心之言，其臭如蘭。范曄後漢書曰：陳重字景公，雷義字仲預。重少與義友，鄉里為之語曰：膠漆自謂堅，不如雷與陳。班固漢書贊曰[4]：婉孌董公。塤篪，已見鸚鵡賦。聖賢以此鏤金版而鐫盤盂，書玉牒而刻鍾鼎。聖賢以良朋之道，故著簡策而傳之。太公金匱曰：屈一人之下，申萬人之上。武王曰：請著金版。墨子曰：琢之盤盂，銘於鍾鼎，傳於後世。玉牒，已見上。若乃匠人輟成風之妙巧，伯子息流波之雅引。此言良朋之難遇也。莊子曰：莊子送葬，過惠子之墓，謂從者曰：郢人堊墁其鼻端若蠅翼，使匠石斲之。匠石運斤成風，斲之，盡堊而鼻不傷，郢人立不失容。宋元君聞之，召匠石曰：嘗試為寡人為之。匠石曰：臣則嘗能斲之。雖然，臣質死久矣。自夫子之死也，吾無以為質矣，吾無與言也。伯牙及雅引，已見上文。范張款款於下泉，尹班陶陶於永夕。范曄後漢書曰：范式字巨卿，少與張劭為友。劭字元伯。元伯卒，式忽夢見元伯呼曰：巨卿，吾以某日死，當以某時葬，永歸黃泉。子未我忘，豈能相及？式怳然覺悟，便服朋友之服，數其葬日，馳往赴之。既至壙，將窆而柩不進，其母撫之曰：元伯豈有望邪？遂停柩。移時乃見素車白馬號哭而來，其母望之，必范巨卿。既至，叩喪言曰：行矣元伯！死生各異，永從此辭。式執引，柩乃

3 注「芳芳漚鬱」 袁本、茶陵本下「芳」字作「香」，是也。

4 注「班固漢書贊曰」 陳云「贊」，「述」誤，是也。各本皆誤。

前。式遂留冢次，修墳種樹，然後乃去。司馬遷書曰：試欲効其款款之愚[5]。王仲宣七哀詩曰：悟彼下泉人。東觀漢記曰：尹敏與班彪相厚，每相與談，常晏暮不食，晝卽至冥，夜徹旦。彪曰：相與久語，為俗人所怪。然鍾子期死，伯牙破琴，曷為陶陶哉！

駱驛縱橫，煙霏雨散，巧歷所不知，心計莫能測。駱驛縱橫，不絶也。煙霏雨散，眾多也。魯靈光殿賦曰：縱橫駱驛，各有所趣。陸機列仙賦曰：騰煙霧之霏霏。劇秦美新曰：霧集雨散。莊子曰：巧歷不能得，而況凡乎？漢書曰：桑弘羊，雒陽賈人子，以心計年十三[6]侍中。**而朱益州汨彝敘，粤謨訓，捶直切，絶交游。比黔首以鷹鸇，媲人靈於豺虎。蒙有猜焉，請辨其惑。」**言朋友之義，備在典謨，公叔亂常道而絶之，故以為疑也。尚書曰：彝倫攸敘。又曰：聖有謨訓。家語，孔子曰：祁奚對平公云，羊舌大夫信而好直其切也。王肅曰：言其切直也。爾雅曰：丁丁嚶嚶，□相切直也[7]。列子曰：公孫穆屏親昵，絶交游。司馬遷書曰：交遊莫救，視鷹鸇豺虎，貪殘而無親也。黔首，已見過秦論。左氏傳，太史克曰：見無禮於其君者，誅之，如鷹鸇之逐鳥雀。爾雅曰：媲，妃也。尚書曰：惟人萬物之靈。杜夷幽求子曰：不仁之人，心懷豺虎。長楊賦曰：蒙切惑焉。論語，子張曰：敢問崇德辨惑[8]。

主人听魚謹**然而笑曰：「客所謂撫絃徽音，未達燥濕變響；張羅沮澤，不覩鴻鴈雲飛。**言朋友之道，隨時盛衰，醇則志叶斷金，醨則昌言交絶。今以絶交為惑，是未達隨時之義，猶撫絃者未知變響，張羅者不覩雲飛，謬之甚也。上林賦曰：亡是公听然而笑。鄭玄禮記注曰：撫，以手按之也。許慎淮南子注曰：鼓琴循絃，謂之徽也。韓詩外傳曰：趙遣使於楚，臨去，趙王謂之曰：必如吾言辭。時趙王方鼓琴，使者因跪曰：大王鼓琴，未有如今日之悲也。請記

---

5 注「試欲効其款款之愚」　陳云「試」，「誠」誤，是也。各本皆譌。
6 注「年十三」　袁本、茶陵本無此三字。
7 注「□相切直也」　袁本、茶陵本無空格，是也。此初有衍字，後脩去之。
8 注「論語子張曰敢問崇德辨惑」　袁本「論」上有「已見七命」四字，茶陵本無。案：依善例當作「辨惑，已見七命」六字，不復出「論語」以下云云。各本皆非。

其處，後將法焉。王曰：不可。夫時有燥濕，絃有緩急，徽柱推移，不可記也。使者曰：臣愚，謂借此以譬之，何者？楚之去趙二千餘里，變改萬端，亦猶絃不可記也。難蜀父老曰：鵾鵬已翔乎寥廓之宇，而羅者猶視乎藪澤，悲夫！沮澤，已見蜀都賦。吳都賦曰：雲飛水宿。**蓋聖人握金鏡，闡風烈，龍驤蠖屈，從道汙隆。**言聖人懷明道而闡風教，如龍蠖之驤屈，蓋從道之汙隆也。春秋孔錄法曰：有人卯金刀，握天鏡。雒書曰：秦失金鏡。鄭玄曰：金鏡，喻明道也。春秋考異郵曰：後雖殊世，風烈猶合於持方。宋均曰：持方，受命者名也。班固漢書韓彭述曰：雲起龍驤，化為侯王。蠖屈，已見潘正叔贈王元況詩。禮記，子思曰：道隆則從而隆，道汙則從而汙。鄭玄曰：汙，猶殺也。**日月聯璧，贊亹亹之弘致；雲飛電薄，顯棣華之微旨。**日月聯璧，謂太平也；雲飛電薄，謂衰亂也。王者設教，從道汙隆，太平則明亹亹微妙之弘致，道衰則顯棣華權道之微旨。然則隨時之義，理非一塗也。**若五音之變化，濟九成之妙曲。此朱生得玄珠於赤水，謨神睿而爲言。**若五音之變化，乃濟九成之妙曲。今朱公叔絕交，是得矯時之義，此猶得玄珠於赤水，謨神睿而為言，謂窮妙理之極也。易坤靈圖曰：至德之萌，日月若聯璧。周易曰：定天下之吉凶，成天下之亹亹者，莫善於蓍龜。王弼曰：亹亹，微妙之意也。鄭玄周禮注曰：致，至也。漢書，高祖歌曰：大風起兮雲飛揚。淮南子曰：陰陽相薄為雷，激而為電。論語曰：棠棣之華[9]，偏其反而。何晏曰：逸詩也。棠棣之華，反而後合。賦此詩以言權反而後至於大順也。長笛賦曰：五音代轉。尚書曰：簫韶九成，鳳皇來儀。莊子曰：黃帝遊於赤水之北，遺其玄珠，乃使象罔求而得之。司馬彪曰：赤水，水假名。玄珠，喻道也。孔安國尚書傳曰：謨，謀也。睿，聖也。**至夫組織仁義，琢磨道德，驩其愉樂，恤其陵夷。**此言良友每事相成，道德資以琢磨，仁義因之組織，居憂共戚，處樂同驩。仲長統昌言曰：道德仁義，天性也。織之以成其物，練之以成其情。禮記曰：如切如瑳，道學也，如琢如磨，自修也。白虎通曰：朋友之交，樂則思之，患則死之。陵夷，已見五等論。**寄通靈臺之下，遺迹江湖之上，風雨急而不輟其音，霜雪零而不渝其色，斯賢達之素**

---

9 注「棠棣之華」 茶陵本「棠」作「唐」，下同，是也。袁本亦誤「棠」，何、陳校改「唐」。

交，歷萬古而一遇。良朋款誠終始若一，故寄通神於心府之下，遺迹相忘於江湖之上也。莊子曰：萬惡不可內於靈臺。司馬彪曰：心為神靈之臺也。李陵書曰：人之相知，貴相知心。莊子曰：魚相忘於江湖，人相忘於道術。郭象曰：各自足，故相忘也。今引江湖，唯取相忘之義也。不輟其音，已見辨命論。莊子曰：天寒既至，霜雪既降，吾是以知松柏之茂也。素，雅素也。萬古一遇，難逢之甚也。逮叔世民訛，狙詐飈起，谿谷不能踰其險，鬼神無以究其變，競毛羽之輕，趨錐刀之末。上明良朋，此明損友也。左氏傳，叔向曰：三辟之興，皆叔世也。毛詩曰：民之訛言。鄭玄曰：訛，偽也。漢書曰：狙詐之兵。音義曰：狙，伺人之閒隙也。答賓戲曰：游說之徒，風颮電激，並起而救之。莊子，孔子曰：凡人之心，險於山川，難知於天。董仲舒士不遇賦曰：生不丁三代之盛隆兮，丁三季之末俗。鬼神不能正人事之變戾，聖賢亦不能開愚夫之違惑。葛龔集曰：龔以毛羽之身，戴丘山之施。左氏傳，叔向曰：錐刀之末，將盡爭之。於是素交盡，利交興，天下蚩蚩，鳥驚雷駭。毛詩曰：氓之蚩蚩。廣雅曰：蚩，亂也。崔寔正論曰：秦時赭衣塞路，百姓鳥驚無所歸。淮南子曰：月行日動，電奔雷駭也。然則利交同源[10]，派流則異，較角言其略，有五術焉：廣雅曰：較，明也。韓詩曰：報我不術，薛君曰：術，法也。

「若其寵鈞董石，權壓梁竇，董賢、石顯，已見西京賦。權，猶勢也。范曄後漢書曰：梁冀，字伯卓，為大將軍，專擅威柄，凶恣日積。竇憲，已見范曄宦者論。雕刻百工，鑪捶朱靡萬物。吐漱興雲雨，呼噏下霜露。九域聳其風塵，四海疊其燻灼。雕刻鑪捶，喻造物也[11]。覆載天地，刻雕眾形，而不為巧。尚書曰：百工惟時。莊子曰：黃帝之忘其智，皆在鑪捶之間。聲類曰：爐，火所居也。李頤莊子音義曰：捶，排口鐵以灼火也[12]。范曄後漢

10 「然則利交同源」　袁本云善有「則」字。茶陵本云五臣無「則」字。案：各本所見皆非也，「則」不當有，但傳寫衍。梁書任昉傳所載亦無「則」字。

11 注「雕刻鑪捶喻造物也」　袁本、茶陵本無此八字。

12 注「以灼火也」　袁本、茶陵本「也」下有「之瑞切」三字。案：真善音也。正文下「朱靡」二字，乃五臣音。尤去此存彼，非。

書曰：舉動迴山海，呼吸變霜露。九域，已見潘元茂九錫文。爾雅曰：聳，懼也。夏侯湛東方朔畫贊曰：彷佛風塵，用垂頌聲。毛萇詩傳曰：疊，懼也。西征賦曰：當恭、顯之任勢也。熛灼四方，震燿都鄙。**靡不望影星奔，藉響川鶩，雞人始唱，鶴蓋成陰，高門且開，流水接軫。**蔡伯喈郭林宗碑曰：于時紳佩之士，望形表而影附，聆嘉聲而響和者，猶百川之歸巨海，鱗介之宗龜龍也。周禮曰：雞人，凡國事為期，則告之時。鄭玄曰：象雞知時也。劉楨魯都賦曰：蓋如飛鶴，馬似遊魚。高門，已見辨命論。范曄後漢書，明德馬后曰：前過濯龍門上，見外家問起居者，車如流水馬如龍也。**皆願摩頂至踵，隳膽抽腸，約同要離焚妻子，誓殉荊卿湛**沈**七族。是曰勢交，其流一也。**孟子曰：墨子兼愛，摩頂放踵。趙岐曰：放，至也。鄒陽上書曰：見情素，隳肝膽。李顒詩曰：焦肺枯肝，抽腸裂膈。鄒陽上書曰：荊軻沈七族，要離焚妻子，豈足為大王道哉！

「富埒陶白、貲巨程羅，山擅銅陵，家藏金穴，出平原而聯騎，居里閈而鳴鍾。陶朱公，已見過秦論。程鄭，已見蜀都賦。漢書曰：白圭，周人也。樂觀時變，天下言治生者祖白圭。又曰：成都羅裒，貲至鉅萬。又曰，鄧通，蜀郡人也。文帝賜通蜀嚴道銅山，得鑄錢。鄧氏錢布天下。楊雄蜀都賦曰：西有鹽泉鐵冶，橘林銅陵。范曄後漢書曰：光武帝郭皇后弟況，為大鴻臚，數賞賜金錢，京師號況家為金穴。連騎、鳴鍾，已見西京賦。應劭漢書注曰：里門曰閈。**則有窮巷之賓，繩樞之士，冀宵燭之末光，邀潤屋之微澤；魚貫鳧躍，颯沓鱗萃，分鴈鶩之稻粱，霑玉斝之餘瀝。**漢書曰：陳平家貧，負郭窮巷，以席為門。過秦論曰：陳涉甕牖繩樞之子。戰國策曰：甘茂去秦，且之齊。出關，遇蘇子，曰：君聞夫江上之處女乎？夫江上之處女，有家貧而無燭者，處女相與語，欲去之。家貧無燭者將去矣，謂處女曰：妾以無燭之故，常先掃室布席，何愛餘明之照四壁者？處女以為然，留之。今臣弃逐於秦，出關，願為足下掃室布席，幸無我逐也。賈逵國語注曰：邀，求也。禮記曰：富潤屋，德潤身。貫魚，已見鮑昭出自薊北門行。潘岳哀辭曰：望歸瞥見，鳧藻踴躍。張衡羽獵賦曰：輕車颬沓。西京賦曰：鳥集鱗萃。魯連子曰：君鴈鶩有餘粟。韓詩外傳，田饒謂魯哀公曰：黃鵠止君園池，啄君稻粱。說文曰：斝，玉爵也。史記，淳于髡曰：親有嚴客，持酒於前，時賜餘瀝。**銜恩遇，**

進款誠，援青松以示心，指白水而旌信。是曰賄交，其流二也。陸士龍為顧彥先贈婦詩曰：銜恩非望始。遇，謂以恩相接也。秦嘉婦詩曰[13]：何用敘我心？惟思致款誠[14]。禮記曰：其在人也，如松栢之有心。周松執友論曰：推誠歲寒，功標松竹。左氏傳，晉公子曰：所不與舅氏同心者，有如白水。

「陸大夫宴喜西都，郭有道人倫東國，公卿貴其籍甚，搢紳羨其登仙。漢書曰：高祖拜陸賈為太中大夫，陳平以錢五百萬遺賈為食飲費。賈以此遊公卿間，名聲籍甚。音義曰：狼籍，甚盛也。西征賦曰：陸賈之優游宴喜。范曄後漢書曰：郭泰字林宗，博通墳籍，善談論。游洛陽，後歸鄉，諸儒送之，與李膺同舟而濟，眾賓望之，以為神仙。舉有道，不應。林宗雖善人倫，不為危言覈論。東國，洛陽也。加以顩羌錦頤蹙頞，涕唾流沫，騁黃馬之劇談，縱碧鷄之雄辯，解嘲曰：蔡澤顩頤折頞[15]，涕唾流沫，西揖強秦之相而奪其位，時也。莊子曰：惠施其言黃馬驪牛三，辯者以此與惠施相應，終身無窮。司馬彪曰：牛馬以二為三，兼與別也。曰馬曰牛，形之三也；曰黃曰驪，色之三也；曰黃馬曰驪牛，形與色之三也。蜀都賦曰：劇談戲論，扼腕抵掌。馮衍與鄧禹書曰：衍以為寫神輸意，則聊城之說，碧雞之辯，不足難也。王褒碧雞頌曰：持節使者敬移金精神馬，剽剽碧雞，歸來歸來，漢德無疆。黃龍見兮白虎仁，歸來歸來，可以為倫。歸來翔兮，何事南荒也。敘温郁則寒谷成暄，論嚴苦則春叢零葉，飛沈出其顧指，榮辱定其一言。毛萇詩傳曰：燠，煖也。郁與燠古字通也。寒谷，已見顏延年秋胡詩。王逸楚辭注曰：嚴，壯也，風霜壯謂之嚴。說文曰：苦，猶急也。張升反論曰：噓枯則冬榮，吹生則夏落。荀爽與李膺書曰：任其飛沈，與時抑揚。莊子曰：手撓顧指，四方之

---

13 注「秦嘉婦詩曰」 案：「婦」上當有「贈」字。各本皆脫。

14 注「惟思致款誠」 袁本、茶陵本「惟」作「遺」，是也。

15 注「蔡澤顩頤折頞」 袁本「顩」作「頷」。茶陵本與此同。案：依袁本疑善正文亦作「頷」。今各本皆作「顩」，蓋五臣亂之。梁書亦作「顩」。善與彼多異，如「論嚴苦」，彼作「枯」；「有旨哉有旨哉」，彼不重；「英跱俊邁」，彼作「特」。善注明文俱相乖互，難以為證。

民，莫不俱至。周易曰：樞機之發，榮辱之主。於是有弱冠王孫，綺紈公子，道不挂於通人，聲未遒於雲閣，攀其鱗翼，丐其餘論，附駔子朗驥之旄端，軼歸鴻於碣石。是曰談交，其流三也。弱冠，已見辯亡論。漢書，漂母謂韓信曰：吾哀王孫而進食。又曰：班伯與王、許子弟為羣，在於綺襦紈袴之間。論衡曰：夫能該一經者為儒生，博覽古今者為通人。應劭漢書注曰：遒，好也。應瑒釋賓曰：子猶不能騰雲閣，攀天衢。楊子法言曰：攀龍鱗，附鳳翼。子虛賦曰：願聞先生之餘論。說文曰：駔，壯馬也。張敞集曰：蒼蠅之飛，不過十步；託驥之尾，乃騰千里之路。何休公羊傳注曰：軼，過也。淮南子曰：馮遲，大丙之御也，過歸鴻於碣石也。

「陽舒陰慘，生民大情；憂合驩離，品物恆性。西京賦曰：人在陽時則舒，在陰時則慘。莊子曰：藏天下於天下而不得所遯，是恆物之大情也。相呴以沫，憂合也；相忘江湖，驩離也。周易曰：品物咸亨。故魚以泉涸而呴沫，鳥因將死而鳴哀。莊子曰：泉涸，魚相與處於陸，相呴以濕，相濡以沫。論語，曾子曰：鳥之將死，其鳴也哀[16]。同病相憐，綴河上之悲曲；恐懼置懷，昭谷風之盛典。吳越春秋曰：伯嚭來奔於吳，子胥請以為大夫。吳大夫被離承宴問子胥曰：何見而信伯嚭乎？子胥曰：吾之怨與嚭同。子聞河上之歌者乎？同病相憐，同憂相救，驚翔之鳥，相隨而集；瀨下之水，回復俱流。誰不愛其所近，悲其所思者乎？詩谷風曰：將恐將懼，寘予于懷[17]。斯則斷金由於湫隘，刎頸起於苫蓋。周易曰：二人同心，其利斷金。左氏傳曰：景公欲更晏子之宅，曰：子之宅湫隘囂塵。漢書曰：張耳、陳餘相與為刎頸之交。左氏傳，范宣子數戎子駒支曰：乃祖吾離被苫蓋。是以伍員濯溉於宰嚭浦几，張王撫翼於陳相。是曰窮交，其流四也。言宰嚭由伍員濯溉而榮顯，嚭既貴而譖員；陳餘因張耳撫翼而奮飛，

---

16 注「論語曾子曰鳥之將死其鳴也哀」 袁本、茶陵本無此十三字。案：此因已見五臣而節去。

17 注「詩谷風曰將恐將懼寘予于懷」 袁本、茶陵本無此十二字。案：此因已見五臣而節去。

餘既尊而襲耳。故曰窮交也。毛詩曰：可以濯溉。說文曰：濯，浣也。毛萇詩曰：溉[18]，灌也。在於貧賤，類乎泥滓，縻之好爵，同於濯溉。史記曰：伍子胥者，楚人，名員。楚王誅員父奢，子胥往吳。闔廬既立，得志，以子胥為行人。楚又誅大臣伯州犂，州犂之孫亡奔吳，亦以嚭為大夫。吳越春秋曰：帛否來奔於吳王，闔廬問伍子胥：帛否何如人也？伍子胥對：帛否者，楚州犂孫。楚平王誅州犂，否因懼出奔，聞臣在吳而來。吳王因子胥請帛否以為大夫，與之謀於國事。史記曰：闔廬死，夫差既立，以伯嚭為太宰[19]。吳敗越於會稽，大夫種厚幣遺吳太宰請和，將許之，子胥諫不聽。太宰既與子胥有隙，因讒子胥。王乃使賜子胥屬鏤之劍，乃自刎[20]。左氏傳曰：哀公會吳槖睪，吳子使太宰嚭請尋盟。然本或作伯喜，或作帛否，或作太宰嚭，字雖不同，其人一也。班固漢書述曰：張、陳之交，好如父子，攜手遯秦，撫翼俱起。

「馳騖之俗，澆薄之倫，無不操權衡，秉纖纊。衡所以揣其輕重，纊所以屬其鼻息。若衡不能舉，纊不能飛，雖顏冉龍翰鳳雛，曾史蘭薰雪白，阮子政論曰：交遊之黨，為馳騖之所廢。淮南子曰：澆天下之淳。許慎曰：澆，薄也。漢書曰：衡，平也。權，重也。衡所以任權而鈞物平輕重也。鄭眾考工注曰：稱錘曰權。鄭玄尚書注曰：稱上曰衡。尚書曰：厥篚織纊[21]。說文曰：揣，量也。儀禮曰：屬纊以候氣[22]。運命論曰：顏、冉大賢。魏志，崔琰曰：邴原、張范，所謂龍翰鳳翼。習鑿齒襄陽記曰：舊目諸葛孔明為臥龍，龐士元為鳳雛。曾，曾參；史，史

18 注「毛萇詩曰溉」　何校「詩」下添「傳」字，陳同。各本皆脫。

19 注「以伯嚭為太宰」　袁本、茶陵本「嚭」作「喜」。案：二本是也。下注所謂「或作伯喜」，即指此。考史記伍子胥列傳索隱有「喜音嚭」之語，是善引與小司馬正合，不如今本史記作「嚭」也。上注所引亦以「嚭」為「大夫嚭」，必本作「喜」。各本皆誤，當依此訂正。

20 注「乃自刎」　袁本、茶陵本「刎」作「剄」，是也。

21 注「厥篚織纊」　何校「織」改「纖」，陳同，是也。各本皆誤。

22 注「屬纊以候氣」　案：「候」當作「侯」，下當有「絕」字。各本皆脫誤。

魚也。莊子曰：削曾、史之行，鉗楊、墨之口。魏都賦曰：信陵之名蘭芬也[23]。葛龔薦郝彥文曰：雪白冰折，皦然曜世也。舒向金玉淵海，卿雲黼黻河漢，言舒、向之辭同於淵海也。論衡曰：儒，世之金玉。又曰：劉子駿，漢朝之智囊，筆墨之淵海。言卿、雲之文，類於河、漢也。論衡曰：繡之未刺，錦之未織，恆絲庸帛，何以異哉！加五綵之巧，施針縷之飾，文章玄耀，黼黻華蟲。學士有文章，猶絲帛之有五色之巧也。又曰：漢諸儒作書者，以司馬長卿、楊子雲河漢也，其餘涇渭也。視若游塵，遇同土梗，莫肯費其半菽，罕有落其一毛。游塵、土梗，喻輕賤也。左太沖詠史詩曰：視之若埃塵。嵇含司馬誄曰：命危朝露，身輕游塵。莊子，魏文侯曰：吾所學者，真土梗耳。司馬彪曰：梗，土之榛梗也。漢書，項羽曰：歲飢人貧，卒食半菽。孟子曰：楊氏為我，拔一毛而利天下不為也。若衡重錙銖，纊微彯飄撇匹滅，雖共工之蒐慝，驩兜之掩義，南荊之跋扈，東陵之巨猾，錙銖，已見任彥昇彈曹景宗文。侯瑾箏賦曰：微風彯撆，泠氣輕浮。左氏傳，季孫行父曰：少昊氏有子，靖譖庸回，伏讒蒐慝。杜預曰：謂共工也。蒐，隱；慝，惡也。左氏傳，季孫行父曰：帝鴻氏有子，掩義隱賊，好行兇德。杜預曰：謂驩兜也。南荊，謂楚也。演連珠曰：南荊有寡和之歌。韓子，莊周子謂楚莊王曰：莊蹻為盜於境內，吏不能禁。西京賦曰：睢盱跋扈。東陵，盜跖也。已見任昉王儉集序。東京賦曰：巨猾間釁。蹻，其略切。皆爲匍匐逶迤，折枝舐痔，金膏翠羽將其意，脂韋便辟婢亦導其誠。說文曰：逶迤，邪行去也。史記曰：蘇秦笑謂嫂：何前踞而後恭？嫂逶迤蒲服而謝曰：見季子位高金多也。孟子曰：為長者折枝，語人曰：吾不能。是不為也，非不能也。趙岐曰：折枝，案摩折手節解罷枝也。莊子謂宋人曹商曰：秦王有病召醫，破癰潰痤者得車一乘，舐痔者得車五乘，子豈療其痔邪？金膏，已見江賦。漢書曰：繇王閩侯亦遺江都王建犀甲翠羽。毛詩序曰：又實幣帛以將其厚意。鄭玄曰：將，助也。楚辭曰：如脂如韋。王逸曰：柔弱曲也。論語，孔子曰：損者三友：友便僻，損矣。故輪蓋所游，必非夷惠之室；苞苴所入，實行張霍之家。謀而後動，毫芒寡忒。是日量交，其流五

[23] 注「信陵之名蘭芬也」　何校「蘭」上添「若」字，陳同，是也。各本皆脫。

也。禮記曰：苞苴，簞笥問人者。鄭玄曰：苞苴，裹魚肉者也。或以葦，或以茅。張，張安世；霍，霍光也。答賓戲曰：銳思毫芒之內。

「凡斯五交，義同賈古鬻，故桓譚譬之於闤闠，林回喻之於甘醴。杜預左氏傳注曰：賈，買也。鄭眾周禮注曰：鬻，賣也。譚集及新論並無以市喻交之文。戰國策，譚拾子謂孟嘗君曰：得無怨齊士大夫乎？孟嘗君曰：然。譚拾子曰：富貴則就之，貧賤則去之。請以市喻：市朝則滿，夕則虛。非朝愛市而夕憎之也。求存故往，亡故去，願君勿怨。然此以市喻交，疑拾誤為桓，遂居譚上耳。莊子，林回曰：君子之交淡若水，小人之交甘如醴。司馬彪曰：林回，人姓名也。夫寒暑遞進，盛衰相襲，或前榮而後悴，或始富而終貧，或初存而末亡，或古約而今泰，循環飜覆，迅若波瀾。周易曰：寒往則暑來，暑往則寒來。盛衰，已見琴賦。說文曰：襲，因也。說苑，雍門周對孟嘗君曰：臣之能令悲者，先貴而後賤，古富而今貧。笙賦曰：有始泰終約，前榮後悴。尚書大傳曰：三王之統，若循連環，周則復始，窮則反本。陸機樂府詩曰：休咎相乘躡，翻覆若波瀾。此則殉利之情未嘗異，變化之道不得一。由是觀之，張陳所以凶終，蕭朱所以隙末，斷焉可知矣。言貪利情同，譎詐殊道也。范曄後漢書，王丹曰：交道之難，未易言也。張、陳凶其終，蕭、朱隙其末，故知全之者鮮矣。漢書，蕭育字次君，朱博字子元，育少與博為友，故長安語曰：蕭、朱結綬，王、貢彈冠，言相薦達也。後育為九卿，博先至丞相，與博有隙也。而翟公方規規然勒門以箴客，何所見之晚乎？莊子曰：規規然自失也。漢書曰：下邽翟公為廷尉，賓客亦復填門。及廢，門外可設爵羅。後復為廷尉，賓客欲往，翟公大署其門曰：一死一生，乃知交情；一貧一富，乃知交態；一貴一賤，交情乃見。穀梁傳曰：至城下，然後知，何知之晚也！

「因此五交，是生三釁：杜預左氏傳注曰：釁，瑕隙也。敗德殄義，禽獸相若，一釁也。尚書曰：侮慢自賢，反道敗德。史記，衛平曰：天有五色，以辨白黑，人民莫知辨也，與禽獸相若也。難固易攜，讎訟所聚，二釁也。杜預左氏傳注曰：攜，離也。名陷饕餮，貞介所羞，三釁也。饕餮，已見上。漢書贊曰：

勢利之交，古人羞之。古人知三釁之爲梗，懼五交之速尤。毛萇詩傳曰：梗，病也。又曰：速，召也。故王丹威子以櫝楚，朱穆昌言而示絕，有旨哉！有旨哉！有梁之初，淳風已喪，俗多馳競，人尚浮華，故敘叔世之交情，刺當時之輕薄。朱生示絕，良會其宜。重言之者，歎美之至。范曄後漢書曰：王丹，字仲回。其子有同門生喪親，家在中山，白丹欲奔慰，丹怒而撻之，令寄縑以祠焉。禮記曰：夏楚二物，收其威也。鄭玄曰：夏，槄也；楚，荊也。夏與櫝古今字也。昌言，已見王元長策秀才文。孫綽子曰：莊多寄言，渾沌得宗，罔象得珠，旨哉言乎！

「近世有樂安任昉，海內髦傑，早綰銀黃，夙昭民譽。漢書，上以書勑責楊僕曰：懷銀黃，垂三組，夸鄉里。左氏傳曰：晉悼公即位，六官之長，皆民譽也。遒文麗藻，方駕曹王；英跱俊邁，聯橫許郭。類田文之愛客，同鄭莊之好賢。孫綽集序曰：綽文藻遒麗。方駕，已見西京賦。曹、王，子建、仲宣也。魏志曰：崔琰謂司馬朗：子之弟，剛斷英跱。裴松之案：跱或作特。竊謂英特為是。辯亡論曰：武將連衡。范曄後漢書曰：許劭少峻名節，好人倫，多所賞識，故天下言拔士者咸稱許、郭。史記曰：孟嘗君名文，姓田氏。在薛招致諸侯賓客，食客數千人。漢書曰：鄭當時字莊，為大司農。每朝候上問說，未嘗不言天下長者。班固述曰：莊之推賢，於茲為德[24]。見一善則盱衡扼腕，遇一才則揚眉抵掌。雌黃出其脣吻，朱紫由其月旦。孟子曰：舜聞一善言，見一善行，若決江河，沛然莫之能禦。盱衡，已見魏都賦。扼腕，已見蜀都賦。大戴禮曰：孔子愀然揚眉。戰國策曰：蘇秦說趙王，抵掌而言。孫盛晉陽秋曰：王衍，字夷甫，能言，於意有不安者，輒更易之，時號口中雌黃。東觀漢記曰：汝南太守宗資等任用善士，朱紫區別。范曄後漢書曰：許子將與從兄靖俱有高名，好共覈論鄉黨人物，月旦輒更品題，故汝南俗有月旦評焉。於是冠蓋輻湊，衣裳雲合，輜軿擊轊為歲，坐客恆滿。蹈其閫閾，若升闕里之堂；入其隩隅，

---

24 注「班固述曰莊之推賢於茲為德」袁本、茶陵本作「班固贊曰：鄭當時之推賢也」。案：二本是也。此引本傳贊，尤校改，甚非。

謂登龍門之阪。西都賓曰：冠蓋如雲。漢書曰：郡國輻湊，浮食者多。解嘲曰：天下之士，雷動雲合。范曄後漢書曰：袁紹賓客所歸，輜軿比轂，填接街陌。說文曰：軿，車前衣。車後為輜。史記，蘇秦曰：臨菑之塗，車轂相擊。說文曰：輜，車軸端[25]。范曄後漢書，孔融曰：座上客恆滿。鄭玄禮記注曰：閫、閾，皆門限也。闕里，孔子所居也。升堂入奧，已見孔融薦禰衡表。范曄後漢書曰：李膺，字元禮，獨持風裁，士有被其容接者，名為登龍門。至於顧眄增其倍價，剪拂使其長鳴，彯組雲臺者摩肩，趍走丹墀者疊迹。戰國策，蘇代說淳于髡曰：客有謂伯樂曰：臣有駿馬欲賣之，比三旦而立於市，人莫與言。願子還而視之，去而顧之，臣請獻一朝之費。伯樂乃旋視之，去而顧之，一旦而馬價十倍。又汗明說春申君曰：夫驥服鹽車，上太行，中坂遷延，負轅不能上。伯樂遭之，下車攀而哭之。驥於是迎而鳴者[26]，何也？彼見伯樂之知己。今僕居鄙俗之日久矣，君獨無湔拔僕也。湔拔、剪拂，音義同也。長鳴，已見劉琨答盧諶詩。雲臺，已見辯命論。史記，蘇秦說齊王曰：臨菑之塗，人肩相摩。漢典職儀曰：以丹漆地，故稱丹墀。吳都賦曰：躍馬疊跡。莫不締恩狎，結綢繆，想惠莊之清塵，庶羊左之徽烈。過秦論曰：合從締交。禮記曰：賢者狎而敬之。鄭玄曰：狎，習也，近也。李陵詩曰：獨有盈觴酒，與子結綢繆。淮南子曰：惠施死而莊子寢說。言世莫可為語也。楚辭曰：日聞赤松之清塵。烈士傳曰[27]：陽角哀[28]、左伯桃為死友，聞楚王賢，往尋之。道遇雨雪，計不俱全，乃并衣糧與角哀，入樹中死。應璩與王將軍書曰：雀鼠雖愚，猶知徽烈。及瞑目東粵，歸骸洛浦。繐帳猶懸，門罕漬酒之彥；墳未宿草，野絕動輪之賓。東粵，謂新安，昉死所也。洛浦，謂歸葬揚州也。莊子曰：夫差瞑目東粵。楚詞曰：歸骸舊邦莫誰語。魏武遺令曰：於

---

25 注「說文曰輜車軸端」 案：「輜」當作「轄」。各本皆譌。

26 注「驥於是迎而鳴者」 袁本、茶陵本「迎」作「仰」，是也。

27 注「烈士傳曰」 袁本「烈」作「列」，是也。茶陵本亦誤「烈」。

28 注「陽角哀」 茶陵本「陽」作「羊」，袁本與此同。案：「陽」字是也。古「陽」、「羊」通用。蓋正文善「陽」、五臣「羊」，各本亂之。茶陵本并改注而，非。梁書作「羊」，彼固多異也。

臺堂上施六尺牀，繐帳。謝承後漢書曰：徐穉，字孺子，前後州郡選舉，諸公所辟，雖不就，有死喪負笈赴弔。常於家預炙雞一隻，一兩綿漬酒，日中曝乾以裹雞，徑到所赴冢隧外，以水漬之，使有酒氣。升米飯，白茅藉，以雞置前。醊酒畢，留謁即去，不見喪主。禮記曰：朋友之墓，有宿草而不哭焉。動輪，范式也，已見上文。藐爾諸孤，朝不謀夕，流離大海之南，寄命嶂癘之地[29]。諸孤，昉子也。劉璠梁典曰：昉有子東里、西華、南客、北叟，並無術學，墜其家業。左氏傳，晉獻公曰：以是藐諸孤。又，趙孟曰：朝不謀夕，何可長也。李陵與蘇武書曰：流離辛苦，幾死朔北之野。范曄後漢書，朱勃上書曰：士人飢困，寄命漏刻。蔣子萬機論曰：許文休東渡江，乃在嶂氣之南。梁典不言昉子遠之交、桂，今言大海之南者，蓋言流離之甚也。自昔把臂之英，金蘭之友，曾無羊舌下泣之仁，寧慕郈成分宅之德。此謂到洽兄弟也。劉孝標與諸弟書曰[30]：任既假以吹噓，各登清貫。任云亡未幾，子姪漂流溝渠，洽等視之，攸然不相存贍[31]。平原劉峻疾其苟且，乃廣朱公叔絕交論焉。東觀漢記曰：朱暉同縣張堪有名德，每與相見，常接以友道。暉以堪宿成名德，未敢安也。堪至把暉臂曰：欲以妻子託朱生。堪後物故，南陽餓，暉聞堪妻子貧窮，乃自往候視。見其困厄，分所有以賑給之，歲送穀五十斛，帛五疋，以為常。羊舌氏，叔向也。春秋外傳曰：叔向見司馬侯之子，撫而泣之曰：自此父之死也，吾蔑與比事君也。昔者此其父始之，我終之，我始之，夫子終之。孔叢子曰：郈成子自魯聘晉，過于衛，右宰穀臣止而觴之，陳樂而不作，酣畢而送以璧，成子不辭。其僕曰：不辭，何也？成子曰：夫止而觴我，親我也；陳樂不作，告我哀也；送我以璧，託我也。由此觀之，衛其亂矣。行

---

29 「寄命嶂癘之地」　袁本、茶陵本「嶂」作「鄣」。案：袁、茶陵二本所載五臣向注字作「鄣」，其善注仍作「嶂」字。然則善「嶂」、五臣「鄣」也，二本失著校語。梁書作「瘴俗」。何云三國志皆用「嶂」。

30 注「劉孝標與諸弟書曰」　案：「標」當作「綽」，各本皆誤。本傳云：孝綽諸弟時隨藩皆在荊、雍，乃與書論共洽不平者十事，其辭皆鄙到氏云云。此所引即其一事也。孝綽，彭城人。故下稱孝標云「平原劉峻」，不知者妄改，絕無可通。今特訂正。

31 注「攸然不相存贍」　袁本、茶陵本「攸」作「悠」，是也。

三十里而聞衛亂作，右宰穀臣死之。成子於是迎其妻子，還其璧，隔宅而居之。

「嗚呼！世路險巇許宜，一至於此！太行孟門，豈云嶄絕。盧諶詩曰：山居是所樂，世路非我欲。楚詞曰：何周道之平易兮，然蕪穢而險巇。王逸曰：險巇，猶顛危也。孟門、太行，二山名也。史記曰：殷紂之國，左孟門，右太行也。是以耿介之士，疾其若斯，裂裳裹足，棄之長騖。獨立高山之頂，歡與麋鹿同羣，皦皦然絕其雰濁，誠恥之也，誠畏之也。」耿介之士，峻自謂也。韓子曰：耿介之士寡，而商賈之人多。墨子曰：公輸欲以楚攻宋，墨子聞之，自魯往，裂裳裹足，十日至郢。曹植應詔詩曰：弭節長騖。郭象莊子注曰：亢然獨立高山之頂。楚詞曰：高山崔巍兮水湯湯，死日將至兮與麋鹿同坑。論語，子曰：鳥獸不可與同羣。孔安國曰：隱居山林，是同羣也。范曄後漢書曰：皦皦者易汙。楚詞曰：吸精氣而吐雰濁兮。說文曰：雰亦氛字。

連珠

傅玄敘連珠曰：所謂連珠者，興於漢章之世，班固、賈逵、傅毅三子受詔作之。其文體辭麗而言約，不指說事情，必假喻以達其旨，而覽者微悟，合於古詩諷興之義。欲使歷歷如貫珠，易看而可悅，故謂之連珠。

演連珠五十首

陸士衡　劉孝標注

臣聞日薄星迴，穹天所以紀物；山盈川沖，后土所以播氣。天地所以施生[32]，日薄於天，星迴於漢，穹蒼所以紀陰陽之節；在山則實，在地則化[33]，所以散剛柔之氣也。善曰：禮記曰：季冬之月，日窮于次，月窮於紀，星迴於天，數將幾終，歲且更始。國語，太子晉曰：山，土之聚也；川，氣之通也。天地成而聚於高，歸物於下，疏為川谷，以導其

32 注「天地所以施生」　案：「生」當作「化」。各本皆誤。

33 注「在地則化」　案：「地」當作「川」，「化」當作「虛」。各本皆誤。

氣也[34]。字書曰：沖，虛也。鄭玄考工記注曰：播，散也。五行錯而致用，四時違而成歲。夫五行四時，佐天地造物者也。然水火相殘[35]，金木相代，而共成陶鈞之致；春秋異候，寒暑繼節，而俱濟一歲之功也。善曰：莊子曰：四時殊氣，天不私，故歲成；五官殊職，君不私，故國治也。是以百官恪居，以赴八音之離；明君執契，以要克諧之會。三才理通，趣舍不異，天地既然，人理得不効之哉！所以臣敬治其職，膺金石之別響；君執契居中，納鏗鏘之合韻。善曰：左氏傳，閔子騫曰[36]：敬恭朝夕，恪居官次。老子曰：聖人執左契而不責於人，有德司契，無德司徹。尚書曰：八音克諧。呂氏春秋曰：宮、徵、商、羽、角，各處其處，音皆調均而不可以相違[37]，此所以無不受也。賢主之立官，有似於此。百官各處其職，治其事以待主，主無不安矣。

臣聞任重於力，才盡則困；用廣其器，應博則凶。是以物勝權而衡殆，形過鏡則照窮。夫錙銖之衡，懸千斤之重；徑尺之鏡，照尋丈之形。用過其力，傷其本性，故在權則衡危，於鏡則照暗也。善曰：勝或為稱。爾雅曰：稱，舉也。一曰：稱亦勝也。吳錄，子胥曰：越未能與我爭稱負也。故明主程才以効業，貞臣底力而辭豐。由衡危鏡凶，哲人所以為戒。故主則程其才而授官，臣則辭其豐而致力，此唐、虞所以緝熙，稷契所以垂美也。善曰：說文曰：程，品也。廣雅曰：効，驗也。王肅尚書注曰：底，致也。

臣聞髦俊之才，世所希乏；丘園之秀，因時則揚。是以大人基命，不擢才於后土；明主聿興，不降佐於昊蒼。此章言賢人雖希，而無世不有。故亡殷三仁辭職，隆周十亂入朝。故明主之興，非天地特為生賢才，在引而用之為貴爾。善曰：毛萇詩傳曰：髦，俊也。周易曰：六五，賁于丘園，束帛戔戔。王肅曰：失位無

---

34 注「以導其氣也」　袁本、茶陵本「導」作「通」，無「其」字。案：此蓋尤校改之也。

35 注「然水火相殘」　袁本、茶陵本「殘」作「踐」，是也。

36 注「閔子騫曰」　案：「騫」當作「馬」。袁本亦誤。茶陵本改為「公鉏然之」，大謬。

37 注「而不可以相違」　袁本、茶陵本「違」作「為」，是也。

應，隱處丘園。蓋象衡門之人，道德彌明，必有束帛之聘。戔戔，委積之貌也。鄭玄曰：秀，士有德行道藝者也。尚書曰：王如不敢及天基命定命。

臣聞世之所遺，未爲非寶；主之所珍，不必適治。是以俊乂之藪，希蒙翹車之招；金碧之巖。必辱鳳舉之使。言末代闇主，崇神弃賢，故俊乂無翹車之徵，金碧有鳳舉之使也。善曰：毛萇詩傳曰：適，之也。陳敬仲曰[38]：翹翹車乘，招我以弓，豈不欲往，畏我友朋。漢書曰：或言益州有金馬、碧雞之神，可醮而致。於是遣諫大夫王褒使持節而求之。班固功德論曰：朱軒之使，鳳舉於龍堆之表。

臣聞祿放於寵，非隆家之舉；官私於親，非興邦之選。是以三卿世及，東國多衰弊之政；五侯並軌，西京有陵夷之運。寵，謂五侯；親，謂三卿。言三桓專魯，而哀公見逐；五侯用權，而漢氏以亡。善曰：孔安國論語注曰：放，依也。論語，孔子曰：政逮大夫四世，夫三桓子孫微矣。孔安國曰：三桓，謂仲孫、叔孫、季孫也。東國，謂魯也。法言曰：夷、惠無仲尼，西山之餓夫，東國之黜臣。漢書曰：成帝悉封舅王譚、王商、王立、王根、王逢時列侯，五人同日封，故世謂之五侯。[39]廣雅曰：軌，迹也。陵夷，已見上文。春秋命歷敘曰：五德之運，應錄次相代也。

臣聞靈輝朝覯，稱物納照；時風夕灑，程形賦音。是以至道之行，萬類取足於世；大化既洽，百姓無匱於心。言□至道均被[40]，萬物取而咸足；淳化普洽，百姓用而不匱。猶靈耀覯而品物納光，清風流而百籟含響也。善曰：淮南子曰：猶條風之時灑。許慎曰：灑，猶汎也。

臣聞頓網探淵，不能招龍；振綱羅雲，不必招鳳。是以巢箕之叟，不眄丘園之

---

38 注「陳敬仲曰」　袁本、茶陵本作「毛詩曰」。案：此尤校改之也。

39 注「漢書曰成帝」下至「故世謂之五侯」　袁本此三十二字作「五侯已，見鮑明遠數詩」，是也。茶陵本複出，非。

40 注「言□至道均被」　袁本、茶陵本「言□」作「善曰」。案：尤改「善曰」入下而誤衍「言」字。下注「首空」二字者三處，皆尤改。此亦當同彼矣。

幣；洗渭之民，不發傅巖之夢。古之隱人結巢以居，故曰巢父，或言即許由也。洗耳，一說巢父也。記籍不同，未能詳孰是。又傅說築於傅巖，而精通武丁。言巢、許冥心長往，故無發夢之符。善曰：頓，猶整也。說文曰：振，舉也。陸云洗渭，而劉之意云洗耳。據劉之意，則以洗渭為洗耳乎？呂氏春秋曰：昔者堯朝許由於沛澤之中，曰：請屬天下於夫子。許由遂之箕山之下，潁水之陽。琴操曰：堯大許由之志，禪為天子。由以其言不善，乃臨河而洗耳。李陵詩曰：許由不洗耳，後世有何徵？魏子曰：昔者許由之立身也，恬然守志存己，不甘祿位，洗耳不受帝堯之讓，謙退之高也。益部耆舊傳，秦密對王商曰：昔堯優許由，非不弘也。洗其兩耳。皇甫謐逸士傳曰：巢父者，堯時隱人也。及堯讓位乎許由也，由以告巢父焉，巢父責由曰：汝何不隱汝光？何故見若身、揚若名令聞？若汝，非友也。乃擊其膺而下之。由悵然不自得，乃過清泠之水洗其耳。皇甫謐高士傳云：巢父聞許由之為堯所讓也，以為污，乃臨池水而洗耳。譙周古史考曰：許由，堯時人也，隱箕山，恬泊養性，無欲於世。堯禮待之，終不肯就。時人高其無欲，遂崇大之，曰：堯將以天下讓許由，由恥聞之，乃洗其耳。或曰：又有巢父與許由同志。或曰：許由夏常居巢，故一號巢父。不可知也。凡書傳言許由則多，言巢父者少矣。范曄後漢書，嚴子陵謂光武曰：昔唐堯著德，巢父洗耳。士故有志，何至相迫乎？然書傳之說洗耳，參差不同。陸既以巢箕為許由，洗耳為巢父，且復水名不一，或亦洗於渭乎？

臣聞鑑之積也無厚，而照有重淵之深；目之察也有畔，而眡視周天壤之際。何則？應事以精不以形，造物以神不以器。是以萬邦凱樂，非悅鍾鼓之娛；天下歸仁，非感玉帛之惠。鏡質薄而能照，目形小而能視，以其精明也。故聖人以至精感人，至神應物，為樂不假鍾鼓之音，為禮不待玉帛之惠，此所感之至也。善曰：廣雅曰：鑑謂之鏡。莊子曰：千金之珠，在九重之淵。又曰：壺子曰：吾示之以天壤。司馬彪曰：壤，地也。論語，子曰：禮云禮云，玉帛云乎哉！樂云樂云，鍾鼓云乎哉！

臣聞積實雖微，必動於物；崇虛雖廣，不能移心。是以都人冶容，不悅西施之影；乘馬班如，不輟太山之陰。美女之影，不惑荒婬之人；高山之陰，不止不進之馬：虛實之驗在茲也。善曰：

冶容，已見陸機樂府詩。潛夫論曰：夫圖西施、毛嬙，可說於心，而不若醜妻陋妾而可御於前也[41]。周易曰：乘馬班如。王肅曰：班如，盤桓不進也。呂氏春秋曰：審堂下之陰，而知日月之行。高誘曰：陰，晷影之候也[42]。

臣聞應物有方，居難則易；藏器在身，所乏者時。是以充堂之芳，非幽蘭所難；繞梁之音，實縈紘所思。此章言賢明有才，不遇知者，所以自古為難。芬芳之氣罕有，而幽蘭豐其氣；才明之術所希，而賢人懷其術。然則縈曲之紘，無繞梁以盡妙；不世之姿，寡明時以取窮。善曰：劉云縈曲之紘，謂紘被縈曲而不申者也。言縈曲之紘，思繞梁以盡妙，以喻藏器之士，候明時以効績[43]。鄭玄論語注曰：方，常也。何休公羊傳曰[44]：充，滿也。周易曰：君子藏器於身。尸子曰：繞梁之鳴，許史鼓之，非不樂也；墨子以為傷義，是弗聽也。[45]

臣聞智周通塞，不為時窮；才經夷險，不為世屈。是以凌飈之羽，不求反風；耀夜之目，不思倒日。鳶鵲能飛，不假風力，鵄鵶夜見，豈藉還曜。此與聖人通塞而不窮，夷險而不屈，何以異哉？善曰：莊子曰：鵲巢於高榆之顛，巢折，凌風而起。淮南子曰：鵄鵂夜撮蚤察毫末，晝出，瞑目[46]而不見丘山。言殊性也。高誘曰：鵄鵂謂之老菟。鵂音休。蚤音爪。

臣聞忠臣率志，不謀其報；貞士發憤，期在明賢。是以柳莊黜殯，非貪瓜衍之賞；禽息碎首，豈要先茅之田！夫黜尸以明諫，觸車以進賢，併發之於忠誠，豈有求而然哉？善曰：韓詩外傳

---

41 注「而可御於前也」　何校去「而」字，陳同。各本皆衍。
42 注「陰晷影之候也」　袁本、茶陵本無「之候」二字，是也。
43 注「候明時以効績」　袁本、茶陵本「候」作「願」，是也。
44 注「何休公羊傳曰」　案：「傳」下當有「注」字。各本皆脫。
45 注「尸子曰」下至「是弗聽也」　袁本此二十五字作「繞梁，已見張景陽七命」是也。茶陵本複出，非。
46 注「晝出瞑目」　陳云「瞑」，「瞋」誤，是也。各本皆譌。

曰：昔衛大夫史魚病且死，謂其子曰：我數言蘧伯玉之賢而不能進，彌子瑕不肖而不能退，死不當居喪正堂，殯我於室足矣。衛君問其故，子以父言聞於君，乃召蘧伯玉[47]而貴之，彌子瑕退之，徙殯於正堂，成禮而後去。可謂生以身諫[48]，死以尸諫。然經籍唯有史魚黜殯，非是柳莊，豈為書典散亡，而或陸氏謬也？左氏傳曰：晉侯賞桓子狄臣千室，亦賞士伯以瓜衍之縣，曰：吾獲狄土，子之功；微子，吾喪伯氏矣。韓詩外傳曰：禽息，秦人，知百里奚之賢，薦之於穆公[49]，為私而加刑焉。公後知百里之賢，乃召禽息謝之。禽息對曰：臣聞忠臣進賢不私顯，烈士憂國不喪志。奚陷刑，臣之罪也。乃對使者以首觸楹而死。以上卿之禮葬之。論衡曰：傳言禽息薦百里奚，繆公出，當門仆頭碎首以達其友。應劭漢書注曰：繆公出，當車，以頭擊門。而劉云觸車；未詳其旨。左氏傳曰：襄公以再命，命先茅之縣賞胥臣，曰：舉郤缺，子之功也。杜預曰：先茅絕後，故取其縣以賞胥臣也。

臣聞利眼臨雲，不能垂照，朗璞蒙垢，不能吐輝。是以明哲之君，時有蔽壅之累；俊乂之臣，屢抱後時之悲。言讒人在朝，君臣否隔。明君時有蔽壅，喻利眼臨雲而息照；俊乂後時而屢歎，喻朗玉蒙垢而掩輝。善曰：論衡曰：日月猶人之有目。任子云：日月，天下眼目，而人不知德。抱朴子雲：日月之蝕，乃至於盡。天何為當故壞其眼目，以行譴人乎？尸子曰：鄭人謂玉未理者為璞。

臣聞郁烈之芳，出於委灰；繁會之音，生於絕絃。是以貞女要名於沒世，烈士赴節於當年。香以燔質而發芳，絃以特絕而流響，喻貞女沒身而譽立，烈士効節而名彰也。善曰：上林賦曰：酷烈淑郁。王逸楚辭注曰：委，棄也。楚辭曰：五音紛其繁會。

臣聞良宰謀朝，不必借威；貞臣衛主，脩身則足。是以三晉之強，屈於齊堂之

---

47 注「子以父言聞於君乃召蘧伯玉」 袁本、茶陵本無「於」字、「乃」字。

48 注「可謂生以身諫」 袁本、茶陵本無「可謂」二字。

49 注「薦之於穆公」 袁本、茶陵本無「於」字。

俎；千乘之勢，弱於陽門之哭。晏嬰立威於樽俎，子罕慟哭於介夫，終使晉人輟謀，齊、宋不撓，良宰貞臣有効於斯者也。善曰：晏子春秋曰：晉平公使范昭觀齊國政。景公觴之。范昭起曰：願得君之樽為壽。公命左右酌樽以獻，晏子命撤去之。范昭不悅而起舞，顧太師曰：為我奏成周之樂。太師曰：盲臣不習也。范昭歸，謂平公曰：齊未可幷。吾欲試其君，晏子知之；吾欲犯其樂，太師知之。於是輟伐齊謀。孔子聞曰：善。不出樽俎之間，而折衝千里之外，晏子之謂也。[50]禮記曰：晉人之覘宋者反報於晉侯曰：陽門之介夫死，而子罕哭之哀，而人說。殆不可伐也。孔子聞之曰：善哉，覘國乎！史記曰：韓哀侯、魏武侯、趙敬侯共滅晉，三分其地，故曰三晉。陸氏從後通言爾，非謂平公之日，已有三晉之名也。

臣聞赴曲之音，洪細入韻；蹈節之容，俯仰依詠。是以言苟適事，精麤可施；士苟適道，修短可命。此言取其正事而已，豈復係門閥乎？婁敬一言，漢以遷都；醜女暫說，齊以為后。亦猶鼓缶而會時，搖頭而韻曲也。善曰：高誘呂氏春秋注曰：適，中適也。

臣聞因雲灑潤，則芬澤易流；乘風載響，則音徽自遠。是以德教俟物而濟，榮名緣時而顯。此言物有因而易彰也。善曰：乘，猶因也。孔安國尚書傳曰：載，行也。孫卿曰[51]：吾嘗順風而呼，聲非加疾，而聞者彰。君子生非異也，善假於物也。

臣聞覽影偶質，不能解獨；指迹慕遠，無救於遲。是以循虛器者，非應物之具；翫空言者，非致治之機。此言為事非虛，立功須實。故三章設而漢隆，玄言流而晉滅，此其驗也。

臣聞鑽燧吐火，以續湯谷之晷；揮翮生風，而繼飛廉之功。是以物有微而毗著，事有瑣而助洪。物有小而益大，不可忽也。若緹縈獻書而除肉刑，此其例也。善曰：論語，宰予曰：鑽燧改火。楚

---

50 注「晏子春秋曰」下至「晏子之謂也」 袁本此一百二十八字作「齊堂之俎，已見張景陽雜詩」，是也。茶陵本複出，非。

51 注「孫卿曰」 案：「卿」下當有「子」字。各本皆脫。

辭曰：後飛廉使奔屬。王逸曰：飛廉，風伯也。

臣聞春風朝煦，蕭艾蒙其温；秋霜宵墜，芝蕙被其涼。是故威以齊物爲肅，德以普濟爲弘。春秋不以善惡殊其彫榮，人君不以貴賤革其賞罰。故詩云：柔亦不茹，剛亦不吐也。善曰：薛君韓詩章句曰：煦，暖也。

臣聞巧盡於器，習數則貫；道繫於神，人亡則滅。是以輪匠肆目，不乏奚仲之妙；瞽叟清耳[52]，而無伶倫之察。此言事在外則易致；妙在内則難精。奚仲巧見於器，故輪工能繼其致也；伶倫妙在其神，故樂人不傳其術也。善曰：杜預左氏傳注曰：肆，極也。世本曰：奚仲作車。尸子曰：造車者，奚仲也。伶倫，已見上文。

臣聞性之所期，貴賤同量；理之所極，卑高一歸。是以准月稟水，不能加涼；晞日引火，不必增輝。言物雖貴賤殊流，高卑異級，至其極也，殊塗共歸。雖方諸稟水於月，而不加於水之涼；陽燧取火於日，不加於火之輝也。善曰：周禮曰：司烜氏掌以夫遂取明火於日，以鑒取明水於月，以共祭祀之明齍明燭共明水。鄭玄曰：夫遂，陽燧也。鑒，鏡屬也。取水者，世謂之方諸。鄭司農曰：夫，發聲也。明齍，謂以明水滫瀡粢盛黍稷[53]。烜音燬。

臣聞絶節高唱，非凡耳所悲；肆義芳訊，非庸聽所善。是以南荊有寡和之歌，東野有不釋之辯。商鞅言帝王之術，而孝公以之睡。此其義也。善曰：孔安國尚書傳曰：肆，陳也。宋玉集，楚襄王問於宋玉曰：先生有遺行歟？宋玉對曰：唯，然，有之。客有歌於郢中者，其始曰下俚巴人，國中屬而和者數千人；既而陽春白雪，含商吐角，絶節赴曲，國中唱而和之者彌寡。呂氏春秋曰：孔子行於東野，馬逸，食野人稼，野人留其馬。子貢說而請之，野人終不

---

52 「瞽叟清耳」 袁本、茶陵本「叟」作「史」。案：此尤誤改也。

53 注「謂以明水滫瀡粢盛黍稷」 袁本、茶陵本二「瀡」字作「滌」。案：此當作「滫滌」，尤校補「瀡」而誤幷改「滌」耳。

聽。於是鄙人馬圉乃復往說曰：子耕東海至於西海，吾馬何得不食子苗？野人大悅，解馬還之。

臣聞尋煙染芬，薰息猶芳，徵音錄響，操終則絕。何則？垂於世者可繼，止乎身者難結。是以玄晏之風恆存，動神之化已滅。周孔以禮樂訓世，故其迹可尋；倪惠以堅白為辭，故其辯難繼。是以唐虞遠而淳風流存，蘇張近而解環易絕也。善曰：字書曰：薰，火煙上出也。曹植魏德論曰：玄晏之化，豐洽之政。尚書，益曰：至誠感神。

臣聞託闇藏形，不爲巧密；倚智隱情，不足自匿。是以重光發藻，尋虛捕景；大人貞觀，探心昭忒。善曰：日月發輝[54]，既尋虛而捕影，欲藏形而託暗，豈得施其巧密乎？以喻聖人正見，既探心而明惑，欲隱情而倚智，豈足自匿其事乎？善曰：鄧析子曰：藏形匿影。鬼谷子曰：藏形其有欲也，不能隱其情。重光，日也。尚書五行傳曰：明王踐位，則日儷其精，重光以見吉祥。說文曰：捕，取也。思玄賦曰：朝貞觀而夕化。應劭曰：貞，正也。易曰：天地之道，貞觀者也。仲長子昌言曰：探心測意，世加甚焉。

臣聞披雲看霄，則天文清；澄風觀水，則川流平。是以四族放而唐劭，二臣誅而楚寧。凶邪亂正，亦由浮雲蔽天，疾風激水。故舜流四凶而朝穆穆，楚戮費鄢而王道洽也。善曰：尚書，舜流共工于幽州，放驩兜于崇山，竄三苗于三危，殛鯀于羽山，四罪而天下咸服。小雅曰：劭，美也。二臣，費無極與鄢將師也，已見李蕭遠運命論。

臣聞音以比耳爲美，色以悅目爲歡。是以衆聽所傾，非假百里之操[55]；萬夫婉孌，非俟西子之顏。故聖人隨世以擢佐，明主因時而命官。物之企競，由乎不足；政之不治，才

[54] 注「善曰日月發輝」　案：「善曰」二字不當有。袁、茶陵二本誤在注首，尤移入下而仍衍此，非。

[55] 「非假百里之操」　案：五臣「百」作「北」。袁、茶陵二本校語云「善」作「百」，五臣作「北」。「百里」不可通，此必有誤。疑「里」當作「牙」。劉及善無注，以「百牙」自不煩注耳。

不合時故也。心苟目足，不假美女之麗；用會其朝，不勞稷契之賢矣。善曰：楊雄答客難曰：工聲調於比耳。張衡舞賦曰：旣娛心以悅目。孟子曰：西子蒙不潔，則人皆掩鼻而過之。趙岐曰：西子，古好女西施也。

臣聞出乎身者，非假物所隆；牽乎時者，非克己所勗。是以利盡萬物，不能叡童昬之心；德表生民，不能救棲遑之辱。善曰：下愚由性[56]，非假物所移；弊俗係時，非克己能正。是以放勛化被四表，不革丹朱之心；仲尼德冠生人，不救棲遑之辱。善曰：漢劉向上疏曰：雖有堯、舜之聖，不能化丹朱。答賓戲曰：聖哲之治，棲棲遑遑，孔席不煖，墨突不黔。

臣聞動循定檢，天有可察；應無常節，身或難照。是以望景揆日，盈數可期；撫臆論心，有時而謬。檢，謂定檢，不濫漫也。此言晷景有節，尺圭可以知其數；深情難測，淵識不能知其心。故光武蔽於寵萌，魏武失之張邈。善曰：趙岐孟子章指曰：言循性守故，天道可知；妄改常心，乖性命之指。蒼頡篇曰：檢，法度也。

臣聞傾耳求音，眂優聽苦；澄心徇物，形逸神勞。是以天殊其數，雖同方不能分其感；理塞其通，則並質不能共其休。耳之與目，同在於身，而苦樂有殊，不能相救；良由造化隔其通，七竅理其用也。善曰：莊子曰：棄生以徇物。又曰：譬如耳目鼻口，皆有所明，不能相通。猶百官眾技，皆有所長，時有所用也。

臣聞遯世之士，非受匏瓜之性；幽居之女，非無懷春之情。是以名勝欲，故偶影之操矜；窮愈達，故凌霄之節厲。名則傳之不朽，窮則身居萬全，故謂之勝。所以烈士貞女，棄彼而取此也。善曰：周易曰：遯世無悶。王逸楚辭注曰：遯，隱也。論語，子曰：吾豈匏瓜也哉？焉能繫而不食！禮記曰：幽居而不淫。漢書，蒯通曰：婦人有幽居守寡者。毛詩曰：有女懷春，吉士誘之。廣雅曰：矜，急也。厲，高也。

臣聞聽極於音，不慕鈞天之樂；身足於蔭，無假垂天之雲。是以蒲密之黎，遺

56 注「善曰下愚由性」　案：「善曰」二字不當有，說已見前。

時雍之世；豐沛之士，忘桓撥之君。搖頭鼓缶，秦之樂也。秦人樂之，此故不願天帝之音。故子路之惠政，卓茂之仁恕，豐、沛之甄復，三者自足其樂矣，豈復思時雍桓撥之治哉！善曰：身蔭卽足，故無假垂天之雲。垂天，言雲之大也。莊子曰：北溟有魚，名之曰鯤。化為鵬，怒而飛，翼若垂天之雲。家語曰：子路為蒲宰，夫子入其境而歎。子貢執轡而問曰：夫子未見由而三稱善，何也？曰：吾入其境，田疇甚易，草萊甚辟，此恭敬以信，故其人盡力也；入其邑，墟屋甚嚴，樹木甚茂，此忠信以寬，故其民不偷也；至其庭甚閑，此明察以斷，其民不擾也。密令卓茂，已見孔德璋北山移文。尚書堯典曰：黎民於變時雍。豐、沛謂漢也。桓撥謂殷也。毛詩曰：玄王桓撥。毛萇曰：玄王，契也。或者以密為宓子賤。但子賤為政，雖則有聞，以邑對姓，恐文非體也。

臣聞飛轡西頓，則離朱與蒙瞍收察；懸景東秀，則夜光與武夫匿耀。是以才換世則俱困，功偶時而並劭。運若時來，則賢明易興；數逢澆季，則愚聖一揆。故堯在朝而舜登庸，哀公居位而仲尼逐也。善曰：飛轡、懸景，皆謂日也。日有御，故云轡也。頓，猶舍也。西頓，謂已夕也。東秀，謂旦明也。廣雅曰：秀，出也。慎子曰：離朱之明。韓詩曰：矇瞍奏公。薛君曰：無珠子曰蒙，珠子具而無見曰瞍。大戴禮云：日歸于西，起明于東；月歸于東，起明于西。鄒陽上書曰：夜光之璧。戰國策曰：白骨疑象，碔砆類玉[57]。

臣聞示應於近，遠有可察；託驗於顯，微或可包。是以寸管下傃，天地不能以氣欺；尺表逆立，日月不能以形逃。寸管，黃鍾九寸之律，以灰飛，所以辨天地之數，卽示近之義也。以夏至立丈二表於陽城，表觀其晷影，以知日月之度，斯所謂託驗於顯者也。善曰：司馬彪續漢書曰：候氣之法，為室三重，戶閉，塗釁必周，密布緹幔。室中以木為案，每律各一，內庳外高，從其方位，加律上，以葭灰抑其內端，案歷而候之。氣至者灰去。其氣所動者其灰散，人及風所動者其灰聚。鄭玄禮記注曰：傃，猶向也。周禮曰：土圭之法，測土深，正日景，以求地中。日至之景，尺有

57 注「戰國策曰白骨疑象碔砆類玉」 袁本此十二字作「武夫，已見上文」是也。茶陵本複出，非。

五寸，謂之地中，四時之所交也，風雨之所會也，陰陽之所和也。

臣聞絃有常音，故曲終則改；鏡無畜影，故觸形則照。是以虛己應物，必究千變之容；挾情適事，不觀萬殊之妙。常音，謂君臣宮商之音。夫絃節有恆，清濁之聲難越；對物有恆，則應化之功不廣。然明鏡無心，物來斯照；聖人玄同，感至皆應。是以滯有之與懷豁，道難得而校也。善曰：文子曰：事猶琴瑟，每終改調。淮南子曰：鏡不設形，故能形也。高誘曰：鏡不豫設人形貌，清明以待人形，形見則見之。鵩鳥賦曰：千變萬化，未始有極。淮南子曰：隔而不通，分為萬殊。

臣聞柷敔希聲，以諧金石之和；鼙鼓疎擊，以節繁絃之契。是以經治必宣其通，圖物恆審其會。夫道上環中，理貴特會。希發而節樂者，繫一柷之功也[58]；一契而御眾者，聖人之能也。善曰：廣雅曰：疎，遲也。

臣聞目無嘗音之察，耳無照景之神。故在乎我者，不誅之於己；存乎物者，不求備於人。言為政之道，恕己及物也[59]。耳目在身，施之異務，不以通塞之故而誅之於己，是以存乎物者豈求其備哉？善曰：杜預左氏傳注曰：嘗，試也。論語，周公曰：無求備於一人。孔安國尚書傳曰：誅，猶痛責之甚也[60]。

臣聞放身而居，體逸則安；肆口而食，屬厭則充。是以王鮪登俎，不假吞波之魚；蘭膏停室，不思銜燭之龍。此欲令各當其所，而無企羨之心，抑亦在鵬鷃之義也。善曰：杜預左氏傳注曰：肆，放也。左氏傳，閻沒汝寬曰：及饋之畢，願以小人之腹，而為君子之心，屬厭而已。鄭玄周禮注曰：充，猶足也。周禮曰：春

58 注「繫一柷之功也」 案：「繫」當作「擊」，「一」字不當有。各本皆誤衍。
59 注「言為政之道恕己及物也」 袁本、茶陵本無「道」字。
60 注「誅猶痛責之甚也」 袁本、茶陵本無「猶痛之甚」四字。

獻王鮪。劉邵趙都賦曰：巨鼇冠山，陵魚呑舟，吸潦吐波，氣成雲霧，楚辭曰：蘭膏明燭華容備。王逸曰：以蘭香錬膏也。楚辭曰：日安不到，燭龍何照？王逸曰：言天西北有幽冥無日之國，有龍銜燭而照之也。

臣聞衝波安流，則龍舟不能以漂；善曰：楚辭曰：衝風起兮橫波[61]。王逸曰：衝，隧也。言及遇隧風，大波涌起。楚辭曰：使江水兮安流。淮南子曰：龍舟鷁首，天子之乘。廣雅曰：漂，激也。震風洞發，則夏屋有時而傾。善曰：法言曰：吾不見震風能動聾聵也。洞，疾貌也。楚辭曰：夏屋廣大沙堂秀。莊子云：風謂蛇曰：折大木，飛大屋，唯我也。何則？牽乎動則靜凝，言舟牽乎水，波靜而舟定，故曰靜凝也。善曰：屋雖靜，而為動之所牽，則靜止而為動也。鄭玄儀禮注曰：凝，止也，自定之貌也。係乎靜則動貞。言屋係乎地，風動而屋傾，是動貞也。善曰：舟雖動，而為靜之所係，則動正而為靜也。周易曰：貞，正也。然此文勢與上句稍殊，不可以文而害意也。是以淫風大行，貞女蒙治容之悔；淳化殷流，盜跖挾曾史之情。此謂物無常性，惟化所珍[62]。故水本驚蕩，風靜則安；屋本貞堅，風來則傾。亦由貞專之女，值淫奔之俗，或有桑中之心；凶虐之人，被淳風之化，當挾賢士之義。善曰：言舟本搖蕩，流靜則安。流為水及風[63]，誤也。悔當為誨。曾，曾參；史，史魚[64]。

臣聞達之所服，貴有或遺；窮之所接，賤而必尋。是以江漢之君，悲其墜屨；少原之婦，哭其亡簪。言人居窮則志篤，處達則恩輕。是以楚君施轡，激三軍之澆俗；少原流慟，誚輕薄之頽風。善曰：賈子曰：楚昭王與吳人戰，軍敗走，昭王亡其踦屨，已行三十步，後還取之。左右曰：大王何惜於此？昭王曰：楚國雖貧，豈無此一踦屨哉？吾悲與之偕出而不與之偕反。於是楚俗無相棄者。韓詩外傳曰：孔子出遊少原之野，有婦人中澤而哭，甚哀。孔子

---

61 注「衝風起兮橫波」　案：「橫」上當有「水」字。各本皆脫。

62 注「唯化所珍」　陳云「珍」疑「甄」。今案：當作「移」。各本皆誤。

63 注「流為水及風」　案：「流」字不當有。各本皆衍。

64 注「史史魚」　袁本「魚」下有「並已見上文」五字，是也。茶陵本複出，非。尤刪削，益非。

怪之，使弟子問焉。婦人對曰：向者刈蓍薪而亡吾簪，是以哀。孔子曰：刈蓍薪而亡蓍簪，有何悲也？婦人曰：非傷亡簪，吾所以悲者，不忘故也。

臣聞觸非其類，雖疾弗應；感以其方，雖微則順。是以商飆漂山，不興盈尺之雲；谷風乘條，必降彌天之潤。故暗於治者，唱繁而和寡；審乎物者，力約而功峻。商風漂蕩，本無興雲之候；暗君政亂，不能懷百姓之心。至谷風習習，必陰必雨；明主在上，則天下自安也。善曰：毛詩曰：習習谷風，維風及雨。毛萇詩傳曰：乘，升也。洪範五行傳曰：雲起於山而彌於天。鄭玄周禮注曰：彌，徧也。

臣聞煙出於火，非火之和；情生於性，非性之適。故火壯則煙微，性充則情約。是以殷墟有感物之悲，周京無佇立之跡。殷墟，謂紂也。周京，幽王也。棄性逐欲，遂令身死，國家為墟。故微子視麥秀而悲殷，周大夫見禾黍而悲感者也[65]。善曰：夫性者生之質，情者性之欲。故性充則國興，情侈則國亂。二王皆棄性而縱欲，所以滅亡也。或者以詩序云[66]：彷徨不忍去，而疑佇立之跡。然序又云：盡為禾黍，豈得佇立哉？

臣聞適物之技，俯仰異用；應事之器，通塞異任。是以鳥栖雲而繳飛，魚藏淵而網沈。賁鼓密而含響，朗笛疎而吐音。賢聖之道，動合物宜，隨俗污隆，用行其正，取其濟物而已。由求鳥必高其繳，須魚必沈其網也。善曰：爾雅曰：大鼓謂之鼖。賁與鼖古字同。鄭玄禮記注曰：密之言閉也。說文曰：疎，通也。

臣聞理之所守，勢所常奪；道之所閉，權所必開。是以生重於利，故據圖無揮劍之痛；義貴於身，故臨川有投迹之哀。善曰：性命之道[67]，含靈所惜。以利方生，則生重利，不以利喪生，是

65 注「而悲感者也」　案：「悲」字不當有，「者」當作「周」。各本皆誤。此以「感周」與上句「悲殷」對文。

66 注「或者以詩序云」　袁本、茶陵本無「或者以」三字。案：此注各本皆有誤，無以正之。

67 注「善曰性命之道」　何校去「善曰」二字，是也。各本皆誤。

理之所守，道之所閉也；以身方義，則義貴身，而以義棄身，是勢之所奪，權所必開也。是以據圖無揮劍之痛，以利輕於生；臨川有投迹之哀，以身輕於義。文子曰[68]：左手據天下之圖，而右手刎其喉，愚者不為，身貴乎天下也。死君之難者視死若歸，義重於身故也。天下，大利也，比身則小；身，所重也，比義則輕。臨川自投，謂北人無擇也，已見桓溫薦譙元彥表。

臣聞通於變者，用約而利博；明其要者，器淺而應玄。是以天地之賾，該於六位；萬殊之曲，窮於五絃。事得其要，雖寡而用博。易之六爻，該綜萬象；琴之五絃，備括眾聲。善曰：廣雅曰：玄，遠也。小雅曰：賾，深也。周易曰：大明終始，六位時乘。五絃，琴也。蔡邕琴操曰：伏羲氏作琴，絃有五，象五行。[69]

臣聞圖形於影，未盡纖麗之容；察火於灰，不覩洪赫之烈。是以問道存乎其人，觀物必造其質。此言令人尋本而棄末也。善曰：法言曰：或問經難易，曰：其人存則易，亡則難。

臣聞情見於物，雖遠猶疎；神藏於形，雖近則密。是以儀天步晷，而脩短可量；臨淵揆水，而淺深難察。天布列象物，所以知其度，此即遠猶疎；淵之積水，人所不能測，此即藏於器也。善曰：儀，猶法象也。鄭玄尚書大傳注曰：步，推也。說文曰：晷，日景也。慎子曰：離朱之明，察毫末於百步之外；下於水尺而不能見淺深。非目不明也，其勢難覩也。

臣聞虐暑熏天，不減堅冰之寒；涸陰凝地，無累陵火之熱。是以呑縱之強，不能反蹈海之志；漂鹵之威，不能降西山之節。言勢有極也。虐暑、涸陰之隆，不能易火、冰之性；呑縱、漂鹵之威，不能移貞介之節。善曰：淮南子曰：夫寒之與煖相反，寒地坼水凝，火弗為衰，其勢暴也。見下文。呑縱，謂秦也。六國為縱，而秦滅之，故曰呑縱。過秦曰：秦有幷呑八荒之心。史記曰：魏將軍新垣衍說趙，使尊秦為帝。魯連曰：彼秦者，棄禮義而

---

68 注「文子曰」　何校「文」上添「善曰」二字，陳同，是也。各本皆誤。

69 注「蔡邕琴操曰」下至「象五行」　袁本此十六字作「已見上文」，是也。茶陵本所複出云云，皆非。

上首功之國也。卽肆然而為帝，則連有蹈東海而死耳，吾不忍為之民。尚書序曰：武王伐殷。尚書曰：前徒倒戈，攻于後，以北，血流漂杵。過秦曰：伏尸百萬，流血漂櫓。說文曰：漂，浮也。史記曰：武王伐紂，伯夷、叔齊叩馬諫曰：以臣伐君，可謂仁乎？左右欲兵之，太公曰：此義人也。扶而去之。武王以平殷亂，伯夷、叔齊恥之，隱於首陽山。及餓且死，作歌，其辭曰：登彼西山兮採其薇。

臣聞理之所開，力所常達；數之所塞，威有必窮。是以烈火流金，不能焚景，沈寒凝海，不能結風。金為火所流，海為寒所凝，此是理開而常達也。然則能流金而不能焚景，能凝海而不能結風，此理閉而所窮也。善曰：高誘呂氏春秋注曰：數，術也。

臣聞足於性者，天損不能入；貞於期者，時累不能淫。是以迅風陵雨，不謬晨禽之察；勁陰殺節，不凋寒木之心。夫冒霜雪而松柏不凋，此由是堅實之性也。天雖損，無害也。雞善伺晨，雖陰晦而不輟其鳴，此謂時累不能滛也。善曰：莊子曰：孔子謂顏回曰：無受天損易，無受人益難。滛，猶侵也。法言曰：震風陵雨，然後知夏屋帡幪。李軌曰：陵雨，暴雨也。帡，莫經切。幪，莫公切。

卷第五十六

箴

女史箴

張茂先

曹嘉之晉紀曰：張華懼后族之盛，作女史箴。

茫茫造化，二儀既分。淮南子曰：大丈夫恬然無為，與造化逍遙。高誘曰：造化，天地。周易曰：易有太極，是生兩儀。散氣流形，既陶既甄。家語，孔子曰：地載神氣，流形庶物，無非教也。漢書，董仲舒曰：泥之在鈞，唯甄者之所為。如淳曰：陶人作瓦器謂之甄。在帝庖羲，肇經天人。周易曰：庖犧氏之王天下也，始作八卦，以通神明之德，以類萬物之情也。爰始夫婦，以及君臣。周易曰：有天地然後有萬物，有萬物然後有男女，有男女然後有夫婦，有夫婦然後有父子，有父子然後有君臣。家道以正，王猷有倫[1]。周易曰：家道正而天下定。毛詩曰：王猷允塞[2]。猷與猶古字通。婦德尚柔，含章貞吉。周易曰：坤至柔而動也剛，妻道也。又曰：含章貞吉，以時發也。婉嫕淑慎，正位居室。漢書曰：孝平王皇后為人婉嫕有節操。服虔曰：嫕，音翳桑之翳。曹大家列女傳注：婉，柔和；

---

1 「王猷有倫」　茶陵本「王」上有「而」字，云五臣無。袁本云善有。案：此尤誤去之也。

2 注「王猷允塞」　袁本、茶陵本「猷」作「猶」，是也。

嫕，深邃也。毛詩曰：淑愼爾止。周易曰：女正位乎內。施衿結褵[3]，虔恭中饋。儀禮曰：女嫁，母施衿結帨，曰：勉之敬之，夙夜無違父母之誡。毛詩曰：親結其褵，九十其儀。毛萇曰：褵，婦人之幃也。褵與離古字通也。周易曰：在中饋，無攸遂。肅愼爾儀，式瞻清懿。毛詩曰：敬愼威儀。又曰：各敬爾儀。樊姬感莊，不食鮮禽。衛女矯桓，耳忘和音。志厲義高，而二主易心。列女傳曰：楚莊樊姬者，楚莊王之夫人。莊王初即位，好狩獵畢弋，樊姬諫不止，乃不食禽獸之肉，三年王改。又曰：齊侯衛姬者，衛侯之女，齊桓公之夫人。桓公好淫樂，衛姬為不聽鄭、衛之聲。曹大家曰：衛國作淫泆之音，衛姬疾桓公之好，是故不聽，以厲桓公也。玄熊攀檻，馮媛趍進。夫豈無畏？知死不恡！漢書曰：孝元馮昭儀，上幸虎圈鬬獸，熊佚出圈，攀檻欲上殿，左右貴人、傅昭儀皆走，馮婕妤直前當熊而立。左右格殺熊。上問何故當熊？婕妤曰：猛獸得人而止，妾恐至御座，故身當之。帝嗟歎，以此倍敬重焉。班妾有辭，割驩同輦。夫豈不懷？防微慮遠！漢書曰：成帝遊於後庭，欲與班婕妤同輦載，婕妤辭曰：妾觀古圖畫，賢聖之君，皆有名臣在側；三代末主，乃有嬖女。今欲同輦，得無近似乎！

道罔隆而不殺，物無盛而不衰。長楊賦曰：事罔隆而不殺，物靡盛而不虧。日中則昃，月滿則微。周易曰：日中則昃，月盈則蝕。毛詩曰：彼月而微，此日而微。鄭玄曰：謂不明也。崇猶塵積，替若駭機。人咸知飾其容，而莫知飾其性。蔡邕女誡曰：夫心猶首面，一旦不脩飾，則塵垢穢之；人心不修善，則邪惡入之。人盛飾其面而莫脩其心，惑矣。家語，孔子曰：容不可不飾也。性之不飾，或愆禮正。斧之藻之，克念作聖。法言曰：吾未見斧藻其德若斧藻其粢者。尚書曰：惟狂克念作聖。出其言善，千里應之。周易，子曰：君子居其室，出其言善，則千里之外應之，況其邇者乎？居其室，出其言不善，則千里之外違之，況其邇者乎？苟違斯義，則

3　「施衿結褵」　陳云：「褵」據注當作「離」。案：所校是也。袁、茶陵二本所載五臣翰注中字作「褵」。是其本乃作「褵」，各本以之亂善而失著校語，正文與注遂不相應，甚非。

同衾以疑。徐幹中論曰[4]：苟失其心，同衾為遠。夫出言如微，而榮辱由茲。周易曰：言行君子之樞機，樞機之發，榮辱之主。勿謂幽昧，靈監無象。勿謂玄漠，神聽無響。無矜爾榮，天道惡盈。周易曰：鬼神害盈而福謙。無恃爾貴，隆隆者墜。楊雄解嘲曰：炎炎者滅，隆隆者絕。鑒于小星，戒彼攸遂。毛詩序曰：小星，惠及下也。詩曰：嘒彼小星，三五在東。周易曰：無攸遂。王弼曰：盡婦人之正義，無所必遂也。比心螽斯，則繁爾類。毛詩曰：螽斯羽，詵詵兮！宜爾子孫，振振兮！驩不可以黷，寵不可以專。國語，司空季子謂文公曰：男女不相及，畏黷敬也。黷則生怨，怨亂毓災，災毓滅性。韋昭曰：畏褻黷其類也。漢書曰：孝成趙皇后入宮，寵少衰，而女弟絕幸。姊弟專寵十餘年，卒皆無子也。專實生慢，愛極則遷。致盈必損，理有固然。文子，老子曰：天道極卽反，盈卽損，日月是也。魯連子，譚子曰：物之必至，理固然也。美者自美，翩以取尤。列子曰：楊朱過宋，東之於逆旅。逆旅人有妾二人，其一美，其一惡，惡者貴而美者賤。楊子問其故，逆旅小子對曰：其美者自美，吾不知其美也；其惡者自惡，吾不知其惡也。冶容求好，君子所讎。周易曰：慢藏誨盜，冶容誨滛。結恩而絕，職此之由。漢書曰：王立與諸劉結恩。左氏傳，范宣子數諸戎曰：言語漏洩，職汝之由。

故曰：翼翼矜矜，福所以興。太公金匱，師尚父謂武王曰：舜之居人上，矜矜乎如履薄冰；湯之居人上，翼翼乎懼不敢息。靖恭自思，榮顯所期。毛詩曰：靖恭爾位，好是正直。女史司箴，敢告庶姬。毛萇詩傳曰：古者后夫人必有女史彤管之法，女史不記其過，其罪殺。

4 注「徐幹中論曰」　袁本「徐」上有「同衾，夫婦也」五字，茶陵本無。

銘

封燕然山銘 并序

范曄後漢書曰：齊殤王子都鄉侯暢來弔國憂，竇憲遣客刺殺暢。發覺，憲懼誅，自求擊匈奴以贖死。會南單于請兵北伐，乃拜憲車騎將軍，以執金吾耿秉為副。大破單于，遂登燕然山，刻石勒功，紀漢威德，令班固作銘。

班孟堅

惟永元元年秋七月，有漢元舅曰車騎將軍竇憲，范曄後漢書曰：孝和皇帝母梁貴人，為竇皇后所譖，憂卒。竇后養帝以為己子。即位，改年曰永元。又曰：竇憲，字伯度。女弟立為皇后，竇憲稍遷侍中。和帝即位，太后臨朝。寅亮聖皇，登翼王室，尚書曰：三孤，寅亮天地，弼予一人。登翼，謂登用輔翼[5]。納于大麓，惟清緝熙。尚書曰：納于大麓，烈風雷雨弗迷。毛詩曰：維清緝熙，文王之典。乃與執金吾耿秉，述職巡禦，治兵于朔方。范曄後漢書曰：耿秉，字伯初，為執金吾。與竇憲北擊匈奴，大破之。左氏傳，臧僖伯曰：三年而治兵。杜預曰：三年而大習，出曰訓兵。鷹揚之校，螭虎之士，爰該六師，毛詩曰：惟師尚父，時惟鷹揚。史記曰：武王乃作泰誓曰：勗哉夫子，尚桓桓，如虎如貔，如熊如羆[6]。徐廣曰：此音訓並與上同也[7]。毛詩曰：整我六師。暨南單于東胡烏桓西戎氐羌侯王君長之羣，驍騎十萬。范曄後漢書曰：南單于休蘭尸逐侯鞮單于屯屠河立。時北虜大亂，南單于將討幷北庭，上言願發國中諸部胡會虜北，竇太后從之。元戎輕武，長轂四分，毛詩曰：元戎十乘，以先啓行。司馬彪續漢書曰：輕車，古之戰車。孫吳兵法曰：有巾有蓋，謂之武剛車者先驅。穀梁傳曰：長轂五百乘。范甯曰：長轂，兵軍也。雷輜蔽路，萬有三千餘乘。漢書，楊雄河東賦曰：奮電鞭，驂雷輜。勒以八陣，莅以威神，雜

---

5 注「謂登用輔翼」　袁本、茶陵本無「用」字，「翼」下有「也」字。案：此尤校改之也。

6 注「如虎如貔如熊如羆」　案：當作「如虎如羆如豺如離」，不知者改之耳。各本皆誤，後漢書章懷注引亦可證。

7 注「此音訓並與上同也」　案：「此」下當有「離」字，「並」字不當有，「上」當作「螭」，各本皆誤。

兵書，八陣者：一曰方陣，二曰圓陣，三曰牝陣，四曰牡陣，五曰衝陣，六曰輪陣，七曰浮沮陣，八曰鴈行陣。玄甲耀日，朱旗絳天。漢書曰：發屬玄甲。李陵與蘇武書曰：雷鼓動天，朱旗翳日。遂凌高闕，下雞鹿，漢書曰：遣將軍衛青出雲中，至高闕。臣瓚曰：山名也。范曄後漢書曰：竇憲與南匈奴萬騎出朔方雞鹿塞。經磧鹵，絕大漠，說文曰：鹵，西方鹹地也。漢書曰：衛青復將六將軍絕漠。臣瓚曰：沙土曰漠，直度曰絕也。斬温禺以釁鼓，血尸逐以染鍔。范曄後漢書曰：匈奴其大臣次左右日逐王，次左右溫禺鞮王，皆單于子弟，次第當為單于者也。其異姓大臣左右骨都侯，次左右尸逐骨都侯。左傳，智罃曰：不以釁鼓也。然後四校橫徂[8]，星流彗埽，蕭條萬里，野無遺寇。於是域滅區殫，反旆而旋，考傳驗圖，窮覽其山川。遂踰涿邪，跨安侯，乘燕然，范曄後漢書曰：度遼將軍鄧鴻與後諸軍皆會涿邪山。又曰：南單于上言，北單于創刈南兵，遯逃遠去，依安侯河西。躡冒頓之區落，焚老上之龍庭。漢書曰：頭曼單于有太子曰冒頓。冒頓以鳴鏑射殺頭曼，遂自立為單于。冒頓死，子稽弼立[9]，號曰老上單于。又曰：匈奴正月諸長小會單于庭祠，五月大會蘢城，祭其先、天地、鬼神。蘢音龍。將上以攄高文之宿憤，光祖宗之玄靈；祖，高祖也。宗，太宗文帝也。史記曰：高祖自將擊韓王信，遂至平城，為匈奴所圍七日。又文紀曰：匈奴攻朝那塞，殺北都尉[10]。徐廣曰：姓孫也。下以安固後嗣，恢拓境宇，振大漢之天聲。甘泉賦曰：天聲起兮勇士厲。茲可謂一勞而久逸，暫費而永寧也。漢書，楊雄上疏曰：以為不一勞者不久佚，不暫費者不永寧。乃遂封山刊石，昭銘盛德。其辭曰：刊石，削石，即謂立銘也。

鑠王師兮征荒裔，毛詩曰：於鑠王師，遵養時晦。剿凶虐兮截海外，毛詩曰：相土烈烈，海外有截。

---

8 「然後四校橫徂」 袁本、茶陵本云善作「狙」。案：「狙」，傳寫誤，尤校改正之也。

9 注「子稽弼立」 何校「弼」改「粥」，是也。各本皆譌。

10 注「殺北都尉」 何校「北」下添「地」字，「尉」下添「卬」字，陳同，是也。各本皆脫。

敻其邈兮亙地界，封神丘兮建隆嵑，說文曰：碣，立石也。嵑與碣同[11]。熙帝載兮振萬世。尚書曰：有能奮庸，熙帝之載。

座右銘

崔子玉 范曄後漢書曰：崔瑗，字子玉，涿郡人也。早孤，銳志好學，盡能傳其父業。舉茂才，為汲令，遷濟北相，疾卒。

無道人之短，無說己之長。施人愼勿念，受施愼勿忘。戰國策，唐雎謂信陵君曰：人之有德於我，不可忘也；吾之有德於人，不可不忘也。世譽不足慕，唯仁爲紀綱。隱心而後動，謗議庸何傷？劉熙孟子注曰：隱，度也。周易曰：君子安其身而後動，易其心而後語。呂氏春秋曰：內反於心不慙，然後動也。無使名過實，守愚聖所臧。越絕書，范子曰：名過實者滅，聖人不使名過實。家語，孔子曰：聰明睿智，守之以愚；功被天下，守之以讓。在涅貴不淄，曖曖內含光。論語，子曰：不曰堅乎？磨而不磷；不曰白乎？涅而不淄。晏子春秋，仲尼曰：星之昭昭，不如月之曖曖。周易曰：含弘光大，品物咸亨。柔弱生之徒，老氏誡剛強。老子曰：人生也柔弱，其死也堅強；萬物草木生也柔脆，其死也枯槁。故堅強者死之徒，柔弱者生之徒也。又曰：柔弱勝剛強。河上公曰：柔弱者久長，剛強者先亡也。行行鄙夫志，悠悠故難量。論語曰：閔子侍側，誾誾如也。子路，行行如也。子曰：若由也不得其死然。鄭玄曰：行行，剛強貌[12]。愼言節飲食，知足勝不祥。周易曰：君子以愼言語，節飲食。老子曰：

---

11 注「與碣同」 袁本、茶陵本「同」下有「音義曰，渠烈切」六字。案：二本最是，尤誤去。

12 注「行行剛強貌」 袁本、茶陵本「貌」下有「論語曰：長沮、桀溺耦而耕。孔子使子路問津焉。桀溺曰：悠悠者天下皆是也，而誰與易也」三十四字。案：二本是也。此尤誤刪。

知足不辱。行之苟有恆，久久自芬芳。郭璞三蒼曰[13]：苟，誠也。

劍閣銘

張孟陽

臧榮緒晉書曰：張載父收為蜀郡太守，載隨父入蜀，作劍閣銘。益州刺史張敏見而奇之，乃表上其文。世祖遣使鐫石記焉。

巖巖梁山，積石峩峩。楊雄益州箴曰：巖巖岷山，古曰梁州。毛萇詩傳曰：巖巖，積石貌也。遠屬荊衡，近綴岷嶓。尚書曰：荊及衡陽惟荊州。孔安國曰：北據荊山，南及衡山之陽也。尚書曰：岷嶓既藝。孔安國曰：岷山、嶓冢，皆山名也。南通邛僰蒲北，北達褒斜。漢書音義，服虔曰：邛，蜀都西部也。僰，夷名也。梁州記曰：萬石城泝漢上七里，有褒谷口，南口曰褒，北口曰斜。狹過彭碣，高踰嵩華。劉淵林蜀都賦注曰：岷山都安縣有兩山相對立如闕，號曰彭門。孔安國尚書注曰：碣石，海畔山也。惟蜀之門，作固作鎮。是曰劍閣，壁立千仞。酈元水經注曰：小劍戍北去大劍三十里，連山絕險，飛閣相通，故謂之劍閣也。窮地之險，極路之峻。周易曰：地險，山川丘陵也。西都賦曰：臨峻路而啓扉。世濁則逆，道清斯順。閉由往漢，開自有晉。閉由劉備，故曰往漢；開自鍾會，故曰有晉也。鍾會之伐蜀雖在魏朝，政由晉王，故歸功於晉也。秦得百二，并吞諸侯。齊得十二，田生獻籌。漢書，田肯賀上曰：陛下得韓信，又治秦中，持戟百萬，齊得十二，此所謂東、西秦也。矧茲狹隘，土之外區。一人荷戟，萬夫趑趄。陳琳為曹洪答文帝書曰：一夫揮戟，萬人不得進。廣雅曰：趑趄，難行也。形勝之地，匪親勿居。漢書，田肯曰：秦，形勝之國也。齊有琅邪之饒，非親子弟，莫可使王齊也。昔在武侯，中流而喜。山河之固，見屈吳起。興實在德，險亦難恃。洞庭孟門，二國

13 注「郭璞三蒼曰」 袁本、茶陵本無「郭璞」二字。

不祀。史記曰：魏武侯浮西河而下，中流顧而謂吳起，笑曰：美哉乎河山之固！此魏國之寶也。吳起對曰：在德不在險。昔三苗氏，左洞庭而右彭蠡，恃此險也，德義不修，禹滅之。夏桀之居，左河濟，右太華，伊闕在其南，羊腸在其北，修政不仁，湯放之。殷紂之國，左孟門，右太行，常山在其北，大河經其南，修政不德，武王殺之。由此觀之，在德不在險。若君不修德，舟中之人，盡為敵國。武侯曰：善。自古迄今，天命匪易。尚書曰：爾亦弗知，天命不易。憑阻作昏，鮮不敗績。左氏傳曰：凡師大崩曰敗績。杜預曰：喪其功績也。公孫既滅，劉氏銜璧。范曄後漢書曰：公孫述為導江卒正，假稱蜀都太守[14]，自立為天子。漢使吳漢伐之，述死，吳漢盡滅公孫氏。蜀志曰：後主諱禪，先主子也。魏使鄧艾伐之，後主輿櫬自縛詣壘門。左氏傳曰：楚子圍許，僖公面縛銜璧。覆車之軌，無或重跡。晏子春秋，諺曰：前車覆，後車戒。范曄後漢書，陳忠上疏曰：覆車之軌，其迹不遠。勒銘山阿，敢告梁益。

石闕銘

陸佐公　劉璠梁典曰：陸倕，字佐公，吳郡人。少篤學，善屬文。起家議曹從事，遷太子中舍人，後仕至太常卿。詔使為漏刻、石闕二銘，冠絕當世，賜以束帛，朝野榮之。

昔在舜格文祖，禹至神宗；周變商俗，湯黜夏政。尚書，帝曰：舜！汝陟帝位。正月上日，受終於文祖。又，帝曰：禹！惟汝諧。正月朔旦，受命於神宗。墨子曰：紂之亂，武王理之。當此之時，時不渝而人不易，上變政而人改俗。尚書曰：湯既黜夏命[15]，複歸于亳。雖革命殊乎因襲，揖讓異於干戈，而晷緯冥合，天人啓惎亘吏，克明俊德，大庇生民，其揆一也。舜、禹揖讓也，湯、武干戈也。言揖讓、干戈之道雖殊，而用

---

14 注「假稱蜀都太守」　陳云「都」，「郡」誤，是也。各本皆譌。

15 注「尚書曰湯既黜夏命」　陳云「書」下脫「序」字，是也。各本皆脫。

賢愛仁之義為一也。周易曰：湯、武革命，順乎天而應乎人。論衡曰：漢力勝周多矣！舜以司徒受堯禪，文王百里為西伯，武王襲文王，皆有因緣，力易為也。孔叢子，曾子謂孔子曰，舜、禹揖讓，湯、武用師，非相詭，此乃時也。三國名臣序贊曰：揖讓之與干戈。說文曰：晷，日影也；緯，五星也。易乾鑿度曰：五緯順軌，四時和栗。西都賦曰：天啓之心，人惎之謀。尚書曰：克明俊德，以親九族。左傳，鄭子駟曰：以待強者而庇民焉。孟子曰：先聖後聖，其揆一也。

在齊之季，昏虐君臨，威侮五行，怠棄三正，吳均齊春秋曰：東昏侯蕭寶卷，高宗子。高宗崩，太子即位。左傳，子囊曰：赫赫楚國，而君臨之。書曰：有扈氏威侮五行，怠棄三正[16]。**刑酷然炭[17]，暴踰膏柱，民怨神怒，眾叛親離，蹐地無歸，瞻烏靡托。**六韜曰：紂患刑輕，乃更為銅柱，以膏塗之，加於然炭之上，使有罪者緣焉，滑跌墮火中，紂與妲己笑以為樂，名曰炮烙之刑。鄭玄尚書五行傳注曰：民怨神怒。左氏傳，眾仲曰：州吁阻兵而安忍，眾叛親離，難以濟矣。毛詩曰：謂天蓋高，不敢不跼；謂地蓋厚，不敢不蹐。又曰：瞻烏爰止，于誰之屋？**於是我皇帝拯之，乃操斗極，把鉤陳，翼百神，禔**是支**萬福。**我皇，梁武帝也。斗極，天下之所取法；鉤陳，兵衛之象；故王者把操焉。長楊賦曰：高祖順斗極，運天關。樂汁圖曰：鉤陳，後宮也。服虔漢書音義曰：紫宮外營陳星。毛萇詩傳曰：翼，敬也。禮記曰：禮行於郊，百神受職焉。漢書曰：司馬相如難蜀父老曰：遐邇一體，中外禔福。毛詩曰：樂只君子，萬福攸同。**龍飛黑水，虎步西河，電動風驅，天行地止。**謂舉義旗以伐齊也。何之元梁典曰：齊明帝崩，遺詔授高祖雍州刺史。永元二年十一月，高祖擁南康王寶融以主號令，以高祖督前鋒。三年十二月[18]，義旗發自襄陽；己酉，檄京師。東都賦曰：龍飛白水。陳孔璋為袁紹檄豫州曰：雷震虎步，並集虜庭。尚書曰：黑水、西河惟雍州。沈約宋書曰：元嘉中，割荊州

---

16 注「書曰有扈氏威侮五行怠棄三正」　袁本、茶陵本無此十三字。案：此尤校添之也。

17 刑酷然炭　何校「然」改「爇」。今案：所改非也。廣韻一仙「爇」字下引此「刑酷爇炭」，故何據之。考廣韻所引，如十姥之「抱土含慼」、二十陌之「嘆嘆不得語」之類，與今本選文迥異，皆別有所出，不容相證。何未得其理耳。茲均無取焉。

18 注「三年十二月」　陳云「三」，「二」誤，是也。各本皆譌。

之襄陽為雍州。西京賦曰：千乘雷動，萬騎龍趨。楊修許昌宮賦曰：晻曖低徊，天行地止。命旅致屯雲之應，登壇有降火之祥，龜筮協從，人祇響附。命旅，誓眾也。登壇，祭天也。杜篤論都賦曰：大漢開基，高祖有勳，斬白蛇，屯黑雲。尚書帝命驗曰：太子發渡河，中流，火流為烏，其色赤。鄭玄曰：以魚燎於天，有火自上復于下，至于王屋，流為烏。尚書曰：詢謀僉同，鬼神其依，龜筮叶從。吳質魏都賦曰：英雄響附。穿胸露頂之豪，箕坐椎髻之長，莫不援旗請奮，執銳爭先。博物志曰：昔禹平天下，會諸侯於會稽之野。防風後至，殺之。夏德盛，二龍降之，使范成克御之，以行域外。既周南經，防風之神見禹使，怒而射之，有迅雷，二龍升去。二臣恐，以刃自貫其心死。禹哀之，乃拔其刃，療以不死之草，皆生，是為穿胸人。去會稽萬五千里。范曄後漢書西域傳論曰：自兵威之所肅服，財賂之所懷誘，莫不露頂肘行，東向而朝。漢書曰：高祖使陸賈賜尉佗印，為南越王。賈至，尉佗魋結箕踞見賈。豪士賦序曰：援旗誓眾，奮於阡陌之上。趙充國頌：請奮其旅，於罕之羌。漢書，陳餘說陳涉曰：將軍被堅執銳，以誅暴秦。楚辭曰：矢之墜兮士爭先。夏首憑固，庸岷負阻，協彼離心，抗茲同德。楚辭曰：過夏首而西浮。王逸曰：夏首，水口也。孔安國尚書傳曰：庸，國名也；岷，山名也。尚書曰：受有億兆夷人，離心離德；予有亂臣十人，同心同德。帝赫斯怒，秣馬訓兵，嚴鼓未通，凶渠泥首。毛詩曰：王赫斯怒，爰整其旅。左氏傳，子重曰：秣馬利兵。又，趙宣子曰：訓卒利兵。軍戰令曰：嚴鼓一通，步騎士悉嚴然。鼓一曲為一通。尚書曰：殲厥渠魁。張溫表曰：臨去武昌，庶得泥首闕下。弘舸連舳，巨艦接艫，鐵馬千羣，朱旗萬里。吳都賦曰：弘舸連舳，巨艦接艫。鐵馬，鐵甲之馬。范曄後漢書，公孫瓚與子書曰：鷹五千鐵騎於北隰之中。陳琳為袁紹檄豫州曰：胡馬之千羣[19]。朱旗，已見上文。折簡而禽盧九，傳檄以下湘羅。兵不血刃，士無遺鏃，而樊鄧威懷，巴黔底定。魏略，王陵[20]密欲立楚王彪，司馬宣王自討之。陵自縛

19 注「胡馬之千羣」 案：「之」字不當有。各本皆衍。

20 注「魏略王陵」 陳云「陵」當作「凌」，下同，是也。各本皆譌。

歸罪，遙謂太傅曰：卿直以折簡召我，我不當至邪！太傅曰：以卿非肯逯折簡者也[21]。廬，廬江；九，九江。二郡名也。伏滔正淮曰：廬、九之間，流溺兵死者十而七八焉。漢書，韓信曰：三秦可傳檄而定。湘、羅，二水名也。孫卿子曰：舜伐有苗，禹伐共工，湯伐有夏，文王伐崇，武王伐紂，遠方慕義，兵不血刃。過秦論曰：秦無亡矢遺鏃之費，而天下諸侯已困矣。尚書曰：大邦畏其力，小邦懷其德。尚書曰：震澤厎定。

於是流湯之黨，握炭之徒，守似藩籬，戰同枯朽。六韜曰：紂之卒，握炭流湯者十八人，以牛為禮[22]。過秦論曰：蒙恬北築長城而守藩籬。班固漢書贊曰：漢獨收孤秦之弊，鐫金石者難為功，摧枯朽者易為力，其勢然也。革車近次，師營商牧。華夷士女，扶老攜幼，一旦雲集，壺漿塞野，簞食盈塗。鄭玄周禮注曰：兵車，革路也。左氏傳曰：凡師過信為次。尚書曰：王至於商郊牧野。左氏傳曰：孔子曰：夷不亂華。尚書曰：惟其士女，篚厥玄黃，昭我周王。漢書曰：天子遣使，冠蓋相望於道，覆案梁事。又，淮南王上書曰：越必攜幼扶老，以歸聖德。西都賦曰：雲集霧散。孟子曰：葛伯不祀，湯往征之。其君子實玄黃于篚以迎君子，小人簞食壺漿以迎小人也。似夏民之附成湯，殷士之窺周武。安老懷少，伐罪弔民[23]，農不遷業，市無易賈。尚書中候曰：天乙在薄，夏桀迷惑，諸鄰國襁負歸湯。帝王世紀曰：商容及殷人觀周軍之入，見武王至，殷人曰：是吾新君也。容曰：然。聖人為海內討惡，見惡不怒，見利不喜，顏色相副，是以知之。論語曰：老者安之，少者懷之。尚書曰：奉辭伐罪。孟子曰：湯始征，□自葛[24]。誅其君，弔其民。呂氏春秋曰：曰桀為無道[25]，湯立為天子，夏人大悅，農不去疇，商不變肆。八方入計，

21 注「以卿非肯逯折簡者也」 陳云「逯」，「逐」誤，是也。各本皆譌。

22 注「以牛為禮」 茶陵本「禮」作「礼」，袁本與此同。案：當作「札」。各本皆誤。

23 「伐罪弔民」 袁本、茶陵本云「民」，善作「人」，是也。注「弔其民」，二本作「人」。此皆誤改。

24 注「湯始征□自葛」 袁本、茶陵本無空格，是也。

25 注「曰桀為無道」 袁本、茶陵本無「曰」字，是也。

四隩奉圖，羽檄交馳，軍書狎至。一日二日，非止萬機。河圖龍文曰：鎮星光明，八方歸德。漢書曰：張蒼領主郡國上計者。又曰：嚴助願奉三年計。如淳曰：助自欲入奉之也。尚書曰：四隩既宅。范曄後漢書曰：光武平河北，吳漢與諸將奉圖書上尊號。漢書，息夫躬曰：軍書交馳而輻湊，羽檄重迹而狎至。尚書曰：兢兢業業，一日二日萬機。而尊嚴之度，不諐於師旅；淵默之容，無改於行陣。計如投水，思若轉規；策定帷幄，謀成几案；曾未浹辰，獨夫授首。班固漢書贊曰：成帝臨朝，淵默尊嚴若神，可謂穆穆天子之容矣。李康運命論[26]，張良及其遭漢祖，其言也，如以石投水，莫之逆也。范曄後漢書曰：朱勃上疏訴馬援寃曰：謀如涌泉，勢如轉規。又光武詔曰：將軍鄧禹，與朕謀謨帷幄，決勝千里。仲長子昌言曰：運籌於几案之前，而所制者乃百代之後。左氏傳，君子曰：莒恃其陋，不修其城郭，浹辰之間，而楚克其三都。杜預曰：浹辰，十二日也。梁典曰：永元三年十二月丙寅，張齊殺東昏于含德殿。其夜，以黃油裹首縋而下。尚書曰：獨夫受洪惟作威。鍾士季檄蜀文曰：蜀侯見禽於秦，公孫述授首於漢。乃焚其綺席，棄彼寶衣，歸琁臺之珠，反諸侯之玉。六韜曰：紂時，婦人以文綺為席，衣以綾紈者三千人。又曰：武王伐紂，蒙寶衣投火而死。帝王世紀曰：王命歸琁臺之珠玉。說苑曰：武王大敗殷人，上堂見玉，曰：誰之玉？曰：諸侯之玉。即取而歸於諸侯。天下聞之曰：王廉於財。指麾而四海隆平，下車而天下大定。拯茲塗炭，救此橫流，功均天地，明並日月。新序，劉向曰：先王之所以指麾而四海賓服者，誠德之至也。孝經鉤命決曰：俱在隆平，優劣殊流。禮記曰：下車而封夏后之後於杞，封殷之後於宋。尚書曰：一戎衣天下大定。□又曰[27]：有夏昏德，民墜塗炭。孟子曰：當堯之時，鴻水橫流，汎濫於天下。漢書曰：德配天地，明並日月。

---

26 注「李康運命論」 袁本、茶陵本無「李康」二字，「論」下有「曰」字，是也。

27 注「□又曰」 袁本、茶陵本「□又」作「尚書」。案：此尤校改正之也。前「樊鄧威懷巴黔氐定」注，亦連有兩「尚書曰」，尤仍未改，必本在每句下，故如此耳。

於是仰叶三靈，俯從億兆，受昭華之玉，納龍敘之圖。春秋元命苞曰：造起天地，鑄演人君，通靈之睨，交錯同瑞。劉琨勸進表曰：億兆攸歸，曾無與二。尚書大傳曰：堯得舜，推而尊之，贈以昭華之玉。春秋元命苞曰：堯游河渚，赤龍負圖以出，圖赤如綈狀，龍沒圖在。楊雄覈靈賦曰：大易之始，河序龍馬，雒貢龜書。類帝禋宗，光有神器。升中以祀羣望，攝袂而朝諸夏。尚書曰：肆類于上帝。又曰：禋于六宗。國語，富辰謂王曰：光有天下，而和寧百姓。老子曰：天下神器，不可為也，為者敗之。禮記曰：升于中天[28]，而鳳凰降。左氏傳曰：乃大有事于羣望。漢書，徐樂上書曰：南面負扆，攝袂而揖王公，陛下之所服也。論語，子曰：夷狄之有君，不如諸夏之亡也。布教都畿，班政方外。謀協上策，刑從中典。周禮曰：正月之吉始和，布教於邦國都鄙。袁淑謝中丞章曰：懸法象闕，班政甸衛。東觀漢記，段熲上疏曰：先零東羌，討之難破，降為上策，戰為下計。周禮曰：大司寇掌三典以佐王，二曰刑平國用中典也。南服緩耳，西羇反舌。劍騎穹廬之國，同川共穴之人。杜篤論都賦曰：連緩耳，瑣雕題。呂氏春秋曰：善為君者，蠻夷反舌，皆服德厚也。高誘曰：夷狄語言，與中國相反，因謂反舌。一說南方有反舌國，舌本在前，末到向喉，故曰反舌也。漢書曰：匈奴力能彎弓，盡為甲騎。其長兵則弓矢，短兵則刀鋋。漢書，烏孫公主歌曰：穹廬為室兮旃為牆。杜篤論都賦曰：同穴裘褐之域，共川鼻飲之國。莫不屈膝交臂，厥角稽顙。鑿空萬里，攘地千都；幕南罷鄣，河西無警。喻巴蜀文曰：交臂受事，屈膝請和。孟子曰：武王之伐殷也，百姓若崩厥角。趙岐曰：厥角，叩頭以額皐厥地。禮記，孔子曰：拜而後稽顙。漢書曰：通西北國，張騫鑿空。蘇林曰：鑿，開；空，通也。戰國策，蔡澤謂應侯曰：公孫鞅為秦攘地千里。漢書曰：驃騎封於狼居胥山，匈奴遠逃，而漠南無王庭。漢書，武帝謂狄山曰：使居一障間。蒼頡曰[29]：障，

28 注「升于中天」 袁本、茶陵本「于中」作「中于」，是也。

29 注「蒼頡曰」 何校「頡」下添「篇」字，陳同，是也。各本皆脫。

小城也。漢書，晉文公攘戎狄，居於西河圁、洛之間。圁音銀。謝承後漢書曰：祝良為梁州刺史[30]，歷年無警。

於是治定功成，邇安遠肅，忘茲鹿駭，息此狼顧。禮記曰：王者功成作樂，治定制禮。尚書曰：柔遠能邇。鹽鐵論曰：以賢人為兵，聖人為守，則中國無狗吠之警，而邊境無鹿駭狼顧之憂也。乃正六樂，治五禮，改章程，創法律。周禮曰：保氏掌諫王，而養國子以道，乃教之六樂。鄭玄曰：六樂，雲門、大咸、大韶、大夏、大護、大武。尚書曰：修五禮。孔安國：五禮，吉、凶、軍、賓、嘉也。漢書曰：高祖令張蒼定章程。又曰：蕭何次律令，韓信申軍法。置博士之職，而著錄之生若雲；開集雅之館，而款關之學如市。漢書曰：武帝初置五經博士。范曄後漢書曰：張興稍遷至博士，弟子自遠至者，著錄且萬人。司馬彪續漢書曰：負責來學，雲集京師。劇秦美新曰：遙集乎文雅之囿，翱翔乎禮樂之場。史記曰：由余款關請見。三輔黃圖曰：元始中，起明堂，列槐樹數百行。朔望，諸生持經書及當郡所出物於此賣買，號槐市。興建庠序，啓設郊丘。一介之才必記，無文之典咸秩。漢書曰：平帝立學官，鄉曰庠，聚曰序，禮記曰：立春之日，天子迎春於東郊。周禮曰：冬至於地上之圓丘，若樂六變，天神皆降。尚書，秦穆公曰：如有一介臣，又曰：稱秩元祀，咸秩無文。

於是天下學士，靡然向風，人識廉隅，家知禮讓。班固漢書贊曰：公孫弘以治春秋為丞相，封侯。天下學士靡然向風矣。禮記曰：儒有砥礪廉隅。論語，子曰：能以禮讓為國乎，何有？教臻侍子，化洽期門。區宇乂安，方面靜息。役休務簡，歲阜民和。漢書曰：呼韓邪遣子右賢王銖婁渠堂入侍。漢書曰：武帝與北地良家子期諸殿門，故有期門之號。范曄後漢書曰：樊準上疏曰：明帝卽位，自期門羽林介冑之士，悉令通孝經。匈奴遣伊秩訾王來入就學。東京賦曰：區宇乂寧，思和求中。方面，四方面也。仲長子昌言曰：五位以正方面。孫楚客主言曰：晉主聖明，方面割地。長楊賦曰：休力役。賈逵國語注曰：阜，厚也。左氏傳，季梁曰：民和而神降之福。歷代規饕，前王典故，

[30] 注「祝良為梁州刺史」　陳云「梁」疑當作「涼」，祝良刺涼州，見范史陳龜傳。案：所校是也。各本皆誤。

莫不芟夷翦截，允執厥中。史記曰：高祖雖日不暇給，規䂓弘遠矣。東觀漢記，東平王蒼上疏曰：事過典故。孔安國尚書序曰：芟夷煩亂，翦截浮辭。尚書，帝曰：允執厥中。以爲象闕之制，其來已遠。春秋設舊章之教，經禮垂布憲之文，左氏傳曰：司鐸火，季桓子命藏象魏，曰：舊章不可忘也。禮記曰：經禮三百，曲禮三千。鄭玄曰：禮經，謂周禮也[31]。周禮曰：太宰以正月之吉，懸治象之法於象魏，使萬民觀治象。鄭玄曰：吉，朔日也。象魏，闕也。周禮曰：布憲中士二人。戴記顯游觀之言，周史書樹闕之夢。禮記，戴聖所傳，故號戴記。曰：昔者仲尼與於蜡賓，事畢，出遊於觀之上，喟然而歎。周書曰：文王至自商，至程，太姒夢見商之庭生棘，太子發取周庭之梓，樹之於闕間，化為松柏。北荒明月，西極流精；神異經曰：西北荒中有二金闕，高百丈。金闕銀盤圓五十丈。二闕相去百丈。上有明月珠，徑三丈，光照千里。十洲記曰：崑崙山有三角，其角一正東[32]有墉城，有流精之闕，西王母所治也。海岳黃金，河庭紫貝；史記曰：三神山傳在海中，黃金白銀為宮闕。楚辭曰：魚鱗屋兮龍堂，紫貝闕兮珠宮。王逸曰：言河伯所居，以紫貝作闕也。蒼龍玄武之製，銅雀鐵鳳之工；三輔舊事曰：未央宮東有蒼龍闕，北有玄武闕。魏文帝歌曰：長安城西有雙圓闕，上有一雙銅爵。一鳴五穀生，再鳴五穀熟。薛綜西京賦注曰：圓闕上作鐵鳳皇，令張兩翼，舉頭敷尾。或以聽窮省寃，或以布化懸法[33]，李尤闕銘曰：悉心聽省，乃無窮寃。布化懸法，已見上文。或以表正王居，或以光崇帝里。尚書，王曰：表正萬邦。周易曰：王居無咎，正位也。桓子新論曰：昔周公光崇周道，澤被四表。蜀都賦曰：崤、函有帝皇之宅，河、洛為王者之里也。晉氏浸弱，宋歷威夷，禮經舊典，寂寥無記，鴻規盛烈，湮沒罕稱。乃假天闕於牛頭，託遠圖於博望，有欺耳目，無補憲章。漢書曰：浸弱微滅也。

---

31 注「禮經謂周禮也」　案：「禮經」當作「經禮」。各本皆倒。

32 注「其角一正東」　袁本、茶陵本無「其角」二字。

33 「或以布化懸法」　袁本、茶陵本「化」作「治」。何校改「治」。今案：非也。此諱「治」為「化」，五臣迴改，二本失著校語，尤所見為是矣。凡餘於諱字，不可悉出，但讀者當知其多失舊耳。

韓詩曰：周道威夷。左氏傳曰：以繼好息民，謂之禮經。東都主人曰：唯子頗識舊典。司馬相如美人賦曰：上宮閑館，寂寥至虛。封禪書曰：湮滅而不稱，不可勝數。山謙之丹陽記曰：大興中，議者皆言漢司徒義興許彧墓二闕高壯，可徙施之。王茂弘弗欲。後陪乘出宣陽門，南望牛頭山兩峯，卽曰：此天闕也，豈煩改作？帝從之。今出宣陽望此山，良似闕。沈約宋書曰：孝武大明七年，博望梁山立雙闕。禮記曰：仲尼祖述堯舜，憲章文武。乃命審曲之官，選明中之士，陳圭置臬魚列，瞻星揆地，興復表門，草創華闕。周禮曰：或審曲面勢。明中，謂四時昏明各有中星也。尚書考靈耀曰：冬至日，月在牽牛一度。求昏中者，取六項，加三旁蠡順除之。鄭玄曰：盡行十二項，中正而分之，左右各六項也。蠡，猶羅也。昏中在日前，故言順數也；明中在日後，故言卻也。周禮曰：土圭之法，測土深，正日影，以求地中。又曰：匠人建國求地中，置槷以懸視其影。鄭玄曰：槷，古文臬，假借字也。周禮曰：晝參諸日中之影，夜考之極星，以正朝夕。東觀漢記，博士等議曰：陛下除殘去賊，興複祖宗。西京賦曰：正紫宮於未央，表嶢闕於閶闔。論語曰：裨諶草創之。西都賦曰：樹中天之華闕，封冠山之朱堂。

於是歲次天紀，月旅太簇，天紀，星紀也。左氏傳，梓慎曰：歲在星紀，而滛於玄枵。杜預曰：歲星也。星紀，斗牛之次也。漢書曰：太簇位在於寅，正月也。皇帝御天下之七載也。搆茲盛則，興此崇麗。方且趨以表敬，觀而知法，劉璠梁典曰：天監七年正月戊戌，詔曰：昔晉氏青蓋南移，日不暇給，而兩觀莫築，懸法無所。今禮盛化光，役務簡便，可營建象闕，以表舊章。於是選匠量功，鐫石為闕，窮極壯麗，冠絕古今，奇禽異羽，莫不畢備。漢書曰：萬石君過宮門闕，必下車趨。列女傳，衛靈公夫人曰：妾聞禮下公門，式路馬，所以廣敬也。物覩雙碣之容，人識百重之典，周易曰：聖人作而萬物覩。西京賦曰：圓闕竦以造天，若雙碣之相望。徐幹七喻曰：豐屋廣夏，崇闕百重。作範垂訓，赫矣壯乎！鄒正釋讖曰：創制作範，匪時不立。家語，南宮敬叔曰：孔子作春秋，垂訓後嗣。曹府君陳寔誄曰：赫矣陳君。爰命下臣，式銘磐石。其辭曰：

惟帝建國，正位辨方。周營洛涘，漢啓岐梁。此言建國立都，不恒一所，故洛涘岐、梁，咸為帝宅也。周禮曰：惟王建國，辨方正位。周，周成王也。尚書序曰：召公旣相宅，周公往營成周，作洛誥。蔡邕祝楔文曰：自求多福，在洛之涘。漢，漢高祖也。西京賦曰：岐、梁、汧、雍，陳寶鳴雞在焉。**居因業盛，文以化光。爰有象闕，是惟舊章。**帝王所居，因功業而後盛；禮文之德，由政化而益光也。周易曰：後得主而有常，含萬物而化光。**青蓋南洎，黃旗東指。懸法無闈，藏書弗紀。**言帝祚南遷，王綱弛紊，懸法藏書，咸皆廢紀。青蓋，晉也。虞預晉書，王導上言曰：迴青蓋以反上京。司馬彪續漢書曰：皇子皆朱班輪青蓋。黃旗，謂吳也。司馬德操與劉恭嗣書曰：黃旗紫氣，恆見東南，終成天下者，揚州之君子。臧榮緒晉書曰：孫氏無闕，大晉南都，亦不暇立門，闕遂廢矣。藏書則浹日斂而藏之，見下句。**大人造物，龍德休否。建此百常，興茲雙起。**周易曰：飛龍在天，大人造也。莊子，孔子曰：夫造物者為人。司馬彪曰：造物，謂道也。周易曰：龍德而正中者也。又否卦曰：九五休否。王弼曰：居尊位能休否道者也。張景陽七命曰：表以百常之闕。雙起，猶雙立也。魯靈光殿賦曰：崇墉岡連以嶺屬，朱闕巖巖以雙立。**偉哉偃蹇，壯矣巍巍！旁映重疊，上連翠微。**王逸楚辭注曰：偃蹇，高貌也。何晏論語注曰：巍巍者，高大之稱也。重疊，宮觀之多者也。七命曰：重殿疊起，交綺對幌。蜀都賦曰：鬱氛氳以翠微。**布教方顯，浹日初輝。懸書有附，委篋知歸。**布教，已見上文。周禮曰：正月乃懸治象之法于象魏，使萬民觀治象，浹日而斂之。懸書則懸法也，委篋則藏書也，重用之，故變文耳。**鬱崫**魚勿**重軒，穹隆反宇。形聳飛棟，勢超浮柱。**甘泉賦曰：洪臺崫其獨出。西都賦曰：重軒三階。穹隆，見下句。西京賦曰：反宇業業。何禎許都賦曰：景福鬱抗以雲起，飛棟鳥企而翼舒。甘泉賦曰：抗浮柱之飛榱兮，神莫莫而扶傾。**色法上圓**[34]**，製模下矩。周望原隰，俛臨煙雨。**上圓，天也；下矩，地也。繁欽建章鳳闕賦曰：上規圓以穹隆，下矩地而繩直。望原隰，臨煙雲[35]，言其高也。**前賓四會，却背九房。北通二轍，南湊五**

---

34 「色法上圓」 袁本、茶陵本校語云「圓」善作「員」。案：二本此注字乃作「圓」，篇末注則作「員」，今盡作「圓」，蓋皆尤所改，其實非也。「員」、「圓」古同字，下篇「金筒方員之制」二本有校語，正文及注皆作「員」，是也。又「圓流內襲」，各本皆以五臣亂善，非。

35 注「臨煙雲」 陳云「雲」，「雨」誤，是也。各本皆誤。

方。王逸楚辭注曰：賓，列也。陸機洛陽記曰：有銅駝二枚，在宮之南四會道頭。鄭玄禮記注曰：却，返也。東京賦曰：復廟重屋，八達九房，則明堂之制也。鄭玄禮記注曰：天子廟及路寢皆如明堂制也。然路寢在門北，故云却背也[36]。暑來寒往，地久天長。神哉華觀！永配無疆。周易曰：寒往則暑來，暑往則寒來。老子曰：天長地久。毛詩曰：申錫無疆。集云，磐石鬱崫重軒穹隆色法上圓製模十四字，是至尊所改也。

新刻漏銘

陸佐公　并序

劉璠梁典曰：天監六年，帝以舊漏乖舛，乃勑員外郎祖暅治之。漏刻成，太子中舍人陸倕為文。司馬彪續漢書曰：孔壺為漏，浮箭為刻。下漏數刻，以考中星昏明星焉。

夫自天觀象，昏旦之刻未分；治歷明時，盈縮之度無準。周易曰：古者庖犧氏之王天下也，仰則觀象於天，俯則觀法於地。五經要義曰：昏，闇也；旦，明也。日入後漏三刻為昏，日出前漏三刻為明。周易曰：君子以治歷明時。淮南子曰：孟春始贏[37]，孟秋始縮。高誘曰：贏，長也；縮，短也。挈壺命氏，遠哉義用，周禮曰：挈壺氏下士六人。鄭玄曰：壺，盛水器也，挈壺水以為漏也。揆景測辰，徼叫宮戒井，守以水火，分茲日夜。揆景測辰，謂晝夜漏也。徼宮，謂徼巡其宮也。衛宏漢書儀曰：晝漏盡，夜漏起，宮中衛宮城門擊刀斗，周廬擊木柝。周禮曰：挈壺

---

36 注「故云却背也」　袁本「也」下有「後注同」三字。案：袁本凡云「後注同」者，皆并善入五臣。然則此後當有「周禮曰，應門二轍。漢書曰：秦地五方雜錯。然此五方謂吳之五方也」二十六字，今在其所載向注中也。茶陵本亦并入五臣，失著餘同向注。尤所見蓋與之同誤。

37 注「孟春始贏」　袁本「贏」作「嬴」，下同。案：「嬴」字是也。茶陵本亦誤「贏」，正文作「盈」，疑尚有「盈」、「嬴」異同之注而未全。

氏掌壺以令軍井[38]，凡喪事懸壺以哭[39]，皆以水火守之，分以日夜。鄭司農曰：挈壺以令軍井，謂為軍穿井，井成，挈壺懸其上，令軍中眾[40]皆望見，知此下有井也。壺所以盛飲，故以壺表井也。鄭玄曰：以水守壺者，為沃漏也；以火守壺者，夜視刻數也。分以日夜者，異書夜漏也。[41]而司歷亡官，疇人廢業，孟陬殄滅，攝提無紀。左氏傳，仲尼曰：今火猶西流，司曆過也。漢書曰：三代既沒，五霸之末，史官喪紀，疇人子弟分散。如淳曰：家業世世相傳為疇。漢書曰：孟陬殄滅，攝提失方。音義曰：正月為孟陬。歷紀廢絕，閏餘乖錯，不與正歲相值；謂之殄滅。攝提，星名，隨斗杓所指建十二月。若歷誤，春三月當指辰，而乃指巳，是為失方。衛宏載傳呼之節，較而未詳；霍融敘分至之差，詳而不密。衛宏漢舊儀曰：夜漏起，宮中宮城門傳五伯官直符，行衛士，周廬擊木柝，讙呼備火。司馬彪續漢書曰：太史令霍融上言：漏刻率九日增減一等，不與天相應，或時差至二刻半，不如夏歷密也。陸機之賦，虛握靈珠；孫綽之銘，空擅崑玉。陸機、孫綽皆有漏刻銘。曹子建與楊德祖書曰：人人自謂握靈蛇之珠，家家自謂抱荊山之玉。新序，固乘[42]曰：珠產江、漢，玉產崑山。弘度遺篇，承天垂旨。王隱晉書曰：李充，字弘度，集有漏刻銘。沈約宋書曰：宋太祖頗好歷數，太子率更令何承天私撰新法。元嘉二十年上表，詔付外詳之。有司奏承天歷術令施行。布在方冊[43]，無彰器用。禮記，哀公問政，子曰：文、武之道，布在方冊[44]。左氏傳，臧僖伯曰：山林川澤之實，器用之資。譬彼春華，同夫海棗。春華

38 注「掌壺以令軍井」　茶陵本「掌」下有「挈」字，是也。袁本亦脫。

39 注「懸壺以哭」　案：「哭」上當有「代」字，下當有「者」字。各本皆脫。

40 注「令軍中眾」　何校「眾」上添「士」字，是也。各本皆脫。

41 注「鄭玄曰」下至「異書夜漏也」　此三十二字袁本、茶陵本無。案：因已見五臣而節去，二本非，尤是也。

42 注「新序固乘曰」　袁本、茶陵本無「固乘」二字。

43 「布在方冊」　袁本云善作「布在方冊」。茶陵本云五臣作「有布方冊」。案：各本所見皆非也。此以「有布」與下「無彰」偶句，非取禮記成文。善亦作「有布」。陟注文而傳寫誤。

44 注「布在方冊」　袁本、茶陵本「冊」作「策」。案：此尤順正文改耳。蓋二本是而尚有「冊」、「策」異同之注，否則善正文自作「策」也。

言其文麗，海棗譬其無實。答賓戲曰：摛藻如春華。晏子春秋曰：齊景公謂晏子曰：東海之中有水赤，其中[45]有棗，華而不實，何也？晏子曰：昔者秦穆公乘舟理天下，黃布裹蒸棗，至海而掾其布破。黃布故水赤，蒸棗故華不實。公曰：吾佯問子。對曰：嬰聞佯問者佯對也。**寧可以軌物字民，作範垂訓者乎？**左氏傳曰：隱公將如棠觀魚，臧僖伯諫曰：君將納民於軌物者也。講事以度軌量，謂之軌；取材以章物采，謂之物。不軌不物，謂之亂政。周書，成王曰：朕不知字民之道，敬問伯父。作範垂訓，已見上文。**且今之官漏，出自會稽，**蕭子雲東宮雜記曰：天監六年，上造新漏，以臺舊漏給宮，漏銘云咸和七年會稽山陰令魏丕造。即會稽內史王舒所獻漏也。**積水違方，導流乖則，**陸機刻漏賦曰：積水不過一鍾，導流不過一筐也。**六日無辨，五夜不分，**淮南子曰：各至子午，夏至卯酉。冬至加三日，則夏至之日也。歲遷六日，終而複始。高誘曰：遷六日，今年以子冬至，後年以午冬至。衛宏漢舊儀曰：晝夜漏起[46]，省中用火，中黃門持五夜，甲夜、乙夜、丙夜、丁夜、戊夜也。**歲躔閹茂，月次姑洗。**爾雅曰：太歲在戌曰閹茂。禮記曰：季春之月，律中姑洗。**皇帝有天下之五載也，樂遷夏諺，禮變商俗，**孟子，夏諺曰：吾王不游，吾何以休？尚書曰：商俗靡靡，利口惟賢。**業類補天，功均柱地。**列子曰：昔女媧氏煉五色之石以補其闕，斷鼇之足以立四極。其後共工氏與顓頊爭為帝，怒而觸不周之山，折天柱，絕地維也。**河海夷晏，風雲律呂。**禮斗威儀曰：君乘土而王，其政太平，則河溓海夷[47]。十洲記曰：天漢三年，西國王使獻靈膠四兩，吉光毛裘，受以付庫。使者曰：常占東風入律，十旬不休；青雲干呂，連月不散。意者閶浮有好道之君，我王故搜奇蘊而貢神香，步天材而請猛獸，乘毛車以濟弱水，于今十三年矣。**坐朝晏罷，每日晨興，**呂氏春秋曰：上稱三皇、五帝之業，以諭其意，蚤朝晏罷，以告制兵者也。尚書大傳曰：帝猶反側晨興，辟四門，來仁賢。**屬傳漏之**

---

45 注「有水赤其中」　袁本、茶陵本無此五字。

46 注「晝夜漏起」　案：「晝」字不當有。各本皆衍。

47 注「則河溓海夷」　袁本、茶陵本作「則河海夷晏」。案：此尤校改之也。

音，聽雞人之響。周禮曰：雞人掌大祭祀，夜呼旦以叫百官。[48]集云：雞人二字，是沈約所改作也。以為星火謬中，金水違用，左氏傳，張趯曰：火中，寒暑乃退。鄭玄毛詩箋曰：火星中，寒暑退。陸機漏刻銘曰：寤蟾蜍之栖月，識金水之相緣。時乖啓閉，箭異錙銖。左氏傳曰：凡分、至、啓、閉，必書雲物，為備故也。鄭玄禮記注曰：八兩為錙。漢書曰：二十四銖為兩也。爰命日官，草創新器。左氏傳曰：天子有日官，諸侯有日御[49]。

於是俯察旁羅，登臺升庫。周易曰：仰則觀於天文，俯以察於地理。史記曰：黃帝順天地之紀，旁羅日月星辰。左氏傳曰：公既視朔，遂登觀臺以望。而書，禮也。又曰：宋、衛、陳、鄭皆火。梓慎登大庭之庫[50]以望之，曰：宋、衛、陳、鄭也。則于地四，參以天一。言壺用金而漏用水也。漢書曰：天以得一生水，地以得四生金也。建武遺蠹，咸和餘舛，司馬彪續漢書，霍融曰：四分施於建武。咸和漏刻，即上魏丕所造也。金筒方員之制，飛流吐納之規，金則壺也，而形方；筒則引水者，而形員。孫綽漏刻銘曰：乃制妙器，挈壺氏銓。累筒三階，積水成川。陸機漏刻銘曰：口納胸吐，水無滯咽。變律改經，一皆懲革。蔡邕律歷志曰：凡歷所革，以變律呂，相生至六十也。天監六年，太歲丁亥，十月丁亥朔，十六日壬寅，漏成進御。以考辰正晷，測表候陰，陸機集志議曰：考正三辰，審其所司，是談天紀綱也。測表候陰，謂土圭也[51]。不謬圭撮，無乖黍累。漢書曰：夫推歷生律制器，量多少者不失圭撮，權輕重者不失黍累。應劭曰：圭，自然之形，陰陽之始也。四圭曰撮。十黍一累，十累一銖[52]。

48 注「周禮曰」下至「以叫百官」　此十六字袁本、茶陵本無。案：因已見五臣而節去。
49 注「諸侯有日御」　袁本「御」下有「草創，已見上文」六字，是也。茶陵本複出，非。尤刪削，益非。
50 注「登大庭之庫」　何校「庭」下添「氏」字，是也。各本皆脫。
51 注「謂土圭也」　袁本「也」下有「已見上文」四字，是也。茶陵本複出，非。
52 注「十累一銖」　袁本、茶陵本「銖」下有「撮，麤括切」四字，是也。案：此善音，尤誤去。

又可以校運筭之睽合，辨分天之邪正，漢書曰：造漢太初歷，治歷者方士唐都、巴郡落下閎與焉[53]。都分天部，而閎運算轉歷也。察四氣之盈虛，課六歷之疎密。爾雅曰：春為發生，夏為長嬴，秋為收成，冬為安寧，四氣和為通正。漢書曰：史記有黃帝、顓頊、夏、商、周及魯歷。漢興，張蒼用顓頊歷，比於六歷，疎闊中最為微近。又曰：淳于陵渠覆太初歷晦朔弦望，皆最密也。永世貽則，傳之無窮。赫矣煥乎，無得而稱也[54]。

昔嘉量微物，盤盂小器，猶其昭德記功，載在銘典。周禮，栗氏為量，其銘曰：嘉量既成，以觀四國。永啓厥後，茲器惟則。七略曰：盤盂書者，其傳言孔甲為之。孔甲，黃帝之史也，書盤盂中為誡法，或於鼎，名曰銘。蔡邕銘論曰：德非此族，不在銘典。況入神之制，與造化合符，孫綽子曰：藝妙者以入神。造化，已見上文。論語比考讖曰：君子上達，與天合符。成物之能，與坤元等契；周易曰：乾知太始，坤作成物。又曰：至哉坤元，萬物資生。動倍楹席，事百巾机。蔡邕銘論曰：武王踐祚，咨于太師，而作席機楹杖雜銘。又曰：黃帝有巾机之法，孔甲有盤盂之戒[55]。寧可使多謝曾水，有陋昆吾，郭象莊子注曰：不可多謝堯、舜，而推之為兄也。蔡邕銘論曰：昔召公作誥，先王賜朕鼎，出于武當曾水。呂尚作周太師而封于齊，其功銘于昆吾之野。西都賓序曰：有陋洛邑之義。金字不傳，銀書未勒者哉？崔玄山瀨鄉記曰：老子母碑：老子把持仙籙，玉簡金字，編以白銀，紀善綴惡[56]。劉人本觀書賦曰：玉牒石記，銀書金字。奧矣不窮[57]，邈乎昭備。乃詔小臣爲其銘曰：集曰：銘一字至尊所改。勑書辭曰故當云銘。

一暑一寒，有明有晦。周易曰：日月運行，一寒一暑。莊子曰：消息滿虛，一晦一明，日改月化也。神道

53 注「巴郡落下閎與焉」　袁本、茶陵本無「巴郡」二字。

54 「無得而稱也」　案：「得」當作「德」。茶陵本云五臣作「得」。袁本云善作「德」。此以五臣亂善。

55 注「孔甲有盤盂之戒」　袁本、茶陵本「戒」下有「言也」二字。案：此尤校刪之也。

56 注「紀善綴惡」　袁本、茶陵本「綴」作「掇」，是也。

57 注「奧矣不窮」　袁本、茶陵本「奧」作「煥」，是也。

無跡，天工罕代。莊子，老聃謂孔子曰：夫神生於道，其來無迹，其去無方。尚書曰：無曠庶官，天工人其代之。乃置挈壺，是惟熙載。氣均衡石，晷正權概。呂氏春秋曰[58]：仲春日夜分，鈞衡石，角斗桶，正權概。高誘曰：角平、升桶、權概[59]，皆令均等也。世道交喪，禮術銷亡。莊子曰：世喪道矣，道喪世矣。世與道交相喪也。毛詩序曰：禮義消亡[60]。遽遷水火，爭倒衣裳。水火，已見上文。毛詩曰：東方未明，顛倒衣裳。擊刀㸚次[61]，聚木乖方[62]。漢書曰：李廣行無部曲，不擊刁斗自衛。孟康曰：以銅作鐎，受一斗，晝炊飯食，擊持行夜。周禮挈壺氏曰：凡軍事懸壺，以序聚欜。鄭玄曰：謂擊欜，兩木相敲，行夜時也。爰究爰度，時惟我皇。毛詩曰：維彼四國，爰究爰度。方壺外次，圓流內襲。洪殺殊等，高卑異級。陸機漏刻賦曰：擬洪殺於漏鍾，順卑高而為級。靈虬承注，陰蟲吐噏。孫綽漏刻銘曰：靈虬吐注，陰蟲承瀉。倏往忽來，鬼出神入。呂氏春秋曰：倏忽往來而莫知其方。淮南子曰：並應無窮，鬼出神入。微若抽繭，逝如激電。陸機漏刻賦曰：形微獨繭之絲，逝若垂天之電。耳不輟音，眼無留眄。銅史司刻，金徒抱箭。張衡漏水轉渾天儀制曰：蓋上又鑄金銅仙人，居左壺，為胥徒居右壺，皆以左手抱箭，右手指刻，以別天時早晚。履薄非兢，臨深罔戰。毛詩曰：戰戰兢兢，如臨深淵，如履薄冰。衛宏漢舊儀曰：夜漏起，中黃門持五夜，相傳授。授受靡愆，登降弗爽。籍田賦曰：挈壺掌升降之節。惟精惟一，可法可象。尚書曰：惟精惟一，允執厥中。孝經曰：作事可法。左氏傳，北宮文子謂衛侯曰：有儀可象謂之儀。月

---

58 注「呂氏春秋曰」　袁本「呂」上有「熙載，已見上文」六字，是也。茶陵本複出，非。尤刪削，益非。

59 注「角平升桶權概」　案：「升」當作「斗」。各本皆譌。

60 注「禮義消亡」　袁本、茶陵本「禮」上有「齊宣公之時」五字。案：當衍「齊」字耳。何、陳校皆改「齊」為「衛」。

61 「擊刀㸚次」　袁本、茶陵本「刀」作「刁」。案：注中字各本皆作「刁」。又上注引漢舊儀「擊刀斗」，袁、茶陵二本亦作「刁」。考此字本作「刀」，後人作「刁」以別之，蓋已久矣。其錯出作「刀」者，轉因譌而偶合於古耳。餘放此，不具出。

62 「聚木乖方」　袁本、茶陵本「聚」作「叢」。案：善引周禮「以序聚欜」為注，是其本作「聚」。二本所載銑注則云「叢木」，是其本作「叢」。二本失著校語也。當以尤為是矣。

不遁來[63]，日無藏往。分以符契，至猶影響。周易曰：月往則日來。杜預左氏傳注曰：分，春秋分也；至，冬夏至也。袁彥伯三國名臣序贊曰：若合符契。尚書曰：惠迪吉，從逆凶，惟影響。合昏暮卷，蓂莢晨生。周處風土記曰：合昏，槿也，葉晨舒而昏合。田俅子曰：堯為天子，蓂莢生於庭，為帝成歷也。尚辨天意，猶測地情。詩氾歷樞曰：靈臺參天意。周易曰：聖人觀其所感，而天地萬物之情可見矣。況我神造，通幽洞靈。陸機漏刻賦曰：來象神造，猶鬼之變。配皇等極，爲世作程。呂氏春秋曰：後世以為法程。高誘曰：程，度也。曹植列女傳頌曰：尚卑貴禮，來世作程。

誄上

王仲宣誄 并序

曹子建

建安二十二年正月二十四日戊申，魏故侍中關內侯王君卒。嗚呼哀哉！皇穹神察，喆人是恃。如何靈祇，殲我起士？毛詩曰：彼蒼者天，殲我良人。誰謂不庸[64]？早世卽冥。范曄後漢書，桓帝詔曰：遭家不造[65]，先帝早世。誰謂不傷？華繁中零。史記，華陽夫人姊說夫人曰：不以繁華時樹本。存亡分流，夭遂同期。莊子曰：雖有夭壽，相去幾何？又曰：聖也者，遂於命也。朝聞夕沒，先民所

---

63 「月不遁來」　茶陵本云五臣作「遁」。袁本云善作「知」。案：此尤校改也。「知」字不可通，必有誤。或亦作「遁」，與五臣無異，而尤改為得之。或善自作「知」，而「不」字有誤。今無以考也。

64 「誰謂不庸」　何校「庸」改「痛」。陳云「庸」，「痛」誤。袁本、茶陵本作「痛」，云善作「庸」。案：「庸」字不可通，蓋各本所見皆傳寫誤。

65 注「遭家不造」　袁本、茶陵本「遭家」作「少遭」。案：此尤所校改也。

思。論語曰：朝聞道，夕死可也。毛詩曰：先民有作。何用誄德？表之素旗。鄭司農周禮注曰：誄謂積累生時德行。儀禮士喪禮曰：為銘各以其物。鄭玄曰：銘，明旌也。雜帛為物，大夫士之所建也。以死者不可別，故以其旌旗識之。楊雄元后誄曰：著德太常，注諸旒旂。何以贈終？哀以送之。孝經曰：哀以送之。遂作誄曰：

猗歟侍中，遠祖彌芳。公高建業，佐武伐商。史記曰：魏之先畢公高，與周同姓。武王伐紂，而高封於畢也。爵同齊魯，邦祀絕亡。流裔畢萬，勳績惟光。晉獻賜封，于魏之疆。天開之祚，末冑稱王。史記曰：公高苗裔曰畢萬，事晉獻公。滅魏，封畢萬為大夫。卜偃曰：萬，滿數也；魏，大名也。以是始賞，天開之矣。國稱陳留風俗記曰[66]：浚儀縣，魏之都也。魏滅[67]，晉獻公以魏封大夫畢萬。後世文侯初盛，至子孫稱王，是為惠王。然以稱王，因氏焉。楚詞曰：伊伯庸之末冑也。厥姓斯氏，條分葉散。世滋芳烈，揚聲秦漢。會遭陽九，炎光中蒙。漢書曰：陽九厄，日初入百六陽九。音義曰：易稱所謂陽九之厄[68]，百六之會者也。典引曰：蓄炎上之烈精。蔡邕曰：謂大漢之盛德也。中蒙，謂遭王莽之亂也。說文曰：蒙，不明也。世祖撥亂，爰建時雍。世祖，謂光武皇帝也。公羊傳曰：撥亂反正，莫近於春秋。尚書曰：黎民於變時雍。三台樹位，履道是鍾。春秋漢含孳曰：三公象五嶽，在天法三能。台、能同。周易曰：履道坦坦。寵爵之加，匪惠惟恭。自君二祖，為光為龍。張璠漢紀曰：王龔，字伯宗，有高名於天下，順帝時為太尉。暢字叔茂，名在八俊。靈帝時為司空。魏志曰：粲曾祖父龔，祖父暢，皆為漢三公。毛詩曰：既見君子，為龍為光。[69]毛萇曰：龍，寵也。僉曰休哉，宜翼漢邦。或統太尉，或掌司空。百揆惟敘，五典克從。尚書曰：納于百揆，百揆時敘。又曰：慎徽五典，五典克從。天靜人和，皇教

---

66 注「國稱陳留風俗記曰」 何校「國」改「圈」，陳同，是也。各本皆譌。

67 注「魏滅」 袁本、茶陵本無此二字。

68 注「易稱所謂陽九之厄」 案：「稱」當作「傳」。各本皆誤。

69 注「魏志曰粲」下至「為龍為光」 此二十七字袁本、茶陵本無。案：因已見五臣而節去。

遐通。伊君顯考，奕葉佐時。魏志曰：粲父謙，為大將軍何進長史。入管機密，朝政以治。張衡四愁詩序曰：久處機密。出臨朔岱，庶績咸熙。粲父無傳，其官未詳。尚書曰：庶績咸熙。

君以淑懿，繼此洪基。既有令德，材技廣宣。強記洽聞，幽贊微言。孔叢子，萇弘曰：仲尼洽聞強記，博物不窮。周易曰：幽贊於神明[70]而生蓍。論語讖曰：子夏六十人共撰仲尼微言也。文若春華，思若涌泉。春華，已見上文。東觀漢記，朱教理馬援曰：謀如涌泉，勢如轉圜。發言可詠，下筆成篇。魏志，粲善屬文，舉筆便成，無所改定，時人常以為宿構。何道不洽？何藝不閑？綦局逞巧[71]，博弈惟賢。魏志曰：粲觀人圍碁，局壞，粲為復之。碁者不信，以帊蓋局，使更以他局為之，用相比，不誤一道。其強記默識如此。論語，子曰：不有博弈者乎？為之猶賢乎己。皇家不造，京室隕顛。毛詩曰：閔予小子，遭家不造。宰臣專制，帝用西遷。宰臣，董卓也。帝，獻帝也。魏志曰：董卓以山東豪傑並起，恐懼不寧。初平元年二月，乃徙天子都長安。君乃羈旅，離此阻艱。翕然鳳舉，遠竄荊蠻。魏志曰：粲以西京擾亂，乃之荊州，依劉表。左氏春秋，陳敬仲曰：羈旅之臣。杜預注曰：羈，寄也。旅，客也。崔瑋七蠲曰：飆然鳳舉，軒爾龍騰。毛詩曰：蠢爾蠻荊。身窮志達，居鄙行鮮。振冠南嶽，濯纓清川。盛弘之荊州記曰：襄陽城西南有徐元直宅，其西北八里方山，山北際河水，山下有王仲宣宅。故東阿王誄云：振冠南嶽，濯纓清川。集本清或為淯，誤也。潛處蓬室，不干勢權。列子曰：北宮子庇其蓬室，若廣廈之蔭也。

我公奮鉞，耀威南楚。我公，魏太祖也。荊人或違，陳戎講武。禮記曰：乃命將帥講武習射御。

---

70 注「幽贊於神明」 袁本、茶陵本「贊」作「讚」，是也。

71 「綦局逞巧」 案：「綦」當作「碁」，注中字可證。五臣作「棋」。袁、茶陵二本正文及其所載銑注如此。尤改「棋」為「碁」而誤成「綦」字。

君乃義發，筭我師旅。魏志曰：劉表卒，粲勸表子琮令降太祖。高尚霸功，投身帝宇。桓譚陳便宜曰：所謂霸功者，法度明正，百官修治，威令流行者也。傅幹後漢王命敘曰：世祖攘亂復帝宇。斯言既發，謀夫是與。斯言，謂琮降也。毛詩曰：謀夫孔多，是用不售[72]。是與伊何？響我明德。投戈編鄀若，稽顙漢北。漢書，南郡有編鄀縣[73]。我公實嘉，表揚京國。金龜紫綬，以彰勳則。魏志曰：太祖辟粲為丞相掾，賜爵關內侯。漢舊儀曰：列侯黃金龜鈕。又曰：金印紫綬。勳則伊何？勞謙靡已。周易曰：勞謙君子有終吉。憂世忘家，殊略卓峙。史記，穰苴曰：將命之日[74]，則忘其家。趙岐孟子章指曰：憂國忘家。乃署祭酒，與君行止[75]。魏志曰：後遷軍謀祭酒。周易曰：時止則止，時行則行。筭無遺策，畫無失理。孟子曰：計及下者無遺策。東觀漢記，魯恭上疏曰：舉無遺策，動不失其中。

我王建國，百司俊乂。周禮曰：維王建國。尚書曰：俊乂在官。君以顯舉，秉機省闥。戴蟬珥貂，朱衣皓帶。魏志曰：魏國建，拜粲侍中。蔡邕獨斷曰：侍中常侍皆冠惠文，加貂附蟬也。入侍帷幄，出擁華蓋。劉歆遂初賦曰：奉華蓋於帝側。榮曜當世，芳風晻藹。漢書曰：韋玄成繼父相位，封侯，榮當世焉。禰衡顏子碑曰：秀不實，振芳風也。嗟彼東夷，東夷謂吳。憑江阻湖。騷擾邊境，勞我師徒。光光戎路，霆駭風徂。君侍華轂，輝輝王塗。漢書，劉向上封事曰：今王氏一姓，乘朱輪華轂者二十三人。蔡邕劉寬碑曰：統艾三事，以清王塗也。思榮懷附，望彼來威。言仲宣思念寵榮，志在懷附異類，望彼吳國畏威而來也。漢書

72 注「是用不售」 案：「售」當作「集」。各本皆譌。

73 注「南郡有編鄀縣」 袁本、茶陵本「縣」下有「音義曰：編音鞭，鄀音若」九字。案：此真善音，正文下「若」字五臣音也。尤誤刪此存彼。

74 注「將命之日」 袁本、茶陵本「將」下有「受」字，是也。

75 「與君行止」 袁本、茶陵本「君」作「軍」，是也。此尤本誤字。

曰：王尊懷來徼外，蠻夷歸附其威信也。如何不濟，運極命衰，寢疾彌留，吉往凶歸。嗚呼哀哉！魏志曰：建安二十一年，從征吳。二十二年春，道病卒。尚書，王曰：病日臻，既彌留。翩翩孤嗣，號慟崩摧。蔡邕袁成碑曰：呱呱孤嗣，含哀長慟。發軫北魏，遠迄南淮。經歷山河，泣涕如頹。楚辭曰：登山長望中心悲，怨彼青青泣如頹。哀風興感，行雲徘徊。遊魚失浪，歸鳥忘栖。嗚呼哀哉！

吾與夫子，義貫丹青。丹、青，二色名，言不渝也。好和琴瑟，分過友生。毛詩曰：妻子好合，如鼓瑟琴。又曰：矧伊人矣，不求友生。庶幾遐年，攜手同征。如何奄忽，棄我夙零！感昔宴會，志各高厲。予戲夫子，金石難弊。人命靡常，吉凶異制。毛詩曰：天命靡常。春秋保乾圖曰：利害同門，吉凶異域。此驩之人，孰先殞越？左氏傳，齊侯曰：小白恐殞越于下。何寤夫子，果乃先逝！又論死生，存亡數度。春秋考異郵曰：吉凶有數，存亡有象。子猶懷疑，求之明據。儻獨有靈，游魂泰素。烈子曰：泰素者，質之始也。我將假翼，飄颻高舉。超登景雲，要子天路。孝經援神契曰：德至山陵則景雲出。西京賦曰：美往昔之喬、松，要羨門乎天路。

喪柩既臻，將反魏京。靈輀迴軌，白驥悲鳴。說文曰：輀，喪車也。李陵詩曰：轅馬顧悲鳴，五步一彷徨。虛廓無見，藏景蔽形。孰云仲宣，不聞其聲？梁商誄曰：孰云忠侯，不聞其音？延首歎息，雨泣交頸。嗟乎夫子！永安幽冥。人誰不沒？達士徇名。莊子曰：小人徇財，君子徇名[76]，天下皆然，不獨一人也。生榮死哀，亦孔之榮。嗚呼哀哉！論語，子貢曰：夫子其生也榮，其死也哀。

---

76 注「小人徇財君子徇名」　袁本作「胥士之徇名，小人之徇財」，茶陵本與此同。案：此尤改也。

楊荊州誄 并序

潘安仁

維咸寧元年，王隱晉書：咸寧，武帝年號。夏四月乙丑，晉故折衝將軍荊州刺史東武戴侯滎陽楊史君[77]薨。嗚呼哀哉！楊肇，已見懷舊賦。夫天子建國，諸侯立家。左氏傳，師服曰：吾聞國家之立也，天子建國，諸侯立家。是以人服事其上，而下無覬覦也。選賢與能，政是以和。禮記曰：選賢與能，講信修睦。周賴尚父，殷憑太阿。太阿，阿衡，謂伊尹也。毛詩曰：惟師尚父，時惟鷹揚。又曰：實維阿衡，實左右商王[78]。矯矯楊侯，晉之爪牙。毛詩曰：矯矯武臣。又曰：予王之爪牙。忠節克明，茂績惟嘉。尚書曰：予懋乃德，嘉乃丕績。將宏王略，肅清荒遐。降年不永，玄首未華。尚書曰：降年有永有不永。范曄後漢書，樊准上疏曰：故朝多皤皤之良，華首之老。銜恨沒世，命也奈何。嗚呼哀哉！范曄後漢書，東海王彊上疏曰：銜恨黃泉。論語，子曰：君子疾沒世而名不稱焉。自古在昔，有生必死。法言曰：有生者必有死，有始者必有終，自然之道也。身沒名垂，先哲所韙。東征賦曰：唯令德為不朽，身既沒而名猶存也。行以號彰，德以述美。周禮曰：謚者[79]行之迹，號者功之表也。蔡邕郭有道碑曰：德音猶存，亦賴之見述也。敢託旒旗，爰作斯誄。旒旗，已見上文。其辭曰：

邈矣遠祖，系自有周。昭穆繁昌，枝庶分流。族始伯喬，氏出楊侯。漢書曰：楊雄其先出自有周伯喬者，以支庶食菜於晉之楊，因氏焉。不知伯喬與周何別也。楊在河、汾之間。周衰而楊氏或稱侯，號曰楊侯。奕世丕顯，允迪大猷。尚書曰：公稱丕顯德。毛詩曰：秩秩大猷，聖人莫之。天猒漢德，龍戰未分。左氏傳

---

77 「滎陽楊史君」 袁本、茶陵本「史」作「使」。案：此似善「史」、五臣「使」不同。二本失著校語也。

78 注「實左右商王」 袁本、茶陵本無「實」字。案：此尤所校添也。二十八將論、運命論，褚淵碑文注引皆無，不與今毛詩同，添之未是。

79 注「周禮曰謚者」 袁本、茶陵本「禮」作「書」，是也。

曰：天而旣猒周德矣。周易曰：龍戰于野，其血玄黃。伊君祖考，方事之殷。左氏傳曰：鄢陵之戰，楚子使工尹襄問郤至以弓，曰：方事之殷，有韎韋而跗注者[80]，君子也。杜預云：殷，盛也。鳥則擇木，臣亦簡君。左氏傳，仲尼曰：鳥則擇木。家語，孔子曰：君擇臣而任之，臣亦擇君而事之。投心魏朝[81]，策名委身。左氏傳，狐突曰：策名委質，貳乃辟也。奮躍淵塗，跨騰風雲。答賓戲曰：振拔洿塗，跨騰風雲。或統驍騎，或據領軍。潘岳楊肇碑序曰：肇驍騎府君之嫡孫，領軍肅侯之嗣子。賈弼之山公表注曰：楊慆，字仲義，驍騎將軍。生暨，字休先，領軍將軍。

篤生戴侯，茂德繼期。纂戎洪緒，克構堂基。毛詩曰：纂戎祖考。尚書曰：若考作室，子弗肯堂，矧肯構。弱冠味道，無競惟時。弱冠，已見上文。桓譚答楊雄書曰：子雲勤味道腴。毛詩曰：無競惟烈。孝實蒸蒸，友亦怡怡。尚書曰：克諧以孝，蒸蒸乂，弗格姦。怡怡，已見上文。多才豐藝，強記洽聞。尚書，周公曰：不若旦多才多藝。洽聞強記，已見上文。目睇毫末，心筭無垠。愼子曰：離朱之明，察秋毫之末。答賓戲曰：研、桑心計於無垠。草隸兼善，尺牘必珍。漢書曰：陳遵善書，與人尺牘，主皆藏去，以為榮也。足不輟行，手不釋文。翰動若飛，紙落如雲。學優則仕，乃從王政。論語，子夏曰：仕而優則學，學而優則仕。左氏傳，子產謂子皮曰：僑聞學而後入政，未聞以政學者也。散璞發輝，臨軹止作令。肇碑曰：嘉平初除軹令。漢書，河內郡有軹縣。化行邑里，惠洽百姓。越登司官，肅我朝命。肇碑曰：肇遷治書侍御史。惟此大理，國之憲章。肇碑曰：肇兼統大理之任。漢書曰：廷尉，秦官，掌刑辟。景帝中六年，更名大理。君莅其任，視民如傷。左氏傳，逢滑曰：國之興也，視人如傷。庶獄明愼，刑辟端詳。尚書，周公曰：庶獄庶愼。聽參皐呂，稱侔于張。尚書，帝曰：咎繇，蠻夷猾夏，寇賊姦宄，汝作士，惟明克允。又，序曰：呂命穆王訓夏贖刑，作呂

---

80 注「有韎韋而跗注者」　何校「而」改「之」，去「者」字，是也。各本皆誤。

81 「投心魏朝」　茶陵本「魏」作「外」，云五臣作「魏」。袁本云善作「外」。案：此尤校改，以五臣亂善。

刑。漢書曰：于定國為廷尉，其決疑平法，務在哀鰥寡，罪從輕，朝廷稱之。又曰：張釋之為廷尉，周亞夫見釋之持議平，乃結為親友。繇此天下稱之。改授農政，于彼野王。肇碑曰：除野王典農中郎將。魏略曰：典農中郎將，太祖置，秩比二千石。漢書，河內郡野王縣。倉盈庾億，國富兵彊。毛詩曰：我倉既盈，我庾惟億。新序曰：孫叔敖相楚，國富兵彊。煌煌文后，鴻漸晉室。君以兼資，參戎作弼。肇碑曰：文后歷數在躬為參軍。周易曰：鴻漸于陸，其羽可用為儀。漢書，華陰守丞嘉上疏曰：朱雲兼資文武。用錫土宇，膺茲顯秩。青社白茅，亦朱其紱。肇碑曰：五等初建，封東武子。毛詩曰：錫爾土宇歸章[82]。尚書緯曰：天子社，東方青，南方赤。西方白，北方黑，上冒以黃土。將封諸侯，各取方土，苴以白茅，以為社。毛萇詩傳曰：諸侯赤韍。韍與紱古今字，同。魏氏順天，聖皇受終。魏志曰：陳留王奉皇帝璽綬策，禪位于晉嗣王。周易曰：湯、武革命，順乎天。尚書曰：正月上日，受終于文祖。烈烈楊侯，實統禁戎。肇碑曰：皇祖之始，典戎武衛。司管閶闔，清我帝宮。晉宮閣銘曰[83]：洛陽城閶闔門。漢書曰：東牟侯興居先清宮。應劭曰：天子行幸所至，先案行清靜殿中，以虞非常。苛慝不作，穆如和風。國語，內史過曰：神亦往焉，觀其苛慝[84]。毛詩曰：穆如清風。謂督勳勞，班命彌崇。肇碑曰：以清宮勳勞，進封東武伯。說文曰：督，察也。

茫茫海岱，玄化未周。毛詩曰：洪水茫茫。尚書曰：海、岱及淮惟徐州。蔡邕陳留太守頌曰：玄化洽矣。滔滔江漢，疆場分流。毛詩曰：滔滔江、漢，南國之紀。尚書曰：江、漢朝宗于海。孔安國曰：二水經此州而入海也。秉文兼武，時惟楊侯。既守東莞官，乃牧荊州。肇碑曰：領東莞相，荊州刺史。漢書：琅邪有東莞，屬

---

82 注「錫爾土宇歸章」 案：「錫」字不當有，「歸」當作「昄」。各本皆誤。

83 注「晉宮閣銘曰」 案：「銘」當作「名」。各本皆誤。後宣貴妃誄引同。

84 注「神亦往焉觀其苛慝」 袁本、茶陵本「亦往焉」作「人」。案：此尤校改之也。

徐州也。折衝萬里，對揚王休。肇碑曰：加折衝將軍。晏子春秋，孔子曰：不出樽俎之間，而折衝千里之外，晏子之謂也。毛詩曰：虎拜稽首，對揚王休。聞善若驚，疾惡如讎。國語，楚藍尹亹謂子西曰：夫闔廬聞一善言若驚，得一士若賞。謝承後漢書曰：張儉清絜中正，疾惡若讎。示威示德，以伐以柔。左氏傳，倉葛曰：德以柔中國，刑以威四夷。又曰：伐叛，刑也；柔服，德也。二者立矣。吳夷凶侈，僞師畏逼[85]。將乘讎釁，席捲南極。班固高紀述，乘釁而運，席卷三秦。繼褰糧盡，神謀不忒。楊肇伐吳而敗，已見辨亡論下。君子之過，引曲推直。如彼日月，有時則食。左氏傳曰：晉師歸，桓子請死，晉侯欲許之。士貞子諫曰：夫其敗也，如日月之食焉，何損於明。負執其咎，功讓其力。毛詩曰：誰敢執其咎。亦旣旋旆，爲法受黜。左氏傳，孔子曰：趙宣子，古之良大夫也，為法受惡。退守丘塋，杜門不出。漢書曰：王陵杜門不朝請。游目典墳，縱心儒術。祁祁搢紳，升堂入室。毛詩曰：采蘩祁祁。封禪書曰：雜搢紳先生之略術。論語，子曰：由也升堂矣，未入於室也。靡事不咨，無疑不質。毛萇詩傳曰：訪問於善為咨，咨事為諏。漢書曰：張竦居貧，好事者從之質疑問事。位貶道行，身窮志逸。毛詩曰：我位孔貶。毛萇傳曰：貶，墜也。論語，子曰：道之將行也與？命也。弗慮弗圖，乃寢乃疾。毛詩曰：旻天疾威，弗慮弗圖。楚辭曰：寢疾而日愁。旻天不弔，景命其卒。嗚呼哀哉！毛詩曰：不弔旻天。蔡邕楊公誄曰：功成化洽，景命有順[86]。子囊佐楚，遺言城郢。史魚諫衛，以尸顯政。左氏傳曰：楚子囊還自吳，卒。將死，遺言謂子庚，必城郢。君子謂：子囊忠，君薨不忘增其名，將死不忘衛社稷，可不謂忠乎！韓詩外傳曰：昔衛大夫史魚病且死，謂其子曰：我數

---

85 「偽師畏逼」 何校「師」改「帥」。陳云此謂步闡也。「師」乃廟諱，似不應用。案：所說是也。「帥」字別體作「帥」，因致譌耳。他書亦往往相混。

86 注「景命有順」 何校「順」改「傾」，陳同，是也。各本皆譌。

言蘧伯玉之賢而不能進，彌子瑕不肖而不能退，死不當居喪正堂，殯我於室足矣。衛君問其故，子以父言聞。君召蘧伯玉而貴之，子瑕退之，徙殯於正堂也。伊君臨終，不忘忠敬。寢伏牀蓐，念在朝廷。朝達厥辭，夕殞其命。聖王嗟悼[87]，寵贈衾襚。誄德策勳，考終定謚。肇碑曰：肇薨，天子愍焉，遣謁者祠以少牢，謚曰戴侯。漢書曰：列侯薨，大行奏謚誄策。應劭曰：賜與謚及哀策誄文也。羣辟慟懷，邦族揮淚。孤嗣在疚，寮屬含悴。毛詩曰：煢煢在疚。赴者同哀，路人增欷。嗚呼哀哉！

余以頑蔽，覆露重陰。國語，張老謂趙文子曰：先王覆露子也[88]。韋昭曰：露，潤也。仰追先考，執友之心。禮記曰：見父之執，不謂之進不敢進，不謂之退不敢退。俯感知己，識達之深。晏子春秋，越石父曰：士者，申乎知己也。承諱忉怛，涕淚霑襟。楚辭曰：泣歔欷而沾襟。豈忘載奔，憂病是沈。在疚不省，於亡不臨。舉聲增慟，哀有餘音。嗚呼哀哉！

楊仲武誄　并序

潘安仁

楊綏[89]，字仲武，滎陽宛陵人也。中領軍肅侯之曾孫，荊州刺史戴侯之孫，肅侯，楊暨也。戴侯，楊肇也。並已見上文。東武康侯之子也。康侯，楊潭也。八歲喪父。其母鄭氏，光祿勳密陵成侯之元女，賈弼之山公表注曰：鄭袤為司空、密陵元侯，生默。為光祿勳密陵成侯。默女適滎陽楊潭，潭生仲武。成侯或為元侯，誤也。漢書音義，服虔曰：元，長也。操行甚高，恤養幼孤，以保乂夫家，而免諸艱

87 「聖王嗟悼」 袁本云善作「王」。茶陵本云五臣作「主」。陳云作「主」為是。案：「王」蓋傳寫誤。

88 注「先王覆露子也」 陳云「王」，「主」誤，是也。各本皆譌。

89 「楊綏」 袁本、茶陵本「綏」作「經」，是也。此尤本誤字，何、陳校皆改「經」。

難。尚書，周公曰：巫咸保乂王家。戴侯康侯多所論著，又善草隸之藝。子以妙年之秀，曹子健自試表曰：終軍以妙年使越。固能綜覽義旨，而軌式模範矣。雖舅氏隆盛，而孤貧守約，心安陋巷，體服菲薄，余甚奇之。論語，子曰：回也在陋巷，人不堪其憂。又曰：禹菲飲食。馬融曰：菲，薄也。若乃清才儁茂，盛德日新，周易曰：日新之謂盛德。吾見其進，未見其已也。論語，子謂顏淵曰：吾見其進也，未見其止也。既藉三葉世親之恩，而子之姑，余之伉儷焉。左氏傳曰：己不能庇其伉儷而亡之，又不能字人之孤而殺之，將何以終？遂誓施氏[90]。往歲卒於德宮里。陸機洛陽記曰：德宮，里名也。喪服同次[91]，綢繆累月，苟人必有心，此亦款誠之至也。不幸短命，論語，孔子對哀公曰：有顏回者，不幸短命死矣。春秋二十九，元康九年夏五月己亥卒。嗚呼哀哉！乃作誄曰：

伊子之先，奕葉熙隆。惟祖惟曾，載揚休風。顯考康侯，無祿早終。左氏傳，子產曰：公孫段無祿早世，不獲久享君德。名器雖光，勳業未融。篤生吾子，誕茂淑姿。克岐克嶷，知章知微。毛詩曰：克岐克嶷，以就口食。周易曰：君子知微知章。鉤深探賾，味道研機。周易曰：探賾索隱，鉤深致遠。又曰：夫易，聖人之所以極深而研機也。匪直也人，邦家之輝。毛詩曰：匪直也人，秉心塞淵。又曰：樂只君子，邦家之光。子之遘閔，曾未亂髫。鄭玄周禮注曰：亂，毀齒也。埤蒼曰：髫，髦也。如彼危根，當此衝焱[92]。德之休明，靡幽不喬。言德之休明，無有處幽而不遷喬也。左氏傳，王孫滿曰：德之休明。毛詩曰：出自幽谷，遷于喬木。弱冠流芳，儁聲清劭韶。爾舅惟榮，爾宗惟瘁。幼秉殊操，違豐

---

90 注「將何以終遂誓施氏」 袁本、茶陵本無此八字。

91 「喪服同次」 茶陵本「同」作「周」，云五臣作「同」。袁本云善作「周」。案：此尤校改，以五臣亂善。

92 「當此衝焱」 案：「焱」當作「猋」。各本所見皆非。

安厝。撰錄先訓，俾無隕墜。舊文新藝，罔不必肄。潘楊之穆，有自來矣。矧乃今日，愼終如始。老子曰：愼終如始，則無敗事。爾休爾戚，如實在己。新序曰：晉襄公之孫周，為晉國休戚，不倍本也。視予猶父，不得猶子。論語曰：顏回死，門人欲厚葬之。子曰：回也視予猶父也，予不得視猶子也。敬亦既篤，愛亦既深。雖殊其年，實同厥心。日昃景西，望子朝陰。如何短折，背世湮沈。嗚呼哀哉！尚書曰：六極一曰凶短折。孔安國曰：短未六十，折未三十也。

寢疾彌留，守茲孝友。彌留，已見上文。毛詩傳曰：善父母為孝，善兄弟為友。臨命忘身，顧戀慈母。哀哀慈母，痛心疾首。毛詩曰：哀哀父母，生我劬勞。左氏傳，呂相絕秦曰：諸侯痛心疾首，昵就寡人。嗷嗷叫同生，悽悽諸舅。莊子曰：我嗷嗷隨而哭之。春蘭擢莖，方茂其華。荊寶挺璞，將剖于和。含芳委耀，毀璧摧柯。言德業之美，類於蘭玉。始含芳而積耀，遽毀璧而摧柯，言早夭也。太玄經曰：破璧毀珪，逢不幸也。嗚呼仲武，痛哉奈何！德宮之艱，同次外寢。惟我與爾，對筵接枕。自時迄今，曾未盈稔。姑姪繼隕，何痛斯甚。嗚呼哀哉！

披帙散書，屢覩遺文。有造有寫，或草或眞。執玩周復，想見其人。紙勞于手，涕沾于巾。張衡四愁詩曰：側身北望涕沾巾。龜筮既襲，埏隧既開。尚書曰：乃卜三龜，一習吉。又曰：卜不襲吉。孔安國曰：襲，因也。聲類曰：埏，墓隧也。痛矣楊子！與世長乖。朝濟洛川，夕次山隈。歸鳥頡頏，行雲徘徊。毛詩曰：燕燕于飛，頡之頏之。臨穴永訣，撫櫬盡哀。毛詩曰：臨其穴，惴惴其慄。杜預左氏傳注曰：櫬，棺也。遺形莫紹，增慟余懷。魂兮往矣，梁木實摧。嗚呼哀哉！往矣，已見上文。禮記曰：孔子早作，負手曳杖，逍遙於門，歌曰：泰山其頹乎！梁木其壞乎！鄭玄曰：太山，眾山所仰；梁木，眾木所放也。

卷第五十七

誄下

夏侯常侍誄 并序

潘安仁

夏侯湛，字孝若，譙人也[1]。少知名，弱冠辟太尉府[2]，臧榮緒晉書曰：湛早有名譽，為太尉掾。賢良方正徵，仍爲太子舍人[3]，尚書郎，野王令，臧榮緒晉書曰：湛舉賢良，對策，拜郎中，進補太子舍人，轉尚書郎，出宰野王令。漢書曰：何武賢良方正徵也。中書郎，南陽相。臧榮緒晉書曰：湛除中書侍郎，出補南陽相。又曰：秦王柬，武帝第三子也，初封南陽王，後徙封秦王。家艱乞還。毛詩曰：未堪家多難，余又集于蓼。頃之，選爲太子僕，未就命而世祖崩。世祖，武皇帝也。穀梁傳曰：高曰崩，厚曰崩，尊曰崩。天子之崩以尊也。其崩何？以在人上，故曰崩。天子以爲散騎常侍，從班列也。天子，惠帝也。春秋四十有九，元康元年夏五月壬辰，寢疾卒於延喜里第。嗚呼哀哉！乃作誄曰：

1 「譙人也」　袁本、茶陵本「譙」下有「國譙」二字，是也。此尤本脫。
2 「辟太尉府」　何校「府」下添「掾」字，陳同。案：此非也。袁本云善無「掾」字。茶陵本失著校語，何、陳誤依之。
3 「仍為太子舍人」　袁本、茶陵本無「仍」字，是也。此尤本衍。

禹錫玄珪，實曰文命。尚書曰：禹錫玄圭，告厥成功。又曰：文命敷于四海。史記曰：夏禹名曰文命。克明克聖，光啓夏政。尚書曰：居上克明。又曰：克齊聖廣淵。左氏傳，宋向戌曰：以偪陽光啓寡君。其在于漢，邁勳惟嬰。漢書曰：夏侯嬰為太僕，常奉車從擊項籍。思弘儒業，小大雙名。班固漢書述曰：世宗曄曄，思弘祖業。漢書曰：夏侯勝，字長公，少好學，從夏侯始昌受尚書。又曰：勝從父兄子建，字長卿，自師事勝。又曰：由是尚書有大、小夏侯之學。顯祖曜德，牧兗及荊。王隱晉書曰：夏侯威，字季權，歷荊、兗二州刺史。史記，祭公謀父曰：先王曜德不觀兵。父守淮岱，治亦有聲。王隱晉書曰：威次子莊，淮南太守。毛詩曰：文王有聲。英英夫子，灼灼其儁。飛辯摛藻，華繁玉振。孔融薦禰衡表曰：飛辯騁辭。班固答賓戲曰：摛藻如春華。孟子曰：集大成也者，金聲而玉振。如彼隨和，發彩流潤。淮南子曰：隨侯之珠，和氏之璧，得之而富，失之而貧。禮記，孔子曰：夫玉溫潤而澤仁也。如彼錦繢，列素點絢。論語，子夏問曰：巧笑倩兮，美目眄兮，素以為絢兮。何謂也？子曰：繢事後素。鄭玄曰，繢，畫文也。人見其表，莫測其裏。尚書大傳，孔子謂子夏曰：子見其表，未見其裏。法言曰：或問聖人表裏，曰：威儀文辭，表也；德行忠信，裏也。徒謂吾生，文勝則史。論語，子曰：文勝質則史。心照神交，唯我與子。莊子，子綦曰：其寐也魂交。論語，子謂顏回曰：唯我與爾有是夫！且歷少長，逮觀終始。孝經曰：夫孝始於事親，中於事君，終於立身。子之承親，孝齊閔參。漢書，武帝詔曰：孝子順孫，願自竭以承其親。論語，子曰：孝哉閔子騫！禮記，公明儀問曾子曰：夫子可以為孝乎？曾子曰：君子之所謂孝者，先意承志，諭父母於道。參直養者，安能為孝乎？子之友悌，和如瑟琴。毛詩曰：妻子好合，如鼓瑟琴。事君直道，與朋信心。論語，柳下惠曰：直道而事人。又，子夏曰：與朋友交，言而有信。雖實唱高，猶賞爾音。宋玉對問曰：曲彌高者，其和彌寡。曹植求自試表曰：或有賞音而識道。

弱冠厲翼，羽儀初升。禮記曰：人生二十曰弱冠[4]。呂氏春秋曰：征鳥厲疾。周易曰：鴻漸于陸，其羽可用為儀。公弓既招，皇輿乃徵。左氏傳，陳敬仲曰：詩曰，翹翹車乘，招我以弓。范曄後漢書曰：侯瑾州郡累召公車，有道徵也。內贊兩宮，外宰黎蒸。典引曰：巡靖黎蒸。忠節允著，清風載興。胡廣書曰：建鴻德，流清風。泱央彼樂都，寵子惟王。左氏傳，延陵季子曰：泱泱乎大風也哉！南都賦曰：於顯樂都。設官建輔，妙簡邦良。用取喉舌，相爾南陽。尚書，帝曰：龍，命汝作納言。孔安國曰：納言，喉舌之官。毛詩曰：出納王命，王之喉舌。惠訓不倦，視民如傷。左氏傳，祁奚曰：惠訓不倦，叔向有焉。又，逢滑曰：國之興也，視之如傷[5]。乃眷北顧，辭祿延喜。孟子注，德厚受祿，德薄辭祿也。余亦偃息，無事明時。呂氏春秋，田贊曰：偃息之義，則未之識。疇昔之遊，二紀于茲。左氏傳，羊斟曰：疇昔之羊，子為政。孔安國尚書傳曰：十二年曰紀。班白攜手，何歡如之！禮記曰：班白者不提挈。毛詩曰：惠而好我，攜手同行。居吾語汝，眾實勝寡。論語，子曰：由，居，吾語汝。慎子曰：眾之勝寡，必也。人惡雋異，俗疵文雅。孔安國尚書傳曰：疵，病也。大戴禮曰：天子不知文雅之辭，少師之任。執戟疲楊，長沙投賈。曹子建楊德祖書曰[6]：楊子雲，先朝執戟之臣耳。漢書曰：賈誼為長沙王太傅。誼既以謫去，意不自得。無謂爾高，恥居物下。子乃洗然，變色易容。史記曰：觀范雎之見王者，羣臣莫不洒然變色易容者。慨焉嘆曰：道固不同。論語，子曰：道不同，不相為謀。爲仁由己，匪我求蒙。論語，顏淵問仁，孔子曰：克己復禮為仁。為仁由己，而由人乎哉？周易曰：童蒙求我，匪我求童蒙。誰毀誰譽？何去何從？論語，孔子曰：吾之於人，誰毀誰譽？楚辭曰：此孰吉孰凶？何去何從？莫涅匪緇[7]，莫磨

---

4 注「禮記曰人生二十曰弱冠」　袁本、茶陵本無此十字。案：此即尤誤取增多者。

5 注「視之如傷」　袁本「之」作「民」，是也。茶陵本亦誤「之」。

6 注「曹子建楊德祖書曰」　何校「楊」上添「與」字，陳同，是也。各本皆脫。

7 「莫涅匪緇」　案：「緇」當作「淄」，注引論語作「淄」，可證。後漢書皇后紀論「遂忘淄蠹」，章懷注云「淄，黑也」。

匪磷。論語，子曰：不曰堅乎？磨而不磷；不曰白乎？涅而不淄。予獨正色，居屈志申。尚書曰：正色率下。雖不爾以，猶致其身。論語，周公謂魯公曰：不使大臣，怨乎不以。又，子夏曰：事君能致其身。獻替盡規，媚茲一人。國語，史黯謂趙簡子曰：夫事君者：諫過而賞善，薦可而替否，獻能而進賢。毛詩曰：媚茲一人，應侯順德。讜言忠謀，世祖是嘉。漢書，成帝曰：久不見班生，今日復聞讜言。聲類曰：讜，善言也。將僕儲皇，奉轡承華。漢書曰：太子家有僕。上林賦曰：孫叔奉轡。漢舊儀有承華廐。先朝末命，聖列顯加。尚書曰：道揚末命。入侍帝闈[8]，出光厥家。我聞積善，神降之吉。周易曰：積善之家，必有餘慶。左氏傳，季梁曰：於是乎民和而神降之福。宜享遐紀，長保天秩。尚書曰：天秩有禮，自我五禮，有庸哉！如何斯人，而有斯疾。論語，伯牛有疾，子曰：斯人也，而有斯疾也。曾未知命，中年隕卒。嗚呼哀哉！論語，子曰：五十而知天命。中年，猶中身也。尚書曰：文王受命惟中身。

唯爾之存，匪爵而貴。孫卿子曰：君子無爵而貴，無祿而富。甘食美服，重珍兼味。臧榮緒晉書曰：湛族為盛門，性頗豪侈，甘食美服，窮滋極珍。臨終遺誓，永錫爾類。毛詩曰：孝子不匱，永錫爾類。斂以時襲，殯不簡器。臧榮緒晉書曰：湛將沒，遺命小棺薄斂，不修封樹。禮記曰：延陵季子適齊，長子死，其斂以時服。漢書曰：衣禪複為襲。誰能拔俗，生盡其養？孰是養生，而薄其葬？漢書曰：楊王孫家業千金，厚自奉，養生亡所不致。及病且終，曰：吾欲贏葬。淮南子曰：節財薄葬，簡服生焉。淵哉若人！縱心條暢。班固楊雄述曰：淵哉若人！實好斯文。傑操明達，困而彌亮。柩輅既祖，容體長歸。周禮，小喪供柩輅。鄭玄曰：柩輅，載柩車也。周禮曰：喪祝掌大喪，祖，飾棺，乃載。鄭玄曰：祖為行始也。家語曰：顓孫師有容體資質。存亡永訣，逝者不

---

8 「入侍帝闈」 袁本、茶陵本「闈」作「闥」。案：此無以考也。座右銘「在涅貴不淄」注亦引「涅而不淄」，「淄」、「緇」同字耳，不知者誤改之也。袁本幷善注改為「緇」字，大誤。

追。鄭玄毛詩箋云：往矣，訣別之辭。論語，子在川上曰：逝者如斯夫！望子舊車，覽爾遺衣。愊抑失聲，迸涕交揮。禮記曰：內人行哭失聲。家語，公父文伯卒，敬姜曰：二三婦，無揮涕。蔡邕陳仲弓碑曰：巖藪知名，失聲揮涕。非子爲慟，吾慟爲誰？嗚呼哀哉！論語曰：顏淵死，子哭之慟。從者曰：子慟矣！子曰：非夫人之為慟而誰為[9]？

日往月來，暑退寒襲。周易曰：日往則月來，月往則日來；寒往則暑來，暑往則寒來。左氏傳，張趯曰：火中，寒暑乃退。孔安國尚書傳曰：襲，因也。零露沾凝，勁風淒急。慘爾其傷，念我良執。禮記曰：見父之執，不謂之進不敢進，不謂之退不敢退。適子素館，撫孤相泣。毛詩曰：適子之館兮。撫孤，羊舌氏叔向也，已見廣絕交論。前思未弭，後感仍集。賈逵國語注曰：弭，忘也。積悲滿懷，逝矣安及！嗚呼哀哉！

馬汧督誄 并序

臧榮緒晉書曰：汧督馬敦，立功孤城，為州司所枉，死於囹圄，岳誄之。

潘安仁

惟元康七年秋九月十五日，晉故督守關中侯扶風馬君卒。嗚呼哀哉！初，雍部之內屬，羌反未弭，而編戶之氐又肆逆焉。傳暢晉諸公讚曰：惠帝元康五年，武庫火。北地盧水胡、蘭羌[10]因此為亂，推齊萬年為主。杜預左氏傳注曰：弭，息也。漢書，呂后曰：諸將與帝為編戶民。雖王旅致討，終於殄滅，毛詩曰：王旅嘽嘽。而蜂蠆有毒，驟失小利，左氏傳，臧文仲曰：君無謂邾小。蜂蠆有毒，況國乎？俾百姓流亡，頻於塗炭。毛詩曰：人卒流亡。尚書曰：有夏昏德，民墜塗炭。建威喪元於好畤，州伯宵遁乎大谿。王隱晉書曰：解系為雍州刺史。又曰：朝廷以周處忠烈，欲遣討氏，乃拜為建威將軍。又曰：周處、解系與賊戰于

---

9 注「而誰為」 袁本、茶陵本「為」下有「慟乎」二字。案：此尤校刪之也。

10 注「蘭羌」 案：「蘭」上當有「馬」字。關中詩注引有。各本皆脫。今晉書惠帝紀亦可證也。

六陌，軍敗，周處死之。孟子曰：勇士不忘喪其元。左氏傳曰：秦師夜遯。**若夫偏師裨將之殞首覆軍者，蓋以十數；**左氏傳，韓子曰：彘以偏師陷[11]，子罪大矣！漢書曰：大將軍霍去病裨將侯者九人。漢書，谷永上書曰：齊客隕首公門，以報恩施。史記，齊使人說越曰：韓之攻楚，覆其軍，殺其將。**剖符專城，紆青拖墨之司，奔走失其守者，相望於境。**東觀漢記，韋彪上議曰：二千石皆以選出京師，剖符典千里。古樂府日出東南隅曰[12]：三十侍中郎，四十專城居。解嘲曰：紆青拖紫，朱丹其轂。漢書，比六百石以上，銅印墨綬。云剖符專城，則青墨是也。墨或為紫，非。**秦隴之僭，鞏更爲魁，**鞏，姓也，更，名也。漢書曰：羌煎鞏降。東觀漢記曰：羌什長鞏便。然更蓋其種也[13]。尚書曰：殲厥渠魁。**既已襲汧而館其縣。**左氏傳曰：凡師輕曰襲。杜預曰：掩其不備。**子以眇爾之身，介乎重圍之裏；率寡弱之眾，據十雉之城。**十雉，言小也。**羣氐如蝟毛而起，四面雨射城中。城中鑿穴而處，負戶而汲。**漢書，賈誼曰：高帝功臣，反者如蝟毛而起。東觀漢記曰：上入昆陽，二公環昆陽城積弩射城，矢如雨下，城中負戶而汲。**木石將盡，樵蘇乏竭，芻蕘罄絕。**漢書，李左車曰：樵蘇後爨，師不宿飽。晉灼曰：樵，取薪也；蘇，取草也。毛詩曰：詢于芻蕘。毛萇曰：芻蕘，薪采者也。**於是乎發梁棟而用之，**的**以鐵鑠機關，既縱礧而又升焉。**言以鐵鑠繫木為機關，既縱之礧敵，而又收上焉。漢書曰：匈奴乘隅下礧石[14]。又曰：高城深

---

11 注「彘以偏師陷」　案：「彘」下當有「子」字。各本皆脫。

12 注「日出東南隅曰」　陳云「隅」下脫「行」字，是也。各本皆脫。

13 注「羌什長鞏便然更蓋其種也」　案：「便」當作「俊」，「更」當作「叟」。各本皆誤。善意謂「叟」即「俊」字也，或尚有「俊」、「叟」異同之語而不全。若作「便」、「更」則不相通。又案：以此推之，正文及上注二「更」字皆「叟」之誤。後誄「鞏更忿睢」亦然。

14 注「下礧石」　茶陵本「礧」作「壘」。袁本作「礨」。案：「壘」字是也。此所引李陵傳文。

塹具藺石。如淳曰：藺石，城上礧石也[15]。杜篤論都賦曰：一卒舉礧，千夫沈滯。然礧與礨並同[16]，力對切。爨陳焦之麥，柿孚廢梠呂桷角之松。說文曰：柿，削柿也。梠，楣也[17]。桷，榱也。用能薪芻不匱，人畜取給，青煙傍起，歷馬長鳴。古詩曰：朱火然其中，青煙颺其間。司馬彪莊子注曰：皀，歷也。凶醜駭而疑懼，乃闕掘地而攻。子命穴浚塹，寘壺鐳雷瓶甒武以偵恥令之。墨子曰：若城外穿地來攻者，宜於城內掘井以薄城，幕罌內井[18]，使聰耳者伏罌而聽，審知穴處，鑿內迎之。東觀漢記曰：使先登偵之，言虜欲去。然偵，廉視也。方言曰：甒，罌也。將穿，響作，內焚穬古猛火薰之，潛氏殲焉。崔寔四民月令曰：四月可糴穬。注曰：大麥之無皮毛者曰穬。潛氏，謂潛攻之氐也。久之，安西之救至，竟免虎口之厄，王隱晉書曰：齊萬年帥羌胡圍涇陽。遣安西將軍夏侯駿西討氐、羌。莊子，孔子曰：丘幾不免虎口哉。全數百萬石之積，文契書於幕府。漢書音義曰：衛青征匈奴，大克獲，帝就拜大將軍於幕中府[19]，因曰幕府。

聖朝嚋咨，進以顯秩，殊以幢蓋之制。幢蓋，將軍刺史之儀也。兵書曰：軍主長服赤幢。東觀漢記曰：段熲為幷州刺史，曲蓋朱旗。而州之有司，乃以私隸數口，穀十斛，考訊吏兵，以檟楚之辭連之。禮記曰：夏楚二物，以收其威。鄭玄曰：夏，槄也；楚，荊也。夏與檟古今字通。大將軍屢抗其疏，干寶晉紀曰：梁王肜[20]為征西大將軍。曰：「敦固守孤城，獨當羣寇，管子曰：民無恥，不可以固守。以少禦眾，

15 注「城上礧石也」　袁本、茶陵本「礧」作「礨」。案：各本皆非，當作「雷」。此所引晁錯傳注文。
16 注「然礧與礨並同」　案：「礨」當作「壘雷」二字。各本皆誤。
17 注「梠楣也」　袁本「梠」上有「孚廢切又曰」五字，「也」下有「又曰」二字，是也。茶陵本與此同，非。
18 注「幕罌內井」　袁本、茶陵本無此四字。
19 注「於幕中府」　袁本、茶陵本無「府」字，是也。
20 注「梁王肜」　陳云「彤」，「肜」誤，是也。各本皆譌。又案：關中詩注與此同，亦譌也。

載離寒暑，莊子曰：晉之善戰者牛丑，以寡擊眾。臨危奮節，保穀全城。而雍州從事，忌敦勳効，極推小疵，周易曰：悔吝者，言乎其小疵也。非所以褒獎元功。宜解敦禁効何戴[21]假授。」言請解禁効而假授之以官也。說文曰：効，法有罪也。詔書遽許，而子固已下獄發憤而卒也。朝廷聞而傷之，策書曰：「皇帝咨故督守關中侯馬敦，忠勇果毅，率厲有力，固守孤城，危逼獲濟。寵秩未加，不幸喪亡，朕用悼焉。今追贈牙門將軍印綬，祠以少牢。」王隱晉書，贈馬敦詔曰：今追贈牙門將軍印綬，祠以少牢。魂而有靈，嘉茲寵榮。范曄後漢書曰：和帝追諡梁竦詔曰：魂而有靈，嘉斯寵榮。然絜士之聞穢，其庸致思乎？言絜士之聞己穢，其庸致思以求生乎？家語曰：孔子登於豐山而嘆曰：於斯致思，無不至矣。若乃下吏之肆其噤害，則皆妬之徒也。楚辭曰：口噤閉而不言。然則口不言[22]，心害之為噤害也。廣雅曰：妬，害也。嗟乎！妬之欺善，抑亦貿首之讎也。言嫉妬之徒，欺此善士，抑亦同彼貿首之讎也。戰國策，甘茂謂楚王曰：魏氏聽[23]甘茂與樗里疾貿首之讎也。語曰：「或戒其子，慎無爲善。」言固可以若是，悲夫！淮南子曰：人有嫁其子而教之曰：爾行矣！慎無為善。曰：不為善，將為不善邪？應之曰：善且猶弗為，況不善乎？此全其天器者也。高誘曰：器，猶性也。

昔乘丘之戰，縣玄賁奔父甫御魯莊公，馬驚敗績。賁父曰：「他日未嘗敗績，而今敗績，是無勇也。」遂死之。圉人浴馬，有流矢在白肉。公曰：「非其罪也。」乃誅之。禮記曰：魯莊公及宋人戰于乘丘，縣賁父御。馬驚敗績，公墜。縣賁父曰：他日不敗績，而今敗績，是無勇也。遂死之。

21 注「何戴」 袁本、茶陵本作「何戴切」三字，在注末，是也。
22 注「然則口不言」 案：「則」字不當有。各本皆衍。
23 注「甘茂謂楚王曰魏氏聽」 袁本、茶陵本無此九字。

圉人浴馬，有流矢在白肉。公曰：非其罪也。遂誅之。士之有誄，自此始也。鄭玄曰：白肉，股裏。漢明帝時，有司馬叔持者，白日於都市手劍父讎，視死如歸。亦命史臣班固而為之誄。公羊傳曰：仇牧聞宋萬殺君，手劍而叱之。何休曰：手劍，持拔劍也。呂氏春秋，管子曰：三軍之士，視死如歸。然則忠孝義烈之流，慷慨非命而死者，綴辭之士，未之或遺也。班固漢書贊曰：自孔子後，綴文之士眾矣。天子既已策而贈之，微臣託乎舊史之末，敢闕其文哉？乃作誄曰：

知人未易，人未易知。史記曰：侯嬴曰：人固未易知，知人亦未易。嗟茲馬生，位末名卑。西戎猾夏，乃奮其奇。尚書曰：蠻夷猾夏。孔安國曰：猾，亂也。保此汧城，救我邊危。彼邊奚危？城小粟富。子以眇身，而裁其守。兵無加衛，墉不增築。婪婪羣狄，豺虎競逐。左氏傳，富辰諫王曰：狄固貪惏，王又啓之。說文曰：杜林說卜者黨相詐驗為婪，力南切。漢書張耳陳餘述曰：據國爭權，還為豺虎。又曰：魏其、武安之屬，競逐於京師。鞏更恣睢，潛跱官寺。呂氏春秋曰：在上無道，倨傲荒惡，恣睢自用也。楚辭曰：意恣睢以指摘。史記，李斯曰：獨行怨睢之心[24]。漢書，任橫攻官寺。東觀漢記曰：象林蠻夷攻燔官寺。齊萬虓呼交闞呼檻，震驚台司。毛詩曰：進厥虎臣，闞如虓虎。又曰：震驚徐方。春秋漢含孳曰：三公在天法三台。聲勢沸騰，種落煽扇熾。謝承後漢書曰：匈奴詣張奐降，聲勢猛烈。毛詩曰：百川沸騰。風俗通曰：諸羌種落熾盛，大為邊害。旌旗電舒，戈矛林植。彤珠星流，飛矢雨集。彤珠星流，謂冶鐵以灌敵。司馬兵法曰[25]：火攻有五，斯為一焉。漢書曰：爐中鐵銷，散如流星。矢如雨，見上文。惴惴士女，號天以泣。爾雅曰：惴惴，懼也。尚書曰：號泣於旻天。爨麥而炊，負戶以汲。累卵之危，倒懸之急。說苑曰：晉靈公造九層臺，孫息聞之，求見曰：臣能累十二博

24 注「獨行怨睢之心」 案：「怨」當作「恣」。各本皆譌。
25 注「司馬兵法曰」 陳云「曰」字衍，是也。各本皆衍。

棊，加九雞子其上。公曰：子作之。孫息以棊子置下，加九雞子其上。公曰：危哉！孟子曰：當今之時，萬乘之國行仁政，人悅之，猶解倒懸。

馬生爰發，在險彌亮。毛詩曰：賦政于外，四方爰發。精冠白日[26]，猛烈秋霜。戰國策，康睢曰[27]：聶政之刺韓傀也，白虹貫日。申鑒曰：人主怒如秋霜。稜威可厲，懦夫克壯。漢書，武帝報李廣曰：威稜憺乎隣國。孟子曰：聞伯夷之風者，懦夫有立志。毛詩曰：克壯其猷。霑恩撫循，寒士挾纊。左氏傳曰：楚子伐蕭，申公巫臣曰：師人多寒，王巡三軍，拊而勉之，三軍之士，皆如挾纊。蠢蠢犬羊，阻眾陵寡。漢名臣奏曰：太尉應劭等議[28]，以為鮮卑隔在漠北，犬羊為羣。韓詩外傳曰：強不陵弱，眾不暴寡。潛隧密攻，九地之下。司馬兵法曰：善守者藏於九地之下，善攻者動於九天之上。愜愜窮城，氣若無假。王逸楚辭曰[29]：愜愜小息，畏罹患禍者也。魏明帝善哉行曰：假氣游魂，鳥魚為伍。昔命懸天，今也惟馬。論衡曰：夫命懸於天，吉凶存於時。惟此馬生，才博智贍。解嘲曰：雖其人之贍智哉。字書曰：贍，足也。偵恥命以瓶壺，剫靈結以長塹。徐爰射雉賦注曰：剫，割也。說文曰：塹，坑也，七豔切。鍤未見鋒，火以起焰。薰尸滿窟，棓穴以斂[30]。廣雅曰：棓，棰也[31]，蒲溝切。木石匱竭，其稈空虛。瞯然馬生，傲若有餘。左氏傳，晉邊吏讓鄭曰：今執事撊然，授兵登埤。杜預曰：撊然，勁忿貌也。撊與瞯同，下板切。孔融薦禰衡表曰：臨敵有餘。罵的梁爲礌，柿廢松爲芻。守不乏

---

26 「精冠白日」 袁本、茶陵本「冠」作「貫」，是也。此尤本誤字。

27 注「康睢曰」 陳云「康」，「唐」誤，是也。各本皆譌。

28 注「太尉應劭等議」 何校「尉」下增「掾」字。陳云脫「掾」字，見後安陸昭王碑，是也。各本皆脫。

29 注「王逸楚辭曰」 陳云「辭」下脫「注」字，是也。各本皆脫。

30 「棓穴以斂」 袁本、茶陵本「棓」作「掊」，注同，是也。此尤本誤字。

31 注「棰也」 袁本、茶陵本「棰」作「捶」，是也。

械，歷有鳴駒。哀哀建威，身伏斧質。鄭玄周禮注曰：質，木椹也。悠悠烈將[32]，覆軍喪器。戎釋我徒，顯誅我帥。以生易死，疇克不二。漢書，公孫玃說梁王曰：昔宋人立公子突以活其君，非義也。春秋記之，為其以生易死，以存易亡。聖朝西顧，關右震惶。分我汧庾，化爲寇糧。實賴夫子，思謩模[33]彌長。蔡邕趙歷碑曰：加以思謀深長，達於從政。孔安國尚書傳曰：謩，謀也。咸使有勇，致命知方。論語，子路曰：千乘之國，攝乎大國之間，加之以師旅，因之以饑饉，由也為之，比及三年，可使有勇，且知方也。又，子張曰：士見危致命。

我雖末學，聞之前典。莊子曰：末學，古之人有之。東京賦曰：所謂末學膚受。十世宥能，表墓旌善。左氏傳曰：宣子囚叔向，祁奚聞之而見宣子曰：夫謀而鮮過，叔向有焉，社稷之固也。猶將十世宥之，以勸能者。今一不免其身，以棄社稷，不亦惑乎！尚書曰：封比干之墓。賈逵國語注曰：旌，表也。思人愛樹，甘棠不翦[34]。左氏傳，君子曰：詩云：蔽芾甘棠，勿翦勿伐，召伯所茇。思其人，猶愛其樹也。矧乃吾子，功深疑淺。兩造未具，儲隸蓋鮮。尚書曰：兩造具備，師聽五辭。孔安國曰：兩，謂囚證也。造，至也。兩至具備，眾聽其入五刑之辭。孰是勳庸，而不獲免？猾哉部司，其心反側。斲善害能，醜正惡直。鄭玄毛詩箋曰：惡直醜正。牧人逶迤，自公退食。國語，里革曰：且夫君也者，將牧人而正其邪。毛詩曰：逶迤逶迤，自公退食。毛萇詩傳曰：逶迤，行可蹤迹也。聞穢鷹揚，曾不戢翼。言聞穢必殞，若鷹之揚，若不戢翼而少留也[35]。毛詩曰：惟師尚父，時惟鷹揚。又曰：鴛鴦在梁，戢其左翼。忘爾大勞，猜爾小利。方言曰：猜，恨也。苟莫開懷，于何不至？言人不開懷

---

32 「悠悠烈將」 何校「烈」改「列」，陳同。各本皆非。

33 注「模」 袁本、茶陵本作「音模」二字，在注末，是也。

34 「甘棠不翦」 袁本、茶陵本「不」作「勿」。案：此無以考之。

35 注「若不戢翼而少留也」 案：「若」字不當有。各本皆衍。

以相容，則瑕釁于何而不至？慨慨馬生，琅琅高致[36]。說文曰：慷慨，壯士不得志也。廣雅曰：琅琅，堅也[37]。發憤囹圄，沒而猶眂。嗚呼哀哉！左氏傳曰：荀偃伐齊，卒，視不可唅。欒懷子曰：主苟終，所不嗣事于齊，有如河。乃瞑受唅。

安平出奇，破齊克完。史記曰：田單者，齊諸田疏屬也。燕破齊，田單東保即墨。燕引兵圍即墨。田單乃收城中得千餘牛，為絳繒衣，畫以五采龍文，束兵刃其角，而灌脂束葦於尾，燒其端。鑿城數十穴。夜縱牛，壯士五千人隨其後。牛尾熱，怒而奔燕。燕軍夜大驚。尾炬火光明炫耀，燕軍視之，皆龍文，所觸盡死傷。五千人因銜枚擊之，燕軍大敗駭走。齊人遂夷殺其將騎劫。而齊七十餘城皆復為齊。襄王封田單，號曰安平君。太史公曰：兵善者出奇無窮。張孟運籌，危趙獲安。戰國策曰：智伯從韓、魏兵以攻趙，圍晉陽，決晉水以灌之。襄子謂張孟談曰：士大夫病，吾不能守矣。孟談於是陰見韓、魏之君曰：今智伯率二君而伐趙，趙亡則君次之。二君曰：我知其然。即與張孟談陰約三軍與之期曰：夜遣人入晉陽。趙氏殺守隄之吏，而決水灌智伯，智伯軍救水而亂，韓、魏翼而擊之，襄子將卒犯其前，大敗智氏軍而擒智伯。智伯身死國亡，地分為三。漢書，高祖曰：運籌策於帷幄之中。汧人賴子，猶彼談單。如何吝嫉，搖之筆端？吝嫉，謂有司貪吝嫉妬也。論衡曰：文吏搖筆，考跡民事。韓詩外傳曰：避文士之筆端。傾倉可賞，矧云私粟？狄隸可頒，況曰家僕？周禮有蠻隸、夷隸。鄭玄曰：征蠻夷所獲也。頒，賦也。頒與班古字通。剔子雙龜，貫以三木。為督守及關中侯，故雙龜也。司馬遷答任少卿書曰：魏其，大將也，衣赭關三木。功存汧城，身死汧獄。凡爾同圍，心焉摧剝。扶老攜幼，街號巷哭。嗚呼哀哉！戰國策曰：薛人扶老攜幼迎孟嘗君。劉條聖賢本紀曰：子產卒，國人哭於巷。婦人泣於機。

---

36 「琅琅高致」 袁本、茶陵本作「硠硠」，注同，是也。此尤本誤。

37 注「堅也」 袁本、茶陵本「也」下有「力唐切」三字，是也。

明明天子，旋以殊恩。毛詩曰：明明天子，令聞不已。光光寵贈，乃牙其門。司勳頒爵，亦兆後昆。周禮曰：凡有功者，祭于大蒸，司勳詔之，尚書曰：垂裕後昆。死而有靈，庶慰寃魂。嗚呼哀哉！

陽給事誄 并序

顏延年

沈約宋書曰：永初三年，索虜嗣自率眾至方城。虜悉力攻滑臺，城東北崩壞，王景度出奔，景度司馬陽瓚堅守不動，眾潰，抗節不降，為虜所殺。少帝追贈給事中。尚書令傅亮議瓚家在彭城，宜卽以入臺絹一百匹，粟三百斛賜給。文士顏延年[38]為之誄焉。

惟永初三年十一月十一日，宋故寧遠司馬、濮陽太守彭城陽君卒。嗚呼哀哉！沈約宋書曰：高祖卽位，改元曰永初。郡國記有東郡、濮陽郡。瓚少稟志節，資性忠果，奉上以誠，率下有方。朝嘉其能，故授以邊事。永初之末，佐守滑臺。東郡圖經曰：滑臺城，卽鄭之廩延。值國禍荐臻，王略中否。潘岳陽肇誄曰：將宏王略。獯虜間釁，劘摩[39]剝司兗；沈約宋書曰：司州，漢之司隸校尉也。武帝北平關、洛，置司州，居虎牢。又曰：兗州，後漢居山陽，武帝平河南，居滑臺。幽并騎弩，屯逼鞏洛。物理論曰：幽州之騎，冀州之弓，勁悍之上。列營緣戍，相望屠潰。關中詩曰：列營基跱[40]。屠，謂誅殺其人也。漢書曰：攻潁川，屠之。左氏傳曰：凡民逃其上曰潰。瓚奮其猛銳，志不違難，立乎將卒之間，以緝華裔之眾。緝，會聚也。左氏傳，孔子曰：裔不謀夏，夷不亂華。罷困相保，堅守四旬，上下力屈，受陷勍

---

38 注「文士顏延年」 袁本「文」上有「後文帝立命」五字，茶陵本無。案：此節注袁幷善入五臣，茶陵幷五臣入善，皆非其舊。

39 注「摩」 袁本、茶陵本無此字，注末有「劘與摩音義同」六字。案：有者是也。尤刪移，非。

40 注「列營基跱」 案：「基」當作「綦」，各本皆譌。

寇。史記，李左車謂韓信曰：情見力屈，欲戰不拔。左氏傳，公子魚曰：勍敵之人，隘而不成列。杜預曰：勍，強也。士師奔擾，棄軍爭免。而瓚誓命沈城，佻達彫身飛鏃，毛詩曰：佻佻公子。毛萇傳曰：獨行貌也。兵盡器竭，斃于旗下。非夫貞壯之氣，勇烈之志，豈能臨敵引義，以死徇節者哉！非有先生論曰：引義以正身。景平之元，朝廷聞而傷之，有詔曰：「故寧遠司馬、濮陽太守陽瓚，滑臺之逼，厲誠固守，投命徇節，在危無撓，左氏傳曰：師徒撓敗。杜預曰：撓，敗也[41]。古之烈士，無以加之。可贈給事中，振卹遺孤，以慰存亡。」鄭玄禮記注曰：振，收也。追寵既彰，人知慕節，河汴之間，有義風矣。逮元嘉廓祚，聖神紀物，光昭茂緒，旌錄舊勳，苟有概於貞孝者，實事感於仁明。東觀漢記曰：章帝壯而仁明。末臣蒙固，側聞至訓，敢詢諸前典，而爲之誄。其辭曰：

貞不常佑，義有必甄。鄭玄尚書緯注曰：甄，表也。處父勤君，怨在登賢。左氏傳曰：晉蒐于夷，舍二軍，使狐射姑將中軍，趙盾佐之[42]。陽處父至自溫，改蒐于董，易中軍。陽子，成季之屬也，故黨于趙氏，且謂趙盾能，曰：使能，國之利也。賈季怨陽子之易其班。杜預曰：本中軍帥，易以為佐也。使續鞠居殺陽處父。[43]穀梁傳曰：晉將與狄戰，使狐夜姑為中軍將，盾佐之。陽處父曰：不可，古者君之使臣也，使仁者佐賢者，不使賢者佐仁者。今盾賢，夜姑仁，其不可。襄公曰：諾。公謂夜姑曰：吾使汝佐盾矣。處父主境上之事，夜姑使人殺之。苫夷致果，題子行間。左氏傳曰：苫越生子，將待事而名之。陽州之役獲焉，名之曰陽州。杜預曰：苫夷也[44]。說文曰：題，名也。漢書，衛青曰：非臣待罪行間之意。忠壯

---

41 注「橈敗也」　案：「敗」當作「曲」，各本皆誤。所引在成二年。
42 注「盾佐之」　袁本、茶陵本「盾」上有「趙」字，是也。
43 注「左氏傳曰」下至「殺陽處父」　袁本、茶陵本無此八十八字，何校去。陳云別本無之為是。案：此即尤誤取增多者。
44 注「苫夷也」　袁本、茶陵本「苫」下有「越苫」二字，是也。

之烈，宜自爾先。舊勳雖廢[45]，邑氏遂傳。左氏傳，呂相絕秦曰：我襄公未忘君之舊勳。又，眾仲曰：胙之以土而命之氏，邑亦如之。杜預曰：取其舊邑之稱以為族也。公羊傳曰：其稱劉何？以邑氏。惟邑及氏，自温徂陽。左氏傳，劉子、單子謂晉郤至曰：襄王勞文公而賜之溫，狐氏、陽氏先處之。狐續既降，晉族弗昌。言狐射姑、續鞫居誅處父之後，在晉之族不復昌盛也。左氏傳曰：賈季使續鞫居殺陽處父。杜預曰：狐射姑，賈季也。之子之生，立績宋皇。毛詩曰：之子于征。拳猛沈毅，温敏肅良。管子曰：子之鄉有拳勇秀出者。毛萇詩傳曰：拳，力也。戰國策，鞠武曰：田光先生者，其知深，其慮沈[46]。如彼竹栢，負雪懷霜。孫子曰：貞人在冬則松竹，在火則玉英。如彼騑駟，配服驂衡。服，服馬也；衡，車衡也[47]。言翼贊宋朝，如彼騑之為駟，乃配服而參衡也。服謂中央兩馬，夾轅者在服之左曰驂，右曰騑，四馬曰駟。

邊兵喪律，王略未恢。周易曰：師出以律，失律凶也。廣雅曰：略，法也。函陝堙阻，瀍洛蒿萊。朔馬東騖，胡風南埃。毌丘儉在幽州詩曰：芒山邈悠悠，但見胡地埃。路無歸轊，野有委骸。漢書，王恢曰：轊車相望。又，高祖令曰：士卒從軍死者，為槥，歸其縣。應劭曰：槥，小棺也，服虔曰：轊與槥古字通。司馬彪續漢書，順帝詔曰：死則委尸原野。帝圖斯艱，簡兵授才。寔命陽子，佐師危臺。憬彼危臺，在滑之垌。周衛是交，鄭翟是爭。交，黨與也。毛詩曰：憬彼淮夷。史記，鄭入滑，滑聽命，已而反與衛，於是鄭伐滑。周襄王使伯犕請滑，鄭文公不聽襄王請而囚伯犕。王怒，與翟伐鄭，不尅。昔惟華國，今實邊亭。憑巇結關，負河縈城。金柝夜擊，和門晝扃。金，謂刁斗也。衛宏漢舊儀曰：晝漏盡，夜漏起，城門擊刁斗，

---

45 「舊勳雖廢」　茶陵本「廢」作「發」，云五臣作「廢」。袁本云善作「發」。案：此尤校改正之也。「發」但傳寫誤。

46 注「其知深其慮沈」　袁本、茶陵本此六字作「其勇沈也」四字。

47 注「服服馬也衡車衡也」　袁本、茶陵本無此八字。案：無者最是。此尤誤取增多。

周廬擊木柝。周禮曰：大閱以旌為左右和之門。范曄後漢書，章帝詔[48]：永平之末，城門晝閉。說文曰：扃，外閉之關也。料敵厭難，時惟陽生。楊子雲趙充國頌曰：料敵制勝。唐子曰：將要於折衝猒難決勝而已。

涼冬氣勁，塞外草衰。李陵答蘇武書云：涼秋九月，塞外草衰。逿矣獯虜，乘障犯威。尚書，王曰：逿矣西土之人。漢書曰：上遣狄山乘障。蒼頡曰[49]：障，小城也。鳴驥橫厲，霜鏑高翬。漢書曰：息夫躬絕命辭曰：鷹隼橫厲。又曰：冒頓乃作為鳴鏑。音義曰：箭鏑也。西京賦曰：游鷮高翬。薛綜曰：翬，猶飛也。軼我河縣，俘我洛畿。左氏傳，呂相曰：迭我殽地，入我河縣，俘我王官。迭與軼古字通。攢鋒成林，投鞍為圍。東京賦曰：戈矛若林。漢書，韓安國曰：高皇帝圍於平城，匈奴至者投鞍，高如城者數所。翳翳窮壘，嗷嗷羣悲。師老變形，地孤援闊。左氏傳，晉軍吏曰：楚師老矣。卒無半菽，馬實拑秣。漢書，項羽曰：歲飢民貧，卒食半菽。公羊傳曰：楚莊王圍宋，子反窺宋城，見華元。華元曰：易子而食，析骸而炊。子反曰：吾聞圍者拑馬而秣之，使肥者應客，何子之情？何休曰：以木銜其口。守未焚衝，攻已濡褐。左氏傳曰：公侵齊，攻廩丘之郛，主人焚衝，或濡馬褐以救之。

烈烈陽子，在困彌達。周易曰：困窮而通。勉慰痍傷，拊巡饑渴。左氏傳曰：子反令軍吏察痍傷。杜預曰：痍，亦傷也。力雖可窮，氣不可奪。禮記曰：儒者身可危也，而志不可奪也。孫子兵法曰：三軍可奪氣，將軍可奪心。義立邊疆，身終鋒栝。嗚呼哀哉！劉熙釋名曰：矢末曰栝。

賁父殞節，魯人是志。汧督効貞，晉策攸記。賁父、汧督，已見上文。皇上嘉悼，思存寵異。于以贈之，言登給事。毛詩曰：何以贈之？路車乘黃。疏爵紀庸，恤孤表嗣。漢書，滕公謂楚

---

48 注「章帝詔」　袁本、茶陵本「詔」下有「曰」字，是也。

49 注「蒼頡曰」　何校「頡」下添「篇」字，陳同。各本皆脫。

令尹曰：黥布上疏，爵而貴之。疏，分也[50]。嗟爾義士，沒有餘喜。嗚呼哀哉！

陶徵士誄 并序

何法盛晉中興書曰：延之為始安郡，道經尋陽，常飲淵明舍，自晨達昏。及淵明卒，延之為誄，極其思致。

顏延年

夫璿玉致美，不爲池隍之寶；山海經曰：升山，黃酸之水出焉，其中多琁玉。說文曰：璇[51]，亦璿字。桂椒信芳，而非園林之實。春秋運斗樞曰：椒桂連，名士起。宋均曰：桂椒芬香，美物也。山海經曰：招搖之山多桂。又曰：琴鼓之山多椒。豈其深而好遠哉？蓋云殊性而已。故無足而至者，物之藉也；言物以希為貴也。藉，資藉也。韓詩外傳曰：晉平公游於河而樂，曰：安得賢士與之樂此也？舡人蓋胥跪而對曰：夫珠出於江海，玉出於崑山，無足而至者，由主君之好也。士有足而不至者，蓋君主無好士之意也。何患無士乎！[52]隨踵而立者，人之薄也。言人以眾為賤也。薄，賤薄也。戰國策，齊宣王曰：百世一聖，若隨踵而生也。此亦不以文而害意。若乃巢高之抗行，夷皓之峻節，皇甫謐逸士傳曰：巢父者，堯時隱人也。莊子曰：堯治天下，伯成子高立為諸侯。堯授舜，舜授禹，伯成子高棄為諸侯而耕。史記曰：伯夷、叔齊，孤竹君之子也，隱於首陽山。三輔三代舊事曰：四皓，秦時為博士，辟於上洛熊耳山西。禰衡書曰：訓夷、皓之風。故已父老堯禹，錙銖周漢，范曄後漢書曰：郅惲謂鄭敬曰：子從我為伊、呂乎？將為巢、許乎？而父老堯、舜乎？禮記，孔子曰：儒有上不臣天子，下不事諸侯，雖分國如錙銖，有如此者。鄭玄曰：雖分國以祿之，視之輕如錙銖矣。而緜世浸遠，光靈不屬，東觀漢記曰：上賜東平王蒼書曰：歲月鶩過，山陵浸遠。今魯國孔氏

---

50 注「疏分也」 袁本、茶陵本無此三字。

51 注「說文曰璇」 袁本、茶陵本「璇」作「琁」，是也。

52 注「韓詩外傳曰」下至「何患無士乎」 袁本無此注，茶陵本有。案：疑茶陵複出，尤所見與之同耳。蓋本是「無足而至，已見上文」，袁因已見五臣而刪削此句。

尚有仲尼車輿冠履，明德盛者光靈遠也。至使菁華隱沒，芳流歇絕，不其惜乎！雖今之作者，人自爲量，論語，子曰：作者七人。而首路同塵，輟塗殊軌者多矣。老子曰：和其光而同其塵。陸機俠邪行曰：將遂殊塗軌，要子同歸津。豈所以昭末景，汎餘波！陸機詩曰：惆悵懷平素，豈樂于茲同；豈宴棲末景[53]，游豫躡餘蹤。尚書曰：餘波入于流沙。

有晉徵士尋陽陶淵明，南岳之幽居者也。禮記曰：儒有幽居而不肖淫。弱不好弄，長實素心。左氏傳，郤芮對秦伯曰：夷吾弱不好弄，長亦不改。禮記曰：有哀素之心。鄭玄曰：凡物無飾曰素。學非稱師，文取指達。在眾不失其寡，處言愈見其默。少而貧病，居無僕妾。范曄後漢書曰：黃香家貧，內無僕妾。井臼弗任，藜菽不給。列女傳曰：周南大夫之妻謂其夫曰：親探井臼[54]，不擇妻而娶。母老子幼，就養勤匱。禮記曰：事親左右，就養無方。遠惟田生致親之議，追悟毛子捧檄之懷。韓詩外傳曰：齊宣王謂田過曰：吾聞儒者親喪三年，君之與父孰重？田過對曰：殆不如父重。王忿曰：則曷為去親而事君？田對曰[55]：非君之土地，無以處吾親；非君之祿，無以養吾親；非君之爵，無以尊顯吾親；受之於君，致之於親。凡事君者亦為親也[56]。宣王悒然無以應之。范曄後漢書曰：廬江毛義，字少卿。家貧，以孝稱。南陽人張奉慕其名，往候之。坐定而府檄適到，以義守令。義捧檄而入，喜動顏色。奉者志尚之士，心賤之，自恨來，固辭而去。及義母死，去官行服。數辟公府，為縣令，進退必以禮。後舉賢良，公車徵，遂不至。張奉歎曰：賢者固不可測，往日之喜，為親屈也。初辭州府三命，後爲彭澤令。道不偶物，棄官從好。孫盛晉陽秋曰：嵇康性不偶俗。論語，子曰：從吾所好。遂乃解體世紛，結志區外，左氏

---

53 注「豈宴棲末景」　袁本、茶陵本「豈」作「堂」。案：「堂」亦非也，當作「賞」。

54 注「親探井臼」　茶陵本「探」作「操」，是也。袁本亦譌。

55 注「田對曰」　案：「田」字不當有。各本皆衍。

56 注「亦為親也」　袁本、茶陵本「亦」作「以」，是也。

傳，季文子曰：四方諸侯，其誰不解體！嵇康幽憤詩曰：世務紛紜。蔡伯喈郭林宗碑曰：翔區外以舒翼。定迹深棲，於是乎遠。灌畦鬻蔬，爲供魚菽之祭；閑居賦曰：灌園鬻蔬，供朝夕之膳。公羊傳，齊大夫陳乞曰：常之母有魚菽之祭。織絇劬[57]緯蕭，以充糧粒之費。穀梁傳曰：甯喜出奔晉，織絇邯戰，終身不言衛。鄭玄儀禮注曰：絇，狀如刀，衣履頭也。莊子曰：河上有家貧恃緯蕭而食者。司馬彪曰：蕭，蒿也。織蒿為薄。心好異書，性樂酒德，劉劭集有酒德頌[58]。簡棄煩促，就成省曠。張茂先答何劭詩曰：恬曠苦不足，煩促每有餘。殆所謂國爵屏貴，家人忘貧者與？莊子曰：夫孝悌仁義，忠信貞廉，此皆自勉以役其德者也，不足多也。故曰：至貴，國爵屏焉；至富，國財屏焉。是以道不渝。郭象曰：屏者，除棄之謂也。夫貴在其身猶忘之，況國爵乎！斯貴之至也。莊子曰：故聖人，其窮也使家人忘貧；其達也使王公忘爵祿而化卑。郭象曰：淡然無欲，家人不識貧可苦。有詔徵爲著作郎，稱疾不到。春秋若干，元嘉四年月日，卒于尋陽縣之某里。近識悲悼，遠士傷情。冥默福應，嗚呼淑貞！張衡靈憲圖注曰：寂寞冥默，不可為象。

夫實以誄華，名由謚高，苟允德義，貴賤何筭焉？若其寬樂令終之美，好廉克己之操，有合謚典，無愆前志。故詢諸友好，宜謚曰靖節徵士。謚法曰：寬樂令終曰靖，好廉自克曰節。其辭曰：

物尚孤生，人固介立。漢書音義，臣瓚曰：介，特也。豈伊時遘，曷云世及？嗟乎若士！望古遙集。韜此洪族，蔑彼名級。葛龔遂初賦曰：承豢龍之洪族，貺高陽之休基。史記曰：賜爵一級。說文

---

57 注「劬」 袁本、茶陵本作「音劬」二字，在注中「履，頭也」下，是也。

58 注「劉劭集有酒德頌」 何校「劭」改「靈」。陳云「劭」，「伶」誤。案：「靈」是也，說見前。又褚淵碑文作「伶」，亦非。

曰：級，次弟也。睦親之行，至自非敦。周禮，二曰六行：孝、友、睦、姻、任、恤。鄭玄曰：睦親於九族。然諾之信，重於布言。漢書曰：季布，楚人也。諺曰：得黃金百斤[59]，不如得季布一諾。廉深簡絜，貞夷粹温。和而能峻，博而不繁。論語，子曰：和而不同。家語，子貢曰：博而不舉，是曾參之行。依世尚同，詭時則異。有一於此，兩非默置。豈若夫子，因心違事？言為人之道，依俗而行，必譏之以尚同；詭違於時，必譏之以好異；有一於身，必被譏論，非為默置。豈若夫子因心而能違於世事乎？言不同不異也。莊子曰：列士懷植散羣[60]，則尚同也。郭象曰：所謂和其光同其塵。班固漢書贊曰：東方朔戒其子以上容。首陽為拙，柱下為工。飽食安步，以仕易農。依隱玩世，詭時不逢。毛詩曰：因心則友。畏榮好古，薄身厚志。論語，子曰：信而好古。世霸虛禮，州壤推風。世霸，謂當世而霸者也。蔡伯喈郭有道碑曰：州郡聞德，虛己備禮。推風，推挹其風也。孝惟義養，道必懷邦。范曄後漢書曰[61]：論言以義養，則仲由之菽甘於東鄰之牲。論語比考讖曰：文德以懷邦。人之秉彝，不隘不恭。毛詩曰：民之秉彝，好是懿德。孟子曰：伯夷隘，柳下惠不恭，隘與不恭，君子不由也。[62]綦母邃曰：隘，謂疾惡太甚，無所容也；不恭，謂禽獸畜人，是不敬。然此不為褊隘，不為不恭。爵同下士，祿等上農。禮記曰：諸侯之下士，視上農夫，祿足以代其耕。度量難鈞，進退可限。孝經，容止可觀，進退可度。長卿棄官，稚賓自免。漢書曰：司馬長卿病免，客游梁，得與諸侯游士居。又曰：清居之士，太原則郇相，字稚賓，舉州郡茂才，數病去官。子之悟

59 注「得黃金百斤」 案：「斤」字不當有，「百」與「諾」協韻。茶陵本作「兩」，亦衍。袁本此節注併入五臣，亦作「兩」。然則五臣妄增之也。漢書無，今史記衍「斤」字，尤依之改，非。又案：袁本錯「善注同」三字在「貞夷粹溫」句五臣注下，更為誤中之誤。

60 注「列士懷植散羣」 袁本「懷」作「壞」，是也。茶陵本亦誤「懷」。此所引田子方文。

61 注「范曄後漢書曰論」 袁本「曰論」作「論曰」，是也。茶陵本亦誤倒。

62 注「孟子曰」下至「君子不由也」 袁本、茶陵本無此二十字。案：此因已見五臣而節去，尤添之為是。

之，何悟之辯？賦詩歸來，高蹈獨善。歸來，歸去來也。左氏傳，齊人歌曰：魯人之皐，使我高蹈。孟子曰：古之人窮則獨善其身，達則兼善天下。亦既超曠，無適非心。呂氏春秋曰：夫樂有道，心亦適。莊子曰：知忘是非，心之適也。汲流舊巘，葺宇家林。廣雅曰：葺，覆也。晨烟暮藹，春煦秋陰。陳書輟卷，置酒絃琴。居備勤儉，躬兼貧病。尚書曰：克勤于邦，克儉于家。史記，原憲曰：若憲，貧也。非病也。人否其憂，子然其命。論語，子曰：賢哉回也！一簞食，一瓢飲，在陋巷，人不堪其憂，回也不改其樂。墨子曰：貧富固有天命，不可損益。隱約就閑，遷延辭聘。周書曰：隱約者，觀其不懾懼。登徒子好色賦曰：因遷延而辭避。非直也明，是惟道性。毛詩曰：匪直也人，秉心塞淵。高誘淮南子注曰：道性無欲。糾纆斡流，冥漠報施。鵩鳥賦曰：斡流而遷，或推而還。夫禍之與福，何異糾纆？弔魏武文曰：悼繐帷之冥漠。史記司馬遷曰：天之報施善人何如哉？孰云與仁？實疑明智。言誰云天道常與仁人，而我聞之，實疑於明智。此說明智，謂老子也。老子曰：天道無親，常與善人。楚辭曰：招賢良與明智。謂天蓋高，胡諐斯義？言天高聽卑而報施無爽，何故爽於斯義而不與仁乎？毛詩曰：謂天蓋高，不敢不跼。史記，子韋曰：天高聽卑。履信曷憑？思順何寘？周易曰：履信思乎順。毛萇詩傳曰：寘，置也。年在中身，疢維痁疾。尚書曰：文王受命惟中身。左氏傳曰：齊侯疥，遂痁。杜預曰：痁，瘧疾也。視死如歸，臨凶若吉。呂氏春秋曰：遺生行義，視死如歸。藥劑弗嘗，禱祀非恤。魏都賦曰：藥劑有司。論語，子曰：丘之禱久矣！傃幽告終，懷和長畢。嗚呼哀哉！傃，向也。禮記曰：幽則有鬼神。孫卿子曰：死，人之終也。

敬述靖節[63]，式尊遺占。漢書曰：陳遵口占作書。占，謂口隱度其事，令人書也。存不願豐，沒無求

63 「敬述靖節」 案：「靖」當作「清」。袁本云善作「靖」。茶陵本云五臣作「清」。各本所見皆傳寫誤。此下八句敘述薄葬，必是「清節」無疑。至末「旌此靖節」方說其謚，相涉致譌，並非善如此。

瞻。省訃却賻，輕哀薄斂。禮記曰：凡訃於其君，云某臣死。鄭玄曰：訃，或作赴[64]，至也。臣死，使人至君所告之也。周禮曰：喪則令賻補之。鄭玄曰：謂賻喪家補助不足。遭壞以穿，旋葬而窆。嗚呼哀哉！河圖考鉤曰：有壞者可穿。禮記，孔子曰：斂手足形[65]，還葬而無槨，稱其財，斯之謂禮。說文曰：窆，葬下棺也。

深心追往，遠情逐化。莊子曰：既化而生，又化而死。自爾介居，及我多暇。漢書，陳餘說武臣曰：將軍獨介居河北。孫卿子曰：其為人也多暇日者，其出入不遠。伊好之洽，接閻鄰舍。宵盤晝憩，非舟非駕。毛萇詩傳曰：憩，息也。念昔宴私，舉觴相誨。毛詩曰：諸父兄弟，備言燕私。獨正者危，至方則礙[66]。孫卿子曰：方則止，圓則行。哲人卷舒，布在前載。西征賦曰：蘧與國而卷舒。西京賦曰：多識前世之載。取鑒不遠，吾規子佩。毛詩曰：殷鑒不遠。爾實愀然，中言而發。禮記曰：孔子愀然作色而對。違眾速尤，迕風先蹷。班固漢書述曰：疑殆匪闕，違眾忤世，淺為尤悔，深作敦害。韓詩外傳曰：草木根荄淺，未必橛也[67]；飄風與[68]，暴雨隧，則橛必先矣。身才非實，榮聲有歇。言身及才不足為實，榮華聲名有時而滅。恐己恃才以傲物，憑寵以陵人，故以相誡也。叡音永矣，誰箴余闕？嗚呼哀哉！爾雅曰：永，遠也。左氏傳，魏絳曰：百官箴王闕[69]。仁焉而終，智焉而斃。應劭風俗通曰：傳云：五帝聖焉死，三王仁焉死，五伯智焉死。黔婁既沒，展禽亦逝。皇甫謐高士傳曰：黔婁先生死，曾參與門人來弔。曾參曰：先生終，何以為謚？妻曰：以康為謚。曾子曰：先生

---

64 注「訃或作赴」 袁本、茶陵本「或」下有「皆」字。案：有者是也。此所引雜記上注文，尤誤刪。

65 注「斂手足形」 袁本、茶陵本「手」作「首」，是也。案：尤誤改。

66 「至方則礙」 袁本、茶陵本「礙」作「閡」。案：此蓋尤改之，未必是也。

67 注「未必橛也」 袁本「橛」作「撅」，下同，是也。茶陵本亦誤「橛」。案：正文作「蹷」，或尚有「蹷」、「撅」異同之注。

68 注「飄風與」 案：「與」當作「興」。各本皆譌。

69 注「百官箴王闕」 何校重「官」字，是也。各本皆脫。

存時，食不充虛，衣不蓋形；死則手足不斂，傍無酒肉。生不得其美，死不得其榮，何樂於此而謚為康哉？妻曰：昔先[70]君嘗欲授之國相，辭而不為，是所以有餘貴也；君嘗賜之粟三十鍾，先生辭不受，是其有餘富也。彼先生者，甘天下之淡味，安天下之卑位，不戚戚於貧賤，不遑遑於富貴，求仁而得仁，求義而得義，其謚為康，不亦宜乎也！展禽，柳下惠也。論語，柳下惠為士師。鄭玄曰：柳下惠，魯大夫也。展禽食采柳下，謚曰惠。其在先生，同塵往世。同塵，已見上文。旌此靖節，加彼康惠。嗚呼哀哉！康，黔婁；惠，柳下惠也。

宋孝武宣貴妃誄

并序　沈約宋書曰：孝武殷淑儀薨，追進為貴妃，班亞皇后，謚曰宣。謝莊為誄。

謝希逸

惟大明六年夏四月壬子，宣貴妃薨。律谷罷煖，龍鄉輟曉。律谷，黍谷也。吹律以暖之，故曰律谷。劉向別錄曰：鄒衍在燕，有谷寒，不生五穀。鄒衍吹律而溫之至，生黍[71]。陳留風俗傳曰：允吾縣者，宋、陳、楚地，故梁國寧陵種龍鄉也，出鳴雞。照車去魏，聯城辭趙。史記曰：齊威王與魏惠王會田于郊。魏王問曰：王亦有寶乎？威王曰：無有。魏王曰：若寡人，小國也，尚有徑寸之珠，照車前後十二乘者十枚。奈何以萬乘之國而無寶乎？又曰：趙惠文王得和氏璧。秦王聞之，使遺趙王書曰：願以十五城易璧。趙王遂使相如奉璧西入秦。魏文帝與鍾大理書曰：不損連城之價。皇帝痛掖殿之既闃，悼泉途之已宮。埤蒼曰：闃，靖也。風俗通曰：梓宮者，存時所居，緣生事亡，因以為名也。巡步櫩而臨蕙路，集重陽而望椒風。嗚呼哀哉！上林賦曰：步櫩周流，長途中宿。西都賦曰：後宮則有蘭林蕙草。楚辭曰：集重陽入帝宮兮，造旬始而觀清都。桓子新論曰：董賢女弟為昭儀，居舍號曰椒風。天寵方降[72]，王

---

70 注「妻曰昔先」　袁本、茶陵本「先」下有「生」字，是也。

71 注「而溫之至生黍」　案：「之」字不當有。各本皆衍。

72 「天寵方降」　袁本、茶陵本「降」作「隆」，是也。何校改「隆」。案：此尤本誤字。

姬下姻。沈約宋書曰：淑儀生第二皇女。周易曰：在師中吉，承天寵也。毛詩序曰：王姬亦下嫁於諸侯。肅雍揆景，陟屺爰臻。言王姬將降至，而貴妃遽隕。毛詩曰：曷不肅雍？王姬之車。又曰：陟彼屺兮，瞻望母兮。國軫喪淑之傷，家凝霣庇之怨。穆天子傳曰：天子為盛姬謚曰哀淑人。潘岳秦氏從姊誄曰：家失慈覆，世喪母儀。鄭玄禮記注曰：庇，覆也。庇或為妣，非也。敢撰德於旐旒，芳庶圖於鍾萬。周易曰：雜物撰德。楊雄元后誄曰：著德太常，注諸旒旌。曹植卞太后誄曰：敢揚厚德，表之旐旌[73]。國語，晉悼公曰：昔克潞之役，秦來圖敗晉功，魏顆以其身却退秦師于輔氏，親止杜回。其勳銘于景鍾。左氏傳曰：九月，考仲子之宮，將萬焉。公問羽數於眾仲，對曰：天子用八，諸侯用六。公從之。於是初獻六羽，始用六佾。其辭曰：

玄丘煙因熅，瑤臺降芬。列女傳曰：契母簡狄者，有娀氏之長女也。當堯之時，與其妹娣浴於玄丘之水。有玄鳥銜卵過而墜之，五色甚好。簡狄得含之，誤而吞之，遂生契焉。楚辭曰：望瑤臺之偃蹇兮，見有娀之佚女。高唐渫雨，巫山鬱雲。高唐賦曰：昔先王游於高唐，夢見一婦人，曰：妾在巫山之陽，高丘之阻，旦為朝雲，暮為行雨。誕發蘭儀，光啓玉度。楊修荀爽述讚曰：其德克明，誕發幼齡。左九嬪武帝納皇后頌曰：如蘭之茂，如玉之瑩。光啓，已見上文。望月方娥。瞻星比婺。易歸藏曰：昔常娥以不死之藥犇月。漢書曰：北宮有婺女。星占曰：婺女為旣嫁之女也。毓德素里，栖景宸軒。周易曰：君子以振民毓德。劉梁季南碑曰：栖景曜於衡門。處麗絺綌[74]，出懋蘋蘩。毛詩曰：葛之覃兮，施于中谷。是刈是獲，為絺為綌。又曰：于以采蘋，南澗之濱。又曰：于以采蘩，于沼于沚。脩詩賁道，稱圖照言。廣雅曰：賁，美也。世本曰：史皇作圖。宋忠曰：史皇，黃帝臣也。圖，謂畫物象也。翼訓姒幄，贊軌堯門。列女傳曰：塗山氏之女，夏禹娶以為妃。旣生啟，塗山獨明教訓，而致其化焉。史記曰：禹，姒為姓。

---

73 注「敢揚厚德表之旐旌」　袁本、茶陵本「厚」作「后」，「旐」作「旒」。案：此尤校改之也。

74 「處麗絺綌」　茶陵本云五臣作「綌」。袁本云善作「紘」。案「紘」即「綌」別體字。此及注皆尤所改耳。

漢書曰：孝武鉤弋趙婕妤，昭帝母也。妊身十四月乃生。上曰：昔聞堯十四月而生，今鉤弋亦然，乃命所生門曰堯母門。綢繆史館，容與經闈。史，三史；經，六經。陳風緝藻，臨象分微，風，國風；象，易象。游藝殫數，撫律窮機。藝，六藝；律，六律。躊躇冬愛，怊悵秋暉。楚辭曰：蹇淹留而躊躇。左氏傳曰：酆舒問於賈季曰：趙衰、趙盾孰賢？對曰：趙衰冬日之日，趙盾夏日之日。杜預曰：冬日可愛，夏日可畏。楚辭曰：心怊悵以永思。展如之華，寔邦之媛。毛詩曰：展如之人兮，邦之媛也。敬勤顯陽，肅恭崇憲。沈約宋書曰：文帝路淑媛生孝武皇帝。即位，奉尊號皇太后，宮曰崇憲，太后居顯陽殿。奉榮維約，承慈以遜。逮下延和，臨朋違怨。祚靈集祉，慶藹迎祥。毛詩曰：既受帝祉，施于孫子。鄭玄禮記注曰：高辛氏之世，玄鳥遺卵，娀女簡狄吞而生契。後王以為媒官嘉祥而立其祠焉。潘尼上巳日會天淵池詩曰：外迎休祥，內和天人。皇胤璿式，帝女金相。式，法也。言皇之胤嗣，如玉之有法也。沈約宋書曰：淑儀生始平王子鸞、晉陵王子雲。帝女，已見上文。左氏傳，祈招之詩云：式如玉，式如金。毛詩曰：追琢其章，金玉其相。毛萇曰：相，質也。聯跗齊穎，接蕚均芳。毛詩曰：棠棣之華，蕚不韡韡。鄭玄曰：承華者蕚，不當作跗。蕚，足也。以蕃以牧，燭代輝梁。漢書曰：文帝立武為代王，參為梁王。視朔書氛[75]，觀臺告祲。左氏傳曰：公既視朔，遂登觀臺以望而書，禮也。周禮曰：眡祲掌十煇之法。鄭玄曰：陰陽氣相侵漸以成災也。八頌扃和，六祈輟滲。周禮曰：占人掌占龜，以八筮占八頌，以視吉凶。鄭玄曰：以八筮占八頌，謂將卜八事先以筮筮之。言頌者，同於龜占。周禮曰：太祝掌六祈，以同鬼神示：一曰類，二曰造，三曰禬，四曰禜，五曰攻，六曰說。滲，謂滲漉，喻祉福也。衡總滅容，翬翟毀袿。包咸論語注曰：衡，軛也。周禮曰：王后之五路，重翟錫面朱總，厭翟勒面繢總，安車彫面鷖總，皆有容蓋。鄭司農曰：總著馬勒，直兩耳與兩鑣。容，謂幨車也。周禮曰：司服掌王后之六服：褘服、褕狄、闕狄、鞠衣、展衣、褖衣。鄭玄曰：狄當為翟。翟，雉名也。褘，衣畫翬者也。說文曰：袿，衣衿也。掩彩瑤光，收華

75 「視朔書氛」茶陵本云五臣作「氛」。袁本云善作「氣」。案：此亦尤所改。

紫禁。嗚呼哀哉！宋孝武傷宣貴擬漢武李夫人賦曰：閟瑤光之密陛，宮虛梁之餘陰。又袁伯文美人賦曰：居瑤光之嚴奧，御象席之瓊珍。並以瑤光為殿名。蓋貴妃之所處也。王者之宮，以象紫微，故謂宮中為紫禁[76]。

帷軒夕改，輧輅晨遷。劉熙釋名曰：容車，婦人所載小車也，其蓋施帷，所以隱蔽其形容也。列女傳，齊孝孟姬曰：妾聞妃后踰閾，必乘安車輜輧。蒼頡篇曰：輧，衣車也。離宮天邃，別殿雲懸。西都賦曰：徊以離宮別寢[77]。靈衣虛襲，組帳空煙。寡婦賦曰：瞻靈衣之披披。鄭玄禮記注曰：襲，重衣也。長門賦曰：張羅綺之幔帷，垂楚組之連綱。巾見餘軸，匣有遺絃。嗚呼哀哉！巾，巾箱也。匣，琴匣也。

移氣朔兮變羅紈，白露凝兮歲將闌。闌，猶晚也。庭樹驚兮中帷響，金釭曖兮玉座寒。夏侯湛有金釭燈賦。曖，不明也。易是類謀曰：假威出座玉床。純孝擗其俱毀，共氣摧其同欒。純孝、共氣，謂皇子也。左氏傳，君子曰：穎考叔，純孝也。孝經曰：擗踴哭泣，哀以送之。鄭玄孝經注曰：毀瘠羸瘦，孝子有之。呂氏春秋曰：父母之於子也，子之於父母也，一體而分形，同血氣而異息。毛詩曰：庶見素冠兮，棘人欒欒兮。仰昊天之莫報，怨凱風之徒攀。毛詩曰：欲報之德，昊天罔極。毛詩曰：凱風[78]，美孝子也。茫昧與善，寂寥餘慶。淮南子曰：茫茫昧昧，從天之道。與善，已見上文。周易曰：積善之家，必有餘慶。喪過乎哀，棘實滅性。喪過，見上文。孝經曰：毀不滅性。世覆沖華，國虛淵令。嗚呼哀哉！牽秀四言詩曰：坤德尚沖。毛詩曰：秉心塞淵。

題湊既肅，龜筮既辰。呂氏春秋曰：題湊之至，棺槨數襲。漢書音義，韋昭曰：題，頭也。頭湊，以頭內向，所以為固。階撤兩奠，庭引雙輴。儀禮曰：屬引徹奠乃祖。鄭玄曰：屬，著也。引，所以引柩車也。在輴曰紼。又，

---

76 注「為紫禁」　袁本、茶陵本「禁」下有「禁，密奧，又謂之岩奧」八字。案：此尤校刪之也。

77 注「徊以離宮別寢」　袁本、茶陵本無「別寢」二字。案：此尤校添之也。

78 注「毛詩曰凱風」　陳云「詩」下脫「序」字，是也。各本皆脫。

禮記注曰：輴，殯車也。維慕維愛，曰子曰身。沈約宋書曰：孝武大明六年，淑儀薨。又曰：大明六年，子雲薨。潘岳妹哀辭曰：庭祖兩柩，路引雙輴。爾身爾子，永與世辭。慟皇情於容物，崩列辟於上旻。司馬彪漢書曰[79]：根車旋載容衣。崇徽章而出寰甸，照殊策而去城闉。嗚呼哀哉！鄭玄禮記注曰：徽，旌旗也。又曰：旌，葬乘車所建也。毛萇詩傳曰：章，旐也。蔡邕獨斷曰：以策書誄其行而賜之也。穀梁傳曰：寰內諸侯，非天子之命不得出會。尚書曰：五百里甸服。孔安國曰：規方千里之內，謂之甸服。說文曰：闉，城曲重門也。

經建春而右轉，循閶闔而徑渡[80]。河南郡境界簿曰：洛陽縣東城第一建春門。楚辭曰：歷太皓以右轉。晉宮閣銘曰：洛陽城閶闔門。楚辭曰：凌天池而徑渡。旌委鬱於飛飛，龍逶遲於步步。毛詩曰：周道逶遲。鏘楚挽於槐風，喝邊簫於松霧。鏘，鳴聲也。楚，辛楚也。廣雅曰：喝，嘶喝也。邊簫，簫聲遠也。涉姑繇而環迴，望樂池而顧慕。嗚呼哀哉！穆天子傳曰：天子西征至玄池之上，乃奏樂三日而終[81]，是曰樂池。盛姬亡，天字乃殯姬於轂丘之廟，葬於樂池之南。天子乃周姑繇之水，以圜喪車。郭璞曰：繇音姚。

晨輼於昆解鳳，曉蓋俄金。葬訖，故車解鳳飾。蓋，斜金爪也。漢書曰：載霍光尸以輼輬車。如淳曰：輼輬車形廣大，有羽飾。甘泉賦曰：乃登夫鳳皇。然羽飾則鳳皇也。杜延年奏曰：載霍光柩以輬車，以輼車為倅也。臣瓚曰：秦始皇崩，秘其喪，載以輼輬車，百官奏事如故。此不得是轜車類也。然輼車吉儀，瓚說是也[82]。桓譚新論曰：乘輿鳳皇蓋，飾以金玉。蔡邕獨斷曰：凡乘輿皆羽蓋，金華爪。鄭玄詩箋曰：俄，傾也。山庭寢日，隧路抽陰。黃圖曰：陵冢為山。鄭玄周禮注曰：隧，墓道也。重扃閟兮燈已黯，中泉寂兮此夜深。哀永逝曰：戶闔兮燈滅，夜何時兮復曉！銷神躬于

---

79 注「司馬彪漢書曰」　袁本、茶陵本「漢」上有「續」字，是也。

80 「循閶闔而徑渡」　案：「渡」當作「度」，注同。袁本云善作「渡」。茶陵本云五臣作「度」。各本所見皆傳寫誤。

81 注「乃奏樂三日而終」　袁本、茶陵本無「而」字。

82 注「瓚說是也」　袁本、茶陵本「也」下有「輬，力強切」四字，是也。

壤末，散靈魄於天潯。許慎淮南子注曰：潯，涯也。嚮乘氣兮蘭馭風，德有遠兮聲無窮。言惠問乘四氣而靡窮，其芳譽馭六風而彌遠。嗚呼哀哉！

哀上

哀永逝文

潘安仁

啓夕兮宵興，悲絕緒兮莫承。啓夕，將啓殯之前夕也。儀禮曰：既夕哭，請啓期，告于殯，宿興。緒，胤緒也。思玄賦曰：王肆侈於漢庭，卒銜卹而絕緒。俄龍輀兮門側，嗟俟時兮將升。儀禮曰：遷于祖，用軸。鄭玄曰：軸，輁軸也。天子畫之以龍。說文曰：輀[83]，喪車也。嫂姪兮慞惶[84]，慈姑兮垂矜。爾雅曰：婦稱夫之母曰姑。聞鳴雞兮戒朝，咸驚號兮撫膺。陳琳武軍賦曰[85]：啓明戒旦，長庚告昏。列子曰：撫膺而恨。逝日長兮生年淺，憂患眾兮歡樂尠。彼遙思兮離居，歎河廣兮宋遠。毛詩序曰：河廣，宋襄公母歸于衛，思而不止，故作此詩也。詩曰：誰謂河廣？一葦杭之；誰謂宋遠？跂予望之。今奈何兮一舉，邈終天兮不反！天地之道，理無終極。今云終天不反，長逝之辭。

盡余哀兮祖之晨，揚明燎兮援靈輴。祖及輴車，並已見上文。儀禮曰：宵設燎于門內之右。鄭玄曰：為哭者為明。徹房帷兮席庭筵，舉酹觴兮告永遷。禮記曰：士殯帷之。儀禮曰：商祝御柩，乃祖。布席，乃奠。

---

83 注「說文曰輀」 案「輀」當作「轜」。各本皆譌。此在車部作「輀」，「轜」即「輀」別體字。袁本正文作「輀」，蓋五臣改，失著校語。茶陵本作「轜」，亦「輀」之訛耳。

84 「嫂姪兮慞惶」 茶陵本「慞惶」作「章偟」，云五臣作「慞惶」。袁本云善作「章偟」。案：此以五臣亂善，非。

85 注「陳琳武軍賦曰」 何校「軍」改「庫」，是也。各本皆譌。

禮記曰：祖於庭。說文曰：酹，餟祭也。字林曰：以酒沃地曰酹。淒切兮增欷，俯仰兮揮淚。想孤魂兮眷舊宇，視倏忽兮若髣髴。徒髣髴兮在慮，靡耳目兮一遇。停駕兮淹留，徘徊兮故處。周求兮何獲？引身兮當去。

去華輦兮初邁，馬迴首兮旋旆。風泠泠兮入帷，雲霏霏兮承蓋。班婕妤自傷賦曰：廣室陰兮帷幄暗，房櫳虛兮風泠泠。楚辭曰：雲霏霏兮承宇。鳥俛翼兮忘林，魚仰沫兮失瀨。悵悵兮遲遲，遵吉路兮凶歸。思其人兮已滅，覽餘跡兮未夷。毛萇詩傳曰：夷，滅也。昔同塗兮今異世，憶舊歡兮增新悲。謂原隰兮無畔，謂川流兮無岸。望山兮寥廓，臨水兮浩汗。視天日兮蒼茫，面邑里兮蕭散。匪外物兮或改，固歡哀兮情換。嗟潛隧兮既敞，將送形兮長往。隧，已見上文。委蘭房兮繁華，襲窮泉兮朽壤。賈逵國語注曰：襲，還也。

中慕叫兮擗摽，之子降兮宅兆。擗摽，已見上文。孝經曰：卜其宅兆而安厝之。撫靈櫬兮訣幽房，棺冥冥兮埏窈窕。杜預左氏傳注曰：櫬，親身之棺。聲類曰：埏，墓隧也。戶闔兮燈滅，夜何時兮復曉？司馬彪續漢書，張奐遺令曰：地底冥冥，長無曉期。歸反哭兮殯宮，聲有止兮哀無終。左氏傳曰：不反哭于寢，故不曰薨。杜預注曰：自墓反虞于正寢，所謂反哭于寢也。釋名曰：於西壁下塗之曰寢[86]。儀禮曰：遂適殯宮。是乎非乎何皇[87]？趣一遇兮目中。漢書曰：孝武李夫人卒，悲感作詩曰：是邪？非邪？立而望之，偏何姍姍其來遲！鄭玄毛詩箋曰：皇之言暀也。又曰：暀，往也。東觀漢記，世祖曰：虜在吾目中。既遇目兮無兆。曾寤寐兮弗夢。既顧瞻兮家道，長寄心兮爾躬。周易曰：夫夫婦婦而家道正。

86 注「於西壁下塗之曰寢」　袁本、茶陵本「寢」作「殯」，是也。

87 「是乎非乎何皇」　袁本、茶陵本「皇」作「遑」。案：此善「皇」、五臣「遑」，失著校語。

重曰：已矣！此蓋新哀之情然耳。渠懷之其幾何？庶無愧兮莊子。莊子曰：莊子妻死，惠子弔之，則方箕踞鼓盆而歌。惠子曰：與人居長，子老身死，不哭亦足矣。又鼓盆而歌，不已甚乎？莊子曰：不然，是其始死也，我獨而能無概[88]。然察其始，而本無生；非徒無生，而本無形；非徒無形，而本無氣。人且偃然寢於巨室，而我噭噭隨而哭之，自以為不通乎命，故止。

88 注「我獨而能無概然」　袁本、茶陵本「而」作「何」，是也。

卷第五十八

哀下

宋文皇帝元皇后哀策文[1]

顏延年

沈約宋書曰：文帝袁皇后諱齊媯，陳郡人，左光祿大夫敬公湛之庶女也。適太祖，生太子劭。上待后禮甚篤。及崩于顯陽殿，詔前永嘉太守顏延年[2]為哀策文[3]。

惟元嘉十七年七月二十六日，大行皇后崩于顯陽殿，周書曰：謚者行之迹，是以大行受大名，細行受細名。風俗通曰：皇帝新崩，未有定謚，故揔其名曰大行皇帝。行，下孟切。粵九月二十六日，將遷座于長寧陵，禮也。龍輁卭[4]纚離綍，容翟結驂。龍輁，凶飾也。容翟，吉儀也。儀禮曰：遷于祖，用軸。鄭玄曰：遷徙于祖廟也。軸，輁軸也。軸狀如轉轔，刻兩頭為軹。輁，狀如長牀，穿桯前後著金而開軸焉，天子畫之以龍也。桯，餘征切。

---

1 「宋文皇帝元皇后哀策文」　袁本無「皇帝元」三字，茶陵本有。案：此蓋善有、五臣無而失著校語。

2 注「詔前永嘉太守顏延年」　袁本「年」作「之」，是也。茶陵本亦誤「年」。

3 注「為哀策文」　茶陵本「文」下有「謚曰元」三字，袁本無。案：有者是也。

4 注「卭」　袁本、茶陵本作「輁音卭」三字，在注中「桯，餘征切」上，是也。

韓詩：纚，繫也[5]。鄭玄儀禮注曰：引棺在輴車曰紼，甫物切。劉熙釋名曰：容車，婦人所載小車也，其蓋施帷，所以隱蔽其形容。曹植宣后誄表曰：容車飾駕，以合北辰。[6]周禮曰：王后之五路，重翟錫面朱總，厭翟勒面繢總，皆有容蓋。鄭司農云：容，謂幨車也。鄭玄曰：蓋，如今小車蓋也。王逸楚辭注曰：結，連也。連驂，言將行也。鄭玄詩箋曰：驂，兩騑。皇塗昭列，神路幽嚴。皇塗，古制，故曰昭列。神路，凶飾，故曰幽嚴。皇帝親臨祖饋，躬瞻宵載。周禮曰：喪祝掌大喪，祖飾棺乃載。鄭玄曰：祖，為行始也。其序載而后飾。白虎通曰：始載於庭，轜車辭祖禰也。飾遺儀於組旒，淪徂音乎珩行[7]珮。毛詩曰：素絲組之。鄭玄曰：以素絲為縷，縫之旌旗，以為文飾。旌旗以銘功也[8]。楊雄元后誄曰：著德太常，注諸旒旌。尚書大傳曰：太師奏雞鳴，后夫人鳴佩玉于房中，告去。毛詩：雜佩以贈之。毛萇詩傳曰：珮有珩璜琚瑀。琚音居。瑀音禹。悲黼筵之移御，痛翬褕以招之重晦。周禮曰：大朝覲，王設次席黼純。又，內司服掌王后之六服，褘衣褕狄。鄭玄曰：褘，衣畫翬者也；褕，畫鷂者也。褕與鷂，並以招切。降輿客位，撤奠殯階。降輿，謂祖載之時柩降於車也。儀禮曰：主人入祖乃載。鄭玄曰：舉柩却下而載之。禮記曰：殯於客位，祖於庭。儀禮曰：屬引徹奠乃祖。鄭玄曰：屬，著也。引，柩車也。禮記曰：周人殯於西階之上，則猶賓之。乃命史臣，累德述懷。鄭司農周禮注曰：誄，謂積累生時德行，賜之命，為其辭也。其辭曰：

倫昭儷昇，有物有憑。言天地未分之前，已明倫匹之義，又昇伉儷之道，皆有物象，有所依憑。毛詩曰：天生

---

5 注「韓詩纚繫也」　袁本「纚」上有「曰」字，是也。茶陵本亦脫。何校「詩」下添「章句」二字，陳同。案：各本蓋皆脫，下注「韓詩曰淑女」同。

6 注「劉熙釋名曰容車」下至「以合北辰」　袁本、茶陵本無此四十字。

7 注「行」　袁本、茶陵本作「珩音行」三字，在注中「琚音居」上，是也。

8 注「旌旗以銘功也」　袁本、茶陵本無此六字。

蒸民，有物有則。鄭玄曰：有物象也。左氏傳曰：石言於晉魏榆。師曠曰：石不能言，或憑焉。[9]劇秦美新曰：上覽古在昔有憑應而尚缺。圓精初鑠，方祇始凝。言天地始分也。呂氏春秋曰：天道圓，地道方。何以說天道之圓也[10]？精氣一上一下，圜周復雜，無所稽留，故曰天道圓。何以說地道之方也？萬物殊類形，皆有分職，不能相為，故曰地道方。郭璞方言注云：鑠，言光明也。淮南子曰：清陽薄靡而為天，重濁凝滯而為地。昭哉世族，祥發慶膺。祥發，猶發祥也。毛詩曰：長發其祥。慶膺，猶膺慶也。幽通賦曰：王者膺慶於所感[11]。秘儀景冑，圖光玉繩。祕其令儀而生景冑，圖其容光而升玉繩也。廣雅曰：圖，度也。沈約宋書曰：宋有玉繩殿。昌暉在陰，柔明將進。尚書曰：邦乃其昌。孔安國曰：昌，盛也。周易曰：坤，陰物也。又曰：坤，妻道也。又曰：順而麗乎大明，柔進而上行。率禮蹈和，稱詩納順。南都賦曰：率禮無違。論語曰：禮之用，和為貴。史記曰：陸賈時稱詩、書。毛詩曰：于以采蘋。又曰：于以采藻。[12]鄭玄毛詩箋曰：蘋之言賓，藻之言澡[13]。婦人之行，尚柔順，自潔清，故取名以為戒[14]。禮記曰：婦順者，順於舅姑，和於室人，而后當於夫也。爰自待年，金聲夙振。左氏傳曰：叔姬歸于紀。杜預曰：至是歸者，待年於父母國也。孟子曰：孔子之謂集大成也者，金聲而玉振。亦既有行，素章增絢。毛詩曰：女子有行，遠父母兄弟。論語曰：子夏問曰：巧笑倩兮，美目盼兮，素以為絢兮，何謂也？子曰：繪事後素。曰：禮後乎？馬融曰：絢，文貌也。

象服是加，言觀維則。毛詩曰：象服是宜。又曰：言觀其旂。又曰：柔嘉維則。俾我王風，始基嬪

---

9 注「左氏傳曰」下至「或憑焉」　袁本、茶陵本無此二十字。案：無者最是。

10 注「呂氏春秋曰天道圓地道方何以說天道之圓也」　袁本、茶陵本無「曰天道圓地道方何以」九字。案：此校添之也。

11 注「王者膺慶於所感」　案：「者」字不當有，「感」當作「戚」。各本皆誤。

12 注「毛詩曰」下至「于以采藻」　袁本、茶陵本無此十三字。

13 注「蘋之言賓藻之言澡」　袁本、茶陵本無此八字。

14 注「故取名以為戒」　袁本、茶陵本無此六字。

德。毛詩曰：覆俾我悖。尚書曰：釐降二女于嬀汭，嬪于虞。惠問川流，芳猷淵塞。蔡邕袁公夫人碑曰：義方之訓，如川之流。毛詩曰：仲氏任只，其心塞淵。方江泳漢[15]，載謠南國。毛詩序曰：文王之道，被于南國，江、漢之域，無思犯禮。毛詩曰：漢之廣矣，不可泳思。江之永矣，不可方思。毛萇曰：方，泭也。伊昔不造，鴻化中微。謂少帝之時。陸機詩曰：伊昔有皇。毛詩曰：閔予小子，遭家不造。東都賦曰[16]：鴻化惟神。魯靈光殿賦曰：遭漢中微。用集寶命，仰陟天機。謂文帝即位也。尚書曰：用集大命。又曰：無墜天之降寶命。天機，喻帝位也。尚書考靈耀曰：璿璣玉衡，以齊七政。尚書為此璣。曹植秋胡行曰：歌以永言，大魏承天璣。然璣與機同也。釋位公宮，登曜紫闈。左氏傳，子朝曰：諸侯釋位，以間王室。禮記曰：古者婦人先嫁三月，祖廟未毀，教于公宮。魏明帝苦寒行曰：修德乎紫闈，八月自懷柔。欽若皇姑，允迪前徽。尚書曰：欽若昊天。爾雅曰：婦稱夫之母曰姑。尚書曰：允迪厥德。孝達寧親，敬行宗祀。毛詩曰：歸甯父母。毛萇曰：父母在，則有時歸寧。毛詩序曰：夫人可以奉祭祀，則不失職矣。進思才淑，傍綜圖史。毛詩序曰：關雎樂得淑女，思進賢才。王肅周易注曰：綜，理事也。班婕妤自傷賦曰：陳女圖以鏡鑒，顧女史而問詩[17]。發音在詠，動容成紀。國語，伶州鳩曰：詠之以中音。孟子曰：動容周旋中禮者，盛德之至也。成紀，見下注。壼政穆宣，房樂韶理。爾雅曰：宮中巷謂之壼。禮記曰：古者天子后立於宮，以聽天下之內治。方言曰：穆，信也。儀禮曰：有房中之樂。鄭玄曰：絃歌周南、召南之詩。房中者，后夫人諷誦以事君子。禮記曰：韶，繼也。如淳漢書注曰：今樂家五日一習樂，為理樂也。坤則順成，星軒潤飾。韓詩曰：淑女奉順坤德，成其紀綱。周易曰：坤，順也。漢書曰：軒轅，黃龍體。前大星，女主象也。德之所屆，惟深必測。尚書曰：惟德動天，無遠弗屆。卞蘭太子頌

---

15 「方江泳漢」　茶陵本「泳」作「詠」，云五臣作「泳」。袁本無校語。案：茶陵所見非也。

16 注「東都賦曰」　袁本、茶陵本「賦」作「主人」，是也。

17 注「陳女圖以鏡鑒顧女史而問詩」　袁本、茶陵本此十二字作「陳列國史以鏡鑒也」八字。案：此尤校改之也。

表曰：道無深而不測，術無細而不敷。下節震騰，上清朓側。言后道得宜，即地安靜而月合度也。漢書，李尋曰：月者，眾陰之長，妃后之象。春秋感精符曰：月者，陰之精，地之理也。國語曰：幽王二年，三川皆震，毛詩曰：百川沸騰，山冢崒崩。尚書五行傳曰：晦日而月見西方，謂之朓；朔而月見東方，謂之側慝。鄭玄曰：朓，猶條達也。條達，行疾貌。側慝，猶縮懦，行遲貌。有來斯雍，無思不極。毛詩曰：有來雍雍。又曰：無思不服。孔安國尚書傳曰：極，中也。謂道輔仁，司化莫晣之逝切[18]。摯秀四言詩曰：乾道輔仁，坤德尚沖。思玄賦曰：死生錯而不齊，雖司命其不晣。說文曰：昭晣，明也。象物方臻，眂視祲告沴零細切[19]。周禮曰：凡樂六變而致象物。鄭玄曰：象物，有象在天，所謂四靈也。非德之和，則不至也。周禮曰：眂祲。鄭玄曰：祲，陰陽氣相祲漸成祥也。漢書曰：氣相傷謂之沴，臨莅不和意也。太和既融，收華委世。太和，謂太平也。法言曰：或問太和，曰：其在唐、虞、成周也。李軌曰：天下太和。蔡邕釋誨曰：皇道惟融，帝猷丕顯。廣雅曰：融，朗也。委世，棄世也。蘭殿長陰，椒塗弛衛。嗚呼哀哉！漢武故事曰：帝以七月七日旦生於猗蘭殿。漢書儀曰[20]：皇后稱椒房，椒塗室，亦取溫煖除惡氣也。

戒涼在肂弋二，杪秋即穸夕。國語，單襄公曰：火見而清風戒寒。賈逵曰：戒人為寒備也。儀禮曰：死三日而肂，三月而葬。說文曰：肂，瘞也。楚辭曰：靚杪秋之遙夜。禮記曰：家宰制國用，必於歲之杪。[21]左氏傳，楚子曰：唯是春秋窀穸之事。杜預曰：窀，厚也；穸，夜也。厚夜，長夜，謂葬埋也。窀，之倫切。霜夜流唱，曉月升魄。流唱，挽歌也。升魄，祖載也。禮記，子曰：氣也者，神之盛也；魄也者，鬼之盛也。八神警引，五輅遷迹。甘泉賦曰：八神

18 注「之逝切」　袁本、茶陵本此在注末，是也。

19 注「零細切」　袁本作「眂音視。沴，零細切」七字，在注中「漢書曰」上，是也。茶陵本移「零細切」在注首，非。尤刪「眂音視」，益非。

20 注「漢書儀曰」　何校「書」改「舊」，陳同，是也。各本皆誤。

21 注「禮記曰」下至「必於歲之杪」　袁本、茶陵本無此十三字。案：無者最是。

奔而警蹕兮，振殷轔而軍裝。周禮曰：巾車掌王后之五輅。嗷嗷儲嗣，哀哀列辟。嗷嗷，已見上文。毛詩曰：哀哀父母，生我劬勞。灑零玉墀，雨泗丹掖。劉騊駼玄根賦曰：致垂棘以為墀。撫存悼亡，感今懷昔。嗚呼哀哉！沈約宋書曰：哀策既奏，上自益此八字，以致其意焉。潘岳祭庾新婦文曰：伏膺飲淚，感今惟昔。

南背國門，北首山園。楚辭曰：出國門而軫懷。廣雅曰：首，向也。漢書曰：後徙吏二千石之家於諸陵，非獨為奉山園。僕人按節，服馬顧轅。楚辭曰：僕人慌悴，散若流兮。子虛賦曰：按節未舒。鄭玄毛詩箋曰：服，中央夾轅也。李陵詩曰：轅馬顧悲鳴，五步一彷徨。遙酸紫蓋，眇泣素軒。傅玄乘輿馬賦曰：紫蓋漂以連翩。素軒，猶素車也。滅彩清都，夷體壽原。楚辭曰：造旬始，觀清都。漢書曰：作陽陵邑。張晏曰：景帝作壽陵，起邑。漢書音義曰：天子未死呼壽原。邑野淪藹，戎夏悲讙。京邑朝野，淪其明盛，戎狄華夏，悲以競讙。廣雅曰：藹藹，盛也。國語，史蘇曰：戎夏交捽也。來芳可述，往駕弗援。嗚呼哀哉！

齊敬皇后哀策文

蕭子顯齊書，明帝敬劉皇后諱惠端，彭城人也，光祿大夫道弘女。太祖高皇帝為高宗納之。武帝永明七年卒，葬江乘縣張山。高宗即位，追尊為敬皇后[22]。高宗崩，改葬，祔于興安陵。高宗，即明帝也。

謝玄暉

惟永泰元年蕭子顯齊書，明帝改年為永泰，其年七月，帝崩，東昏即位。秋九月朔日，敬皇后梓宮啓自先塋，將祔于某陵。風俗通曰：梓宮者，禮：天子斂以梓器。宮者，存時所居，緣生事亡，因以為名。凡人呼棺，亦為宮也。說文曰：塋，墓地。禮記，孔子曰：魯人之祔也，合之。鄭玄曰：祔，謂合葬也。其日，至尊親奠某

---

22 注「追尊為敬皇后」　袁本、茶陵本無「敬」字。案：此尤校添之也。

皇帝，至尊，東昏侯寶卷[23]。鄭玄周禮注曰：貢，獻也。饋奠明帝。崩，未謚，故曰某。乃使兼太尉某設祖于行宮，禮也。司馬彪續漢書，太尉公一人，凡大喪則告謚南郊。祖，已見上文。翠帟舒皇，玄堂啓扉。張協稧賦曰：翠幕蜺連。張衡呂司徒誄曰：去此寧寓，歸于幽堂。玄室冥冥，脩夜彌長。俎徹三獻，筵卷六衣。杜預左氏傳注曰：撤，去也。禮，祭必三獻。周禮，內司服掌王后之六服：褘衣、褕狄、闕狄、鞠衣、展衣、褖衣。哀子嗣皇帝，懷蜃衛而延首，想鷖輅而撫心。周禮曰：遂人[24]，大喪，使帥其屬以蜃車之役衛[25]。鄭玄曰：蜃車，柩路，柩載柳四輪[26]，迫地而行，有似蜃，因取名焉。阮瑀正欲賦曰[27]：佇延首以極視。周禮曰：安車雕面鷖總。列子曰：師襄乃撫心高蹈。痛椒塗之先廓，哀長信之莫臨。椒塗，已見上文。應劭漢官儀曰：帝祖母為太皇太后，其所居曰長信宮也。身隔兩赴，時無二展。爾雅曰：赴，至也。禮記，顏淵謂子路曰：反其國不哭，展墓而入。鄭玄曰：展，省視也。旋詔左言，光敷聖善。鄭玄禮記注曰：旋，便也。漢書曰：左史記言，右史記事。干寶晉紀，魏帝詔曰：三后咸用光敷聖德。毛詩曰：母氏聖善，我無令人。其辭曰：

帝唐遠冑，御龍遙緒。班固漢書贊曰：范宣子曰：祖自虞已上為陶唐氏，在夏為御龍氏，晉主夏盟，為范氏。在秦作劉，在漢開楚。班固漢書贊曰：范氏為晉士師，魯文公世奔秦，後歸于晉。其處者為劉氏。漢書曰：楚元王交，高祖同父少弟也，為楚王。沈約宋書曰：高祖，楚元王交之後也。肇惟淑聖，克柔克令。克柔，已見上文。毛詩曰：令妻壽母。清漢表靈，曾沙膺慶。韓詩曰：漢有遊女。薛君曰：遊女，謂漢神。謝靈運登江中孤嶼詩曰：表靈物

---

[23] 注「東昏侯寶卷」 袁本、茶陵本「侯寶卷」作「也」，是也。
[24] 注「周禮曰遂人」 案：「人」當作「師」。各本皆誤。
[25] 注「以蜃車之役衛」 案：「以」當作「共」，「衛」字不當有。各本皆誤。
[26] 注「柩載柳四輪」 何校「柩」下添「路」字，陳同，是也。各本皆脫。
[27] 注「阮瑀正欲賦曰」 案：「正」當作「止」。各本皆譌。

莫賞。漢書元后傳，元城建公曰：昔春秋沙麓崩，晉史卜之，曰：後六百四十五年，宜有聖女興。其齊田乎！今王翁鄭孺[28]徙，正直其地，日月當之。元城東有五麓之虛，即沙麓地。後八十年，當有貴女興天下。膺慶，已見上文。爰定厥祥，徽音允穆。毛詩曰：文定厥祥。又曰：太姒嗣徽音，則百斯男。光華沼沚，榮曜中谷。毛詩序曰：采蘩，夫人不失職也。詩曰：于以采蘩，于沼于沚。又詩序曰：葛覃，后妃之本也。詩曰：葛之覃兮，施于中谷。敬始紘綖，教先穜稑。列女傳，敬姜曰：皇后親蠶玄紞，公侯夫人加之以紘綖。周禮曰：上春，詔王后帥六宮之人，出穜稑之種，而獻於王。睿問川流，神襟蘭郁。川流，已見上文。楊雄書曰：賢女馨[29]芬於蘭茝。

先德韜光，君道方被。先德，謂明帝也。韜光，謂封西昌侯之時也。廣雅曰：韜，藏也。吳志，賀劭上疏曰：陛下昔韜藏神光，潛德東夏。干寶晉紀，文帝遺吳主書曰：韜神光福德，久勞于外。毛詩序曰：文王之道，被於南國。[30]于佐求賢，在謁無詖。毛詩序曰：卷耳，后妃之志也。又，當輔佐君子，求賢審官，內有進賢之志，而無險詖私謁之心。顧史弘式，陳詩展義。班婕妤自傷賦曰：顧女史而問詩。厚下曰仁，藏往伊智。周易曰：山附於地，剝，上以厚下安宅。干寶晉紀揔論曰：仁以厚下。易曰：蓍之德，圓而神；卦之德，方以智。神以知來，智以藏往。十亂斯俟，四教罔忒。論語，武王曰：予有亂臣十人。孔子曰：才難，不其然乎！唐、虞之際，於斯為盛，有婦人焉，九人而已。馬融曰：其一人謂文母也。禮記曰：古者婦人教以婦德、婦容、婦言、婦功。鄭玄詩箋云：法度莫大於四教。廣雅曰：忒，差也。思媚諸姑，貽我嬪則。毛詩曰：思媚周姜。又曰：問我諸姑。又曰：貽我來牟。孔安國傳曰[31]：嬪，婦也。毛詩序曰：后妃化天下以婦道也。化自公宮，遠被南國。公宮、南國，並已見上文。軒曜懷光，素舒佇德。光、德，皆

28 注「今王翁鄭孺」 陳云「鄭」字衍，是也。各本皆衍。
29 注「賢女馨」 袁本、茶陵本「馨」下有「香」字，是也。
30 注「毛詩序曰」下至「被於南國」 袁本、茶陵本無此十二字。
31 注「孔安國傳曰」 何校「傳」上添「尚書」二字，陳同，是也。各本皆脫。

謂后也。言軒曜思大明以增耀，素舒佇聖德而分彩也。淮南子曰：軒轅者，帝妃之舍。高誘曰：[32]軒轅，星也[33]。劉歆有曜歷。楚辭曰：前望舒使先驅。王逸曰：望舒，月御也。

閔予不祐，慈訓早違。毛詩曰：閔予小子。周易曰：天命不祐。晉中興書曰：肅祖太妃荀氏薨，顯宗詔曰：朕少遭閔凶，慈訓無稟。廣雅曰：違，背也。**方年沖藐，懷袖靡依。**尚書曰：肆予沖人弗及知。左氏傳，晉獻公曰：以是藐諸孤。毛詩曰：母兮鞠我，出入腹我。鄭玄曰：腹，懷抱也。**家臻寶業，身嗣昌暉。**周易曰：聖人之大寶曰位。元皇后哀策文曰：昌輝在陰。**壽宮寂遠，清廟虛歸。嗚呼哀哉！**楚辭曰：蹇將澹兮壽宮。王逸曰：壽宮，供神之處也。毛詩曰：清廟[34]，祀文王也。

帝遷明命，民神胥悅。謂明帝即位也。毛詩曰：帝遷明德，串夷載路。國語，祭公謀父曰：至于文、武，事神保民，莫不欣喜。又，王孫圉曰：又能上下悅于鬼神。**乾景外臨，陰儀內缺。**周易曰：乾為君，為父。禮記曰：后治陰德也。**空悲故劍，徒嗟金穴。**漢書曰：宣帝許皇后，元帝母也，字平君。曾孫立為帝，平君為婕妤。是時公卿議更立皇后，亦未有言，上乃詔求微時故劍，大臣知指，白立許婕妤為皇后。范曄後漢書曰：光武郭皇后弟況為大鴻臚，數賞賜金錢，京師號況家為金穴。**璋瓚奚獻，禕褕罔設。嗚呼哀哉！**禮記曰：君致齊於外，夫人致齊於內。君執圭瓚祼尸。大宗執璋瓚亞祼。鄭玄曰：大宗亞祼，容夫人有故攝焉。璋瓚，夫人所執[35]。又，周禮注曰：祼，謂以圭瓚酌鬱鬯始獻尸也。后於是以璋瓚酌亞祼。禕褕，已見上文。

---

[32] 注「淮南子曰」下至「高誘曰」 袁本、茶陵本無此十四字。

[33] 注「軒轅星也」 袁本、茶陵本「也」作「名」。又袁本此下有「已見上文曜星也」七字，茶陵本有「曜星也」三字。案：袁本是也。茶陵本刪非，尤改益非。

[34] 注「毛詩曰清廟」 陳云「詩」下脫「序」字，是也。各本皆脫。

[35] 注「璋瓚夫人所執」 袁本、茶陵本無此六字。

馮相告祲，宸居長往[36]。謂明帝崩也。周禮曰：馮相氏，中士，鄭玄曰：馮，乘也。相，視也。東京賦曰：馮相觀祲。典引曰：宸居其域。蔡邕曰：如北辰居其所也。貽厥遠圖，末命是獎。謂顧命令祔也。毛詩曰：貽厥孫謀。左氏傳，榮成伯曰：遠圖者，忠也。尚書曰：道揚末命。方言曰：秦、晉之間，相勸曰獎。懷豐沛之綢繆兮，背神京之弘敞。豐、沛，喻帝鄉也。漢書曰：高祖沛豐邑。毛詩曰：綢繆束薪。毛萇曰：綢繆，猶纏綿也。風俗通曰：秦政幷吞六國，苞宇宙之弘敞。陋蒼梧之不從兮，遵鮒隅以同壤。嗚呼哀哉！禮記曰：□[37]舜葬于蒼梧之野，蓋妃二不從。山海經曰：大荒之中，河水之間，鮒隅之山，帝顓頊與九嬪葬焉。

陳象設於園寢兮，映輿鍐亡犯於松楸[38]。楚辭曰：象設君室靜閑安。漢書曰：自高祖下至宣帝，各自居陵傍立廟。又園中各有寢。蔡邕獨斷曰：金鍐者，馬冠也，如玉華形，在馬髦前。望承明而不入兮，度清洛而南遊。陸機洛陽記曰：承明門，後宮出入之門。藉田賦曰：清洛濁渠。繼池綍於通軌兮，接龍帷於造舟。禮記曰：飾棺，君三池。鄭玄曰：懸池於荒之爪端，若今承溜然。又禮記曰：飾棺，君龍帷，振容，黼荒。鄭玄曰：荒，蒙也。在傍曰帷，在上曰荒，皆所以衣柳。毛詩曰：造舟為梁。迴塘寂其已暮兮，東川澹而不流。嗚呼哀哉！南都賦曰：分背迴塘。呂氏春秋曰：水泉東流。說文曰：澹，水搖也。

籍閟宮之遠烈兮[39]，聞纘女之遐慶。毛詩，閟宮曰：赫赫姜嫄，其德不回。是生后稷，降之百福。又曰：纘女維莘，長子維行。始協德於蘋蘩兮，終配祇而表命[40]。晉中興書，策明穆皇后曰：正位閨房，以著協德之

---

36 「宸居長往」　袁本、茶陵本「居」作「駕」。案：此尤改之，蓋一本是。
37 注「禮記曰□」　袁本、茶陵本無空格，是也。
38 「映輿鍐於松楸」　袁本、茶陵本「鍐」作「錽」，是也。注同。
39 「籍閟宮之遠烈兮」　袁本、茶陵本「籍」作「藉」，是也。
40 「終配祇而表命」　袁本、茶陵本「祇」作「祀」。案：此尤改之，蓋一本是。

義。辨亡論曰：趙達以機祥協德[41]。采蘋、采蘩，已見上文。漢書曰：天地合祭，先祖配天，先妣配地。命，爵號也。**慕方纏於賜衣兮，哀日隆於撫鏡。**東觀漢記，上賜東平王蒼書曰：嚮衛南宮，皇太后因過按行閱視舊時衣物。今以光烈皇后假結帛巾各一枚[42]，衣一篋遺王，可瞻視[43]，以慰凱風寒泉之思。西京雜記曰：宣帝被收繫郡邸獄，臂上猶帶史良娣合綵婉轉絲繩係身毒寶鏡一枚。舊傳此鏡照見妖魅，得佩之者為天神所福，故宣帝從危獲濟。及即大位，每持此鏡，感咽移辰。宣帝崩後，不知所在。**思寒泉之罔極兮，託彤管於遺詠。嗚呼哀哉！**毛詩曰：爰有寒泉，在浚之下。有子七人，母氏勞苦。又曰：欲報之德，昊天罔極。毛詩曰：靜女其孌，詒我彤管。毛萇曰：古者后夫人必有女史彤管之法。

碑文上

郭有道碑文[44] 并序

蔡伯喈

范曄後漢書曰：蔡邕，字伯喈，陳留人也。辟橋玄府，稍遷至郎中。後董卓辟邕，遷尚書。及卓被誅，王允收邕付廷尉，遂死獄中。

先生諱泰，字林宗，太原界休人也。漢書，太原郡有界休縣。**其先出自有周王季之穆，有虢叔者，寔有懿德，文王咨焉。**左氏傳曰：晉侯假道於虞以伐虢，宮之奇諫曰：虢亡，虞必從之。公曰：晉，吾宗也，豈害我哉？對曰：虢叔，王季之穆，為文王卿士。將虢是滅，何愛於虞？毛詩曰：我求懿德。國語，胥臣曰：文王

---

41 注「趙達以機祥協德」 案：「機」當作「禨」。各本皆譌。

42 注「假結帛巾各一枚」 袁本、茶陵本無「枚」字。案：無者是也。范書光武十王傳所載亦無此字，可借為證。

43 注「可瞻視」 袁本、茶陵本「瞻視」作「視瞻」，是也。

44 「郭有道碑文」 茶陵本此上有「碑文上」三字，另為一行，是也。袁本亦脫。

卽位而咨于二號。韋昭曰：咨，謀也。建國命氏，或謂之郭，卽其後也。左氏傳，師服曰：天子建國。又眾仲曰：天子建德，因生以賜姓，胙之土而命之氏。公羊傳，晉獻公謂荀息曰：吾欲攻郭則虞救之，攻虞則郭救之，如何？高誘戰國策注曰：郭，古文虢字也。先生誕應天衷，聰睿明哲，孝友温恭，仁篤慈惠。夫其器量弘深，姿度廣大，浩浩焉，汪汪焉，奧乎不可測已。黃石公記序曰：張良慮若源泉，深不可測。若乃砥節厲行，直道正辭，孔叢子曰：魯人有儀公潛者[45]，砥節厲行，樂道好古。仲長子昌言曰：直道正辭，貞亮之節。貞固足以幹事，隱括足以矯時。周易曰：貞固足以幹事。韓詩外傳曰：設於隱括之中，直己不直人，蘧伯玉之行也。孫卿子曰：拘木必將待隱括然後直。劉熙孟子注曰：隱，度也。括，猶量也。蒼頡篇曰：矯，正也。遂考覽六經，探綜圖緯。六經，五經及樂經也。圖，河圖也。緯，六經及孝經皆有緯也。周流華夏，隨集帝學。收文武之將墜，拯微言之未絕。論語，子貢曰：文武之道，未墜於地。論語讖曰：子夏六十四人共撰仲尼微言。于時纓緌之徒，紳佩之士，禮記曰：子事父母，冠緌纓。鄭玄曰：緌，纓飾也。孔安國論語注曰：紳，大帶也。禮記曰：凡帶必有佩玉。望形表而影附，聆嘉聲而響和者，楊雄覈靈賦曰：支附葉從，表立景隨。莊子曰：大人之教，若形之於影，聲之於響也。猶百川之歸巨海，鱗介之宗龜龍也。尚書大傳曰：百川趍於東海。曾子曰：介蟲之精者曰龜，鱗蟲之精者曰龍。爾乃潛隱衡門，收朋勤誨，毛萇詩傳曰：衡門，橫木為門，言淺陋也。論語，子曰：誨人不倦，何有於我哉！童蒙賴焉，用祛其蔽。周易曰：匪我求童蒙。祛，猶去也。州郡聞德，虛己備禮，莫之能致。漢書李尋傳曰：王根輔政，數虛己問尋。羣公休之，遂辟司徒掾，又舉有道，皆以疾辭。辟，猶召也。將蹈鴻涯之遐迹[46]，紹巢許之絕軌，西京賦曰：洪涯立而指麾。神仙傳曰：衛叔卿與數人博，其子

---

45 注「魯人有儀公潛者」　案：「儀公」當作「公儀」。各本皆倒。此所引公儀第九文也。

46 「將蹈鴻涯之遐迹」　案：「鴻」當作「洪」，注引西京賦、神仙傳皆是「洪」字，可證。袁、茶陵二本所載五臣翰注字作「鴻」，蓋各本亂之而失著校語。又案：蔡中郎集亦作「洪」。

度曰：向與傅者為誰？叔卿曰：是洪涯先生。皇甫謐逸士傳曰：巢父者，堯時隱人也。及堯之讓位于許由也，由以告巢父焉[47]，巢父責由曰：汝何不隱汝光，何故見若身也？翔區外以舒翼，超天衢以高峙。李陵書曰：策名於天衢。稟命不融，享年四十有二，毛萇詩傳曰：融，長也。以建寧二年正月乙亥卒。范曄後漢書曰：建寧，靈帝年號也。

凡我四方同好之人，永懷哀悼，靡所寘念。毛詩曰：終其永懷。毛萇詩傳曰：寘，置也。乃相與惟先生之德，以謀不朽之事。左氏傳，穆叔曰：太上有立德，此之謂不朽。僉以為先民既沒，而德音猶存者，亦賴之於見述也。毛詩曰：先民有作。又曰：德音不忘。今其如何而闕斯禮！於是樹碑表墓，昭銘景行，毛詩曰：高山仰止，景行行止。俾芳烈奮于百世，令問顯於無窮。典引曰：扇遺風，播芳烈。孟子曰：聞伯夷之風者，貪夫廉，懦夫有立志，奮乎百世之上，百世之下莫不興起。毛詩曰：顯顯令問[48]。其辭曰：

於休先生，明德通玄。言其明德而通於玄。廣雅曰：玄，道也。純懿淑靈，受之自天。毛詩曰：有命自天。崇壯幽浚，如山如淵。家語，齊大夫子與適魯，見孔子曰：乃今而後，知泰山之為高，海淵之為大。禮樂是悅，詩書是敦。左氏傳曰：晉謀元帥，趙衰曰：郤縠可，臣亟聞其言矣，悅禮、樂而敦詩、書，君其試之[49]。匪惟摭華，乃尋厥根。法言，或曰：亦有疾乎？曰：摭我華而不食我實。宮牆重仞，允得其門。論語，子貢謂叔孫武叔曰：夫子之牆數仞，不得其門而入，不見宗廟之美，百官之富；得其門者或寡矣。懿乎其純，確乎其操。周

47 注「由以告巢父焉」　袁本、茶陵本無「巢父焉」三字。
48 注「毛詩曰顯顯令問」　案：「曰」下當有「令問令望。出師頌曰」八字。各本皆脫。陳改「毛詩」二字作「史孝山出師頌」六字，未是也。
49 注「君其試之」　袁本、茶陵本無此四字。

易曰：龍德而隱者也，確乎其不可拔，潛龍也。洋洋搢紳，言觀其高音告。封禪書曰：因雜搢紳先生之略術。棲遲泌丘，善誘能教。毛詩曰：衡門之下，可以棲遲；泌之洋洋，可以療飢。論語，顏淵曰：夫子循循然善誘人。赫赫三事，幾行其招。毛詩曰：三事大夫，莫肯夙夜。招，猶召也。委辭召貢，保此清妙。言有召貢者，委棄而辭之。范曄後漢書曰：司徒黃瓊辟泰太常，趙典舉泰有道，並不應。召或為台。降年不永，民斯悲悼。尚書，祖乙曰[50]：降年有永有不永。爰勒茲銘，摛其光耀。韋昭漢書注曰：摛，布也。嗟爾來世，是則是效。尚書曰：予恐來世。班固刑法志述曰：五刑之作，是則是效。

陳太丘碑文 并序

蔡伯喈

先生諱寔，字仲弓，潁川許人也。范曄後漢書曰：寔，潁川許人。漢書，潁川郡有許縣。魏志曰：文帝黃初二年，改許縣為許昌縣。然蔡邕之時，惟有許縣，或云許昌，非也。含元精之和，應期運之數。易通卦驗曰：大皇之先興，耀含元精。論衡曰：天稟元氣，人受元精。孟子謂充虞曰：五百年必有王者興，其間必有名世者。由周而來，七百有餘歲矣。當今之世，舍我而誰？兼資九德，揔脩百行。尚書，皋陶曰：都亦行有九德。禹曰：何？皋陶曰：寬而栗，柔而立，願而恭，亂而敬，擾而毅，直而溫，簡而廉，剛而塞，強而義。孔臧與從弟書曰：學者，所以飾百行也。於鄉黨則恂恂焉，彬彬焉，善誘善導，仁而愛人，論語曰：孔子於鄉黨，恂恂如也。又曰：文質彬彬，然後君子。善誘，已見上文。論語曰：樊遲問仁。子曰：愛人。使夫少長咸安懷之。論語曰：老者安之，少者懷之。其為道也，用行舍藏，進退可度，論語，子謂顏淵曰：用之則行，舍之則藏。孝經曰：進退可度。不徼訐以干時，不遷貳以臨下。論語，子貢曰：惡徼以為智者，惡訐以為直者。又，哀公問弟子孰為好學？孔子對曰：有顏回者好

---

50 注「尚書祖乙曰」 案：「乙」當作「己」。各本皆譌。

學，不遷怒，不貳過。四爲郡功曹，五辟豫州，六辟三府，再辟大將軍，宰聞喜半歲，太丘一年。德務中庸，教敦不肅。論語，子曰：中庸之為德，其至矣乎！民鮮久矣！孝經，子曰：其教不肅而成。政以禮成，化行有謐。左氏傳，晉郤至謂子反曰：政以禮成，民是以息。爾雅曰：謐，靜也。會遭黨事，禁固二十年，樂天知命，澹然自逸。周易曰：樂天知命故不憂。莊子曰：澹然無極，眾美從之，此天地之道，聖人之德也。毛詩曰：我不敢傚，我友自逸。交不諂上，愛不瀆下。周易曰：君子上交不諂，下交不瀆。見機而作，不俟終日。周易曰：君子見機而作，不俟終日。及文書赦宥，時年已七十，遂隱丘山，懸車告老，漢書曰：薛廣德乞骸骨，賜安車駟馬。懸其車傳子孫。左氏傳曰：晉韓獻子告老。杜預曰：告老，致仕者也。四門備禮，閑心靜居。尚書曰：賓于四門，四門穆穆。大將軍何公，司徒袁公，范曄後漢書，大將軍何進，司徒袁隗遣人敦寔，欲特授以不次之位，寔謝使者。前後招辟，使人曉喻，云欲特表，便可入踐常伯，超補三事，應劭漢官儀曰：侍中，周官號曰常伯，選於諸伯，言其道德可常尊也。環濟要略曰：侍中，古官。或曰：風后為黃帝侍中，周時號曰常伯，秦始復故。三事，已見上文。紆佩金紫，光國垂勳。漢書曰：大司徒、大司馬、大司空皆金印紫綬。先生曰：「絕望已久，飾巾待期而已。」皆遂不至。列子，林類曰：吾老無妻子，死期將至。弘農楊公，東海陳公，范曄後漢書曰：太尉楊賜，司徒陳耽，每拜公卿，羣寮畢賀，賜等常歎寔大位未登，愧於先之也。每在袞職，羣寮賀之，袞職，謂三公也[51]。周禮曰：三公自袞冕而下。皆舉手曰：「潁川陳君，絕世超倫，大位未躋，方言曰：躋，登也。慙於臧文竊位之負[52]。」論語曰：臧文仲其竊位者歟？知柳下惠之賢而不與立也。故時人高其德，重乎公相之位也。

51 注「袞職謂三公也」　袁本無此六字，是也。茶陵本有，其此節注與五臣錯互而誤衍。

52 「慙於臧文竊位之負」　袁本、茶陵本「臧文」作「文仲」。案：此無以考之，集亦作「文仲」。

年八十有三，中平三年范曄後漢書，中平，靈帝年號也。八月丙午，遭疾而終。臨沒顧命，
留葬所卒，孔安國尚書傳曰：臨終之命曰顧命。時服素棺，椰財周櫬，喪事惟約，用過乎儉。周
易曰：用過乎儉。羣公百寮，莫不咨嗟；巖藪知名，失聲揮涕。禮記曰：內人行哭失聲。家語曰：公父
文伯卒，敬姜曰：無揮涕。王肅曰：揮涕，涕流以手揮之也。大將軍弔祠，錫以嘉謚，范曄後漢書曰：何進遣使弔
祭。曰：「徵士陳君，稟嶽瀆之精，苞靈曜之純。孝經援神契曰：五嶽之精雄聖，四瀆之精仁明。[53]又鉤
命決曰：五嶽吐精。宋均曰：吐精，生聖人也。靈曜，謂天也。尚書緯有考靈曜。天不憖遺老，俾屏我王，左氏傳，
孔丘卒，公誄之曰：旻天不弔，不憖遺一老，俾屏予一人以在位。梁崩哲萎，于時靡憲。禮記曰：孔子早作，負手曳
杖，逍遙於門，歌曰：泰山其頹乎！梁木其壞乎！搢紳儒林，論德謀跡，謚曰文範先生。」漢書有儒林傳。
傳曰：「郁郁乎文哉。」論語文也。書曰：「洪範九疇，彝倫攸敘。」尚書，箕子謂武王曰：天
乃錫禹洪範九疇，彝倫攸敘。文爲德表，範爲士則，存誨沒號，不亦宜乎！三公遣令史祭以中
牢。刺史敬弔。太守南陽曹府君命官作誄曰：「赫矣陳君，命世是生。廣雅曰：命，名也。
李陵書曰：信命世之才。含光醇德，爲士作程。孔安國尚書傳曰：醇，粹也。毛萇詩傳曰：程，法也。資始既
正，守終又令。周易曰：萬物資始。史記，祭公謀父曰：犬戎率舊德而守終純固。奉禮終沒，休矣清聲！遺
官屬掾吏[54]，前後赴會，刊石作銘。府丞與比縣會葬。荀慈明韓元長等五百餘人，范
曄後漢書曰：荀爽，字慈明，獻帝拜為司空。又曰：韓融，字元長，獻帝初，官至太僕。緦麻設位，哀以送之。喪服
傳曰：緦麻十五升布。鄭玄曰：謂之緦者，縷細如絲也，音思。孝經曰：哀以送之。遠近會葬，千人已上。河南尹

---

53 注「孝經援神契曰」下至「仁明」 此十八字袁本、茶陵本無。案：因已見五臣而節去，尤添，是也。

54 「遺官屬掾吏」 何校「吏」改「史」，是也。各本皆傳寫譌。集亦作「吏」，譌與此同。

种府君臨郡，謝承後漢書曰：劉翊，潁川人。河南尹种拂嘗來臨郡，翊為主簿迎之。到官，深敬待之。然种府君即拂也。追歎功德，述錄高行，以爲遠近鮮能及之，重直用[55]部大掾，以時成銘[56]。斯可謂存榮沒哀，死而不朽者已。論語，子貢曰：夫子其生也榮，其死也哀。不朽，已見上文。乃作銘曰：

峩峩崇嶽，吐符降神；上林賦曰：南山峩峩。毛詩曰：維嶽降神，生甫及申。於皇先生，抱寶懷珍。如何昊穹，既喪斯文。論語，子曰：文王既沒，文不在茲乎！天之將喪斯文也，後死者不得與於斯文也。微言圮絕，來者曷聞。微言，已見上文。幽通賦曰：將圮絕而罔階。論語曰：焉知來者之不如今也。交交黃鳥，爰集于棘。毛詩國風文。喻仕於亂時也。命不可贖，哀何有極！毛詩曰：如可贖兮，人百其身。

褚淵碑文 并序

王仲寶 蕭子顯齊書曰：王儉，字仲寶，琅邪人。幼專心篤學，手不釋卷。為中書監，薨。

夫太上有立德，其次有立功，此之謂不朽。左氏傳曰：穆叔如晉，范宣子逆之，問焉，曰：古人有言曰，死而不朽，何謂也？穆叔對曰：豹聞之，太上有立德，其次有立功，其次有立言，雖久不廢，此之謂不朽也。所以子產云亡，宣尼泣其遺愛；左氏傳曰：子產卒，仲尼聞之出涕，曰：古之遺愛也。毛詩曰：人之云亡。隨武既沒，趙文懷其餘風。禮記曰：趙文子與叔譽觀乎九原，文子曰：死者如可作也，吾誰與歸？叔譽曰：其陽處父乎！文子曰：我則隨武子乎！利君不忘其身，謀身不遺其友。鄭玄曰：武子，士會也，食邑於隨。蔡邕郭林宗碑曰：先生既沒。魏志，太祖曰：孤到此州，嘉其餘風也。於文簡公見之矣。公諱淵，字彥回，河南陽翟人也。微子以

---

55 注「直用」 袁本、茶陵本作「重，直用切」四字，在正文「以成時銘」下，是也。

56 「以時成銘」 袁本、茶陵本「時成」作「成時」。案：此無以考之也，集亦作「成時」。

至仁開基，宋段以功高命氏。史記曰：微子開者，殷帝乙之首子，紂之庶兄。武王崩，成王幼，武庚作亂，成王命誅武庚，乃命微子開代殷，國於宋。微子以故而仁賢，及代武庚，故殷餘民甚欣戴之而愛焉。左氏傳曰：魯季武子如宋，褚師段逆之。杜預曰：段，共公子子石也；褚師，官也。命氏，已見上文。爰逮兩漢，儒雅繼及；漢書曰：褚大通五經，為博士。謝承後漢書曰：褚禧，字叔齊，陳留尉氏人，博聞廣見，聰明智達也。魏晉以降，奕世重暉。乃祖太傅元穆公，魏代褚氏未聞。晉中興書曰：褚裒，字季野，侍中、衛將軍，薨，贈太傅元穆侯。德合當時，行比州壤。魏書曰：陳寔德冠當時。莊子曰：行比一鄉。深識臧否，不以毀譽形言；王命論曰：淵然深識。毛詩曰：於予小子[57]，未知臧否。論語曰：吾之於人，誰毀誰譽？如有所譽者，其有所試矣。毛詩序曰：情動於中，而形於言。亮采王室，每懷沖虛之道。尚書曰：亮采惠疇。老子曰：大滿若沖。字林曰：沖，猶虛也。可謂婉而成章，志而晦者矣。左氏傳，君子曰：春秋之稱，微而顯，志而晦，婉而成章。

自茲厥後，無替前規，建官惟賢，軒冕相襲。尚書曰：建官惟賢。管子曰：先王制軒冕，足以著貴賤。劉歆移太常博士曰：聖帝明王，累起相襲。公稟川嶽之靈暉，含珪璋而挺曜，川嶽之靈，已見上文。禮記曰：珪璋特達。廣雅曰：挺，出也。和順內凝，英華外發。禮記曰：和順積中，而英華外發。神茂初學，業隆弱冠。弱冠，已見上文。是以仁經義緯，敦穆於閨庭；張叶白鳩頌曰：經仁緯義。王隱晉書曰：汜勝之穆敦九族。蔡邕何休碑曰：孝友盡於閨庭。金聲玉振，寥亮於區寓。金聲玉振，已見上文。鄭玄禮記注曰：振，猶動也。東京賦曰：區寓乂寧。孝敬淳深，率由斯至；毛詩序曰：成孝敬。袁宏竹林名士傳曰：山濤淳深慎嘿。尚書曰：率由典常。盡歡朝夕，人無間言。禮記，孔子曰：啜菽飲水盡其歡，斯之謂孝。論語，子曰：孝哉閔子騫，人不間於其父母昆弟之言。逍遙乎文雅之囿，翱翔乎禮樂之場。劇秦美新曰：逍遙乎文雅之囿，翱翔乎禮樂之場。風

---

57 注「於予小子」　案：「予」當作「乎」。各本皆譌。

儀與秋月齊明，音徽與春雲等潤。音徽，即徽音也。毛詩曰：太姒嗣徽音。韻宇弘深，喜慍莫見其際；晉中興書曰：衛玠終身不見其慍喜。袁宏竹林名士傳曰：山濤莫見其際。心明通亮，用人言必由於己[58]。王命論曰：見善如不及，用人如用己。汪汪焉，洋洋焉，可謂澄之不清，撓之不濁。范曄後漢書曰：郭林宗少遊汝南，先過袁宏[59]，不宿而退；往從黃憲，累日方還。或問林宗，林宗曰：奉高之器，譬諸汎濫[60]。雖清而易挹。叔度汪汪若萬頃之陂，澄之不清，撓之不濁，不可量也。袁陽源才氣高奇，綜覈精裁；沈約宋書曰：袁淑，字陽源，少有風氣，還尚書吏部郎。臧榮緒晉書曰：呂安才氣高奇。又曰：荀顗綜覈名實，風俗澄一。范曄後漢，書左朱零曰[61]：范滂精裁，猶以利刃斷腐朽。宋文帝端明臨朝，鑒賞無昧。鶡冠子曰：所謂命者，靡不在君也；君也者，端神明者也；神明者，以人為本者也。班固成帝贊曰：臨朝淵默。袁既延譽於遐邇，文亦訂婚於皇家。國語曰：使張老延君譽于四方。蔡邕述行賦曰：皇家赫而天居。選尚餘姚公主，拜駙馬都尉。蕭子顯齊書曰：淵少有世譽，復尚公主。漢結叔高，晉姻武子，方斯蔑如也。三輔決錄曰：平陵竇叔高以經術稱。摯虞曰：叔高名玄，以明經為郡上計吏。朝會數百人，叔高儀狀絕眾，天子異其貌，以公主妻之。出朝，同輩嘲笑焉。叔高時以自有妻，不敢以聞，方欲迎妻與決，未發，而詔叔高就第成婚。王隱晉書曰：王武子少知名，有俊才，尚武帝姊常山公主。毛萇詩傳曰：蔑，無也。釋褐著作佐郎，轉太子舍人。濯纓登朝，冠冕當世；楚辭曰：滄浪之水清，可以濯我纓。晉中

---

58 「用人言必由于己」　袁本云善有「人」字。茶陵本云五臣無。案：各本所見皆非也。蓋涉注引「用人如用己」而誤衍，非善與五臣有異。何校去「言」字，亦誤。

59 注「先過袁宏」　袁本、茶陵本「宏」作「閎」，是也。

60 注「譬諸汎濫」　案：「汎」當作「氿」。各本皆譌。氿濫，氿泉、濫泉也。答賓戲云：「懷氿濫。」何、陳校改「汍」者非。

61 注「范曄後漢書左朱零曰」　案：「書」字當重，「左」當作「佐」。各本皆脫誤。何、陳校去「左」字者非。

興書，庾冰疏曰：臣因循家寵，冠冕當世。升降兩宮，實惟時寶。陸機謝內史表曰：官成兩宮。尚書曰：所寶惟賢。具瞻之範既著，台衡之望斯集。毛詩曰：赫赫師尹，民具爾瞻。春秋漢含孶曰：三公在天法三能。台與能同。毛詩曰：實惟阿衡，左右商王。出參太宰軍事，入爲太子洗馬，俄遷祕書丞。贊道槐庭，司文天閣；周禮曰：面三槐，三公位焉。晉令曰：祕書郎掌三閣經書。三輔故事曰：天祿閣在大殿北，以藏秘書。光昭諸侯，風流籍甚。韓詩外傳曰：為人君者，則願以為臣，名昭諸侯，天下願焉。習鑿齒晉陽秋曰：王裒、樂廣俱宅心事外，言風流者，稱王、樂焉。漢書曰：陸賈遊漢庭公卿間，名聲籍甚。以父憂去職，蕭子顯齊書曰：淵父湛之，驃騎將軍。喪過乎哀，幾將毀滅。周易曰：喪過乎哀。孝經曰：毀不滅性。有識留感，行路傷情。桓譚新論，雍門周說孟嘗君曰：有識之士莫不為足下寒心酸鼻。論衡曰：行路之人，皆能論之。家語曰：子游見行路之人云魯司鐸火。

服闋，除中書侍郎。鄭玄禮記曰[62]：闋，終也。王言如絲，其出如綸。禮記曰：王言如絲，其出如綸。恪居官次，智効惟穆。左氏傳曰：閔子騫曰[63]：敬恭朝夕，恪居官次。莊子曰：智効一官。于時新安王寵冠列蕃，越敷邦教，毗佐之選，妙盡國華。沈約宋書曰：始平孝敬王子鸞，字孝羽，孝武帝第八子也，初封新安王。母殷叔儀，寵傾後宮，子鸞愛冠諸子，凡為上所盼遇者，莫不入子鸞府國。子鸞兼司徒，進號撫軍將軍。尚書曰：司徒掌邦教，敷五典。國語，季文子曰：吾以德榮為國華。韋昭曰：以德榮顯者，可以為國之光華也。出爲司徒右長史，轉尚書吏部郎。執銓以平，韋昭漢書注曰：銓，稱錘。聲類曰：銓，所以稱物。晉起居注曰：太康四年，詔曰：選曹銓管人材。御煩以簡，裴楷清通，王戎簡要，復存於茲。臧榮緒晉書曰：裴楷，字叔則，河東人也，為尚書郎。吏部郎闕，太祖問其人於鍾會，會曰：裴楷清通，王戎簡要，皆其選也。是以楷為吏部郎。泰始之初，入爲侍

---

62 注「鄭玄禮記曰」 袁本、茶陵本「記」下有「注」字，是也。

63 注「閔子騫曰」 案：「騫」當作「馬」。各本皆譌。

中。裴子野宋略曰：壽寂之前刃少帝，延湘東王升御坐，立為明帝。又曰：明皇帝年號泰始。曾不移朔，遷吏部尚書。是時天步初夷，王途尚阻，天步初夷，謂弒少帝也。裴子野宋略曰：江州刺史晉安王子勛作亂。蕭子顯齊書曰：建安王休仁南討賊，屯鵲尾洲，遣淵詣軍，選將帥以下勳階。毛詩曰：天步艱難。蔡邕劉寬碑曰：統艾三軍，以清王塗。答賓戲曰：王途蕪穢，周失其馭。元戎啓行，衣冠未緝。元戎啓行，謂建安出征也。毛詩曰：元戎十乘，以先啓行。衣冠，謂朝士也。范曄後漢書，霍諝奏記曰：宋光衣冠子孫。爾雅曰：輯，和也。緝與輯同。內贊謀謨，外康流品。東觀漢記，世祖策曰：前將軍鄧禹與朕謀謨帷幄。李重集曰：為選部尚書，其箴曰：銓管人流，品藻清濁。制勝既遠，涇渭斯明。孫子兵法曰：水因地而制行，兵因敵而制勝。孫綽子曰：或問雅俗，曰：涇、渭殊流，雅、鄭異調。賞不失勞，舉無失德。左氏傳，隨武子曰：楚君舉不失德，賞不失勞。績簡帝心，聲敷物聽。崔駰武賦曰：假皇天乎簡帝心。尚書大傳曰：文王施政而物皆聽。事寧，領太子右衛率，固讓不拜。尋領驍騎將軍。以帷幄之功，膺庸祗之秩，帷幄，已見上文。尚書，王曰：惟乃文考，庸庸祗祗，威威顯民。孔安國曰：用可用，敬可敬。封雩都縣開國伯，食邑五百戶。漢書有豫章郡雩都縣[64]。既秉辭梁之分[65]，又懷寢丘之志，國語曰：惠王以梁予魯陽文子，辭曰：梁險而在遠，懼子孫之有貳者。縱臣而得全其首領以沒，懼子孫之以梁乏臣之祀也。乃與魯陽。賈逵曰：惠王，楚昭王子。梁，楚北境。魯陽文子，楚平王之孫，司馬子期之子魯陽公。列子曰：孫叔敖疾，將死，戒其子曰：王亟封我矣，吾不受也。我死，王則封汝，汝必無受利地。楚、越之間有寢丘者，此地不利而名甚惡，楚人鬼之，越人機之[66]，可長

64 注「有豫章郡雩都縣」　袁本、茶陵本無「有」字。陳云當在「雩」字上，是也。尤校添而誤其處。

65 「既秉辭梁之分」　陳云「分」五臣作「介」，為是。案：陳所說非也。「分」字去聲，謂其辭過分之賞，由能秉執己分，合觀下句自明。五臣誤讀為「介」而云「孤介之節」，全失文意。此善與五臣截然有異，不容亂之者。

66 注「楚人鬼之越人機之」　茶陵本上「之」作「而」，無下「之」字，是也。袁本誤與此同。又案：「機」當作「禨」。各本皆譌。

有者惟此也。孫叔敖死，王果以美地封其子，辭而不受，請寢丘，與之，至今不失。所受田邑，不盈百井。周禮曰：畝百為夫，夫三為屋，屋三為井。漢書曰：井方一里。

久之，重爲侍中，領右衛將軍。盡規獻替，均山甫之庸；國語，召康公曰：天子聽政，近臣盡規。又：史黯謂趙簡子曰：夫事君者，諫過而後賞善[67]，薦可而替否，獻能而進賢。毛詩曰：袞職有闕，惟仲山甫補之。緝熙王旅，兼方叔之望。毛詩曰：維清緝熙，文王之典。又曰：王旅嘽嘽，如飛如翰。又曰：方叔莅止，其車三千。丹陽京輔[68]，遠近攸則；漢書曰：右內史武帝更名京兆尹，左內史更名左馮翊，主爵中都尉更名右扶風，是為三輔。又百官表有京輔都尉。毛詩曰：商邑翼翼，四方之極。鄭玄曰：商邑之禮俗翼翼然可則効，乃四方之中正也。吳興襟帶，實惟股肱；李尤有函谷關銘曰[69]：襟帶咽喉。漢書曰：季布為河東守，上召布曰：河東吾股肱郡，故時召君耳。頻作二守，並加蟬冕。蕭子顯齊書曰：尋遷散騎常侍，丹陽尹；出為吳興太守，常侍如故。蔡邕獨斷曰：侍中、中常侍加貂附蟬。政以禮成，民是以息。左氏傳郤至之辭，已見上文。明皇不豫，儲后幼沖，沈約宋書曰：太宗明皇帝諱彧。又曰：後廢帝昱字德融，明帝長子也。泰始七年，立為皇太子。太宗崩，太子即位。尚書曰：武王有疾弗豫。謝承後漢書曰：孝靈帝崩，皇太子即位，主上幼沖。貽厥之寄，允屬時望。毛詩曰：貽厥孫謀，以燕翼子。徽爲吏部尚書，領衛尉，固讓不拜。改授尚書右僕射。端流平衡，外寬內直。賈子曰：視有四則，朝廷之視，端流平衡。韓詩外傳曰：外寬內直，蘧伯玉之行也。弘二八之高謩，宣由庚而垂詠。二八，八元、八愷也。毛詩序曰：由庚，萬物得由其道也。太宗即世，遺命以公爲散騎常侍、中書令、護軍將軍。送往事

---

67 注「諫過而後賞善」 案：「後」字不當有。各本皆衍。

68 「丹陽京輔」 何校「陽」改「楊」，陳同，是也。下注同。案：二字多相混。此亦不具出。

69 注「李尤有函谷關銘曰」 袁本、茶陵本無「有」字，是也。

居，忠貞允亮。太宗，明帝[70]。左傳，荀息謂晉獻公曰：公家之利，知無不為，忠也；送往事居，耦俱無猜，貞也。秉國之均，四方是維。毛詩小雅文也。百官象物而動，軍政不戒而備。左氏傳曰：隨武子曰：蒍敖為太宰，百官象物而動，軍政不戒而備。公之登太階而尹天下，君子以爲美談，孔融張儉碑曰：惜乎不登太階以尹天下，致皇代於隆熙。公羊傳曰：魯人至今以為美談。亦猶孟軻致欣於樂正，羊職悅賞於士伯者也。孟軻曰[71]：魯欲使樂正子為政，孟子喜而不寐。公孫丑曰：奚喜？曰：其為人也好善。劉熙曰：樂正，姓也；子，通稱也。名克。左氏傳曰：晉侯賞桓子狄臣千室，亦賞士伯以瓜衍之縣。羊舌職悅之，以為當也。

丁所生母憂，謝職。毀疾之重，因心則至。蕭子顯齊書曰：淵遭庶母郭氏喪，葬畢，起為中軍將軍，本官如故。毛詩曰：因心則友。朝議以有爲爲之，魯侯垂式；禮記，子夏問曰：三年之喪卒哭，金革之事無避也，禮歟？孔子曰：吾聞諸老聃曰：昔有魯伯禽[72]有為為之。今以三年之喪從利者，吾弗知也。存公忘私，方進明準。漢書曰：翟方進，字子威，汝南人也，為丞相。及母既終，葬，三十六日除服，起視事，以為身備漢相，不敢踰國家之制也。爰降詔書，敦還攝任。固請移歲，表奏相望。事不我與，屈己弘化。沈約宋書曰：褚淵以母憂去職，詔攝本任。爾雅曰：敦，勉也。嵇康幽憤詩曰：時不我與。荀悅申鑒曰：聖王屈己以申天下之樂。尚書曰：三孤貳公弘化。屬値三季在辰，戚蕃內侮；國語，郭偃曰：三季王之亡也，宜哉！韋昭曰：三季，桀、紂、幽王也。潘元茂九錫文曰：稱兵內侮。桂陽失圖，窺窬神器。沈約宋書曰：桂陽王休范，文帝子也，封為桂陽王，后為江州刺史。及太宗晏駕，主幼時屯，遂舉兵反。休範已至新林，朝廷震動。平南將軍齊王出次新亭，中軍將軍褚淵入衛殿省。休範自於新林

70 注「太宗明帝」　袁本、茶陵本無此四字。案：無者最是。
71 注「孟軻曰」　茶陵本「軻」作「子」，是也。袁本亦誤「軻」。
72 注「昔有魯伯禽」　陳云有者誤。何校「魯」下添「公」字，是也。各本皆誤脫。

步上，越騎校尉張苟兒直前斬休範首持還。休範自新林分遣同黨杜墨蠡等，直入朱雀門。休範雖死，不相知聞。墨蠡至杜姥宅，宮省怖擾。於是城內分遣諸軍東西奮擊，諸賊一時奔散，斬墨蠡等。劉琨勸進表曰：狡寇窺窬。左氏傳，師服曰：民服其上，下無覬覦。杜預曰：下不冀望上位也。窬與覦同。鼓棹則滄波振蕩，建旗則日月蔽虧。湛方生詩曰：鼓棹行遊矚。吳都賦曰：振蕩汪流。曹子建責躬詩曰：建旗東岳。子虛賦曰：岑崟參差，日月蔽虧。出江派而風翔，入京師而雷動。典引曰：仁風翔于海表。曹植任城王誄曰：蹻蹻元戎，雷動雲徂。楚辭曰：雷動電發。鳴控弦於宗稷，流鋒鏃於象魏。班固漢書李廣述曰：控弦貫石，威動北鄰。宗，宗社也。蔡邕獨斷曰：天子立宗社曰泰。社稷，宗社之稷。周禮曰：太宰縣治象之法于象魏。五等論曰：鋒鏑流乎絳闕。雖英宰臨戎，元渠時殄；英宰，謂齊王也。元渠，謂休範也。晉中興書，穆帝詔曰：實賴英宰淵謀。尚書曰：殲厥渠魁。而餘黨寔繁，宮廟憂逼。餘黨，謂杜墨蠡也。公乃揔熊羆之士，不貳心之臣[73]，尚書曰：先君文、武，則亦有熊羆之士，不貳心之臣。戮力盡規，克寧禍亂。國語曰：戮力一心。賈逵曰：戮力，幷力也。盡規，已見上文。康國祚於綴旒，拯王維於已墜。公羊傳曰：君若贅旒。然贅猶綴也。何休曰：旒，旗旒也。誠由太祖之威風，抑亦仁公之翼佐。太祖，齊王也。可謂德刑詳，禮義信，戰之器也。左氏傳曰：楚子救鄭，軍過申，子反入見申叔時曰：師其何如？對曰：德刑詳，禮義信，戰之器也。杜預曰：器，猶用也。以靜難之功，進爵爲侯，兼授尚書令、中軍將軍，給班劍二十人。功成弗有，固秉撝挹。老子曰：功成而弗居。周易曰：無不利撝謙。韓詩外傳曰：孔子曰：持滿之道，挹而損之。晉起居注，安帝詔曰：灑落成勳，固秉謙挹。改授侍中、中書監，護軍如故。又以居母艱去官。蕭子顯齊書曰：淵後嫡母吳郡公主薨，毀瘠如初。雖事緣義感，而情均天屬。莊子曰：桑雩謂孔子曰：

73 「不貳心之臣」　茶陵本「不」上有「率」字，云五臣無。袁本校語云善無「率」。案：尤所見與袁同，是也。茶陵校語有誤。

子獨不聞假人之亡與？林回棄千金之璧，負赤子而趨，何與？林回曰：彼以利合，此以天屬者也。司馬彪曰：假，國名也。屬，連也。**顏丁之合禮，二連之善喪，亦曷以踰！**禮記曰：顏丁善居喪，始死，皇皇焉如有求而弗得；及殯，望望焉如有從而弗及。鄭玄曰：顏丁，魯人也，居喪合禮。禮記，孔子曰：少連、大連善居喪，三日不怠，三月不解。

天厭宋德，水運告謝。左氏傳，鄭伯曰：天而既厭周德矣。水運，宋也。射雉賦曰：青陽告謝。王逸楚辭注曰：謝，去也。**嗣王荒怠於天位[74]，**沈約宋書曰：後廢帝，明帝長子，諱昱，即位，淫亂。尚書曰：商王受荒怠弗敬。又伊尹曰：天位艱哉！**彊臣憑陵於荊楚。**沈約宋書曰：荊州刺史沈攸之便有異志。左氏傳，鄭王子伯駢曰：今楚憑陵我城郭。**廢昏繼統之功，龕亂寧民之德，**廢昏，謂廢帝為蒼梧王也。繼統，謂立順帝也。蕭子顯齊書曰：蒼梧暴虐稍甚。及廢，羣公集議，袁粲，劉秉既不受，淵曰：非蕭公無以了此。手取筆授太祖。太祖曰：相與不肯，我安得辭？事乃定。順帝立，檄太常曰[75]：繼統揚業。墨子曰：夏桀時，天乃命湯於鑣宮，有神來告曰：夏德大亂，往攻之，予必使汝大戡之。崔寔正論曰：及其出也，足以濟世寧民也。**公實仰贊宏規，參聞神筭。**潘岳賈充誄曰：使夫疑廟定於神筭。**雖無受脤出車之庸，亦有甘寢秉羽之績。**左氏傳，劉子曰：國之大事，在祀與戎；祀有執膰，戎有受脤。毛詩曰：我出我車，于彼牧矣。莊子，仲尼謂楚王曰：孫叔敖甘寢秉羽而郢人投兵。慎子注曰：甘寢，安寢也。**乃作司空，山川攸序；**禮記曰：司空執度，度地居民。山川，沮澤也。**兼授衛軍，戎政輯睦。**牽秀皇甫陶碑曰：帝命既允，戎政以閑。左氏傳，隨武子曰：楚卒乘輯睦，事不奸矣。

既而齊德龍興，順皇高禪。沈約宋書曰：順帝諱准，字仲謨，明帝第三子。廢帝殞，奉迎入居朝堂。即位後，四年，禪位于齊，帝遜位于東邸。孔安國尚書序曰：漢室龍興。**深達先天之運，匡贊奉時之業。**周易曰：

---

74 「嗣王荒怠於天位」 袁本、茶陵本「王」作「主」，是也。

75 注「檄太常曰」 何校「檄」改「移」，陳同，是也。各本皆誤。

大人者，與天地合其德，先天而天弗違，後天而奉天時。弼諧允正，徽猷弘遠，尚書曰：允迪厥德，謨明弼諧。毛詩曰：君子徽猷[76]，小人與屬。樹之風聲，著之話言，左氏傳，君子曰：古之王者，並建聖哲，樹之風聲，著之話言。亦猶稷契之臣虞夏，荀裴之奉魏晉。魏志曰：太祖封荀攸亭侯，轉為中軍師。魏國初建，為尚書令。臧榮緒晉書曰：裴秀，字季彥，河東人也。常道鄉公立，與議定策，遷尚書僕射。及世祖受禪，進左光祿大夫。自非坦懷至公，永鑒崇替，國語，藍尹亹謂子西曰：吾聞君子惟獨居思念前世之崇替，於是乎有歎。韋昭曰：崇，終也；替，廢也。孰能光輔五君，寅亮二代者哉！左氏傳曰：楚屈建語康王晉范會之德。康王曰：神人無怨，宜夫子之光輔五君，以為諸侯主也。五君：宋文、明、順、齊高、武。然此武猶未立，蓋終言之。寅亮，已見班孟堅封燕然山銘。大啓南康，爰登中鉉；時膺土宇，固辭邦教。蕭子顯齊書曰：建元元年，進位司徒，侍中、中書監如故，改封南康郡公，邑三千戶。淵固讓司徒。毛詩曰：大啓爾宇。毛萇曰：宇，居也。東京賦曰：廣啓土宇。周易曰：鼎金鉉。鄭玄曰：金鉉，喻明道能舉君之官職也。鄭玄尚書注曰：鼎，三公象也。今之尚書令，古之冢宰，蕭子顯齊書曰：淵尋加尚書令，本官如故。周禮曰：乃立天官冢宰而掌邦治。鄭玄曰：爾雅曰：冢，大也。冢宰，大宰。雖秩輕於袞司，而任隆於百辟。袞司，三公也。毛詩曰：百辟其刑之。暫遂沖旨，改授朝端。晉起居注曰：帝詔曰[77]：若不少順沖旨，降損盛制。晉中興書，謝石上疏曰：尸素朝端，忽焉五載。邇無異言，遠無異望。劉琨勸進表曰：是以邇無異言，遠無異望。帝嘉茂庸，重申前冊。執五禮以正民，簡八刑而罕用。蕭子顯齊書曰：二年，重申前命為司徒。周禮曰：掌邦禮以佐王和邦國。鄭玄曰：禮謂典禮五：吉、凶、軍、賓、嘉也。孔安國尚書傳曰：簡，略也。周禮，大司徒職曰以八刑糾萬民：一曰不孝之刑，二曰不義之刑，三曰不婣之刑，四曰不悌之刑，五曰不任之刑，六曰不恤之刑，七曰造言之

---

76 注「君子徽猷」 陳云「子」下脫「有」字，是也。各本皆脫。

77 注「晉起居注曰帝詔曰」 陳云上「曰」字「安」誤，是也。各本皆誤。

刑，八曰亂民之刑。媥音因。[78]故能騁績康衢，延慈哲后。登樓賦曰：假高衢而騁力。鄧耽郊祀賦曰：伊皇母以延慈。義在資敬，情同布衣；孝經曰：資於事父以事君而敬同。晉中興書，庾亮上疏曰：先帝謬顧，情同布衣。出陪鑾蹕，入奉帷殿。仰南風之高詠，餐東野之祕寶[79]。家語曰：舜彈五絃之琴，造南風之詩。王隱晉書，庾峻曰：知足如疎廣，雖去列位[80]而居東野。東野，未詳。又曰：雒書[81]零准聽曰：顧命云：天球河圖在東序。天球，寶器也。河圖本紀[82]，圖帝王終始存亡之期。典引曰：御東序之祕寶。然野當為杼，古序字也。以是圖緯，故曰餐。餐，美也。雅議於聽政之晨，披文於宴私之夕。禮記曰：君日出視朝，退適路寢聽政。王廙思逸民賦曰：左披文以邁話，講六藝之宏敷。毛詩曰：諸父兄弟，備言燕私。參以酒德，間以琴心。晉書，劉伶[83]有酒德頌。列仙傳曰：涓子作琴心三篇。曖有餘暉，遙然留想。曖，温貌。莊子曰：曖然似春，遙然流想，所慮者深也。君垂冬日之温，臣盡秋霜之戒，言君垂恩有如冬日，而臣戒懼常若秋霜。鄧析子曰：為君者若冬日之陽，夏日之陰。荀悅申鑒曰：主怒如秋霜。肅肅焉，穆穆焉。爾雅曰：穆穆、肅肅，敬也。於是見君親之同致，知在三之如一。國語，武公伐翼，殺哀侯，止欒共子曰：苟無死，吾以見之，令子為上卿。辭曰：成聞之，人生於三，事之如一。父生之，師教之，君食之。非食

---

78 注「周禮大司徒職曰」下至「媥音因」　袁本、茶陵本無此六十四字。

79 餐東野之祕寶　茶陵本「野」作「杼」，云五臣作「野」，亦作「序」。袁本作「野」，無校語。案：善注「東野未詳」，又注「然野當為杼，古序字」。袁、茶陵二本所載五臣翰注云「野」當為「序」云云。然則「杼」、「序」皆後人改，茶陵校語全非。

80 注「雖去列位」　袁本、茶陵本「雖去」作「在」，是也。

81 注「又曰雒書」　袁本、茶陵本「又」作「一」，是也。

82 注「河圖本紀」　袁本、茶陵本「本」作「今」。陳云據王元長策秀才文注引璇璣鈐，「本」，「命」誤，「紀」下脫「也」字，是也。

83 注「晉書劉伶」　袁本、茶陵本無「晉書」二字，「伶」作「劭」。案：尤所校改，亦非，「劭」當作「靈」，說見前。

不長，非教不智，牛之族也，故一事之。惟其所在，則致死矣。太祖升遐，綢繆遺寄。蕭子顯齊書曰：太祖崩，遺詔以淵錄尚書事。禮記曰：天子崩，告喪曰：天王登遐。西征賦曰：武皇忽其升遐。以侍中、司徒錄尚書事。稟玉几之顧，奉綴衣之禮。尚書顧命曰：皇后憑玉几，道揚末命。又曰：出綴衣于庭，越翼日，王崩。擇皇齊之令典，致聲化於雍熙。左氏傳，隨武子曰：蔿敖為太宰，擇楚國之令典。東京賦曰：上下共其雍熙。內平外成，實昭舊職。左氏傳，太史克曰：舜舉八元，布五教於四方，內平外成。又，展禽曰：桓公糾合諸侯，實昭舊職。增給班劍三十人，晉公卿禮秩曰：諸公給虎賁三十人[84]，持劍焉。物有其容，徽章斯允。左氏傳，膳夫屠蒯曰：事有其物，物有其容。禮記曰：殊徽號。鄭玄曰：徽，旌旗之名也。又曰：以為旗章，以別貴賤。鄭玄曰：章，幟也。位尊而禮卑，居高而思降。自夏徂秋，以疾陳退。朝廷重違謙光之旨，用申超世之尚，周易曰：謙尊而光，卑而不可踰。晉起居注，安帝詔曰：今權順所請，以申超世之美。改授司空，領驃騎大將軍，侍中錄尚書如故。蕭子顯齊書曰：淵寢疾，上相星連有變，淵憂之，表遜位，乃改受司空，領驃騎將軍，侍中錄尚書如故。

景命不永，大漸彌留。蔡邕楊公誄曰：功成化洽，景命有傾。尚書曰：降年有永有不永。又曰：疾大漸惟幾，病日臻，既彌留。建元四年八月二十一日薨于私第，春秋四十有八。昔柳莊疾棘，衛君當祭而輟禮；禮記曰：衛有太史曰柳莊，寢疾，公曰：若疾革，雖當祭必告也。公再拜稽首請於尸曰：臣有柳莊也，非寡人之臣，社稷之臣。聞之死，請往。不釋服而往，遂以襚之。晏嬰既往，齊君趍車而行哭。晏子曰：齊景公遊於菑。晏子死，公繁駔而馳[85]。自以為遲；下車而趍，知不如車之駃[86]，則又乘之。比至國，四下而趍，至則伏尸而哭曰：百姓誰復告我

---

[84] 注「諸公給虎賁三十人」　袁本「三」作「二」，是也。茶陵本亦誤「三」。

[85] 注「公繁駔而馳」　袁本、茶陵本「繁」作「擊」。案：此尤校改之也。後齊故安陸昭王碑文注引作「繁駔」，不誤，亦可證。

[86] 注「知不如車之駃」　陳云「駃」，「駛」誤，是也。各本皆譌。齊故安陸昭王碑文亦譌「駃」。

惡邪？韓詩外傳曰：趍車，馳馬也。公之云亡，聖朝震悼於上，羣后恇匡動於下[87]，鄭玄禮記注曰：恇，恐也。豈唯哀纏一國，痛深一主而已哉！言萬國同慼，豈如柳莊、晏嬰事止一國一主而已哉！李蕭遠運命論曰：區區於一主，歎息於一朝。追贈太宰，侍中錄尚書如故，給節羽葆鼓吹班劍爲六十人，謚曰文簡，禮也。

夫乘德而處，萬物不能害其貞；莊子曰：夫乘道德而浮遊則不然，無譽無訾，浮遊乎萬物之祖，物物而不物於物，則胡可得而累邪！虛己以遊，當世不能擾其度。莊子曰：方舟而濟於河，有虛船來觸舟，雖有褊心之人不能怒。人虛己以遊於世，其孰能害之。均貴賤於條風，忘榮辱於彼我。淮南子曰：夫貴賤之於身也，猶條風之時麗也；毀譽之於己，猶蚊虻之一過也。莊子，肩吾問於孫叔敖曰：子三為令尹而不榮華，三去之而無憂色，何也？孫叔敖曰：不知其在彼乎，其在我乎？其在彼邪亡乎我，其在我邪亡乎彼，何暇至乎人貴人賤哉！然後可兼善天下，聊以卒歲。孟子曰：古之人窮則獨善其身，達則兼善天下者也。家語，孔子歌曰：優哉游哉，聊以卒歲。經始圖終，式免祇悔。潘岳家風詩曰：經始復圖終，亹宇營丘園。周易曰：無祇悔。誰云克備，公實有焉。是以義結君子，惠霑庶類。國語曰：夏禹能平水土，以品處庶類者也。言象所未形，述詠所不盡。謝慶緒答郄敬書曰[88]：至理深玄，非言象所喻也。故吏某甲等，感逝川之無捨，哀清暉之眇默。論語，子在川上曰：逝者如斯夫！不捨晝夜。傳咸贈何劭王濟詩曰：二離揚清暉。眇默，遠貌也。楚辭曰：路眇眇兮默默。餐輿誦於丘里，瞻雅詠於京國。左氏傳曰：子產為政，與人誦之曰：子產若死，其誰嗣之？思衛鼎之垂文，想晉鍾之遺則。禮記，衛孔悝鼎銘曰：

87 「羣后恇動於下」 袁本、茶陵本「動」作「慟」。案：此無以考之也。

88 注「謝慶緒答郄敬書曰」 袁本「郄」作「郗」，是也。茶陵本亦誤「郄」。又案：「敬」下當有「輿」字。各本皆脫。前遊天台山賦注引可證。其「郄」字彼亦誤，當互訂也。

公曰叔舅，予與汝銘，若纂乃考服。國語，晉悼公曰：昔克路之役，秦來圖敗晉功。魏顆以其身却退秦師于輔氏，親止杜回。其勳銘于景鍾。韋昭曰：景鍾，景公鍾也。**方高山而仰止，刊玄石以表德。其辭曰：**毛詩曰：高山仰止。禰衡顏子碑曰：乃刊玄石而旌之。

辰精感運，昴靈發祥。爾雅曰：大辰，房心尾也。王逸楚辭注曰：辰星，房星也。春秋元命苞曰：殷紂之時，五星聚房者[89]，蒼神之精，同據而興[90]。齊水德，故曰辰精。春秋佐助期曰：漢將蕭何，昴星精，生於豐，通於制度。發祥，已見上文。**元首惟明，股肱惟良。**言君感辰精而王，故曰惟明；臣感昴宿以生，故良也[91]。尚書大傳曰：元首明哉！股肱良哉！元首，君也；股肱，臣也。**天鑒璿曜**[92]**，踵武前王。**言君能鑒照琁璣七曜之道，踵武前王而受禪也。毛詩曰：天鑒在下，有命既集。尚書曰：在璿璣玉衡以齊七政。琁與璿同。七政，七曜。楚辭曰：及前王之踵武。**欽若元輔，體微知章。**言臣能敬順元輔大臣之義，體微知章而匡贊之也。尚書曰：欽若昊天。班固涿邪山文曰：晄晄將軍，大漢元輔。周易曰：君子知微知章。**永言必孝，因心則友。**毛詩曰：永言孝思，孝思惟則。因心則友，已見上文。**仁洽兼濟，愛深善誘。**莊子，仲尼謂老聃曰：兼愛無私，此仁之情也。善誘，已見上文。**觀海齊量，登嶽均厚。**班彪覽海賦曰：觀滄海於茫茫。海賦曰：爾其大量也。莊子曰：淵淵其若海也。郭象曰：容忍無量也。法言曰：登東嶽而知眾山之邐迤。莊子，老聃曰：至人若地之自厚。家語，齊大夫子與適魯，見孔子曰：乃今而後知泰山之為高，海淵之為大。**五臣茲六，八元斯九。**呂氏春秋曰：武王之佐五人。高誘曰：周公旦、召公奭、太公望、畢公高、蘇公忿生也。潘岳魯武公誄曰：昂昂

---

89 注「五星聚房者」　陳云當重有「房」字，是也。各本皆脫。

90 注「同據而興」　陳云「同」，「周」誤，是也。各本皆譌。

91 注「故良也」　袁本、茶陵本「故」下有「曰惟」二字。

92 「天鑒璿曜」　何校「璿」改「琁」。陳云據注「璿」當作「琁」。案：袁、茶陵二本所載五臣良注字作「璿」。此必善「琁」、五臣「璿」，各本亂之而失著校語。

公侯，實天誕育；八元斯九，五臣茲六。**內謨帷幄**[93]**，外曜台階。**帷幄，已見上文。黃帝泰階六符經曰：泰階者，天之三階也。上階為天子，中階為諸侯公卿大夫，下階為元士庶人。漢書音義，三階，三台也。范曄後漢書，郎顗曰：三公上應三台。**遠無不肅，邇無不懷。**國語，祭公謀父曰：近無不聽，遠無不服。阮嗣宗勸晉王箋曰：遠無不服，邇無不肅。**如風之偃，如樂之諧。**論語曰：草上之風必偃。左氏傳曰：晉侯以樂之半賜魏絳，曰：子教寡人和諸戎狄，以正諸華，八年之中，九合諸侯，如樂之和，無所不諧，請與子樂之。**光我帝典，緝彼民黎。**劇秦美新曰：帝典闕而不補。**率禮蹈謙，諒實身幹。**南都賦曰：率禮無違。周易曰：履道坦坦，幽人貞吉。王弼曰：履道尚謙而二，以陽處陰，履於謙也。左氏傳曰：晉侯使郤錡來乞師，將事不敬，孟獻子曰：郤氏其亡乎！禮，身之幹也；敬，身之基也。**跡屈朱軒，志隆衡館。**尚書大傳曰：未命為士，不得乘朱軒。衡館，衡門之館也。**眇眇玄宗，萋萋辭翰。義既川流，文亦霧散。**蔡邕何休碑曰：辭述川流，文章雲浮。孝經鉤命決曰：雲委霧散。**嵩構云頹，梁陰載缺。**並見上文。**德猷靡嗣，儀形長遞**音逝[94]**。**德猷，令德徽猷也；儀形，容儀形體也。鄭玄春秋緯注曰：遞，去也。**怊悵餘徽，鏘洋遺烈。**楚辭曰：心怊悵以永思。**久而彌新，用而不竭。**典引曰：扇遺風，播芳烈，久而愈新，用而不竭。

---

93 「內謨帷幄」　袁本、茶陵本「謨」作「謩」。案：上文「內贊謀謨」作「謨」，「宏二八之高謩」作「謩」。善果何作，無以考之也。

94 注「音逝」　袁本、茶陵本二字在注末，是也。

卷第五十九

碑文下

頭陁寺碑文

天竺言頭陁，此言斗藪。斗藪煩惱，故曰頭陁。

王簡棲 姓氏英賢錄曰：王巾[1]，字簡棲，琅邪臨沂人也。有學業。為頭陁寺碑，文詞巧麗，為世所重。起家郢州從事，征南記室。天監四年卒。碑在鄂州，題云：齊國錄事參軍琅邪王巾製。

蓋聞挹朝夕之池者，無以測其淺深；家語曰：孔子觀於魯桓公之廟，有欹器焉，使弟子挹之水。毛萇詩傳曰：挹，也。漢書，枚乘上書吳王曰[2]：游曲臺，臨上路，不如挹朝夕之池。桓子新論，子貢謂齊景公曰：臣之事仲尼，譬如渴而操杯就江海飲，飲滿而去，又焉知江海之深乎？挹，於入切。㪺，勾愚切。仰蒼蒼之色者，不足知其遠近。莊子曰：天之蒼蒼，其正色耶？其遠而無所至極邪？韓詩外傳，子貢謂景公曰：臣終身戴天，不能知其高。況視聽之外，若存若亡；心行之表，不生不滅者哉！僧肇涅盤論曰：視聽之所不暨，四空之所昏昧。管子曰：聖人之道，若存

---

1 注「王巾」 何校「巾」改「屮」，下同。陳云「巾」，「屮」誤。案：說文通釋「王屮音徹，俗作巾，非」。何、陳所據也。各本皆作「巾」。

2 注「漢書枚乘上書吳王曰」 袁本、茶陵本無「漢書」二字。

若亡；援而用之，沒代不忘。竺道生曰：心行，心所行之行也。維摩經曰：畢竟不生不滅，是無常義也。**是以掩室摩竭，用啓息言之津；**華嚴經曰：佛在摩竭提國寂滅道場，始成正覺。法華經曰：寂滅，無言也。僧肇論曰：釋迦掩室於摩竭。鄭玄論語注曰：津，濟渡水之處。**杜口毗邪，以通得意之路。**至理幽微，非言說之所及。掩室摩竭，示寂滅以息言；杜口毗邪，現默然而得意。維摩經曰：佛在毗邪離菴羅樹園。佛告文殊師利，汝行詣維摩詰問疾。文殊師利問維摩詰：何等是菩薩入不二法門？時維摩詰嘿然無言。文殊師利嘆曰：善哉善哉！乃至無有文字語言，是真入不二法門。僧肇論曰：淨名杜口於毗邪。莊子曰：言者所以在意也，得意而忘言也。**然語彝倫者，必求宗於九疇；談陰陽者，亦研幾於六位。**真諦無言，俗諦借言，以明理故。此明言之用也。尚書，武王訪于箕子曰：我不知彝倫攸敘。周易曰：夫易所以極深研幾也。又曰：分陰分陽，迭用柔剛。故易六位而成章。王弼曰：六位，爻之文也。**是故三才既辨，識妙物之功；萬象已陳，悟太極之致。**此顯言之功也。周易曰：易有天道焉，有人道焉，有地道焉，兼三才而兩之，故六。又曰：神者，妙萬物而為言者也，孝經鉤命決曰：地以舒形，萬象咸載。聲類曰：悟心曰解。周易曰：易有太極，是生兩儀。**言之不可以已，其在茲乎！**言所以識物悟太極者，皆藉言明之，不可止者，其在此乎！左氏傳，叔向謂鬷蔑曰：子若無言，吾幾失子矣！言之不可以已也如是。**然爻繫所筌，窮於此域；**爻，六爻也；繫，繫辭也。因爻以立辭，亦因辭以明理也。故爻繫之所明，窮生死於此域也。莊子曰：筌所以得魚，得魚而忘筌。筌，捕魚之笱，莊子以之喻言。大智度論曰：二乘以生死為此岸。**則稱**去聲**謂所絕，形乎彼岸矣。**至如涅盤妙旨，非言說之所能明，故稱謂所絕，現於涅盤之彼岸矣。僧肇論曰：玄極無名，稱謂絕焉。鄭玄禮記注曰：稱，猶言也。王逸楚辭注曰：謂，說也。涅盤經曰：心無退轉，即便前進已得到彼岸，登大高山，離諸恐怖，多受安樂。彼岸山者，喻於如來；受安樂者，喻於常住。大高山者，喻大涅盤也。大智度論曰：亦以涅盤為彼岸也[3]。**彼岸者引之於有，則高謝四流；推之於無，則俯弘六度。**彼岸絕乎稱謂

---

[3] 注「大智度論曰亦以涅盤為彼岸也」 陳云衍「曰」字，是也。各本皆衍。

者，若引之而入有，則去四流而現無；若推之而入無，則弘六度以明有。僧釋肇維摩經注曰：不可得而有，不可得而無者，其唯大乘乎！何則？欲言其有，無相無名。欲言其無，方德斯行。故雖無而有。無相無名，故雖有而無。然則言有不乖無，言無不乖有也。魏都賦曰：高謝萬邦。大智度論曰：欲流，有流，無明流，有見流。三國名臣頌曰：俯弘時務。瑞應經曰：行六度無極，布施、持戒、忍辱、精進、一心、智慧。諸經以一心為禪也。**名言不得其性相，隨迎不見其終始，**法離有無，豈名言之所得；法無形象，豈隨迎之可見。維摩經，維摩詰曰：法無名字，言語斷故；法無形相，如虛空故；法同法性，入諸法故。法相如是，豈可說乎？竺道生曰：法性者，法之本分也。法相者，事之貌也。老子曰：隨之不見其後，迎之不見其首。**不可以學地知，不可以意生及，其涅盤之蘊也。**妙法蓮華經曰：昔住學地，佛常教化。言我法能離生老病死，究竟涅盤。勝鬘經曰：音生身無漏業生，依無明住。學地，謂三果；意生，謂菩薩。言能變化生死，隨意往生。法華經曰：諸佛弟子眾，皆如舍利佛，盡思共度，量不能測，佛智不退，諸菩薩亦復如是，不能知。周易曰：乾坤其易之蘊邪！韓康伯注曰：蘊，淵奧也。

夫幽谷無私，有至斯響；洪鍾虛受，無來不應。周易曰：入于幽谷。幽，不明也。尚書大傳，孔子曰：夫山生材用，而無私為焉；四方皆伐，無私與焉。論衡曰：呼於坑谷之中，響立應。禮記曰：善待問者如撞鍾，叩之以小者則小鳴，叩之以大者則大鳴。劉熙釋名曰：鍾，空也。內空受氣多，故聲大也。文子曰：虛無不受，靜無不持。牽秀相風賦曰：故無來而不應兮，何適莫之足嬰！**況法身圓對，規矩冥立；**圓對，謂有感斯對而無不周也。勝鬘經曰：涅盤界者，即是如來法身。僧肇論曰：法身無像，應物以形；千難殊對，而不干其慮。禮記曰：古之君子，周施中規，折旋中矩。僧肇維摩經序曰：冥權無謀，而動與事會。**一音稱物，宮商潛運。**維摩經曰：佛以一音演說法，眾生隨類，各得解脫。周易曰：稱物平施。漢書曰：聲者，宮、商、角、祉、羽也[4]。**是以如來利見迦維，託生王室。**如來，佛號。謝靈運金剛

[4] 注「宮商角祉羽也」　袁本、茶陵本「祉」作「徵」。案：此尤因諱改字耳。

般若經注曰：諸法性空，理無乖異，謂之為如會如解，故名如來。竺道生維摩經注曰：如者，謂如與如冥，無復有如之理，從此中來，故曰如來。瑞應經曰：菩薩下當世作佛，託生天竺迦維羅衛國。父王名曰靜，夫人曰妙。迦維羅衛者，天地之中央。周易曰：利見大人。左氏傳曰：會于洮，謀王室也。憑五衍之軾，拯溺逝川；僧肇論曰：騁六通之神驥，乘五衍之安車。五衍，五乘。天竺言衍，此言乘。五乘：一人，二天，三聲聞，四辟支佛，五菩薩。今碑本以為憑四衢之軾，蓋梁代諱衍，故改焉。左氏傳曰：楚子玉使鬬勃謂晉侯曰：請與君之士戲，君憑軾而觀之。說文曰：出溺為拯。論語曰：子在川上曰：逝者如斯。開八正之門，大庇交喪。維摩經曰：雖行八正道，而樂行無量佛道，是菩薩行。僧肇論曰：啓八正之平路，坦眾聖之夷塗。大品經說八正曰：正見，正思惟，正語，正業，正命，正精進，正念，正定。爾雅曰：庇，蔭也。莊子曰：世喪道矣，道喪世矣，世與道交相喪也。於是玄關幽揵[5]，感而遂通；玄關幽揵，喻法藏也。謝靈運金剛般若經注曰：玄關難啓，善揵易開。戴逵棲林賦曰：幽關忍其離揵，玄風暖以雲頹。字林曰：揵，門距。周易曰：寂然不動，感而遂通天下之故，非天下之至神，孰能與於此！遙源濬波，酌而不竭。遙源濬波，喻法海也。文子曰：取焉而不損，酌焉而不竭，莫知其所由也。行不捨之檀，而施去聲洽羣有；夫心愛眾生而行捨者，捨則增愛，非為實捨。故大士之捨，見不施之捨者，及於眾生，斯為不捨。以茲而施，故羣有俱洽。大品經曰：不施不慳，是名檀波羅蜜。僧肇論曰：賢刼稱無捨之檀，成具美不為之為也。天竺言檀，此言布施；波羅蜜，此言到彼岸也。羣有，謂有色無色，有想無想，以其不一，故曰羣有。僧肇維摩經注曰：鏡羣有以通玄，而物我俱一。唱無緣之慈，而澤周萬物；夫行慈者以眾生為緣，眾生為緣，則慈無所寄。故大士之慈，離於眾相。離相行慈，名為無緣：無緣生慈，是為真實。以斯而唱，則物無不周。涅盤經曰：得諸菩薩無緣之慈。僧肇論曰：禪典唱無緣之慈，思益演不知之知。泥洹經曰：無緣者，不住法相，反眾生相。釋道安曰：解從緣散。周易曰：智周萬物，而道濟

---

5 「於是玄關幽揵」　袁本、茶陵本「揵」作「鍵」。袁校語云善本作「才」，注字皆作「揵」。茶陵本無校語，注字皆作「鍵」。案：茶陵以五臣亂善，非。

天下。演勿照之明，而鑒窮沙界；夫以明照物，明盡則照窮。而勿照之明，猶無得之得。無得而得，斯為真得。故勿照之明，斯為真明矣。演真明而廣照，何止鑒窮沙界乎！僧肇論曰：至人虛心冥照，理無不統，而靈鑒有餘。金剛般若經曰：諸恆河所有沙數佛世界，如是寧為多不？導亡機之權，而功濟塵刼。機，謂機心也。權，方便也。夫以機心導物，物所以機心應之[6]。物有機心，則結累斯起。故誘以無機之智，何止功濟塵刼乎！僧肇論曰：至人灰心滅智，內無機照之勤。辨亡論曰：魏氏功濟諸華。法華經曰：如人以力磨三千大千土，復盡末為塵，一塵為一刼，此諸微塵數，其刼復過是。時義遠矣！能事畢矣！周易曰：天下隨時。隨時之義大矣哉！又曰：四營而成易，十有八變而成卦，天下之能事畢矣。然後拂衣雙樹，脫屣金沙。左氏傳曰：叔向拂衣從之。涅盤經曰：佛在拘尸那國力士生地阿利羅拔提河邊婆羅雙樹間，爾時世尊臨涅盤。史記，武帝曰：嗟乎！吾誠得如黃帝，吾視去妻子如脫屣耳。拔河，一名金沙河也。惟恍惟惚，不皦不昧，莫繫於去來，復歸於無物。老子曰：道之為物，惟恍惟惚。王弼曰：恍惚，無形不繫之貌也。又曰：一者，其上不皦，其下不昧，繩繩不可言，復歸於無物。鍾會曰：光而不耀，濁而不昧，繩繩兮其無繫，汜汜乎其無薄也。微妙難名，終歸於無物。維摩經曰：法無去來，常不住故。僧肇曰：法若住，則從未到現在，從現在未過去。遙三世，則有去來也，以法不常住故也。因斯而談，則棲遑大千，無爲之寂不撓；焚燎堅林，不盡之靈無歇。大矣哉！答賓戲曰：聖哲治之棲遑。大千者，謂一三千界。下至阿毗地獄，上非想天，為一世界；千三界為小千世界；千小世界為中千世界；至千中千世界為大千世界。維摩經曰：夫出家者，為無為法。瑞應經曰：吾虛心樂靜，無為無欲。僧肇維摩經注曰：寂謂寂滅常靜之道。廣雅曰：撓，亂也[7]。涅盤經曰：佛以千疊纏裹其身，積眾香木，以火焚之。僧祇律曰：如大涅盤經說，世尊向熙連禪河力士生地堅固林雙樹間般涅盤，於天冠塔邊闍維。僧肇維摩經注曰：無實相，無法常住，故盡。法華經曰：方便見涅盤，而實不滅

6 注「物所以機心應之」 袁本、茶陵本「所」作「斯」，是也。

7 注「廣雅曰撓亂也」 袁本、茶陵本此下有「乃飽切」三字，是也。

度，常住此說法也。

正法既沒，象教陵夷。曇無羅讖曰：釋迦佛正法住世五百年，像法一千年，末法一萬年。論語曰：文王既沒。陵夷，已見上文。穿鑿異端者，以違方爲得一；孔安國論語注曰：妄作穿鑿，以成文章，不知所以裁制。論語，子曰：攻乎異端，斯害也已！謝宣遠贈靈運詩曰：違方往有忝。杜預左氏傳注曰：方，法也。云得一者，鍾會曰：一，亦道也。順非辯僞者，比微言於目論。禮記曰，言偽而辯，順非而澤。維摩經曰：於眾言中微妙第一。僧肇論曰：釆微言於聽表。史記曰：齊威王使說越王。齊使曰：幸也越之不亡也！吾不貴其用知之如目見毫毛，而不自見其睫也。今王知晉失計，而不自知越之過，是目論也。於是馬鳴幽讚，龍樹虛求，摩訶摩耶經曰：正法衰微，六百歲已，九十六種諸外道等邪見競興，破滅佛法。有一比丘，名曰馬鳴，善說法要，降伏一切諸外道輩。七百歲已，有一比丘，名曰龍樹，善說法要，滅邪見幢，燃正法炬。周易曰：幽贊於神明而生蓍。王弼曰：幽，深；贊，明也。並振頹綱，俱維絕紐。陸機大將軍宴會詩曰：頹綱既振。謝莊為沈慶之答劉義宣書曰：皇綱絶而復紐，區夏墜而更維。說文曰：紐，系也。蔭法雲於眞際，則火宅晨涼；華嚴經曰：不壞法雲，徧覆一切。劉虯法華經注曰：雲譬應身，則殊形並現，順機不徧。此則彌布徧覆之義也。維摩經曰：同真際，等法性，不可量。僧肇曰：真際，實際也。法華經曰：三界無安，猶如火宅，眾苦所燒，我皆拔濟之。曜慧日於康衢，則重昏夜曉。劉虯曰：菩薩圓淨[8]，照均明兩，故曰慧日。又曰：諸子安穩得出，皆於四衢露坐。爾雅曰：四達謂之衢，五達謂之康。頭陀經，心王菩薩曰：我見覆蔽，飲雜毒酒，重昏長寢，云何得悟？慈心示語，使得開解。故能使三十七品有樽俎之師；言義徒精銳，有樽俎之深謀。維摩經曰：於諸見不動而修行三十七品，是為宴坐。僧肇曰：諸見，六十二諸見，妄也。竺道生曰：正觀則三十七品也。羅什曰：三十七品二乘通。大品經說三十七道品曰：四念處，四勤正，四如意足，五根，五力，七覺分，八正道分。樽俎之師，已見上文。九十六種無藩籬之固。邪黨分崩，無藩籬以自固。

---

8 注「劉虯曰菩薩圓淨」 袁本「劉」上有「法華經曰：慧日大聖尊久乃說是法」十四字，是也。茶陵本亦脫。

羅什維摩經注曰：摩訶，秦言無大，亦言勝大。能勝九十六種論議。辯亡論曰：城池無藩籬之固。既而方廣東被，教肆南移。華嚴經題云大方廣佛華嚴經。孔安國尚書傳曰：被，及也。周易曰：君子以教思無窮。周魯二莊，親昭夜景之鑒；漢晉兩明，並勒丹青之飾。顧微吳縣記曰：佛法詳其始，而典籍亦無聞焉。魯莊七年，夜明，佛生之日也。左氏傳曰：莊公七年四月辛卯夜，恆星不見，逃。僧徒閴其無人，榱椽毀而莫構。周易曰：闚其戶，閴其無人。高誘淮南子注曰：椽，橑也；榱，棟也。可爲長太息矣！漢書，賈誼曰：可長太息者此也。

惟齊繼五帝洪名，紐三王絕業。蕭子顯齊書曰：高帝太祖諱道成，字紹伯，蕭何二十四世孫，受宋禪。史記曰：惟漢繼五帝末流，接三代絕業。封禪書曰：前聖所以永保鴻名。祖武宗文之德，昭升嚴配；禮記曰：周人祖文王而宗武王。尚書曰：丕顯文、武，昭升于上。孝經曰：嚴父莫大於配天。格天光表之功，弘啓興服[9]。尚書曰：成湯時，則有若伊尹格于皇天。又曰：光被四表，格于上下。毛詩曰：建爾元子，俾侯于魯；大啓爾宇，為周室輔。東觀漢記，博士議曰：除殘去賊，興復祖宗。是以惟新舊物，康濟多難；毛詩曰：周雖舊邦，其命惟新。左氏傳，伍員曰：不失舊物。尚書曰：康濟小民。禮記，晉太子申生使人辭於狐突曰：君老矣，國家多難。步中雅頌，驟合韶護；禮記曰：步中武、象[10]，驟中韶、護，所以養耳。鄭玄曰：韶，舜樂；護，湯樂也。炎區九譯，沙場一候。十洲記曰：炎洲，南海中萬二千里。韓詩外傳曰：成王之時，越裳氏重九譯而獻白雉於周公。尚書曰：西被于流沙。解嘲曰：東南一尉，西北一候。粵在於建武焉。蕭子顯齊書曰：明皇帝即位，改為建武。乃詔西中郎將郢州刺史江夏王觀政藩維，樹風江漢，蕭子顯齊書曰：江夏王寶玄，字智深，明帝第三子也。封江夏郡王，仍為持節都督郢、司二州諸軍事，

9　「弘啓興服」　袁本、茶陵本「服」作「復」，是也。

10　注「禮記曰步中武象」　案：「記」當作「書」。各本皆誤。此引史記禮書也。下引鄭氏曰云云，即裴駰集解。何校以為今禮記佚文，大誤。

西中郎將，郢州刺史。尚書曰：以爾友邦家君，觀政于商。又曰：彰善癉惡，樹之風聲。**擇方城之令典，酌龜蒙之故實。**方城，謂楚；龜、蒙，謂魯。左氏傳，屈完曰：楚國方城以為城。又隨武子曰：蔿敖為宰，擇楚國之令典。毛詩曰：奄有龜、蒙，遂荒大東。國語，樊穆仲曰：魯侯孝。王曰：何以知之？對曰：賦事行刑，而咨於故實。**政肅刑清，於是乎在。**孝經曰：其教不肅而成。周易曰：聖人以順動則刑罰清。左氏傳，先軫曰：取威定霸，於是乎在。**寧遠將軍長史江夏內史行事彭城劉府君諱諠[11]，**蕭子顯齊書，劉諠，字士穆，為江夏王郢州行事者[12]，謂王年幼，內史代之以行州府事，故稱行事也。**智刃所遊，日新月故；**莊子曰：庖丁為文惠君解牛，曰：今臣之刀十九年矣，所解千牛，而刀刃若新發於硎。彼節者有間，而刀刃者無厚；以無厚入有間，恢恢乎其于遊刃必有餘地矣。論語，子夏曰：日知其所亡，月無忘其所能。**道勝之韻，虛往實歸。**瑞應經曰：迦葉二弟問迦葉曰：今乃捨梵志道，學沙門法，豈獨大其道勝乎？迦葉答曰：言佛道最勝。莊子曰：常季問於仲尼曰：王駘，兀者也，與夫子中分魯。立不教，坐不議，虛而往，實而歸。**以此寺業廢於已安，功墜於幾立，慨深覆簣，悲同棄井。**論語曰：譬如為山，雖覆一簣，進，吾往也。孟子曰：有為者，譬若掘井，掘井九仞而不及泉，猶為棄井也。**因百姓之有餘，間天下之無事，**孫卿子曰：春耕夏耘，秋收冬藏，四者不失時，故五穀不絕，而百姓有餘食；斬伐長養不失時，故山林不童，而百姓有餘材。西都賦序曰：海內清平，朝廷無事。**庀**匹婢[13]**徒揆日，各有司存。**左氏傳，宋災，使華閱討右官，官庀其司。杜預注曰：庀，具也。毛詩曰：揆之以日，作為楚室。論語，曾子曰：籩豆之事，則有司存。

---

11 「諱諠」　何云南史作「暄」。陳云「諠」，「暄」誤，注同。案：此所引南齊書江祏傳文。今本亦作「暄」，蓋傳寫譌「諠」也。

12 注「為江夏王郢州行事者」　陳云「行事」下當重有「行事」二字。行事之名，後漢已有之，如西域長史索班稱行事，是也。見西域傳。案：所校是也。各本皆脫。

13 注「匹婢」　袁本、茶陵本作「芳婢切」三字，在注中「庀具也」下，是也。

於是民以悅來，工以心競。周易曰：悅以使民，民忘其勞。莊子曰：舜之治天下，使民心競。王隱晉書，荀勖議曰：君子心競而不力爭。亙丘被陵，因高就遠。層軒延袤，上出雲霓。楚辭曰：高堂邃宇檻層軒。王逸曰：軒，樓板也。聖主得賢臣頌曰：雖崇臺五層，延袤百丈。說文曰：南北曰袤，東西曰廣。司馬紹贈山濤詩曰[14]：上陵青雲霓。飛閣逶迤，下臨無地。西都賦曰：脩除飛閣。楚辭曰：載雲旗兮逶移。王逸曰：逶移而長。移與迤音義同。楚辭曰：下崢嶸而無地，上寥廓而無天。夕露爲珠網，朝霞爲丹雘。九衢之草千計，四照之花萬品。山海經曰：少室之山，其上有木焉，名曰帝休，葉茂，狀如楊，其枝五衢，黃花黑實，服者不怒。郭璞曰：言樹枝交錯，相重五出，有象衢路也。故離騷云：靡華九衢[15]。仲長子昌言曰：百夫之豪，州以千計。山海經曰：南山之首山曰䧿山，有木焉，其狀如穀而黑，其華四照，其名曰迷穀，佩之不迷。郭璞曰：言有光炎。若木華赤，其光照下地，亦此類也。仲長子昌言曰：以一人之好惡，裁萬品之不同。崖谷共清，風泉相渙。周易曰：風行水上渙。金資寶相[16]，永藉閑安；金光明經曰：如來之身，金色微妙，其明照耀，如金山王。又曰：光明熾盛，無量無邊，猶如無數珍寶大聚。楚辭曰：像設居室靜閑安。息心了義，終焉遊集。大灌頂經曰：息心達本源，是故名沙門。勝鬘經曰：是故世尊依於了義，一向記說。班固終南山賦曰：固仙靈之所遊集。法師釋曇珍業行淳脩，理懷淵遠，今屈知寺任，永奉神居。夫民勞事功，既鏤文於鍾鼎；周禮曰：民功曰庸，事功曰勞。凡有功者，銘書於王之太常。國語曰：昔克路之役，秦來圖敗晉功。魏顆以其身却退秦師于輔氏，親止杜回，其勳銘於景鍾。韋昭曰：景公鍾。禮記曰：夫鼎有銘。銘者，論譔其先祖之德，美功烈勳勞，而酌之祭器，自成其名焉。言時稱伐，亦樹碑於宗廟。左氏傳曰：季武子以所得齊之兵作林鍾而銘魯

---

14 注「司馬紹贈山濤詩曰」　案：「紹」下當有「統」字。各本皆脫。

15 注「靡華九衢」　案：「華」當作「蓱」。各本皆誤。

16 「金資寶相」　袁本、茶陵本「資」作「姿」，是也。

功焉。臧武仲謂季孫曰：非禮也。夫銘，天子令德，諸侯言時計功，大夫稱伐。蔡邕夜明也。史記曰：周桓王崩，子莊王陀立[17]。十五年，莊王崩。左氏傳，莊公三年，葬桓王。然則周莊王、魯莊公為同時也。瑞應經曰：到四月八日夜明星出時，佛從右脅墮地，即行七步。牟子曰：漢明帝夢見神人，身有日光，飛在殿前。以問羣臣，傅毅對曰：天竺有佛，將其神也？後得其形像。何法盛晉書曰：彭城王紘以肅祖明皇帝好佛，手書形像，經歷寇難，而此堂猶在，宜成作頌。蔡謨云：今發王命，稱先帝好佛，於義有疑。張綱集曰：盡功金石[18]，圖形丹青。然後遺文間出，列刹相望，遺文，謂經也。史記曰：天下遺文，靡不畢集。太史公曰：漢興，詩、書往往間出。孔安國尚書傳曰：三山言相望也。澄什結轍於山西，林遠肩隨乎江左矣。高僧傳曰：天竺佛圖澄，西域人，本姓帛。少出家西域，咸得道。以晉懷帝永嘉四年來適洛陽。以麻油雜茵支塗掌，千里外事皆澈見掌中，如對面焉。後澄死之月，人見在流沙。又曰：鳩摩羅什，天竺人，七歲出家，什既道流西域，名被東川[19]。符堅遣呂光西伐，破龜茲，乃將什至涼州。姚萇已殺符堅，光遂王彼。至萇子興破涼州，始將什至長安。後卒長安。漢書，文帝詔曰：使者冠蓋相望，結轍於道。班固漢書贊曰：秦、漢以來，山東出相，山西出將。高僧傳曰：支遁，字道林，本姓關，陳留人。初至京師，王濛甚重之。年二十五出家，師釋道安符丕。後還吳[20]，入剡，王羲之遂與披襟解帶，留連不能已。又曰：釋惠遠，本姓賈氏，鴈門人。遊許、洛，出家，師釋道安符丕。後還吳，入襄陽，南達荊州，欲往羅浮。屆尋陽，見廬峯，遂居焉。三十餘年，影不出山，迹不入俗。晉義熙十二年終。禮記曰：十年以長，則兄事之；五年以長，則肩隨之。晉中興書，元帝詔曰：朕應

---

17 注「子莊王陀立」　袁本「陀」作「佗」，是也。茶陵本亦誤「陀」。

18 注「盡功金石」　案：「盡」當作「書」。各本皆譌。

19 注「名被東川」　陳云「川」疑「州」誤，是也。各本皆譌。

20 注「年二十五出家師釋道安符丕後還吳」　案：此有誤。劉孝標世說新語「言語」注引高逸沙門傳云「年二十五始釋形入道」，恐此本與彼大意相同，並不云「出家師釋道安符丕」云云，今誤涉下惠遠傳文而如此也。何、陳校皆云「符丕」下有脫，未是。

天符，創基江左。春秋命歷序曰：東方為左，西方為右。

頭陀寺者，沙門釋慧宗之所立也。瑞應經曰：太子出北城門，天帝復化作沙門。太子曰：何謂沙門？對曰：沙門之為道，舍妻子，捐棄愛欲也。釋僧肇維摩經注曰：沙門，秦言，義訓勤行趍涅盤也。南則大川浩汗，雲霞之所沃蕩。周易曰：利涉大川。海賦曰：膠濶浩汗。又曰：灌泋濩渭，蕩雲沃日。北則層峯削成，日月之所迴薄。山海經曰：泰華之山削成而四方。蜀都賦曰：陽烏迴翼於高標。楊雄反離騷曰：恐日薄於西山。西眺城邑，百雉紆餘。左氏傳，祭仲曰：都城過百雉，國之害也。鍾會懷土賦曰：望東城之紆餘。東望平皐，千里超忽。楚辭曰：出不入兮往不反，平原忽兮路超遠。信楚都之勝地也。宗法師行絜珪璧，擁錫來遊。毛詩曰：有斐君子，如珪如璧。東觀漢記，馮衍說鮑叔永曰[21]：衍珪璧其行，束脩其心。錫，錫杖也。大智論曰：菩薩常用錫杖、經傳、佛像。莊子曰：神農擁杖而起。以爲宅生者緣，業空則緣廢；言身從緣生，緣亦斯廢也[22]。維摩經曰：如影從身，業緣生見。僧肇曰：身，眾緣所成，緣合則起，緣散則離。金光明經曰：所謂無明緣行，行緣識，識緣名，名緣色，色緣六入，六入緣觸，觸緣受，受緣愛，愛緣取，取緣有，有緣生，生緣老死憂悲苦惱滅聚。釋僧肇維摩經注曰：諸法之生，本乎三業；既無三業，誰作諸法？存軀者惑，理勝則惑亡。惑，煩惚也[23]。言萬法雖廣解，惑則起相受生，解者身心寂滅。涅盤經曰：要因煩惱而得有身。竺道生維摩經注曰：戀生者愛身情也。苟曰無常，豈可愛戀？若能悟不惑，而惑自亡矣，惑者無復存身也。遂欲捨百齡於中身，殉肌膚於猛鷙，禮記曰：古者謂年為齡，齒亦齡也。范曄後漢[24]，田邑報馮衍書曰：百齡之期，未有能至。尚書曰：文王受命唯中身。列子曰：藐姑射之山，有神人居焉，肌膚若冰雪。漢書臣瓚注曰：亡身從物曰殉。

---

21 注「馮衍說鮑叔永曰」　袁本、茶陵本無「叔」字，是也。

22 注「緣亦斯廢也」　陳云「亦」當作「空」，是也。各本皆誤。

23 注「惑煩惚也」　案：「惚」當作「惱」。各本皆誤。

24 注「范曄後漢」　袁本、茶陵本無此四字。

李尤七難曰[25]：猛鷙陸嬉，龍鼉水處。**班荊蔭松者久之。**左氏傳曰：伍舉奔晉。聲子將如晉，遇之於鄭郊，班荊相與食。楚辭曰：山中人兮芳杜若，飲石泉兮蔭松柏。**宋大明五年，始立方丈茅茨，以庇經像。**沈約宋書，孝武皇帝即位，改元曰大明。淮南子曰：聖人處環堵之室，茨之以生茅。高誘曰：堵，長一丈，高一丈，面環一堵為方丈，故曰環堵。言其小也。說文曰：茨，蓋也。爾雅曰：庇，蔭也。**後軍長史江夏內史會稽孔府君諱覬，**沈約宋書曰：孔覬，字思遠，會稽人也。初舉揚州秀才，補主簿，後除冠軍長史，江夏內史，隨府轉後軍長史。覬言冀。**爲之薙草開林，置經行之室。**周禮曰：薙氏下士二人。鄭玄曰：薙，翦草也。法華經曰：經行林中，勤求佛道。**安西將軍郢州刺史江安伯濟陽蔡使君諱興宗，**沈約宋書曰：蔡興宗，濟陽人也。為使持節都督郢州諸軍事，安西將軍，郢州刺史。**復爲崇基表刹，立禪誦之堂焉。**維摩經曰：佛言諸佛滅後，以全身舍利起七寶塔，表刹莊嚴而供養也。**以法師景行大迦葉，故以頭陀爲稱首。**毛詩曰：高山仰止，景行行止。彌勒成佛經曰：彌勒佛讚言，大迦葉比丘是釋迦牟尼佛大弟子，釋迦牟尼佛於大眾中常所讚歎頭陀第一，通達禪定，解脫三昧。封禪書曰：前聖所以永保鴻名而常為稱首者，用此者也。**後有僧勤法師，貞節苦心，求仁養志，**楚辭曰：原生受命于貞節。曹植擬九詠曰：徒勤躬兮苦心。論語，子曰：求仁而得仁。莊子曰：養志者忘形也。**纂脩堂宇，未就而沒。**國語，祭公謀父曰：時序其德，纂脩其緒。**高軌難追，藏舟易遠。**魏太祖祭橋玄文曰：懿德高軌，汎愛博容。莊子曰：夫藏舟於壑，藏山於澤，謂之固矣。然而夜半有力者負之而趨，昧者不知。郭象曰：方言死生變化之不可逃。**僧徒闃其無人，榱椽毀而莫構。**周易曰：闚其戶，闃其無人。高誘淮南子注曰：椽，橑也；榱，棟也。**可爲長太息矣！**漢書，賈誼曰：可長太息者此也。

惟齊繼五帝洪名，紐三王絕業。蕭子顯齊書曰：高帝太祖諱道成，字紹伯，蕭何二十四世孫，受宋禪。史記曰：惟漢繼五帝末流，接三代絕業。封禪書曰：前聖所以永保鴻名。**祖武宗文之德，昭升嚴配；**禮記曰：周人

---

25 注「李尤七難曰」 案：「難」當作「款」。各本皆誤。

祖文王而宗武王。尚書曰：丕顯文、武，昭升于上。孝經曰：嚴父莫大於配天。**格天光表之功，弘啓興服**[26]。尚書曰：成湯時，則有若伊尹格于皇天。又曰：光被四表，格于上下。毛詩曰：建爾元子，俾侯于魯：大啓爾宇，為周室輔。東觀漢記，博士議曰：除殘去賊，興復祖宗。**是以惟新舊物，康濟多難；**毛詩曰：周雖舊邦，其命惟新。左氏傳，伍員曰：不失舊物。尚書曰：康濟小民。禮記，晉太子申生使人辭於狐突曰：君老矣，國家多難。**步中雅頌，驟合韶護；**禮記曰：步中武、象[27]，驟中韶、護，所以養耳。鄭玄曰：韶，舜樂；護，湯樂也。**炎區九譯，沙場一候。**十洲記曰：炎洲，南海中萬二千里。韓詩外傳曰：成王之時，越裳氏重九譯而獻白雉於周公。尚書曰：西被于流沙。解嘲曰：東南一尉，西北一候。**粵在於建武焉。**蕭子顯齊書曰：明皇帝即位，改為建武。**乃詔西中郎將郢州刺史江夏王觀政藩維，樹風江漢，**蕭子顯齊書曰：江夏王寶玄，字智深，明帝第三子也。封江夏郡王，仍為持節都督郢、司二州諸軍事，西中郎將，郢州刺史。尚書曰：以爾友邦冢君，觀政于商。又曰：彰善癉惡，樹之風聲。**擇方城之令典，酌龜蒙之故實。**方城，謂楚；龜、蒙，謂魯。左氏傳，屈完曰：楚國方城以為城。又隨武子曰：蔿敖為宰，擇楚國之令典。毛詩曰：奄有龜、蒙，遂荒大東。國語，樊穆仲曰：魯侯孝王曰：何以知之？對曰：賦事行刑，而咨於故實。**政肅刑清，於是乎在。**孝經曰：其教不肅而成。周易曰：聖人以順動則刑罰清。左氏傳，先軫曰：取威定霸，於是乎在。**寧遠將軍長史江夏內史行事彭城劉府君諱諠**[28]**，**蕭子顯齊書，劉諠，字士穆，為江夏王郢州行事者[29]，謂王年幼，內史代之以行州

26 「弘啓興服」　袁本、茶陵本「服」作「復」，是也。

27 注「禮記曰步中武象」　案：「記」當作「書」。各本皆誤。此引史記禮書也。下引鄭氏曰云云，即裴駰集解。何校以為今禮記佚文，大誤。

28 「諱諠」　何云南史作「暄」。陳云「諠」，「暄」誤，注同。案：此所引南齊書江祏傳文。今本亦作「暄」，蓋傳寫偽「諠」也。

29 注「為江夏王郢州行事者」　陳云「行事」下當重有「行事」二字。行事之名，後漢已有之，如西域長史索班稱行事，是也。見西域傳。案：所校是也。各本皆脫。

府事，故稱行事也。智刃所遊，日新月故；莊子曰：庖丁為文惠君解牛，曰：今臣之刀十九年矣，所解千牛，而刀刃若新發於硎。彼節者有間，而刀刃者無厚；以無厚入有間，恢恢乎其於遊刃必有餘地矣。論語，子夏曰：日知其所亡，月無忘其所能。道勝之韻，虛往實歸。瑞應經曰：迦葉二弟問迦葉曰：今乃捨梵志道，學沙門法，豈獨大其道勝乎？迦葉答曰：言佛道最勝。莊子曰：常季問於仲尼曰：王駘，兀者也，與夫子中分魯。立不教，坐不議，虛而往，實而歸。以此寺業廢於已安，功墜於幾立，慨深覆簣，悲同棄井。論語曰：譬如為山，雖覆一簣，進，吾往也。孟子曰：有為者，譬若掘井，掘井九仞而不及泉，猶為棄井也。因百姓之有餘，間天下之無事，孫卿子曰：春耕夏耘，秋收冬藏，四者不失時，故五穀不絕，而百姓有餘食；斬伐長養不失時，故山林不童，而百姓有餘材。西都賦序曰：海內清平，朝廷無事。庀匹婢[30]徒揆日，各有司存。左氏傳，宋災，使華閱討右官，官庀其司。杜預注曰：庀，具也。毛詩曰：揆之以日，作為楚室。論語，曾子曰：籩豆之事，則有司存。

於是民以悅來，工以心競。周易曰：悅以使民，民忘其勞。莊子曰：舜之治天下，使民心競。王隱晉書，荀勗議曰：君子心競而不力爭。亙丘被陵，因高就遠。層軒延袤，上出雲霓。楚辭曰：高堂邃宇檻層軒。王逸曰：軒，樓板也。聖主得賢臣頌曰：雖崇臺五層，延袤百丈。說文曰：南北曰袤，東西曰廣。司馬紹贈山濤詩曰[31]：上陵青雲霓。飛閣逶迤，下臨無地。西都賦曰：脩除飛閣。楚辭曰：載雲旗兮逶移。王逸曰：逶移而長。移與迤音義同。楚辭曰：下崢嶸而無地，上寥廓而無天。夕露爲珠網，朝霞爲丹雘。九衢之草千計，四照之花萬品。山海經曰：少室之山，其上有木焉，名曰帝休，葉茂，狀如楊，其枝五衢，黃花黑實，服者不怒。郭璞曰：言樹枝交錯，相重五

---

30 注「匹婢」　袁本、茶陵本作「芳婢切」三字，在注中「庀具也」下，是也。

31 注「司馬紹贈山濤詩曰」　案：「紹」下當有「統」字。各本皆脫。

出，有象衢路也。故離騷云：靡華九衢[32]。仲長子昌言曰：百夫之豪，州以千計。山海經曰：南山之首山曰鵲山，有木焉，其狀如穀而黑，其華四照，其名曰迷穀，佩之不迷。郭璞曰：言有光炎。若木華赤，其光照下地，亦此類也。仲長子昌言曰：以一人之好惡，裁萬品之不同。**崖谷共清，風泉相渙。**周易曰：風行水上渙。**金資寶相[33]，永藉閑安；**金光明經曰：如來之身，金色微妙，其明照耀，如金山王。又曰：光明熾盛，無量無邊，猶如無數珍寶大聚。楚辭曰：像設居室靜閑安。**息心了義，終焉遊集。**大灌頂經曰：息心達本源，是故名沙門。勝鬘經曰：是故世尊依於了義，一向記說。班固終南山賦曰：固仙靈之所遊集。**法師釋曇珍業行淳脩，理懷淵遠，今屈知寺任，永奉神居。夫民勞事功，既鏤文於鍾鼎；**周禮曰：民功曰庸，事功曰勞。凡有功者，銘書於王之太常。國語曰：昔克路之役，秦來圖敗晉功。魏顆以其身卻退秦師于輔氏，親止杜回，其勳銘於景鍾。韋昭曰：景公鍾。禮記曰：夫鼎有銘。銘者，論譔其先祖之德，美功烈勳勞，而酌之祭器，自成其名焉。**言時稱伐，亦樹碑於宗廟。**左氏傳曰：季武子以所得齊之兵作林鍾而銘魯功焉。臧武仲謂季孫曰：非禮也。夫銘，天子令德，諸侯言時計功，大夫稱伐。蔡邕銘論曰：碑在宗廟兩階之間，近代以來，咸銘于碑也。**世彌積而功宣，身逾遠而名劭。**法言曰：年彌高而德彌劭者，孔子之徒與？小雅曰：劭，美也。**敢寓言於彫篆，庶髣髴於眾妙[34]。**法言曰：吾子少而好賦。曰：然，童子彫蟲篆刻。老子曰：玄之又玄，眾妙之門。**其辭曰：**

質判玄黃，氣分清濁。周易曰：玄黃，天地之雜也。天玄而地黃。列子曰：清輕者上為天，重濁者下為地。

涉器千名，含靈萬族。周易曰：形而下者謂之器。器，謂品物也。南都賦曰：百種千名。春秋元命苞曰：跂行喙息，

32 注「靡華九衢」　案：「華」當作「荓」。各本皆誤。

33 「金資寶相」　袁本、茶陵本「資」作「姿」，是也。

34 「庶髣髴眾妙」　袁本、茶陵本「於」作「乎」，是也。

蠕動蜎蜚，根生浮著，含靈盛壯。陸機鼈賦曰：揔美惡而融融，播萬族乎一區。淳源上派，澆風下黷。莊子曰：德又下衰，及唐、虞，澆淳散朴。淮南子以澆為澆，音義同。說文曰：派，水別流也。字林曰：黷，垢也，杜木切。愛流成海，情塵爲岳。瑞應經曰：感傷世間，沒於愛欲之海。百法論曰：情塵之意合，故知生也。言人皆沈於愛河，則妻子財帛也。言積之多如海，情塵之積為岳。為善日積亦見多，為惡日積亦多也。皇矣能仁，撫期命世。毛詩曰：皇矣上帝，臨下有赫。天竺言釋迦牟尼，此言能仁。不退轉法經，佗方菩薩曰：能仁如來，興此三道之教。法華經曰：我釋迦牟尼。劉虯曰：能仁哀此忍立，俯來拯拔，故曰能仁。瑞應經曰：期運之至，當下作佛。孟子曰：五百年必有王者興，其間必有名世者。廣雅曰：命，名也。乃睠中土，聿來迦衛。毛詩曰：乃睠西顧。又曰：聿來胥宇。迦衛，已見上文。奄有大千，遂荒三界。毛詩曰：奄有龜、蒙，遂荒大東。法華經曰：其佛以恆河沙等三千大千世界為一佛土。又曰：如來以智慧方便，於三界火宅，拔濟眾生。殷鑒四門，幽求六歲。毛詩曰：殷鑒不遠。瑞應經曰：太子至十四，啓王出游。始出城東門，天帝化作病人。即迴車，悲念人生俱有此患。太子出城南門，天帝化作老人。迴車而還，愍念人生丁壯不久。太子出城西門，天帝化作死人。迴車而還，愍念天下有此三苦。太子出城北門，天帝化作沙門。太子曰：善哉！唯是為快。即迴車還，念道清淨，不宜在家。又曰：佛既歷深山，到幽閑處，菩薩即拾藁草以布地，正箕坐。月食一麻一麥，端坐六年。亦既成德，妙盡無爲。勝鬘經曰：唯有如來，化就一切功德。無為，已見上文。帝獻方石，天開淥池。瑞應經曰：佛還樹下，道見棄衣，取欲浣之。天帝知佛意，即頻那山上取四方成理澤好石，來置池邊，白佛言：可用浣衣。又曰：明日食時，佛持鉢到迦葉受飯而還，於屏處食已，欲澡漱。天帝知佛意，即下以手指地，水出成池，令佛得用，名為指地池。祥河輟水，寶樹低枝。瑞應經曰：時尼連河水流甚疾，佛以自然神通，斷水涌起，高出人頭，令底揚塵，佛在其中。法華經曰：諸雜寶樹，華葉光茂。瑞應經曰：佛後日入指地池澡浴畢，欲出，無所攀。池上素有樹，名迦和，絕大脩好，其樹自然曲枝下就佛，佛牽而出。通莊九折，安步三危。爾雅曰：六達謂之莊。漢書曰：王陽為益州刺史，行部至邛郲九折阪，歎曰：奉先人遺體，奈何數乘此險！漢書，東方朔誡子曰：飽食安步，以仕易農。尚書曰：竄三苗於三危。川靜波澄，龍翔雲起。頭陀經曰：令身調善，震大法鼓，摧伏異學外道邪師，入佛性海，煩惱風息，波浪不生。周易曰：雲從龍，風從虎，聖人作而萬物覩。耆山廣運，給園多士。法華經曰：佛住王舍城耆闍崛山中，與大比丘眾萬二千人俱。尚書曰：帝德廣運。金剛般若經曰：佛在舍衛國祇樹給孤獨園，與大比丘眾千二百五十人俱。毛詩曰：濟濟多士。金粟來儀，文殊戾止。發迹經曰：淨名大士是往古金粟如來。尚書曰：鳳皇來儀。文殊，已見上文。毛詩曰：魯侯戾止。應乾動寂，順民終始。春秋元命苞曰：乾動川靜[35]。周易曰：湯武革命，應乎天，順乎人。孫卿子曰：生，人之始也；死，人之終也。法本不然，今則無滅。維摩經曰：法本不然，今則無是，寂滅之義。僧肇曰：小乘以三界熾然，故滅之以求無為。大乘觀法，本自不然，今何以滅，乃真寂滅。象正雖闌，希夷未缺。象法、正法，已見上文。史記曰：酒闌。漢書音義，文穎曰：闌，言希也。老子曰：視之不見，名之曰夷；聽之不聞，名之曰希。王弼曰：無象，無聲，無響、無所不通，無所不往。於昭有齊，式揚洪烈[36]。毛詩曰：文王在上，於昭于天。班固漢書述曰：爰著目錄，略序洪烈。揚雄解嘲曰：不足以揚洪烈。釋網更維，玄津重枻。僧叡師十二法門序曰：奏希聲於宇宙，濟溺喪於玄津。漢書音義，韋昭曰：枻，檝也。音裔，翊泄切，叶韻。惟此名區，禪慧攸託。禪慧，禪定、智慧也。即六度之二行也。倚據崇巖，臨睨通壑。楚辭曰：忽臨睨夫舊鄉。說文曰：睨，邪視也。溝池湘漢，堆阜衡霍。言崇巖之高，通壑之大，故以湘、漢為溝池，衡、霍為堆阜也。史記曰：屈完曰：方城以為城，江、漢以為池。膴膴武亭皐，幽幽林薄。毛詩曰：周原膴膴，堇荼如飴。上林賦曰：亭皐千里，靡不被築。毛詩曰：秩秩斯干，幽幽南山。鄭玄周禮注曰：竹木曰林。高誘淮南子注曰：深草曰薄。媚茲邦后，法流是挹。毛詩曰：媚茲一人。氣茂三明，情超六入。維摩經曰：佛身即法身也，從六通生，從三明生。僧肇曰：天眼、宿命、漏盡，為三明。維摩經曰：六入無積，眼耳鼻舌身心已過。眷言靈宇，載懷

35 注「乾動川靜」 何校「川」改「巛」。陳云「川」，「巛」誤，是也。各本皆譌。

36 「式揚洪烈」 茶陵本「式」作「戒」，云五臣作「式」。袁本云善作「戒」。案：此尤校改正之也。「戒」但傳寫誤耳。

興葺。毛詩曰：眷言顧之。楚辭曰：葺之兮荷蓋。王逸注曰：葺，蓋屋也。丹刻翬飛，輪奐離立。左氏傳曰：丹桓宮楹。又曰：刻桓宮桷。杜預曰：刻，鏤也。毛詩曰：如翬斯飛，君子攸躋。鄭玄曰：翬者，鳥之奇異者也。禮記曰：晉獻文子成室，晉大夫發焉，張老曰：美哉輪焉！美哉奐焉！潘岳關中記曰：未央殿東有鳳凰殿。春秋元命苞曰：火離為鳳。劉邵魏文帝誄曰：鳳凰立翥。象設既闢，睟容已安。楚辭曰：象設居室靜閑安。孟子曰：君子仁義禮智信根於心，色睟然見於面。趙岐曰：睟，潤澤之貌。桂深冬燠，松疎夏寒。楚辭曰：何所冬燠？何所夏寒？爾雅曰：燠，煖也。神足遊息，靈心往還。瑞應經曰：佛已神足適鬱單日界。勝幡西振，貞石南刊。維摩經曰：降服四種魔，勝幡建道場，禰衡顏子碑曰：乃刊玄石而旌之。

齊故安陸昭王碑文

沈休文

公諱緬，字景業，南蘭陵人也。蕭子顯齊書曰：安陸昭王緬，字景業。又曰：蕭氏之先蕭何居沛。至孫侍中彪，居東海蘭陵縣東都鄉中都里。晉分東海為東蘭陵郡。中朝亂，淮陰令愍過江，居晉陵武進縣，僑置本土，加以南名，於是為南蘭陵人。稷契身佐唐虞，有大功於天地。商武姬文，所以膺圖受籙。王命論曰：暨于稷、契，咸佐唐、虞，光濟四海，奕世載德，至于湯、武，而有天下。國語，史伯曰：夫成天地之大功者，其子孫未嘗不章。毛詩商頌曰：武王載旆。毛萇曰：武王，湯也。春秋命歷序曰：五德之運，同徵符合，膺錄次相代。尚書璇璣鈐，孔子曰：五帝出受圖籙[37]。蕭曹扶翼漢祖，滅秦項以寧亂。魏氏乘時於前[38]，皇齊握符於後。國語，太子晉曰：自

37 注「五帝出受圖籙」　袁本、茶陵本「圖籙」作「籙圖」，是也。

38 「魏氏乘時於前」　案：「乘時」當作「時乘」。茶陵本校語云五臣作「乘時」，是也。袁本校語云善作「乘時」，非也。善「時乘」，五臣「乘時」，於注皆有明文。袁互換正文耳。尤以五臣亂善，所見誤與袁同。陳云二字當乙，最是。

后稷以來寧亂，及文、武、成、康[39]，僅克安民。周易曰：時乘六龍以御天。孝經鉤命決曰：帝受命握符出也。靈源與積石爭流；神基與極天比峻。尚書曰：導河積石，至于龍門。毛詩曰：崧高惟岳，峻極于天。祖宣皇帝，雄才盛烈，名蓋當時。蕭子顯齊書曰：太祖皇考諱承之，字嗣伯。少有大志，才力過人，為冠軍將軍。太祖即位，追尊曰宣皇帝。班固漢書贊曰：武帝雄才大略。晉中興書曰：諸葛誕名蓋海內。又曰：鄧遐氣蓋當時。考景皇帝，含道居貞，卷懷前代。蕭子顯齊書曰：高帝即位，追封兄道生為始安貞王。明帝即位，追尊始安貞王為景皇帝。周易曰：居貞之吉，順以從上也。論語讖曰：仲尼居鄉黨，卷懷道美。宋均曰：懷，藏也。公含辰象之秀德，體河岳之上靈，周易曰：在天成象。王弼曰：象，謂日月星辰。孝經援神契曰：五嶽之精雄聖，四瀆之精仁明。氣蘊風雲，身負日月。論衡曰：谷子雲、唐子高章奏百上，筆有餘力。然則賢者有風雲之智，故吐文萬牒。莊子曰：孔子圍於陳、蔡之間，太公任弔之，曰：子其意者脩身以明汙，昭昭若揭日月而行。司馬彪曰：揭，擔也。立行可模，置言成範。仲長子昌言曰：規矩可模者，師傅之德也。曹植學宮頌曰：言為世範，行為時矩。英華外發，清明內昭。禮記曰：和順積中而英華外發。又曰：清明在躬，氣志如神。天經地義之德，因心必盡；孝經曰：夫孝，天之經，地之義，民之行也。毛詩曰：因心則友。簡久遠大之方，率由斯至。周易曰：乾以易知，坤以簡能。易則易知，簡則易從。易知則有親，易從則有功。有親則可久，有功則可大。可久則賢人之德，可大則賢人之業。毛詩曰：率由舊章。挹其源者游泳而莫測，懷其道者日用而不知。毛詩曰：泳之遊之。周易曰：百姓日用而不知。昭昭若三辰之麗于天，滔滔猶四瀆之紀于地。傅子曰：二漢之臣，爛如三辰之附長天。又曰：道教者，昭昭然猶日月麗乎天。春秋漢含孳曰：九卿法河海。毛詩曰：滔滔江、漢，南國之紀。六幽允洽，一德無爽。典引曰：神靈日照，光被六幽。尚書曰：德惟一，動罔不吉。萬物仰之而彌高，千里不言而斯應。論語，顏回曰：仰之彌高。周易曰：默而成之，不言而信，存乎

39 注「及文武成康」袁本、茶陵本無「成」字。

德行。又曰：君子居其室，出其言善，則千里之外應之，況其邇者乎！若夫彈冠出仕之日，登庸莅事之年，漢書曰：王陽與貢禹為友，世稱王陽在位，貢禹彈冠。言其取舍同也。尚書，帝曰：疇咨，若時登庸。又曰：莅事惟能。軍麾命服之序，監督方部之數，斯固國史之所詳，今可得略也。周禮曰：建大麾以田。然麾，旌旗之名，州將之所執也。命服，爵命之服也。方部，四方州部也。漢書，武帝南置交趾，北置朔方之州，凡十三部，置刺史。數，謂等差也。賈逵國語注曰：簡，略也[40]。

水德方衰，天命未改。水德，謂宋也。左氏傳，王孫滿曰：今周德雖衰，天命未改。太祖龍躍侯時，作鎮淮泗。蕭子顯齊書曰：宋明帝以淮南孤弱，以太祖假冠軍將軍，鎮淮陰。周易曰：見龍在田，時舍也；或躍在淵，自試也。孫卿子曰：君子博學深謀，脩身端行，以侯其時。潘岳金谷會詩曰：遂擁朱旄，作鎮淮、泗。如仁夕惕之志，中夜九迴；論語，子曰：桓公九合諸侯，不以兵車，管仲之力也。如其仁！如其仁！周易曰：君子夕惕若厲。司馬遷書曰：腸一日而九迴。龕枯耽[41]世拯亂之情，獨用懷抱。廣雅曰：龕，取也。深圖密慮，眾莫能窺。漢書，劉向上疏曰：智不可不深圖也。公陪奉朝夕，從容左右，蓋同王子洛濱之歲，實惟辟彊內侍之年。周書曰：晉平公使叔譽於周，見太子，與之言，五稱而三窮。歸告公曰：太子晉行年十五，而臣不能與言，列仙傳曰：王子喬者，周靈王太子晉也，好吹笙作鳳鳴，游伊、洛之間。漢書，留侯子張辟彊為侍中，年十五也。起予聖懷，發言中旨。晉中興書，王敦上疏曰：導動靜顧問，起予聖懷。始以文學遊梁，俄而入掌綸誥。蕭子顯齊書曰：緬為宋劭陵王文學[42]，中書郎。遊梁，謂相如也。漢書曰：梁孝王來朝，從遊說之士，相如見而說之，客遊梁。禮記曰：王言如絲，其出如綸。

---

40 注「簡略也」 袁本、茶陵本「簡略」作「略簡」，是也。恨賦「脫略公卿」注引此，可證。

41 注「枯耽」 袁本、茶陵本作「枯耽切」三字，在注末，是也。

42 注「緬為宋劭陵王文學」 何校「劭」改「邵」，陳同，是也。各本皆譌。

蘭桂有芬，清暉自遠。魏都賦曰：信陵之名，若蘭芬也。楚辭曰：椒桂罹以顛覆。王逸注曰：言已見先賢，若椒桂之人。劉琨勸進表曰：茂勳格于皇天，清暉光于四海。帝出于震，日衣青光。言齊之興也。周易曰：帝出于震。震，東方也。春秋元命苞曰：孔子曰：扶桑者，日所出，房所立，其耀盛。蒼神用事，精感姜原，卦得震，震者動而光，故知周蒼，代殷者為姬昌。人形龍顏，長大精翼，日衣青光。宋衷曰：為日精所羽翼，故以為名，木神以其方色衣之。方軌茅社，俾侯安陸；蕭子顯齊書曰：齊受禪，緬封安陸侯。漢書曰：江夏郡有安陸縣。尚書緯曰：天子社，東方青，南方赤，西方白，北方黑，上冒以黃土。將封諸侯，各取方土，苴以白茅，以為社。毛詩曰：俾侯于魯。受瑞析珪，遂荒雲野。周禮曰：典瑞掌玉瑞。鄭玄曰：人執曰瑞。瑞，猶符信也。楊子雲解嘲曰：析人之珪，檐人之爵。遂荒，已見上文。雲野，雲夢之野。式掌儲命，帝難其人，漢書，疏廣曰：太子國儲，副君也。尚書，禹曰：惟帝其難之。孔安國曰：言堯帝亦以知人為難。公以宗室羽儀，允膺嘉選。蕭子顯齊書曰：緬轉太子中庶子。周易曰：鴻漸于陸，其羽可用為儀。協隆三善，仰敷四德。晉中興書，烈宗詔曰：桓沖協隆治道。禮記曰：行一物而三善皆得者，唯世子而已，其齒於學之謂也。故世子齒於學，其一曰：而眾知父子之道矣；其二曰：而眾知君臣之義矣；其三曰：而眾知長幼之節矣。周易曰：君子體仁足以長人，嘉會足以合禮，利物足以和義，貞固足以幹事。君子行此四德者，故曰：乾，元亨利貞。博望之苑載暉，龍樓之門以峻。漢書曰：武帝戾太子及冠，就宮，上為立博望苑，使通賓客。從其所好，故多異端進者。漢書成紀曰：上嘗召太子出龍樓門。獻替帷扆，實掌喉脣。國語，史黯謂趙簡子曰：夫事君者，諫過而賞善，薦可而替否，獻能而進賢。帷扆，帝座也。禮記曰：天子負斧扆。孔融張儉碑曰：聖王克亮，命作喉脣。奉待漏之書，銜如絲之旨。東觀漢記曰：樊梵，字文高，每當直事，常晨駐車待漏。如絲，已見上文。前暉後光，非止恆受。周書，孔子曰：文王得四臣，丘亦得四友。自吾得師也，前有光，後有暉，是非先後邪！公以密戚上賢，俄而奉職，蕭子顯齊書曰：緬遷侍中。越絶書曰：吳王書闔廬[43]始得子胥，以為上賢，無異乎聖人也。出納惟允，劍璽增華。尚書，帝曰：龍，命汝作納言，夙夜出納朕命，惟允。應劭漢官儀曰：侍中殿上稱制，出則陪乘，佩璽把劍。增華，謂自庶子而益其榮華也。伊昔帝唐，九官咸事，熊豹臨戭，納言是司。漢書，劉向上疏曰：舜命九官，濟濟相讓。應劭曰：尚書曰：禹作司空，棄后稷，契司徒，咎繇作士師，垂共工，益朕虞，伯夷秩宗，夔典樂，龍納言：凡九官。左氏傳曰：昔高陽氏有才子八人：檮戭、大臨。高辛氏有才子八人：仲熊、叔豹。自此迄今，其任無爽。爰自近侍，式贊權衡。蕭子顯齊書曰：世祖即位，緬遷五兵尚書。淮南子曰：準繩連體，權衡合德，百工繇焉，以定法式，輔弼執玉，以翼天子也。而皇情眷眷，慮深求瘼。毛詩曰：皇矣上帝，臨下有赫；鑒觀四方，求民之瘼[44]。班固漢書引詩而為此瘼。爾雅曰：瘼，病也。

姑蘇奧壤，任切關河，奧壤，猶奧區也。韓康伯王述碑曰：述遷會稽太守，淮、海惟揚，皇基所託，此蓋關河之重，泱泱大邦。都會殷負，提封百萬。史記曰：夫吳有海鹽之饒，章山之銅，三江五湖之利，亦江東一都會也。西京賦曰：百物殷阜。薛綜注曰：殷，盛；阜，大也。今為此負。漢書曰：天子畿方千里，提封百萬井。臣瓚案：舊說云：提，最凡。言大舉頃畝也。李奇曰：提，舉也。舉四方為內也。韋昭曰：積土為封限。全趙之袨服叢臺，方此爲劣；鄒陽上書曰：夫全趙之時，武力鼎士，袨服叢臺之下者，一旦成市也。臨淄之揮汗成雨，曾何足稱。戰國策，蘇秦說齊宣王曰：臨淄之塗，人肩相摩，舉袂成幕，揮汗成雨。高誘曰：揮，振也。乃鴻騫舊吳，作守東楚。蕭子顯齊書曰：緬出為吳郡太守。吳質魏都賦曰：我太公鴻飛兗、豫[45]。劉琨勸進奏曰[46]：奄有舊吳。牽秀祖孫楚詩曰：受茲明命，作守西疆。漢書音義，孟康曰：舊名吳為東楚也。弘義讓以合勗君子，振平惠以字小人。論語讖曰：伯夷、叔齊，

---

43 注「吳王書闔廬」　陳云「書」字衍，是也。各本皆衍。

44 注「求民之瘼」　案：「瘼」當作「莫」。各本皆誤。覲下注可見。

45 注「我太公鴻飛兗豫」　何校「公」改「祖」，陳同，是也。各本皆誤。

46 注「劉琨勸進奏曰」　袁本、茶陵本「奏」作「表」，是也。

義讓龍舉。干寶晉紀曰：丁固父覽，以義讓稱。尚書，武王曰：朂哉夫子！周書，成王曰：朕不知字民之道，敬問伯父。尚書，王曰：無或敢伏小人之攸箴。撫同上德，綏用中典。老子曰：上德不德，是以有德。鍾會曰：體神妙以存化者，上德也。周禮曰：刑平國，用中典。疑獄得情而弗喜，宿訟兩讓而同歸。漢書曰：張湯以倪寬為獄讞掾，以古法義決疑獄。論語，曾子曰：上失其道，民散久矣。如得其情，則哀矜而勿喜。東觀漢記曰：魯恭為中牟令。宿訟許伯等爭陂澤田，積年州郡不決。恭平理曲直，各退自相責讓。雖春申之大啓封疆，鄧攸之緝熙萌庶[47]，不能尚也。史記曰：楚考烈王立，以黃歇為相，號春申君。請封於江東，王許之。因城吳故墟以自為都邑。國語，史伯謂鄭桓公曰：加之以德，可以大啓。王隱晉書曰：鄧攸，字伯道，為吳郡太守。吳人餓死。攸到，表振貸，臺不時聽，攸乃輒出倉米，一郡蒙濟。不受祿俸，唯飲吳水。毛詩曰：緝熙文王之典。夏首藩要，任重推轂，楚辭曰：過夏首而西浮。王逸注曰：夏首，水口也。漢書，馮唐曰：臣聞上古王者遣將也，跪而推轂曰：閫以內，寡人制之，閫以外，將軍制之。衿帶中流，地殷江漢。李尤函谷關銘曰：函谷險要，衿帶喉咽[48]。尚書曰：九江孔殷。南接衡巫，風雲之路千里；衡、巫，三江名。吳都賦曰：徑路絕，風雲通。西通鄾鄧，水陸之塗三七。左氏傳曰：鄧南鄾人[49]。杜預曰：鄾，今鄧鄉縣南，江水之北也。鄧，今潁川邵陵縣西南有鄧城。蜀都賦曰：水陸所湊。是惟形勝，閫外莫先。漢書，田肯曰：秦形勝之國也。閫外，已見上文[50]。鄭玄禮記注曰：閫，門限也[51]。建麾作牧，明德攸在。蕭子顯齊書曰：緬轉郢州刺史。周禮曰：建大麾以封藩國。又曰：八命作牧。尚書，王曰：文王克明德慎罰。乃暴以秋陽，威以夏日。孟子曰：江、漢以濯之，秋

47 「鄧攸之緝熙萌庶」　袁本、茶陵本「萌」作「氓」。案：二本以五臣亂善而失著校語，尤所見獨未誤也。

48 注「衿帶喉咽」　袁本、茶陵本「喉咽」作「咽喉」，是也。

49 注「鄧南鄾人」　陳云「南」下脫「鄙」字，是也。各本皆脫。

50 注「閫外已見上文」　袁本、茶陵本複出云云，非。

51 注「門限也」　袁本、茶陵本「也」下有「苦本切」三字，是也。

陽以暴之。綦毋邃曰：周之秋，於夏為盛陽也。左氏傳曰：酆舒問於賈季曰：趙衰、趙盾孰賢？對曰：趙衰冬之日，趙盾夏之日。杜預曰：夏日可畏。**澤無不漸，螻蟻之穴靡遺；**西征賦曰：澤靡不漸，恩無不逮。尸子曰：舜之行其猶河海乎！千仞之漢[52]亦滿之，螻蟻之穴亦滿之。**明無不察，容光之微必照。**孟子曰：日月有明，容光必照焉。趙岐曰：容光，小隙也。言大明照幽微。**由近而被遠，自己而及物。**史記，皐陶曰：邇可遠在茲。鄭玄曰：此政由近可以及遠。**惠與八風俱翔，德與五才並運**[53]**。**聖主得賢臣頌曰：恩從祥風翶。淮南子曰：天有八風。典引曰：仁風翔于海表。左氏傳，子罕曰：天生五才，民並用之，廢一不可。**遠無不懷，邇無不肅。**阮嗣宗勸晉王箋曰：遠無不服，邇無不肅。**邑居不聞夜吠之犬，牧人不覩晨飲之羊。**司馬彪續漢書曰：劉寵，字榮祖，遷會稽太守，徵入為將作大匠。山陰縣民去郡數十里，有若耶山，中有五六老公，年皆七八十，聞寵遷，相率共送寵，人齎百錢。寵見，勞來曰：父老何乃自苦遠來？皆對曰：山谷鄙老，生未嘗到郡縣。佗時吏徵發不去民間，或夜不絕狗吠，竟夕民不得安。自明府下車以來，狗不夜吠，吏希至民間。年老遭值聖化，聞當棄去，故戮力來送。寵謝之，為選受一大錢。故寵在會稽，號為一錢。其清如是。家語曰：孔子為大司寇。初，魯之販羊者沈猶氏常朝飲其羊，以詐市人。及孔子之為政也，則沈猶氏不敢朝飲其羊也。**譽表六條，功最萬里。**漢書音義曰：舊刺史所察有六條：察民疾苦冤失職者，察墨綬長吏以上居官政狀，察盜賊為民之害及大姧猾者，察犯田律四時禁者，察民有孝悌廉潔行脩正茂才異等者，察吏不簿入錢穀放散者，所察不得過此。漢書曰：倪寬為郡內史[54]，課殿當免，民恐失之，輸租繈屬不絕，課更以最。楊雄為益州刺史作節度曰：刺史居深門之中，總萬里之統者也。**還居近侍，兼饗戎秩。**蕭子顯齊書曰：緬還為侍中，領驍騎將軍。**候府寄隆，儲端任顯，**魏略曰：中領軍，延康置，故漢北軍中候之

---

52 注「千仞之漢」 案：「漢」當作「溪」。各本皆誤。

53 「德與五才並運」 袁本、茶陵本「才」作「材」。袁校語云善作「才」，注亦作「才」。茶陵無校語，注亦作「材」。案：此蓋善「材」、五臣「才」，袁誤互換，尤所見與袁同，茶陵為得之也。與前江賦「五才」可相證。

54 注「倪寬為郡內史」 何校「郡」改「左」，陳同，是也。各本皆誤。

官也。漢書曰：詹事，秦官，掌皇太子家。東西兩晉，茲選特難。羊琇願言而匪獲，謝琰功高而後至。晉諸公贊曰：羊琇，字稚舒，泰山人。通濟才術。與世祖同年相善，謂世祖曰：後富貴時見用作領護軍太子詹事。世祖卽位，累遷左將軍，中護軍，特進。何法盛晉中興書陳郡謝錄曰：琰字瑗度，安少子也。為輔國將軍，距氐，進號征虜左僕射，領詹事。升降二宮，令績斯佚；蕭子顯齊書曰：緬遷中領軍，太子詹事。禁旅尊嚴，主器彌固。蔡邕袁逢碑曰：乃撫京邑，摠齊禁旅。周易曰：主器者莫若長子。

禹穴神皐，地埒分陝，漢書，司馬遷南遊江、淮，上會稽，探禹穴。西京賦曰：寔惟地之奧區神皐。袁煥與曹植書曰：召公與周公受分陝之任也。江左已來，常遞斯任。東渚鉅海，南望秦稽。子虛賦曰：齊東渚鉅海，南有琅耶。孔皐會稽記曰：秦望山在州城正南。史記曰：始皇登之，不望南海。越絕書曰：禹救水，到大越，上茅山，大會計吏，更名茅山曰會稽。淵藪胥萃，雚蒲攸在。尚書曰：今商王受為天下逋逃主，萃淵藪。左氏傳曰：子叔為政，不忍猛而寬。鄭國多盜，聚人於雚蒲之澤[55]。貨殖之民，千金比屋；漢書，千乘之國，必有千金之賈者，利有所幷也。郛鄽之內，雲屋萬家。徐幹陳情詩曰：踟蹰雲屋下，嘯歌倚華楹。屋或為甍。刑政繁舛，舊難詳一。南山羣盜，未足云多；漢書曰：王遵為高陵令。會南山羣盜傰宗數百人為吏民害，於是王鳳薦遵，徵為諫議大夫，守京輔都尉，行京兆尹事。旬月間盜賊肅清。蘇林曰：傰音朋。渤海亂繩，方斯易理。漢書曰：上以龔遂為渤海太守，問曰：渤海廢亂，朕甚憂之。卿欲何以息其盜賊？遂曰：臣聞治亂民猶治亂繩，不可急也，唯緩之然後可理。臣願一切以便宜從事。上許焉。公下車敷化，風動神行，蕭子顯齊書曰：緬出為會稽太守。漢書曰：班伯為定襄太守，其下車作威，吏民悚息。謝承後漢書曰：陰脩敷化二郡，威教克平。太玄經曰：風動雷興。謝承後漢書曰：威令神行，征艾朔士[56]。誠恕既孚，

---

55 注「聚人於雚蒲之澤」 陳云：「聚」，「取」誤，是也。各本皆誤。

56 注「征艾朔士」 何校「士」改「土」，是也。各本皆譌。

鉤距靡用。杜預左氏傳注曰：孚，大信也。漢書曰：趙廣漢守京兆尹。廣漢善為鉤距以得事情。鉤距者，欲知馬價，則先問狗，已問羊，又問牛，然後及馬，參伍其價，以類相推，則知馬之賤貴，不失實矣。晉灼曰：鉤，致也，距，閉也。設欲知馬價，先問狗，又問羊，然後及馬，使對者無疑以知馬價，示若不問而自知，以閉其術為距也。不待赭汙之權，而姦渠必翦；漢書曰：張敞守京兆尹，召見諸偷酋長數人，因貰罪，把其宿負，令致諸偷以自贖。偷長曰：今一旦召詣府，恐諸偷驚駭，願一切受署。敞皆以為吏，遣歸休。置酒，小偷悉來賀，飲醉，偷長以赭汙其衣，吏坐里閭，閱出者，汙赭輒收縛之，一日捕得數百人，盡行法罰。尚書曰：殲厥渠魁。孔安國曰：渠，大也。無假里端之籍，而惡子咸誅。歌錄曰：鴈門太守行曰[57]：外行猛政，內懷慈仁。文武備具，課民不貪。移惡子姓，偏著里端。被以哀矜，孚以信順。哀矜，已見上文。南陽葦杖，未足比其仁；范曄後漢書曰：劉寬，字文饒，弘農人也。遷南陽太守。吏民有過，但用蒲鞭罰之，示辱而已，然終不加苦。韓詩外傳，孔子曰：水之精為土，老蒲為葦，願無怪之。曹植對酒歌曰：蒲鞭葦杖示有刑。潁川時雨，無以豐其澤。趙岐三輔決錄曰：茂陵郭伋為潁川，化如時雨。摯虞曰：伋字細侯，光武拜潁川太守。公攬轡升車，牧州典郡，范曄後漢書曰：范滂為詔使，登車攬轡，有澄清天下之志。蔡邕橋玄碑曰：牧一州、典五郡也。感達民祇，非待期月。論語，子曰：苟有用我者，期月而已可也，三年有成。老安少懷，塗歌里詠，論語，子曰：老者安之，少者懷之。莫不懽若親戚，芬若椒蘭。孫卿子曰：夫暴國之君，將誰與至哉？其所與至，必其民也。而其民之親我若父母，其好我芬若椒蘭。漢書刑法志曰：鄰國望我，懽若親戚，芬若椒蘭。麾旆每反，行悲道泣。攀車臥轍之戀，爭塗忘遠；東觀漢記曰：秦彭，字國平，為開陽城門候。後拜潁川太守，老弱攀車，啼號填道。又曰：侯霸，字君房。王莽敗，霸保守臨淮。更始元年，遣謁者侯盛齎璽書徵霸。百姓號呼哭泣遮使者，或當道臥，皆曰：願復留霸期年。去思一借之情，愈久彌結。漢書曰：何武為兗州刺史，徙京兆尹。其所居亦無赫赫名，去後常見思。東觀漢記

[57] 注「歌錄曰鴈門太守行曰」　陳云「錄」下「曰」字衍，是也。茶陵本與此同，袁幷入五臣，無可借證。

曰：寇恂為河內太守，徵入為金吾。潁川盜賊羣起，車駕南征，恂從至潁川，盜賊悉降。百姓遮道曰：願從陛下復借寇君一年。上乃留恂。

方城漢池，南顧莫重。左氏傳，屈完曰：方城以為城，漢水以為池。北指崤潼，平塗不過七百；崤，二崤也。雍州圖經曰：潼水，華陰縣界。伏滔正淮論曰：壽春北接梁、宋，平塗不過七百。西接嶢武，關路曾不盈千。漢書音義，應劭曰：嶢山之關也。李奇曰：在上洛北。文穎曰：武關在析西。王隱晉書，庾翼表曰：襄陽北去河、洛，不盈千里。蠻陬夷徼，重山萬里。魏都賦曰：蠻陬夷落。張揖漢書注曰，徼，塞也。以木柵水為夷狄界也。魏都賦曰：由重山之東阨。小則俘民略畜，大則攻城剽邑。賈逵國語注曰：伐國取人曰俘。漢書，晁錯上兵事曰：胡虜小入則小利，大入則大利，攻城屠邑，驅略畜產。史記曰：盜賊滋起，大羣至數千人，攻城剽邑；小羣盜以百數，掠鹵鄉里。方言曰：略，強取也。晉宋迄今，有切民患，烽鼓相望，歲時不息。椎埋穿掘之黨，阡陌成羣；史記曰：攻剽、椎埋、掘冢，皆為財用耳。徐廣曰：椎殺人而埋之，或謂發冢也。懲法侮吏之人，曾莫禁禦。累藩咸受其弊，歷政所不能裁。賈逵國語注曰：裁，制也。加以戎羯窺窬，伺我邊隙。朱鳳晉書曰：前後徙河北諸郡縣居山間，謂之羯胡。劉琨勸進表曰：狡寇窺窬，伺國瑕隙。北風未起，馬首便以南向；魏志，臧洪答陳琳書曰：秋風揚塵，伯珪馬首南向。塞草未衰，嚴城於焉早閉。李陵與蘇武書曰：涼秋九月，塞外草衰。抱朴子，鮑生曰：人君恐姦釁之不虞，故嚴城以備之。戰國策，子楚謂秦王曰：臣恐邊境早閉晚開也。永明八載，疆場大駭。吳均齊春秋曰：永明八年，匈奴寇昫山。左氏傳，沈尹戌曰：吳新有疆場之駭。國語曰：晉師大駭。揚雄集，上書曰：候騎至甘泉，京師大駭。天子乃心北眷，聽朝不怡。司馬遷書曰：主上食不甘味，聽朝不怡。揚旆漢南，非公莫可。蕭子顯齊書曰：緬遷雍州刺史。籍田賦曰：九旗揚旆。呂氏春秋曰：漢南之國，聞湯之德，歸之。於是驅馬原隰，卷甲遄征。毛詩曰：驅馬悠悠。又曰：于彼原隰。孫子兵法曰：卷甲趨利，日夜不處。曹植詩曰：指日遄征。威令首塗，仁風載路。李尤武功歌曰：恩普洽，威令行。首塗，猶首路也。謝承後漢書序曰：徐淑戎車首路。續晉陽秋曰：謝安賞袁宏為機對辯速。宏為東郡[58]，安取一扇授之，聊以贈行。宏應聲曰：輒當奉揚仁風，慰彼黎庶。毛詩曰：厥聲載路。**軌躅清晏，車徒不擾。**漢書音義曰：躅，迹也。**牛酒日至，壺漿塞陌。**漢書，廣武君謂韓信曰：不如按甲休兵，百里之內，牛酒日至，以饗士大夫。孟子曰：葛伯不祀，湯征之。其君子實玄黃于篚以迎君子，小人簞食壺漿以迎小人。[59]**失義犬羊，其來久矣，**漢書名臣奏曰[60]：太尉掾應劭等議，以為鮮卑隔在漢北[61]，犬羊為羣。**徵賦嚴切，唯利是求；**左氏傳，晉呂相告秦曰：秦雖與晉出入，秦惟利是視。又曰：惟好是求。**首鼠疆界，災蠹彌廣。**漢書，田蚡謂韓安國曰：與長孺共一禿翁，何為首鼠兩端！音義曰：首鼠，一前一却也。說文曰：蠹，木蟲也。以喻殘賊。**公扇以廉風，孚以誠德，盡任棠置水之情，弘郭伋待期之信。**東觀漢記曰：龐參，字仲達，拜漢陽太守。郡民任棠者，有奇節，參到先候之。棠不與言，但以薤一本，水一杯，置戶屏前，自抱孫兒伏於戶下。參思其微意，良久曰：棠是欲曉太守也。水者，欲吾清也；拔大本薤，欲吾擊強宗也；抱兒當戶，欲吾開門恤孤也。於是歎息而還。參在職，果能抑豪助弱，以惠政得民。司馬彪續漢書曰：郭伋拜幷州牧，行部西河，到美稷，數百小兒各騎竹馬逢迎，伋問曰：兒曹何自遠來？對曰：聞使君到，喜，故來迎。伋謝曰：辛苦諸童。小兒復送至郭門外，問使君何日當還？伋謂別駕計日告之。行部還入美稷，先期一日。伋念負諸兒，即止野亭，須期乃往。伋重信得人心，皆此類也。**金如粟而弗覩，馬如羊而靡入。**范曄後漢書曰：張奐，字然明，燉煌人也。遷安定屬國都尉。羌戎豪帥感奐恩德[62]，上馬二十匹，先零酋長又遺金鐻八枚，奐並受

---

58 注「宏為東郡」　陳校「東」下添「陽」字，云世說注引續晉陽秋可證。東陽，今浙東金華也。若「東郡」在晉為濮陽之地，當彥伯時已久陷北境，安得往莅之？案：所說最是，前三國名臣序贊題下注所引亦有「陽」字，又其一證也。

59 注「漢書廣武君」下至「以迎小人」　此節注袁本、茶陵本幷善入五臣，與尤全異，或尤別據他本，今無以訂之。

60 注「漢書名臣奏曰」　陳云「書」字衍，是也。各本皆衍。

61 注「隔在漢北」　何校「漢」改「漠」，陳同，是也。各本皆譌。

62 注「羌戎豪帥感奐恩德」　茶陵本「羌戎」作「破薁鞬」，無「德」字。袁本與此同。案：似茶陵是。

之，而召主簿於諸羌前，以酒酹地曰：使馬如羊，不以入廄；使金如粟，不以入懷。悉以金馬還之。雛雉必懷，豚魚不爽。東觀漢記曰：魯恭為中牟令。時郡國螟傷稼，犬牙緣界，不入中牟。河南尹袁安聞之，疑其不實，使仁恕掾肥親往察之。恭隨行阡陌，俱坐桑下；有雉過止其傍，傍有兒童，親曰：何不捕之？兒言雉方將雛。親曰：所以來者，欲察君之化迹耳。蟲不犯境，此一異也；化及鳥獸，此二異也；豎子有仁心，此三異也。具以狀言[63]，周易曰：信及豚魚。由是傾巢舉落，望德如歸；廣雅曰：落，謂村居也。左氏傳曰：衛遷邢于夷儀，邢遷如歸也。椎髻鬡首，日拜門闕；漢書曰：尉佗魋髻箕踞。淮南子曰：三苗鬡首。卉服滿塗，夷歌成韻。尚書曰：島夷卉服。蜀都賦曰：夷歌成章。范曄後漢書曰：益州刺史朱輔上疏曰：白狼王、唐菆等慕化歸義，作詩三章也。禮義既敷，威刑具舉，公羊傳曰：既者何？盡也。毛萇詩傳曰：具，俱也。強民獷俗，反志遷情。韓詩曰：獷彼淮夷。薛君曰：獷，覺寤之貌。劉騊駼與李子堅書曰：吏民強獷，比屋為賊。獷，古並切。風塵不起，囹圄寂寞。東觀漢記曰：蔡彤為遼東太守[64]，野無風塵。魏都賦曰：囹圄寂寞[65]。富商野次，宿秉停菑。國語，叔向曰：絳之富商韋藩以過於朝。范曄後漢書曰：王渙，字稚子，廣漢人，除溫令。境內清夷，商人露宿於道。毛詩曰：彼有遺秉，此有滯穗。又曰：于彼菑畝。毛萇曰：田一歲曰菑。蝝蝗弗起，豺虎遠迹。范曄後漢書曰：宋均，字叔庠[66]，南陽人也。遷九江太守。郡多虎暴，數為民患，常設檻穽，而猶多傷害。均到，下記屬縣，可一去檻穽，除削課制。其後傳言虎相與東渡江。後山陽、楚、沛多蝗，其飛至九江東界者，輒東西散去。北狄懼威，關塞謐靜。偵諜不敢東窺，駝馬不敢南牧。偵，伺也。鄭玄周禮注曰：諜賊，反間為國賊者[67]。范

---

63 注「具以狀言」　袁本、茶陵本「言」下有「安」字，是也。

64 注「蔡彤為遼東太守」　茶陵本「蔡」作「祭」，是也。袁本亦誤「蔡」，下同。

65 注「囹圄寂寞」　袁本、茶陵本「寞」作「寥」，是也。

66 注「字叔庠」　袁本、茶陵本「庠」作「平」。案：今范書作「庠」，尤依以校改也。

67 注「為國賊者」　袁本、茶陵本「者」下有「徒頰切」三字，是也。

曄後漢書曰：鮮卑寇遼東，蔡彤擊之，虜大奔，不敢復窺塞。過秦論曰：胡人不敢南下而牧馬。方欲振策燕趙，席捲秦代，過秦論曰：振長策而御宇內。又曰：有席卷天下之意。陪龍駕於伊洛，侍紫蓋於咸陽。楚辭曰：龍駕兮帝服，聊翺翔兮周章。傅玄乘輿馬賦曰：紫蓋漂以連翩。而遘疾彌留，欻焉大漸。尚書曰：疾大漸惟幾，病日臻既彌留。耕夫釋耒，桑婦下機。曹植荀侯誄曰：機女投杼，農夫輟耕也。參請門衢，並走羣望。左氏傳曰：乃大有事于羣望。維永明九年夏五月三十日辛酉薨，春秋三十有七。城府颷然，庶寮如霣。颷然，吹木葉落貌。男女老幼，大臨街衢，潘勗荀彧碑曰：男女老幼，里號巷哭。接響傳聲，不踰時而達于四境。臧榮緒晉書曰：羊祜薨，於是街衢塗巷，傳哭接音，邑里相達。夷羣戎落，幽遠必至，望城拊膺，震動郛邑，並求入奉靈櫬，藩司抑而不許。雖鄧訓致劈面之哀，羊公深罷市之慕，范曄後漢書曰：鄧訓，字平叔，遷護烏桓校尉，病卒官。吏民羌胡愛惜，旦夕臨者數千人。戎俗，父母死，恥悲泣，皆騎馬歌呼。至聞訓卒，莫不號咷，或以刀自割，又刺殺其犬馬牛羊，曰：鄧使君已死，我曹亦俱死耳！晉諸公讚曰：羊祜薨，贈太傅。南州以市日聞喪，卽號哭罷市。[68]對而爲言，遠有慚德。尚書曰：惟有慙德。神駕東還，號送踰境。蕭子顯齊書曰：緬喪還，百姓沔水悲泣。奉觴奠以望靈，仰蒼天而自訴。蕭子顯齊書曰：百姓設祭於峴山。鄭玄周禮注曰：喪所薦饋曰奠。韓詩曰[69]：萬人顒顒，仰天告訴。震響成雷，盈塗咽水。周易曰：震，動也。漢中山靖王曰：聚蚊成雷。江衛與荀仲茂牋曰：舉國顒顒，歎慕盈塗。公臨危審正，載惟話言[70]。說文曰：話，會合善言也。楚囊之情，惟幾而彌固；左傳曰：楚子囊

---

68 注「晉諸公讚曰」下至「卽號哭罷市」 此注袁本、茶陵本幷善入五臣，全異，或尤別據他本也。

69 注「韓詩曰」 陳云「詩」下當有「章句」二字，見任彥昇勸進牋注，是也。各本皆脫。

70 「載惟話言」 袁本、茶陵本「惟」作「貽」，是也。

還自吳，卒。將死，遺言謂子庚：必城郢。君子謂子囊忠君，薨不忘增其名，將死不忘衛社稷，可不謂忠乎！尚書曰：疾大漸惟幾。孔安國曰：幾，危殆。衛魚之心，身亡而意結。韓詩外傳，昔衛大夫史魚病且死，謂其子曰：我數言蘧伯玉之賢而不能進，彌子瑕不肖而不能退，死不當居喪正堂，殯我於室足矣。衛君問其故，子以父言聞。君召伯玉而貴之，彌子瑕退之，徙殯於正堂。二宮軫慟，遐邇同哀。追贈侍中領衛將軍，給鼓吹一部，謚曰昭侯。時皇上納麓在辰，登庸伊始，皇上，明帝也。尚書曰：納于大麓，烈風雷雨弗迷。孔安國曰：麓，錄也。堯納舜，使大錄萬機之政。尚書曰：若時登庸。允副朝端，兼掌屯衛。蕭子顯齊書曰：明帝初為右僕射，加領衛尉。晉中興書，謝安石上疏曰：尸素朝端，忽焉五載。漢書曰：城門校尉掌京師城門屯兵。聞凶哀震，感絕移時。因遘沈痾，緜留氣序。世祖日夜憂懷，備盡寬譬。世祖，武帝。臧榮緒晉書，賀循牋曰：日夜憂懷，慷慨發憤。寬譬，見下文。勉膳禁哭，中使相望。東觀漢記曰：樊脩至孝，母終，上遣中黃門朝暮餐食。吳志曰：朱然寢疾，孫權夜為不寐，中使醫藥口食之物，相望於道。上雖外順皇旨，內殷私痛，獨居不御酒肉，坐臥泣涕霑衣。毛萇詩傳曰：殷，憂也。東觀漢記曰：齊武王以譖愬遇害，上與眾會，飲食笑語如平常。馮異侍從親近，見上獨居不御酒肉，坐臥枕席有泣涕處，異獨入叩頭，寬解上意。若此移年，癯瘠改貌。爾雅曰：臞，瘠也，與癯同，渠俱切。天倫之愛，振古莫儔。穀梁傳曰：兄弟，天倫也。何休曰：兄弟先後[71]，天之倫次也。毛詩曰：匪今斯今，振古如茲。毛萇曰：振，自也。及俯膺天眷，入纂絕業，蕭子顯齊書明紀曰：太后廢海陵王，以上入纂太祖。爾雅曰：纂，繼也。漢書，司馬遷曰：惟漢接三代絕業。分命懿親，台牧並建。尚書曰：分命羲叔。左氏傳，富辰曰：兄弟雖有小忿，不廢懿親。春秋漢含孳曰：三公在天法三能。牧，見上文。對繁弱以流涕，望曲阜而含悲。左氏傳，子魚曰：周公相

---

[71] 注「兄弟先後」　袁本、茶陵本「兄弟」作「弟兄」。何校「弟先」改「先弟」。陳云「弟先」二字當乙。案：齊竟陵文宣王行狀引正作「兄先弟後」。

王室以尹天下，於周為睦，分魯公以大路、大旂，夏后氏之璜，封父之繁弱。尚書曰：魯侯伯禽[72]宅曲阜。改贈司徒，因諡爲郡王，禮也。

惟公少而英明，長而弘潤。風標秀舉，清暉映世。學偏書部，特善玄言。鞶帨之麗，篆籀之則。法言曰：今之學者，非獨為之華藻也，又從而繡其鞶帨。李軌曰：鞶，帶；帨，巾也。喻今之文字多[73]非獨華藻也，巾帶皆文之如綉也。漢書，史籀。音義曰：周宣王太史，作大篆。窮六義於懷抱，究八體於毫端。毛詩序曰：詩有六義焉：一曰風，二曰賦，三曰比，四曰興，五曰雅，六曰頌。漢書，八體六技。韋昭曰：一曰大篆，二曰小篆，三曰刻符，四曰蟲書，五曰摹印，六曰署書，七曰殳書，八曰隸書。弈思之微，秋儲無以競巧；孟子曰：弈秋，通國之善弈者也。儲，謂儲蓄精思也。馬融廣成頌曰：儲積山藪[74]，廣思河澤。取睽之妙，流睇未足稱奇。周易曰：弦木為弧，剡木為矢。弧矢之利，以威天下，蓋取諸睽。幽通賦曰：養流睇而猿號，李虎發而石開。至公以奉上，鳴謙以接下。周易曰：鳴謙貞吉，中心得也。尚書曰：奉先思孝，接下思恭。撫僚庶盡盛德之容，交士林忘公侯之貴。辨亡論曰：接士盡盛德之容。吳志，魯肅曰：不失下曹，從事交遊士林。虛懷博約[75]，幽關洞開。鄒潤甫為諸葛穆答晉王命曰：雖曰博納，虛懷下開。幽關，已見上文。西征賦曰：胸中豁其洞開。宴語談笑，情瀾不竭。毛詩曰：燕笑語兮，是以有譽處兮。世說曰：王太尉云：郭子玄語議如懸河寫水，注而不竭。譽滿天下，德冠生民。孝經曰：言滿天下無口過。干寶晉紀，武帝詔曰：蓋德冠生民，必饗不泯之榮。蓋百代之儀表，千年之領袖。荀氏家

---

72 注「尚書曰魯侯伯禽」　陳云「書」下脫「序」字，是也。各本皆脫。

73 注「喻今之文字多」　袁本、茶陵本「多」上有「煩」字，是也。

74 注「儲積山藪」　陳云「積」，「精」誤，是也。各本皆誤。

75 「虛懷博約」　袁本、茶陵本「約」作「納」。袁校語云善作「約」，茶陵無校語。案：詳注意，「約」但傳寫誤，尤所見與袁同，非也。茶陵為得之。

傳曰：荀彧德行周備，名重天下，莫不以為儀表。王隱晉書曰：魏舒為相國參軍，晉王特加器敬，每朝會罷，坐而目送之，曰：魏舒堂堂，實曰人之領袖也。曾不慭留，梁摧奄及。左氏傳，孔丘卒，公誄之曰：旻天不弔，不慭遺一老。禮記曰：孔子早起，負手曳杖，逍遙於門，歌曰：太山其頹乎！梁木其壞乎！豈唯僑終蹇謝，輿謠輟相而已哉！僑，子產也。左氏傳曰：產從政一年，輿人誦之曰：取我衣冠而褚之，取我田疇而伍之。孰殺子產，吾其與之！及三年，又誦之曰：我有子弟，子產誨之；我有田疇，子產殖之。子產而死，誰其嗣之？潘岳賈充誄曰：秦亡蹇叔，舂者不相杵。史記，趙良曰：五羖大夫死，舂者不相杵。史記以為五羖，而云蹇叔，未詳潘、沈之旨。凡我僚舊，均哀共戚。怨天德之無厚，痛棠陰之不留。周易曰：用九，天德不可為首也。鄧析子曰：天於人無厚也。何足以言之？天不能令夭折之人更生，為善之民必壽，此於民無厚也。淮南子曰：日朝發扶桑，入于落棠。高誘曰：扶桑，日所出；落棠山，日所入也。思所以克播遺塵，弊之穹壤，魏都賦曰：列聖之遺塵。曹植露盤頌曰：弊之天壤，以顯元功。乃刊石圖徽，寄情銘頌。

其辭曰：

天命玄鳥，降而生商。毛詩商頌文也。是開金運，祚始玉筐。金，謂殷。鄒子曰：五德從所不勝，虞土，夏木，殷金，周火。呂氏春秋曰：有娀氏有二佚女，為九成之臺，飲食以鼓。帝命鷰往視之，鳴若隘隘，二女愛而爭搏之，覆以玉筐。少選，發而視之，鷰遺卵而北飛，遂不反。高誘曰：帝，天也，天命鷰降卵于有娀氏女，吞之生契。三仁去國，五曜入房。論語曰：微子去之，箕子為之奴，比干諫而死。孔子曰：殷有三仁焉。春秋元命苞曰：殷紂之時，五星聚房。房者，蒼神之精，周據而興。亦白其馬，侯服周王。毛詩序曰：有客，微子來見祖廟。詩云：有客有客，亦白其馬。又曰：侯服于周，天命靡常。

本枝派別，因菜命氏。微子之後食邑於蕭，因氏焉。毛詩曰：文王孫子，本枝百世。吳都賦曰：百川派別。漢書曰：楊雄之先，初食菜於晉之楊，因氏焉。左氏傳，羽父曰：胙之土而命之氏。涉徐而東，義均梁徙。謂從蘭陵也。王隱晉書曰：徐州部東海郡蘭陵縣。班固高紀贊，劉向曰：戰國時，劉氏自秦獲於魏。秦滅魏，遷大梁，都豐。故周市說雍齒曰：豐故梁徙也。頌高祖云：涉魏而東，遂為豐公。**自茲以降，懷青拕紫。**解嘲曰：紆青拕紫，朱丹其轂。**崇基巖巖，長瀾瀰瀰。**毛詩曰：節彼南山，維石巖巖。又曰：新臺有泚，河水瀰瀰。**惟聖造物，龍飛天步。**莊子，孔子曰：夫造物者為人。司馬彪曰：造物，謂道也。周易曰：飛龍在天，利見大人。毛詩曰：天步艱難，之子不猶。**載鼎載革，有除有布。**鼎、革，二卦名也。周易曰：井道不可不革，故受之以革；革物者莫若鼎，故受之以鼎。漢書音義，文穎曰：孛星多為除舊布新，改易君上也。**高皇赫矣，仰膺乾顧。**曹府君陳寔誄曰：赫矣陳君。毛詩曰：乃眷西顧，此維與宅。**景皇烝哉，實啓洪祚。**毛詩曰：文王烝哉！潘岳羊夫人謚策文曰：光啓洪祚，慶流萬國。

喬嶽峻峙，命世興賢。毛詩：崧高維嶽，峻極于天；維岳降神，生甫及申。鄭玄曰：福祚興於子孫。命世，已見上文。**膺期誕德，絕後光前。**膺五百歲之期也。曹植上文帝誄表曰：階青雲而誕德。晉起居注，安帝詔曰：元功盛德，超前絕後。**幾以成務**[76]**，覺在民先。**周易曰：夫幾者動之微。又曰：夫易，開物成務。孟子，伊尹曰：天之生斯人，使先覺覺後覺也。予，天民之先覺者也。**位非大寶，爵乃上天。**周易曰：天地之大德曰生，聖人之大寶曰位。孟子：有天爵，有人爵。仁義忠信，樂善不倦，此天爵也；公卿大夫，此人爵也。

爰始濯纓，清猷浚發[77]**。**楚辭曰：滄浪之水清，可以濯吾纓。毛詩曰：濬哲維商，長發其祥。**升降文陛，逶迤魏闕。**漢書，梅福上疏曰：願一登文石之陛，涉赤墀之塗。夏侯稚[78]景福殿賦曰：乃陟乎文陛，以登華殿。呂氏春秋，中山公子牟謂詹子曰：身在江海之上，心居乎魏闕之下。高誘曰：魏闕，象魏之闕也。**惠露沾吳，仁風扇越。**陸機謝

---

76 「幾以成務」　袁本、茶陵本「幾」作「機」。案：此蓋善「機」、五臣「幾」，二本失著校語。又注中「幾」、「機」互換，非。尤改善作「幾」，亦非。

77 「清猷浚發」　袁本、茶陵本「浚」作「濬」，是也。

78 注「夏侯稚」　何校「稚」下添「權」字。陳云「稚」下當脫一「權」字。魏夏侯稚權以才學稱，見荀勖文章敘錄。案：所校是也，說已見前。各本皆脫。

成都王牋曰：慶雲惠露，止於落葉。**涉夏踰漢，政成期月。**楚辭曰：江與夏之不可涉。夏，水名也。尚書曰：逾于漢。期月，已見上文。

用簡必從，日新爲盛。周易曰：簡則易從。又曰：日新之謂盛德。**在上哀矜，臨下莊敬。**哀矜，已見上文。論語曰：季康子問使民以敬，如之何？子曰：臨之以莊則敬。**草木不夭，昆蟲得性。**毛詩序曰：周家忠厚，仁及草木。又曰：民樂其有靈德，以及鳥獸昆蟲焉。**我有芳蘭，民胥攸詠。**芳蘭，即上芳若椒蘭也。

羣夷蠢蠢，巖別嶂分。爾雅曰：蠢，動也。**傾山盡落，其從如雲。**毛詩曰：齊子歸止，其從如雲。**挈妻荷子，負戴成羣。**莊子曰：邠人謂邠王曰：挈吾妻子以從王乎[79]！又曰：石戶之農夫，負妻戴子入海也。**迴首請吏，曾何足云！**封禪書曰：昆蟲闓澤，迴首面內。漢書曰：邛、筰之君長，聞南夷與漢通，請吏比南夷。

昔聞天道，仁罔不遂。老子曰：天道無親，常與善人。論語，子曰：仁者壽。莊子曰：聖也者，遂於命者也。**彼蒼如何，輿山止簣？**毛詩曰：彼蒼者天，殲我良人。止簣，已見上文。**四牡方馳，六龍頓轡。**毛詩曰：駕彼四牡，四牡項領。頓轡，喻死也。楚辭曰：貫鴻蒙以東揭兮，維六龍於扶桑。王逸注曰：結我車轡於扶桑以留日行，幸得延年壽也。頓，猶舍也。**斯民曷仰，邦國殄瘁。**毛詩曰：人之云亡，邦國殄瘁！

齊殞晏平，行哭致禮。晏子曰：齊景公遊於淄。晏子死，公繫騑而馳，自以為遲，下車而趨，知不如車之駃，則又乘之。比至國，四下而趨，至則伏尸而哭曰：百姓誰復告我惡邪？**趙徂昌國，列邦揮涕。**史記曰：樂毅為燕伐齊，破之。封樂毅於昌國。昭王卒，燕惠王疑毅，毅降趙，號曰望諸君，而卒於趙。潘岳太宰魯公碑曰：趙喪望諸，列國同傷。家語，敬姜曰：無揮涕。涕以手揮之也[80]。**況我君斯，皇之介弟。**左氏傳，伯州犂謂皇頡曰：夫子為王子圍，寡君之貴

---

[79] 注「以從王乎」　袁本、茶陵本「乎」下有「此」字，是也。

[80] 注「涕以手揮之也」　陳云「涕」下脫「流」字。各本皆脫。

介弟也。**哀感徒庶，慟興雲陛。**左思七略曰：闓甲第之廣袤，建雲陛之嵳峩。

階毀留攢，川汎歸軸。禮記曰：君殯用輴，攢至于上。鄭玄曰：攢，猶叢也。殯君棺以龍輴，叢不題湊象椁。儀禮曰：遷于祖，用軸。鄭玄曰：軸，軹也。**競羞野奠，爭攀去轂。遵渚號追，臨波望哭。**毛詩曰：鴻飛遵渚。范曄後漢書曰：祭遵喪至河南，車駕臨之，望哭哀慟。**無絕終古，惟蘭與菊。**楚辭曰：春蘭兮秋菊，長無絕兮終古。

塗由帝渚，朱軒靡駕。楚辭曰：帝子降兮北渚。尚書大傳曰：未命為士，不得乘朱軒。**東首塋園，即宮長夜。**廣雅曰：首，向也。漢書音義，如淳曰：塋，冢田也。禮記曰：孔悝鼎銘曰：即宮于宗周。李陵詩曰：嚴父潛長夜，慈母去中堂。**逝川無待，黃金難化。**逝川，已見上文。史記，少君言上曰：祠竈則致物，而丹砂可為黃金。黃金成以為飲食器，則益壽。**鍾石徒刊，芳猷永謝。**吳越春秋，樂師謂越王曰：君王德可以刻之金石。王逸楚辭注曰：謝，去也。

墓誌

吳均齊春秋，王儉曰：石誌不出禮典，起宋元嘉顏延之為王琳石誌。

劉先生夫人墓誌

蕭子顯齊書曰：太祖為劉瓛娶王氏女。瓛卒，天監元年，下詔為瓛立碑，號曰貞簡先生。王僧孺劉氏譜曰：瓛娶王法施女也。

任彥昇

既稱萊歸，亦曰鴻妻；列女傳曰：老萊子逃世，耕於蒙山之陽。或言之楚王，楚王遂駕車至老萊之門。楚王曰：守國之孤，願變先生。老萊曰：諾。妻曰：妾聞之，居亂世為人所制，此能免於患乎？妾不能為人所制者。投其畚而去。老萊乃隨之。又曰：梁鴻妻者，同郡孟氏之女也。德行甚脩。鴻納之，共逃遁霸陵山中。後復相將至會稽，賃舂為事。雖雜傭保之中，妻每進食，常舉案齊眉，不敢正視。以禮脩身，所在敬而慕之。**復有令德，一與之齊。**曹植王仲宣誄曰：既有令德，材技廣宣。禮記曰：信，婦德也，一與之齊，終身不改。**實佐君子，簪蒿杖藜；**毛詩序曰：又當輔佐君子，求賢審官。東觀漢記曰：梁統與杜林書曰：君非隗囂，不降志辱身，至簪蒿席草，不食其粟。莊子曰：子貢見原憲，原憲杖藜應門。**欣欣負載**[81]**，在冀之畦**音攜[82]**。**漢書曰：朱買臣常刈樵，其妻亦負載相隨。左氏傳曰：初，臼季過冀，見冀缺耨，其妻饁之，敬，相待如賓。

居室有行，亟聞義讓。言初居室及於有行，俱聞義讓，故曰亟也。列女傳，鮑蘇妻曰：如不教吾以居室之行。毛詩曰：女子有行。左氏傳，趙衰曰：臣亟聞其言矣。**稟訓丹陽，弘風丞相。**蕭子顯齊書曰：瓛，晉丹陽尹惔六葉孫也。然其妻王氏，丞相遵之後也[83]。**籍甚二門，風流遠尚。**漢書曰：陸賈遊漢庭公卿間，名聲籍甚。習鑿齒晉陽秋曰：王夷甫、樂廣俱宅心事外，言風流者稱王、樂焉。**肇允才淑，閫德斯諒。**毛詩曰：肇允彼桃蟲。又曰：窈窕淑女。禮記曰：內言不出於閫。鄭玄曰：閫，門限也。毛萇詩傳曰：諒，信也。

蕪沒鄭鄉，寂寞楊冢[84]**。**范曄後漢書曰：鄭玄，字康成，北海人也。國相孔融深敬玄，屣履造門，告高密縣為玄特立一鄉，曰：齊置士鄉，越有君子軍，皆異賢之意也。今鄭君鄉宜曰鄭公鄉。七略曰：楊雄卒，弟子侯芭負土作墳，號曰玄冢。**參差孔樹，毫末成拱。**皇覽聖賢冢墓誌注曰：孔子冢在魯城北泗水南。冢塋中樹以百數，皆異種。人傳言孔子弟子異國，人各持其國樹來種之。其樹柞枌雒離五味欃檀之樹，魯人莫之識。老子曰：合抱之木，生於毫末。公羊傳曰：秦伯謂蹇叔曰：爾之年老，冢上之木拱矣。**暫啓荒埏，長扃幽隴。**蕭子顯齊書曰：王氏被出，今云合葬，蓋瓛卒之後，王氏宗合之。**夫貴妻尊，匪爵而重。**喪服傳曰：夫尊於朝，妻貴於室。潘岳夏侯湛誄曰：惟爾之存，匪爵而貴。

---

81 「欣欣負載」　何校「載」改「戴」。陳云「載」，「戴」誤，注同，是也。案：二字多相混，此亦不具出。

82 注「音攜」　袁本、茶陵本作「畦音攜」三字，在注末，是也。

83 注「丞相遵之後也」　何校「遵」改「導」，陳同，是也。各本皆譌。

84 「寂寞楊冢」　袁本、茶陵本「寞」作「寥」。案：此疑二本是也。

卷第六十

行狀

齊竟陵文宣王行狀　任彥昇[1]

祖太祖高皇帝　父世祖武皇帝

南徐州南蘭陵郡縣都鄉[2]中都里蕭公年三十五行狀。

公道亞生知，照隣幾庶。論語，孔子曰：生而知之者上也，學而知之者次也。傅季友脩張良廟教曰：道亞黃中，照隣殆庶。孝始人倫，忠爲令德，毛詩曰：成孝敬，厚人倫。左氏傳，君子曰：忠為令德。公實體之，非毀譽所至。論語，子曰：吾之於人，誰毀誰譽？如有所譽。高誘呂氏春秋注曰：體，行也。莊子曰：舉世譽之而不加勸，舉世非之而不加沮。天才博贍，學綜該明。郭子曰：孫子荊上品狀王武子曰：天才英博，亮拔不羣。潘岳任府君畫讚

1 「任彥昇」　案：此三字當在上「齊竟陵文宣王行狀」下。各本皆錯誤在此。

2 「南蘭陵郡縣都鄉」　何校「都」上添「中」字，據南齊書高帝紀文校。陳云疑當作「東」，見前安陸昭王碑文注。案：彼注即引南齊書，「東」、「中」乖異，未必非「東」誤也。又案：「縣」上當有「蘭陵」二字。此歷說州郡縣鄉里，不應祇云縣而不云何縣。

曰：學綜羣籍，智周萬物。**至若曲臺之禮，九師之易。**七略曰：宣皇帝時行射禮，博士后倉為之辭，至今記之，曰曲臺記。又曰：易傳淮南九師道訓者，淮南王安所造也。漢書音義曰：淮南王安聘明易者九人，號九師說。**樂分龍趙，詩析齊韓。**漢書曰：雅琴趙氏七篇。名定，渤海人，宣帝時丞相魏相所表。又曰：雅琴龍氏九十九篇。名德，梁人也。又曰：詩，魯、齊、韓三家。應劭漢書注曰[3]：申公作魯詩，韓嬰作韓詩，后倉作齊詩也[4]。**陳農所未究，河間所未輯。**漢書曰：成帝時，以書頗散亡，使謁者陳農求遺書於天下。又曰：河間獻王德從民得善書，必為好寫與之，留其真，加金帛賜以招之。由是或有先祖舊書，多奉以奏獻王者，故得書多與漢朝等。**有一於此，罔不兼綜者與！**謝承後漢書曰：劉靚方筴所載，靡不必綜。**昔沛獻訪對於雲臺，東平齊聲於楊史，**東觀漢記曰：沛獻王輔。永平五年秋，京師少雨。上御雲臺，召尚席取卦具自卦，以周易卦林占之，其繇曰：蟻封穴戶，大雨將集。明日大雨，上卽以詔書問輔曰：道豈有是邪？輔上書曰：案易卦震之蹇：蟻封穴戶，大雨將集。蹇，艮下坎上，艮為山，坎為水，出雲為雨，蟻穴居而知雨，將雲雨，蟻封穴者，故以蟻為興文。詔報曰：善哉，王次序之！又曰：上以所自作光武皇帝本紀示東平憲王蒼，蒼因上世祖受命中興頌，上甚善之，以問校書郎，此與誰等？皆言類相如、楊雄、前代史岑比之[5]。**淮南取貴於食時，陳思見稱於七步，方斯蔑如也。**漢書，淮南王安，上使為離騷傳，旦受詔，日食時上。世說曰：魏文帝令陳思王七步成詩，詩曰：萁在竈下然，豆在釜中泣。本是同根生，相煎何太急！

初，沈攸之跋扈上流，稱亂陝服。沈約宋書曰：沈攸之，字仲達，為荊州刺史。順帝卽位，攸之帥武義

---

3 注「應劭漢書注曰」　袁本、茶陵本無「漢書注」三字。案：無者是也。

4 注「后倉作齊詩也」　袁本、茶陵本「后倉」二字作「臣瓚曰：韓固」五字。案：二本是也。「韓」乃「轅」之譌，儒林傳可證。尤據顏注藝文志所引改之，非。

5 注「前代史岑比之」　何校「比之」改「之比」，是也。各本皆倒。

至夏口反。毛詩傳曰：無畔換[6]，猶跋扈也。西京賦曰：睢盱跋扈。尚書曰：非台小子，敢行稱亂。臧榮緒晉書曰：武陵王令曰：荊州勢據上流，將軍休之，委以分陝之重。宋鎮西晉熙王、南中郎邵陵王，並鎮盆口。沈約宋書曰：明帝第六子燮，字仲綏，封晉熙王，進號鎮西。沈攸之舉兵，鎮尋陽之盆城。又曰：邵陵殤王友，字仲賢，明帝第七子也。年五歲出為南中郎將，江州刺史，邵陵王。世祖毗贊兩藩，而任揔西伐。沈約宋書曰：齊王太子奉晉熙王燮鎮尋陽之盆城。公時從在軍，鎮西府版寧朔將軍軍主，南中郎版補行參軍署法曹。沈約宋書曰：除拜則為參軍事，府版則為行參軍。于時景燭雲火，風馳羽檄；言雲火之多，如景之照；羽檄之疾，若風之馳。太公六韜曰：雲火萬炬以防夜。四子講德論曰：風馳雨集。漢書，高祖曰：以羽檄徵天下兵。謀出股肱，任切書記。魏文帝與吳質書曰：元瑜書記翩翩。遷左軍邵陵王主簿記室參軍。既允梵林之求，實兼儀形之寄。刀筆不足宣功，風體所以弘益。文士傳曰：太祖雅聞阮瑀名，辟之不應。連見逼促，乃逃入山中。太祖使人焚山，得瑀，送至，召入。太祖時在長安，大延賓客，怒不與語，使就伎人列。瑀善解音，能鼓琴，遂撫紘而歌，因造歌曲曰：奕奕天門開，大魏應期運。青蓋巡九州，在西東人怨。士為知己死，女為悅己玩。恩義苟潛暢，他人焉能亂！為曲既捷，音聲殊妙，當時冠坐。太祖大悅，署為記室。何法盛晉中興書曰：王永，字安期[7]，司空東海王越以為記室參軍，雅相敬重，勑子毗曰：夫學之所益者淺，體之所安者深。閑習禮度，不如式瞻儀形；諷味遺言，不如親承音旨。王參軍人倫之表，汝其師之。史記，張釋之曰：秦任刀筆之吏。除邵陵王友，又爲安南邵陵王長史。東夏形勝，關河重複，東夏，會稽也[8]。尚書，王曰：爰建爾于上公，尹茲東夏。漢書，田肯曰：秦形勝之國也。韓康伯王述碑曰：述遷會稽太守。此蓋關、河之重複，泱泱大邦。選

6 注「毛詩傳曰無畔換」 案：「無」字不當有。又「換」詩作「援」。畔援猶跋扈也，在鄭箋。此各本皆有誤。
7 注「王永字安期」 茶陵本「永」作「承」，是也。袁本亦誤「永」，晉書本傳可證。
8 注「東夏會稽也」 袁本、茶陵本無此五字。案：二本在五臣銑注，此蓋誤入。

眾而舉，敦悅斯在。論語，子夏曰：舜有天下，選於眾，舉皋陶，不仁者遠矣。左氏傳曰：晉蒐於被廬，謀元帥。趙衰曰：郤穀可，臣亟聞其言矣，說禮、樂而敦詩、書，君其試之。除使持節、都督會稽東陽臨海永嘉新安五郡諸軍事、輔國將軍、會稽太守。

太祖受命，廣樹藩屏。左氏傳，富辰曰：昔周公故封建親戚，以藩屏周室。公以高昭武穆，惟戚惟賢；漢書，韋玄成曰：父為昭，子為穆，孫復為昭也[9]。漢書，文帝詔曰：右賢左戚。封聞喜縣開國公，食邑千戶。又奏課連最，進號冠軍將軍。漢書曰：兒寬為農都尉，大司農奏課最連[10]。韋昭曰：最連，得第一也。越人之巫，覩正風而化俗；范曄後漢書曰：第五倫，字伯魚，京兆人也，拜會稽太守。會稽俗多淫祀，好卜筮，民常以牛祭神，百姓財產以之困匱。倫到官，移書屬縣，曉告百姓。其筮祝有依託鬼神詐怖愚民，皆案論之。有妄屠，吏輒行罰。於後遂斷絕，百姓以安。篁竹之酋，感義讓而失險。漢書，淮南王上書曰：臣聞越處谿谷之間，篁竹之中。范曄光武紀贊曰：金湯失險。邪叟忘其西昃，龍丘狹其東皐。范曄後漢書曰：劉寵[11]拜會稽太守，徵為將作大匠。山陰有五六老叟，自若邪山谷出送寵，曰：聞當見棄，故自扶奉送。潘安仁楊經誄云：日昃景西，望子朝陰。范曄後漢書曰：任延，字長孫，南陽人，拜會稽都尉，年十九。吳有龍丘萇者，隱居，志不降辱，四輔三公，連辟不到。掾史白請召之，延曰：龍丘先生躬德履義，有原憲、伯夷之節，都尉洒掃其門，猶懼辱焉，召之不可。使功曹奉謁，修書記，致醫藥，吏使相望於道。積一歲，萇乃乘輦詣府門，願得先死備錄。延辭讓再三，遂署議曹祭酒。阮籍奏記曰：將耕東皐之陽，輸黍稷之稅。會武穆皇后崩，公星言奔波，泣血千里，蕭子顯齊書曰：武穆裴皇后，諱惠昭，河東人，父璣之。后生子良。禮記曰：惟父母之喪，見

---

9 注「孫復為昭也」　袁本、茶陵本「也」下有「音韶」二字，是也。

10 注「倪寬為農都尉大司農奏課最連」　陳云「為」下脫「司」字，又「最連」當乙，是也。各本皆誤。

11 注「范曄後漢書曰劉寵」　袁本「范曄後」作「華嶠」。案：袁本是也，但「嶠」下仍當有「後」字。此初同袁，脩改者非。茶陵并入五臣，更非。

星而行，夜見星而舍。毛詩曰：星言夙駕。仲長子昌言曰：救患赴急，跋涉奔波者，憂樂之盡也。禮記曰：高子皐執親之喪，泣血三年，未嘗見齒，君子以為難。水漿不入於口者，至自禹穴。禮記，曾子謂子思伋曰[12]：吾執親之喪，水漿不入於口七日。漢書曰：司馬遷南遊江、淮，上會稽，探禹穴。逮衣裳外除，心哀內疚，禮記曰：親喪外除。鄭玄曰：日月已竟，哀不忘也。嵇康幽憤詩曰：心焉內疚。爾雅曰：疚，疾也。禮屈於厭降，事迫於權奪，禮記曰：有從有服而無服，公子於其妻之父母。鄭玄曰：凡公子厭於君，降其私親，女君之子不降也。晉起居注，宋公表曰：情由權奪也。而茹戚肌膚[13]，沈痛瘡距[14]。廣雅曰：茹，食也。禮記曰：創鉅者其日久，痛甚者其愈遲。三年者，稱情而立文，所以為至痛極。故知鍾鼓非樂云之本，縗麤非隆殺之要。論語，子曰：樂云樂云，鍾鼓云乎哉！馬融曰：樂之所貴者，移風易俗也，非謂鍾鼓而已。左氏傳曰：齊晏桓子卒，晏嬰麤衰斬，寢苫枕草。孫卿子曰：喪三年，何也？曰：加隆焉。故三年以為隆，緦小功以為殺。鄭玄禮記注曰：有隆有殺，進退如禮。莊子曰：本在於上，末在於下；要在於主，詳在於臣。鍾鼓之音，羽旄之容，樂之末；哭泣縗絰，隆殺之服，哀之末。改授征虜將軍、丹陽尹。良家入徙，戚里內屬。三輔黃圖曰：宣帝為杜陵，徙良家五千戶居於陵。漢書曰：萬石君傳曰[15]：徙其家長安中戚里，以姊為美人故也。政非一軌，俗備五方。漢書曰：秦地五方雜錯。公內樹寬明，外施簡惠，范曄後漢書[16]，馮衍說鮑永曰：幸逢寬明之日，將值危言之時[17]。臧榮緒晉書，吳隱之為晉陵太守，布政簡惠。神皐載穆，轂下以清。西京賦曰：寔惟地之

12 注「曾子謂子思伋曰」　陳云「伋曰」二字當乙，是也。各本皆倒。

13 「而茹戚肌膚」　袁本、茶陵本「戚」作「慼」，是也。

14 「沈痛瘡鉅」　案：「瘡」當作「創」，善引禮記「創鉅者」為注，可證。袁、茶陵二本所載五臣向注字作「瘡」。然則善「創」、五臣「瘡」，各本亂之，非。

15 注「漢書曰萬石君傳曰」　袁本、茶陵本「書」下無「曰」字，是也。

16 注「范曄後漢書」　袁本、茶陵本無此五字。

17 注「幸逢寬明之日將值危言之時」　袁本、茶陵本作「幸蒙危言之世，遭寬明之時」。案：此所引恐據馮衍集，尤校改全依范書，未必是也。

奧區神皋。漢書，谷永上疏曰：薛宣為御史中丞，執憲轂下。胡廣漢官解故注曰：轂下，喻在輦轂之下，京城之中也。范曄後漢書曰：楊璉為零陵太守，郡境以清。

武皇帝嗣位[18]，進封竟陵郡王，食邑加千戶[19]。復授使持節、都督南徐兗二州諸軍事、鎮北將軍、南徐州刺史。遷使持節侍中、都督南兗徐北兗青冀五州諸軍事、征北將軍、南兗州刺史。兗徐接壤，素漸河潤，漢書，武帝詔曰：淮南、衡山，兩國接壤。東觀漢記曰：拜郭伋潁川太守，召見辭謁。帝勞之曰：賢能太守，去帝城不遠，河潤九里，冀京師并蒙福也。未及下車，仁聲先洽。漢書曰：班伯為定襄太守，其下車作威，吏民竦息。玉關靖柝，北門寢扃。漢書曰：龍勒有玉門關。周禮曰：凡軍事聚㰌，鄭玄曰：擊㰌，兩木相敲，行夜時也。㰌與柝同。史記曰：齊威王曰：吾吏有黔夫者，使守徐州，則燕人祭北門。裴駰曰：齊之北門。說文曰：扃，外關門之關。朝旨以董司岳牧，敷興邦教，晉起居注，宋公表曰：董司乖方，過寔引罰。孔安國尚書傳曰：董，督也。潘岳關中詩曰：岳牧慮殊。禮記，司徒明七教以興民德。尚書曰：司徒掌邦教。方任雖重，比此爲輕。山濤啓事曰：方任雖重，比此為輕。徵護軍將軍、兼司徒，侍中如故。又授車騎將軍、兼司徒，侍中如故。卽授司徒，侍中又如故。上穆三能，下敷五典。漢書曰：三能色齊君臣和。蘇林曰：能音台。尚書，帝曰：契，汝作司徒，敬敷五教，在寬。又曰：五典克從。孔安國曰：五典，五常之教。闢玄闈以闡化，寢鳴鍾以體國。玄，謂道也。太玄經曰：玄門混沌難知。孫放數詩曰：一往縱神懷，矯跡步玄闈。

18「武皇帝嗣位」　茶陵本無「皇」字，「帝」下校語云五臣作「皇」。袁本「皇」下校語云善有「帝」字。案：尤所見與袁同。

19「食邑加千戶」　袁本、茶陵本「加千」作「如千」。案：考南齊書云「二千戶」，上文云「食邑千戶」，故此云「食邑加千戶」，卽二千戶也。善無注者，本不須注耳。五臣濟注乃云「如千猶若干，無定戶故也」，可謂妄說。二本不著校語，以之亂善，甚非。尤所見獨未誤。

范曄後漢書曰：桓榮為五更。贊曰：待問應若鳴鍾。翼亮孝治，緝熙中教。孝經曰：昔者明王之以孝治天下也，不敢遺小國之臣，司徒故曰中教。奪金恥訟，蹊田自嘿。呂氏春秋曰：齊人有欲得金者，清旦，衣冠之鬻金者之所，見人操金，攫而奪之。吏捕而束縛之，問曰：人皆在焉，子攫人之金何故？對吏曰：殊不見人，徒見金耳。左氏傳，申叔時謂楚子曰：牽牛以蹊人之田，而奪之牛。牽牛以蹊者，信有罪矣；而奪之牛，罰以重矣。不雕其朴，用晦其明。呂氏春秋曰：賢不肖各反其質，行其情，不雕其素。高誘曰：素，樸也。周易曰：明入地中，明夷。君子以莅眾，用晦而明。王弼曰：藏明於內，乃得明。聲化之有倫，緊公是賴。潘元茂九錫文曰：故周室之不壞，緊二國是賴。庠序肇興，儀形國冑[20]；師氏之選，允師人範[21]。禮記曰：有虞氏養國老於上庠，夏后氏養國老於東序。鄭玄曰：皆學名也。毛詩曰：儀刑文王。袁山松後漢書曰：李膺風格儀刑，皆可師範。尚書曰：夔，命汝典樂，教冑子。周禮曰：師氏中大夫[22]，以三德教國子。法言曰：務學不如務求師。師者，人之模範也。以本官領國子祭酒，固辭不拜。八座初啓，以公補尚書令。陳壽魏志評曰：八座尚書，即古六卿之任也。晉百官名曰：尚書令、尚書僕射、六尚書，古為八座尚書。式是敷奏，百揆時序。尚書曰：敷奏以言。又曰：納于百揆，百揆時敘。王隱晉書，詔曰：今之尚書令，皆古之百揆之任也。夫國家之道，互爲公私；君親之義，遞爲隱犯。禮記曰：事親有隱而無犯，事君有犯而無隱，有諫諍之義[23]。公二極一致，愛敬同歸，國語，欒共子曰：臣聞之，人生於三，事之如一。父母生之[24]，師教之，君食之。非

20 「儀形國冑」 案：「形」當作「刑」，注引毛詩、袁山松後漢書俱是「刑」字。茶陵本亦然。袁本注中盡作「形」，非也。上文「寔兼儀形之寄」，注別引晉中興書，可知此不得與彼同。各本皆作「形」，或五臣如此。藉田賦「儀刑孚于萬國」，五臣作「形」，其證也。

21 「允師人範」 袁本云善作「師」。茶陵本云五臣作「歸」。案：各本所見皆非，「師」但傳寫誤。

22 注「中大夫」 袁本、茶陵本作「掌以媺詔王」五字。案：此尤改之也。

23 注「有諫諍之義」 茶陵本幷五臣入善，有此句。袁本幷善入五臣，無。今無以訂之也。

24 注「父母生之」 案：「母」字不當有。各本皆衍。

父不生，非食不長，非教不智，生之族也。故一事之。唯其所在，則致死矣。孝經曰：資於事父以事母而愛同，資於事父以事君而敬同。亮誠盡規，謀猷弘遠矣。國語，召康公曰：天子聽政，近臣盡規。晉中興書，冊陶侃曰：公經德秉哲，謀猷弘遠。又授使持節、都督楊州諸軍事[25]、楊州刺史，本官悉如故。舊惟淮海，今則神牧，尚書曰：淮、海惟楊州。地理書曰：崑崙東南，地萬五千里，名曰神州。編戶殷阜，萌俗繁滋[26]，漢書，呂后曰：諸將故與帝為編戶。不言之化，若門到戶說矣。周易曰：不言而信，存乎德行。孝經曰：君子之教以孝，非家至而日見之。鄭玄曰：非門到戶至而日見也。楚辭曰：眾不可戶說兮，孰云察余之中情？頃之，解尚書令，改授中書監，餘悉如故。獻納樞機，絲綸允緝。兩都賦序曰：日月獻納。周易曰：言行君子之樞機。禮記曰：王言如絲，其出如綸。武皇晏駕，寄深負圖。應劭風俗通曰：宮車晏駕。謹按史記曰：王稽謂范睢曰：夫事有不可知者，有不可奈何者。一日宮車晏駕，是事不可知也；君雖恨於臣，是無可奈何。謂秦昭王以天下終也。昔周康王一日晏起，侍人以為深刺。天子當夜寢早作，身省萬機，如今崩殞，則為晏駕矣。家語，孔子觀於明堂，覩四門之墉，有周公相成王，抱之負斧扆南面以朝諸侯之圖焉。公仰惟國典，俛遵遺托，府擗天倫，踴絕于地。居處之節，復如居武穆之憂。穀梁傳曰：兄弟，天倫也。何休曰：兄先弟後，天之倫次也。禮記曰：婦人擊心爵踴。鄭玄曰：爵踴，足不絕地也。

聖主嗣興，地居旦奭。蕭子顯齊書曰：鬱林王昭業，文惠太子長子。世祖崩，太孫即位。有詔策授太傅，領司徒，餘悉如故。坐而論道，動以觀德；周禮曰：坐而論道，謂之三公。禮記曰：樂行而民向方，可以觀德矣。地尊禮絕，親賢莫貳。晉中興書，恭帝詔曰：大司馬地隆任重，親賢莫貳。班固諸侯王表序曰：親

---

25 「使持節都督楊州諸軍事」 茶陵本「楊」作「揚」，袁本亦作「楊」。案：「揚」字是也。下及注盡仿此。

26 「萌俗繁滋」 袁本、茶陵本「繁滋」作「滋繁」。案：二本所載五臣良注云「滋繁，言多也」，未審善果何作？或不與五臣同，而尤所見為是。

親賢賢，褒功表德。又詔加公入朝不趨，讚拜不名，劍履上殿。蕭傅之賢，曹馬之親，兼之者公也。漢書曰：上賜蕭何帶劍履上殿，入朝不趨。又曰：上欲自行擊陳豨，周緤泣曰：始秦攻破天下，未曾自行；今上常自行，是無人可使者乎！上以為愛我，賜入殿門不趨。而緤與傅寬同傳，寬無不趨之言，疑任公誤也。魏志曰：曹真，字子丹，太祖族子也。明帝即位，遷大司馬，賜劍履上殿，入朝不趨。晉公卿禮秩曰：汝南王亮、秦王柬、吳王晏、梁王肜皆劍履上殿、入朝不趨。復以申威重道，增崇德統，進督南徐州諸軍事，餘悉如故。並奏疏累上，身歿讓存。王隱晉書曰：武帝贈羊祜詔曰：身歿讓存，遺操益厲。天不憖遺，梁岳頹峻，左氏傳曰：孔丘卒，公誄之：旻天不弔，不憖遺一老。禮記曰：孔子蚤作，負手曳杖，逍遙於門，歌曰：太山其頹乎！梁木其壞乎！某年某月日薨，春秋三十有五。詔給溫明秘器，斂以衮章，備九命之禮，遣大鴻臚監護喪事，朝夕奠祭，太官供給，禮也。漢書曰：大將軍霍光薨，賜東園溫明秘器。服虔曰：東園處，此器象如桶，開一端，漆畫，懸鏡其中，置尸上，斂并蓋之。周禮曰：三公自衮冕而下。又曰：上公九命。故以慟極津門，感充長樂，東觀漢記曰：東海王彊薨，上發魯相所上檄，下牀伏地，舉聲盡哀，至長樂宮白太后。因出幸津門亭發喪。豈徒舂人不相，傾壥罷肆而已哉！史記曰：趙良謂商鞅曰：五羖大夫死，秦國男女莫不流涕，童子不歌謠，舂者不相杵。劉縚聖賢本紀曰：子產治鄭二十年，卒，國人哭于巷，商賈哭于市，農夫號于野。[27]乃下詔曰：「褒崇庸德，前王之令典，追遠尊戚，沿情之所隆。禮記曰：禮樂之情同，故明王相沿也。鄭玄注曰：沿，猶因述也。故使持節都督揚州諸軍事、中書監、太傅、領司徒、揚州刺史、竟陵王、新除進督南徐州，體睿履正，神監淵邈。道冠民宗，具瞻惟允。毛詩曰：民具爾瞻。肇自弱齡，孝友光備。毛詩曰：張仲孝友。爰及贊契，協升景業。爕和台曜，五教克宣。台曜及五教，並已見上文。敷奏朝端，百揆惟穆。

---

27 注「劉縚聖賢本紀曰」下至「農夫號于野」 袁本、茶陵本無此三十字。案：或別據他本也。

尚書曰：敷奏以言。晉中興書，謝石上疏曰：尸素朝端，忽焉五載。尚書曰：百揆時敘。寄重先顧，任均負圖。先顧，則顧命也。尚書曰：成王將崩，命召公、畢公相康王，作顧命。負圖，已見上文。諒以齊徽二南，同規往哲。毛詩序曰：關雎、麟趾之化，王者之風也，故繫之周公。鵲巢、騶虞之德，諸侯之風也，故繫之召公。周南、召南，正始之道，王化之基。方憑保佑，永翼雍熙。東京賦曰：上下共其雍熙。天不慭遺，奄見薨落。慭遺，已見上文。方言曰：奄，遽也。尚書曰：帝乃殂落。哀慕抽割，震動于厥心。今先遠戒期，龜謀襲吉。禮記曰：喪事先遠日。尚書曰：謀及卜筮。孔安國曰：龜曰卜。又曰：乃卜三龜，一習吉。襲與習通。茂崇嘉制，式弘風猷。可追崇假黃鉞、尚書曰：王左杖黃鉞。孔安國曰：鉞，以黃金飾斧。侍中、都督中外諸軍事、太宰、領大將軍、楊州牧，綠綟麗綬，具九錫服命之禮。魏晉官品曰：相國、丞相，綠綟綬。九錫，已見潘勗九錫文。使持節、中書監、王如故。給九旒鑾輅[28]，甘泉鹵簿曰：游車九乘。禮記曰：乘鑾輅，駕蒼龍[29]。黃屋左纛導[30]，輼輬車，漢書曰：紀信乘王車，黃屋左纛。李斐曰：黃屋，天子車，以黃繒為蓋裏。纛，毛羽幢，在乘輿衡左方上注之。漢書曰：載霍光尸以輼輬車。文穎曰：如今喪轜車[31]。前後部羽葆鼓吹，挽歌二部，虎賁班劍百人，漢書，韓延壽給羽葆[32]，鼓車歌車。張晏曰：羽葆，幢也。服虔曰：如今鼓吹歌車也。晉公卿禮秩曰：諸公及開府位從公者，給虎賁二十人，持班劍焉。葬禮一依晉安平獻王孚故事。」王隱晉書曰：孚字叔達，宣帝次弟也，封安平

---

28 「九旒鑾輅」　案：「旒」當作「遊」。善引「甘泉鹵簿游車九乘」為注，作「游」不作「旒」，甚明。袁、茶陵二本所載五臣濟注乃云「九旒，旗也」，是「旒」字為五臣本亦甚明。各本所見，皆以之亂善而失著校語。讀者罕辨，今特訂正之。

29 注「駕蒼龍」　袁本、茶陵本「龍」下有「輅音路」三字，是也。

30 注「導」　袁本、茶陵本作「纛音導」三字，在注中「左方上注之」下，是也。

31 注「如今喪轜車」　袁本「轜」作「輀」，是也。茶陵本亦誤「轜」。

32 注「韓延壽給羽葆」　何校「給」改「植」，陳同，是也。各本皆誤。

王，薨謚曰獻。詔喪事一依漢東平獻王蒼故事。

公道識虛遠，表裏融通，淵然萬頃，直上千仞。范曄後漢書，郭林宗曰：黃叔度汪汪如萬頃之陂。魯連子曰：東山有松，千仞無枝，非為正直，無枉自然。僕妾不覩其喜慍，近侍莫見其傾弛。晉中興書曰：衛玠終身不見其慍喜。王隱晉書曰：王邵為丹陽尹，善禮儀操，人近習，未嘗見其墯替。他人之善，若己有之。尚書，穆公曰：人之有伎，若己有之。民之不臧，公實貽恥。尸子曰：見人有過則如己有過，虞氏之盛德也。誘接恂恂，降以顏色，論語曰：孔子於鄉黨，恂恂如也，似不能言者。王肅曰：恂恂，溫恭之貌。方於事上，好下規己，魏志，劉寔曰：王肅方於事上，而好下接己[33]，此一反也。而廉於殖財，施人不倦。左傳，叔方曰：齊桓施舍不倦，求善不厭。帝子儲季，令行禁止，文子曰：夫抱順効誠者，令行禁止。國網天憲，寘諸掌握。范曄後漢書，劉陶曰：今權宦手握王爵，口含天憲。淮南子曰：執節於掌握之間。寘，致也[34]。未嘗鞠人於輕刑，錮人於重議。東觀漢記曰：袁安為尹十餘年，政令公平，未嘗以贓罪鞠人。常歎曰：凡士之學，高欲望宰相，下及牧守。錮人於聖代，尹不忍為也。人有不及，內恕諸己。非意相干，每爲理屈。晉中興書曰：衛玠常以人有不及，可以情恕。非意相干，可以理遣。任天下之重，體生民之俊。孟子曰：伊尹其自任以天下之重也如此。東觀漢記，郅鄆曰[35]：天生俊士，以為民也。華袞與緼緒張呂同歸，山藻與蓬茨俱逸。潘岳密陵侯鄭公碑曰：公雖違華袞，猶朱其紱。韓詩，子路曰：曾子褐衣，緼緒夫嘗完。論語曰：臧文仲山節藻棁。包咸曰：節者，栭刻鏤為山。棁者，梁上楹。畫以藻文。聖主得賢臣頌曰：長於蓬茨之下。良田廣宅，符仲長之言；范曄後漢書曰：仲長統，字公理，山陽人也。少好學，博涉書記。每州郡召命，輒稱疾不就。欲卜居清曠，以樂其志。嘗論之曰：使居有良田廣宅，背山臨流，溝池環帀，竹木周

---

33 注「而好下接己」　何校「接」改「佞」，陳同，是也。各本皆誤。

34 注「寘致也」　袁本、茶陵本無此三字。案：二本在五臣良注，此蓋誤入。

35 注「郅鄆曰」　袁本、茶陵本「鄆」作「惲」，是也。

布，足以息四體之役。邙山洛水，協應叟之志。應璩與程文信書曰：故求遠田，在關之西。南臨洛水，北據邙山。託崇岫以為宅，因茂林以為蔭。丘園東國，錙銖軒冕。以東國若丘園，輕軒冕猶錙銖者。鄭玄曰[36]：言君分國以祿之，視之輕如錙銖矣。乃依林構宇，傍巖拓架。清猨與壺人爭旦，緹幕與素瀨交輝。劉公幹贈五官中郎將詩曰：明月照緹幕。楚辭曰：戲疾瀨之素水。置之虛室，人野何辨。莊子曰：虛室生白。孟子曰：舜之居深山之中，所以異於深山之野人者幾希！劉熙曰：當此之時，舜與野人相去豈遠哉！殷仲文入剡詩曰：野人雖云隔[37]，超悟必有比。高人何點，躡屩於鍾阿；徵士劉虯，獻書於衛岳。贈以古人之服，弘以度外之禮，蕭子顯齊書曰：何點，字子晳，廬江人也。隱居東離門卞忠貞墓側[38]。豫章王命駕造門，點後門逃去。竟陵王子良聞之曰：豫章王命尚不屈，非吾所議。遺點嵇叔夜酒杯、徐景山酒鎗以通意。虞孝敬高士傳曰：何點常躡草屩，時乘柴車。蕭子顯齊書又曰：劉虯，字靈豫，南陽人也。豫章王為荊州牧，辟虯為別駕，遺書禮請，虯脩牋答不應命。子良致書通意，虯答書。後以江陵沙洲人遠[39]，乃徙居之。魏志曰：太祖賜毛玠素屏風、素憑几，曰：君有古人之風，故賜以古人之服。干寶晉紀，何曾謂太祖曰：阮籍如此，何以訓世？太祖曰：度外人也，宜共容之。屈以好事之風[40]，申其趨王之意。戰國策曰：先生王叔[41]造門，欲見於齊宣王，宣王使謁者迎入[42]。王叔曰：叔趨見王為好勢，王趨見叔為好士，於王何如？使者復還報，宣王曰：先生徐入，寡人請

---

36 注「鄭玄曰」　案：「玄」下當有「禮記注」三字。各本皆脫。

37 注「野人雖云隱」　袁本、茶陵本「隱」作「隔」。案：「隔」字是也。又案：「野人」當作「人野」，各本皆倒。上文「舜與野人」，袁、茶陵作「人野」，蓋本是此作「人野」而誤其處。

38 注「卞忠貞墓側」　袁本、茶陵本「忠貞」作「望之」，是也。

39 注「後以江陵沙洲人遠」　何校「沙」上添「西」字，「人」上添「去」字，是也。各本皆脫。

40 「屈以好事之風」　袁本：茶陵本「事」作「士」，是也。何、陳校皆改「士」。

41 注「先生王叔」　何校「叔」改「升」，下同，云今國策作「斗」，形相近之誤。吳師道曰：一本標文樞鏡要作「王升」。案：所校是也。古今人表亦作「升」，又其一證。

42 注「宣王使謁者迎入」　何校「迎」改「延」，是也。各本皆譌。

從。宣王因趨而迎之於門。乃知大春屈己於五王[43]，君大降節於憲后，致之有由也。范曄後漢書，井丹，字大春，扶風人。建武末，沛王輔等五王居北宮，皆好賓客，更遣請丹，不能致。信陽侯陰就，光烈皇后弟也，以外戚貴盛，乃詭五王，求錢千萬，約能致丹，別使人要劫之。丹不得已，既至，就故為設麥飯葱菜之食，丹推去之，曰：以君侯能供甘旨，故來相過，何其薄乎！更致盛饌，乃食。東觀漢記曰：荀恁，字君大，鴈門人也。永平中，驃騎將軍東平憲王蒼辟恁署祭酒，敬禮焉。後朝會，上戲之曰：先帝徵君不至，驃騎辟而來，何也？對曰：先帝秉德惠下，臣故不來；驃騎將軍執法檢下，臣故不敢不來。其卉木之奇，泉石之美，公所製山居四時序，言之已詳。

文皇帝養德東朝，同符作者。蕭子顯齊書曰：文惠太子懋[44]，字雲喬，世祖長子。昭業即皇帝位，追尊為文皇帝。山濤啓事曰：保傅不可不高天下之選。羊祜秉德義，克己復禮，東宮少事，養德而已。論衡曰：治國之道，一曰養德。養德者，養名高尚之人，亦能敬賢。禮記曰：作者之謂聖，述者之謂明。明聖者，述作之謂也。爰造九言，實該百行。竟陵王集有皇太子九言：言德、言賢、言親、言生、言靜、言昭、言真、言節、言義。孔藏與從弟書曰[45]：學者，所以飾百行也。導衿褵於未萌，申烱戒於茲日。衿褵，於衿結褵也[46]。儀禮曰：女嫁，母施衿結帨，曰：勉之敬之。毛詩曰：親結其縭[47]，九十其儀。毛萇曰：離，婦人之幃也。幽通賦曰：既訊爾以吉象，又申之以烱戒。非直旦暮千載，故乃萬世一時也。莊子曰：萬世之後而一遇大聖，知其解者，是旦暮遇之也。命公注解，竟陵王集有皇太子九言注解。衛將軍王儉綴而序之。竟陵王集云：衛將軍王儉為九言序贊。山宇初構，超然獨往，淮南王莊子略要曰：

43 「乃知大春屈己於五王」　袁本、茶陵本無「於」字。案：二本下句校語云善有「於」，五臣無「於」。蓋尤幷校添此句也。

44 注「文惠太子懋」　案：「子」下當有「長」字。各本皆脫。何校添「子」字，蓋誤。

45 注「孔藏與從弟書曰」　陳云「藏」，「臧」誤，是也。各本皆譌。

46 注「於衿結褵也」　何校「於」改「施」，陳同，是也。各本皆譌。

47 注「親結其縭」　袁本「縭」作「離」。案：「離」字是也，觀下注可見。茶陵本亦誤「縭」。又案：依此，正文疑善作「離」，今作「褵」，其誤與前女史箴同。否則善尚有「離」、「褵」異同之注，今刪削不全也。

江海之士，山谷之人也，輕天下細萬物而獨往者也。司馬彪注曰：獨往自然，不復顧世。顧而言曰：死者可歸，誰與入室？國語曰：趙文子與叔向[48]觀乎九原，曰：死者若可作，吾誰與歸？尚想前良，俾若神對。思玄賦曰：尚前良之遺風。王隱晉書，劉琨曰：神爽忽然，若己之侍對也。乃命畫工，圖之軒牖。既而緬屬賢英，傍思才淑，賈逵國語注曰：緬，思貌。匹婦之操，亦有取焉。有客游梁朝者，從容而進曰：未見好德，愚竊惑焉。論語，孔子曰：吾未見好德如好色者。卽命刊削，投杖不暇。禮記曰：子夏喪其子而喪其明，弟子弔之[49]。子夏曰：天乎！予之無罪！曾子怒曰：喪爾親，使人未有聞。喪爾子，喪爾明，汝何無罪？子夏投其杖而拜之。公以爲出言自口，驥騄不追；鄧析書曰：一言而非，駟馬不能追；一言而急，駟馬不能及。聽受一謬，差以千里。易乾鑿度曰：正其本而萬物理，失之毫釐，差之千里。所造箴銘，積成卷軸，門階戶席，寓物垂訓。李尤集序曰：尤好為銘讚，門階戶席，莫不有述。家語，南宮敬叔曰：孔子作春秋，垂訓後嗣。先是震于外寢，左氏傳曰：震夷伯廟，罪之。匠者以爲不祥，將加治葺。弔屈原曰：逢時不祥。杜預左氏傳注曰：葺，覆也。公曰：此天譴也，無所改修，以記吾過，且令戒懼不怠。左氏傳曰：晉侯求介之推不獲，以緜上為之田，曰：以志吾過，且旌善人。從諫如順流，虛己若不足。王命論曰：從諫如順流。莊子曰：人能虛己以游於世，其孰能害之？老子曰：大白若辱，廣德若不足。至於言窮藥石，若味滋旨；左氏傳曰：孟孫卒，臧孫入哭甚哀，曰：孟孫之惡我，藥石也。信必由中，貌無外悅。左氏傳曰：周、鄭交惡。君子曰：信不由中，質無益也。貴而好禮，怡寄典墳。論語，子曰：未若貧而樂，富而好禮者也。左氏傳，楚子曰：左史倚相，能讀三墳、五典。雖牽以物役，孜孜無怠。孫卿子曰：是謂以己為物役矣。尚書曰：禹[50]予思日孜孜。又曰：無怠無荒。乃撰四部要

48 注「趙文子與叔向」 袁本、茶陵本「向」作「嚮」，是也。

49 注「弟子弔之」 何校「弟」改「曾」，陳同，是也。各本皆誤。

50 注「尚書曰禹」 案：「曰禹」當作「禹曰」。各本皆倒。

略、淨住子，淨住序云：遺教經云：波羅提木叉是女大師，若住於世，無異我也。又云：波羅提木叉住，則我法住；波羅提木叉滅，則我法滅。是故眾僧於望晦再說禁戒，謂之布薩。外國云布薩，此云淨住，亦名長養，亦名增進。所謂淨住，身口意身絜意如戒而住，故曰淨住。子者，紹繼為義，以沙門淨身口七支，不起諸惡，長養增進菩提善根，如是脩習成佛無差，則能紹續三世佛種，是佛之子，故云淨住子。並勒成一家，懸諸日月。漢書曰：太史公書，序略，以拾遺補闕藝[51]，成一家言。楊雄方言曰：雄以此篇目煩，示其成者張伯松，伯松曰：是懸諸日月，不刊之書也。弘洙泗之風，闡迦維之化。禮記，曾子謂子夏曰：吾與汝事夫子于洙、泗之間。鄭玄曰：洙、泗，魯水名也。瑞應經曰：菩薩下當作佛，託生天竺迦維羅衛國。大漸彌留，話言盈耳，尚書曰：疾大漸，惟幾，病日臻，既彌留。說文曰：話，會合善言也。論語，子曰：師摯之始，關雎之亂，洋洋乎盈耳哉！黜殯之請，至誠懇惻。黜殯，已見演連珠注。豈古人所謂立言於世，沒而不朽者歟！左氏傳曰：穆叔如晉，范宣子逆之問焉，曰：古人有言曰，死而不朽，何謂也？穆叔對曰：豹聞之，太上有立德，其次有立功，其次有立言，雖久不廢，此之謂不朽也。易名之典，請遵前烈。謹狀。禮記曰：公叔文子卒，其子戍請謚於君，曰：日月有時，將葬矣，請所以易其名者。

弔文

弔屈原文[52] 并序

賈誼

誼爲長沙王太傅，既以謫去，意不自得，韋昭曰：謫，譴也。字林曰：丈厄切。及渡湘水，

51 注「以拾遺補闕藝」　袁本、茶陵本無「藝」字。案：此尤依漢書改「闕」為「藝」，因誤兩存也。

52 「弔屈原文」　茶陵本此上有「弔文」二字，另為一行，是也。袁本亦脫。

爲賦以弔屈原。屈原，楚賢臣也，被讒放逐，作離騷賦，其終篇曰：「已矣哉！國無人兮，莫我知也。」遂自投汨羅而死。誼追傷之，因自喻。其辭曰：應劭風俗通曰：賈誼與鄧通俱侍中，同位，數廷譏之，因是文帝遷為長沙太傅。及渡湘水，投弔書曰闒茸尊顯，佞諛得意，以哀屈原離讒邪之咎，亦因自傷為鄧通等所愬也。

恭承嘉惠兮，俟罪長沙。張晏曰：恭，敬也。越絶書曰[53]：恭承嘉惠，述暢往事。琴操伍子胥歌曰：俟罪斯國，志願得兮。側聞屈原兮，自沈汨覓[54]羅。韋昭曰：皆水名。羅今為縣，屬長沙，汨水在焉。列子曰：吾側聞之。造託湘流兮，敬弔先生。言至湘水，託流而弔。遭世罔極兮，乃殞厥身[55]。張晏曰：讒言罔極。罔極，言無中正。周書，文王曰：惟世罔極，汝尚助予。嗚呼哀哉！逢時不祥！鸞鳳伏竄兮，鴟梟翱翔。闒茸尊顯兮，讒諛得志。胡廣曰：闒茸不才之人，無六翮翱翔之用，而反尊顯，為諂諛得志於世也。字林曰：闒茸，不肖也。賢聖逆曳兮，方正倒植。胡廣曰：逆曳，不可順道而行也[56]。倒植者，賢不肖顚倒易位也。植，史記作値[57]。世謂隨夷爲溷胡困兮，服虔曰：殷之賢士卞隨也。韋昭曰：夷，伯夷也。溷，濁也。史記隨字作伯。謂跖蹻爲廉。李奇曰：跖，魯之盜跖；蹻，楚之莊蹻。莫邪爲鈍兮，吳越春秋曰：干將者，與歐冶同師，俱作劍。闔閭得而寶之，以故使干將造劍二枚，一曰干將，二曰莫邪。莫邪，干將妻之名也。鉛刀爲銛。漢書音義曰：銛徹謂利也，息鹽切。

---

[53] 注「越絶書曰」　袁本「越」上有「善曰」二字，是也。下「列子曰」上，「罔極言無中正」上，「字林曰闒茸」上，「毛詩曰」上，「莊子千金之珠」上，「蝦音遐」上，「文子曰鳳皇飛千仞」上，「莊子庚桑楚」上，同。茶陵本移每節首，非。

[54] 注「覓」　袁本、茶陵本作「汨音覓」，在注中「汨水在焉」下，是也。

[55] 「乃殞厥身」　袁本、茶陵本「殞」作「隕」。案：史記、漢書皆是「隕」字。

[56] 注「不可順道而行也」　袁本、茶陵本「可」作「得」，是也。案：史記索隱引正作「得」。

[57] 注「植史記作値」　袁本、茶陵本「作」作「音」，是也。

吁嗟默默[58]，生之無故兮！應劭曰：默默，不得意也。臣瓚曰：先生，謂屈原。鄧展曰：言屈原無故遇此禍也。毛詩曰：吁嗟鳩兮！斡棄周鼎，寶康瓠兮。如淳曰：斡，轉也。史記音烏活切。爾雅曰：康瓠謂之甈。李巡曰：大瓠，瓢也。甈，丘列切。騰駕罷牛，驂蹇驢兮。驥垂兩耳，服鹽車兮。戰國策，汗明曰：大驥[59]服鹽車上太行，中坂遷延，負轅不能上。章甫薦履，漸不可久兮。冠當加首，而以薦履，到上為下，故漸不可久也。儀禮曰：士冠章甫，殷道也。嗟苦先生[60]，獨離此咎兮！應劭曰：嗟，咨嗟。苦[61]，勞苦。屈原遇此難也。

訊信曰：已矣！國其莫我知兮，張晏曰：訊，離騷下竟亂辭也[62]。獨壹鬱其誰語？鳳漂漂其高逝兮，固自引而遠去。史記音漂，匹遙切。襲九淵之神龍兮，沕深潛以自珍。音義曰：襲，覆也，猶言察也。莊子，千金之珠，必九重之淵而驪龍頷下。張晏曰：沕，潛藏也。鄧展曰：音昧[63]。偭蟂獺以隱處兮，夫豈從蝦與蛭蟥？應劭曰：蟂獺，水蟲害魚者。偭，背也。蘇林曰：偭音面，服虔曰：蟂音梟[63]。韋昭曰：蝦，蝦蟇。蛭，水蟲、食人者也。蟥，丘蟥也。偭然自絕於蟂獺，況從蝦與蛭蟥也？蝦音遐。蛭，之一切。蟥音引[63]。所貴聖人之神德兮，遠濁世而自藏。莊子曰：宣尼見蛾丘之將，是聖人僕也。是自埋於民，自藏於畔。郭象曰：進不榮華：退不枯槁也。使騏驥可得係而羈兮，豈云異夫犬羊？般紛紛其離此尤兮，亦夫子之故也！李

---

58 「吁嗟默默」 袁本、茶陵本「吁」作「于」。案：史記、漢書皆是「于」字，此注中「吁」亦當作「于」也。

59 注「汗明曰大驥」 案：「大」當作「夫」，各本皆譌。

60 「嗟苦先生」 茶陵本校語云「苦」五臣作「若」。袁本作「苦」，無校語，非。何云漢書作「若」。陳云「苦」當從漢書作「若」，更有顏延年祭屈原文可以互證云云。案：所說是也。「苦」字但傳寫誤，蓋誤認注中「勞苦屈原」，以為正文有「苦」字耳。今史記亦作「苦」，誤與此同。

61 注「應劭曰嗟咨嗟苦」 陳云「苦」漢書注作「也」。案：「也」字是也。各本皆誤。史記集解所引無此字，又其一證。

62 注「離騷下竟亂辭也」 陳云「竟」，「章」誤，是也。各本皆誤。案：漢書顏注及單行索隱引皆作「章」。

63 注「鄧展曰音昧」又注「蘇林曰偭音面服虔曰蟂音梟」又注「蛭之一切蟥音引」 此所音袁本、茶陵本俱無，尤蓋別據他本，今無以考之也。

奇曰：般，久也。紛，亂也。應劭曰：般音班。或曰：般桓，不去；紛紛，構讒意也。犍為舍人爾雅注曰：尤，怨大也。李奇曰：亦夫子不如麟鳳不逝之故[64]罹此咎。善曰：言般桓不去，離此愆尤，亦夫子自為之故，不可尤人也。**歷九州而相其君兮，何必懷此都也？**言知時之亂，當歷九州，相賢君而事之，何必思此都而遭放逐。**鳳凰翔于千仞兮，覽德輝而下之。見細德之險徵兮，遙曾擊而去之。**如淳曰：鳳凰曾擊九千里，絕雲氣。遙，遠也。曾，高高上飛意也。鄭玄曰[65]：擊，音攻擊之擊。李奇曰：遙，遠也；曾，益也。史記擊字作翮。文子曰：鳳凰飛千仞，莫之能致也。禮記曰：德輝動乎內。險徵，謂輕為徵祥也。**彼尋常之汙瀆兮，豈能容夫吞舟之巨魚？**應劭曰：八尺曰尋，倍尋曰常。善曰：莊子曰：弟子謂庚桑楚曰：夫尋常之溝，巨魚無所還其體，而鯢鰌為之制也。**橫江湖之鱣鯨兮，固將制於螻蟻[66]。**晉灼曰：小水不容大魚，而橫鱣鯨於洿瀆，必為螻蟻所見制。以況小朝主闇，不容受忠迕之言；亦謂讒賊小人所見害也[67]。鱣或作鱏。史記，鱣，張連切；鱏音尋[68]。莊子，庚桑楚謂弟子曰：吞舟之魚碭而失水，則螻蟻能苦之。戰國策，齊人說靖郭君曰：君不聞海大魚乎？蕩而失水，則螻蟻得意焉。

弔魏武帝文 并序

陸士衡

元康八年，機始以臺郎出補著作，遊乎祕閣，而見魏武帝遺令，愾然歎息，傷懷

64 注「亦夫子不如麟鳳不逝之故」 袁本、茶陵本下「不」字作「翔」，是也。案：史記索隱引正作「翔」。

65 注「鄭玄曰」 陳云「玄」當作「氏」，是也。各本皆誤。

66 「固將制於螻蟻」 袁本云善作「螻蟻」。茶陵本云五臣作「蟻螻」。案：「螻」與「魚」韻較協。各本所見，蓋傳寫倒，善未必不與五臣同也。今史記、漢書皆作「螻蟻」，而單行索隱正文仍作「蟻螻」，可見亦未必史漢不本皆為「蟻螻」，今誤與此同也。注中「螻蟻」凡三見，則不拘語倒之例耳。

67 注「亦謂讒賊小人所見害也」 何校「謂」改「為」，陳同，是也。各本皆誤。

68 注「鱏音尋」 袁本、茶陵本此三字在注末，是也。

者久之。毛詩曰：嘯歌傷懷。

客曰：夫始終者，萬物之大歸；死生者，性命之區域。家語，孔子曰：命者，性之始也。死者，生之終也。有始必有終矣。尸子，老萊子曰：人生於天地之間，寄也，寄者同歸也。是以臨喪殯而後悲，覩陳根而絕哭。國語曰：楚子西歎於朝，藍尹亹曰：吾聞君子思前世之崇替與哀殯喪，於是有歎，其餘則否。禮記曰：朋友之墓，有宿草而不哭焉。鄭玄曰：宿草，謂陳根也。今乃傷心百年之際，興哀無情之地，意者無乃知哀之可有，而未識情之可無乎？

機答之曰：夫日食由乎交分，山崩起於朽壤，亦云數而已矣。左氏傳曰：秋七月壬午朔，日有蝕之。公問於梓慎曰：是何物也？禍福何為？對曰：二至二分，日有蝕之，不為災。日月之行也，分同道，至相遇也。其他日則為災，陽不克也。國語曰：梁山崩，伯宗問絳人曰：若何？對曰：山有朽壤而崩，將若何！然百姓怪焉者，豈不以資高明之質，而不免卑濁之累；尚書曰：高明柔克。高明，謂日月也。居常安之勢，而終嬰傾離之患故乎？穀梁傳曰：沙麓崩，林屬於山為麓。沙，山名。無崩壞之道而云崩，故志之也。夫以迴天倒日之力而不能振形骸之內，范曄後漢書曰：左回天，貝獨坐。謂中官左悺、貝瑗也[69]。淮南子曰：魯陽公與韓遘戰酣，日暮，援戈而麾之，日為之反三舍。莊子曰：申徒，兀者也，謂子產曰：今子與我遊於形骸之內，而子索我於形骸之外。濟世夷難之智而受困魏闕之下。崔寔政論曰：及其出也，足以濟世寧民。呂氏春秋，公子牟曰：心居魏闕之下。許慎淮南子注曰：魏闕，王之闕也。已而格乎上下者，藏於區區之木；尚書曰：格于上下。左氏傳，楚靈王曰：是區區者，而不畀余也[70]。光于四表者，翳乎蕞祖外爾之土。尚書曰：光被四表。左氏傳，子產曰：諺曰：曰[71]蕞爾之國。杜

---

69 注「貝獨坐謂中官左悺貝瑗也」 袁本、茶陵本「貝」作「唐」，「貝瑗」作「唐衡」。案：此尤校改之也。

70 注「而不畀余也」 何校「畀余」改「余畀」，陳同，是也。各本皆倒。

71 注「諺曰曰」 袁本、茶陵本不重「曰」字，是也。

預注曰：蕞爾，小貌也。雄心摧於弱情，壯圖終於哀志。長筭屈於短日，遠迹頓於促路。筭，計謀也。迹，功業也。思玄賦曰：盍遠迹以飛聲。嗚呼！豈特瞽史之異闕景，黔黎之怪頹岸乎？觀其所以顧命冢嗣，貽謀四子，顧命，已見上文。爾雅曰：冢，大也。左氏傳，里克曰：太子奉冢祀社稷之粢盛，故曰冢子。謂文帝也。毛詩曰：貽厥孫謀。經國之略既遠，隆家之訓亦弘。又云：吾在軍中，持法是也。至小忿怒，大過失，不當效也。」善乎達人之讜言矣！聲類曰：讜，善言也。持姬女而指季豹以示四子曰：「以累汝！」因泣下。魏略曰：太祖杜夫人生沛王豹及高城公主。四子卽文帝已下四王也。太祖崩，文帝受禪，封母弟彰為中牟王，植為雍丘王，庶弟彪為白馬王，又封支弟豹為侯。然太祖子在者尚有十一人，今唯四子者，蓋太祖崩時，四子在側。史記不言[72]，難以定其名位矣。傷哉！曩以天下自任，今以愛子託人。自任，已見上文。列子，相室謂東門吾曰：公之愛子也。同乎盡者無餘，而得乎亡者無存。言人命盡而神無餘，身亡而識無存，今太祖同而得之，故可悲傷也。鄭玄禮記注曰：死，言精神盡也。然而婉孌房闥之內，綢繆家人之務，則幾乎密與！班固漢書哀紀述曰：婉孌董公。力婉切。毛詩曰：綢繆束薪。毛萇曰：綢繆，猶纏綿也。杜預左氏傳注曰：幾，近也。又曰：「吾婕妤妓人，皆著銅爵臺。魏志曰：建安十五年冬，作銅爵臺。於臺堂上施八尺牀，繐帳，鄭玄禮記注曰：凡布細而疎者謂之繐。朝晡上脯糒之屬。漢書，東方朔曰：乾肉為脯。方武切。說文曰：糒，乾飯也，蒲秘也。月朝十五，輒向帳作妓。汝等時時登銅爵臺，望吾西陵墓田。」又云：「餘香可分與諸夫人。諸舍中無所爲，學作履組賣也。舍中，謂眾妾。眾妾既無所為，可學作履組賣之。晏子春秋曰：景公為履，黃金之綦，飾以組，連以珠。吾歷官所得綬，皆著藏中。吾餘衣裘，可別爲一藏。不能者兄弟可共分之。」既而竟分焉。亡者可以勿求，存者可

72 注「史記不言」何校「記」改「既」，是也。各本皆誤。

以勿違，求與違不其兩傷乎？令衣衾別為一藏，是亡者有求也。既而竟分焉，是存者有違也。求為吝而虧廉，違為貪而害義，故曰兩傷。悲夫！愛有大而必失，惡有甚而必得；智惠不能去其惡，威力不能全其愛。言愛是情之所厚，故雖大而必失之；惡是行之所穢，故雖甚而必得之。故智惠不能去其惡，威力不能用其愛，故可悲也。尸子，曾子曰：父母愛之，喜而不忘；父母惡之，懼而無咎。然則愛與惡，其於成孝也無擇。令人雖未得愛，不得惡矣。故前識所不用心，而聖人罕言焉。老子曰：前識者道之華。論語，子曰：飽食終日，無所用心。又曰：子罕言利。若乃繫情累於外物，留曲念於閨房，亦賢俊之所宜廢乎？慎子曰：德精微而不見，是故物不累於內。於是遂憤懣而獻弔云爾。白虎通曰：天子崩，臣子哀痛憤懣。

接皇漢之末緒，值王途之多違。東都賦曰：系唐統，接漢緒。答賓戲曰：王途蕪穢，周失其馭。蔡邕釋誨曰：王途壞，人極弛。漢書，元帝詔曰：政令多違。佇重淵以育鱗，撫慶雲而遐飛。以龍喻太祖也。重淵，九重之淵也。楊雄釋愁曰：懿神龍之淵潛，竢慶雲而將舉。史記曰：若煙非煙，若雲非雲，郁郁紛紛，蕭索輪囷，是謂慶雲。運神道以載德，乘靈風而扇威。周易曰：聖人以神道設教。國語曰：祭公謀父曰：奕世載德。載，猶行也。摧羣雄而電擊，舉勍敵其如遺。左氏傳，子魚曰：君未知戰。勍敵之人，隘而不成列，天贊我也。杜預曰：勍，強也。漢書，梅福上書曰：高祖取楚如拾遺。指八極以遠略，必翦焉而後綏。淮南子曰：八紘之外，乃有八極也。釐三才之闕典，啓天地之禁闈。三才，已見頭陀寺碑文。范曄後漢書曰：梁太后詔曰：周舉在禁闈，有密靜之風。舉脩網之絕紀，紐大音之解徽。老子曰：大音希聲。許慎淮南子注曰：鼓琴循絃謂之徽。掃雲物以貞觀，要萬途而來歸。雲物，喻羣凶也。左氏傳曰：分至啓閉，必書雲物。周易曰：天地之道，貞觀者也。來歸，歸之於己也。丕大德以宏覆，援日月而齊暉。周易曰：天地之大德曰生。禮記曰：天無私覆。淮南子曰：為帝異道，而德覆天下。楚辭曰：與天地兮比壽，與日月兮齊光。宏，普也。濟元功於九有，固舉世之所推。史記，太史公曰：惟祖元功，輔臣股肱。毛詩曰：奄有九有。老子曰：天下樂推而不猒。

彼人事之大造，夫何往而不臻。左氏傳，呂相曰：我有大造乎西也。杜預注曰：造成也。將覆簣於浚谷，擠爲山乎九天。論語，孔子曰：譬如平地，雖覆一簣，進，吾往也。孔安國尚書傳曰：擠，墜也。司馬兵法曰：善攻者動於九天之上。苟理窮而性盡，豈長筭之所研。周易曰：窮理盡性，以至於命。鄭玄曰：言窮其義理，盡人之情性，以至於命，吉凶所定。又曰：研，喻思慮也。悟臨川之有悲，固梁木其必顛。論語，子在川上曰：逝者如斯夫！梁木，已見上文。當建安之三八，實大命之所艱。大命，謂天命也。尚書曰：天監厥德，用集大命。雖光昭於曩載，將稅駕於此年。史記，李斯曰：當今可謂富貴極矣，吾未知稅駕也。法言曰：仲尼之駕稅矣。李範曰：稅[73]，舍也。

惟降神之緜邈，眇千載而遠期。降神，謂生聖智也。千載一出，故曰遠期也。毛詩曰：惟嶽降神。桓子新論曰：夫聖人乃千載一出，賢人君子所想思而不可得見者也。信斯武之未喪，膺靈符而在茲。茲，此也。此，太祖也。論語曰：子畏於匡，曰：文王既沒，文不在茲乎？天之未喪斯文也，匡人其如予何？曹植大魏篇曰：大魏膺靈符，天祿方茲始。春秋孔演圖曰：靈符滋液，以類相感。雖龍飛於文昌，非王心之所怡。周易曰：飛龍在天，大人造也。東京賦曰：龍飛白水。漢書，文昌宮[74]，一曰上將，二曰次將，三曰貴相。憤西夏以鞠旅，泝秦川而舉旗。魏志曰：建安二十四年三月，王自長安出斜谷，劉備固險距守。五月，引軍還長安。陳思王述徵賦曰[75]：恨西夏之不綱。毛詩曰：陳師鞠旅。魏明帝自惜薄佑行曰：出身秦川，爰居伊陽。踰鎬京而不豫，臨渭濱而有疑。冀翌日之云瘳，彌四旬而成災。毛詩曰：宅是鎬京。答賓戲曰：周望兆勳於渭濱[76]。尚書曰：既克商二年，王有疾不豫，公乃告太王、王季、

---

73 注「李範曰稅」 陳云「範」，「軌」誤，是也。各本皆誤。

74 注「漢書文昌宮」 袁本、茶陵本「書」下有「曰」字，是也。

75 注「陳思王述征賦曰」 袁本、茶陵本「征」作「行」，是也。

76 注「周望兆勳於渭濱」 陳云「勳」，「動」誤，是也。各本皆譌。

文王。公歸，王翌日乃瘳。孔安國曰：翌日，明日也。瘳，差也。詠歸途以反旆，登崤澠而揭來。魏志曰：建安二十四年十月，還洛陽。東京賦曰：乃反旆而回復。漢書曰：王莽冊命王奇曰：崤、澠之險，東當鄭、衛。新序，大臣曰：洛陽西有崤、澠。思玄賦曰：迴志揭來從玄謀。次洛汭而大漸，指六軍曰念哉。魏志曰：建安二十五年正月，至洛陽。庚子，王崩。尚書曰：東至於洛汭。大漸，已見上文。尚書曰：帝念哉。

伊君王之赫奕，寔終古之所難。楚辭曰：長無絶兮終古。威先天而蓋世，力蕩海而拔山。周易曰：先天而天弗違。漢書，項羽歌曰：力拔山兮氣蓋世，時不利兮騅不逝。田邑與馮衍書曰：欲搖太山而蕩北海。厄奚險而弗濟，敵何彊而不殘。每因禍以提福，亦踐危而必安。難蜀父老曰：遐邇一體，中外提福。說文曰：提，安也，時移切。迄在茲而蒙昧，慮噤閉而無端。楚辭曰：口噤閉而不言。噤，巨蔭切。委軀命以待難，痛沒世而永言。鶡冠子曰：從祀委命。鵩鳥賦曰：縱軀委命。論語，子曰：君子疾沒世而名不稱焉。撫四子以深念，循膚體而頹嘆。迨營魄之未離，假餘息乎音翰。楚辭曰：我營魄而登遐[77]。老子曰：抱一[78]能無離乎？鍾會曰：經護為營，形氣為魄。執姬女以嚬瘁，指季豹而灌焉。孟子曰：嚬蹙而言。嚬蹙，謂人頻眉蹙顯，憂貌也。灌，泣涕垂貌。氣衝襟以嗚咽，涕垂睫而汍瀾。蔡琰詩曰：行路亦嗚咽。桓子新論曰：雍門周以琴見孟嘗君，孟嘗君淚承睫，涕出。漢書，息夫躬絶命辭曰：涕泣流兮萑蘭。臣瓚曰：萑蘭，涕泣闌干也。萑與汍古今字同。

違率土以靖寐，戢彌天乎一棺。毛詩曰：率土之濱。古詩曰：潛寐黃泉下。毛萇詩傳曰：戢，聚也。彌天，喻志高遠也。尚書五行傳曰：雲起於山，彌於天。淮南子曰：吾死也朽，有一棺之土。咨宏度之峻邈，壯大業

---

[77] 注「我營魄而登遐」 案：「我」當作「載」。各本皆譌。

[78] 注「老子曰抱一」 案：「抱」上當有「載營魄」三字。各本皆脫。

之允昌。周易曰：富有之謂大業。思居終而䘏始，命臨沒而肇揚。穀梁傳曰：先君有正終，後君有正始也。援貞咎以惎悔[79]，雖在我而不臧。言為履組及分香，令藏衣裘，是引貞吝之道，教為可悔之行也。周易曰：自邑告命，貞吝。毛詩曰：何用不臧。惜內顧之纏緜，恨末命之微詳。西京賦曰：嗟內顧之所觀。張堅與任彥昇書曰[80]：纏緜惠好，庶躡高蹤。尚書曰：道揚末命也。紆廣念於履組，塵清慮於餘香。結遺情之婉孌，何命促而意長！陳法服於帷座，陪窈窕於玉房。孝經曰：非先王之法服不敢服。毛詩曰：窈窕淑女。漢書，郊祀歌曰：神之出，排玉房。宣備物於虛器，發哀音於舊倡。禮記曰：孔子謂盟器者[81]，備物而不可用。說文曰：倡，樂也。謂作伎人也。矯慼容以赴節，掩零淚而薦觴。家語曰：子貢問居父母之喪，子曰：慼容稱其服。楚辭曰：長太息以掩涕。物無微而不存，體無惠而不亡。言服玩雖微而必存，儀形無善而必逝。言物在而人亡也。家語，孔子謂哀公曰：君入廟，仰視榱桷，俯察机筵，其器皆存而不覩人，君以此思哀，則意可知矣。庶聖靈之響像，想幽神之復光。響像，音影之異名。魯靈光殿賦曰：忽縹緲以響像[82]。孫卿子曰：下和上譬響之應聲，影之像形。苟形聲之翳沒，雖音景其必藏。音以應聲，景以隨形；形聲咸已翳沒，影響故亦必藏也。鶡冠子曰：景則隨形，響則應聲也。徽清絃而獨奏，進脯糒而誰嘗？悼繐帳之冥漠，怨西陵之茫茫。毛詩曰：宅殷土茫茫。登爵臺而羣悲，眝美目其何望[83]？字林曰：眝，長眙也。博雅曰：眝，視也。眝與貯同。毛詩曰：美目盼

---

79 「援貞咎以惎悔」 袁本「咎」作「吝」，云善作「咎」。茶陵本作「吝」，無校語。案：尤所見與袁同，非也。茶陵所見是也。注「貞吝」有明文，「咎」但傳寫誤。

80 注「張堅與任彥昇書曰」 陳云「堅」，「昇」誤，「昇」，「堅」誤，是也。各本皆誤。

81 注「孔子謂盟器者」 何校「盟」改「明」，是也。各本皆誤。

82 注「忽縹緲以響像」 袁本、茶陵本「緲」做「眇」，是也。

83 「眝美目其何望」 案：「眝」當作「貯」。注云「眝與貯同」，謂所引字林、博雅之「眝」與正文之「貯」同也。若作「眝」，於注不相應。蓋五臣因此注乃改「眝」為「貯」。各本所見皆以之亂善而失著校語。

兮。既晞古以遺累，信簡禮而薄葬。禮繁則易亂，厚葬則傷生，能遵簡薄，所以遺累。詩緯曰：齊數好道，廢義簡禮。宋均曰：簡，猶闕也。漢書，劉向曰：賢臣孝子，亦命順意而薄葬。史記曰：因其俗，簡其禮也。彼裘紱於何有，貽塵謗於後王。言裘紱輕微何所有，而空貽塵謗而及後王。嗟大戀之所存，故雖哲而不忘。言情苟存乎大戀，雖復上聖亦不能忘，故可嗟也。覽見遺籍以慷慨，獻茲文而淒傷。

祭文

祭古冢文

謝惠連　并序

沈約宋書曰：元嘉七年，惠連為司徒彭城王義康法曹參軍。義康脩東府城，城壍中得古冢，為之改葬，使惠連為祭文，留信待成也。

東府掘城北壍，入丈餘，丹陽記曰：東府城西則簡文會稽王時第，東則孝文王道子府。道子領楊州，仍住先舍，故俗稱東府。得古冢，上無封域，不用塼甓。毛萇詩傳曰：甓，瓴甋也，今謂之塼。以木爲槨，中有二棺，正方，兩頭無和。呂氏春秋，惠公說魏太子曰：昔王季歷葬渦山之尾，欒水齧其墓，見棺之前和。高誘曰：棺題曰和[84]。明器之屬，材瓦銅漆，有數十種，禮記曰：孔子曰：明器者，神明之器也。多異形，不可盡識。刻木爲人，長三尺，可有二十餘頭，初開見，悉是人形，以物棖撥之，應手灰滅。說文曰：棖，杖也，宅庚切。然南人以物觸物為棖也。廣雅曰：撥，除也，補達切。棺上有五銖錢百餘枚，漢書曰：武帝罷半兩錢，行五銖錢也。水中有甘蔗節及梅李核瓜瓣，皆浮出不甚爛壞。爾雅曰：瓠犀

---

[84] 注「高誘曰棺題曰和」　袁本、茶陵本無此七字。案：或尤別據他本也。

瓣。說文曰：瓣，瓜中實也，白莧切，一作辯字，音練。瓣與練字通。銘誌不存，世代不可得而知也。公命城者改埋於東岡，祭之以豚酒。既不知其名字遠近，故假爲之號曰冥漠君云爾。

元嘉七年九月十四日，司徒御屬領直兵令史、統作城錄事、臨漳令亭侯朱林，具豚醪之祭，敬薦冥漠君之靈：

忝揔徒旅，板築是司。窮泉爲塹，聚壤成基。一槨既啓，雙棺在茲。捨畚悽愴，縱鍤漣而。左氏傳曰：宋災，陳畚挶。杜預曰：畚，簣籠也。畚音本。挶，居局切。爾雅曰：鍬謂之鍤。周易曰：泣血漣如。杜預左傳注曰：而，助語也[85]。芻靈已毀，塗車既摧。禮記曰：塗車芻靈，自古有之也。几筵糜腐，俎豆傾低。盤或梅李，盎或醢醯。爾雅曰：盎謂之缶。又曰：肉謂之醢。郭璞曰：肉醬也，音海。說文曰：醯，酸也。醯，呼蹄切。蔗傳餘節，瓜表遺犀。犀，已見上文。追惟夫子，生自何代？曜質幾年？潛靈幾載？寡婦賦曰：潛靈邈其不反。爲壽爲夭？寧顯寧晦？銘誌湮滅，姓字不傳。今誰子後？曩誰子先？功名美惡，如何蔑然？

百堵皆作，十仞斯齊。毛詩曰：百堵皆興。墉不可轉，塹不可迴。黃腸既毀，便房已頹。循題興念，撫俑增哀。漢書曰：霍光薨，賜便房、黃腸、題湊各一具。蘇林曰：以柏木黃心致累棺外，故曰黃腸；木頭皆內向，故曰題湊。如淳曰：便房，冢壙中室也。埤蒼曰：俑，木送人葬也，餘腫切。俑或為偶。偶，刻木以像人形，五苟切。射聲垂仁，廣漢流渥。范曄後漢書曰：曹褒遷射聲校尉。射聲營舍有停棺不葬百餘所，褒親履行，問其意，故吏對曰：此等多是建武以來絕無後者，故不得埋掩。褒為買空地，悉葬其無主者，設祭以祀之。東觀漢記曰：陳寵，字昭公，

---

85 注「而助語也」 袁本、茶陵本「助語」作「語助」，是也。

沛國人也。轉廣漢太守。先是雒陽城南[86]，每陰，常有哭聲，聞於府中。寵使案行，昔歲倉卒時，骸骨不葬者多。寵乃勅縣葬埋，由是卽絕也。**祠骸府阿，掩骼**格[87]**城曲。**禮記曰：孟春之月，掩骼埋胔。鄭玄曰：骨枯曰骼。**仰羨古風，爲君改卜。**孝經曰：卜其宅兆而安厝之。**輪移北隍，窀穸東麓。**說文曰：城池無水曰隍，音皇。左氏傳，楚子曰：窀穸之事。杜預曰：窀，厚也；穸，夜也。厚夜，長夜，葬為埋也[88]。說文曰：穸，葬下棺也。穀梁傳曰：林屬於山為麓。**壙卽新營，棺仍舊木。**鄭玄周禮注曰：壙，謂冢中也。棺或為遂，非也。**合葬非古，周公所存。**禮記，武子曰：合葬非古，自周公已來，未之有也[89]。**敬遵昔義，還祔雙魂。**禮記，孔子曰：魯人之祔也，合之。鄭玄曰：祔，謂合葬也。**酒以兩壺，牲以特豚。幽靈髣髴，歆我犧樽。嗚呼哀哉！**魏太祖祭橋玄文曰：幽靈潛翳。李康髑髏賦曰：幽魂髣髴，忽有人形。禮記曰：祀周公於太廟，牲用白牲[90]，尊用犧象也。許宜切。

祭屈原文

沈約宋書曰：少帝卽位，出延之為始平太守。之郡，道經汨潭，為湘州刺史張邵作祭屈原文，以致其意。

顏延年

惟有宋五年月日，湘州刺史吳郡張邵，沈約宋書曰：張邵，字茂宗，吳郡人也。**恭承帝命，建旟舊楚。**賈誼弔屈原曰[91]：恭承嘉惠兮，俟罪長沙。周禮曰：州里建旟。鄭玄毛詩箋曰：謂州長之屬。陸機高祖功臣頌曰：

86 注「先是雒陽城南」 何校引徐云「廣漢治雒縣」，此「陽」字衍文，是也。各本皆衍。

87 注「格」 茶陵本作「音格」二字，在注末，是也。袁本亦誤。

88 注「葬為埋也」 何校「葬為」改「謂葬」，陳同，是也。各本皆誤。

89 注「未之有也」 何校「有」下添「改」字，陳同，是也。各本皆脫。

90 注「牲用白牲」 案：下「牲」當作「牡」。各本皆譌。

91 注「賈誼弔屈原文曰」 袁本、茶陵本無「文」字，是也。上引亦無此字。

舊楚是分。訪懷沙之淵，得捐珮之浦。楚辭曰：懷沙礫而自沈兮，不忍見之蔽壅。又曰：捐余玦兮江中，遺余珮兮澧浦。弭節羅潭，艤舟汨渚。楚辭曰：路漫漫其悠遠，夕弭節而高厲。漢書曰：烏江亭長艤舡待。如淳曰：南方人謂整舡向岸曰艤。乃遣戶曹掾某，敬祭故楚三閭大夫屈君之靈：王逸楚辭序曰：屈原與楚同姓，仕於懷王，為三閭大夫。

蘭薰而摧，玉縝則折。語林曰：毛伯成負其才氣，常稱寧為蘭摧玉折，不作蒲芬艾榮。管子曰：夫玉折而不撓，勇也。禮記，孔子曰：君子比德於玉焉，縝密以栗，智也。鄭玄曰：縝，緻也。物忌堅芳，人諱明潔。堅芳，即玉及蘭。劉熙孟子注曰：白玉之性堅。蔡邕度尚碑曰：明潔鮮白珪。曰若先生，逢辰之缺。賈誼弔屈原文曰：嗟若先生，獨離此咎。楚辭曰：悼余生之不辰，逢此世之匡攘。温風怠時，飛霜急節。溫風長物，飛霜殺物也。周書曰：小暑之日溫風至。京房占曰：三月建辰風衰怠。桓驎七說曰：飛霜厲其末，飈風激其崖。

嬴芈遘紛，昭懷不端；嬴，秦姓；芈，楚姓。王逸楚辭序曰：是時秦昭王使張儀譎詐懷王，令絕齊交。又使誘懷王請與俱會武關，遂脅與俱歸，拘留不遣，卒客死於秦。大戴禮曰：太子處位不端，受業不敬，此屬太保之任也。謀折儀尚，貞蔑椒蘭。史記曰：楚懷王既絀屈平，秦乃令張儀事楚。秦昭王欲與懷王會，欲行，屈平曰：秦不可信。王問子蘭，蘭勸王行。秦因留懷王。王逸楚辭序曰：同列大夫上官靳尚妬害其能，共譖毀之。楚辭曰：椒專佞以慢諂兮，極又欲充夫佩緯[92]。王逸曰：椒，大夫子椒也。楚辭曰：余以蘭為可恃兮，羌無實而害長[93]。王逸曰：蘭，懷王之少弟，司馬子蘭也。身絕郢闕，迹遍湘干。郢，楚都也。毛萇詩傳曰：干，崖也。比物荃蓀，連類龍鸞。韓子曰：連類比物，見者以為虛而無用。荃蓀，香草也。王逸楚辭序曰：善鳥香草，以配忠貞；虯龍鸞鳳，以託君子。

---

92 注「極又欲充夫佩緯」 陳云「極」，「榝」誤，是也。「緯」當作「幃」。各本皆誤。

93 注「羌無實而害長」 案：「害」當作「容」。各本皆誤。

聲溢金石，志華日月。金石，樂也。金曰鍾，石曰磬。吳越春秋，樂師曰：君王之德，可刻之於金石。史記太史公曰：屈原蟬蛻於濁穢，以浮游塵埃之外。推此志也，與日月爭光可也。如彼樹芳，實穎實發。毛詩曰：實發實秀，實穎實栗。望汨心欷，瞻羅思越。吳質答東阿王書曰：精散思越。藉用可塵，昭忠難闕。周易曰：藉用白茅，何咎之有？夫茅之為物薄，而用可重也。左氏傳，君子曰：風有采蘩、采蘋，雅有行葦、泂酌，昭忠信也。

祭顏光祿文　顏光祿，即顏延年也。

王僧達

維宋建三年。沈約宋書曰：孝建，孝武年號也。九月癸丑朔十九日辛未，王君以山羞野酌，敬祭顏君之靈：

嗚呼哀哉！夫德以道樹，禮以仁清。尚書曰：樹德務滋。孔安國曰：樹，立也。清，明也。惟君之懿，早歲飛聲。思玄賦曰：㚇遠迹以飛聲。義窮機象，文蔽班楊。機象，謂周易。班，班固；楊，楊雄也[94]。郭璞三倉解詁曰：楊音盈，協韻。性婞剛潔，志度淵英。楚辭曰：鮌婞直以亡身兮。婞，猶直也。登朝光國，實宋之華。班固漢書述曰：弱冠登朝。蔡邕陳太丘碑曰：紆珮金紫，光國垂勳。國語，季文子曰：吾聞以德榮為國華。韋昭曰：為國光華。才通漢魏，譽浹龜沙。漢書曰：龜茲國王治延城，去長安七千四百八十里。尚書曰：被于流沙。漢書，李陵歌曰：經萬里，度沙漠。說文曰：北方流沙。服爵帝典，棲志雲阿。言服爵雖依帝典，而棲志實在雲阿，言高遠也。管子曰：將立朝廷者，則爵服不可貴也。張華勵志詩曰：棲志浮雲。清交素友，比景共波。共波，猶連波，以喻多。氣高叔夜，嚴方仲舉。叔夜，嵇康字也[95]。司馬彪續後漢書曰：陳蕃，字仲舉，汝南人也。出為豫章太守，

---

94 注「機象謂周易班班固楊楊雄也」　袁本、茶陵本此注幷入五臣，恐尤亦非善舊。

95 注「叔夜嵇康字也」　袁本、茶陵本此注幷入五臣，恐尤亦非善舊。

性方峻，不接賓客。逸翮獨翔，孤風絕侶。郭璞遊仙詩曰：逸翮思拂霄。廣雅曰：風，聲也。流連酒德，嘯歌琴緒。漢書，班伯曰：式號式謼，大雅所流連。劉靈有酒德頌。毛詩曰：嘯歌傷懷。琴緒，緒，引緒也[96]。

遊顧移年，契闊燕處。何敬祖雜詩曰：惆悵出遊顧。毛詩曰：死生契闊。春風首時，爰談爰賦。秋露未凝，歸神太素。列子曰：太素者質之始。明發晨駕，瞻廬望路。毛詩曰：明發不寐。心淒目泫，情條雲互。李陵詩曰：仰視浮雲馳，奄忽互相踰[97]。涼陰掩軒，娥月寢耀。姮娥掩月，故曰娥月。周易、歸藏曰：昔常娥以西王母不死之藥服之，遂奔月，為月精。微燈動光，几牘誰炤？衾衽長塵，絲竹罷調。擊悲蘭宇，屑涕松嶠。楚辭曰：涕漸漸其如屑。古來共盡，牛山有淚。晏子春秋曰：景公遊於牛山，北臨其國，流涕曰：若何去此而死乎！艾孔、梁丘據皆泣，唯晏子獨笑。公收淚而問之[98]，晏子曰：使賢者常守，則太公、桓公有之；使勇者常守，則莊公有之。吾君安得此泣而為流涕？是曰不仁也。見不仁之君一，諂諛之臣二，所以獨笑也。非獨昊天，殲我明懿。毛詩曰：彼蒼者天，殲我良人。以此忍哀，敬陳奠饋。蒼頡篇曰：饋，祭名也。申酌長懷，顧望歔欷。嗚呼哀哉！范曄後漢書曰：劉陶上疏曰：喟爾長懷，中篇而歎。

---

96 注「琴緒緒引緒也」　案：此有誤。各本皆同，無可考也。

97 注「仰視浮雲馳奄忽互相踰」　袁本、茶陵本「浮」作「驚」，「馳奄忽」作「逝紛紛」。案：此尤校改之也。

98 注「公收淚而問之」　袁本、茶陵本「淚」作「涕」，是也。

附 案：陸貽典嘗據尤本校汲古閣本。其尤跋後又有跋曰：「說友到郡之初，倉使尤公方議鋟文選板以實故事，念費差廣而力未給。說友言曰：『是固此邦闕文也。願略他費以佐其用可乎？』迺相與規度費出。閱一歲有半而後成，則所以敬事於神者厚矣。江東歲比旱，說友曰與池人禱之神焉。蓋有禱輒應。歲既弗登，獨池之歉猶十四也。顧神貺昭答如此，亦有以哉！文選以李善本為勝，尤公博極羣書，今親為讐校有補云云。」「補」字下損失。今本無此跋，必脫去也。說友，袁說友，即尤跋之袁史君。此跋末言尤之讐校，語雖未竟，而其有所改易，顯然已見，今錄附於後，以資詳考。

篇目及著者索引

說明

一、篇目索引及著者索引均依首字筆畫為序。首字相同，依第二字筆畫為序。以下同。同一筆畫的字，依起筆的一丨ノ、フ為序。

二、篇目索引

1. 本書卷首所列總目，文字與正文篇目間有出入，索引以正文為據。《文選考異》中所校正的文字，索引亦不據以改易。
2. 一題數首而無小題者均作一條；其中除陸機《演連珠五十首》、江淹《雜體詩三十首》情況特殊外，均不加首數。
3. 總題下如有小題，據小題。如卷一「《兩都賦》二首」，下分《兩都賦序》、《西都賦》、《東都賦》三題，索引即據此分列。
4. 「樂府」部分以《樂府》為題而下有小題者，據小題。如卷二十七曹操「《樂府》二首」，其小題為《短歌行》、《苦寒行》，索引即據此分列。
5. 「史論」、「史述贊」部分，收錄同一作者作品兩篇以上，如卷五十沈約「《宋書謝靈運傳論》一首」、「《恩倖傳論》一首」，索引仍按原篇篇名分作二條。
6. 索引中每篇篇題下加注著者姓名。《文選》原書於著者每署字號或諡號，為查檢方便，一律據李善注著者小傳，改從本名。

三、著者索引

1. 著者姓名從本名，於括號內加注《文選》原書所署字號、諡號。首字不同者，索引分列本名及諡號以為互見，如劉邦（漢高帝）、漢高帝（見劉邦）；班昭（曹大家）（見班昭）。

2. 佚名者別為一類，列於最後。

3. 索引中每一著者下列其作品篇目，文字同篇目索引。

四、篇目索引及著者索引每條下的數字，斜線前為卷數，斜線後為頁數。

篇目索引

二畫

三畫

四畫

五畫

六畫

七畫

八畫

九畫

十畫

十一畫

十二畫

十三畫

十四畫

十五畫

十六畫

十七畫

十八畫

十九畫

二十畫

二十一畫

二十二畫

二十三畫

二十四畫

二十五畫

二十八畫

著者索引

六畫

七畫

八畫

九畫

十二畫

國家圖書館出版品預行編目資料

昭明文選／(梁)蕭統編；(唐)李善注. 一一二版. 一一臺北市：五南圖書出版股份有限公司, 2023.10
面；　公分
ISBN 978-626-366-246-9（下冊：平裝）

830.13　　112009773

1X62

昭明文選（下冊）

編　者一（梁）蕭統
注　釋一（唐）李善
考　異一（清）胡克家
發 行 人一 楊榮川
總 經 理一 楊士清
總 編 輯一 楊秀麗
副總編輯一 黃惠娟
責任編輯一 陳巧慈
封面設計一 韓衣非
出 版 者一 五南圖書出版股份有限公司
地　址：106台北市大安區和平東路二段339號4樓
電　話：(02)2705-5066　傳　真：(02)2706-6100
網　址：https://www.wunan.com.tw
電子郵件：wunan@wunan.com.tw
劃撥帳號：01068953
戶　名：五南圖書出版股份有限公司

法律顧問　林勝安律師

出版日期　2023年10月二版一刷
定　價　新臺幣480元